社 科 学 术 文 库

LIBRARY OF
ACADEMIC WORKS OF
SOCIAL SCIENCES

中国古代山水诗史

陶文鹏　韦凤娟　主编

中国社会科学出版社

图书在版编目(CIP)数据

中国古代山水诗史/陶文鹏,韦凤娟主编. —北京:中国社会科学出版社,2023.6
（社科学术文库）
ISBN 978-7-5227-1873-6

Ⅰ.①中… Ⅱ.①陶…②韦… Ⅲ.①山水诗—诗歌史—中国—古代 Ⅳ.①I207.209

中国国家版本馆 CIP 数据核字(2023)第 076380 号

出 版 人	赵剑英
选题策划	郭晓鸿
责任编辑	杨　康
责任校对	冯英爽
责任印制	戴　宽

出　　版	中国社会科学出版社
社　　址	北京鼓楼西大街甲 158 号
邮　　编	100720
网　　址	http://www.csspw.cn
发 行 部	010-84083685
门 市 部	010-84029450
经　　销	新华书店及其他书店

印　　刷	北京君升印刷有限公司
装　　订	廊坊市广阳区广增装订厂
版　　次	2023 年 6 月第 1 版
印　　次	2023 年 6 月第 1 次印刷

开　　本	710×1000　1/16
印　　张	59.75
插　　页	2
字　　数	1015 千字
定　　价	298.00 元

凡购买中国社会科学出版社图书,如有质量问题请与本社营销中心联系调换
电话:010-84083683
版权所有　侵权必究

目 录

导言 ……………………………………………………………（1）

第一编　山水诗的形成

第一章　先秦两汉：山水诗的孕育 ………………………（3）
　第一节　《诗经》所反映的自然美意识 …………………（4）
　第二节　《诗经》的自然景物描写 ………………………（10）
　第三节　楚辞所反映的自然美意识 ………………………（16）
　第四节　楚辞中的自然景物描写 …………………………（25）
　第五节　汉赋的山水自然观 ………………………………（31）
　第六节　汉赋中的山水景物描写 …………………………（36）

第二章　魏晋：山水诗的形成 ……………………………（41）
　第一节　建安文人与自然山水 ……………………………（42）
　第二节　正始文人与自然山水 ……………………………（49）
　第三节　西晋文人与自然山水 ……………………………（52）
　第四节　东晋文人与自然山水 ……………………………（60）

第三章　东晋山水诗产生的社会历史原因 ………………（68）
　第一节　魏晋社会经济结构变迁的影响 …………………（68）
　第二节　魏晋时期朝隐之风的影响 ………………………（76）
　第三节　魏晋玄学的影响 …………………………………（82）

第四章　山水诗派的开创者:谢灵运 ……………………………… (96)
第一节　谢灵运的家世经历与山水诗创作 ……………………… (96)
第二节　谢灵运山水诗的艺术特色 ……………………………… (102)

第五章　南北朝的山水诗创作 ……………………………………… (116)
第一节　鲍照:开雄奇之境 ……………………………………… (117)
第二节　永明体诗人的山水诗创作 ……………………………… (123)
第三节　谢朓:灵心秀口写山水 ………………………………… (129)
第四节　梁陈时期的山水诗创作 ………………………………… (136)
第五节　北朝的山水诗创作 ……………………………………… (149)

第二编　山水诗的第一个艺术高峰

绪言 …………………………………………………………………… (159)

第一章　初唐:傍城心态与营构匠心 ……………………………… (163)
第一节　诗心:在都城与林亭之间 ……………………………… (163)
第二节　从王绩到"四杰" ……………………………………… (169)
第三节　陈子昂和沈、宋等人的贡献 …………………………… (184)

第二章　盛唐(上):情景自然的清纯意象 ………………………… (200)
第一节　王昌龄诗论与盛唐山水诗美意识 ……………………… (200)
第二节　盛唐山水诗的三大系统 ………………………………… (207)
第三节　孟浩然的疏体山水 ……………………………………… (220)
第四节　王维:兴会视境入禅机 ………………………………… (227)

第三章　盛唐(下):山水造境中的清发意兴与创变精神 ………… (238)
第一节　李白仙游山水的兴象特征与文化底蕴 ………………… (238)
第二节　杜甫山水纪行诗的造境特征与精神内涵 ……………… (250)

第四章　中唐(上):山水诗美的两种意态 ………………………… (267)
第一节　大历诗风与清寒山水 …………………………………… (267)

第二节　韩愈:新辟山水传奇世界 …………………………… (273)
　　第三节　孟郊:有意于山水诗美的探险 ………………………… (276)
　　第四节　元稹、白居易的详明与流易 ………………………… (281)

第五章　中唐(下):别有幽峭明净处 …………………………… (286)
　　第一节　绿色幽境中的韦应物 ………………………………… (286)
　　第二节　精刻幽峭山水的柳宗元 ……………………………… (291)
　　第三节　张籍和刘禹锡的明净山水 …………………………… (295)

第六章　诗意山水与晚唐风韵 …………………………………… (302)
　　第一节　探源:山水诗中贾岛格 ……………………………… (302)
　　第二节　张祜和李群玉的幽明山水 …………………………… (307)
　　第三节　杜牧:诗情画意中的追思感叹 ……………………… (310)
　　第四节　李、温异趣:山水诗的写意与写生 ………………… (314)
　　第五节　山水诗美与司空图《诗品》 ………………………… (317)

第三编　山水诗的第二个艺术高峰

第一章　北宋初期:唐风笼罩中的清新气息 …………………… (327)
　　第一节　王禹偁等白体诗人 …………………………………… (328)
　　第二节　林逋等晚唐体诗人 …………………………………… (330)
　　第三节　西昆体诗人 …………………………………………… (337)
　　第四节　三派之外的诗人 ……………………………………… (339)

第二章　北宋中期:宋诗风调的激扬 …………………………… (343)
　　第一节　兼擅雄豪与淡远的石延年 …………………………… (344)
　　第二节　诗风深微淡远的梅尧臣 ……………………………… (345)
　　第三节　诗风雄豪阔大的苏舜钦 ……………………………… (352)
　　第四节　情意深婉的醉翁山水吟 ……………………………… (357)
　　第五节　名臣诗人 ……………………………………………… (363)
　　第六节　理学家诗人 …………………………………………… (371)
　　第七节　学者诗人 ……………………………………………… (378)

第八节　西昆派后期诗人……………………………………（385）

第三章　北宋后期：艺术高峰的崛起……………………………（388）
　　第一节　最早攀登艺术高峰的几位诗人……………………（389）
　　第二节　推进山水诗艺的几位画家诗人……………………（396）
　　第三节　王安石雅丽精绝的山水诗…………………………（403）
　　第四节　诗风雄丽的浪漫诗人王令、郭祥正…………………（410）
　　第五节　僧诗的山水新景观…………………………………（414）
　　第六节　苏轼：宋代山水诗的艺术大师……………………（423）
　　第七节　黄庭坚山水诗的艺术独创性………………………（446）
　　第八节　在苏轼影响下的山水诗人…………………………（451）
　　第九节　江西诗派的其他诗人………………………………（471）

第四章　南宋初期：从流连光景到忧国伤时……………………（476）
　　第一节　提倡师法自然的诗人………………………………（477）
　　第二节　主张"活法"的诗人…………………………………（481）
　　第三节　诗风雄浑深厚的陈与义……………………………（487）
　　第四节　一批风格各异的诗人………………………………（493）

第五章　南宋中期：山水诗的再度繁荣…………………………（501）
　　第一节　陆游：山水诗唱出时代最强音……………………（502）
　　第二节　范成大：山水诗与田园诗的融合…………………（513）
　　第三节　杨万里：性灵自然的建构者………………………（520）
　　第四节　朱熹：山水理趣诗的杰出创造者…………………（532）
　　第五节　姜夔和其他山水诗人………………………………（539）

第六章　南宋后期：唐风和宋调的对立与调和…………………（546）
　　第一节　擅写山林幽境的"永嘉四灵"………………………（547）
　　第二节　风格多样的江湖诗派………………………………（553）
　　第三节　山水诗奏出悲壮的旋律……………………………（567）

结语 ……………………………………………………………… (578)

第四编　山水诗的承续与发展

绪言 ……………………………………………………………… (587)

第一章　金代初期：思乡之情与异域之感 ……………………… (589)
　　第一节　抒写故国之思的宇文虚中 …………………………… (590)
　　第二节　眷恋故国的吴激、高士谈 …………………………… (593)
　　第三节　表现隐逸之志的蔡松年 ……………………………… (596)

第二章　金代中期：北国山川与金诗风采 ……………………… (600)
　　第一节　以山水歌行扬名的蔡珪、任询 ……………………… (600)
　　第二节　继承陶、谢、王、孟诗风的王庭筠、党怀英 ………… (605)
　　第三节　发扬李、杜山水诗精神的周昂、赵秉文 …………… (608)

第三章　金代后期：从优游林泉到忧念苍生 …………………… (614)
　　第一节　深受佛道影响的杨云翼、完颜璹 …………………… (615)
　　第二节　尚奇独创的雷渊、李经 ……………………………… (617)
　　第三节　元好问：金代山水诗的巍峨主峰 …………………… (620)

第四章　元代前期：多种流派与风格争奇斗妍 ………………… (625)
　　第一节　开创者的雄丽境界 …………………………………… (626)
　　第二节　理学家的山水吟咏 …………………………………… (633)
　　第三节　由宋入元的几位诗人 ………………………………… (640)

第五章　元代中期：升平气象与避世倾向 ……………………… (645)
　　第一节　元诗"四大家"的山水吟讴 ………………………… (645)
　　第二节　同郡齐名的黄溍与柳贯 ……………………………… (652)

第六章　元代后期：突破"雅正"，追求新奇 ………………… (657)
　　第一节　萨都剌等少数民族诗人 ……………………………… (657)

第二节 以乐府写山水的杨维桢……………………………………（660）

结语……………………………………………………………………（664）

第五编　山水诗的复古与新变

绪言……………………………………………………………………（667）

第一章　明前期的山水诗……………………………………………（670）
　第一节　登临亦可悦,但恨时非平:元末明初的山水诗……………（672）
　第二节　阁臣、名将和理学家的山水诗………………………………（684）

第二章　明中期山水诗………………………………………………（692）
　第一节　成、弘期间山水诗的多元化…………………………………（692）
　第二节　复古大旗下的山水诗人………………………………………（702）
　第三节　不为复古主义格调所囿的山水诗人…………………………（718）

第三章　明后期山水诗………………………………………………（730）
　第一节　性灵派先驱诗人的山水诗创作………………………………（730）
　第二节　公安派的山水诗创作…………………………………………（737）
　第三节　追求幽深孤峭的竟陵派………………………………………（749）
　第四节　明末:"满目山川极望哀"……………………………………（762）

第六编　古典山水诗的集大成

绪言……………………………………………………………………（777）

第一章　易代贰臣山水诗的社会政治性……………………………（779）
　第一节　开清代山水诗风的钱谦益……………………………………（779）
　第二节　"诗与人为一"的吴梅村………………………………………（791）

第二章　清初遗民山水诗的民族意识 (801)
  第一节　写境诗人顾炎武 (802)
  第二节　写境兼造境诗人吴嘉纪 (809)
  第三节　造境诗人屈大均 (819)

第三章　顺康山水诗审美性的强化 (833)
  第一节　浙派初祖朱彝尊 (834)
  第二节　尊唐神韵诗人王士禛 (846)
  第三节　宗宋白描诗人查慎行 (861)

第四章　乾嘉山水诗审美性的成熟 (873)
  第一节　浙派代表厉鹗 (874)
  第二节　性灵派主将袁枚 (885)
  第三节　性灵派重镇赵翼与张问陶 (894)
  第四节　常州"二俊"洪亮吉与黄景仁 (907)
  第五节　岭南二家黎简与宋湘 (922)

结语 (937)

导　言

　　在我们古老神州的辽阔大地上，有名山大川、奇峰怪石、飞瀑流泉、平湖秋潭、古洞幽壑，构成了令人神往的山水胜境；其间又遍布苍松翠柏、茂林修竹、繁花芳草，栖息着各种珍禽异兽；加上日月星辰的朗照，冰雪雨雾的烘托，从而呈现出气象万千的自然景观。历代的人们在各地山水胜境中建筑亭台楼阁、园林别业、古寺佛塔、竹篱茅舍，编织出许多优美动人的神话传说和逸闻掌故，题刻了许多情味深长的诗文、对联、书画，这就形成了同自然景观相映生辉的人文景观。山水诗，就是以自然山水为主要审美对象与表现对象的诗歌。山水诗并不仅限于描山画水，它还描绘与山水密切相关的其他自然景物和人文景观。称之为山水诗，只是中国古代诗学约定俗成的概念，西方人则称为自然诗或风景诗。山水诗是诗，诗的天职是抒情。许多山水诗就抒发了诗人对山水自然美惊奇、喜爱、沉醉、赞赏之情。这种审美型的山水诗，是典型的山水诗。但中国古代的山水诗，还往往和忧国伤时、怀古咏史、羁旅行役、送行游宴、田园隐逸、求仙访道等题材内容结合，抒写并非单纯审美的丰富复杂的思想感情。

　　山水诗是人类对于自然景物的审美能力和艺术创造能力达到一定阶段时的产物。在我国最早的一部诗歌总集《诗经》中，已有简略的自然景物描写，甚至有一些情景交融的画面。但总的来看，山水景物描写的分量在全诗中还只占少数，它们只是诗人借以引发、陪衬、烘托、渲染或比喻诗人思想感情的片断。《楚辞》中的自然山水描写，比《诗经》具体、生动、细致，笔墨也多了一些，显示出作者较高的审美能力和较丰富的艺术想象力。但是，山水景物在作品中仍然处于陪衬附属地位，诗人并未把山水自然作为独立的审美对象。

经历了相当漫长的历史过程，人们逐渐形成并发展了自然审美意识，欣赏和表现山水自然美的能力也越来越高。汉末建安时期，无论在诗歌还是辞赋、书札中，都普遍地大量地描绘自然山水。建安文人擅长运用自然景色画面来渲染悲壮动荡又生机勃勃的时代气氛，抒写慷慨激昂的情志，表现通脱潇洒的精神面貌。曹操的《观沧海》诗描绘大海波涛汹涌、吞吐日月的壮观，借以抒发自己的胸襟抱负。诗的境界壮阔，气韵沉雄，被公认为中国文学史上最早的一首完整的山水诗。随着以崇尚自然的老庄思想为核心的魏晋玄学兴起，出现了人的思想解放和文学的自觉。山水诗作为一个诗歌流派、一种文学潮流，终于在东晋形成，这比欧洲出现风景诗早了一千多年。刘宋诗人谢灵运，是以毕生精力创作山水诗并取得卓越成就的诗人。他对自然美的观察真切敏锐，以富艳精工的语言描绘山水自然景物的形状、质感、色调、氛围，使人读来有身历其境之感。他的山水诗兼具景趣、情趣、理趣，但三者尚未能融为一体。六朝山水诗人还有谢朓、何逊、阴铿等人，他们发展了大谢山水诗清丽自然的一面。

唐代疆土辽阔，国力强盛，经济繁荣，社会安定，文化全面发展。唐王朝容许儒、道、释三家并存，人们的思想信仰自由，社会上盛行漫游和隐逸风气，诗人们喜欢游山览胜，与大自然亲密相处，人们普遍崇尚"清水出芙蓉，天然去雕饰"的清新自然美。山水诗在这时登上了艺术的巅峰，涌现出孟浩然、王维、李白、杜甫、刘长卿、韦应物、白居易、孟郊、韩愈、刘禹锡、柳宗元、杜牧等大家名家，佳作如云，山水诗跃为诗国第一大宗。唐代山水诗表现了诗人们开阔的胸襟、广大的视野和奋发进取的精神，洋溢着诗人们热爱祖国、热爱生活、热爱大自然的激情，充满了民族自豪感和自信心，思想境界高远，具有绚丽的浪漫色彩。诗人们不滞于山水外形的描摹，尤其重视捕捉山水的神韵，把握山水的个性特征，并把山水的个性同自己的个性结合起来表现，创造出人与自然高度契合、情与景水乳交融的意境。唐代山水诗具有多种体裁、风格、流派。山水诗艺术的成熟和突出成就，为唐代诗歌增添了绚烂夺目的奇光异彩。

宋诗是继唐诗以后，在中国古代诗史上仅次于唐诗的另一个高峰。宋代诗人善于学习借鉴唐诗并大胆开拓创新，使宋诗显示出与唐诗迥然有别的艺术特色。宋代山水诗的题材扩展到描绘海南的岛国风光。诗人们更广泛深入地把山水题材同政治斗争、反侵略爱国斗争、经济、科技、文化、民俗风情等社会生活内容结合起来。他们多从平淡无奇的自然小景和日常生活中捕捉诗意,对自然景物观察细、心眼活,运笔快,写景新颖、奇巧、灵活、深透、亲切。宋代山水诗中的五言、六言、七言绝句小诗数量多,质量高,很有味道。当然,他们也擅长运用散文的铺排手法对自然山水作全方位的淋漓尽致的刻画;宋代理学盛行,诗人们具有较强的理性思维能力。宋代山水诗普遍蕴含着丰富的人生经验和深邃的哲理。由于宋代山水诗人比唐代诗人有更渊博的学识和多方面的文化艺术修养,他们在诗中使事用典更精致隐秘,艺术表现技巧即"小结裹"也更细致微妙,在山水诗中穿插着人文意象,散发出浓厚的书卷气息。同唐诗相比,宋代山水诗的流派风格更丰富多样,但在语言上普遍追求自然平淡和幽默诙谐的风格。缪钺先生在《论宋诗》一文中精辟地论述了唐宋诗艺术的相异之处,然后用生动的比喻说:"譬诸游山水,唐诗则如高峰远望,意气浩然;宋诗则如曲涧寻幽,情境冷峭。"这个比喻也可看作对唐宋山水诗不同意境和风格的绝妙形容。

金元时期的山水诗虽学唐宋,但尚未落入因袭摹仿的窠臼,艺术成就虽不及唐宋,却也涌现出元好问、刘因、萨都剌、黄镇成、马祖常、贯云石、杨维桢等名家,创作出或雄奇或清寒、或呈北国阳刚之气或显南方阴柔之美的山水佳作。最杰出的诗人是元好问和杨维桢。前者的山水诗主要学杜甫、苏轼,构思奇特,气势豪迈,状景生动;后者受李贺的影响,其"铁崖体"山水诗想象瑰玮,造语奇崛,闪耀着浪漫异彩。

明代山水诗既有复古,又有新变;不乏佳作,却缺少大家。前后七子的山水诗模拟盛唐,多雄豪之风,但创新不足;"吴中四才子"的山水诗清丽俚俗;杨慎的山水诗秾丽典雅;徐渭的山水诗豪放不羁,饶有画意;汤显祖的山水诗以灵警见长。公安派袁宏道提倡独抒性灵,他的山水诗将性灵、山水、自然真趣融合为一;竟陵派也主张表现"性灵",追求深幽孤峭的风格。这两派诗人的山水诗都显示出有别于传统的审美趣味,但前者清丽明快,生机勃勃,透露出新的时代气息;后者力图纠正前者的俚俗、浅露,却陷入了偏狭、怪僻、阴冷的境界之中。

清代诗歌包括山水诗创作,开辟了超明越元、差可抗衡唐宋的繁荣局面。山水诗的描写题材范围比历代广阔,长篇古体山水诗和大型山水组诗的数量也超过历代。诗人们学习借鉴散文的离合伸缩之法,运用描写、叙述、抒情、议论相结合的笔墨,营造出变幻多姿、真切又新奇的山水意境。清代山水诗人大多具有"缒幽凿险"的好奇精神与探险勇气,有恣肆的才力、纯熟的白描功夫以及深厚的学问功底。清代山水诗的体裁、类型、风格、流派之多，在中国山水诗史上可谓空前绝后。例如：钱谦益的审美型和寄托型的山水长篇组诗，开一代山水诗风；吴梅村的虚构型、激楚型与闲适型山水诗，艺术个性极鲜明；写景诗人顾炎武创造了怀古型、政治型、非政治型山水诗；写境兼造境诗人吴嘉纪，也有忧思型、审美型的实景与虚景山水诗；造境诗人屈大均的山水诗富于民族意识、浪漫精神与隐逸思想；浙派初祖朱彝尊在抗清、游幕、归隐时期的山水诗，分别显示出民族意识、唐音风韵与宋诗格调；神韵诗人王士禛的山水诗，兼有阴柔优美和阳刚壮美的风格，艺术表现高超，影响深远，堪称大家；宗宋诗人查慎行的山水诗豪放灵动又劲峭清冷，其白描之笔活灵活现，出神入化；浙派代表厉鹗写山景清幽静寂，写水景清柔平缓，写山林佛寺之景饶有禅意，又善于在七古山水诗中展现阳刚壮美之境；性灵派主将袁枚将自然山水拟人化、性灵化，无论写名山胜水还是写僻地小景，无论长篇或短制，都想象奇警，生气蓬勃，情趣横生；性灵派副将赵翼写祖国西南云贵高原风光，气劲笔硬，意境雄丽奇恣，又多理趣；性灵派殿军张问陶擅长以白描之笔造空灵之境，多情乏理。常州"二俊"洪亮吉与黄景仁，前者西域山水诗充溢奇境豪气；后者古体山水诗寄托哀思，近体山水诗多纯审美之作，风格多样，状景精练传神。岭南二家黎简与宋湘，黎写西江山水多奇峭之境，写水乡田园多清丽画意；宋写惠州西湖诗意境平和，其出守滇中的山水诗境界雄大。千姿百态的清代山水诗，可谓集历代山水诗风格之大成。

以上粗略的勾勒足以表明，中国山水诗源远流长，历史悠久，名家辈出，流派如林，成绩卓著，影响巨大。从谢灵运起，中国文学史上几乎所有杰出诗人没有不写过山水诗的。而且，山水诗往往是杰出诗人作品中最能显示其高洁审美情趣与高超艺术功力、最有艺术光彩的部分。富于诗情、画意、理趣的山水诗，是中国古典诗歌艺术宝库中的璀璨明珠，是中国历代人民大众深心喜爱、品赏不厌的文学珍品。

中国古代山水诗不仅开华夏古国万里江山的雄丽画卷，而且表现了中华民族的思想风貌、精神品格、生活情趣、审美理想，具有鲜明的民族传统美学特征。

第一，山水诗思想内涵高广清远、丰富深厚，是由于它们根植于古代儒道佛三家博大精深的思想文化土壤，正如有学者所论："儒主山水—人世—人格审美观，充实了山水诗的思想内容，饶多阳刚之美，堪称山水诗之骨；道主山水—道—仙境审美观，激活了山水诗的生命精神，阳刚与阴柔之美兼而有之，允为山水诗之气；佛主山水—涅槃—佛土审美观，美化了山水诗的艺术精神，偏得阴柔之美，可谓山水诗之神。当然儒道佛的影响又是互相参合的……就具体诗人而言，这些影响更是互相渗透又多元统一，交织着个性化的种种参合、变异与创获。"[1] 正是儒道佛整合互补的广泛深刻的影响，使中国古代山水诗的思想崇尚、精神旨趣、格调气韵同中多异，各标风韵，异彩纷呈。

第二，根植于儒道佛深厚土壤的古代山水诗，突出地体现着中华民族人文精神的特质，这就是"天人合一"的哲学观、宇宙观、自然审美观，其内涵是人与自然、仁心与天地万物感应参合、和谐交融为一体。中国历代山水诗人普遍追求一种理想的人生境界，即人与自然山水形神相感相通，人以此参契天地万物之道，从而达到任情自适的精神境界。正如孔子所说："知者乐水，仁者乐山。知者动，仁者静。知者乐，仁者寿。"（《论语·雍也》）庄子说："圣人者，原天地之美而达万物之理。"（《庄子·知北游》）孙绰说："浑万物于冥观，兀同体于自然。"（《天台山赋》）柳宗元亦云："心凝神释，与万物冥合。"（《始得西山宴游记》）"天人合一"的哲学观正是中国古代山水诗意境创造的思想基础，山水诗则是这种"天人合一"哲学观的物象化、艺术化与普及化。

第三，心物交融、情景契合的山水诗创作实践及其理论总结，产生并不断完善了中国古典诗歌最重要的美学范畴和最基本的美学性格——意境说。王昌龄的《诗格》、皎然的《诗式》、司空图的《诗品》、严羽的《沧浪诗话》、王夫之的《姜斋诗话》、王士禛的"神韵说"、叶燮的《原诗》、刘熙载的《艺概》，直到近人王国维的《人间词话》等重要的诗学论著，都把"意境"看作中国诗歌艺术之魂。这些诗论家揭示了心与物、情与景、形与神、真与幻、写实与写意、写境与造境、有限与无限、有我之境与无我之境的辩证关系，从而深入地阐述了意境理论。山水诗所营造的含蓄蕴藉、圆融浑成、意在象外的完美意境，为意境说提供了典范。历代诗论家探讨意境理论，都以山水诗为主要研究材料。古代山水诗人创造意境的艺术经验，又是当代诗人们创作"状难写之景如在目前，含不尽之意见

---

[1] 章尚正：《中国古代山水文学研究》，学林出版社1997年版，第25—26页。

于言外"（欧阳修《六一诗话》引梅尧臣语）的新山水诗所必须学习借鉴的宝贵遗产。

第四，中国古代山水诗完美地体现了中国古典诗歌"诗中有画"的民族传统艺术特色。钱锺书先生在《中国诗与中国画》一文中指出，中西文艺家对于诗画的相通互补有着极其相似的认识与论述。但西方文艺家同时注意区分并强调诗与画的不同，中国文艺家则历来强调诗与画的一致性。苏轼的名句"诗画本一律，天工与清新"（《书鄢陵王主簿所画折枝二首》其一）最简明地表达了这一共识。山水诗由于所表现的对象是形态具体生动、有声有色、富于空间感的自然山水，因此诗人必然运用类似绘画的"应物象形""随类敷彩""经营位置""气韵生动"等艺术技法，使诗中有画境画意。唐宋以来，山水诗与山水画一直有共趋合流的走向，即画家融诗情入画，使山水画诗化；诗人融画技入诗，使山水诗状景如画。自觉地使诗画参融互补的千古楷模首推王维。正如苏轼所说："味摩诘之诗，诗中有画；观摩诘之画，画中有诗。"（《书摩诘蓝田烟雨图》）历代杰出的诗人大都在山水诗的画化方面做出了卓越的贡献。他们的佳作，或如丹青泼洒，或似水墨渲染，或展开山水长卷，或描绘溪山一角，显示出意象生动、色彩鲜明、层次清晰，空间感强、元气淋漓、意境浑成等类似山水画的视境、情调、气氛，成为中国诗歌独树一帜的鲜明的民族艺术风格特色，并为西方诗人所赞赏、推重。

山水诗在表现雄壮或幽美的自然山水风景中渗透着诗人挚爱自然与人生的情怀，蕴含着诗人澄怀观道、感悟宇宙和人生奥秘的理趣，可以澡雪尘滓，陶冶心灵，升华人们的精神品格，提高人们的审美情趣，具有其他题材的诗歌所不可替代的思想和艺术价值，从而引起古今诗论家的浓厚兴趣，孜孜不倦地涵泳研究，撰写出数量丰富的诗话、论文、专著。新中国成立以来，对山水诗的研究逐步发展深入。近十年来，涌现出一批从不同角度进行观照的研究论文和专著，突破了传统的研究模式，开拓了崭新的研究领域，明显提高了研究的理论水准和学术品位。1990年和1991年，还先后出版了两部《中国山水诗史》（一为丁成泉著，华中师范大学出版社；一为李文初等著，广东高等教育出版社），把对山水诗的局部研究引向总体把握和宏观研究。书中评述中国山水诗的发展流程，并努力探索山水诗的艺术发展规律。由于山水诗的发展与中国诗歌、文学的发展紧密相连，与艺术（尤其是绘画和园林建筑）、哲学、宗教、美学的发展也息息相关，因此，研究山水诗可以丰富并深化对于中国诗歌、文学、艺术、哲学、宗教、美学等相关人文学科的研究，也可以为当代的诗歌创作和理论研究提供有益的营养，对于旅游事业的发展，也能起到促进作用。

基于对山水诗研究有利于社会主义精神文明建设的认识，我们选定了编写《中国古代山水诗史》这个课题。这部书稿是在几位编写者对各个历史阶段山水诗分别进行深入研究的基础上，分工合作写成的：韦凤娟（中国社会科学院）——第一编；王英志（苏州大学）——第六编；尹恭弘（中国社会科学院）——第五编第二章第一节，第二节之一、二、四，第三节，第三章第一节、第二节；张晶（中国传媒大学）——第四编；陶文鹏（中国社会科学院）——导言，第三编，第五编第一章第二节，第二章第二节之三，第三章第三节、第四节；韩经太（北京语言大学）——第二编；廖可斌（北京大学）——第五编绪言与第一章第一节。在编写过程中，注意参考吸收近年来的研究成果并注明出处。本书从史的角度论述自先秦到清代山水诗的发展历程，分为六编：第一编"山水诗的形成"（先秦至隋）、第二编"山水诗的第一个艺术高峰"（唐）、第三编"山水诗的第二个艺术高峰"（宋）、第四编"山水诗的承续与发展"（金元）、第五编"山水诗的复古与新变"（明）、第六编"古典山水诗的集大成"（清）。本书采取纵横结合、点面结合、叙议结合、史论结合的写法。在横向上，力求展现出古代山水诗在各个发展阶段的基本面貌、美学特征，突出论述名家大家独特的艺术风格和成就。在纵向上，尽可能清晰简明地描述古代山水诗孕育、形成、兴盛以及停滞、变化、发展的流程。在叙写山水诗的发展面貌时，注意把山水诗的创作同当时的政治、经济、宗教、哲学、文学、艺术、审美风尚，同诗人的生活状况、山水游踪、人生态度、自然诗观紧密结合进行考察，并努力从中归纳出前后相承的内在的艺术精神、文化精神，使这部山水诗史有一定的理论深度。为了既有学术性又有可读性，本书注意引录历代山水诗的名篇佳作，予以或详或略的评析，文字力求准确精练、生动流畅，有一定的散文格调和文采，不用或少用那些含义晦涩不明的西方现代学术名词概念。

这里还应当说明，先已问世的两部山水诗史，为我们这部书的编写提供了很好的参照。没有这两部书编著者的筚路蓝缕之功，我们的编写工作肯定要艰难得多。在此，我们谨向先行者表示衷心的敬意和谢意。我们这部书在总体框架上并无多少创新，但格局宏大，经营细致，论述的角度、写法多有不同，有不少新观点、新材料，评论到的诗人和诗歌流派更多，也更注意联系山水诗人的自然诗观来准确把握其诗歌艺术特色。作为后来者，理应把研究工作向前推进。但由于我们的学识水平有限，这部书难免存在缺点和不足之处，盼请读者和学界同行多多指教。

  本书初稿完成后，曾送请邓绍基、刘世德、陈铁民、陈祖美、石昌渝等先生审阅，承蒙他们提出了不少宝贵意见，在此我们表示衷心的谢意。

第一编

山水诗的形成

第一章

概念和意义

第一章　先秦两汉:山水诗的孕育

在生产力极其低下的远古时代,自然作为一种完全异己的、有着无限威力和不可制服的力量与人类对立着,人类对于自然有着"一种纯粹动物似的意识"①。山泽莽林之中到处潜藏着凶险,雷鸣闪电仿佛随时可以摧毁整个世界,"荡荡怀襄陵,浩浩滔天"(《虞书·尧典》)的洪水无情地吞噬着人们的生命……人们不得不在自然的威力面前战栗。他们以对自身的朦胧认识去解释自然事物及其变化,将它们"人格化""神化"。"山林川谷丘陵能出云,为风雨,见怪物,皆神"(《礼记·祭法》),在殷墟出土的甲骨上就保留着大量占卜于山河之神的记载,例如:

戊辰卜,及今夕雨?弗及今夕雨?
癸卯卜今日雨,其自西来雨?其自东来雨?其自北来雨?其自南来雨?

——郭沫若《卜辞通纂》

这些占卜之辞透露着先民对变幻莫测的自然现象的敬畏和迷惘。先民也力图认识自然,进而征服自然,像"女娲补天""鲧禹治水""后羿射日"一类神话传说就生动表达了这一热切愿望。

随着周部族的崛起、版图辽阔的周王朝的建立,社会生产力有了相当发展。在向大自然索取生活资料的长期实践中,先民逐渐认识了某些自然规律,也初步觉悟到自身的力量,逐步远离了混沌无知的蛮荒时期。当他

---

① 《马克思恩格斯全集》,人民出版社1960年版,第35页。

们一步步跨进文明的门槛时，也开始与大自然建立前所未有的联系。《周易》中有一些文辞，例如：

> 鼓之以雷霆，润之与风雨，日月运行，一寒暑。
> 乾道成男，坤道成女。
> 密云不雨，自我西郊。公弋取彼在穴。

这些文辞即反映了周人试图破译自然奥秘，在自然现象与人类社会之间建立一种神秘联系所做的努力。

不过，人与自然关系递嬗的轨迹更生动更集中地表现在最早的两部诗集——《诗经》与《楚辞》中。作为华夏先民精神活动的产物，在那些或朴野或奇诡的篇章中保留着先秦时代自然美意识的历史沉淀。而山水诗的源头即孕育在这两座并峙的峰峦间。

至于汉赋——这垄断文坛近四百年之久的文学式样，则为模山范水的写作技巧作了充分的艺术准备。

第一节 《诗经》所反映的自然美意识

一 统治力量的神秘象征

人类文明初期人与自然的对立关系及由此而产生的自然崇拜，在《诗经》中屡有反映。不过《诗经》所表现的自然崇拜与周人的宗教观念紧密相关，有别于蛮荒时期的单纯。

周人敬"天"。所谓"天"是非具象的、神秘的主宰力量，日月山川风云等均是"天"的象征，各种不可测知的自然现象如雷雨、地震、洪水、干旱等，都被视为"天实为之"，是冥冥之中"天意"的表现。这个"天""明明在上，照临下土"（《小雅·小明》），关注着"下土"发生的一切：战争、饥馑、丰歉、寿夭，连国运兴衰、王朝更替，也是"天意"，周族之所以代殷商而兴、周天子之所以即位，是因为"有命自天"（《大雅·大明》），"受天之佑"（《大雅·下武》）。因此周人无不对"天"敬之畏之，以期天命不废，周祚永存。不可忽略的是，周人不仅敬"天"，而且"祀祖配天"，把对"天"的崇拜与祖先崇拜结合起来。他们推崇后稷、文王为本民族的保护神,具有与"天"同祀的地位①。这实际上强调了周天子的"神性"。显而易见,在周人的观念中,周天子的至尊地位不仅受命于天,而且是上天至高权威的现实投影。

在这种宗教观念的支配下,周人对"天"的神秘象征物——山川的自然崇拜往往与天子权威相联系。因此,在《诗经》中有些祭祀乐歌,其内容一方面是祭祀山川之神,酬谢上天之佑,"以介景福";另一方面则颂扬天子奄有天下的权威。比如《周颂》中的《时迈》,据孔颖达说"武王既定天下,而巡行其守土诸侯。至于方岳之下,乃作告至之祭,为柴望之礼",周公"述其事而为此歌焉"。诗中写道:

> 怀柔百神,及河乔岳。

更多的笔墨是颂扬"允王维后""允王保之",祭祀山川的现实政治目的是很明显的。《周颂·般》描绘周天子登山而祭的情景:

> 於皇时周,陟其高山。堕山乔岳,允犹翕河。敷天之下,裒时之对,时周之命。

百川汇河的景象引发了周天子奄有天下、百官来朝的喜悦之情,祭祀山川之神的用心在于昭示天子的权威。

在另一些篇章中,周人更把山川当作王权的直接象征。在《小雅·天保》中,诗人祈求上天降福于有德天子,祝福王权稳固,社会安定:

> 如山如阜,如冈如陵。如川之方至,以莫不增。

又说:

> 如月之恒,如日之升。如南山之寿,不骞不崩。如松柏之茂,无不尔或承。

---

① 《周颂·思文》曰:"思文后稷,克配彼天。"《大雅·文王》曰:"文王陟降,在帝左右。"

深固不移的高山崇丘，滔滔不竭的大川长河，循道不衰的日月，经岁不凋的松柏，都被视为王权稳固、江山不堕的象征，后世一直有"天保九如"的说法。一旦山崩河涸，雨水失调，便是天子失德、王权危殆的象征。例如《大雅·云汉》是周宣王祭神求雨的乐歌，面对着"旱既大甚，涤涤山川"的景象，周天子深恐上天降罪，"兢兢业业，如霆如雷"。《小雅·十月之交》写周幽王无德，国祚衰微，上天一再示儆，先后发生日食和地震等亡国之兆。诗中写道：

> 烨烨震电，不宁不令。百川沸腾，山冢崒崩。高岸为谷，深谷为陵。

这是地震造成的自然山谷变迁情景的实录，诗人把这剧烈的山川巨变作为王权将亡、国将倾覆的象征。

总而言之，周人独特的宗教观念使《诗经》中所反映的源自人类文明初期的自然崇拜染了一层宗法政治色彩。这种具有宗法政治色彩的自然观在汉儒那里得到进一步发展。

二 源于生产活动的功利观点

《诗经》中反映的自然观念还与周代的社会结构紧密相关。在《诗经》的时代，我国中原地区已形成了以种植经济为基本方式的农业社会结构。周民族向来以农为本，其远祖后稷即是传说中的农神，周人的历代首领如公刘、古公亶父、文王等都极其重视农耕，在宗庙祭祀之乐《周颂》中就有《臣工》《噫嘻》《丰年》《载芟》等祭歌专用于春夏祈谷、秋冬报赛，祭祀繁多，足见农事在周人社会生活中的神圣地位。从这些祭歌中可以看到西周初年中原地区的农业生产已具相当规模：

> 骏发尔私，终三十里，亦服尔耕，十千维耦。
>
> ——《周颂·噫嘻》

劳动场面非常浩大，

> 载获济济，有实其积，万亿及秭。
>
> ——《周颂·载芟》

劳动果实堆积如山。这种以农耕为业的社会结构延续了数千年，极大地影响了中原地区人民的文化心理、审美心态及中原文化发展趋势，同时也规范着人与自然的关系。

在以农为本的生产方式和生活形态中，周人关注着与农业生产相关的一切自然事物及自然现象，长期的生产实践使他们积累了大量对于自然事物的感受与经验。据晋人陆机统计，《诗经》中写到的草木有八十多种，鸟兽有三十多种，虫鱼有三十种。诸如：

> 陟彼高冈，析其柞薪。
>
> ——《小雅·车奉》
>
> 遵彼汝坟，伐其条枚。
>
> ——《周南·汝坟》
>
> 采采卷耳，不盈顷筐。
>
> ——《周南·卷耳》

这些诗句都是周人劳动生活的直接描述。而人们最初的审美对象便是这些与人类的生产活动有直接关系的动植物。例如《周南·葛覃》写道：

> 葛之覃兮，施于中谷，维叶莫莫，是刈是濩，为絺为绤，服之无斁。

诗人之所以赞美葛的茂盛，是因为可以获得更多的生活资料，织布缝衣。又如《召南·驺虞》写道：

> 彼茁者葭，壹发五豝。于嗟乎驺虞！

诗人之所以歌咏芦荻的茂密，是因为茂密的芦荻丛中隐藏着许多猎物，"中必迭双也"（朱熹《诗集传》）。再如《小雅·信南山》中写到对雨雪的赞美：

> 上天同云，雨雪雰雰，益之以霡霂。既优既渥，既沾既足，生我百谷。

这是因为天降瑞雪，正好有利于五谷生长。此外，人们咏《苤苢》，因为据说它是治病的药物，咏《采蘩》是因为它"于以用之，公侯之事"，是祭祀品。显然，在上述诗歌中所表现的对于自然事物的审美意识都是与物质功能的考虑相联系的。这并不奇怪，因为在人类审美意识的发展史上，美的观念是伴随着实用的观念而来的，人类最早的审美经验与物质需要的满足是一致的。这正如普列汉诺夫所说："从历史上说，以有意识的功利观点来看待事物，往往是先于审美的观点来看待事物的。"①

三 "以写我忧"：初萌的审美意识

在《诗经》中从物质功用角度来写自然景物的作品不多，大量的是这样一些描写：

> 关关雎鸠，在河之洲。窈窕淑女，君子好逑。
> ——《周南·关雎》
> 桃之夭夭，灼灼其华。之子于归，宜其室家。
> ——《周南·桃夭》
> 彼泽之陂，有蒲与荷。有美一人，伤如之何。
> ——《陈风·泽陂》
> 山有扶苏，隰有荷华。不见子都，乃见狂且。
> ——《郑风·山有扶苏》

在上述这些诗歌中，人们对于自然景物已不囿于物质功用的考虑，他们有意识地把对于自然景物质朴的认识与自己的精神生活、感情活动联系起来。

也就是说，在《诗经》的时代，一方面人们对山川自然怀着敬畏崇拜之心，另一方面人与自然之间又始终存在着一种亲密和谐的关系。人们不仅把大自然当作物质生产的对象，同时也开始有意识地把它视为精神生产的对象。山林河流不仅为人们提供各种物产，满足人们的物质功用需要；也为人们提供宣泄情绪、体验悲欢的场所及契机。相恋的青年男女在桑间

---

① ［俄］普列汉诺夫：《论艺术（没有地址的信）》，曹葆华译，生活·读书·新知三联书店1973年版，第108页。

濮上、水边社前幽会：

> 期我乎桑中，要我乎上宫，送我乎淇之上矣。
> ——《鄘风·桑中》

或在春水荡漾的河边嬉戏：

> 溱与洧，方涣涣兮。士与女，方秉蕑兮。……洧之外，洵訏且乐。维士与女，伊其相谑。赠之以芍药。
> ——《郑风·溱洧》

在这种时刻，富于生机的自然风物暗暗拨动着人们心灵深处对生命的本能渴求。在另一些时候，山川自然又触动着人们心底的哀伤悲愁。远行的征人登山喟叹，自伤劳苦：

> 渐渐之石，维其高矣。山川悠远，维其劳矣。武人东征，不遑朝矣。
> ——《小雅·渐渐之石》

濒于绝境的人见蓬勃丛生的野草而百感交集：

> 隰有苌楚，猗傩其枝。夭之沃沃，乐子之无知！
> ——《桧风·隰有苌楚》

类似的诗歌还有《郑风·褰裳》《小雅·鸿雁》等。虽然在这些诗歌中，自然景物不过是抒情言志的一个媒介、一种辅助手段，并不是独立的审美对象；但是，见景触情，心灵与外物在刹那间撞击沟通，其中所表现的自然美意识远比《葛覃》《驺虞》要高级多了。

尤其值得注意的是，在《诗经》的个别篇什中已涉及有意识的审美活动。《邶风·泉水》第四章写道：

> 我思肥泉，兹之永叹。思须与漕，我心悠悠。驾言出游，以写我忧。

这是远嫁他国的卫女怀念故乡的咏叹。《卫风·竹竿》第四章写道：

> 淇水滺滺，桧楫松舟。驾言出游，以写我忧。

诗歌写怀念昔日情侣的男子登舟泛水以消愁。这两首诗都直言"驾言出游，以写我忧"。看来，在《诗经》的时代人们从实际体验中感受到自然山水具有怡情遣怀悦心的审美功能，已粗具"娱情"的审美动机。

综上所述，《诗经》所反映的自然意识大致呈现出原始的宗教观念到物质功用的观念、再到精神功用的观念这样一个过程。从《诗经》中直接写到山水的诗篇看，人们对待山水的态度也有一个从《周颂·般》的敬畏崇拜到《郑风·溱洧》的亲切嬉戏的变化。

第二节 《诗经》的自然景物描写

《诗经》涉及的自然景物众多，包括山川草木、风霜雨露、虫鱼鸟兽，它们绝大多数出现在每章的开端。诗人在抒写人生感慨、社会忧愤、剖析心曲时，为了营造某种气氛或情绪，为了牵引出诗歌的主旨，而信手拈来某种自然景物作为遣兴抒怀的媒介。后人把《诗经》的表现手法概括为"赋""比""兴"。

一 "比兴"：人与自然之间对应关系的显现

人们在长期的社会实践中逐渐认识到自然事物与人类的社会生活有着多方面的联系，对于人类的社会生活有着多方面的象征意义，自然界内在的有规律的运动也与人们的情绪感受有着一种不可言状的相通之处。"桃之夭夭，灼灼其华"（《周南·桃夭》），灿烂的桃花使人想到青春少女的容颜；"野有蔓草，零露漙兮"（《郑风·野有蔓草》），草上滚动的朝露使人想到姑娘晶莹明澈的眼睛；"鸿雁于飞，哀鸣嗷嗷"（《小雅·鸿雁》），好似"劬劳于野"的流民；"习习谷风，以阴以雨"（《邶风·谷风》），风雨交加的景象总是使人产生凄凉之意；而"雍雍鸣雁，旭日始旦"（《邶风·匏有苦叶》），这生机勃勃的景象则唤起人们心中美好的希望。《诗经》的作者们在生活实践中发现，人与大自然之间存在着一种对应关系，人的思想情绪可以在自然界中找到适当的"对应物"，而人们微妙的内心世界也可以通过这些具体形象的"对应物"来表达（这与西方意象派为思想寻找"客观联系物"的理论有某些类似之处）。正是基于对人与自然的这种对应关系的认识和为了表现这种对应关系，《诗经》的无名作者们创造了"比兴"手法。

"比"，即比喻。人们在社会实践中发现，有的自然事物与人类社会生活中的某些现象有相似之处，可以"以彼物比此物也"。这一类的比喻在《诗经》中很多。像《大雅·常武》写道：

> 如江如汉，如山之苞，如川之流，绵绵翼翼。

以山川来比喻军旅，生动地表现出它的声威气势。前面提及《小雅·天保》中连用九个比喻，把抽象的福寿比喻为可以感知的山川景物。又如《大雅·卷阿》第九章：

> 凤凰鸣矣，于彼高冈。梧桐生矣，于彼朝阳。菶菶萋萋，雝雝喈喈。

诗人以凤栖梧桐、高冈朝阳、百鸟和鸣来比喻"天子得人，野无遗贤"的盛况，颇有帝王气象。这一类型的比喻，着眼于事物的外部形貌与人类社会生活的相似点，像《小雅·节南山》开头写道：

> 节彼南山，维石岩岩。

即取南山巍峨高峻之状与朝廷重臣赫赫权势相似之处。还有一些比喻，着重把握自然事物的内在特征与人类生活现象的相通之处。比如螽斯有生子繁多的特点，诗人便用它比喻子孙众多，"宜尔子孙，振振兮"（《周南·螽斯》）；蜉蝣朝生暮死，诗人便用它来比喻生命的短暂。《诗经》中也有通篇以自然事物来比喻人的。比较典型的有《魏风·硕鼠》，以老鼠来比喻贪得无厌的剥削者；《豳风·鸱鸮》全篇以一只失子毁巢的母鸟来比喻处境危殆的人。贴切的比喻使诗歌的主旨得到最恰当的表达，也使诗意含蓄有味。例如《召南·摽有梅》：

摽有梅，其实七兮。求我庶士，迨其吉兮。

摽有梅，其实三兮。求我庶士，迨其今兮。

摽有梅，顷筐墍之。求我庶士，迨其谓之。

诗表现了女子到适当年龄尚无配偶而唯恐耽误青春的心理。"摽"，坠落的意思。每章的一、二句以梅子的坠落来比喻青春消逝。梅子纷纷坠地，未落的果实由十分之七，到十分之三，最后所剩无几。女子希望求婚男子及时到来的心情也一天比一天迫切。诗歌的主旨通过"摽有梅"的比喻得到形象生动的表达。

如果说，"比"着重于表现自然事物与人类社会生活相似的属性；那么，"兴"则着重于表现自然事物与人们精神上感情上的联系。唐代皎然说"取象曰比，取义曰兴"，正是从这个意义上来区别"比""兴"的。在《诗经》中有大量的自然景物是作为"兴"起某种感情的特定对象而出现的。例如：

萚兮萚兮，风其吹女。叔兮伯兮，倡予和女。

——《郑风·萚兮》

这首诗是女子要求爱人同歌共舞。人在歌舞欢乐时常有飘飘欲起的感觉，如同风中之落叶。此诗即以风萚起兴，渲染出一种欢快活跃的气氛。又如：

燕燕于飞，差池其羽。之子于归，远送于野。瞻望弗及，泣涕如雨。

——《邶风·燕燕》

在空中上下翻飞、盘旋不去的燕子，仿佛离人心中依依别情的外化，故而诗人以"燕燕于飞"兴起绵长深厚的惜别之情。值得一提的还有《豳风·东山》，此诗每章的开首均写道：

> 我徂东山，慆慆不归。我来自东，零雨其濛。

"我徂"二句吐露着久戍者内心的积愤，情绪沉郁；"我来"二句则以纷纷飘飘的蒙蒙细雨渲染着东归士兵内心的凄楚悲凉。通过反复吟唱，这凄迷雨景兴起的感伤气氛弥漫全诗。另外，生长在坡地水畔的蒲草荷花，引起诗人对"美人"的思念，不觉"寤寐无为，涕泗滂沱"（《陈风·泽陂》）；从南山那边隐约传来的雷声，使诗人想起从役在外的人："振振君子，归哉归哉。"（《召南·殷其雷》）上面所举的例子，都是由某种自然景物而触发某种情绪并引出与这种情绪相关的事件。

还有另一种情况，就是自然景物不仅仅是"兴"起一种情绪，而且还具有某些象征、暗示的意义。例如《邶风·北风》：

> 北风其凉，雨雪其雱。惠而好我，携手同行。其虚其邪，既亟只且！

风狂雪猛的景象不仅给人一种悲愁之感，而且还暗示着国家危乱将至，所以诗人召唤相好之人去而避之。《小雅·四月》中所写"秋日凄凄""冬日烈烈，飘风发发"，也有着象征祸乱日进、时局动荡的意义。显然，在这种情况下，自然景物与人的精神活动呈现出比简捷的感情呼应更为复杂的关系，这就是后人所说的"象外之意"。

不过，在许多时候，"比"与"兴"实际上是浑然而用的。比如"桃之夭夭，灼灼其华"，固然是兴起欢乐之情，但又何尝不是以鲜花来比喻容光焕发的新嫁娘？又如：

> 苕之华，芸其黄矣。心之忧矣，维其伤矣。
> ——《小雅·苕之华》

诗中枯萎的花朵比喻那个伤心欲绝的人儿，同时也兴起一股萧索凄凉之意笼罩全诗。

二　"比兴"：粗线条的勾勒

《诗经》中作为比兴的自然景物描写有什么特点呢？

作为比兴的自然景物，在人们的内心联想中都是和特定的生活感受联系在一起的。人们之所以吟咏某些景物，是因为它与人类社会生活有着某种联系，人们能够由此及彼，引起联想。比如，诗人之所以歌咏"隰有苌楚，猗傩其枝"，是因为他从苌楚的"无知""无家""无室"，联想到"政烦赋重，人不堪其苦，叹其不如草木之无知而无忧也"（朱熹《诗集传》）。《诗经》不少抒情作品的民间作者（很可能也是歌唱者）正是利用人们在类似的生活实践中有着与某种景物接触的共同的日常体验来引起感情的共鸣，与诗歌的主题产生呼应。因此，一般来说，作为比兴的自然景物是诗歌中的一个旋律、一个节奏，它们主要的不是通过自然形象的具体生动的描绘来完成表达某种感情的任务，而更多的是依靠人们来自日常生活经验的补充、联想来完成的。粗线条的勾勒，而不是精细的描绘，这是其显著特点。

也就是说，《诗经》"比兴"的创作者们注意表现的是人与自然之间那种对应关系本身，要展示的是自然事物对于人类社会所具有的特定意义，而不是自然事物的自然形貌。这些"比兴"所传达的感情大多是一种普遍的感受、共同的体验，而缺乏个体心灵的独抒。因此，作为传达某种普遍的感受、共同的体验的媒介，《诗经》中自然景物呈现的是某种共性，诸如"灼灼其华""其叶蓁蓁""扬之水"等，而缺乏个性特征的刻画。一方面受制于所承担的"角色"，另一方面受制于尚属初创阶段的艺术技巧及审美能力，《诗经》中的自然景物描写难免粗疏笼统之失。不过，为了准确地把握人与自然的对应关系，找到合适的"对应物"，诗人们对于自然事物的形貌也有相当细致的观察。像《小雅·蓼萧》中分别用"湑兮""瀼瀼""泥泥""浓浓"等来表现露珠或清湛、或繁多、或浸润、或浓重的不同形貌，使诗中的自然景物形象随着旋律的重沓而呈现出细微的变化。

三 "赋"：始创写景抒情手法

"比"与"兴"之外，《诗经》也有些作品采用直陈其事的"赋"或"赋而兴"的手法。《秦风·蒹葭》就是比较典型的例子：

蒹葭苍苍，白露为霜。所谓伊人，在水一方。溯洄从之，道阻且长。溯游从之，宛在水中央。

蒹葭凄凄，白露未晞。所谓伊人，在水之湄。溯洄从之，道阻且跻。溯游从之，宛在水中坻。

蒹葭采采，白露未已。所谓伊人，在水之涘。溯洄从之，道阻且右。溯游从之，宛在水中沚。

在秋天的早晨，芦苇上的露珠浓重，诗人已冒着清寒徘徊在秋水边，寻找所思的人儿。诗中以芦苇、霜露、秋水等景物构成一幅凄迷幽远的画面，并通过芦苇上霜露的变化暗示出时间的流逝，凄清的秋景烘托出所思不见的惆怅心情，韵味深隽，富于抒情性，是"诗三百"中的佳篇。又如《陈风·东门之杨》：

东门之杨，其叶牂牂。昏以为期，明星煌煌。

这是一首情诗。他们本来相约黄昏后在东门杨树下幽会，然而直到夜深人静，仍不见那人儿的身影。诗人并没有直接倾诉心情，而是通过满天灿烂的星斗、星光下枝叶茂盛的杨树等景物描写，让人会意其内心的焦灼、不安、失望。以景传情，应当说此诗的作者处理得相当高明。

因以景写情、含蓄深永而深得后人赞赏的诗篇还有《小雅·采薇》末章：

昔我往矣，杨柳依依。今我来思，雨雪霏霏。行道迟迟，载渴载饥。我心伤悲，莫知我哀。

在一个雨雪纷飞的日子，戍卒终于怀着一颗破碎的心踏上归途。他想起，当年离开家乡时，正是春天，杨柳低拂；而今日重返故乡，却是雨雪迷漾的冬天了。诗人以"杨柳依依"的春景来渲染昔日离乡时的难舍之情，以"雨雪霏霏"的冬景来表现今日内心的悲苦凄凉，情景相生，韵致深厚，被六朝人誉为"诗三百"中最好的句子。"昔我"四句是以情与景的协调来深化诗境，《豳风·七月》第二章则是以情与景的对立来突出诗旨：

> 春日载阳，有鸣仓庚。女执懿筐，遵彼微行，爰求柔桑。春日迟迟，采蘩祁祁。女心伤悲，殆及公子同归。

明媚的春色和黑暗的人世，自由歌唱的鸟儿和惴惴不安的采桑女，形成了鲜明的对照，以乐景写哀情，更增强了此诗的控诉力量。中国古典诗歌以景写情、情景交融的传统，便是从《采薇》《蒹葭》等开端的，其中反映着人们质朴的审美感受。

以上讨论了《诗经》中自然景物描写的手法及特点。《诗经》中直接描状山水的诗句不多，诸如：

> 秩秩斯干，幽幽南山。
>
> ——《小雅·斯干》

写清澈的山涧、幽深的南山；又如：

> 扬之水，白石凿凿。
>
> ——《唐风·扬之水》

写河水激扬，白石闪烁其间。虽然仅仅是对山水形貌的简单、直观描述，然而模山范水的六朝山水诗的胚胎正是孕育在这些古朴的吟唱中。

第三节 楚辞所反映的自然美意识

如果说，《诗经》主要反映了黄河流域一带中原文化的特点，那么，以屈原的作品为代表的楚辞则带有浓厚的江淮流域地方色彩。由于楚辞所反映的社会生活、地理环境、民间习俗都与中原地区有很大的不同，因此其中所表现的人与自然的关系、人们对于自然美的认识，也具有与《诗经》不同的特点。

一 巫术文化的神奇"保留地"

战国时期的楚国早已进入了阶级社会。在相对独立的长期发展过程中，楚人吸取了中原先进的生产技术，创造了相当先进的物质文明。从当代考古出土的丰硕成果看，当时楚国在冶炼、铁器制造、纺织、建筑等方面都取得了惊人的成绩。可以说，就生产力发展而言，楚国基本上处于与中原诸国同一水平线上。正是凭借着比较雄厚的国力，楚庄王才公然有"问鼎"之举，楚国才可以跻身于七雄之一，这是一方面；另一方面，在社会形态和意识领域，楚国又保留着原始氏族社会的某些习俗，这突出地表现在巫风的盛行上。

在人类进入文明社会之前经历了一个巫术文化阶段。在这个阶段，在蒙昧幼稚的初民意识中，万物皆备灵性，人则与万物混沌一体。初民们渴望通过虔诚的祭祀、狂热的歌舞和占卜等活动获得一种超自然的神秘力量，进入与神灵沟通的奇异境界。因此所谓巫术文化是一种蛮荒色彩很浓的原始宗教形态。"殷人尊神，率民以事神"（《礼记·表记》），巫风浓烈；"周人尊礼尚施，事鬼敬神而远之"（《礼记·表记》），随着人类理性的觉醒，已逐渐走出了巫术文化氛围。整部《诗经》中只有《大雅·生民》和《商颂·玄鸟》尚保存少量有关商、周氏族起源的传说，即是一个明证。

然而，当巫术文化已被"不语怪力乱神"的儒家理性主义扫荡之时，楚地却依然巫风盛行，君臣上下"信巫鬼，重淫祀"，奇特地成了一个难得的"自然保护区"。《汉书·郊祀志》就记载着屈原生活的时代事奉巫觋的情形："楚怀王隆祭祀，事鬼神，欲以获福助，却秦师，而兵挫地削，身辱国危。"毫无疑问，事巫敬神是一种不开化的落后的社会意识。但是这种民间习俗和文化传统却使楚人幸运地保留着人类童年的天真。因此，当神话已被"未能事人，焉能事鬼"的周人理性地放弃时，在楚地却保留着、继续产生着大量光怪陆离、诡异奇妙的神话传说，楚人依然沉浸在"一片奇异想象和炽烈情感的图腾——神话世界中"（李泽厚《美的历程》）。

以屈原的作品为代表的楚辞正是在这片神奇的土壤上成长起来的。楚地有巍巍高山、滔滔江河，万类繁育，物产丰饶，得天独厚的自然环境使楚地人民"不忧冻饿"（《汉书·地理志》），更多地感受着大自然仁慈的爱抚，心中滋长着对于大自然的亲切情感；巫风盛行的习俗、巫觋文化的历史传统使楚人对大自然抱着一种童稚的好奇心，以人类童年独有的想象力去把握周围的环境，充满了浪漫的情调。亲切而浪漫，正是楚人与大自然关系的基本特点。

二 《九歌》:"民神杂糅""民神同位"

在屈原的作品中,最具地方色彩、最能表现出楚人中所流传的原始初民遗风的是《九歌》。"九歌"的来源很古老,据说在夏朝就已经出现了。楚人素来有祭祀自然以求福佑的风俗①,《九歌》十一篇中,除了《国殇》祭战死者的亡灵,《礼魂》为送神曲外,其余九章所祭的都是天地山川日月星辰之神。因此《九歌》所表现的人与自然的关系深刻地烙上了巫术文化独特的印记。

那么,《九歌》所透露的人与自然的关系有什么特点呢?

《国语·楚语》记载:

> 及少皞之衰也,九黎乱德,民神杂糅,不可方物。夫人作享,家为巫史,无有要质,民匮于祀,而不知其福,烝享无度,民神同位。

这是批评楚地巫风之弊。不过,这个关于巫风的较早记载可以给人们两点启示。第一,"夫人作享,家为巫史",似乎人人都可以通神——楚人在狂热地事巫的同时,也将自己的意识"巫化"了。这就导致了第二点:"民神杂糅""民神同位",在楚人的意识中,人与"神"之间并没有不可逾越的沟堑。正是这种"家为巫史""民神杂糅"的原始而浪漫的气息滋养了楚人对于自然事物所持有的独特态度:自然事物既不像《诗经》中的"桃之夭夭""蒹葭苍苍"作为社会生活的某种"对应物"而与人发生很现实的关系,也不是高高在上、令人战栗、不可接近的神祇。自然是"神",而人可以与神"杂糅""同位"——楚人与自然之"神"结成了一种超现实的亲切关系。

这种超现实的亲切关系在《九歌》中有生动形象的表现。

首先,从《九歌》中可以看到,楚人对大自然怀着一种既是宗教的又是艺术的情绪。自然事物及其变化,对于他们来说是一个神秘的谜,他们把自然想象为"超人的存在物","扬枹兮拊鼓,疏缓节兮安歌,陈竽瑟兮浩倡"(《东皇太一》),热烈礼赞——这是宗教的情绪。然而,在更多场合,自然神灵并不高踞于人之上,而是可以追求爱慕的对象。他们对着漂泊无定

---

① 比如刘向《说苑·君道》说:"楚庄王见天不见妖,而地不出孽,则祷于山川。"陆机《要览》中记载楚怀王祭祀自然之神的情况:"楚怀王于国东偏起沉马祠。岁沉白马,名享楚邦河神,欲崇祭祀。"

的云吟唱:"思夫君兮太息,极劳心兮忉忉。"(《云中君》)又在潺湲的江边叹息:"沅有芷兮澧有兰,思公子兮未敢言。"(《湘夫人》),对着山川神灵掬出绵长情意,呼唤着它们,在想象中上演了一幕幕人神相恋的动人故事。楚人在对自然进行想象加工的同时,也对自己的生活现实进行了想象加工。比如,楚地以"泽国"著称,湖泊棋布,楚人因此善舟楫,多舱船,他们即想象"令沅湘兮无波,使江水兮安流"(《湘君》),那普通的小木船也变成了"薜荔柏兮蕙绸,荪桡兮兰旌"(《湘君》)。楚人或住茅屋山洞,着草叶树皮,而在想象中那茅舍变成以荷叶为盖,以荪草为壁,房梁是桂枝搭的,屋是兰草编成,既神奇又精美;以草为衣,也变成了"荷衣""蕙带"。楚人正是把现实生活诗意化,并将诗意化的生活通过自然神灵们的居处行止再现出来,以便"民神杂糅",出入无间。这正如歌德所说的:"人从广阔的世界里给自己划出一个小天地,这个小天地就贴满了他自己的现象。"(《拉伐戴骨相学著作札记》)——这便是艺术的情绪。

其次,在这种对于大自然的既是宗教又是艺术的情绪支配下,楚人在把山川自然"神化"的同时,也把它们"人格化",把它们想象为具有人的思想感情,可以与人类心灵相通。在《九歌》中出现的神灵不仅有性别,还有个性:

　　暾将出兮东方,照吾槛兮扶桑。抚余马兮安驱,夜皎皎兮既明!驾龙辀兮乘雷,载云旗兮委蛇。
　　　　　　　　　　　　　　　　　　　　——《少司命》

那辉煌灿烂的太阳神宛如一位声势显赫、气宇轩昂的君主;主寿夭的星宿好像是一位不苟言笑的大法官:

　　纷总总兮九州,何寿夭兮在予。高飞兮安翔,乘清气兮御阴阳。
　　　　　　　　　　　　　　　　　　　　——《大司命》

而专司儿童命运的神灵则像一位温柔多情的少女:

　　秋兰兮青青,绿叶兮紫茎。满堂兮美人,忽独与余兮目成。
　　　　　　　　　　　　　　　　　　　　——《少司命》

她眉目传情，情意款款。这些山川自然之神也有着与人类相同的喜怒哀乐。比如《湘君》和《湘夫人》描写的是湘水一对配偶神的爱情故事。然而，"横流涕兮潺湲，隐思君兮悱恻"（《湘君》），那种男痴女怨，缠绵悱恻的情思；"登白薠兮骋望，与佳期兮夕张"（《湘夫人》），那种望穿秋水、心神恍惚的相思；"时不可兮再得，聊逍遥兮容与"（《湘君》），那种执手洒泪的哀痛，却全然是人类的情绪。再如《山鬼》，幽深峻拔的巫山被人格化为一位多情的姑娘，她热恋着一位青年，满怀欣喜地前往赴约。她因幸福的憧憬而"既含睇兮又宜笑"，因所望不至而哀愁缕缕，猜疑不定：

  采三秀兮于山间，石磊磊兮葛蔓蔓。怨公子兮怅忘归，君思我兮不得闲。山中人兮芳杜若，饮石泉兮荫松柏，君思我兮然疑作。

她猜疑着心上人失约的原因，相信他还是思念自己的；但转念间又对此半信半疑，内心煎熬不已。显然《九歌》中的山川神灵们拥有的是人类的感情世界。

  再次，从《九歌》中可以看出，楚人意识中的山川自然之神不仅是"敬"的对象，而且也是"娱"的对象。比如《东皇太一》所祭的是威力至大无边的天神，但诗中并没有描写它的威严、神力及人们的敬畏心理，全诗的主旨是歌舞娱神，以"穆将愉兮上皇"起始，以"君欣欣兮乐康"结尾，通过描写祭祀场面的隆重、陈设的华丽、肴馔的精致、歌舞的热烈来表达一种"娱神"与天之尊神亲近的愿望。又如《河伯》所祭的是黄河之神。黄河泛滥，人或为鱼鳖，这是古人无法抵御的灾难，只能向河神祈祷。然而在这首诗中歌吟的却是有关河神的恋爱故事[①]。其中有：

  登昆仑兮四望，心飞扬兮浩荡。日将暮兮怅忘归，惟极浦兮寤怀。

这是急切的追寻，又有：

---

  ① 郭沫若说："我了解为男性的河神与女性的洛神讲恋爱。"（《屈原赋今译》）游国恩说："窃尝反复玩索，以意逆志，而后知其确为咏河伯娶妇事也。"（《楚辞论文集·论九歌山川之神》）

乘白鼋兮逐文鱼，与女游兮河之渚，流澌纷兮将来下。

这是情意缠绵的嬉游。也有：

　　子交手兮东行，送美人兮南浦。波滔滔兮来迎，鱼鳞鳞兮媵予。

这是难分难舍的惜别。哪里有对河之凶神战战兢兢的敬意？祈祷河神以求消灾的宗教目的完全消融在欲与河神长久亲近、偏偏却离合迟速的无尽幽怨之中。像这种欲与所祭之神亲近的愿望，在《九歌》中是很普遍的，它或表现为对神灵的热烈礼赞（而不是充满恐惧的尊崇），或表现为人神间情意深绵的执着追求，或表现为会合无缘的失望痛苦。这是《诗经》祭祀乐曲中所没有的。梁代刘勰曾评说楚辞："士女杂坐，乱而不分，指以为乐，娱酒不废，沉湎日夜，举以为欢，荒淫之意也。"（《文心雕龙·辨骚》）这是从儒家礼教文化角度做出的责难。其实，《九歌》歌舞娱神所表现的是楚人"民神杂糅""民神同位"的原始自然意识，袒露的是人类童年才拥有的对大自然的浪漫情怀。

三　屈原自然观念中的理性色彩

　　如果说，作为流行于楚地巫觋遗风的艺术反映，《九歌》中所反映的人与自然之间那种"超现实"的浪漫而亲切的关系，是当时楚人对于山川自然的一种群体意识；那么，作为中国文学史上第一个表现出创作个性的诗人，屈原在其他一些作品中反映的自然美意识则更多地展示了个人的思想风采。

　　分析屈原的《天问》《九章》《离骚》等作品，即可以看出，屈原在从楚文化传统中吸取艺术养分的同时，也深受中原文化的影响。自春秋后期以来，楚人为了改变被视为"荆蛮"的落后状态，在吸收中原先进的生产技术的同时，也开始注意引进中原先进的文化思想。而在社会动荡中，不少周王室珍藏的典籍流入楚国，以致楚国拥有《三坟》《五典》等他邦未见之书。因此，楚国贵族都精通夏言，熟读诗书，能在各种场合随意称引，对中原的典章制度也相当熟悉。比如楚庄王时，《春秋》《诗》《礼》《乐》等典籍即被规定为太子必修的课程。屈原出身于与楚王同姓的贵族家庭，自幼受到良好的文化教育，他"博闻强志"，担任过专司教化之职的三间大夫，曾出使齐国，自然有很多机会接触到中原典籍和诸子学术思想。王国维在《屈子文学之精神》中说屈原"南人而学北方之学者也"，是很精当的论断。

正因为吸取了"北方之学"的精华，屈原的思想富于时代特色。屈原是一个诗人，但他首先是一个政治家。他26岁时就担任了楚怀王的左徒之职，深受信任。他希望辅佐楚王，"及前王之踵武"，实行王道美政，富国强兵，进而统一天下。当他刷新政治的努力失败之后，尽管满腔悲愤，却没有改变初衷，一再申说"亦余心之所善兮，虽九死其犹未悔"（《离骚》），宁可"伏清白以死直兮"（《离骚》），也不肯"变心以从俗"（《九章·涉江》）。显而易见，屈原所具有的积极入世精神、以道自任的使命感、对尧舜禹汤文武之道的推崇、"览民尤以自镇"的仁爱思想、坚守节操及追求个体人格的完美等，无疑都与儒家思想有密切的内在联系。而他反对"背法度而心治"，主张"国富强而法立"（《九章·惜往日》）等思想，则具有明显的法家色彩。也就是说，作为一个政治家，屈原的头脑心灵都接受了北方理性精神的洗礼。

因此，作为一个诗人，屈原的心智也没有迷失在楚地巫风的神秘玄想和宗教热情中。相反，当他的想象力自由地驰骋天地六合、驱使神灵鬼怪之际，当他的心湖掀起狂潮之时，他始终能保持着一份哲人式的清醒理智，审视着社会历史人生。

同样，当他以一种"超现实"的浪漫情怀面对山川自然而歌咏时，也没有忘记在其中融入理性思索。在《天问》《九章》《离骚》等作品中所表现的自然观念都具有一种理性色彩。

先看《天问》。"问，难也。天地之大，有非恒情所可测者，设难疑之。"（戴震《屈原赋注》）屈原怀着探求宇宙一切事物变化之理的强烈愿望，在诗中提了一百七十多个问题，纷纭错综的人事和变幻莫测的自然均在设问之列。如果说，屈原对于古代历史神话传说的提问，含有总结治乱兴衰历史教训的意义，那么，他对于变化精微的天体天象的提问，则表现出探求自然奥秘的极大兴趣。比如他问：

斡维焉系？天极焉加？八柱何当？东南何亏？

天何所沓？十二焉分？日月安属？列星安陈？

> 东流不溢，孰知其故？东西南北，其修孰多？

在那些奇矫突兀的问难中，展示着源于楚文化传统的奇妙想象力和勃发的好奇心，更表现着觉醒的人类理性在面对自己童年时期的幼稚想象时必然会有的一种探索怀疑精神。

再来看《离骚》《九章》等。众所周知，屈原是一个伟大的爱国诗人，他的诗篇中洋溢着炽热的爱国感情。在本小节的开头曾谈到，由于楚地的自然环境及巫觋文化传统的影响，楚人与大自然的关系具有浪漫而亲切的特点。作为楚人的屈原也不例外。但是值得注意的是，屈原把他的美政理想、批判精神及"恐皇舆之败绩"的政治责任感，具体化为对楚地一山一水、一草一木的热爱，也就是说，他把自己对楚国命运的关切与对楚国山水草木的依恋之情联系在一起。因此，在屈原的作品中突出地表现着一种"鸟飞返故乡，狐死必首丘"(《哀郢》)的乡土之情。在《哀郢》中他"望长楸而太息兮，涕淫淫其若霰"，"登大坟而远望兮，聊以舒吾忧心"，"夏首""龙门""洞庭""夏浦"等楚地景色，无不使他触目伤情，勾起他对郢都命运（即楚国命运）的牵挂："曾不知夏之为丘兮，孰两东门之可芜？"想不到郢都的宫室竟成废墟，东关城门怎么变成荒芜之地？在《离骚》中，他怀着绝望的心情听从灵氛的劝告，选定吉日，驾着飞龙，去国远游。然而正当在九天之上邀游的时候，突然在光明的太空中望见下面故乡的大地：

> 陟升皇之赫戏兮，忽临睨夫旧乡。仆夫悲余马怀兮，蜷局顾而不行。

他心头顿时翻腾起对故乡的无限眷恋之情，再也不忍离去，宁可自沉于故乡的江河中。《涉江》中，烟雨凄迷的楚山楚水也触动着他对小人当道、国事日非的深重忧心。在《抽思》中他一往情深地倾诉：

> 望北山而流涕兮，临流水而太息。望孟夏之短夜兮，何晦明之若岁。惟郢都之辽远兮，魂一夕而九逝。曾不知路之曲直兮，南指月与列星。愿径逝而未得兮，魂识路之营营。

孤独的梦魂在茫茫黑夜中忙碌地寻找回郢都的路径。正是这种对于祖国山河"魂一夕而九逝"的深情眷恋，生动表达了诗人对祖国矢志不渝的忠诚。

　　在上述这些作品中，诗人对大自然的亲近之感与对政治理想的执着追求及九死不悔的献身精神融汇在一起，升华为对祖国——这片有特定意义的江山的挚爱。可以说，屈原是文学史上第一个有意识地把自然山水风物与个人的思想感情联系起来的诗人。后世不少诗人如杜甫、陆游等常采用追念山川风物的方式来表达爱国情愫，而这种抒情方式正发端于屈原。

　　屈原作品中自然观念所具有的理想色彩，还显著地表现在他赋予自然草木以一种象征意义。这就是王逸说的："善鸟香草以配忠贞，恶禽臭物以比谗佞。"（《楚辞章句》）比如在《离骚》中用栽培香花幽草来比喻美好品格的培养：

　　　　纷吾既有此内美兮，又重之以修能。扈江离与辟芷兮，纫秋兰以为佩。汨余若将不及兮，恐年岁之不吾与。朝搴阰之木兰兮，夕揽洲之宿莽。

又用对香草的痴迷爱好来比喻坚持高风亮节：

　　　　既替余以蕙纕兮，又申之以揽茝。亦余心之所善兮，虽九死其犹未悔。

还把变节者或奸佞之徒比喻为臭草或萧艾。在《九章·橘颂》中，他更赞美"受命不迁，生南国兮，深固难徙，更壹志兮"的橘树，以此象征自己坚贞的人格。显然，在这些场合屈原是把草木的自然属性与人的道德精神相联系，注重的是自然草木禀赋的象征意味，把香草佳木当作美德的"对应物"，而把臭草当作恶德的"对应物"。将自然景物与人的精神品德相联系的观念，在《诗经》中已露端倪，而在儒家那里得到进一步发挥。这集中地体现为孔子的"比德"说。屈原以草木比喻道德品质所反映的自然美观念，与孔子"君子比德焉"的看法是一致的。需要指出的是，屈原作品中"香草美人"的托喻虽然有很强的现实性，但是它们在诗中所造成的艺术效果却仍然富于浪漫色彩。比如，"朝饮木兰之坠露兮，夕餐秋菊之落英""制芰荷以为衣兮，集芙蓉以为裳"（《离骚》），以露珠落英为食，以花草为衣，这样的形象显然出于诗意的想象力。

综上所述，以屈原为代表的楚辞中所呈现的人与自然的关系，表现了楚地巫术文化背景的深刻影响，其基调是"超现实"的浪漫，另外，又接受了中原理性精神的影响，某些时候被赋予了现实的政治的及道德的意味。

第四节　楚辞中的自然景物描写

清人恽敬曰："三百篇言山水，古简无余辞，至屈左徒而后，瑰怪之观，淡远之境，幽奥朗润之趣，如遇于心目之间。"（《游罗浮山记》）确实，比起《诗经》来，楚辞中的自然景物描写显示了更为细致的观察力和更为高级的艺术表现力。《诗经》中的景色描写是本色的、质朴的，而楚辞中的景色描写却绮丽多彩。

一　"人格化"的山川诸神形象

由于楚人以一种既是宗教的又是艺术的情绪来看待山水自然，所以屈原《九歌》中的山水自然既有"神"的灵通，又有"人"的心灵，而且不失自身所象征的自然事物的特征。例如，湘君、湘夫人、河伯等水神"乘水车兮荷盖"，凌波蹈浪，能"令沅湘兮无波，使江水兮安流"，又能使"冲风起兮水扬波"，他们的居处则是：

> 筑室兮水中，葺之兮荷盖。荪壁兮紫坛，播芳椒兮成堂。桂栋兮兰橑，辛夷楣兮药房。罔薜荔兮为帷，擗蕙櫋兮既张。白玉兮为镇，疏石兰兮为芳。芷葺兮荷屋，缭之兮杜衡。
> ——《湘夫人》

这些描写展现了江流潺湲、波涛汹涌的情景，以及沅湘水域一带水草丰茂、荷叶泛波的凄迷景象。巫山女神则是"被薜荔兮带女萝""饮石泉兮荫松柏"，令人想见巫山深处野草蔓生、古树森然、山泉汩汩的景致。《东君》中先写太阳喷薄欲出，"暾将出兮东方"，而后写太阳冉冉升起，巡天而行：

> 青云衣兮白霓裳，举长矢兮射天狼。操余弧兮反沦降，援北斗兮酌桂浆。撰余辔兮高驰翔，杳冥冥兮以东行。

描绘了一幅红日西沉、满天云霞、万丈光芒的壮丽景象。《云中君》写云神"览冀州兮有余，横四海兮焉穷"，在天空舒卷自如，须臾之间飘行四海。上述这些描写都抓住了自然事物独特的形貌，再辅以"人格化"，使山川诸神的形象奇幻而不失真。

二 具有个性色彩的景物描写

屈原作品中的自然景色描写都带着浓重的个人抒情色彩。像前面提到的"香草美人"之喻，即是借香花幽草来展示自己高洁的人格品质及内心的期待、失望等复杂感情。不过，更多的时候这些自然景物并不负有道德理念上的"大义"，纯然是诗人抒发内在情感的媒介。例如《九章·悲回风》中写道：

> 冯昆仑以瞰雾兮，隐岐山以清江。惮涌湍之磕磕兮，听波声之汹汹。

昆仑山喷涌翻腾的云雾及长江汹涌咆哮的涛声令诗人郁闷不舒的心情稍得宽解。这是诗人借名山大川的壮丽之景来遣怀开心。又如在《涉江》中写道：

> 入溆浦余儃佪兮，迷不知吾所如。深林杳以冥冥兮，猿狖之所居。山峻高以蔽日兮，下幽晦以多雨。霰雪纷其无垠兮，云霏霏而承宇。

渺无人迹的荒林，不见天日的深山，雨雪纷飞的天色——这凄迷荒凉的景色正透露出身遭放逐的诗人内心的凄惶、迷惘及悲苦。又如《怀沙》中写道：

> 浩浩沅湘，分流汩兮。修路幽蔽，道远忽兮。

沅湘奔涌，烟波浩渺，道路幽狭，遥遥无尽，这正是逐臣眼中的山水，无一不染上了他悲愤痛苦之情。

触景生情，借景传情，起端于《诗经》。不过，从上面所举的例子中可以看到，楚辞中的景物描写更为细致，所抒发的感情也更为丰富复杂，且带着鲜明的个性色彩，而不似《诗经》传递的是某种共同的日常体验。像上述例子中抒写的身世遭际之悲、仕途失意之叹以及对政局国运的担忧，都是很"个人"的。值得注意的是：屈原借景而抒的感情不局限于社会现实，还拓展到对于宇宙自然的认识体悟上。这突出地表现在他对"时间"的意识上。在《离骚》中他写道：

> 汨余若将不及兮，恐年岁之不吾与。朝搴阰之木兰兮，夕揽洲之宿莽。日月忽其不淹兮，春与秋其代序。惟草木之零落兮，恐美人之迟暮。
>
> 老冉冉其将至兮，恐修名之不立。朝饮木兰之坠露兮，夕餐秋菊之落英。

这些诗句中透露出一种敏锐的时间意识，蕴含着对时间流逝的焦虑和悲哀。这种时间意识使屈原笔下的自然景物多带上一层伤感色彩。更为重要的是，屈赋中"草木零落"的意象后来成为中国山水诗的一个普遍意象，伤春、悲秋、怜红、惜花的情景及江山依旧的感慨屡见于山水诗中。而屈原是第一个借助自然景物道出这种时间体验的诗人。

三 营造情景交融的艺术境界

在楚辞中，自然景物不像《诗经》中那样仅是某种情绪或意念的揭示，而往往自身就表现为具有审美价值的意象，是诗歌意境的有机组成。朱熹在《楚辞集注》中说："《诗》之兴多而比赋少，《骚》则兴少而比赋多"，他正确地指出楚辞的表现手法与《诗经》不大相同。"赋者，铺也，铺采摛文，体物写志也。"(《文心雕龙·诠赋》)因此，屈赋中的景物描写不是粗疏的勾勒以传达简单的感情呼应，而是"铺采摛文"的具体刻画，它与淋漓尽致的感情抒发融汇一体，创造出情景交融的艺术境界。例如《湘夫人》中：

  帝子降兮北渚，目眇眇兮愁予。袅袅兮秋风，洞庭波兮木叶下。

那缕缕不绝的秋风、烟波浩渺的湖水、萧萧飘落的黄叶——这些自然景色与飘然而至、心事缠绵的湘江女神共同构成了清渺幽远的意境。"袅袅"二句千古传诵不绝。又如《山鬼》中：

  余处幽篁兮终不见天，路险难兮独后来。表独立兮山之上，云容容兮而在下。杳冥冥兮羌昼晦，东风飘兮神灵雨。……雷填填兮雨冥冥，猿啾啾兮又夜鸣。风飒飒兮木萧萧，思公子兮徒离忧。

幽深的竹林、崎岖的山石、弥漫的云雾、晦暗的天色、飘零的细雨、萧瑟的风声、轰隆的雷电及啾啾猿啼——这一切精妙地烘托出"山鬼"惆怅凄苦的心情，营造出一种凄艳的意境。再如《招魂》① 的最后：

  朱明承夜兮时不可淹，皋兰被径兮斯路渐。湛湛江水兮上有枫，目极千里兮伤春心。魂兮归来哀江南！

长满兰草的小路渐渐被水淹没了，江水清澈，江岸上长着一棵棵枫树，这一派春色触动诗人的伤痛之心，他呼唤漂泊的孤魂归来吧。清寥幽淡的春景与诗人黯然的心情相互映衬，充分展示着情景交融的艺术魅力。

  值得注意的是，由于楚辞多用赋法，因此，出现在文中的自然景物不是单一的，而是一系列的展示，以便笔墨浓重地抒情写志。像《离骚》《九歌》等作品都通过一系列的意象来表达诗歌内在寓意和感情流向。在《九章·哀郢》中这个特点也很显著。诗中写道：

  发郢都而去闾兮，荒忽其焉极。楫齐扬以容与兮，哀见君而不再得。望长楸而太息兮，涕淫淫其若霰。过夏首而西浮兮，顾龙门而不见……将运舟而下浮兮，上洞庭而下江。去终古之所居兮，今逍遥而来东。……背夏浦而西思兮，哀故都之日远。登大坟而远望兮，聊以

---

① 《招魂》的作者历来有争议，《史记·楚世家》认为是屈原为招客死秦地的楚怀王之魂而作。一说为宋玉所作，招屈原之魂。

舒吾忧心。哀州土之平乐兮，悲江介之遗风。当陵阳之焉至兮，淼南渡之焉如。

在这里，诗人以细致的笔触刻画了离郢都愈来愈远而对它的思念愈来愈深的情景，真是一步一回头，肝肠寸断。诗中写沿途风物，提及一连串地名："夏首""龙门""洞庭""夏浦""陵阳"等。在屈原心目中，这些地名是与具体的楚山楚水相联系，是一种"潜在"的景物。这些"潜在"的景物随着诗人流放的行程而成为一个流动的背景，处处触动诗人的心事，使他为之洒泪长叹。这种表现手法，被后来记行役羁旅的赋（如刘歆的《遂初赋》、班彪的《北征赋》等）所继承。后来五言诗中的行旅诗、游览诗，尤其是谢灵运的一些山水诗，也是在流动的画面上写景抒情，只是那些"潜在"的景色已为具体的山水景物所代替了。不过，后世记行旅羁役的山水诗的最初形态，正发端于此。事实上，屈原作品中已出现类似后世行旅山水诗的片断描写，像前面所引《九章·涉江》中"入溆浦余儃徊兮"一段，即是一例。

综上所述，屈原将一腔忠愤郁勃之情借助自然景物描写淋漓尽致地抒发出来，使自然景物描写第一次成为"抒情个性"的有机组成，成为其惊天地、泣鬼神的艺术感染力的不可或缺的要素，大大突破了《诗经》比兴中人与自然景物之间那种简单对应的格式。屈原第一个将思乡念国的情愫、敏锐深刻的时间体验等通过自然景物描写表达出来，大大丰富了借景抒情的内涵，不仅促使了中国古典诗歌抒情言志的功能趋于完善成熟，同时也将情与景交融的艺术表现手法提高到一个新水平。而山水诗的胚芽也正是在情与景交融的艺术境界中得以孕育。

四　山水诗的精神源头：漂泊心灵的永恒"乡愁"

王逸在《九章序》中说："屈原放于江南之野，思君念国，忧心罔极，故复作《九章》。"在《天问序》中也说："屈原放逐，忧心愁悴，彷徨山泽，经历陵陆，嗟号昊旻，仰天叹息……以渫愤懑，舒泻愁思。"他强调指出放逐异域的苦痛、漂泊异乡的悲哀是屈原创作的原动力之一。而这种身世漂泊的感受，又是以触目伤心的异乡山水景物为媒介来表达的，恰如刘勰所说："屈平所以能洞监风骚之情者，抑亦江山之助乎！"（《文心雕龙·物色》）后世山水诗中抒写游子羁客愁思的传统主题，正初肇于屈原笔下。

　　需要特别指出的是，如果滤去屈原《离骚》《九章》等作品具体的历史的政治的因素，那么，屈原那颗遭到放逐的心灵所经历的"迷不知吾所如"（《涉江》）的彷徨无依、"上下而求索"（《离骚》）的苦苦寻觅、"魂一夕而九逝"（《抽思》）的深情眷恋……都在一个更具普遍意义的层次上揭示着一种生命漂泊之感。一个安顿心灵的愿望，透露着跨入文明门槛的人类对于曾经混沌一体的大自然的永恒"乡愁"。而这些，正是山水诗的一个极重要的精神源头。在楚山楚水间低吟曼唱的屈原第一次以痛苦的心路历程展示了人类回归大自然的潜在冲动。至于《九歌》所表现的"人"与自然之"神"之间执着的苦恋和倾慕，也同样透露着人类对于大自然的难解的情结，那些凄艳感人的吟唱所诉说的是对于一个与自然冥合的境界的向往。楚人"民神杂糅""民神同位"原始的自然意识，被屈原提炼为一种美学追求[①]。而这正是后世山水诗的哲学底蕴。

　　宋玉是屈原之后的著名楚辞作家。他的代表作《九辩》继承了屈原借山水自然景物抒写内心情感的手法，比如开头一节写道：

> 悲哉秋之为气也！萧瑟兮草木摇落而变衰。憭栗兮若在远行，登山临水兮送将归。泬寥兮天高而气清，寂寥兮收潦而水清。憯凄增欷兮，薄寒之中人。怆怳懭悢兮，去故而就新。坎廪兮贫士失职而志不平，廓落兮羁旅而无友生。

宋玉用萧瑟的秋风、枯萎的秋草、高爽的秋空、清寒的秋水等自然景物来渲染远行的凄怆和送别的惆怅，抒发仕途不遇、落拓江湖的感慨，刻画入微，具有强烈的艺术感染力——中国古代文人的"悲秋"意识及后世山水诗中"登山临水兮送将归"的传统主题，即肇端于此。

　　总而言之，在楚辞中自然景物已逐渐成为诗歌意旨的有机部分，而不仅仅是传达情绪或意念的媒介物，开始有了一定的独立的审美价值，尽管还没有成为独立的审美对象。

[①] 屈原明显受到庄子的影响。他虽然反对"不遣是非，以与世俗处"的人生哲学，但是他因愤世嫉俗而向往道遥宇宙，"与日月兮齐光"（《涉江》）的思想，则与庄子类似。

第五节 汉赋的山水自然观

一 "润色鸿业"

战国后期出现了从赋法演变成的、以模拟客观事物为主的文体——赋。它是在楚辞的基础上孕育和发展起来的,因此往往辞赋连称。在文人五言诗兴起之前,赋作为最主要的文学样式之一占领文坛四百年之久,名家辈出,盛极一时。

这与汉代统治者的提倡有密切关系。汉自文、景以后,各藩国如梁孝王刘武、淮南王刘安等都鼓励文人写作辞赋。汉武帝刘彻更是一个辞赋爱好者。这时的汉王朝经过六七十年的休养生息,经济繁荣,物产丰足,已经成为一个空前强大的封建帝国。好大喜功的汉武帝一方面连年用兵,炫耀武功;另一方面大兴土木,营造宫苑,巡游天下。整个统治阶层都陶醉在大帝国的繁华景象中,尽情享受着声色犬马之乐。为了"润色鸿业",歌颂汉王朝的文治武功,满足帝王精神生活的需要,朝廷上罗致了一大批辞赋家,"朝夕论思,日月献纳",使汉赋得到极大的发展。作为庙堂文学的汉赋尤其是散体大赋,其中所表现的山水自然观不可避免地受到其歌功颂德的创作宗旨的影响。

二 "君权神授"的象征

汉王朝是一个南北文化大融合的时代。在大一统的政治形势下,楚文化中的浪漫情调与中原文化中的理性精神,乃至阴阳五行、神仙方术等,交错并存,生动地表现在意识观念及文化创作之中。以绘画为例。汉代画像石及壁画中,往往人神杂处,伏羲、女娲、西王母等神话人物与帝王、先贤、忠臣、孝子等历史人物,以及农夫、射手、歌伎等现实人物,见于同一画面中。东汉王延寿也曾在《鲁灵光殿赋》中描述当时的雕塑绘画,一方面是光怪陆离的场景:"图画天地,品类群生,杂物奇怪,山神海灵","五龙比翼,人皇九头,伏羲鳞身,女娲蛇躯";另一方面是庄严敬重的诫示:"黄帝唐虞,轩冕以庸","忠臣孝子,烈士贞女,贤愚成败,靡不载叙"。这些绘画不仅是南北文化精神融汇后的艺术产品,更是汉人对社会历史现实的一种体认,是汉人宇宙观的一种艺术再现。它们在跨越时空以及将神话、历史、现实浑然为一的想象中,充分展示着汉帝国纵横六合的统治力量，是对汉家天子至上权威的肯定。

同样的，汉大赋"苞括宇宙，总览人物"（《西京杂记》），尽管有所谓的"讽喻劝诫"，但贯穿其间的是对汉帝国及汉天子统治权威的礼赞。因此，与这种整体文化精神相一致，汉大赋中最显著的山水自然观，就是将山川自然当作"君权神授"的象征。

以山川形象作为最高统治力量的象征，古已有之。比如周代表示爵位尊卑的"六瑞"之玉，第一"镇圭"，便是"雕凿四镇之山"。《周礼》春官司尊，掌六尊之位。郑玄注："山彝亦刻而画之为山云之形。"至于帝王们所热衷的封禅，即是通过祭望山川之神的仪式，使世俗的权势笼罩上"天意"的神圣光环，将对山川之神的崇拜与对帝王权势的肯定联系起来，以示"君权神授"。所以司马迁说："自古受命帝王，曷尝不封禅？"（《史记·封禅书》）他们都把山川当作帝王权势的象征。

因此，作为歌功颂德的庙堂文学，汉大赋中的宫室、苑囿无不富丽辉煌，以显示汉帝国的强盛富庶；而其中对山川的描绘，则是极尽夸饰，以便与汉天子的至上权威相协调。写原野，则广阔无垠：

> 左苍梧，右西极。丹水更其南，紫渊径其北……视之无端，察之无涯，日出东沼，入乎西陂。
>
> ——司马相如《上林赋》

> 斩丛棘，夷野草，御自汧渭，经营丰镐。章皇周流，出入日月，天与地沓。
>
> ——扬雄《羽猎赋》

写水，则万里奔流，浩瀚无际：

> 水虫骇，波鸿沸，涌泉起，奔扬会，垒石相击，硍硍磕磕，若雷霆之声，闻乎数百里之外。
>
> ——司马相如《子虚赋》

> 东郊则有通沟大漕，溃渭洞河，泛舟山东，控引淮湖，与海通波。
>
> ——班固《西都赋》

写山，则形容其不可攀之险、不可仰之高：

其山则盘纡弗郁，隆崇𡺲崒，岑崟参差，日月蔽亏，交错纠纷，上干青云，罢池陂陀，下属江河。

——司马相如《子虚赋》

其山则崆㟅嶱嵑，嶒崚𡹬崃。岝峉崪嵬，嶔巇𡾱嶬。幽谷嶜岑，夏含霜雪。或岩嶙而缅连，或豁尔而中绝。鞠巍巍其隐天，俯而观乎云霓。若夫天封大狐，列仙之陬。上平衍而旷荡，下蒙笼而崎岖。坂坻巀嶭而成巇，溪壑错缪而盘纡。

——张衡《南都赋》

从上面所举的例子中可以看出，汉大赋中所描绘的辽阔富庶的原野，包纳万物。气势磅礴的河流，高耸入云、气象万千的山岳，无一不象征着汉帝国无可匹敌的强大繁荣，无一不象征着汉天子不可一世的统治权威以及无限膨胀的统治欲望。在汉代辞赋家的笔下，山川景物作为苑囿、宫室、京都、田猎的自然环境而被精心铺陈、刻意夸饰，它们俨然成了汉帝国的缩影，俨然成了天地宇宙的缩影，其间的主宰则是"承天意以从事"的汉天子。

需要指出的是，将山川当作一种神秘的统治力量的象征这种观念，源于先秦儒家的"比德观"。孔子、荀子都以社会美来阐述自然美，认为山水美在于其体现了君子的美德。到汉代，"天人感应"目的论盛行，君权神授，所谓"君子之德"被神圣化，与之"比德"的山水自然也被罩上神秘色彩，成为真命天子"圣德"的象征。

三 失意心灵的认同对象

除散体大赋外，还有一类骚体赋。所谓骚体赋在形式及内容上都摹仿楚辞，句中多用"兮"字，多抒写文人怀才不遇的失意心情。于是，在汉赋中出现了一个有趣的现象：在润色鸿业的大赋中，看不到个人情感的抒写，作者的内心感情完全让位于歌功颂德的宏旨；而唯有在骚体赋中，他们才借助屈原的模式，以屈原的人格自许，吐露内心的失望怅恨。也就是说，大赋多是"入世"之作，是作者对汉帝国统治精神的一种响应；而骚体赋多是"出世"之作，表达作者对现实政治的疏离或规避，透露着他们内心的情感。

在表达"士不得志"的骚体赋中，山水风物不再是一种神秘的统治力量的象征，而恢复其自然形态，时时令作者"触景生情"。例如在西汉严忌《哀时命》中写道：

> 欿魁摧之可久兮，愿退身而穷处。凿山楹而为室兮，下被衣于水渚。雾露蒙蒙其晨降兮，云依斐而承宇。虹霓纷其朝霞兮，夕淫淫而淋雨。怊茫茫而无归兮，怅远望此旷野。

作者借写景来抒写"志沉抑而不扬，道拥塞而不通"的心情。刘歆《遂初赋》中写道：

> 野萧条以寥廓兮，陵谷错以盘纡。飘寂寥以荒忽兮，沙埃起之杳冥。回风育其飘忽兮，回飚飚之泠泠。

借旅途所见荒败之景来抒写"以论议见排摈，志意不得"的愤懑心情。班彪的《北征赋》也是写行旅所见所感。这些赋中的山水景物俱是表达情感的媒介，作者借写景物来渲染气氛——这显然是沿袭屈原《涉江》《哀郢》等的笔法，其体式可视为后世"行旅诗"的雏形。

值得注意的是，有一些骚体赋不止于将山水风物当作抒发情感的媒介，而是进一步将山水所代表的"自然"当作现实政治的对立物，使之成为与万丈红尘迥然对立的另一种生活模式或人格形态的象征。例如西汉末年崔篆因不满王莽之朝的黑暗政治，称病辞归，他在《慰志赋》中写道：

> 悠轻举以远遁兮，托峻崴以幽处……遂悬车以絷马兮，绝时俗之进取。叹暮春之成服兮，阖衡门以扫轨。聊优游以永日兮，守性命以尽齿。贵启体之归全兮，庶不忝乎先子。

他将遁迹山林、优游岁月、绝意进取当作乱世远祸全身之道。而东汉冯衍见怨遭黜，辞官归里，作《显志赋》，赋中一方面抒写生不逢时的悲愤，欲追随屈原高蹈离世；另一方面则描绘隐居山林的清静闲适：

> 山峨峨而造天兮，林冥冥而畅茂。鸾回翔索其群兮，鹿哀鸣而求其友。诵古今以散思兮，览圣贤以自镇。

他宁可像庄周那样钓鱼于濮水，像於陵仲子那样灌园种蔬——这显然是作者在"栖迟于小官，不得舒其所怀，抑心折节，意凄情悲"的困境中，为自己营造出的一片安顿心灵的境界。

四 "聊以娱情"的审美体认

这种将山水自然当作失意心灵的认同对象的意识，在东汉中叶张衡的《归田赋》中得到进一步的发展。张衡有感于"无明略以佐时，徒临川以慕鱼，俟河清乎无期"，于是怀着"追渔父以同嬉，超埃尘以遐逝"的愿望，在山水自然中去寻求慰藉。

他写道：

> 于是仲春令月，时和气清；原隰郁茂，百草滋荣。王雎鼓翼，鸧鹒哀鸣；交颈颉颃，关关嘤嘤。于焉逍遥，聊以娱情。尔乃龙吟方泽，虎啸山丘。仰飞纤缴，俯钓长流。触矢而毙，贪饵吞钩。……于时曜灵俄景，系以望舒。极般游之至乐，虽日夕而忘劬。

显而易见，在作者的眼中，山水自然景物不仅仅是远祸全身之所在，不仅仅是失意心灵的认同对象，而且也是赏心悦目的审美对象，可以"娱情"——它标志着山水自然观开始发生了一个具有根本意义的变化。

遁世隐居的人生选择固然合于儒家"邦有道则仕，邦无道则可卷而怀之"的进退原则，更与老庄"出世"之说相关。同样，逍遥山林，将山水自然视为失意心灵的归宿，进而当作审美对象，这种自然美观念也与老庄思想有密切关系，将在以后有关章节中讨论。汉代经学的全面衰落，老庄思想的兴盛，时在汉魏之际，直到魏晋时，以老庄思想为标志的玄学才在思想领域占了支配地位。但是一种历史现象，不是突兀而起的。早在东汉初年的古文经学中已蕴含了谶纬神学衰落的因素，老庄之学开始受到一些学者的重视，不少文人实际上儒道双修[①]。像冯衍就在《显志赋》中说"嘉孔丘之知命兮，大老聃之贵玄"；张衡也说"思仲尼之克己，履老氏之常足"（《东京赋》），在《归田赋》中更倡老庄之旨"感老氏之遗诫，

[①] 在实际创作中，有的人既写"入世"的歌功颂德的大赋，也写奉老庄"出世"之旨的骚体赋，如班固、张衡。

将回驾乎蓬庐","苟纵心于物外,安知荣辱之所如"。正是东汉中叶以来社会环境及思想潮流的变化使人们的思想逐渐挣脱了传统经学的束缚,而汉赋中所表现的山水自然观也相应地经历了将山水视为"天人合一"的统治力量的象征——视为失意心灵的认同对象——视为"娱情"对象这样一个过程。

五 哲理的载体

汉赋中还有一些咏物小赋。像《汉书·艺文志》中记载"杂山陵水泡云气雨旱赋十六篇",它们很有可能和相传为孔臧作的《杨柳赋》《蓼虫赋》以及邹阳的《月赋》、枚乘的《柳赋》等类似,专咏自然景物。这些咏物小赋多寓哲理。如孔臧的《蓼虫赋》虽描写了"结葩吐荣,猗那随风,绿叶紫茎"的蓼,其用意却在于阐述"逸必致骄,骄必致亡"的道理。《杨柳赋》虽然描绘了杨柳"绿叶累叠,郁茂翳沉,蒙笼交错,应声悲吟"的形态,但作者的用心是宣扬"饮不至醉,乐不及荒,威仪抑抑,动合典常,退坐分别"的伦常礼仪。它们虽咏物,但并不是有意识的审美活动、陶冶性情,而是力图从细微之物中发掘出某种伦理或哲理。这类咏物小赋是"理"的载体,其中所表现出来的对自然物的审美意识并没有超出"君子比德"的框架。

第六节 汉赋中的山水景物描写

汉赋以铺采摛文、"体物写志"为基本特征,这就决定了其中的山川景物即使不是所表现的主体,也依然得到较多篇幅的刻画。

一 光怪陆离,色彩瑰丽

典型的散体大赋如司马相如的《子虚赋》及《上林赋》、扬雄的《羽猎赋》及《甘泉赋》、班固的《两都赋》等,有一个共同的特点,即把天子的巡游用神灵化的手法来描写。这种现象的出现除了文学继承的因素外,还与汉代的政治思想有关,是"天人合一"观念在文学创作中的折射。《史记·司马相如列传》中有一段很有意思的记载:

相如见上好仙道,因曰:"上林之事未足美也,尚有靡者。臣尝为《大人赋》,未就,请具而奏之。"相如以为列仙之传居山泽间,形容甚臞,此非帝王之仙意也,乃遂就《大人赋》。

汉武帝好仙术,但真的去做清静寂寞的山泽求仙之客,"形容甚臞",不符合天子的身份及心态,司马相如就在《大人赋》中为他安排了神奇壮伟的仙游。天子巡游是显示君临天下的权威,还带着神秘的宗教意味,这种倾动天下的出巡,充分表现了他们幻想支配宇宙万物的欲望。为了满足天子的这种心理,司马相如在赋中将天子在人间享受的排场威仪"神化",以体现"帝王之仙意"。难怪汉武帝读罢《大人赋》,就"飘飘有凌云之气,似游天地间意",这就清楚地表明了大赋的作者为何要用神灵化的手法来写天子的声乐畋猎巡游等活动,显然这种手法很适合表现自满自足、不可一世的统治精神。

大赋中对天子巡游畋猎等的神灵化表现手法,也直接影响了赋中对自然景物的描写。比如班固《两都赋》在形容宫殿阁楼之高,"若游目于天表,似无依而洋洋"后,接着写道:

前唐中而后太液,览沧海之汤汤。扬波涛于碣石,激神岳之嶈嶈。滥瀛州与方壶,蓬莱起乎中央。于是灵草冬荣,神木丛生,岩峻崷崪,金石峥嵘。

赋中用沧海来形容苑池,把池中山石视为仙岛,把普通的花木比喻为灵草神木。类似的夸张形容在大赋中比比皆是。夸饰到了虚幻的地步,实际上是把平凡的景物涂上非人间的色彩,以传达神奇富丽的气氛。因此大赋中的景物往往光怪陆离,失去了自然清新的真实面目。

二 类型化的描写

如前节所论,在以歌功颂德为宗旨的大赋里,山川景物是作为一种统治力量的神秘象征被描写的,所以大赋的作者们留意于描状山川的"嵯峨揭业,熠耀焜煌之状"(刘勰《文心雕龙·夸饰》),力图使笔下的山川景物与天子"日月为之夺目,丘陵为之摇震"(班固《东都赋》)的至高权威相协调。他们并不去观察、去刻画各种景物的独特风貌,只是一味地铺陈笔墨来描状山川的某一类特点,使之适应于、服务于歌颂圣德的基调。这样一来，大赋中的山水景物描写，往往是高峻、幽深、壮伟、浩瀚……这一类特点的一般概括，给人一种篇篇似曾相识而又模糊的感觉。至于自然景物的千姿百态，在大赋中是看不到的。也就是说，大赋中的山水景物描写是类型化的，而不是个性化的。

三　对繁富整严之美的追求

大赋的作者在肆意夸张山川形胜的同时，还竭尽心力地运用华辞丽句营造一种富丽堂皇的气氛。例如司马相如《子虚赋》中一节：

> 其土则丹青赭垩，雌黄白坿，锡碧金银；众色炫耀，照烂龙鳞。其石则赤玉玫瑰，琳瑉昆吾，瑊玏玄厉，碝石碔砆。

《上林赋》中一节写山谷间的奇花异草：

> 揜以绿蕙，被以江蓠；糅以蘪芜，杂以留夷；布结缕，攒戾莎。揭车衡兰，槁本射干；茈姜蘘荷，葴持若荪。

像这类的铺陈在大赋中触目皆是。大赋的作者从不忘记在山川间"填满"丰饶的物产，或木，或草，或鱼，或虫……更有甚者，不惜罗列同偏旁的字词，将每一个空间塞得满满的，不留半星空隙，以示山川间物产之丰，品类之杂。于是大赋中的山川描写往往呈现出一个琳琅满目、应接不暇、色彩瑰丽的物质世界，表现着一种对繁富之美的刻意追求。

大赋的作者还惯于采用对称的手法来描状山川的空间位置："其阳"与"其阴"，"其高"与"其下"，"其左"与"其右"，"其内"与"其外"……在有的大赋中，更是东西南北中、上下左右，无一遗漏地描状，试举《子虚赋》为例，以见一斑：

> 其东则有蕙圃，衡兰芷若，芎藭昌蒲。江蓠蘪芜，诸柘巴苴。其南则有平原广泽，登降陁靡，案衍坛曼。缘以大江，限以巫山。其高燥则生葳菥苞荔，薛莎青薠。其埤湿则生藏茛蒹葭，东蘠雕胡。莲藕觚卢，菴䕡轩于。众物居之，不可胜图。其西则有涌泉清池，激水推移。外发芙蓉菱华，内隐巨石白沙。其中则有神龟蛟鼍，玳瑁鳖

鼍。其北则有阴林，其树楩柟豫章，桂椒木兰，檗离朱杨。樝梨梬栗，橘柚芬芳。其上则有鹓雏孔鸾，腾远射干。其下则有白虎玄豹，蟃蜒貙犴。

赋中的山川风物呈现出一种对称的图案式的形态，表现着一种对整严之美的追求。

对繁富之美的追求，促使人们不断地锤炼辞藻，以致雕绘满纸，积累了大量描摹山川景物的词汇，为南朝山水诗的创作提供了必不可少的养分。然而，华词丽句的堆砌，乃至生字僻字的罗列，则损害了大赋的艺术价值。对整严之美的追求，训练了人们对山川景物空间位置的观察力及表现力，为南朝山水诗的设景构图，提供了借鉴，在谢灵运等人的一些山水诗中仍可以看到对称式的画面描写；更不用说在谢灵运之前相当长一段时间内，对称式构图方式始终被人们沿用着，成为模山范水的常用形式之一。然而，大赋中山川景物一概采用对称式的空间构图，毫无变化，不免失之刻板，了无错落之致。

四 体物图貌，精细生动

大赋中的山川景物描写虽有种种不足，但它展示的开阔宏大的空间场景及巨细不遗、总揽万类的描绘对象，是后来任何一种文学式样不能达到的。它充分地在广度、细节上展现其体物图貌的特色，极尽写景状物之能事，其中不乏精彩之笔。例如枚乘《七发》中"观涛"一节。作者极力渲染江涛浩大无边、汹涌澎湃之势，极力描摹江涛腾起、跌落、旁击时的声势神力，极写其壮观神妙，以达到惊人耳目、动人心魄、疗人心疾的作用。其中对涛势的四个比喻，颇为形象生动：

其始起也，洪淋淋焉，若白鹭之下翔。其少进也，浩浩滠滠，如素车白马帷盖之张。其波涌而云乱，扰扰如三军之腾装。其旁作而奔起也，飘飘焉如轻车之勒兵。

作者用行军作战来比况，写出了江涛铺天盖地、翻滚沸腾的声势，使人如见其形，如闻其声，如临其境。另外像《上林赋》中对水势的描摹，将河水奔腾而来、渐渐流向远方的情景写得相当细致，充分表现出大赋以描写见长的特点。

然而由于大赋基本上是一种宫廷文学，势必反映着汉代统治阶层的审美心理，故而赋中多写"宏衍巨丽之观"，而且只能以"欢愉快适之语"来描写，其结果必然是表现手法上的公式化。这样的景物描写自然难以抒发"幽忧穷戚哀怨凄凉之意"（朱熹《楚辞集注》）。但是，"文辞不怨思抑扬，则流澹无味"（《宋书·王微传》），所以大赋中大量的山川景物描写尽管描摹细致，具体而微，但是都缺乏情景交融的艺术魅力，缺乏作者个人的独特体验。

前面谈到，骚体赋如严忌的《哀时命》、刘歆的《遂初赋》、冯衍的《显志赋》等中都有不少写景抒情的文字，恰到好处地烘托出作者或凄凉穷愁、或悲愤孤傲的情怀，文笔清淡，不像大赋那样浓艳夺目。至于张衡的《归田赋》更是文笔流丽，语言隽永，一洗大赋的浮艳色彩，清新自然，开魏晋六朝抒情小赋之先河；其中所表现的自然美观念、审美情趣，都得风气之先。

总而言之，大自然是人类生息的摇篮，是人类摄取生活资料的场所，也是认识的主要对象。早在《诗经》的时代，大自然即与人类的物质生产、精神生产有了一定的联系，故而在《诗经》中已出现了不少作为"比兴"的自然景物，表达着人们对自然事物简单的质朴的认识。在屈原及其后楚辞作家的笔下，人们对自然景物的观察视野更加开阔，体认日益精细，山水自然与人们精神生活的联系更加密切，尤其是屈原将自己被逸遭逐的悲愤心情融注于对山水自然的体悟中，借景抒怀，开后人寄情山水以示疏远尘世之先机。汉赋中对山水景物的描写，熔铸着四百年间汉代文人的心智才华，场景恢宏，包纳万物，技巧更加娴熟，为山水诗的崛起提供了必要的艺术养分和创作经验。尤其是东汉中叶以后以张衡《归田赋》为标志的写景抒情小赋的涌现，透露出前所未有的玩赏自然山水的审美经验和审美观念，预示着人们对山水自然的体认即将进入一个新阶段。

第二章　魏晋:山水诗的形成

　　自汉末以来，文人们普遍经历着一个"自我"的失落与"自我"的寻觅的精神重建过程。

　　众所周知，汉儒以经学为业，通经致用是一般儒生的正途，经学的兴衰与文人关系甚大，不仅影响他们的社会地位、生活道路，也深刻影响他们的精神、心态。汉代儒学之所以"独尊"，是因为它的名教纲常之说有维持稳定社会关系的功用，能使上下有别、尊卑有序，以便维系汉代一统之局。但是，在汉末的社会动乱中，一统之局变成支离破碎的残局，向来神圣的伦理纲常受到无情的嘲弄，传统儒学所提倡的人格、信念、价值观遭到深刻的怀疑。因此，离乱的社会现实不仅破坏了传统经学、礼法制度所依凭的物质世界，也动摇着人们的精神世界，使之失去了精神依傍——这就是"自我"的失落。旧的"自我"随着崩析的世界而去了，留下的是一片空白，一种巨大的精神失落感。

　　另外，随着传统经学的衰落，蔽塞人心的章句之学遭到唾弃，老、庄、名、法、兵等各家学说重新流行，思想界呈现出前所未有的开放局面。其中老庄学说由于符合日趋自觉的士大夫的精神需要，尤受青睐；反过来，老庄学说的盛行又进一步推动了士大夫内心自觉的要求，使这种要求日渐深广，蔚为一代风气。于是被经学禁锢的人性在高标自然无为、适性逍遥的老庄那里复苏了，一度彷徨困惑的心灵在老庄那里得到新的安顿，他们的人格理想、审美情趣、价值观念也都转而以老庄学说（更准确地说是"魏晋玄学"）为理论依据——这就是"自我"的寻觅。当然，士大夫普遍的精神重建不是单纯的思想运动，而是以剧烈动荡的社会现实为活动背景，与物质世界的巨变相互推移的，贯穿着整个魏晋时期。

需要强调的是,迷失的"自我"与重新觅得的"自我"并非同一东西的失而复得,并非简单的回归,而是"自我"在新精神框架上的重建。在魏晋玄学思潮的推动下,原来被压抑的个性得到张扬,原来被抹杀的个体精神自由得到充分肯定,重建的"自我"不再是天意宿命的奴隶,也不再是名教纲常的附庸,它获得了与天地自然同一的地位,有了独立的意义。这就是许多评论家一再指出的"人的自觉"。

正是在"人的自觉"的旗帜下,士大夫审视人生的角度、判断价值的尺度、对生命意义的理解……都与汉儒有所不同。也就是说,自汉代以来,整个时代精神发生了深刻变化:就整体倾向而言,士大夫们对现实的态度由"入世"的进取,转为"出世"的退避;由对功名道德等外在之物的肯定,转为对内在的自我人格、自我精神的肯定。与这种变化了的时代精神一致,这时期的文学观念、审美观念等都发生了相应的变化。因此,在内心高度自觉的士大夫的精神世界中,山水自然占据了越来越重要的地位,与他们的精神生活发生了越来越紧密的联系——爱好林薮,向往自然,成为整个时代的风尚。

正是在魏晋时期特定的时代精神、社会思潮及时代风尚中,人们对于山水自然的审美意识及审美心理逐渐成熟,表现自然美的艺术技巧日渐纯熟,文学作品中尤其是诗歌中的自然景物描写越来越多,终于在东晋时期出现了真正意义上的山水诗。

第一节　建安文人与自然山水

一　"文章不朽":对人生永恒价值的追求

汉末急剧的社会动乱将建安文人抛出了固有的生活轨道,也使他们的精神世界呈现出崭新的格局。一方面,与汉儒相比,他们表现出高度的内心自觉。曹操"性不信天命之事"(《让县自明本志令》),曹丕"慕通达而天下贱守节"(《晋书·傅玄传》),曹植"任情而行,不自雕励"(《三国志·魏书·陈思王传》),而建安七子个个倜傥不群,"不护细行,鲜能以名节自立"(曹丕《与吴质书》)。可见传统的纲常名教、道德人伦在他们心目中已丧失了昔日的尊严。他们崇尚的是个性自由,珍视个体价值——这一点无疑表现着老庄崇尚自然的人生哲学的影响。汉末以来老庄思想的重新流行,促使建安文人挣脱经学的桎梏,精神世界由封闭转向开放,以一种更开阔、更通达的心态来面对现实人生。

另一方面，建安文人又表现出高度的社会责任感。他们在挣脱经学章句的束缚的同时，重新发掘儒家人生哲学的精华，"士志于道"的价值追求重新得到确认，积极用世的精神得到弘扬。他们虽然追求个性自由，但并不放弃人生的社会意义，认为"圣人不违时而遁迹，贤者不背俗而遗功"（应玚《释宾》），明确地把人生目的、个体价值的实现与现实人生联系起来——这一点无疑反映着儒家重社会功利的人生哲学的影响。

这种崭新的精神格局使建安文人能够从一个新的角度来审视人生的意义。一方面他们表现出强烈的参与意识和使命感。天下分崩、群雄逐鹿的时代风云唤起他们的一腔豪情，此"乃霸夫烈士奋命之良时也，可不勉乎"（陈琳《檄吴将校部曲文》）！他们都力图在天下由分而合、由乱而治的历史进程中留下自己的足迹。另一方面，他们又怀着深刻的悲生意识，敏感地意识到生命的脆弱和人生的无常，"天长地久，人生几时"（曹植《金瓠哀辞》），这种从宇宙哲学高度引发的人生苦闷困惑着他们，不召自来，拂之不去。无论是对及时建功的期待，还是对人生苦短的思索，都表现着一个共同的内涵：对个体生命价值的关注。对个体生命价值的强烈关注，促使建安文人将对功名业绩的追求升华为对精神不朽的追求，企图在有限的生命中实现人生永恒的精神价值。这正如曹丕所言："生有七尺之形，死惟一棺之土，惟立德扬名，可以不朽；其次莫如著篇籍。"（《与王朗书》）

对个体生命价值的关注、对人生永恒的价值追求，直接促使了文学观念的变化。在这方面功劳最大的是曹丕。依照两汉儒生的看法，文学的职能是"经夫妇，成孝敬，厚人伦，美教化，移风俗"（《诗大序》），是充当维护纲常名教的工具。而曹丕在《与王朗书》中把"著篇籍"视为与"立德扬名"一样可以不朽的功业，而且在《典论·论文》中专门论述了文学的地位："盖文章，经国之大业，不朽之盛事。年寿有时而尽，荣乐止乎其身，二者必至之常期，未若文章之无穷。"文章不朽——这是一个全新的文学观念，标志着魏晋文学进入"文学的自觉时代"。从此，文学不再是经学的附庸，获得了独立的地位，文学家也摆脱了"倡优畜之""见视如倡"的卑微地位，他们的才华得到尊重，他们的人生价值得到肯定。

特别要指出的是，曹丕还提出"文气说"，指出文章的风格与作者内在精神气质的密切关系。这种"重气"的文学观点与他们对个体精神的推崇是一致的。

二 建安文学的灵魂：借景抒情

"文章不朽"这种全新的文学观念生动地反映着建安文人对人生永恒价值的追求，鼓励着人们以极大的热情去从事此"不朽之盛事"，而且也促使人们将文学作为表现自我内在情感、自我精神世界的手段或方式。他们用文学抒己之情，从而使抒情化成为建安文学的灵魂，成为文学摆脱经学束缚而获得独立的重要标志。

不能忽略的是，建安文学的抒情化在很大程度上是借助景物描写，以情景交融的方式来完成的。

就拿传统的文学式样——辞赋来说。建安文人继承着张衡《归田赋》所开始的变革，创作了不少抒情小赋，如曹丕的《登台赋》《离居赋》等，曹植的《静思赋》《秋思赋》等，王粲的《登楼赋》更是其中的名篇。王粲借助景物描写来抒写漂泊异乡的羁愁、功业未就的惆怅，丰富的内心情感得到淋漓尽致的宣泄，如结尾一段：

> 步栖迟以徙倚兮，白日忽其将匿。风萧瑟而并兴兮，天惨惨其无色。兽狂顾以求群兮，鸟相鸣而举翼。原野阒其无人兮，征夫行而未息。

这一幅经过战火洗劫的荒原景色，生动地传写出作者身世飘零的凄惶之感及哀悯世乱的沉重心情，渲染出强烈的时代气氛。

赋中也有不少景色描写是用来衬托建安文人敏感细腻的内心世界。如曹丕《登台赋》中写道：

> 步逍遥以容与，聊游目于西山。溪谷纡以交错，草木郁其相连。风飘飘而吹衣，鸟飞鸣而过前。

又如曹植《秋思赋》中写道：

> 原野萧条兮烟无依，云高气静兮露凝衣。野草变色兮茎叶希，鸣

蜩抱木兮雁南飞。西风凄悷兮朝夕臻。

这类自然景物传递的是作者触景而生的种种情绪,抒写的是一己之怀抱。

从上面摘引的文字中可以看出,建安抒情小赋中的自然景物描写文笔清疏,不似汉大赋那般富艳。更重要的变化是:建安文人用辞赋来抒写性灵(而不是润色鸿业或阐述宏旨),因此赋中对自然界的描写,从大赋的囊括宇宙、包容天地,缩小到与自己生活环境、个人的情绪有直接联系的景物上。具体而微,一时之地,一方之景,一山一水之状,皆是与个人的精神活动密切相关——这一变化说明建安文人视野中的山水景物已脱尽"神秘"色彩,显现出自然本色,作为日常生活的有机部分而与人们的精神世界发生联系。

对山水景物的描写由汉大赋的"笼统而大"到抒情小赋的"具体而微",这一变化标志着人们对自然山水的体认有了明显的进步。这一变化在建安诗歌创作中也有生动的反映。建安诗歌中的自然景物描写主要集中在游宴诗、赠答诗、纪行诗等类作品中。

游宴诗 在邺下相对安定的环境中,曹氏兄弟及建安诸子时常登临游览,"每至觞酌流行,丝竹并奏,酒酣耳热,仰而赋诗"(曹丕《与吴质书》),创作了不少"怜风月,狎池苑,述恩荣,叙酣宴"(《文心雕龙·明诗》)的诗篇。其中有大量的写景,如:

> 兄弟共行游,驱车出西城。野田广开辟,川渠互相经。黍稷何郁郁,流波激悲声。菱芡覆绿水,芙蓉发丹荣。柳垂重荫绿,向我池边生。乘渚望长洲,群鸟欢哗鸣。萍藻泛滥浮,澹澹随风倾。忘忧共容与,畅此千秋情。
> ——曹丕《于玄武陂作》

> 公子敬爱客,终宴不知疲。清夜游西园,飞盖相追随。明月澄清影,列宿正参差。秋兰被长坂,朱华冒绿池。潜鱼跃清波,好鸟鸣高枝。神飙接丹毂,轻辇随风移。飘飘放志意,千秋长若斯。
> ——曹植《公宴》

王粲、陈琳、刘桢等也都写过以宴饮、游览为内容的诗篇。在这类诗篇中,他们对群游宴饮的苑池景物及山水风光做了大量描写,借此抒写自己潇洒日月、诗酒风流的襟怀。

纪行诗 这类诗篇多写行旅途中所见的山川风物。比如曹操《苦寒行》用质朴无华的笔触描写军队在隆冬季节穿越太行山的情景；王粲的《从军行五首》在抒写"虽无铅刀用，庶几奋薄身"的雄心抱负的同时，也描写了征夫辞乡思亲的痛苦，描绘了一幅幅荒凉景象：

> 白日半西山，桑梓有余晖。蟋蟀夹岸鸣，孤鸟翩翩飞。
> ——其三
> 四望无烟火，但见林与丘。城郭生榛棘，蹊径无所由。雚蒲竟广泽，葭苇夹长流。日夕凉风发，翩翩漂吾舟。
> ——其五

这些凄惨荒败的景色描写，无疑为诗人慷慨的歌唱涂上了一层悲凉色彩。王粲著名的《七哀诗三首》中也生动地描绘了南下避难途中所见景象，其中第二首通过对荆州风土的描写，渲染出悲愁惨淡的时代气氛：

> 荆蛮非我乡，何为久滞淫。方舟溯大江，日暮愁我心。山冈有余映，岩阿增重阴。狐狸驰赴穴，飞鸟翔故林。流波激清响，猴猿临岸吟。迅风拂裳袂，白露沾衣襟。

荒江日暮、禽兽张皇的景色与独在异乡的羁旅愁思交织在一起，更觉凄苦难当。这类纪行诗中的景物描写随着作者的行迹所及、视线所及展开，构成一幅流动的背景。这种手法始于楚辞《哀郢》《涉江》，被写征旅辞赋的刘歆所继承，后来谢灵运等人的山水诗中也常见这种写景抒情的形式。

除游宴、纪行之外，在赠答、述怀、闺怨等类诗篇中也时有写景之句。例如曹丕《燕歌行》中以"秋风萧瑟天气凉，草木摇落露为霜，群燕辞归鹄南翔"的萧条秋景牵出思妇的怀人之情；刘桢《赠徐干》中以"轻叶随风转，飞鸟何翩翩"的景句来烘托"思子沉心曲"的情绪。曹植尤其擅长利用自然景物描写来经营气氛，例如：

> 惊风飘白日，忽然归西山。圆景光未满，众星粲以繁。
> ——《赠徐干》

高台多悲风，朝日照北林。

　　　　　　　　　　　　　　——《杂诗》其一

　　高树多悲风，海水扬其波。

　　　　　　　　　　　　　　——《野田黄雀行》

这些自然景物构成一种高华悲壮的气象，笼罩全诗，具有强烈的感染力。显然，这种笔法是对传统"比兴"的继承及发展。

三　《观沧海》：最早的山水诗

如前所述，建安诗歌中普遍运用了写景抒情的手法，在游宴、纪行、赠答等类诗篇中景句占很大比重，但是它们都不是真正意义上的山水诗。因为在这些诗篇中自然风物描写不过是抒情咏怀的艺术手法而已，并不是诗人所歌咏的主题；再者，一般的自然风物描写与描状山水，尚有相当距离，不能等同。

在建安诗歌中，唯有曹操的《步出夏门行·观沧海》可视为真正的山水诗。建安十二年（207），曹操率师北征乌桓，途经碣石，登山临海，心潮澎湃，即兴创作了此诗：

　　东临碣石，以观沧海。水何澹澹，山岛竦峙。树木丛生，百草丰茂。秋风萧瑟，洪波涌起。日月之行，若出其中。星汉灿烂，若出其里。幸甚至哉，歌以咏志。

此诗虽然仍是"歌以咏志"，但通篇以山海为描写对象，"直写其胸中眼中，一段笼盖吞吐气象"（钟惺《古诗归》），尤其是"秋风萧瑟"以下六句，更是大笔挥洒出一幅波涛浩渺的壮丽海景，见出这位"时露霸气"的盖世英雄叱咤风云、吞吐宇宙的豪迈气概。《观沧海》是山水诗孕育的历史进程中的早产儿，是现存第一首完整的山水诗。

四　汉代辞赋对写景技巧的影响

在论及建安文学时，一般都强调乐府民歌的积极作用。建安诗歌质朴通俗、反映现实等特点，无疑都表现着"缘事而发"的乐府民歌的影响。但这只是一方面。正如沈德潜指出的那样："孟德诗犹是汉音，子桓以下纯乎魏响。"(《古诗源》)他们的作品中已显示出重文采的特点。比如卞兰就赞扬曹丕"华藻云浮",又说他"作叙欢之丽诗"(《赞述太子赋》),所谓"华藻""丽诗",当然与乐府民歌的质朴不同。曹植更是辞藻华美,语多致饰,"视东西京乐府,天然古质,殊自不同"(胡应麟《诗薮》)。甚至曹操,也有人说他"'月明星稀',四言之变也"(胡应麟《诗薮》)。显然建安文学除朴素雄浑外,还具有"以情纬文,以文被质"的另一面。

那么,建安文学中重文采的特点是受到何种文学因素的影响呢?考虑到建安文人对辞赋的普遍爱好①,考虑到他们具有写作辞赋的深厚功力,答案是显而易见的:他们在向乐府民歌学习的同时,也大量吸取了辞赋的艺术养分,来自民间的质朴无华的五言诗体才在他们笔下化为华藻丽诗。比如曹植的《箜篌引》《白马篇》《名都篇》等,可以说是用极为精练的笔法把汉大赋中那些宴饮畋猎的豪华场面,巧妙地移植到古乐府的形式下,化古乐府的质朴为华美,变大赋的乏情为抒情。正是传统的辞赋写作技巧与五言诗体的结合,使五言诗表现出强有力的生机,演化为一种精湛的文学样式,使之日后成为山水诗的载体。

自然景物描写正是构成建安文学"重文采"的一个重要因素,辞赋的影响是很明显的。以曹丕《芙蓉池上》为例:

> 乘辇夜行游,逍遥步西园。双渠相溉灌,嘉木绕通川。卑枝拂羽盖,修条摩苍天。惊风扶轮毂,飞鸟翔我前。丹霞夹明月,华星出云间。

以上优美的景句,基本上出自辞赋。如"嘉木"句,出自《西京赋》的"嘉木树庭"及《上林赋》的"通川过中庭";"卑枝"句,出自《子虚赋》的"上拂羽盖";"修条"句,出自东方朔《七言》的"折羽翼兮摩苍天";"惊风"句,出自张衡《羽猎赋》的"风翊翊其扶轮"。这再清楚不过地说明,建安文人正是从辞赋中吸取了大量词汇来进行自然景物描写的。曹植、王粲、刘桢、陈琳诸人的游宴诗中写景,铺陈敷衍,色彩鲜明,也多少显出辞赋的影响。太康及东晋诗歌中的景色描写,虽然色彩趋

---

① 如曹丕《典论·选篇》曰:"所著书论诗赋凡六十篇。"曹植自称"余少而好赋"。吴质《答东阿王书》曰:"此邦之人,闲习辞赋。"曹丕《典论·论文》称"王粲长于辞赋",又称徐幹辞赋"虽张蔡不过也"。诸子均有不少赋作传世。

为清淡，韵味趋为清逸，但其用辞构句、技巧手法，基本上是沿着《芙蓉池上》这一条线发展下去的。

总而言之，在建安时期，随着经学的衰落，新的文学观念已基本形成，提出了抒情化的要求。为了更好地抒情写怀，文学作品中的自然景物描写吸取辞赋的传统技巧发展起来。

第二节　正始文人与自然山水

一　竹林风范：渐开爱好林薮之风

魏晋过渡之际，代表世族大地主利益的司马氏集团与曹魏集团之间争权夺利的斗争异常尖锐复杂，朝廷上下的士大夫，或投靠司马氏，如贾充、钟会、何曾等；或输心曹爽，如何晏、邓飏、夏侯玄等，党朋纷然。在激烈的政治倾轧中，"名士少有全者"，仅嘉平元年（249）的高平陵之变，"同日斩戮，名士减半"（《三国志·魏书·王陵传》注引习凿齿《汉晋春秋》）。因此，在这种政治形势下"常恐大罗网，忧祸一旦并"（何晏《言志诗》）的士大夫们，多接受老庄之学的影响，或热衷于玄学清谈，借以远离现实政治；或任性放达，奉"自然"之旨，以示对"名教"的不满。其中最有代表性的人物是：嵇康、阮籍、山涛、向秀、阮咸、刘伶、王戎等七人。他们时常聚集于山阳（今河南修武），把手入林，世称"竹林七贤"。

七贤中，对"名教"的态度最激烈的是嵇康、阮籍、刘伶等。阮籍公然宣称："礼岂为我辈设也！"嵇康更是"每薄汤武而非周孔"；刘伶把礼法之士视为"蜾蠃之与螟蛉"。他们在将纲常名教弃之如敝屣的同时，又表现出对"自然"的无比向往：嵇康经常"采药，游山泽，会其得意，忽焉忘返"，风神飘逸，望之若神；阮籍时常"登临山水，终日忘返"，曾从苏门山隐士孙登游，长啸相和；刘伶放浪形骸，"席天幕地，纵意所如"。七贤们啸傲林下，把酒临风，在危机四伏、忧患深重的氛围中经营出一片崭新的精神园地，展示出一种与儒家传统完全不同的人格风范和价值取向。

正是在嵇阮们"任自然而越名教"的精神倡导下，向往自然、爱好林薮的风气渐开，且日渐炽热。

二　阮籍：写景抒怀，兴寄无端

阮籍痛恨于司马氏对"名教"理想的破坏，故而以佯狂放诞的行径来发泄内心的强烈不满。但是，表面上狂放不羁并不能真正使他解脱精神痛苦，他把现实生活中无由发泄的愤懑和苦恼都用诗歌的形式倾泻出来，这就是著名的八十二首五言《咏怀诗》。

由于政治环境险恶，阮籍不能直吐心曲，不得不大量采用比兴、象征手法，所以《咏怀诗》中有不少作为"比兴"的自然景物描写，构成阮诗"归趣难求"、言近旨远的艺术风格的有机部分。例如其十六中写道：

绿水扬洪波，旷野莽茫茫。走兽交横驰，飞鸟相随翔。是时鹑火中，日月正相望。朔风厉严寒，阴气下微霜。

这是借苍茫凄凉的自然景物来暗喻政治局势风云突变，情景惨烈。又如其十一开头写道：

湛湛长江水，上有枫树林。皋兰被径路，青骊逝骎骎。远望令人悲，春气感我心。

这是化用《楚辞·招魂》中的景句，引出对战国史实的咏叹，借古刺今，抒写对国事的深重忧心。这类景句在诗中大多起营造气氛、兴起情绪的作用。

在一些诗歌中，阮籍还将大自然当作现实人生的参照物，通过对自然哲理的体悟来表达自己对人生哲理的沉重思考。例如其三：

嘉树下成蹊，东园桃与李。秋风吹飞藿，零落从此始。繁华有憔悴，堂上生荆杞。驱马舍之去，去上西山趾。一身不自保，何况恋妻子。凝霜被野草，岁暮亦云已。

春日盛开的桃李不过是一时之景，转眼间便是秋风萧瑟了；那高大的殿堂也终有一天会变成杂草丛生的废墟。面对着自然景物的变化，诗人思索着事物盛衰的哲理，敏感的心中充满了世乱将至的忧惧。这首诗以自然变迁之理来比况事变将至，充分表现了诗人对现实政治的感受。又如其四十一：

朝登洪坡颠，日夕望西山。荆棘被原野，群鸟飞翩翩。鸾鷖时栖宿，性命有自然。建木谁能近，射干复婵娟。不见林中葛，延蔓相勾连。

日落之际，荒原上群鸟纷然归飞，而鸾凤依性而动，不妄求匹，暮色中大树挺拔独秀，而林中葛草攀附蔓延——通过对黄昏景象的描写，诗人表达了一种人生信念：即使身处乱世，也当如"鸾鷖""建木"般遗世独立，不改其度。像这类从自然事物中体悟某种哲理的诗篇，与东晋时流行的玄言诗颇有近似之处。写景与说理二者浑然成篇的创作手法，也在谢灵运的山水诗中得到进一步发展。

三　嵇康："俯仰自得，游心太玄"

在阮籍的《咏怀诗》中，自然事物引发的往往是诗人对现实人生、现实政治的某些联想，或启迪诗人进行哲理的思索，而这种联想及思索往往是沉重的，摆脱不了"天网弥四野，六翮掩不舒"的阴影。而在嵇康的笔下，大自然则是与现实人生、现实政治完全对立的理想天地，是可以逍遥适性、放纵身心的所在。这集中表现在四言诗《赠兄秀才入军十八首》中。例如：

轻车迅迈，息彼长林。春木载荣，布叶垂荫。习习谷风，吹我素琴。交交黄鸟，顾俦弄音。感悟驰情，思我所钦。心之忧矣，永啸长吟。

——其十二

浩浩洪流，带我邦畿。萋萋绿林，奋荣扬晖。鱼龙瀺灂，山鸟群飞。驾言出游，日夕忘归。思我良朋，如渴如饥。愿言不获，怆矣其悲。

——其十三

在这些诗篇中，诗人生动地想象他的哥哥嵇喜在行军途中玩赏山水、陶醉于大自然的情景。在他的笔下，草木葱茏，春风和煦，鸟儿啼鸣，一切都是那么和谐、宁静，远离尘嚣，绝无机心权诈——显然，这就是他所追求的"自然"，是与"名教"迥然不同的境界。

在第十四首，诗人进一步表达了对"自然之道"的领悟：

> 息徒兰圃，秣马华山。流磻平皋，垂纶长川。目送归鸿，手挥五弦。俯仰自得，游心太玄。嘉彼钓叟，得鱼忘筌。郢人逝矣，谁与尽言。

在长满兰草的野地上休息，在鲜花盛开的山坡上喂马，在草泽地上弋鸟，在长河里钓鱼；一边若有所思地目送南归的鸿雁，一边信手抚弹五弦琴——这里所写的与其说是征人生活，不如说是抒写诗人纵心自然的情趣。诗人以凝练的语言传写出高士飘然出世、心随物化的风神，传达出一种逍遥自得、与造化相侔的哲理境界，其中深蕴的"大道"，只可意会，却难与人言传！

嵇康抒写山水之乐，是为了揭示"至人远鉴，归之自然；万物为一，四海同宅"（《赠兄秀才入军十八首》其十八）的妙境。对自然山水的这种体认，正透露着后来山水诗勃兴所依凭的深刻的哲理背景。

阮籍、嵇康对自然景物的描写并不算多，但是他们赋予描写对象的审美内涵及哲理却极富于启迪性，影响深远。

第三节　西晋文人与自然山水

一　"睹物兴情"：自然景物描写的普遍化

西晋以来，爱好林薮已逐渐成为一时风尚。士大夫或自得于林阜之间，终日忘返；或欢聚于苑囿别墅之中，各逞才情，比如石崇的金谷园即是当时文人游览赏心的佳地。自然景物越来越多地成为他们的观赏对象，与他们的情感生活、精神世界发生联系。这就是陆机在《文赋》中所说的：

> 遵四时以叹逝，瞻万物而思纷，悲落叶于劲秋，喜柔条于芳春，心懔懔以怀霜，志眇眇而临云。

他这种观点与后来《诗品》《文心雕龙·物色》类似，都强调"睹物兴情"。陆机把情感与现实感受联系在一起，把自然景物当作"睹"的主要对象，认为诗人的"情"、诗人的创作冲动，主要是由此而"兴"的。陆机的这种观点当是西晋诗歌中自然景物描写逐渐增多，自然景物逐渐成为诗歌的主要描绘对象这一现象的理论总结。反过来，他把自然景色当作抒发情感的主要对象的理论也必然会影响当时的文学创作实践。

和建安时期相比，西晋诗歌中的自然景色描写显著地多起来了。诗人们一方面继续像建安文人那样在游宴、纪行、赠答等类题材的诗歌中进行自然景物描写，诸如张华的《答何劭》及《上巳篇》，何劭的《赠张华》，潘岳的《金谷集作》及《在河阳县作》《在怀县作》，潘尼的《三月三日洛水作》及《迎大驾》，陆机的《赴洛道中作》，荀勖的《从武帝华林园宴诗》等；另一方面又大大拓展了自然景物描写的运用范围，将描写自然景物的笔触延伸到建安文人没有或较少涉及的题材中，各种情绪感受的抒写都可以借助自然景物描写来完成。例如写思友怀旧之情：

> 密云翳阳景，霖潦淹庭除。严霜凋翠草，寒风振纤枯。凛凛天气清，落落卉木疏。感时歌蟋蟀，思贤咏白驹。情随玄阴滞，心与回飚俱。
>
> ——曹摅《思友人》

写伤逝之情：

> 秋风吐商气，萧瑟扫前林。阳鸟收和响，寒蝉无余音。白露中夜结，木落柯条森。朱光驰北陆，浮景忽西沉。顾望无所见，唯睹松柏荫。肃肃高桐枝，翩翩栖孤禽。仰听离鸿鸣，俯闻蜻蛚吟。哀人易感伤，触物增悲心。
>
> ——张载《七哀》之二

写失意之情：

> 秋风何冽冽，白露为朝霜。柔条旦夕劲，绿叶日夜黄。明月出云崖，皦皦流素光。披轩临前庭，嗷嗷晨雁翔。高志局四海，块然守空堂。壮齿不恒居，岁暮常慨慷。
>
> ——左思《杂诗》

在上述这些诗歌中，景句之多，使它不是处在可有可无的陪衬地位，而俨然是诗歌的主要成分，不似建安诗歌中写景多用于渲染环境，烘托气氛。

太康诗歌中景色描写的普遍化，还突出地表现在这一时期的隐逸诗、游仙诗中。在这两类题材的诗歌中自然景物描写的比重很大，与山水诗的最终形成有着更直接的联系，将在下面分别讨论，此处从略。

对偶化是太康诗歌中景色描写的明显特点。建安诗歌"其言直致而少对偶"（《诗人玉屑》卷一三），对偶景句更罕见，像曹植只有"秋兰被长坂，朱华冒绿池"等少数比较工整的对偶句。而太康诗歌中，工整的对偶景句比比皆是，可以说多数景句都是以对偶形式出现的，像陆机的《赠尚书郎顾彦先》二首，大部分是对偶景句。景句对偶化的现象显然与当时文坛讲究艺术形式的风尚有直接关系。后来的山水诗写景多对仗工整，这种技巧是经过太康诗人的锤炼才逐渐趋于成熟的。

与建安时期相比，太康诗歌中的景色描写要精美得多。他们都着意把自己对自然景物的精心观察细致地描绘出来，构成一幅完整的画面。像潘岳的"春风缘隙来，晨霤承檐滴"（《悼亡诗》其一），陆机的"蕙草饶淑气，时鸟多好音"（《悲哉行》），孙楚的"晨风飘歧路，零雨被秋草"（《征西官属送于陟阳侯作诗》），都以写景精致工巧而受到后人激赏。

二 张协："巧构形似之言"

太康诗人中写景最多且琢辞精美而不失其自然的，当首推张协。

《杂诗十首》是张协的代表作，其最突出的特点是采用白描的手法来写景。例如：

　　　　飞雨洒朝兰，轻露栖丛菊。龙蛰暄气凝，天高万物肃。

　　　　　　　　　　　　　　　　　　　　　　　　——其二

勾勒出一场秋雨后天际的高远清虚，意境与陶渊明笔下的秋景"露凝无游氛，天高肃景澈"颇为相似。

　　　　腾云似涌烟，密雨如散丝。寒花发黄采，秋草含绿滋。

　　　　　　　　　　　　　　　　　　　　　　　　——其三

形象地描绘出一幅烟云弥漫、细雨蒙蒙的早秋图景，菊花竞开，秋草犹绿，于清冷中透出大自然的生机。

> 轻风摧劲草，凝霜竦高木。密叶日夜疏，丛林森如束。
> ——其四

以"摧"字写秋风之势，以"束"字写秋林之态，精确地刻画出寒风萧萧、落叶飘零、万木萧条的典型秋景。以上的景句笔法洗练，色调柔雅，与潘、陆之作的富艳、铺陈很不一样。所以梁代钟嵘《诗品》称赞张协"文体华净，少病累，又巧构形似之言"，将其作列为上品。清人何焯曰："诗家炼字琢句，始于景阳（张协字）"（《何义门读书记》），也充分肯定张协"巧构形似之言"的贡献。

值得注意的是，张协《杂诗十首》中有的篇什已不是一般意义上的写景诗，例如第六首：

> 朝登鲁阳关，狭路峭且深。流涧万余丈，围木数千寻。咆虎响穷山，鸣鹤聒空林。凄风为我啸，百籁坐自吟。感物多思情，在险易常心。揭来戒不虞，挺辔越飞岑。王阳驱九折，周文走岑崟。经阻贵勿迟，此理著来今。

此诗写深山密林的险僻荒远，并由此情景引发一番人生思考，诗中所描绘的深山景物颇近于后来江淹的某些作品中的山水画面，如《望荆山》《游黄櫱山》。

三　隐逸诗：山水诗的早期形态

在西晋时期的诗歌创作中，有一类题材格外引人注目，即隐逸诗。这类诗篇有的题为"招隐"，如左思、陆机的《招隐诗》；有的虽然没有标明"隐逸"，但其内容是歌咏隐士的幽居生活，如张华的《赠挚仲洽诗》。

隐逸的传统由来已久。在儒家的人生哲学中，"隐"与"仕"都是一种政治行为，"隐"是对于"天下无道"的一种批判性选择。而在道家思想体系中，"隐"则是基于对自我价值的肯定，闲处薮泽不仅是乱世存身之道，更是达到超世绝尘的心灵境界的法门。也就是说，在道家思想体系中,"隐"更多地具有高标人格精神、抗志尘表的意义。自东汉末年以来,由于世乱不已,以隐逸为高尚的风气已初露端倪,诸如郭林宗、徐孺子、申屠蟠等隐逸之流备受时人推重。不过这一时期隐逸的内在动机多是远祸全身的考虑。至正始时,阮、嵇们在险恶的政治环境中,一方面以狷介简傲的行径来表示对"名教"的不满,另一方面又深藏起内心的忧惧,风神潇洒地把手入林。他们的风范令后人倾倒,从而推动了隐逸观念的转变①。

因此,西晋时期出现了不少表现隐逸生活的诗篇。它们的作者或是"弃绝人事,屏居草泽",如张协、左思;或是久滞不迁而有"江海山薮之思",如潘岳;或是"笃好林薮"、肥遁别墅的豪富,如石崇;或执掌权要,而向往"恬淡养玄虚"的重臣,如张华。这些作者的处境经历各不相同,但都对隐逸生活怀着企羡之情,借笔墨来消遣一腔"隐逸情结"。这些隐逸诗中虽然仍流露出远祸全身的心理,但更多的是表现为一种抗志尘表、离世远俗的精神追求。这就是张载《招隐诗》所说的:

> 去来捐时俗,超然辞世伪。得意在丘中,安事愚与智。

他看重的是隐逸所代表的"超然"世外,以及徜徉丘林所获得的内心满足。

正因为西晋士人对隐逸普遍怀着企羡心情,因此他们能够以一种欣赏的眼光来观察山林丘壑,抒写流连林泉的无限乐趣。例如左思《招隐诗》其一:

> 杖策招隐士,荒涂横古今。岩穴无结构,丘中有鸣琴。白云停阴冈,丹葩曜阳林。石泉漱琼瑶,纤鳞亦浮沉。非必丝与竹,山水有清音。何事待啸歌,灌木自悲吟。秋菊兼糇粮,幽兰间重襟。踌躇足力烦,聊欲投吾簪。

诗人放眼望去,山林中的"白云""丹葩""石泉""纤鳞"或静或动,构成了一幅自然美景,清新而富于生机;倾耳细听,山风泉流,天籁之音,传递着大自然的律动,与之相比,人为的丝竹啸歌又算得了什么呢?诗人的身心沉浸在一片天然化机之中,深深地陶醉了。这首诗在表现隐

---

① 关于隐逸观念的转变与山水诗兴起的关系,在第一编第三章中详细讨论。

逸心情的同时,生动地抒写了诗人对山水之美的审美感受,尤其是"非必丝与竹"四句。又如张协《杂诗十首》中的第九首也是抒写栖迟山林的高远之趣:

> 结宇穷冈曲,耦耕幽薮阴。荒庭寂以闲,幽岫峭且深。凄风起东谷,有渰兴南岑。虽无箕毕期,肤寸自成霖。泽雉登垄雊,寒猿拥条吟。溪壑无人迹,荒楚郁萧森。投耒循岸垂,时闻樵采音。重基可拟志,回渊可比心。养真尚无为,道胜贵陆沉。游思竹素园,寄辞翰墨林。

在诗人笔下,结庐空山,耦耕幽谷,不再是不得已的选择。诗人志在高山洪渊,他从中领略到大自然的宁静之美,也享受到"养真尚无为"的闲适之趣。上面所引的两首诗既写了隐逸之事,又描绘了山林之美,又以自然之理收束,谢灵运典型的山水诗的章法结构在这里已初具规模,南朝山水诗中的幽远奇峭之景已见端倪。

由于在人们心目中山林不再单纯是避难之地,而是陶冶性情、逍遥自得的所在,所以诗人笔下的山林也不再像淮南小山所描绘的那么阴森可怖,荆榛丛生,虎豹出没,令人发出"王孙兮归来,山中兮不可以久留"(《招隐士》)的悲叹。他们总是着意刻画大自然和谐宁静的美景,以示栖迟山林、俯仰于山水之间的清幽之趣。例如陆机《招隐诗》写道:

> 轻条象云构,密叶成翠帏。激楚伫兰林,回芳薄秀木。山溜何泠泠,飞泉漱鸣玉。哀者附灵波,颓响赴曾曲。

绿叶葱茏,佳木成林,山泉叮咚——诗人正是在对山水作审美观赏中体会到"游乎至乐"的妙境,而生发"富贵苟难图,税驾从所欲"的隐逸之想。又如张华《答何劭》其一描写玩赏山水的情致:

> 散发重阴下,抱杖临清渠。属耳听莺鸣,流目玩鲦鱼。

正是在登临山水、与鱼同乐的审美活动中,诗人"从容养余日"的心愿得到满足。

总之,对隐逸的企羡心理促使人们走向山林,激发了人们对林薮的爱好之情；在抗志尘表、纵心自然的精神追求中，人们也从山水林壑中获得前所未有的审美享受，山水也作为审美对象出现在隐逸诗中。正是在这个意义上，可以说隐逸诗是山水诗的早期形态。

四 "人间化"的游仙诗

西晋时期，人们对自然山水的向往之情，从游仙诗的变化中也可以得到证实。

游仙诗的文学传统可以一直追溯到《楚辞》，《离骚》即采用在虚无缥缈的仙境中遨游的手法来表现离世高引的愿望，《远游》也抒写了对"餐六气而饮沆瀣""漱正阳而含朝霞"的仙境的向往之情。其主题思想和手法，被后来的游仙诗所继承。相传秦始皇曾"造仙真人歌"，可能就是最早的游仙诗，可惜已失传；汉乐府中的《上陵》《董逃行》等，是现在能见到的最早的游仙诗了。但是，成熟的游仙诗应当说到了曹氏父子的手中才出现，诸如曹操的《秋胡行》、曹植的《远游篇》及《五游咏》等；阮、嵇等正始诗人也写过一些表现寻药求仙、离世绝俗的诗篇。

如果将上述游仙之作加以分析，就可以看到，尽管文人之作与汉乐府有文质、雅俗之分，曹氏父子、阮、嵇诸公在游仙诗中寄托的怀抱也各自不同，但是它们都具有共同之处，即以长生不死的神仙为企羡对象，描写的是虚幻不实的仙境，闪动着神奇、瑰丽的色彩。这些共同点在历代游仙诗中都可以看到，是游仙诗的基本特征。正是这些基本特征使之区别于同样具有超尘出世之想的隐逸诗。因为不管是相传为汉代四皓所作的《采芝歌》，还是陆机、左思的《招隐诗》，都不是以神仙而是以高人隐士为企羡对象，诗中描写的也不是奇丽的仙境而是清幽的真实山林景色。

西晋诗人也创作了一些游仙诗。值得注意的是，有的游仙诗发生了一种微妙的变化。如张协《游仙诗》：

> 峥嵘玄圃深，嵯峨天岭峭。亭馆笼云构，修梁流三曜。兰葩盖岭披，清风绿隙啸。

又如何劭《游仙》：

> 青青陵上松，亭亭高山柏。光色冬夏茂，根柢无凋落。吉士怀贞

心,悟物思远托。扬志玄云际,流目瞩岩石。

这里写到的游仙处所显然与曹植笔下的"阊阖正嵯峨,双阙万丈余;玉树扶道生,白虎夹门枢"的仙境不同,而与陆、左《招隐诗》写的山林景色无甚区别,都是以大自然景色为蓝本的。

　　到西晋末年郭璞手中,这一变化更为明显。郭璞的《游仙诗》虽"会合道家之言而韵之",但其中仙境的描写,如"寒露拂陵苕,女萝辞松柏","朱霞升东山,朝日何晃朗"等,都是优美生动的真实山林景色,完全洗去了光怪陆离的色彩。仙人所居之所也不是建安游仙诗中所描写的金碧辉煌的琼楼玉阁,而是在"青溪千余仞""绿萝结高林"的深山中,那里"云生梁栋间,风出窗户里","回风流曲棂,幽室发逸响",清幽而空寂。那些仙人也没有太多的"仙气",他们或"啸傲遗世罗"或"临河思洗耳",其风神气度,举止做派,更令人联想到那些高蹈遗世的隐士。在有的篇什中诗人更是借游仙来咏隐逸,如其三:

　　　　翡翠戏兰苕,容色更相鲜。绿萝结高林,蒙笼盖一山。中有冥寂士,静啸抚清弦。放情凌霄外,嚼蕊挹飞泉。赤松临上游,驾鸿乘紫烟。左挹浮丘袖,右拍洪崖肩。借问蜉蝣辈,宁知龟鹤年。

在绿色葱茏、幽深静谧的山林中,一个飘然世外的隐士与仙人同游,寄身于密林之中,放情于凌霄之外。

　　也就是说,自西晋以来的一些游仙诗出现了"人间化"的倾向,真实的山林景色替代了虚幻的仙境,仙人与隐士合一,游仙诗与隐逸诗合流。这一变化说明:西晋以来人们对自然山水的向往之情多么炽热,以至改变了某些传统题材的特点。

　　游仙诗的"人间化"这一文学现象虽然是局部的、暂时的,但依然反映出魏晋独特的社会历史条件对文学发展进程的微妙影响。它与魏晋时期盛行的朝隐之风有密切关系[①]。"朝隐"注重的是精神上超然无累,并不在于行迹之出处,所谓"情致两忘者,市朝亦岩穴耳"(《莲社高贤传·周续之传》)。既然在朝廷上可以当隐士,那么在人世何尝不能成仙呢?葛

[①] 关于魏晋朝隐之风与山水诗兴起的关系,将在第一编第三章中专门讨论。

洪在《抱朴子内篇·释滞》中就主张求仙不一定要摒弃人事。他说：

> 昔黄帝荷四海之任，不妨鼎湖之举；彭祖为大夫八百年，然后西适流沙……古人多得道而匡世，修之于朝隐，盖有余力故也。何必修于山林，尽废生民之事，然后乃成乎？

显然，他认为修仙得道与匡世并不相悖，就像隐与仕并不矛盾一样。于是仙与俗的界限泯灭了，仙境与人世的沟壑填平了。所以郭璞在《游仙诗》中写道：

> 灵溪可潜盘，安事登云梯。

在人间也可以成仙，何必要到天上去呢？显而易见，这样的求仙之道与朝隐实质上没有多大差别。这就难怪有的游仙诗中仙人"隐士化"、仙境"人间化"了。

求仙本来就与游名山、寻妙药等活动相关，而求仙与隐逸合流，游仙诗的"人间化"则标志着超尘出世的精神追求越来越多地与自然山水发生联系，标志着自然山水之美得到越来越普遍的认同及欣赏。

总而言之，在西晋时期人们对自然景物的欣赏，表现出不同以往的审美水平，势必要求在文学创作中有所反映；而长期的艺术积累，使自然景物描写技巧在此时也逐渐成熟，使诗歌有可能再现自然美。这说明山水诗产生的必要的艺术条件已基本具备，西晋诗歌中大量的自然景物描写以及隐逸诗、游仙诗中的山水描写，正是山水诗将要出现的前奏。

第四节　东晋文人与自然山水

自晋室东渡之后，玄风大炽，士大夫精研老庄玄理，形成了"为学穷于柱下，博物止乎七篇"（《宋书·谢灵运传论》）的局面。这种学术空气直接影响了文学创作：一方面，"淡乎寡味"的玄言诗盛行一时；另一方面，对山水自然的审美意识则在魏晋玄学的背景上达到一个更高级的水平，山水诗也借助玄学大倡之势而得以兴起。

一 妙悟玄理的《兰亭诗》

玄言诗虽大炽于东晋,但是用文学形式来表达哲理却是由来已久,汉赋中多有阐述哲理之作,如贾谊的《鵩鸟赋》、张衡的《思玄赋》等。《艺文类聚》卷二三载东汉高义方《清诫》曰:"涤荡弃秽累,飘遐仕自然。退修清以净,存吾玄中玄。"这实际上已是一首五言玄言诗。正始"好庄老玄胜之谈"(《世说新语·文学》注引《续晋阳秋》),使阮、嵇诸公笔下的自然风景平添玄趣,山水与玄理杂糅并存、延续数百年的不解之缘即始肇于此。

偏安江南一隅的士大夫面对佳山胜水,更是宅心玄虚,澄怀悟道,一面挥麈谈玄,一面游赏山水,"屡借山水,以化其郁结"(孙绰《三月三日兰亭集诗序》),于山水之乐中体悟"自然"之道,创作了不少夹带山水描写的玄言诗[①]。

这类玄言诗中最有代表性的是《兰亭诗》。晋穆帝永和九年(353),当时的许多名士如谢安、孙绰、王羲之等41人,于三月三日在会稽郡山阴县(今浙江绍兴)的兰亭集会。"此地有崇山峻岭,茂林修竹;又有清流激湍,映带左右",山光水色,风景宜人。这些名士徜徉于林泉之下,"仰观宇宙之大,俯察品类之盛",感悟颇多,于是援翰赋诗,"畅叙幽情"(以上所引均见王羲之《兰亭集序》)。试举数首:

> 流风拂枉渚,停云荫九皋。莺语吟修竹,游鳞戏澜涛。携笔落云藻,微言剖纤毫。时珍岂不甘,忘味在闻韶。
> ——孙绰
> 鲜葩映林薄,游鳞戏清渠。临川欣投钓,得意岂在鱼。
> ——王彬之
> 松竹挺岩崖,幽涧激清流。消散肆情志,酣畅豁滞忧。
> ——王玄之
> 散怀山水,萧然忘羁。秀薄粲颖,疏松笼岩。游羽扇霄,鳞跃清池。归目寄欢,心冥二奇。
> ——王徽之

[①] 魏晋玄学与山水诗兴起的关系,将在第三章专门讨论,此处从略。

这些诗歌生动地描绘了玄学家们纵情山水，在丘壑林泉间"散怀""忘羁"的情景。他们认为山水可以令人"肆情志""豁滞忧"，能让自己的精神摆脱一切物累羁绊，而达到出入六合、混同天地的至境。在他们的心目中，一丘一壑皆是造化之理的呈现，"寓目理自陈"，只要与自然山水亲近，浑然一体，便可以从中体悟到玄远之理。所以玄学家往往通过对自然山水的描绘来表达自己对玄理的体认——这就是一些玄言诗中夹有不少山水描写，并抒写山水之乐的原因。

值得注意的是，东晋以来，佛理也与老庄一样成为言家口实。这时期，出现了一批颇有清谈家风采的名僧，如竺道潜、慧远、支遁等，他们借助老庄之学来推弘佛家义理，标揭新旨，认为"沉冥之趣，岂得不以佛理为先"（慧远《与隐士刘遗民等书》）。而王导、庾亮、孙绰、许询等名士也"禀志归依"，精研玄佛合流的理论依据。在"佛理尤盛"的风气中，名士名僧过从甚密，玄佛兼修，清谈余气流为文体，于是出现了一些佛理化的山水描写。例如支遁诗歌中有不少写景佳句：

  泠风洒兰林，管濑奏清响。霄崖育灵蔼，神蔬含润长。丹沙映翠濑，芳芝曜五爽。苕苕重岫深，寥寥石室朗。
——《咏怀诗》其三
  回壑伫兰泉，秀岭攒嘉树。蔚荟微游禽，峥嵘绝蹊路。
——《咏禅思道人》

他的诗歌虽然以畅达玄佛至理为宗，但其中的山水形象颇为鲜明生动，能融山水景物与咏怀悟道于一篇，所以清人沈曾植说："康乐总山水老庄之大成，开其先支道林。"（《与金潜庐太守论诗书》）

支遁之外，其他僧人也时有山水之作，如慧远《庐山东林杂诗》写道：

  崇岩吐清气，幽岫栖神迹。希声奏群籁，响出山溜滴。

此诗描写庐山岩岫之美，引出佛理玄机，其风格与《兰亭诗》相近。至于"好丘壑，一吟一咏，有濠上之风"的帛道猷所作《陵峰采药触兴为诗》：

  连峰数千里，修林带平津。云过远山翳，风至梗荒榛。茅茨隐不见，鸡鸣知有人。闲步践其径，处处见遗薪。始知百代下，故有上皇民。

这首诗写入山林采药的见闻，从远而近地描绘了山林景致，尤为难得的是诗中没有夹杂玄言佛理，字里行间处处透出诗人闲远自适的心情，"宾主历然，情景合一"（王夫之《古诗评选》）。此诗昭示着退去玄学外衣后山水诗的真貌。

二　模山范水的纪行诗

除了杂糅玄理玄趣的山水诗外，还有一类纪行性的山水诗。依行旅或游览的行踪描绘沿途所见风物的诗赋，在建安时已出现，不过，以模山范水为主旨的纪行诗，是东晋初年才出现的。

东晋初年，引人注目地把山水作为描绘对象的诗人是庾阐。例如下面二首：

　　暮春濯清氾，游鳞泳一壑。高泉吐东岑，洄澜自净荣。临川叠曲流，丰林映绿薄。轻舟沉飞觞，鼓枻观鱼跃。

　　　　　　　　　　　　——《三月三日临曲水诗》

　　心结湘川渚，目散冲霄外。清泉吐翠流，渌醽漂素濑。悠想盻长川，轻澜渺如带。

　　　　　　　　　　　　——《三月三日》

前首写春日曲水轻舟，饮酒观鱼的乐趣；后者则描绘湘江的明媚春色，清泉翠流与粼粼波光构成了一幅光色四溢的图景。这两首诗都是以山水为描绘对象，充满着由自然山水引发的喜悦心情，从内容上看与上面提到的《兰亭诗》相近，但不涉玄理，笔下呈现的全是山光水色。

至于他的《观石鼓》《登楚山》《衡山》《江都遇风》等，则开纪行山水一境。例如《观石鼓》：

　　命驾观奇逸，径骛造灵山。朝济清溪岸，夕憩五龙泉。鸣石含潜响，雷骇震九天。妙化非不有，莫知神自然。翔霄拂翠岭，绿涧漱岩间。手澡春泉洁，日玩阳葩鲜。

此诗记石鼓山之游,对自然造化的山水奇景作了精细刻画,语多对偶。又如《衡山》:

> 北眺衡山首,南睨五岭末。寂坐挹虚恬,运目情四豁。翔虬凌九霄,陆鳞困濡沫。未体江湖悠,安识南溟阔。

诗人在勾勒衡山的壮阔景象的同时,抒写了内心的人生感悟,其风格与谢灵运的某些山水诗很接近了,像结尾二句就与谢诗《行田登海口盘屿山》中的"莫辨洪波极,谁知大壑东"的意境很相似。

梁代沈约、钟嵘在论及晋宋诗风变迁时都认为:东晋末年的谢混(?—412)"大变太元之气",革除玄言诗风,兴山水之作。谢混诗今存四首,仅《游西池》是山水诗,因而很难窥测其创作全貌。但是从时间上看,庾阐诸作早于《兰亭诗》二三十年,早于谢混半个多世纪,早于谢灵运一百年左右。范文澜在《文心雕龙·明诗》注中说"写山水之诗起自东晋庾阐诸人",是很有道理的。可以说,庾阐是山水诗创作的先驱者,遗憾的是其创作不够丰赡,未能在诗坛上造成声势。

时间上迟于庾阐的李颙、湛方生、苏彦等,都写过纪行山水诗。例如李颙的《涉湖》:

> 旋经义兴境,弭棹石兰渚。震泽为何在,今唯太湖浦。圆径萦五百,眇目缅无睹。高天淼若岸,长津杂如缕。窈窕寻湾漪,迢递望峦屿。惊飙扬飞湍,浮霄薄悬岨。轻禽翔云汉,游鳞憩中浒。黯蔼天时阴,岩岘舟航舞。凭河安可殉,静观戒征旅。

诗歌描绘了舟行太湖时所见烟波浩渺、神奇变幻的景象,笔势纵横,境界开阔,给人以强烈的空间印象。又如湛方生的《还都帆》:

> 高岳万丈峻,长湖千里清。白沙穷年洁,林松冬夏青。水无暂停流,木有千载贞。寤言赋新诗,忽忘羁客情。

此诗写泛湖所见湖光山色,山峻湖清,沙白松青,面对如此山水,诗人顿生"忘情"之感。他的另一首《帆入南湖》则抒写游庐山、鄱阳湖的所见所感，面对神奇莫测、气象万千的大自然景观，他心神恍惚："此水何时流？此山何时有？"并由此引发宇宙悠悠、古今迭递的慨叹。苏彦的《西陵观涛》则描绘了西陵峡江涛奔逸咆哮之势。

上述庾阐、湛方生诸人的作品，纪行述游，模山范水，绘形写势，颇具声色。可以说，文学史上真正的山水诗正是从这些东晋诗人的笔端诞生的。

三 陶渊明：性本爱丘山

东晋时期，真正有成就的大家唯有陶渊明。

陶渊明创作了大量歌咏田园自然风光、抒写悠然自得情怀的诗篇，开创了田园诗派。田园诗与山水诗在表现对象上侧重点不同，但其内在的哲学底蕴却是相同的：向往自然，崇尚自然。

陶渊明正是以对田园风物的描绘来抒写自己对"自然"的向往之情：

暧暧远人村，依依墟里烟。狗吠深巷中，鸡鸣桑树颠。
——《归园田居》其一
孟夏草木长，绕屋树扶疏。众鸟欣有托，吾亦爱吾庐。
——《读山海经》其一
蔼蔼堂前林，中夏贮清阴。凯风回时来，因飙开我襟。
——《和郭主簿》其一

世人所追求的"自然"之境在陶渊明的笔下化为幽静、朴实的田园风光，化为一种淳朴、宁静的生活理想。在他的名作《饮酒》第一首中，诗人进一步揭示了一个更高的哲理境界：

采菊东篱下，悠然见南山。山气日夕佳，飞鸟相与还。此中有真意，欲辨已忘言。

所谓"此中"，即采菊东篱、悠然见山、日夕鸟归的情景；而"真意"呢，则只可意会，难以言传。这正如清人王士禛所说："山花人鸟，偶然相对，一片化机，天真自具，既无名象，不落言筌，其谁辨之？"（《古学千金谱》）尽管诗人已"忘言"，但是那幅夕阳西下、飞鸟投林的山林景致不正揭示着万物各得其所、委运任化的哲理吗？这首诗将陶渊明运用魏晋玄学"得意忘言""得意忘象"的思辨方式来观察大自然、从大自然美景中获得哲理感悟的过程，作了艺术的表现。

陶渊明的人格精神及文学成就对后世的影响极其深远，此处无须赘言。就山水诗的发展而言，陶渊明的意义不仅在于他在自己的诗歌中对自然风光所做的平淡而有思致的描写，不仅在于他以自己的人生实践及诗歌创作所传达的"复得返自然"的召唤；更重要的是，陶渊明以自己的人格及风格将滥觞于魏晋名士那里的，既有几分放诞又有几分做作的"闲情"，化为一种可以普遍实践的人生艺术，他以自己的生活境界、风神气质规范了一种与载道文化既相对又相辅的文化模式——闲情文化的基本特质和价值取向，因此在后世封建士大夫的心目中，他成了一种东方文化精神的象征。自唐宋以来，闲情文化在士大夫中大行其道；而作为士大夫闲情逸趣的精神产品山水诗画也随之蔚为大观，成为一种独具东方色彩的艺术品类。就山水诗而言，闲情文化的奠基者、象征者陶渊明跨越时空的影响力正在于此[①]。

以上讨论了从建安时期到东晋末年的诗歌创作中的自然景色描写逐渐增多，以至成为诗歌的主要内容，最终出现了模山范水的山水诗的文学过程，勾勒了汉末以来山水诗形成的文学轨迹。山水诗形成的文学过程与魏晋时期人们对于自然山水的审美心理逐渐成熟的过程是同步的。

关于山水诗的兴起，再谈几点看法。

第一，山水诗的产生对文学发展有一定的意义。曾有人认为山水诗的产生是表现了文学颓废时期对形式技巧的追求。诚然，山水诗的产生是与士大夫的生活方式、思想风尚、文学情趣有密切关系，但是更应该看到文学对形式技巧的讲求，往往也是它自身发展的需要。所以在谈到文学的独立性时，不能不强调它独具的形式美。建安诗歌中的自然景色描写作为诗歌艺术形式的一部分，对文学的独立性发挥着保障作用，推动文学按自身规律运动，而它自己也在整体运动中发展起来。应该从这个观点出发，来看待在自然景物描写技巧逐渐成熟的基础上产生的山水诗。

[①] 关于陶渊明与闲情文化、闲情文化的内涵及特征等问题的论述，参见韦凤娟《悠然见南山——陶渊明与中国闲情》，香港中华书局1991年版。

第二，辞赋的艺术技巧对山水诗的文学准备，有着特别重要的影响。

曾有人认为山水诗的产生是直接受到民歌影响的，这个看法不符合事实。民歌中是有一些写到山水，如《汉铙歌》中《巫山高》：

> 巫山高，高以大，淮水深，难以逝。我欲东归，害梁不为。我集无高曳，水何梁。汤汤回回，临水远望，泣下沾衣。远道之人心思归，谓之何。

《杂歌谣辞》中有一首《绵州巴歌》：

> 豆子山，打瓦鼓。扬平山，撒白雨。取龙女，织得绢，二丈五。一半属罗江，一半属玄武。

写的是一座山及瀑布。东晋前民歌中较集中写到山水景物的，现存的似乎仅此二首了。江南民歌中提到水的比较多，如《江南采莲歌》等。但是只要把它们与西晋写景诗或后来的山水诗一对比，二者遣词造句，取喻形容、意境风格，都差得很远，很难说有什么直接的渊源关系。谢灵运的山水诗虽被誉为"初日芙蓉"，但其修辞技巧、立意造境，基本上仍是与曹丕、张协一脉相袭（当然，我们并不否认民歌对山水诗作者可能有的潜移默化的影响，如谢灵运就写过民歌风格的《东阳溪中赠答二首》；至于南朝乐府民歌对永明体诗歌的影响，更是显而易见）。山水诗在文学养分吸收上表现出来的这个特点，说明了它基本上是封建士大夫闲情逸致的物化形式。

第三，山水诗产生的必备的艺术条件——自然景色描写技巧，在西晋末年已基本成熟。而不像有人认为的那样："东晋前诗里既少写景的传统，写景技巧是极不发达，幼稚的。"如果不是几乎与山水景物描写同时存在的玄言诗的泛滥，从艺术技巧上看，山水诗完全可能在东晋时就大量出现。

第三章　东晋山水诗产生的社会历史原因

在前一章中，我们就文学作品中自然景色描写技巧及人们对自然美的认识的发展过程，说明了山水诗在文学史上出现的必然性。但是，就像湍急的河流只有流经陡峭的悬崖时才会出现壮观的瀑布一样，山水诗之所以能在东晋时期兴起，是因为魏晋时期独特的社会历史条件提供了促使文学之河上出现那道壮丽瀑布——山水诗所必需的河床。

下面将分别讨论魏晋社会经济、政治思想、学术风尚等对山水诗兴起产生的影响。

第一节　魏晋社会经济结构变迁的影响

东汉末年的社会动乱严重地破坏了整个社会的经济基础，使社会经济结构发生了变化，从而影响到社会生活的各个方面。这种变化通过曲折的途径在文学作品中有所反映，使得被高尔基称为"时代的生活和情绪的历史"的文学出现了山水这一重要内容。

一　经济生活中心的转移：江南庄园的兴建

汉末以来社会经济发生了一个重要变化，即一度很活跃的、在社会经济生活中占重要地位的城市经济和商品——货币关系受到严重破坏，而以封建大土地所有制形式出现的庄园经济开始兴起，社会经济生活的中心由城市转向农村。

下面简单地勾勒一下这一历史过程。

在战国时期，由于生产力的发展，农业与手工业的分工，已出现了诸如临淄、邯郸、宛、陶等这样的城市。在秦汉疆域统一的条件下，城市经济和商品交换都得到进一步发展。司马迁在《史记·货殖列传》中详细记录了当时各地大小城市繁荣的商品交换状况及四通八达的贸易网。他说，各地区所生产的不同物品，"皆中国人所喜好，谣俗被服饮食奉生送死之具也"，又指出："待农而食之，虞而出之，工而成之，商而通之"，"此四者民所衣食之原也"。这正反映了当时商品货币关系在日常经济生活中的重要地位，是当时社会经济生活中不可缺少的一环。

在汉武帝之后，城市经济及商品货币关系虽时有起落，但基本上维持着它在当时经济生活中的重要地位。

但是，城市经济的繁荣及商品货币关系的发展，却是以"强者规田以千数，弱者更无立锥之居"（《汉书·王莽传》）、"土地布列在豪强"（《东汉会要》卷三一《食货》）为代价的。在沉重的封建剥削和豪强地主的兼并下，"民弃本逐末，耕者不能半。贫者虽赐之田，犹贱卖以贾"（《汉书·贡禹传》），于是出现了王符《潜夫论·浮侈篇》中所描绘的情景：

> 今举俗舍本农，趋商贾，牛马车舆，填塞道路，游手为巧，充盈都邑……今察洛阳，资末者什于农夫，虚伪游手什于末业……天下百都千县，市邑万数，类皆如此。

大批农村人口涌向城市谋生，促成了城市经济的畸形繁荣。但是农民与土地的分离，却是生产过程的破坏，潜藏着深刻的社会危机。终于黄巾起义爆发了，随之而来的是各个豪强地主集团的混战。

结果是城市经济瘫痪，"名都空而不居，百里绝而无民者不可胜数"（仲长统《昌言·理乱篇》）。曹魏和西晋时期，虽然城市状况有所恢复，但永嘉之乱又使得"中夏荡荡，一时横流，百郡千城，曾无郛者"（《晋书·孙楚传》附孙绰传）。洛阳又是一派"旧都宫室，咸成茂草，坠露沾衣，行人洒泪"（《晋书·刘渊载记》）的惨象；长安也是"户不盈百，墙宇颓毁，蒿棘成林"（《晋书·愍帝本纪》）。城市受到如此严重的破坏，以城市为基地的商品经济自然也随之衰落，商品货币关系也随之萎缩。自董卓"坏五铢钱"，更铸小钱，"自是后钱货不行"（《三国志·魏书·董卓传》）。魏文帝时正式下令"使百姓以谷帛为市"（《晋书·食货志》）。当时连国家官职的出卖也是用绢。所以洛阳有民谣："欲求牙门，当得千匹；百人督，五百匹。"（《三国志·魏书·夏侯尚传》）石崇也"下绢百匹"买羝奴（《太平御览·文部一四》卷五九八引石崇《奴券》）。直到"晋迁江南"，亦"钱不普用"（《宋书·何尚之传》）。

　　自然经济和商品经济是两个既相联系又相对立的概念范畴，封建社会中商品经济的发展多少会排斥自然经济，使之受到破坏。这一点从汉末"舍本农，趋商贾"的情况中已可以看到。反之，自然经济的色彩越浓厚，商品经济的发展水平就越低。当商品货币关系严重萎缩时，自然经济就在社会经济中占了主导地位。

　　因此，在东汉末年及西晋永嘉末年，当城市人口纷纷离开易遭战火和谋生艰难的城市转向农村之时，自然经济发展起来。当时在广大农村出现的坞堡、壁等就是社会经济更加自然化的产物。它们实际上是由少数封建主及其部族、依附农民组成的社会单位，是闭关自守、自给自足的封建庄园①。这一点，从《三国志·魏书·田畴传》及《晋书·庾衮传》中所记录的当时典型的坞堡内部的情况中可以看出。这些大大小小的、以坞堡形式出现的地主庄园，是豪强地主拥有的军事及经济实力的体现，一般都兼有防御及生产的双重职能。西晋时期的占田荫户制，实际上是对豪强地主占有土地及劳动力的事实给予法律上的承认，它大大促进了私人田庄的出现。石崇的金谷园是一例，他还有"水碓三十余区""田宅称是"（《晋书·石崇传》）。王戎"广收八方园田，水碓遍天下"（《晋书·王戎传》）。所谓"田宅""园田"，都是规模大小不等的私人庄园。坞堡虽然主要出现在北方，但南方也有。《抱朴子外篇·吴失》说：江左豪族"牛羊掩原隰，田池布千里"，"僮仆成军"，可以"闭门为市"。吴郡由拳县（今松江区境）的华亭别墅也是一个饶有"清泉茂林"之胜的庄园（《世说新语·尤悔》）。永嘉之乱仓皇过江的世族大家以"行主"的资格携众过江，参加了土地掠夺。在仅靠兼并小农难以满足对土地的欲望时，北来的世族们把掠夺的主要对象转到名义上为国家所有的山泽上。"封固山泽"成了东晋以来门阀世族夺取土地的一个主要手段。尽管政府一再下令禁止，最后还是不得不承认"富强者兼岭而占，贫弱者薪苏无托"（《宋书·羊玄保传》）的既成事实。在这种情况下，江南地区尤其是三吴地区的庄园

---

① 在东汉初年已出现少数略具规模的庄园。刘秀的外祖南阳樊氏的庄园即是一例。崔寔的《四民月令》也描绘了封建庄园的情况。

经济发展很快，大小庄园盘踞在山泽间，甚至连沿海的小岛上都有他们的庄园。

这些庄园都是以自给自足、自成一套生产体系为其经济特征。像南阳樊氏的庄园多种经营，做到了"物无所弃""有求必给"。石崇的金谷园"其为娱目欢心之物备矣"；谢灵运的山居更是无所不备，所以可以"谢工商与衡牧"。这种情况恰如《颜氏家训·治家篇》所记载：

> 生民之本，要当稼穑而食，桑麻以衣。蔬果之畜，园场之所产；鸡豚之善，埘圈之所生。爰及栋宇器械，樵苏脂烛，莫非种殖之物也。至能守其业者，闭门而生之具以足，但家无盐井尔。

这种以自给自足的原则安排自己的生产与消费的经济形式，与商品流通的联系是薄弱的，与我们前面提到的商品货币关系的严重萎缩情况是适应的。

就是这样，社会经济生活的中心由城市转向农村，一度很活跃的商品货币关系被自给自足的经济原则取代，封建大土地所有制庄园经济支配了当时的经济生活。

二　从都市转向山林

社会经济状况的这一变化，尤其是江南庄园的普遍兴建，使得士大夫们的生活环境及生活情趣发生了相应的变化，对文学作品的内容及格调产生了微妙影响，促使山水进入文学作品中。

中国封建城市的建立，主要是出于政治及军事的需要。尤其是秦汉以来，为了便利中央政府对豪强势力的控制，统治者多注意采取政治上"强本弱末之术"，迁徙豪富之家于京都及其附近，"以强京师"。遍布全国的城市不少都是郡县治所，是一个地区的政治中心，也是王侯、官僚、贵族等豪富之家的集居地。两汉时期繁荣的城市经济很大程度上是为了满足他们的享乐而兴起的，他们对商品经济的需求显然比乡居地主大得多。同时，各种娱乐活动诸如百戏杂耍、魔术、歌舞等，也首先为满足他们的需要而兴起（参见张衡《二京赋》中对长安的描绘）。依附于统治阶级的文人集团也往往集中于都市。都市不仅是政治经济生活的中心，也是文化生活的中心。当时文学所反映的内容也大多是以繁华的都市生活为现实依据的。比如枚乘的《梁王菟园赋》、司马相如的《子虚赋》及《上林赋》、扬雄的《羽猎赋》等这类主要以田猎为题材的大赋，表现的都是帝王或王侯的豪华生活场景，虽主要写郊外狩猎燕享之乐，但实际上是贵族们豪华的都市生活的一个重要内容。至于像班固的《两都赋》、张衡的《二京赋》等这类主要以京都为题材的大赋，更直接地与繁华的都市生活及庄严、规整的宫院建筑有关。从汉代冢墓画像石刻上所描绘的当时豪富人家的日常生活画面中可以看到，他们的娱乐以田猎、燕享、庖厨、歌舞等为主。这些生活内容及生活情趣也都在大赋中得到表现。同时大赋那种汪洋恣肆的笔调、富丽的色彩，都与在都市的生活环境中形成的审美心理及审美情趣是一致的。

但是经过东汉末年及西晋永嘉末年的战乱，都市已遭到严重破坏，东晋时期虽然也有如建康、广陵、浔阳、宣城等城市，但其繁华热闹远不及两汉的长安、洛阳，"方之汉魏，诚为俭狭"。都市既不能以其往日的富贵豪华吸引人，又是政治旋涡的中心，且易为战火波及；相形之下，远离是非之争，可以过着自由无羁、恬淡幽静生活的乡村自然是令人向往的乐土。而享受这种平静舒适的清福，对于在风景佳丽的江南拥有田庄的士大夫来说，也属易事。特别是东晋以来时局动荡，苦于仕途吉凶难测，即使像王导这样的重臣也有"角巾还第"的打算，像谢安"虽受朝寄，然东山之志始末不渝，每形于色"，庾亮也曾多次表示"逃遁山海"，更不用说一般士大夫的心情了。他们把乡下的田庄作为退身养心之地，从而与山野泉林朝夕周旋。

士大夫生活环境的变化及对乡居的亲切之感，必然会在生活方式及生活情趣上有所表现。都市生活方式及其体现出来的对富丽堂皇之美的追求，失去了存在的现实条件——这就是曹魏两晋时期很少有以繁华都市宫殿为内容的大赋的社会原因①。建安文人虽有"登台""游观"之赋，但是那些宫阁楼台并不能以昔日的壮伟气象来打动他们，令他们动情的是游览所见自然风物。西晋石崇宴饮于金谷园，虽然仍是富贵气派，但已很明显地把观赏园中景色作为赏心乐事，自言"笃好林薮，遂肥遁于河阳别业"（《思归引序》）。而到东晋王羲之诸名士兰亭雅会时，则因为"此地

---

① 左思《三都赋》是西晋一统天下前夕特定历史条件下的产物，庾阐《扬都赋》在追颂先人功绩。

有崇山峻岭，茂林修竹，又有清流激湍，映带左右"，故而"虽无丝竹管弦之盛，一觞一咏，亦足以畅叙幽情"(《兰亭集序》)，真正如左思所云："非必丝与竹，山水有清音！"由此可以看出，随着生活环境的变化，士大夫的生活情趣也倾向于"静""寂"的境界。正如《老子》所曰"驰骋田猎令人心发狂"，故而汉人所热衷的种种以都市生活为背景的娱乐方式退居其次，玩赏静寂山水则成为士大夫寄托情怀、消遣时日的主要方式。

士大夫审美情趣的变化也从他们对城市建筑的审美要求上反映出来。汉代的苑囿内畜野兽，多为猎狩场所，宫室建筑以高大雄伟规整取胜，很少有"曲径通幽"一类含蓄的布置。他们对宫室建筑、都市布局的审美要求是：宏伟、富丽、对称。但到东晋时对都市建筑的审美要求变化了。如王导主持营建建康时就一反都市建筑"制街衢平直"的传统法则，而强调"纡余委曲，若不可测"。当然，这可能是从军事角度考虑对地势的利用，但是其中确实反映了"江左地促，不如中国"，地形环境的变化对城市建筑提出了不同以往的要求。由"制街衢平直""一览而尽"变为"纡余委曲，若不可测"，实际上是由追求宏丽规整之美，转为追求幽雅含蓄之美。同时人们对居住环境的审美要求也注重"自然之神丽"（谢灵运《山居赋》)，江南含山带水的自然环境极大地开发了他们审美视野，千姿万态的江南山水为他们提供了众多的审美对象，使他们积累了丰富的审美感受。他们在与山水相游的日常实践中，逐步摸索出自然山水美的规律，并力图依照这种自然美规律来营造庄园。"选自然之神丽，尽高栖之意得"，正是这种审美要求的概括，生动反映了江南自然环境对人们审美观念所发生的影响。南朝时期，江南相继出现了不少以观赏为主要目的的园林，一山一石，一水一木，极尽自然之美。绘自然山水之形、传自然山水之神的山水诗画的兴起，自是情理之中的事情了。

三　会稽：山水诗的摇篮

为了进一步说明江南庄园的兴建对山水诗兴起的影响，以会稽为例。

东晋时的会稽郡即今浙东绍兴一带。这是一个风景美丽的地区。顾恺之说它"千岩竞秀，万壑争流，草木蒙笼其上，若云兴霞蔚"（《世说新语·言语》)。王子敬称"从山阴道上行，山川自相映发，使人应接不暇，若秋冬之际，尤难为怀"（《世说新语·言语》)。因此，"江左嘉遁并多居之"（谢灵运《与庐陵王义真笺》)。

不过需要注意的是，王、谢等大族在会稽兴建家业，最初的动机并不是为了欣赏山水。长江流域的阳羡溪山的风景之美不亚于会稽，诸名士何苦要舍近求远呢？其中原因应从东晋的政治经济情况来考察。为了维系东晋政局，以王导为首的当权者实行笼络、安抚吴人的国策。阳羡溪山一带是义兴周氏的势力范围，周氏是江南大族，拥有兵权，其对东晋朝廷一直怀着强烈的对立情绪，所以连周勰兴兵叛乱，元帝也"以周氏奕世豪望，吴人所宗，故不穷治，抚之如旧"（《晋书·周处传》），当然更不允许在土地问题上与当地世族发生危及政局稳定的冲突。所以在"新都（指建康）近旁既无空虚之地，京口、晋陵一带又为北来次等士族所居，至若吴郡义兴等皆是吴人势力强盛，不可插入的情况下"，于是渡过钱塘江进入会稽一带建立庄园①。故而王、谢大家的产业多在会稽一带。王、谢之外，孙绰"居于会稽，游放山水十余年"（《晋书》本传），戴逵、戴颙"因会稽剡县多名山，故世居剡下"（《宋书·隐逸传》），许询也家于会稽北干山之阳②。

这些士大夫经常相约邀游于会稽青山绿水间。谢安常为东道主，许询、支遁、孙绰、戴逵等名士参与其游。至于兰亭雅会，更是千古佳话，以致有人认为自此雅会之后"其俗始尚风流，而多翰墨之士"（王十朋《会稽风俗赋》）。以谢安、王羲之等辈的政治势力及文坛地位，其一举一动在当时产生的影响之大是不难想象的。他们在会稽的山水间陶冶性情，寄托玄思。孙绰写《天台山赋》，赞美会稽名山；许询有"萧条北干园"的诗句专咏自己的山阳庄园；戴逵、戴勃父子擅画山水，尤其是戴勃"山水胜于顾（恺之）"（《历代名画记》引后魏孙畅之《述画记》）。谢灵运的山水诗多是以会稽一带山水为题材（永嘉距会稽不远），有的还是直接写自己的始宁别墅。这些士大夫的活动造成了会稽在当时文坛上的重要地位，正如司马相《越郡志略》所云：

    晋迁江左，中原衣冠之盛萃于越，为六州文物之薮，高人文士，云合景从。

---

① 参见陈寅恪《述东晋王导之功业》，《中山大学学报》1956年第1期。
② 宋人王十朋《会稽风俗赋》注引孔灵符《地志》注：许询家于此山（指北干山）之阳，许询诗曰"萧条北干园"。

而在此之前，文人多集聚在中原地区，江南文化是比较落后的。

大批文人雅士集聚在风景佳丽的会稽地区这一历史事实恰好为山水诗的大量创作提供了必要的条件。因为欣赏山水是一个审美过程，存在着人与自然、主观与客观的关系。叶燮《原诗》曾说：

> 天地之生是山水也，其幽远奇险，天地亦不能一一自剖其妙。自有此人之耳目手足一历之，而山水之妙始三世。

对于山水诗的创作来说，客观存在的具有审美价值的山水与具有高度审美能力的人，二者缺一不可。正如谢灵运所说：

> 虚泛径千载，峥嵘非一朝。乡村绝闻见，樵苏限风霄。
> ——《石室山诗》

美丽的江南山水空存千载，无人赏识，只有他这样的士大夫才能以闲暇的心情，花费大量时间心力去玩赏，也只有他们才能用比较精致的艺术形式来表现山水之美。所以李白简捷地点明："闻道稽山去，偏宜谢客才。"（《送友人寻越中山水》）这种观点或许透着阶级偏见，却说明着一个事实，即山水诗所由产生的历史条件决定了它是既"支配着物质生产资料"，"同时也支配着精神生产资料"的士大夫的艺术产品。

因此，当江南庄园经济发展的历史状况使会稽成为王、谢等北来大族产业集中地的同时，它那明媚的山水也成了"支配着精神生产资料"的文人雅士们云集之地。欣赏山水美的两个必要条件（审美的客体与主体）都因此具备了。正是从这个意义上，会稽可称为山水诗的摇篮。

必须补充说明的是，士大夫们的审美眼光不可能局限于自己的庄园。随着江南由原来"地广人稀""无积蓄多贫"（《史记·货殖列传》）、未充分开发的情况，变成"以区区吴越，经纬天下十分之九"（《晋书·王羲之传》），"百度所资，罕不自出"（《南齐书·竟陵王子良传》）的经济基地，也形成了比较方便的水陆交通，使士大夫走向更广阔的大自然。比如袁山松《宜都记》写道：

> 常闻峡中水疾，书记及口传悉以临惧相戒，曾无称有山水之美

也。及余来践跻此境，既至欣然，始信耳闻之不如亲见矣……山水有灵，亦当惊知己于千古矣。

正是江南经济的大力开发、比较便利的交通，使千百年不为人知的深涧奇峰暴露在人们欣喜的目光下，被细致地观赏描绘。像庾阐、李颙等写行旅的山水诗，当时大量出现的以描写当地地形风物为主要内容的地方记，如庾仲雍的《湘中记》、盛弘之的《荆州记》等，都与江南的开发有直接关系。

总而言之，随着江南庄园经济的发展，士大夫们的生活环境、生活情趣都与自然山水有了密切联系。作为"与物质前提相联系的物质过程的必然升华物"的文学，也与山水发生了密切联系。因此，自东晋以来，当江南的自然资源得到大力开发的同时，士大夫们也进行着山水自然美的"开发"，创造了山水诗这一艺术产品。

第二节　魏晋时期朝隐之风的影响

魏晋社会的一个显著特点是隐逸之风盛行。文人学士纷纷投身于大自然，傲啸林泉，徜徉山水，直接推动了山水诗的兴起。

一　独特的处世之道：朝隐

魏晋时期流行的隐逸和传统的隐逸相比，有着鲜明的时代特征。它是魏晋士大夫独特的处世哲学及生活方式的表现，是统治阶级内部冲突的一种调和方式。其独特之处在于，它实质上是隐与仕的结合——"朝隐"。

"朝隐"一词并不发端于魏晋。西汉东方朔就曾讲"以仕代耕"，"避世金马门"；扬雄在《法言·吾子》中也讨论过"柳下惠非朝隐者与"。不过，东方朔之辈的"朝隐"主要还是在于"形见神藏"，明哲保身；而西晋以后的朝隐虽仍有明哲保身的一面，但更着重于所谓"澄怀悟道"、抗志尘表的精神追求，是一种高人雅致。它之所以风靡一时，是与晋代特殊的历史条件分不开的。

首先是当权者的支持。像嵇康那样奉"自然"之旨对抗司马氏的"名教"这样的"隐"，固然不为当权者赞同。但是他们对于"户咏恬旷之辞，家画老庄之像"的现实也不能漠视。因此，朝隐作为"名教"与

"自然"合一的行动实践,就完全适合当权者的需要。士大夫身在朝,自然是对当权者的承认和支持;同时他们又心在山林,"居官无官官之事,处事无事事之心"(《晋书·刘惔传》),不致过多地干预朝政,这自然对当权者有利。所以庾峻上疏晋武帝称"听朝士时时从志,山林往往间出",企图以山林高尚之风来洗革朝廷竞争之习。梁代沈约为武帝与谢朓敕也说:"常谓山林之志,上所宜弘,激贫励薄,义等为政。"(《艺文类聚》卷三七)

其次,魏晋玄学为朝隐提供了理论上的依据。向秀、郭象注《庄子》宣扬"名教"与"自然"合一的同时,也对《庄子》中有关隐逸的思想加以改造,重新阐释,为士大夫屈服现实压力、投靠司马氏政权的行为开脱。它提出"冥"即物我两忘的观点,认为"夫理有至极,外内相冥,未有极游外之致而不冥于内者"(《庄子·大宗师》注),只要做到"冥",即使身处庙堂之上,也犹如遁迹山林之中。他们用魏晋玄学中"得意"的理论,把传统观念上隐与仕的矛盾统一起来。从"得意"的观点出发,所谓隐逸,注重的是精神上的超然无累,并不在于行为上的"忽忘形骸"。因此士大夫只要宅心玄虚,就不必轻忽人事。这种理论自然深受在政治风云中漂浮不定的士大夫们的欢迎。《莲社高贤传·周续之传》载:

或问身为处士,时践王廷,何也?
答曰:心驰魏阙者,以江湖为桎梏;情致两忘者,市朝亦岩穴耳。

邓粲在改变隐居初衷时,也据此理回答别人的责问,说:"朝亦可隐,市亦可隐,隐初在我,不在于物。"(《晋书》本传)

东晋符朗所著《符子》中有一段话,把朝隐的奥妙讲得极其生动:

许由谓尧曰:"坐于华殿之上,面双阙之下,君之荣愿亦已足矣夫。"
尧曰:"余坐于华殿之上,森然而松生于栋;余立于棂扉之内,霏焉而云生于牖。虽面双阙,无异乎崔嵬之冠蓬莱;虽背墉郭,无异乎回峦之萦昆仑。余安知其所以荣!"

只要心存玄思,自可领会到玄趣,又何必将朝廷与山林对立起来呢?

再次,朝隐与魏晋以来士大夫生活方式契合。就整个统治阶级而言,就像他们不再把子路"结缨而绝"这类重名节的行动作为典范来推崇一样,也不再把颜回式的箪食瓢饮、居陋巷而乐的俭朴视为理想的生活模式(哪怕是理论上),而公然主张在短暂的人生中充分享受生的欢乐,以"尽一生之欢,穷当年之乐",《列子·杨朱篇》就是这种生命观的典型表述。另一方面,为了在政治斗争中全身,他们又主张静默守玄,把老庄玄理作为逃死全身之所,时时以哲理玄机的研讨来安顿心灵。因此,谈玄与享乐的结合,成了他们理想的生活方式。谢安就曾讥笑那些批评他追求享受的人是"未悟之濠上",有违风雅。要实现这样的理想生活方式,最可行的办法是"朝隐"。陆云虽是一个热心政务的名士,但他的《逸民赋》却道破了"隐"的妙处。他认为隐士之所以"轻天下,细万物,而欲专一丘之欢,擅一壑之美",就是因为"身重于宇宙",个体生命重于万物。但是传统的"隐"又过于清苦,有违享乐之旨,也不是士大夫普遍能够做到的,王昶就明白表示:

> 若夫山林之士,夷叔之伦,甘长饥于首阳,安赴火于绵山,虽可以激贪励俗,然圣人不可为,吾亦不愿也。
>
> ——《三国志·魏书》本传

王羲之也说:

> 古之辞世者,或被发佯狂,或污身秽迹,可谓艰矣。
>
> ——《与谢万书》

而朝隐则无此困难了。一边当官求禄,一边挥麈谈玄,不必受肌肤之苦,又得高尚之名,自然很容易被士大夫接受。

最后,遍布山泽间的田庄为朝隐提供了物质条件。西晋皇甫谧的《高士传》中称颜回有"郭外之田五十亩",显然他是依照当时的社会现实,塑造了这么一个有田庄的隐士①。《世说新语·栖逸》载康僧渊隐居之地,"去郭数十里,立精舍,傍连岭,带长川,芳林列于轩庭,清流漱于堂宇",

---

① 东汉末年已有类似情况。如仲长统《乐志论》所云。尤侗《艮斋杂说》卷三曰:"统俨然富贵逸乐之人,非岩居穴处、轻世肆志之所为。"

其实就是一个风景宜人的田庄别墅。由此可知，士大夫们是以大小田庄的存在作为"隐"的基地的。

显然在这种历史条件下形成的朝隐是适合整个统治阶级需要的。得势者可以此掩饰自己的物欲，失意者也可以此聊为宽解。他们都可以在朝隐的名号下遁身大自然以逃避现实。

二 "岩穴人情所高"

西晋永嘉过江之后，为了调和南北门阀世族的政治经济利益，王导推行"无为"之治，大倡玄风，"为政务在清静"（《晋书》本传），"宁使网漏吞舟"，不以"察察为政"（《晋书·顾和传》）。他说："人言我愦愦，后人当思此愦愦。"（《世说新语·政事》）谢安也主张"镇以和靖"，他说："秦任商鞅，二世而亡，岂清言致患邪？"（《晋书》本传）。他们都以老庄"无为"作为维持政局的一种手段。

在这种情况下，朝隐之风更为盛行，士大夫对山林的向往之情也达到高潮。"岩穴人情所高"（《晋书·谢安传》），所以高官显贵们不仅终日抵掌谈玄，而且和隐士、沙门频繁交往，以示山野之志。更有人为了消解"隐逸"情结，干脆资助别人去当"隐士"。比如郗超"每闻欲高尚退隐者，辄为办百万资，并为造居宇"（《艺文类聚》卷三六）。甚至还出了康僧渊隐居之后"声名乃兴，后不堪，遂出"的笑话。

崇尚隐逸，不仅可以自标风雅，也可笼络人心。所以桓玄想当皇帝，不但要假造"灵瑞之事"，而且深以"历代咸有肥遁之士，而己世独无"为恨，要假造出"肥遁之士"来捧场，于是征召皇甫谧六世孙皇甫希之为著作，送上大量钱物，暗地里令他谦让不受，号称"高士"。谢灵运曾给庐陵王义真献计："会稽既丰山水，是以江左嘉遁，并多居之……若遣一介，有以相存，真可谓千载盛美也。"（《晋书·王弘之传》）《弘明集》卷六，释道恒也有一段妙论：

> 国家方上与唐虞竞巍巍之美，下与殷周齐郁郁之化，不使箕颍专有傲世之宾，商洛独标嘉遁之客，甫欲大扇逸民之风，崇肃方外之士。

在这种情况下，隐逸非但不带有传统的反抗"无道"的意义，而且俨然成了太平盛世的点缀。像陶渊明那样厌恶官场而视返回山林为挣脱樊笼的人可谓凤毛麟角，大量的是或身居官职却只言"西山朝来致有爽气"（《晋书·王徽之传》），或身处幽穴却"每致四方诸侯之遗"（《世说新语·栖逸》）的朝隐者。

《宋书·隐逸传》中有一段话，对当时的朝隐之风作了精彩的分析：

> 夫独往之人，皆禀偏介之性，不能摧志屈道，借誉期通。若使值见信之主，逢时来之运，岂其放情江海，取逸丘樊，盖不得已而然故也。且岩壑闲远，水石清华，虽复崇门八袭，高城万雉，莫不蓄壤开泉，仿佛林泽。故知松山桂渚，非止素玩；碧涧清潭，翻成丽瞩。挂冠东都，夫何难之有哉！

这一段评论，首先含蓄地点明隐逸之风盛行的现实政治原因，又进一步着重指出那些身在朝廷的士大夫们企羡隐逸，所谓"身处朱门而情游江海，形入紫闼而志在青云"（《南史·齐宗室传》），纷纷寄情山水，托身丘壑，这种"隐"实际上是为了欣赏自然美景，追求一种更高雅的生活方式。如此"隐逸"，"何难之有哉"？

三　朝隐的完美实践：寄情山水

朝隐的盛行使山水与士大夫的日常生活发生了紧密联系。

为什么隐逸必定与山林相联系呢？在传统意义上，隐与仕是对立的，仕必然参与人事，要避人事而隐，便只有到人迹罕至、远离尘嚣的山林去。一般说来隐逸之士多奉老庄之旨，《庄子》中提到隐士，就直接把"隐"与山林相联系：

> 就薮泽，处闲旷，钓鱼闲处，无为而已矣。此江海之士，避世之人，闲暇者之所好也。
>
> ——《庄子·刻意》
>
> 山林与，皋壤与，使我欣欣然而乐与。
>
> ——《庄子·知北游》

厌弃人事的隐逸之士从山林闲处中获得精神乐趣，栖迟山林成了隐士的标识。

但是为什么东汉末年的隐逸之风很兴盛却没有山水诗的出现呢？

原因当然是多方面的，比如文学方面技巧经验积累不够，五言诗体尚未成熟等，但就隐逸本身而言，很重要的一点在于：隐逸虽然与山林有必然的联系，但是否把山林当作审美对象还不是一回事。

东汉末年隐逸之风兴盛的主要原因在于士大夫深怀"大木将颠"之忧。这正如名士郭泰所言："虽在原陆，犹恐沧海横流，吾其鱼也。况可冒冲风而乘奔波乎！未若岩岫颐神，娱心彭老，优哉游哉，聊以卒岁。"（《抱朴子外篇·正郭》）荀爽也说："知以直道不容于时，悦山乐水，家于阳城。"（《贻李膺书》）可见他们之爱好林薮，不尽出于逸兴野趣，根本原因是忧生之虑。至于焦光、扈累、寒贫这些"性同禽兽"的隐士，行为癫狂，表现出一种苟活乱世的绝望心理，与领略山水之美实难相涉。到竹林七贤把手入林，方开向往自然的一代风气。

不过，山水诗作为门阀世族、士大夫的精神活动的产品，它虽可以在嵇、阮诸公有叛逆色彩的林薮之好中萌动，但是只有当山水普遍地与士大夫日常生活及精神发生联系，酿为一代浓厚风气的情况下，山水诗才能获得生殖的社会土壤而兴起。显然，这是传统的隐逸所不能提供的。

而朝隐之风的流行，正好提供了这种社会土壤。朝隐使"隐"与"仕"的界限从理论上和形迹上都消失了，朝廷与山林的沟堑从心理上消失了。只有在这种特殊隐逸形式下，传统隐逸中孕育的对山水自然的热爱，才真正蔚为浓郁的时代风尚。因此，使朝隐之风得以兴盛的政治形势、学术理论、谈玄与享乐相结合的理想生活方式，以及经济条件等，正是山水诗大量兴起所需要的社会历史条件。

特别是东晋以来，不管是"寄人国土，心常怀惭"的晋元帝，还是曾在新亭对泣的士大夫们，都纷纷在向往山水的风气中，逃遁山河残破、国土沦丧的现实。他们或是与林泽鱼鸟相亲，或是穷名山泛沧海，"当以乐死"（《晋书·王羲之传》）。把因现实矛盾的冲突而感到的苦恼迷茫，通通用清幽的山水之美和虚寂的玄理来排遣，并借登山临水、啸傲林泉来为他们的享乐生活添加几分雅致风韵。他们眼中的山水林泽，已不是远祸避世之所在，而成为赏心乐事的审美对象。这一变化，东晋大隐士戴逵讲得很明白，他在《闲游赞》中写道：

且夫岩岭高则云霞之气鲜，林薮深则萧瑟之音清。其可以藻玄莹素，疵其皓然者，舍是焉。故虽援世之彦，翼教之杰，放舞雩以发咏，闻乘桴而慷厉。况乎道乖方内，体绝风尘，理楫长谢，歌凤逡巡，荡八疵于玄流，澄云崖而颐神者哉！然如山林之客，非徒逃人患，避争斗，谅所以翼顺资和，涤除机心，容养淳淑，而自适者尔。况物莫不以适为得，以足为至。彼闲游者，奚往而不适？奚待而不足？故荫映岩流之际，偃息琴书之侧，寄心松竹，取乐鱼鸟，则澹泊之愿于是毕矣。

戴逵认为山林有种种妙处，适合于养生全性之士居住，即使是孔子那样的圣贤也有山林之好，何况心存玄思的人呢！他特别强调指出：向往山林，不是为了"逃人患，避争斗"，而是为了陶冶精神，领略逍遥自适的乐趣。显然，他对隐逸的看法与前面提到的郭泰、荀爽很不相同。在东晋之后有的人还专门要求到名山胜水之地去做官。

总而言之，朝隐使得传统隐逸中的山水之情得到普遍的认同，促使山水成为审美对象而与人们的生活发生联系。士大夫们把寄情山水、优游岁月当作朝隐最完美的实践，当成谈玄与享受相结合的生活方式的最切实的实践，使欣赏山水成为一代风尚，直接促使了山水诗的兴起。

第三节　魏晋玄学的影响

由于魏晋玄学这一独特的思想体系的深刻影响，魏晋以来的文学观念、审美观念乃至文学题材都发生了变化，而且这种变化一般都采用哲理化的形式表现出来。比如，人们对自然山水看法的变化，无疑是审美能力提高的结果，却采用追求与精神本体一致的理想人格美的哲理方式来展现；文学作品中山水形象的精细刻画，本是自然景物描写技巧长期积累的结果，却通过"以形写神""以形媚道""寄言出意"的哲理化途径来表现。而把自身运动所必然提出的要求、必然产生的结果，披上了一层玄学的外壳，依托于玄学这一庞大的哲学思想体系之下。而山水诗——自然审美能力达到一定阶段，文学作品中自然景物描写技巧逐渐成熟的必然产物，也就通过了这种哲理化的独特途径、以独特的风格出现在文学史上。

一　理想人格美：与"自然"相冥

魏晋以来士大夫的精神生活之所以与山水自然的关系日益密切，除了前面谈及的社会经济政治等方面的因素外，还与在魏晋玄学的影响下形成的新的理想人格美观念有直接关系。

所谓理想人格，是特定的生活理想及人生目的的凝集，是某一种美学观念在社会生活中的集中表现。它往往表现为这个时代的人物品评识鉴的标准及内容。

在汉代的察举与征辟制度下，所依凭的人才品评标准是出自乡里或学中的意见。所谓"乡里为之语""学中为之语"，是一种有力的荐举状。当时尤其注重的是经学上的独特成就，如"五经纵横周宣光"（《后汉书·周举传》）、"五经无双许叔重"（《后汉书·许慎传》）。再就是注重道德操守，如"道德彬彬冯仲文"（《后汉书·冯衍传》附子豹传）、"关西孔子杨伯起"（《后汉书·杨震传》）。这虽是朝廷察举取士的标准，但是"乡里之语""学中之语"，实际上表现了当时人们对社会美的看法。他们把经学上的渊博和道德操守上的卓越，作为一种理想的人格美来推崇、表彰。而到魏晋时情况发生了很大变化。

首先是离乱的社会现实破坏了传统经学、礼法制度所依赖的物质条件。这正如经学大师郑玄所叹息的："所好群书，率皆腐敝，不得于礼堂写定，传与其人，日西方暮，其可图乎？"（《后汉书·郑玄传》）魏晋时更是"事物屡变，冠履衣服、袖袂、财制，日月改易，无复一定"（《抱朴子外篇·讥惑》）。如果再拘执于传统的道德礼法，自然是很可笑，就如同支遁嘲笑王坦之迂腐：

著腻颜帢，缯布单衣，挟《左传》，逐郑康成车后，问是何物尘垢囊？

——《世说新语·轻诋》

其实郑康成自己也早在浮萍漂泊中做了袁绍的上宾，改换门庭，"依方辩对"起来。

为了适应实际的政治需要，曹操"唯才是用"，曹丕"慕通达而天下贱守节"。传统的道德观念、礼法制度已失去维系人心的作用。同时干戈不息、瘟疫流行的现实，越发使人们深感外部物质世界的变幻无常，真正不朽的、具有永恒价值的，乃是精神活动的产品。

魏晋玄学极大地推动了思想解放的潮流。士大夫们极端地追求个性解放、精神自由，认为一切外在之物都是对个性的束缚，伦理道德就首先在被扫除之列，只有"率自然之性，游无迹之途者，放形骸于天地之间，寄精神于八方之表"，才能达到"与化偕行"（《庄子·知北游》向、郭注）的境界。这种极端推崇个体存在价值、极端重视精神自由的思想，在嵇康、阮籍那里尚有冲破名教束缚的积极意义。但到元康名士那里就成了消极人生观的思想依据。他们一方面在追求绝对自由的精神境界中逃避现实，另一方面以循其"自然"本性为理由，充分享受人生。因此，在魏晋的历史环境中，复苏的人性对天意宿命及抹杀人的独立价值的传统规范的反动，是采取了这么一种荒诞而颓废的形式，并展现为自我意识的扩张，否定外在的束缚，认为只有与大道逍遥的"自我"、只有绝对自由的精神才是值得尊敬的。

从上面简单勾勒的历史过程中可以看到，就整体倾向而言，从汉末到魏晋，士大夫们对现实的态度由"入世"的进取，转为"出世"的退避；由对功名道德等外之物的肯定，转为对内在的自我人格、自我精神的肯定。他们追求的人生理想由儒家提倡的齐家治国平天下，转为追求逍遥抱一的精神陶醉。

整个时代精神变了，人们的生活理想变了，理想的人格美观念也随之变化。就像人物识鉴的内容（如前所说它实际上反映了时代社会生活中的美学观念）避实就虚，由"论形之例"而入"精神之谈"（《抱朴子外篇·清鉴》）、日趋玄远一样，理想人格美的内容、标准，也日趋空灵，注重于精神世界的开掘。

而人物识鉴所重之"神"——人的精神本体，是什么呢？"神则无形者也"（王弼《周易注·观卦》），"神也者，变化之极，妙万物而为言，不可以形诘者也……至虚而善应，则以道为称；不思而玄览，则以神为名"（韩康伯《周易·系辞上》注）。可见在魏晋玄学中"道"与"神"是指同一精神本体。而且魏晋玄学把万物的本原都归结为一个精神本体，即"无形无名"的"万物之宗"——"道"。因此人物识鉴中所重之"神"——人的精神本体，实际上就是"泛滥无所不适，可左右上下周旋而用"（王弼《老子》三十四章注）的"道"。

也就是说，魏晋玄学本体论中的"道"成了魏晋士大夫所醉心的理想人格美的核心内容，成了人物识鉴的根本标准。

所谓"道"即自然无为。以"道"为核心内容的美，实际上是一种

"不离其自然"（《庄子·达生》向、郭注）的美。就像只有用"不定"而"无心"的语言，即没有任何规定性的语言才能表现变化无端的"道"一样，就像只有"解衣般礴"的画史才能"神闲而意定"、放达自然一样，要实现理想的人格美，就必然使人的精神处于没有任何约束的状态，达到与"自然"相冥的境界。这里实际上反映了一种强调自然本色、反对任何人工雕琢的美学思想。这显然是魏晋玄学崇尚自然的哲学思想在美学观念上的反映。

所以说，在魏晋玄学的直接影响下，理想人格美观念发生了根本变化：道德、操守、经学、功名等外在标准已被才情、风神、气度等人的内在精神气质所代替，由追求与外部物质世界的同一转变为追求与"大道"同化、与"自然"相冥。魏晋士大夫心目中的理想人格美，实质上就是竹林七贤式的高逸才情、潇洒举止、放达个性、飘逸风神等所表现出来的一种"法天贵真""应之自然"的美，能够摆脱一切外在束缚而"达自然之至，畅万物之情"（王弼《老子》二十九章注）的人，便是最理想的人。

二 以山水喻人

魏晋士大夫以各种方式来表现对与"自然"相冥的理想人格美的追求。

他们或扪虱而谈，或对竹长啸，或上树探㲄……以种种惊风骇俗来展示他们放达自然的个性，以示对传统观念和习俗的鄙视。

他们讲究言辞之美，要求片言只字而极简约玄澹之致，以此体现"道"难以穷尽、无限丰富的精神内涵。

他们嗜酒如命，所谓"酒中有真味"，"酒正自引人著胜地"（《世说新语·任诞》）。他们认为"三日不饮酒，觉形神不复相亲"（《世说新语·任诞》），于是日日在醉乡，以期时时与"道"相冥。

他们注意日常的风神气度，赞赏不同凡俗的举止，以示高人雅量。

他们大多喜啸，因为啸"声不假器，用不借物"，"良自然之至音，非丝竹所拟"（成公绥《啸赋》）。陶渊明的《孟府君传》载：

（桓温）又问：听妓，丝不如竹，竹不如肉。答曰：渐近自然。

在魏晋士大夫看来，直接发于人口的乐声胜过丝竹之音，原因在于前者

"渐近自然"。所谓"渐近自然",即渐近与"自然"相冥的境界。

"渐近自然",到底不是冥合自然。他们还需要与他们所追求的境界更为接近、更能体现他们文化教养的表现方式。这就是寄情于山水,以山水喻人格美。因为山水最能体现"自然"之美。

为什么呢?这与魏晋玄学对"道"的看法有关。魏晋玄学家认为"道"是无所不在的,"无不通也,无不由也"(韩康伯《周易·系辞》注),因此山水中包含着玄理,山水本身就是"道"的体现。这种观点在魏晋人的论著中是屡见的。

比如《庄子·外物》曰:"大林丘山之美善于人也,亦神者不胜。"郭象注:"自然之理,有寄物而通也。"

阮籍《达庄论》曰:"夫山静而谷深者,自然之道也。"

挚虞《思游赋》曰:"阳降阴升,一替一兴,流而为川,滞而为陵。"

孙绰作《太尉庾亮碑》曰:"方寸湛然,固以玄对山水。"(《世说新语·容止》刘孝标注引)

既然山川景物是"自然"之形,是"自然之道"的体现,山水之美合于"道";那么山水之美也就体现了人们所追求的与"自然"相冥的理想人格美。

这与汉人的观念正好相反。汉人是以社会美来解释自然美,认为山水之所以美,是因为它体现了君子美德,表现出与君子之德相类似的特征。魏晋人则以自然美来说明社会美,认为人格之所以美,是因为它合于"自然",与山水之美相类。直言之,汉人以人喻山水,魏晋人以山水喻人。这里也表现了魏晋玄学崇尚自然的基本思想。

正是出于对"自然"的崇尚,魏晋人以一种崭新的眼光来看待自然山水,对于形体之外的自然万物都抱着一种亲切弥同的情绪,认为"自然生我,我自然生,故自然者即我之自然,岂远之哉"(《庄子·齐物论》向、郭注),因此山水景物不再是一种异己的力量。相反,他们把山水当作有灵性的、可与其心相通的对象。正如东晋简文帝所言:"会心处不在远,翳然林木,便自有濠濮间想也,不觉鸟兽禽鱼自来亲人。"(《世说新语·言语》)在魏晋人看来,"天地与我并生,而万物与我为一"(《庄子·齐物论》向、郭注),人与万物同属"自然",何来生疏之感?而且"禀造化之秀,阴阳晦冥,晴雨寒暑,朝昏昼夜,随形改步,有无穷之趣"(元代汤垕《画鉴》)的山水景物更充分地体现着"自然"之妙,格调高逸,内涵深邃，与他们所追求的以"道"为核心内容的理想人格美妙合。因此他们在山水自然美中找到了人格美理想的更直接的表现形式，每每以山水之美来比喻理想人格美。这类的例子很多，比如《世说新语·赏鉴》记载王敦赞美王衍曰："岩岩清峙，壁立千仞。"《晋书·裴秀传》记载裴楷赞美山涛："若登山临下，幽然深远。"袁宏之妻李氏《吊嵇中散文》中称赞他"风韵遒邈，有似明月之映幽夜，清风之过松林也"。《世说新语·言语》刘尹曰："清风朗月，辄思（许）玄度。"他们都用自然山水景物来形容自己所欣赏的人格美。真是"望岩怀逸许，临流想奇庄"（孙嗣《兰亭诗》），山水之美与人格美之间有了直接的联系。

正因为山水之美与理想人格美相关，所以能否领略山水之美，就直接关乎一个人精神境界的高下。《世说新语·言语》记载：

> 司马太傅斋中夜坐，于时天月明净，都无纤翳，太傅叹以为佳。谢景重在坐，答曰："意谓乃不如微云点缀。"太傅因戏谢曰："卿居心不净，乃复强欲滓秽太清邪！"

虽是戏语，但也可看出当时人认为欣赏何种自然景致，直接与人的精神境界相关。谢灵运更明确地强调："夫衣食人生之所资，山水性分之所适。"（《名山序》）刘宋人宗炳《画山水序》中有一段话把山水与他们追求的理想人格美的关系讲得很清楚：

> 圣人含道应物，贤者澄怀味象。至于山水，质有而趣灵，是以轩辕、尧、孔、广成、大块、许由、孤竹之流，必有崆峒、具茨、藐姑、箕首、大蒙之游焉。

山水"质有而趣灵"，是"道"的体现，所以像许由这些人们所推崇的理想人物都有山水之好，在玩赏山水的过程中"澄怀味象"，体现出与"道"相冥的理想人格美。那么宗炳"西陟荆巫，南登衡岳，因而结宇衡山"，直至"老病俱至"，仍恋恋不舍，还要图画山水，"卧以游之"（《宋书·宗炳传》），其目的与许由诸贤是一致的。

由此可见，魏晋人以山水之美比喻人格美，认为在玩赏山水的过程中能达到与"自然"相冥的理想境界，山水在魏晋人的精神生活中占有重要的位置。那么，以表现自我精神为主要任务的文学艺术中出现山水，以山水形象来展现自己的内心世界，就是一个很自然的结果了。

就以绘画为例。画史上关于犬马鬼魅的难易问题，韩非和张衡都认为狗马最难画，而东晋顾恺之《魏晋胜流画赞》曰："凡画人最难，次山水，次狗马。"人是传统题材，为什么此时觉得"最难"呢？这就是因为过去画的人物无非"三皇五帝、先贤圣徒、高节妙士、放臣斥子、令妃顺后"（曹植《画赞序》），以惩恶奖善，垂示后人。但到魏晋时，反传统的"竹林七贤"之辈也进入了这个颇受敬重的行列。要表现他们落拓不羁的个性，飘逸飞扬的神采，即要表现他们的精神世界，要传其"神"，要获得前所未有的艺术效果，确实是难乎其难了。绘画的对象及目的的这种变化，与人物识鉴的内容由"论形之例"而入"精神之谈"的趋势是一致的。于是除了"颊上益三毛""以形写神"，注意刻画"传神写照"（《世说新语·巧艺》顾恺之条）的眼睛、"征神于目"之外，与人物识鉴一样引入山水，山水景物被当作人物背景出现在绘画中，用来表现绘画对象的精神风貌及个性趣味。比如，为了表现嵇康志趣深远、倜傥不群的性格，戴逵将其画在"雍容调畅"的林木中（顾恺之《魏晋胜流画赞》）；为了突出谢鲲"一丘一壑，自谓过之"的个性特点，"此子宜置丘壑中"，顾恺之即以丘壑为背景（《世说新语·巧艺》）。据史载，除顾恺之外，戴逵、史道硕、宗炳等人都画过《七贤图》。1979年出土的晋宋《竹林七贤及荣子期》砖印壁画上阔叶竹、青松、银杏、垂柳相间，七贤们或披襟抱膝，或蹙额沉思，或抚弦低吟，清幽的自然景色正烘托出他们超逸尘世的风神。

诗画的情况本是相通的。魏晋人士也在诗赋中描状山水景物，借以展示自己的精神风貌。像孙绰这样的玄学家不但喜爱登山临水，而且批评别人："此子神情都不关山水，而能作文？"（《世说新语·赏誉》）在他看来，不懂山水之美的人，连作文的资格都没有了。谢安等人"出则渔弋山水，入则谈说属文"（《世说新语·雅量》注引《中兴书》），"优游山水，以敷文析理自娱"（《世说新语·识鉴》注引《续晋阳秋》）。他们在山水中寄托情怀，展示自己的内在人格、气质，以期冥合玄妙的"自然"之理；并将由此而领悟的玄理玄趣形诸笔墨，于是便有了山水诗的勃兴。

三 山水："以形媚道"的言象

以上讨论了魏晋人士为了充分表现与"道"这一精神本体相通的理想人格美、为了展示内在的精神风貌而采用了山水这一形式。精神本体是无形无名的，何以用山水来表现呢？这与魏晋玄学"得意忘象""寄言出意"的思辨方法有直接联系。

和两汉神学目的论比较起来，魏晋玄学是更为精致的唯心主义哲学，它不再把天道变化来附会社会人事的变动，而把天地万物等具体物象及其运动变化仅仅作为一种探索世界根本的工具，把"寂静虚无"作为宇宙万物的根本归宿。和汉代的唯物论相比，虽然王充把先秦以来的唯物主义元气自然说推进到一个新阶段，给谶纬神学以沉重打击，但是他论证方法是依事论事，没有从"个别"达到"一般"，也就是说没有做出哲学的高度概括和总结。魏晋玄学则不同，它在研究宇宙本体时，提出"本末""体用""动静"等新的哲学概念来进行抽象的思辨推理。因此它在抽象思辨方面，不仅超过了两汉的神学目的论，也超过了当时朴素的唯物论。这一特点很突出地表现在王弼首倡的"得意忘象""寄言出意"的思辨推理方法上。

"得意忘象""寄言出意"是魏晋玄学的认识论和方法论的中心课题。王弼用这一思辨方法去解释《周易》，扫除汉儒的象数之学，奠定了汉代经学转为魏晋玄学的基础。它也是魏晋以来的士大夫们在特殊的社会条件下观察、思考问题的独特方式。玄学虽然标榜玄远，似乎与尘世无牵挂，但它仍植根于魏晋的社会土壤中；玄学家们虽然终日谈道论空，却决不会忽视享乐生活的现实价值。因此他们虽追求玄远的理想境界，却绝不可能真正超脱现实，只能靠"得意忘象""寄言出意"的思想方式来从心理上解决这种矛盾，所谓"名教中自有乐地"，"神虽世表，终日域中"。正是这种独特的思辨方式引出了政治理论上"名教"与"自然"的合一以及行为上的"朝隐"。可以说，这种思辨推理方式对于魏晋士大夫而言，是从心理上沟通现实与渺茫的理想境界的桥梁。

依据这一思维方式，他们可以通过可把握的"万有"来表现无状无象、无声无响的"道"。王弼在《老子指略》中对这一点阐述得很明确。他首先指出，道"不温不凉，不宫不商，听之不可得而闻，视之不可得而彰，体之不可得而知，味之不可得而尝"；接着指出："然则四象不形则大象无以畅，五音不声则大音无以至。四象形而物无所主焉，则大象畅矣；

五音声而心无所适焉，则大音至矣。"就是说，精神的、无形的、虚的东西，总是要借助一定物质的、有形的、实的东西来表现，只要"物无所主""心无所适"即不执滞于此，则至理可得。他又说："夫无不可以无明，必因于有"（韩康伯《周易·系辞》注引王弼《大衍义》），即"无"不能独立自明，必须凭借"有"才能了解。直言之，必须以有形之"物"来表现无形之"道"。绘画史上"传神写照"的提出，虽是艺术创作经验积累的结果，在玄学盛行的特定条件下，却表现为"得意忘象""寄言出意"这一思辨方式的运用，要通过所描绘的人物的外表（"写照"）来表现其内在的精神（"传神"）。同样，玩赏山水、啸傲林泉，也是以有形之"言象"来体现无形之"道"。

由此可见，魏晋玄学"得意忘象""寄言出意"的思辨推理方法，使山水处于一种非常特别的地位，在人们的精神生活中起着一种非常特殊的作用，即"质有而趣灵"的山水是体会玄理的最适宜的媒介，是"以形媚道"的"言象"，是借以体会玄理的工具。这种哲理化的山水观与玄学中"目击道存"、"道"无所不在的思想直接相关，关于这一点，在前一节中已谈及。

正因为魏晋人把山水视为自然之道的体现，将山水之"形"当作体悟玄理的媒介，所以他们往往在诗歌中运用"得意忘象""寄言出意"的思辨方式来表达从山水中领略玄理的过程。比如庐山诸道人《游石门诗序》中写他们"援木寻葛，历险穷崖"，遍览山势，观赏山景，觉得"冲豫自得，信有味焉"，但很难将这种体悟表达出来，故而"退而寻之"；当看到"夫崖谷之间，会物无主，应不以情，而开兴引人，致深若此"，于是恍然大悟："岂不以虚明朗其照，闲邃笃其情邪！"原来崖谷林木万千景致，生动地呈现着深奥的妙理，"其为神趣，岂山水而已哉"，山水已不是简简单单的景物供人玩赏而已，而是"媚道"之"形"。正是由于在魏晋玄学中山水与玄理之间存在着这样的特殊关系，所以玄学家无不有山水之好，无不"以玄对山水"，即使在典型的玄言诗如《兰亭诗》中，也有生动的山水景句，甚至有的篇什通篇写景，例如：

  地主观山水，仰寻幽人踪。回沼激中逵，疏竹间修桐。因流转轻觞，冷风飘落松。时禽吟长涧，万籁吹连峰。

——孙统

肆眺崇阿，寓目高林。青萝翳岫，修竹冠岑。谷流清响，条鼓鸣音。玄崿吐润，霏雾成阴。

——谢万

孙绰、许询历来被人视为东晋大倡玄风的代表人物，像孙绰的《答庾冰》《答许询》等确实写得"淡乎寡味"，满纸玄学名词，但他也写过清新活泼的《兰亭诗》（前面曾引用），描状山水之形；还有一首《秋日诗》，风格颇似张协的《杂诗十首》，写景颇为生动。至于许询也有"青松凝素髓，秋菊落芳英"的写景佳句。只不过在他们的主观意识中，笔下的山水景物都是妙悟玄理的媒介，是为了"得意"而借用、但不能执滞的"言象"。

为了进一步阐明魏晋玄学独特的思辨方式对山水诗兴起的影响，下面再从佛教方面谈谈。从理论上看，东晋佛教各派对于世界本质的认识，不管在具体的推理、论证的方法上、侧重点上有多少分歧，但都一致认为：现实世界是虚幻不实的，所谓"无在元化之化，空为众形之始"（《名僧传抄·昙济传》）。不过它们又都不是对物质世界加以简单的否定，反而认为"以悕玄之质趣必有由，非名无以领数，非数无以拟宗"（昙影《中论序》），不得不在表面上承认"万有"的存在，再加上唯心主义的曲解，最后才归结为"空""无"。比如慧远《佛影铭》就认为"语其筌蹄，则道无不在"，而批评"徒知圆化之非形""不悟灵应之在兹"的观点。僧肇《不真空论》也说："道远乎哉！触事而真。圣远乎哉！体之即神。"

这种观察、解释现实世界的基本原则及思辨方法，与中国传统的老庄玄学"不谋而合"，尤其是大乘般若学更与老庄"兼忘相似"。更有一些玄佛兼修的高僧干脆借用老庄的言辞概念来阐述佛理。比如慧皎《高僧传初集序》云："原夫至道冲漠，假蹄筌而后彰；玄致幽凝，藉师保以成用。"《高僧传》卷七竺道生曰："夫象以属意，得意则象忘。言以诠理，入理则言息……若忘筌取鱼，始可与言道矣。"佛教这种与老庄"得意忘象""寄言出意"相通的论佛方式，也导致佛教徒们像玄学家那样将山水当作领悟佛性的"言象"。于是便有了慧远、支遁等名僧的山水之作。

佛教作为唯心主义哲学虽然与老庄玄学有共同之处，但作为一种宗教，它又有自己的特点。为了吸引一般的信徒，宣弘教义，它不能止于义理的精析和哲理的思辨。所以它对于"言""象"比老庄更为借重。《广弘明集》卷三五载王洽《与林法师书》就直接谈到这一点。他说："虽玄宗冲缅，妙旨幽深，然所以会之者，固亦简而易矣。是以致虽远，必假近言以明之；理性虽昧，必借朗喻以征之。"又说："今道行指归，通叙色空，甚有情致，然未或取譬不远，岂无一言昭然易喻？"要求阐明佛理，要采用"近言""朗喻"，让一般人易为理解。

所以佛教不仅有《譬喻经》这类"牵物引类，转相证据"的通俗经文，而且它非常注意"以形象彩饰将谐常人耳目"（《弘明集》卷三，何承天《答宗居士书》），直接以动人之情的形象来宣弘教义，"托形象以传真"（《高僧传》卷九）。也就是说，强调"佛"的感应化身、以形象传教，是佛教的一个特点。像慧远创立的净土宗，是凭借念佛入定，得见诸佛形象而往生乐土。竺道生的法身说，也认为佛的丈六色身就是为了众生可以直接感触而显现的。他们都力图使"玄妙难测"的佛性以具体可感的形象传达给信徒。

由此可见，佛教由观形象而观法身的思想方法，与"得意忘象""寄言出意"在本质上是一致的。但是佛教为了宣教的缘故把"形象"强调得更为重要（如《三破论》谓老庄明虚无，佛仅形象）。再者，佛教所指的"形象"，已不仅仅是易象的"象"那样泛指一般的现象，而在一定意义上特指艺术形象。塑像及寺院建筑本身就是艺术形象，现在文艺理论中讲的"形象"一词，就是源于佛经[①]。众所周知，以形象的描绘来生动地传达某种思想意旨，是文艺的一个显著特征。因此随着佛教的宣弘，雕塑及寺院建筑艺术大大发展起来，人们对艺术作品中形象性的认识也大大深化。这对于山水诗兴起的直接影响就在于：笃信佛教的魏晋士大夫们在以山水之形去表现玄理时，也会注意到对山水形象的认识观察，并且力图去表现其形象特征，使之具有强烈的艺术感染力。唐代诗僧皎然在《诗式》中称谢灵运的艺术成就在于"空王之道助"，就是强调佛教造诣对其诗歌创作所产生的潜移默化的影响。

总之，魏晋玄学"得意忘象""寄言出意"的思辨方式，魏晋人独特的带着鲜明哲理色彩的山水观，正是夹带玄言的山水诗、带着玄言尾巴的

[①] 参见敏泽《论魏晋至唐关于艺术形象的认识》，《文学评论》1980年第1期。

山水诗出现在文学史上的哲学依据。

四　山水诗：玄学温床上诞生的宁馨儿

谈到魏晋玄学与山水诗的关系时，不少人沿袭梁代刘勰的看法——"庄老告退，而山水方滋"，似乎山水与玄言的关系是完全对立的。这种观点显然对二者的辩证关系缺乏分析研究。对文学史的考察证明着一个事实：从西晋写景诗的发达至东晋山水诗的兴起，都受到老庄玄学思想的滋润，二者之间有一种共存关系。这种共存关系使得山水作为谈玄悟道的媒介大量进入文学作品。那么，以谈玄悟道的形式出现在文学史上的山水诗有何意义呢？

晋室东渡以后，玄风大倡，抽象的名词、枯燥的哲理充斥文坛，作品中的玄言哲理恶性膨胀，"义殚于此"，挤掉了文学最主要的特征——艺术形象性。这对文学发展来说，无疑是一股逆流。玄言成了文学发展的障碍，它企图把文学纳入自己的轨道，成为老庄的注疏。是什么最终改变了这个危险的趋势呢？答案是：玄学自身。具体地说，玄学把山水作为言玄的工具引入文学时，实际上就为文学的发展注入了一股新的活力，也等于在阻碍文学之河的堤坝上凿了一条通路。

如前所言，玄言家们不仅以超现实的态度去玩赏山水，而且把山水视为"道"的体现，将它与玄理联系起来，把山水作为体现玄理和获得玄趣的媒介，山水诗画不过是借以表现这种"参悟"过程的手段、方式。颜延之《与王微书》就直截了当地说："图画非止艺，行成当与易象同体。"孙绰也称："仰瞻羲唐，邈已远矣。近咏台阁，顾深增怀。为复于暧昧之中，思萦拂之道，屡借山水，以化其郁结。"（《三月三日兰亭诗序》）这与宗炳说的"畅神而已"（《画山水序》）是一个意思。"畅神"也好，"化其郁结"也好，都意味着要表现自己的精神风貌、内心世界。这一"畅神"要求的推演，必然要冲破"与道相冥"的哲理框架，必然要导致借山水抒发情怀。畅一己之神，化一己之郁结，其结果势必在对山水作客观的哲理的观察中融入个人的激情，从而使文学作品不致窒息在玄理的重压下，反而具有情理交融的艺术魅力。谢灵运的一些山水诗已表现出这种发展趋势。

更重要的是，由于玄学要求以有形之"物"去表现无形之"道"，山水既是"以形媚道"，所以画山水，主张"实对"，"以形写形，以色貌色"（宗炳《画山水序》），不再是像以前"案城域，辨方州，标镇阜，划浸流"（王微《叙画》）似的画地图。写山水也着意于"巧构形似之言"，描状山水形象，完全不同于扬雄的《冀州箴》或傅玄的《华岳铭》。这就是说，由于强调山水"以形媚道"，人们描状山水的着眼点及手法都与过去有所不同，使山水诗画的艺术形象性得以突出。

玄学家们面对山水"悟道"，实际上是种艺术实践，是在不由自主地按照审美规律去观赏山水。他们写画山水之"形"来表现与"道"相冥，实际上是把他们对于大自然的细致观察及细微感受给予艺术性的表现。他们所追求的与"道"相冥的最高精神境界，实际上很大程度表现为陶情于由山水而起的美感之中。正如《世说新语·言语》所载王胡之游吴兴印渚，曰："非唯使人情开涤，亦觉日月清朗。"在"悟道"而"茅塞顿开"的过程中，更加深了对自然美的领略。审美自有其规律。不管人们的主观意图如何，经过"迁想妙得"的艺术加工，用优美流畅的线条、丰富的色彩或精美的辞藻把山水美再现出来的时候，它的实际意义总会突破人们的主观限定，表现出它作为独立的艺术作品的价值。

总而言之，山水诗是在玄学温床上诞生的宁馨儿。就它出现的哲学背景、大量介入文学的方式及诗人们的主观意图而言，它是"悟道"的工具。但它又是特殊的"悟道"工具。其特殊之处即在于它是以"形"体"道"。这就使它始终具有不可抹杀的文学特征。山水诗在玄学的滋润下壮大起来，但是它所具有的艺术形象性最终使它"背离"了玄学的限定，并借助西晋以来比较成熟的五言诗体及写景技巧，冲破了玄学的外壳，走上了独立的艺术道路。

正是从这个角度可以说，以谈玄悟道的形式出现在文学史上的山水诗使得文学没有沦为玄学的附庸，其意义不亚于文学从经学中获得解放。只不过山水诗的"叛逆"萌发在玄学内部，与文学借助老庄思想而挣脱经学桎梏有所不同。

本章从魏晋时期社会经济结构的变迁、朝隐之风的盛行以及玄学思潮的影响等角度，考察了在独特的社会历史条件下士大夫的生活方式、行为模式、思辨方式、价值观念、审美心理、山水自然观等方面所发生的复杂变化。正是这诸多变化所形成的强大合力、所酿就的时代氛围，促使士大夫更多地走向山林，投身大自然，促使他们的日常生活、精神活动在各个层面与山水发生联系，以至山水在他们的心灵世界占据了不容轻忽的地位。山水诗正是魏晋时期独特的历史风貌及时代精神的积淀形式，集中反映着当时士大夫的思想、情绪、心理、趣味等；而魏晋时期的社会历史环境也规定着山水诗兴起的方式途径及其基本风貌。

第四章 山水诗派的开创者:谢灵运

　　山水诗经过长期的酝酿,终于出现在东晋诗人的笔下。尽管它"势孤力单",尚未造成足以影响诗坛的声势,尽管它还不得不依附在玄学的外壳之下,然而这支破土的新芽毕竟透露着诗歌嬗变的喜人的讯息。

　　山水诗的创作之所以能够成为世人瞩目的文学现象,能够在诗坛上独树一帜,开宗立派,千秋之功当属刘宋诗人谢灵运。谢灵运诗今存约百首,其中模山范水之作有六十首左右,他是第一个以山水为题材进行大量诗歌创作的诗人。更重要的是,谢灵运才华出众,具有超乎常人的审美悟性及表达审美感受的艺术功力,山水之美与他的"赏心"瞬间碰撞,往往产生充满了艺术生命力的佳篇名句,这就使他的作品远超时流,彪炳后世。再者,他出身望族,社会地位崇高,"每有一诗至都邑,贵贱莫不竞写,宿昔之间,士庶皆遍,远近钦慕,名动京师"(《宋书》本传),这就使得他的山水诗成就在当时就得到充分认可,山水诗的创作正是借助"名动京师"的声势日益得行其道。

　　谢灵运不仅以自己的创作实践丰富了山水诗的艺术经验,而且规范了山水诗的基本模式,奠定了山水诗的写作传统。因此,他是山水诗派的开创者,被后人奉为山水诗的不祧之祖。

第一节　谢灵运的家世经历与山水诗创作

　　谢灵运是一个很有个性的诗人,史称其"为性偏激,多愆礼度"(《宋书》本传)。他的刚愎自用、简傲不羁,与高贵的家世背景、失意的仕宦经历有关,他难解的"山水情结"也直接受到家庭传统、个人际遇的影响。

一 名士家风代代传：雅好山水

谢氏的祖籍是陈郡阳夏（今河南太康），自西晋末年东渡之后，与王氏并列为最有影响的豪门望族，"五朝风流"。《南史》谢晦等传中史家评说："谢氏自晋以降，雅道相传。"所谓"雅道"，在六朝人心目中与"名士风流"同义，他们崇尚老庄自然，以弃经悖礼为"雅"。详考谢氏诸辈，家风传承，名士风流代代不绝。

试举谢灵运几位长辈为例。

谢鲲字幼舆，谢安的伯父。他追慕竹林七贤，任情放达，是当时"八达"之一。他不拘俗礼，曾因挑逗邻家女，被飞梭打折二齿，传为笑谈："任达不已，幼舆折齿。"他却傲然长啸："犹不废我啸歌！"（《世说新语·赏誉》）在西晋末年混乱的时局中，他无意仕宦，神往山水。当时人将他与另一名士庾亮相比，他却不以为然，说："宗庙之美，百官之富，臣不如亮。纵意丘壑，自谓过之。"（《世说新语·品藻》）所以后来顾恺之为他画像，背景是山丘林木，称"此子宜置丘壑中"。

谢尚字仁祖，谢鲲之子，他"脱略细行，不为流俗事"（《晋书》本传），多才多艺，风流倜傥，被王导称为"小安丰"（即竹林七贤之一王戎）。他曾任豫州刺史，镇守牛渚。在一个月白风清的秋夜，他泛舟赏月，偶闻落拓江湖的袁宏吟诗，一见倾心。后来李白夜泊牛渚，写下了"登舟望秋月，空忆谢将军"的诗句。

谢奕字无奕，谢安之兄。他嗜酒使性，放诞不恭，被桓温称为"方外司马"。

谢万字万石，谢安之弟。王羲之评他"在林泽中，为自遁上"，颇有乃叔谢鲲之风。

谢安字安石，东晋有名的风流宰相。他"风神秀彻"，潇洒飘逸，令人倾倒，时人争相摹仿，甚至学他的口音作"洛下书生吟"。他声望如此，却迟迟不肯出山，而栖迟东山，盘桓在山水间，"朝乐朗日，啸歌丘林；夕玩望舒，入室鸣琴"（《与王胡之诗》）。后来他出仕为相，执掌朝柄，行黄老之政，时人比之于王导，而又"文雅过之"。所以南齐王俭说："江左风流宰相，唯有谢安一人而已！"

谢玄字幼度，谢安之侄，谢灵运之祖。淝水之战后，他自请解除军职，改授会稽内史。他怡情山水，在离东山不远的始宁县经营山庄别墅。

谢混字叔源，谢安之孙。他聪敏秀慧，风神超逸，在当时有"风华江左第一"的美誉。他善清谈，好山水，并创作过山水诗，原有文集三卷，可惜已失传。在梁代沈约、钟嵘的眼中，他是变革玄言诗风、创作山水诗的第一人。

从上面所举诸谢的性情行迹中可以看出，谢氏家传的"雅道"中有一点很突出，即雅人深致，雅好山水。不管他们对政治的真实态度如何、实际的才华器具如何，但他们都把山水林泉大自然当作最后的精神家园，在其间寻觅心灵的宁静及对俗世人生的超越。

不言而喻，谢氏家族雅好山水的名士风流正是一种时代文化精神的反映。而谢灵运的"山水情结"则是这种家风的传承和延续。

二 乌衣郎的失落

作为名门望族的成员，谢氏子弟不仅与山水结下不解之缘，更与政治权势结下了不解之缘。起先是谢尚、谢奕、谢万凭借家世背景，以名士身份出任军职，先后都担任豫州刺史，是当时有名的任诞将军。继他们之后，栖迟东山二十余年的谢安终于出山。谢安之所以出山，或许是为了回应当时士林"谢安不肯出，将如苍生何"的期待，但更重要的还是出于家族盛衰的考虑。当时谢尚、谢奕均已去世，谢万因军败被废为庶人，其他谢氏子弟如谢铁、谢石权位尚低，难成气候。在这种情况下，谢安只得收拾起高蹈之心，经营俗务，否则谢氏这个"新出门户"真将面临后继乏人的危险！谢安以其雍容大度，与怀有篡位野心的桓温周旋，审时度势，终于一步步攀登上权力的巅峰，总揽朝政。他为调和内部矛盾，稳定政局，实行"镇以和靖，御以长算"的策略，成为六朝有名的风流宰相。令谢氏彪炳史册的是太元八年（383）的淝水之战。当时前秦大军30万直逼晋境，局势危若累卵，朝野惶急。这时节，谢安出任征讨大都督，晋室存亡系于一身。他任命五弟谢石为元帅，最器重的侄子谢玄为先锋，自己的儿子谢琰也率兵出征——这支谢氏"小儿辈"统率的8万人马终于"大破贼"，大获全胜！从此，淝水之战成为以少胜多的经典战役被载入史册，而谢安在临阵之际表现的从容镇静、谈笑自若的风度，也传为千古美谈。

淝水之战后，谢氏家族一门四公，鼎盛之极。然而，功高震主，势盛招忌，谢氏很快又成为别的门阀世族集团排斥打击的对象。淝水之战后两三年，谢安、谢玄、谢石都先后在政治失意的郁闷中去世；时隔十年，孙恩之乱中谢氏有六人死于战乱，其中包括谈琰。谢氏耀眼的辉煌维持的时间并不长久，便慢慢黯淡下去了。

在晋末的多事之秋，谢混（谢琰之子）和小侄们聚居在建康乌衣巷中的谢安旧宅，过着诗酒风流的生活。在这些子侄中，谢混最看重的有谢瞻、谢灵运、谢晦、谢曜、谢弘微等五人，对新一代的"芝兰玉树"寄予厚望："数子勉之哉，风流由尔振！"（《诫族子》）正是怀着重振家门声势的雄心，这批谢氏子弟先后进入仕途，在晋宋王权易主的政治斗争中沉浮不定，努力钻营，谋求政治上有所发展。然而时过境迁，即使这批谢氏子弟才华风流不输于父祖，也难拾旧梦！相反，谢氏的门楣上再次溅上鲜血：先是谢混因投靠刘毅而被刘裕杀害，后是新朝佐命谢晦因参与废立事件而死于非命。在这种情势下，狂傲简放的谢灵运将如何安顿躁动的心灵、消释胸中块垒呢？

三 "壮志郁不用"，"泄为山水诗"

谢灵运袭封其祖谢玄的爵位，为康乐公，自然也把重振风流的重任放到了自己肩上。

然而，他面临着与祖辈全然不同的政治局势：王、谢等门阀世族虽然仍旧清显华贵，风流自赏，但是真正握重兵拥实权的是那些以军功起家的寒族将领，华胄子弟多居清贵虚职而已；曾经是他的祖辈赖以晋爵荣身的北府兵，其大权早已落入旁人之手，在江山易主之际成为一支左右朝政的力量，刘裕正是凭此实力终至篡位。迫于龙廷换人的复杂情势，谢氏子弟的主要人物（除谢混之外）都先后投靠刘裕，像谢灵运就曾充任刘裕的参军；但是他们深层意识中那种与生俱来的"优越感"仍相当强烈，尤其是性格疏狂的谢灵运不得不屈身侍奉曾是祖辈属下的"兵"，心情之不平是不难想象的。新的当权者对谢氏的戒备之心也不言自明。

刘宋初建，宋武帝刘裕给谢灵运的第一个下马威便是将他承袭的封号由公爵降为侯。谢灵运自以为"才能宜参权要"（《宋书》本传），但是宋武帝只任命他当一个守护太子的官职，心中自然愤愤不平。于是他另觅叩开权势大门的路径，与刘裕次子庐陵王义真过从甚密，情好异常。他期望庐陵王义真一旦得志，自己能像叔曾祖谢安那样当上"风流宰相"。结果少帝刘义符即位，他因"构扇异同，非毁朝政"（《宋书》本传）的罪名，被逐出京师，贬为永嘉太守。

在永嘉太守任上，谢灵运无心政务，终日肆意游玩，足迹遍及郡属各县的奇山秀水，十天半月不回府衙，每至一处，则赋诗纪游。最后干脆称病辞职，回到会稽旧居，经营祖父谢玄的始宁别墅，"谢平生于知游，栖清旷于山川"（《山居赋》），像淝水之战后失意的祖父那样在山水间怡情悦性，谈玄论佛。

宋文帝刘义隆登基后，召谢灵运为秘书监撰修《晋书》，后又提升为侍中，朝夕相见，赏遇甚厚。谢灵运以为此番能得重用，大展抱负。谁料宋文帝只把他当作文学侍从，并不让他参与军国大计，谢灵运大失所望。更令他气愤不平的是，一些家世名望远不及他的人却得到重用。他故态重萌，肆意出游，一走半个月，连个奏表都不上。宋文帝明知他的心病，暗示他自己辞职。于是谢灵运又一次回到会稽。

在会稽旧居，他继续凿山浚湖，功役无已。更多的时间则与族弟谢惠连、何长瑜、荀雍、羊璿之等共为山泽之游，时人称"四友"。他们寻山陟岭，务穷幽峻，附近的山山水水，无不遍览。为游览山水之便，他设计了一种"曲柄笠"，用于遮阳；还设计了一种登山的木屐，上山去前齿，下山去后齿，人称"谢公屐"。他可称得上第一个玩赏山水的专门家。谢灵运祖上资财丰厚，奴僮门生众多，他每次出游前呼后拥，浩浩荡荡。有一回，他从始宁的南山出发，随从数百名，逢林开路，遇水搭桥，直到邻近的临海郡内。如此游山声势惊动了临海太守王琇，以为来了山贼。

后来他为了强求湖田，与会稽太守孟𫖮发生冲突。孟𫖮告他意图谋反，他不得不飞奔京师自辩，宋文帝不予深究，又任命他为临川（今江西抚州）内史。谢灵运在临川依旧肆游山水，不理政务。后来被人诬告聚众谋反，流徙广州，不久即就地斩首弃市，走完了他疏狂不逊、志高运舛的人生之路。

从上述谢灵运的生平出处可以看出，恪尽职守地当官，或静心息念的隐居，都是他做不到的。在朝，他自负才华，不屑为居官之事；在野，他不甘隐名无闻，不耐寂寞，或以诗作"名动京师"，或作豪游惊动邻郡。他自己就明确地表示："既笑沮溺苦，又哂子云阁，执戟亦以疲，耕稼岂云乐！"（《斋中读书》）他既不愿像扬雄那样当个"执戟之士"，弄得身心疲乏，也不愿像古时隐者那样耦耕于田，备尝艰辛。因此在现实生活中进退维谷的谢灵运企图安身立命于"朝"与"隐"之间，不管是在京都，还是在永嘉或临川任上，或是蛰居会稽故里，他都任意恣肆，游玩山水，以示雅人深致，借此宣泄政治上受排斥压抑、大志未展的牢骚。

谢灵运曾写过两首《述祖德诗》，追述和赞美祖父谢玄的功德。第一首称颂谢玄既得老庄"贵我"之旨，超然物外，又有"济物"之志。第二首结尾写道：

> 贤相谢世运，远图因事止。高揖七州外，拂衣五湖里。随山疏浚潭，傍岩艺粉梓。遗情舍尘物，贞观丘壑美。

淝水之战后，"贤相"谢安图谋北伐中原，收复失地，这"远图"因谢安去世而夭折，谢玄便辞去七州都督之职，栖心于五湖烟水云霞，陶醉于林壑之美。显然，在谢灵运的心目中，祖传家风的象征有二：一是政治情结——建立淝水不世之功；二是山水情结——栖居始宁别墅，优游山水。对这二者的追求贯穿着谢灵运的一生。当建立不世勋业的愿望一再遭受挫折，已不可能实现时，他便只能恣意山水，寄托情怀。家传的政治情结与山水情结纠结一起，化为对山水的痴迷之恋。

因此，谢灵运山水诗创作背景远不似诗中山水画面那般宁静淡远。他曾在《名山序》中写道：

> 世识多云：欢足本在华堂；枕岩漱流者乏于大志，故保其枯槁。余谓不然。

显然，他认为自己栖身林泉，寄情山水，但不是"乏于大志"，而是因为怀才不遇，有志不舒。也就是说，他创作山水诗的动机有两个：一是审美的，正如他所说"山水性分之所适"，他以山水诗来表达自己对自然美的敏锐而新鲜的感悟；二是政治的，"屡借山水，以化其郁结"。他把政治抱负不能施展的苦闷，外现为对山水的迷恋，在其中倾注了在现实政治中不能发挥的充沛热情，舒展受到压抑的精神，让丰富的想象力在山光水色间驰骋，让活跃的思维在玄妙的哲理遐想中寻觅人生苦恼的解脱。这就是唐代白居易《读谢灵运诗》中所说的："谢公才廓落，与世不相遇。壮志郁不用，须有所泄处。泄为山水诗，逸韵谐奇趣。大必笼天海，细不遗草树。岂唯玩景物，亦欲摅心素。"

质言之，谢灵运的山水诗既是赏玩山水、体悟玄理的精神活动的结晶，也是政治失意的产物。谢灵运山水诗在创作背景上的这一特色，正反映了晋宋之际现实政治环境的深刻影响，制约着谢灵运山水诗的内容与艺术风格。

第二节　谢灵运山水诗的艺术特色

谢灵运的身世遭际、个性色彩以及对于山水自然的感悟力都凝集在他的山水诗创作中，使之焕发着一种独特的个人风采。

一　"舒情缀景，畅达理旨"

谢灵运笔下的山水画面清新自然，表现着对于山水美的高度感受力和再现力。但是另一方面，和魏晋以来的士大夫一样，谢灵运也是把山水当作领略玄趣的媒介，诗中往往突兀出现老庄、《周易》、佛家之语，游离于篇末，被人称为"拖着玄学尾巴"。这是在晋末宋初的历史条件下产生的山水诗特有的"胎记"，作为从玄言诗嬗变而来的谢氏山水诗未能超越山水诗得以兴起的意识形态背景。

不过，在他的一些山水诗中玄言的运用已超出领悟玄理的功能，而成为谢诗独特风格的重要标志。

首先是一些诗中的玄理和景色描写融汇得比较巧妙，从而避免了晦涩生硬之弊。如《登石门最高顶》：

> 晨策寻绝壁，夕息在山栖。疏峰抗高馆，对岭临回溪。长林罗户穴，积石拥阶基。连岩觉路塞，密竹使径迷。来人忘新术，去子惑故蹊。活活夕流驶，嗷嗷夜猿啼。沉冥岂别理，守道自不携。心契九秋干，目玩三春荑。居常以待终，处顺故安排。惜无同怀客，共登青云梯。

诗人在峰岫叠嶂、竹林丛生、山径透迤、溪流汩汩、猿声萦耳的这一派扑朔迷离的深山景色中，油然感悟到荣悴生死浑然一体、守常处顺的哲理，从笔下之景到景中之理的过渡显得比较自然，凄迷的景色和渺茫的玄理交融成一种独特的韵致。

又如《过白岸亭》诗：

> 拂衣遵沙垣，缓步入蓬屋。近涧涓密石，远山映疏木。空翠难强名，渔钓易为曲。援萝聆青崖，春心自相属。交交止栩黄，呦呦食苹鹿。伤彼人百哀，嘉尔承筐乐。荣悴迭去来，穷通成休戚。未若长疏散，万事恒抱朴。

涧水漱石、疏林映山的山水景色使诗人发出"空翠难强名"的感慨。这里既暗寓了《老子》"吾不知其名，字之曰道，强为之名曰大"的玄旨，又是对变幻多姿的自然景物的赞叹。而"渔钓易为曲"一句，既是对"近涧涓密石"之景的照应，其中也暗寓了《老子》"曲则全"的哲理，进而引用《诗经》"黄鸟"及"鹿鸣"的典故，引出穷通委运、抱朴含真的向往。在这首诗中"空翠难强名，渔钓易为曲"两句玄言，则成为最有深意的妙语。

在这些场合，玄言都不是游离于景色描写之外，而是使生动的山水描写表现出一种哲理内涵，创造出一种深邃的意境。唐宋人一些富于玄理禅意的山水诗，正是对谢诗这种手法的发展，只是他们的笔法更为洗练精湛，是谢诗不能相比的。但谢灵运的一些诗中以理入景、化理于景，不失为创造玄远艺术境界的有益尝试。

其次，如前所言，谢灵运不是以单纯玩赏的态度对待山水，往往还把山水当作宣泄失意情绪的对象，因此，他的一些山水诗中的玄言也成了个人情感的载体。例如《行田登海口盘屿山》中写道"莫辨洪波极，谁知大壑东"，这句本是用《庄子》中"谆芒将东之大壑"之意，但在这首诗中不仅形象地表现了诗人"观海藉朝风"时眼前壮观的海景，而且还在开阔的境界中含着深沉的思索，玄澹的言语中翻腾着感情的激流，隐含着怅然若失的情绪。这两句典型的玄言微妙地刻画出谢灵运复杂的心境。

又如《游赤石，进帆海》中写道"溟涨无端倪，虚舟有超越"，此二句虽寓大道玄化、遗落万事之意，但这浩瀚无涯、轻舟越海的场景及其中蕴含的气魄，却传神地表现出诗人渴望施展才能的豪迈之情，成了他躁动不安的内心世界的写照。谢灵运一生中曾五次遭免官，一直处于政治上受排挤打击的地位，他自己也多次表示"未若长疏散，万事恒抱朴"，但直至宋文帝"赐假东归",临上路还"上书劝伐河北"(《南史》本传),念念不忘重振家族雄风。因此有不少玄言是谢灵运"本以愤惋而诗中故作恬淡"(《昭昧詹言》卷五)而为之,其产生的效果往往是深刻地传写出谢灵运欲罢不能的矛盾心理,像"溟涨无端倪,虚舟有超越"二句就因为泄露了他不甘寂寞的真情而引起猜忌。

因此,融玄理于景、寓玄理于情的手法,使谢诗改变了支遁、孙绰等玄言家笔下的山水描写那种纯理性的冷静色调,而具有个性特点,往往烙上了自己生活经历、思想情绪的印记。例如《登池上楼》:

> 潜虬媚幽姿,飞鸿响远音。薄霄愧云浮,栖川怍渊沉。进德智所拙,退耕力不任。徇禄反穷海,卧痾对空林。衾枕昧节候,褰开暂窥临。倾耳聆波澜,举目眺岖嵚。初景革绪风,新阳改故阴。池塘生春草,园柳变鸣禽。祁祁伤豳歌,萋萋感楚吟。索居易永久,离群难处心。持操岂独古,无闷征在今。

诗歌一开始就用《周易》中"潜龙勿用"、"鸿渐于陆"、君子"进德修业"及"退耕"等互相矛盾的词句作起兴喻怀,使那些本来毫无生气的哲理性词句,惟妙惟肖地表达出诗人官场失意的颓唐情绪及进退失据的矛盾心情。而这种失意惆怅在"卧痾对空林"的寂寞中更显得缠绵。诗人在这里巧妙地把"理"与"情"交融起来了。紧接着诗人写自己久病初起,登池上楼,在隐约可闻的涛声中眺望远山近郊的景致,而春日和煦、春草茂生、春鸟啼鸣的风光,又触动了思乡的愁怀,与凄凉的"豳歌""楚吟"互为激荡,难以排遣。在这首诗中,他用白描手法写景,用典雅的故事抒情,最后又用《周易》"遁世无闷"之语作结,情、景、理浑然一体,很生动地表现了诗人痛苦寂寞而又自尊傲慢的精神状态。

又如《石门新营所住四面高山回溪石濑茂林修竹诗》中,诗人抒发了石门新居幽深的景色所引起的寂寞之感。他由"早闻夕飙急,晚见朝日暾;崖倾光难留,林深响易奔"的景色中领悟到世事的变化流逝,不禁从心底升起焚心的焦虑,但又竭力用"游万化之途"的玄思来安抚自己,非常真切地描绘出诗人在悠闲的外表下烦闷不堪的心境。

再如《富春渚》中描写了从鱼浦到富春渚一带的景色:

> 遡流触惊急，临圻阻参错。亮乏伯昏分，险过吕梁壑。

江奔浪涌、崖危岸峭的山水之势，也正是他对人世艰危的描写。所以他接着写道："洊至宜便习，兼山贵止托。"这二句皆出自《易》，说明经过无数艰险，方能履险如常，为人应动静安分，不失其宜。这二句玄言用在这里，既是由山水之险引出的惊叹，也是由人世艰危而起的自诫，表现出诗人惴惴不安的真情。

清人黄子云《野鸿诗的》曾评价谢灵运：

> 康乐于汉魏之外，另开蹊径，舒情缀景，畅达理旨，三者兼长，洵堪睥睨一世。

王夫之《古诗评选》也赞扬谢灵运：

> 情不虚情，情皆可景；景非滞景，景总含情，神理流乎两间。

他们都指出谢灵运的部分山水诗融情景理于一炉的艺术特点。在这些诗篇中，"理"不是不着边际的玄妙，而饱含着诗人对生活的深刻体验；"景"也不是冷漠的"媚道"之形，而渗透了诗人的真实情感。我们能从谢灵运山水诗中看到他的惨淡经营、迷茫、苦闷，而这些都不是言玄的工具能承担的任务。这是谢灵运山水诗的一个重大突破。尽管谢灵运山水诗中的完整佳篇并不多，情景理的交融也远未达到炉火纯青的境界，但是它使东晋以来一直在玄学形式下进行的山水描写冲破了外壳，而走向独立的艺术道路，使山水诗获得真正的艺术地位。

二 章法经营之妙

据史载，谢灵运登临山水的活动通常是弥日竟夜，"肆意游遨，遍历诸县，动逾旬朔"，"出郭游行，或一日百六七十里，经旬不归"（《宋书》本传）。他的山水诗真实记叙了游览山水实践活动中的所见所悟，大多采用纪游结构。这一特点从不少诗题中即可看出：《石壁精舍还湖中作》《于南山往北山经湖中瞻眺》《从斤竹涧越岭溪行》《发归濑三瀑布望两溪》等，这类诗题醒目地揭示着作品的纪游特征。

这些纪游的山水诗有不少采用"叙事—写景—说理（兴情）"的章法结构。例如《石壁精舍还湖中作》：

> 昏旦变气候，山水含清晖。清晖能娱人，游子憺忘归。出谷日尚早，入舟阳已微。林壑敛暝色，云霞收夕霏。芰荷迭映蔚，蒲稗相因依。披拂趋南径，愉悦偃东扉。虑澹物自轻，意惬理无违。寄言摄生客，试用此道推。

开头四句总结性地叙述了此番游览山水的体会；接下去记述了早出晚归、山行舟渡所见的湖上晚景，以及舍舟登岸、高卧于东窗之下的过程；最后归结为对老庄养生之道的感悟。又如《登江中孤屿》：

> 江南倦历览，江北旷周旋。怀新道转迥，寻异景不延。乱流趋正绝，孤屿媚中川。云日相辉映，空水共澄鲜。表灵物莫赏，蕴真谁为传。想象昆山姿，缅邈区中缘。始信安期术，得尽养生年。

开头四句叙述游览江屿的由来；接下去写乘舟登屿所见美景；最后由感叹江屿之美世人难赏，引出对神仙长生之道的向往。其他如《入彭蠡湖口》《七里濑》《登永嘉绿嶂山》等，也大致采用这种章法结构。游览的时间、地点、行程以及所见所悟，诗中都一一有明确交代，宛如一篇文字简净的山水游记。

当然，谢灵运山水诗中有的篇什"记事—写景—说理（兴情）"的结构层次不那么明晰，如《登池上楼》；还有的篇什悟理的成分减少，甚至完全被抒情言志所代替，如《石门岩上宿》，不过其纪游性仍是很明显。

从文学渊源上看，谢灵运山水诗的纪游笔法是承袭了建安以来"游览""行旅"的传统，其源头更可以上溯至《楚辞·涉江》。而这种笔法也是历代记行旅述征役的赋作通常采用的。东晋初期庾阐、李颙、杨方等诗人用此笔法记述"游"山水的实践活动，在行游的过程中模山范水。在他们的纪行山水诗中，已基本形成了"记事—写景—说理（兴情）"的结构形式，只不过"言理"的成分多被"兴情"代替了。显然纪游笔法是源自人们的实践活动，很适合于表现人们探奇访幽的游览过程。

不过，这种笔法没有被东晋中期酷爱山水的名士们继承。或许与当时重清谈的风气有关，名士们不屑于"笔"；不过，更与他们对山水所持的玄理化观念有关。他们感兴趣的是从山水中体玄，而不是游览山水本身。所以《兰亭诗》诸作都不"纪游"；桓玄的《登荆山诗》名为登山，却一句未写登山过程及描写山水，通篇言玄，其笔法与庾阐的《登楚山诗》完全不同，内容也完全不同。某一种特定的笔法总是服务于某个特定的创作主旨的。

因此，当谢灵运怀着明确的审美主体意识登临山水，重新启用"纪游"笔法表现游览山水的实践活动、表现对于山水的审美感悟时，就意味着关注重点的变化：从"体玄"重新回到游览山水活动本身。正是在谢灵运的"纪游"山水诗中呈示着从玄言到山水的嬗变过程：人们对玄学理论的兴趣逐渐衰减，山水逐渐占据了人们的心理空间，成为观照的主体。他的山水诗创作将在东晋庾阐、李颙等人那里已形成的"记事—写景—言理（兴情）"的章法结构稳定下来，使之在相当长时间内成为山水诗的基本写作模式。

纪游笔法虽是对前代传统的继承，但是在谢诗中运用得巧妙灵活，屡见新意，能更好地服务于主旨。例如《入彭蠡湖口》：

> 客游倦水宿，风潮难俱论。洲岛骤回合，圻岸屡崩奔。乘月听哀狖，浥露馥芳荪。春晚绿野秀，岩高白云屯。千念集日夜，万感盈朝昏。攀崖照石镜，牵叶入松门。三江事多往，九派理空存。灵物吝珍怪，异人秘精魂。金膏灭明光，水碧缀流温。徒作千里曲，弦绝念弥敦。

诗人在游览的过程中突出一个"倦"字。开旨第一句"客游倦水宿"，即把诗人身心疲倦的情态一下子点出来了。接着他写江上浪高风急，岛屿回合，终日颠簸在孤舟之中怎能不倦？尽管春色明媚、春夜宁静，怎奈内心"千念""万感"，躁动不已，实在倦于欣赏。只不过为了寻灵求异，振作起来攀崖拂林。放眼望去，江湖满目，一身如梗，灵异何在？惆怅中诗人聊借音乐解愁。但是一曲弹罢，更勾起人绵绵愁思，同样令人厌倦不堪。全诗以"倦"为线索，从景到情、由情入理，淋漓尽致地写尽了心中那个"倦"字，不仅细致地记叙了"入彭蠡湖口"游览山水的所见所感，也深刻地揭示了诗人的孤独苦闷及焦躁不安。正因为章法灵动，诗中波澜迭起，方有"一意回旋往复，以尽思理"（王夫之《姜斋诗话》）之妙。

由于谢灵运多采用"纪游"笔法来写自己的山水活动，而其游又往往是尽终日之欢、甚至夜以继日，所以他的诗歌往往具有较大的时空容量，比如：

> 宵济渔浦潭，旦及富春郭。定山缅云雾，赤亭无淹薄。
>
> ——《富春渚》
>
> 朝搴苑中兰，畏彼霜下歇。暝还云际宿，弄此石上月。
>
> ——《石门岩上宿》
>
> 攒念攻别心，旦发清溪阴。暝投剡中宿，明登天姥岑。
>
> ——《登临海峤初发疆中作与从弟惠连可见羊何共和之诗》

这些画面均不是一地一时之景，表现出一种流动感，而这种流动是依游览行程而行的。这是以纪游笔法完成的南朝山水诗具有的一个审美特质，与唐人笔下某些静物写生式的山水画面显然有别。

三 画境的营造

如前所论，山水诗是在"以形媚道"的玄学背景上滋长的，因而注意诗中山水形象的描写是必然。谢诗"故尚巧似"（《诗品》），向来以对山水形象的精细刻画为人所称道。值得注意的是，山水在谢诗中并不是一个个孤立的形象，而是错落有致，组成了一幅幅优美的画面。

例如《晚出西射堂》：

> 连障迭巘崿，青翠杳深沉。晓霜枫叶丹，夕曛岚气阴。

连绵起伏的山峦，苍茫的暮霭，还有几片红得像火的枫叶，构成了一幅秋意浓烈的画面。又如《白石岩下径行佃》：

> 千顷带远堤，万里泻长汀。州流涓浍合，连统塍塀并。

这是多么开阔的画面啊！一望无垠的原野，奔流万里的江河，延伸到天尽头的长堤，两岸望不断的畦田……难怪清人陈祚明认为"千古咏田间景，逊此

为妙。若良苗怀新,漠漠飞鹭,一畦一垄耳"。再如《游岭门山》:

> 千圻貌不同,万岭状皆异。威摧三山峭,沛汩两江驶。渔舟岂安流,樵拾谢西芘。

生动地绘出一幅江南山水画:千岩竞秀,万壑争流,烟波浩渺的大江上,几叶扁舟飘浮,群山之下樵夫村妇正在劳作。在明清人的遗墨中常见到这样的画面。

  为了使诗中的山水形象更为鲜明,谢灵运也很注意光线的选择与色彩的调配,表现出高度的艺术修养。比如"春晚绿野秀,岩高白云屯"(《入彭蠡湖口》)二句。诗人敏锐地观察到暮春季节阳光充足,空气澄清透明——唯其在暮春特定的光线条件下原野才绿得那么浓郁,绿得那么剔透,唯其在暮春的澄净安详的气氛中,白云才像静止般地依傍在山岩边。而原野之"绿"、云彩之"白",色彩搭配在宁静中透出活泼,又如《游南亭》:

> 时竟夕澄霁,云归日西驰。密林含余清,远峰隐半规。

在盛夏黄昏暴雨初霁这一特定时刻,残阳如血,晚霞似火,密林中雨珠晶莹,雾气中远山苍翠——诗中没有出现色彩字眼,但是雨后夕阳返照这一光线条件却自然令人感觉到画面的鲜明生动。另外,像前面提到的《晚出西射堂》,苍茫暮色与几枝火红的枫叶使画面明暗相映;《过始宁墅》中"白云抱幽石,绿筱媚清涟",白色、深灰色、绿色、湖蓝色,有深有浅,使画面的色彩丰富而有层次感。可见诗人非常善于捕捉各种自然景物在不同的光线条件下呈现出来的色彩特征,并把它们艺术地调配在一起,浓淡有致。

  谢灵运还很注意画内之景与画外之音的相互配合,使画面具有一种动感、立体感,给人以身临其境的感觉。如《过白岸亭》中,"近涧涓密石","交交止栩黄,呦呦食苹鹿",流泉、鸟啼、鹿鸣组成春天的交响曲,使春日山林绚丽的画面显得生气勃勃。在《七里濑》中:

> 石浅水潺湲,日落山照曜。荒林纷沃若,哀禽相叫啸。

在夕阳斜照山头的时刻，山泉冲击溪石的声音、林中归鸟的啼鸣声，生动地传达出日落时山野特有的氛围。再如《夜宿石门》：

　　鸟鸣识夜栖，木落知风发。异音同至听，殊响俱清越。

以耳闻代目视，更表现出深山夜晚的深沉宁静。

　　由于声响效果的运用，使视觉的局限得以弥补，大大丰富了诗歌画面的艺术境界。如《登上戍石鼓山诗》中：

　　日末涧增波，云生岭愈迭。

写日落时的山景。后一句很好理解，是人们观察到的现象。前一句如果用眼睛去观察，就会觉得不近情理：涧水怎么可能因夜晚的到来而汹涌起来呢？但是如果用耳朵去体察，就会感到谢灵运所写不虚！试想一下：万籁俱寂的山林夜晚，只有山涧冲击着山石，回荡在山谷间，格外清晰，格外入耳，这岂不是"涧增波"吗！中国山水诗讲究画面经营，注意色彩搭配以及动静声响的渲染，追求有声有色的艺术效果——谢灵运在自己的艺术实践中已充分地运用了这些艺术手段。

　　谢灵运采用以画入诗的表现技巧，有其历史的必然性。在艺术史上山水诗与山水画是在相同的历史条件下，为了相同的目的，几乎同时兴起的。诗画相通，山水诗的表现技巧借鉴了绘画的某些手法是不奇怪的。《世说新语·巧艺》载：

　　戴安道就范宣学，视范所为，范读书亦读书，范抄书亦抄书。唯独好画，范以为无用，不劳思于此。戴乃画《南都赋图》，范看毕咨嗟，甚以为有益，始重画。

清人刘熙载《艺概·赋概》曰：

　　戴安道画《南都赋》，范宣叹为有益。知画中有赋，即可知赋中宜有画矣。

可见东晋士人已意识到诗赋与绘画之间的关系。而当时的绘画在色彩、布局上很可能具有与辞赋的华丽、铺陈相似的特点。戴逵父子都是有名的早期山水画家，《南都赋图》虽不是山水画，但其艺术手法很可能带入山水画中。而早期的山水诗也受着辞赋手法的某些影响，诸如辞藻华丽、色彩鲜明、对称构景等。既然二者都与辞赋的艺术特点有关，必然就会有一些共同的特色。

东晋山水画的真迹已不可见，幸好顾恺之留下了一篇精密详细的山水画规划书《画云台山记》，可以从中觅得一些线索。按照顾恺之的构思，一打开画卷，首先映入眼帘的就是在"东方清天中"的五彩"庆云"，浓重的空青色中现出一轮红日；再接下去是蜿蜒如龙的"紫石"山径，丹珠色的石崖及赤色崖岸……色彩之浓厚鲜明，以至有人认为极似西方的油画（俞剑华《中国绘画史》）。傅抱石曾依《画云台山记》的构思作《云台山图》，也特意说明："此画应用绢及重着色。"（《中国古代山水画史的研究》）显然当时的山水画色彩富丽，与谢诗中的画面极为相近。

再如，谢灵运山水诗多采用"纪游"笔法，不是表现某一固定的景物刹那间的形象，而是依照"游"的行程，绘出流动的画面，表现出有跨度（不是瞬间）的时间及变换的（不是固定）空间。《云台山记》实际上采用类似连环画的形式来表现"张道陵七试赵升"的故事，所以同一人物以不同的神态动作在画面上反复出现，使画面所表现的时间突破了一瞬间的限制，空间景色有了连续性。这与谢诗的写法很有相似之处（当然并不排除佛教输入对绘画形式产生影响的可能性）。

再者，尽管多用重彩，但顾恺之非常强调一山一石"欲使自欲（然）为图"。这与谢灵运刻画山水注重自然之美相同。又，顾恺之还指出天师所临的石涧，"涧可甚相近，相近者，欲令双壁之内凄怆澄清"，以表现"神明之居"的清虚玄远。这种构思布图显然与言玄企仙的主旨有关。正如谢诗由"写景"进而"言玄"的考虑一样。

谢灵运山水诗具有当时山水画的某些特点，讲究画境的经营，也与他本人全面的艺术修养有关。虞龢《上明帝论书表》称"灵运母刘氏，子敬之甥，故灵运能书，而特多王法"（《太平御览》卷七四八）。《南史》本传也称"灵运诗书兼独绝，每文竟，手自写之，文帝称为二宝"。诗书与画本是相通的艺术。《历代名画记》记载："谢灵运菩萨六壁，在天王堂外壁。"可见谢灵运通晓画技，他的画迹在唐代犹存，虽然不是山水画。

可以说，诗人的慧心和画家的手眼共同成就了第一个山水诗大师——谢灵运。

当然诗与画的构成材料毕竟不相同。尽管二者在当时都是体道悟玄的工具，但山水画用流畅的线条和鲜明的色彩表现某一画面时，所含之"道"都"化"在线条与色彩中，可以作为完整的艺术形象对后人的感官发生影响；而谢灵运山水诗中的"道"是靠词句来表达的，有的可以借助对山水形象的描绘来体现，而直接道出玄理的词句则往往游离于山水画面之外，当年的"点睛"之笔在后人眼中成了"玄言尾巴"，成了艺术上的败笔。

四 "初发芙蓉"

梁代钟嵘《诗品》，评价谢诗：

> （灵运）其源出于陈思，杂有景阳之体。故尚巧似，而逸荡过之，颇以繁芜为累。嵘谓若人兴多才高，寓目辄书，内无乏思，外无遗物，其繁富宜哉！然名章迥句，处处间起；丽典新声，络绎奔会，譬犹青松之拔灌木，白玉之映尘沙，未足贬其高洁也。

他指出谢诗具有"尚巧似"与"颇以繁芜为累"两个特点。应当说这个看法基本符合谢诗的实际。

先说说谢诗的"繁芜"。在钟嵘之前已有人对此提出批评，比如齐高帝说："康乐放荡，作体不辨有首尾。"（《南史·萧晔传》）所谓"放荡""不辨首尾"，就是钟嵘说的"逸荡过之，颇以繁芜为累"。后来萧纲也说谢诗"时有不拘，是其糟粕"。那么，谢诗的"繁芜之累"是怎么造成的？钟嵘认为是因为他"兴多才高"，才气过人、横溢笔端所致。才气横溢、不暇削剪，或许是造成"繁芜"的原因；不过更重要的原因还在于谢灵运的创作态度。他创作山水诗不单纯是表现对山水的审美感受，诗中的山水形象既是"玄理"的载体，又是宣泄政治失意之愤的对象——为了完成如此多重的任务，诗中自然不免意象纷呈，情理杂陈，出入经、史、玄、佛，以至"繁芜"。此外，谢诗的"繁芜"也与早期山水诗画"寓目辄书"的表现方式有关，在"以玄对山水"的玄言家眼中，"寥阒无涯观，寓目理自陈"（王羲之《兰亭诗》），既然万物"率应自然"之道，作为从玄言诗"脱胎"而来的谢氏山水诗,当然也"大必笼天海,细不遗草木"(白居易《读谢灵运诗》),难免"繁芜"了。

至于"尚巧似"的特点,主要是指谢诗中对山水形象的精美刻画。在"颇以繁芜为累"的谢诗中,这样的精彩之笔往往散见于各篇中的"名章迥句":

池塘生春草,园柳变鸣禽。

——《登池上楼》

云日相辉映,空水共澄鲜。

——《登江中孤屿》

野旷沙岸净,天高秋月明。

——《初去郡》

岩峭岭稠叠,洲萦渚连绵。白云抱幽石,绿筱媚清涟。

——《过始宁墅》

初篁苞绿箨,新蒲含紫茸。海鸥戏春岸,天鸡弄和风。

——《于南山往北山经湖中瞻眺》

春晚绿野秀,岩高白云屯。

——《入彭蠡湖口》

以上所录的诗句都以对自然山水的精细观察及精美再现而得到人们的赞许,历代传诵。正因为这些"名章迥句"神奇地将大自然千姿百态的美景作了艺术的再现,传写出大自然的生机活力,所以人们赞誉谢诗"如初发芙蓉,自然可爱"(《南史·颜延之传》),或曰"谢诗如芙蓉出水"(《诗品》卷中引汤惠休语),连批评谢诗冗长的萧纲也承认"谢客吐言天拔,出于自然"(《与湘东王书》)。

以"初发芙蓉"或"芙蓉出水"来形容谢诗,无非强调谢诗中山水形象的清新自然,不假雕饰。谢诗何以做到"如初发芙蓉"般自然可爱呢?其根本原因在于谢灵运的艺术天分极高。他不仅能凭借深厚的文学修养,从前代作家那里吸收创作养分;而且他有极高的审美悟性,正如清人吴淇所说:"而诗中康乐尤是慧业文人,故其留心山水更癖,而所悟最深也。"(《六朝选诗定论》)大自然四时每一个细微的变化:花开叶落,晨曦暮霭,烟散云合,泉汩石漱……都拨动着他那敏感的心弦,引起由衷的喜悦之情。他的艺术心灵在与山水自然的晤对交流中撞击出电光石火般的灵感，这灵感便是"初发芙蓉"山水诗的源泉。谢灵运本人对自己的审美悟性、艺术灵感是有高度自觉的，他称之为"赏心"。

  将穷山海迹，永绝赏心晤。
——《永初三年七月十六日之郡初发都》

  含情尚劳爱，如何离赏心？
——《晚出西射堂》

在他看来，对于山水的爱赏之心出于天分，与生俱有，所谓"山水，性分之所适也"（《名山序》）。

  值得注意的是，如前所说，谢灵运创作的山水诗不全然是出于对山水的审美态度，"赏心"并没能支配他全部的创作过程；驱动他优游山水的还有对抗现实的功利因素——宣泄政治上的失意心情。后者使他的笔端不时流露出欲罢不能的精神尴尬及骚动不宁的心灵挣扎，他只能以高深玄远的哲理思考来掩饰、淡化、消解现实的人生苦恼，这就使他的诗歌中表现出鲜明的"自我"——何况他是一个自我意识极强的狂诞者。然而，当他面对大自然中千奇百秀的山水时，他天性中的"赏心"——艺术悟性被极大地触发了，他的心神不由自主地被那种神妙莫测的自然之美所陶醉，正如他所言："昏旦变气候，山水有清晖。清晖能娱人，游子憺忘归。"（《石壁精舍还湖中作》）在"娱人"的山水中他忘却了现实的苦闷、怨愤、欲求，只有一颗活跃敏感的艺术心灵与山水周旋晤对。在这一时刻，他心无挂碍，与世务暂时绝缘，以一种纯粹的审美态度静观万物，捕捉到大自然内在的、充满活力的美。正是"在人生忘我的一刹那"，他的"赏心"与山水之间发生电光火石般的撞击，其结晶便是"如初发芙蓉"般山水形象的艺术再现。这种"忘我"的静照中诞生的山水佳句，令诗人自己也视为奇迹，叹为"有神助"（参见钟嵘《诗品》所引《谢氏家录》）。

  因此，强烈的"自我"意识与对山水"忘我"的静照态度，往往并存于谢诗之中。在很多情况下二者难以协调融汇，这就造成了篇什的割裂。这是谢诗少有通篇佳作，而"名章迥句，处处间起"的根本原因之一。

  另外，造成部分谢诗情与景不甚协调的原因还与山水诗产生的历史过程有关。山水是作为言玄的"形"进入诗画中的,这个"形"强调要合"自然之道",因此山水画讲究"实对",用线条色彩真实地描绘其"自然"形态。山水诗也同样要求写实。人们把山水置于客观的位置来观赏,对主观审美情绪加以排斥。谢灵运在刻画山水之形时,也以自己独特的语汇,"穷力而追新",力求细致准确,因此他笔下的山水景物往往独立于主观的审美情绪之外而表现出客观性,景与情不甚协调的谢诗实际上正反映了山水诗从冷静、客观地描状山水达到情景交融的艺术境界的一个重要过渡阶段。

谢灵运以其卓越的艺术才能,被誉为"元嘉之雄""江左第一"。后人曾以老庄在玄学上的祖师地位来比喻他在文坛上的地位。

他以自己的创作实践确立了山水题材,并规范了山水诗的基本特质及写作模式,在诗歌言志、抒情的传统中又辟"图貌写物"之境,他怀着对山水的痴迷之情致力于山水幽景奇境的开发,穷历常人不敢涉足的幽峻险峭之地,获得了大量新奇的审美感受,诗中山水佳境纷呈,各展异貌,为后人提供了丰富的审美经验。他的写景技巧,谢朓、何逊、阴铿等人竞相学步,使山水诗更趋于成熟完美。

谢诗虽然残余着玄学精神,以山水为理窟,不少篇什未臻圆熟之境,未免割裂之弊,但是在对山水逼真的描绘中,充分表现了对山水之美的独具"赏心",因而大得后人的赏识。唐代大诗人李白诗中多次提到谢灵运,对他的高妙诗句和审美悟性大加赞叹,甚至说,"且从康乐寻山水,何必东游入会稽"。他喜欢谢诗的风流飘逸,不止一次地化用谢诗佳句来表现自己的俊爽之风。

可以说,正是谢灵运富于创造性的文学实践才使山水诗像一颗耀眼的新星升起在诗坛上。

第五章　南北朝的山水诗创作

　　宋、齐、梁、陈四代，统称为南朝。南朝与魏晋时期相比，政治格局、精神文化趋向都发生了很大变化。

　　四朝之主都是出身庶族，凭借军功逐渐攀上权力的最高峰，他们不能容忍东晋时"主威不树，臣道专行"的政治格局。因此从整体上审视，南朝时期传统的门阀世族势力受到相当抑制，世家子弟虽然仍可以"平流进取，坐致公卿"（《南齐书·褚渊王俭传》），安享清贵，但当年"王与马，共天下"的门阀政治已成为明日黄花，盛期不再。随着门阀世族逐渐"淡出"政治权势的中心，曾支撑魏晋精神文化大厦的名士风流也失去了昔日迷人的魅力，逐渐淹没在物欲的泥淖中①。拥有政治实权、经济实力也大大膨胀了南朝新贵们急于改变他们在精神文化上传统的"寒素"境地。尽管他们中也有"雅好文学"之士，也有提倡文学之举，然而一种"雅道相传"的精神文化需要世代传承的积累、提炼，一种根基深厚的文化品格绝非朝夕修成，这就使他们的精神文化追求不可避免地带上一层世俗色彩——佛教由东晋妙悟玄心的理论辨析转为梁代盛行奉教礼佛，便是一个证明。加之，南朝都市商业经济复苏，贵戚官僚趋利如潮。在这样的经济环境中，带着明显商业文化色彩的乐府民歌作为"新声杂曲"而博得上层人士的喜爱。一时间，达官贵人养伎成风，歌吹弹唱之声嚣于市廛。在这样的时代氛围中，他们的精神文化追求逐渐走向世俗化。

　　南朝整体精神文化世俗化的趋向，促使诗歌创作又开始了一个弃"雅正"而趋"俗体"的"新变"过程。南朝诗歌呈现出与魏晋时期明显不同的特点："性情渐隐，声色大开。"（沈德潜《说诗晬语》）

---

①　参见颜之推《颜氏家训·勉学》对梁代贵族子弟纨绔习气的批评。

所谓"性情渐隐"指的是正统儒家所提倡的符合诗教、止于礼仪的言志抒情，被日常生活中细微琐碎片断的感受所代替。因此，南朝诗歌中少有豪气磅礴、雄心高迈的作品，而闲愁、闺怨、别绪、羁思、艳情等种种深细而纤巧的感受成为吟咏情怀的主体。所谓"声色大开"，指的是南朝诗人对日常生活的灵敏感触总是与客观形象的"声色"所引发的艺术感受联系在一起，并借助"情性"与"声色"关系的艺术处理表现出来。因此，随着南朝诗歌中对日常生活中各种感触诗意化的普遍抒写，就出现了"声色大开"的局面。

南朝诗歌的得失均充分表现在"性情渐隐，声色大开"的审美追求中，这个问题不在本文讨论之列。需要强调的是：正是在"性情渐隐，声色大开"的诗歌创作中，南朝诗人耗费心力地从不同角度观察自然山水形象的"声色"，以不同方式开拓对于山水"声色"的新感受，并不断探求表现山水"声色"的审美内涵的艺术手法。在文人诗歌学习摹仿乐府民歌、创造新体的"新变"过程中，随着诗歌篇幅的压缩，表现山水"声色"的句法、构思方式等都发生了明显变化，从谢朓、沈约、王融、何逊等人的创作中可以看出，山水诗逐渐从大谢的"寓目辄书"、曲尽其情过渡到唐人的情境浑融、含蓄蕴藉的变化过程。

第一节　鲍照：开雄奇之境

谢灵运之后刘宋诗坛上最杰出的诗人是鲍照。鲍照的诗歌创作在当时就产生了很大影响，与谢灵运、颜延之并列为元嘉三大家，但是因为他"身地孤贱"，在相当长时间内得不到公正的评价。

一　境界深阔，气象壮美

鲍照有一篇著名的骈体书信《登大雷岸与妹书》。其中用瑰丽奇崛的笔调摹写了九江、庐山一带烟云变幻、气象万千的景物：

南则积山万状，负气争高，含霞饮景，参差代雄。凌跨长陇，前后相属，带天有匝，横地无穷。

山水的雄奇开阔之势被作者生动地传写出来。而这一特点，在他的山水诗中表现得很明显。例如《从庾中郎游园山石室》：

> 荒途趣山楹，云崖隐灵室。冈涧纷萦抱，林障杳重密。昏昏磴路深，活活梁水疾。幽隅秉昼烛，地牖窥朝日。怪石似龙章，瑕璧丽锦质。洞庭安可穷，漏井终不溢。沉空绝景声，崩危坐惊栗。神化岂有方，妙象竟无述。至哉炼玉人，处此长自毕。

诗人运用夸饰的笔法，极力描写园山的幽深、太湖石的怪异、苔藓的艳丽，以及自己身临其境的强烈感受，营造出一个奇险的境界。又如《登庐山诗》之一：

> 悬装乱水区，薄旅次山楹。千岩盛阻积，万壑势回萦。龙鬽高昔貌，纷乱袭前名。洞间窥地脉，耸树隐天经。松磴上迷密，云窦下纵横。阴冰实夏结，炎树信冬荣。嘈囋晨鹍思，叫啸夜猿清。深崖伏化迹，穹岫阔长灵。乘此乐山性，重以远游情。方跻羽人途，永与烟雾并。

诗人极力摹写庐山之高险、环境之幽峭，刻意渲染出一种奇异灵怪的氛围，揭示大自然原始的蛮荒之美。

从上面所举的例子可以看出鲍照的这类山水诗基本是沿袭大谢而来，也是采用"寓目辄书"的笔法，意象纷呈；写景多用工整的对句，也注意上下、远近等空间位置的对称性。不过，与谢诗的富艳精工相比，鲍照的山水诗更显得深秀重涩，诗中的山水画面境界深阔，气象壮美。所以，陈祚明在《采菽堂古诗选》中说鲍诗"其源亦出于康乐，幽隽不逮，而矫健过之"。例如：

> 落日川渚寒，悲云绕天起。
>
> ——《赠傅都曹别》
>
> 阴沉烟塞合，萧瑟凉海空。
>
> ——《还都口号》
>
> 高岑隔半天，长崖断千里。
>
> ——《登庐山望石门》

>   乱流灢大壑，长雾匝高林。
>
>   ——《日落望江赠荀丞》

这类型的山水景句在鲍诗中屡见。诗人擅长选用一些宏大的物象如"落日""海空""高岑""长崖""大壑""高林"等来构成画面，再加上一些富于动感、富于力度的动词如"绕""合""隔""断""灢""匝"等，使画面于壮伟之中透出生动气势。这些山水景句传达的情绪或许各异，但有一个共同点：境界阔大，笔调奇崛，具有一种雄奇之美。

鲍照的诗风向来以"俊逸"、遒丽见称，而山水诗中的雄奇壮美之境正是其诗风的有机组成。鲍照的遒丽源于他胸中郁闷不舒的孤愤之气。这股磊落奇气使他"发唱惊挺，操调险急"，借《拟行路难十八首》一吐为快；也化为笔下山水的奇峭之势，一泄其"饥鹰独出，奇矫无前"（敖陶孙语）的"猖狂"之气。

二 镂刻精工，造句奇警

曾有人批评鲍照的某些山水诗缺乏个性，缺乏对山水之美独特的审美感受，像方植之就批评《登庐山诗》"此不必定见庐山诗，又不必定见为鲍照所作也。换一人换一山，皆可施用"（钱仲联《鲍参军集注》引）。鲍照的部分山水诗确实存在这个问题。

与谢诗相比，鲍照山水诗中言理的成分明显减少，有的篇什已完全没有"玄言"。例如《登黄鹤矶》：

>   木落江渡寒，雁还风送秋。临流断商弦，瞰川悲棹讴。适郢无东辕，还夏有西浮。三崖隐丹磴，九派引沧流。泪竹感湘别，弄珠怀汉游。岂伊药饵泰，得夺旅人忧。

此诗写登临黄鹤矶所见江山景致，"三崖""九派"都笼罩在凄清的秋色之中，令游子触目伤情。全诗情景相映，已没有生硬的"说理"。另外像《送盛侍郎饯候亭》《三日游南苑》《园中秋散》《发后渚》等，都没有"玄言"尾巴。显然，山水诗从玄言诗中蜕化的过程，在鲍照这里已基本完成。

鲍照的山水诗虽然不像谢诗那样出入经、史、玄、佛，寓意深奥，以至篇什割裂；但是由于鲍照刻意追求雄奇幽邃之境，往往笔意繁复，造辞生涩，影响了诗篇整体的流畅。因此，鲍照山水之作中最引人注目的是那些随类敷彩、镂刻精工、风格各异的山水画面。例如：

> 鳞鳞夕云起，猎猎晚风遒。腾沙郁黄雾，翻浪扬白鸥。
> ——《浔阳还都道中》

写黄昏江上的苍茫之景，于厚重中见出飞动之势。以"鳞鳞"状天边积云，以"猎猎"写风势之疾劲，都很准确。"郁"字令人想到暮霭的浓重，"扬"字则写出浪尖白鸥的轻盈之姿。又如：

> 青冥摇烟树，穹跨负天石。霜崖灭土膏，金涧测泉脉。
> ——《从登香炉峰》

以重涩的笔触描绘山势的幽峭及山林景致的诡异神秘。一个"摇"字写出了"烟树"突兀青天、高危欲堕之势；一个"负"字则写出了香炉山凌越云天、俯瞰下土的形态气势。"霜崖"之洁白，"金涧"之炫目，使画面平添了奇谲色彩。又如：

> 凉埃晦平皋，飞潮隐修樾。孤光独徘徊，空烟视升灭。
> ——《发后渚》

于蒙溟烟尘之中透出旷野湖天的寂寥空阔，并以"孤光""空烟"点出诗人内心的寂寞。另外，像"复涧隐松声，重崖伏云色"（《行京口至竹里》）、"松色随野深，月露依草白"（《遇铜山掘黄精》）等诗句，都可以见出鲍照取象奇峭、造语生险的特点。

鲍照山水诗的雄奇壮美之境，源自他凌厉超迈之"气"；而其山水画面的镂刻精工、造句奇警，则得益于他琢句炼字之"才"。所以清人何焯说："诗家炼字琢句，始于景阳而极于鲍明远。"（《读书记》）方东树也说："明远虽以俊逸有气为独妙，而字字炼，步步留，以涩为厚，无一步滑。凡太炼则伤气，明远独俊逸，又时出奇警，所以独步千秋。"（《昭昧詹言》）鲍照以雕章琢字的诗歌技法弥补着他所缺乏的对山水之美的独特感受，虽有时不免生奥涩重之弊，但是其技巧法门对后人颇有影响。

三　谢惠连、谢庄诸人的山水诗

鲍照之外，刘宋时期还有一些诗人写过山水诗。

比如刘宋诸帝。他们皆好辞章，笔下时有清新可读的山水景句，像宋文帝刘义隆的"阶上晓霜洁，林下夕风清"（《登景阳楼》），宋孝武帝刘骏的"层峰亘天维，旷渚绵地络"（《游覆舟山》），"汉潦吐新波，楚山带旧苑"（《登作乐山》）等。

从现存的作品看，创作山水诗数量较多的还是谢氏子弟：谢惠连和谢庄。

谢惠连是谢灵运最欣赏的族弟，据《谢氏家录》曰："康乐每对惠连，辄得佳语。""池塘生春草"之句便是因梦见惠连而得。谢惠连的山水诗不似大谢的富丽幽峭，他也不像大谢那样"以山水为理窟"、寓意深奥，基本上走的是"清淡"一路，比如《泛南湖至石帆诗》中写道：

> 涟漪繁波漾，参差层峰峙。萧疏野趣生，逶迤白云起。

远山近水，散淡的游人，自在的白云，构成一幅色调柔和、韵致淡雅的画面，这是大谢山水诗中没有的。他还写过《西陵遇风献康乐诗》五章，其中第四章写道：

> 屯云蔽曾岭，惊风涌飞流。零雨润坟泽，落雪洒林丘。浮氛晦崖巘，积素惑原畴。曲汜薄停旅，通川绝行舟。

描绘雨雪迷蒙之中的山川景致，虽少了大谢诗中那种横溢的才气，倒另有一番平实之味。谢惠连还写过《秋怀》《捣衣》，这二首虽不是山水之作，但其中也有一些写景佳句，像"白露滋园菊，秋风落庭槐"二句就描绘出一幅萧条的秋色图景，笔触简练，形象鲜明。

谢庄是谢灵运的族侄，擅长绘画，精通音乐，是当时的"风流领袖"。其诗今存十余首，其中有数首山水之作。比如《侍宴蒜山诗》中"烟竟山郊远，雾罢江天分"二句描绘云开雾散、天宇澄清之际的山川景致；《北宅秘园诗》中"绿池翻素景，秋槐响寒音"二句描绘暮色中秋意浓烈

的园景——钟嵘《诗品》称谢庄诗"气候清雅",这一特点从上面所举的诗句便可以看出。更具代表性的是《游豫章西观洪崖井诗》:

> 幽愿平生积,野好岁月弥。舍簪神区外,整褐灵乡垂。林远炎天隔,山深白日亏。游阴腾鹄岭,飞清起凤池。隐暧松霞被,容与涧烟移。将遂丘中性,结驾终在斯。

此诗基本是采用大谢"纪游"笔法,开旨四句"叙事",中间六句"写景",最后二句"兴情"。诗中的山水画面虽不似大谢的奇瑰深阔,少了那种炫人心魂的感官刺激,但是色调素淡,自有一股清雅之气。

另外,王僧达的《和琅玡王依古》中描绘边塞山川风物:

> 仲秋边风起,孤蓬卷霜根。白日无精景,黄沙千里昏。

取景典型,笔调洗练,生动地传写出荒漠秋色,所以有人说这几句"可抵一篇绝妙边塞诗"(吴淇《六朝选诗定论》)。

总的说来,刘宋时期这些诗人的山水之作大多"有句无篇",其佳句都具有自然清新、洗练传神、对仗工致的特点。

还有一点需要注意:刘宋时期文人对清商新声以及民间杂曲的喜爱已蔚然成风。像谢灵运就曾仿民歌体创作过《东阳溪中赠答诗二首》,鲍照也曾仿乐府歌创作《吴歌三首》《采菱歌七首》等,宋孝武帝刘骏也曾模拟吴歌,创作了一些笔调轻灵的小诗。虽然他们还不曾在自己的山水诗创作中摹仿乐府民歌,但是乐府民歌清新活泼的风调、构思撰句的方式、取景造象的手法,都会在这种广泛的学习摹仿中对文人的诗歌创作技法发生潜移默化的影响,最终也会对山水诗创作发生影响。有力的证明便是刘昶的一首《断句》。刘昶(435—498)是宋文帝的第九个儿子。前废帝萧子业即位,怀疑刘昶有异志;刘昶不得不投奔北魏,在途中写了这首诗:

> 白云满障来,黄尘暗天起。关山四面绝,故乡几千里。

白云之"来",黄沙之"起",充满了动感,既传写出边关特有的风云之气,也渲染出逃亡人的惊恐心理。身处绝域,四面皆山,故乡望而不见,怎不令诗人大发悲声！这首诗取景精当，语言凝练，景中见情，情景融汇，而且对仗工致，仿佛唐人五绝的格局。这首山水诗的表现手法明显与大谢、鲍照等不同，在刘宋诗坛独秀一枝，似乎在预告着山水诗来日的变化。

第二节　永明体诗人的山水诗创作

南朝齐武帝永明（483—493）年间是诗歌创作比较活跃的时期，以沈约、谢朓、周颙、王融、范云、张融等为代表的一批诗人努力把当时声韵学研究的成果运用于诗歌创作中，鼓吹以四声制韵。例如沈约在前人研究的基础上撰《四声谱》，提出"四声八病"之说，试图将诗歌的声律规范化；谢朓力倡"好诗圆美流转如弹丸"，将音韵谐美作为一个重要的艺术标准。同时，他们还致力于学习摹仿南朝乐府民歌，有意识地运用乐府民歌的形式情调来抒写情怀，从日常口语中提炼富于活力的诗歌语言，努力变革晋宋典重古奥的诗风。也就是说，他们在晋宋以来广泛运用排偶对仗这些形式技巧的基础上，更讲究声律规范；并且吸收了南朝乐府民歌语言明快、体式短小的特点，创造了一种音韵谐美、对仗工整、体制短小的新体诗，被称为"永明体"。"永明体"是古典诗歌从比较自由的"古体"逐渐走向格律严整的"近体"的一个重要过渡阶段。

在沈约、谢朓、王融、范云等这批永明体诗人的笔下，借助声律新变，山水诗也正式开始了从大谢、鲍照的"古体"向近体律诗的演变。

一　齐梁文宗沈约

沈约字休文，历仕宋齐梁三朝。在永明体诗人中，他年寿长，官位高，是齐梁诗坛上最具影响力的人物。

在诗歌理论上，沈约不仅提出"四声八病"之说，试图将诗歌声律规范化，而且还主张"三易"："易见事""易识字""易读诵"——这种主张显然是针对晋宋以来华旷艰涩的文风而发。他于诗体新变提倡最力，被后人誉为"千古诗道中最有关系之人"（吴淇《六朝选诗定论》）。不过，他本人的创作实践尚未完全摆脱宋诗的影响，明显处于古今体变异之际的过渡形态。

就山水诗创作来看，沈约基本上宗法大谢。例如《新安江至清浅深见底贻京邑游好》：

> 眷言访舟客，兹川信可珍。洞彻随清浅，皎镜无冬春。千仞写乔树，百丈见游鳞。沧浪有时浊，清济涸无津。岂若乘斯去，俯映石磷磷。纷吾隔嚣滓，宁假濯衣巾。愿以潺湲水，沾君缨上尘。

诗作于隆昌元年（494），当时诗人任宁朔将军东阳太守。这首诗基本上采用大谢山水诗的典型笔法：先叙游历之事，而后写景，赞美新安江的清澈可鉴，借以展示自己洁身自好、不同俗流的襟怀；最后以隐退山林之理，劝讽游好勿恋尘嚣。此诗的篇制体式虽然依傍大谢古体，但语言清新，风调清宛，与大谢的典丽重涩不同，所以陈祚明评曰："骤而咏之，沨沨可爱；细而味之，悠悠不穷。"（《采菽堂古诗选》）又如《早发定山》：

> 夙龄爱远壑，晚莅见奇山。标峰彩虹外，置岭白云间。倾壁忽斜竖，绝顶复孤圆。归海流漫漫，出浦水溅溅。野棠开未落，山樱发欲然。忘归属兰杜，怀禄寄芳荃。眷言采三秀，徘徊望九仙。

此诗章法体制也颇类大谢。其他如《登玄畅楼诗》《休沐寄怀诗》《宿东园诗》等，皆是沿袭大谢之体。陈祚明说"休文诗体，全宗康乐"（《采菽堂古诗选》），沈德潜所谓"篇幅尚阔，词气尚厚，能存古诗一脉"（《古诗源》卷二），指的便是这类山水之作。

不过，即使在这些"能存古诗一脉"的山水诗中，也可以看出沈约提倡声律新变的努力。例如《宿东园》诗中：

> 野径既盘纡，荒阡亦交互。槿篱疏复密，荆扉新且故。树顶鸣风飙，草根积霜露。惊麏去不息，征鸟时相顾。茅栋啸愁鸱，平冈走寒兔。夕阴带层阜，长烟引轻素。

《休沐寄怀诗》中：

> 临池清溽暑，开幌望高秋。园禽与时变，兰根应节抽。凭轩搴木末，垂堂对水周。紫萚开绿篠，白鸟映青畴。艾叶弥南浦，荷花绕北

楼。送日隐层阁，引月入轻帱。

这两首诗中的景物描写一连用了六组对句。在这些对句中，词义、词性、颜色等均一一相对，极其精工，而且音韵谐宛，是当时诗人讲求声律的实践。

值得注意的是，作为新体诗的力倡者，沈约除了在理论上提出声律说外，还试图在学习模拟汉魏古乐府的实践中，将一些乐府体制创变为五言八句，使之成为新体诗常用的一种新体裁。他将五言八句的"新体"广泛地运用于各类诗歌的创作中，其中也包括山水。例如《泛永康江》：

长枝萌紫叶，清源泛绿苔。山光浮水至，春色犯寒来。临眺信永矣，望美暧悠哉。寄言幽闺妾，罗袖勿空裁。

又如《饯谢文学离夜诗》：

汉池水如带，巫山云似盖。沔汨背吴潮，潺湲横楚濑。一望沮漳水，宁思江海会。以我径寸心，从君千里外。

这类山水之作的体式声调显然与大谢古体不同，虽然未臻圆熟之境，但已呈露出音调流丽、语言清浅的新面貌。

在沈约运用新体创作的山水诗中，写得比较成功的是《石塘濑听猿》：

嗷嗷夜猿鸣，溶溶晨雾合。不知声远近，惟见山重沓。既欢东岭唱，复伫西岩答。

此诗以简洁传神的笔墨勾勒出一幅山雾朦胧、猿声应和的画面，"不知""惟见""既欢""复伫"等富于民歌情味的句式，生动地描写出山水重叠，而猿声忽远忽近的情景，意境空灵而富于民歌风味。他还创作过一首《秋晨羁怨望海思归诗》：

分空临澥雾，披远望沧流。八桂暧如画，三桑眇若浮。烟极希丹水，月远望青丘。

云烟浩渺，秋水无涯，羁旅愁思于迷蒙的山水间缕缕而出，诗人远眺的身影隐没其中。此诗寓情于景，体制短小，五言六句虽非"近体"的标准体式，但诗人创制新体山水诗的尝试是非常有意义的。

沈约入梁，官至尚书左仆射，封建昌侯。他不仅以自己的理论倡导和创作实践来探索"新变"之路，建立永明体诗歌传统，而且以台辅之尊提倡文学，奖掖后学，推动齐梁诗歌新变。作为两代文宗，其地位不容忽视。

二　王融、张融等人的新体山水诗

王融字元长，也是永明年间的重要诗人。他创作过一些应诏诗，风格典雅涩重。但真正能代表他诗歌特色的是那些运用新体创作的诗篇，其中时有描状山水之笔。例如《临高台》：

> 游人欲骋望，积步上高台。井莲当夏吐，窗桂逐秋开。花飞低不入，鸟散远时来。还看云栋影，含月共徘徊。

此诗写登临所见景象，构图极有层次，满地鲜花、飞花、飞鸟及云月、楼影构成一种奇丽迷人的意境。诗中以云栋倒影随月移动的细节暗示出时间的流逝及登临者徘徊不去的情态，以"吐""逐""含"等字传写景物之神，都体现了永明体诗歌构思含蓄、琢辞精巧的特点。而此诗五言八句的体式，也正是永明体的常用形式。

钟嵘《诗品》称王融"词美华净"。他的诗歌语言精美简净，富于表现力，尤其擅长描状景物。例如：

> 芳草列成行，嘉树纷如积。流风转还径，清烟泛乔石。日汩山照红，松映水华碧。
>
> ——《栖玄寺听讲毕游邸园七韵应司徒教》

末二句以"红"写晚照中的山林，以"碧"写水中松影，都准确地捕捉到景物特有的色彩。又如：

> 翻阶没细草，集水间疏萍。芳春照流雪，深夕映繁星。

——《咏池上梨花诗》

末二句以映着春光的片片飞雪、夜空中的点点繁星来形容梨花的洁白繁茂，都极其鲜明生动。其他如"日霁沙溆明，风泉动华烛"（《渌水曲》）、"花余拂戏鸟，树密隐鸣蝉"（《后园作回文诗》）等，都充分表现了永明体诗歌造句精警、取意新巧的特点。

特别值得注意的是，王融现存诗歌中有几首山水小诗：

  林断山更续，洲尽江复开。云峰帝乡起，水源桐柏来。
——《江皋曲》

此诗描绘淮水源头的山水形胜。前二句写远景，写出了山水的邈远开阔；后二句写近景，写出了山势的突兀、水势的浩荡，构成了一幅笔墨淋漓、气象高远的山水画卷。又如：

  雪崖似留月，萝径若披云。潺湲石溜写，绵蛮山雨闻。
——《移席琴室应司徒教诗》

积雪泛光的山头、云雾缭绕的山径、汩汩山涧、淅沥山雨——诗人描绘了一幅有声有色的春山夜雨小景。这两首诗体制短小，对仗精致，声律谐美，明显见出永明新体诗的艺术特点。

王融之外，其他的永明诗人也创作过这种形式的山水写景小诗。比如孔稚珪的《游太平山诗》：

  石险天貌分，林交日容缺。阴涧落春荣，寒岩留夏雪。

前二句描写仰视所见之景，以险石密林遮蔽天日之状来突出其山之峻；后二句从俯视、远视的角度描写山麓及山顶的奇观，突出其山之阴冷幽深。又如张融的《别诗》：

  白云山上尽，清风松下歇。欲识离人悲，孤台见明月。

名为送别,却有三句写景。白云散尽、清风不来,传写出山林的宁静,暗寓友人去后的寂寞之情;而明月照孤台之景更渲染出心境的空寂,将离人之悲化为眼前之景,以景写情,以景作结,回味无尽。

上面所列举的山水小诗,其五言四句的形式显然是从南朝民歌体转化来的;所采用的语言也是从口语中提炼出来的,明白如话,清新自然。当时朝野上下喜好吴声西曲,文人乐于学习摹仿,或依傍其体,加以提高,或创变其体,制作新诗,广泛地运用于写景、咏物、抒情。他们尝试着采用与大谢古体全然不同的表现手法,以便在五言四句的短章中容纳尽篇幅长数倍的古体诗的内容。因此,这些山水小诗在篇章结构、艺术构思、取景选材等方面与大谢古体山水诗相去甚远,明显见出向"近体"过渡的特点,像张融的《别诗》已颇具唐人风韵。这是永明体诗人对山水诗发展的贡献。

三 范云:写景务求别致新巧

范云字彦龙,也是永明体的重要诗人。他的诗歌现存四十余首,多为新体诗,风格清丽婉转,被钟嵘比喻为"如流风回雪"。他的山水之作也表现出这一特点。

例如《之零陵郡次新亭》:

> 江干远树浮,天末孤烟起。江天自如合,烟树还相似。沧流未可源,高飘去何已?

从江天浑一、烟树莫辨的苍茫江景,兴起江流浩长、人如漂舟的感叹,情景宛然,回味无尽。又如《别诗》:

> 孤烟起新丰,候雁出云中。草低金城雾,木下玉门风。别君河初满,思君月屡空。折桂衡山北,摘兰沅水东。兰摘心焉寄,桂折意谁通?

以秋风、秋月、秋雁、秋草等景物渲染出迷惘低回、萧瑟凄清的气氛,抒写兰桂空折的别后之情。与此情调相近的还有《送沈记室夜别诗》《赠俊公道人诗》等,都是以清寒凄迷的秋山寒水来寄寓别情,都具有情景交融、造句精巧、风致清宛、声调谐美的特点。

范云善于运用精致的语言来表现自己对于自然景物的艺术感受，颇多新巧之意。例如"岩悬兽无迹，林暗鸟疑飞"（《巫山高》），以兽迹罕至、鸟飞迟疑来突出刻画山高林密；"仄径崩且危，丛岩耸复垂；石藤多卷节，水树绕蟠枝"（《登三山诗》），以山径仄危、重岩高悬、古藤攀石、树枝如虬来渲染三山的幽险荒僻；"寒沙四面平，飞雪千里惊；风断阴山树，雾失交河城"（《效古诗》），描绘出边塞特有的风光，"平""惊""断""失"四字下得颇为精切。其他如"平皋草色嫩，通林鸟声娇"（《治西湖》）、"桂叶竞穿荷，蒲心争出波"（《贻何秀才诗》）等，都可以见出范云写景务求新巧别致的特点。

第三节　谢朓：灵心秀口写山水

在永明诗人中，艺术成就最高的是谢朓，他以自己诗歌创作的实践完成了古体诗传统的转变，充分显示了永明体诗的历史地位和影响。后人也以此确定了谢朓的文学地位："玄晖诗变有唐风"（赵师秀《秋夜偶成》）、"开唐人一代之先"（吴淇《六朝选诗定论》）。

谢朓的成就主要在新体诗形式的建立和山水诗的创作两方面。我们所讨论的主要是后者。

一　情景对称，首尾圆合

谢朓的诗歌现存140余首，其中山水诗有30余首。

从结构形式上看，谢朓的山水诗大体上承袭了大谢的写作模式，甚至个别篇章如《游敬亭山》《游山》等，还有意摹仿大谢笔法。不过，在他的多数山水诗中，谈玄说理的成分已基本消失，而代之以抒情，从而从大谢"记事—写景—说理（兴情）"的模式中演变出一种情景对称的新格式，例如他的名作《晚登三山还望京邑》：

灞涘望长安，河阳视京县。白日丽飞甍，参差皆可见。余霞散成绮，澄江静如练。喧鸟覆春洲，杂英满芳甸。去矣方滞淫，怀哉罢欢宴。佳期怅何许，泪下如流霰。有情知望乡，谁能鬒不变？

此诗作于建武二年（495）赴宣城太守任途中。诗歌围绕着"望"字着墨。开首二句以王粲、潘岳故事发端，点出"还望京邑"的事由，含蓄地抒写自己不得不去国离乡的失意情怀。接下去六句写登高临江所望见的景致，最后六句则写由"望"而生发的故乡之思。全诗写景与抒情形成比较均衡的格局，而且二者构成有机的统一。诗人展眼望去，只见春日的阳光在其势欲飞的屋檐上闪动，京城内的建筑历历在目，"参差皆可见"——诗人的眷恋不舍之情尽在这五字之中。再看郊野景色。夕阳依山，彩霞万道，如锦似缎；长江清澈，风波不兴，宛如一条白练——"余霞"二句写春日黄昏景色之"静"，"喧鸟"二句则写其"动"。在诗人的笔下，夕阳、晚霞、江水、喧鸟、杂花构成了一幅动静相衬、绚烂多彩的画面，使人们强烈地感受到春天的色彩和声音，呼吸到春天的气息。然而面对如此生机勃勃的春景的却是一颗寂寞忧伤的游子之心，其情何堪！更何况傍晚飞鸟投林的景况，深深触动了诗人的乡思，顿生无边怅惘之情。归期渺茫，思乡不已，这满头黑发怎能不悄然染霜呢？触景生情，情景交融，使去国怀乡的主题得到深刻的表现。

上面这首诗所表现的结构形式上及风格上的特点，在谢朓的不少作品中都可以看到。在很多情况下，谢朓正是利用这种情景对称、首尾圆合的结构形式，巧妙地完成情与景的自然过渡，营造出情景融会一体的艺术境界。再举几例：

> 首夏实清和，余春满郊甸。花树杂为锦，月池皎如练。如何当此时，别离言与宴。留杂已郁纡，行舟亦遥衍。非君不见思，所悲思不见。
>
> ——《别王丞僧孺》

前四句极写暮春初夏繁花似锦、月色如练的景致，后六句则转为抒写离情之深苦，以满目鲜活的景色来反衬满怀凄苦的离情。

> 余雪映青山，寒雾开白日。暧暧江村见，离离海树出。披衣就清盥，凭轩方秉笔。列俎归单味，连驾止容膝。空为大国忧，纷诡谅非一。安得扫蓬径，锁吾愁与疾。
>
> ——《高斋视事》

前四句写雪景,后八句表达出厌倦官场、向往归隐的情愫。景的清旷淡远与情的萧散落寞相互生发,自然浑成。

总而言之,谢朓在承袭大谢山水诗传统的基础上加以变革,发展出一种新的结构形式;在这种结构形式中比较彻底地排除了"说理"成分,从而有效地避免了大谢山水诗中常有的"典正可采,酷不入情"的弊病。

二 情景交融,浑然成境

如前所说,谢朓借助新的结构形式摆脱了玄言的干扰,避免了篇章割裂。然而仅仅依靠章法结构是营造不出情景交融的艺术境界。在这里,起关键作用的是诗人要以独具的匠心手眼取景造象,敏锐地捕捉外在景物独特的审美特征,使之与某种特定的情绪处于"共振"状态;只有在这种"共振"状态中才可能完成情景交融的艺术境界的营造。大谢山水诗之所以篇章割裂,固然与采用的写作模式有关,更重要的是,在他的创作视野中情与景通常不是处于均衡的对等地位。他诗中的"情"带有明显的宣泄性,主观色彩太强烈,难以入景;他诗中的"景"虽然是客观山水的生动写照,闪烁着悟性之光,却未能与某种特定的情绪有机地联系起来,再加上玄佛之言,情与景的不协调在所难免。

从前面所举的《晚登三山还望京邑》中可以看出,谢朓擅长以"我"眼中之景传写"我"心中之情。即他诗中的"情"不是主观情绪的自然宣泄,而提炼为一种艺术情感;他诗中的"景"已不是客观的摹写,已经过心灵的筛选,具有了特定的审美个性。谢朓正是通过对"景"与"情"的精心组合,使二者处于和谐共振的状态,相互生发,达到情景交融的艺术境界。于是他笔下的山水景物带着浓郁的抒情色彩,隐现着一个抒情主人公的形象。比如《之宣城郡出新林浦向板桥》:

> 江路西南永,归流东北骛。天际识归舟,云中辨江树。旅思倦摇摇,孤游昔已屡。既欢怀禄情,复协沧州趣。嚣尘自兹隔,赏心于此遇。虽无玄豹姿,终隐南山雾。

这首诗写在诗人出任宣城太守途中。江舟向西南方向逆水而上,江水则往东北方向奔流。一个"西南永",一个"东北骛",字里行间隐隐透露出诗人内心的怅惘及无奈。江面上帆影点点,那是归去的船只,云雾中勉强能辨别出江畔的树林,而树林之后则是金陵啊!诗人用"识""辨"二字十分精当地描摹出行客伫立船首、极目回眺的专注神情,虽是写景,但是"隐然一含情凝眺之人,呼之欲出"(王夫之《古诗评选》卷五)。在开头四句中,诗人用清隽的文笔勾画出浩渺的江流,飞逝的归舟,朦胧的江树……画面中萦绕着宦游他乡的哀愁。诗歌最后一句"终隐南山雾"与首句呼应,令人仿佛看到那只小船载着诗人正沿着没有尽头的江路缓缓荡去,将隐没在云雾缭绕的远山深处。全诗以景寓情,情景浑然,韵味清隽,确实是"灵心妙悟,觉笔墨之中,笔墨之外,别有一段深情名理"(沈德潜《说诗晬语》)。显而易见,在这首诗中情与景是处在一种和谐对等的状态,与大谢迥然不同。

由此可见,谢朓山水诗具有一个明显特点,即他擅长筛选具有审美个性的自然景物,在写景的同时融入自己的某种人生感受,使这种人生感受以最恰当的艺术方式表现出来,从而造成动人的艺术效果。上面所举的几首诗都有这个特点。值得注意的是,谢朓在诗中抒发的人生感受往往带着鲜明的个性特征,是一种个体经验的独抒。他的仕宦生涯充满了风险,时有性命之忧;他个性软弱,既慕荣华,又畏祸患,于进退之际不能决断。因此,他的心灵经常陷于矛盾冲突、彷徨不定的境地。像前面所举的《之宣城出新林浦向板桥》一诗中就表达了既留恋京邑,又庆幸自己能够远离是非旋涡的复杂心情。在其他一些诗歌中他也以寓情于景的方式抒写着内心的矛盾、忧虑。比如《暂使下都夜发新林至京邑赠西府同僚》:

> 大江流日夜,客心悲未央。徒念关山近,终知返路长。秋河曙耿耿,寒渚夜苍苍。引领见京室,宫雉正相望。金波丽鳷鹊,玉绳低建章。驱车鼎门外,思见昭丘阳。驰晖不可接,何况隔两乡?风云有鸟路,江汉限无梁。常恐鹰隼击,时菊委严霜。寄言尉罗者,寥廓已高翔。

此诗作于永明十一年(493)秋。当时谢朓为隋王刘子隆文学,深受赏爱;后被长史王秀之密告朝廷,进谗言陷害,于是谢朓从荆州隋王府被召回下都建业,在途中作此诗,写沿途所见之景和内心感受,表达了对西府同僚和隋王的留恋之情,同时透露出对奉召回京的疑惧及对前途的深重忧心。

诗歌的开首二句即一句写景，一句写情，苍茫的大江和浩长的悲心相互融汇激荡，造成一种苍凉气氛笼罩全诗，被人称为"妙绝"。秋河耿耿，寒渚苍苍，是秋江夜行所见之景；金波鹢鹊，玉绳建章，是引领遥望京城所见之景——一个是旷逸清寒，一个是富丽壮观，迥然不同的景色自然触发诗人"徒念关山近，终知返路长"的叹息。风云鸟路、江汉无梁则是以意想之景浓浓地点染出诗人对遥隔两乡的西府的眷恋。全诗通过对大江、秋河、寒渚、江汉等自然景物与京城风物的交替描写，微妙地传递出置身政治风波之中的复杂心情：既留恋隋王府，又欣慰远离谗害；既欣喜京室在望，又忧虑来日吉凶莫测。怀着"常恐鹰隼击"的忧心，他期待着从此能像鸟儿一样自由飞翔。全诗起势苍莽，结势高远，悲思与日夜不息的江流俱长，忧心与苍茫无边的夜色并重，营造出情景交融的艺术境界。

又如《观朝雨》中以"朔风吹飞雨，萧条江上来……空蒙如薄雾，散漫似轻埃"的茫茫雨景，牵引出"动息无兼遂，歧路多徘徊"的现实感受；《和宋记室省中》以"落日飞鸟还，忧来不可极"起首，以飞鸟暮归之景逗出深重的思归之情；《落日怅望》中以"寒槐渐如束，秋菊行当把"的暮秋景致勾出节物之感和羁旅之思，萧散的景色与落寞的心情融然一境。

总而言之，谢朓善于抓住林木山川的审美特征来描绘，使之协调于、服务于心中特定的情绪，从而改变了大谢"寓目辄书"、不加筛选、疏于裁剪造成的冗长繁芜；又由于他有意识地对"情"与"景"加以精心组合，寓情于景，景中含情，从而改变大谢篇章割裂、情景游离的弊端。谢朓开创了情景交融的山水诗传统。

三　简净明快，清俊秀雅

谢朓对大谢山水诗传统的变革发展不仅表现在结构形式、情景关系的处理、艺术境界的营造上，也表现在语言风格、写景技巧等诸多方面。

大谢山水诗以富丽精工见称，而小谢则清隽淡雅。大谢多采用重涩典雅的书面语言，小谢的诗歌语言则简净明快。大谢模山范水侧重在勾勒景物的形貌，小谢则细致地表现景物的各种动态，传写出景物的情态意趣。试举几例：

>　　宛洛佳遨游，春色满皇州。结轸青郊路，回瞰苍江流。日华川上动，风光草际浮。
>
> ——《和徐都曹出新亭渚》

绚烂的阳光随江波荡漾，在草尖闪耀，日华、波光、草色汇成一股浓郁的春色、一股生气勃勃的春意，令游人满目满怀。诗人以"日华"之"动"，"风光"之"浮"传写出春天特有的生机，令满川满原的景物皆活动起来。

>　　轻蘋上靡靡，杂石下离离。寒草分花映，戏鲔乘空移。
>
> ——《将游湘水寻句溪》

以水中杂石清晰可辨，岸边寒草倒影分明来写出秋水的清澈澄静，更以游鱼戏水如在空气中移动的错觉写秋水的透明若虚。

>　　远树暧阡阡，生烟纷漠漠。鱼戏新荷动，鸟散余花落。
>
> ——《游东田》

既以疏淡之笔勾勒出阔大迷蒙的远景，又以工笔点染精美的近景，远近相衬，浓淡错落，构成一幅意境淡远的画面。诗人在近景的描绘中，巧妙地抓住游鱼触动新荷、飞鸟撞散余花的细节，暗示出春尽夏来的节候变化，笔致隽秀。另外，像"朔风吹飞雨，萧条江上来"（《观朝雨》），写出了风吹雨飘、飞掠大江的气势；"秋河曙耿耿，寒渚夜苍苍"（《暂使下都夜发新林至京邑赠西府同僚》），描绘出秋天拂晓时分河水泛光、夜色犹深的特定情景。其他如"夏木转成帷，秋荷渐如盖"（《后斋迥望》）、"川霞旦上薄，山光晚余照"（《和萧中庶直石头》）、"塘边草杂红，树际花犹白"（《送江水曹还远馆》）、"叶上凉风初，日隐轻霞暮"（《临溪送别》）、"寒槐渐如束，秋菊行当把"（《落日怅望》）等，这类的秀句佳章在谢朓的诗作中屡见不鲜，生动地反映着谢朓对大自然景物细致而贴切的观察力，以及他对大自然内在意蕴的敏锐感应。

　　因此，谢朓山水诗虽不及大谢的深秀厚重，却也避免了大谢的板滞生涩。他对山水景物的描写笔触细而不弱，语言丽而不靡，画面疏朗而有韵致，形成了清俊秀雅的独特风格。

四 巧用"新体"状山水

谢朓诗歌享誉当时，沈约说"二百年来无此诗也"（《南齐书·谢朓传》），刘孝绰"常以谢诗置几案间，动辄讽味"（《颜氏家训·文章》），梁武帝甚至说："三日不读，即觉口臭。"谢朓之所以令时人折服，与他创立永明体之功直接相关。

就山水诗而言，谢朓多数山水诗是沿用大谢古体。但是，也有一些篇什明显见出"新体"的迹象，如前面引用的《高斋视事》《别王丞僧孺》等。再举一例：

> 洞庭张乐地，潇湘帝子游。云去苍梧野，水还江汉流。停骖我怅望，辍棹子夷犹。广平听方籍，茂陵将见求。心事俱已矣，江上徒离忧。
>
> ——《新亭渚别范零陵云》

此诗正如何焯所言："全首以《楚辞》点缀而成，自然风流潇洒，既有兴象，兼以故实。"（《义门读书记》）从体式上看，这首诗篇幅远比大谢之体为短窄，仅有十句，且除末尾二句外，通篇对仗工致，笔法凝练，音律和谐，与古体显然不同，实属新变短制。其他如《游东田》《治宅》等，也与此篇相类似。

谢朓山水之作中也有一些八句之章。试举二例：

> 积水照赪霞，高台望归翼。平原周远近，连汀见纤直。葳蕤向春秀，芸黄共秋色。薄暮伤哉人，婵媛复何极。
>
> ——《望三湖诗》

> 山中上芳月，故人清樽赏。远山翠百重，回流映千丈。花枝聚如雪，芜丝散犹网。别后能相思，何嗟异封壤。
>
> ——《与江水曹至干滨戏诗》

其体式、声调、风韵，仿佛唐人五律之格，与大谢古体山水篇什相去甚远。

还值得注意的是，谢朓诗作的"新变"不止于篇制的变革。有的山水作品虽属古体，但构篇立意、状物造景、遣词造句等，都体现着诗人"新变"的艺术追求。胡应麟曾指出：

> 六朝句于唐人，调不同而语相似者："余霞散成绮，澄江净如练"，初唐也；"金波丽鳷鹊，玉绳低建章"，盛唐也；"天际识归舟，云中辨江树"，中唐也；"鱼戏新荷动，鸟散余花落"，晚唐也。
>
> ——《诗薮·外编》

他所征引的例句，全是出自谢朓笔下的山水名句，可见前人说"玄晖诗变有唐风"，确是有识之见。

黄子云曰："玄晖句多清丽，韵亦悠扬，得于性情独深，虽去古渐远，而摆脱前人习弊，永、元中诚冠冕也。"（《野鸿诗的》）这是对谢朓诗歌创作的整体评价，自然也包括他的山水诗。他建立了情景交融的山水诗传统，语言自然清新，风格清隽秀雅，声调谐美圆转，与大谢等颇异其趣。这便是他在山水诗方面的主要贡献。

第四节　梁陈时期的山水诗创作

萧梁紧承齐代，不少永明时期的重要作家如沈约、范云、任昉、萧衍等都由齐入梁，直接把永明体带入梁代诗坛。这批入梁的永明体诗人地位尊荣，其创作活动对后进新秀颇具影响力，因此诗体新变在更广泛的范围推进。

从总体上看，梁陈时期的诗歌创作视野狭窄，艺术感受灵敏而纤细，艺术风格轻艳柔靡。他们在永明体的基础上，进一步追求诗歌声韵、格律、对仗、用典等形式技巧的娴熟完美，并将宫苑山池、春悲秋愁、风花雪月、观舞听伎、人体服饰等各类题材大量地引入诗歌中，从而使诗歌进一步"新变"。尽管他们"新变"的努力主要在形式美上，而不可能在思想内容上有深度的开拓，不免"伤于轻艳"；但是在他们的笔下，"古体"向"近体"的过渡逐渐完成——初唐气象就是在梁陈诗歌的流风逸韵中渐渐凸显出来。自然，山水诗的创作也在这个过程中完成了向"近体"的转化。

梁陈时期比较重要的山水诗人有萧纲、萧绎、何逊、吴均、阴铿等。

一 萧纲、萧绎诸人：构思新巧，体物工细

梁简文帝萧纲是对梁中叶以后诗风影响最大的人物。他自称"七岁有诗癖，长而不倦"，风行梁陈的"宫体诗"就是因他为东宫太子时周围的文学侍从及他本人的创作而得名。他长期生活在宫苑中，狭窄的生活视野限制了他的诗境，灵敏的想象力则使他的篇什表现出文思纤巧、造境别致的特点。

萧纲现存的作品中，山水之作有三十余篇。诸如《经琵琶峡》《入淑浦》《玩汉水》《登城北望》《登烽火楼》等。试举二例：

> 杂色昆仑水，泓澄龙首渠。岂若兹川丽，清流疾且徐。离离细碛净，蔼蔼树阴疏。石衣随溜卷，水芝扶浪舒。连翩泻去楫，镜澈倒遥墟。聊持点缨上，于是察川鱼。
>
> ——《玩汉水》
>
> 由来历山川，此地独回邅。百岭相纤蔽，千崖共隐天。横峰时碍水，断岸或通川。还瞻已迷向，直去复疑前。夕波照孤月，山枝敛夜烟。此时愁绪密，荧魂逝九迁。
>
> ——《经琵琶峡》

前一首写泛舟汉水、悠然垂钓的情景，后一首描绘琵琶峡的险峻之势。其笔法尚存几分古意，但体式气格俨然"新体"。萧纲的山水写景之作大多以山池苑林为对象，例如：

> 竹水俱葱翠，花蝶两飞翔。燕泥衔复落，鹍吟敛更扬。卧石藤为缆，山桥树作梁。
>
> ——《和湘东王首夏诗》
>
> 乌栖星欲见，河净月应来。横阶入细笋，蔽地湿轻苔。草化飞为火，蚊声合似雷。
>
> ——《晚景纳凉诗》
>
> 轻露沾悬井，浮烟入绮寮。檐重月没早，树密风声饶。池莲翻罢叶，霜筱生寒条。
>
> ——《秋夜诗》

这类风格的景句在他的笔下屡见，满纸月露风云之状，笔触纤巧，刻画精致，构句工致；但是境界窄小，缺乏高华气象，不免伤于琐细轻冶。这是萧纲山水诗的明显不足。

不过，他也有一些山水小诗写得清丽如画：

> 泛水入回塘，空枝度日光。竹垂悬扫浪，凫疑远避樯。
>
> ——《入溆浦》

垂竹接水，惊凫避舟，于回塘的幽静之中透出自然生趣，饶有情味。

> 星芒侵岭树，月晕隐城楼。暗花舒不觉，明波动见流。
>
> ——《夜游北园》

写星光黯淡、月色昏黄之夜的小景：花朵悄然开放，水波随光泛动。可见诗人观察之细切。这类山水小诗构图简净，笔致素雅，颇有清隽之韵。

值得注意的是，萧纲创作过不少五言八句的乐府诗，是摹仿南朝乐府民歌的声情风韵而作的新体诗，其中有的篇什具有唐代五律常用的首尾抒情、中间四句写景的格式。例如：

> 杨柳乱成丝，攀折上春时。叶密鸟飞碍，风轻花落迟。城高短箫发，林空画角悲。曲中无别意，并是为相思。
>
> ——《折杨柳》
>
> 龙丘一回首，楚路苍无极。水照弄珠影，云吐阳台色。浦狭村烟度，洲长鸟息游。荡逐归春心，空怜无羽翼。
>
> ——《龙丘引》

这类作品虽尚有民歌遗韵，但其体制气格声情已相当接近五律山水诗了。

萧纲之弟梁元帝萧绎也创作过不少山水诗。比较有代表性的是《赴荆州泊三江口》：

> 涉江望行旅，金钲间彩游。水际含天色，虹光入浪浮。柳条恒拂岸，花气尽薰舟。丛林多故社，单戍有危楼。叠鼓随朱鹭，长箫应紫

骝。篷舟夹羽軰,画舸覆缇油。榜歌殊未息,于此泛安流。

此诗作于萧绎赴荆州刺史任途中。诗歌的开头与结尾都写行旅的威仪排场,颇有气派。与王者出巡的声势相应,诗中先以大笔勾勒了水天一色、波光粼粼的开阔画面,又点缀以柳条拂岸、野花吐香的细部描绘,并在远景上描出故社、戍楼,暗示出三江口作为军事要塞的特殊形貌,使三江口的山川形胜生动具体。此诗境界比较阔大,笔调丽而不靡,尚有气势。另外《自江州还入石头诗》《早发龙巢诗》都描写舟行江上所见两岸景物,笔力较乃兄粗放。

萧绎的山水诗多用新体制作,同样表现出对仗工致、声律和谐、语言简净的特点。例如:

桂潭连菊岸,桃李映成蹊。石文如濯锦,云飞似散珪。桡度菱根反,船去荇枝低。帆随迎雨燕,鼓逐伺潮鸡。

——《泛芜湖诗》

除开头二句外,其余全用对句,对偶精致。诗中用"濯锦"形容纹石,以"散珪"形容飞云,颇有新意。后四句写舟行湖上、水草相缠、禽鸟相逐的情景,也很真切生动。其他如"柳絮飘晴雪,荷珠漾水银"(《登江州百花亭怀荆楚诗》)、"戏蝶时飘粉,风花乍落香"(《后临荆州诗》)、"树杂山如画,林暗涧疑空"(《巫山高》)、"寒沙逐风起,春花犯雪开"(《关山月》)等,都表现出词语清浅、立意新巧的艺术追求。

与萧纲、萧绎唱和的诗人有萧子云、庾肩吾、刘孝绰等,均有山水写景之作。其中庾肩吾作品较多,水平较高。例如他的《寻周处士弘让》:

试逐赤松游,披林对一丘。梨红大谷晚,桂白小山秋。石镜菱花发,桐门琴曲愁。泉飞疑度雨,云积似重楼。王孙若不去,山中定可留。

写景精细,属对工整,笔致疏淡,意境幽雅。其他的"迥岸高花发,春塘细柳悬"(《奉和泛舟汉水往万山应教》)、"寒云间石起,秋叶下山飞"(《游甑山》)、"野旷秋先动,林高叶早残"(《赛汉高庙诗》)、"遥天如接岸，远帆似凌空"（《和晋安王薄晚逐凉北楼回望应教诗》）等，都是运用琢句精工、声调和谐的对句，简捷明快地勾勒出自然景物的特征。刘孝绰的《夕逗繁昌浦》也是一首不错的山水诗：

> 日入江风静，安波似未流。岸回知舳转，解缆觉船浮。暮烟生远渚，夕鸟赴前洲。隔山闻戍鼓，傍浦喧棹讴。疑是辰阳宿，于此逗孤舟。

开首二句发唱惊挺，颇有谢朓起句遗韵。写景远近动静相映，暮烟、夕鸟、戍鼓、棹讴，成功地传写出日暮江上特有的声响氛围。另外萧子云的《落日郡西斋望海山》则以淡雅的笔调描绘了一幅夕阳余晖中的山水小景：

> 渔舟暮出浦，汉女采莲归。夕云向山合，水鸟望田飞。蝉鸣早秋至，蕙草无芳菲。故隐天山北，梦想日依依。

暮色中的山云、水鸟、鸣蝉、蕙草迷漫着一种宁静闲淡的气氛，令人油然而生归隐山林之念。

此外，王籍的《入若耶溪》值得特别提出：

> 艅艎何泛泛，空水共悠悠。阴霞生远岫，阳景逐回流。蝉噪林逾静，鸟鸣山更幽。此地动归念，长年悲倦游。

此诗是作者任湘东王参军时在会稽游若耶溪而作。文词清宛，声韵流美，创造出一种幽静恬淡的境界。诗中第三联采用"蝉噪""鸟鸣"之动来表现山林之静，正如钱锺书所说："寂静之幽深者，每以得声音衬托而愈觉其深"（《管锥编》），因此这二句大受后人激赏。王籍所创造的"寂处有音"的写景手法也给后代诗人以宝贵的启迪。

二 何逊：融羁愁别情于山水

何逊，字仲言，是梁代山水诗创作成就最高的一位诗人。他早年曾得范云赏识，结为忘年交，沈约也说每读何诗"一日三复，犹不得已"。

何逊的山水诗语言清丽，情致深婉，颇有小谢的风致。如《下方山》：

寒鸟树间响，落星川际浮。繁霜白晓岸，苦雾黑晨流。鳞鳞逆去水，弥弥急还舟。望乡行复立，瞻途近更修。谁能百里地，萦绕千端愁。

诗歌的前六句写破晓前的山川景致：寒鸟初惊，晓星映水，白霜覆岸，浓雾迷江，生动地描绘了一幅秋江晓图。后四句则刻画了诗人归途将尽、怀乡更切的情状。因怀乡不眠而"望乡"，因"望乡"而见晨曦将露时分的江景；而满怀乡愁则随着山川景物在曙光中渐渐凸显而越来越浓烈，情景交融，意蕴隽永。又如《慈姥矶》：

暮烟起遥岸，斜日照安流。一同心赏夕，暂解去乡忧。野岸平沙合，连山远雾浮。客悲不自已，江上望归舟。

首联大笔勾勒出暮烟弥漫、斜日江流的苍茫景象，以烘托乡思的浓郁深长，自然转入第二联的赏景解忧。第三联描绘慈姥矶一带景色，以"合"字写野岸平坦，与沙滩遥接之状，以"浮"字写晚雾涌动，连山隐现之状，颇为真切。旷远凄迷的川原之景令人悲情难禁，故而"江上望归舟"。沈德潜评末联："己不能归而望他舟之情，情事黯然。"(《古诗源》卷一三) 如此收尾，情景俱佳，有味之无穷的余韵。全诗写景抒情交错用笔，相互激发，营造出感人至深的艺术境界。总之，何逊的山水诗笔致淡雅，写景细微生动，情与景谐，婉转深长，正如陆时雍所评："语语实际，了无滞色。其探景每入幽微，语气悠柔，读之殊不尽缠绵之致。"(《诗镜总论》)

刘勰《文心雕龙·物色》："自近代以来，文贵形似，窥情风景之上，钻貌草木之中。吟咏所发，志惟深远；体物为妙，而功在密附。故巧言切状，如印之印泥，不加雕削，而曲写毫芥。"极貌状物，追求巧似，可以说是南朝诗人共同的创作倾向。不过，由于艺术天分、艺术感受力、艺术才能的差异，"巧似"造成的艺术效果是很不相同的。或役字模形，生硬刻板，"如印之印泥"，全无生动之气；或逞才为之，丽辞满纸，刻意雕削，全失自然之韵。而何逊笔下的山水景物刻画精微而不失其自然本色，当属个中高手。例如：

>   风光蕊上轻,日色花中乱。
>
> ——《酬范记室云》

一个"轻"字、一个"乱"字将微风轻拂、阳光在花朵上跳动闪烁的情景描绘得准确生动,"轻"之静、"乱"之动,相映生趣。又如:

>   薄云岩际出,初月波中上。
>
> ——《入西塞示南府同僚》

云,唯其薄而轻,舒卷自如,所以"岩际出",飘逸徐缓之态尽现;月,唯其初升,所以"波中上",月光随波涛涌动,银光四溢之态尽现。薄云出岫之静态,初月跃波之动感,构成大自然特有的生命律动,扣人心弦。正因为这二句传写出大自然本质的美,所以成为千古传诵的写景名句,杜甫曾用入《宿江边阁》诗。再如:

>   露湿寒塘草,月映清淮流。
>
> ——《与胡兴安夜别》

露珠湿润的寒草,冷月映照的清流,构成了富有层次的画面,营造出一种清旷深远的境界,意蕴隽永。"湿"字于静寂中透露出自然界细微的变化,"映"字则于江流律动中提示着自然界的永恒。这样的山水景句给读者提供的远不止刺激感官的美感享受,还以其对大自然本质的形象描绘而给人以哲理的启迪。写景秀句的生命力和艺术价值正在于此。

何逊笔下的写景秀句令人应接不暇。精巧传神的有:"轻烟淡柳色,重霞映日余"(《落日前墟望赠范广州云》)、"远天去浮云,长墟斜落景"(《望廨前水竹答崔录事》)、"的的帆向浦,团团月映洲"(《日夕望江山赠鱼司马》)等;细致幽微的有:"落花犹未卷,时鸟故余声"(《春暮喜晴酬袁户曹苦雨》)、"天暮远山青,潮去遥沙出"(《登石头城》)、"天末静波浪,日际敛烟霞;岸荠生寒叶,村梅落早花"(《南还道中送赠刘咨议别诗》)等;写清远高旷之景的有:"长飚落江树,秋月照沙溆"(《赠江长史别诗》)、"萧散烟雾晚,凄清江汉秋;沙汀暮寂寂,芦岸晚修修"(《还渡五洲诗》)、"远江飘素沫,高山郁翠微"(《仰赠从兄兴宁寘南诗》)

等;写自然野趣的有:"岸花临水发,江燕绕樯飞"(《赠诸游旧》)、"游鱼乱水叶,轻燕逐风花"(《赠王左丞》)、"飞蝶弄晚花,清池映疏竹"(《答高博士》)等。

总之,何逊能够以敏感的艺术心灵去捕捉山水景物的审美特征,经过精思巧撰,创造出一种自然生动的艺术境界。所以后人赞誉他:"何逊诗以本色见佳,后之采真者,欲摹之而不及。陶之难摹,难其神也;何之难摹,难其韵也。"(陆时雍《诗镜总论》)认为何逊之"本色",可与陶渊明齐肩,这是极高的评价。陶之本色出于天然无饰,何之本色则出于人工而合于自然。能够以"巧言切状"的技巧而获得"本色"之美,即以艺术手法创造出新的自然境界,不露人工痕迹——这是成熟的唐诗所达到的美学境界。而何逊的贡献正在于他比同时代的诗人都更接近于唐诗的境界,他以自己的艺术探索、以自己精巧而"本色"的景句为唐人提供了达到这一境界的法门。这就不难理解杜甫为什么服膺何逊,说"能诗何水曹",并一再把他的写景名句采入己诗,自言"颇学阴何苦用心"。

事实上,何逊在永明体的基础上,进一步"新变",有的山水之作已初具唐人气象。例如:

客心愁日暮,徙倚空望归。山烟涵树色,江水映霞晖。独鹤凌空逝,双凫出浪飞。故乡千余里,兹夕寒无衣。

——《日夕出富阳浦口和朗公》

中间两联写景鲜明生动,自然清新,是传诵千古的佳句;且音韵和谐流转,声调已接近五言律诗。只需将首尾调整,便俨然是唐人声口了。又如:

早霞丽初日,清风消薄雾。水底见行云,天边看远树。且望汍溯剧,暂有江山趣。疾兔聊复起,爽地岂能赋。

——《晓发》

全篇对仗,属句工稳,声调流转,字字玑珠,古意荡然,渐入近体。另外,何逊还创作过一些五言四句小诗,流丽清新,例如:

柳黄未吐叶,水绿半含苔。春色边城动,客思故乡来。

——《边城思》

客心已百念，孤游重千里。江暗雨欲来，浪白风初起。

——《相送》

构思、撰句、造境等，仿佛唐人五绝。这说明，在由"古"转"近"的环节中，何逊的文学地位不能低估。

最后要指出的是，何逊山水诗的体式多样。除了创制新体，写作了大量篇幅短小的作品外，还有一些篇幅较长的篇什，例如《日夕望江山赠鱼司马》《入西塞示南府同僚》《送韦司马别》《南还道中赠刘咨议别》等。在这些诗篇中写景抒情交错为用，递结紧凑，转折自然。状景毕肖，佳句迭见；吐情能尽，情与景谐。这些山水诗虽用"古体"，但造景新巧，对仗精工，声韵谐调，仍可见出诗人穷力追新的匠心经营。试举《日夕望江山赠鱼司马》为例：

溢城带溢水，溢水萦如带。日夕望高城，耿耿青云外。城中多宴赏，丝竹常繁会。管声已流悦，弦声复凄切。歌黛惨如愁，舞腰疑欲绝。仲秋黄叶下，长风正骚屑。早雁出云归，故燕辞檐别。昼悲在异县，夜梦还洛汭。洛汭何悠悠，起望登西楼。的的帆向浦，团团月映洲。谁能一羽化，轻举逐飞浮。

这类型山水诗介乎"古体"与"新体"之间，何逊以"古"出"新"的尝试为唐人五古的创作提供了有益的借鉴。

三　吴均：笔力清健，诗境高阔

吴均字叔庠，与何逊同时。他的诗歌在当时诗坛上别树一帜，"清拔有古气"，有学之者，称为"吴均体"。不过，吴均之"古气"主要体现在诗歌的内容及风格上。当时诗坛"连篇累牍，不出月露之形；积案盈箱，唯是风云之状"（李谔《上隋高祖革文华书》），多咏物写景之作。而吴均创作了大量以游侠、戍边为题材的作品，意气纵横，笔力雄放，与时尚不同，故而"有古气"。其实就形式而言，吴均的作品多采用新体，有的甚至已入律。

吴均的山水之作不算多，但是颇有特点。试举几例：

> 树响浃山来，猿声绕岫急。旅帆风飘扬，行巾露沾湿。深浪暗蒹葭，浓云没城邑。不见别离人，独有相思泣。
>
> ——《赠王桂阳别诗》其三

首联写树涛震峡、猿啼绕岫，景象凄切；第三联写浪深草长、云浓城没，笔调沉重。与齐梁诗人通常的轻灵婉转、清艳流丽明显不同。

> 落叶思纷纷，蝉声犹可闻。水中千丈月，山上万重云。海鸿来倏去，林花合复分。所忧别离意，白露下沾裙。
>
> ——《赠鲍春陵别诗》

此诗写秋日伤别之情。中间两联写景。千丈深水中的明月，万重高山上的浮云，以简净的笔墨勾勒出秋高气爽、天宇辽阔的境界；而海鸿之来去、林花之分合既是写秋日之景，又暗寓人生行踪不定、离合难期。如此境界于寂寥中透出清爽之气，与齐梁多数山水赠别之作的婉约格调不同。其他如《酬周参军诗》、《酬闻人侍郎别诗》其二、《至湘洲望南岳诗》等，风格类似。

总之，与梁陈其他诗人相比，吴均山水诗最明显的特点即是境界高阔，笔力清健。他的诗歌中境界壮阔、气韵高远的佳句颇多，例如：

> 秋月照层岭，寒风归高木。
>
> ——《答柳恽诗》
>
> 白云闲海树，秋日暗平原。
>
> ——《酬别江主簿屯骑诗》
>
> 雁渡章华国，叶乱洞庭天。
>
> ——《寿阳还与亲故别》
>
> 水传洞庭远，风送雁门寒。
>
> ——《酬周参军诗》
>
> 白日辽川暗，黄沙陇坻惊。
>
> ——《酬郭临丞》

上述景句语言清峻，笔调遒劲，气势流动，与"属词婉约，缘情绮靡"

（王筠《昭明太子哀策文》）的时尚大异其趣。吴均写景不以精巧取胜，也不着意"寻虚逐微"，与其他永明体诗人不同。不过，他采用的诗体却是典型的永明体，对仗工致，个别的对句已具唐人气象，如上所引。

当然，吴均山水诗中也有一些轻倩流丽之作。例如《送柳吴兴竹亭集诗》：

> 平原不可望，波澜千里直。夕鱼汀下戏，暮羽檐中息。白云时去来，青峰复负侧。踯躅牛羊下，晦昧崦嵫色。王孙犹未归，且听西光匿。

在无际平原、千里长河的大背景上，细笔点染上"夕鱼""暮羽"之动态，以及"白云""青峰"之静态，然后勾画出夕阳中牛羊下山的景象，将山野暮色特有的氛围传写得真切生动，文笔清省。另外《山中杂诗三首》，也颇为清逸，如其一：

> 山际见来烟，竹中窥落日。鸟向檐上飞，云从窗里出。

描写落日景象，整个画面透出一股飘逸出尘的气韵，表现出诗人闲淡自得的情怀。对仗工稳，笔触轻灵，沈德潜评曰："四句写景，自成一格。"（《古诗源》）吴均也有个别景句如"轻云纫远岫，细雨沐山衣"（《同柳吴兴何山集送刘余杭》）、"青云叶上团，白露花中泫"（《诣周承不值因赠此诗》）、"朝花舞风去，夜月窥窗下"（《赠周散骑兴嗣诗》）等，炼字工细，出语尖新。

不过总体来说，吴均的山水诗写景多阔景、多大笔，以气势取胜。

与吴均唱和的柳恽也创作过一些山水诗，不乏可读之章。

四 擅长写江景的阴铿

由梁入陈的诗人中，创作山水诗成就最突出的是阴铿。

阴铿诗风清俊秀雅，构思精巧新隽，以写景见长，尤其擅长描写江上景色。例如《渡青草湖》：

> 洞庭春溜满，平湖锦帆张。沅水桃花色，湘流杜若香。穴去茅山

近,江连巫峡长。带天澄迥碧,映日动浮光。行舟逗远树,度鸟息危樯。滔滔不可测,一苇讵能航。

这是阴铿的代表作之一,描写渡青草湖所见瑰丽景色。诗歌开头八句以酣畅的笔墨挥洒出洞庭湖连山带峡春水潋滟、烟波浩渺的开阔画面。"行舟"以下四句写小舟越湖的情景:孤帆远影碧空尽。它仿佛逗留在水天之际的树畔,一动不动;飞鸟越湖力怯,不得不栖息在高高的桅杆顶端。一叶扁舟,数只飞鸟,点缀在广阔无垠的湖面上,大小相形,大者愈见其大,小者愈见其小。于是诗人很自然地发出深沉的感慨:洞庭湖水滔滔,宽不可测,一叶扁舟怎能渡过呢?全诗对仗工整,遣词造句颇见匠心,但雕琢无痕,不失自然之韵。而且境界开阔,色泽鲜明,声调清亮,气势浩大,在梁陈时代堪称殊响。

又如《晚出新亭》:

大江一浩荡,离悲足几重?潮落犹如盖,云昏不作峰。远戍唯闻鼓,寒山但见松。九十方称半,归途讵有踪?

诗人将落潮、昏云、戍鼓、寒松等景物组合成一幅意境萧索的《寒江孤征图》,笔触洗练,形象鲜明。尤其是"远戍"二句,通过江阔云昏之时的闻见浓重地渲染出"离悲"气氛。虽是写"离悲",然而起句雄壮,自有一股豪宕之气贯注全诗,故而只觉声情苍凉,并无低回缠绵之感。何逊也多写江上别情,语气悠柔,情致深绵,与阴铿殊自不同。

《五洲夜发》描写江舟夜行的情景:

夜江雾里阔,新月迥中明。溜船惟识火,惊凫但听声。劳者时歌榜,愁人数问更。

首联写夜江朦胧、新月高悬的高远清旷之景,次联转而写夜雾行舟的独特景致,唯凭渔火移动、惊凫夜啼,方能觉察船行,深得其理。末联转为写人,"数问更"三字写尽了"愁人"长夜寂寞、烦闷无聊的情态。全篇对句,对偶精致工巧,写景真切如画,抒情含蓄委婉,情景融然,别有韵致。

总之，阴铿的山水诗具有境界开阔，笔致清隽，声调清亮的特点，明显与轻冶绮丽的时尚有别。

吴均的山水诗虽然亦称境界阔大，但写景有时失于粗疏。而阴铿写景锤炼工致，构句精细新颖，极注重整体意境的经营，追求情境俱佳的艺术效果。例如《江津送刘光禄不及》中：

鼓声随听绝，帆势与云邻。泊处空余鸟，离亭已散人。林寒正下叶，钓晚欲收纶。

以鼓声渐远、帆势入云的渺远之景烘托出送者目极天际的深情。以泊处栖鸟、秋风落叶、渔钓晚归的萧瑟之景渲染送者内心的孤凄、失落。《开善寺》中写道：

莺随入户树，花逐下山风。栋里归云白，窗外落晖红。古石何年卧，枯树几春空？

诗人以莺、花、云、晖四景点染出一幅幽深静谧的山寺图。诗中几个动词"随""逐""归""落"都用得精妙，不仅准确地刻画了景物之动态，而且"动"中有"静"，更渲染出山寺深沉的寂静。"何年卧""几春空"的设问更增添了神秘幽渺的气氛。这些地方都可见出阴铿构思、琢词的不凡功力。

阴铿写景多用白描手法，笔触洗练，笔调疏淡；但时有鲜亮之笔，显示出作者调和色彩的独具匠心。例如"棠枯绛叶尽，芦冻白花轻"（《和傅郎岁暮还江州》）二句，暗绛色的棠叶和洁白的芦花对比鲜明，使单调萧瑟的寒江冬景也透出缕缕生意。又如"水随云渡黑，山带日归红"（《晚泊五洲》）二句，落日之血红与山影水色之黝黑形成鲜明的色调对比，渲染出黄昏特有的浓郁情调，给人强烈的视觉感受。这些写景技巧手法，都给唐人提供了有益的借鉴。所以杜甫不仅自称"颇学阴何苦用心"，而且夸赞李白："李侯有佳句，往往似阴铿。"

陈代诗人中陈叔宝、张正见、徐陵、江总等都创作过一些山水诗，但总体成就不高，无甚特色。

第五节　北朝的山水诗创作

北朝的文人诗坛一直比较冷落。北魏末到北齐时期出现了号称北地三才的温子升、邢劭、魏收；北齐后期又有一批文人如萧悫、颜之推、阳休之、李德林、卢思道、薛道衡等陆续被召入文林馆撰集，成为一时盛事，其中有的人还由齐入周。这是北朝文学比较活跃的时期。但是，正如北朝的思想文化学术始终接受南朝影响一样，北朝的诗文创作也基本上是规范齐梁，亦步亦趋，没有什么独创性。而且由于文化传统及诗人文化素养的差异，多数诗人对齐梁诗风的摹作尚处于较低的水平上，少有佳作。山水诗创作的情况也大抵如此。

北朝山水诗创作艺术水平比较高的，是由南入北的一些诗人，如北齐的萧悫、颜之推，北周的王褒、庾信等。他们大多数能够创造性地运用南朝诗歌形式来处理新的生活题材，抒写北地风物及个人实感，使作品表现出南北文化融合的特点。其中成就最突出的是庾信。

一　萧悫等北齐诗人的山水诗

北齐三才的写景之作摹仿南朝的痕迹是很明显的。比如温子升的《春日临池》中：

　　光风动春树，丹霞起暮阴。嵯峨映连壁，飘飘下散金。

描绘春日傍晚雨后天晴的霞光。邢劭的《三日华林园公宴》中：

　　新萍已冒沼，余花尚满枝。草滋径芜没，林长山蔽亏。

这些诗句状物细致入微，字词琢炼工丽，对仗整齐，全仿南人声口手笔。

魏收不以诗名世，不过他有一首《棹歌行》：

　　雪溜添春浦，花水足新流。桃发武陵岸，柳拂武昌楼。

尚称清新生动，颇似齐梁小乐府风情。

北齐诗人中写景技巧比较纯熟的是由梁入齐的萧悫。其诗今存十七首，风格清绮流丽。他的代表作《春庭晚望》：

> 春庭聊纵望，楼台自相隐。窗梅落晚花，池竹开初笋。泉鸣知水急，云来觉山近。不愁花不飞，到畏花飞尽。

诗中以窗外落梅、池边新笋以及泉鸣、云飞等景物渲染出无限春光和蓬勃生意，而诗人别具慧眼，从满目春色中看到将来的一片肃杀，发出了"花飞尽"的感叹，含蓄地流露出山水长在、人生短暂的感伤情绪。全诗文词清丽，笔调疏淡，韵致深永。他的另一首作品《秋思》的前半部写秋景：

> 清波收潦日，华林鸣籁初。芙蓉露下落，杨柳月中疏。

一反以凋花衰草传写飒衰秋意的俗套，而以盛开的芙蓉在秋露下凋落，稠茂的柳影在秋月下已渐稀疏——以盛夏景物的变化来传递秋的信息，于清艳中透出秋的萧散，构思新颖。此诗语言琢炼工致，意境清华不俗，因此《许彦周诗话》评曰："锻炼至此，自唐以来，无人能及也。"如此推崇，不免失当，但此诗确是一篇佳作。

萧悫诸诗俱是南人声口，齐梁体格。不过，偶尔也透露出北地气息，如"钟声扬别岛，旗影照苍流"（《奉和济黄河应教诗》）、"野禽喧曙色，山树动秋声"（《和崔侍中从驾径山寺诗》）等景句，笔力苍劲，与南风有别。由此可见出由南入北的诗人在融合南北文化上所做的尝试。像颜之推的"马色迷关吏，鸡鸣起戍人"（《从周入齐夜度砥柱》），也颇带北地凄怆之色。

北人摹仿齐梁体式而创作的山水之作，多数缺乏创意，但偶有佳篇。例如刘逖的《秋朝野望》：

> 驻车凭险岸，飞盖历平湖。菊寒花稍发，莲秋叶渐枯。向浦低行雁，排空转噪乌。若将君共赏，何处减城隅。

诗歌描绘了秋日远望平野所见景色，选取了寒菊、枯莲、飞雁、噪乌等四种景物，构成一幅秋意浓郁的生动画面，有秋色，有秋声，于萧散中流露着生机野趣。全诗对仗工整，丽而不靡。《颜氏家训·文章》载：席毗曾嘲笑刘逖的文章，说他如同春花而自比为"千丈松树"，刘逖回答"既有寒木，又发春华，何如也"。此诗即有春花寒木之格。又如祖珽《望海》：

> 登高临巨壑，不知千万里。云岛相接连，风潮无极已。时看远鸿度，乍见惊鸥起。无待送将归，自然伤客子。

此诗写登高望海，境界比较开阔。"远鸿"一联虽是写眼前之景，但暗寓客子之思，与末尾自然衔接，情景相谐。胡应麟评祖珽诗"绰约有南朝风"（《诗薮·杂编》卷三），不过此诗于南朝体式中已微露北地声息。

二　王褒、卢思道：妙写塞北风光

王褒字子渊，本是梁朝重臣，江陵失陷后，被俘至长安，从此羁留北地，终身未能南返。

其诗今存五十余首，多写羁旅愁思和边塞风光。他在梁朝时曾作《燕歌行》，"妙尽塞北寒苦之状，元帝及诸文士并和之，而竟为凄切之辞"（《北史》卷八三）。诗中将大漠风尘与洛阳春光穿插描写，抒写征夫思妇别情之苦，于旖旎风光中透露出一些苍凉之气，当是诗人早期融合南北诗风的尝试之作。他擅长运用永明体创作以边塞游侠为题材的乐府诗，对边塞山川风物多有描写。例如《关山月》：

> 关山夜月明，秋色照孤城。影亏同汉阵，轮满逐胡兵。天寒光转白，风多晕欲生。寄言亭上吏，游客解鸡鸣。

此诗起调颇高，领起一股苍茫之气笼罩全诗。诗人通过对寒天秋月的影、形、光、晕的联想及描绘，传递出关山孤城特有的肃杀之气，经营出苍莽空漠的意境。又如《饮马长城窟行》中写道：

> 雪深无复道，冰合不生波。尘飞连阵聚，沙平骑迹多。昏昏垄坻月，耿耿雾中河。

描绘北地冬日尘沙弥漫的黄昏景象；《出塞》中的"塞禽唯有雁，关树但生榆"等，都具有北国风情，真实生动。

乐府之外，王褒也写过一些其中多有描状山水的诗。例如《别陆子云》：

> 解缆出南浦，征棹且凌晨。还看分手处，唯余送别人。中流摇盖影，边江落骑尘。平湖开曙日，细柳发新春。沧波不可望，行云聊共因。

初日东升、新柳吐绿的早春湖上风光明媚动人，气象宏丽；使"沧波"无极、"行云"寄意的依依别情中透出开朗乐观之调，如此山水赠别之作，在齐梁是不多见的。又如《奉和赵王途中五韵诗》：

> 飘飘映车幕，出没望连旗。度云还朔阵，回风即送师。峡路沙如月，山峰石似眉。村桃拂红粉，岸柳被青丝。锦城遥可望，回鞍念此时。

"峡路"一联描写大漠荒远之景，以"月"字状沙丘之形，以"眉"字写远处山峰之状，都极准确形象，突出了边塞绝域风物的特点。"村桃"一联写郊野明媚之景，一派塞外江南风光，清新悦目。而风格迥然不同的景物同呈篇中，于粗犷衰飒之笔中见出清妍柔媚，别具特色。其他如"塞近边云黑，尘昏野日黄"（《送刘中书葬》）、"云生圹垗黑，桑疏蓟北寒"（《赠周处士》）等，都以边塞特有"黑""黄"色调来涂抹出山川风物的苍莽厚重，给人以深刻印象。

王褒也有一些山水小诗，例如：

> 中峰云已合，绝顶日犹晴。邑居随望近，风烟对眼生。
> ——《云居寺高顶诗》

写山中阴晴变化、风烟弥漫的景象，自然生动。

> 送人亭上别，被马枥中嘶。漠漠村烟起，离离岭树齐。落星侵晓没，残月半山低。
> ——《始发宿亭诗》

村烟低迷,岭树朦胧,晓星将隐,残月斜挂,作者将拂晓时分的景色描绘如画,而别离之情寓于凄清景色中。这类小诗显然与齐梁诗风同调。

总之,王褒擅长以对仗工整、音律和谐的形式来刻画北地山川风物,将羁愁离情、侠胆雄心寓于苍凉的景象中,技巧娴熟,笔力劲健。不过,诗中寄慨不深,缺少个性色彩,自然少有扣人心弦的艺术感染力。

卢思道字子行,是北齐后期的著名诗人,齐灭后入周。他写过一些赠别、咏物之作,时有山水之笔。例如:

极野云峰合,遥嶂日轮低。尘暗前旌没,风长后骑嘶。
——《赠刘仪同西聘诗》
亭皋落照尽,原野沍寒初。鸟散空城夕,烟销古树疏。
——《游梁城诗》

多为平野风烟、苍山落照、荒石枯草等一类衰飒荒寒的景物,于清疏的笔调中透出肃杀之气,与南朝的清绮妩媚有所不同。

三 庾信对山水诗意境的开拓

庾信字子山,是北朝成就最高的一位诗人。他早年仕梁,梁元帝承圣三年(554),他奉命出使西魏,到了长安。正在这时,西魏攻陷江陵,捕杀元帝。从此庾信被强留在长安,历仕西魏、北周,终身未能南返。

庾信在梁朝时是重要的宫体诗作家,诗风清绮。羁留北方后,痛苦的生活经历使他的思想感情发生很大变化,形成了一种苍劲悲凉的独特风格。所以杜甫说:"庾信文章老更成,凌云健笔意纵横。"(《戏为六绝句》)独特的人生经历玉成了庾信,使他有幸成为南北诗风合流的代表人物。南朝诗歌创作的全部技巧如声韵、对仗、用典、炼字等被他锤炼得精熟老到,他那些"清新""老成"(杜甫评语)的诗篇使永明年间即开始的由"古体"转向"近体"的变革,达到了一个最新水平,所以后人说"庾信之诗,为梁之冠绝,启唐之先鞭"(杨慎《升庵诗话》),又称他"集六朝之大成"(《四库全书总目提要》)。

他的山水诗创作也比较有特色。

庾信早期的山水写景之作笔致轻灵,描状精细,风格秀雅。例如《奉和山池》中的二联:

> 荷风惊浴鸟,桥影聚行鱼。日落含山气,云归带余雨。

荷上轻风拂过,惊动了浴鸟;桥影映水寂然不动,聚拢一群游鱼。一个"惊"字,一个"聚"字,写活了鸟鱼的情态,也生动地传写出秋日山池的幽寂。又如《咏画屏风诗》其十九中写道:

> 路高山里树,云低马上人。悬崖泉溜响,深谷鸟声春。

山路盘旋,仿佛掠过树梢而上,云彩皆在人马之下,而泉鸣鸟叫萦绕耳畔——将骑马山行的情景描绘得极其真切,与唐代李白的"山从人面起,云傍马头生"(《送友人入蜀》)有同调之妙。再如《咏画屏风诗》其二十二写道:

> 竹动蝉争散,莲摇鱼暂飞。面红新著酒,风晚细吹衣。

作者准确地描绘了竹林间蝉儿惊散、莲丛中鱼儿蹿出水面这一刹那间的动态,传写出大自然的活力,饶有生趣。以上两首虽是咏画,但诗人运用以真写画的表现方法,所写的都是他对真山真水的真切体验。所以也可当作山水诗看。这些景句,都足见庾信敏锐的观察力、新颖的构思及炼字造句的功力,绝不输于齐梁其他诗人。

更重要的是,庾信在全面继承齐梁诗人写景技巧经验的基础上,颇有独创,不囿于时尚。齐梁人写景注重琢句之巧、构思之新,而缺乏深蕴,加之题材单一,故而山水写景之作往往流于俗套,清婉流丽,却失于浮薄柔媚。而庾信的一些山水写景之作则不一味追求语言清浅流丽,"间秀句以拙词",雅中杂俗,经营出一种古拙厚重之美。例如《喜晴》中写道:

> 雨住便生热,云晴即作峰。水白澄还浅,花红燥更浓。

真切地描绘了盛夏雨后热气蒸腾、云散峰现、水更澄清,花更火红的景色,语言拙朴,似口语率意而出,与齐梁人的刻意琢句显然有别。又如"涧底百重花,山根一片雨"(《游山诗》)、"雪花深数尺,冰床厚尺余"

(《寒园即目》)、"山长半股断,树古半心枯"(《别庾七入蜀》)、"山明疑有雪,岸白不关沙"(《舟中望目》)等景句,均采用家常语,以拙字钝句勾画山川景物,绝无雕镂之痕,于朴拙之中见出庾信独特的"老成"之致,与齐梁的镂刻之美大异其趣。

当然,庾信的"老成"之致不仅见于语言,更缘于其人生经历所决定了的诗歌内涵。庾信长期羁留北地,生活环境发生了很大变化,创作视野之开阔及题材之丰富,都是其他诗人比不上的。尽管梁陈诗人的笔下多有边塞风光,但多为想象之词,失之纤秀工巧,不离山池苑林之格。庾信则不同。他对北国风光目击身历,有真切的了解,或送人出征,或观武射猎,或随师征伐,大漠、荒原、关山等山川风物挟带着粗犷、浑厚之气大量进入他的诗中,不仅使他的诗歌于"清新"之外别开"老成"之境,而且更添一种苍凉凄壮的风韵。例如《和赵王送峡中军诗》:

> 楼船聊习战,白羽试扮军。山城对却月,岸阵抵平云。赤蛇悬弩影,流星抱剑文。胡笳遥警夜,塞马暗嘶群。客行明月峡,猿声不可闻。

山城空对弯月,陡岸如阵,遥接平云,胡笳鸣咽,塞马暗嘶——诗人以苍劲的笔触勾勒出弥漫着浓烈的征战气氛的山川风物,惨淡凄凉。又如《奉报赵王出师在道赐诗》:

> 上将出东平,先定下江兵。弯弓伏石动,振鼓沸沙鸣。横海将军号,长风骏马名。雨歇残虹断,云归一雁征。暗岩朝石湿,空山夜火明。低桥涧底渡,狭路花中行。

前三联赞美将军出征的军威军容,"雨歇"以下六句则描绘征途景致:雨后残虹,一雁孤征,暗岩幽湿,空山夜火,过桥渡涧,路狭花繁,着意刻画景物的凄艳之美,笔力矫健。

庾信后期的山水诗,在体裁上也呈现多样化。除了五言古体山水诗数量质量较高之外,五言绝句最是清新可喜,其中就有一些出色山水绝句,例如:

石影横临水，山云半绕峰。遥想山中店，悬知春酒浓。

——《山斋》

　　树似新亭岸，沙如龙尾湾。犹言吟溪浦，应有落帆还。

——《望渭水》

或写对山中隐居生活的向往，或抒乡关之思，状景真切，不用典故，景中自然融入情思，已接近唐人五绝的风致，其中第二首已完全合律，较之王融、谢朓的五言小诗，纯为即景抒情，已无拟作乐府民歌的痕迹。

　　总体来看，庾信的山水诗不算多，但在题材、体裁、表现手法、艺术风格方面都有独到之处，对唐代王绩、"四杰"、李白、杜甫的诗歌包括山水诗创作，都有直接和较大的影响。

第二编

山水诗的第一个艺术高峰

绪　言

　　把唐代山水诗的成就确认为整个中国山水诗发展历程中的第一个高峰期，如若不是出于艺术自然进化的机械艺术史观，也不是出于所谓唐代乃封建社会之鼎盛时期的既定历史发展观，那就意味着还有许多问题随着这一确认而需要被说明和解答。之所以一开始就这样说，又是因为，在学人乃至普通人的心目中，唐代的文学艺术——不管哪一艺术门类——都是登峰造极的，而其所以能如此的原因，人们又都习惯于到当代社会之政治经济的大背景中去寻找。于是，长期以来，大致上形成一种文学史艺术史之历史阐释的模式，似乎唐代文学艺术的辉煌是唐代的特产，离开了唐代特定的政治经济条件，离开了特定的文化生活氛围，这种辉煌便不复可能。这就使我们不禁想要打一个未必贴切的比方，某一品种在新的气候土壤条件下被培植成功，当我们就此事作出评价时，究竟应该强调此一品种的适应性强生命力旺盛呢，还是应该强调对此一品种来说属于生存条件的新的气候土壤的有益生长呢？我们想，大多数人一定会认为，这两者是应该同时被强调的。不仅如此，如果再沿用内因外因的辩证关系这一思路来作分析，那么，人们在旧品种与新条件相并重的同时，兴许会格外关注于品种本身的生命力。不言而喻，对于唐人来说，山水诗当然是一个旧品种（请注意，此处所谓"旧"绝无陈旧之义，而只有故旧之义）。唯其如此，山水诗在唐代的造极鼎盛，首先不能不说与山水诗这一诗歌品种的艺术生命力之持久旺盛有关。而山水诗的艺术生命力，说到底，乃是诗人之山水诗心的生命力。山水诗心，包含着多方面的内容，就其要者而言，则不外是对自然山水本身的喜好和"窥情风景之上"（《文心雕龙·物色》）从而构想风景诗语的喜好。在魏晋南朝之际，诗人之所以有山水胜情，除了政局动荡而又社会离乱所导致的士人隐避心理因素外，游心太玄的超然，养生游仙的迷狂，体佛山居的神思，相整合而作用于士人心理，从而才有了宜置丘壑之中的精神指向。待到隋唐一统，社会日益安定，士人的趋世心理显然已大于隐避心理，在一个热望于功名事业的时代，士人竟然对山水之美保持着不衰的兴趣，这就充分说明，那促使前此士人生成山水之好的诸般文化心理因素，依然存在。雅意林壑，性爱丘山，作为一种诗意化的人格风范，已形成超越时代的价值内容。与此相应，雅意林壑的精神指向的诗艺化——对景语诗美的追求，遂亦形成跨越时代而承传的诗学传统。正是在上述认识的基础上，我们在具体描述并分析唐代山水诗的艺术成就之前，有必要郑重说明，所谓"第一个高峰"，绝不是平原拔地而起的突兀奇观，而是层层登攀步步升高而渐近壮伟。换言之，唐人是站在巨人的肩膀上造极鼎盛的。

而在我们看来，有必要形象地把"艺术高峰"同时理解作静态观照意义上的"峰群"和动态分析意义上的"峰势"。从而，唐代山水诗的辉煌成就，其实就体现在它是对前此山水诗传统的第一次集大成和对后此山水诗传统的第一次新开拓。在这里，必须说明的是，所谓集成与开拓，实质也就是整合与创变，而这一切，主要是就山水诗的审美质量而言的。不言而喻，生活在大唐之世这种疆域辽阔、社会安定（在与前此魏晋南北朝相比较的意义上）中的诗人，其可能摄入诗意心眼的自然景观，自然要比生活在分裂动乱之世者来得丰富而全面，然而，山水诗史家的眼光，尽管不能不注意到这偏写一隅与遍写南北东西之间的差别，却尤其应该关注于怎样写和写得怎么样的问题。也正是出于这样的认识理性，我们更多地关注于唐代诗人的山水诗心在美学内蕴和艺术思维上的丰富性和精粹性。尤其是山水诗美与盛唐气象的关系，因此成为最有诱惑力的探讨课题。从总体上看，由山水诗所体现出来的盛唐气象，既是后世王夫之所谓"以写景之心理言情"（《夕堂永日绪论·内编》）而至于"兴象玲珑""无迹可求"者，又是前世陆机"恒患意不称物，文不逮意"（《文赋·序》）之终于无所遗憾者。此外，还是南朝"巧构形似"之终于巧得无一点迹象者。如果说上述这些都属于艺术表现之造诣，那么，在美学风格上，只有浑朴精粹四字才得以状其体势。盛唐山水诗人以一种最朴素自然的语言实现了曲尽物态与妙写心境兼得而美的诗学目的，以一种最平和坦然的风度体现出兼容并蓄而高瞻远瞩的时代精神。盛唐气象，是"平常"与"非常"的有机合一，充满世间人情味与现实生活感的山水意境之中，不着痕迹地蕴含着诗人对自然景观的敏锐把握和精确描绘,在仿佛是无所拣选的自然叙写中,诗人以高度的安闲从容举重若轻地寄托着自信自足的文化意识。而所有这一切,在思维态势上,其实恰恰是对魏晋以来整个文化思想领域之关键课题的辩证解决。从玄学中的"言尽意"与"言不尽意"之辨,到文学中的"踵事增华""繁富"与"清省""省净"之辨①,思辨时代的对立观念以及其论辩格局,浸入诗文化领域而被继续下来,并最终以实践的方式得到合乎士人理解的解决。所有这些,我们当然要在具体章节中作详尽的论述。这里,只是提前强调,所谓盛唐气象,并不只意味着昂扬向上充满活力的文化气质和时代意识。

论唐诗者,"四唐"之说,可谓历久而弥新,而"四唐"之中,初唐诚然是盛唐之准备,但中唐却并非盛唐之余响。实际上,无论是从整个诗歌风貌着眼,还是仅就山水诗而言,中唐风貌,皆呈现出强烈的创变色彩。这种创造性变化的具体内容,可以简要地概括为审美的探险与逸品的定位。实际上,从偏向于"青山""白云"之山水意象类型的大历山水景观开始,就已然开始了对山水"逸品"的定位。虽然后人习惯于以"王、孟、韦、柳"来概括山水田园诗派的基本特征,并以为这一特征即在清淡风格,实际上这种看法是并不准确的。即以清淡风格而言,王、孟之作,并无有意为此的迹象,而韦、柳之作,则是在自觉地追求清而幽的境界。有鉴于此,那以主体意志的萧散淡远和山水意象的清冷幽深为主要内涵的"逸品"格调,在盛唐王、孟那里只是溶解在从容安详中的活性因素,而在韦、柳那里便凝定为明确的范式。山水"逸品"的定位,是一种文化行为。而这一文化行为的时代驱动力则是中唐之际由柳宗元主要体现出来的"统合儒、佛"的文化观念,以及主要体现于韦应物之精神风貌的"气象近道"之"静"(参见朱熹《清邃阁论诗》)。由此"逸品"之定位而发展下去,遂有了晚唐司空图的美学思想和山水诗境。而与此"逸品"之定位相对峙,中唐韩、孟诸子笔下的山水景观,则是主观创意指向上的艺术探险。正是此创意上的探险,借审美形式的陌生化而发现山水之新景观,其已非昔日王昌龄论山水诗境而所谓"了然境象"(《诗格》),亦非张彦远所谓"既知其了,亦何必了"(《论画》),而是以"笔补造化"的主体

---

① 如钟嵘曾提到当时人曾以大谢之"繁富"为有"累"诗美,而钟嵘却以为谢诗"繁富其宜",于此可以窥知彼时诗美品鉴中的对立两面。

意志来穷极"了然境象"之艺术指向,从而新造出与晋唐(指南朝晋宋到初盛唐的诗史阶段)之自然写照迥然有别的山水创意之美。在排除例外又不忽略细节的前提下,以大体脉络而言,唐代山水诗的前后特征之变,即写照与创意之变。

山水创意,主要表现在对曲尽山水物态的不满足上,盛唐山水诗境中那天然物态与诗人意态的自然融合,至此被冲破,诗人意态的纵恣像激素一样注入自然物态,从而山水意向亦为之而重新被组合安排,重新被形容刻画。于是,就真正有了风景依旧而诗意常新的可能,也正是在这个意义上,中唐山水诗美具有下开有宋一代风貌的意义。如果说宋代山水诗是山水诗史上的"第二个高峰"的话,那么,中唐之际,便已然云气暗通,故而唐宋两个高峰之间,自有一种双峰互倚、借重而美的微妙关系。

综上所述,是为唐代山水诗之构成与发展的简明解说。不言而喻,具体在下文中展开的内容,要远比这里的解说丰富生动得多。但这种提要性的解说也是必不可少的。

第一章 初唐:傍城心态与营构匠心

初唐,是一个相对模糊的概念。尤其是在诗歌艺术史之嬗变的意义上,初唐与盛唐之间,只可能有一个模糊的界限。如诗人张说及其门生张九龄,就明显地属于初、盛之过渡期的诗人,并以其特殊的地位发挥着文脉诗韵的承传作用。也正是鉴于这种情况,我们愿意采用这样的分期标准:初唐,意味着宫廷诗氛围中池苑园林之类的吟赏,并继而将这种吟赏所得的艺术经验推广到羁旅行役与送行赠别之际的情景构造中去。从而,在总体上,初唐的山水诗,属于受傍城心态之制约而积淀营构匠心的性质。

第一节 诗心:在都城与林亭之间

一 偏向都城的初唐歌吟

一般说来,一个新王朝建立之际,作为统治者,必有收拢人心之举,而作为被收拢吸引者,则多兴发出对新政权的期望与向往之心。士大夫文人尤其如此。而尤其需要注意的是,就像唐太宗"指麾八荒定,怀柔万国夷"(《唐太宗集·幸武功庆善宫》)的诗句所表述的那样,功业成就的辉煌带来了壮伟阔大的襟怀,从而形成一种新时代的自得自信,首先在气势上压倒了陈隋以来的固有文风。这种气势,还不可能一下子就遍布四野八荒,因为气势作为文学精神因子的传播,需要一批批作家诗人来完成,而在他们有意传播之前,必然先要有一个感受过程。唯其如此,就有了两样后果。其一,这种新时代的气势,首先是在宫廷中充盈散发,因此有了以颂圣歌功为中心意念的宫廷诗;其二,这种气势,亦体现于作为政治文化中心的皇都气象,因此亦有了与汉代都城大赋有一定渊源关系的初唐都城歌吟。

　　初唐七言歌行，诚如许多学者所指出，具有明显的"赋化"倾向。实际上，这首先是因为诗人具有"赋化之心"。尽管在诗人的都城歌吟中无不包含着世事沧桑的感慨，但就像人们品评汉大赋时总不免要说其"劝百讽一"一样，其歌吟之主要内容，依然是对都城之壮伟辉煌的颂美式惊叹。"山河千里国，城阙九重门。不睹皇居壮，安知天子尊"（骆宾王《帝京篇》），歌颂帝都就是歌颂天子，而歌颂天子实在于咏颂自身的功业理想。而正因为其实际上是在歌吟自己的功业理想，所以，由长期的历史经验的积淀所形成的成败福祸其相依相生的深沉感喟，也就同时抒发而出。"节物风光不相待，桑田碧海须臾改。昔日金阶白玉堂，即今唯见青松在。"（卢照邻《长安古意》）"古来荣利若浮云，人生倚伏信难分。始见田窦相移夺，俄闻卫霍有功勋。"（骆宾王《帝京篇》）"君看旧日高台处，柏梁铜雀生黄尘。"（王勃《临高台》）"路逢故老长叹息，世事回环不可测。昔日青楼对歌舞，今日黄埃聚荆棘。山川满目泪沾衣，富贵荣华能几时。"（李峤《汾阴行》）不言而喻，由于都城（李峤《汾阴行》所涉及之汾阴，虽系小城，但汉武帝曾于此祭祀后土，故亦等于特定意义上的政治中心）作为政治文化中心的特殊地位，遂使得关于都城的盛衰主题必然要引动士人关于整个人生社会的盛衰感慨。对中国民族来说，一部漫长的政治文化演变史，不也正具体生动地映现在都城的盛衰迁徙之中吗？然而，都城诗中的盛衰感喟，绝不意味着诗作者对都城繁华以及与此相关的荣达的反感。说透了，这正是诗作者在面对历史经验和现实感召时所产生的一种矛盾心理的表现。当然，和那些宫廷应制性质的作品相比，这些歌行体的都城诗，又表现出主体意识上的一定程度的间离。卢照邻《长安古意》结句云："寂寂寥寥扬子居，年年岁岁一床书。独有南山桂花发，飞来飞去袭人裾。"这里，显然呈示出对清寒自守而游心翰墨者的价值肯定。实际上，正是这种自矜于书卷清香的间离心理，使他们具备了对都城奢侈的批判意识，同时也使他们具备了企求功名、希企荣华而又不忘清淡自守的超然精神。

　　尽管如此，这些有别于宫廷诗的都城诗作者，他们对于山水自然的心态，却又大异于"宜置丘壑中"的晋宋雅士。如果说南朝"山水方滋"之际，士人每有去市朝而择"山居"的心态，那么，此时，则又有了另一种意义上的"归去来兮"。当年谢灵运在《山居赋》序文中写道："古巢居穴处曰岩栖，栋宇居山曰山居，在林野曰丘园，在郊郭曰城傍，四者不同，可以理推。"谢灵运无疑是选择了"山居"方式的，他和他的山水诗较丘园抒写者更深入于山水，从而也就具有开发山水美资源并付诸诗歌描写的开拓性成就。而在其前前后后，一大批同样性好山水的文人雅士，却未必都和他一样地选择"山居"。即以大谢之后的小谢而言，钟惺便尝指出："玄晖以山水作都邑诗，非唯不堕清寒，愈见旷逸。"（《古诗归》卷一三）而谢朓自己在《之宣城郡出新林浦向板桥》诗中也有过"既欢怀禄情，复协沧州趣"的表白。正是这种兼综并育的复杂心态，使诗人每每取一种介于都城与山水之间的独特眼光，而其所描绘刻画的风景美物，便往往是"城傍"的郊郭风貌，山水形胜与都邑建筑并存而相互映发，清远之美与华丽之美相得而益彰。而值得人们去寻味的是，兴盛于六朝的园林建造和游园艺术，所反映的正是这样一种心态。只是，就六朝园林而言，又有两种不同的风格。一种是具有宫廷建筑风格的豪华园林，如石崇造于西晋都城洛阳西北郊的金谷园，"其制宅也，却阻长堤，前临清渠。柏木几于万株，流水周于舍下。有观阁池沼，多养鱼鸟。家素习技，颇有秦赵之声。"（石崇《思归引序》）其游园之会，乃是"昼夜游宴，屡迁其坐。或登高临下，或列坐水滨。时琴瑟笙筑，合载车中，道路并作。及位，令与鼓吹递奏。遂各赋诗，以叙中怀"（《世说新语·品藻》注）。这分明是一种豪奢享受与山水愉悦并存并育的园林文化。而另外一种风格，则就如庾信《小园赋》之所形容："岂必连闼洞房，南阳樊重之第；绿墀青琐，西汉王根之宅？余有数亩敝庐，寂寞人外，聊以拟伏腊，聊以避风霜。虽复晏婴近市，不求朝夕之利；潘岳面城，且适闲居之乐……名为野人之家，是谓愚人之谷。"一言以蔽之，六朝园林，已然显露出"王公之宅"和"野人之家"的区别，尽管"野人之家"亦有"近市""面城"的性质（文化性质），但在价值趋向上，其又以"野人"之心态而颇近自然，相形之下，那"王公之宅"却是亲近于朝市的。

入唐以后，公私园林之建，相沿而盛。但引起我们注意的是，值初唐之际，诗人之留意于山水林泉之美者，也每以兼综都邑为心，而其心态之内蕴中，乃弥散着如同石崇金谷之游的奢华讲求。且看陈子昂的《晦日宴高氏林亭并序》：

夫天下良辰美景，园林池观，古来游宴欢娱众矣。然而地或幽偏，未睹皇居之盛；时终交丧，多阻升平之道。岂如光华启旦，朝野资欢。……列珍馐于琦席，珠翠琅玕；奏丝管于芳园，秦筝赵瑟。冠缨济济，多延戚里之宾；鸾凤锵锵，自有文雄之客。总都畿而写望，通汉苑之楼台；控伊洛而斜趋，临神仙之浦溆。则有都人士女，侠客游童，出金市而连镳，入铜街而结驷。香车绣毂，罗绮生风，宝盖雕鞍，珠玑耀日。于时律穷太簇，气淑中京，山河春而霁景华，城阙丽而年光满。淹留自乐，玩花鸟以忘归；欢赏不疲，对林泉而独得。伟矣！信皇州之盛观也。岂可使晋京才子，孤标洛下之游；魏氏群公，独擅邺中之会。

试将这种多得于骈俪之美的文字对照于"四杰"所作都城歌咏诸篇，读者将生出何等样的感想！其间，分明有一种欲将"地或幽偏"之园林游宴移向郊郭之傍以"睹皇居之盛"的意识。同样的意识，此外还有表述，陈子昂《秋日遇荆州府崔兵曹使宴并序》亦道：

若夫尊卑位隔，荣贱途分，使卿士大夫，倚轩裳而傲物；山栖木食，负林壑而骄人。未有能屈富贵于沉冥，杂薜萝于簪笏。天人坐契，相从云雾之游；风雨不疲，高纵琴樽之赏。

其中，"屈富贵于沉冥"，正相对于"倚轩裳而傲物"而言，而"杂薜萝于簪笏"，又正相对"负林壑而骄人"而言。在这里，陈子昂明确提出了一种新的人格范式，那就是轩裳簪笏之志与林壑薜萝之趣的合一。唯其如此，其意欲沉浸其间而实际上也往往沉浸其间的园林池沼，便不可能是庾信所说的"野人之家"，而只能是犹如石崇的"王公之宅"。亦唯其如此，此时士人的审美心态，乃是都邑化的山水吟赏，而其可能造境的美学风格，也就只能是"薜萝"意象与富贵气象的契合。

诚然，以上有关观念文化的内容，主要由陈子昂的论述中得出，在某种意义上，这或许并不能涵盖初唐的整体势态。但是，如众所周知者，陈子昂本身是初唐之际的诗风变革者，当他登上诗坛的时候，"四杰"之作已成气候，而沈、宋及杜审言诸家业近全盛，正是初唐诗风自成格调而酝酿盛唐高涨的重要时期，值此之际，他以复倡骚雅的姿态登高一呼，所代表的也就不仅是一个人的意志。其实，出现在其诗歌中的慷慨之音，每是功业抱负之表述和抱负受挫之际的愤慨不平，而其抱负本身完全可以归结为对政治文化的向心力。这一向心力，显然是与由幽偏而回归都邑的林亭赏观心理相一致的，显然是与"四杰"的都城歌吟意志相一致的。有鉴于此，我们可以说，以陈子昂的个性表抒为代表，初唐之际，存在着一种兼得于都邑林亭之美的诗人心态，而这种心态的意向，虽然具有兼综特性，但最终还是偏向于都邑一边的。

二　丝竹繁盛中的山水清音

都城乃繁华去处，皇居更是辉煌所在，兼之唐太宗君臣政治的激发作用，整个士人心态，显然是以辉光典丽为美的。"起自布衣，蔚为卿相"（卢照邻《南阳公集序》），这种直到盛唐时还在激励着诗人李白的"布衣卿相"式的人生追求，呼唤出了"拾青紫于俯仰，取公卿于朝夕"（王勃《上绛州上官司马书》）式的自信。这不能不是一种多少带有浮躁气的自信，使作为诗人的他们不可能沉潜于传统之中作深入的玩味，也不可能沉静心绪于功名之外的诗艺文道而研讨于新艺的创建，而只能是挟豪气而指摘前人，凭意兴而承传旧体。只有明白了这层内蕴，才可以真正理解，何以"四杰"在不分青红皂白地批评前人的同时，其自身之制作却沿袭着齐梁范式。说到底，这心手不一的现象，恰恰是由其心之浮躁所导致的。同样是出于这种浮躁，他们对六朝山水诗心的态度，其实也是缺乏独立而深入的时代思考的。这种现象，在贞观池宴活动中表现得尤为清晰。且以宴于庶子宅者为例，令狐德棻诗有云："放旷山水情，留连文酒趣。"封行高有诗云："雅引发清音，丽藻穷雕饰。"杜正伦诗有云："清论畅玄言，雅琴飞白雪。"不难发现，这是以"高门聊命赏，群英于此遇"（令狐德棻《冬日宴于庶子宅各赋一字得趣》）的"英俊""文会"为契机，而将建安之际的游燕之趣、正始之际的清言玄谈和晋宋之际的山水放旷结合起来。刘洎在《安德山池宴集》诗中写道："已均朝野致，还欣物我齐。"这俨然是一种占尽人间风流的心态。这于是就有必要引出一个新的认识：无论是以批评者的姿态出现，还是以传承者的姿态出现，对于前人的成就，都不可能不进行历史整合性的处理。亦唯其如此，尽管是在初唐，尽管存在着由宫廷诗操持文苑的局面，前此之传统的相关一面，依然会聚在士人诗心之中。只不过，其会聚之焦点，乃在"朝野"之间、"物我"之际，从而体现出"堂筵"之趣与"林野"之致交融于斯的特定格调。如果说在

"朝野"两相之间人们既可偏胜都邑朝市之心，那么，其于"林野"风物的喜好，便多少带有附庸的性质。在一定程度上，初唐诗世界中的山水林亭之美，只是宫廷都邑的颂美活动中的一种增饰。就像都城歌吟中诗人每寄有人世沧桑之变的感喟一样，饮宴乐舞之盛会，亦借池园林亭的吟哦而增添了几分清远气息。这种人世无常之叹和林泉清远之气，恰恰是此前六朝雅士之襟怀的主要内容，于是，可以总结性地说，初唐士人的山水诗心，显然并不是南朝士人之山水诗心的自觉延续，尽管时人亦每言"清音"，如左思诗所言"非必丝与竹，山水有清音"（《招隐》），但由于其心志所向是逆其方向而动的，于是，在丝竹繁盛中的山水"清音"，实际上是处在"客"体位置上的，至于"主体"，自然只能是宫廷都邑之盛观。

尽管如此，我们依然可以在这些点缀装饰性的清音吟唱中，品味到不少精致而典雅的诗意风景：

> 寒沙满曲浦，夕雾上邪溪。岸广凫飞急，云深雁度低。
> ——陈叔达《后渚置酒》
> 野净余烟尽，山明远色同。沙平寒水落，叶脆晚枝空。
> ——褚亮《和御史韦大夫喜霁之作》

不仅一般来说都显得清丽淡雅，而且那份清清的寒意和远远的景象也让人多少能去掉些浮泛的气息。又如杨师道的《中书寓直咏雨简褚起居上官学士》：

> 云暗苍龙阙，沉沉殊未开。窗临凤凰沼，飒飒雨声来。电影入飞阁，风威凌吹台。长檐响奔溜，清簟肃浮埃。早荷叶梢没，新篁枝半摧。

还有他的《奉和圣制春日望海》：

> 洪波回地轴，孤屿映云光。落日惊涛上，浮天骇浪长。

其写物状景，不可谓不生动传神，虽然语言语气上有些拘谨。此外，如虞世南《侍宴应诏赋韵得前字》：

　　横空一鸟度，照水百花然。绿野明斜日，青山淡晚烟。

《奉和咏风应魏主教》：

　　动枝生乱影，吹花送远香。

《初晴应教》：

　　归云半入岭，残滴尚悬枝。

诗人分明用心于体物状景之际的关键性字眼，虽痕迹太显，但也不无佳趣。

　　总之，在初唐时期，实际是没有或者说少有像大谢那样严格意义上的山水诗。而当时所有的，乃是与都邑壮观相映衬的郊郭风景诗，乃是与歌筵氛围相融洽的林园风物诗。当然，其间还存在着一种吟赏于羁旅行役之际的山水意境，但这已经和流连于都邑林亭之间的傍城心态无关，它属于另一个诗心吟唱的传统了。

第二节　从王绩到"四杰"

一　王绩：透出荒远之趣的别业林泉吟唱

　　初唐的诗人，实际上都是跨越隋唐两代的。王朝有更替，而文脉常通贯。而就山水诗而言，首先应当引起注意的，正是王绩。

　　王绩（589—644），字无功，号东皋子。绛州龙门（今山西河津）人。他是隋末大儒王通之弟。王绩生平最大的特点，便是其三仕三隐之行径。王绩著有《无心子传》《醉乡记》《五斗先生传》等文，可以窥见其心灵世界。生在一个"六代冠冕"之家，自称"起家以禄仕，历数职而进一阶，才高位下"（《自作墓志铭》），亦可见其终生有失意不平之气。但是，一来即使在出仕之初，便"因简傲喜酒，屡遭勘劾"（引自韩理洲校点《王无功文集·前言》，上海古籍出版社1987年版）；二来唐贞观中其兄王凝得罪朝阁重臣，遂有"王氏兄弟皆抑而不用"（引自韩理洲校点《王无功文集·前言》，上海古籍出版社 1987 年版）的结果，总之是命运多舛。无论如何，就从他三仕三隐的生平轨迹来看，也绝非一位淡泊人。其兄王通，尝以当代孔子自命，王绩《山夜》诗云"礼乐存三代，烟霞主一丘"，替其兄亦替自己之不遇其时而感到不平。而在《游北山赋》自注中，王绩又提到王通门人之"以理达称，方庄周"。看来，王绩受其家门熏陶而显得思想颇杂，讲求礼乐与心仪庄周，必然造成一种矛盾的心理结构，而此矛盾之心理结构又以隋唐易代为政治背景，从而使其精神必有近似于南朝名士者在。从这一角度去理会王绩的追慕陶潜，便不会把主观自觉的因素强调过了头。换言之，王绩的三次归隐，和陶潜的"少无适俗韵，性本爱丘山"比起来，更多的是无奈。其《解六合丞还》诗云：

　　我家沧海白云边，还将别业对林泉。不用功名喧一世，直取烟霞送百年。彭泽有田惟种黍，步兵从宦岂论钱？但使百年相续醉，何辞夜夜瓮间眠。

从这初次归隐的述怀语气中，我们已不难感受到些许潦倒的意味。潦倒而沉浸于烟霞佳酿之间，自然就有亲近陶潜的意思。然而，"还将别业对林泉"的"别业"，终究不同于"开荒南亩"的"穷巷"。王绩《答处士冯子华书》云："烟霞山水，性之所适，琴歌酒赋，不绝于时，时游人间，出入郊郭。"请注意，其山水之性好，是与"琴歌酒赋"相伴的，又是与"出入郊郭"相互补的，唯其如此，王绩之诗心旨意，依然是所谓傍城心态。

　　既然是如此心态，则其别业林泉之吟，就必然有着与都邑林亭之文酒吟会中的风景营构相近似的一面。试看其《山家夏日》组诗中的句子："树倚全拥石，蒲长半侵砂。池光连壁动，日影对窗斜。""野竹栏阶种，岩花入户飞。涧幽人路断，山旷鸟啼稀。""密藤成斗帐，疏树即檐楹。""树阴连户静，泉影度窗寒。"其状景皆具体而微，并且有一种显而易见的对偶安排，如"全拥"对"半侵"，"连壁"对"对窗"，"涧幽"对"山旷"。这一点，有的学者已经敏锐地发现并有精到的分析了[①]。只是，若是将这种具体而微且又工整安排的意向营构方式，放到唐初其他一些非隐

[①] 葛晓音《山水田园诗派研究》（辽宁大学出版社 1993 年版）是一部难得的佳作，其中论述每每精到，读者请多参看。

居诗人的池苑林亭吟唱中,比如与前节所引的诗句相互比较,又将会发现些什么呢?细细品味这类诗句,人们定会察觉到,尽管它们毫无林野闲处的主题意趣,但诗人对自然景物特征的敏锐把握,却是丝毫不让于幽居别业之士如王绩者的。试看陈诗中"岸广""云深"两句,以沙岸之广远作为凫飞急速的背景,视野开阔而富有动感,又以云雾深沉配置雁阵低度的势态,令景象生出云垂垂而欲下的意味,更兼"广"与"深"分别造成景域与景深双向的延展,令人顿觉到立体效果。再看褚诗之"野净""山明"两句与虞诗之"绿野""青山"两句,都能巧妙传出空翠透亮的光色效果,令人眼界朗融。凡此,都体现出一种于细微处察物体,使寻常景生意态的创作心理和艺术风格。王绩虽不同于馆阁之士,但在描写林泉风景之际,亦是此种风格。山水诗之主要区别于其他诗歌题材的地方,就在于它必然体现着体物咏物的内容,从而,"心"如何去感知并再现(表现)"物",就是山水诗之时代风格和个性风格的关键所在。

而值此唐初之际,无论是馆阁中人,还是别业中人,其山水诗心之所注,不在新异景物之发现,而在熟悉风光之体味。于是,虽寻常景物,必摇曳出之,就成为其艺术创作之机杼了。在这里,王绩《在京思故园见乡人遂以为问》一诗,便折射出诗人林园诗心的不少秘密。诗云:

> 旅泊多年岁,老去不知回。忽逢门前客,道发故乡来。敛眉俱握手,破涕共衔杯。殷勤访朋旧,屈曲问童孩。衰宗多弟侄,若个赏池台。旧园今在否,新树也应栽。柳行疏密布,茅斋宽窄裁。经移何处竹,别种几株梅。渠当无绝水,石计总生苔。院果谁先熟,林花那后开?羁心只欲问,为报不须猜。行当驱下泽,去剪故园莱。

本诗实际上是一首抒情诗,那一气贯下的连续发问,再生动不过地表现出"思故园"之深之切,从而极富感染力。但同时,由那一连串的发问中,也折射出诗人对"故园"的营构匠心。也就是说,此间颇有一番经营之心。请将上引之诗与下面《春日山庄言志》中的诗句联系起来:"入屋欹生树,当阶逆涌泉。剪茅通涧底,移柳向河边。崩沙犹有处,卧石不知年。入谷开斜道,横溪渡小船。"在这里,人工的营造与造化之生成几乎是同等重要的,我们可以用天造人设来概括此间自然景致的特征,而天造人设的特定统一方式则是以人设而窥天造。

以人设而窥天造,分明意味着意念和人为技巧之作用的显著。这在初唐馆阁诸士,由应诏奉和或宴集唱和的创作形式本身所决定,自是易于理解的。至于王绩,人们或许不易接受这样的断语。如此,请看王绩如下之作:

> 幽人似不平,独坐北山楹。携妻梁处士,别妇许先生。摈俗劳长叹,寻山倦远行。空山斜照落,古树寒烟生。解组陶元亮,辞家向子平。是非何处在,潭泊苦纵横。
> ——《山中独坐自赠》
> 百年长扰扰,万事悉悠悠。日光随意落,水势任情流。礼乐因姬旦,诗书传孔丘。不如高枕卧,时取醉销愁。
> ——《赠程处士》
> 不道嫌朝隐,无情受陆沉。忽逢今旦乐,还逐少时心。卷书藏箧笥,移榻就园林。老妻能劝酒,少子解弹琴。落花随处下,春鸟自须吟。兀然成一醉,谁知怀抱深?
> ——《春晚园林》

上引这类诗作,有涉于园林而非以林泉风景为吟写主旨,作者所关注者,乃是山中、林园中之人事耳,那"日光随意落,水势任情流"的"随意""任情",便深含天造随人意,自然随人情之意味。此恰如其《夜还东溪中口号》诗所云:

> 石苔应可践,丛枝幸易攀。青溪归路直,乘月夜歌还。

自然中的一切,仿佛都是为我辈而设,诗人深感自然之适应于我的欣然。相形之下,以下两诗自是以山水景物之状摹见长:

> 别有青溪道,斜亘碧岩隈。崩榛横古蔓,荒石拥寒苔。野心长寂寞,山径本幽回。步步攀藤上,朝朝负药来。几看松叶秀,频值菊花开。无人堪作伴,岁晚独悠哉!
> ——《题黄颊山壁》
> 东皋薄暮望,徙倚欲何依?树树皆秋色,山山唯落晖。牧人驱犊

返，猎马带禽归。相顾无相识，长歌怀采薇。

——《野望》

特别是《野望》一诗，有一种从容的气度和朴实的风格，展示出王绩堪称大家的造诣。不过，我们切不可以此间"树树皆秋色，山山唯落晖"为王绩本色所在，实际上，《题黄颊山壁》中的"崩榛横古蔓，荒石拥寒苔"，便体现出作者的营构匠心，并以此传达出其"野心"中蕴有的一段偏爱荒野之趣。而正是此隐隐透出的荒远之趣，使王绩的傍城心态最终蓄有深入丘壑之势，从而在一定程度上使他成为与当时宫廷林园之吟相对峙的一面。

一般人在吟赏并品评初唐山水风景诗时，每喜撷取其有开阔境界和壮伟气象者独作称扬，以为此乃是盛唐气象之滥觞。如此，王绩《咏巫山》之"电影江前落，雷声峡外长。霁云无处所，台馆晓苍苍"一诗，若单独看，确是新警而又阔远，借雷电之意象，传达巫峡气势，势足撼人。但我们不妨再看同时诗人的以下诗句："电影入飞阁，风威凌吹台"（杨师道《中书寓直咏雨简褚起居上官学士》），"落日惊涛上，浮天骇浪长"（《奉和圣制春日望海》），在意象创造上，是否与王绩之咏巫山相仿佛呢？要之，真正值得关注者，还在于王绩在就巫山这一传统题材吟诗时，能将风凌紫霄、江激巨浪的理念性想象，转换成如雷电之动耳目的直觉意象，从而给人以自然切切的气象和气势。恰是在这一点上，王绩可以被看作唐初之际已遥遥感会于盛唐气象的大诗人。

王绩之后，继续这一意象特征之转化趋势者，主要便是"四杰"。

二 王勃：缘心状景，山水羁愁

关于"四杰"，我们最好是从王勃说起。尽管"四杰"之中卢、骆要比王、杨早出生二十年左右[①]，几乎是两代人，而王勃又英年早逝，但王勃的才华与成就却更值得人们去特别关注。

王勃（650—676），王绩的侄孙，王通之孙，年少时"蒙父兄训导之恩，借朋友琢磨之义"而"知忠孝为九德之源，故造次必于是；审名利为

[①] "四杰"之生卒年，学界歧见颇多，此处不拟详叙。请参阅罗宗强等撰《隋唐五代文学史》（高等教育出版社 1990 年版）上册第二章末的有关注释。

五常之贼,故颠沛而思远"(《上吏部裴侍郎启》),可见是早立儒者之志了。然而,十三岁时,赴京师而拜曹元为师,"授《周易章句》及《黄帝素问难经》,乃知三才六甲之事,明堂玉匮之数,十五月而毕。将别,谓勃曰:'阴阳之道,不可妄宣也;针石之道,不可妄传也。无猖狂以自彰,当阴沉以自深也。'"(《黄帝八十一难经序》)这又可知,王勃又自少便深受阴阳术数思想的影响。这时,王勃不过十四岁。值此便有吴越之游。在越州(今浙江绍兴)有《秋日宴季处士宅序》云:"兰亭有昔时之会,竹林无今日之欢。"又有《越州永兴李明府宅送萧三还齐州序》,两文中不乏状景佳句,前者如"金风生而景物淡,白露下而光阴晚",后者如"清风起而城阙寒,白露下而江山远"。若联系此后不久当其由越而溯江西上于南昌胜地所作之《滕王阁序》中的"落霞与孤鹜齐飞,秋水共长天一色",读者将不难发现,这些具有骈俪之美的文句,在英气明远之中毕竟还是透出了空泛和笼统。那真正能体现出这位年轻诗人成就的,还要等到几年后其二十岁巴蜀旅游时的篇章。

王勃在蜀中,有《游庙山序》和《游庙山赋》。其序云:"吾之有生,二十载矣。雅厌城阙,酷嗜江海。常学仙经,博涉道记。"而《游庙山赋》之序又云:"呜呼!有其志,无其时,则知林泉有穷路之嗟,烟霞多后时之叹。不其悲乎!"看来,一方面,诗人之酷嗜江海,乃与仙经道记的导引诱发有关;而另一方面,值游乎林泉烟霞之际,则又难禁"穷路""后时"之嗟叹。一言以蔽之,年少而气盛的王勃,难能以平静而幽悠的心境去登山临水。唯其如此,在其对旅途山水景物的描写中,便不能不渗透着羁旅之思。如《出境游山二首》之二有云:"萧萧离俗影,扰扰望乡心。谁意山游好,屡伤人事侵。"尽管如此,诗人还是以精工之笔触刻画出颇具一方特色的山水景观:

  关山凌旦开,石路无尘埃。白马高谭去,青牛真气来。重门临巨壑,连栋起崇隈。即今扬策度,非是弃繻回。
——《散关晨度》
  饬装侵晓月,奔策候残星。危阁寻丹嶂,回梁属翠屏。云间迷树影,雾里失峰形。复此凉飙至,空山飞夜萤。
——《易阳早发》

两诗均写早行景况，于整饬营构中见出景色之真切，"重门"两句与"云间"两句，非亲身经历者不能道。又如《深湾夜宿》诗：

> 津涂临巨壑，村宇架危岑。堰绝滩声隐，风交树影深。江童暮理楫，山女夜调砧。此时故乡远，宁知游子心。

结尾两句以抒情语句将真切的景物写照引向邈远，是所谓余韵悠悠者。但作为主要内容的山水刻画，却是赋实写真的。其间意象，已是精确体物的产品。特别是"堰绝""风交"两句，已非泛泛的描述，在对景物细节的把握上，显示出作者心眼的敏锐和准确。读后闭目而思，便有景物凸然而现。只是，从整体上看，王勃的这些诗作，还都残留着讲求诗句整饬对仗的痕迹。

山水诗自大小谢而至于齐梁诸公，在摇曳笔锋之际，每每追求意象营构之匠心独运。如有的学者便指出："王勃对险峻景象的喜爱，正反映了他自己的险峻经历。喜欢从风景中搜寻危险形式的诗人，往往经历过许多危险的处境。"[①]

说到王勃的心境，由于其人生旅程的短促，怕是谈不上经历险峻。其实，与其说他因心境险峻而喜欢险峻的风光，不如说那险峻是由巴蜀之地的山水风貌本身所造成的。要分析体察王勃的心境，倒不妨注意以下这类诗句：

> 悲凉千里道，凄断百年身。
> ——《别薛华》

> 旅泊成千里，栖遑共百年。
> ——《重别薛华》

> 百年怀土望，千里倦游情。
> ——《麻平晚行》

和杜甫"万里悲秋常作客，百年多病独登台"的诗意相比较，王勃的"千里""百年"之叹，分明带着夸张的力度，无论从时代还是个人的立

---

① [美]宇文所安：《初唐诗》，贾晋华译，生活·读书·新知三联书店2014年版，第106页。

场出发，都显得缺乏必要的积淀。唯其如此，我们宁肯把这看作诗人对自我情感的夸张。在其二十二岁时所作的《春思赋》序文中，王勃写道：

> 咸亨二年，余春秋二十有二，旅寓巴蜀，浮游岁序，殷忧明时，坎壈圣代。……于时春也，风光依然。古人云"风景未殊，举目有山河之异"，不其悲乎！仆不才，耿介之士也。窃禀宇宙独用之心，受天地不平之气。虽弱植一介，穷途千里，未尝下情于公侯，屈色于流俗，凛然以金石自匹，犹不能忘情于春。则知春之所及远矣，春之所感深矣。

这里的"宇宙独用之心""天地不平之气"，分明与陈子昂"前不见古人，后不见来者"式的宏伟孤独相一致，正是基于此"宇宙独用之心"，即使在山水吟赏之际，亦自有一种吾心宇宙的主体意志在起作用。"千里""百年"式的词语，不过是其外在的迹象，尤其值得注意的是，其他那些令造化任我心志的山水意象的主观营构。如《仲春郊外》云：

> 物色连三月，风光绕四邻。鸟飞村觉曙，鱼戏水知春。

除了对对句形式的习惯性爱好外，第二句中的一个"绕"字，便显示出"我"处于中心的潜在意识。而这种对主体意志的凸显，更生动地流露在第四句当中，试将此句与后来苏轼的"春江水暖鸭先知"作一比较，王勃的"水知春"不是更有使物象人格化的精神倾向吗？在这一认识前提下，回过头去说其有时表现出的对险峻风光的喜好，除了景象本身的特征外，不也应当看作其"天地不平之气"的艺术凝定吗？请看其《泥溪》一诗：

> 弥棹凌奔壑，低鞭蹋峻岐。江涛出岸险，峰磴入云危。溜急船文乱，岩斜骑影移。水烟笼翠渚，山照落丹崖。风生蘋蒲叶，露泣竹潭枝。泛水虽云美，劳歌谁复知。

承首两句之意而下，三四句中的"出岸""入云"，实乃心物同形同构，或者更准确地讲，是以自己的"凌""蹋"感受为经验基础来塑造山水意象。此首前六句凸显出极富动感且"险""危"的意象特征，在刻画景物的外形下实现了自我形象的塑造。而一旦诗人完成了这一历程，后六句的描写便顿觉一般化，基本上流于初唐诗人林园吟赏的格套了。

在一定程度上，我们有理由把王勃这种以自我塑造之意识来刻画景色的创作方式，看作初唐山水诗的特点之一。如当时许敬宗《奉和初春登楼即目应诏》云：

去鸟随看没，来云逐望生。

在诗意构想上，其与日后盛唐杜甫的"决眦入归鸟"和王维的"白云回望合，青霭入看无"都有一定的内在联系。但是，认真比较，则又不难发现，在杜甫、王维那里，基本情势是心目随物态之自然而展延，而在许敬宗这里，则是物态随心目之展望而动作。令造化遂我心目，借状景传我心旨，但又不是传统意义上的比兴寄托，这似是齐梁以至初唐之际山水吟赏中的典型倾向。而王勃，则以其英才自恃的个性，成为典型中的典型。

除此之外，王勃的山水之作，还习惯于在朦胧和清亮之间、静止与动荡之间来表现自然风景的特殊魅力。如"川霁浮烟敛，山明落照移"（《饯韦兵曹》），"野色笼寒雾，山光敛暮烟"（《秋日别王长史》）。的确，光色明朗与云烟弥漫之相生，正是风光变幻之妙谛所在。由此可见，王勃在对寻常景物的艺术再造上，已深具匠心。同时这也反映出整个山水诗艺术水平的深化。其他诸如"雨去花光湿，风归叶影疏"（《郊兴》），"晚风清近壑，新月照澄湾"（《长柳》），"野烟含夕渚，山月照秋林"（《夜兴》）等，皆属有致之吟。特别是《早春野望》：

江旷春潮白，山长晓岫青。他乡临眺极，花柳映边亭。

前两句气象不俗，渲染出旷远长大的青白世界，然后点染以花柳边亭，咏早春而生寥廓气象。而这又体现出青年诗人注重整体境界的创作风格，故能独造他人未及之境。如：

江汉深无极，梁岷不可攀。山川云雾里，游子几时还。
——《普安建阴题壁》

长江悲已滞,万里念将归。况属高风晚,山山黄叶飞。

——《山中》

滕王高阁临江渚,佩玉鸣鸾罢歌舞。画栋朝飞南浦云,珠帘暮卷西山雨。闲云潭影日悠悠,物换星移几度秋。阁中帝子今何在,槛外长江空自流。

——《滕王阁》

严格说来,这些诗都不是以山水景色的刻画见胜的,其主要在表现一种情景和思致。然而,由于王勃的山水诗本也是每以写心之方式状景的,故上引诸诗便可与山水制作视为一体而论之。

综上所述,王勃之山水诗,有一种无处不在的悲思情怀,其主要对旅途风物的吟赏,浸透着青春夸张的羁旅乡思,并以自我状摹为内在构思方式来营造山水意象,从而在传神写照之际体现缘心赋形的创作倾向。而当其把握并刻画山水形貌的时候,主要还是运用齐梁诗人所熟谙的技巧,每将真切具体的细节感受组织进对仗整饬的意象框架之中,最终显示出一定程度的装饰美和形式美。

三 骆宾王:状景精切,营构奇险

"四杰"之中,当推骆宾王年长。骆宾王天资聪颖,七岁能诗。又"天生一副侠骨"(闻一多《宫体诗的自赎》),有着两度塞上从军的经历,故说到他的山水诗,首先应分析边塞风光之慨咏。

其《边庭落日》诗云:

紫塞流沙北,黄图灞水东。一朝辞俎豆,万里逐沙蓬。候月恒持满,寻源屡凿空。野昏边气合,烽迥戍烟通。膂力风尘倦,疆场岁月穷。河流控积石,山路远崆峒。壮志凌苍兕,精诚贯白虹。君恩如可报,龙剑有雌雄。

而其《夕次蒲类津》又云:

二庭归望断,万里客心愁。山路犹南属,河源自北流。晚风连朔气,新月照边秋。灶火通军壁,烽烟上戍楼。龙庭但苦战,燕颔会封侯。莫作兰山下，空令汉国羞。

从"寻源屡凿空"和"膂力风尘倦"的诗句中，我们切切实实地感受到了边塞军旅生活的艰苦。这类诗，其重点描写的内容，并非可供欣赏的边地风光，而是来自体验的军旅生活。面对这样壮伟而悲怆的诗句，领受如此壮烈而深沉的情思，我们确乎能体会到诗人的侠骨英气。然而，这种英侠之气，却是与悲凉并存的。骆宾王与辛常泊唱和而作《军中行路难》，骆宾王诗有云："行路难，行路难，誓令氛祲静皋兰。但使封侯龙额贵，岂随中妇凤楼寒。"去边庭博取功名富贵的志向，原是一种庸俗的壮伟，但毕竟传达出生命力的高扬。有此作为精神内涵，则"季月炎初尽，边庭草早枯。层阴笼古木，穷色变荒芜"（《久戍边城有怀京邑》）的荒寒空旷之景，便自有一种特殊的审美价值。所谓边塞诗，很大一部分是对《从军行》《关山月》《战城南》等乐府古题的敷衍，很多诗人并未身临边漠，不过随题命意而想象耳。但是，唐代统治者关陇军事集团的原赋气质，使得一种从上而下的尚武精神很快弥漫，而科举试题增添边塞内容，更起到了推波助澜的作用，因此有了边塞诗的发达。如沈佺期有《被试出塞》诗云：

十年通大漠，万里出长平。寒日生戈剑，阴云拂旆旌。饥乌啼旧垒，疲马恋空城。辛苦皋兰北，胡霜损汉兵。

诗中塑造出一幅阴惨境象，使人顿生厌战情绪，使人视边塞为畏途，自然不能对大漠风光产生慷慨欣赏之意。唐代边塞诗，有很大一部分是属于这样的性质。相形之下，倒是那些由功名事业心支撑着的生命强力，成为给予大漠荒凉以审美价值的主观激素。除此之外，一般的边塞风光之吟，多如骆诗"晚风连朔气，新月照边秋"，实则只是一种理性认知的概括意象，很难让人感受到大漠荒塞之悲凉美。唯其如此，骆宾王的"层阴笼古木，穷色变寒芜"便来得精确而有力，因为它吐弃了边塞吟写中的泛语套语，创造出一幅鲜明的悲凉美意境。

倘说王勃有着对险峻之美的喜好，那骆宾王更是如此。读骆宾王诗，且不说像《帝京篇》和《畴昔篇》这样的巨制，即便是一般吟唱，也使人有如对韩愈制作的感觉。如其《晚憩田家》诗云：

> 转蓬劳远役，披薜下田家。山形类九折，水势急三巴。悬梁接断岸，涩路拥崩查。雾岩沦晓魄，风溆涨寒沙。

即便只从"涩路"这一诗语着眼，也能体会到骆宾王在刻画景物时的心理，他的语言，不是消融主观认知痕迹的自然呈示性形象语言，而显然是主体认知浸透的描写语言。不仅如此，他诗中的田家，从景象上去领略，似乎仍带着层阴荒芜之边塞式的荒寒与颓残，是冷色调和荒古味的。至于对山水形貌本身，骆宾王又有着一种企图逼肖而形容之的诗心。如《出石门》云：

> 层岩远接天，绝岭上栖烟。松低轻盖偃，藤细弱丝悬。石明如挂镜，苔分似列钱。

这确实颇有赋家罗缕形容之味，且语语精确，唯求肖似，真能得一方山水之形貌，绝非泛泛咏写者所可比。不过，总体上讲，骆宾王之状山水，从主观取景到下字用语，多有幽涩奇险之意向：

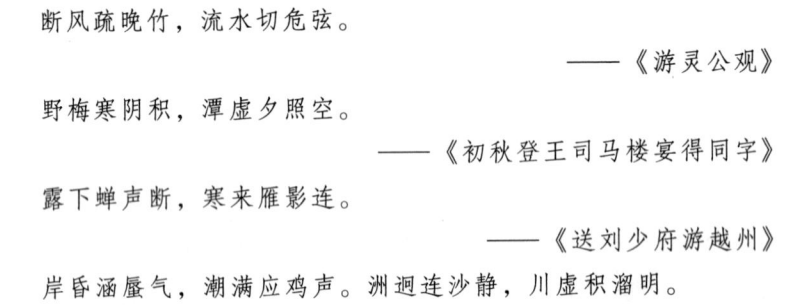

> 断风疏晚竹，流水切危弦。
> ——《游灵公观》
> 野梅寒阴积，潭虚夕照空。
> ——《初秋登王司马楼宴得同字》
> 露下蝉声断，寒来雁影连。
> ——《送刘少府游越州》
> 岸昏涵蜃气，潮满应鸡声。洲迥连沙静，川虚积溜明。
> ——《早发淮口望盱眙》

细味其中意象，如"断风""危弦""寒阴"，皆有警动耸人之势。至于"潭虚夕照空"和"岸昏涵蜃气"，则又不能不惊叹作者捕捉物象之准确有力。总之，从骆宾王之善制长篇而擅于铺叙，亦从骆宾王山水篇章之体物精深而营构奇险，以及他那有意避免流丽词汇的明显倾向，都在告诉我们：骆宾王，犹中唐之韩愈。

四　卢照邻：写生朴实，渐近自然

卢照邻（634？—685？），字升之，幽州范阳（今河北涿州）人。这是一位不幸的诗人。"年垂强仕，则有幽忧之疾"（《病梨树赋序》），从而影响到其文风诗风，至患疾而一变。和王勃、骆宾王一样，卢照邻一生亦曾游历多处，身为范阳人而足涉黄、寿、襄、兖诸州，并数次入蜀。游历既广，所见山水风貌不一，自然会留下不少的风景篇章。葛晓音尝言："卢照邻笔下的景物则比较写实，没有王勃那样多的艺术折光。"[①] 且以《入秦川界》一诗为例：

> 陇阪长无极，苍山望不穷。石径萦疑断，回流映似空。花开绿野雾，莺啭紫岩风。春芳勿遽尽，留赏故人同。

绿野如雾，紫岩生风，石径萦绕于苍岩峭壁之间，曲水远映在天光之际，一派秦川远望之景，读来如置身其中。其下字用语，不似骆宾王之幽涩奇险，亦不似王勃之流丽新警，自饶一种朴实和自然。宋人魏庆之《诗人玉屑》曾称卢照邻"草碍人行缓，花繁鸟度迟"之对句，而这里所反映的，其实正是诗人以平实语言所表现的体物心得。从而你可以确认，以平实语言表其体物心得，正是卢照邻山水诗的一大特点。

这种特点，当然不是卢照邻一家所独有的。如初唐马周有《凌朝浮江旅思》诗云"山远疑无树，潮平似不流。岸花开且落，江鸟没还浮"，就与上引卢诗风格逼肖。和当时上官仪"落叶飘蝉影，平流写雁行"（《奉和秋日即目应制》），"鹊飞山月曙，蝉噪野风秋"（《入朝洛堤步月》）相比，如卢、马诗者，自有一种不以涵咀书卷为长的渐近自然之势。这里所谓自然，是指即目应物之审美直觉的自然，也是指模写风物之艺术语言的自然。以下，让我们同时从这两方面来分析卢照邻的山水吟唱。

先看以下诗句：

> 霞明深浅浪，风卷来去云。澄波泛月影，激浪聚沙文。

---

① 葛晓音：《山水田园诗派研究》，辽宁大学出版社1993年版，第117页。

　　　　　　　　　　　　　　　　——《晚渡滹沱敬赠魏大》
陇云朝结阵，江月夜临空。官塞疲征马，霜氛落早鸿。
　　　　　　　　　　　　　　　　——《送郑司仓入蜀》
野径浮云断，荒池春草斑。残花落古树，度鸟入澄湾。
　　　　　　　　　　　　　　　——《绵州官池赠别同赋湾字》

第一例中的"深浅""来去"，带有一种意念概括的痕迹，而这种概括的实质，又在于对某一具体意象之丰盈有致的关注，只是，"深浅""来去"，来得何等平实！有意营构而又不见费心经营之痕迹，换言之，"巧构形似之言"而又不以此言之"巧"见长，这便是所谓"渐近自然"。第三例中的"断""斑"两字，不可谓不用意，但与野径荒池的整体意境相关合，便显得准确生动，于是，其用意处亦觉自然。其实，卢照邻的山水诗章，多表现出一种似乎是不甚经心式的白描。《春晚山庄率题二首》云：

　　顾步三春晚，田园四望通。游丝横惹树，戏蝶乱依丛。竹懒偏宜水，花狂不待风。唯余诗酒意，当了一生中。

　　田家无四邻，独坐一园春。莺啼非选树，鱼戏不惊纶。山水弹琴尽，风花酌酒频。年华已可乐，高兴复留人。

这里确乎袒露出一种了无牵挂的自然自由心境，并使这一心境物化为似乎自然而然的周遭景物。初看去，似是呈示物各自然的欣欣生意，细品味，仍是风物随心赋形，在欣欣物态中乃传递着某种理趣。从而，在艺术上讲，确乎是不甚经心的自然，而实际上却有写心的作用。试以上引两诗对比于以下两诗：

　　闻有高踪客，耿介坐幽庄。林壑人事少，风烟鸟路长。瀑水含秋气，垂藤引夏凉。苗深全覆陇，荷上半侵塘。钓渚青凫没，村田白鹭翔。知君振奇藻，还嗣海隅芳。
　　　　　　　　　　　　　　　　　　——《初夏日幽庄》
　　涧户无人迹，山窗听鸟声。春色缘岩上，寒光入溜平。雪尽松帷暗，云开石路明。夜伴饥鼯宿，朝随驯雉行。度溪犹忆处，寻洞不知名。

——《羁卧山中》

有比较自易判断。在上面两诗中，诗心已近乎透明，主观经营的痕迹已明显消退，物各自然，生态毕现，表现出诗人对周遭景色无意干扰的顺适心态，以形写形，以色貌色式的状景诗语，已显得不尚"巧"而任"朴"了。尽管卢照邻的山水篇章并非全然如此，但这分明已显出某种势头，那"巧构形似之言"的"巧"已渐渐趋于"大巧如拙"的朴实自然了。

五　杨炯：感受真切，笔墨粗疏

"四杰"之中，杨炯的成就似乎不很突出。杨炯（650—693?），华州华阴（今陕西华阴）人。杨炯存诗不多，仅三十三首。其《早行》诗中有云：

敞朗东方彻，栏杆北斗斜。地气俄成雾，天云渐作霞。河流才辨马，岩路不容车。

确能曲尽早行感受。但是，其诗语却又缺乏必要的提炼，难免失于平庸，可说是感受真切而意象粗疏。其如"年老摇树色，春气绕兰心。风响高窗度，流痕曲岸侵"（《和骞右丞省中暮望》）者，倒不失为自然而有意兴之作，但又让人感到山水形象不甚鲜明和具体。大体说来，杨炯的山水诗，在"四杰"之中，较为一般。

综上所述，从王绩到"四杰"，山水诗总体上是受"傍城"形态之支配而吟咏营构。正因如此，其山水诗篇未能体现出钟爱自然风景的独胜之情和但写风物的清纯意象。当然，由于其心向都邑的功名驱动力又与坎壈身世相为冲突，故每以羁旅伤怀之心状行役景况，这也就自然构成了其游离于"傍城""郊郭"风物的山水诗景观。不过，这却又使我们不得不面对一个理论难题：山水诗和羁旅诗中的风景内容究竟有无区别？这绝不是一个无关紧要的问题。本着这样一种理论的判别意识，我们最终不能不说，前面所介绍和分析的作品，在相当的比例上是属于感怀抒情诗中的内容。明晓了这一层,接下来要说明的是,尽管人们习惯于认为初唐诗多沿袭齐梁,并认为"四杰"的贡献便在于能振起齐梁柔靡之风,但具体到山水诗上,事情却并非如此。陈祚明《采菽堂古诗选》评阴铿诗有云:"寻常景物,亦必摇曳出之,务使穷态极妍,不肯直率。此种清思,更能运以亮笔,一洗《玉台》之陋,顿开沈、宋之风;且觉比《玉台》则特妍,校沈、宋则尤媚。"这种"摇曳"诗思、"妍""媚"其体而"穷态极妍"的景物吟咏,实已达到了很高的艺术水准,故不仅"四杰",而后沈、宋,乃至杜甫,都多受濡染而得益匪浅。只是,在"四杰"这里,确又继续了一种来自王绩的直率作风,从而在其与摇曳之思的冲突中影响到构思的精微,使"四杰"笔下之意境意象不免率尔。和齐梁之际阴、何之"苦用心"相比,"四杰"确将"摇曳"于景物之间的诗思心力用在于抒发情怀上,除个别诗句和篇章外,"四杰"山水吟咏在体物状景之深彻精微上,是不及齐梁阴、何的,而其所以见长取胜者,正在情思的饱满充沛。总之,"四杰"之作,在由南朝而入唐的山水诗发展历程中,只能是一个过渡。

第三节 陈子昂和沈、宋等人的贡献

在由唐初到盛唐的山水诗发展道路上,陈子昂,沈、宋,以及同时期的杜审言等人,才真正形成了一种整体的突进。

一 陈子昂:状景求气势,抒情多苍凉

陈子昂(656?—699?),字伯玉,梓州射洪(今四川射洪)人。陈子昂是一位杰出人物,在唐诗史上发挥过关键作用。但是,倘若我们只是循着所谓振起柔靡而倡导风雅,宣言兴寄而发挥幽郁的思路,则又不能真正知晓其于山水诗之发展的特殊贡献。其实,我们前文业已讨论过,陈子昂是明确主张"屈富贵于沉冥,杂薜萝于簪笏"的。这就为我们提供了一个新的视角,使我们可以从兼都邑与山林之胜的心理上去窥知陈子昂的精神世界。与此同时,另一个值得注意的现象是,陈子昂鲜明地表现出再扇玄风之势,这除了说明他深受正始诗坛的影响之外,当时道教空气的浓厚,是一个尤其不能忽视的事实。陈子昂自己也说:"余家世好服食,昔尝饵之。"(《观荆玉篇序》)这可说是家庭的影响,而"高宗天后,访道

山林，飞书岩穴，屡造幽人之宅，坚回隐士之车"（《旧唐书·隐逸传》）的社会政治文化形势，则又是时代的影响。因此，遂有了"随驾隐士"和"终南捷径"的特殊文化现象。陈子昂那"杂薜萝于簪笏"的文化心理，未尝不可以看作"随驾隐士"的独特心态的折射。亦唯其如此，陈子昂在倡导"汉魏风骨"的同时，必然会追求另一种东西，那就是仙风道骨的"方外"意趣。

于是，让我们来细读其《修竹篇序》："汉魏风骨，晋宋莫传，然而文献有可征者。仆尝暇时观齐梁间诗，彩丽竞繁，而兴寄都绝，每以永叹。……不图正始之音复睹于兹。可使建安作者，相视而笑。"细味其间语义，"建安"与"正始"乃并许而有"风骨"者，"齐梁"为"兴寄都绝"者，前者属肯定对象，中间"晋宋"一节，未置可否。这实在是一个重要信息，可惜人们长期未加以注意。质言之，这一重要信息的内涵，便是对晋宋之际士人"雅意林壑"之思的深层认可，正是这一认可，才真正能解释陈子昂的山水诗篇为什么会有效法大谢的明显痕迹。

由追随齐梁到效法大谢，这是一个不容忽视的转折。须知，大谢山水与齐梁景语乃是两种不同的山水诗范型。而其间之关键性区别，便在于一者是非同寻常的发现描述，另者是寻常景物的体味刻画。小谢诗，正是其间之中介。入唐以来，"四杰"诸子走的实则是小谢的路子，而所谓"傍城心态"者，亦不妨看作谢朓都邑山水的再兴。陈子昂本是提倡"杂薜萝于簪笏"的，于是，就像"簪笏"之志壮伟豪侠一样，其"薜萝"之趣，亦幽邃奇绝。缘此，才有对大谢山水格调的复现。且看下列诗作：

> 峡口大漠南，横绝界中国。丛石何纷纠，赤山复翕赩。远望多众容，逼之无异色。崔崒乍孤断，逶迤屡回直。信关胡马冲，亦距汉边塞。岂依河山险，将顺休明德。物壮诚有衰，势雄良易极。逦迤忽而尽，泱漭平不息。之子黄金躯，如何此荒城。云台盛多士，待君丹墀侧。

——《度峡口山赠乔补阙知之王二无竞》

本诗的句式语气，明显地带有古风格调，其间景物描写，也呈示古而拗的作风。又如《入峭峡安居溪伐木溪源幽邃林岭相映有奇致焉》诗云：

肃徒歌伐木，骛楫漾轻舟。靡迤随回水，潺湲溯浅流。烟沙分两岸，雾岛夹双洲。古树连云密，交峰入浪浮。岩潭相映媚，溪谷屡环周。路迥光逾逼，山深兴转幽。麇麚寒思晚，猿鸟暮声秋。誓息兰台策，将从桂树游。因书谢亲爱，千岁觅蓬丘。

其间"靡迤""潺湲""岩潭""映媚"等，都是大谢山水诗中的常见词语。这更显示出效法大谢的作风。大谢诗本就有穷形尽相的山水写照造诣，陈子昂效法其诗，从语汇到景象，都很相似。但这并没有影响他对此地风光的刻画，"烟沙"四句，于对句中有前后承接，确能状得望中景致，而"路迥"两句，也深得山深之幽趣。再如，《万州晓发放舟乘涨还寄蜀中亲朋》诗云：

空蒙岩雨霁，烂熳晓云归。啸旅乘明发，奔桡骛断矶。苍茫林岫转，络绎涨涛飞。远岸孤烟出，遥峰曙日微。前瞻未能晌，坐望已相依。曲直多今古，经过失是非。还期方浩浩，征思日骈骈。寄谢千金子，江海事多违。

诗中"苍茫林岫转"一句，真正将江峡舟行，迅湍回折的况味尽行传达；而"远岸"两句，亦十分真切，恍然有如目击。凡此，可见陈子昂之效法大谢，非仅着眼于格调句法，而同时也就说明，大谢之格调句法，确富于曲尽山水风貌的艺术表现力。在本诗中，我们已发现联绵词使用的特殊效果，而这种效果，在下面这首诗中表现得尤其充分：

东岩初解缆，南浦遂离群。出没同洲岛，沿洄异渚溃。风烟犹可望，歌笑浩难闻。路转青山合，峰回白日曛。奔涛上漫漫，积水下沄沄。倏忽犹疑及，差池复两分。离离间远树，霭霭没遥氛。地上巴陵道，星连牛斗文。孤狖啼寒月，哀鸿叫断云。仙舟不可见，摇思坐氛氲。

——《入东阳峡与李明府舟前后不相及》

本诗以两舟若即若离的特殊意趣为主，山水景色作为背景，相映成趣。联绵词的大量使用，造成民歌格调，反倒洗去了大谢诗原有的排偶板滞，带给人一种流荡的天趣,是可谓法大谢而又有所变创者。

对大谢的仿效,说明陈子昂有意以晋宋之调来变齐梁之风。而这种创作意志,同样体现在那些不见效仿大谢痕迹的作品中。一般来说,齐梁阴、何诸公,"专求佳句"(沈德潜《说诗晬语》)而"探景每入幽微"(陆时雍《诗镜总论》),因此其体物细而状景妙的景语佳联层出不穷,为近体山水诗的兴盛,作出了不容埋没的贡献。陈子昂以晋宋古风变齐梁近习的努力,落实在山水诗的创作上,主要表现在将"探景每入幽微"的心态转化为状景唯求气势的心态。请看下列两诗:

> 遥遥去巫峡,望望下章台。巴国山川尽,荆门烟雾开。城分苍野外,树断白云隈。今日狂歌客,谁知入楚来。
> ——《渡荆门望楚》
> 故乡杳无际,日暮且孤征。川原迷旧国,道路入边城。野戍荒烟断,深山古木平。如何此时恨,嗷嗷夜猿鸣。
> ——《晚次乐乡县》

细读这两首诗,定会发现,中间两联,都是颔联写地理形势,颈联写望中景致。前者实际上已非状景之语,因为所写内容没有具体的风景特征,但因此造成的旷远气势却足以振作精神。这一主体精神,与"前不见古人,后不见来者"的主体精神是一致的,都体现出唐人走向鼎盛精神状态之际的一种高瞻远瞩。而这种写法,后来杜甫《望岳》中的"岱宗夫如何,齐鲁青未了"和王维《终南山》中的"太乙近天都,连山到海隅"皆有发挥。正因为有此高瞻远瞩式的大气势,故取景写景必取大而遗小,而"城分苍野外,树断白云隈""野戍荒烟断,深山古木平"这样的大远景,因其不再入乎细部幽微,故显出简约而笼统的特色。不过,在此简约而笼统中,人们却不难发现另一种内在的东西:

> 野树苍烟断,津楼晚气孤。
> ——《岘山怀古》
> 古树苍烟断,虚亭白露寒。
> ——《秋日遇荆州府崔县曹使宴并序》

在这苍烟隔古木或野树入苍烟的类型性意象中，谁说不曾蕴含着一种苍凉而悠远的主体感慨呢？总之，陈子昂于山水诗的贡献，除了以大谢古拗之体变齐梁悠柔之调外，还有借遗细就巨之境界而传主体慷慨的一面。建安风骨本就是慷慨悲凉的，由此也可见，其倡导风骨兴寄者，不仅表现于《感遇》篇章之中。

二 沈佺期：艺术地表现山水的独特个性

沈佺期（656？—714？），字云卿，相州内黄人。与宋之问生于同一年，同科登进士第，在唐诗史上亦齐名而并称。两人前期多应制奉和之作，后期，因依附张易之获罪，沈氏流放驩州，宋氏流放泷州，身世感慨转深，行役旅程转长，于是创作了大量情真景真的山水诗篇章。

沈佺期的山水诗主要由应制奉和与流放旅程两部分组成。前者不妨以《辛丑岁十月上幸长安时扈从出西岳作》为例：

> 西镇何穹崇，壮哉信灵造。诸岭皆峻秀，中峰特美好。傍见巨掌存，势如石东倒。颇闻首阳去，开坼此河道。磅礴压洪源，巍峨壮清昊。云泉纷乱瀑，天磴屹横抱。

读者不难从中感受到大谢山水形容的特性。但像"中峰特美好"这样的语句已在透出消息，形容山水的语言，在由刻意巧构走向平坦自然。又如《过蜀龙门》云：

> 龙门非禹凿，诡怪乃天功。西南出巴峡，不与众山同。长窦亘五里，宛转复嵌空。伏湍煦潜石，瀑水生轮风。流水无昼夜，喷薄龙门中。潭河势不测，藻苺垂彩虹。我行当季月，烟景共春融。江关勤亦甚，巘崿意难穷。势将息机事，炼药此山东。

诗中"长窦"以下八句，以精确传神的诗语，曲尽龙门长窦之景观，"伏湍煦潜石"的"煦"，"瀑水生轮风"的"轮风"，都特具"这一个"之独特性。且语句间没有刻求古拗的迹象。此诗言龙门山"不与众山同"，《神龙初废逐南荒途出郴口北望苏耽山》亦云"不与众山群"，足见沈佺期是有尽传一方山水之独特风貌的创作意旨的。这无疑应看作体物精神的深入。沈、宋与陈子昂为同时作家,如果说陈子昂在效法大谢之际又有以大眼界变化齐梁探物幽微之习的贡献,那么,沈、宋之贡献便是在同样效法大谢的同时不失阴、何体物入微之心。如"不与众山群"的苏耽山,诗人写道:

重崖下萦映,嶪岉上纠纷。碧峰泉附落,红壁树傍分。

而于"绍隆寺江岭最奇"(《绍隆寺》诗序)的江岭寺院风光,诗人又写道:

香界萦北渚,花龛隐南峦。危昂阶下石,演漾窗中澜。云盖看木秀,天空见藤盘。

他已摆脱了大谢难免排偶的习气,将移步换景的手法融入顾盼自然的写照。"碧峰"两句写透视中色彩形象的分明,"云盖"两句写仰视中高树密藤的荫绕,逼似而传神。其他如"树接前山暗,溪承瀑布凉"(《乐城白鹤寺》),写出景深,写出感象;"流涧含轻雨,虚岩应薄雷"(《岳馆》),写出雨意,有声有色。这些,都与沈佺期有心发现并艺术地再现山水景观之独特"个性"的创作精神有关。

在沈佺期的山水诗中,运用乐府歌行体以描述景致,是一个值得注意的现象。其《入少密溪》诗云:

云峰苔壁绕溪斜,江路香风夹岸花。树密不言通鸟道,鸡鸣始觉有人家。人家更在深岩口,涧水周流宅前后。游鱼瞥瞥双钓童,伐木丁丁一樵叟。自言避喧非避秦,薜衣耕凿帝尧人。相留且待鸡黍熟,夕卧深山萝月春。

这首诗能说明很多问题。首先,这里蕴含着改造《桃花源》之原有精神的文化意向。"避喧非避秦""耕凿帝尧人",都表示向政治中心的依附,从而符合于"杂薜萝于簪笏"的文人心态,并显示出非退避性的田园意识。其次,田园农家的乐趣与山水自然之美融为一体,从而使自然风光中洋溢着人生的乐趣。而"双钓童""一樵叟"所呈示出来的明显的装点兴趣,更说明诗人是有意去营造这种田园与山水相容的艺术境界的。再次,这种语气流丽的七言歌行,在初唐"四杰",是被用来歌咏都邑繁华的,而沈佺期用来描写山水田园,顿有一种新的气象。其实,援歌行流丽之调以写山水,非仅七言,五言亦所在多见。在这方面,刘希夷值得注意。刘希夷(651—680),字廷之,汝州人。在时间上,刘与沈、宋完全同时。其歌行七言如《公子行》《代悲白头翁》写得明快流畅而又飞动纯美。且请看其《秋日题汝阳潭壁》:

独坐秋阴生,悲来从所适。行见汝阳潭,飞萝蒙水石。悬瓢木叶上,风吹何历历。幽人不耐烦,振衣步闲寂。回流清见底,金沙覆银砾。错落非一文,空胧几千尺。鱼鳞可怜紫,鸭毛自然碧。吟咏秋水篇,渺然忘损益。秋水随形影,清浊混心迹。岁暮归去来,东山余宿昔。

挟吴声西曲之调吟写山水,别是一番滋味,于流畅自然之中,历历如见,声色各具。其《洛中晴月送殷四入关》诗云:

清洛浮桥南渡头,天晶万里散华洲。晴看石濑光无数,晓入寒潭浸不流。微云一点曙烟起,南陌憧憧遍行子。预将此意与君论,复道秦关尚千里。

而其《江南曲》又云:

舣舟乘潮去,风帆振早凉。潮平见楚甸,天际望维扬。洄溯经千里,烟波接两乡。云明江屿出,日照海流长。此中逢岁晏,浦树落花芳。

——其五

暮春三月晴,维扬吴楚城。城临大江氾,回映洞浦清。晴云曲金阁,珠楼碧烟里。月明芳树群鸟飞,风过长林杂花起。可怜离别谁家子,于此一至情何已。

——其六

张若虚《春江花月夜》的境界,已然呼之欲出了。宫体诗的浓艳情思在江天月明的空远高旷中被净化了。和陈子昂那但主大形势的山水境界相比较，这里的朦胧要比那笼统更具魅力。而在形象描写上，因此便多了一种有别于大谢之古拙而同样可曲尽物态的作风。在走向盛唐的道路上，援歌行流畅清丽之体以写山水，实在有不可忽略的作用。亦唯其如此，沈佺期在这方面的创作，便应给予足够的关注。

当然，沈、宋所以并称于唐诗史，还由于其五律近体的成就。沈作如《早发平昌岛》云：

> 解缆春风后，鸣榔晓涨前。阳乌出海树，云雁下江烟。积气冲长岛，浮光溢大川。不能怀魏阙，心赏独泠然。

诗中"积气""浮光"两句，所写乃是非常形之物态，"积气冲长岛"，顿使"江烟"显出动势，"浮光溢大川"，尤能传达广阔水面在晨光旭日中涌涨泛溢的神态。此等诗句，非仅见出作者体物之幽微，亦能见出作者遣词造句之精确。但整体语言又清新自然。更值得一提的是《夜宿七盘岭》：

> 独游千里外，高卧七盘西。晓月临窗近，天河入户低。芳春平仲绿，清夜子规啼。浮客空留听，褒城闻曙鸡。

此诗语意清爽，身世之感纵深，亦在言外余韵之中，而全诗主要描写夜宿高岭的感受，"近""低"二字将"高卧"意趣逼真传出，浅易中内涵丰富。前人尝言，沈、宋近体结句工丽，看来不全是"工丽"的问题。

三 宋之问：工丽中初透朴野自然之气

宋之问（656—712），字延清，汾州人。宋之问与陈子昂俱为"方外十友"中人，故山水吟咏自然更多而好。宋之问诗中，多理趣玄语，如"深入清净理，妙断往来趣。意得两契如，言尽共忘喻。观花寂不动，闻鸟悬可悟"（《雨从箕山来》），如"因冥象外理，永谢区中缘。碧潭可遗老，丹砂堪学仙"（《入崖口五渡寄李适》），都证明他是一个"深得方外之趣"的人。尤其是一些寺观游记诗如《游法华寺》《宿云门寺》者，多就佛理展开，并无太大意趣。但是，也正如其"人远草木秀，山深云景鲜"（《入崖口五渡寄李适》）的诗句所表明，佛理道趣之"方外"意趣，引得诗人深入自然,故而能留下大量优美的山水佳作。

和陈子昂、沈佺期一样,宋之问亦有效法大谢的创作倾向。这当然表现在五古长篇创作之中。如《自湘源至潭州衡山县》一诗有云:

> 浮湘沿迅湍,逗浦凝远盼。渐见江势阔,行嗟水流漫。赤岸杂云霞,绿竹缘溪涧。向背群山转,应接良景晏。杳障连夜猿,平沙覆阳雁。纷吾望阙客,归桡速已惯。中道方溯洄,迟念自兹撰。赖欣衡阳美,持以蠲忧患。

尽管有遣词生涩的作风,尽管"向背"两句意向颇晦,但整体上却是铺叙详明的。细心的读者,其实早从大谢的山水诗中就已看出,其铺叙排偶的形式,一是为了尽"游"而"览"之兴致,二是为了尽俯仰顾盼之景致。唯其如此,效法大谢者所追求的也就是穷形尽相而无所遗。不仅如此,钟嵘说大谢"内无乏思,外无遗物"(《诗品》),亦即状景详明而说理透彻,从而导致了他那有名的三段式结构模式。待到宋之问这里,却能将"游"与"览"打成一片,并突破大谢三段式的模式。如《游陆浑南山自歇马岭到枫香林以诗代书答李舍人适》:

> 晨登歇马岭,遥望伏牛山。孤出群峰首,熊熊元气间。太和亦崔嵬,石扇横闪倏。细岑互攒倚,浮巘竞奔蘷。白云遥入怀,青霭近可掬。徒寻灵异迹,周顾怆心目。晨拂鸟路行,暮投人烟宿。粳稻远弥秀,栗芋秋新熟。石髓非一岩,药苗乃万族。间关踏云雨,缭绕缘水木。西见商山芝,南到楚乡竹。楚竹幽且深,半杂枫香林。浩歌清潭曲,寄尔桃源心。

此诗有几大特色:其一,对游历过程的叙述完全融化在山水风光的描绘之中;其二,消尽谈玄说道的议论痕迹,结句尤有余味;其三,生动表现出唐人援游山水之趣入乎人间烟火的诗文化心理,山水清音与人间况味交融一体;其四,虽状景生动而语气自然,已消除了大谢诗难免的古奥排偶之累,唯其如此,虽山水意象纷呈,而毫无繁富杂乱之感。总之,这确是一首法大谢而变创有致的成功之作。它的出现,标志着唐人法大谢而借古开今的初步成就。

宋之问两次贬岭南，于南国风光的独特风味，能有真切的感受和表现。如《过蛮河》诗云：

越岭千重合，蛮溪十里斜。竹迷樵子径，萍匝钓人家。林暗交枫叶，园香覆橘花。谁怜在荒外，孤赏足云霞。

中间四句造句有致，"竹迷""萍匝""林暗""园香"已然营构出浓郁的南国情调了。又如《经梧州》诗云：

南国无霜霰，连年见物华。青林暗换叶，红蕊续开花。

《下桂江龙目滩》诗又云：

停午出滩险，轻舟容易前。峰攒入云树，崖喷落江泉。巨石潜山怪，深篁隐洞仙。鸟游溪寂寂，猿啸岭娟娟。

这些诗句，写来并无刻意痕迹，却真切呈现出南国山水所特有的风味。尤其关键的是，其诗已具有以自然不尚巧饰的语言来曲尽物态之妙的造诣。如"潭蒸水沫起，山热火云生"（《入泷州江》），"桂林风景异，秋似洛阳春。晚霁江天好，分明愁杀人。卷云山𪩘𪩘，碎石水磷磷"（《始安秋日》），"地湿烟尝起，山晴雨半来。冬花采卢橘，夏果摘杨梅。"（《登粤王台》）诗中景象，确非泛泛，而下字用语如"𪩘𪩘"、如"尝""半"，都能独具匠心而不露生涩之象。当然，特别是在古体诗中，宋之问和其时的陈子昂、沈佺期以及他们所效仿的谢灵运一样，每每依旅程顺序而铺排景物，从而显得缺乏重心和整个氛围的渲染。但若细细玩索，则又不难发现，诚如南朝美理论每讲"警策"，宋之问南国山水之吟，是每于铺排中突出奇警之句的。如《早发始兴江口至虚氏村作》中云：

候晓逾闽嶂，乘春望越台。宿云鹏际落，残月蚌中开。薜荔摇青气，桄榔翳碧苔。桂香多露裹，石响细泉回。抱叶玄猿啼，衔花翡翠来。

此诗确有铺排之赋的习气，但中间"宿云"两句，却又奇警，顿令铺排中生出警动感。至于像《游禹穴回出若邪》一诗中的"水底寒云生，山边坠叶红"，《早发邵州》中的"露浓看菌湿，风飓觉船飘"，《发端州初入西江》中的"树影捎云密，藤阴覆水低"，就更是妙传物态、视境真切而不尚辞巧之作了。

在五言律体的演进历程中，沈、宋之造诣是具有重要意义的。向来论者，多以"工丽"二字品沈、宋律体，以为其所制作乃齐梁对句营构之再阐。现在看来，至少在宋之问这里，其"工丽"之中已初透朴野自然之气了。这种自然之气，得力于诗人每能情景交合而不露痕迹的艺术修养。《陆浑山庄》云：

> 归来物外情，负杖阅岩耕。源水看花入，幽林采药行。野人相问姓，山鸟自呼名。去去独吾乐，无能愧此生。

全诗语意皆平易，而"野人"一联却使此平易中自饶兴味。"相问姓"，隐隐传出各自适意而无多相扰的恬然淡漠心态；"自呼名"用在这里，适与上句形成彼此发明之语境。又如《江亭晚望》：

> 浩渺浸云根，烟岚出远村。鸟归沙有迹，帆过浪无痕。望水知柔性，看山欲断魂。纵情犹未已，回马欲黄昏。

其中"鸟归"两句，分明景语，可谓体察幽微而表之以平易语法，但亦是写心言理之语，其中似已包含着关于人生哲理的领悟。"望水"一句，单独来看，自是过于直露，但若看作承上而下的自然生发，则别饶兴味。我们不难从中体会到一种"贵柔"的道家思想意识。作为一种迹象，它在告诉我们，当宋之问在效法大谢时，却又借律体这种清省文体尝试着融理语思致于状景体物之言。应该说，它已在启动着新的诗美境界的创造。

在山水写照中，律诗的成熟，可以起到摄引古体使变化铺排之习的作用。而律体之中的景联，也在渐入盛唐的发展历程中呈现出渐近自然而不尚巧丽的新风姿。在这方面，宋之问的贡献是显而易见的。如"秋虹映晚日，江鹤弄晴烟"（《汉江宴别》），"况复秋雨霁，表里见衡山"（《晚泊湘江》），"江静潮初落，林昏瘴不开"（《题大庾岭北驿》），"山雨初含雾,江云欲变霞"(《度大庾岭》)等,都属于对仗工稳而不乏通贯之气者。而细味这些诗句,多能准确地捕捉住景物的动态特征,并以此传达出将变未变之际的微妙景观,从而以少总多,使景语本身也显得言外有不尽之意趣。恰恰是这一点,才是山水诗经历晋宋与齐梁两个阶段并在初唐复变之后渐近盛唐的重要标志。

四　质朴与精工互补交融的趋向

综观初唐山水诗界,在以傍城心态观照风景、复以营构匠心描写山水的总体特性笼罩之下,又呈现出各家的特殊风格和发展的鲜明轨迹。初唐沿袭齐梁的看法,看来是过于简单化了。实际上,从"四杰"到沈、宋,确有着艺术表现力方面的发展。具体言之,就是精益求精与渐趋自然的一种统一。王勃的才气英发和骆宾王的艰涩奇奥都可归结于山水风物的主观折射,而卢照邻的写实风格作为一种与此相反的审美倾向,最终构成了"四杰"整体造诣的丰富性。这一丰富性,被陈子昂和沈、宋再作多维的发展,复兴大谢意法的铺叙排偶、古奥奇崛,再阐齐梁的营构入微、清丽多姿,构成了沈、宋时期艺术表现力的辩证两极,并最终在复兴古体和锻炼近体并行并育的运作中,实现了质朴与精工彼此互补、相互交融的新境界。这种新境界,既包括陈子昂开拓出的阔远视野和高深意志,也包括沈、宋能曲尽一方风貌的山水个性之体认;既包括沈佺期、刘希夷援乐府歌行以入山水吟咏的流畅自然,也包括宋之问状景遣词之际的精确警动。总之,在晋宋风范和齐梁格套的历史兼综中,在南国清丽风情与建安慷慨气骨的历史整合中,虽在山水诗界,一种新的境界眼看就要出现了。

五　同时代的其他山水诗人

与沈、宋同时而稍早,有着"故事遵台阁,新诗满宇宙"(张说《李赵公峤》)的李峤(644—713),在唐代山水诗的发展史上,李峤其人,是值得一提的。

虽说他的一百二十首咏物诗和十二首奉教分咏节令风光诗,在整体上都是弄巧之作,流于藻采典故的堆砌,但由此表现出来的对风光景物的吟赏兴趣,却是不该被忽略的。何况,在整体并不可取的大量作品中,也并非没有佳句可撷,如:

> 日艳临光影，霞翻入浪晖。
>
> ——《二月奉教作》
>
> 蝶影将花乱，虹文向水低。
>
> ——《三月奉教作》
>
> 叶暗庭帏满，花残院锦疏。
>
> ——《四月奉教作》
>
> 林枯黄叶尽，水耗绿池空。霜待临庭月，寒随入牖风。
>
> ——《十月奉教作》

除此之外，李峤吟咏风景之际，既承传南朝铺叙而流丽的作风，又显现抒怀明志而情辞疏朗的新风气，应该说，还是能体现出入唐以后渐近盛唐之际的时代气象的。《和杜学士江南初霁羁怀》有云：

> 大江开宿雨，征棹下春流。雾卷晴山出，风恬晚浪收。岸花明水树，川鸟乱沙洲。羁眺伤千里，劳歌动四愁。

其中，"岸花"两句，状写视境形象，鲜明而富于质感。晚晴放眼，风恬浪静，经过一夜雨水的冲洗，远山近树，岸花沙渚，都显得那么明净，而沙洲上成群嬉戏的水鸟，竟活跃得有点"乱"了！又如《晚景怅然简二三子》：

> 楚客秋悲动，梁台夕望赊。梧桐梢下叶，山桂欲开花。气引迎寒露，光收向晚霞。长歌白水曲，空对绿池华。

细细品味中间四句，李峤写物状景之际，确有一种初唐诗人共同的特点，那就是让自然景物具有可人心意的意态，顾盼生姿，若有意媚人。这固然显得有些造作，即所谓弄巧，但有时也能造景浑融，如《钱洛四二首》之一的"星月悬秋汉，风霜入曙钟"就是。当然，真正值得一提的，还应是《早发苦竹馆》：

> 合沓岩嶂深，朦胧烟雾晓。荒阡下樵客，野猿惊山鸟。开门听潺湲，入径寻窈窕。栖鹘抱寒木，流萤飞暗筱。早霞稍霏霏，残月犹皎

皎。行看远星稀，渐觉游氛少。我行抚轺传，兼得傍林沼。贪玩水石奇，不知川路渺。徒怜野心旷，讵恻浮年小。方解宠辱情，永托累尘表。

我们从中可以明显感到大谢铺叙之风的影响，"内无乏思，外无遗物"，甚至到繁富的地步。无论如何，从这里，我们感受到了山水诗心的历史承传的脉络。

苏味道（648—705），当时与李峤并称而有苏、李之号。其存诗不多，但题材大半与写景咏物有关，故不能不提。其《始背洛城秋郊瞩目》有云：

野童来捃拾，田叟去讴吟。蟋蟀秋风起，蒹葭晚露深。

将典故融入眼前风物风情的吟写，已具很高的造诣。又如《单于川对雨二首》云：

河柳低未举，山花落已芬……气合龙祠外，声过鲸海滨。

以入律的稳称和凝练，刻画眼前实景，居然没有弄巧的痕迹，尽管也缺少灵动的妙趣。

当时，杜审言又与李峤等共称"文章四友"。杜审言（约645—708），在近体诗的发展中曾有着重要的贡献，特别是身世的蹭蹬所导致的诗歌情思内容的幽深充实，使其地位有高于沈、宋之处。杜审言是一位富于创新精神的诗人。如五古山水，入唐以后初期作者大多承袭大谢笔法，但杜审言却能变铺排巧构之体为具体叙事色彩的描述：

涨海积稽天，群山高业地。相传称乱石，图典失其事。悬危悉可惊，大小都不类。乍将云岛极，还与星河次。上耸忽如飞，下临仍如坠。朝瞰艳丹紫，夜魄炯青翠。穹崇雾雨蓄，幽隐灵仙闷。万寻挂鹤巢，千丈垂猿臂。昔去景风涉，今来姑洗至。观此得咏歌，长时想精异。

一下子从巧构形似以至精密古奥的氛围中走出来，甚至有一种拙朴有余而巧思不足的感觉。但在读了下面这首《经行岚州》后，我们定会有新的认识，诗云：

> 北地春光晚，边城气候寒。往来花不发，新旧雪仍残。水作琴中听，山疑画里看。自惊牵远役，艰难促征鞍。

平实，朴淡，自然，却又极富艺术表现力。又如《春日江津游望》：

> 旅客摇边思，春江弄晚晴。烟销垂柳弱，雾卷落花轻。飞棹乘空下，回流向日平。鸟啼移几处，蝶舞乱相迎。忽叹人皆浊，堤防水至清。谷王长不让，深可戒中盈。

写来景象与思理并长，令人赏心悦目之际，又不胜人世浮沉之慨。在景物描写方面，那"飞棹"以下四句所构成的境界，细腻而又空灵，细节的真实和浑融的气象交织成一片真切而又被诗意化的风景线，确有大家气象了。其他如《登襄阳城》的"楚山横地出，汉水接天回"，《夏日过郑七山斋》的"薜萝山径入，荷芰水亭开。日气含残雨，云阴送晚雷"，不仅景象壮伟，更兼体物入妙，略迹象而主神韵了。

　　崔融（653—706），"文章四友"之一。他有过亲自出塞的经历。现存《西征军行遇风》《塞北寄内》《拟古》等诗，都记录有诗人随军出征的经验内容。也正因为如此，他对边塞山水风物的刻画，便多了一重非亲历者不能有的真切感人之处。如《西征军行遇风》对边塞风沙的描写："北风卷尘沙，左右不相望。飒飒吹万里，昏昏同一色。马烦莫敢进，人急未遑食。草木春更悲，天景昼相匿。"一片昏暗尘沙之中，人马艰难挣扎，草木备受摧残，这完全不同于江南明秀的别一番景象，赖诗人的感受而进于诗世界了。"关头落月横西岭，塞下凝云断北荒。漠漠边城飞众鸟，昏昏朔气聚群羊。"（《从军行》）试以此相比于"风吹草低见牛羊"的北地民歌，少了几分高远的亮色，多了几重凝远的苍茫。当然，崔融的边塞风光总是与从军随征的情节情思交织一体的。

> 疾风卷溟海，万里扬砂砾。仰望不见天，昏昏竟朝夕。是时军两

进，东拒复西敌。蔽山张旗鼓，间道潜锋镝。精骑突晓围，奇兵袭暗壁。十月边塞寒，四山沍阴积。雨雪雁南飞，风尘景西迫。昔我事讨论，未尝怠经籍。一朝弃笔砚，十年操矛戟。岂要黄河誓，须勒燕然石。可嗟牧羊臣，海上久为客。

——《塞垣行》

饮马临浊河，浊河深不测。河水日东注，河源乃西极。思君正如此，谁为生羽翼。日夕大川阴，云霞千里色。所思在何处，宛在机中织。离梦当有魂，愁容定无力。夙龄负奇志，中夜三叹息。拔剑斩长榆，弯弓射小棘。班张固非拟，卫霍行可即。寄谢闺中人，努力加飧食。

——《塞北寄内》

尽管是在叙事抒情的过程中以眼前景物相点染，而且点染之际也并不十分着力弄巧，但边地景色却已跃然眼前，无论风沙征程的交织还是浊河阴川的思绪，都历历在目，分明如画。真切，平实，而具有艺术表现力，我们确实感到了一种渐近盛唐的信息。

第二章 盛唐(上):情景自然的清纯意象

山水诗自南朝晋宋之际滋兴,至盛唐而登上第一个巅峰。盛唐山水诗之所以堪称巅峰,首先在于它集合了自大谢、齐梁及初唐以来的所有艺术势力而蔚然一派天成气象,同时又在于它确能呈现出大唐帝国的时代精神,于山水吟唱的字里行间洋溢着开拓自信的文化心理。其次,盛唐山水诗的成就,与天才诗人的出现密不可分,王维、李白、杜甫,作为山水诗坛的巨匠,分别代表着佛、道、儒文化意识浸润下的三种山水诗景观,同时也分别代表着悟道、意想与写照三个主要方面的山水诗创作辉煌成就。再次,盛唐山水诗之所以堪称巅峰,还由于其极其丰富的题材内容和一派天然的清纯意象,无论是李白笔下的名山大川,还是王维笔下的别业田园,也无论是岑参笔下的边塞风光,还是杜甫笔下的行旅景色,都浸透着作者真切的感情感受,而山水意念绝无由人巧作安排的痕迹。最后,尤其需要强调的是,盛唐山水诗是对晋宋以来之山水诗历史的一次总结,也是对中唐以后之山水诗新境界的一种开创,其诗史意义是集大成而开新界。盛唐山水诗,因此并不是一种终结性的辉煌,它的成就和成功,其实正预示着山水诗发展的未来。

第一节 王昌龄诗论与盛唐山水诗美意识

一 王昌龄的生平简历

王昌龄(698—757),字少伯,京兆长安人。"久于贫贱"(《上李侍御书》),"位卑而名著"。开元十五年(727)中进士,在这前后曾到萧关、临洮乃至碎叶等地,亲历西北边塞,留下大量被称为边塞诗的作品。王昌龄被授校书郎而居京期间,与王、孟、高、岑诸诗人多有交往。开元二十八年（740）贬为江宁丞，南国风光，吴越风情，诗中多有反映。天宝七年（748）又被贬龙标（今湖南省洪江市一带），年届半百，远赴荒僻之地，境况凄凉。天宝十四年（755）安史之乱发生，诗人返乡途经亳州，被刺史间丘晓所杀。王昌龄乃绝句圣手，有"诗天子"之美称。诗史上一直以王昌龄的绝句与李白并称。明人胡应麟《诗薮》云："大概李写景入神，王言情造极。"而正是这位并不以"写景入神"见长的"诗天子"，却有着关于山水诗美学理论的深刻见解。

二 《诗格》：物境、情境、意境的提出

王昌龄的诗学理论见其《诗格》。《诗格》一书，曾被视为后人伪托，但经专家考证①，实应看作王昌龄本人之作。其《诗格》云：

> 诗有三境：一曰物境。欲为山水诗，则张泉石云峰之境，极丽绝秀者，神之于心，处身于境，视境于心，莹然掌中，然后用思，了然境象，故得形似。二曰情境。娱乐愁怨，皆张于意而处于身，然后驰思，深得其情。三曰意境。亦张之于意而思之于心，则得其真矣。

这一节关于"诗境"建构的美学分析，在中国诗学史上应具有重要的位置。长期以来，人们既无视中国诗史之实，亦不顾中国诗学之理，武断此间"意境"为"物境"与"情境"的统一，其间大有不得不辨之者。其实，王昌龄表述得异常清晰，"物境"乃"张泉石云峰之境"，"情境""意境"皆"张于意"，足见，"三境"之中，一者为再现客观，余两者为表现主观，而表现主观者又可分为抒情与言理两种。限于本书课题所关，我们只来讨论"物境"。和余两者相比，唯有这"物境"明确标示"欲为山水诗"，这充分说明，在时近盛唐之际，山水诗确已蔚为大观，形成一种特定而又稳定的题材类型和创作范式。对此"山水诗"的创作，王昌龄的理论概括有以下几点很值得注意：其一，"张泉石云峰之境，极丽绝秀者"，这意味着，要把一般的行旅所见同作为欣赏对象的山水风景区别开来，而恰恰是这一点，迄今为止的所有山水诗史都未曾加以注意。其二，"神之于心，处身于境，视境于心，莹然掌中"，我以为，这里包括了直觉

---

① 参见王运熙、杨明《隋唐五代文学批评史》，上海古籍出版社1995年版，第202—204页。

感知——尤其是视觉透视和理性认知的统一，请比较"物境"的"处身于境"和"情境"的"处于身"，再请比较此间的"神之于心""视境于心"与前此刘勰的"窥情风景之上，钻貌草木之中"（《文心雕龙·物色》）和钟嵘的"寓目辄书，内无乏思，外无遗物""既是即目""亦惟所见"（《诗品·总序》及卷上谢灵运评语），人们自能发现，王昌龄已把"窥情""寓目"的直觉视境与"心""神"联系起来了，也就是把透视观照与理性认识联系起来了，这无疑标示着山水写照的创作思想已由状其形貌深入传其神态并把握其规律了。其三，"然后用思，了然境象"，此所谓"用思"，正就是本书前章所言"营构匠心"，它说明唐代诗人已经认识到，其真正能再现客观山水之真实者，依然是一种极具主观能动性的创作活动。综上所述，王昌龄"诗有三境"之论中的"物境"论，标志着唐人山水诗美意识的理性成熟。

三 "天然""古朴""格高"的山水诗美理想

就其有深远意义而言，这种成熟的理论性，主要在于能深入地揭示出主体精神、内在感情与外在物色的联系方式。日僧遍照金刚《文镜秘府论》南卷《论文意》抄录有王昌龄文论数十例，其或曰：

> 凡诗，物色兼意下为好。若有物色，无意兴，虽巧亦无处用之。如"竹声先知秋"，此名兼也。
>
> 诗有："明月下山头，天河横成楼。白云千万里，沧江朝夕流。浦沙望如雪，松风听似秋。不觉烟霞曙，花鸟乱芳洲。"并是物色，无安身处，不知何事如此也。
>
> 诗贵销题目中意尽，然看当所见景物与意惬者相兼道。若一向言意，诗中不妙及无味；景语若多，与意相兼不紧，虽理通亦无味。

此外，王昌龄还讲到景与理的关系：

> 理入景势者，诗不可一向把理，皆须入景语，始清味。理欲入景势，皆须引理语入一地及居处所在，便论之。其景与理不相惬，理通无味。
>
> 景入理势者，诗一向言意，则不清及无味。一向言景，亦无味。

事须景与意相兼始好。凡景语入理语,皆须相惬,当收意紧,不可正言。景语势收之,便论理语,无相管摄。方今人皆不作意,慎之。

所有这些议论,概括起来,似乎就是"情景交融"。但认真想来,却不尽然。须知,在王昌龄这里,作为"景""景语"之对立一面的,是"理""理语",而不是"情"。其中,"理"与"意"互相通会,而"意"者,又有"意下""意兴""题目中意"等不同指谓,且其论有云:"凡属文之人,常须作意。凝心天海之外,用思元气之前,巧运言词,精练意魄。"由此看来,所谓"意"者,包括命题立意、构思想象、安排词语等,从而,"作意",即指充分发挥主观创作力。换言之,就山水诗创作而言,此"意""理"者,皆可归于其所谓"然后用思"的范围,而"然后用思"的目的,即在"了然境象"。于是,终于清楚了,王昌龄之讨论,乃分一般性诗美理想的确认和特定诗型——山水诗美理想的确认两大方面。就一般者而言,其所倡确在后来人们常常言及的"情景交融",并且还涵盖着理趣和兴寄;就特定者而言,其超出于前人的地方,即在强调山水诗整体构思的身心与物色俱化的浑成。山水物色,关乎人情,但不是援物色以比附心情,而是在"处身于境,视境于心"的过程中,使心态"物化",唯其如此,其"用思"之结果,才最终是"了然境象"。试将两者统一起来,必然的结论是,一般借特殊而得以表现,情景交融的一般原则体现于山水诗,是融情于景而至"无迹可求",于"境象"之"了然"中呈现出完全同形同构的情思感受,并能引发出完整的"意兴"——山水风貌自然激发出的审美意趣。

王昌龄之讨论,还格外强调"天然""格高"。其论曰:

> 诗有天然物色,以五彩比之而不及。由是言之,假物不如真象,假色不如天然……
>
> 古文格高,一句见意,则"股肱良哉"是也。其次两句见意,则"关关雎鸠,在河之洲"是也。其次古诗,四句见意,则"青青陵上柏,磊磊涧中石,人生天地间,忽如远行客"是也。又刘公干诗云:"青青陵上松,瑟瑟谷中风。风弦一何盛,松枝一何劲。"此诗从首至尾,唯论一事,以此不如古人也。

所谓"假物不如真象,假色不如天然",表现出一种不尚巧饰的自然美理想。此"假物"当即是此前钟嵘"补假"之谓,而此"天然"当即是当时李白"清水出芙蓉,天然去雕饰"(《经乱离后天恩流夜郎忆旧游书怀赠江夏韦太守良宰》)之谓。去"补假"则尚"直寻","天然"之"真象"完全可以理解作自然真实的情与景。若用后来王国维的话来说,这便是"不隔"之"真感情,真景物"(《人间词话》)。至于"格高"关键在一"简"字。换用盛唐杜甫的话来说,便是"清省"(《秋日夔府咏怀》《八哀诗》)。"清省"之要,在于"省"。简练省净,正可以去繁富冗杂之病。落实到山水诗,后人有谓大谢诗排偶太甚而令人生厌者,而钟嵘《诗品》亦透露当时人便以为大谢诗有繁富之累,时值初盛唐之际,陈子昂、沈、宋诸家皆复尚大谢古风,但沈、宋在效法大谢的同时又学习齐梁阴、何,而杜甫说过"阴何尚清省"(《秋日夔府咏怀》),于是,他们便能以"清省"之风洗大谢"繁富之累"了。现在,王昌龄又明确表示对简练古格的崇尚,这就说明,初盛之际对大谢山水诗的复尚,实际上正是一种改造。最后,"天然"与"格高"的统一,应该说,正表现出即将进入盛唐时诗人们对古朴自然风格的追求,由于这种追求是与其注重景真意切和讲究构思立意的追求相协调的,所以,这里的古朴自然是具有"了然境象"之"了然"功能的古朴自然,是在更高层次上实现的古朴自然。

一言以蔽之,以王昌龄诗论为透视窗口,我们发现,盛唐诗人的山水诗美意识,表现为情景交融前提下的物色写照,表现为曲尽风景之妙意义上的纯朴风格,表现为追求意兴基础上的浑融完整。

四 王昌龄的山水诗世界

以绝句形式吟边塞题材,是王昌龄诗歌成就引人注目的部分。一句"秦时明月汉时关",也只有盛唐诗人才能道得。细读他的出塞、从军之作:

青海长云暗雪山,孤城遥望玉门关。黄沙百战穿金甲,不破楼兰终不还。

大漠风尘日色昏,红旗半卷出辕门。前军夜战洮河北,已报生擒吐谷浑。

玉门山嶂几千重,山北山南总是烽。人依远戍须看火,马踏深山不见踪。

在这里,你简直无法分解其写景、抒怀和思考的内容,情、景、理水乳交融,确已达到无迹可求的境界。也正因为这样,王昌龄此类吟咏,不能仅作边塞山水诗看,也不能不作边塞山水诗看。

不过,作为一个对"山水诗"之"物境"美有明确意识的诗人,王昌龄当然有较为专门的山水诗篇,为我们留下了富于其独特个性的山水诗世界。《出郴山口至垒石湾野人室中寄张十一》一诗中有大段的山水描写:

> 楮楠无冬春,柯叶连峰稠。阴壁下苍黑,烟含清江楼。景开独沿曳,响答随兴酬。旦夕望吾友,如何迅孤舟。叠沙积为岗,崩剥雨露幽。石脉尽横亘,潜潭何时流。既见万古色,颇尽一物由。

我们不难发现,诗人值此确有"了然境象"的诗美创作意识,对自然真实的逼真再现,为此诗构造出一个再现性的形象世界,令人如同亲历。倘若我们翻检王昌龄那颇负盛名的赠答送行之作,其中每有这类状景精确而不乏高情远韵的诗句:

> 空林网夕阳,寒鸟赴荒园。
> ——《灞上闲居》
> 云起太华山,云山互明灭。东峰始含景,了了见松雪。
> ——《过华阴》
> 漭漭江势阔,雨开浔阳秋。驿门是高岸,望尽黄芦洲。
> ——《九江口作》
> 霜天起长望,残月生海门。风静夜潮满,城高寒气昏。
> ——《宿京江口期刘眘虚不至》

似乎都是不经巧饰之句,但景象的特征却格外凸显。这里,我们不得不叹服诗家天子的艺术敏感和语言能力——他在不经意中便找到了那些足堪传神写照的艺术语言。再请看:

高卧南斋时，开帷月初吐。清辉淡水木，演漾在窗户。

——《同从弟销南斋玩月忆山阴崔少府》

寒夜天光白，海净月色真。

——《送韦十二兵曹》

吟时白云合，钓处玄潭清。

——《山中别庞十》

景物的光色风韵已然和诗人内心的情思波动完全契合，王昌龄的创作实践完全体现了他的诗学理论——景与理、景与意相合方好。

王昌龄在盛唐诗坛上是以擅作七绝而与李白共享盛名的。但王昌龄的山水写照之作却多用五古，这是否还是传统习惯在起作用？王昌龄的这类五言诗，每以平实有力的诗意语言描绘出各具当地特色的一方山水：

阴岑宿云归，烟雾湿松柏。风凄日初晓，下岭望川泽。远山无晦明，秋水千里白。佳气盘未央，圣人在凝碧。

——《风凉原上作》

崖谷喷疾流，地中有雷集。百泉势相荡，巨石皆却立。跳波沸峥嵘，深处不可挹。昏为蛟龙怒，清见云雨入。灵怪崇偏祠，废兴自兹邑。沉淫顷多昧，檐宇遂不葺。

——《小敷谷龙潭祠作》

月从断山口，遥吐柴门端。万木分空霁，流阴中夜攒。光连虚象白，气与风露寒。谷静秋泉响，岩深青霭残。清灯入幽梦，破影抱空峦。恍惚琴窗里，松溪晓思难。

——《东溪玩月》

无论是风凉原上放眼，但见远山漠漠秋水一片，还是东溪赏月，于夜深人静时把玩那切近而又空远的流光，诗人的语言是朴实的、平实的、切实的，但又是准确传神而饶有兴味的。"月从断山口，遥吐柴门端"，仿佛写出了流光的扑面而来，写出了瞬间眼前溢满光华的直感，而"光连虚象白，气与风露寒"呢，又来得那么空灵，一切都无迹可求！这就像诗人在《沙苑南渡头》一诗中以"篷隔苍茫雨，波连演漾田"来以小见大地写特定情景中的人世感慨一样，由王昌龄所实际表现出来的这种诗美追求，确实具有预示意义——在超越人为巧构的追求中实现人巧与天工的真正合一。

第二节 盛唐山水诗的三大系统

南北朝诗人的山水吟咏受当时政治分裂的制约，沉浸于江南清丽者无缘领略塞北风光，得北国气象者不能呼吸江南水乡气韵，彼此隔绝，难免气象狭小。当时山水诗篇多出于南朝诗人，因此在整体上是偏于江南一隅的。隋唐一统之后，隔绝之势自然消失，南北交通，东西贯穿，诗人游历的足迹因此遍及大江南北，其诗章的山水景观也就兼得于南北气象了。

但以上这样的说法未免笼统。若具体分析起来，渐入盛唐之际，随着山水诗艺术的日益成熟，其描绘内容的丰富性也越来越鲜明而显著了。大体说来，盛唐山水诗可分为三大系统：以吴越清丽山水为标志的江南山水诗；以秦中朴野山水为中心的北国山水诗；以西部苍莽山水为主体的边塞山水诗。这三大系统各有特点。江南山水本是南朝诗人多次描写过的，故此一系统的创作便每每表现出晋宋齐梁的影响痕迹；只不过，盛唐诗人却能创造性地学习，故最终能超越南朝而呈示盛唐气象。盛唐即开元年间的江南山水诗创作，其最杰出者，应是孟浩然，其次则有张说、张九龄以及吴越诗人群。北国山水乃以长安和东都洛阳这两大政治文化中心为辐射中心，除了文化心态上的朝隐相融外，其山水意境亦自有不同于吴越明秀和荆楚幽邃的清健色彩，此一系统的杰出代表，当属王维。此外，许多诗人都曾涉足此地而留下吟咏。至于西部边塞山水，实际上不妨称之为大漠山水，历史上被划作边塞诗派的许多诗人，只要是曾经亲历其地者，都曾有此山水之作，而其间最突出的人物，自非岑参莫属。

由于盛唐诸大诗人多游历广远，所以，这种三大系统的划分实不能具体概括其创作风貌。但是，有了这一划分，至少可以作为一种宏观上的补充，使我们可以在领略各大家风范的同时有一个基本形势的认识。又由于王、孟、李、杜，我们都将设专节予以评述，故下面所叙述分析者，除岑参足以代表边塞山水之最高成就外，余皆不然。尽管如此，毕竟有盛唐气象酝酿于这些诗人的作品中间，读者不可不察。

一 二张山水与小谢清发

张说（667—730），字道济，或字说之，洛阳人。历武后、中宗、睿宗、玄宗数朝，三次入相，文武兼能。后因得罪武后的宠臣张易之兄弟而流配钦州。开元初与姚崇不和，出为相州刺史，不久贬越州刺史。《新唐书·张说传》谓："既谪岳州，而诗意凄婉，人谓得江山之助云。"也就是说，其山水诗创作的主要成就，是在谪居岳州时期。学界一般认为，张说"山水诗能兼取大小谢两种不同的风格，促使晋宋与齐梁两体趋于合流"①。较典型的例证应是《游洞庭湖》：

平湖晓望分，仙峤气氤氲。鼓枻乘清渚，寻峰弄白云。江寒天一色，日静水重纹。树坐参猿啸，沙行入鹭群。缘源斑筱密，胃径绿萝纷。洞穴传虚应，枫林觉自熏。双童有灵药，愿取献明君。

试将此诗对比于他的《岳阳石门墨山二山相连有禅堂观天下绝境》中的"竹径入阴宵，松萝上空茜。林草共一色，云与峰万变。探窥石门断，缘越沙涧转。两山势争雄，峰巘相顾眄"，就会发现其随游赋笔、寓目成咏、意在切似、铸词生新的特色，俨然追步大谢，这是两诗所共有的。但同时，从"江寒天一色，日静水重纹"和"林草共一色，云与峰万变"的相似构思中，我们又可以发现，诗人确已开始注意到对整体浑融意象的描绘。这一点，完全可以从诗人的其他作品中感受出来。如"霜空极天静，寒月带江流"（《和朱使欣》），如"云间东岭千寻出，树里南湖一片明"（《滮湖山寺》），如"千峰出浪险，万木抱烟深"（《别滮湖》）等，都是以疏朗明快的语言表现出阔远的境界。相对于大谢式的繁密层次的曲折展示来说，这种阔远而疏朗的境界，分明接近小谢，从这里也正可以看出张说历史地复合二谢格调的艺术努力。

张说一生，"前后三秉大政，掌文学之任凡三十年"，又"喜延纳后进"，"引文儒之士"（《旧唐书》卷九七《张说传》），在艺术理想的设计上，他提倡"奇情新拔""天然壮丽"（《洛州张司马集序》），提倡"属词丰美，得中和之气"（《许景先传》），以此特殊地位而秉特定理想，必将对唐诗之发展产生重大影响。据殷璠《河岳英灵集》卷下载，王湾《次北固山下》诗中有"海日生残夜，江春入旧年"一联，张说亲手题于政事堂，"每示能文，令为楷式"。王湾之诗，其中景联为"潮平两岸阔，

---

① 葛晓音：《山水田园诗派研究》，辽宁大学出版社1993年版，第168页。

风正一帆悬",而"海日"一联,实则是在此前景联的基础上升华出来的一种不尽生命之思,具有极强的思理概括力而又能使深刻哲理化为感觉形象。而这种形象特质,恰好与前节在王昌龄之诗论中揭示出的盛唐诗美理想相一致。

诚如《新唐书》本传谓其"得江山之助",对阔远深邃境界的追求,当与洞庭湖色的涵泳不无关系。其七绝《和尹从事懋泛洞庭》云:

> 平湖一望上连天,林景千寻下洞泉。忽惊水上光华满,疑是乘舟到日边。

本诗所体现的艺术构想特色,恰恰在于具体感知与浪漫想象的水乳交融。虽极想象,而不觉夸诞,反倒有助于对视境形象的表现,这正是盛唐诗的个性所在。不仅如此,诗人在追求如洞庭湖色一般有极天彻地之势的同时,并未放弃对"这一个"式的山水风貌的准确再现。《岳州作》有云:"山川临洞穴,风日望长沙。物土南州异,关河北信赊。日昏闻怪鸟,地热见修蛇。"而《巴丘春作》亦云:

> 日出洞庭水,春山挂断霞。江潯相映发,卉木共纷华。湘戍南浮阔,荆关北望赊。湖阴窥魍魉,丘势辨巴蛇。岛户巢为馆,渔人艇作家。自怜心问景,三岁客长沙。

读者绝不会将此间风物误读为吴越山水风情。而值得注意的"北信""北望"之意,分明寄托着一腔身世感慨。使山水巧构与羁思情怀相融,本是齐梁诸家一改大谢之"酷不入情"的造诣所在。张说在复合晋宋大谢与齐梁小谢的艺术实践中,进一步成功地尝试了这种情景交融的新模式,为盛唐大成气象起到了积极的作用。

张九龄(678?—740),韶州曲江(今广东韶关)人。据《旧唐书》,"张说为中书令,与九龄同姓,叙为昭穆,尤亲重之","九龄既欣知己,亦依附焉",可知二张之关系。张九龄山水诗创作的高峰,是在开元中出任洪州都督期间,而其山水诗创作的最大特点,却并非在山水风景写照之出神入化,而是在于以感遇咏怀之笔吟写山水。和入唐以来之"四杰"和沈、宋比,甚至和张说比,其山水风景的写照,总给人以描写乏力的感觉。唯其如此,其凡遇写景之处,多留下刻意摹仿大谢的痕迹。这种痕迹,有时表现为对大谢以理语收束这种作风的敷衍时,甚至会令人生厌。且看《入庐山仰望瀑水》:

绝顶有悬泉,喧喧出烟杪。不知几时岁,但见无昏晓。闪闪青崖落,鲜鲜白日皎。洒流湿行云,溅沫惊飞鸟。雷吼何喷薄,箭驰入窈窕。昔闻山下蒙,今乃林峦表。物情有诡激,坤元曷纷矫。默然置此去,变化谁能了?

和他本人那首成功的《湖口望庐山瀑布水》相比,兴许更能见出此诗的不足,故再引后一首诗:

万丈红泉落,迢迢半紫氛。奔流下杂树,洒落出重云。日照虹霓似,天清风雨闻。灵山多秀色,空水共氤氲。

两诗相比,后者显然清省而宏丽,瀑水之奔飞洒落与虹霓云霞氤氲一气,融瑰奇于朦胧之中,比前者的细作刻画而又笔下乏力高出不少。至于前者尾部之理语敷衍,就更不足道了。而由这种比较便能看出,张九龄的成功之作,往往得力于以理性认知为基础的概括语言,而且能借此使诗作对物态的概括体现出强烈的主体精神。如《登郡城南楼》的"云霞千里开,洲渚万形出。澹澹澄江漫,飞飞度鸟疾。邑人半舻舰,津树多枫橘"。又如《临泛东湖》的"林与西山重,云因北风卷。晶明画不逮,阴影镜无辨。晚秀复芬敷,秋光更遥衍"。《登乐游原春望书怀》的"万壑清光满,千门喜气浮。花间直城路,草际曲江流"。此外,尚有《南还以诗代书赠京师旧僚》的"土风从楚别,山水入湘奇"等,其强烈的概括力都基于理性的认知,诗中形象所突出的,主要不是视境直觉的如画形貌,而是进入辨识理性层次的物象之理。而正是在这里,诗人容易将内在心志与外在物态营构同形。如"暝色生前浦,清晖发近山。中流澹容与,唯爱鸟飞还"(《自湘水南行》),"望鸟唯贪疾,闻猿亦罢愁。两边枫作岸,数出橘为洲"(《初如湘中有喜》),以及"苔石随人古,烟花寄酒酣"等。这里的意象营构特性,顿然令人想到李百药的"薄云向空尽,轻虹逐望斜。后窗临岸竹,前阶枕浦沙"(《雨后》)和阴铿的"鼓声随听绝,帆势与云邻"(《江津送刘光禄不及》),其中都以意象本身的呈现方式使人感到一个合情主体的存在。于是,我们再联系到张九龄《窦校书饧得云中辨江树》一诗,诗题本身已透出消息,说明时人每就小谢诗句再作生发,并以此为山水诗练习的主要作业。谢朓的"天际识归舟,云中辨江树",王夫之评谓"隐然一含情凝眺之人,呼之欲出,从此写景,乃为活景"(《古诗评选》)。由大谢的"内无乏思,外无遗物"(钟嵘《诗品》卷上)到小谢的"含情凝眺之人,呼之欲出",无疑体现出由巧写风景到令风景含情的艺术进程,而在进入盛唐之际,诗人在效法大谢的同时,又钟情于对此类"含情凝眺"之象的锤炼,这就为盛唐情境交融的境界打下了基础。

总之,二张作为政治文学之特具影响的人物,其诗意宗趣必将产生很大影响,而由他们所体现出来的诗学意识和诗美风格,也就彻底地透出了盛唐山水气象了。

张九龄诗,明人胡应麟以为其能"首创清淡之派"(《诗薮》),从而可视为后来王、孟、韦、柳之前驱。胡氏此评,确有他的道理。请看张九龄以下诸诗:

清迥江城月,流光万里同。所思如梦里,相望在庭中。皎洁青苔露,萧条黄叶风。含情不得语,频使桂华空。

——《秋夕望月》

遥夜人何在,澄潭月里行。悠悠天宇旷,切切故乡情。外物寂无扰,中流澹自清。念归林叶换,愁坐露华生。犹有汀洲鹤,宵分乍一鸣。

——《西江夜行》

乘夕棹归舟,缘源路转幽。月明看岭树,风静听溪流。岚气船间入,霜华衣上浮。猿声虽此夜,不是别家愁。

——《耒阳溪夜行》

首先,这些诗的意境中都包含着一种超越空明的清江明月式的情思,它分明吸收了《春江花月夜》的清明流丽,但却洗去了其中的华靡和缠绵。其次,诗意中凝定人事沧桑之感而为清静无扰的心境,于月明风静,孤鹤偶鸣之际,流露出禅悟般的山水清音之悟。再次,诗的语言已不再有大谢的艰涩繁富,而呈现出自然的流畅和明丽。总之,清景、深情与禅悟的交合，以浑融自然的意境相表现，而出之以绝去矫饰和巧构的平实语言，自能浸浸乎盛唐了。

二 造境清纯的诗人群落

被称为"吴中四士"的包融、贺知章、张旭、张若虚是盛唐早期在诗坛上颇负盛名的诗人群落。但四人存诗都很少，其中包融山水诗艺术特色不鲜明，贺知章不以山水诗见长。张若虚存诗仅二首，其中一首《春江花月夜》，确实将吴越清丽山水之美发挥到复绝的宇宙意识的高度。被清人王闿运称为"孤篇横绝，竟为大家"（《王志》卷二《论唐诗诸家源流》）。此外，值得简论的是著名诗人兼草书家张旭。他有诗仅六首，以下两诗却写得清纯可爱：

隐隐飞桥隔野烟，石矶西畔问渔船。桃花尽日随流水，洞在清溪何处边？

——《桃花溪》

山光物态弄春晖，莫为轻阴便拟归。纵使晴明无雨色，入云深处亦沾衣。

——《山行留客》

诗中表现出一种与自然亲密无间的闲适和洒脱。桃花流水，小桥野烟，一派寻常而不失清远的图景，将桃源的传说融入清溪与渔人闲话之中。至于入云深处的山行心态与晴岚沾衣的翠润氛围，更给人以透心的清凉和惬意。这种以行云流水般的语气所描写出的自然朴实而又清远深邃的山水境界，便是我们所说的盛唐山水诗所特有的清纯意象。

至于同时颇受张说看重的王湾，有诗亦不多，但除了前述《次北固山下》这一名篇外，其他山水吟咏中也可见其造境清纯的特色。如五古长篇《奉使登终南山》以叙述笔调描写登山、入庐至下山入城的全过程。其中写登山经历时有"石壮马径穷，苔色步缘入"之句，"石壮"一词便平易而见匠心。写山中庐舍风光，又有"境绝人不行，潭深鸟空立"之句，令人联想到后来柳宗元《小石潭记》中写潭鱼的"空游无所依"，亦可谓语无奇而景绝；至于写回程景物，有"烟色松上深，水流山下急"之句，俯仰回顾之情宛在，而景物特征全由平实无奇的语言写出。这些，都可看作清纯意象的表现。

如此清纯意象，自然是所在多见的。如张子容（生卒年不详），与孟浩然同隐于鹿门山，诗篇唱和颇多。《唐才子传》称其"兴趣高远"，可见他也是亲近山水的人。其山水吟咏清纯可爱者如《自乐城赴永嘉枉路泛白湖寄松阳李少府》：

> 西行碍浅石，北转入溪桥。树色烟轻重，湖光风动摇。百花乱飞雪，万岭叠青霄。猿挂临潭筱，鸥迎出浦桡。惟应赏心客，兹路不言遥。

永嘉乃大谢山水吟咏故地，而此诗写来却没有大谢排偶典重之风，"树色"两句，景象历历而动态丰富，更是全诗中最清纯有致的。作者还有《泛永嘉江日暮回舟》一诗云：

> 无云天欲暮，轻鹢大江清。归路烟中远，回舟月上行。傍潭窥竹暗，出屿见沙明。更值微风起，乘流丝管声。

依然是清江明月意境，但"竹暗""沙明"的视觉形象，又使一派空明中透出如置身其间的真切和亲近，这当然也是清纯意象的佳处了。

崔国辅（生卒年不详），山阴（今浙江绍兴）人，一说吴郡（今江苏苏州）人，开元十四年（726）进士。曾与王之涣等唱和。其有《石头滩作》诗云：

> 怅矣秋风时，余临石头濑。因高见远境，尽此数州内。羽山数点青，海岸杂光碎。离离树木少，漭漭湖波大。日暮千里帆，南飞落天外。须臾遂入夜，楚色有微霭。

此诗带着乐府的平易通畅，状景设辞，不求新奇工巧。但是，诗的境界阔大广远，望中景象却又真切具体。又如《宿花浦》诗中的"林烟和海雾，舟火乱江星。路转定山绕，塘连范浦横"，虽是近体，却不刻意作对，也是一派自然平实中见真切的清纯意象。

相形之下，像裴迪、祖咏者，作为山水诗大师王维的友人，就更值得注意了。

裴迪（生卒年不详），绛州闻喜（今山西闻喜县）人，一说关中（今陕西）人。早年与王维、崔兴宗隐居终南山，后王维得辋川别墅，迪常为座上客，弹琴赋诗，啸咏终日。王维《辋川集》中的作品，裴迪多有和作。如《华子岗》云："落日松风起，还家草露稀。云光侵履迹，山翠拂人衣。"三、四两句写来空灵有致，虽与王维同体咏作相比还是逊色不少，但其朴实自然中见真切有致，显然已不再是初唐气象。《青龙寺昙壁上人院集》云：

> 灵境信为绝，法堂出尘氛。自然成高致，向下看浮云。迤逦峰岫列，参差闾井分。林端远堞见，风末疏钟闻。吾师久禅寂，在世超人群。

此诗末两句有蛇足之憾，但"林端""风末"一联极自然清妙，又能体物入微，曲尽其神。与王维友善的，还有綦毋潜，开元十四年（726）进士，字孝通，虔州（州治即今江西省赣县）人。殷璠《河岳英灵集》称其"善写方外之情"。和王维、孟浩然这样的大家风度比，綦作格局显得拘谨，并显出巧构的匠心痕迹。如"舟乘晚风便，月带上潮平"（《送贾恒明府兼寄温张二司户》），"潭影竹间动，岩阴檐外斜"（《若耶溪逢孔九》），"云向竹溪尽，月从花洞临"（《登天竺寺》）等，其"窥情风景"的角度都未免有点新巧而乏自然。但是，《春泛若耶溪》便不一样了：

> 幽意无断绝，此去随所偶。晚风吹行舟，花路入溪口。际夜转西壑，隔山望南斗。潭烟飞溶溶，林月低向后。生事且弥漫，愿为持竿叟。

真是一任纯朴，写来似无意于景色，但令人生向往之心。其他如《送储十二还庄城》的"天寒噪野雀，日晚度城鸦。寂历道傍树，瞳晓原上霞"，撷取几种典型意象，自然呈现，似无刻画，却成境界。王维的山水诗友，另有祖咏（生卒年不详），洛阳人，开元十二年（724）进士。殷璠称其诗"剪刻省净，用思尤苦，气虽不高，调颇凌俗"（《河岳英灵集》卷下)。其诗如"浅沙平有路,流水漫无声。浴鸟沿波聚,潜鱼触钓惊"(《陆浑水亭》),"细烟生水上,圆月在舟中。岸势迷行客,秋声乱草虫"(《过郑曲》),"苔侵行道席,云湿生禅衣。涧鼠缘香案,山蝉噪竹扉"(《题远公经台》),"暗涧泉声小,荒冈树影闲"(《中峰居喜见苗发》),"海色晴看雨,江声夜听潮"(《江南旅情》),"林藏初过雨,风退欲归潮。江火明沙岸,云帆碍浦桥"(《泊扬子津》),"夕照明残垒,寒潮涨古壕。就田看鹤大,隔水见僧高"(《晚泊金陵亭》)等,确实都能体察到其"用思尤苦"的特点,但终究是在王昌龄所谓"了然境象"的宗旨之下。由此还可看出:走向盛唐的山水清纯意象,平易而不琐碎,朴实而不简陋,是可谓自然而不乏韵致者。

最后还须提到储光羲(706—763),润州延陵(今江苏丹阳)人,开元十四年(726)登进士第。年近三十时辞官归乡,后隐居终南山,与王维等交往。储诗以田园吟咏见称,写来自有朴野之气,语言亦朴实无华。山水与田园,本难分离,故储诗亦长于山水写照。《杂咏五首·钓鱼湾》云:

> 垂钓绿湾春,春深杏花乱。潭清疑水浅,荷动知鱼散。日暮待情人,维舟绿杨岸。

其境界造诣已近似王、孟了。《田家杂兴》中亦偶有像"落日照秋山,千岩同一色"这样的好句子。不过,总体来说,储光羲山水吟咏的主要特点,还在于实录式的写真。如《幽人居》云:"幽人下山径,去去夹青竹。滑处莓苔湿,暗中萝薜深。春朝烟雨散,犹带浮云阴。"如《过新丰道中》云:"西下长乐坂,东入新丰道。雨多车马稀,道上生秋草。太阴蔽皋陆,莫知晚与早。雷雨杳冥冥,川谷漫浩浩。"如《使过弹筝峡作》云:"鸟雀知天雪,群飞复群鸣。原田无遗粟,日暮满空城。"在盛唐山水诗人中,储光羲的艺术功力是较弱的,而其又未能如祖咏之"用思尤苦",故境界浑融者颇少。但其诗中意象,却依然呈现出盛唐诗人特有的清新自然单纯天成的特性。其《咏山泉》诗云:

> 山中有流水,借问不知名。映地为天色,飞空作雨声。转来深涧满,分出小池平。恬淡无人见,年年长自清。

整首诗的格调是浅易而平淡，一种近乎透明的朴实。

三　岑参笔下的精确山水和边塞风光

岑参（715？—770？），荆州江陵（今属湖北）人。"十五隐于嵩阳"（《感旧赋》序），作于此时的《林卧》诗有云："偶得鱼鸟趣，复兹水木凉。远峰带雨色，落日摇川光。臼中西山药，袖里淮南方。唯爱隐几时，独游无何乡。"其诗风与心境，俱可想见。约二十岁时，西上长安，献书阙下，从此往来于京洛间十来年。其间曾有游历于今河南、河北、山东境内，并留下了不少优秀的山水诗篇。如《暮秋山行》有云："疲马卧长阪，夕阳下通津。山风吹空林，飒飒如有人。"平易真切中透出悲凉意趣，确是盛唐清纯意境。殷璠称此诗"宜称幽致"，而杜确《岑嘉州诗集序》谓："时议拟公于吴均、何逊，亦可谓精当矣。"天宝三年（744），岑参进士及第。天宝八年（749），赴安西（今新疆吐鲁番市西二十里）充任安西四镇节度使高仙芝掌书记。两年后一度返京，又两年复随安西四镇节度使封常清赴边，在幕府中充安西北庭节度判官。直到肃宗至德二年（757）春始归凤翔。这期间的诗作，主要由边塞风光的歌吟组成。早期风格与此时做派可谓相映成趣。岑参后期于大历元年（766）随杜鸿渐入蜀，次年任嘉州（今四川乐山）刺史，一年后罢官，本拟由江路东归，因乱而滞留，旋改由剑阁归京，道经成都，遂寓居，大历四年（769）于成都客舍逝世。

一般文学史著作，都将岑参划入所谓"边塞诗派"。实际上，其非关边塞的山水诗作多而且好。殷璠在评品岑诗时，用了两个"奇"字："岑诗语奇体峻，意亦造奇。"我们不妨具体领略一下：

云飞不到顶，鸟去难过壁。速驾畏岩倾，单行愁路窄。平明地仍黑，停午日暂赤。

——《入剑门作寄杜杨二郎中时二公并为杜元帅判官》

诸峰皆青翠，秦岭独不开。石鼓有时鸣，秦王安在哉！东南云开处，突兀猕猴台。崖口悬瀑流，半空白皑皑。喷壁四时雨，傍村终日雷。

——《终南云际精舍寻法澄上人不遇归高冠东潭石淙望秦岭微雨作贻友人》

崖口上新月，石门破苍霭，色向群木深，光摇一潭碎。

——《终南山双峰草堂作》

江上风欲来，泊舟未能发。气昏雨已过，突兀山复出。积浪成高丘，盘涡为嵌窟。云低岸花掩，水涨滩草没。老树蛇蜕皮，崩崖龙退骨。平生抱忠信，艰险殊可忽。

——《江上阻风雨》

平旦驱驷马，旷然出五盘。江回两崖斗，日隐群峰攒。苍翠烟景曙，森沉云树寒。松疏露孤驿，花密藏回滩。栈道溪雨滑，畲田原草干。此行为知己，不觉蜀道难。

——《早上五盘岭》

细味此间诗句，终于晓悟，所谓"语奇体峻"，并非来自奇言诡字，反倒是来自状景之生动精确。特别是"精确"二字，必须提请人们注意。如"色向群木深，光摇一潭碎"写"新月"的光色印象，如"江回两崖斗，日隐群峰攒"状视野中曲岸萦绕层峦叠嶂的形势，如"老树蛇蜕皮，崩崖龙退骨"喻写老树枯形和崩峰塌势，无不曲尽其状。显而易见的是，岑参的山水写照，虽曲尽物态，却不设奇僻新巧字眼。许多意象，看似主观安排、刻意构想，其实正好反映了诗人对审美直觉的凸显。如"开门见太华，朝日映高掌。忽觉莲花峰，别来更如长"（《潼关使院怀王七季友》），乃是以今昔印象对比为潜在背景而强调莲花峰在眼前的突兀高耸，具有极强烈的视觉感。又如"分明峰头树，倒插秋江底"（《峨眉东脚临江听猿怀二室旧庐》），将诗人第一印象产生的内心感受真切传出，实现了物象的形貌与感物心理的自然合一，不是借景物渲染抒写另一种主体固有的心境，而是借"视境于心"的感物心理的特定结构来塑造此时此地的景物形象，从而使观物主体与山水客体共同消融在"这一个"的直觉形象之中。倘若再读作者以下诗句，将更能体会到其透视印象与心理感觉的水乳交融：

玉垒天晴望，诸峰尽觉低。故园江树北，斜日岭云西。旷野看人小，长空共鸟齐。高山徒仰止，不得日攀跻。

——《酬崔十三侍御登玉垒山思故园见寄》

鸟向望中灭，雨侵晴处飞。

——《南楼送韦凭》

醉经秦树远，梦怯汉川长。雨过风头黑，云开日脚黄。

——《送李司谏归京》

雪融双树湿，沙暗一灯烧。竹外山低塔，藤间院隔桥。

——《雪后与群公过慈恩寺》

万顷浸天色，千寻穷地根。舟移城入树，岸阔水浮村。

——《与鄠县群官泛渼陂》

高阁逼诸天，登临近日边。晴开万井树，愁看五陵烟。槛外低秦岭，窗中小渭川。

——《登总持阁》

其中，像"旷野看人小，长空共鸟齐"与"竹外山低塔，藤间院隔桥"，虽一阔大一细小，但都属于极富空间距离感与空间层次感的诗意形象。"旷野看人小"的"小"和"窗中小渭川"的"小"，再真切不过地表现了此际主体心理的反应。联系到"舟移城入树，岸阔水浮村"中的"人""浮"两字，则尤能发现，诗人对山水物象的捕捉与描绘，是以空间透视中不同景深层次的位移特征来呈示动态的。如此状景，其景乃活——一种非借助主观想象和夸张的自然生意。

当然，岑参山水诗境之所以别出于盛唐诸家，更在于其边塞风光的描述。《过碛》诗云：

黄沙碛里客行迷，四望云天直下低。为言地尽天还尽，行到安西更向西。

这里所表现的，乃是对大漠风光的第一印象，空旷四远的直觉，是那样强烈，也是那样鲜明。其他如"异域阴山外，孤城雪海边。秋来唯有雁，夏尽不闻蝉"（《首秋轮台》），"孤城天北畔，绝域海西头。秋雪春仍下，朝风夜不休"（《北庭作》）等，也都是赋笔纪实之作。一般论者以为，岑参以亲身经历纪实边塞奇观，如"我来严冬时，山下多炎风"的火焰山，又以好奇之心虚构传闻中的绝域奇景，如"侧闻阴山胡儿语，西头热海水如煮"的热海，实为山水诗境之一大开拓。确实如此。但是，这里所谓开拓，还只是说到他对山水写照对象的涉新取奇；我们还应该进一步去关注作者"写了什么"后面的另一个问题——怎样去写。《初过陇山途中呈宇文判官》云：

> 一驿过一驿，驿骑如星流。平明发咸阳，暮及陇山头。陇水不可听，呜咽令人愁。沙尘扑马汗，雾露凝貂裘。西来谁家子，自道新封侯。前月发安西，路上无停留。都护犹未到，来时在西州。十日过沙碛，终朝风不休。马走碎石中，四蹄皆血流。万里奉王事，一身无所求。也知塞垣苦，岂为妻子谋。

由陇山再往西，入河西走廊便到了武威。诗《武威送刘单判官赴安西行营便呈高开府》有云：

> 曾到交河城，风土断人肠。寒驿远如点，边烽互相望。赤亭多飘风，鼓怒不可当。有时无人行，沙石乱飘扬。夜静天萧条，鬼哭夹道傍。地上多髑髅，皆是古战场。

面对这样的诗句，不禁使人想到宋人严羽的话："高、岑之诗悲壮，读之使人感慨。"（《沧浪诗话》）从总体情调上讲，边塞山水的苍凉本就与江南山水的清丽形成鲜明的对照。南国水乡本是赏心悦目之物，而面对大漠穷塞，人们实际上是在悲壮苍凉中感到一种崇高美感。在这个意义上，我们认为，岑参对山水诗的开拓，其内在意蕴，则是引入了一种悲凉慷慨的美感意识。正因为有此美感意识的支撑，所以，才会有"北风卷地白草折，胡天八月即飞雪。忽如一夜春风来，千树万树梨花开"（《白雪歌送武判官归京》）这种化肃杀萧条为烂漫温馨的诗意构想。试将诗中"春风""梨花"的意象与"瀚海阑干百丈冰，愁云惨淡万里凝"的真实感受联系起来领会，人们自会感到那春之气息的微弱和渺茫。诗人所着意渲染的，依然是那"君不见走马川行雪海边，平沙莽莽黄入天！轮台九月风夜吼，一川碎石大如斗，随风满地石乱走"（《走马川行奉送出师西征》）的苍莽境界。和前此诗人的边塞吟唱比起来，岑参之作才真正以强烈的纪实性将大漠苍凉的景象展现在读者面前，那"风头如刀面如割"（《走马川行》），"剑河风急雪片阔，沙口石冻马蹄脱"（《轮台歌》）的极真切极强烈的感受，为读者开创一个如身临其境般的新奇世界。而在风沙吹打中领略到苍莽景象，遂使"平沙莽莽黄入天"的单调顿然转化为精神充实的慷慨意气。

综上所述，以岑参这样一位善于表现山水透视之美的诗家高手，又兼得于巴蜀江南、洛京中原与塞北大漠之不同景致，从而就奠定了他在盛唐山水诗史上的地位。而岑诗之所以显得既有清切幽远又有苍莽悲壮，无非证明了他具有"随物赋形"的艺术造诣。"随物赋形"，才能曲尽种种不同之景象，才能各尽自然之自然。尽管像许多学者所指出的那样，岑参山水吟咏有上承吴均、何逊而下开"钱刘卢李"（王世懋《艺圃撷余》）的特性，但是，其典型的风格和主要成就，其实并不在取象之奇与运思之巧，而在于因物自然且纪实写真。换言之，其"奇造幽致"乃自然而奇、自然而幽，故仍是盛唐清纯自然的典型代表之一。

第三节　孟浩然的疏体山水

孟浩然是历来所谓唐代山水田园诗派的代表人物之一。诗史上向来王、孟并称。然而，认真分析，孟浩然的山水诗造诣，尽管与王维一样都能体现着盛唐清纯自然的气象，却又具有其不容忽视的个性特征。

一　孟浩然的生平与游踪

孟浩然（689—740），襄州襄阳（今湖北襄阳）人。其四十岁前，居家习文，家居襄阳郊外岘山附近，"敝庐在郊外，素业唯田园。左右村野旷，不闻城市喧"（《涧南园即事贻皎上人》）。离此东南三十里，隔汉江有鹿门山，乃东汉庞德公栖隐之处，孟浩然与好友王迥隐居在此，时常登览，放眼怀古，心境与山水为一。

开元十六年（728），孟浩然入京应举而无所获。滞留长安约一年，与王维结为忘形之交。开元十七年（729）还乡。次年又离乡出游，赴洛阳，后至越，沿汴水、邗沟、江南河南下，经润州、苏州、太湖抵杭州而到越中。这期间，他游历了许多吴越名胜，多有诗篇吟咏。此外，他还去过扬州，并有湘、桂、洞庭之游，曾至豫章（今南昌），且游历过三峡。

孟浩然并非专心隐居。其《书怀贻京邑同好》诗云：

　　　　执鞭慕夫子，捧檄怀毛公。感激遂弹冠，安能守固穷。

四十岁时作的《田家元日》诗亦云：

> 我年已强壮，无禄尚忧农。

足见功名之心殷切。但是，"不才明主弃，多病故人疏"（《岁暮归南山》），时运不济，徒叹奈何。王士源《孟浩然集序》状其神形云：

> 骨貌淑清，风神散朗。

完全是晋宋雅士的神韵。这倒更符合他作为山水田园诗人的身份。

二　江山之助与清疏风格

孟浩然早期长时间地生活在家乡附近的山水田园氛围之中，这对他的山水诗心和山水诗风都产生了重要的影响。由于这种影响，孟浩然的山水诗歌便与吴越诗人和齐梁诗体保持着某种联系。且来看两首与鹿门山有关的诗。其《登鹿门山怀古》诗中的写景部分云：

> 清晓因兴来，乘流越江岘。沙禽近方识，浦树遥莫辨。渐至鹿门山，山明翠微浅。岩潭多屈曲，舟楫屡回转。

而《夜归鹿门山歌》云：

> 山寺鸣钟昼已昏，渔梁渡头争渡喧。人随沙岸向江村，余亦乘舟归鹿门。鹿门月照开烟树，忽到庞公栖隐处。岩扉松径长寂寥，唯有幽人自来去。

所谓"清晓因兴来"的"兴"，也就是孟浩然多次在诗中提到的"兴是清秋发"（《秋登万山寄张五》）、"湖山发兴多"（《九月龙沙作寄刘大虚》）的"兴"。我以为，此间所谓"兴"意蕴有二：其一，即《世说新语》载王子猷雪夜访戴所言"乘兴而来，兴尽而返"之所谓"兴"，他指谓主体某种自然而生的冲动、兴致；其二，即钟嵘《诗品》评谢灵运而曰"若人兴多才高，寓目辄书"之所谓"兴"，它倾向于指称对山水风光的特殊喜好和饱满热情。两相结合，孟浩然之山水诗，便确乎有一种唯求尽兴的特性。如前引第一首诗，对乘流至鹿门山的沿途景色和鹿门山的形貌特征，并未作大谢式的铺排，而是以沿途的朦胧来映衬鹿门山的明朗，接下来就出之以概括了。这既是由于其"兴"致本来重在鹿门，也是出于像小谢那样的疏朗意趣。上引第二首诗更是名作佳唱，而其"兴"之所在，无非题目中的"夜归"之"归"。从黄昏到月夜，从争渡喧的渡口到长寂寥的栖处，都非常具象化地呈示出一种"归"的过程。尤其是"人随沙岸向江村，余亦乘舟归鹿门"两句，暗示出自己之归于栖隐是与世人之日夕还家一样地自然而然，但这种暗示实则是一种隐喻，而隐喻本身则完全是纪实性描述，不仅毫不出奇，甚至毫无特别之处，亦唯其如此，才有朴实平淡中的深意和幽趣。总之，一个"兴"字使孟浩然笔下的山水风光都同时显得是一种情绪的流露，是一种意味的渲染，那种工巧细密的体物语汇因此被淡化了，那种玄奥抽象的体道语汇因此也被淡化了，读者所接触到的，确乎是一种情绪化了的景致和具体化了的意象。

当然，这并不意味着孟浩然的山水诗不擅长于状写风物。如《云门寺西六七里，闻符公兰若最幽，与薛八同往》一诗中，"小溪劣容舟，怪石屡惊马"两句，便已将其境之幽奇深邃尽行传出。又《途中遇晴》诗云：

　　已失巴陵雨，犹逢蜀坂泥。天开斜景遍，山出晚云低。余湿犹沾草，残流尚入溪。今宵有明月，乡思远凄凄。

诗中写雨后初晴、黄昏斜照中的旅途景色，处处意象犹带雨意，亦初露晴象，"天开"者，出于"晚云"之间，想见其时景致，当是在低垂的阴云与露出脊梁的山岭之间，一线晴天放明，斜照万缕射彩，而"犹""尚"二字更分明告诉读者，此际方才有晴。写来有声有色，不尚奇巧而自然真切有致。又如《赴京途中遇雪》诗云：

　　迢递秦京道，苍茫岁暮天。穷阴连晦朔，积雪满山川。落雁迷沙渚，饥乌噪野田。客愁空伫立，不见有人烟。

诗中仅只"落雁"两句实写雪后景物，而且基本是据实道来，不尚巧构，但秦中冬日景象，已然历历在目。尽管诗语之重点，并未放在写景上，但由于全诗弥漫着一种苍茫阴沉的氛围，故落雁与饥乌的迷茫似亦折射着诗人心境中的一点清寒，最终使"客愁"二字自有无须申言的深长意味。的确，和大谢那排偶而出的密集型山水意象比起来，孟浩然显然是意象疏朗型的，而此疏朗意象又每每呈现出那种如据实道来般的自然天成和朴实无华。然而，我们却不能不看到，若不能以少总多而与意象密集者相匹敌，其作为山水写照的魅力就要受到影响了。而在这方面，孟浩然的独特造诣在于，他在以言情之心理写景的基础上，创造出其景象势态超出于一物一象的整体性境界。如《宿桐庐江寄广陵旧游》诗云：

山暝闻猿愁，沧江急夜流。风鸣两岸叶，月照一孤舟。建德非吾土，维扬忆旧游。还将两行泪，遥寄海西头。

起首赋愁，又借"沧江"一句使其意象化，而有了"沧江"一句，则写景的三四句便有水到渠成之好，两岸风叶入耳，与沧江涛声相交，空中孤月，江上孤舟，孤寂清冷中不乏动势，确能使人领略到山水与心境相契无间的韵味。也许，更典型的还应是《秋登兰山寄张五》：

北山白云里，隐者自怡悦。相望试登高，心飞逐鸟灭。愁因薄暮起，兴是清秋发。时见归村人，沙行渡头歇。天边树若荠，江畔舟如月。何当载酒来，共醉重阳节。

日后南宋姜夔《点绛唇》词有"燕雁无心，太湖西畔随云去"之句，张炎引而称之为"清空""意趣高远"之作（《词源》）。孟浩然此际之吟，以隐者自相怡悦的襟怀兴起，使重阳登高有了超出常人的高远旷逸情趣。而薄暮之愁与清秋之兴，乃是此诗之中心，一种清愁——清淡化、清远化的人生愁绪——为全诗定下基调。至于接下四句，若联系《夜归鹿门山歌》来读，当更饶滋味。在这里，带着田园恬静色彩的人世风情画，成了高远逸趣的呈示媒介，而"天边树若荠，江畔舟如月"这样明静安详的风光写照，又给整个诗境以赏心悦目的美。看来，孟浩然在情绪化（抒情化）的山水写照创作中，每将眼前景象作典型处理，而其典型化的原则，主要在于传达其高远旷逸而又富于人间情味的览物感会之心。亦唯其如此，他对山水景象的刻画，往往能达到正面具细刻画所无法做到的"言有尽而意无穷"的特殊境界。

三 "江清月近人"的诗美理想

孟浩然的诗美理想，颇不易于确认。这里，我们不过是袭用王国维以其人诗语评品其人风格的方法，借孟浩然《宿建德江》一诗中的句子来试作点悟而已。而此中关键，我们认为，正在其犹如清澈见底而无碍意象之近人亲切的语言造诣。其《本阇黎新亭作》云："弃象玄应悟，忘言理必该。"《途中九日怀襄阳》云："谁采篱下菊，应闲池上楼。"前者申其忘言忘象之悟性，后者明其兼得陶、谢之心胸，两相交合，自然会导致化艰奥繁富为平易清省，更能求其言外之意、象外之旨的创作意识。这一意识表现于诗歌创作实践中，或感吟写景而作感觉过程的纪实，或登眺览物而提摄自然之精神，或对景传神而作环境气氛的渲染，要之，最终能臻于不事刻画而弥见状景见情之胜的艺术境界。

首先，凡山水诗必要有对风景印象的描写，而大谢以来，以五古排偶之法承传，其罗列景物每带赋体特征，或其东其西其南其北而对仗展开，或远近、高低、疏密、浓淡、声色相映发而刻画，凡此，实际上都是一种人为的"巧构"。我们说盛唐山水意象超越"巧构"而近于自然，就是说已不再以人工的对偶排比来打乱览景感物的自然过程序列。不仅如此，其对景观过程的表现是同对景物层次（空间位置）的表现有机统一的，而这种时空交融的浑融意境又呈现为具体的感性形象化的景物特征之刻画。如《早发渔浦潭》有云：

> 东旭早光芒，渚禽已惊聒。卧闻渔浦口，桡声暗相拨。日出气象分，始知江湖阔。

又如《登鹿门山怀古》有云：

> 清晓因兴来，乘流越江岘。沙禽近方识，浦树遥莫辨。渐至鹿门山，山明翠微浅。

显而易见，在这里，诗人之行迹游踪分明是以景物层层展开的方式来叙写的，而与此相关，景物的层层展开又是以诗人行迹游踪的方式来表现的，而以上彼此两项的自然融合，又使得诗中并没有与诗人之感兴无关的景物，于是，最终才达到了可称为情景交融而不可分解的艺术境界。同时，有必要说明，孟浩然如此这般的景物写照，有一种但写真情实景而无意别求辞藻的倾向，这当然也是盛唐诸公所共同具有的倾向。说到这里，我们有兴趣再约略讨论一下中国诗画空间透视意识问题（在下面王维一节中还将涉及，这里初步讨论一下）。至少，由这里孟浩然取景写景的方式中可以看出，诗人所遵循的透视取景的方法，并不是所谓游目移形，自由俯仰的方法，倒是十分忠实于随主体活动而展开相应景物空间的方法。其透视的目光，并没有凭借主观想象的自由而任心驰骋。这就提醒我们，那种简单化的中西异质之论，实在是误人非浅。

其次，孟浩然山水诗之所以能有疏朗清明的体势，又因为他能在览物写照之际提摄山水之精神，而不去作具细琐碎之刻画。请看《彭蠡湖中望庐山》诗：

太虚生月晕，舟子知天风。挂席候明发，渺漫平湖中。中流见匡阜，势压九江雄。黤黕凝黛色，峥嵘当曙空。香炉初上日，瀑布喷成虹。久欲追尚子，况兹怀远公。我来限于役，未暇息微躬。淮海途将半，星霜岁欲穷。寄言岩栖者，毕趣当来同。

一般论者每强调此诗犹如"气蒸云梦泽，波撼岳阳城"诗之具壮逸之气，我私意以为，凡洞庭、匡庐、三峡一类景观，由其景观本身之壮伟，任何人歌咏之际，都自然会有壮气充盈其间的。唯其如此，那种能于寻常景物吟咏中体现壮逸之气者，才真正是以壮气赋诗的作者。回到孟浩然此诗，作为一首"望庐山"的作品，其于望中匡庐景象，不过只有寥寥数语，除了"势压九江雄"这一认知理性的诗句外，对其势之雄的具象描写，只有以下四句。而正是这四句，紧紧抓住平湖仰视的特定角度，强调山势峥嵘而凝重、山色深沉如凝黛的整体印象，同时凸显朝阳映照下香炉飞瀑的虹霓，便将庐山之奇伟壮丽逼真传出。和全诗十八句的篇幅相比，切合题义"望庐山"的内容似乎偏少，但由于其能提摄景物精神，故寥寥数语如点睛之笔，全诗虽多叙情抒思之语，仍不失山水写照之韵致。其实，仅从《云门寺西六七里，闻符公兰若最幽，与薛八同往》一诗中的"小溪劣容舟，怪石屡惊马"，就可以体会到孟浩然提神摄魂之语的魅力了。

孟浩然于山水临眺之际，往往采取不犯正位的侧面渲染和意蕴引发手法。不言而喻，这可以看作对自南朝大谢以来致力于正面描绘之诗艺传统的自觉改造。《晚泊浔阳望香炉峰》诗云：

> 挂席几千里，名山都未逢。泊舟浔阳郭，始见香炉峰。尝读远公传，永怀尘外踪。东林精舍近，日暮空闻钟。

依唐人一般惯例，题中有"望香炉峰"字样者，多必尽其眺望之致，如杜甫之《望岳》，如李白之《望庐山瀑布二首》，等等。孟浩然此诗则不然。全诗可分两截，前半写挂帆千里始见香炉，以尽见相见不易，后半写向往日久而意在尘外之趣。前后合璧，大有夫子之意不在山而在东林钟韵之间的意味。如此写法，完全可以将题目换作《晚泊浔阳望香炉峰怀古有感》之类，但诗人仍用一般山水临眺的题目，故可以视为对正面描绘之传统的有意改造，而其效果亦极为成功。又如《与颜钱塘登樟亭望潮作》诗云：

> 百里闻雷震，鸣弦暂辍弹。府中连骑出，江上待潮观。照日秋云迥，浮天渤澥宽。惊涛来似雪，一坐凛生寒。

此诗结束在大潮来临之际，自然将无限风光留给了读者的想象，而为了充分调动读者想象力的积蓄，诗中作了层层铺垫：百里之外，已闻其声，致使鸣弦不得不辍，其声势已出；宾从连骑而出，待观其潮，其情势已足；而此时江上，但见秋云高远，日照明朗，江面阔远，若浮天宇，是以其形势已备；于是惊涛巨潮挟凛凛寒气而来，其必充塞天宇而成一时奇观！将高潮留在诗境之外，等于将本当正面描绘的景观留作言外之象，这不正是他以忘言忘象之谛来引导山水诗创作的具体表现吗？联系他在山水写照整体上的疏简作风，我们因此有了更深入的理解：孟浩然之所以笔法简疏，非无力之为，乃无意为之。这是对巧构形似之语的一种超越了。

综上所述，孟浩然以其清淡疏简的整体风格，为盛唐山水诗的清纯境界呈示出其个性化的成功范型。而饶有兴味的是，在孟浩然的诗作中，其实亦不乏如齐梁阴何之体物入微而构景工致者，如"乡泪客中尽，孤帆天际看"（《早寒江上有怀》），"露气闻芳杜，歌声识采莲"（《夜渡湘水》），"孤烟村际起，归雁天边去"（《南归阻雪》），等等。而像"岁月青松老，风霜苦竹疏"(《寻白鹤岩张子容隐居》)这样的诗句,亦确然显示出其未尝不精心构思而令意象幽深奇崛的一面。但是,孟浩然同时却又在追求着无意而意已至的自然高妙境界,在实践着简笔白描、提摄精神乃至于不犯正位的新方法。其实,不同格调共存一身,才体现出诗人于承传之际力求发展开拓的创新精神。因为所谓超越者,实质在于包容,既能前人所能,复能前人所不能,是之谓超越。以此观照孟浩然的山水诗创作,就不会有认识和评品上的误解了。最后,我们想特意提到《鹦鹉洲送王九之江左》一诗,诗云:

> 昔登江上黄鹤楼,遥爱江中鹦鹉洲。洲势逶迤绕碧流,鸳鸯鸂鶒满滩头。滩头日落沙碛长,金沙熠熠动飙光。舟人牵锦缆,浣女结罗裳。月明全见芦花白,风起遥闻杜若香,君行采采莫相忘。

这首充满南国曲调的歌行体篇章,说明孟浩然未必不能作流丽清绮之词,也说明他受南朝及初唐情韵浸润之深。但孟夫子的"风流",毕竟不在这里。孟浩然山水境界,一言以蔽之,"江清月近人"是也。

第四节　王维:兴会视境入禅机

王维,无疑是唐代最著名的山水田园诗人。就多才多艺而言,盛唐诸公,没有人能及得上他;就诗思入禅而言,也未见得有人能及得上他。宋人苏轼有"诗中有画"之誉,清人王渔洋有"字字入禅"之解,凡此,都是我们今天再来面对王维时的参照系。

一　王维的生平与心态

王维(701—761),蒲州(今山西永济市西)人,或曰太原祁(今山西祁县)人,于其父辈时迁居蒲州。

王维有《哭祖六自虚》诗,系诗人十八岁时所作。诗中有"花时金谷隐,月夜竹林眠"句,可证作者少时(十八岁以前)曾有金谷之隐。《太平广记》云:"王维年未弱冠,游历诸贵之间,尤为岐王所眷重。"众所周知,洛阳金谷,自晋时便是贵族园林兴盛之所,而入唐以来,贵族与士人亦复热心于池苑林园之宴游与吟唱,王维少时便沉浸在如此氛围之中，无疑将对其诗歌创作道路的选择设计产生重要影响。

开元九年（721）进士第，释褐为太乐丞。后因伶人舞黄狮子一事而受连累，贬济州（州治在今山东东阿县西北）司仓参军，时间约在开元十三年（725）。在济州三年，开元十六年（728）返回京都长安。从此时至开元二十二年（734），张九龄为相，而王维献诗以求汲引并于次年被擢为右拾遗。大约五六年间，王维曾有淇上（今河南淇河一带）之隐。而在开元二十三年（735）授右拾遗前，又有短时期的嵩山之隐。要之，这种生活，正可以说是亦仕亦隐，以隐待仕，以仕扶隐吧。此后，屡有升迁，历任河西节度府判官、殿中侍御史、左补阙、库部郎中、文部郎中，天宝末年迁给事中。仕途还算顺利。值开元末天宝初，王维有终南、辋川之隐。对此王维隐居之所，学者颇有歧见，有人以为，"终南别业"即"辋川别业"，乃同地异称[1]，有的学者以为，当为两个处所，其间尚有一段距离[2]。在我看来，此事无关宏旨，可略而不议。

安史乱中，王维陷于叛军，其服药取痢，假装喑哑，可谓用心良苦，于无奈中能设法保全名节，亦是可贵。安史之乱后，其心迹终被谅解，遂得宽恕。兼其弟王缙平叛有功，请削官为兄赎罪，遂使王维仅降官为太子中允，且终拜给事中，后又擢为尚书右丞。总体看来，其仕途还是平稳的。

既然王维的生活道路是典型的亦官亦隐，那么，如何调谐此仕隐之间的矛盾，实在是其心态建构之关键所在。一般学者都以为，在王维的生活历程中，与张九龄知遇是为枢机，初拜右拾遗，有献给当时执政张九龄的《献始兴公》一诗：

> 宁栖野树林，宁饮涧水流。不用坐梁肉，崎岖见王侯。鄙哉匹夫节，布褐将白头。任智诚则短，守仁固其优。侧闻大君子，安问党与仇。所不卖公器，动为苍生谋。贱子跪自陈，可为帐下不？感激有公议，曲私非所求。

此虽系干谒文字，但其中"守仁固其优"的自我明志还是真诚的。当然，

---

[1] 陈允吉：《王维"终南别业"即"辋川别业"考——兼与陈贻焮等同志商榷》，《文学遗产》1985年第1期。

[2] 葛晓音：《山水田园诗派研究》，辽宁大学出版社1993年版，第219页。

这并不意味着王维一生不曾有过强烈的功名事业心。众所周知，王维早年，是颇有任侠之志的。然而，一来唐人固受着此前而有的仕隐出处之智慧的浸染，二来唐代尤其流行过"终南捷径"的思潮，所以，在王维这里，仕隐之间，本有一种相互为用而相得益彰的关系。这种关系之所以最终发展为"无可无不可"的禅机心理，有两样东西起了催化作用。其一，是其特殊的生活经历，安史乱中陷贼，本属无奈，且心存朝廷，赋诗寓意，但归朝被赦后，依然不免"仰厕群臣，亦复何施其面"（《谢除太子中允表》）的自惭形秽，尤其不可忽视的是，在诗人的自惭形秽中，我们不难想见"群臣"的侧目而视，人情炎凉，本自复杂，其出于时势者远多于出自道德理性者，此不由人，实如运命，故经此一变，诗人于是非曲直之道，就只能取一种"无可无不可"的观念了。其二，便是禅宗的影响。在晚年所作《与魏居士书》中，他淋漓尽致地发挥了"长林丰草，岂与官署门阑有异"的道理，责陶潜之行为是"忘大宗小"，并最终提出"身心相离，理事俱如，则何往而不适"的原则。一言以蔽之，王维的心态模式，正以此"身心相离"为基础，而以"无可无不可"为导向。所谓"身心相离"，既可以是身在江湖而心存魏阙，亦可以是身在朝市而心游江湖，这样，"终南捷径"有了存在的合理性，"朝隐"也有了存在的合理性。这确实可称得上一种兼综复合性的心理结构。

无论是和执着于功名事业者相比，还是和沉浸于山林野逸者相比，王维因此进入一种随缘自在而本心虚无的精神状态，这就是能随物赋形的空明虚灵之性，本无尘埃而何须拂拭的自在清净之心。在他的山水田园的写照中，最深层里所持有的，正是这样一种清静空明的精神气韵。

二　出入世间的风景线

王维，作为向来所谓唐代山水田园诗派的代表作家，为后人留下了大量优美的风景写照之作。王维诗的风景线，不全是山居清静的观照，也有傍城村野的写生，也有京华街市的浏览和津亭送别的点染，诗中的景观丰富而生动。如其《寒食城东即事》诗云：

清溪一道穿桃李，演漾绿蒲涵白芷。溪上人家凡几家，落花半落东流水。蹴鞠屡过飞鸟上，秋千竞出垂杨里。少年分日作遨游，不用清明兼上巳。

在这里，桃李溪上的风光和游乐风情融合为一了。试将此诗与其《桃源行》中"渔舟逐水爱山春，两岸桃花夹古津。坐看红树不知远，行尽青溪不见人。……遥看一处攒云树，近入千家散花竹。……月明松下房栊静，日出云中鸡犬喧。……平明闾巷扫花开，薄暮渔樵乘水入"的描写联系起来，我们很容易发现，王维将"世外桃源"世间化了，并且在流露出繁华祥和之生活乐趣的同时，着意地渲染着鲜亮清丽的自然风景。显而易见，王维由此表现出一片深爱世间生活的真实性情。

自然风光，一旦进入诗人心眼，就含有人文意味，在这个意义上，诗人取景描绘的特点，便能够体现出一定的人文精神。王维笔下描绘过丰富的自然风光，但这些呈示在诗人笔下的自然风景线，多能渗入特定的风土人情。不仅如此，其对风土人情的关注，并非出于好奇之心，而是以平常心对平常事，从中表现出对人生与其生命的朴素的爱怜。且看两首七律：

> 渭水自萦秦塞曲，黄山旧绕汉宫斜。銮舆迥出千门柳，阁道回看上苑花。云里帝城双凤阙，雨中春树万人家。为乘阳气行时令，不是宸游玩物华。
>
> ——《奉和圣制从蓬莱向兴庆阁道中留春雨中春望之作应制》
>
> 积雨空林烟火迟，蒸藜炊黍饷东菑。漠漠水田飞白鹭，阴阴夏木啭黄鹂。山中习静观朝槿，松下清斋折露葵。野老与人争席罢，海鸥何事更相疑。
>
> ——《积雨辋川庄作》

其中"云里帝城双凤阙，雨中春树万人家"同"漠漠水田飞白鹭，阴阴夏木啭黄鹂"两联，一帝都雨中景观，一村野雨中风光，一者将繁华融入雄浑气象，一者将朴野转为灵动意象，总之，都是于平常境界中发现美的自然风景和美的生活意味的。

就山水田园诗而言，所谓美的生活意味，不能不主要指谓对田园村野生活的欣赏。而值得注意的是，王维笔下的田园风光风情，既有隐士归田式的自我怡悦，又有野老村居式的自然真实。前者如《田园乐》组诗，"杏树坛边渔父，桃花源里人家"（其三），"牛羊自归村巷，童稚不识衣冠"（其四），"花落家童未扫，莺啼山客犹眠"（其六），这里的田园乐，

显然有"世外桃源"的人文意味,是理想化的、隐士心境的田园风光风情。后者则有如《田家》诗云:

> 旧谷行将尽,良苗未可希。老年方爱粥,卒岁且无衣。雀乳青苔井,鸡鸣白板扉。柴车驾羸牸,草屦牧豪猪。夕雨红榴折,新秋绿芋肥。饷田桑下憩,旁舍草中归。住处名愚谷,何烦问是非。

倘没有结句的申明意旨,全诗皆系景语,而且是以纪实白描手法对野老贫寒清苦生活的写照。但是,读完全诗,我们并没有悯农意识的自然兴发,反倒在红榴绿芋的映衬下,倍觉青苔古井、白板柴门的朴野之美,并且使羸牛柴车、草鞋牧猪的生活景象也生出了朴而真的诗意。之所以能够如此,当然是因为王维是以一颗出入世间而恬然静处于"无可无不可"之境的心眼来对待田园风物的。出世的超然使诗人保持了与现实的心理距离,而入世的执着主要体现为对亲历实证的忠诚,遂有了这种出世间亦在世间的风景风情之诗美。

这种兼综出世间与在世间之情趣的诗美境界,非常典型地反映在王维的《山中与裴秀才迪书》中:

> 近腊月下,景气和畅,故山殊可过,足下方温经,猥不敢相烦,辄便独往山中,憩感配寺,与山僧饭讫而去。比涉玄灞,清月映郭。夜登华子冈,辋水沦涟,与月上下。寒山远火,明灭林外,深巷寒犬,吠声如豹,村墟夜舂,复与疏钟相间。此时独坐,童仆静默,多思曩昔,携手赋诗,步仄径,临清流也。当待春中,草木蔓发,春山可望,轻鲦出水,白鸥矫翼,露湿青皋,麦陇朝雊,斯之不远,倘能从我游乎?非子天机清妙者,岂能以此不急之务相邀!然是中有深趣矣,无忽!

黄庭坚尝言,王维有"泉石膏肓"之症,也就是说,王维有一种对山水田园的致命的喜好。而不可忽略的是,这种唯"天机清妙"者方能领悟的"深趣",实际上是原始自然与人间烟火的交融体。"村墟夜舂,复与疏钟相间",作为诗意化的意象,最生动不过地表现出既出世又入世的人文意蕴。正是如此意蕴的主导作用,使王维笔下极少出现荒远苦寒或僻远幽险的山水风景,一切都来得鲜亮、安详、平和而自然。

三 诗境如画,气韵清敦

王维本擅画艺,当其山水田园写照之际,自然饶有画境之美。

绘画,是一种以光色形象表现视觉感受的艺术。诗境如画,自然就意味着对光色印象的执着。不过,我们不能仅仅停留在王维诗善用色彩描绘和诗中形象多合画面构图的一般性理解上,我们总得深入一点才是。先看田园风光的例子:

> 郭门临渡头,村树连溪口。白水明田外,碧峰出山后。
> ——《新晴野望》
> 屏居淇水上,东野旷无山。日隐桑柘外,河明闾井间。牧童望村去,猎犬随人还。
> ——《淇上即事田园》

不难发现,诗人于所写景物,无不清晰呈示其客观的空间位置以及景物与景物之间的层次关系。缘此,就能造成一种立体的空间真实感。只有领会了诗中特定的景物空间位置和层次关系,才能理解"白水明田外""河明闾井间"的"明"。原来,此"明"者,即"白"之谓,它正是对平远视觉中水面光色印象的准确描绘。明晓了诗人如此精确而传神的光色印象再现,才好来读如下面这样的灵妙小诗:

> 荆溪白石出,天寒红叶稀。山路元无雨,空翠湿人衣。
> ——《山中》
> 轻阴阁小雨,深院昼慵开。坐看苍苔色,欲上人衣来。
> ——《书事》

这两诗其实是虚写与实写雨意的光色印象。《山中》诗所写,乃是一片绿色在天寒气候中给人造成的细雨之"湿"意;而《书事》一诗则是写小雨氛围中深院苍苔之色的弥漫。如此意象,皆非想象,而是绿色的视觉印象和寒意湿润的身心感觉的一种重合。亦唯其如此,王维诗之诗境如画,乃是充满诗意的画——包含着画外气韵的画境。在《田园乐》组诗中,王维有"桃红复合宿雨,绿柳更带春烟"之句,看来,诗人似乎于"烟""雨"之景格外钟情,联系到其作为水墨画创始人的画学地位,这"烟""雨"风景之癖,便不是偶然的了。

诚然,王维诗是擅长于安排景物形象的色彩对比效果的。如"官舍梅初紫,宫门柳见黄"(《春日直门下省早朝》),这"紫""黄"两色,即互为补色,可谓相得益彰,因而对比效果尤出。但是,像"日落江湖白,潮来天地青"(《送邢桂州》)这样的诗句,便显然不是有意的安排,而是以江湖动静之际的不同光色印象作对比来传达对象之神致。也许,由于王维同时又精谙音乐的缘故,其诗中的景物光色印象,往往有与声响效果相通会的艺术效果。如《青溪》诗云:"声喧乱石中,色静深松里。"如《过香积寺》诗云:"泉声咽危石,日色冷青松。"试比较"色静深松里"与"日色冷青松",前者实质上是将深松林里的一派静寂之感叠印在青溪流淌松林深处时的幽深光色印象之上了,而后者则是将身处青松古林时的幽冷感觉叠合在穿射林间的日光形象之上。总之,这都是一种善于将相通感觉作复合性处理的高妙手法,但之所以毫无巧构痕迹,实在于诗人"处身于境"之际,其感觉感受本就是多重的,故最终能出之以自然。

看来,执著于视境的客观真实,创造出一种如身临其境的诗意境界,让人领受到丰富而又不失清纯的形象美,乃是王维诗境如画的要谛所在。而在创造此如画之诗境时,我们觉得,诗人特别注意"目击可图"的效应和欣欣自然的动感,并尤其能于此动感的画境中传达出安详宁静的意志神情。《汉江临泛》云:"江流天地外,山色有无中。郡邑浮前浦,波澜动远空。"这完全是出于江上泛舟而感觉到的特定真实。"江流天地外"这一意象,实际上和"郡邑浮前浦"一样,都含有视觉真实引起的心理错觉因素,若非要以盛唐人超越时空的艺术心理来作说解,反有失王维诗境的写实风格,宗白华先生谈中国诗画的艺术精神,尝欣赏于"提神太虚"而不拘定点透视的宇宙意识和音乐节律,并曾举王维《辋川集·北垞》诗之"逶迤南川水,明灭青林端"为例,说明诗人不拘实际而能将客观景物作散点重构之主观安排,以成画面形象[①]。宗先生之说实能自圆,但于王维诗格之理解,却是误导。其实,这和《送梓州李使君》诗中的"山中一夜雨,树杪百重泉"一样,都是由特定视角出发而发现的不同层次的空间

---

① 宗白华:《美学散步》,上海人民出版社1981年版,第85页。

景物所形成的透视效果，与其说这是诗人善于意构，不如说是敏于发现。由此可以明悟，王维，就和其盛唐时代的其他山水诗人一样，其特长特点，并不在主观创意之奇，而在于客观写照之妙。创意风景有赖虚构，纪实风景贵在写真，但写真之际，如同今人之摄影摄像艺术，有一个取景角度问题，所谓"妙"者，即在于此。值得指出的是，王维之"妙"，恰在于能于实景写照之中见出心眼之新颖别致，平中见奇，不失亲切。而同时必须说明的是，王维诗极富画面感与动态感，但整体氛围中总透出一种平和安详。如传诵人口的"大漠孤烟直，长河落日圆"，世人多从"直""圆"的构图巧构上作文章，我以为，其意象之蕴含，乃与"渡头余落日，墟里上孤烟"者相通，无非在传达一种安宁平和的意念。再者，"孤烟直"则可见"大漠"此际之略无风沙，不管这"烟"是"狼烟"还是"炊烟"（出使一行人黄昏憩于长河之畔时的炊烟），其意态应是静的，而唯其有静，略无沙尘遮蔽，才会有"落日圆"的鲜明景象。李肇《国史补》谓王维绘画"于山水平远尤工"，而平远之境，相对于高远和深远来，不也正体现着一种平和安详的意味吗？

四　字字入禅的空明诗境

后世王士禛谓王维五言绝句几乎"字字入禅"（《渔洋诗话》）。《五灯会元》卷一〇亦载：

> 有人问观音从显："忽遇恁么人出头来？又作么生？"答："行到水穷处，坐看云起时。"

王维自己的《酬张少府》诗亦云：

> 君问穷通理，渔歌入浦深。

所有这一切，无不在说明，王维的山水田园诗，确有一种深邃的禅意。

一般说来，凡寺观游览或禅僧唱和之作，多义涉佛老之理，这几乎是一种传统。王维亦多此类作品。如"了观四大因，根性何所有""无有一法真，无有一法垢"之类，甚至可以归入"淡乎寡味"之作，无可称道。不仅如此，在如《终南别业》这样的诗作中，也充满着阐道明性的理性语言，而之所以我们在读完此诗以后会有"此诗造意之妙，至与造物相表里，岂直诗中有画哉！观其诗，知其蝉蜕尘埃之中，浮泛万物之表者也"（魏庆之《诗人玉屑》）的感受，原因当有二端：其一，缘其有"兴来每独往，胜事空自知"的个性之悟，此中悟性，非泛泛道理可比，故而具有新警而深邃的理趣；其二，此一理趣，又分明与"行到水穷处，坐看云起时"的览物胜情相融合，径路有穷，意兴无穷，绝处逢生，顿然转会，真正是无往而不适了。试看结尾一联："偶然值林叟，谈笑无还期。"一切都无须特意的安排，包括对山水景物的喜好观赏，适我无非新。既然如此，则平常风景，适处可留，目击见象，自可悟道，这才是王维诗禅的奥秘所在。

不言而喻，禅宗中的南宗，实质上是在阐扬一种"自然显发"的境界，在这里，关键在于突出悟性本身——包括悟道之主体和悟道之方法——的自体空明。读王维诗，容易体会到其山水境界所透出的静寂感，但止于此显然还是不够的，因为静寂之深处乃是一派空明。空明者，本体无所执之谓，唯其无所执，故可随物赋形而缘兴生情，这样，入禅之境中，亦自不乏活泼泼的生趣。且以最具入禅意味的《辋川集》中作品为例。《鸟鸣涧》云：

人闲桂花落，夜静深山空。月出惊山鸟，时鸣春涧中。

此诗之意象结构原理，在传达出空山桂花飘落与春涧鸟鸣的兴象之间的契合。深山空谷，一片寂静，象征着心境之寂然不动，而明月春涧中的鸟鸣，在反衬出静之尤静的同时，又传达出一片清亮和生意的跃动，从而，这静寂便不是死一样的沉寂，而是蕴含生意的安静了。如《文杏馆》：

文杏裁为梁，香茅结为宇。不知栋里云，去作人间雨。

前两句实写文杏馆，意在藻饰，意象华美，且具有高贵典雅的气象。如此描写，绝无超凡绝尘意，只有世外桃源感。尤其是后两句，就实境看，已将文杏馆之高之幽隐隐状出，既然栋间有云，则居此馆者自然日与白云相邻了。这便是其意象单纯却又丰满的地方。特别要指出的是，由于末句之意，使全诗意韵非常悠远：或者，是道出此间幽静未与世情相隔，诚可谓世外云作世间云,此便是禅机妙语;或者,此又是传递着世外世间借风云雨雪以相生相济的意义,至此,则已是在世出世本一体了。我们在前文中说过,王维之居辋川,其意趣乃是"村墟夜舂,复与疏钟相间",俗世的生意与净土的空理,原是相倚而生的。故此类诗境意象的出现,自是情理中事耳。又如《白石滩》诗云:

　　清浅白石滩,绿蒲向堪把。家住水东西,浣纱明月下。

请将此诗与其《山居秋暝》同读:

　　空山新雨后,天气晚来秋。明月松间照,清泉石上流。竹喧归浣女,莲动下渔舟。随意春芳歇,王孙自可留。

"空山"晚秋,更兼清泉月明,纯是绝尘人静之象,而"浣女""渔舟"却又充满着人间的气息。王维此际所表现的,不依然是一种随意闲适而不必入山深藏的意味吗?俗世生活的气息,空山静境的意蕴,两者总是重合而不着痕迹的。在这个意义上,王维诗之入禅,不仅仅在于对空静幽淡之意境的喜好,更在于其基本构思与命意方式是体现着禅之理趣的。

　　这种理趣,自然也会体现于对风景的撷取与点染。如《鹿柴》:

　　空山不见人,但闻人语响。返景入深林,复照青苔上。

这里突出的是两种意象,一是人迹之若有若无,若绝无人迹,则空山之静显得缺少人间气;若实见人迹,又显不出空山之空,这中间确有一点微妙的玄机。二是夕照青苔,于幽静清冷中不无荒老之意,但又不最终透出荒老气象,这中间亦确有一点岁月无数定格在夕阳青苔之静物画面的特殊意趣。

　　当然,《辋川集》中诗作,有一些纯是风景写照。如:

　　秋山敛余照,飞鸟逐前侣。彩翠时分明,夕岚无处所。
　　　　　　　　　　　　　　　　　　——《木兰柴》
　　飒飒秋雨中,浅浅石溜泻。跳波自相溅,白鹭惊复下。
　　　　　　　　　　　　　　　　　　——《栾家濑》

一般品家皆以此为以动写静之佳境,亦是确评。不过,我们又以为,其间无不表现出对欣欣自然生趣的敏感。在空山静谷之间,不仅草木有生意,云气亦饶意趣,特别是一些能构成生动画面的美妙瞬间,原可使诗意油然而生。浅浅石溜,跳波溅沫,白鹭上飞,忽惊而下,这中间没有什么规律,却有一种诗意的偶发意趣,它使寻常风景透出奇妙意味。恰是在这里,禅家所谓"平常心是道"以及"目击道存"者,无不集中体现于王维诗境了。

王维以他多方面的艺术修养和深得禅机的思维智慧,将山水诗推向了高峰。学者曾具体分析过王维山水诗之摹仿大谢的痕迹,亦曾指出过其汲灵气于楚辞的现象。此外,像借鉴于画理画趣者,就更不在话下了。凡此,都说明王维在两种意义上具备集艺术之大成的地位:其一,是集绘画乃至于音乐与诗艺之大成,唯其有此,故于色彩印象、声响直觉等项,皆有深厚积累而终能熔于一炉;其二,是集大谢、陶潜及齐梁传统于一体,最终在兴多才高、触景生媚与气象高浑、闲雅淳朴的统一中,实现了清纯与丰美的辩证统一。和同时的孟浩然相比,王维的山水诗来得丰富而灵动,深邃而明媚,状景生动,构图有致,景与理谐,意趣悠远。不少学者曾从绘画美的光色透视、诗意美的辩证构想等方面探询王维诗的山水意境,亦有很多学者从佛禅意趣入手解读王维山水诗境,两相综合,使人们对王维山水诗的艺术成就就有了较为深刻的认识。简要言之,王维山水诗的集成式成就,在于其能兼得形、神、意、理四端之要,在于能合清境、丽色为一。当然,在总体上,王维山水诗的意境,是清雅、安详、明丽、简洁的。

第三章 盛唐(下):山水造境中的清发意兴与创变精神

世人研究唐代山水诗,每难免受流派分别的意识支配而将关注的目光局限在王、孟及其周围作家的身上。这诚然合理,但忽略了对后世影响极为深远的李、杜二子,总是一种遗憾。这种遗憾,主要包括以下几方面的内容:首先,在本篇开始,我们就曾指出过,随着南朝晋宋以降山水诗的滋生发展,关注于"风景"之美,已成整个诗画文艺美学的新兴思潮。缘此之故,值送别、宴游、怀古、抒怀乃至应对酬唱之际,风景吟咏,已渐成主要课题。而这样一来,遂产生了一种可称为风景爱好的文化心理,而这一心理又必然要受到传统儒、道、佛精神意识的浸透,唯其如此,当我们以王维山水诗境为诗佛山水之品时,其他道与儒两品的典型代表人物,便非李、杜莫属了。其次,唐代盛行漫游之风,而如李白者,一生漫游诸名山大川,其笔下之山水风姿,岂能不视之为盛唐山水诗的成就!而如杜甫者,宋人视之为集大成人物,这集大成式的成就中,按理也应有山水诗的成分。再次,若李、杜诗的伟大成就在山水诗方面没有显著的体现,则山水诗于唐而臻高峰的断语,便觉得有待商量了。凡此诸项,都在告诉我们,李、杜山水风景诗的艺术风貌,乃是一个很值得探讨的课题。

第一节 李白仙游山水的兴象特征与文化底蕴

李白(701—762),主要活动在玄、肃两朝。其先世当隋末时远谪西域,居于碎叶,至唐中宗神龙(705—707)初,李白之父携家迁回内地,居于绵州昌隆县青莲乡(今四川江油)。李白身处大唐王朝由盛转衰的历史时期，以英发的个性禀赋，受道教文化的深刻浸染，漫游天下，遍历名山大川，寻仙访道，亦流连风景，将生命快意的抒发与自然生意的摹写交合一体，形成了具有特定文化底蕴和独到兴象类型的山水仙游诗风。

一 李白的漫游与道隐

李白年少时尝习剑术，有任侠之风。在中国传统文化中，仗剑任侠之人，多与道家有缘。果然，李白年少居蜀中，便与道家隐者交往。如曾与李白同隐于岷山之阳的东严子，后来做了道士的元丹丘等。"岷山之阳"即戴天山，其时有《访戴天山道士不遇》诗，诗云："犬吠水声中，桃花带露浓。树深时见鹿，溪午不闻钟。野竹分青霭，飞泉挂碧峰。无人知所去，愁倚两三松。"明净中透出秀美，竟没有后来的清发意兴，值得注意。

开元十三年（725）当李白二十五岁时，他"仗剑去国，辞亲远游"（《上安州裴长史书》），乘舟出峡，沿江东下，既历通邑大都，亦访名山胜水。在江陵停留较长时间后，东游而泛洞庭，登庐山，下扬州、金陵，至会稽一带，所经之处，皆有诗篇留吟。其《忆旧游寄谯郡元参军》诗：

> 我向淮南攀桂枝，君留洛北愁梦思。不忍别，还相随。相随迢迢访仙城，三十六曲水回萦。一溪初入千花明，万壑度尽松风声。银鞍金络到平地，汉东太守来相迎。紫阳之真人，邀我吹玉笙。餐霞楼上动仙乐，嘈然宛似鸾凤鸣。

在这样的诗句中，我们会明显地感觉到那仙心与俗气同流的快意。

约开元十八年（730），李白西入长安，谋求仕途前程。在关中，尝隐于终南山，北游邠、坊二州，其所行止，想来无非借隐以培养声名，又干谒以发现机会而已。在此期间，他有意结识张说之子驸马都尉、卫尉卿张垍，并因此交往于玄宗之妹玉真公主。玉真公主早已出家为道士，其师即司马承祯。看来，皇权与道气交融之际，干谒与慕仙就很难区分了。

此次入京无成，李白遂浮黄河东下至梁、宋一带，接着到洛阳，游襄阳，至巴陵。直至天宝元年（742）应玄宗诏入京为翰林供奉。但"君王虽爱蛾眉好，无奈宫中妒杀人"（《玉壶吟》），终于以"赐金放还"的名义体面退出朝廷。之后，在洛阳与杜甫结识，同游梁、宋，传为诗史佳话。随后，回东鲁而居。在这期间，又与杜甫有短期同游之谊。居东鲁有时,又南下扬州、越中并至淮阴。这几年间,往来于金陵、会稽、庐江、浔阳等地。天宝十年(751),又北游邯郸、蓟门、幽州。南还至魏郡,再游太原。南下宣城,再往来于金陵、南陵、泾县、宣城之间。

安史乱起,李白正居庐山。永王李璘出兵东南,途经九江,李白应辟入幕。不料因此成了肃宗兄弟之争的牺牲品。永王兵败,李白入浔阳狱,长流夜郎,中途遇赦。最终病故于安徽当涂(今安徽马鞍山)。

李白一生漫游大江南北,与其干谒奔走有关,亦与其喜好山水风光有关。"此行不为鲈鱼鲙,自爱名山入剡中。"(《秋下荆门》)然而,对"名山"的热爱,又因为"五岳寻仙不辞远,一生好入名山游"(《庐山谣寄卢侍御虚舟》)。在这里,值得一提的事件,便是他在由梁、宋到东鲁的途中,在齐州紫极宫请北海高如贵天师授道箓,不久,在德州安陵请盖寰道士为他造真箓。这意味着,李白已成为一名名副其实的道士。也就是说,李白的漫游山川应该从道教文化的角度去解读其艺术与文化的双重意蕴。

《下途归石门旧居》诗有云:"余尝学道穷冥筌,梦中往往游仙山。何当脱屣谢时去,壶中别有日月天。"《游泰山六首》之一又云:"登高望蓬瀛,想象金银台。天门一长啸,万里清风来。玉女四五人,飘飘下九垓。含笑引素手,遗我流霞杯。稽首再拜之,自愧非仙才。旷然小宇宙,弃世何悠哉!"尤其是在《暮春江夏送张祖监丞之东都序》中,李白写道:"每思欲遐登蓬莱,极目四海;手弄白日,顶摩青穹,挥斥幽愤,不可得也。而金骨未变,玉颜已缁,何尝不扪松伤心,抚鹤叹息。"很清楚了,李白与山水之亲缘,分明是道教信仰的迷狂所激发起来的。山水仙游之意趣,自然才是其山水诗篇的特色所在。

不过,尽管如此,李白与那些潜心道义的文人又有所不同。众所周知,李白是一位英爽有豪侠之气的人,而这种侠气又恰恰与其"谪仙人"的仙气交织为一体。侠气,讲求的是笑傲江湖、快意恩仇,"黄金逐手快意尽,昨日破产今朝贫"(《醉后赠从甥高镇》),只图一时快意,不计他日生活,所以李白的人生意志多在追求生活的浓度。李白与王维是显然有别的。而这种区别的实质在于,王维的亦官亦隐乃以无可无不可的超然禅意为理念中心,而李白的亦真亦俗却以生命快意的体验为感觉基础。"木兰之枻沙棠舟,玉箫金管坐两头。美酒樽中置千斛,载妓随波任去留"(《江上吟》),生命快意体验式的仙人,只能是风流仙人。仙人的风流,受道教文化本身之基质的影响,本质上是俗世风流的想象性放大,通过神想仙化的透镜，尘俗人生的情欲追求更放射出绚烂的华彩。在道教的神仙境界里，你一点也感觉不到寂寞和荒寒，有的只是繁华和绚丽。如果说王维入禅的山水境界，是一种跃动着生之活趣的清静世界，那么，李白那弥散着仙气的山水漫游诗篇，则是充满人间欢乐的华贵世界。王维是禅隐，李白是道隐——仙隐。

"家本紫云山，道风未沦落"（《题嵩山逸人元丹丘山居》），"十五游神仙，仙游未曾歇"（《感兴》），"攀条摘朱实，服药炼金骨。安得生羽毛，千春卧蓬阙"（《天台晓望》）。如此强烈的企仙意识，遂使其笔下的山水风光不能不染上浓重的仙气，与其说它们是自然山水，不如说是仙界山水了。

二 好神仙与爱自然

天才是李白的个性，李白又是时代的天才。和杜甫相比，李白的激情与狂热有余，而冷静与沉思不足。唯其如此，李白不大可能成为杜甫那样既集前代之大成又开后代之新路的人物。在他的艺术造诣中，传统和时代的烙印非常明显。

前章已专门论述过，初盛唐之际，"张泉石云峰之境"，已是诗家美学共识所在。唯其如此，对前代山水诗大师的态度，唐人大体上都是诚心学习的。但李白却不似杜甫那样"孰知二谢将能事，颇学阴何苦用心"（《解闷》其七），而是大量直接地运用二谢成句，而不多苦心铸造新警的语意。如《酬殷明佐见赠五云裘歌》之"我吟谢朓诗上语，朔风飒飒吹飞雨。谢朓已没青山空，后来继之有殷公。……故人赠我我不违，著令山水含清晖。顿惊谢康乐，诗兴生我衣。襟前林壑敛暝色，袖上云霞收夕霏"。其中提到"谢朓诗上语"和"谢康乐"的"诗兴"，而这些诗语诗兴，无疑都是关于山水写照的。这是否意味着，李白内心乃是非常喜好如二谢那样的山水诗心呢？在晋宋以来的诗文化背景下，这其实是非常自然的事。不仅如此，在某种意义上，正是二谢（尤其是小谢）的山水诗篇，激发了李白的山水诗兴。

范传正《唐左拾遗翰林学士李公新墓碑并序》云：

> 俄属戎马生郊，远身海上，往来于斗牛之分，优游没身。偶乘扁舟，一日千里，或遇胜景，终年不移。长江远山，一泉一石，无往而

不自得也。晚岁渡牛渚矶，至姑熟，悦谢家青山，有终焉之志。盘桓利居，竟卒于此。

曾巩《李太白文集后序》亦称其晚年"徘徊于历阳、宣城二郡"。如此看来，李白虽遍游大江南北，但其内心向往的自然美，却是向称"山水奥区"的吴山楚岫、江堙汉皋。李白《秋登宣城谢朓北楼》诗云：

> 江城如画里，山晚望晴空。两水夹明镜，双桥落彩虹。人烟寒橘柚，秋色老梧桐。谁念北楼上，临风怀谢公。

就是说，其怀思小谢之情，是与此江山如画的风景之美相关的，而这属于古宣城地区的山水风貌，究竟有何总体特点呢？就以李白称美谢朓诗句所撷取之诗意形象为例，亦以李白诗之有取于谢诗语句者为例，如"解道澄江净如练"，如"汉水旧如练，霜江夜清澄。长川泻落月，洲渚晓寒凝"，"客散青天月，山空碧水流"，"万里舒霜合，一条江练横"，等等，大体上都有清旷明丽之色，确是一种澄净、阔远、明秀的意境。一言以蔽之，这应是颇具江南山明水净之体的山水特色。于是，可以说，李白之服膺谢朓，透出了他本人对江南清丽山水的爱好。

读李白山水吟诵之作，确能发现这种清丽明秀的自然美。《荆门浮舟望蜀江》云：

> 春水月峡来，浮舟望安极。正是桃花流，依然锦江色。江色绿且明，茫茫与天平。逶迤巴山尽，摇曳楚云行。雪照聚沙雁，花飞出谷莺。芳洲却已转，碧树森森迎。流目浦烟夕，扬帆海月生。江陵识遥火，应到渚宫城。

《秋登巴陵望洞庭》诗云：

> 清晨登巴陵，周览无不极。明湖映天光，彻底见秋色。秋色何苍然，际海俱澄鲜。山青灭远树，水绿无寒烟。来帆出江中，去鸟向日边。风清长沙浦，山空云梦田。瞻光惜颓发，阅水悲徂年。北渚既荡漾，东流自潺湲。郢人唱白雪，越女歌采莲。听此更肠断，

凭崖泪如泉。

可以看出，在命意谋篇上，李白的确有效仿二谢的痕迹，不过更倾向于谢朓。而在意象特质上，分明执着于澄净鲜洁的绿水青山。不仅如此，"山青灭远树，水绿无寒烟"，是写远树消融进青青山色之中，而绿水清澄亦绝无寒烟遮掩，李白特别强调那明净透亮的山水印象。再者，"明湖映天光，彻底见秋色"（《秋登巴陵望洞庭》），"何谢新安水，千寻见底清"（《题宛溪馆》），这种"彻底""见底"的"清"，正是李白对谢朓"澄鲜"之类的具体艺术诠释。一言以蔽之，李白所深爱的自然山水，乃是澄鲜的青绿山水。

但是，李白同时又深好神仙。冯贽《云仙散录》载云：

> 李白登华山落雁峰曰："此山最高，呼吸之气，想通天帝座矣。恨不携谢朓惊人诗来搔首问青天耳。"

此虽小说家言，但透出的讯息却很重要：李白因企仙心理而每有于最高处搔首问青天的艺术思维方式。本来，道教文化就非常强调所谓"神想"之迷狂般的激情。在斋堂修习之际，当"先于户外叩齿三通，闭目想室内有紫云之气，郁郁来冠兆身，玉童侍左，玉女侍右，三光宝芝，洞映内外"（《推诵黄庭内景经法》），为了有助于道士们的"神想"，道观内便绘满了奇诡诞异的壁画，使道士在目击"天元重叠，气象参差，山洞崇幽，风烟迅远"之际，自然"临目内思，驰心有诣"（司马承祯《天地宫府图序》）。李白作品中，多有这种"神想"世界。如《梦游天姥吟留别》，可作典型。其中，"青冥浩荡不见底，日月照耀金银台。霓为衣兮风为马，云之君兮纷纷而来下。虎鼓瑟兮鸾回车，仙之人兮列如麻"。全然是灵仙世界。然而，值得注意的是，从诗章前部的"我欲因之梦吴越，一夜飞渡镜湖月。湖月照我影，送我至剡溪。谢公宿处今尚在，渌水荡漾清猿啼。脚著谢公屐，身登青云梯"，就可看出，"神想"之诞幻，是与身游之征实相倚而生的，而且诗一开头就写：

> 海客谈瀛洲，烟涛微茫信难求。越人语天姥，云霞明灭或可睹。

而此诗在写完想象中的灵仙境界后,忽接以"忽魂悸以魄动,恍惊起而长嗟。惟觉时之枕席,失向来之烟霞"。这不分明是写神仙之游亦如"世间行乐亦如此,古来万事东流水"吗?且再看《莹禅师房观山海图》:

> 真僧闭精宇,灭迹含达观。列嶂图云山,攒峰入霄汉。丹崖森在目,清昼疑卷幔。蓬壶来轩窗,瀛海入几案。烟涛争喷薄,岛屿相凌乱。征帆飘空中,瀑水洒天半。峥嵘若可陟,想象徒盈叹。杳与真心冥,遂谐静者玩。如登赤城里,揭步沧洲畔。即事能娱人,从兹得消散。

状禅房壁画而竟带道教仙气,这且不论。关键在于,李白值此同样意识到虚幻世界于人之价值,颇以静者式的赏玩娱神为得要领。唯其如此,李白那合神仙想象与山水游览为一的仙游诗篇,多是亦真亦幻、亦虚亦实。

这亦真亦幻、亦虚亦实的形象世界,具体的表现形态,就典型性而论之,便是既赋予虚幻者以让人可信的真实感,又赋予现实者以让人迷茫的虚幻感,两者互补互济。以《游泰山六首》之六为例。先曰:

> 朝饮王母池,暝投天门关。独抱绿绮琴,夜行青山间。山明月露白,夜静松风歇。

值此静寂而空明之际,诗人神想有应,恍然但见:

> 仙人游碧峰,处处笙歌发。寂静娱清辉,玉真连翠微。想象鸾凤舞,飘摇龙虎衣。扪天摘匏瓜,恍惚不忆归。举手弄清浅,误攀织女机。

真可谓幻境如真,令人恍如身受。待到夜色尽而晓光来,则又是:

> 明晨坐相失,但见五云飞。

于是,又写自身之新一天的游览:

> 清晓骑白鹿,直上天门山。山际逢羽人,方瞳好容颜。扪萝欲就语,却掩青云关。

这"羽人"究竟属实属虚呢?怕仅仅是一位道长吧!总之,使神想虚构的内容与纪实写照的内容水乳交融,乃是基于诗人丰富的心灵真诚。烟霞仙界虽如梦,寻仙之心终不歇,失望与执着并存,灵想与实践相生。这,正是我们读其山水仙游之作而并不觉其以虚想而欺人的道理所在,也正是其屡写神灵仙异而终不令人生厌的道理所在。

仙心幻想与现实追求的统一,作为创作意识层次上的引导和驱动,使李白诗中的仙游意象与山水登临的感受相重合,尤其当其描写自我意象时,更是如此。《登太白峰》诗云:

> 西上太白峰,夕阳穷登攀。太白与我语,为我开天关。愿乘泠风去,直出浮云间。举手可近月,前行若无山。

此诗末句尤可玩味。试想:既已近月,何又疑其前行有山!"若"者,似有似无之谓。可见,诗意是说,虽已超出白云,仍在青山之间,虽想象凭虚凌云,却如身临而足践。正是在这个意义上,我们才说,李白的山水写照,尽管每发端"寻仙"之心而带有仙游色彩,但终究与仙游诗不同,而只是山水之仙游诗。

三 鸟瞰的视野与想象性视角

"登高望四海,天地何漫漫"(《古风》三十九),"登高壮观天地间,大江茫茫去不还"(《庐山谣寄卢侍御虚舟》),"万里浮云卷碧山,青天中道流孤月"(《答王十二寒夜独酌有怀》),"明月出天山,苍茫云海间。长风几万里,吹度玉门关"(《关山月》)。这些诗句,尽管并非全为山水吟咏,但其兴象之壮阔高远,足让人感受到"吾将囊括大块,浩然与溟涬同科"(《日出入行》)的宇宙襟怀。熟悉李白之吟唱习惯的读者,想必曾有过这样的印象,李白的一颗心灵,似乎可以随意地乘风飘游。当他思念寄居东鲁的稚子时,会说"南风吹归心,飞堕酒楼前"(《寄东鲁二稚子》),当他思念西京长安时,又会说"狂风吹我心,西挂咸阳树"(《金乡送韦八至西京》)。且不论这种显然已经有点程式化的运思与造境方式究竟如何，需要指出的是，李白诗由此所呈现出来的个性特征，恰在于将想象性夸张的意象实有化，使翻空之意想的奇妙转化为征实之感受的新巧。对于山水诗而言，这就意味着，那山水仙游中的神想自由，也便是其摄景取象之心眼的自由。诗人仿佛真的如仙人之乘风凌云，可以自由地升天落地，可以随意地践实蹈虚。如李白写登高远眺，每每如在云际放眼，而当其写仰视所见，则又如处深渊之底而仰窥天顶。总之，他把自魏晋以来诗人俯瞰仰瞻的取景方式想象性地夸大了，而却又赋予它以写实的特质。其《西岳云台歌送丹丘子》诗云：

> 西岳峥嵘何壮哉！黄河如丝天际来。黄河万里触山动，盘涡毂转秦地雷。

写华岳之高耸，便如登绝顶而小天下，"黄河如丝天际来"，分明想象之语，写来却如亲见，说是如同目击，却又道万里滔滔，其声如雷……不言而喻，想象的自由，夸张的力度，在这里被赋予目击取象的艺术意味。就像其诗句说"登高壮观天地间"一样，一种可包容天地的登高视野，当然只能是极度想象性的，而从这样的"高"度去鸟瞰，所见者唯是大哉之气象，而必然要略去细部之刻画了。实际上，李白山水咏叹的壮伟之美，多与此有关。

　　如前文所述，李白本喜爱明净的青绿山水，而且亦具有体物状景的传神能力。如《蜀道难》一诗，紧扣"难于上青天"之"难"字命意，极想象之力，穷浩叹之势，乃成千古绝唱。但《送友人入蜀》一诗，却只用"山从人面起，云傍马头生"十个字，便已道出那令人顿生被挤压、被窒塞之感觉的奇险山水美感。而且，这又是一种非常平易的语言，甚至比王维的"泉声咽危石，日色冷青松"（《过香积寺》）还要不着痕迹。再者，说李白喜好夸张，激情浪漫，自是在理，但李白未见得就一味凭虚。如庐山瀑布一景，唐人吟咏多矣，张九龄《湖口望庐山瀑布泉》云：

> 万丈红泉落，迢迢半紫氛。

而李白《望庐山瀑布二首》，其一曰：

第三章 盛唐(下):山水造境中的清发意兴与创变精神 / 247

挂流三百丈,喷壑数十里。

其二曰:

飞流直下三千尺,疑是银河落九天。

请注意,"三百丈",正好就是"三千尺",李白还是很注意分寸的!再者,"三百丈"和"万丈"相比,哪一个夸饰度大呢?当然,我们并无意纠缠于如此琐细之末节,而只是想指出,李白的艺术个性中,固有一种与晋宋及齐梁山水诗人一脉相承的体物称物之性,而且能臻于平常自然中见精确、简明清省中见深邃的大化境界。亦唯其如此,他那凌虚御风式的登高壮观之摄景方式,也每每是与对景写生式的透视眼光相交合,并以此兼得虚灵与实质之双美。

李白《庐山谣寄卢侍御虚舟》云:

我本楚狂人,凤歌笑孔丘。手持绿玉杖,朝别黄鹤楼。五岳寻仙不辞远,一生好入名山游。庐山秀出南斗傍,屏风九叠云锦张,影落明湖青黛光。金阙前开二峰长,银河倒挂三石梁。香炉瀑布遥相望,回崖沓嶂凌苍苍。翠影红霞映朝日,鸟飞不到吴天长。登高壮观天地间,大江茫茫去不还。黄云万里动风色,白波九道流雪山。好为庐山谣,兴因庐山发。闲窥石镜清我心,谢公行处苍苔没。早服还丹无世情,琴心三叠道初成。遥见仙人彩云里,手把芙蓉朝玉京。先期汗漫九垓上,愿接卢敖游太清。

首先,诗人"先期汗漫九垓上"的意识,正是其"登高壮观天地间"的精神驱动力,诗篇缘此弥漫着一种生意飞扬的飘逸气度。然而,诗中庐山之种种景象,却并非一味想象虚构之所生。其中,"庐山秀出"三句,该是从庐山之南鄱阳湖的角度来眺望的;屏风叠高耸,鄱阳湖浩渺,倒影之美,自属想象,但这是符合览物经验的想象,换言之,诗人是凭想象的视角来饱览这湖光山色相映合的胜景。接下来"金阙"三句,分别写开先、三叠、香炉三大瀑布,依次排出,如游目所见。其间,三叠瀑与香炉瀑的遥遥相对,则逼真地传达了这里的空间位置。一言以蔽之,如前文多次论及，盛唐诗的山水意境，普遍具有如画的视境质感，普遍追求清纯的自然意象，李白之挟仙气以登眺之际，自然有凌虚乘风而居高放眼的特性，但诗人毕竟又契合于透视取景的自然真实，故仍富于时代的性格。

这里，我们不妨就王维与李白的两首诗作一比较。王维《汉江临泛》：

江流天地外，山色有无中。郡邑浮前浦，波澜动远空。

李白《渡荆门送别》：

山随平野尽，江入大荒流。月下飞天镜，云生结海楼。

同样是雄阔之作，同样与江上浮舟的感觉有关，同样都富于超越现实感觉时空的意味。但细较之下，自可发现，王维倾向于感觉实境，而李白则借虚境而将实境放大。王维诗以舟中放眼为取境焦点，李白诗则将时空给压缩了。本来是两岸山势接平野，平野尽处江入海，此乃自然之理，自然之势，"江入大荒流"与"江流天地外"，在意境上是相神似的，但是，和后面的"月下飞天镜，云生结海楼"相联系，则李白诗分明在传达一种和王维不同的意趣——速度与距离的相对之妙。月落之势，目力难辨，诗人却似见其下落如飞，与此句相对的海市蜃楼景象，其"云生"与"月下"互相生发，可知"生"犹如"下"，正是一种时间过程，而此一过程诗人似乎是看见的。于是，不难发觉，王维诗岂止是诗中有画，简直犹如活动的影像，但那是正常感觉时空中的影像；而李白诗却犹如现代变速摄影所造成的独特效果。不错，"闲倾云波十分日，已过浮生一万年"（沈彬《麻姑山》），"遥望齐州九点烟，一泓海水杯中泻"（李贺《梦天》），再早一点，郭璞《游仙诗》已有"四渎流如泪，五岳罗如垤"之句。在神仙意识的作用下，中国古人早有借仙心而"小"看人间的艺术文化心理，唐诗亦缘此而能表现出一种超现实的审美时空感，但是，即使在最饶仙心的李白这里，世间的美感，依然萦绕其仙心之间。他总是把超常的时间节奏感和空间透视感不着痕迹地融入现实正常的时空形象之中，从而绝不给人以人间渺小而琐细的感受，而倒是以此呈示出人间自然的无限之美。超尘世而亲人间，凌虚空而写自然，其想象力推动下的山水意境，是赋予自然山水以自身律动的创意美,而并非以主观创意之突出而挤压客观自然以使之变形。

这就是李白,这就是盛唐。

四 山水意象中见真性情

先来看两首小诗。

《夏日山中》:

> 懒摇白羽扇,裸袒青林中。脱巾挂石壁,露顶洒松风。

《独坐敬亭山》:

> 众鸟高飞尽,孤云独去闲。相看两不厌,只有敬亭山。

前诗表明,李白在山水中还原为一种纯自然的真实。后诗表明,诗人面对山水,能有一种知己相对的自足感。《日夕山中忽然有怀》:

> 久卧青山云,遂为青山客。山深云更好,赏弄终日夕。月衔楼间峰,泉漱阶下石。素心自此得,真趣非外惜。

《与周刚清溪玉镜潭宴别》:

> 回作玉镜潭,澄明洗心魂。

《清溪行》:

> 清溪清我心,水色异诸水。

看来,"素心"者,"澄明"之心,他因此喜欢小谢山水诗的"澄鲜"意象,喜欢宣城周围的青绿山水。若说孟浩然之山水情结在一个"淡"字,王维之山水情结在一个"静"字,则李白之山水情结便在一个"澄"字。"澄",是清澈透明之谓,也就是李白诗中的"彻底"——一眼看到底。

李白的性情，正是这样的。明白这一点至为关键。因为李白同时又表现出"俱怀逸兴壮思飞，欲上青天揽明月"（《宣城谢朓楼饯别校书叔云》）的"逸兴壮思"；李白山水之吟，亦多有雄奇壮伟之境。但是，不管如何雄奇壮伟，不管如何登高凌虚，诗人之心眼放处，都追求一种一眼望到底的"澄明"。如《自巴东舟行经瞿塘峡登巫山最高峰晚还题壁》：

飞步凌绝顶，极目无纤烟。

《天台晓望》：

凭高登远览，直下见溟渤。

要之，无论细小之境还是崇伟之境，李白凸显于山水境界中的性情，纯然是清澄见底的自然天真。"清水出芙蓉，天然去雕饰"（《经乱离后天恩流夜郎忆旧游书怀赠江夏韦太守良宰》），李白性情，当作如是观。

正因为李白的真情中有此一段一眼看到底的澄明透彻，所以，李白便非常喜爱"明月"意象。从张若虚的《春江花月夜》作为宫体蝉蜕之迹，便可想见，"明月"意象，是与艳情诗思脱不了关系的。吴声西曲中多饶明月意象，而吴越江南的青绿山水尤宜与明月构成清幽宁静的艺术氛围。李白之好明月，自然与此有缘。"眉目艳皎月"（《古风》其二十七），"蛾眉艳晓月"（《感兴八首》其六），"眉目艳星月"（《越女词》其一），"镜湖水如月"（《越女词》其五），"齐有倜傥生，鲁连特高妙。明月出海底，一朝开光耀"（《古风》其十），如此等等。明月是美人，明月是美山水，明月是孤高超妙的人格。李白吟哦之际，总与明月相关，其中要领，便在明月与李白之人格心境非常契合，明月的清光普照，与清流见底的诗意形象一样，都是澄明透彻的。唯其如此，我想说，孟浩然的一句"江清月近人"，其实倒正是李白诗灵魂的形象写照。

第二节　杜甫山水纪行诗的造境特征与精神内涵

杜甫（712—770），字子美，河南巩义市人。乃晋名将杜预之后，杜审言是其祖父。在"奉儒守官"的家庭环境中，自小养成了仁慈善感的文化品格。

在入仕之前,杜甫和唐代其他诗人一样,有过一段漫游的经历,入仕以后,由于社会动乱和身世不幸,又有过多次的漂泊流离。杜甫和李白一样,虽不被视为山水诗派中人,但在长期的漫游和漂泊中,留下了大量山水写照的佳作。

一 杜甫的漫游与漂泊

在天宝四年(745)以前,杜甫有过三次漫游。

第一次,约在开元十九年(731),主要在吴越一带,名胜古迹,秀丽山川,长游一览。"东下姑苏台,已具浮海航。到今有遗恨,不得穷扶桑。王谢风流远,阖闾丘墓荒。剑池石壁仄,长州荷芰香。嵯峨阊门北,清庙映回塘。每趋吴太伯,抚事泪浪浪。枕戈忆勾践,渡浙想秦皇。蒸鱼闻匕首,除道哂腰章。越女天下白,镜湖五月凉。剡溪蕴秀异,欲罢不能忘。"(《壮游》)虽说此期作品尚见不出老杜的个性成就,但从追忆性自传体诗的描述中,亦可见此期漫游的记忆之深切。

开元二十二年(734),杜甫参加进士考试,但"忤下考功第",遂开始其第二次漫游,地点是在齐、赵一带。

> 放荡齐赵间,裘马颇清狂。春歌丛台上,冬猎青丘旁。呼鹰皂枥林,逐兽云雪冈。射飞曾纵鞚,引臂落鹙鸧。

和前次的吴越之游不同,此次北方的纵情轻狂,似乎主要是射猎生活。在这次漫游中,有《望岳》一诗,可在山水观照之际见出杜甫的早年壮怀:

> 岱宗夫如何,齐鲁青未了。造化钟神秀,阴阳割昏晓。荡胸生曾云,决眦入归鸟。会当凌绝顶,一览众山小。

前人评此,谓"雄盖一世"(王嗣奭《杜臆》卷一)。其实,此诗多用抽象语汇,除颈联曲尽登览之致外,皆以理性概括和主观抒志见长。倘与王维《终南山》诗联系起来看,则可发现盛唐人写如此题目的一种模式:

> 太乙近天都,连山到海隅。白云回望合,青霭入看无。分野中峰

变,阴晴众壑殊。欲投人处宿,隔水问樵夫。

两诗起句皆由山势绵延无际入手,颔联承上再状山形之阔大,至此将雄居一方而逶迤展延的山形山势概括传出,诗语皆具概括力。至颈联具体写眺望者的真实感受,王、杜二公,写法亦相仿佛。结句尾联,杜诗显得直露一些,而王诗则含蕴。总之,杜甫之沉郁顿挫的风格,此时尚未形成。

开元二十九年(741)杜甫回洛阳。天宝三年(744),在洛阳结识李白,相邀同游梁、宋,同游者还有高适。这便是杜甫的第三次漫游。在这之后,便是困守长安十年的生活阶段。接着,安史之乱爆发,诗人由长安脱逃至凤翔,"麻鞋见天子,衣袖露两肘"(《述怀》)因授左拾遗。却因营救房琯而触怒肃宗,幸张镐相救,方免一死。长安收复,仍任拾遗职,后贬华州司功参军。乾元二年(759)七月,弃官携家赴秦州。

这实际上是漂泊生活的开始。在秦州有《秦州杂诗二十首》,兼纪行与抒怀而有之,而纪行之笔中便不乏为一方山水写照者。如"水落鱼龙夜,山空鸟鼠秋""塞云多断续,边日少光辉"等,言简而景工,非寻常装点可比。诗人去秦州本是"因人作远游",但"因人"不易,故又一次由秦州而赴同谷。在同谷同样没有解决生计问题,于是,便南下入蜀而去成都。

由秦州到成都二百五六十里路程,在艰难年月,逢艰难路程,可以想见其情形之苦寒。但一路纪行吟咏,留下三十二首诗篇,后来朱熹评为"诗境如画"(《清邃阁论诗》)。《发秦州》的"日色隐孤戍,乌啼满城头。中宵驱车去,饮马寒塘流。磊落星月高,苍茫云雾浮",《寒峡》的"行迈日悄悄,山谷势多端。云门转绝岸,积阻霾天寒",《龙门镇》的"细泉兼轻冰,沮洳栈道湿",《石龛》的"天寒昏无日,山远道路迷。驱车石龛下,仲冬见虹霓",都是不可重复的行役画卷。杜甫这种纪行诗,艺术表现特点是不烦绳削而自合,无意写景而写景自工。到达成都后有《成都府》一诗,中有句云"初月出不高,众星尚争光",是征实状景,还是意在讽兴?兴味悠长矣。

在杜甫离开长安西行秦州之前和由秦州到达成都以后,前后有两个相对安定的时期,诗人心情较为安闲,热爱生灵自然的本性流露无遗,留下了不少写景篇章。前者如《曲江对酒》《曲江二首》《曲江对雨》等,写城郊园池风光,"桃花细逐杨花落,黄鸟时兼白鸟飞","穿花蛱蝶深深见,点水蜻蜓款款飞","林花著雨胭脂湿,水荇牵风翠带长",同《腊日》的"侵陵雪色还萱草,漏泄春光有柳条",都堪称精工雅丽之品。后者如《水槛遣心》《遣意二首》《江亭》《徐步》《江畔独步寻花七绝句》《绝句漫兴九首》等,写草堂周遭景物,可谓"精粗巨细"(胡震亨《唐音癸签》卷六)兼备。其中,如"桃花一簇开无主,可爱深红爱浅红","留连戏蝶时时舞,自在娇莺恰恰啼","繁枝容易纷纷落,嫩蕊商量细细开","水流心不竞,云在意俱迟"等,除继续保持精工雅丽的风格外,别有一种与物俱化的自我吟赏和玩味,活泼泼的自然生意弥漫在圆润流美的艺术经营之中,令人叹为观止。

杜甫在成都不过数年。不久,川西川南又逢战乱,"细草微风岸,危樯独夜舟"(《旅夜书怀》),诗人又踏上了漂泊的路程。经嘉州、戎州、渝州、云安,于大历元年(766)至夔州。

夔州诗是杜甫诗的第二个高峰。此时,杜甫已到诗艺"老更成"的境界,而巫峡嵯峨萧森的山水气象和诗人沉郁幽邃的人生感慨,造就了其拗折磊落、瘦劲腾跃的新型风格。这时的山水景物诗,也一改前时安闲中的精工格调,透出崇伟而又诡奇的新格调。此期多作组诗,气势恢宏,格律精谨中又转为拗折劲健,所造山水意境,亦如巫峡江山之鬼斧神工。如《秋兴八首》之"玉露凋伤枫树林,巫山巫峡气萧森。江间波浪兼天涌,塞上风云接地阴","昆吾御宿自逶迤,紫阁峰阴入渼陂。香稻啄余鹦鹉粒,碧梧栖老凤凰枝",在今昔对比整体安排中透出笔力的老到劲健,人工极而天巧生。如《白帝》之"白帝城中云出门,白帝城下雨翻盆。高江急峡雷霆斗,古木苍藤日月昏",《秋风二首》其一之"天清小城捣练急,石古细路行人稀",完全使自然形象与人文意象融合为一,乃情景交融而又意念深远的顶峰作品。

大历三年(768),杜甫离开夔州,出瞿塘峡。途经公安,留下了"路危行木杪,身远宿云端。山鬼吹灯灭,厨人语夜阑"(《移居公安馆》)的诗句。船到岳阳,又有"吴楚东南坼,乾坤日夜浮"(《登岳阳楼》)的名句。这样,一路飘零,老境凄楚,"扁舟下荆楚间,竟以寓卒,旅殡岳阳,享年五十有九"(元稹《唐故检校工部员外郎杜君墓志铭》),时当大历五年(770)。

二 以仁者之心待山水草木

盛唐三大家，王维待山水以禅心，李白待山水以仙心，杜甫待山水以仁心。黄彻《䂬溪诗话》尝云："见其志大庇天下，仁心广大，真得孟子之所存矣。"杜甫确实仁心广大，而且细小无遗。黄庭坚尝谓王维有"泉石膏肓"之症，我们要说，杜甫有万物爱博心劳之性。

一般说来，由于美好的自然风景都是赏心悦目、宜身益神的，所以，凡吟咏山水草木之美者（借景抒怀者除外）无不有自然与人心交流于欣欣生意的解读意味。难道能说王维诗意中没有"物，吾与也"的人文精神么？可见，在这个问题上，我们大可不必偏执地突出某一方面。试以《江畔独步寻花七绝句》为例，其一：

江上被花恼不彻，无处告诉只颠狂。走觅南邻爱酒伴，经旬出饮独空床。

要理解此处"被花恼"后的"只颠狂"，必须以当时诗人心境的整体状态为背景才行。《绝句漫兴九首》其一：

眼见客愁愁不醒，无赖春色到江亭。即遣花开深造次，便觉莺语太丁宁。

其四：

二月已破三月来，渐老逢春能几回。莫思身外无穷事，且尽生前有限杯。

而其五中更有"颠狂"字眼：

颠狂柳絮随风舞，轻薄桃花逐水流。

须知，自长安困守到乱中漂泊，杜甫多时处于贫困失意之中，复京后的暂时惬意与草堂中的此际安闲，对他来说，都是难得的奢侈。也就是说，诗人此际，有一种在春光殷勤的招待下受宠若惊的感觉。"深造次"也罢，"太丁宁"也罢，无非流露着这样的心曲！唯有受宠若惊之感，故自尔有忘形之快，"颠狂"者，亦即"轻狂"——诗句中"颠狂""轻薄"的合成体。强烈的人生感受的反差，必造成强烈的表现方式。《江畔独步寻花七绝句》其七遂云：

不是爱花即欲死，只恐花尽老相催。繁枝容易纷纷落，嫩蕊商量细细开。

诗意表白得异常清楚。对老杜来说，之所以爱花欲死，乃是有"老相催"的生命怵惕在起作用。年轻人无妨似嫩叶"商量细细开"，而如老杜这样的"白头人"，便只能若遇千载难逢之机会那样，以"颠狂"之态拼他个一"死"方休了。结论是，"爱花即欲死"，并非杜甫之以仁心待花草树木的具体表现。

那么，又该从何处去体察诗人的这种襟怀呢？《绝句漫兴九首》其七云：

糁径杨花铺白毡，点溪荷叶叠青钱。笋根稚子无人见，沙上凫雏傍母眠。

在这里，诗人于自然生物的神态中发现出一种如人类所有的天伦之乐，此可谓闲中观物而流露其仁者心怀处。有如《春水初生二绝》其一云：

二月六夜春水生，门前小滩浑欲平。鸬鹚鸂鶒莫漫喜，吾与汝曹俱眼明。

而《江亭》诗又云：

坦腹江亭暖，长吟野望时。水流心不竞，云在意俱迟。寂寂春将晚，欣欣物自私。故林归未得，排闷强裁诗。

前诗重在传出一种与水鸟感觉相通的欣喜。所谓推己及人及物，是由人心出发而至物性，但这里却是由人心物性同时出发，是所谓冥发暗合，不谋而合，实则正是心中本有恻隐爱物之性。后诗中"自私"二字堪品。而此间所谓"物"者，前句"春"乎，抑或是指"水流""云在"之水乎？"水流心不竞，云在意俱迟"，一动一静，一速一缓，一忙一闲，无非表明自己一片安闲心境，无急流竞进之心，有散漫闲适之意。接着诗意陡转，谓虽无心与时竞进，而时序推移乃自然而然，春将晚而迟暮，物之天然本不顾人心之有惜春，是之谓"物自私"。"自私"的同义词是"无情"，感到物性之不通人情，正缘诗人之太执着于人情。唯其如此，诗末才曰："排闷强裁诗。"

当然，以下诗篇，更从正面表示出诗人推恻隐之心而及于草木虫鱼的仁者心怀。《又观打鱼》：

苍江渔子清晨集，设网提网万鱼急。能者操舟疾若风，撑突波涛挺叉入。小鱼脱网不可记，半死半生犹戢戢。大鱼伤损皆垂头，屈强泥沙有时立。东津观鱼已再来，主人罢鲙还倾杯。日暮蛟龙改窟穴，山根鳣鲔随云雷。干戈兵革斗未止，凤凰麒麟安在哉！吾徒胡为纵此乐，暴殄天物圣所哀。

不错，此诗确实鲜明地表述了勿暴殄天物的仁者心怀，尤其是将此间之打鱼生计与"干戈兵革"联系起来，分明见得是将悲悯生灵涂炭的爱民情怀推广到虫鱼之类了。与此相关，还有如《题桃树》：

小径升堂旧不斜，五株桃树亦从遮。高秋总馈贫人食，来岁还舒满眼花。帘户每宜通乳燕，儿童莫信打慈鸦。寡妻群盗非今日，天下车书正一家。

在这里，请将"总馈贫人食"与"遍舒满眼花"联系起来，这样，桃之春华秋实，于人皆有恩泽，物质的供给和精神的怡悦，都是宝贵的赐予呢！由此悟入，逢万物在即，都应视为友于，所谓"山鸟山花吾友于"（《岳麓山道林二寺行》），自当其如"一家"人那样亲近相处了。再请将这里的"帘户每宜通乳燕，儿童莫信打慈鸦"，同"自来自去堂上燕，相亲相近水中鸥"并读，其于草木虫鱼的天伦乐趣，就溢于言表了。请读

《绝句漫兴九首》之二：

> 熟知茅斋绝低小，江上燕子故来频。衔泥点污琴书内，更接飞虫打著人。

茅斋低小，本显得寒舍简陋，但反倒因此可以同江上燕子相亲近；燕泥污书，飞虫打人，本自令人心烦，而诗人全无嗔怒之意，由此可见诗人视燕为一家之情怀。联想到《江畔独步寻花七绝句》其五中的"桃花一簇开无主，可爱深红爱浅红"，其意趣所注，当在深红浅红无不可爱！同理，"留连戏蝶时时舞，自在娇莺恰恰啼"，这里的"恰恰"，不正是啼到人心最觉惬意处的意思吗？在这字里行间所流露出来的，谁说不是一种自视与草木虫鱼、花鸟云水为一家的仁爱襟怀呢！

杜甫作为一名以儒家思想为精神支撑的诗人，在战乱动荡之世，受颠沛流离之苦，故而使那心灵深处存养的恻隐仁爱之情更加醇厚充盈，处处流露。当他描写自然景物时，除一般诗人共有的山水胜情外，另有一种因得之不易而倍觉珍贵的怜爱之心，每每能将"大庇天下寒士"的宽广慈怀展衍到一切生灵身上，最终造境于深含道德伦理意味的景物意象和山水意境。

三　造极巨细两端，创意体物之际

明人胡震亨《唐音癸签》卷六论杜诗，谓其"精粗巨细，巧拙新陈，险易浅深，浓淡肥瘦，靡不毕具"。说到底，杜诗确能造极于两端而兼得其妙。如：

> 步屦深林晚，开樽独酌迟。仰蜂粘落絮，行蚁上枯梨。薄劣惭真隐，幽偏得自怡。本无轩冕意，不是傲当时。
> 　　　　　　　　　　　　　　　——《独酌》
>
> 整履步青芜，荒庭日欲晡。芹泥随燕嘴，花蕊上蜂须。把酒从衣湿，吟诗信杖扶。敢论才见忌，实有醉如愚。
> 　　　　　　　　　　　　　　　——《徐步》

其中，"仰蜂"一联和"芹泥"一联，确实琐细，后者尚有佳趣，前者有失雅洁,但无论如何,这正反映出杜甫的心境。《可惜》诗云"宽心应是酒,遣兴莫过诗",《漫成二首》其二又云"仰面贪看鸟,回头错应人",诗句透露出失神观物而唯诗遣兴两个重要消息,尤其是"贪看"之"贪",最为关键,唯其能"贪看",故而才能于细微处发现诗兴,亦唯其能"贪看",故能发现景物的细微特征。不仅如此,其《漫成二首》其一云:

野日荒荒白,春流泯泯清。渚蒲随地有,村径逐门成。只作披衣惯,常从漉酒生。眼边无俗物,多病也身轻。

寻常的村野景象,在诗人看来,都非俗物,其意关风景者,不必去名山大川,何必要名园宝刹,只要惬意会心,只要无碍生计,适足流连忘情。也正是因为如此,才能于寻常景物亦"贪看"忘我。总之,在盛唐诗人的山水风景吟咏中,杜甫的善写细小景物,并每于细微处传达物态人情,是十分突出的。

对山水诗而言,览物状景之"细",意味着具体而微的细节真实。追求细节真实,自大谢至于阴、何,已自成一种传统。然而,注重细节真实,体物深入幽微,并不意味着自我局限于寻常细物小景,尤其是对杜甫来说,其于曲尽细物小景之妙者外,又有尽传奇奥险怪之景的一面。在这一方面,他与大谢的艺术亲缘就值得人们注意了。清人朱庭珍《筱园诗话》卷一云:"山水诗以大谢、老杜为宗。"足见老杜对大谢风范是有所继承和发扬的。但和李白比起来,杜甫对大谢风范更多地给予变创[①]。这种变创,自然包括词语与句法上的创变性继承,其性质已近于后来宋代江西黄庭坚所说的"夺胎换骨"。但除此之外,我们又认为,杜甫继承了大谢"寓目辄书""外无遗物"的创作精神和艺术手法,并使之与阴、何"探景每入幽微"的艺术追求相结合,然后出之以自我个性化的瘦硬劲健笔法,最终造境于精确写实的艺术境界。其遣词铸句上的新创匠心,其观物体物上的深入幽微,都增强了这种精确的写实。杜甫作于同谷县的《万丈潭》诗云:

[①] 参见莫砺锋《论李杜对二谢山水诗的因革》,《唐代文学研究》1996年第6辑。

跼步凌垠堮，侧身下烟霭。前临洪涛宽，却立苍石大。山危一径尽，岸绝两壁对。削成根虚无，倒影垂澹瀩。黑如湾澴底，清见光炯碎。孤云倒来深，飞鸟不在外。高萝成帷幄，寒木累旍旆。远川曲通流，嵌窦潜泻濑。

而作于由秦州入蜀道上的《铁堂峡》云：

硖形藏堂隍，壁色立精铁。径摩苍穹蟠，石与厚地裂。修纤无垠竹，嵌空太始雪。

《青阳峡》云：

塞外苦厌山，南行道弥恶。冈峦相经亘，云水气参错。林迥硖角来，天窄壁面削。溪西五里石，奋怒向我落。仰看日车侧，俯恐坤轴弱。魑魅啸有风，霜霰浩漠漠。

《五盘》云：

五盘虽云险，山色佳有余。仰凌栈道细，俯映江木疏。地僻无网罟，水清反多鱼。好鸟不妄飞，野人半巢居。

其他如《龙门阁》的"清江下龙门，绝壁无尺土"，"目眩陨杂花，头风吹过雨"；《石柜阁》的"季冬日已长，山晚半天赤。蜀道多早花，江间饶奇石。石柜曾波上，临虚荡高壁。清晖回群鸥，暝色带远客"等。和大谢的"峥削"作风相比较，既不似大谢那样刻意排荡对偶，也不似大谢那样典重古奥。清人施补华说，杜甫"入蜀诸诗，须玩其镂刻山水，于谢康乐外另辟一境"（《岘佣说诗》）。必须指出，杜甫的"镂刻"犹如工笔山水，其务求精确地刻画山水形象，务求生动地再现当时感受，故而真正达到了"状难写之景如在目前，含不尽之意见于言外"（欧阳修《六一诗话》引梅尧臣论诗语）。

杜甫入蜀之纪行诸诗，应视为唐代山水诗中的经典之作。尽管此地山水特质迥异于成都草堂附近，故两地吟咏显得风格特异，又兼作者之心境亦甚相悬殊，故语气亦不相合拍。但是，其中所表现的艺术个性，却完全一致。试举《水槛遣心》诗：

去郭轩楹敞，无村眺望赊。澄江平少岸，幽树晚多花。细雨鱼儿出，微风燕子斜。城中十万户，此地两三家。

同样精确生动地尽传此地风光的特质。再看作于夔州的两首诗：

依沙宿舸船，石濑月娟娟。风起春灯乱，江鸣夜雨悬。晨钟云外湿，胜地石堂烟。柔橹轻鸥外，含凄觉汝贤。
——《船下夔州郭宿雨湿不得上岸别王十二判官》
鸣雨既过渐细微，映空摇飏如丝飞。阶前短草泥不乱，院里长条风乍稀。舞石旋应将乳子，行云莫自湿仙衣。眼边江舸何忽促，未待安流逆浪归。

——《雨不绝》

一切都是那么真切入微。"江鸣夜雨悬"的雨势和"阶前短草泥不乱"的雨势显然不同，但无不曲尽其妙！

当然，杜诗吟咏山水更有气象雄阔高浑的特点。如著名的《登高》诗：

风急天高猿啸哀，渚清沙白鸟飞回。无边落木萧萧下，不尽长江滚滚来。万里悲秋常作客，百年多病独登台。艰难苦恨繁霜鬓，潦倒新停浊酒杯。

此诗被评为杜集七律第一，实乃情景交融的经典之作。有诗人艰难苦恨郁结积淀的人生体味作基础，诗中"万里悲秋""百年多病"的浩叹并不觉得夸张，而与此"万里""百年"的情语相融洽，"无边落木""不尽长江"的意象亦不觉浮泛。又如《暮春》诗云：

卧病拥塞在峡中，潇湘洞庭虚映空。楚天不断四时雨，巫峡常吹千里风。沙上草阁柳新暗，城边野池莲欲红。暮春鸳鹭立洲渚，挟子翻飞还一丛。

此诗前半旷远高浑，后半绮丽婉媚，前半巨大，后半细小，倘说颔联与《登高》诗之意象可属一类，那么，颈联以下的新澄细腻正可说明，杜甫实际上是并不单一地崇尚于李白那种"登高壮观天地间"的雄阔造境风格的，尽管他并非不能。唯其如此，杜诗山水吟咏中的高浑意象，多与抚今追昔、感时怀古的抒情主旨相关。如《登楼》诗云：

> 花近高楼伤客心，万方多难此登临。锦江春色来天地，玉垒浮云变古今。北极朝廷终不改，西山寇盗莫相侵。可怜后主还祠庙，日暮聊为梁甫吟。

又如《登岳阳楼》：

> 昔闻洞庭水，今上岳阳楼。吴楚东南坼，乾坤日夜浮。亲朋无一字，老病有孤舟。戎马关山北，凭轩涕泗流。

对此类作品，我们绝不能离开全诗的抒怀主旨，而单独指出"锦江春色来天地，玉垒浮云变古今""吴楚东南坼，乾坤日夜浮"来宣称杜诗写景的壮伟意趣！我们有必要将抒情诗中的景语意象与山水诗中（写景诗中）的风景形象区分开来。这样，结论便是一目了然的，杜甫的山水写照，多见于纪行与流览两种，其作风基本上是精确的写实。写实之际，诗人不仅擅长于把握客观景物的独特个性，而且善于通过细节真实来再现此独特个性，而造境铸句之际，又呈现盛唐特有的作风，即以不尚浮藻、不务奇奥的语言曲尽物态，并融个人感受于其中。

四 杜甫对山水诗传统的创造性整合

王嗣奭《杜臆·杜诗笺选旧序》云："李善用虚，而杜善用实。用虚者如画鬼魅，而用实者工画犬马，此难易之辨也。"这至少说明，杜诗比李诗更富于艺术的功力。功力，是相对于天赋而言的，而功力的形成，必然包括对前人传统的接受。"转益多师是汝师"（《戏为六绝句》），全面而广泛地学习前人，兼综诸家之长，这是杜甫的特点所在，"不薄今人爱古人，清词丽句必为邻"（《戏为六绝句》），杜甫因此能臻于集大成地位。而特别值得注意的是，杜甫对唐人一般比较看轻的南朝诗歌，亦给予充分的理解和重视。在南朝诗人中，与山水诗有关而受杜甫推重者，乃是二谢、阴、何与陶渊明。《解闷》诗云：

> 陶冶性灵存底物，新诗改罢自长吟。孰知二谢将能事，颇学阴何苦用心。

《长吟》诗云：

> 赋诗新句稳，不觉自长吟。

在《戏题王宰画山水图歌》诗中，杜甫写道：

> 十日画一水，五日画一石，能事不受相促迫，王宰始肯留真迹。

这些诗句告诉我们，杜甫意中的山水画家之能事——才能、专长——是须自从容中苦心琢磨而成的。《江上值水如海势聊短述》云：

> 为人性僻耽佳句，语不惊人死不休。……焉得思如陶谢手，令渠述作与同游。

如阴、何苦用心而至于"语不惊人死不休"。这就决定了，老杜绝不肯像李白那样大量地以前人成句入诗，而必然要"转益多师"而新造惊人之境。就凭这一点，杜诗之写山水，便有"情必极貌以写物，辞必穷力而追新"（《文心雕龙·时序》）的意味。如果说入唐以来，至于李白，虽自家亦浸染于南朝清丽，但观念上毕竟不肯认同，那么，在杜甫这里，却有再度推扬南朝物色佳句之新的意思。要之，在山水诗发展的历程中，谢灵运是第一代的开创者，之后永明间小谢及阴、何因革而成一新的风范，入唐则又合大谢与齐梁两种风范而造境清纯高远，其间如王、孟者，自成大家风度，蔚为一代鼎盛。然而山水诗的第二代开创者，却非杜甫不可。

胡小石《李杜诗之比较》曾言："从《古诗十九首》至太白作个结束，可谓成家；从子美开始，其作风一直影响至宋、明以后，可谓开派。"

但杜甫作为"开派"的作风实际上是于继往中求开来的。这种继往,对山水诗而言,首先就是继承了谢灵运以新创语汇写真山水的作风。王夫之评大谢山水诗云:"取景则于击目经心,丝分缕合之际,貌固有而言之不欺。"(《古诗评选》卷五)也就是说,大谢创作山水诗的艺术原则,首先是严格的写实主义。而杜甫所发扬的,也正是这种严格的写实主义。问题在于,山水诗发展到盛唐,以王昌龄的诗美理想"三境"说之"物境"美为标示,分明取着写实的基本走向,即便是李白的仙心登眺,在不作仙界意象的渲染和主观情思的抒发时,也是随物赋形而清丽自然的。既然如此,那杜甫的开创性的写实,又具有怎样的特点呢?为此,我们需要在大谢与杜甫之间作点比较,以发现杜甫同前代大师和同时巨匠之间的个性差异。

陆时雍《诗镜总论》曰:"诗至于宋,古之终而律之始也。体制一变,便觉声色俱开,谢灵运鬼斧默运,其梓庆之炉乎。"这"声色俱开"四字,便是大谢的开创之功。《古诗源》谓谢诗"不可及处,在新在俊",也就是"声色俱开"而以新、俊喜人。大量陌生的山水意象,鲜明而生动地涌现出来,令人目不暇接。然而,细味大谢诗,而以鬼斧镜刻山水时,其关键性的字眼,却未免板滞。如《过始宁墅》的"岩峭岭稠叠,洲萦渚连绵",其"稠叠""连绵","白云抱幽石,绿筱媚清涟"的"媚",《登永嘉绿嶂山》的"澹潋结寒姿,团栾润霜质。涧委水屡迷,林迥岩逾密",其中的"寒姿""霜质""迷""密",要之,皆给人以较重的书卷气,语意上颇觉有隔。又如《登上戍石鼓山》的"日没涧增波,云生岭逾叠"确系景象逼真,而接下来的"白芷竞新苕,绿蘋齐初叶",便显得语气典重而滞涩。再如《过白岸亭》的"近涧涓密石,远山映疏木。空翠难强名,渔钓易为曲",《石门新营所住,四面高山,迥溪石濑,茂林修竹》的"早闻夕飙急,晚见朝日暾。崖倾光难留,林深响易奔",两处以"难""易"对仗,其中深含体物之理,意象互涵互变,正是诗人用心着力之处。但这种颇含理趣的状景诗语,确能传达出诗人对眼前山水状貌的体认,但又不如"野旷沙岸净,天高秋月明"(《初去郡》),"石浅水潺湲,日落山照曜"(《七里濑》),"云日相辉映,空水共澄鲜"(《登江中孤屿》),"密林含余清,远峰隐半规"(《游南亭》),"猿鸣诚知曙,谷幽光未显"(《从斤竹涧越岭溪行》)等来得景象鲜明而富于视境自然之美。日后小谢之"清发",再日后唐人之追求清纯境界,实际上真是沿着这一条路子走的。而下开初唐沈、宋的山水诗，正是沿着这样的路子而益加巧思，于典重滞涩中拓开清丽一派，并摇曳景语而凸显其视境之美。杜甫本有言"颇学阴何苦用心"。陈祚明《采菽堂古诗选》曰："少陵于仲言之作，甚相爱慕，集中警句，每见规模，风格相承，脉络有本。"不过，杜甫在学大谢和学阴、何时，都是活用而非因袭，其语言较王维、孟浩然等人为刻意，却是一种透明的刻意。如《木会渡》的"微月没已久，崖倾路何难。大江动我前，汹若溟渤宽。……霜浓木石滑，风急手足寒。入舟已千忧，陟巘仍万盘。回眺积水外，始知众星干"。《飞仙阁》的"土门山行窄，微径缘秋毫。栈云阑干峻，梯石结构牢。万壑欹疏林，积阴带奔涛。寒日外澹泊，长风中怒号。歇鞍在地底，始觉所历高"。凡此，皆如《夔州雨湿不得上岸》中的"晨钟云外湿"，切身亲历的强烈感受的真实，是其纪行叙景的基础，身心的投入导致景物形态的不可替代性，其视境与心境自然合一，状景精确中体现出感受深切，自然非大谢有意绘写者可比，亦非阴、何苦心巧裁者可比。一言以蔽之，如果说到杜甫，确将盛唐诸公之无我山水境界转化为有我之境，那么，此有我之"我"却是化人山水生命之中的，从而使山水诗由写悦目怡神之景发展到"状难写之景如在目前，含不尽之意见于言外"，这正是杜甫开创之所在。

"状难写之景"，其难有二，一是景物特征复杂而难以概括，二是景物寻常而难兴诗意。杜甫对此，大有开创之功。首先，老杜不似李白之将纵恣的想象作外向的驰骋，而是将想象力内凝为体物的理智，往往通过想象力来张大感受的浓度和烈度，使感受中的景物因此倍见生动和精确。如《瞿塘两崖》：

> 三峡传何处，双崖壮此门。入天犹石色，穿水忽云根。猿玃须髯古，蛟龙窟宅尊。羲和冬驭近，愁畏日车翻。

此诗意象绝顶奇险，前半以夸张凸显其深植高耸的石崖之险峻，后半之想象，全由石崖人天之高与穿水之深处兴发，且平添出自然奇景的悠悠岁寿。尾联之想象，亦落在奇峰碍日的感受上。真可谓迁想奇崛而终落实境。也许，更典型的例子是《漢陂行》，其间写尽漢陂的阴晴变化，穿插以灵异诡幻的意象，俨然有后世韩愈之排荡纵恣和李贺之奇异怪诞,证明杜甫非不能作狂象奇思或探幽索灵。然而,在总体作风上,杜甫写山水景观,主要是不肯落入熟套俗格,总是力求写出对象之真面目真精神,比如"两行秦树直,万点蜀山尖"(《送张十二参军赴蜀州》)就是。不仅如此,这种景物本身的真面目真精神又往往是与作者自身的真感受融为一体的,也往往是与作者当时的强烈情绪或思想融为一体的,故而如"星临万户动,月傍九霄多"者,便形成一种无迹可求的复合意象——一种深含思绪与感受之个性内蕴的视境意象,属于有强烈画面感而终觉难画其内在精神者。其次,杜甫极善于在寻常熟视之景物中发现新警而耐人寻味的诗情画意。这一点,可说已为南宋诸大家开出一条大路。尤其诗人在成都草堂时期的作品,如"仰面贪看鸟,回头错应人"(《漫成》),"随风潜入夜,润物细无声"(《春夜喜雨》),"村春雨外急,邻火夜深明"(《村夜》),"一丘藏曲折,缓步有跻攀"(《早起》)以及"细动迎风燕,轻摇逐浪鸥"(《江涨》),"江深竹静两三家,多事红花映白花"(《江畔独步寻花七绝句》)等,都是在闲适无事中发现细小景物的如同"多事"的形貌神态,从而化俗常为神奇,有点铁成金之功力。综上两项,可见杜甫既能揭示山水奇观之真奇绝处,又能发现寻常景物之不寻常处,这自然就为已然蔚为大观的山水诗创作开拓出新的道路。

此外,在老杜以前,山水胜景多与遗世心理相关合,到杜甫这里,山水观览之兴趣则与世事时事之关注相关合了。杜甫的山水纪行诗,自然以《发秦州》《发同谷》两组诗为代表,好些作品,既曲尽沿途山川之状貌,又叙尽诗人漂泊流离之情形,字里行间,自有真切具体的生活历程内容。晚年居夔州前后,作诗以忆昔、咏史为主,其心境是追怀往事、感叹古今的一派沧桑之慨,但吟咏所及,又多景语绝唱。这方面的例子太多,已不暇罗列。总之,重要的是,杜甫的此番开创,意味着对眼前景物的感吟已成诗内应有之义,从今往后,不管是叙事抒情,还是咏史怀古,风景之唱,将是无处不在处处有了。其先,王昌龄有"物境""情境""意境"之分,经过盛唐诗人的共同努力,更由于杜甫的努力开创,此三境将融合一气了。

总而言之,杜甫那造境富于特质的山水纪行诗、郊居闲吟诗以及对景咏怀诗,实有集山水诗及风景诗大成的意味。当然,诚如许多学者所指出,杜甫山水诗确乎少有王维那样的澄淡空明境界。不过,讲得更准确些，应该说，杜甫的奇崛深沉与王维的澄淡空明形成鲜明的个性对照。同时，杜甫于寻常景物中见活泼泼生意，于无意偶然中见天巧安排的命意造境，实又开创了渐近自然之后复于自然中见工巧的新传统。论者尝指出，杜甫自道作诗之妙，兼重句法与入神，换言之，即兼人巧与神工，也就是刻意与自然。这种转变性的开创，预示着一个新时代的开始。

第四章 中唐(上):山水诗美的两种意态

自南朝晋宋以来,大谢、陶潜与小谢、阴、何已然创立了两种风范,亦即晋宋山水风范与齐梁山水风范。入唐以来,诗人参照这两种风范而自铸新貌,终于造就了山水诗美中的盛唐气象。中唐之前,大历之际,实际上是齐梁山水风范的再阐期,而其于青绿山水中注入清寒意趣的时代特性,实已下启中唐苦吟山水。而杜甫人巧神功相兼的诗美追求,则具体由中唐韩、孟及元、白两派分别推扬,形成中唐山水诗美的两种典型意态。这期间,后来有并称之美的韦、柳山水诗,则是王、孟风范与时代新追求的合成体。

第一节 大历诗风与清寒山水

皎然《诗式》卷四云:"大历中,词人多在江外,皇甫冉、严维、张继素、刘长卿、李嘉祐、朱放,窃占青山白云、春风芳草以为己有。吾知诗道初丧,正在于此,何得推过齐梁作者?"然而,正是对大历诗风表示非议的这位皎然,他自己又正是大历诗风的理论总结者。

皎然,生于开元八年(720)前后,约卒于德宗贞元后期。大历中,与颜真卿、韦应物、皇甫冉、刘长卿等均有交往。皎然是唐代著名诗僧,诗作多吟咏闲适性情。其《诗式》《诗议》为主要诗论著作。皎然论诗最主要的特点,正在兼综两极的辩证思想和力主新创的转型意识。如其论曰:"气高而不怒,怒则失于风流;力劲而不露,露则伤于斤斧;情多而不暗,暗则蹶于拙钝;才赡而不疏,疏则损于筋脉。"("诗有四不"条)"要力全而不苦涩,要气足而不怒张"("诗有二要"条)。"至险而不僻,至奇而不差,至丽而自然,至苦而无迹,至近而意远,至放而不迂"

("诗有六至"条)。凡此，都有兼综各格各体而把握含蓄中和之度的意思。时处盛唐之后，这种理论，实质上正反映出在继承盛唐传统之际又新求敛约含蕴的时代艺术精神。同时，皎然在尚雅正而疾俚俗的时候，特别强调对"意熟语旧"之套语泛语的鄙弃。皎然《读张曲江集》诗有云："沉吟未终卷，变态纷难数。"一篇之中，体貌多变，这本是杜诗的典型成就之一。皎然亦曾公开反对作诗"不要苦思"的观点，这也正与杜甫"苦用心"的创作意识相吻合。唯其如此，以皎然诗论为标志，可以说，大历诗风，在一定程度上是继杜甫作风而发展的。总之，由此看出大历诗人之不甘因循，是无疑的了。从这一点出发，便可以理解皎然何以不满于时人之窃占青山白云、春风芳草了，推测下来，怕是谓其人不能变态百出而新创一格吧。

实际上，即便是在山水诗这一领域，说大历诗人不善变创，也是不尽公允的。一般说来，诗史论家多认定大历诗人的山水吟咏是在继承王、孟的传统。但是，就像皎然论诗主张"取境之时，欲至难至险，始见奇句。成篇之后，观其气貌，有似等闲，不思而得，此高手也"一样，大历诗人在"取境"上所下的功力，是不该轻易忽略过去的。比如大历重要诗人刘长卿，文学史家指出："刘长卿诗的境界，那种孤独、寂寞、惆怅的情思，常常是层层递进，仿佛孤独到不能再孤独、寂寞到不能再寂寞，仿佛人生路上没有同行者。"① 诗人何以偏向于如此情思的抒写呢？如此情思又如何融注于山水吟咏中的特定意象呢？请看《入百丈涧见桃花晚开》诗云：

百丈深涧里，过时花欲妍。应缘地势下，遂使春风偏。

对涧桃的特意吟写，原是为了兴寄身世之叹。刘长卿和其他大历诗人一样，都经历过安史之乱，然而，他们对战争动乱的叹息，一方面由于自身未像杜甫那样有离乱漂泊的亲身经历，另一方面也同其生活经历与战乱之有一定距离一样，他们在感情心理上也拉开了一定的距离。从而，像老杜那样家事国事一体不分的襟怀，在他们这里，便有所转化，国家政治的衰变，确实削刓了士人的政治热情，而冷漠的心理便使他们返身自顾而侧隐于自身的寂寞心境了。以此心境而感于山水花木，又岂能不着意于孤寂而

---

① 罗宗强、郝兴峰主编：《隋唐五代文学史》（中卷），高等教育出版社1990年版，第87页。

冷清的意象呢？

值得注意的是，仅仅说刘长卿诗主要是深彻的孤独寂寞，还是不够的。我们认为，另一种与此孤独寂寞同在的东西，那就是荒远和古老的氛围。两者合一，后来宋元文人山水画之逸品所追求的"荒寒"意境，此际已然初具规模了。

但我们必须注意到大历刘长卿诗与晋宋以来整个山水诗传统的联系。《奉陪萧使君入鲍达洞寻灵山寺》诗云：

> 山居秋更鲜，秋江相映碧。独临沧洲路，如待挂帆客。遂使康乐侯，披榛著双屐。入云开岭道，永日寻泉脉。古寺隐青冥，空中寒磬夕。苍苔绝行径，飞鸟去无迹。树杪下归人，水声过幽石。任情趣逾远，移步奇屡易。萝木静蒙蒙，风烟深寂寂。徘徊未能去，畏共桃源隔。

《陪元侍御游支石硎山寺》诗云：

> 支公去已久，寂寞龙华会。古木闭空山，苍然暮相对。林峦非一状，水石有余态。密竹藏晦明，群峰争向背。峰峰带落日，步步入青霭。香气空翠中，猿声暮云外。留连南台客，想象西方内。因逐溪水还，观心两无碍。

不难看出，如此山水长篇，在布局和遣词上，都有大谢诗法的影响痕迹。大历十才子中的钱起曾道："江山飞丽藻，谢朓让前名"（《奉和宣城张太守南亭秋夕怀友》），"芙蓉洗清露，愿比谢公诗"（《奉和王相公秋日戏赠元校书》），看来，山水清晖，笔墨丽藻，倒是与齐梁、初唐的清丽美理想一脉相承。在这个意义上；大历再阐齐梁诗风，不啻是中肯之论。齐梁诗人，如丘迟、范云，本就以善写山水称名诗史。如丘迟的"杂叶半藏蜻，丛花未隐雀"（《玉阶春草》），确是小巧玲珑，如绘画中的花鸟小品。不仅小巧玲珑，而且细腻入微，如何逊的"林密户稍阴，草滋阶欲暗。风光蕊上轻，日色花中乱"（《酬范记室云》），阴铿的"莺随入户树，花逐下山风。栋里归云白，窗外落晖红"（《开善寺》），状景极有韵致，且又清新可喜。这种小巧玲珑而又细腻清新的山水作风，大历才子的确再度给予了发扬。如钱起的"牛羊下山小，烟火隔云深"（《题玉山村叟屋壁》），"门随深巷静，窗过远钟迟"（《题苏公林亭》），"鹊惊随叶散，萤远入烟流"（《裴迪南门秋夜对月》），"孤村凝片烟，去水生远白"（《登胜果寺南楼，雨中望严协律》），司空曙的"孤灯寒照雨，湿竹暗浮烟"（《云阳馆与韩绅宿别》），李端的"空城寒雨细，深院晓灯青"（《送袁稠游江南》），等等。这些工巧幽微的风景诗，常具有不因其小而琐细无聊的特殊韵致以及须细细品味的艺术魅力。总之，就如同对齐梁山水诗我们必须给予高度重视而不可轻易鄙弃一样，大历诗人的山水小品，自有鸿篇巨制、壮怀奇境所替代不了的艺术价值。

不过，大历诗坛，毕竟是继盛唐而起者。即以刘长卿为例，《集梁耿开元寺所居院》云：

> 到君幽卧处，为我扫莓苔。花雨晴天落，松风终日来。路经深竹过，门向远山开。岂得长高枕，中朝正用才。

而《寻南溪常山道人隐居》又云：

> 一路径行处，莓苔见履痕。白云依静渚，春草闭闲门。过雨看松色，随山到水源。溪花与禅意，相对亦忘言。

前诗有用世之心，后诗含两忘禅机，所状景物，静寂中隐含生生之机，花雨春草，白云溪花，颇与王维入禅诗境契会。长卿送别之诗甚多，如《送薛承矩秩满北游》之"寒云带飞雪，日暮雁门关。一路傍汾水，数州看晋山"，又如《饯别王十一南游》之"飞鸟没何处，青山空向人。长江一帆远，落日五湖春"等，都是极富于抒情性和概括力的诗句。我们不能因大历诗人之饶多小品而小看了他们的艺术功力。尤其是下面这样的作品，如《花石潭》：

> 江枫日摇落，转爱寒潭静。水色淡如空，山光复相映。人闲流更慢，鱼戏波难定。楚客往来多，偏知白鸥性。

《横龙波》：

空传古岸下，曾见蛟龙去。秋水晚沉沉，犹疑在深处。乱声沙上石，倒影云中树。独见一扁舟，樵人往来渡。

其语意皆清新自然，境界如画，在自然深致的山水氛围之营造中，透出诗人偏于幽静自适的讯息。应该说，这都是山水诗中的上乘之作。刘长卿，亦确不虚得"五言长城"之美誉。尤其是在对特定景物的传神刻画上，长卿不用杜甫的有力字眼，反倒于平易中见出体物状景之妙，这确是盛唐遗风所在。

当然，在这一切的背后，若隐若现，确实有一种心境与物境契合的荒苦清寒意味存在。《偶然作》：

老农开古地，夕鸟入寒山。

《雨中过员稷巴陵山居赠别》：

牛羊归故道，猿鸟聚寒枝。

《陪王明府泛舟》：

山含秋色近，鸟度夕阳迟。

《晚次苦竹馆却忆千越旧游》：

故驿花临道，荒村竹映篱。

《赠西邻卢少府》：

犬吠寒烟里，鸦鸣夕照中。

《游休禅师双峰寺》：

寒潭映白月，秋雨上青苔。

《秋夜雨中诸公过灵光寺所居》：

> 向人寒烛静，带雨夜钟沉。

《登松江驿楼北望故园》：

> 平芜万里无人去，落日千山空鸟飞。

《宿北山禅寺兰若》：

> 青松临古路，白月满寒山。

所有如此者，最终汇聚为著名的那首《逢雪宿芙蓉山主人》：

> 日暮苍山远，天寒白屋贫。柴门闻犬吠，风雪夜归人。

总之，诗人所营造描绘出来的，是透着荒凉、贫困、阴冷的清远山水和清苦田园。这种挥拂不去的情绪，显然与时代有关。韦应物《与村老对饮》诗云：

> 鬓眉雪色犹嗜酒，言辞淳朴古人风。乡村年少生离乱，见话先朝如梦中。

正是这种离乱时代的自我感觉和现实感受，造成了当时山水诗篇中的荒凉冷落氛围。当然，杜甫亦身受离乱漂泊之苦，何以其诗中反少有这种荒古清寒色彩？何以其草堂诗吟反充满爱意的闲适？胡应麟《诗薮》云："降而钱、刘，神情未远，气骨顿衰。"一言以蔽之，如建安作者那样的慷慨之气没有了。有的只是一种疲惫的心力和孤寂的情思。刘长卿集中多送别之作，赋别伤离之际，诗人惯常有"疲马""孤舟"的意象，此不胜枚举。同时，刘长卿诗中频频出现"一鸟"意象，亦可玩味。如"天涯一飞鸟，日暮南徐客"（《京口怀洛阳旧居，兼寄广陵二三知己》），"此行山水好，时物亦应众。一鸟飞长淮，百花满云梦"（《送沈少府之任淮南》），

"晚景千峰乱,晴江一鸟迟"(《送荀八过山阴旧县兼寄剡中诸官》),"千龛道傍古,一鸟沙上白"(《水西渡》),"孤烟飞广泽,一鸟向空山"(《使还至菱陂驿渡浉水作》),等等,其自喻或喻人之孤独的内蕴自是不言而喻的。此外,这里的"一"如同"孤""独",往往与表示繁多的"千""万"相对,又是诗人构思之际匠心安排,以造成强烈的对比效果。而这一点,恰是大历诗人创意匠心之渐渐凸显的体现。刘长卿《喜晴》一诗:

晓日西风转,秋天万里明。湖天一种色,林鸟百般声。霁景浮云满,游丝映水轻。今朝江上客,凡慰几人情。

又如《送梁郎中赴吉州》之"看竹经霜少,闻猿带雨多",确是体物入微,于寻常景物亦必生动出之者,但与盛唐之清纯自然相比,确实带有匠心营构的新特点。

信然,大历诗风体现于山水意境中者,非仅如皎然所言,只见于青山白云、春风芳草之意象类型。试想,初唐诸子乃至于诗仙太白者不也多用青山绿水的意象吗?问题在于,大历诗人之构思,犹似杜甫"两个黄鹂鸣翠柳,一行白鹭上青天"(《绝句四首》其一),有一种对工致精巧的追求。山水景观,经过人巧的裁制,恰恰走向盛唐的"渐近自然"复"见出人巧"的美学情趣的转折。像钱起《题郎士元半日吴村别业,兼呈李长官》的"横云岭外千重树,流水声中一两家",于状景有致之外,另饶人工对属的精巧,这就已然透出些"笔补造化天无功"(李贺《高轩过》)的创作意识了。由此下去,直到中唐苦吟诗人之着意于景联的铸塑,其间脉络,可谓分明矣。

第二节 韩愈:新辟山水传奇世界

进入中唐,诗风尚怪尚奇,亦尚俗尚艳,交合之下,山水诗景观,便呈现出斑斓多彩的新风貌。中唐时代,兴生出一种"传奇"意识——一种非仅于文体意义上理解的"传奇"。这里的"传",乃"史传"之"传",于是,"传奇"意识,归根结底,便是以"国史之美,以叙事为工"(刘知几《史通·叙事》)的叙事语言来探奇搜胜的人文内容。山水诗,自然也在这一意识的笼罩之下。

中唐诗坛巨子,首先得数韩愈。韩愈(768—842)是中唐复兴儒学和倡导古文的文化旗手,是唐宋八大散文家之首,其成就绝不限于诗。其诗歌创作,奇诡恢宏,变态百出,叙人伦、状物态、资谈笑、助谐谑,一一寓于诗而皆曲尽其妙,显然绝不限于山水诗。中唐诗人中,韦应物、柳宗元,向来被视为踵武王、孟传统者。然而,要真正理清山水诗在唐代的嬗变脉络,却非关注于韩愈以及韩、孟为首的诗派不可。

"韩愈诗今存四百多首,多为写实之作。"[①] 这个论断无疑是中肯的。唯其如此,韩愈山水诗(包括其他诗吟中的景物描写内容)最终不妨定位于运用超乎寻常的手法以实现状写实景之美。亦唯其如此,第一,韩诗山水境界,就依然在初盛唐以来以描写实景为主的传统之中;第二,其描写手法的超乎寻常,自然有继承杜甫之苦心铸塑的意向,但已经由随物奇崛发展为助物奇诡,从而更加鲜明地凸显出笔墨个性。让我们来看看著名而又褒贬不一的《南山诗》。而在具体解读《南山诗》前,先来看《合江亭》诗中的一小节:

> 红亭枕湘江,蒸水会其左。瞰临眇空阔,绿净不可唾。

诗中"不可唾"的意象,不可谓不生新,但却是为了形容绿水之纯净。唾或者不唾,都涉及一个不干净的意象,用此不净之物(尽管是联想到的)来状摹极净之物,这便是一个以丑状美的例子,夫能以丑状美,则又何所不用其极呢?所以,韩愈之以怪奇手法状物写景,归结到一点,实质就是竭尽全力、调动一切手段来再现客观实境之美,孰料这样一来,主观之创意性反倒格外突出了。于是,再说《南山诗》。诗一开始就说"东西两际海,巨细难悉究",而诗人之意志,正在要迎难而上去"巨细悉究"。程学恂评谓:"当如观《清明上河图》,须以静心闲眼,逐一审谛之,方识其尽物类之妙。"(《韩诗臆说》)如是,且举一二处审谛之:

> 尝升崇丘望,戢戢见相凑。晴明出棱角,缕脉碎分绣。蒸岚相颔洞,表里忽通透。无风自飘簸,融液煦柔茂。横云时平凝,点点露数岫。天空浮修眉,浓绿画新就。孤撑有巉绝,海浴褰鹏嗀。

[①] 罗宗强、郝兴峰主编:《隋唐五代文学史》(中卷),高等教育出版社1995年版,第162页。

诗人从登高远望写起，由朦胧混茫中的群峰凑聚之势，到云雾涌动的整体意象，渐显出清明天色背景前的分明棱角，点点露出，有平舒浓绿如修眉者，有奇峭巉绝为独秀者。尤其是此间两个喻象：一是新画就的黛眉，浮于云天之上，何等鲜亮；一是大鹏浴海，喙触于水而高张双翅，极富动势，且极具画面美感。试想，涌动的白云如翻动的浪花，无垠的蓝天如广袤的海面，而孤峰崛起者则为大鹏浴海。这两个意象，一秀而柔媚，一奇而壮伟，具有极强的审美感染力。诗中另一节又云：

> 昆明大池北，去观偶晴昼。绵联穷俯视，倒侧困清沤。微澜动水面，踊跃躁猱狖。惊呼惜破碎，仰喜呀不仆。

写山水倒影、写清猿云水，本是山水诗中之常见形象，却少有如韩愈写得如此灵动有趣者！水中倒映的山影，用一"困"字，微澜波动，映像破碎，如实写来，亦属有致，但以猿猴那如同顽童的神情传达出来，便增加了些许戏剧性的情节。要之，这便是韩公援各种手法——包括传奇小说之有趣情节以入诗的具体体现。总之，这正反映出山水诗在艺术手法上的兼容并蓄。

韩愈确实经常性地运用想象性意象来刻画实境中的景物，以虚笔写实，虽生虚灵诞幻之感，却强化了形象本身的感染力。如《游青龙寺赠崔大补阙》云：

> 友生招我佛寺行，正值万株红叶满。光华闪壁见神鬼，赫赫炎官张火伞。然云烧树火实骈，金乌下啄赪虬卵。魂翻眼倒忘处所，赤气冲融无间断。有如流传上古时，九轮照烛乾坤旱。

红叶如火，与累累柿实联骈，的确是一种特异的景观。但作者如此渲染，却已经呈现出反客为主的倾向，对自然景物之独创性的形容，由于强烈的创意的突出，被刻画的对象本身反倒被掩隐在背景深处了。又如那首著名的《陆浑山火》，《唐宋诗醇》云："只是咏野烧耳，写得如此天动地岋，凭空结撰，心花怒生。"沈曾植曰："作一帧西藏曼荼罗画观。"（《海日楼遗札》）西藏的佛教画，追求的是色彩的浓烈，恰好与文人水墨的清淡疏简形成鲜明的对照。从这个角度去理解和解释，韩愈的状物作风，实际上是王、孟清淡自然一派的对峙面。入唐以来，如张九龄、岑参、杜甫等人，自是不乏对险峻山水的描写，但岑参写热海火山之行，也绝未到韩公如此地步。在这个意义上，韩愈是杜甫之后的又一开拓者。而不可忽略的是，此诗从渲染大火之怒张到编排故事之离奇，完全是以传奇之心理作诗，传奇小说的作意好奇和凭空结撰，使作家极想驰骋其想象力，所以，韩愈如此之作，可视为对自然景观的想象化处理，其所处理者虽系现实自然，但处理之后的艺术境界，已是"笔补造化天无功"。诚然，李白诗也是极富浪漫气息的山水仙游之作，亦极力铺排神想之种种意象。但是，诗人仙心迁想所至，多是道教文化中的传统内容，不似韩愈之全然超出常情常理之外，不过，话又说回来，韩愈并非不能写清新自然的诗篇，如《早春呈水部张十八员外》的"天街小雨润如酥，草色遥看近却无"，便俨然是王、孟格调。尤其是被何义门评为"直书即目，无意求工，而文自至。一变谢家模范之迹，如画家之有荆、关也"（《义门读书记》）的《山石》一诗：

　　　　山石荦确行径微，黄昏到寺蝙蝠飞。升堂坐阶新雨足，芭蕉叶大栀子肥。僧言古壁佛画好，以火来照所见稀。铺床拂席置羹饭，疏粝亦足饱我饥。夜深静卧百虫绝，清月出岭光入扉。天明独去无道路，出入高下穷烟霏。山红涧碧纷烂漫，时见松枥皆十围。当流赤足踏涧石，水声激激风吹衣。人生如此自可乐，岂必局束为人鞿。嗟哉吾党二三子，安得至老不更归。

此诗确系平实自然之作，语意幽悠，句法简明，单行直下，将叙事、写景、抒情、议论打成一片，使情节景物历历在目，使人倍觉亲切可爱。以此为盛唐清纯境界，亦无不可。此又充分证明，才人伎俩，真不可测也。然而，这并不是韩公于盛唐境界外新辟的天地。唯其如此，准确地讲，如韩愈者，作为中唐奇怪诗风的代表人物，也是在继承盛唐作风的同时另辟新异天地。

第三节　孟郊：有意于山水诗美的探险

孟郊（751—814），字东野，湖州武康（今浙江德清）人。孟郊无宦业可言，终身贫困，衣食仰人。所谓"郊寒"之"寒"，不能不考虑到其作为"寒士"的命运。但是，"郊寒"的"寒"，却不是大历才子每喜作清冷孤寒之境的"寒"。且看其《登华岩寺楼望终南山赠林校书兄弟》：

地脊亚为崖，耸出冥冥中。楼根插迥云，殿翼翔危空。前山胎元气，灵异生不穷。势吞万象高，秀夺五岳雄。一望俗虑醒，再登仙愿崇。青莲三居士，昼景真赏同。

此诗写望中终南山形势，多是理性语，如"前山胎元气"之类，而状华岩寺楼的"楼根""殿翼"两句，一"插"一"翔"，显示出其构思不凡的特性，且"迥云""危空"的意象，确已透出些惊险的艺术感觉。而其《游终南山》云：

南山塞天地，日月石上生。高峰夜留景，深谷昼未明。山中人自正，路险心亦平。长风驱松柏，声拂万壑清。即此悔读书，朝朝近浮名。

而《游终南龙池寺》又云：

飞鸟不到处，僧房终南巅。龙在水长碧，雨开山更鲜。步出白日上，坐依清溪边。地寒松桂短，石险道路偏。晚磬送归客，数声落遥天。

前诗中开首两句，常被用来说明孟郊诗的想象奇特。而我们认为，此诗更奇特处，在于"山中人"人格的塑造，"路险心亦平"式的"正"，无疑是此终南山形象的人文内蕴，缘于此，则"南山塞天地"的高大，分明也正是正人君子之人格的象征了。总之，如此诗者，其奇特想象，恢宏夸张，乃由命意抒志之内蕴作为规定，就像"高峰""深谷"两句亦据南山实际而立像一样，诗人之想象夸张原是基于言志体物的。至于后面一诗，我们隐然看到类同韩愈那种以想象力之人为造化传达实境特性的作风。要之，孟郊诗在非专意咏怀的时候，原是并不刻意于阴森寒冻乃至残忍之作风的。如《游华山云台观》：

> 华岳独灵异，草木恒新鲜。山尽五色石，水无一色泉。仙酒不醉人，仙芝皆延年。夜闻明星馆，时韵女萝弦。敬兹不能寐，焚柏吟道篇。

尤其是《越中山水》一诗：

> 日觉耳目胜，我来山水州。蓬瀛若仿佛，田野如泛浮。碧嶂几千绕，清泉万余流。莫穷合沓步，孰尽派别游。越水净难污，越天阴易收。气鲜无隐物，目视远更周。举俗媚葱茜，连冬撷芳柔。菱湖有余翠，茗圃无荒畴。赏异忽已远，探奇诚淹留。永言终南色，去矣销人忧。

其中"田野如泛浮"和"气鲜无隐物"诸句，非常传神地写出了江南水乡的明丽之美，全诗虽有大谢排偶之格，但写得流丽明快，略无板滞之感。而与此相比，作于朔方的诗句如"物色多瘦削，因笑还孤永。日月冻有棱，雪霜空无影"，其意象之生新奇诡，实际上是基于朔方寒冷多冻的气候和自然景观所给予人的强烈感受。就像他写越中山水而言"田野如泛浮"一样，这里的"日月冻有棱"，同样是对固有实境感受的极端化处理，却有着悚动人心的强烈效果。明乎此，则其《寒溪》中的"波澜冻为刀，剸割凫与鹭。宿羽皆剪弃，血声沉沙泥"等，也都是就实境之某一特点作极端发挥，甚至迥出常情常理之外，故而造成阴森诞荒的效果。然而，无论如何，人们终将发现，孟郊亦如韩愈，在凸显其主观情志和笔墨个性之怒张奇诡时，并不排斥客观自然的美。

孟郊《石淙》有云："入深得奇趣，升险为良跻。搜胜有闻见，逃俗无踪蹊。"又云："物诱信多端，荒寻谅难遍。"正因为有着这种欣然"物诱"而"荒寻"，以"入深""升险"而求"奇趣"的山水意识，故而，就像韩愈写《南山诗》而有穷尽形相之意一样，当年大谢那种探险以发现山水"新大陆"的创作意志，在孟郊这里又有复兴之势。于是，一幅幅色彩鲜艳如新的山水诗卷，便呈现在这位似乎只会寒号的诗人笔下：

石龙不见形，石雨如散星。山下晴皎皎，山中阴泠泠。水飞林木杪，珠缀莓苔屏。畜异物皆别，当晨景欲暝。泉芳春气碧，松月寒色青。险力此独壮，猛兽亦不停。日暮且回去，浮心恨未宁。

——《游石龙涡》

太行横偃脊，百里芳崔巍。济滨花异颜，枋口云如裁。新画颜色湿，上界光影来。深红缕草木，浅碧珩溯洄。千家门前饮，一道传禊杯。玉鳞吞金钩，仙璇琉璃开。朴童茂言语，善俗无惊猜。狂吹寝恒宴，晓清梦先回。治生鲜惰夫，积学多深材。再游讵癫懿，一洗惊尘埃。

——《济源春》

万株古柳根，拿此磷磷溪。野榜多屈曲，仙浔无端倪。春桃散红烟，寒竹含晚凄。晓听忽以异，芳树安能齐。共疑落镜中，坐泛红景低。水意酒易醒，浪情事非迷。

——《与王二十一员外涯游枋口柳溪》

水竹色相洗，碧花动轩楹。自然逍遥风，荡涤浮竞情。霜落叶声燥，景寒人语清。我来招隐亭，衣上尘暂轻。

——《旅次洛城东水亭》

南中少平地，山水重叠生。别泉万余曲，迷舟独难行。四际乱峰合，一眺千虑并。潺湲冬夏冷，光彩昼夜明。赏心难久胜，离肠忽自惊。古木摇霁色，高风动秋声。饮尔一樽酒，慰我百忧轻。嘉期何处定，此晨堪寄情。

——《分水岭别夜示从弟寂》

疏凿顺高下，结构横烟霞。坐啸郡斋肃，玩奇石路斜。古树浮绿气，高门结朱华。始见峥嵘状，仰止逾可嘉。

——《峥嵘岭》

所有这些作品，兼情景而两工，其意象刻画，又确能传出一地山水的独特个性，语句并不拗涩。当然，和盛唐王、孟、李、岑诸公的诗比起来，一来那种无意刻画山水而自然如画的从容自在似已不见，二来对视境透视之真实的时空质感的再现亦已不再突出。而这就说明，就像诗人以"新画彩色湿，上界光影来"相形容一样，这种由诗境历历如画向喻言诗境如画的转型，应该说，是对人与自然之关系的一种间离性的新确认。在这种新的关系中,诗人已不再仅仅是如画之山水的组成部分,他已然超出于人心与山水相契无间的融洽境界之外。唯其如此,孟郊笔下的非属自我写心之格的山水景物吟咏之作,有时会透出那种以理性相裁制的创意痕迹。如《汝州南潭陪陆中丞公燕》云:

　　一雨百泉涨,南潭夜来深。分明碧沙底,写出青天心。

这显然就把清潭映出青天色的视境景观转化为略含抽象意味的人文意象了。在这里,状景体物之心,分明已转化为以写意笔墨来状景的新意识了。而这里的"写意",不是与工笔相对的写意,而是强调诗语言之特有意趣的写意。唯其如此,诗人便多了一层将感物内容再作处理的新构思。如《济源寒食》云:

　　风巢袅袅春鸦鸦,无子老人仰面嗟。柳弓苇箭觑不见,高红远绿劳相遮。

此间不是已生出某种谐趣了吗?又如《终南山下作》云:

　　见此原野秀,始知造化偏。山村不假阴,流水自雨田。家家梯碧峰,门门锁青烟。因思蜕骨人,化作飞桂仙。

在平易清新之余,读者怕也会体味出以略作思忖之笔描绘山水的特性吧!由此,想到同时代陈羽的一首《过栎阳山溪》:

　　众草穿沙芳色齐,踏莎行草过春溪。闲云相引上山去,人到山头云却低。

若言此诗已开南宋诚斋之风趣,怕也不是无根之谈吧!

综上所述,不管是体物状景之际的穷极想象夸诞之力,还是玩物赋词之际的谐趣生姿,以韩、孟诗作为代表,中唐诗人笔下的山水意境,受当时传奇意识的影响,不仅将叙事的笔法以及小说艺术之注重情节的因素融入山水形容之中,从而呈现出铺叙有致、穷形尽相的新特点,也不仅在特定景观的刻画中借奇诡出情的想象以造就悚动人心的超常效果，而且能别造生新而有谐趣的意境。凡此，都可概括为对"趣"的追求。"趣"，而且是强烈的甚至带有戏剧性的"趣"，都需要"翻空易奇"的虚构，这就证明，山水诗到了中唐，虚构艺术的介入是一个新的特色。只是，虚构而又相关于体物状景，最终才在不失其为山水自然写照之基本原则的前提下凸显中唐时代的艺术精神。

这一点，即使在李贺身上也有所体现。如其《南园》五律一首云：

> 小树开朝径，长茸湿夜烟。柳花惊雪浦，麦雨涨溪田。古刹疏钟度，遥岚破月悬。沙头敲石火，烧竹照渔船。

又《南山田中行》云：

> 秋野明，秋风白，塘水漻漻虫啧啧。云根苔藓山上石，冷红泣露娇啼色。荒畦九月稻叉牙，蛰萤低飞陇径斜。石脉水流泉滴沙，鬼灯如漆点松花。

前诗中的"破月悬"，后诗中的"鬼灯如漆"，都有点化美物为丑类的意味。在此以丑为美之时代审美意识的作用下，如王昌龄所言"欲为山水诗，则张泉石云峰之境，极丽绝秀者……"之山水美观念，自当发生变化，从而自将刻意地一反澄鲜山水的传统而探奇求胜于阴暗幽诞境界了。缘此，无论是韩愈的新铺排、孟郊的阴冷、李贺的鬼蜮，都有着个性之外、境遇之外的共同内涵。

第四节　元稹、白居易的详明与流易

文学史上向有"郊寒岛瘦""元轻白俗"之说，在山水诗领域，这种与韩、孟全然不同的"轻"与"俗"又将表现为怎样的意态呢？

元稹（779—831），字微之，西京万年县（今陕西西安）人。明经登第。贞元十九年（803）与白居易同以书判拔萃科登第，授秘书省校书郎。元和元年（806）四月，又与白居易同以制科入第，授左拾遗。元稹一生，自元和五年（810）起，断断续续，过了二十年的贬逐生活。元诗并不以山水田园见长，但集中如《生春二十首》《遣春十首》《表夏十首》等组诗以及《江边四十韵》《春六十韵》《月三十韵》等，分明表现出新的铺排习气。其《上令狐相公诗启》有曰：

> 居易雅能为诗，就中爱驱驾文字，穷极声韵，或为千言，或为五百言律诗，以相投寄。小生自审不能以过之，往往或排旧韵，别创新词，名为次韵相酬，盖欲以难相挑耳。

这种"以难相挑"的创作态度，反映了诗人以才思学力相炫耀的心态。如此心态，一旦作用于山水田园之风光吟咏，便出现就有限题材内容穷极才力再三生发的现象，于是，在显得难免重复雷同的风景意象中，又自有一种"景语"出新的势态。比如：

> 百草短长出，众禽高下鸣。
> ——《遣春十首》之二
>
> 雪鹭远近飞，渚牙浅深出。
> ——《遣春十首》之四
>
> 新笋紫长短，早樱红深浅。
> ——《表夏十首》之一
>
> 萤飞高下火，树影参差文。
> ——《解秋十首》之五

这反映出"景语"锤炼上的刻意，又反映出体物状景上的乏力。于是，真正造成了艺术效果上的平淡无味。但是，唯其刻意于遣造"景语"，倒也有一些新警生动的诗意语言：

> 空蒙天色嫩，杳淼江面平。
> ——《遣春十首》之二
>
> 雨日怜日嫩，岁闰觉春长。
> ——《湘南登临湘楼》

两处"嫩"字，都与水汽溶融中的天色日光相关，不能说不别致。只是这种别致，总给人造作的气象，已然没有盛唐诸公那于浑朴中见精确、于平常中见深远的气象了。可以说，元氏之于山水，既非其所长，成就又远在大历才子之下。总之，元稹写山水风光，难免经心修饰而终难成全意境，若"百里油盆镜湖水，千峰钿朵会稽山"（《送王十一郎游剡中》），"山茗粉含鹰觜嫩，海榴红绽锦窠匀"（《早春登龙山静胜寺》）者，几是文字装点之巧物，而非山水胜境之写照了。

相形之下，元、白中的白居易确不乏山水田园佳作。白居易（772—846），字乐天，祖居下邽（今陕西渭南县），生于郑州新郑（今河南新郑）。白居易本是力主诗歌讽兴、文章褒贬的人，但受到打击而被贬江州司马后，心态发生变化，开始追求"闲适"情调。自兹乃以知足常乐的人生观支撑生命意志，去小隐而择中隐，"似出复似处，非忙亦非闲"（《中隐》），"歌酒优游聊卒岁，园林潇洒可终身"（《从同州刺史改授太子少傅分司》），在东都洛阳和杭州等处，留下了不少真个"潇洒"的山水风景吟唱。

白居易有《游悟真寺诗》凡一百三十韵，乃可与韩愈《南山诗》并读。其不仅"寓目辄书""外无遗物"，而且"叙无遗事"，铺陈不懈，详明具细。唯其不尚奇字诡趣，通俗平易，如乐府歌行，乃与韩愈有别。其中如"岩崿无撮土，树木多瘦坚"，可谓精确有力，而如"山下望山上，初疑不可攀……我来登上头，下临不测渊。目眩手足掉，不敢低头看"，真是明白如话，却将真实感受写出，亦生动感人。这种以家常语写真实感受的山水篇章，虽乏深刻，却别具浅易之好，如《登香炉峰顶》：

迢迢香炉峰，心存耳目想。终年牵物役，今日方一往。攀萝蹑危石，手足劳俯仰。同游三四人，两人不敢上。上到峰之顶，目眩神恍恍。高低有万寻，阔狭无数丈。不穷视听界，焉识宇宙广？江水细如绳，湓城小于掌。纷吾何屑屑，未能脱尘鞅。归去思自嗟，低头入蚁壤。

又如《草堂前新开一池养鱼种荷日有幽趣》：

淙淙三峡水，浩浩万顷陂。未如新塘上，微风动涟漪。小苹加泛泛，初蒲正离离。红鲤二三寸，白莲八九枝。绕水欲成径，护堤方插篱。已被山中客，呼作白家池。

一写庐山香炉之登览，系名山大川，一写草堂鱼池之景致，系小小园池，但作风一致，都是平易流畅的白描，一眼望得见底，没有深度，没有难度，亦不耐品味，但却有一种平易近人的亲切和悦众谐俗的新巧。

白居易在杭州时留下了不少清新平淡的风光吟咏篇章。《钱塘湖春行》：

> 孤山寺北贾亭西，水面初平云脚低。几处早莺争暖树，谁家新燕啄春泥。乱花渐欲迷人眼，浅草才能没马蹄。最爱湖东行不足，绿杨阴里白沙堤。

此诗在整个唐人山水诗中都是上乘之作。其间意象联翩而出，但有一个共同的特点，那就是春意初透之际的欲浓而淡的风景氛围。若此诗只有一联作如是之对，就难免新巧而纤弱，但全诗一气流走，顿成浑融境界。不仅如此，从一对对意象的连缀中，隐然一位漫步观赏早春风光的人物在其中，而且没有小谢"天际识归舟，云中辨江树"之"识""辨"的主观痕迹。又如《杭州春望》：

> 望海楼明照曙霞，护江堤白踏晴沙。涛声夜入伍员庙，柳色春藏苏小家。红袖织绫夸柿蒂，青旗沽酒趁梨花。谁开湖寺西南路，草绿裙腰一道斜。

此诗以西湖周围的杭州名胜入诗，由城外到城内，兼风景风情而兴发，结撰轻妙，清绮而饶有韵味，结联将西湖比作美女，意象旖旎而隐然不出，别是一种况味。杭州本是风景胜地，白居易闲适处之，有心留意，自作佳构：

> 澹烟疏雨间斜阳，江色鲜明海气凉。蜃散云收破楼阁，虹残水照断桥梁。风翻白浪花千片，雁点青天字一行。好著丹青图画取，题诗寄与水曹郎。
> ——《江楼晚眺景物鲜奇吟玩成篇寄水部张员外》

海天东望夕茫茫，山势川形阔复长。灯火万家城四畔，星河一道水中央。风吹古木晴天雨，月照平沙夏夜霜。能就江楼消暑否，比君茅舍较清凉。

——《江楼夕望招客》

其他如：

卢橘子低山雨重，棕榈叶战水风凉。烟波澹荡摇空碧，楼殿参差倚夕阳。

——《西湖晚归》

要之，白居易这些以律体写景的作品充分发挥对仗艺术的优长，写来流丽工巧却又大度从容，尤其是能于工巧中见状物之精、组构之妙。大体说来，其诗如后世宋代的柳永词，铺叙有序，形容详明，是一种鲜丽清秀的总体风格，和杜诗中那极力工丽者相类。但杜之工丽仍是劲健，而白之工丽只是流易，亦可谓各极其妙。相形之下，白居易的这类作品，更受一般世人的喜爱，因为它的巧妙和韵致容易被人理解。

第五章　中唐(下)：别有幽峭明净处

虽说在习惯上人们多以韩、孟和元、白两派来概括中唐诗坛形势，但历史的真实要远远丰富于这种概括。在山水诗美的发展演变过程中，韩、孟一派的传奇探险，元、白一派的详明流易，确已呈示出中唐山水诗美的两种意态，显现出唐代山水诗历史轨迹的基本脉络。但是，元、白之外，尚有张（籍）、王（建），尽管相同于平易作风，但山水诗造诣毕竟不同。何况，向来并称韦、柳的韦应物和柳宗元，更以独到的山水诗心和山水诗境，影响着后来的诗人。即便是刘禹锡，其诗意诗境的凝练之美，也是白居易所诚心佩服的。所有这一切，都构成了中唐山水诗美中的另一种景观，它的魅力，是韩、孟与元、白两派的成绩所遮蔽不了的。

第一节　绿色幽境中的韦应物

韦应物（737—792），京兆长安（今陕西西安）人。其伯父韦鉴、父亲韦銮都是画家，韦銮尤擅山水花鸟，这使他在天赋气质上有与王维近似处。韦应物少年豪侠，甚至"身作里中横，家藏亡命儿。朝持樗蒲局，暮窃东邻姬"（《逢杨开府》）。后渐入宁静心境。尤其是大历十二年（777）冬爱妻病逝，而他本身也因故患疾以后，于大历十四年（779）调任栎阳令时辞官，退居长安西郊善福寺，游心释老之间，"道心淡泊对流水，生事萧疏空掩门"（《京居沣上精舍，寄于、张二舍人》），真正地心游清虚而神栖幽静了。日后，无论是在滁州刺史任上，还是在苏州刺史任上，多于公事之暇探幽访胜、登山临水，以寄托幽独孤寂的情怀，以至"鲜食寡欲，所居焚香扫地而坐"（李肇《国史补》），竟博得朱熹"气象近道"的称誉。

韦应物的诗歌成就是多方面的。其山水田园诗作，诚如有的学者所指出，显示出一位"爱用'绿'字的诗人"（廖仲安《中国历代著名文学家评传》第二卷）的创作特色。其实，与其说他爱用"绿"字，不如说他的山水田园诗大多弥散着一派绿意：

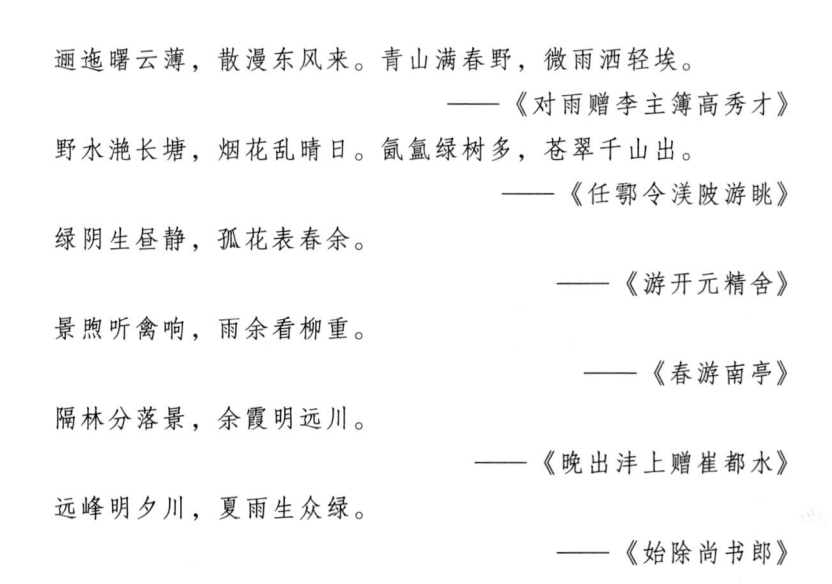

逦迤曙云薄，散漫东风来。青山满春野，微雨洒轻埃。
——《对雨赠李主簿高秀才》
野水滟长塘，烟花乱晴日。氤氲绿树多，苍翠千山出。
——《任鄠令渼陂游眺》
绿阴生昼静，孤花表春余。
——《游开元精舍》
景煦听禽响，雨余看柳重。
——《春游南亭》
隔林分落景，余霞明远川。
——《晚出沣上赠崔都水》
远峰明夕川，夏雨生众绿。
——《始除尚书郎》

烟雨云霞，水光山色，花草林木，景色万千，与时从容，而总是氤氲成一派含蓄而明媚的生命之色。因为喜作绿意山水诗，所以韦应物笔下的山水风物，便有六朝气色在。如《龙门游眺》：

凿山导伊流，中断若天辟。都门遥相望，佳气生朝夕。素怀出尘意，适有携手客。精舍绕层阿，千龛邻峭壁。缘云路犹缅，憩涧钟已寂。花树发烟华，淙流散石脉。长啸招远风，临潭漱金碧。日落望都城，人间何役役。

此外如"浅石方凌乱，游禽时出没。半雨夕阳霁，缘源杂花发"（《月溪与幼遐君贶同游》）等，在状物手法和结句形态上似乎都能感受到六朝山水刻画的传统痕迹。

但是，韦应物诗与六朝流丽毕竟似是而非。关键在于，在一派绿意的自然生机之中，韦应物常常寄托着清淡悠远的意趣。读多了韦应物诗，便有寒雨夜来并在不觉中生出别样的清冷之意。《登西南冈卜居遇雨寻竹浪至沣墉萦带数里清流茂树云物可赏》一诗写道：

> 登高创危构，林表见川流。微雨飒已至，萧条川气秋。下寻密竹尽，忽旷沙际游。纤直水分野，绵延稼盈畴。寒花明废墟，樵牧笑榛丘。云水成阴澹，竹树更清幽。适自恋佳赏，复兹永日留。

《与幼遐君贶兄弟同游白家竹潭》：

> 清赏非素期，偶游方自得。前登绝岭险，下视深潭黑。密竹已成暮，归云殊未及。春鸟依谷暄，紫兰含幽色。已将芳景遇，复欸平生忆。终念一欢别，临风还默默。

《游溪》：

> 野水烟鹤唳，楚天云雨空。玩舟清景晚，垂钓绿蒲中。落花飘旅衣，归流澹清风。缘源不可极，远树但青葱。

《秋夕西斋与僧神静游》：

> 晨登西斋望，不觉至夕曛。正当秋夏交，原野起烟氛。坐听凉飙举，华月稍披云。漠漠山犹隐，潋潋川始分。物幽夜更殊，境静兴弥臻。息机非傲世，于时乏嘉闻。究空自为理，况与释子群。

凡是这一类风景吟咏，初读之际，但见景象纷呈，共有一派融融生机，物各有态，彼此协调成适意的清丽氛围。但若深入诗心内层，就不难发现，不管具体环境如何，诗人内心所企希的，确是那种略带清寒色调的幽静境界，并不十分外露，但有时却很凝练，如灵心一点，却有四远无极的兴味。如《秋夜寄丘二十二员外》：

> 怀君属秋夜，散步咏凉天。空山松子落，幽人应未眠。

又如著名的《滁州西涧》：

> 独怜幽草涧边生，上有黄鹂深树鸣。春潮带雨晚来急，野渡无人舟自横。

空山幽人的典型意象，颇能体现韦应物在一派绿意中注入清寒甚至荒寒意趣的山水诗美心理。

韦应物虽以山水田园之吟见称，但他本是一位忧患诗人。乔亿《剑溪诗话又编》曾指出："韦公多恤人之意，极近元次山。"这种不让元结的恤人之意，在山水田园诗中也有生动的表现。《观田家》云：

> 微雨众卉新，一雷惊蛰始。田家几日闲，耕种从此起。丁壮俱在野，场圃亦就理。归来景常晏，饮犊西涧水。饥劬不自苦，膏泽且为喜。仓廪无宿储，徭役犹未已。方惭不耕者，禄食出闾里。

其悯农自惭之志可嘉。也正因为他有一颗悯农自惭之心，所以在吟咏景物之际，也便多了一层思想者的精神内蕴。《襄武馆游眺》云：

> 州民知礼让，讼简得遨游。高亭凭古地，山川当暮秋。是时粳稻熟，西望尽田畴。仰恩惭政拙，念劳喜岁收。澹泊风景晏，缭绕云树幽。节往情恻恻，天高思悠悠。嘉宾幸云集，芳樽始淹留。还希习池赏，聊以驻鸣驺。

这里的思想感情是复杂的，因复杂而生出丰富的意义：悯农恤人，尚礼崇德，惭政忧国，同时又企希游赏、心游太玄而忧生嗟命。难怪他说"息机非傲世"（《秋夕西斋与僧神静游》），又说"心期与浩景，苍苍殊未收"（《府舍月游》），韦应物，原是一位心境浩渺的诗人。

正是这种浩渺的心境，加上他"息机非傲世"，气象近远道而心志念民生，因此，他笔下的云烟山水、草木田园便不再偏于大历才子式的青山白云格调，具体说来，在风景的丰富性和寓意的深远性上，韦应物都超过了大历才子的一般性造诣。"新禽哢暄节，晴光泛嘉木"（《西郊游瞩》），写来何等的光鲜清新。"惊禽栖不定，流芳寒未遍"（《再游西郊渡》），写来又觉有乍暖还寒的意态。"远水带寒树,阊门望去舟"(《送崔叔清游越》),全然一幅水墨山水远景图。"幽涧人夜汲,深林鸟长啼"(《重送丘二十二还临平山居》),景色由声觉上着笔,是画家画不出的那种幽静和空远。写西塞山,诗有豪壮之气:"势从千里奔,直入江中断。岚横秋塞雄,地束惊流满。"(《西塞山》)写南国,诗又有清婉之姿:"池荷初帖水,林花已扫园。萦丛蝶尚乱,依阁鸟犹喧。"(《始夏南园思旧里》)写到详明细腻处,仿佛大谢手笔:

兹晨乃休暇,适往田家庐。原谷径途涩,春阳草木敷。才遵板桥曲,复此清涧纡。崩壑方见射,回流忽已舒。明灭泛孤景,杳霭含夕虚。无将为邑志,一酌澄波余。

——《往云门郊居途经回流作》

馆宿风雨滞,始晴行盖转。浔阳山水多,草木俱纷衍。崎岖缘碧涧,苍翠践苔藓。高树夹潺湲,崩石横阴𪩘。野杏依寒拆,余云冒岚浅。

——《自蒲塘驿回驾经历山水》

揽辔穷登降,阴雨遘二旬。但见白云合,不睹岩中春。急涧岂易揭,峻途良难遵。深林猿声冷,沮洳虎迹新。始霁升阳景,山水阅清晨。杂花积如雾,百卉萋已陈。鸣驺屡骧首,归路自忻忻。

——《山行积雨归途始霁》

真可谓穷形尽相如工笔细描。而写到清省简约处,便确似王维入禅之境。《怀琅玡深标二释子》:

白云埋大壑,阴崖滴夜泉。应居西石室,月照山苍然。

首句境界何等的浑然凝重,次句又是何等的幽微空灵,尤其是结句的境界,月光山色,溶溶然一气苍茫,不仅让人联想到空山幽壑夜茫茫的深静冷寂,又将此种静寂化作颇含禅意的空明远大了。试以此诗相比于王维辋川绝句,读者不难领会出,由王维至韦应物,同是清远淡雅的山水境界,韦应物毕竟显得多了一重幽深凝重的物象与情思交织的诗意色彩。正是这种缘故,使得韦应物与柳宗元属于同一种山水诗美类型。

第二节　精刻幽峭山水的柳宗元

柳宗元（773—819），字子厚，河东（今山西运城）人。生于长安，亦在长安度过孩童时代。十二岁曾随父去夏口。贞元九年（793），二十一岁时登进士科，授集贤殿正字。贞元二十一年（805），德宗去世，顺宗继位。遂发生历史上有名的王叔文政治集团的改革活动，柳宗元参与其事，是这一政治集团的主要组成人员。也因此，当宪宗不久即位，而顺宗支持下的改革宣告失败时，柳宗元便逃不过被贬的命运。先是被贬永州（今湖南永州），在贬所十年，"益自刻苦，务记览，为词章，泛滥停蓄，为深博无涯涘，而自肆于山水间"（韩愈《柳子厚墓志铭》）。后又贬柳州（今广西柳州）。元和十四年（819），病逝于柳州贬所，终年四十七岁。

因贬谪而"自肆于山水间"的柳宗元，自然喜爱山水诗。永州、柳州两地的自然山水，本就有着不同于吴越清丽和关中朴野的地域特色，兼之柳宗元又有着"风波一跌逝万里，壮心瓦解空缧囚"（《冉溪》）的特殊心境，所以，出现在他笔下的南国山水，便别有一种幽峭到僻远、幽深到荒寒、幽雅到清高、幽洁到孤傲的特殊风貌。

柳宗元的山水诗，明显地具有谢灵运风格的影响。李东阳曾以陶渊明为参照，而说"韦应物稍失之平易，柳子厚则过于精刻"（《麓堂诗话》）。所见可谓精当。要理解"精刻"，且先看《法华寺石门精舍三十韵》：

> 拘情病幽郁，旷志寄高爽。愿言怀名缁，东峰旦夕仰。始欣云雨霁，尤悦草木长。道同有爱弟，披拂恣心赏。松溪窈窕入，石栈夤缘上。萝葛绵层甍，莓苔侵标榜。密林互对耸，绝壁俨双敞。堑峭出蒙笼，墟险临滉漾。稍疑地脉断，悠若天梯往。结构罩群崖，回环驱万象。小劫不逾瞬，大千若在掌。体空得化元，观有遗细想。喧烦困蚁蠓，跼躅疲魍魉。寸进谅何营，寻直非所枉。探奇极遥瞩，穷妙閟清响。

读此诗，比读大谢的有些作品还费劲，尤其是诗中后段的理语议论，已经令人生厌了。单在景物刻画上，谢灵运那种精心营构、铸词精确、穷形尽相唯恐不及的作风，柳宗元可说是学到家了，甚至连大谢的语言风格也学了过来，比如"密林互对耸，绝壁俨双敞"这种"两衔排衙"式的结构。

元和十年（815）春，柳宗元被召还京，二月到长安，三月复遭贬，往复途中，两次经过界围岩水帘，都有诗句吟咏，真可谓"自肆于山水之间"。其《界围岩水帘》写道：

> 界围汇湘曲，青壁环澄流。悬泉粲成帘，罗注无时休。韵磬叩凝碧，锵锵彻岩幽。丹霞冠其巅，想象凌虚游。灵境不可状，鬼工谅难求。忽如朝玉皇，天冕垂前旒。

其《再至界围岩水帘遂宿岩下》又云：

> 发春念长违，中夏欣再睹。是时植物秀，杳若临玄圃。歊阳讶垂冰，白日惊雷雨。笙簧潭际起，鹳鹤云间舞。古苔凝青枝，阴草湿翠羽。蔽空素彩列，激浪寒光聚。的砾沉珠渊，锵鸣捐珮浦。幽岩画屏倚，新月玉钩吐。夜凉星满川，忽疑眠洞府。

后诗显然比前诗更具细详明，诗人注意到此间景物的每一处细节，将欣然赞赏之情化作丽藻巧喻，读后引发读者丰富的联想。然而，就像谢灵运的山水诗难免有排比呆板和繁富有余的缺点一样，柳宗元的这类近似大谢的山水篇章，也有着未免细碎和缺少警策的不足。

真正能显示柳宗元的诗意个性和艺术造诣的，是那些以幽险峻峭的山水气貌象征和隐喻其幽愤不平之内心世界的作品。其《岭南江行》云：

> 瘴江南去入云烟，望尽黄茅是海边。山腹雨晴添象迹，潭心日暖长蛟涎。射工巧伺游人影，飓母偏惊旅客船。从此忧来非一事，岂容华发待流年。

诗人将身世之感完全融进景色描写之中，使特殊的南国景观因人世险恶的经验暗示而陡增奇异色彩。在《别舍弟宗一》《柳州峒氓》诸诗中，柳宗元写永、柳两地风光，无不以幽涩艰深示人。"郡城南下接通津，异服殊音不可亲"（《柳州峒氓》），和认为山水"自来亲人"者显然不同，"不可亲"的心态，使柳宗元笔下的山水奇观，带着整体的象征和隐喻性质。"窜身楚南极，山水穷险艰。"(《构法华寺西亭》)"穷险艰"，正是人世艰险这一人生感慨的形象外化。

> 城上高楼接大荒，海天愁思正茫茫。惊风乱飐芙蓉水，密雨斜侵薜荔墙。岭树重遮千里目，江流曲似九回肠。共来百越文身地，犹自音书滞一乡。
>
> ——《登柳州城楼寄漳汀封连四州》

不可否认，过于强烈的身世感叹，过于凸显的象征意味，难免会冲淡对一方山水的审美再现，柳宗元的山水诗篇，因此具有一种诗意主题的内在张力。"夙抱丘壑尚，率性恣游遨。""投迹山水地，放情咏离骚。"(《游南亭夜还叙志七十韵》)丘壑之性，离骚之愤，相投契，亦相冲突，造成了柳诗特异幽峭乃至险艰的境界。

当山水性情占了上风时，柳宗元的精刻之笔便显出难得的准确传神。《旦携谢山人至愚池》：

> 新沐换轻帻，晓池风露清。自谐尘外意，况与幽人行。霞散众山迥，天高数雁鸣。机心付当路，聊适羲皇情。

《秋晓行南谷经荒村》：

> 杪秋霜露重，晨起行幽谷。黄叶覆溪桥，荒村唯古木。寒花疏寂历，幽泉微断续。机心久已忘，何事惊麋鹿。

《雨晴至江渡》：

> 江雨初晴思远步，日西独向愚溪渡。渡头水落村径成，撩乱浮槎在高树。

《游石角过小岭至长乌村》：

磴回茂树断，景晏寒川明。旷望少行人，时闻田鹳鸣。风篁冒水远，霜稻侵山平。

当地风光，当时情景，或天高山远的寥廓，或幽谷荒村的萧疏，或雨后渡头的缭乱，或寒川旷望的清明，写来历历如画，却又别是一番偶来任得的佳趣。在这里，诗人的精刻，更表现在别具只眼的新警，善于捕捉典型细节，同时善于营构协调的意境，大家气象已然呈露无遗了。

《江雪》与《渔翁》，是柳宗元诗作中的极品。也将山水诗美导向了一种新的境界。《江雪》云：

千山鸟飞绝，万径人踪灭。孤舟蓑笠翁，独钓寒江雪。

和韦应物的《滁州西涧》相比，柳宗元这首传诵千古的名篇，表现出一种绝对的清高和孤寂，在对自然情景的提炼中，诗人融入了强烈的主观意志，然后又形象化为寓意深远的诗意画境：茫茫一派雪意，天地混沌一片，扁舟一叶，蓑衣钓雪，凛然而超然，奇异而自然，真令人神清骨冷，净化而升华。李白的《独坐敬亭山》，可看作此诗的引子，但柳诗更饶有画意，不似太白之作的意气毕现。而令人惊异的是，与《江雪》一诗的荒寒清远不同，《渔翁》却来得那么清润流动：

渔翁夜傍西岩宿，晓汲清湘燃楚竹。烟销日出不见人，欸乃一声山水绿。回看天际下中流，岩上无心云相逐。

读《江雪》一诗，我们可以联想诗人便是钓雪寒士。而读《渔翁》一诗，诗人却显得能入能出，他既是那位"渔翁"，又是一位旁观者。当"烟销日出不见人"时，一片绿色山水中的桨声，喻示着渔翁已化入这绿色的江水山影之中了。和《江雪》比，《渔翁》是在动态中传神写照，但这种动态并不沾滞于具体形迹，是一种神超意旷的性灵之飞动。

文学史上，韦、柳之所以并称，主要是由于清淡高远的艺术风格和山水田园的风景吟咏。两位诗人共同的诗意境界，就是那种运用取境高远、清淡的山水写照来传达幽独而又淡远的人生意趣的艺术格调。如韦应物《游溪》与柳宗元的《零陵春望》便可取来同读，而柳宗元的《渔翁》，更显得要从清淡高远中泛出一派明秀！看来，正是这种山水明秀而清淡高远的诗心诗性，使柳宗元不会因精刻幽峭过度而走向幽荒险怪。同时，柳宗元的田园诗中有一种真切描写田家生活的景观，如"蓐食徇所务，驱牛向东阡。鸡鸣村巷白，夜色归暮田"，"是时收获竟，落日多樵牧。风高榆柳疏，霜重梨枣熟"（《田家三首》），写来朴实自然，真切具体，说明诗人内心涌动着生活的期望。这，当然也会充沛诗人因大的挫折而产生的失落心境，从而也抑制其诗心诗境的发展不至于走向荒僻幽冷的偏至世界。

第三节　张籍和刘禹锡的明净山水

张籍（766—约830），字文昌，苏州人，后移家和州乌江县（今安徽省和县乌江镇）。生活贫困，仕途沉滞，性情疏散，诗风简淡。张籍擅长乐府，俗语俗事，平实写来，亲切动人。王安石谓其诗"看似寻常最奇崛，成如容易却艰辛"（《题张司业诗》）。这一点，只要读下面这首《岳州晚景》就不难领会了：

晚景寒鸦集，秋声旅雁归。水光浮日去，霞彩映江飞。洲白芦花吐，园红柿叶稀。长沙卑湿地，九月未成衣。

诗境全无大历诗人和孟郊诗中的阴冷寒寂气象，诚如其《闲游》所云："老身不计人间事，野寺秋晴每独过。"在清秋的萧瑟中，分明投进一股晴朗的亮色。在这一点上，他和白居易、元稹是相一致的，他们放情山水、怡神园林，心境是开朗的。张籍《水》云：

荡漾空沙际，虚明入远天。秋光照不极，鸟色去无边。势引长云阔，波轻片雪连。汀洲杳难测，万古覆苍烟。

这里有一种以咏物格调写山水诗的新倾向。缘此，如《和李仆射雨中寄卢严二给事》，其状雨之景语如"郊原飞雨至，城阙湿云埋。迸点时穿牖，浮沤欲上阶。偏滋解箨竹，并洒落花槐。晚润生琴匣，新凉满药斋"，便体现出体物入微而叙写明细的特点。张籍写景佳句不少，"月明见潮上，江静觉鸥飞"（《宿临江驿》），"夕阴生远岫，斜照逐回流"（《雪溪西亭晚望》），"藻密行舟涩，湾多转楫频"（《舟行寄李湖州》），"色连山远静，气与竹偏寒"（《和户部令狐尚书喜裴司空见看雪》），"月出溪路静，鹤鸣云树深"（《不食仙姑山房》），等等。张籍的"古淡"山水，在明净中别饶一种风俗风情体味上的深彻。《宿江店》云：

　　野店临西浦，门前有橘花。停灯待贾客，卖酒与渔家。夜静江水白，路回山月斜。闲寻泊船处，潮落见平沙。

《夜宿黑灶溪》云：

　　夜到碧溪里，无人秋月明。逢幽更移宿，取伴亦探行。花下红泉色，云西乳鹤声。明朝记归处，石上自书名。

写来颇有初唐吴越山水的明丽，但更将明丽澄净的山水引入那种带有蝉蜕尘俗之外的野居境界，纵寻常店旅商贾之地，亦含有超然尘埃之外的诗意。尽管张籍有时和元、白一样有着过于直露的缺点，因此也就使山水意境的创造不似郊寒岛瘦那样新警有致。但是，张籍的自然浑朴中蕴含着苦心经营，细细体会，明净之中，饶有山水意态的丰润。《送朱庆余及第归越》云：

　　有寺山皆遍，无家水不通。湖声莲叶雨，野气稻花风。

自然平易的语言，但每句意蕴却很丰富，人家处处水，寺宇重重山，景致的清润之外，别饶语意的委婉和曲折。特别是"湖声"两句，一句两意，一笔双景，凝练而不流于晦涩，概括而不显得抽象，的确是诗中上品。又如《蛮州》：

　　瘴水蛮中入洞流，人家多住竹棚头。一山海上无城郭，唯见松牌记象州。

已经把地域山水形貌和地方民俗风情交融一体。可注意的是，张籍的山水吟咏，因此颇得风情与人情的相得益彰之妙。其《赠项斯》云：

端坐吟诗忘忍饥,万人中觅似君稀。门连野水风长到,驴放秋原夜不归。日暖剩收新落叶,天寒更著旧生衣。曲江亭上频频见,为爱鹧鸪雨里飞。

一位清贫而又清高、疏放且又旷逸的野士形象,已然突出在字里行间。"门连野水","驴放秋原",不仅突出了野趣,还突出了一任自然的襟怀。在这里,一切情语皆成景语,人物刻画便是风景描写。其实,张籍诗中屡见这种境界,只可惜人们未曾注意就是了。如《过贾岛野居》云:

蛙声篱落下,草色户庭间。

对"野居"之所谓"野"的表现,就完全是形象化——风景直觉化的。又如《题李山人幽居》云:

无事焚香坐,有时寻竹行。画苔藤杖细,踏石笋鞋轻。

《赠太常王建藤杖笋鞋》云:

寻花入幽径,步日下寒阶。

看来,藤杖笋鞋,是当时寄托山水野趣的一种雅物。身着雅物,而神情意态便在"画苔"的"细"和"踏石"的"轻"中体现出来,一片深爱自然之心,油然传出,令人神情自然萧散。

中唐张籍、王建向来以乐府诗成就而确立了在文学史上的地位。张籍乐府诗,反映民生艰难,当时白居易就给以高度评价。实际上,在那些充满生活气息的乐府诗作中,自然而然地包含着田家生活风景的刻画。如《江村行》的"南塘水深芦笋齐,下田种稻不作畦。耕场磷磷在水底,短衣半染芦中泥",写来亲切自然,泥土味扑面而来。作为深知农家甘苦的诗人张籍,其山水吟咏中宜有这样一道风景线。

刘禹锡(772—842),字梦得,洛阳人。其与柳宗元同为著名的"八司马",永贞革新失败,遂辗转沉沦于贬所二十余年。刘禹锡生性坚强,不屈从于时世,其诗多讽刺兴寄。更由于思想清醒,已参透"芳林新叶催陈叶，流水前波让后波"（《乐天见示伤微之、敦诗、晦叔三君子，皆有深分，因成是诗以寄》）的自然规律，且具有"沉舟侧畔千帆过，病树前头万木春"（《酬乐天扬州初逢席上见赠》）的开朗襟怀，故诗歌之中每透出向上奋发的意兴。其《秋词》其二云：

> 山明水净夜来霜，数树深红出浅黄。试上高楼清入骨，岂如春色嗾人狂。

这种对"清入骨"之"天地肃清"的偏爱，与大历以来对清寒山水的偏爱不同，因为他背后是一种如秋高气爽般的旷达和高迈。受此心境心力的影响，刘禹锡笔下的山水风光和田园风情多是明朗的。《洛中早春赠乐天》云：

> 漠漠复霭霭，半晴将半阴。春来自何处，无迹日以深。韶嫩冰后木，轻盈烟际林。藤生欲有托，柳弱不自任。花意已含蓄，鸟言尚沉吟。期君当此时，与我恣追寻。翻愁烂漫后，暮春却伤心。

此诗之明朗已近于妩媚，诗人笔端生恣，于状景外另添一种娇艳的意态，如"韶嫩""轻盈""有托""自任""含蓄""沉吟"，分明有拟人化倾向。这可以看作中唐山水诗复又突出主题意兴的表现。这种主题意兴，并不简单化为抒情言志、表述思想，作为山水吟咏的诗心内容，往往也表现为想象力的丰富。如《客有为余话登天坛遇雨之状因以赋之》：

> 清晨登天坛，半路逢阴晦。疾行穿雨过，却立视云背。白日照其上，风雷走于内。混漾雪海翻，槎牙玉山碎。蛟龙露鬐鬣，神鬼含变态。万状互生灭，百音以繁会。俯观群动静，始觉天宇大。山顶自晶明，人间已雾霈。豁然重昏敛，涣若春冰溃。反照入松门，瀑流飞缟带。遥光泛物色，余韵吟天籁。洞府撞仙钟，村墟起夕霭。却见下山侣，已如迷世代。问我何处来，我来云雨外。

这种凭虚想象的基础，自然正是平素观览体物的经验积累，而诗人闻他人传言即为之赋写，又说明其状物写景之诗兴的浓厚。刘禹锡另有《有僧言罗浮事因为诗以写之》，与韩愈《陆浑山火》全然同一风格，相比之下，此诗虽全系想象，却状景生动准确，使人有身临其境之感。尤其值得注意的是，诗人在顺时序的叙述笔调中，非常自然地调动于视境景观的组合技巧，使云层内外的鬼斧神工和人间山水的此时风光交相辉映，神奇中透着自然，虽然在写奇景奇观，但一点也没有生造的痕迹。我们不得不叹服其状景写物（包括想象性描写）的精确。

刘禹锡笔下的山水，精确中泛出明净气色，不作苦寒幽冷的偏至境界。《秋江早发》：

> 轻阴迎晓日，霞霁秋江明。草树含远思，襟怀有余清。

《途中早发》：

> 马踏尘上霜，月明江头路。行人朝气锐，宿鸟相辞去。流水隔远村，缦山多红树。悠悠关塞内，往来无闲步。

又《途中早发》：

> 中庭望启明，促促事晨征。寒树鸟初动，霜桥人未行。水流白烟起，日上彩霞生。隐士应高枕，无人问姓名。

都是早行情景，但并不一味描述辛苦孤独的情绪和阴寒萧瑟的景象，那总是与流水远村和水流宿雾相对的漫山红树和初日彩霞，为早行的风景线平添了一道明丽的风景色彩。

刘禹锡山水诗的精确，有时也表现在极强的艺术概括力。如著名的《望洞庭》：

> 湖光秋月两相和，潭面无风镜未磨。遥望洞庭山水翠，白银盘里一青螺。

如果单看后面两句，诚然能有一字写尽洞庭山水的涵盖力，毕竟缺乏细节的生动和视境的真实。于是，有前两句，你可以去自由想象湖光月色"相和"的光色光影状态,又可以反复吟赏"镜未磨"究竟是一种什么景观特征,在这里,诗人分明显得对风景佳处别有会心了。如此之作很多,如《晚泊牛渚》:

> 芦苇晚风起,秋江鳞甲生。残霞忽改色,游雁有余声。戍鼓音响绝,渔家灯火明。无人能咏史,独自月中行。

如《终南秋雪》:

> 南岭见秋雪,千门生早寒。闲时驻马望,高处卷帘看。雾散琼枝出,日斜铅粉残。偏宜曲江上,倒影入清澜。

又如《题招隐寺》:

> 隐士遗尘在,高僧精舍开。地形临渚断,江势触山回。楚野花多思,南禽声例哀。殷勤最高顶,闲即望乡来。

而更值得把玩品鉴的,当是这首《自江陵沿流道中》:

> 三千三百西江水,自古如今要路津。月夜歌谣有渔父,风天气色属商人。沙村好处多逢寺,山叶红时觉胜春。行到南朝征战地,古来名将尽为神。

刘禹锡本来善咏史之体,其妙处正在就眼前景象点化反思,而此诗全然已将景色、风俗和历史反思融为一体,一路风景线,便是一部人文史。

刘禹锡山水诗的另一道风景线,便是仿民间歌调而创意为之的《竹枝词九首》《浪淘沙九首》。如:

> 巫峡苍苍烟雨时,清猿啼在最高枝。个里愁人肠自断,由来不是此声悲。

——《竹枝词九首》之八

> 九曲黄河万里沙,浪淘风簸自天涯。如今直上银河去,同到牵牛

织女家。

　　　　　　　　　　　　　　　——《浪淘沙九首》之一

　　八月涛声吼地来，头高数丈触山回。须臾却入海门去，卷起沙堆似雪堆。

　　　　　　　　　　　　　　　——《浪淘沙九首》之七

这些绝句似的小诗，以民歌语言的清新自然，表现自然景观的流荡意态，笔端每带情思，而境象格外警动。

张籍和刘禹锡，确实是中唐山水诗美世界中不可忽视的一种景观。

第六章 诗意山水与晚唐风韵

晚唐风韵,一般是作为盛唐气象的对应概念而出现的。山水诗,虽只是唐人诗世界的一道风景,但时代气象总是遮蔽不住地要显现出来。

和盛唐之有李(白)杜(甫)一样,晚唐也有李(商隐)杜(牧),其天分才情,相去并不很远。然而,"夕阳无限好,只是近黄昏"(李商隐《乐游原》),一种无可挽回地颓衰下去的社会景象,毕竟使诗人内心充满了低沉而非亢奋的情绪。晚唐诗人多喜欢反思历史,李商隐和杜牧都有大量的咏史诗。也因为如此,在同前人一样吟咏山水的同时,多一重历史反思的沉潜理性,就如同多一重夕阳无限的颓衰情思一样,这正是晚唐山水诗的时代特色。

不过,在文学史上占有一定分量的所谓晚唐风韵,表现在山水诗心诗境之中,又有更特殊的内容,那就是对山水荒寒意境的特殊爱好。晚唐山水,因此有一种从中唐贾岛格调中承传下来的独到而偏至的传统。当然这种偏至境界并不是晚唐山水吟咏的唯一代表,但却也是不能抹去的鲜明色泽。

晚唐,对诗人而言,已是渐老渐熟的境界:老成。老暮的时代心理,分明与成熟而精致的技巧同时发展。晚唐,又是又一次生发出来的绮靡流丽与所谓苦寒荒远并存交织的时代,因此,晚唐的山水景观并不单调,尽管在特定的丰富和明丽中总透出清苦荒寒的气象。

第一节 探源:山水诗中贾岛格

至少,在山水诗领域,晚唐风韵具有与盛唐气象分庭抗礼的特殊魅力。不过,晚唐,是一个模糊概念。比如,前节所述刘禹锡,与柳宗元、白居易同时，分明中唐人，但清人王士禛却说："晚唐绝句，以刘宾客、杜紫微为神诣。"《蔡宽夫诗话》云：

> 唐末五代，流俗以诗自名者，多好妄立格法。……大抵皆贾岛辈，谓之贾岛格，而于李、杜特不少假借。

此处之贾岛，乃与孟郊同称"郊寒岛瘦"，也是中唐人。宋初寇准，《四库全书总目提要》谓"准以风节著于时，其诗乃含思凄婉，绰有晚唐之致"。《瀛奎律髓》亦云："莱公诗学晚唐，与九僧体相似。"试以寇准《春日登楼怀归》为例：

> 高楼聊引望，杳杳一川平。野水无人渡，孤舟尽日横。荒村生断霭，古寺语流莺。旧业遥清渭，沉思忽自惊。

除了含思凄婉外，尚有赋景清寒，"野水"一联，分明生自韦应物的《滁州西涧》，而韦则是大历中人。然后再到南宋，"永嘉四灵"学贾岛、姚合之"二妙"，严羽病而斥之，明示"不作开元天宝以下人物"。凡此，清楚说明，历史上的晚唐风韵，是包括了自大历继中唐的广大时段，而其中心内容，乃是注重山水景物之刻画而情思含蓄委婉、格调清寒幽峭的创作意向。

可见，要说清晚唐风韵，先得来看贾岛。贾岛（779—843），字浪仙，河北范阳（今北京附近）人。贾岛与孟郊同以"苦吟"著称。在梅尧臣论"状难写之景如在目前，含不尽之意见于言外"（欧阳修《六一诗话》引）之际，所引例句就有贾岛的"怪禽啼旷野，落日恐行人"，《暮过山村》全诗如下：

> 数里闻寒水，山家少四邻。怪禽啼旷野，落日恐行人。初月未终夕，边烽不过秦。萧条桑柘外，烟火渐相亲。

此诗状写山村之荒僻，给人以不胜恐慌警惧之感，唯其如此传神，故烟火相亲才是百倍的真实可信。关键在于，如此诗者，语言并不奇僻，亦不作刻苦语气，的确是上乘之作。又如《雪晴晚望》：

> 倚杖望晴雪，溪云几万重。樵人归白屋，寒日下危峰。野火烧冈草，断烟生石松。却回山寺路，闻打暮天钟。

这类诗，和韩公《南山》相比，该是何等平易！当然，贾岛多有奇僻幽峭之作，尤其着力于五律景联，许学夷《诗源辩体》曾列举多种，认为是五律变体。而我们认为，贾岛诗之所以有那么多人去摹仿，关键在于其以创意状实境而贵在简练凝神。如"江流翻白浪，木叶落青枫"（《送董正字常州觐省》），"微云分片灭，古木落薪干"（《寄白阁默公》），前者强调"白""青"意象的整体效果，后者突出迥别人意的视觉与听觉效果，其意象绝对不落俗套，别致到奇僻地步。但是，除了奇僻之象，贾诗中也有"鸟归沙有迹，帆过浪无痕"（《江亭晚望》）这样体物细腻的句子。要之，贾岛格者，主要是一种苦吟锻炼的创作精神和以奇僻出细巧的创作手法，缘此则可以自立于大家之林而不至于被前人的名章秀句所淹没。

贾岛的名字，是和"推敲"的典故连接在一起的，这于是就涉及《题李凝幽居》这首诗：

> 闲居少邻并，草径入荒园。鸟宿池边树，僧敲月下门。过桥分野色，移石动云根。暂去还来此，幽期不负言。

盛唐王维早已擅长以动态意象表现幽清境界的吟咏手法，以动写静，因此并不是什么新奇手法。但此诗中的动态却别饶意味，如"僧敲月下门"的"敲"，与"鸟宿池边树"的"宿"之间，便暗示出，纵有月明，鸟宿不惊，从而就比"月出惊山鸟，时鸣春涧中"的境界更加幽静乃至于空寂了。又如"过桥"与"移石"，前者是自然情态形迹，而后者便有些超出游赏常情，诗人此际，正是为了突出石为云根的意象意趣，才特意营造出这一动态的。凡此，足见贾岛于寻常处着功力、借创意而写照的创作态度和创作作风。

贾岛属于中唐特有的苦吟诗派，"独行潭底影，数息树边身"（《送无可上人》），"二句三年得，一吟双泪流。知音如不赏，归卧故山秋"（《题诗后》）。那么，苦吟如此而得的这景联两句，究竟表现了一种什么境界呢？恐怕不是一个刻意孤寂情怀的问题。"独行潭底影"，自有泽畔行吟、顾影自怜、形影相吊等多重感慨，"数息树边身"，又何尝没有身如此树，而树犹如此，人何以堪的言外之意。此外，"树边身"作为一个整体意象而化作"潭底影"时，其水中波影的喻说谕示，是否也带着一点入佛的空明呢？难怪贾岛要说："知音如不赏，归卧故山秋。"

当然，"郊寒岛瘦"，贾岛的山水意象，的确呈示出清瘦、瘦硬、瘦峭的特色。如"独鹤耸寒骨，高杉韵细飔"（《秋夜仰怀钱孟二公琴客会》），"石缝衔枯草，查根上净苔"（《访李甘原居》），"萤从枯树出，蛩入破阶藏"（《寄胡遇》）等。但看了以下诗句，我们又会怎样评品呢？"一莺啼带雨，两树合从春"（《题刘华书斋》），"半没湖波月，初生岛草春"（《送韩湘》），"寒草烟藏虎，高松月照雕"（《寄龙池寺贞空二上人》），"长江人钓月，旷野火烧风"（《寄朱锡珪》），这些诗句，或写凄迷的春色，或写冷峻的丘壑，壮美与优美可谓兼胜，其境界意象并不专在寒瘦一格。不过，正像"秋风吹渭水，落叶满长安"（《忆江上吴处士》）是把萧瑟之意弥散为阔远境界一样，贾岛诗境之所以备受时人和后人的摹仿，主要原因，也许正在于他能够在变态百出的多样境界中含融那种萧瑟苦寒的意趣，真可谓非苦寒不入，专苦寒不出。

而在出入苦寒意趣之际，贾岛好吟风景而善构景联的诗艺造诣，实际上正是继承了盛唐诗人以平实语言曲尽描写之长的诗界传统。《晚晴见终南诸峰》云：

> 秦分积多峰，连巴势不穷。半旬藏雨里，此日到窗中。圆魄将升兔，高空欲叫鸿。故山思不见，碣石沈寥东。

和韩愈的狂怪造境和柳宗元的搜探幽胜比起来，贾岛甚至可以说有些古拙。但其古拙中实藏着体物入微的诗家匠心。"半旬"一句似呆而实巧，这种巧只有与下句并读方能领会出来——一个凭窗久眺含情盼晴的抒情主人公形象，可说是呼之欲出了。其他如《宿池上》的"竹密无空岸，松长可绊舟"，几乎到了毫无修饰色彩的程度，但状景写物却极富表现力。看似信手拈来，常语道出，实则匠心独运，妙境天成。"孤鸿来半夜，积雪在诸峰"（《寄董武》），"雪来松更绿，霜降月弥辉"（《谢令狐绹相公赐衣九事》），在平常平易之中，已然包含着山水审美心理建构上的创意性经验总结。

韩愈说："奸穷怪变得，往往造平澹。"（《送无本师归范阳》）贾岛诗确确实实有一种清整敛约的长处，特别是在奇奇怪怪的诗风背景前面。同时，姚合诗曰："诗人多峭冷，如水在胸臆。岂随寻常人，五藏为酒食。"（《答韩湘》）冷峭荒寒的诗意境界，因此具有脱俗绝尘的人文意味。宋人苏轼尝言："神清骨冷无由俗。"（《书林逋诗后》）可见"清冷"格调的文化底蕴。而所有这一切，又都建立在贾岛对山水风景的偏至之爱上。在某种意义上，喜好贾岛，便意味着喜好清冷的山水境界，便意味着向往脱俗的幽僻情调，便意味着于平常景象处见奇巧匠心，意味着于眼前细小处寄深远兴致。也许，正因为如此，"凡晚唐诸子皆于纸上北面"（宋方岳《深雪偶谈》）。

与贾岛齐名的姚合，其山水诗创作，大体在所谓贾岛格范围之内。

姚合（779？—846？），吴兴（今浙江湖州）人。元和十一年（816）登进士第，授武功主簿，故世有姚武功之称。其《武功县中作三十首》，中有"县去帝城远，为官与隐齐。马随山鹿放，鸡杂野禽栖"之句，《唐才子传》谓"官况萧条，山县荒凉，风景凋敝之间，最工模写也"。

姚合描写江南风光也是清淡的基调。《夏夜宿江驿》：

竹屋临江岸，清宵兴自长。夜深倾北斗，叶落映横塘。渚闹渔歌响，风和角粽香。却愁南去棹，早晚到潇湘。

《晚秋江次》：

萧萧晚景寒，独立望江壖。沙渚几行雁，风湾一只船。落霞澄返照，孤屿隔微烟。极目思无尽，乡心到眼前。

《题金州西园九首·石庭》：

布石满山庭，磷磷洁还清。幽人常履此，月下展齿鸣。药草枝叶动，似向山中生。

纵有清寒意趣，终不过分，刻意巧似，又不太留痕，大体上游离于贾岛之外而未能完全脱开贾岛格的范围。

姚合曾选王维以下二十一人诗共百篇为《极玄集》，颇有推助之功于清淡诗风的发展和山水诗心的推广。宋初晚唐体和"永嘉四灵"诗派，都推崇贾岛、姚合之作。姚合的一些诗句，如"松影幽连砌，虫声冷到床"（《和李舍人秋日卧疾言怀》），"竹深行渐暗，石稳坐多时。古塔虫蛇善，阴廊鸟雀痴"（《题山寺》）等，就极似宋初所谓晚唐体作品。从这里，人们是不难窥知所谓晚唐风韵的诗意内蕴的。

第二节　张祜和李群玉的幽明山水

宋人葛立方《韵语阳秋》卷四称张祜诗善登临题纪，"如杭之灵隐、天竺，苏之灵岩、楞伽，常之惠山、善权，润之甘露、招隐，皆有佳作"。《唐才子传》也有内容近似的载述，并说："往往题咏唱绝。"可见，在晚唐诗坛上，张祜的山水题纪，是不可忽略的。

张祜（792？—854），字承吉，旧说为南阳或清河人，均指张氏郡望。张祜从小长于江南，寓居苏州。少时曾任侠漫游，足迹至于岭南塞北。中期有意仕进，怎奈时运不济。从此绝意仕途，以布衣终老。张祜本善写宫词，"故国三千里，深宫二十年。一声何满子，双泪落君前"。从中可以看出张祜善于突出典型的诗作风格。这在他的山水题纪中亦有生动的反映：

都城三百里，雄险此回环。地势遥尊岳，河流侧让关。秦皇曾虎视，汉祖昔龙颜。何处枭凶辈，干戈自不闲。

——《入潼关》

其中的忧世讽喻之慨，自不待说。就以山水形势的描写而言，"地势"两句，也堪称得意。尤其是"河流侧让关"的"侧"字，不仅赋以自然形胜以人格人情的韵味，而且未尝不寄寓着尊崇中央一统的思想意识。晚唐诗林，本来就兴发出一种反思历史以寄慨时事的咏史诗风，张祜虽善于时事题纪，却也往往暗寓咏史意趣，上面这首《入潼关》又何尝不是呢！再如《题松汀驿》：

山色远含空，苍茫泽国东。海明先见日，江白迥闻风。鸟道高原去，人烟小径通。那知旧遗逸，不在五湖中。

在一派山水苍茫之中，旧时遗贤，前朝逸民，今在何处？这已不是泛泛的隐沉江湖之思了。而如此苍茫的感慨，恰与海日江涛一片白的景象浑融相契，将人们的感觉和思绪引向空旷高远而又苍茫若失的境界。

当然，一般来说，张祜游览题咏所及，凡名山名寺，或山野小寺，均构成一道独特的诗意山水风景线：

楼台耸碧岑，一径入湖心。不雨山长润，无云水自阴。断桥荒藓涩，空院落花深。犹忆西窗月，钟声在北林。
——《题杭州孤山寺》

宝殿依山崦，临虚势若吞。画檐齐木末，香砌压云根。远景窗中岫，孤烟竹里村。凭高聊一望，乡思隔吴门。
——《禅智寺》

寒色苍苍老柏风，石苔清滑露光融。半夜四山钟磬尽，水精宫殿月玲珑。
——《东山寺》

月明如水山头寺，仰面看天石上行。夜半深廊人语定，一枝松动鹤来声。
——《峰顶寺》

诗人题咏佛寺，总先有佛义佛意横亘胸中，吟咏之际，其构思运笔总离不了幽静超脱的格调，但张祜却不落俗套，重心放在自然风景的此地特色上，将寺庙建筑的形势与山水特色融为一体，虽幽静而不失明丽，写杭州孤山寺，山不雨而润，水无云而阴，确是传神之笔。写禅智寺，"画檐"一联极状物之功，"远景"一联饶画境之趣。至于东山寺，老柏寒色，石苔清露，已然幽胜。而峰顶寺一诗，"仰面看天石上行"的真切，恰与"一枝松动鹤来声"的灵感相得益彰。总之，这些名胜题咏，无不格调清雅，景象幽明，如诗如画，令人玩赏再三而不忍释之。

张祜长期隐居江南，自然留下大量吟写江南山水的诗篇。如著名的《题金陵渡》：

金陵津渡小山楼，一宿行人自可愁。潮落夜江斜月里，两三星火是瓜洲。

在斜月沉沉、夜江平平之际，远处是星火数点，将人们的视境引向四远，从而，以细节景物的点染来烘托出广远的意境。其他如《枫桥》一诗：

长洲苑外草萧萧，却算游程岁月遥。唯有别时今不忘，暮烟秋雨过枫桥。

和张继那江枫渔火、夜半钟声的境界相比，这萧萧长洲，暮烟疏雨的境界，别饶一种清润凄婉的美。

李群玉（808？—862？），字文山，澧州澧阳（今湖南澧县）人。生性"散逸不乐应举"（《北梦琐言》卷六），清才旷逸，生活并游历于湘鄂、吴越、江西一带，有大量的山水诗篇。他自己曾说："以居住沅湘，宗师屈宋，枫江兰浦，荡思摇情。"（《进诗表》）从而，风流儒雅、清润典丽，应该是他自觉追求的艺术境界了。且看他写洞庭湖的《湖阔》：

楚色笼青草，秋风洗洞庭。夕霏生水寺，初月尽云汀。棹响来空阔，渔歌发杳冥。欲浮阑下艇，一到斗牛星。

此诗意境中的洞庭，全然不是"气蒸云梦泽，波撼岳阳城"或"吴楚东南坼，乾坤日夜浮"的洞庭了，换言之，"意"中的洞庭变成了"眼"中的洞庭，重在尽其"势"的洞庭变成了悠闲的洞庭了。当秋草青青，清爽的气息使湖水安详而平静，斜阳冉冉，映出水畔的寺影，新月初上，笼着如烟如雾的沙汀，在一派空阔明净而又朦胧氤氲之中，桨声和渔歌递传着悠悠的心声。这是《春江花月夜》，但分明更显得清融而悠远。看来，在幽静悠远而清明清丽的造境意向上，李群玉和张祜是相近又相通的。

不过，就像张祜的山水题咏中有时会融入咏史的寓意，李群玉因为"宗师屈宋"，所以免不了将那种古老的幽怨情思注入山水吟唱中来。《黄陵庙》云：

小姑洲北浦云边，二女容华自俨然。野庙向江春寂寂，古碑无字草芊芊。回风日暮吹芳芷，月落山深哭杜鹃。犹似含颦望巡狩，九疑愁断隔湘川。

又有《题二妃庙》：

黄陵庙前春已空，子规啼血滴松风。不知精爽归何处，疑是行云秋色中。

和张祜的名胜题咏相比，李群玉的这类作品更带有怀古抒情的特色，他所继承的是杜甫咏怀古迹的传统，严格说来，其重心不在写景。比如，《秣陵怀古》和《石头城》，其实与《黄陵庙》格调相似，尽管其中有诸如"长空横海色，断岸落潮声"这样的状景佳句。不过，只有领略了李群玉的这种特色，才可能真正读懂像《岳阳春晚》这样的山水诗作：

不觉春物老，块然湖上楼。云沙鸥鹭思，风日沅湘愁。去翼灭云梦，来帆指昭丘。所嗟芳桂晚，寂寞对汀洲。

眼前景物无不烙上深深的幽怨情调，云梦之思，昭丘之恨，凝于鸟翼船帆之上，若不胜迟暮之感。由此我们联系到他那些为世人所传诵的名句："黄叶黄花古城路，秋风秋雨别家人"（《金陵路中》），"半岭残阳衔树落，一行斜雁向人来"（《九日》），"万木自凋山不动，百川皆旱海长深"（《辱绵州于中丞书信》），一腔幽思投入登山临水之际，自然也就不可能幽闲而明净了。而这种幽思，又正好给诗境注入了深长的情思意蕴。

无论如何，作为晚唐两位颇具个性的诗人，张祜与李群玉的山水题咏，相近处共入幽闲幽静式的明丽之美，而相异处又可以互补而反映出晚唐诗人登山临水之际的历史思绪和幽怨心理。

第三节　杜牧：诗情画意中的追思感叹

杜牧（803—852），字牧之，唐京兆万年（今陕西西安）人。喜谈王霸大略，亦性好扁舟江湖。其诗体裁多样，内容丰富，风格独到，与李商隐并称晚唐大家。

如果就能够涵盖晚唐诗坛整体而言,晚唐风韵绝不限于贾岛一格。但是,晚唐诗人(包括大历以来一切以苦吟自律的诗人)却无疑都具有如贾岛那般苦吟精神,杜牧似乎也不脱此性。如杜牧《残春独来南亭因寄张祜》云:

> 暖云如粉草如茵,独步长堤不见人。一岭桃花红锦黻,半溪山水碧罗新。高枝百舌犹欺鸟,带叶梨花独送春。仲蔚欲知何处在,苦吟林下拂诗尘。

此诗意境虽无清苦幽僻气象,但状景之语皆别致生新,其"苦吟"是深隐不显的就是了。写景之句如"有家皆掩映,无处不潺湲"(《睦州四韵》),"野竹疏还密,岩泉咽复流""川光初媚日,山色正矜秋"(《秋晚与沈十七舍人期游樊川不至》),"南山与秋色,气势两相高"(《长安秋望》)等,都表现出绝不作寻常摹写之语的别创精神,意象高度凝练,语言洗练,在直觉感受与认知理性之间,诗人选择两者的新警组合,意境超越写其形貌而追求传其意势了。与杜甫同时的张祜、许浑等,亦有此种风致。如许浑的"山色和云暮,湖光共月秋","高窗云外树,疏磬雨中山","晴山疏雨后,秋树断云中","云带雁门雪,水连渔浦风","溪云初起日沉阁,山雨欲来风满楼","猿啼巫峡晓云薄,雁宿洞庭秋月多",等等,已全然不受眼前实境的局限,意在创新一种有实境感的意想风景。试读"高树晓还密,远山晴更多"这样的句子,所给予我们的已不是如画一般的具体生动,而是必然地要诱发出我们的别样创意之思了——尽管风景本身同样是鲜明的。

不过,大家之所以堪称大家,正在于他们每能超出当代而卓然自立。每当人们吟哦杜牧的《江南春》,那"千里莺啼绿映红,水村山郭酒旗风。南朝四百八十寺,多少楼台烟雨中"的诗句,岂不充满着诗情画意!又比如那首老少成诵的《山行》:"远上寒山石径斜,白云生处有人家。停车坐爱枫林晚,霜叶红于二月花。"不也同样是景象鲜亮而情思悠长的诗情画意兼胜之境!对于杜牧,的确需要更为多样而丰富的理解。

杜牧的咏史诗是非常引人注目的。其纪行之作,亦往往融历史思考于眼前景物:

烟笼寒水月笼沙，夜泊秦淮近酒家。商女不知亡国恨，隔江犹唱后庭花。

——《泊秦淮》

当前风景，亦当前风情，一旦多一层历史反思，所谓情景交融之美就颇有益人神智之功了。此外，其《题宣州开元寺水阁，阁下宛溪，夹溪居人》云：

六朝文物草连空，天淡云闲古今同。鸟去鸟来山色里，人歌人哭水声中。深秋帘幕千家雨，落日楼台一笛风。惆怅无日见范蠡，参差烟树五湖东。

《题扬州禅智寺》云：

雨过一蝉噪，飘萧松桂秋。青苔满阶砌，白鸟故迟留。暮霭生深树，斜阳下小楼。谁知竹西路，歌吹是扬州。

前一诗真是千古沧桑一抹云烟的感觉。杜牧此诗的卓立处，在于已将世事感叹与眼前风光全然打破，然后重新组合。这样一来，景语与情语，风光与思理，几乎无法分辨。由此达到了诗情、画意与史识三者完全复合的新境界。后一诗相对让景象更完整和鲜明，青苔、白鸟、暮霭、斜阳，构成一种清冷苍茫境界，似乎喻示着禅意悟彻的于博大中见空明。然而，歌吹扬州，就在眼前，红尘诱惑，乱人心境，在这清冷空明与喧闹浮躁的两可之间，芸芸众生，该将何处？

杜牧是晚唐诗坛上的七绝圣手，写景融情，含思深远，往往传诵人口：

两竿落日溪桥上，半缕轻烟柳影中。多少绿荷相倚恨，一时回首背西风。

——《齐安郡中偶题》

菱透浮萍绿锦池，夏莺千啭弄蔷薇。尽日无人看微雨，鸳鸯相对浴红衣。

——《齐安郡后池绝句》

写池水荷影，细雨鸳鸯，多少缠绵柔媚，却又透着一种清纯的情思。即使是在追忆往日生活情景的时候，那景致也是那样新鲜真切：

　　十载飘然绳检外，樽前自献自为酬。秋山春雨闲吟处，倚遍江南寺寺楼。
　　云门寺外逢猛雨，林里山高雨脚长。曾奉郊宫为近侍，分明攃攃羽林枪。
　　李白题诗水西寺，古木回岩楼阁风。半醒半醉游三日，红白花开山雨中。

——《念昔游三首》

这类追忆纪游之作，不仅语意语气轻快明朗，而且自然不落痕迹地把情、事、景融为一体。追忆如此，纪实犹然：

　　萧萧山路穷秋雨，淅淅溪风一岸蒲。为问寒沙新到雁，来时还下杜陵无？

——《秋蒲途中》

　　南陵水面漫悠悠，风紧云轻欲变秋。正是客心孤迥处，谁家红袖凭江楼。

——《南陵道中》

不论是萧萧山路、淅淅溪风中的秋思，还是风紧云轻、水漫悠悠时的孤独，写来若不经意，但其艺术表现的精确和兴发意蕴的丰富，却又令人叹服。诗情的悠长和画意的鲜明，构成了晚唐山水诗美中的精品画廊。

　　杜牧并不是一位特别留意于山水吟咏的诗人，山水诗美，也并不是杜牧诗歌成就的最主要方面。杜牧诗总的来说是以含思深长而著称的，但是，也正因为如此，他那并不专门写景而作的风景吟赏，便格外来得珍贵，因为在一切情语皆景语，一切景语皆情语的浑融意境中，风光意态，饶多景外之意了。如著名的《寄扬州韩绰判官》：

　　青山隐隐水迢迢，秋尽江南草未凋。二十四桥明月夜，玉人何处教吹箫。

又如《登乐游原》：

> 长空澹澹孤鸟没，万古销沉向此中。看取汉家何事业，五陵无树起秋风。

在这里，一时风光与千古沧桑，交织成复杂而深沉的兴叹。后一诗中的风景意象，一是淡淡长空一孤鸟，浩渺高远分明与空旷失落相融合，又是荒陵无树起秋风，树树秋风，已经是令人不尽萧瑟之感的景象，何况秋风骤起而荒陵无树，又该是何等的悲凉！就这样，历史感与现实感交织着，以形象的风景诗意生动传出，杜牧的山水吟哦，乃是诗情画意中的追思感叹。

第四节　李、温异趣：山水诗的写意与写生

晚唐诗人，李（商隐）、杜（牧）齐名，但风格迥异。相比之下，李商隐即使在登山临水之际，也很少对自然风光本身产生兴趣。一位著名的诗人，没有留下吟赏风景的名篇佳句，毕竟是一个遗憾。但若转换一个角度，可能会有新的发现。

李商隐（811？—859？），号玉溪生，又号樊南生。原籍怀州河内（今河南沁阳），而自其祖辈已移居郑州荥阳（今属河南省）。李商隐早年清贫，作诗醉心于李贺的奇峭与南朝的清丽。中期不幸陷入牛李党争的夹缝，"十年京师寒且饿"，生活潦倒。晚期颇信佛教，尤寄情于诗，无题诗及咏史诗，成为其最具个性风格的代表作品。

晚唐诗坛上，李商隐并非以写山水诗见称，其政治讽刺诗的托兴深远，其无题诗的缠绵隐约，都体现着其深层含蓄和典丽秾华的个性风格。他有极少的写景诗，如《微雨》："初随林霭动，稍共夜凉分。窗迥侵灯冷，庭虚近水闻。"以白描写雨夜风景，笔触细微入神。但值得注意的是，他的更多写景诗已然不是平易的白描，如《桂林》云：

> 城窄山将压，江宽地共浮。东南通绝域，西北有高楼。神护青枫岸，龙移白石湫。殊乡竟何祷，箫鼓不曾休。

又如《春宵自遣》：

> 地胜遗尘事，身闲念岁华。晚晴风过竹，深夜月当花。石乱知泉咽，苔荒任径斜。陶然恃琴酒，忘却在山家。

不难发现，诗人已不大重视诗境如画的视境美，而比较关注于对山水形胜之势态特征的理性把握。每每在借神奇传说以运思的过程中，景语已经以情理之语为依托了。这种以思理情韵见长的作风，在《晚晴》中亦有鲜明体现：

> 深居俯夹城，春去夏犹清。天意怜幽草，人间重晚晴。并添高阁迥，微注小窗明。越鸟巢干后，归飞体更轻。

在这里，身世之叹以及对自然启示的领悟，成了构建意境的主要基础，即便是"并添"两句，亦是理趣胜于景真的。其他如《二月二日》写春游的诗句"花须柳眼各无赖，紫蝶黄蜂俱有情"，以及《乐游原》中的"夕阳无限好，只是近黄昏"，无不以思理情韵见长。显然，在李商隐这里，诗意风景的出现，也是为了表意达情、融思见理的创作旨趣。

不过，向与李商隐并称"温、李"的温庭筠，却又不同。

温庭筠（812？—866？），字飞卿，太原祁县（今山西祁县）人。温庭筠是唐末著名词人，其诗名往往被词名所掩。温诗之不同于同时李商隐的个性所在，至少有一方面正体现在那种体物入微、含情深远而出之以清淡精工的创作倾向上。如《利州南渡》：

> 澹然空水对斜晖，曲岛苍茫接翠微。波上马嘶看棹去，柳边人歇待船归。数丛沙草群鸥散，万顷江田一鹭飞。谁解乘舟寻范蠡，五湖烟水独忘机。

这便是典型的清丽山水画了，自然景物与人世踪迹水乳交融，写实传真与精工雅致的构图相结合，有一种和谐美的魅力。又如著名的《商山早行》：

> 晨起动征铎，客行悲故乡。鸡声茅店月，人迹板桥霜。槲叶落山

路，枳花明驿墙。因思杜陵梦，凫雁满回塘。

颔联不用动词，用六个意象直接组合，构成一幅凄清的早行图，诗人"道路辛苦，羁愁旅思"就深隐在画幅中，难怪从欧阳修《六一诗话》起，后来许多诗话家都要举此诗而作为"情在词外""状溢目前"的范例了。体现如此风格的代表作还有《题卢处士山居》：

西溪问樵客，遥识楚人家。古树老连石，急泉清露沙。千峰随雨暗，一径入云斜。日暮飞鸦集，满山荞麦花。

首联有王维"欲投人处宿，隔水问樵夫"的意味，但思理更淡。全诗纯作景语，而境界丰润悠长。又如《咸阳值雨》：

咸阳桥上雨如悬，万点空蒙隔钓船。还似洞庭春水色，晓云将入岳阳天。

眼前雨景与联想中的洞庭春晓交织在一起，极富诗情画意，这，或许正是晚唐山水诗在景语锻炼方面的新特点，即在写实基础上讲求意境的诗情画意美。

总之，尽管我们必须要注意到时代精神的投影和作家身世的影响，但面对山水花鸟，山水诗作为一种悠久的创作传统所具有的体物状景的基本原则，仍在起着重要的作用。韩偓《商山道中》云：

云横峭壁水平铺，渡口人家日欲晡。却忆往年看粉本，始知名画有工夫。

这工夫，当然是指妙写山水形态的工夫，却用画来比拟。韩偓另有《山驿》云："叠石小松张水部，暗山寒雨李将军。"更具体地把当前山水风物比拟为某个大画家的名作。此种手法，后来在北宋诗人兼画家文同的山水诗中更多出现。这也证明诗中有画仍然是晚唐诗美理想所在。

第五节　山水诗美与司空图《诗品》

晚唐诗人，由于时势使然，即便是生性淡泊而情好山水者，也不能再得盛唐的那种自在从容，所以，山水诗实际上是相对地衰落了。然而，山水诗又毕竟已经有着曾经鼎盛的辉煌经历，也因此，尽管渐近唐末而山水吟哦日益精致也日益拘谨，但总结一代辉煌，确认诗美理想，已成历史之必然。

司空图（837—908?），字表圣，河中虞乡（今山西永济）人。曾官礼部郎中，值唐末黄巢军占领长安，后又逢节度使混战，遂弃官。光启四年（888），隐居中条山王官谷，屡召不应。表圣性好林泉，对山水风光有着深切的喜爱和独到的敏感。身处唐末乱世，自己又有"耐辱居士"的气节，故山水诗中深含家国悲恨：

> 风荷似醉和花舞，沙鸟无情伴客闲。总是此中皆有恨，更堪微雨半遮山。
>
> ——《王官二首》其一

这便确有杜甫"感时花溅泪，恨别鸟惊心"（《春望》）的况味了。又如《山中》：

> 全家与我恋孤岑，踏得苍苔一径深。逃难人多分隙地，放生麋大出寒林。名应不朽轻仙骨，理到忘机近佛心。昨夜前溪骤雷雨，晚晴闲步数峰吟。

这既是自然风景线，又有战乱风景线，还有心理风景线，情、景、理三者合一，是难得的作品。当然，作为性好山水者，司空图亦多有将感情几乎滤掉的山水清吟：

> 绿树连村暗，黄花入陌稀。远陂春草绿，犹有水禽飞。
>
> ——《独望》

一种似乎不经意的速写，两幅纯净的画面，毫无装点修饰的痕迹，完全可以同王维笔下的清纯山水相比。作者也很得意，自论此诗最得味外味。苏轼也极赏此诗。

然而，和创作成就相比，司空图的诗美理想更引人注目。其所以引人注目，从本书山水诗美学考察的角度看，应包括以下三个方面的内容。

一 正面肯定题纪之作其诗境如画的艺术价值

司空图《与极浦论诗书》云：

> 戴容州云："诗家之景，如蓝田日暖，良玉生烟，可望而不可置于眉睫之前也。"象外之象，景外之景，岂容易可谈哉？然题纪之作，目击可图，体势自别，不可废也。愚近作《虞乡县楼》及《柏梯》二篇，诚非平生所得者。然"官路好禽声，轩车驻晚程"，即虞乡入境可见也。又"南楼山最秀，北路邑偏清"，假令作者复生，亦当以著题见许。其《柏梯》之作，大抵亦然。浦公试为我一过县城，少留寺阁，足知其不怍也。

在这里，司空图已然明确地将诗中意象分为"象外之象，景外之景"的"诗家之景"和"题纪"性"目击可图"的画家之景。题纪之作，显然是写实的，属实而著题，不尚虚构空灵，唯求真切。从文中语气看，此两种体势之间，自有难易之别。其态度是，"景外之景"非容易可谈，而"景内之景"自不可废。自中唐而后，诗坛多尚奇之风，纵恣想象，探奇搜胜，如画之目击可图者反有衰退之势，是以司空图特意指出，实际上也是正面肯定了诗境如画的题纪写实风格的艺术价值。

当然，有一点不能不注意到。在初盛唐之际，王昌龄诗有三境之论，其"物境"乃纯为山水诗而发，而"了然境象，故得形似"一说，证明山水物境的创造乃以写实为原则。而"三境"中首列"物境"又说明，当时山水诗的地位以及物境写真的地位，都是首要的。而到了司空图这里，尽管正面肯定，却言"不可废也"，足见已有衰退之势。由这一前一后的理论表述方式，不难发现山水诗人在唐之后由写实如画工渐至创意求诗味的嬗变轨迹。

二 确立"韵外之致"的诗学内涵和诗家风范

司空图的《与李生论诗书》,值得认真而完整地去解读。此文先申言"辨于味而后可以言诗"的道理,而此一道理的精髓,便是醇美超乎酸咸之外。又云:

> 诗贯六义,则讽谕、抑扬、渟蓄、渊雅,皆在其中矣。然直致所得,以格自奇。前辈诸集,亦不专工于此,矧其下者耶。

其强调"六义",也就是本文结束时所言的"全美",而"韵外之致""味外之旨"的另一说法,恰好就是"全美"。和"全美"相比,"直致"之"格"则次一等,但其有"自奇"之美,固可以独立存在而有价值。以下又云:

> 王右丞、韦苏州,澄澹精致,格在其中,岂妨于道学哉?贾浪仙诚有警句,然视其全篇,意思殊馁,大抵附于寒涩,方可致才,亦为体之不备也。

既病贾岛之有句无篇,则首肯王、韦之有句有篇之义自在言外,而从"格在其中,岂妨于道学"之语义来理解,则司空图所推仰的,乃是以直致之格表现"道学"理趣而风格归于"澄澹精致"者。换言之,亦即就眼前实景之写真兴发道心,使诗富于澄明简淡的意境,而其中自有一种如诗如画的景象的具体可感性。我们发现,在强调情与景、景与理的合一上,司空图重申了当年王昌龄的观点,而其确立王、韦风范并推仰澄淡风格,则是诗学理论中的新现象。

本文中司空图还列举了大量自家诗例,我们不妨细作品玩:"草嫩侵沙短,冰轻著雨消。""人家寒食月,花影午时天。""雨微吟足思,花落梦无憀。""夜短猿悲减,风和鹊喜虚。"以上是"得于早春"者。从这些例句不难发现,其中首先确有体物入微之致,而在此基础上,则另有一种物理人情相融洽、相契合的难言妙处。其又举得于山中者云:"坡暖冬抽笋,松凉夏健人。""川明虹照雨,树密鸟冲人。"

要之,在景物与人的特定关系中,都隐含着某种与自然原理相契合的人生道理。此外，得于江南的"日带潮声晚，烟含楚色秋"，其景象已非如画之境，夕阳西下的晚景与潮声阵阵的晚潮合为一体，反映出作者对自然景象的提炼功夫，而"烟含楚色秋"更是一个复合意象，其中至少包含有云烟、秋色、楚地秋色诸层意象了。又如其得于塞上者有"马色经寒惨，雕声带晚悲"，味此两句，则不仅有骑猎塞上的苍茫意味，而且分明带来塞上风寒的艰苦气息，而第二句的"雕声带晚悲"更透出一种肃杀的感觉。其写夏景者有"地凉清鹤梦，林静肃僧仪"，状夏日阴凉之惬意而别有清净脱俗的世外意趣。总之，所有这些诗句，确乎都近于"澄淡精致"的风格，绝无贾岛格的冷僻奇崛，而且都是在眼前实境的基础上通过多重意象的有机复合来实现"直致"之"格"与"韵外之致"的统一。

三 《二十四诗品》中的诗意风景线

司空图的《二十四诗品》，是诗学领域的奇观。以诗的意象和意境来隐喻或象征某种理想风格，当读者面对这样形态的诗学理论时，须由玩味体悟去感受，而不能凭借智性知解去接受。若细加体味，在以四言诗写就的《二十四诗品》中，实际上贯穿着以下几类诗意的风景线。《纤秾》云：

采采流水，蓬蓬远春。窈窕深谷，时见美人。碧桃满树，风日水滨。柳阴路曲，流莺比邻。

《沉著》云：

绿杉野屋，落日气清。脱巾独步，时闻鸟声。……海风碧云，夜渚月明。

《典雅》云：

玉壶买春，赏雨茅屋。坐中佳士，左右修竹。白云初晴，幽鸟相逐。眠琴绿阴，上有飞瀑。落花无言，人淡如菊。

《绮丽》云：

雾余水畔，红杏在林。月明华屋，画桥碧阴。

《精神》云：

明漪绝底，奇花初胎。青春鹦鹉，杨柳楼台。碧山人来，清酒满杯。

上引诸品，若细心玩味，自会发现其氛围上的彼此融洽，如《纤秾》"时见美人"而又置诸"窈窕深谷"，分明即"绝代有佳人，幽居在空谷"之意，其余所列诸般意象，都是明丽清秀而澄鲜宁静中物。可见，在司空图的艺术心理中，江南水乡，烟柳画桥，清丽明月，绿野草堂，一种沉浸在清丽山水和恬静园林间的自然风景和心理风景，乃是构成纤秾、绮丽、典雅、精神和沉着多样风格的美学基因，而这诸般风格的相互依存和彼此浸透，实意味着司空图的如下诗美理想：钟情于澄鲜明净的青绿山水、适意于闲逸萧散的心境状态，而追求典雅含蓄、精神高洁的绮丽精工之美。

再看以下几类。

《高古》云：

太华夜碧，人闻清钟。

《自然》云：

幽人空山，过雨采蘋。

《疏野》云：

筑室松下，脱帽看诗。

《清奇》云：

娟娟群松，下有漪流。晴雪满汀，隔溪渔舟。可人如玉，步屧寻幽。

《实境》云:

> 忽逢幽人,如见道心。清涧之曲,碧松之阴。一客荷樵,一客听琴。

《超诣》云:

> 少有道气,终与俗违。乱山高木,碧苔芳晖。

在这几类意象中,于人所处之境界突出其清幽氛围,从而映衬出"幽人"的脱俗气质和隐逸神态。"道心""道气"的强调,"可人如玉"的形容,都在说明,晋人风神高迈的韵致,正是"道心""道气"之所在。

由以上两大类意象的分析可以看出,司空图理想的诗美境界,是以清丽山水和幽人情怀为主要内容的。当然,司空图理想的诗美境界中自有"雄浑""悲慨"气象,这是不能忽视的。但结合诗人自己的创作,却分明带着清奇、自然、疏野、超诣的偏好。尤其是当我们从山水诗史的角度来看问题时,更应该注意到这一点。这一点,显然对宋代山水诗创作有很大的影响。

除上述之外,尚有以下两点值得注意。

首先,山水诗无论如何都有一个怎样描写风景形象的问题,故司空图《形容》一品需加玩索:

> 如觅水影,如写阳春。风云变态,花草精神。海之波澜,山之嶙峋。俱似大道,妙契同尘。离形得似,庶几斯人。

和王昌龄论"物境"而终日"形似"相比,这里的"离形得似"是理论上的明确飞跃。而统合此处意思,就是要形容那无迹可求而变态百出者。孙联奎《诗品臆说》于此有注曰:"妙契同尘,则化工,非画工矣。"这与司空图自己不废"目击可图"而终求"景外之景"者一样,画尽有形之妙,诗传无形之神,诗画合一,便是诗中有画胜于画,不仅有静态形象的准确,而且有动态神意的深刻生动。这应该是在晋唐山水诗创作经验基础上的理论总结。

其次,司空图在《与李生论诗书》中就表示过对贾岛之蹇涩诗才的不满，而综观其诗作意境和《诗品》意象，尽管企希于幽静疏野风味，但绝少清苦荒寒的格调。于是可以说，后来在宋元山水诗画中被确认的"荒寒""荒远"格调，在唐代并不曾得到理论上的明确证同。尽管有大历以来的清寒山水意境，但在观念上，唐人山水是明丽的。

第三编

山水诗的第二个艺术高峰

在上一编里，我们论述了唐代山水诗是中国山水诗史上的第一个艺术高峰。面对这座高峰，宋代诗人们既没有望而却步，也没有亦步亦趋。他们勇于探索，大胆创新，在诗歌的题材、意趣、风格、技巧等方面进行开拓，都有所突破，有所发展，从而使宋代的山水诗创作继唐代以后又出现繁荣兴旺的崭新局面，崛起又一座艺术高峰。据统计，宋代存诗总数估计在 15 万至 20 万首，为唐诗总数的三四倍之多。其中山水诗的数量，也远远超过唐代。宋代诗人中，写山水诗较多且有较高成就的作者，有林逋、潘阆、梅尧臣、苏舜钦、欧阳修、曾巩、王安石、苏轼、郭祥正、黄庭坚、张耒、秦观、晁补之、陈与义、曾几、陆游、范成大、杨万里、刘子翚、朱熹、姜夔等大家和名家，有宋初"九僧"、道潜、惠洪等诗僧，有邵雍、程颢、张栻等理学家诗人，还有"永嘉四灵"与江湖诗派的一大批诗人。宋代山水诗在题材、流派、技巧、风格方面，也比唐代山水诗更加丰富多样。

第一章　北宋初期：唐风笼罩中的清新气息

北宋初期，即太祖、太宗、真宗三朝（960—1022）六十余年的诗坛，据宋末元初的方回在《送罗寿可诗序》一文中提出，先后流行学白居易的白体诗，学贾岛、姚合的晚唐体诗和学李商隐的西昆体诗。这个时期，由于国家统一、政治升平、社会稳定，许多在职的士人都有优游闲散的心态，在公务之余流连光景，唱和应酬，还有许多淡泊功名的士人和僧侣遁迹山林，遇景遣兴；一些被贬谪的文官也在自然山水中寻求精神慰藉排遣失意的苦闷；再加上晚唐五代诗人们大写山林隐逸诗歌的创作风气的影响，使宋初的山水诗创作颇为兴盛。

这个时期的山水诗，基本上继承了中晚唐的风调，但也孕育着新的面貌。总体来看，其发展嬗变的轨迹，是由晚唐五代诗的浮艳柔靡风气，逐步过渡到白体诗的明白晓畅；又由白体诗的浅易清俗，发展到西昆体的雅丽密致，以及西昆体后期的清雄豪健。白体诗的平易晓畅，为后来的诗人在山水诗中自由畅达地写景抒情和议论说理开了风气。晚唐体精巧的构思和细致的刻画，预示了有宋一代山水诗人写景艺术向白描写实和精巧细腻作风发展的趋势。而作为宋初三个诗派中作家较多、影响较大的西昆派，尽管其多数诗人并不重视山水自然美的表现，他们对李商隐诗的过分模拟和堆砌典故雕琢文字的作风，也曾受到欧阳修等人的批评，但他们重视诗人的学识修养、重视作品的文化品位，对于宋代山水诗中自然意象同人文意象紧密结合的特色的形成，也起了一些作用。

第一节　王禹偁等白体诗人

一　徐铉：流连光景，闲淡浅近

白体诗的主要倡导者是五代入宋的徐铉和李昉。徐铉是南唐旧臣，李昉是后周宿儒，入宋后都主盟文坛。他们以学习白居易的闲适诗、杂律诗和唱酬诗为主。李昉（925—996）诗的内容狭窄，基本上是官场应酬和消遣之作。偶而写景，也只是宫苑园林小景，留存下来的作品中没有一首山水诗。徐铉（917—992），字鼎臣，扬州广陵（今江苏扬州）人。入宋后累官至散骑常侍，世称徐骑省，有《骑省集》30卷，其中诗7卷，唱和赠答之作占四分之三，但也有少数山水诗篇。他的山水诗多写江南山寺风光，表现一种闲适悠静的心态，绝大多数是五七言近体律绝，诗的语言平熟流利，属对工切，但立意浅近，例如"水静闻归橹，霞明见远山"（《晚归》）；"绿阴三月后，倒影乱峰前"（《临石步港》）；"人行沙上见日影，舟过江中闻橹声"（《登甘露寺北望》）；"蝉噪疏林村倚郭，鸟飞残照水连天"（《寄外甥苗仲武》）等。这些诗的自然景物意象和语言好像是对白居易、元稹等人的元和体山水诗的重新拼接和组合，故而显得陈旧平熟，雷同重复之处甚多。《四库全书总目提要》评徐铉诗"流易有余而深警不足"是很中肯的。

二　王禹偁：吹起了一股山水清风

白体诗派的后起之秀是王禹偁。王禹偁（954—1001），字元之，济州巨野（今山东巨野）人。其家以磨麦为生，常靠借贷自给。太平兴国八年（983）登进士第，历官左司谏、知制诰、翰林学士等职。他居官清正，秉性刚直，关怀民生疾苦，又因遇事敢言，颇为朝中权贵忌恨，曾前后三次被贬黜。他的高尚正直的品格对后人影响至深，如林逋称赞道："放达有唐惟白傅，纵横吾宋是黄州。"（《读王黄州诗集》）欧阳修称赞道："想公风采常如在，顾我文章不足论。"（《书王元之画像侧》）苏轼称赞道："雄文直道，独立当世。"（《王元之画像》）

王禹偁对笼罩着晚唐五代浮艳、纤巧诗风的宋初诗坛深为不满，因此他注重学习白居易早期"惟歌生民病"的讽喻诗，努力实践"歌诗合为事而作"的主张，进而开始重视并学习杜甫，创作了不少反映民瘼、忧虑国事的作品，成为宋初杰出的现实主义诗人。

王禹偁三次被贬，在商州（今陕西商县）、滁州（今安徽滁州）、扬州（今江苏扬州）、黄州（今湖北黄冈）等地做州县小官，这使他得以游览从西北到中原和江南各地的山川名胜。他在诗中多次表露对山水自然美的神往和喜爱之情："永阳溪水绿，琅玡山色青。谪宦自消遣，不敢夸独醒。"（《扬州寒食赠屯田张员外成均吴博士同年殿省柳》）"俸外不教收果实，公余多爱入林泉。"（《滁州官舍》）"商州未是无人境，一路山村有酒沽。"（《初入山闻提壶鸟》）"平生诗句多山水，谪宦谁知是胜游。"（《听泉》）可见，大自然激发了诗人的蓬勃诗兴，使他写出了不少吟咏山水之美的佳作。这些山水诗多写在谪居期间，故而往往融进了诗人仕途失意去国怀乡的感情和感受。诗的情调有时开朗旷达，但更多的是感伤愤郁，在一定程度上避免了白体诗派常见的内容浅薄、浮泛的毛病。诗人还借山水揭示他对宇宙人生、对出处进退的哲理感悟，使一些诗的意蕴颇为深警。不过，他的许多山水诗中的哲理议论还未能与意象、情韵水乳交融，总的看是理障多而理趣少。

王禹偁的山水诗，想象力不如白居易诗丰富，语言也没有白诗那么流丽，他更多学到了白诗平易质朴的一面。有少数山水诗色彩明丽，调子悠扬，饶有情韵，例如七律名篇《村行》：

> 马穿山径菊初黄，信马悠悠野兴长。万壑有声含晚籁，数峰无语立斜阳。棠梨叶落胭脂色，荞麦花开白雪香。何事吟余忽惆怅，村桥原树似吾乡。

王禹偁的山水诗中，还有两点值得注意。其一，他在《送丁谓序》中曾提出诗文应当"意不常而语不俗"，在《谪居感事》中又说自己"读书方睹奥，下笔便搜奇"。他写山水诗很注意炼句炼字，写出了一些语意生新、常字见奇的诗句，从而突破了白体诗人语言过于平易、圆熟的毛病。如"满眼碧波输野鸟，一蓑疏雨属渔人"（《再泛吴江》）；"幽鹭静翘春草碧，病僧闲说夜涛寒"（《吴江县寺留题》）；"不惜马蹄来北寺，为怜熊耳在西轩"（《上寺留题》）；"盖圆松影密，鞭乱竹根狞"（《春游南静川》）；"晓月晃竹屋，寒苔叠槿篱"（《春日官舍偶题》）等。其二，他写了诸如《春游南静川》《月波楼咏怀》《酬种放征君一百韵》《谪居感事》等长篇古体和排律诗,其中一些是纯粹的山水诗,另一些在叙事抒怀中也穿插大段的山水景物描绘。这样,他就突破了宋初诗人只能以近体律绝写山水的局限,为宋代诗人大量写作长篇山水诗开了先路。

清人吴之振在《宋诗钞》中指出:"元之独开有宋风气。于是欧阳文忠得以承流接响。文忠之诗,雄深过于元之,然元之固其滥觞矣。"的确,王禹偁是开宋诗风气的第一人,也是为宋代山水诗吹来一股清风、注入新鲜格调的第一人。

第二节 林逋等晚唐体诗人

继白体诗之后,在太宗后期至真宗时,诗坛上盛行晚唐体。这一派诗人大都是在江湖的隐士僧人,代表作家有林逋、潘阆、魏野、"九僧"以及唯一的高官寇准。由于他们远离社会现实,因此诗的内容比较狭窄,大多是有关山水景物的描写,表现隐居的生活情趣,在捕捉山水自然清逸幽远的美方面有独到之处。其中,成就高、影响大的是林逋。

一 林逋:毕生致力于表现西湖美

林逋(967—1028),字君复,钱塘(今浙江杭州)人。一生未娶,以梅、鹤为伴,在西湖畔的孤山过着清苦的隐居生活,死后赐谥"和靖先生"。他在临终前的诗中写道:"茂陵他日求遗稿,犹喜曾无封禅书。"(《自作寿堂,因书一绝以志之》)可见他淡于荣利、清高孤傲的节操。今存《和靖诗集》四卷。

林逋的诗,历来以咏梅的"疏影横斜水清浅,暗香浮动月黄昏"(《山园小梅》)和"雪后园林才半树,水边篱落忽横枝"(《梅花》)为人推崇,其实他毕生致力于山水诗创作,比起咏物诗来,佳作更多。他长期生活在风光旖旎的西湖孤山,"呼吸湖光饮山绿"(苏轼《书林逋诗后》),生活清苦而心境恬淡,所以能以一种悠然宁静的情绪,去观照和体会西湖孤山之美,从不同的角度不同的侧面用不同的手法去表现,把西湖孤山的美写得千变万化、多姿多彩。例如:

混元神巧本无形,匠出西湖作画屏。春水净于僧眼碧,晚山浓似佛头青。栾栌粉堵摇鱼影,兰杜烟丛阁鹭翎。往往鸣榔与横笛,细风斜雨不堪听。

———《西湖》

晚来山北景，图画亦应非。村路飘黄叶，人家湿翠微。樵当云外见，僧向水边归。一曲谁横笛？蒹葭白鸟飞。

———《山北写望》

一写西湖，一写北山，都绘声绘色；色彩鲜丽，宛若两幅水彩画。但林逋更喜欢也更擅长以轻笔淡墨表现朦胧迷茫的雪景和阴雨之景。请看：

底处凭栏思眇然？孤山塔后阁西偏。阴沉画轴林间寺，零落棋枰葑上田。秋景有时飞独鸟，夕阳无事起寒烟。迟留更爱吾庐近，只待重来看雪天。

———《孤山寺端上人房写望》

苍茫沙嘴鹭鸶眠，片水无痕浸碧天。最爱芦花经雨后，一篷烟火饭鱼船。

———《秋江写望》

分明是两幅清淡的水墨画，气氛幽雅静谧，表现出诗人恬淡的隐逸情趣和孤洁性格。描写西湖的名篇佳作还有《西湖春日》《湖上晚归》《湖村晚兴》《湖楼写望》《西湖泛舟入灵隐寺》《湖上初春偶作》《秋日西湖闲泛》等。由于诗人把自己的情趣、性格、整个身心都融入与他相亲相爱的孤山和西湖之中，因而他的诗情就像他笔下风水洞里的涧水，潺潺流出，幽缓而清澈，永不休止。在林逋之前，从来没有哪一位诗人对杭州西湖的美表现得如此多姿多彩、鲜丽集中。

林逋的山水诗有独特的美学追求。他在《深居杂兴六首》的序中说自己"所以状林麓之幽胜"，是为了"摅几格之闲旷"。在《雪三首》其二云："酒渴已醒时味薄，独援诗笔得天真。"又说过："今日含毫与题品，可怜殊不愧清新。"（《山舍小轩有石竹二丛哄然秀发因成七言二章》）"一味清新无我爱，十分孤静与伊愁。"（《梅花二首》其一）可见，他是把天真、闲旷、清新、幽静作为理想的审美境界来追求的。他很重视捕捉和创造新奇独特的自然意象，在《赠张绘秘教九题》中，曾一再提出："诗流有匠手，万象片心通"，"劳形忘底滞，巧思出樊笼"，"岸帻都旁若，穷搜无遁形"，"寄远情无极，搜奇事转新"等。他用比喻创造的自然意象虽不多，但从上引"僧眼碧""佛头青""阴沉画轴""零落棋枰"看，都精妙新奇，给人深刻的印象。他观察景物细致，对景物的色彩和声音的感觉尤其敏锐，并且常能把这两种感觉交融在一起，所以他的山水诗常能一下子牵引读者的视觉与听觉，不由自主地随着他的诗句进入那些有声有色却又清幽深远的境界。他还善于提炼动词和形容词，借以表现出自己对景物最鲜明的印象和感受。例如："夕寒山翠重，秋净鸟行高"（《湖楼写望》）；"水波随月动，林翠带烟微"（《湖村晚兴》）；"昼岩松鼠静，春堑竹鸡深"（《湖山小隐》）；"鹤闲临水久，蜂懒得花疏"（《小隐自题》）；"寒烟宿墟落，清月上林塘"（《园庐秋夕》）；"秋阶响松子，雨壁上苔衣"（《翠微亭》）；"树森兼雨黑，草实著霜红"（《淮甸南游》）；"白鸟背人秋自远，苍烟和树晚来浓"（《西湖泛舟入灵隐寺》）；"鱼觉船行沉草岸，犬闻人语出柴扉"（《秋日湖西晚归舟中书事》）；"溪桥袅袅穿黄落，樵斧丁丁斫翠微"（《孤山后写望》）；"数崦林萝攒野色，一崖楼阁贮天形。灯惊独鸟回晴坞，钟送遥帆落晚汀"（《峡石寺》）等，都能显示上述的特色。

钱锺书先生认为林逋描绘山水"用一种细碎小巧的笔法来写清苦而又幽静的隐居生涯"（《宋诗选注·林逋小传》）。我们觉得林逋的少数山水诗用笔确实"细碎小巧"，但多数能将工笔与写意结合，既精细刻画又善于大笔渲染，因此多数诗中的景物画面细而不碎，巧而不小。例如《宿洞霄宫》：

秋山不可尽，秋思亦无垠。碧涧流红叶，青林点白云。凉阴一鸟下，落日乱蝉分。此夜芭蕉雨，何人枕上闻？

首联大笔勾勒渲染；颔联与颈联写景虽工细，但注意到俯仰、远近、动静、声色、疏密以及绚丽与明净的对比映衬，并不使人有细碎之感；尾联写芭蕉雨，又换用虚笔。全篇将秋思与秋景融成一片，形成清幽而深远的意境。

作为晚唐体诗人的代表，林逋贵在能出入晚唐而别具澄淡清远的风格，诗风一如其人品。梅尧臣在《林和靖先生诗集序》中称赞林逋的诗"崭崭有声，若高峰瀑泉，望之可爱，即之愈清，挹之甘洁而不衍也"；又指出其诗风"平淡邃美""趣尚博远",并非溢美之词。林逋的山水诗也有不足之处。现存300多首诗中,古体诗仅五言4首,其中3首也只是4韵8句,仍旧是律诗的格局。这些律绝诗,不能大开大阖、纵情抒写出气势雄放的山水景象。但他毕竟是中国诗歌史上继谢灵运之后又一位毕生主要致力于山水诗的诗人。他的人品与诗风都对后代产生了深远的影响。宋代山水诗大师苏轼就推崇他是"神清骨冷"的"绝俗人",赞赏他"遗篇妙字处处有,步绕西湖看不足"(《书林逋诗后》)。林逋对杭州西湖富于诗情画意的表现,确实给了苏轼许多启发,使他更进一步为西湖传神写照,创造出更多脍炙人口的西湖山水歌。

二 魏野、潘阆、寇准的山水吟唱

晚唐体的著名诗人还有魏野、潘阆和寇准。他们的山水诗总的成就不如林逋,却又各有特色。

魏野(960—1019),字仲先,先世蜀人,后迁居陕州(今河南陕县),世代务农,他平生嗜好吟咏,不求闻达。真宗闻名召见,他以病推辞,却上表颂扬圣德,故真宗诏命州县对他特加照顾,死后被追赠为秘书省著作郎。他居于州郊,手植松树,清泉环绕,傍对云山,景趣幽绝,凿土袤丈,名曰乐天洞,洞前构筑草堂,弹琴赋诗其中,自号草堂居士。他虽隐逸不仕,却喜与显贵官员交游唱酬。早年学白体,后来与寇准来往密切,转宗晚唐。《宋史·隐逸传》载:"野为诗精苦,有唐人风格,多警策句,所有《草堂集》十卷,大中祥符初,契丹使至,尝言本国得其上帙,愿求全部,诏与之。"可见他当时诗名很大。现存《东观集》10卷。

他的诗名虽大,现存作品虽多,但唱酬赠答之作连篇累牍,令人生厌。即使是流连山水、逍遥泉石之作,也大多缺乏新鲜生动的意象和情韵。事实上他对山水自然美的表现远不如林逋。释文莹《玉壶清话》卷七说他的诗"平朴""中的易晓";赵与虤《娱书堂诗话》称其诗风"冲淡闲逸""警句甚多";《四库全书总目提要》也说"其诗尚沿五代旧格,未能及林逋之超诣,而胸次不俗"。这些评论都比较中肯。他写得较好的山水诗有五律《题崇胜院河亭》:

陕郡衙中寺,亭临翠霭间。几声离岸橹,数点别州山。野客犹思住,江鸿亦忘还。隔墙歌舞地,喧静不相关。

以清淡的语言写出幽居的环境和情趣,确实胸次不俗。七绝《寻隐者不遇》曰:

> 寻真误入蓬莱岛,香风不动松花老。采芝何处未归来,白云满地无人扫。

纯用白描,以香风不动、松花自落、青松郁郁、白云悠悠等意象,表现出隐者居处的清幽之境,令人神往。宋人蔡正孙评此诗:"模写幽寂之趣,真所谓蝉蜕污浊之中,蜉蝣尘埃之表。"(《诗林广记》后集卷九七)此外,五律《暮秋闲望》、七律《秋霁草堂闲望》也都是冲淡闲逸的佳作。

潘阆(?—1009),字逍遥,一说号逍遥子,扬州(今属江苏)人,一说大名(今属河北)人。曾居钱塘,游历苏州、长安、汴京等地,卖药为生。至道元年(995),以宦官王继恩荐,诏赐进士第。继恩获罪下狱,他亦被拘捕。真宗赦释,任以滁州参军。后遨游于大江南北,放浪湖山,随意吟咏,寓居钱塘,卒于泗上。有《逍遥集》一卷。

他在宋初以性格疏狂有名。太宗时的翰林学士宋白赠诗云:"宋朝归圣主,潘阆是诗人。"对他的诗颇为推许。他在杭州咏钱塘江潮的诗词也受到称道。宋代画家许道宁据他的《过华山》"昂头吟望倒骑驴"的诗意,画成《潘阆倒骑驴图》而为郭若虚记入《图画见闻志》中。他的朋友王禹偁为这幅画写了赞并序(《小畜外集》卷四)。王禹偁《寄潘阆处士》形容他说:"烂醉狂歌出上都,秋风时节忆鲈鱼。江城卖药长将鹤,古寺看碑不下驴。一片野心云出岫,几茎吟发雪侵梳。算应冷笑文场客,岁岁求人荐《子虚》。"可见其性格之一斑。他对贾岛很推崇,作诗也如贾岛一样刻苦,曾自负说:"发任茎茎白,诗须字字清。搜疑沧海竭,得恐鬼神惊。"(《叙吟》)但他的诗风比较淡远自然,与贾岛的清瘦僻苦有明显区别,如《岁暮自桐庐归钱塘晚泊渔浦》:

> 久客见华发,孤棹桐庐归。新月无朗照,落日有余晖。渔浦风水急,龙山烟火微。时闻沙上雁,一一背人飞。

着笔轻淡而思致清远。的确，他的山水诗以五律写得最多最好，除上面这首外，《夏日宿西禅》《望湖楼上作》《孤山寺易从房留题》《自诸暨抵剡》都能以清练出幽峭。七律较少，《瓜洲临江亭留题》写得颇雄放洒脱，其中"闲观扬子江心浪，静听金山寺里钟"一联，似乎陆游的"戏招西塞山前月，来听东林寺里钟"（《六月十四日宿东林寺》）即脱胎于此。另一首《秋日登楼客次怀张覃进士》中的"蝉噪水村千万树，雁过云岫两三行"一联，写景含情，境界高远。山水七绝稍多，一些篇章有巧思、有才气，又疏放自然。试读《九华山》：

> 将齐华岳犹多六，若并巫山又欠三。好是雨余江上望，白云堆里泼浓蓝。

结句如奇峰陡起，展现出九华山在特定时空中的缤纷色彩。"泼"字画笔传神，境界全出。总的看，潘阆山水诗成就不如林逋，却高于魏野。

寇准（961—1023），字平仲，华州下邽（今陕西渭南）人。太平兴国五年（980）进士，曾知东巴，官至宰相。后被丁谓构陷，贬为雷州（今广东海康）司户参军，卒于贬所。他是北宋著名政治家，性格刚直敢谏。景德元年（1004），契丹入侵，他力排众议，坚请真宗渡河亲征，至澶州迫成和议而还。这是他平生一大功业。今存《寇忠愍公诗集》。

他早年即表现出对寂静清幽景色的喜爱，后来做了朝廷重臣，仍与潘阆、魏野、林逋、"九僧"结为诗友，诗歌也多流连山水泉石之作，这同他的政治地位很不协调。他的五律有一些清隽浑雅之篇，近似韦应物，如《春日登楼怀归》的颔联"远水无人渡，孤舟尽日横"，更是从韦诗《滁州西涧》"野渡无人舟自横"的名句化出，较巧妙自然。他的七绝写得出色。贺裳《载酒园诗话》说他"善写迷离之况"，《四库全书总目提要》称他的诗"含思凄惋，绰有晚唐之致"，都在他的山水七绝中鲜明体现出来。《秋日晚晴池上作》《游花岩寺》《微凉》等篇，宛转明媚，风神秀逸；而《秋日登后楼》《秋兴》《江上》《书河上亭壁四首》等，却情调悲凉，笔触遒劲，境界阔大，例如：

> 岸阔樯稀浪渺茫，独凭危槛思何长。萧萧远树疏林外，一半秋山带夕阳。

暮天寥落冻云垂，一望危亭欲下迟。临水数村谁画得？浅山寒水未消时。

——《书河上亭壁四首》其三、其四

孤寂悲愁的情绪渗透在迷离荒寒的景色之中。这是寇准先后被贬谪河阳（今河南孟州西南）、陕州（今河南陕县）的心境写照。不露圭角，不着议论，确是唐风。但骨韵特高，又非一般平俗纤丽的晚唐诗可比。

三 宋初"九僧"的山水幽境

"九僧"指的是活跃在北宋初期的一个诗僧群体，包括淮南惠崇、剑南希昼、金华保暹、南越文兆、天台行肇、沃州简长、青城惟凤、江东宇昭、峨眉怀古等九人。他们行游往来，互相唱和，并曾组成过"吟社"，因有合集《九僧诗》而闻名于世。他们直接继承了中、晚唐的清雅僧诗，同时又受到了晚唐姚合、贾岛的较大影响，并与林逋、魏野、潘阆、寇准等人交往唱酬。

"九僧"的诗风相近，被称为"九僧体"，诗多写山林情趣，以清丽之辞，发清苦之思，景幽境僻，精致小巧，被认为是北宋学晚唐体最为逼真的一群。他们作诗苦思雕琢，竭力追求艺术的精工，却表现出才力和阅历的不足。据欧阳修《六一诗话》载，有位叫许洞的进士约"九僧"分题赋诗，约定不得用"山水、风云、花草、雪霜、星月、禽鸟"之类的字眼，诸僧只好搁笔。这虽是传闻，却也说明"九僧"的审美趣味尚单一地指向自然景物。

"九僧"中最负盛名的是惠崇（965—1017）。他又"工画鹅雁鹭鸶……善为寒汀远渚、潇洒虚旷之象，人所难到"（《图画见闻志》卷四）。他的诗中常有画，画中亦有诗。与寇准唱和的《池上鹭》中"照水千寻迥，栖烟一点明"一联，把绘画的光色技法融入诗中，使诗境明中见远，远中透明，既工致精巧，又意韵清远。山水诗《访杨云卿淮上别墅》云：

地近得频到，相携向野亭。河分冈势断，春入烧痕青。望久人收钓，吟余鹤振翎。不愁归路晚，明月上前汀。

诗写出了美好的景物，浓厚的游兴，闲适的意态。颔联取唐人司空曙、刘长卿的诗句合成，用得精妙、妥帖，使诗境开阔。全诗吐词属语，浅近自然，有画意，有情韵。清人贺裳《载酒园诗话》称赞惠崇诗"不惟语工，兼多画意"是确切的。"九僧"的诗多以五律写山寺或幽居景色，创造带禅意的空静境界，例如：

> 西山乘兴宿，静兴寂寥心。一径松山老，三更雨雪深。草堂僧语息，云阁磬声沉。未遂长栖此，双峰晓待寻。
>
> ——文兆《宿西山精舍》

> 杉竹清阴合，闲行意有凭。凉生初过雨，静极忽归僧。虫迹穿幽穴，苔痕接断棱。翻思深隐处，峰顶下层层。
>
> ——保暹《秋径》

> 静室帘孤卷，幽光坠露多。径寒松影转，窗晚雪声过。茗味沙泉合，垆香竹霭和。遥怀起深夕，旧寺隔沧波。
>
> ——行肇《郊居吟》

这些诗中的佳句，对景物的感受细致，表现工巧。但题材、风格都显得雷同、狭小、细碎。在唐宋山水诗的发展过程中，他们起了承上启下的作用。从唐代的皎然、香严闲禅师、齐己、贯休，到宋初的"九僧"，再到北宋中后期和南宋的秘演、道潜、惠洪、道璨、云莹、祖可、善权、志南、惟茂、元肇、梵崇等人，这一批诗僧的山水诗创作，组成了唐宋文人山水诗主流外的一个独特的支流，"九僧"作为其中的桥梁过渡作用不应忽视。

晚唐体在宋初三体中绵延时间最长，他们的山水诗创作尚未形成宋诗的独特面貌，但他们注意艺术锤炼，表现自然景物细致工巧，对宋代山水诗精致的艺术特征的形成，是有贡献的。

第三节　西昆体诗人

在真宗朝，翰林学士、户部郎中、知制诰杨亿（974—1020），将他同钱惟演（977—1034）、刘筠（971—1031）等人互相唱和的诗共 250 首编辑成册，并根据《山海经》和《穆天子传》记载昆仑山之西有"玉山策府"的典故，题为《西昆酬唱集》。这些作品在艺术上摹仿李商隐雅丽密致的风格，以雕章丽句为宗旨，全是近体，讲究声律，铺陈辞藻，典故丰博，对偶精警，这就是所谓"西昆体"。由于杨亿等人在朝廷和社会有很大的影响，因而《西昆酬唱集》一出，时人竞相仿效，一时间"耸动天下"（欧阳修《答蔡君谟》），风靡宋初诗坛。

一 杨亿的山水诗

杨亿、刘筠、钱惟演等人的作品多写宫廷生活，还有一些表现男女爱情和咏物之作。他们即使写景，也多是皇家园林和官邸别墅之景，缺乏天然野趣，辞藻浓艳，又搬弄典故，工匠气和富贵气都很重。但他们走出秘阁任地方官时，由于接触到广阔的大自然，也写出了一些具有清新气息的山水诗。杨亿的五律《朗山寺》："层峦连近郭，占胜有招提。宿雾昏金像，飞泉溅石梯。钟声空谷答，塔影乱云飞。千骑时来此，寻幽独杖藜。"写他的家乡建州建宁府城郊朗山寺景色，意象生动，境界幽婉，章法紧凑，语言凝练，不失为佳作。在五言排律《次韵和系郡斋书事之什》《郡斋西亭夜坐》《秋晚》中，也有诸如"密叶藏啼鸟，澄潭跃戏鱼。波光摇岛屿，霁色露闾间"，"宿鸟林间定，流萤草际翻。苍茫迷野色，嘲哳辩方言"，"秋晚弥岑寂，天空见沉寥。溪流拖白练，树叶剪红绡"等写景真切生动的佳句。《到郡满岁自遣》一诗曰：

迢递分符竹，因循度岁华。地将鲸海接，路与凤城赊。触石云频起，衔山日易斜。潮平聚鱼市，木落见人家。

以朴素的语言写处州的景色，有清旷秀爽之致；对仗妍练稳称，意脉流畅，显出其才思敏捷、善于捕捉平常景物中的诗意以及驾驭排律技巧的圆熟。此外，他的七律《春郊即事》《留题南源院》《留题黄山院》，七言排律《郡斋西亭即事十韵招丽水殿丞武功从事》等诗，也有"远林桑尽蚕成茧，野水萍开獭趁雨"，"当昼风雷生洞穴，欲斋猿鸟下庭徐"，"夜静龛灯凝古殿，雨余岩溜迸前峰"，"叠嶂雨余泉眼出，澄潭风静钓丝垂"，"吟际岭云飞冉冉，望中垅麦秀离离"等对仗精整、状景如画的佳句。

二 钱惟演、刘筠的山水诗

钱惟演、刘筠的山水诗比杨亿数量更少，艺术质量也略逊一筹。但钱惟演写宫苑秋夕景色的《秋夕池上》："珪月上金塘，烟容带水光。朱华接兰坂，绿荇溢鱼防。丛暗禽栖密，林疏露下凉。秋怀已潘鬓，无奈更啼螀。"写景很注意光色明暗的对照映衬，有自然妍华之妙。此外，他的一些送人的律绝中，也有描写山水景色的佳句，如"云迷水馆春旗润，树绕山城暝角深"（《送高学士知越》），"望刹青龙起，观涛白马驰"（《送梵才大师归天台》），"吴天六幕远，越岫万螺青"（《送禅照大师归越》）等，或白描，或彩绘，或比喻，写景颇为阔大。刘筠的《夕阳》有"塞迥横烟紫，江清照叶丹"，《送刘综学士出镇并门》亦有"极目关河高倚汉，顺风雕鹗远凌秋"等高浑警切的景联。

总之，西昆体诗人的山水诗数量少，成就不突出，但他们用精美妍练的律诗特别是排律来表现山水，也为宋代山水诗丰富多彩的艺术形式与风格的形成积累了艺术经验。

第四节　三派之外的诗人

在宋初六十余年的诗坛上，还有一些不属于以上三派的诗人。其中，杨徽之、田锡、陈尧佐在山水诗创作上各有独特的成就。

一　杨徽之：清峭淡雅的诗风

杨徽之（921—1000），字仲猷，建州浦城（今属福建）人，后周显德二年（955）进士。入宋，授著作佐郎，知全州（今属广西）。太平兴国初年召为库部员外郎，因精于风雅，诏命参与编《文苑英华》。真宗时历任秘书监、翰林侍读学士等职。他"酷好吟咏，每对客论诗，终日忘倦"（《宋史》本传）。据说宋太宗很欣赏他的诗，特地挑出十联写于屏风，并称赞他"文雅可尚，操履端正"（《渑水燕谈录》卷七）。

杨徽之的诗大多散佚，《全宋诗》辑录得9首和若干断句。这9首诗中，5首是山水诗，还有3首都有山水景色描写。他的山水诗虽未能脱晚唐窠臼，又全是近体律绝，但清俊峭拔，别具情韵。例如：

傍桥吟望汉阳城，山遍楼台彻上层。犬吠竹篱沽酒客，鹤随苔岸洗衣僧。疏钟未彻闻寒漏，斜月初沉见远灯。夜静邻船问行计，晓帆相与向巴陵。

——《汉阳晚泊》

钓舟浮浅濑，冈舍晚重林。云放千峰出，花藏一径深。

——《翠光亭》

他的七律名篇《寒食寄郑起侍郎》中的颔联"水隔淡烟修竹寺，路经疏雨落花村"写景色调淡雅，情韵俱佳，句法凝缩，又自然清新。此外，断句如"新霜染枫叶，皓月借芦花"（《湘江舟行》），"浮花水入瞿塘峡，带雨云归越嶲州"（《嘉阳川》）等，都不失为写景佳句。

宋时僧文莹说："杨公必以天池皓露涤其笔于冰瓯雪碗中，则方与公诗神骨相副。"（《玉壶清话》）清代纪昀说在当时诗坛的"一望黄茅白苇之中"，杨徽之的诗"如疏花独笑"（《瀛奎律髓刊误》卷四二），洵非溢美之语。

二 田锡：清雄流丽的诗风

田锡（940—1004），字表圣，嘉州洪雅（今属四川）人。太宗太平兴国三年（978）进士。曾通判宣州，知相州、陈州、泰州等，官至右谏议大夫。有《咸平集》50卷，《全宋诗》录存其诗6卷。

田锡以直言极谏闻名于世，为士大夫所景仰。诗文为其政绩所掩，其实在诗歌理论与创作上都颇有建树。他在《贻陈季和书》和《贻宋小著书》中表示对李白、杜甫、白居易、李贺诗歌都很赞赏，这说明他的诗歌取径宽博。在上述两篇书札中，他还强调诗歌应当"豪气抑扬，逸词飞动，声律不能拘于步骤，鬼神不能秘其幽深"；"使物象不能桎梏于我性，文采不能拘限于天真"。他在《留别句中正学士》中连用三个自然意象比喻赞美友人的诗歌"句句高奇字字新，新若新花凝宿露，高似秋天晓星布，奇于云起成峰峦"。上述言论都可以看出，他提倡诗歌抒写天真性灵，创造豪逸飞动、高奇新警的风格。他是宋初最擅长七古的诗人之一。他的七古数量多，质量高，具有清雄流丽、婉畅俊爽、高奇新警等多种风格。《峨眉山歌》是他的一首山水诗杰作，诗云：

高高百里一屈盘，八十四盘青云端。星辰淋漓泻瀑布，岚楼雪寺五月寒。残阳忽黑雨雹飞，霹雳火著枯杉枝。登临慨然小天下，回时一顾东海涯。细看朝阳初出时，火精转球百尺围。瞳瞳眬眬浮在水，峨眉朝云已如绮。

此诗通篇写景，真切生动地刻画峨眉山壮伟秀丽、变幻神奇的景色，气势豪迈跌宕，笔触也奇幻多变，颇似李白七古山水诗的风格。但田锡的七古山水诗仅存此一首。他写得较多的是七律山水诗，同样显示出善于写动景又工于刻画的鲜明特色。试读《桐江咏》：

>桐溪湛湛见游鳞，摇落枫林绕水滨。秋色数行沙上雁，残阳一簇渡头人。蓝鲜斤竹过深涧，雪吼寒潮入富春。俱是谢公吟咏地，伊余何以继芳尘。

写桐江秋景，善于用光染色，又注意景物意象的高低、远近、动静的布置，使诗的画面清新明丽，看得出是受了"元白体"山水诗风调的影响。他挥动一支写生画笔，还描绘了"秋来嘉树色堪攀，红叶沿溪复映山。半露寺楼深崦里，密笼渔舍夕阳间"（《红树》）；"清泚寒流走白沙，钓台苍翠远嵯峨。隔溪人语穿芳树，旁岸鱼跳落浅莎"（《七里滩》）；"翠叠乱山千里阔，红翻晴叶一川明。散分野色渔村小，斜衬秋光雁阵横"（《倚楼》）；"湖边钟磬含清籁，树杪楼台霭翠微"（《题天竺寺》）；"寒水漾烟轻似縠，微云笼月澹如秋"（《茱萸堰泊》）等山水画幅。诗人或泼洒大片色彩，或轻笔淡墨渲染，或用生动贴切的比喻，或追求新奇的句法，表现手法灵活多变，但都是清新流丽，风调畅达，既有鲜明的形象感，又有浓郁的抒情味，充分体现出田锡"使物象不能桎梏于我性，文采不能拘限于天真"的艺术追求。

三 陈氏兄弟布景精美的诗风

陈尧佐（963—1044），字希元，号知余子，阆州阆中（今属四川）人。太宗端拱元年（988）进士，为魏县尉，后任开封府推官时坐言事忤旨，降通判潮州。真宗时入直史馆，历知寿州、滑州，降两浙、京西等路转运使。仁宗即位，入为三司户部副使，知制诰兼史馆修撰，后又曾知河南府、并州、永兴军等，官至翰林学士、枢密副使、参知政事、同平章事。他在各州任职时，做了许多有益于百姓的事情。卒谥文惠，有诗文集均佚。《全宋诗》录其诗50首。

陈尧佐其人"老于廊庙而酝藉不减"（《王直方诗话》）。他的50首诗绝大部分是山水登览之作，描写了杭州、苏州、越州、湖州、惠州、潮州等地的风景名胜，或抒写胸襟抱负，或感慨贬谪失意，或伤时吊古，或寄托出世之思。这些山水诗都是今体，有五律七律、五言七言排律、五绝七绝。其中七言绝句最多也最好，其次是五言律诗。他在《题华清宫》诗中说"百首新诗百意精"，可见他的山水诗颇注重精心炼意构思。例如：

　　苕溪清浅霅溪斜，碧玉光寒照万家。谁向月明终夜听，洞庭渔笛隔芦花。

——《湖州碧澜堂》

　　云际楼台树杪轩，孤松千尺耸平田。危栏远思微吟好，隐隐秋帆半入天。

——《虎丘》

前首写湖州月夜景色，用月下听笛把各种景物意象巧妙地组接起来；后首写在虎丘山上远眺，对远近景物的观察与表现都很真切，境界开阔。他的五律《游惠阳西湖》，以"疏烟渔艇远，斜日寺楼闲。系马芭蕉外，移舟菡萏间"等句，展现出岭南风景之美。被方回选入《瀛奎律髓》的《游湖上昭庆寺》，也是他的五律山水诗名篇：

　　湖边山影里，静景与僧分。一榻坐临水，片心闲对云。树寒时落叶，鸥散忽成群。莫问红尘事，林间肯暂闻。

这首描写杭州西湖畔昭庆寺的诗，虽结尾浅直，但全篇布景精严，章法老成，中两联语意自然，萧散有致，景色幽美，情景相生。此外，他的其他山水诗中，还有不少写景佳句，如"人家掩映藏鱼浦，岛树扶疏没水天"（《游永明寺》）；"冷光浮荇叶，静影浸鱼竿"、"小桥横落日，幽径转层峦"（《林处士水亭》）；"千里好山云乍敛，一楼明月雨初晴"（《断句》）；"风樵若耶路，霜橘洞庭秋"（《送人越州》）；"门前碧浪家家海，树上青山寺寺云"（《杭州喜李度支使至》）等，都显出作者对所描写的山水自然景物特征有准确、生动的把握与表现。

　　陈尧佐的弟弟陈尧咨（970—1034），今存诗仅四首，但其中一首《普济院》云："山远峰峰碧，林疏叶叶红。凭阑对僧语，如在画图中。"用精美的语言绘出浙江余姚市山林的斑斓秋色，诗境如画，更妙在诗人把自我也一并绘入画中，使诗境更隽永有味，应属宋初山水五绝小诗的上乘之作。

第二章　北宋中期：宋诗风调的激扬

宋仁宗执政的四十年（1023—1063）间，以欧阳修、梅尧臣、苏舜钦为代表，掀起了诗歌的复古革新运动。这个诗歌的复古革新运动，是在当时儒学复兴和政治文化走向一体化的时代背景下进行的。因此，它表现出了儒家政教诗学的浓厚色调和正统观念。欧、梅、苏三人都强调诗歌要"言志""贯道"，应"因事""泽物""济时""有用"，以恢复诗歌反映社会政治现实的"骚""雅"传统为己任。他们在对宋初晚唐体和西昆诗风的批判与变革之中，使宋诗也同时完成了强化政治性和散文化、议论化、理性化的特征建构，呈现出与"唐音"迥异的具有独特风貌的"宋调"。

欧、苏、梅等人的诗歌复古与革新运动和他们的诗歌理论，对于山水诗的发展有一定的抑制作用。例如，梅尧臣就明确地提出反对"区区物象磨穷年"（《答裴送序意》），反对"烟云写形象，葩卉咏青红"（《答韩三子华韩五持国韩六玉汝见赠述诗》）。但是我们也必须看到，欧、梅、苏的重"道"，很少抽象地谈"道"的伦理意义、道德意义，更绝口不谈"道"的心性意义，他们重道而不轻文，并始终把"文"与其事、物、时以及物化了的"道"紧密地联系在一起。由于在北宋中期复兴的儒学和新兴的理学本身就兼融释道之学，而欧阳修、苏舜钦等人实际上也受到佛道人生哲学的深刻影响。他们在许多诗文中都流露出超脱人世、向往自然甚至追求仙境的思想感情。因此，他们论诗，也就同时提倡在自然景物中寄托忧思感愤。欧阳修在《梅尧臣诗集序》中说："凡士之蕴其所有而不得施于世者，多喜自放于山巅水涯之外，见虫鱼草木风云鸟兽之状类，往往探其奇怪，内有忧思感愤之郁积，其兴于怨刺以道羁臣寡妇之所叹，而写人情之难言，盖愈穷则愈工。"他在《六一诗话》中引用梅尧臣的话说："诗家虽率意，而造语亦难。若意新语工，得前人所未道者，斯为善也。必能状难写之景如在目前，含不尽之意见于言外，然后为至矣。"此外，他还在《有美堂记》《浮槎山水记》《答李大临学士书》以及散文名篇《醉翁亭记》中，赞赏山水泉石之乐。可见，欧阳修并不排斥山水诗。欧、梅、苏三人在以诗歌反映政治斗争、社会现实和人民疾苦的同时，也创作了许多描绘自然山水、抒发自我感情的优美诗篇，在诗坛上产生较大的影响。这是北宋中期山水诗继续发展的重要原因。

第一节　兼擅雄豪与淡远的石延年

在北宋中期，年岁较长而颇有名望的诗人是石延年。

石延年（994—1041），字曼卿，又字安仁，祖籍幽州，后迁居宋州宋城（今河南商丘）。累举进士不中。真宗选三举进士不中者授三班奉职，他就任右班殿直，改太常寺太祝。天圣四年（1026）知金乡县（今属山东）。后通判乾宁军、永静军，充馆阁校勘，迁大理寺丞，以太子中允、秘阁校理卒于汴京。

他性格豪放，读书不治章句，慕古人奇节伟行，好饮酒任气，颇有李白遗风。他的诗集早佚，但从流传下来的不多作品中，仍大体可见其山水诗创作具有鲜明风格和突出的艺术成就。例如《瀑布》：

> 飞势挂岳顶，明珠万斛倾。玉虹垂地色，银汉落天声。万丈寒云湿，千岩暑气清。沧浪何足羡，就此濯尘缨。

写瀑布，从视觉、听觉、触觉、心觉多方面着墨，想象雄丽，颇有气魄。在唐代张九龄、李白、施肩吾等诗人曾出色地描绘过瀑布之后，石延年此诗能表现自己的独特感受，追求新的意境，实属难能可贵。又如《秋夕北楼》：

> 秋霁露华清带水，月明天色白连河。夜阑澄影星微动，瑟瑟层飔上下波。

写秋夕楼上远眺所见的天光月色、星影风波，意象清奇，境界澄远。五绝

《春日楼上》："水树春烟重，庭花午应圆。人边无限地，鸟外有余天。"前两句写水烟花影，用"重""圆"二字描状，准确精警；后两句以"人边""鸟外"拓展诗境，造句新奇有味。

石延年还有一些写景诗句，如"触石云孤起，吹潮雨四来"（《润州础石》）；"天寒河影淡，山冻瀑声微"（《山寺》）；"檐垂冰箸晴先滴，草屈金钩绿未回"（《早春》），无论是写静景还是动景，都有新奇的想象或敏锐的观察。又如《送人游杭》诗的"水荇渐青含晚意，江云初白向春娇"，《高楼》诗的"水尽天不尽，人在天尽头"，《筹笔驿》诗的"意中流水远，愁外旧山青"，《金乡张氏园亭》诗的"乐意相关禽对语，生香不断树交花"之类，在看似自然平常的诗句中，表现出他对时间和空间、对客观物态的独特体验与感受，构造出丰富的层次，从而达到心境、物态、语言三者的较完美统一。

石延年的诗，受到当时和后代一些名家的称赞。范仲淹说其诗"气雄而奇"（《竹庄诗话》引）；欧阳修赞其"诗格奇峭"（《六一诗话》）；苏舜钦说他作诗是"以劲语蟠泊"，"气横意举，洒脱章句之外"（《石曼卿诗集序》）；朱熹则说是"极雄豪而缜密方严"（《朱子语录》卷一四〇）。从上引的好诗佳句看，他的山水诗既有新奇的想象，又有敏锐冷静的观察；既有雄豪劲健的气势，又能表现出悠然淡远的韵味；既能刚，又能柔。他的山水诗虽多为近体律绝，却显示出散文曲折腾挪的气势，这是对欧阳修以文为诗主张的成功实践；而他诗中的劲健之气和淡远之风，又分别对苏舜钦、梅尧臣诗风的形成给予了直接的影响。在北宋山水诗史上，他是一位不应忽略的诗人。

第二节 诗风深微淡远的梅尧臣

在欧阳修领导的北宋诗文复古革新运动中，梅尧臣和苏舜钦是两员主将。他们同欧阳修一起，开宋诗一代之新面目，无论是社会政治诗还是山水诗创作，都取得了卓越的成就。

一 梅尧臣的山水游踪

梅尧臣（1002—1060），字圣俞，宣州宣城（今属安徽）人，世称宛陵（宣城古名）先生。他出身农家，累应进士试不第。天圣九年（1031），凭借做官的叔父梅殉的门荫，补太庙斋郎，先后任河南、河阳等县主簿，知建德、襄城等县。皇祐三年（1051）赐进士出身。嘉祐元年（1056）任国子监直讲。累官至尚书都官员外郎，世称梅都官。

梅尧臣在进入仕途之前，曾跟随叔父到过襄州、鄂州、苏州、池州等地。在任河南、河阳县主簿时，他的诗才得到西京留守钱惟演和通判谢绛的赏识。钱是著名的西昆体诗人，谢是洛下才人的魁首，又是他的妻兄。梅尧臣同钱以及欧阳修、苏舜钦、尹洙等人结为至交，他们一起游览洛阳风光，登龙门，上香山，泛舟伊川，还去登攀嵩山。游览之时，饮酒唱和，写了不少山水诗。梅尧臣"平昔爱山水"（《范待制约游庐山以故不往因寄》），又"寓兴欣山水"（《徐元舆见邀与诸君同游至峰山溪作》），每到一地，都喜寻幽探奇，发为吟咏。除上述龙门伊川、香山、嵩山外，泰山、南岳、何山、响山、芒砀山、庐山、西湖、太湖、金陵、金山寺、采石矶等风景名胜，都被梅尧臣收摄入诗的画幅之中。在他现存的2800多首诗里，山水诗占了很大的比重。

二 状景工细，托意深微

梅尧臣的山水诗在艺术上的突出特点是：感觉敏锐，善于在常人不经意处发现诗意，并用新颖的诗句把难以状写的景物精微地刻画出来。例如《淮雨》：

> 雨脚射淮鸣万镞，跳点起沤鱼乱目。湿帆远远来未收，云漏斜阳生半幅。

把淮河上骤雨骤晴的景象表现得多么准确、生动、精微！又如《春寒》：

> 春昼自阴阴，云容薄更深。蝶寒方敛翅，花冷不开心。亚树青帘动，依山片雨临。未尝辜景物，多病不能寻。

写春寒中的山野景物：春昼阴阴，云层由薄变厚，蝴蝶收敛双翅，花蕾无力舒展。诗人对这些自然物象的情态刻画得十分真切微妙，体现出他细致的观察和敏锐的感受。接下去一联写压挂在树枝上的酒旗翻动，足见风力之猛；依傍山丘的阴云挟带着阵雨压来，表明雨势之急。诗人敏捷地捕捉住了景物间的关系。梅尧臣主张诗有寄托，曾说："愤世嫉邪意，寄在草木虫"（《答韩三子华韩五持国韩六玉汝见赠述诗》）。这首诗写于庆历六年（1046）初春。联系当时范仲淹革新政治的活动正处于低潮和诗人妻死子丧的境况，诗中对春寒的描写，蕴含着他对政治气氛和人生遭际的感受。所以清人纪昀说："托意深微，妙无痕迹，真诗人之笔。"（《瀛奎律髓汇评》卷一〇）

三　白描、彩绘与比喻的艺术

梅尧臣对自然景物意象的刻画，运用不同的表现手法。有时他敷彩设色，如"云霞弄霁晖，草树含新绿"（《游龙门自潜溪过宝应精舍》）；"千龛晚烟寂，双壁红树秋"（《秋日同希深昆仲游龙门香山》）；"青天忽开影，红日尚余晖"（《同诸韩及孙曼叔游西湖二首》其二）等，宛如他所称赞的绘画那样"设色鲜润笔法奇"（《观杨之美画》）。但更多的时候，他有意不着色，轻笔淡墨，如《夏夜小亭有怀》曰：

西南雨气浓，林上昏月色。寒影不随人，寥寥空露白。

俨然一幅水墨画。此外如"鸟呼知木暖，云湿觉山昏"（《早春田行》），"山暖春烟重，林昏古寺藏"（《依韵和昭亭山广教院文鉴大士喜予往还》），"沙头风雨来，贴水野云黑"（《杂诗绝句十七首》其十一），"雾气横江白，鸡声隔岸闻"（《早渡长芦江》），"寒篁进溪曲，古木暗城头"（《游响山》），等等。他还善于运用生新奇特、出人意料的比喻，创构出令人耳目耸动的意象，例如"声喧釜豆裂，点疾盎茧立"（《江上遇雷雨》），把雨声比喻为釜中豆子的炸裂声，把雨点打在江上比喻为盆子里的蚕茧直立；"微风认江水，细甲几千层"（《登瓜步山二首》其一），把微风吹起的细浪，想象成千层鳞甲；"百丈素流珠喷礴，千重红树火回环"（《依韵和孙侔雁荡二首》其一），将瀑布洒落比喻为明珠喷薄，千重红树比喻为烈火回环。更奇妙的是《晚云》：

黩黩日脚云，断续如破滩。忽舒金翠尾，始识秦女鸾。又改为连牛，缀燧怀齐单。伺黑密不罴，额额城未刓。风吹了无物，犹立船头看。

在诗人笔下，傍晚的云霞瞬息变幻：先是在晚风中舒卷离合，好像支离破碎的河滩；忽而它展开金翠色尾巴，仿佛是仙女弄玉引来的一群凤凰；随后又变成身披五彩织锦的牛群，牛尾上捆着光焰四射的火把，令人想到齐人田单指挥的火牛阵；一会儿又成了阒寂无声的步兵阵，暗中包围了城池，等待夜深奇袭，穴城而入……最后一阵风吹散了晚云，天边了无一物，只有诗人还伫立在船头凝望。全篇奇警妙喻连翩而来，令人目不暇接。可以说是苏轼的《百步洪》之前宋代山水诗妙用博喻的杰作。

四　山水诗中的理趣

值得注意的是，跟唐代诗人常以客观的"无我"之笔写景、使景物意象直接呈示而将主观之情融于景中的表现手法不同，梅尧臣常把叙述夹议论的方法同具体形象的描摹结合起来，把自己的主观之意涂染到景物对象上去，从而在山水诗中显示出宋诗富于议论和理趣的特点。试看他的两首著名的山水诗：

> 适与野情惬，千山高复低。好峰随处改，幽径独行迷。霜落熊升树，林空鹿饮溪。人家在何许，云外一声鸡。
>
> ——《鲁山山行》
>
> 行到东溪看水时，坐临孤屿发船迟。野凫眠岸有闲意，老树著花无丑枝。短短蒲茸齐似剪，平平沙石净于筛。情虽不厌住不得，薄暮归来车马疲。
>
> ——《东溪》

这两首诗都以平淡质朴的语言写出一个远离人世的幽静之境。前一首，清人查慎行评："句句如画，引人入胜，尾句尤有远致。"（《瀛奎律髓汇评》卷四）但前四句先抒游山所感，又用夹叙夹议方法来陈述和夸赞鲁山山景。后一首"野凫""老树"一联被方回称为"当世名句，众所脍炙"（同上书），但上下句都是前四字简笔描景，后三字议论。诗人正是借助议论来加强形象的描写。倘若抽去了"有闲意"和"无丑枝"的议论，"野凫眠岸"和"老树著花"便失去鲜明独特的形象和新鲜活泼的理趣。显然，诗人将形象描摹和议论结合，目的是抒写出新意妙理。这样的诗，在以意象直接呈示并以丰神情韵见长的唐诗之外另辟一境，堪称宋代诗人自觉艺术追求的最初成功尝试。

由此，我们发现梅尧臣山水诗的一个创新之点，就是初步地呈现出意境的哲理化和哲理的意境化特色。"野凫眠岸有闲意，老树著花无丑枝"既是写景名句，又是蕴含哲理的警句，表现出自然生物那种恬静自得、老有余态的理趣。而上一首尽管情韵悠长，但"千山高复低""好峰随处改"，也内蕴哲理。欧阳修的五绝《远山》"山色无远近，看山终日行。峰峦随处改，行客不知名"，苏轼的《题西林壁》"横看成岭侧成峰，远近高低各不同。不识庐山真面目，只缘身在此山中"，看来都脱胎于梅尧臣这一首《鲁山山行》。再如前面引述过的《晚云》，通首写景，似乎并无理趣。然而细细品味，诗人伫立船头凝望着瑰奇物象在倏忽间过眼一空，难道不是含蓄地向我们传达对人生虚幻的某种带哲理的感悟吗？

五　山水诗的体式与小序

梅尧臣的山水诗兼有五七言古体和今体，而以五言佳作尤多。为了集中地多侧面地表现一个地方的山水风景，他多次采用组诗的形式。如《同永叔子聪游嵩山赋十二题》，其中一首是五古，其余十一首都是六言绝句；《淮上杂诗六首》都是五言律诗；《杂诗绝句十七首》都是五言绝句。此外，还有《和颖上人南徐十咏》《和端式上人十咏》等。他不仅用五古长诗淋漓酣畅地揭露时弊，也喜用这种更为自由的样式来写山川风景，如《黄河》《希深惠书言与师鲁、永叔、子聪、几道游嵩》《初冬夜坐忆桐城山行》《重过瓜步山》等。这些五古山水诗规模壮阔、气势恢宏，作者写来得心应手。最长的是《希深惠书言与师鲁、永叔、子聪、几道游嵩》，有一百句五十韵；较短的则如《黄河》：

> 积石导渊源，沄沄泻昆阆。龙门自吞险，鲸海终涵量。怒湱生万涡，惊流非一状。浅深殊可测，激射无时壮。常苦事堤防，何曾息波浪。川气迷远山，沙痕落秋涨。槎沫夜浮光，舟人朝发唱。洪梁画鹢连，古戍苍崖向。浴鸟不知清，夕阳空在望。谁当大雪天，走马坚冰上。

诗人既再现了滚滚黄河的雄伟气势，又描绘黄河船工的生活和世态人情，写得浑涵壮丽又工细贴切。这一类诗运用了朴素的散文式句法，继承和发挥了唐代杜甫、韩愈以文为诗的传统，又融入了自己清淡劲峭和细润工密的艺术个性和独特风格，显示出他在艺术上的创新。

梅尧臣的一些山水诗还缀以小序。他在序文中记叙山水行旅和游赏中的情事，使之与其诗互相补充。如《新秋普明院竹林小饮得高树早凉归》一诗的序文，写他同欧阳修离别前在竹林间把酒啸歌之乐，写得情味深长，趣逸言外。另一首《金山寺》诗序篇幅更长，是一篇精美的山水游记散文：

> 昔尝闻谢紫微言，金山之胜，峰壑攒水上，秀拔殊众山，环以台殿，高下随势，向使善工模画，不能尽其美。初恨未游，赴官吴兴，船次瓜洲，值海汐冬落，孤港未通，独行江际，始见故所闻金山者，与谢公之说无异也。因借小舟以往，乃陟回阁，上上方，历绝顶以问山阿，危亭曲轩，穷极山水之趣。一草一木，虽未萼发，而或青或凋，皆森植可爱。东小峰谓之鹘山，有海鹘雄雌栖其上，每岁生雏，羽翮既成，与之纵飞，迷而后返，有年矣。恶禽猛鸷不敢来兹以搏鱼鸟，其亦不取近山之物以为食，可义也夫。薄暮返舟，寺僧乞诗，强为之句以应其请。偶然而来，不得仿佛，敢与前贤名迹耶。

此序记叙金山的山水草木景象和海鹘的情事，文字简淡，颇有意趣，同诗歌相互映照。这也是梅尧臣将诗与其散文结合的一个尝试。

六　山水诗风格的演变

欧阳修评梅尧臣诗"覃思精微，以深远闲淡为意"（《六一诗话》），又指出："其初喜为清丽，闲肆平淡，久则涵演深远，间亦琢刻以出怪巧，然气完力余，益老以劲，其应于人者多，故辞非一体。"（《梅圣俞墓志铭》）这是对梅尧臣的诗风及其演变过程的准确概括。梅尧臣的早期山水诗歌，主要学习陶渊明、王维、韦应物和刘长卿，其风格已有平淡的一面，但更多的是清丽，如《游龙门自潜溪过宝应精舍》《秋日同希深昆仲游龙门香山，晚泛伊，舣咏久之，席上各赋古诗以极一时之娱》《岭云》《林翠》《依韵和载阳登广福寺阁》等。这些诗与王、韦诗风相比，因袭多而变化少，尚未形成独特风格。这时候他也偶尔写出壮丽的诗，如上述的《黄河》。他在33岁落第、远离洛阳、赴外地做县令以后，由于生活体验比较丰富，又向韩愈、孟郊等诗人学习，加之勤于吟咏，精心构思，诗风渐趋闲远平淡，间或杂有怪硬。《鲁山山行》是他39岁时的作品，清人冯舒评此诗："亦未辨其为宋诗，却知是梅。"（《瀛奎律髓汇评》卷四）这就是说，已经体现出梅诗的独特风格，然尚距唐音未远。40岁以后，他的山水诗硬怪的一面有所突出，平淡的一面则夹入孟郊的苦涩、老辣。例如47岁时所作的《淮岸》："秋水刷土骨，峭瘦如老石。虚沙归岛屿，寒浪漱窍隙。下过白鱼尾，上有苍獭迹。平冈自相连，野篁鸣风栎。"风格奇峭瘦硬。这个时期写的《使风》《晓日》等诗，还显出琢刻怪巧的特色。但正是在这时，梅尧臣提出了他的"平淡"诗论。庆历六年（1046），他45岁，在《依韵和晏相公》诗中说："因吟适情性，稍欲到平淡。"至和三年（1056），他55岁，又在《读邵不疑学士诗卷杜挺之忽来因出示之且伏高》诗中说："作诗无古今，唯造平淡难。"可见，"平淡"是梅尧臣在创作实践中逐渐认识到的，是指一种摆脱浮华、平淡简古、精微深远的老成风格，一种炉火纯青的艺术境界。这种平淡境界，并非平庸浅薄，它要求"意新语工，得前人所未道者"，"状难写之景如在目前，含不尽之意见于言外"（《六一诗话》引梅语）。作于54岁的《东溪》一诗，典型地体现出梅诗平淡中融入了劲峭、枯涩、老健等诸多因素，已是纯然的宋调。可见，梅尧臣个人风格的形成过程与宋诗独特风貌的形成过程是同步的。

梅尧臣的山水诗在艺术上也有缺陷。他以雕润绮丽为对立面，不免有矫枉过正之处，造成诗的语言枯涩。他的诗确实能"状难写之景如在目前"，但在"含不尽之意见于言外"方面仍有不足。一些山水诗常常是意随言尽，缺少丰神远韵。从总体上看，他的"覃思精微，深远闲淡"的诗风并不仅仅是对古已有之的"平淡"风格的继承，而是在广泛学习借鉴前人基础上的一种创造。这种创造对于宋诗包括山水诗审美规范的确立起了筚路蓝缕的作用。宋诗成熟于神宗、哲宗两朝，特别是元祐时期。而元祐体的诗人苏轼、黄庭坚、陈师道等人或迟或早地对于"平淡"美的追求，显然是沿着梅尧臣开辟的道路走下来的。宋人刘克庄称梅尧臣为宋诗的"开山祖师"（《后村诗话》），从这个角度来看，这一评价是颇有眼光的。

第三节　诗风雄豪阔大的苏舜钦

一　苏舜钦的生平、行踪与抱负

苏舜钦（1008—1049），字子美，开封（今属河南）人，祖籍绵州盐泉（今四川绵阳东南）。祖父苏易简在太宗时任参知政事；岳父杜衍也官至宰相，与范仲淹、富弼等政见相同。苏舜钦在景祐元年（1034）中进士，慷慨有大志，历任蒙城与长垣县令、大理评事、集贤校理等职。因支持范仲淹的政治改革，于庆历四年（1044）被反对改革的一派借事倾陷，受到革职除名处分。废黜后流寓苏州。庆历八年（1048）复官为湖州长史，未赴任而卒，年仅四十一岁。

苏舜钦同梅尧臣一样，主张诗歌应当继承与发扬《诗经》《离骚》关注社会现实的优良传统，以为诗歌应"托讽物象之表，警时鼓众"，"致于用而已矣"（《石曼卿诗集序》）。本着此种"托讽""致用"的诗观，他写了许多抨击时弊、忧国忧民、具有强烈的政治内涵的诗篇。他到过明州、杭州、亳州、长安、越州，也曾旅游淮楚。在被诬陷削职为民后，他由开封乘船沿蔡河、颍水、淮水、运河航行，到达苏州，筑沧浪亭定居。其间，"有兴则泛小舟出盘间，吟啸览古于江山之间"（《答韩持国》）。因此，他一生写了许多山水诗，诗中也体现着"托讽物象之表"的创作精神。早期的山水诗豪迈奔放，寄托着诗人为国为民建功立业的理想抱负。例如《淮上遇便风》：

> 浩荡清淮天共流，长风万里送归舟。应愁晚泊喧卑地，吹入沧溟始自由。

此诗抒发行舟淮上遇便风的快感。诗中放情万里的酣畅语势，特别是"吹入沧溟"这一富于象征意义的想象，显然表现出诗人渴望冲决羁绊、实现远大理想抱负的情怀。而在被废黜后流寓苏州的山水诗中，则更多表现他的幽独闲放之趣和内心积郁的悲愤，例如：

> 今古何山是胜游，乱峰萦转绕沧洲。云含老树明还灭，石碍飞泉咽复流。遍岭烟霞迷俗客，一溪风雨送归舟。自嗟尘土先衰老，底事

孤僧亦白头。

——《游霅上何山》

古今胜游之地霅溪和何山，在诗人的笔下，乱峰萦转、云树明灭、石泉幽咽、烟霞迷蒙、一溪风雨，景色如此惨淡，就连山上的孤僧也是满头白发。显然，这是诗人抑郁不舒的主观情感的外射。

二　豪隽雄奇的山水诗歌

苏舜钦才气横溢，性格豪放，感情激烈，所以他的诗风的基本倾向是"笔力豪隽，以超迈横绝为奇"（欧阳修《六一诗话》）。他的山水诗在对自然景物观察的深刻、描写的细致方面，不如与他齐名的梅尧臣。但他根据自己的个性与爱好，在大自然中经常选择诸如危峭山峰、冲天激浪、惊雷暴雨等属于"崇高美"范畴的景物来进行描写，从而创造出壮阔或奇险的意境，饶有雄放的气势。例如《扬子江观风浪》写暴风巨浪："凭凌积石岸，吐吞天外山。霹雳左右作，雪洒六月寒。……大舰失所操，翻覆如转丸。高山虽有路，辙险马足酸。"《淮中风浪》亦云："春风如怒虎，掀浪沃斜晖。天阔云相乱，汀遥鹭共飞。冥冥走阴气，凛凛挫阳威。"再如《往王顺山值暴雨雷霆》："苍崖六月阴气舒，一霎暴雨如绳粗。霹雳飞出大壑底，烈火黑雾相奔趋。人皆喘汗抱树立，紫藤翠蔓皆焦枯。……震摇巨石当道落，惊嗥时闻虎与貙。"这些狂风骇浪、暴雨雷霆的景象，令人惊心动魄。他写高山佛寺，也是突出其高危险峭，如《宿华严寺与友生会话》："危构岩峣出太虚，坐看斜日堕平芜。白烟覆地澄江阔，皎月当天尺璧孤。"又如《蓝田悟真寺作》："仰看苍山高峰旁，白云明灭藏日光。行人遥指置寺处，正在白云之中央。逡巡缘栈更险绝，攀萝扪壁随低昂。明行咫尺乃相失，已与云雾相翱翔。"他笔下的太湖，也是浩茫无际："杳杳波涛阅古今，四无边际莫知深。润通晓月为清露，气入霜天作暝阴。"（《望太湖》）诗人选择这些雄伟壮阔、高危险恶的自然景物来刻画渲染，有时是赞美大自然的伟力，有时是抒发雄放不羁的情怀，有时则是借以象征人生的坎坷或世态的险恶，都表现出他独特的审美个性与爱好。

由于主观感情强烈，苏舜钦很少像梅尧臣那样冷静地、轻淡地刻画自然山水景物。在他的山水诗中，自然景物往往被涂染上浓郁的主观感情色彩，随处可见的是被拟人化的意象。例如"人游镜里山相照，鱼戏空中日共明"（《天章道中》），"绿杨有意檐前舞，凉月多情海上来"（《和彦猷晚宴明月楼二首》其二），"老松偃蹇若傲世，飞泉喷礴如避人"（《越州云门寺》），"窥鱼翠碧忘形坐，趁伴蜻蜓照影飞"（《重过旬章郡》），"伟石如长人，竖立欲言语"（《天平山》），"竹密似嫌闲客入，梅含应待主人开"（《独游曹氏园馆因寄伯玉》），"龙听夜讲寒生席，鸥伴晨斋暖戏庭"（《清轩》），等等。同时，与梅尧臣山水诗多似不着色的水墨画鲜明对照，苏舜钦的山水诗充满了缤纷斑斓的色彩。请看"低昂黛色四山黯，凌乱缬纹疏树红"（《和彦猷晚宴明月楼二首》其一）；"日生树挂红霞脚，风起波摇白石根"（《寄题水月》其一）；"鸟行黑点波涛白，枫叶红莲桔柚黄"（《寄题水月》其二）；"春入水光成嫩碧，日匀花色变鲜红"（《答和叔春日舟行》）；"秋色入林红黯淡，日光穿竹翠玲珑"（《沧浪怀贯之》）。诗人宛如一位丹青妙手，在他的诗的画幅上淋漓酣畅地挥洒多种色彩，不但使它们互相映衬、对照，而且表现出它们的明暗、浓淡、动静、情态，使人读了获得丰富的视觉美感。

在梅尧臣的山水诗中，我们经常见到诗人用叠字描状景物，如"细浪差差蹙，深湾曲曲幽"（《依韵和王中丞忆许州西湖》），"峨峨众山翠，活活寒溪流"（《早夏陪知府学士登叠嶂楼》），"暑雨坐中飞漠漠，野泉林外落层层"（《次韵和吴季野题岳上人澄心亭》）等。这些叠字有助于准确精细地表现出景物的声色状貌，又能缓和语气，减慢节奏，这是梅尧臣营造闲淡深远诗风的一种表现技巧。而在苏舜钦的山水诗中，诗人更多地使用联绵词来形容景物。请看"晚色微茫至，前山次第昏"（《晚意》）；"淮天苍茫背残腊，江路逶迤逢旧春"（《送陈进士游江南》）；"云山相照翠会合，殿阁对走凉参差"（《无锡惠山寺》）；"远岭抱淮随曲折，乱云行野乍阴晴"（《寿州闲望有感》）；"水月澄明应作观，云山浓淡自开屏"（《清轩》）这些联绵词构成的形容词，有的是双声，有的是叠韵，用以描摹景物情状，显得生动曲折，并兼得视觉和听觉之美。

苏舜钦这种具有雄豪风格的山水诗，大多想象奇特，意境高远阔大，如《越州云门寺》《天平山》《奉酬公素学士见招之作》等。试看他的名篇《中秋夜吴江亭上对月怀前宰张子野及寄君谟蔡大》：

独坐对月心悠悠，故人不见使我愁。古今共传惜今夕，况在松江亭上头。可怜节物会人意，十月阴雨此夜收。不惟人间重此月，天亦有意于中秋。长空无暇露表里,拂拂渐上寒光流。江平万顷正碧色,上下清澈双璧浮。自视直欲见筋脉,无所逃遁鱼龙忧。不疑身世在地上,只恐槎去触斗牛。景清境胜反不足,叹息此际无交游。心魂冷烈晓不寐,勉为笔此传中州。

这首诗写吴江中秋月色,表现诗人对一种光明莹澈的理想境界的追求。诗的意境壮阔。其中描写天上皓月江中月影如双璧浮沉辉映,月光把诗人照得全身透明,使他能够分辨出筋络血脉,照得江水澄明见底,使水中潜伏的鱼龙无处藏身,这种对月光穿透事物的想象,生新奇特,加上诗中把写景和抒怀、议论巧妙地糅合,都显示出苏舜钦避熟就生、推陈出新的艺术追求。

三 雄豪与古淡的融合

雄豪是苏舜钦山水诗的主要风格,此外还有多种风格。舜钦主张"豪横""闳放""劲峭""气雄"。他称宋中道的诗"豪横不可挫,怒奔时旁出"(《答宋太祝见赠》),称陆经的诗"闳放莫可攀"(《和子履雍家园》),称石延年的诗"劲语蟠泊""气横意举"(《石曼卿诗集序》),称杜叔温的诗"劲峭严密"(《大理评事杜君墓志》),称叶清臣的诗"气雄迥出关河外"(《某为世所弃,困居于苏,平生交游过门不顾,长安侍读叶丈不以秦吴之远、高下之隔,闵此穷悴,特贶以诗,然韵险句奇,不可攀续,仰酬高谊,强扶芜音》)。同时他也提倡"古淡""精趣"。在《诗僧则晖求诗》中说:"会将趋古淡,先可去浮嚣。"《答梅圣俞见赠》诗中说:"至于作文章,实亦少精趣。"因此,他的山水诗也有一些幽静、闲淡、平和之作。例如:

鉴湖尽处众峰前,寺古萧疏水石间。殿阁北垂连禹庙,松筠东去入稽山。坐中岩鸟自上下,吟久溪云时往还。我厌区区走名宦,未能来此一生闲。

——《大禹寺》

一径抱幽山,居然城市间。高轩面曲水,修竹慰愁颜。迹与豺狼远,心随鱼鸟闲。吾甘老此境,无暇事机关。

——《沧浪亭》

这类闲淡平和之作，比梅尧臣同类作品逊色。但舜钦有时能将雄豪和闲淡这两种风格融合起来，在幽寂闲淡中流露出雄放豪荡的主流本色。如他的七绝杰作《淮中晚泊犊头》：

> 春阴垂野草青青，时有幽花一树明。晚泊孤舟古祠下，满川风雨看潮生。

刘克庄《后村诗话》前集卷二称此诗"极似韦苏州"。确实，此诗与韦应物名篇《滁州西涧》"独怜幽草涧边生，上有黄鹂深树鸣。春潮带雨晚来急，野渡无人舟自横"相比，在意象营造、色彩渲染、遣词造句、风神趣味等方面，都有相似之处。但细加品味，韦写闲游，旁观春潮野渡，意态安静闲适；苏写旅况，是身在孤舟之中遇见风雨潮生，情绪起伏不平。诗的结句，令人如见诗人冷对风雨怒潮的兀傲、倔强神态。陈衍《宋诗精华录》卷一○评云："视'春潮带雨晚来急'，气势过之。"这种明快、疏宕、奔放的气势与石延年的作风是前后相承的。

四 对杜诗"豪迈哀顿"风格的继承

苏舜钦追步王禹偁，同是开北宋学习杜诗风气的人物之一。他很早就搜求杜诗，29岁便整理编辑了《杜甫别集》，他的一些山水诗在造语用字方面都学习借鉴了杜诗。例如《秋宿虎丘寺数夕执以诗见贶因次元韵》的"峡束苍渊深贮月，岩排红树巧装秋"二句，便是从杜甫的名句"峡束苍江起，岩排石树圆"化出。他认为杜诗的风格是"豪迈哀顿"（《题杜子美别集后》）。他的山水诗在这一点上与杜甫有相通之处。前引《游雪上何山》即颇似杜甫七律的风格，再看一首《晚泊龟山》：

> 南湾晚泊一徘徊，小径山间佛寺开。石势向人森剑戟，滩光如月泻琼瑰。每伤道路销时序，但屈心情入酒杯。夜籁不喧群动息，长吟聊以寄余哀。

宋末方回说："苏子美壮丽顿挫，有老杜遗味。"（《瀛奎律髓》卷二二）这首诗确有壮丽、郁勃、顿挫的杜诗风味。

苏舜钦的山水诗各体兼备，既有《蓝田悟真寺作》和《游山》这样长达二十五韵与五十韵的五七言古体,也有《新开湖晚霁》和《吴江岸》等五七言绝句小诗。与长于五言的梅尧臣相比,他的七言诗数量所占比例较大,佳作也更多。

苏舜钦的山水诗也有不足之处:有时构思比较平庸,语言粗糙率直,意蕴发露无余,失之粗豪。在写景与议论的组合与转折方面,也常显得生硬。这与他性格豪放、不肯精心锤炼有关。由于英年早逝,也使他的诗未能达到成熟的境界。但他以雄豪的风格、阔大的意境,在梅尧臣之外,为宋代山水诗开辟另一条路径,对后来的诗人特别是苏轼的山水诗创作有很大的影响。

第四节 情意深婉的醉翁山水吟

一 欧阳修山水诗的三个丰收期

欧阳修(1007—1072),字永叔,号醉翁,晚号六一居士,庐陵(今江西吉安)人。天圣八年(1030)进士,任西京留守推官,召试学士院,充馆阁校勘。庆历三年(1043),知谏院,擢知制诰,出知滁、扬、颍等州,十一年后召为翰林学士。嘉祐五年(1060)任枢密副使,次年拜参知政事。熙宁四年(1071)以太子少师致仕。卒谥文忠。

他是著名的政治家、文学家、史学家,是名重一时的文坛领袖。他提出了一系列诗歌革新的理论主张。他说:"诗之作也,触事感物,文之以言,善者美之,恶者刺之。"(《诗本义·本末论》)要求诗歌传达人民的情感,发挥讽喻劝诫作用。他特别强调诗歌要有真情实感,反对无病呻吟、闭门造车,并提出诗"穷而后工"的著名论点,认为困顿失意的人有满腔激愤之情要发泄,所以能写出好诗文。他主张诗歌的语言要平易自然,反对生硬怪僻。他很重视诗歌的艺术感染力,称赞韩愈的诗能"资谈笑,助谐谑,叙人情,状物态,一寓于诗,而曲尽其妙"(《六一诗话》),又颂扬梅尧臣的诗能"本人情,状风物,英华雅正,变态百出。哆兮其似春,凄兮其似秋;使人读之,可以喜,可以悲,陶畅酣适,不知手足之将鼓舞也"(《书梅圣俞稿后》)。在这些诗歌理论指导下,他的诗歌既能与现实紧密结合,反映民生疾苦,揭露社会矛盾,又能多方面地深刻地抒写个人生活经历和内心感受,表现自然山水之美。他今存诗歌860余首,其中就有不少山水题材的。这些山水诗主要写于各地州县任职期间。其一是入仕初期官西京留守推官时。他常与洛阳的文人名士一道读书作文、饮酒赋诗、游览洛阳名胜。他们或登龙门远眺，或泛舟垂钓于伊水。他还同梅尧臣一道游览中岳嵩山，徘徊于古寺名泉之间，又在巩县（今河南巩义）壮观浊浪滚滚的黄河。当时他少年得意，才情勃发，面对山水胜景，心旷神怡，诗思泉涌，写下了山水纪游诗《游龙门分题十五首》《伊川独游》《嵩山十二首》，还有长达490字的《巩县初见黄河》等。这是他的山水诗创作的第一个丰收期。其二是景祐三年（1036）因上书抨击谏官高若讷被贬夷陵（今湖北宜昌）县令时。夷陵虽是荒僻贫穷的小县，但倚山临江，风景幽美，县城西就是三峡，附近还有牢溪、黄牛峡等风景点。这时他寄情于山水，排遣内心中的贬谪失意之感，写下了《夷陵九咏》《黄溪夜泊》《和丁宝臣游甘泉寺》等山水诗。其三是庆历五年（1045）三月，因为范仲淹为首的庆历新政失败，他被贬滁州（今安徽滁州）任太守。滁州四面环山，景色宜人，其西南诸峰，林壑尤美。他来此后，施政简宽，不求声誉，常放情诗酒，遨游山水。这时他自号"醉翁"，也有陶醉于山水的意味。留下的山水诗篇有《丰乐亭游春三首》《幽谷泉》《题滁州醉翁亭》《游琅玡山》《琅玡山六题》等。著名的山水散文《丰乐亭记》《醉翁亭记》也作于此时。滁州三年，是欧阳修诗歌创作的又一个丰收期。此后是庆历八年（1048）和皇祐元年（1049）徙知扬州（今属江苏）、颍州（今安徽阜阳）到至和元年（1054）归颍居住时期。扬州是东南的繁华都会，也是风景名胜之地。颍州城西有号称"十顷碧玻璃"的西湖。他在扬州邗江边筑平山堂，在颍州西湖种瑞莲黄杨，并在西溪上架了三座小桥。在游赏两地及附近州县自然的和人文的景观中，写了《三桥诗》《初至颍州西湖》《西湖泛舟呈运使学士张》《初夏西湖》《题金山寺》《甘露寺》等。这以后，由于他主要在汴京任职，官越做越大，政务繁忙，朝廷中政治斗争激烈，他的心情也渐趋于消沉苦闷，山水诗就越来越少了。

欧阳修毕生奉儒，以重建儒家道统为己任，但实际上他受佛道思想影响很深。他性格开朗，胸襟旷达，因此在他被贬外放期间，除了在初到夷陵的很短日子里对被贬的遭遇耿耿于怀外，大多数时间都能以佛家超脱世俗忘怀得失的人生态度放浪山水，陶醉自然，或自得其乐，或与民同乐。他的山水诗中的感情基调是乐观旷达的，诗中的抒情主人公形象潇洒自在、悠然自得。他还经常在诗中直接表达醉心山水、与自然相亲的思想感情，如"蹑蹻上高山，探险慕幽赏"（《游龙门分题十五首·上山》），"身闲爱物外，趣远谐心赏"（《伊川独游》），"弄舟终日爱云山"（《三游洞》），"惟有山川为胜绝，寄人堪作画图夸"（《寄梅圣俞》），"终年迁谪厌荆蛮，唯有江山兴未阑"（《离峡州后回寄元珍表臣》），"伊川不到十年间，鱼鸟今应怪我还。浪得浮名销壮节，羞将白发见青山"（《再至西都》），等等。这是他的山水诗与梅、苏山水诗的相异之处，也是他的山水诗深受历代读者喜爱的一个重要原因。

二 清丽妩媚的近体山水诗

从艺术表现角度看，欧阳修山水诗的自然景物意象，的确不如梅尧臣、苏舜钦新颖奇警，诗的独特个性也不似梅、苏那样鲜明突出。但欧阳修能融合梅、苏二人之长，在山水诗中表现出丰富多样的风格，大致因体式异。其近体山水诗颇似李白诗"清水出芙蓉，天然去雕饰"的风格，清丽妩媚或清新自然。诗中常引入叙事与议论，但能同实景的描绘融合，既显出思致之美，又富于情韵。例如贬谪夷陵时的两首七律：

> 楚人自古登临恨，暂到愁肠已九回。万树苍烟三峡暗，满川明月一猿哀。非乡况复惊残岁，慰客偏宜把酒杯。行见江山且吟咏，不因迁谪岂能来。
>
> ——《黄溪夜泊》
>
> 春风疑不到天涯，二月山城未见花。残雪压枝犹有橘，冻雷惊笋欲抽芽。夜闻归雁生乡思，病入新年感物华。曾是洛阳花下客，野芳虽晚不须嗟。
>
> ——《戏答元珍》

这两首诗尽管都仅有一联集中写景，但山川景色却笼盖全篇。前首绘出一幅三峡月色图，后首展现一轴山城早春画。两首诗都把写景与抒情议论紧密结合。前首巧妙地化用了宋玉《九辩》、司马迁《报任安书》、柳宗元《登柳州城楼》、杜甫《秋兴八首》其一和《登高》，以及《水经注·江水》所引巴东渔歌等前人诗文语意，不露痕迹，显得思深情长。后一首把远谪的感伤、时逢早春的朦胧希望、往事的追念，以及对目前生活的超脱宽解等复杂情思曲曲写出。"残雪""冻雷"一联，在写景中既蕴含哲理，又象征自我的倔强性格乐观情怀。全诗确如方回所说"句句有味"（《瀛奎律髓》卷四)。总之,前首清新自然,显出宋诗格调;后首清丽深隽,大有唐贤遗风,却都有雍容平和、雅致流畅的风调,既有别于苏舜钦的豪放雄奇,也不同于梅尧臣的平淡瘦劲,这是欧阳修七律山水诗的特色。

他的山水绝句略逊于律诗,但也有优秀篇章,如:

> 寒川消积雪,冻浦渐东流。日暮人归尽,沙禽上钓舟。
>
> ——《晚过水北》
>
> 红树青山日欲斜,长郊草色绿无涯。游人不管春将老,来往亭前踏落花。
>
> ——《丰乐亭游春三首》其三

前一首写傍晚舟行所见,通篇写景,白描真切,颇见情趣。后一首写游春之景与恋春之情,先景后情,景色清丽,情致缠绵。

三 兼学李白、韩愈的古体山水诗

比起近体来,欧阳修的古体山水诗更有特色和成就。他在这些诗中自由灵活地把写景和抒情、议论熔为一炉。在表现手法上学习韩愈以文为诗,运用古文章法,讲究转折顿挫,虚实正反;多用散句,间或骈偶对仗,甚至通首散行;长短句杂出,有时还采用散文的句子结构并用散文常见的语气助词、介词、结构助词等。在用韵方面,其五古用韵变化较少,七古用韵多变,善于随着情感变化而调换韵脚。这使他的古体山水诗兼具诗歌美和散文美。例如《飞盖桥玩月》:

> 天形积轻清,水德本虚静。云收风波止,始见天水性。澄光与粹容,上下相涵映。乃于其两间,皎皎挂寒镜。余辉所照耀,万物皆鲜莹。矧夫人之灵,岂不醒视听?而我于此时,翛然发孤咏。纷昏忻洗涤,俯仰恣涵泳。人心旷而闲,月色高愈迥。唯恐清夜阑,时时瞻斗柄。

此诗写他于盛夏之夜在飞盖桥上观赏湖光月色的感受。全篇从议论天之轻清与水之虚静落笔,然后借喻象"寒镜"的映照描绘月下的清幽皎洁景象,并使月色的高迥与人心之旷闲相互映照,构建出人与天地万物融为一体的澄明境界。诗中"乃于""矧夫""唯恐"都是散文笔法,使诗意转折顿挫。散文的章法、句法与议论之妙,在这首山水诗中发挥得淋漓尽致。

欧公的七古比五古又胜一筹。试看他的七古短章山水诗《晚泊岳阳》:

> 卧闻岳阳城里钟,系舟岳阳城下树。正见空江明月来,云水苍茫失江路。夜深江月弄清辉,水上人歌月下归。一阕声长听不尽,轻舟短楫去如飞。

诗写羁旅愁思,深藏不露,句句写景,情融景中。全诗以"城里钟"起,以"月下歌"止,章法严谨,而诗句平易流畅,情意深婉曲折。方东树《昭昧詹言》卷一二评欧阳修诗"情韵幽折,往返咏唱,令人低徊欲绝,一唱三叹,而有遗音,如啖橄榄,时有余味"。此诗即是典型的一例。

他的七古山水诗主要向李白、韩愈学习,风格亦颇有相似之处。似李白,不在笔墨之恣肆,而在风情之洒脱;似韩愈,不在辞语之险怪,而在气格之恢宏。似韩愈的七古山水诗名篇有《巩县初见黄河》《菱溪大石》《沧浪亭》等。而他自以为得意的力作是步趋李白的《庐山高赠同年刘中允归南康》:

> 庐山高哉几千仞兮,根盘几百里,巀然屹立乎长江。长江西来走其下,是为扬澜左里兮,洪涛巨浪日夕相舂撞。云消风止水镜净,泊舟登岸而远望兮,上摩青苍以晻霭,下压后土之鸿庞。试往造乎其间兮,攀缘石磴窥空谾。千岩万壑响松桧,悬崖巨石飞流淙。水声聒聒乱人耳,六月飞雪洒石矼。仙翁释子亦往往而逢兮,吾尝恶其学幻而言哤。但见丹霞翠壁远近映楼阁,晨钟暮鼓杳霭罗幡幢。幽花野草不知其名兮,风吹露湿香涧谷,时有白鹤飞来双。幽寻远去不可极,便欲绝世遗纷哤。羡君买田筑室老其下,插秧盈畴兮,酿酒盈缸。欲令浮岚暖翠千万状,坐卧常对乎轩窗。君怀磊砢有至宝,世俗不辨珉与玒。策名为吏二十载,青衫白首困一邦。宠荣声利不可以苟屈兮,自非青云白石有深趣,其气兀硉何由降?丈夫壮节似君少,嗟我欲说安得巨笔如长杠!

据叶梦得《石林诗话》卷中载,欧阳修曾对其子欧阳棐说:"吾《庐山高》，今人莫能为，惟李太白能之。"梅尧臣《依韵和郭祥正秘校遇雨宿昭亭见怀》诗中也称赞："一诵《庐山高》，万景不得藏。……设令古画师，极意未能详。"甚至说："使吾更作诗三十年，亦不能道其中一句。"（胡仔《苕溪渔隐丛话·前集》引《王直方诗话》）诗人描写庐山风景，奇兀雄阔，变幻莫测，气势磅礴。全诗句型长短错落，一韵到底，富于参差跌宕、音节流走铿锵之美，确有神似李白《庐山谣寄卢侍御虚舟》之处。但诗中有意大量运用散文句式和奇字僻字，议论多，又似韩愈作风。此诗宛若笔墨淋漓酣畅的巨幅山水，不失为宋代山水诗中的杰作，但尚不如李白的《庐山谣寄卢侍御虚舟》想象奇丽而又飘逸自然，而显得过于着力和做作。事实上他学李白最成功的是《春日西湖寄谢法曹歌》：

> 西湖春色归，春水绿于染。群芳烂不收，东风落如糁。参军春思乱如云，白发题诗愁送春。遥知湖上一尊酒，能忆天涯万里人。万里思春尚有情，忽逢春至客心惊。雪消门外千山绿，花发江边二月晴。少年把酒逢春色，今日逢春头已白。异乡物态与人殊，惟有东风旧相识。

诗写伤春怀人，却从对面落笔，手法高明。前半段写想象中的颍州西湖春色，后半段写自己身在的夷陵春色，一虚一实，一彼一我，相映成趣，衔接无痕，而转折又宛转舒徐；语言清新淡雅，"雪消""门外"一联写景明秀高远；全诗四句一转韵，按照情感变化换韵非常自然，从而形成一种流丽委婉、声情俱美的风格，既神似李白，又有自己的特色。这是他的七古山水诗的精品。

欧阳修山水诗的散文化、议论化是他为建立宋诗独特风貌所进行的探索。这有利于自由灵活地描写山水、记叙游踪、抒发感情和揭示哲理；却往往失于分散笔墨，不能鲜明、集中地刻画山水景物形象，有时更造成诗歌流于枯燥迂腐、生硬古奥、直露率易。但他作为政界重臣和文坛盟主，其诗歌创作的影响要大于梅、苏。他所倡导并在创作实践中取得较大成绩的平易晓畅的诗风，显示了宋诗已经形成了具有时代特色的语言风格，为广大的作者和读者所接受，从而为宋诗包括山水诗展示了广阔的发展前景。

第五节 名臣诗人

北宋中叶，除欧阳修外，在朝廷中身居要职的名臣诗人为数甚多，其中写出优秀的山水诗的，有范仲淹、曾公亮、余靖、韩琦、韩维、司马光等。

一 范仲淹：在山水中写出胸襟抱负

范仲淹（989—1052），字希文，苏州吴县（今属江苏）人。真宗大中祥符八年（1015）进士。仁宗朝仕至枢密副使，参知政事。卒谥文正，世称范文正公。他是北宋著名政治家，曾主持庆历新政，提出十项改革弊端的措施。在西北守边时抵抗西夏入侵，功绩卓著。他怀抱"先天下之忧而忧，后天下之乐而乐"（《岳阳楼记》）的精神从政，并且尚节操、厉廉耻，身体力行，激励士风。黄庭坚称赞他是"当时诸公间第一品人"（《跋范文正公诗》）。朱熹更说："本朝惟范文正公振作士大夫之功为多。"（《朱子语类》）有《范文正公集》，其中诗四卷。《全宋诗》辑录其诗六卷。

范仲淹与林逋等山林隐士有交往，他也性爱山水，曾说"车马纵能欺倦客，江山犹可助骚人"（《试笔》）；"文藻凌云处，定喜江山助"（《送谢景初廷评宰余姚》）。他在《题翠峰院（范蠡旧宅）》诗中更自豪地写道："翠峰高与白云闲，吾祖曾居水石间。千载家风应未坠，子孙还解爱青山。"作为一位政治家，他的山水诗有寄托怀抱、讽喻世态之作。如《射阳湖》云："纵横皆钓者，何处得嘉鱼。"《出守桐庐道中十绝》其一云："雷霆日有犯，始可报君亲。"《赴桐庐郡淮上遇风三首》之三写道："一棹危于叶，傍观亦损神。他时在平地，无忽险中人。"作者在风浪中自勉，日后到了平地，不要忘记还有在险境中的人。宋人黄彻《䂬溪诗话》卷八论此诗说："虽弄翰戏语，卒然而作，兼济加泽之心，可见未尝忘也。"这一类诗并不着意描摹山水景色，而侧重议论寄托，颇能见其怀抱，在山水诗中别具一格。他也有把胸襟抱负融入比较鲜明的山水景物形象中的作品，例如《庐山瀑布》："灵源何太高，北斗想可挹。凌日五光直，逗云千仞急。白虹下涧饮，寒剑倚天立。阔电不得瞬，长雷无敢蛰。万丈岩崖坼，一道林峦湿。险逼飞鸟坠，冷束山鬼泣。须当截海去，独流不相入。"在咏赞瀑布景象中寄托着自我的理想抱负,写得雄奇豪放,可与唐代开元名相兼诗人张九龄的《湖口望庐山瀑布》前后映照。又如:

> 嵩高最高处,逸客偶登临。回看日月影,正得天地心。念此非常游,千载一披襟。
> ——《和人游嵩山十二题·中峰》

> 有浪即山高,无风还练静。秋宵谁与期,月华三万顷。
> ——《太湖》

同样在描绘山水的高朗或阔大的气象中表现其胸襟怀抱,但更曲折含蓄。我们再看他的五律名篇《野色》:

> 非烟亦非雾,幂幂映楼台。白鸟忽点破,夕阳还照开。肯随芳草歇,疑逐远帆来。谁会山公意,登高醉始回。

诗人妙用以实写虚手法,不仅把迷离恍惚的"野色"表现得可视可触,而且透过这朦胧野色,展开一幅清逸淡远的山水画。宋人吴子良《荆溪林下偶谈》卷二评云:"司马池(司马光之父)诗云:'冷于陂水淡于秋,远陌初穷见渡头。赖得丹青无画处,画成应遣一生愁。'前辈称之。此诗惟第一句最有味。范文正公《野色》诗第二联亦岂下于池诗乎?此梅圣俞所谓状难写之景如在目前也。"评得中肯。但此诗不但能状难写之景如在目前,更能含不尽之意见于言外。诗中"山公"是晋朝名臣征南将军山简,他曾在与敌军对峙时为安定军心特意在野外张宴畅饮。范仲淹此诗作于守边期间,面对西夏侵扰,也效山简野外邀宴。故而尾联曲折含蓄地透露他以古代名臣自任的抱负和胸中有数万甲兵的韬略。可见,他的山水诗虽有雄放和淡远的不同风格,但其深沉的思想蕴含却是一致的。有第一等襟抱,方有第一等真诗,这就是政治家范仲淹的山水诗歌给予后人的启迪。

二 曾公亮:孤篇传世,气象雄奇

曾公亮(998—1078),字明仲,晋江(今福建泉州)人。天圣二年(1024)进士。嘉祐中,拜吏部侍郎、同中书门下平章事。熙宁二年(1069)进昭文馆大学士,后以太傅致仕。有文集三十卷,已佚。《全宋诗》辑录

其诗四首,其中有一首山水诗《宿甘露僧舍》:

> 枕中云气千峰近,床底松声万壑哀。要看银山拍天浪,开窗放入大江来。

甘露寺在今江苏镇江北固山上,下临长江,此诗写他高卧古寺中面对雄伟壮阔的江山的亲切感受和强烈向往之情,写法是虚实结合、内外交流、小中见大。特别是后两句写推开轩窗,把银浪拍天的大江放进来,想象奇谲,气魄雄浑,富于浪漫色彩。近人陈衍《宋诗精华录》评赞道:"东坡《南堂》绝句之一'挂起西窗浪接天',似尚当弟畜。"仅此一诗,曾公亮在宋代山水诗史上便应占一席位置。

三 余靖:善写岭南山川

余靖(1000—1064),本名希古,字安道,韶州曲江(今广东韶关)人。天圣二年(1024)进士。因上疏谏罢范仲淹事被贬。庆历中为右正言,赞助庆历新政,曾三次使辽,通晓契丹语,以作"蕃语诗"被劾贬官。皇祐年间再被起用,知桂州,后加集贤院学士,官至工部尚书。卒谥襄。有《武溪集》,《全宋诗》辑录其诗2卷。他的山水诗以五言为主,古体长篇有《夏日江行》《过大孤山》,写得颇为雄壮。近体诗佳篇秀句更多。他曾先后出知漳州、桂州、广州,在他的诗中比较真切地描绘了岭南的山川景色。晚年所作五律《山馆》云:"野馆萧条晚,凭轩对竹扉。树藏秋色老,禽带夕阳归。远岫穿云翠,畲田得雨肥。渊明谁送酒?残菊绕墙飞。"描绘山馆的萧条凄清,抒发孤独寂寞的情怀。中两联写景,字句凝练。《宋诗钞·武溪诗序》评其诗"坚炼有法"。此诗以及"双涧流寒月,千峰积暮云"(《留题龙光禅刹呈周长老》),"月色依山尽,秋声带雨来"(《桂园早行》),"急雨失溪声,残灯淡窗影"(《山寺独宿》)等景联均可作例证。

四 张方平:登览山水,吊古怀贤

张方平(1007—1091),字安道,号乐泉居士,应天宋城(今河南商丘)人。仁宗景祐元年(1034),举茂才异等,为校书郎、知昆山县。又举贤良方正,迁著作佐郎、通判睦州。后又历官知制诰,权知开封府,御史中丞等。神宗初年，除参知政事，与王安石政见不合，又转徙外郡，以太子少师致仕。他对"三苏"父子很赏识，曾提携奖掖。有《乐全集》40卷，《全宋诗》辑录其诗4卷。他曾自称："少有事四方，自宋、卫、陈、蔡、荥、洛、陕、蒲、河之北、山之东，淮服之南，历游而已。至于是邦，必问其俊豪而从之。"（《答孙生秀才书》）后来，他又先后在江南和西北多处州县任职，所到之处，都发为山水吟唱。仅在赴益州途中，就写了20多首五七言律绝诗，岐山、灞桥、青泥岭、华州西溪、张真人洞、筹笔驿、剑门关、华山、泥溪驿、嘉川驿、飞仙阁岭、乱石溪、青阳峡等风景名胜，都被他一一生动描绘出来。例如《雨中登筹笔驿后怀古亭》："山寒雨急晓冥冥，更蹑苍崖上驿亭。深秀林峦都不见，白云堆里乱峰青。"语言清健，绘景如画，颇有诗味。他的山水诗的鲜明特色，是把山川登览与吊古怀贤的慷慨情思结合起来，《暮秋登彭祖楼》《邦翠楼》《函谷关》等都是这一类作品。写得最突出的是《登泰山太平顶》：

  区区鲁国争蜗角，蠢蠢齐城碛猬毛。万壑相倾知地险，浮云忽散觉天高。苍烟自古埋尘世，红日中霄破海涛。七十二君迷旧迹，空教秦汉侈心劳。

诗人登高壮观，感慨战国群雄逐鹿、秦汉王朝大业皆为历史陈迹，不禁发出尘世沧桑英雄云散的浩叹。写景笔触雄劲粗犷，境界阔大深远。此种慷慨悲歌的登临怀古之作，在当时山水诗中应属凤毛麟角。

五　韩琦：山水诗中有贤相识度

韩琦（1008—1075），字稚圭，自号赣叟，相州安阳（今属河南）人。天圣进士。任陕西安抚使时，与范仲淹共同防御西夏，人称"韩范"。后召为枢密副使，复拜同中书门下平章事，累官至右仆射、司徒兼侍中，封魏国公。一生辅三朝，立英宗、神宗二帝，决断社稷大策，平时以识拔人才为急务，为朝廷中举足轻重的大臣。著有《安阳集》50卷传世，《全宋诗》辑录其诗21卷。

他曾题刘御药画册说："观画之术，惟逼真而已。得真之全者绝也，得真者上也，非真者下矣。"（《宋诗钞·安阳集钞》序引）他又赞富弼的诗："公思如天匠，春物归裁剬。珍丛与奇葩，万态极婉娈。一一得天真，仿象困雕剪。"(《谢资政富公再以近诗见寄》）可见，他作诗追求"逼真""天真"，反对雕琢。事实上他作诗也大都是率意写来，无暇精工细琢，却有真情实感，表现出一位名臣贤相的开阔视野与雍容气度。他的山水诗鲜明地体现出这些特色。如《寄题广信军四望亭》："西北云高拂女墙，危亭虚豁望中长。田间堤陌成新险，天外江山是旧疆。古道入秋漫禾稷，远坡乘晚下牛羊。凭栏多少无言恨，不在归鸿送夕阳。"此诗约作于晚年留守北京（今河北大名）时，诗人在表现登高远望所见的北方边疆景色中显示出开阔的视野与气势，也流露出他对北宋朝廷未能收复燕京、云州的憾恨。中间两联写景自然，不假锻炼。

《宋诗钞》评韩琦诗："意思深长，有锻炼所不及。理趣流露，皆贤相识度。"是很中肯的。韩琦的山水诗往往能从平常的景物引发出哲理的思考。例如他的《九日水阁》中的"虽惭老圃秋容淡，且看黄花晚节香"一联，表现出他作为一代名臣对于晚节的重视，正是他所说"保初节易，保晚节难，故晚节事尤著，所立特完"（《皇朝类苑》）的诗意化与哲理化。其他如《出山口》的"始知经尽险，终得坦然平"，《郡圃春晚》中的"沉疴不为闲来减，流景知从静处长"等句，都有"意思深长"的"理趣"。我们再看他的七律名篇《北塘避暑》：

> 尽室临塘涤暑烦，旷然如不在尘寰。谁人敢议清风价，无乐能过百日闲。水鸟得鱼长自足，岭云含雨只空还。酒阑何物醒魂梦，万柄莲香一枕山。

这首诗约作于他晚年因反对新法、罢相守北京之后。全篇表现出他的宽阔胸襟和雍容气度。"水鸟""岭云"一联，熔情、景、理于一炉，以象征手法揭示出知足保和、来去无心、超尘拔俗的人生哲理，尤耐人寻味。总之，韩琦山水诗真情与理趣结合的特色是值得注意的。

六 韩维：诗风古淡疏朗

韩维（1017—1098），字持国，颍昌（今河南许昌）人。以父荫入官，父丧，闭门不仕。仁宗时由欧阳修荐知太常礼院。英宗朝进知制诰。神宗初除龙图阁直学士，又为学士承旨。哲宗即位，召为门下侍郎，以太子少傅致仕。有《南阳集》传世，《全宋诗》辑录其诗14卷。

韩维生于名臣之家。父韩亿曾为参知政事，兄韩绛历任枢密副使、参知政事、同中书门下平章事，封康国公；弟韩缜亦知枢密院事，拜尚书右仆射兼中书侍郎，卒赠司空、崇国公。父子四人不仅皆为朝廷重臣，显赫一时，而且亦皆善诗文，并常与当时文坛重要人物欧阳修、梅尧臣、苏舜钦及司马光、王安石等人以诗歌互相赠答。他对杜甫诗推崇备至，在《读杜子美诗》中称杜诗"高言大义经比重，往往变化安能常"，"太阳重光烛万物，星宿安得舒其芒"，并说自己"读之踊跃精胆张，径欲追蹑忘愚狂。徘徊揽笔不得下，元气混浩神无方"。同时，他也称赞欧、苏、梅诗。赞颂欧是"翰林文章伯，好古名一世，精庄与飘逸，两自有余意"（《和永叔小饮怀同州十学士》）；称扬苏诗"腾骧""汪洋""峻严""奔放"（《答苏子美见寄》）；高度评价梅诗"煌煌新诗章，垂光照昏蒙"，"中有冲淡意，要以心智穷"（《览梅圣俞诗编》）。而他的诗歌创作，也分明显示了杜、韩、欧、梅、苏特别是梅的影响。

他的诗以酬唱诗、山水诗和田园诗数量最多。就山水诗来说，他的七言律诗和古诗更接近苏舜钦的雄肆风格。七律如《和詹叔游庐山见寄》："香炉峰色压群山，仰眺频欹使者冠。江面烟波摇紫翠，佛宫金碧照晴寒。密藏幽谷梅千树，散走鸣泉竹万竿。今日顿惊尘虑尽，一章佳句雪中看。"色彩艳丽，境界壮阔，颇似苏子美。而七古长篇《孔先生以仙长老山水略录见约同游作诗答之》，描写了"群峰罗立青巉巉，中有佛庙名香严。飞泉汹涌出峰后，四时激射喧苍岩。跳珠喷雪几百丈，下注坎险钟为三。援萝俯瞰石底净，明镜光溢青瑶函。……仰窥阴洞看悬乳，白龙垂须正鬖鬖"等雄奇瑰丽的山水景色，又抒发"人生萧散不易得，常苦世累为羁衔"的情怀，风格也逼肖苏舜钦诗。

但他的山水诗主导风格是梅尧臣式的简练古淡，主要体现在五言古体和近体作品中。在"状难写之景如在目前"方面，差可与梅诗相颉颃。如《同曼叔游菩提寺》："高城如破崖，寺带乔木古。禅房掩清昼，佛画剥寒雨。荒池野蔓合，浊水佳莲吐。萧条联骑游，淡泊对僧语。秋风日夕好，胜事从此数。"诗中句法新颖，"带""掩""剥""合""吐"等字眼锤炼精警，使所描绘的景物形象颇为新鲜、生动。他的五言诗状景逼真、意象独特的警句很多，诸如："重云默玄幕，孤月隐白壁"（《朝发灵树寄曼叔师厚》）；"山穷远川出，始见滍阳树"，"清泉给盥濯，凉风生仰俯"，"清光出深竹，叶上露如雨"（《滍城》）；"浮云散朝阴，初日动晴煦"（《晓出郊过方秀才舍饮》);"密雨昏远林,轻寒旁修竹"(《西园》);"晴霜落波底,斗柄插堤外"(《舟中夜坐》);等等。至若"寒鼓出城重,飞星过楼急"(《晚过象之葆光亭步月》),状景更得老杜神韵。

他的五古山水诗多用仄韵,有的五古仄韵山水诗又有意在中两联用对仗句集中描绘自然景色,例如名篇《下横岭望宁极舍》:

驱车下横岭,西走龙阳道。青烟几人家,绿野四山抱。鸟啼春意阑,林变夏阴早。因近先生庐,民风故醇好。

"青烟""绿野"一联,状景如画,饶有风致;"鸟啼""林变"一联,学谢灵运"池塘生春草,园柳变鸣禽"(《登池上楼》),得其神味,又显出宋诗观察细致、长于思索的特点。全篇既严饬工整,又自然流转,而其古淡的韵味则得益于押仄韵。《王直方诗话》称此诗"当时无不传诵"。

《宋诗钞·南阳集钞序》评韩维诗:"其深远不及圣俞,温润不及永叔。然古淡疏畅,故足为两家之鼓吹也。"很精当。在北宋中期的名臣诗人中,韩维山水诗的成就是较为突出的。

七 司马光:恬淡有理趣的山水诗

司马光(1019—1086),字君实,号迂夫,晚号迂叟。陕州夏县(今属山西)涑水乡人,世称涑水先生。仁宗景祐五年(1038)进士。神宗朝擢翰林学士,除权御史中丞。因反对王安石变法,于熙宁四年(1071)判西京御史台,退居洛阳达十五年。哲宗元祐元年(1086)起用旧党,他被任命为尚书左仆射兼门下侍郎,主持朝政,乃废除新法。在相位八月而卒,谥文正,赠太师、温国公。他是著名史学家、政治家,政治上反对新法最坚决,被看作旧党领袖,性格较保守固执,但为人正直磊落,务实敢言,律己严谨,以安民为己任。每过州县,不欲人知,并以"平生不妄语"自勉,所以很得人心,死后京师人罢市往吊。平生著述甚多,所撰《资治通鉴》294卷,为编年史皇皇巨著。有《温国文正司马公文集》传世,《全宋诗》辑录其诗15卷。

他著有《续诗话》,意在补充和继续欧阳修的《六一诗话》。在《续诗话》中说:"古人为诗,贵于意在言外,使人思而得之……近世诗人,惟杜子美最得诗人之体。"在评论其他诗人作品时,明显以志向气节为主要着眼点。他写了大量的唱酬赠答之作,描写园林幽居生活的诗也很多。他的山水诗多抒写优游自适之乐。由于他是一位学养深厚、思理邃密的史学家和思想家,也由于他与终身布衣的理学家邵雍交谊深厚,来往密切,时相唱酬,受其影响,因此他的诗在恬淡安闲的情趣中又蕴含深邃隽永的理趣。诗中所揭示的理,有邵雍所说"道为天地之本,天地为万物之本"(《观物内篇》)的自然宇宙哲理,也有乐天知命、知足保和的人生哲理,当然还有作为一位政治家关于人的志向节操才德的哲理思考。例如:

> 草软波清沙径微,手持筇竹著深衣。白鸥不信忘机久,见我犹穿岸柳飞。
> ——《独步至洛滨》

> 极目千里外,川原绣画新。方知平地上,见不尽青春。
> ——《石阁春望》

前一首表现出诗人与自然生物同闲共乐毫无机心的关系,后一首从平地极目,反衬出登高方能望远的哲理,都很耐人咀嚼。

他曾在《风林石歌》中赞美风林石"镌刻无痕画无迹",可见他追求自然无雕琢痕迹的审美趣味。他特别爱读梅尧臣的诗,深受梅诗影响,善于运用质朴平易的语言刻画景物和抒写性情。诗中有寄托而不故作深奥,有鲜明画意却少见工巧字眼和华美辞藻。例如《居洛初夏作》:

> 四月清和雨乍晴,南山当户转分明。更无柳絮因风起,唯有葵花向日倾。

这首诗作于洛阳独乐园。诗人把远景南山、近景园林、虚景柳絮、实景葵花相互映衬,烘托出一幅恬静的初夏清景,语言质朴自然。诗人所寄寓的光明之心和忠忱之态则巧借当前景色委婉、含蓄地传达出来。他的山水诗总的来说,写景状物不如梅诗工致精警,但也有于质朴或明丽中见才情的佳篇秀句,如:

> 风柳动萧疏,寒星浸寥落。中宵四寂然,时有游鱼跃。

> 沙汀落席帆，岸柳萦单舸。小市远微茫，簇水初灯火。
>
> ——《舟中夜坐》

一静中见动，一暗中显亮，写景状物生动、逼真、有趣味。在他的山水诗中，有不少这样的五古或五绝组诗，都令人喜爱。七律也有佳篇，例如：

> 原上烟芜淡复浓，寂寥佳节思无穷。竹林近水半边绿，桃树连村一片红。尽日解鞍山店雨，晚天回首酒旗风。遥知幕府清明饮，应笑驱驰羁旅中。
>
> ——《寒依许昌道中寄幕》

写得色彩鲜明，宛若一幅水彩画。可见，他是能朴能丽的。

宋代隐逸之风的炽盛，使大批士人以吏为隐，或筑庄园别墅于风景幽秀之地，或在行宦旅途中流连自然山水，即使是上述的朝廷重臣也不例外。他们在治政之余暇写出的山水诗，与毕生主要致力于诗歌创作的诗人的山水诗一起，汇入了宋代山水诗的浩荡洪流之中。

第六节 理学家诗人

在宋代中期，还有邵雍、周敦颐、程颢、张载等一批理学家诗人，他们也"雅好佳山水，复喜吟咏"（《周濂溪集》卷八）写作了大量的山水诗，表现他们在大自然中的观物之乐与其悟道之趣，显示出不同于一般诗人和名臣诗人、学者诗人的山水诗的意境与风格。他们是推动宋代山水诗向艺术高峰发展和造就宋代山水诗的独特风貌的一股不可忽视的创作力量。

一 邵雍：善观造化之妙

邵雍（1011—1077），字尧夫，范阳（今河北涿州）人。早年随父移居共城（今河南辉县）苏门山下，筑室苏门山百源上读书，学者称百源先生。与周敦颐、程颐、程颢齐名，以治《易》、先天象数之学著称。仁宗皇祐元年（1049）定居洛阳，以教授生徒为业，名其所居曰安乐窝，自号安乐先生。嘉祐至熙宁年间，两次被征召，均坚辞不赴，卒谥康节。著有《皇极经世》《伊川击壤集》，《全宋诗》辑录其诗21卷，可见他的诗歌创作力是很旺盛的。

邵雍其人性爱山水，颇喜流连风景，自称有"江山气度，风月情怀"（《自作真赞》）；又曾说："生平爱山山未足，由此看尽天下山。"（《代书寄华山云台观武道士》）"年年时节近中秋，佳水佳山熳烂游。"（《思程氏父子兄弟因以寄之》）他在《感事吟》中说："风月四时无限好，莫将闲事绕胸中。"又自谓其作诗："虽则借言通要妙，又须从物见几微。"（《首尾吟》）"陶熔水石闲勋业，铨择风花静事权。"（《安乐窝中诗一编》）据邵伯温说，程颐曾与张子坚等拜访邵雍，时值春天，邵雍欲率彼等同游天门街看花。程颐推辞说："平生未尝看花。"邵雍便说："庸何伤乎？物物皆有至理，吾侪看花，异于常人，自可以观造化之妙。"（《河南程氏文集·遗文》引邵伯温《易学辨惑》）可见，他的大量流连光景的诗歌，其创作动机旨在借景抒发乐天知命的闲适生活，并从观物中悟得造化之妙理。他的一些描绘风花雪月四时景物变换的诗歌，如《春去吟》："春去休惊晚，夏来还喜初。残芳虽有在，得似绿阴无。"以春夏季节交替之际的感受，见出对天道流行运化之理的体认；又如《偶书吟》："风林无静柯，风池无静波。林池既不静，禽鱼当如何？"从对风林、风池之景的描绘和禽鱼状态的揣测中，暗示了心中有所固守即可不为外物搅扰所动的道理。这些诗颇有鸢飞鱼跃、目击道存的景趣和理趣，意境也比较完整含蓄，但却不是山水诗。他的大量题咏山水之作，往往在景物描绘中插入一些直阐义理的诗句，诸如："至微功业人难必，尽好云山我自怡。休惮烟岚虽远处，且乘筋力未衰时。"（《游山三首》其三）"非无仁智斯为乐，少有登临不惮劳。言味止知甘脍炙，语真谁是识琼瑶。"（《登山临水吟》）这些议论说理的诗句过多，就冲淡或分割了山水景物形象。他还有不少通篇议论说理而不描绘山水景物的游览诗，如《重游洛川》云："买石尚饶云，买山当从水。云可致无心，水能为鉴止。性以无心明，情由鉴止已。二者不可失，出彼而入此。"《龙门道中作》："物理人情自可明，何尝戚戚向平生。卷舒在我有成算，用舍随时无定名。满目云山俱是乐，一毫荣辱不须惊。侯门见说深如海，三十年来掉臂行。"这类诗虽以游览山水为题材，却行演绎心性之学与物理天道之实，缺乏形象，情味淡薄，散发出一股头巾气、陈腐气，正是那种被人贬为押韵的语录讲义的道学体诗。再如《题黄河》："谁言为利多于害，我谓长浑未始清。西至昆仑东至海，其间多少不平声。"此诗表现了邵雍并没有忘却社会现实，仍然关注人民疾苦，也可以看出他平日的安闲乐道不过是对世间不平无可奈何的消极退避。这类诗有政治社会内涵，有思想价值，但从艺术的角度看，诗题咏黄河，却无一句对黄河生动形象的描绘，只有议论慨叹，缺少感发人心的艺术力量。

然而邵雍毕竟是北宋理学五子中生年最早、诗才最高的，他被称为理学诗派的鼻祖，他的诗被称为"邵康节体"（严羽《沧浪诗话·诗体》），可见他在宋诗史上的地位和影响。他也有不少山水诗，以写山水景色为主甚至通篇写景，景色清丽淡远，情理融入景中，意境浑整、优美、耐人寻味。请读：

烟树尽归秋色里，人家常在水声中。数行旅雁斜飞去，一簇楼台峭倚空。

——《天津感事二十六首》其十一

百尺危楼小雪晴，晚来闲望逼人清。山横暮霭高还下，水隔疏林淡复明。天际落霞千万缕，风余残角两三声。此时此景真堪画，只恐丹青笔未精。

——《和商守雪霁登楼》

邵雍曾在《诗画吟》中精辟地阐发了诗画两门艺术各自的特长："画笔善状物，长于运丹青。丹青入巧思，万物无遁形。诗画善状物，长于运丹诚。丹诚入秀句，万物无遁情。"从以上两首山水诗看，邵雍是有意地将诗笔与画笔结合起来，使之兼具状物与抒情之妙。诗的意境，很像西湖诗人林逋笔下清淡的水墨画情调，而其诗意的圆转流贯和语言的清丽自然，却更似白居易风格。《四库全书总目提要》卷一五三指出："邵子之诗，其源亦出自白居易。"是不错的。

邵雍有少数山水佳作还能将道理融入情景之中，言近旨远，含而不露。《高竹八首》《秋游六首》，都是于生动鲜明的景物画面中蕴含哲理的作品，试看一首《小圃睡起》：

门外似深山，天真信可还。轩裳奔走外，日月往来间。有水园亭活，无风草木闲。春禽破幽梦，枝上语绵蛮。

诗中写池水、园亭、草木、春禽，语言清淡，状景鲜活，有蓬勃生机。字里行间，似蕴含自然造化之妙理，尤耐人寻味。可惜这种作品被大量直言哲理之作淹没了。

邵雍在《首尾吟》中说："风露清时收翠润，山川秀处摘新奇。"他确实是很善于捕捉和表现自然的新奇美景的。他的山水诗有不少"新奇"之句，诸如"古木参天罗剑戟，长藤垂地走龙蛇"（《秋日饮郑州宋园示管城簿周正叔》）；"风力缓摇千树柳，水光轻荡半川花"（《春游五首》其二）；"云横远峤千寻直，霞乱斜阳数缕红"（《秋游六首》其六）；"竹色交山色，松声乱水声"（《宿寿安西寺》）；"斜日射虹去，低云将雨来"（《过永济桥二首》其一）；"雨脚拖平地，稻畦扶远村"（《过永济桥二首》其二）；"山川开远意，天地挂双眸"（《游洛川初出厚载门》）；"县在云山腹，民居水竹心"（《至福昌县作》）；"雷轻龙过浦，云乱雨移山"（《川上怀旧》）；"巨崖如格虎，险石若张旗"（《登女几》）；"千山乱远月，一鹗摩高天"（《秋怀三十六首》其二十五）等，都是他在《论诗吟》中所主张的"炼辞得奇句，炼意得余味"的实践成果。

南宋魏了翁《跋康节诗》云："理明义精，则肆笔脱口之余，文从字顺，不烦绳削而合。"这段评语，对于邵雍诗中的佳作来说，是中肯的。总之，在理学家中，邵雍和南宋朱熹的山水诗成就是最高的。

二　周敦颐："终朝临水对庐山"

周敦颐（1017—1073），原名敦实，字茂叔，道州营道（今湖南道县）人。以舅荫得官，初仕分宁主簿，历知桂阳、南昌县，合州判官，虔州通判。神宗熙宁初，迁广东转运判官、提点刑狱，以疾求知南康军。因筑室庐山莲花峰下小溪上，自取营道故居濂溪以名之，故世称濂溪先生，卒谥元公。有《周濂溪集》存世，《全宋诗》辑录其诗1卷。

他是宋代理学的创始人之一，被张栻称为"道学宗主"，以《太极图说》树立了理学宇宙本体论的开端，能从哲学的高度自觉地认识到自然与人一体相融。因此，他对大自然表现了浓厚的兴趣，诗人黄庭坚称赞他"雅意林壑"（《濂溪诗小序》），南宋曾极《濂溪》诗则说他："欲验个中真动静，终朝临水对庐山。"弟子二程受其影响而形成"吟风弄月"（《陆九渊集》卷三四）之趣好。宋代理学家在诗中表现独特的自然情怀，可以说是他开了新路，这对于宋代山水理趣诗的创作发展是有重要影响的。

周敦颐今存诗仅 32 首，从诗的数量和总的成就看固然不及邵雍。但其中颇多游览山水和寺观之作。他在诗中描绘出生动优美的山水景物，而把宁静闲适的隐士情怀与哲学义理托寓其中，极少有邵雍那些充塞枯燥无味的义理议论之作。例如《同宋复古游大林寺》：

> 三月山方暖，林花互照明。路盘层顶上，人在半空行。水色云含白，禽声谷应清。天风拂襟袖，缥缈觉身轻。

写景纪游，笔墨清淡，生动而有奇趣。作者在与清幽山水的感契中引发的飘然出尘情思也自然流露出来。他的五古长篇《濂溪书堂》，以散文舒卷自如的笔法，生动地描绘其濂溪书堂清泉潺潺、"白石磷磷"、"岸木森森"的幽美环境，同他"贤圣谈无音""风月盈中襟"的感受相互映衬，使净无尘土的"山心"与其"道心"融而为一，诗中的感性世界与理性世界叠合，是一首饶有理趣、耐人咀嚼的佳作。小诗《夜雨书窗》："秋风拂尽热，半夜雨淋漓。绕屋是芭蕉，一枕万响围。恰似钓鱼船，篷底睡觉时。"把夜雨书窗想象成山水境界，构思巧妙。此外，他的"精舍泉声清瀧瀧，高林云色淡悠悠"（《万安香城寺别虔守赵公》）；"野鸟不惊如得伴，白云无语似相留"（《同石守游》）；"醉榻云笼润，吟窗瀑泻清"（《思归旧隐》）等，都是描写山水自然景色的佳句。

三 程颢：喜抒观物之乐

程颢（1032—1085），字伯淳，世称明道先生，河南（今河南洛阳）人。仁宗嘉祐二年（1057）进士。神宗熙宁初，为太子中允权监察御史里行。因与王安石新政不合，改外任。元丰三年（1080），罢归居洛阳讲学。哲宗初，召为宗正丞，未行而卒。与其弟程颐受学于周敦颐，并称"二程"，为洛学创立者。后人辑其著作为《二程全书》。二程中，程颐很少作诗，《伊川文集》仅存诗 3 首。他把杜甫诗"穿花蛱蝶深深见，点水蜻蜓款款飞"二句称作"闲言语"（《河南程氏遗书》卷一八），这一看法被当作理学家们反对诗文创作的典型观点。程颢与其弟不同，爱好赏景吟诗。《全宋诗》辑录其诗 1 卷，计 70 首。

周敦颐从追求天人合一的高度重视通过自然万物涵泳悟道的胸襟修养，这种独特的人生态度和思维模式对程颢有很深的影响。程颢曾说：

"某自再见茂叔后,吟风弄月以归,有'吾与点也'之意。"(《河南程氏遗书》卷三)。张九成《横浦日新》记载说:"明道先生书窗前有茂草覆砌,或劝之芟,明道曰:'不可,欲常见造物生意。'又置盆蓄小鱼数尾,时时观之,或问其故,曰:'欲观万物自得意。'"这种态度和行为方式,与邵雍、周敦颐如出一辙。程颢在讲学中说:"天地之大德曰生,天地氤氲,万物化醇,生之谓性,万物之生意最可观。"(《河南程氏遗书》卷一一)正因为喜爱自然万物的欣欣生意,程颢诗歌有不少取材于自然景物,表现观物乐趣。"万物静观皆自得,四时佳兴与人同。道通天地有形外,思入风云变态中。"(《秋日偶成二首》其二)程颢的这四句著名的诗,正好可以概括其描写山水自然的诗歌的主题和特点。如《和尧夫西街之什二首》其二的"槛前流水心同乐,林外青山眼重开";《游月陂》的"水心云影闲相照,林下泉声静自来";《游重云》的"久厌尘笼万虑昏,喜寻泉石暂清神";《新晴野步》的"鸟声人意融和后,草色花芳杳霭间";《和花庵》的"静听禽声乐,闲招月色过"等,都以独特的观照方式,表现出山水风月花鸟的欣欣生意以及诗人乐在其中的观照体验,寄托了人与自然相通相融的意趣。

程颢善于以平易浅近的语言描叙他游览观赏山水的情景,使理趣蕴含其中。如《云际山》云:"南药东边白阁西,登临身共白云齐。上方顶上朝来望,陡觉群峰四面低。"诗的哲理与杜甫《望岳》的"会当凌绝顶,一览众山小"相似,缺少杜诗那种豪迈的气派和抒情的力度,章法较平直,意蕴也较浅露,但全篇情景理还是自然融合的。又如《春日偶成》:"云淡风轻近午天,傍花随柳过前川。时人不识余心乐,将谓偷闲学少年。"诗中描绘出一幅风和日丽、平静温煦的春野景色,表现他所追求的"万物之生意最可观"的观物之乐。但后两句直接说理,全篇笼罩着一层理学的色彩。

程颢还写了一些即景抒情、情景交融并无理学之趣的山水诗,例如:

仙掌远相招,萦纡渡石桥。暝云生涧底,寒雨下山腰。树色千层乱,天形一罅遥。吏纷难久驻,回首羡渔樵。

——《游紫阁山》

新蒲嫩柳满汀洲,春入渔舟一棹浮。云幕倒遮天外日,风帘轻扬竹间楼。望穷远岫微茫见,兴逐归槎汗漫游。不畏蛟螭起波浪,却怜清泚向东流。

——《春日江上》

此外,《西湖》《郊行即事》《环翠亭》等都是佳作。这些作品表明：程颢确是喜爱并擅长吟风弄月、寄情山水的理学家诗人。如果说,邵雍还有一部分山水诗像梅尧臣那样刻意锤炼生新的字句以创造新奇的意境,那么程颢诗的语言和意境多数平易自然。上引《游紫阁山》《春日江上》二首,字研句炼,在他的山水诗中是比较特殊的。

四　张载：激情浩气写山水

张载（1020—1077）,字子厚,先世大梁人,后徙居凤翔郿县（今陕西眉县）横渠镇,世称横渠先生,嘉祐二年（1057）进士。熙宁初,为崇文院校书,后同知太常礼院。卒谥明公。有《崇文集》10卷,已佚。《全宋诗》辑录其诗1卷,共80首。

他是著名理学家,关学的创立者,他反对"理"为天地万物的本源,主张"气"是充塞宇宙的实体,气的聚散变化形成了万事万物。这种朴素唯物主义的本体论,同周、程、朱等人的客观唯心主义相对立。

作为一位理学家诗人,他的不少诗在写景咏物中抒发隐逸情怀并深蕴理趣。其咏物名篇《芭蕉》借芭蕉心与叶不断层层出新的物情物理,启迪人们应当不断提高品德修养和更新知识,理趣隽永。他的山水七绝既多,又饶有意境、情韵。《合云寺书事三首》《刘阳归鸿阁》《江上夜行》《登岘首阻雨四首》等,都是状景生动、情景交融的佳作。如：

冰壶潋滟接天浮,月色云光寸寸秋。不用乘槎历东海,一江星汉拥行舟。

——《江上夜行》

江风飞雨上雕栏,庭树萧萧景自闲。向晚浮云遮不尽,好山浑在有无间。

——《登岘首阻雨四首》之三

一首写月下行舟,在空明境界中显示澄清的心态；一首写风雨中登山,以萧瑟秋景反衬闲远情怀,都不失为诗人之诗。他还有七古山水诗《和薛伸国博漾陂》与《岳阳书事》等，相当精彩。请看后一首：

> 洞庭水落洲渚出，叠翠疏峰远烟没。重楼百尺压高城，画栋沉沉倚天阙。湖光上下天水融，中以日月分西东。气凌云梦吞八九，欲与溟渤争雌雄。澄澜无风雨新霁，一日万顷磨新铜。琉璃夜影贮星汉，骑鲸已在银潢中。湘妃帝子昔何许，但有林壑青浮空。苍梧云深不可见，遗恨千古嗟何穷。须臾暝晦忽异色，风怒涛翻际天黑。乘陵濑壑走魑魅，停潴百怪谁能测。忍看舟子玩行险，更欲飞帆借风力。安得晴云万里开，依依寒光浸虚碧。

诗写洞庭湖景色，想象奇丽，气势雄放，笔力曲折，如云霞舒卷，变化无端。一般来说，理学家诗人由于讲究内心涵养功夫，故其诗情调平和冲淡，极少有愤激怨尤的强烈感情。而张载此诗却感慨湘妃帝子的千古遗恨、忧虑舟子浪中行船的险恶，诗中感情如浪涛起伏。这在理学家的山水诗中是不可多得的[①]。

第七节　学者诗人

在北宋中期，还有李觏等一批著名学者在研治学问之余暇，写了一些山水诗，显示出不同于诗人、名臣、理学家之诗的思想艺术特色。

一　力求意新语奇的李觏

李觏（1009—1059），字泰伯，建昌军南城（今属江西）人。曾在南城创建盱江书院，从学者常达数百人，世人称盱江先生。庆历二年（1042）举茂才异等不中。皇祐元年（1049），范仲淹以李觏著书立言，有孟轲、扬雄之风义，荐于朝廷，试太学助教。后为太学直讲，故又称直讲先生。嘉祐中，为海门主簿、太学说书。今存《盱江集》37卷，外集3卷。《全宋诗》辑录其诗3卷。

他是北宋著名学者，其学说有独到见解，自成一家。曾著文非议孟

---

① 本节参考了张鸣《即物即理，即境即心——略论两宋理学家诗歌对物与理的观照把握》，此文载陈平原、陈国球主编《文学史》第三辑，北京大学出版社1996年版。

子，故有"非孟子"之称。据说范仲淹《严子陵祠堂记》原文中的"先生之德，山高水长"，他将"德"字改为"风"字，颇令范仲淹倾服。他是一位关心社会现实的人，写了不少反映国事民瘼的诗歌。在怀古咏史咏物诗中，也经常借古讽今，托物寄意，针砭时弊。他说过"骚人得助是江山"（《留题归安尉凝碧堂》），又说过"屈平当要江山助，却是江山遇屈平"（《遣兴》），可见他认为诗人、诗歌与江山是彼此得助，亲密难分的。他的山水诗数量并不多，却不乏佳篇秀句。他在《论文》诗中批评时人诗文"意熟辞陈"，又在《书松陵唱和诗中》赞赏"意古""言微"。他的山水诗也具有一种力求意奇语新的特色。意奇语新，首先来自诗人奇特的想象。例如：

  昔年乘醉举归帆，隐隐前山日半衔。好是满江涵返照，水仙齐著淡红衫。

——《忆钱塘江》

此诗写追忆昔年乘醉登舟归乡，于醉眼蒙胧中所见的钱塘江景。山衔半日，帆为水仙而着红衫，想象奇特，比喻新颖，全诗流光溢彩，意境瑰丽神奇。清人王士禛赞此诗"有风致"（《带经堂诗话》卷一一），其名作《真州绝句》的"好是日斜风定后，半江红树卖鲈鱼"，可能从李觏此诗得到启发。此外，"凝云列山鞘，冷气攒衣刀"（《雨中作》），"月影碎荆玉，波纹纬蜀罗"（《池亭小酌》），"二江斜入似蛾眉"（《书景云轩壁》），"雨意生狞云彩黑，秋容细碎树枝红"（《俞秀才山风亭小饮》），"水仙坐下鱼鳞赤，龙女门前橘树香"（《东湖》）等以比喻和拟人手法写景的诗句，都表现出李觏想象的奇丽。

  其次，李觏诗的意奇语新，还得力于他对自然景物细致的观察与深入的思考，得力于他对字句的精心锤炼。请读他的七律《苦雨初霁》：

  积阴为患恐沉绵，革去方惊造化权。天放旧光还日月，地将浓秀与山川。泥途渐少车声活，林薄初干果味全。寄语残云好知足，莫依河汉更油然。

此诗写苦雨初霁的山野景色。诗人在一、二、四联都用了拟人手法，特别是第二联，不用人们习惯了的日月重光、山川增秀的表达方式，而说天把旧光还给了日月，地将浓秀付给了山川，把天地造化写得生气勃勃。而"革""活""全"等字，用得虚而活，新而奇，极富情韵，也显出诗人对景物细致的观察与独到的感受。陈熟的题材，被诗人处理得语意新奇活泼，正是宋诗风味。其他如《秋晚悲怀》的"数分红色上黄叶，一瞬曙光成夕阳"，《秋阴》的"不知红日在何处，时见黑云微有光"，《石屏风》的"松影与秋光，扫成真水墨"，《东岩精舍》的"水寒吞日气，树老惯霜威。幡影梢天近，钟声落谷微"，《鉴湖夜泛》的"乱山斜入雾，远水倒垂天"等句，都令人惊叹诗人对景物的形、色、声、光、影、味细致入微的表现和词句的古硬新奇。《宋诗钞·盱江集钞》评李觏诗"雄劲有气焰，用意出人"，今人钱锺书把李觏和王令称为"宋代在语言上最有创辟的两家"（《宋诗选注·李觏小传》），都是很有眼光的。

二 诗风质朴的吕南公

吕南公（生卒年不详），字次儒，也是建昌军南城（今属江西）人。熙宁中，曾应礼部考试未中，后又不满以新经取士，遂罢举，筑室灌园，以著书讲学为事，自号灌园先生。元祐初，曾巩之弟、中书舍人曾肇上疏称赞他"读书为文，不事俗学，安贫守道，志希古人"，朝廷便欲任以官职，未及而卒。今存《灌园集》20卷，《全宋诗》辑录其诗6卷。

他终身布衣，生活贫困，社会地位低下，故而诗多写社会底层各色穷苦人的悲惨命运，诸如西家弃儿、贫妇改嫁、乞丐忍辱、老樵受屈、黥徒叹苦等，写得真切深刻，宛如感同身受。他说过"山川长在梦魂中"（《书斋春日》），说过"朝看云树吟天末，夜对溪光醉月明"（《尘土》），可见他对山水溪月的醉心。不过，由于处境穷困、终身忧患，他很少有闲情逸致描山绘水。他的行旅诗很多，但诗中写景之句极少，多是抒发自己的悲愁怨愤和对社会人生的感慨，称得上山水诗的不过十几首。但这十几首山水诗有几首相当精彩。五古《初游投子山》《覆船山》以散文手法叙写登山游踪，移步换形地刻画投子山和覆船山的奇险幽秀，真切如画，有引人入胜之妙。《麻姑山诗·至瀑布崖前》和《观金龙潭》写瀑布和潭水："忽过乱峰曲，隔林闻水声。止车问樵夫，知是飞瀑鸣。下步入幽径，萧然觅澎洶。仰看百尺崖，倒泻霜雪明。乍近骨肉健，久留毛发惊。疑身是雷仙，满耳鼓不停。""鸣泉漱石出，湍压东崖落。嶮石困冲撞，穿中若深镂。哄如怒雷斗,清响振林薄。行人每惊窥,心骨共矍索。"在写景中同时写出观景人的内心感受,使读者也如临其境。篇幅稍短的《上山》:"行林鸟径前,下马理屐齿。林风清不彻,石路晴如洗。何处是招提?东峰薄云起。"有散淡自然之妙。

在他的近体五七律绝的行旅诗中,也有一些出色地描绘山水景色的佳句,如"鸟喜春和纷格磔,马嫌泥滑转夷犹"(《南丰道中口占》);"云冻月笼影,风生水涩寒"(《橘林居士题载溪馆壁》);"贵池亭下风如鼓,采石江头浪拍天"(《至凌云山却寄平仲》);"淮南行尽到江南,野渡风高送晚帆"(《过虎林渡》);"八月风高宇宙清,银河秋浪到天声"(《戏题白鹤观》)等,或白描活泼,或比喻生动,或观察细致,或想象奇丽,都显示出诗人并非没有写景的艺术才能。但毕竟意境浑整深隽的山水诗数量不多,诗的语言也往往过于质朴而给人以枯槁之感,艺术成就不如李觏。

三　爱写淡远景色的刘敞

刘敞(1019—1068),字原父,世称公是先生,临江军新喻(今江西新余)人。庆历六年(1046)进士。历知扬州、郓州、永兴军等,累迁知制诰,拜翰林侍读学士,改集贤院学士判南京御史台。立朝敢于言事,以耿直见称。为官所至亦多有政绩。他是以学问渊博著称的学者,同时也擅长古文,上自六经百氏古今传奇,下至天文、地理、卜医、数术、浮图、老庄之说,他无所不通。欧阳修读书若遇到疑难问题,便写信向他求教,对他的博学很是佩服。今存清人辑本《公是集》54卷,《全宋诗》辑录其诗28卷。

他在诗文创作方面都可以说是欧阳修的同调。但他是经学家,又擅长古文,作诗便往往采用文章的写法和字句。因此,他的诗文写得很多,好诗却寥寥无几。他的五古、七古、七律山水诗大都写得平淡呆板或松散冗赘,诗味淡薄,使人难以卒读,佳篇佳句都难得找到。五律、七绝山水诗中却有一些较好的作品。五律如《雪后登观风楼》《山寺》《登东城楼二首》《秋晴西楼》《春月楼上二首》《铜陵阻风》《城南晚归》等,都是意象鲜明、意境淡远的佳作。例如《野望》:

  江水不可越,扁舟浮夕阳。高秋露寥落,远树出毫芒。洄水清兼浊,山苗绿映黄。渔翁岂招隐,何待唱沧浪。

他似乎最擅长描写从楼上高瞻远瞩所见的平远阔大景色,在大写意中又有工笔细描,颇能显示他的宽阔的胸襟和较敏锐的观察力。他的七绝山水诗佳作,有《翠钟亭二首》《雪后见山楼》《狎鸥亭》《顺州马上望古北诸山》等。请看《微雨登城二首》之一:

> 雨映寒空半有无,重楼闲上倚城隅。浅深山色高低树,一片江南水墨图。

在雨映寒空的背景与氛围中,勾画出浅深山色、高低林木,曲尽其致,最后用"水墨图"比喻,形容绝妙。诗的意境萧疏淡远、朦胧空灵。近人陈衍《宋诗精华录》卷一评赞:"第三句的是江南风景。"

四　诗风奔峭豪雄的刘攽

刘攽(1023—1089),字贡父,世称公非先生,临江军新喻(今江西新余)人。与其兄刘敞同举庆历六年(1046)进士,历任州县二十年始为国子监直讲。神宗朝判尚书考功,同知太常礼院,后贬泰州通判。哲宗朝官至中书舍人。他与刘敞均以博学著称,尤精于经学、史学,曾助司马光修《资治通鉴》,主持汉代部分。今存清人辑本《彭城集》40卷,《全宋诗》辑录其诗17卷。

他的诗数量不及其兄,但写景咏物,才情更胜。他曾称赞友人的诗"笔力勇奔峭"(《题常宁黄令洒然堂》),"奔峭"二字可移用来评论他的古体山水诗。其兄刘敞的五古七古写得呆板松散,他的五古七古却多有描山绘水的佳作。五古《东关山水》《涉伊水宿宝应寺》《清涟阁》《先泊龟山夜闻后来者》《晚归望月》《宿蔡口》《江行》等诗,有长篇,有短制,绘景都生动鲜明,引人入胜。七古《和章都官洞庭诗》《新滩行》《和杨彦文嵩山诗》《寄题岳阳酒务水楼》等,更显出奔峭的气势和豪雄的风格。他赞扬杨彦文的山水诗"官闲身老诗笔健,乐与丘壑研豪雄"(《和杨彦文嵩山诗》),此二语正是夫子自道。他的五律山水诗清新、明快、活泼,佳作也最多,如《巢湖》《晚过西湖》《自蔡河之陈州》《济川亭》《雪晴》《雨中过汜水关入巩县》《春日野次》等诗。试举二例:

> 扁舟去凫雁,川路正龙蛇。日色暝如午,风鸟端复斜。渐渐过陇

麦，短短被堤花。涕泪元无极，那堪视物华。

——《自蔡河之陈州》

山雪喜初霁，意行因肆观。岩光花半散，峰势玉新攒。鸟去树冰落，水来溪舍寒。还愁向融散，立到夕阳看。

——《雪晴》

描状山川景物，或用比喻，或用白描，都显得自然生动，使人如见如闻，可触可感。再看二首绝句：

终南际沧海，千里张屏风。落月沉山西，朝阳生岭东。

——《终南山》

一雨池塘水面平，淡磨明镜照檐楹。东风忽起垂杨舞，更作荷心万点声。

——《雨后池上》

前一首以大写意手法勾勒出终南山绵延千里的气象；后一首运用动静对比映衬，把雨后池上小景写得生机勃勃，情趣盎然。诗人能够根据所要表现的山水景物特征采用不同的笔墨技巧，此即是胜于其兄之处。

五 诗笔老健的苏洵

苏洵（1009—1066），字明允，号老泉，眉山（今属四川）人，与其子轼、辙合称"三苏"，他称"老苏"，父子三人都是宋代著名文学家，同列入唐宋古文八大家中。年二十七，始发愤为学。举进士、茂才异等皆不第。仁宗嘉祐年间，得欧阳修推荐，遂知名。为秘书省校书郎，灞州文安县主簿。与姚辟同修礼书，成《太常因革礼》100卷。传世有《嘉祐集》，《全宋诗》录存其诗2卷。

苏洵的诗歌成就不及其古文，今存诗仅50首，其中以古诗特别是五古为多，近体以七律为多。他早年多次出游；嘉祐四年（1059）父子三人又沿江东下，北行赴京，一路探幽访胜，发于吟咏，共作诗文173篇，分别编为《南行前集》和《南行后集》。今存他所作的十多首诗均属纪游诗，其中《忆山送人》78韵，780字，历述他多次出游的经过。开头六句"少年喜奇迹，落拓鞍马间。纵目视天下，爱此宇宙宽。山川看不厌，浩然遂忘还",总写他爱好游览祖国壮丽山河,表现了他少年时豪迈放浪的情怀。接着,描叙他的岷峨之游,荆渚之游,入京考试落第后回乡途中的嵩山、华山、终南山、秦岭、剑阁之游,以及因举制策再次入京后的吴越之游。全诗规模宏伟,结构谨严,布局合理,详略得当。诗中描绘各地山川景色,语言雄健,形象鲜明,使人如临其境。如以"晴光压西川","但爱青若鬟","阴崖雪如石,迫暖成高澜","经日到绝顶,目眩手足颠",形容岷峨的高险;以"峡山无平冈,峡水多悍湍",形容巫峡的山峦起伏,水流湍急;以"自是识嵩岳,荡荡容貌尊,不入众山列,体如镇中原","几日至华下,秀色碧照天,上下数十里,映睫青巑巑","迤逦见终南,魁岸蟠长安。一月看山岳,怀抱斗以骞",分别刻画嵩岳、华山、终南山的不同风貌特征;以"虚阁怖马足,险崖摩吾肩,左山右绝涧,中如一线悭",渲染过蜀道剑阁之惊险;以"投身入庐岳,首挹瀑布源。飞下二千丈,强烈不可干。余润散为雨,遍作山中寒",摹状庐山瀑布的气势和寒浸全山情状,无不逼真传神,使祖国各地的雄伟壮丽河山跃现纸上。而南行的纪游诗中,亦颇多写景佳句,如"山川随望阔,气候带霜清"(《游嘉州龙岩》),"乌牛山下水如箭,忽失峨眉枕席间"(《初发嘉州》),"深岩耸蒿木,古观霭遗像"(《题仙都观》),"藓上揩棺石,云生昼影莚。舟中望山上,唯见柏森然"(《过木枥观》)等,均着墨不多而状景如画。其中《游凌云寺》描绘著名的乐山大佛最为出色:

> 长江触山山欲摧,古佛咒水山之隈。千航万舸膝前过,仰视绝顶皆徘徊。足踏重涛怒汹涌,背负乔岳高崔嵬。予昔过此下荆渚,班班满面生苍苔。今来重到非旧观,金翠晃荡祥光开。萦回一径上险绝,却立下视惊心骸。蜀江迤逦渐不见,沫水腾掉震百雷。……

写大佛膝前千帆竞过,大佛足踏汹涌怒涛,背负崔嵬乔岳,再写其金翠晃荡、祥光四射,又写自己沿绝壁险径靠近大佛俯视时心惊魂悸的情状,用蜀江远去沫水雷吼的景象衬托,把凌云大佛之高大和江山的气势写得笔酣墨饱。

宋人叶梦得说:"明允诗不多见,然精深有味,语不徒发……婉而不迫,哀而不伤,所作自不必多也。"(《避暑录话》)用"精深有味,语不徒发"加上文笔老健、格调雄劲来评价苏洵的山水纪游诗,是恰当的。

第八节 西昆派后期诗人

西昆派后期诗人,主要有晏殊、宋庠、宋祁、文彦博、赵抃、胡宿等,他们主要生活在宋仁宗朝。诸家虽出昆体却不尽为昆体所能范围,有的人诗文兼擅,有的人以词的成就更高。其中胡宿和赵抃是两位擅长写山水的诗人。

一 胡宿:含清迥于妍华

胡宿(995—1067),字武平,常州晋陵(今江苏常州)人。仁宗天圣二年(1024)进士。历官扬子尉,通判宣州、知湖州、两浙转运使、修起居注、知制诰、翰林学士、枢密副使。英宗治平三年(1066)以尚书吏部侍郎、观文殿学士知杭州。治中四年(1067),除太子少师致仕,诏未至已病逝,谥文恭。今存《文恭集》50卷,《补遗》1卷。《全宋诗》辑录其诗8卷。

胡宿为人清谨忠实,内刚外和,临事重慎,笃行自励,至于贵达,常如布衣时。他在朝廷和地方任职,都能廉洁尽责,利国利民。他在《读僧长吉诗》中发表了一些有关诗歌美学的见解,如:"精韫在希微,幽通资写托,状物无遁形,舒情有至乐";"作诗三百篇,平淡犹古乐";"天质自然美,亦如和氏璞"。此外,他又在《谢叔子阳丈惠诗》《又和前人》诗中,说过"喜君步骤少陵坛","诗中活法无多子"。这些强调状物形神兼备、在希微中求精韫,追求自然平淡美以及提倡诗歌"活法"的美学主张,对于他的山水诗歌有一定的影响。他的山水诗数量颇多,体裁也多样,有五古、五七律绝、五言排律等,各体都有佳作。他写得最多最好的是五律和七律。五律如:

> 松韵笙竽径,云容水墨天。人行春色里,莺语落花边。修竹三间屋,清泉二顷田。了无官府事,鸡犬莫登仙。
> ——《山居》

> 云影消空阔,霜华拂杳冥。秋光不隐雁,夜色欲迷萤。爽气横苍卞,凉波接洞庭。水仙当此夕,应化白龙形。
> ——《九月十五夜北楼望太湖》

二诗写景清丽，对仗工整，语言研练，风骨高秀。可见他虽是西昆派，却能力跻清遒，一洗铅华。七律山水诗也有多首佳作。例如：

> 两岸山花中有溪，山花红白遍高低。灵源忽若乘槎到，仙洞还同采药迷。二月辛夷犹未落，五更鸦臼最先啼。茶烟渔火遥堪画，一片人家在水西。
>
> ——《过桐庐》

方回评此诗："形容桐庐尽矣。起句十四字并尾句，可作《竹枝歌》讴也。"清人查慎行、纪昀亦赞赏此诗"写睦州青江景致逼真""风韵绝人"（均见《瀛奎律髓汇评》卷三四）。此外，"百尺冻云飞未起，一等寒雁远相呼"（《登雄州视远亭》）；"山眉远映群鸥过，霞绮新和落照明"（《夏日舟行》）；"秋色暗欺荷盖紫，夕阳偷射桂旗红"（《泛舟》）；"水天雨气霏霏断，竹阁山花点点新"（《城东别墅寄怀天锡》）等，都能显出诗人笔致高爽、状景生动的艺术特长。总的看，胡宿山水诗以含清迥于妍华见长，诗的意韵却较为浅薄。《四库全书总目提要》称其五七言律"其波澜壮阔，而结响宏远，亦可直造盛唐阃阈；洵足雄视一时，迥出杨亿、钱惟演诸人之上"，则誉过其实。

二 赵抃：有清苍郁律之气

赵抃（1008—1084），字阅道，号知非子，衢州西安（今浙江衢州）人。景祐元年（1034）进士。为官清廉正直。他任殿中侍御史时，弹劾不避权势，京中称为"铁面御史"。三司使王拱辰等人聘契丹时，赴北朝宴会，深夜狂醉。赵抃以王等有损国体而易启契丹轻视宋王朝之意，劲奏达七八次。《宋史》将他与包拯同列一卷。他官至参知政事，曾两知成都，晚年又知越州、杭州，所到多有善政，为民间所称道。以太子少保致仕。卒谥清献。今存《清献集》，《全宋诗》辑录其诗6卷。

他的五律精致锤炼、婉丽浓密之处似有晚唐体痕迹，但大部分作品语言质朴，"触口而成，工拙随意，而清苍郁律之气，出于肺肝"（《宋诗钞·清献集钞序》）。他性喜山水，"所过从容就胜游"。晚年致仕，年七十余，还遍游天台、雁荡诸名山（苏轼《赵清献公神道碑》），因此他的山水诗既多又好。七言歌行《顺风呈范御史》写长淮放舟，节奏急促，很

有气势。其他各体都有佳作,例如:

> 幽花连径发,惊鸟避人啼。雨过晴虹上,风清走马嘶。滩平鱼艇稳,村小烟旗低。谁及山翁乐,号呶醉似泥。
>
> ——《溪山晚目》
>
> 山巅危构傍蓬莱,水阁风长此快哉!天地涵容百川入,晨昏浮动两潮来。遥思坐上游观远,愈觉胸中度量开。忆我去年曾望海,杭州东向亦楼台。
>
> ——《次韵孔宪蓬莱阁》
>
> 游遍名山未肯休,征车已发尚回眸。高峰亦似多情思,百里依然一探头。
>
> ——《出雁荡回望常云峰》

第一首写得自然流走,意象生动,清景如画。第二首视野阔远,胸襟开豁,气势雄放,造语健朴,章法开合转折。近人陈衍评颔联:"较孟公之'气蒸云梦泽'二语似乎过之;杜老之'吴楚东南'一联,尚未知鹿死谁手。"(《宋诗精华录》)可谓推崇备至。第三首用拟人手法写云中高峰,亦情趣盎然。

综观这一时期的山水诗,既有诗坛主将欧阳修、苏舜钦、梅尧臣的创作为主流,同时又有范仲淹等名臣诗人,邵雍等理学家诗人,李觏等学者诗人,胡宿、赵抃等西昆派后期诗人为众多支流,汇合成了蔚为壮观的山水诗创作巨川,显示出宋代山水诗的独特风貌和多种色调,从而奠定了宋代山水诗繁荣的雄厚基础。到了文同、王安石、苏轼、黄庭坚、陈师道等人登上诗坛时,终于崛起了可与唐代山水诗高峰前后对峙的一座新的艺术高峰。

第三章　北宋后期：艺术高峰的崛起

自宋英宗继位经神宗到哲宗三朝（1063—1100）将近四十年间，是北宋的后期。在这个时期中，出现了宋诗的艺术高峰，同时也是宋代山水诗的第一个艺术高峰。

这一时期为什么能够出现山水诗的艺术高峰呢？

欧、苏、梅等众多诗人对山水诗艺术的辛勤探索和努力创造，使宋诗多方面地显示出独特的风貌，并且在创作繁荣之中显示了走向极盛的趋势。而北宋后期具体的特殊的社会历史环境和思想文化背景，又使得山水诗这种走向极盛的趋势得以成为现实。

在北宋后期，农民和地主豪强的矛盾，赵宋王朝统治者与辽和西夏民族扩张主义者的矛盾，赵宋王朝统治集团内部革新派与守旧派的矛盾和抗争，都日益加剧，社会动荡，危机四伏，明显地从仁宗朝的极盛的高峰急速下滑。但另一方面，整个社会仍然维持着大体的安定和表面的繁荣，一般的士大夫文人的生活和文化活动尚未受到严重的威胁。因此，他们的诗歌创作受到这种社会衰颓之势的消极影响不大。恰恰相反，由于社会各种矛盾和危机的加剧，特别是政治上新旧对抗引发的激烈辩论与思想交锋，以及与此相联系相对应的传统儒学与新兴理学之间、洛学蜀学关学之间的对峙与争鸣，却促使广大的士大夫文人思想异常活跃，这对于诗歌的创作与创新是有利的。但政治上新旧之间形成了党派的倾轧，又使这一时期最杰出的几位诗人如苏轼、王安石、黄庭坚等人，被迫离开朝廷，或休官赋闲，或到州县任职，或遭受贬谪，从廊庙走向山林，在大自然中寻求精神的安慰与解脱，他们创作了不少山水诗歌，这就大大地促进了山水诗的发展繁荣。

这一时期，文学艺术各个领域都呈现出空前的繁荣。在散文创作方面，唐宋故八大家中的宋六家欧阳修、苏洵、曾巩、王安石、苏轼、苏辙先后崛起于文坛，他们运用清新畅达的具有时代特色的语言，自由地充分地表情达意、议论说理，并使宋诗进一步形成了散文化、议论化的风格，这对于诗人们在山水诗中更深入细致地表现自然之美与揭示自然之理是很有利的。同时，欧、王、曾、"三苏"的许多写景抒情、叙事说理的散文作品，无疑也给诗人们创作山水诗提供了有益的艺术营养。在这一时期，山水画的理论与创作也得到了空前的发展。郭熙父子的山水画理论著作《林泉高致》的问世和他们的山水画创作实绩，王诜、李公麟、赵令穰等一批山水画家的艺术也达到成熟的境地，米芾、苏轼、文同、"三宋"（宋中道、宋复古、宋子房）、晁补之、乔仲常等文人画家的崛起，特别是以文同为首、兼擅墨竹与山水的"湖州画派"和米芾、米友仁父子创始的"云山墨戏"在画坛上的巨大影响，都为山水诗创作的高度繁荣准备了丰厚的文化艺术土壤。"诗画本一律，天工与清新"（苏轼《书鄢陵王主簿所画折枝二首》其一），山水画与山水诗彼此借鉴，相互促进，涌现出自觉地把山水画技法运用于山水诗创作的蔡襄、文同、米芾、苏轼等人。以上各种情况的综合作用，把北宋后期山水诗推上了高峰。

宋代山水诗这一个艺术高峰期的代表诗人是文同、王安石、苏轼、黄庭坚、陈师道等人。其中，山水诗创作成就最高的是王安石与苏轼。而苏轼堪称中国山水诗史上继谢灵运、王维、李白、杜甫、白居易、韩愈之后又一位成就辉煌的天才作家。在这一时期，一大批杰出诗人在山水诗创作上大显身手，山水诗歌数量空前巨大，各种个人风格自由发展，艺术表现技巧高度成熟，这各个方面共同构成了宋诗史上的鼎盛局面。所谓"宋诗四大家"王安石、苏轼、黄庭坚、陆游，其中三家即在此期。而王、苏、黄三家，都是欧阳修的晚辈，王、苏就是在欧的提拔及其诗风的直接影响下脱颖而出的。而黄庭坚与陈师道又是苏门弟子，由黄、陈诗风合流而形成的江西诗派，对后来的杰出诗人陈与义、范成大、杨万里、陆游等人的山水诗创作给予了很大的影响。可见，北宋后期的山水诗创作，不仅崛起了宋代山水诗史上的第一个艺术高峰，而且在宋诗史上起着继往开来的关键作用，并为第二个艺术高峰的出现打下了雄厚基础。

第一节　最早攀登艺术高峰的几位诗人

在北宋后期，最早把山水诗艺术推向成熟境地的，是曾巩、王安石、陶弼、黄庶、文同、蔡襄等诗人。我们在这一节里先介绍曾巩、陶弼、黄庶。

一　追求宏肆俊伟气象的曾巩

曾巩（1019—1083），字子固，建昌军南丰（今属江西）人，世称南丰先生。早岁有文名，受知于欧阳修。嘉祐二年（1057）欧阳修知贡举，曾巩登进士第。历太平司法参军、馆阁校勘、集贤校理、英宗实录院检讨官。出通判越州，历知齐、襄、洪、福、明、亳、沧诸州。官至中书舍人。今存《元丰类稿》50卷，《全宋诗》辑录其诗9卷。

他是著名古文家，唐宋古文八大家之一。对于他的古文，历代推重，众口一词。而对于他的诗，从宋代起就评价不一。有人说他"不能作诗"（惠洪《冷斋夜话》卷九），也有人说他是"精于诗者"（《瀛奎律髓》卷一六）。秦观认为他"以文名天下，而有韵辄不工"（苏轼《记少游论诗文》），方回则认为他"诗与文终不朽"（《瀛奎律髓》卷一六），其实这两种看法都失之偏颇。平心而论，曾巩诗的成就不如其文，更不如欧、梅、苏。长期以来，他的诗歌的成就被散文所掩盖，没有引起人们足够的重视。

曾巩十八岁以前基本上伴随祖母在南丰、南城及抚州等地生活和求学，后两次入京应试，奉父进京时到过金陵、宣城、滁州，及第后出任太平州，到过当涂拜谒李白墓。在朝廷任职一段时间后，又有长达十二年转徙七州的仕宦生活。他的一生行踪，遍及北方、江南、中原大地，游览了各地山水名胜，领略了各处民情风俗，因此写了很多山水诗。尤其是他通判越州以后，在远离京师的吴越水国、东秦山乡，大海边的福州、明州等地，饱受山水风物的陶冶，流连光景，感物吟咏，山水诗创作愈益丰收。在通判越州之前，他的山水诗多为五古与七古。五古山水诗与梅尧臣相近，有梅诗平淡古朴的基调，却更显得凝重。《上翁岭》《青云亭闲望》《幽谷晚饮》《招隐寺》等篇都是佳作。这些五古山水诗体物工微，状景生动。如写琅玡山："飞光洗积雪，南山露崔嵬。长淮水未绿，深坞花已开。远闻山中泉，隐若冰谷摧。"（《游琅玡山》）又如写琅玡山的幽谷泉："爱此谷中泉，声响远已播。槎横势逾急，雨点绿新破。旁生竹相围，竦竦碧千个。遥源窅难窥，盘石坦如磋。游鳞戢可数，飞鸟嘤相和。"状景颇真切活泼，文字雅健疏畅，显出古文家善于从容铺排的工力。但比较起来,他的七古更有个性特色。他曾在《李白诗集后序》中赞扬李白诗歌"宏肆俊伟,殆骚人所不及",又曾赞赏友人的诗歌"翰墨醉酒烟云生"(《送宣州杜都官》),"闳才壮思风雨发"(《送丰稷》),"大章已逸发,小章更清新"(《答葛蕴》)。他的七古山水诗也追求这种"逸发"出"闳才壮思""宏肆俊伟"的气象和境界。《游麻姑山》长达二十五韵,诗的前半幅依次铺叙登山时所见"玉练双飞""龙门胜景"等景物,山道两旁的古崖苔斑、修竹翠柏,山下古原上的雾霭城郭、沙莽园林,一路的悬泉飞瀑、寒气秋色,已令人应接不暇;接着又推出一个地势平旷、古木参天的"仙境":"横开三门两出路,却立两殿当崖荫。深廊千步抵岩腹,桀木万本摩天心。碑文磊嵬气不俗,笔画缥缈工非今。世传仙人家此地,天风泠泠吹我襟。"最后,写山人的挽留与馈赠,写当窗观雨、隔溪闻笛,写夜宿之感天寒、听泉之觉神移。全篇的笔法与章法,特别是那种重峦叠嶂、层出不穷的气势,都使人感到同唐代韩愈的《山石》颇为相似,但篇幅更长,通首一韵到底,平易疏畅,确是曾巩的特色。清人方东树说曾巩诗"字句极奇,而少鼓荡之气","少断斩、逆折、顿挫,无兀傲起落"(《昭昧詹言》卷一),也指出了这一特点。而另一首杂言体的七古歌行《麻姑山送南城尉罗君》却显得宏肆俊伟:

麻姑之路摩青天,苍苔白石松风寒。峭壁直上无攀援,悬磴十步九屈盘。上有锦绣百顷之平田,山中遗人耕紫烟。又有白玉万仞之飞泉,喷崖直泻蛟龙渊。丰堂广殿何言言,阶脚插入斗牛间。樛枝古木不记年,空槎枿然卧道边。幽花自婵娟,林深为谁妍。但见尘消境静翔白鹤,吟清猿,雏禽乳鹿往往噪荒颠。却视来径如缘絙,千重万叠穷岩峦。下有荆吴粟粒之群山,又有瓯闽一发之平川。弈棋纵横远近布城郭,鱼鳞参差高下分冈原。千奇万异可意得,墨笔尽秃谁能传。丈夫舒卷要宏达,世路俯仰多拘牵。偶来到此醒心目,便欲洗耳辞嚣喧。罗夫子,一日远补东南官。爱此层崖峻壑之秀发,开轩把酒可纵观;喜此披霄插汉之夐起,出门举足得往还。罗夫子,一尉龙蛇方屈蟠。此邦人人衣食足,阃境年年枹鼓闲。几案剸裁得休暇,山水登蹑遗纷烦。我行送之思故园,引领南望心长悬。

此诗写他在麻姑山送别前往故乡任职的友人,抒发被仕途拘牵的感慨和对故乡的怀念。从选题、构思、章法、句式上，都显露出刻意摹仿李白的《蜀道难》的痕迹，所以《黄氏日钞》便说它"可与欧公《庐山高》为对"。而他与欧阳修的《庐山高》相比，却少了文字古奥的毛病，而多了几分平易自然。清人潘德舆说曾巩的古诗"排宕有气"（《养一斋诗话》卷一），此诗即是典型一例。

在通判越州之后，曾巩的山水诗主要以七律、七绝为主，诗风也渐趋清丽婉约。诗人逐渐遗忘多年来的困郁与愁结，以一种欣喜的心情和眼光到山水风物中去寻求美的意象和美的意趣。例如他在齐州作的七律《西湖纳凉》云："问吾何处避炎蒸？十顷西湖照眼明。鱼戏一篙新浪满，鸟啼千步绿阴成。虹腰隐隐松桥出，鹢首峨峨画舫行。最喜晚凉风月好，紫荷香里听泉声。"诗人着意用鲜亮的色彩和悦耳的音响，描绘大明湖的旖旎风光与无边幽趣，创造出清丽幽美的艺术境界。然而另一方面，革新与保守两派力量的挤压、华年盛事业已蹉跎的寂寞，以及亲人无法团聚的苦痛，也经常困扰着他，因而他晚年的山水诗又不时在欢悦明快的气氛中突然涌上来一股无端的烦恼、一种莫可名状的惆怅。例如知福州时写的《城南二首》：

> 雨过横塘水满堤，乱山高下路东西。一番桃李花开尽，惟有青青草色齐。
>
> 水满横塘雨过时，一番红影杂花飞。送春无限情惆怅，身在天涯未得归。

诗中不仅生动地描画暮春时节山水花草凄清、迷蒙、冷寂的特征，而且含蓄地抒写自己宦海沉浮、天涯漂泊的惆怅与寂寞情怀。诗的清深婉约风格，接近王安石晚年的山水七绝。钱锺书先生就认为曾巩七绝"有王安石的风致"（《宋诗选注》）。但曾巩七绝思想感情的深度和艺术表现的功力都较王诗逊色。

曾巩后期的七言律绝山水诗中，也有一些笔力雄迈、意境壮阔的作品。例如：

> 欲收嘉景此楼中，徙倚阑干四望通。云乱水光浮紫翠，天含山气入青红。一川钟呗淮南月，万里帆樯海外风。老去衣襟尘土在，只将

心目羡冥鸿。

——《甘露寺多景楼》

　　海浪如云去却回,北风吹起数声雷。朱楼四面钩疏箔,卧看千山急雨来。

——《西楼》

前一首巧借多景楼居高临下之势,展开一幅色彩明丽、钟呗悠扬、远近有致、境界宏阔的有声画。尾联虽感慨老境渐至、征尘满衣,仍目羡飞鸿、心怀远志。后一首写海天一角雷雨骤至的壮观,尺幅千里,气势飞动,又表现出诗人沉稳的性格、开阔的心胸与雍容的气度。这两首诗都充分显示了曾巩律绝山水诗的艺术特色和成就,堪称宋代山水诗的杰作。①

二　喜爱"水墨屏风"的陶弼

陶弼(1015—1078),字商翁,永州祁阳(今属湖南)人。庆历中以军功补衡州司户参军,调桂州阳朔县主簿,迁为阳朔令。后历知宾、容、钦、邕、鼎、辰、顺诸州。有文集18卷,已佚。今存《陶邕州小集》,《全宋诗》辑录其诗2卷。

他的诗歌作品十之八九已散佚,但从现存诗里看,山水诗占了一大半。他在诗中真切地再现了湘桂的山川景物和民情风俗。他有幸曾经在"江作青罗带,山如碧玉簪"的桂林以及"山水甲桂林"的阳朔县生活过,亲身感受到那里如诗似画、恍若仙境的山水名胜,并用多姿多彩的诗笔一一描绘出来。请看他的《桂林》:"青罗江水碧连山,城在山光水色间。尽道宜人惟桂郡,骖鸾客至只思还。"再看他的《题阳朔县舍》:"石壁高深绕县衙,不离床衽自烟霞。民耕紫芋为朝食,僧煮黄精代晚茶。瀑布声中窥案牍,女萝阴里劝桑麻。欲知言偃弦歌化,水墨屏风数百家。"这种熔山水景色、民俗风情与诗人的宦情乡思于一炉的特色,在另一首同是写于阳朔县舍的《畲田》中也表现得富于诗情画意:

　　畲田过雨小溪浑,远近云峰互吐吞。殊俗易昏三里雾,阳崖忽露

---

① 本节关于曾巩的诗歌艺术成就的评述,参考王绮珍《曾巩评传》,江西高校出版社1990年版。

一家村。桂花香里寻僧寺，榕叶阴中掩县门。井税未输兵甲后，心勤抚字且休论。

陶弼喜用"水墨屏风"来比喻山水风光。除了上面所举"水墨屏风数百家"外，还有"数曲人间水墨屏"（《阁皂》）之句。可见当时水墨画的流行和文人们对它的喜爱。事实上陶弼描山绘水，不管是否敷彩设色，都比较清淡。他往往只是轻描淡抹一二笔，便能表现出景物对象的特征，如写邕州晚景"落照悬渔市，孤烟起戍营"（《秋日登南盛台》）；写南宁府的东湖"月天高寺影，春雨一桥声"（《东湖》）；写宾州的仙影山"月鳖星冠七丈夫，远看虽有近还无"（《宾州仙影山》）；写辰州的白雾驿"一曲清溪一曲山，鸟飞鱼跃白云闲"（《白雾驿》）等，都显得轻松自如，毫不费力。钱锺书先生在《宋诗选注》中说陶弼擅长写"阔大的景象"，这也是他山水诗的一个特色。请读《公安县》："门沿大堤入，路趁浅莎行。树短云根拔，山穷地势倾。孤舟难泊岸，远水欲沉城。半夜求津济，烟中荻火明。"已写出从远处俯瞰所见的苍茫阔大景象。《碧湘门》更能显示这一特色：

城中烟树绿波漫，几万楼台树影间。天阔鸟行疑没草，地卑江势欲沉山。①

前二句写长沙城内，绿树如海，几万楼台掩映于树影间；后二句写城外，地势低平，江流浩荡，势若吞没四面的群山。全篇境界壮阔，又能令人感觉到诗人鸟瞰的视角，十分精警。

三 落想不凡的黄庶

黄庶（1019—1058），字亚夫（或作亚父），晚号青社，黄庭坚之父，洪州分宁（今江西修水）人。庆历二年（1042）进士。初幕长安，庆历末徙凤翔，旋随宋祁幕许州。后随晏殊重幕长安。皇祐三年（1051）又改幕许州，受知于文彦博。五年，文彦博徙知青州，辟庶为通判。至和中，

---

① 《全宋诗》卷四〇六，据《永乐大典》，在此四句后补入"人过鹿死寻僧去，船自新康载酒还。闻说耕桑渐苏息，岭头今岁不征蛮"四句，成了一首七律。

摄知康州，后卒于任所。原有《黄庶集》6卷，已佚，今仅存《伐檀集》2卷。《全宋诗》辑录其诗1卷。

黄庶推尊李白、杜甫、韩愈、欧阳修、梅尧臣、苏舜钦，兼采这几位前辈诗人之长，其中受杜、韩、梅的影响尤深。他喜爱到大自然中寻幽探奇，说："平生林泉心，探奇欲倾倒。"（《答王甫判官示游兴庆池之作》）又说过"好山宜且醉吟看"（《次韵答王甫判官》），"景好更宜和月看，客忙常是爱山来"（《和题云台观》）等。他的诗题材主要是赠答酬唱、写景咏物。写景追求新奇工巧，"创奇造幽"（《游石池潭》），"穷幽极怪"（《送刘孟卿游天台雁荡二山》），讲究"句句锻炼炉锤精"（《次韵和象之夏夜作》），他的山水诗构思新颖，想象大胆，比喻奇特，造语拗峭矫拔，章法腾挪跌宕。例如五言排律《嵩山》云："峨峨镇中夏，峻极万寻陊。突兀磨天顶，窈窱入地脐。中林兴夏霓，半壑卧秋霓。泉恐连清汉，峰疑拥碧圭。云高四夷见，雨到八方齐。渤澥看如带，青冥上是梯。醉堪扪日月，吟可摘娄奎。翠盖何时动，金为玉检泥。"描绘嵩山的陡峻奇丽，想象浪漫，刻画入骨，音节岬兀，气象森严，令人读来惊心动魄。七古《游石瓮寺》更显出其独特的艺术风格：

> 飞泉自有迎客意，声到山前入人耳。泉声引行不知疲，石路硗确折屐齿。长安睫满车马尘，林岩夜夜来梦寐。云烟郊原铺古图，心眼开快明如洗。渭流屈曲成大篆，书破野色为绿纸。丘墟沉吟古兴废，秋风正入红树起。折碑断垣卧荆棘，意思纷乱不可理。穷幽更下苍崖根，把酒坐听潺湲醉。山花似欲劝苦饮，时散清香入人鼻。奔走恨不身长游，喜写姓名藏薜荔。

诗的起笔便挟飞泉扑面而来，泉声撼人耳鼓。以下写石路硗确，忽又插入林岩入梦，又突接郊原锦绣。"渭流""书破"一联，想象之新奇，比喻之贴切，令人拍案叫绝！尾联刻画"喜写姓名藏薜荔"的心态，奇趣可掬。全篇山川景物多作拟人化的表现，章法变幻莫测，加上通篇单行直贯而下，押仄声韵，更显得意境奇峭深锐，古色苍然。

黄庶的山水七绝也写得精彩，佳篇更多，其特色也是构思新颖，想象、比喻、拟人化运用得不同凡响，请看：

宾吏亲携涧底行，潺湲风递似相形。只应山鬼知公意，乞雨新添瀑布声。

——《陪丞相游石子涧》

山形云染翠屏曲，溪色练铺银汉东。楼台一轴古今本，行者往来画图中。

——《次韵元伯晓出白门》

区区霸迹欲知小，试绝大云孤顶看。老僧指我日上处，镜面泻出黄金盘。

——《登大云顶》

黄庶的诗，在谋篇布局、取象立意、想象比喻、炼字造句等方面，都深深地影响了其子黄庭坚。在宋代的山水诗史上，他确是一位"奇崛不蹈袭"（《后村诗话·后集》卷一），即具有鲜明艺术独创性和特殊影响的诗人。

第二节　推进山水诗艺的几位画家诗人

宋代山水诗和山水画相互渗透的趋向，在这个时期的蔡襄、文同和米芾三位画家的山水诗中明显地表现出来。

一　向丹青借色的蔡襄

蔡襄（1012—1067），字君谟，兴化军仙游（今属福建）人，天圣八年（1030）进士。历知制诰、知开封府等职，两次出知福州。召拜翰林学士。迁三司使，出知杭州。卒谥忠惠。今存《蔡忠惠集》40卷，《全宋诗》辑录其诗9卷。

他工于书画，精通茶道。书法是宋四家之一，曾被苏轼称誉为"当世第一"；所著《茶录》是茶学名著；嘉祐年间任泉州知州时主持建造的泉州万安桥，则是桥梁建筑史上的杰作。因此，他是文化史上具有重要地位的人物。

关于他的绘画风格与成就，今存的资料很少，仅知有《荔枝卷》，运笔清劲，设色浓古，当时蜚声画苑。但从他的《和杨龙图芦雁屏》《和杨龙图獐猿屏》《观宋中道家藏书画》《画生李维写予像今已十年对鉴观之因题其侧》等诗中，可知他对山水画、花鸟动物画、人物画都有很高的艺术鉴赏力。他在上述诗中提出的"画莫难于工写生""不似丹青能借色""朴野风神不易传"以及"水墨固昏淡，骨气犹深潜"等见解，都是相当精辟的。他在山水诗中喜欢用绘画来比喻、形容自然景色。例如《饮薛老亭晚归》的"万家市井鱼盐合，千里川原彩画明"；《西湖》的"烟收水曲开帘匣，春送人家入画屏"等。又如《段家堤西望晚山》："月下西山千万重，日光山气郁葱笼。鲛绡数幅须移得，惆怅如今无画工。"把对画家与绘画作品的联想，作为这首山水诗意境创造的重要一笔。他的古体山水诗造语劲质，结构松散；五七律山水诗清丽浅近，诗味淡薄；七绝山水诗却写得好，清新脱俗，语言畅达，意境幽远，佳篇较多。但各体山水诗有一点是共同的，就是篇中经常有出色地描绘山水景色的佳句，而且这些写景佳句画意浓郁。其一，他很善于表现山水的光色对比、映照及其流动变化。例如"树色一番连雨净，溪光几曲抱山来"（《龙台》）；"日色浮兼动，风痕灭又生"（《溪行》）；"断霞天共紫，斜日树齐红"（《芜阴楼上》）；"雨云来去山明灭，风浪高低日动摇"（《和许寺丞泊钓龙台见寄》）等。其二，他描绘山水景色很注意画面的线条之美和空间层次。例如"清溪曲曲抱山斜，绕溪十里蔷薇花"（《忆弟》）；"荫堤佳树千围合，掠水轻舟一箭开"（《南溪》）；"湖上山光一笋青，佛宫高下裹岩扃"（《西湖》）；"绝顶黑林常带雨，曲崖飞蹬不留尘"（《圆山庙》）；"夜深佛火寒星外，春过人烟暗树间"（《和陈殿丞南州新咏》）；"天际乌云含雨重，楼前红日照山明"（《梦游洛中十首》之一）；"郭外清溪溪外山，溪云飞上破山颜"（《登清风楼》）等。其三，他还善于把景物的形态、色彩与声响和谐配合。例如"疏钟度林际，华月吐城端"（《春野亭待月有怀》）；"溪涨浪花生，山晴鸟声出"（《出东门向北苑路》）；"孤鹤睡迷千树月，断蝉吟绕五更风"（《久寓悟空院刹行而书之》）；"斜峰约云势，千树起秋声"（《次韵翠岩寺》）；"孤舟横笛向何处，竹外炊烟一两家"（《江村》）等。其四，他有时更把山水景物的光色、音响、动静、远近、高低、时空巧妙结合起来，创造出幽远的耐人寻味的意境。请看《忆从尹师鲁宿香山石楼》：

霜后丹枫照曲堤，酒阑明月下前溪。石楼夜半云中啸，惊起沙禽过水西。

总体来看，蔡襄的山水诗饶有画意，尤近唐风。特别是描写杭州西湖的多首七律，同晚唐体著名诗人林逋写西湖的律诗神韵最似，而诗中的一些句子，如"云屋万重灯火合，雪山千仞海潮来"（《和风夜登有美堂》），"春水倒行潮欲上，晚云平压日先低"（《和偶登安济亭》），"画船争胜飞江鹢，翠巘都浮载海鳌"（《四月清明西湖》）等，比林逋多了一些雄放的气势。

二 全面地融画入诗的文同

文同（1018—1079），字与可，自号笑笑先生，人称石室先生。梓州永泰（今四川盐亭东）人。皇祐元年（1049）进士，历通判邛州、邠州、汉州，迁太常博士、集贤校理，知陵州、洋州，官至尚书司封员外郎充秘阁校理知湖州。世称文湖州。今存《丹渊集》40卷，拾遗2卷。《全宋诗》辑录其诗20卷。

他早年以文学受到文彦博的赞誉，而司马光则推崇他的人品，说："与可襟韵潇洒，如晴云秋月，尘埃不到。"（范百禄《文公墓志铭》）他是著名画家，兼擅画竹和山水，主张"画竹必先得成竹于胸中"（苏轼《筼筜谷偃竹记》）。所创写意墨竹画法，师法者颇众，影响深远。当时有一个以水墨写意为主的文人画派，即以他和米芾、苏轼等人为首。他的写意墨竹画风，被称为"文湖州竹派"。他是苏轼的从表兄，两人关系很亲密，经常共同探讨诗文书画技艺。绘画方面，苏轼还是他的学生。就影响而言，他的画名超过了诗名，其实他的诗也有独特造诣。当时苏轼说他有"四绝"：诗、楚辞、草书、画，置于首位的是诗（《书与可墨竹并序》）。苏辙也称赞他："贤哉与可诗中杰，笔墨余功散缯楮。"（《次韵文氏外孙骥以其祖父与可学士书卷还谢惊学士》）宋人所撰《续墨客挥犀》卷四还说他"高才兼诸家之妙，诗尤精绝"。作为画家，他"好水、石、松、竹，每佳赏幽趣，乐而忘返，发于逸思，形于笔妙，模写四物，颇臻其极"（《文公墓志铭》）。作为诗人，由于他生长在风景如画的川北山乡，出仕后又历经川西、汉中以及浙江吴兴等山川景色雄奇或秀丽的地方。这些州郡大多远离朝廷，民风淳厚，政事宽简，这使得他能有闲情逸致欣赏和表现山水自然景物，创作出大量的山水诗。

文同山水诗的显著特色，就是他不仅以诗人兼画家的灵心慧眼观察山水景物，而且比一般诗人更自觉、更有意识地将绘画的技法运用到诗中，从而突出了诗的绘画形式美和视觉效果。比如，他较多地选用色彩形容词，造成鲜明丰富的色彩感；他很注意构图布局，经常借鉴山水画的"三远"（高远、深远、平远）取景法，使景物的高低、远近、大小、浓淡、虚实搭配得错落有致、层次分明；他还吸取了绘画借助不同线条的组合勾勒物体轮廓创构画面的技法，通过动词、形容词的选择与锤炼凸显景物意象的线条美。诸如"青烟一去抹远岸，白鸟飞来立乔木"（《墨居堂晚晴凭栏》），"丽畹暗红雾，曲堤横翠烟"（《东窗》），"中流望绝巘，万丈见木杪"（《盐亭县永乐山叩云亭》），"青林随远岸，白水满平湖"（《江上主人》），"云烟漂泊树迷茫，一岸人家带夕阳"（《槐庄渡口》），"深藏宿雨树木暗，高洒夕阳篱落疏"（《西轩秋日》），"红树拥野店，白云藏县楼"（《过永寿县》），"断续溪云起，纵横野水流"（《东谷偶成》），"林下翩翩雁影斜，满川红叶映人家"（《亭口》），"万岭过云秋色里，一峰擎雪夕阳中"（《运判南园瞻民阁》），"直望汉江三百里，一条如线下洋州"（《中梁山寺》之四），"缭绕入云林，诘屈如篆字"（《巽堂》），"远渡孤烟起，前村夕照明"（《凝云榭晚兴》），"烟云分极浦，舟楫聚回潭"（《弄珠堂春望》），"曲榭红蕖影上，圆庵绿筱阴中"（《北岸》），"野径欹危入谷斜，曲冈回岭共交加"（《明教院》），等等，都表现出色彩、构图、线条之美，显然是诗人借鉴绘画技法刻意经营的结果。

  钱锺书先生指出，文同"在诗里描摹天然风景，常跟绘画联结起来，为中国的写景文学添了一种手法"（《宋诗选注·文同小传》）。泛泛地说风景像图画，这是很早就有的。在文同以前，不少诗人曾经把自然山水比拟为绘画，例如刘敞的"浅深山色高低树，一片江南水墨图"（《微雨登城》），蔡襄"烟收水曲开帘匣，春送人家入画屏"（《西湖》），陶弼"欲知言偃弦歌化，水墨屏风数百家"（《题阳朔县舍》）等。钱先生进一步指出，"具体的把当前风物比拟为某种画法或某某大画家的名作"，在文同以前，像韩偓的《山驿》"叠石小松张水部，暗山寒雨李将军"，还有林逋的《乘公桥作》"忆得江南曾看着，巨然名画在屏风"，不过偶然一见。而在文同的山水诗中，就有以下数例：

    朔风吹雪满横湖，众鸟归栖日欲晡。独坐水轩人不到，满林如挂暝禽图。

——《晚雪湖上》

山色满西阁，到江知几层。峰峦李成似，涧谷范宽能。阔外晴烟落，深中晚霭凝。无由画奇绝，已下更重登。

——《长举》

爽气浮空紫翠浓，隔江无限有奇峰。君如要识营丘画，请看东头第五重。

——《长举驿楼》

正因为文同有深厚的绘画艺术修养，对山水花鸟画家及其绘画作风、绘画名作十分熟悉，他才能如此准确地用画家的笔来比拟、形容山水真景。文同正式确立的这种手法，后来就成为中国写景诗文里的惯技。

在文同诗笔下呈现的山水画境，有工笔的、设色的，但更有特色的是那种水墨写意的。例如《望云楼》《新晴山月》两首诗：

巴山楼之东，秦岭楼之北。楼上卷帘时，满楼云一色。

——《望云楼》

高松漏疏雨，落影如画地。徘徊爱其下，及久不能寐。怯风池荷卷，病雨山果坠。谁伴余苦吟？满林啼络纬。

——《新晴山月》

前者写云山，满纸苍润；后者写松月，光影迷离。但诗人运笔轻灵，毫不着力。前者的水墨韵味可与孟浩然的五绝《宿建德江》媲美；后者的清淡幽隽则同韦应物的《寄全椒山中道士》神合。清人吴之振评文同诗"清苍萧散，无俗学补缀气，有孟襄阳、韦苏州之致"（《宋诗钞·丹渊集钞序》），是不错的。

三　笔下有烟云变灭之趣的米芾

米芾（1051—1107），字元章，号襄阳漫士、鹿门居士、海岳外史等，因曾官礼部员外郎，世称米南宫。太原（今属山西）人，徙居襄阳（今属湖北），后定居丹徒（今江苏镇江）。以恩补浛光尉。历知雍丘、涟水县、江淮荆浙等路制置发运司勾当公事，知无为军。崇宁年间召为书画学博士、擢礼部员外郎。大观元年（1107），出知淮阳军，卒。有《山林集》100卷，已佚。宋岳珂辑有《宝晋英光集》，后人续辑有《宝晋山林拾遗》,《全宋诗》辑录其诗 4 卷。

他是著名画家、书法家。绘画擅长水墨山水,烟云掩映,追求天趣,不取工细,不守绳墨,开创了被称为"米家山水"的新画法。书法享名尤盛,是宋代四大书法家之一。

他酷爱山水,曾说"一生林壑与心论"(《奉陪洞霄内阁拉殊师利宿穹窿本公故寺绝类岳麓感之而作》),"半生湖海看青山"(《除书学博士呈时宰》),"一境山林资我懒,半年风月为君吟"(《奉酬仲微见寄之作》),"野泊终朝爱清景"(《高邮即事二首》)等。他的诗流传下来不多,但吟咏的题材除朋友赠答之外,大多为山川名胜、寺庙道观、亭台楼阁之类。他喜爱以董源、巨然为代表的平淡冲融、真意可爱、岚气清润的南方派山水,而不大喜爱以李成、范宽、关同为代表的风格峭拔峻厚、雄强壮伟的北派山水。他本人的画,也多表现为峰峦出没、云雾显晦、溪桥渔浦、洲渚掩映的江南平远山水,追求一种烟云变灭之趣。他的一部分山水诗,特别是其中的五绝和七绝,也有意突出这种水墨淡远的风致。例如:

> 北固轻绡外,西山淡素中。一天烟雨好,未独爱霜空。
> ——《致爽轩四首》之二
> 鸥鹭依寒水,蒹葭静晚风。烟光秋雨细,树色碧山重。
> ——《过当涂》
> 淡墨秋林画远天,暮霞还照紫添烟。故人好在重携手,不到平山漫五年。
> ——《秋林》

秋林寒水、暮霭烟雨,正是典型的米家水墨山水的诗化。

米芾的山水诗也有与其山水画不同的作风。他在绘画上反对金碧晃耀、色彩富艳,而他的七古山水诗的代表作《吴侍禁绿野亭》与《揽秀亭》中,却有"楚江倒水天上来,吴山削玉青崔嵬","浅黛低泼弱柳色,红粉正抹秋莲腮","排空刻削万仞碧,秀色直上干云天","丹甍绣桷丽朝日,绮疏藻井摇非烟","莲华菡萏翠的铄,皎月照耀争婵娟"等绯红翠黛、金碧闪烁的景句。他不喜欢气势雄伟峻拔的北派山水画,但他在诗中却以雄浑奔放的笔触描绘江南的危楼高阁、大江狂潮。他一再以"壮观"为诗题,并在诗中描写"蒸云大泽斗蛟龙","十幅快帆飞野水"(《宝应道中》），"谁为决云开皓月，练翻雪卷看潮生"（《萧唐书壁》），"断云一叶洞庭帆"，"垂虹秋色满东南"（《垂虹亭》），"天排云阵千雷震，地卷银山万马奔"（《绍圣二年八月十八日观潮于浙江亭书》）等壮丽景观。他的两首七律名作突出地表现了其山水诗雄奇瑰丽的风格：

  云间铁瓮近青天，缥缈飞楼百尺连。三峡江声流笔底，六朝帆影落樽前。几番画角催红日，无事苍洲起白烟。忽忆赏心何处是，春风秋月两茫然。

——《望海楼》

  六代萧萧木叶稀，楼高北固落残晖。两州城郭青烟起，千里江山白鹭飞。海近云涛惊夜梦，天低月露湿秋衣。使君肯负时平乐，长倒金钟尽醉归。

——《甘露寺》

两首诗分别写在镇江北固山上的望海楼和甘露寺眺望大江的见闻感受。诗人视通万里，思接千载，借助想象、联想和夸张的手法，把江山胜景写得历历如绘。诗中有雄迈的气势与阔远的视野，有慷慨怀古或洒脱逸乐的情怀，还有缥缈空蒙、隽美淡远的水墨韵味。如果把这两首诗看作山水画，它们可以说是作者有意将南北两派山水画风融合的杰作。

米芾的山水诗除了笔力雄放、善写大景外，还以浪漫的想象和幻想见长。请看：

  目穷淮海雨如银，万道虹光育蚌珍。天上若无修月户，桂枝撑损向西轮。

——《中秋登海岱楼作》

  半山亭下老苔钱，凿破玻璃引碧泉。一片玉蟾留不住，夜深飞入镜中天。

——《玻璃泉浸月》

真是奇思异想，天真烂漫。米芾山水诗还擅于创构清新绝俗、幽寂迷人的意境，例如：

水月光华动不风，寒增绿柳露滋松。西山夜色无人唤，直透疏帘翠一重。

——《杂咏》

西山月落楚天低，不放红尘点翠微。鹤唳一声松露滴，水晶寒湿道人衣。

——《瑞岩庵清眺》

这种寒翠透帘、水晶湿衣的印象和感受，确实清幽绝妙。可惜米芾留下的山水诗不多，我们尚无法全面了解其超妙入神的诗才。

第三节　王安石雅丽精绝的山水诗

北宋后期，在那些把山水诗艺术推向高峰的诗人中，王安石的成就和贡献之大仅次于苏轼，而他在诗坛上比苏轼成名早，对于宋代山水诗生新工巧独特风貌的创造也比苏轼早着一鞭。

一　王安石的生平与诗歌美学追求

王安石（1021—1086），字介甫，号半山，抚州临川（今属江西）人。他年轻时即有文名，曾得到欧阳修的延誉。庆历二年（1042）进士，历任签书淮南判官、大理评事、鄞县（今浙江宁波）令、殿中丞通判舒州（今安徽潜山）、群牧判官、太常博士知常州、江东提点刑狱。嘉祐四年（1059）迁三司度支判官，写了有名的《上仁宗皇帝言事书》，为变法制造舆论。六年（1061），擢知制诰。神宗即位，知江宁府，召为翰林学士兼侍讲。熙宁二年（1069）拜参知政事，次年拜相，主持变法，推行新政。熙宁七年（1074），罢相。八年（1075），复相。九年（1076），再罢相，退居江宁（今江苏南京），封舒国公。今存《临川先生文集》和宋人李璧《王荆公诗笺注》。

他是我国历史上杰出的政治家、思想家和文学家。在文学方面，为唐宋古文八大家之一，诗歌的成就更高。他平生很爱游览山水，多次在诗里表达对山水的喜爱，如"胜践肯论山在险，冥搜欲与海争深"（《平甫与宝觉游金山思大觉并见寄及相见得诗次》），"尚有闲襟寻水石，更留佳句似池塘"（《每见王太丞邑事甚冗而剸剧之暇犹能过访山馆兼出佳篇为赠仲叹才力因成小诗》）等。他的诗歌创作可以罢相为界分为前后期。前期以创作表现民生疾苦、揭露社会弊端、议论改革措施、抒写理想抱负的政治诗为主，但在做地方官和作为宋朝使臣送辽使去北方时也写了一些山水诗。这些山水诗多数是五七言古诗，主要运用散文化和议论化的笔法抒情咏志，状写山水风光比较粗略，语言雄健质朴，诗意大多率直浅露。当然也有一些比较好的篇章。如《泊船瓜洲》："京口瓜洲一水间，钟山只隔数重山。春风又绿江南岸，明月何时照我还？"此诗作于熙宁元年（1068）初，作者自江宁府赴京口之时。诗中主要抒写他希望此次入京能如东风化雨开创变法新局面的心情。句中的"绿"字，形容词作动词用，点染、挥洒出一派生机勃勃、青翠喜人的江南春色，使形象、色彩、感情、意境全出，是点睛传神之笔。据宋人洪迈《容斋续笔》卷八载，这个"绿"字是经过"十许字"的改动才定下来的。尽管唐诗中已有"东风何时至，已绿湖上山"（丘为《题农父庐舍》）和"东风已绿瀛洲草"（李白《侍从宜春院》）的用法，但都不如此诗用得精彩、醒豁。又如《登飞来峰》："飞来峰上千寻塔，闻说鸡鸣见日升。不畏浮云遮望眼，自缘身在最高层。"写登峰感受，表达出一种高瞻远瞩的精神。后二句反用李白"总为浮云能蔽日，长安不见使人愁"（《登金陵凤凰台》）句意，诗中蕴含豪迈自信的情怀和激励人心的哲理。从这两首诗，已表现出他擅长写山水绝句并使情、景、理在诗中水乳交融的特长。此外，作于这一时期的五言古体长篇山水诗《和平甫舟中望九华山二首》，以散文化的铺叙手法刻画九华山的雄秀景色，想象新奇，摹写细致，虽然后半篇议论过多，但也显示了他表现山水自然美的艺术才能。

　　王安石罢相以后，住在金陵城白下门外的半山园，过着隐居生活。半山园距钟山七里，亦即由城里至钟山的半道，所以称半山园。他的住宅仅蔽风雨，不设墙垣。每日他除了学佛谈禅、编著《字说》外，便是游山玩水。《续建康志》曾载他"平日乘一驴，从数童，游诸寺。欲入城，则乘小舫，泛潮沟以行。盖未尝乘马与肩舆"。这个时期，他创作了大量的山水诗，从各个角度描绘金陵、钟山、长江的景色。诗中所展现的境界，多是"有我之境"：在一幅幅山水风景画面上，经常活现出诗人的自我形象。例如《寄蔡天启》："杖藜缘堑复穿桥，谁与高秋共寂寥。伫立东冈一搔首，冷云衰草暮迢迢。"诗中在晚秋暮色苍茫的东冈上、在无边的冷云衰草中伫立的这位杖藜老人，正是饱经政治斗争风雨现已投闲置散的诗人自我形象的生动写照。诗人在晚年山水诗中所流露的思想感情是十分丰富复杂、强烈深刻的。他摆脱了烦冗政务，脱离了党派斗争的旋涡，因而显得心情轻松；他投身大化，回归大自然，又感到恬适愉悦；但是每当回忆自己推行新法的斗争经历时，他时而自豪自信，时而又为自己曾经用人不当而追悔；更多的是为新法的前景而忧虑，并由此引发出岁月蹉跎、功业未成的感喟。因此，这些山水诗的情调，往往在闲淡中蕴寓着悲壮。《宋诗钞·临川诗钞序》评得很中肯："论者谓其有工致，无悲壮，读之久则令人笔拘而格退。余以为不然。安石遣情世外，其悲壮即寓闲淡之中。"其实王安石自己也说过："欲寄荒寒无善画，赖传悲壮有能琴。"（《秋云》）试读《怀旧》诗："吹破春冰水放光，山花涧草百般香。身闲处处看行乐，何事低回两鬓霜。"前三句描写悠闲行乐情景，末句以逆折之笔，含蓄地抒写出他内心的忧愤感怆。又如："东冈岁晚一登临，共望长河映远林。万窍呼号风丧我，千波竞涌水无心。"（《东冈》）"天日苍茫海气深，一船西去此登临。丹楼碧阁皆时事，只有江山古到今。"（《金山三首》）在呼号奔涌和苍茫深邃的山水画面上，激荡着诗人郁勃悲凉的感情。这些山水诗浓郁的抒情氛围和含蓄深婉的意绪，既与他前期诗歌的率直刻露迥然不同，也与当时其他许多诗人的山水诗的淡泊情调大异其趣。

王安石曾在《上人书》中说："所谓文者，务为有补于世而已矣。所谓辞者，犹器之有刻镂绘画也。诚使巧且华，不必适用；诚使适用，亦不必巧且华。要之以适用为本，以刻镂绘画为之容而已。"又在《张刑部诗序》中称赞张诗"明而不华"，而批评西昆派杨、刘"粉墨青朱"。可见，以适用为本、反对华丽纤巧是他对诗文创作的追求。但与此同时，他又在《灵谷诗序》中赞扬其舅吴某的诗说："观其镵刻万物，而接之以藻绘，非诗人之巧者亦孰能至于此！"作于皇祐五年（1053）前后的《杜甫画像》高度评价了杜诗的思想意义，但诗中也说："吾观少陵诗，谓与元气侔。力能排天斡九地，壮颜毅色不可求。浩荡八极中，生物岂不稠？丑妍巨细千万殊，竟莫见以何雕镂？"他还在《题张司业诗》中说："苏州司业诗名老，乐府皆言妙入神。看似寻常最奇崛，成如容易却艰辛。"可见，他是十分重视诗歌形象的刻画的，他对诗歌艺术美有精益求精的追求。这种美学追求的目标，就是"镵刻万物""雕镂万物"，与元气浑成的艺术境界的统一，就是把"奇崛""艰辛"融入"寻常""容易"之中。这种美学追求，指导着他晚年山水诗的创作，并且集中地体现在他的近体律绝山水诗中。

二 意韵兼胜的半山山水绝句

他的五律、七律诗都有生动美妙地表现山水自然美的佳作。七律《次韵平甫金山会宿寄亲友》云:"天末海门横北固,烟中沙岸似西兴。已无船舫犹闻笛,远有楼台只见灯。山月入松金破碎,江风吹水雪崩腾。飘然欲作乘桴计,一到扶桑恨未能。"前六句按着时间的次序,描写了由黄昏到初夜再转入夜深的金山寺景色,境界宏丽阔大,意象却真切细致,表现出该地山水的独特形势与个性。诗的前三联俱对仗,分别以远近虚实、所见所闻和暗喻手法为对,既精严又有变化。尾联即景生情,抒发欲抛弃世间一切名缰利锁遨游神仙世界的情怀。这是一首意韵深长、意境浑成的山水诗佳作。但他的七律山水诗中这样的佳篇比较少,往往插入直接抒情议论的一联或二联,造成诗意的直率浅露,也使山水景物意象不够鲜明完整。他的五律山水诗比七律好,长于写幽静之境,风格多样,有诸如《即事》《江亭晚眺》的潇洒自然,也有《宿雨》《秋夜泛舟》的新颖奇险,佳作较多。例如《岁晚》:"月映林塘静,风涵笑语凉。俯窥怜净绿,小立伫幽香。携幼寻新药,扶衰上野航。延缘久未已,岁晚惜流光。"写冬夜月映林塘的幽丽景色,流露热爱自然、珍惜流光的情意,笔墨工细,意境却自然浑融。《漫叟诗话》评曰:"荆公定林后诗,精深华妙,尝作《岁晚》诗,自比谢灵运,识者以为然。"

王安石的山水绝句写得最多最好。五绝《题齐安壁》:"日净山如染,风暄草欲薰。梅残数点雪,麦涨一溪云。"前两句分别以"净""染""暄""薰"四字来描写阳光、山色、东风、春草,非常精警;后两句写梅上残雪数点和溪畔麦浪起伏,状景真切,尤其是用"涨"字"云"字来形容麦苗在溪水中倒影的轻舒浮动,想象新奇,造句精美。此外,《南浦》《山中》《江上》都是五绝的佳作。六言绝句虽少,而《题西太一宫壁二首》却是脍炙人口的名篇。其一云:"柳叶鸣蜩绿暗,荷花落日红酣。三十六陂烟水,白头想见江南。"这是熙宁元年(1068)王安石奉神宗之召入京准备变法时重游西太一宫之作。前两句写夏日西太一宫周围景色之美,十二个字把景物的色彩、声音、高低、远近对照组合得十分和谐,特别是"暗""酣"二字,形容柳叶之密、柳色之浓与荷花红艳如醉,令人叹绝。苏轼、黄庭坚都有次韵和作并自叹不及(参见《竹庄诗话》卷九引《诗事》)陈衍《宋诗精华录》卷二甚至说:"绝代销魂,荆公当以此二首压卷。"在王安石的山水绝句中，又以七绝更出色，名篇佳作，层见迭出。例如《北山》：

> 北山输绿涨横陂，直堑回塘滟滟时。细数落花因坐久，缓寻芳草得归迟。

前二句写北山春色，后二句写闲适之情。写景动中见静，声色俱美。动词"输""涨"与叠字形容词"滟滟"无不准确、新鲜、生动、传神。"细数"二句暗用王维"兴阑啼鸟换，坐久落花多"句意，却又包孕着诗人对大自然的哲理思索寻味，兼得唐音与宋调之风神。诗的对仗精工又一气贯通。叶梦得《石林诗话》评曰："王荆公晚年诗律尤精严，造语用字，间不容发。然意与言会，言随意遣，浑然天成，殆不见有牵率排比处。……'细数落花因坐久，缓寻芳草得归迟'，但见舒闲容与之态耳。而字字细考之，若经檃括权衡者，其用意亦深刻矣。"又如《江上》诗：

> 江北秋阴一半开，晚云含雨却低回。青山缭绕疑无路，忽见千帆隐映来。

李白《望天门山》诗云："天门中断楚江开，碧水东流至此回。两岸青山相对出，孤帆一片日边来。"王诗似步李白诗韵，意境也有相似处，但在学习借鉴中又有创新。李诗如行云流水，纯任自然，一气倾泻，境界雄丽。王诗前二句渲染沉暗的景色气氛，先扬后抑，由开到阖；后二句转出雄奇之境，先抑后扬，由阖到开，使章法有波澜跌宕、曲折变化之妙，在写景中又寄寓人生境遇中遇塞而通、豁然开朗的情味和哲理，意蕴比李诗丰富、深邃。南宋陆游的名联"山重水复疑无路，柳暗花明又一村"（《游山西村》），显然由此诗脱化而来。再看《书湖阴先生壁二首》之一：

> 茅檐长扫静无苔，花木成畦手自栽。一水护田将绿绕，两山排闼送青来。

前一联写清幽洁净的田园景色，衬托出躬耕隐居的邻里友人的高雅人品和生活情趣。后一联以拟人手法写山水动态，想象新奇又有气势，使山水都有了生命和性灵，与隐士相亲相爱。诗的对仗精工，用典妥帖。据钱锺书《宋诗选注》的注释，"护田""排闼"皆语出《汉书》。诗人不仅用汉人语相互对仗，而且用典故中校尉"卫护营田"（《汉书·西域传序》）与樊哙"排闼直入"（《汉书·樊哙传》）这两人的动作来形容山水的性情行为，真是神来之笔！

总括地说，王安石的山水绝句，广泛地学习借鉴了唐人李白、杜甫、王维、孟郊、杜牧等人以及宋人欧、苏、梅的诗歌艺术，又经过自己的熔炼创新，创造出意与韵兼胜、唐音与宋调兼收的新型绝句诗。具体说，就是既新奇工巧，又含蓄深婉，既深折透辟，又蕴藉空灵。这些清奇深婉、精工华妙的绝句诗出现在诗坛上，立即博得人们的喜爱与重视，当时以及后来的诗人、诗评家们纷纷赞赏不已。黄庭坚说："（荆公）暮年小诗，雅丽精绝，脱去流俗，不可以常理待之。"（《跋王荆公禅简》）徐俯也说："荆公暮年金陵绝句之妙传天下。"（《能改斋漫录》卷八引）胡仔列举王安石的绝句佳作后赞叹："观此数诗，真可使人一唱而三叹也。"（《苕溪渔隐丛话》前集卷三五）杨万里指出："五七绝字最少，而最难工。虽作者亦难得四句全好者，晚唐人与介甫最工于此。"（《诚斋诗话》）曾季狸《艇斋诗话》甚至不无偏颇地说："绝句之妙，唐则杜牧之，本朝则荆公，此二人而已。"严羽在《沧浪诗话·诗体》中更因此提出"王荆公体"的名称，并注云："公绝句最高，其得意处，高出苏、黄、陈之上。"

三　表现山水自然美的高超艺术

从观察、捕捉和表现山水自然美的艺术角度看，王安石能够锐敏、细致地传达人们感知外界最主要的视觉和听觉感受，如"江月转空为白昼，岭云分暝与黄昏"（《登宝公塔》）；"松篁不动翠相重，日射流尘四散红"（《兴国寺楼上作》）；"涧水绕田山野转，野林留日鸟声和"（《题友人壁》）；"山鸟自鸣泥滑滑，行人相对马萧萧"（《送项判官》）；"含风鸭绿鳞鳞起，弄日鹅黄袅袅垂"（《南浦》）等句，对景物色彩、光影、姿态、动静、声音的表现无不生动真切，使人如闻如见。而且，他还擅长表现难度更大的触觉、嗅觉以及内心感受，例如"暗香一阵连风起，知有蔷薇涧底花"（《同熊伯通自定林过悟真二首》之一）；"潺潺嫩水生幽谷，漠漠轻寒动远林"（《次韵春日感事》）；"云归山去当檐静，风过溪来满坐凉"（《次韵答平甫》）；"溪深树密无人处，唯有幽花渡水香"（《天童山溪上》）；

"微风淡水竹，静日暖烟萝"（《与道原游西庵遂至草堂宝乘寺二首》）；"稻畦藏水绿秧齐，松鬣初干尚有泥"（《归庵》）等。这些诗句，对于景物的冷暖、干湿、香臭、轻重、老嫩等感受的艺术表现，细致微妙，令人惊叹！显示了诗人晚年以禅宗的直觉体悟和宁静观照的方式感受大自然所达到的深度。

宋人许颉《彦周诗话》指出："荆公爱看水中影，此亦性所好，如'秋水泻明河，迢迢藕花底'，又《桃花诗》云：'晴沟春涨绿周遭，俯视红影移渔船。'皆观其影也。"的确，喜爱欣赏和表现水中之影——山影、月影、树影、花影，是王安石山水诗的又一个突出艺术特点。除许颉所举外，还有我们前面引述过的"月映林塘淡""俯窥怜绿静"（《岁晚》），"麦涨一溪云"（《题齐安壁》），以及"涧水绕田山影转"（《题友人壁》），"殷勤将白发，下马照青溪"（《秣陵道中口占二首》），"俯窥娇娆杏，未觉身胜影"（《杏花》），等等。水中之影，清莹缥缈，王安石偏偏喜爱表现这类意象，意在检验自己的艺术技巧，更为了追求一种带有禅意、透彻玲珑、空灵玄妙的意境。

王安石描绘自然山水景物，运用了白描、彩绘、比喻、拟人等手法，并常常借助提炼新奇的动词、创构新颖的句式以及运用叠字形容词、双声叠韵联绵词等修辞手段。各种手法，他都用得灵活自如，举重若轻，从而丰富和发展了古典诗歌表现山水自然美的艺术。

王安石的山水诗也有不足之处。他有时过分求工而伤于纤巧，或过分求奇而失于险怪。例如《宿雨》："绿搅寒芜出，红争暖树归。鱼吹塘水动，雁拂塞垣飞。宿雨惊山静，晴云漏昼稀。却愁春梦短，灯火著征衣。"诗中"搅""争""吹""拂""惊""漏"六字炼得过火。纪昀批评道："'搅'字险而纤，不及'绿稍还幽草，红应动故林'二句自然。"（《瀛奎髓律汇评》卷一○）贺裳更讥讽道："余意人生好眼，只须两只。何必尽作大悲相乎？……六只眼睛未免太多。"（《载酒园诗话》卷一）类似的情形在王诗中常见，例如"苔争庵径路，云补衲穿空"（《白云然师》），"紫荬凌风怯，青苔挟雨骄"（《雨中》），这些诗眼烹炼新奇，却使人感到用力太狠，形容过分，不够自然。他喜欢借用或改动前人成句，有时这样做相当成功。例如《寄育王大觉禅师》的"山木悲鸣水怒流，百虫专夜思高秋"，反用韩愈《山石》"夜深静卧百虫绝"句意，生动地表现出秋夜虫鸣不绝的情景；又如《舟夜即事》的"水明鱼中饵，沙暖鹭忘眠"

借鉴了杜甫《绝句》的"沙暖睡鸳鸯"句,将杜诗静境化为动境,各臻其妙。但也有故作翻案、弄巧成拙的情况,如把王籍的"鸟鸣山更幽"(《入若耶溪》)改为"茅檐相对坐终日,一鸟不鸣山更幽"(《钟山即事》),使诗味大减。又如《春晴》的"静看苍苔纹,莫上人衣来",袭用王维《书事》"坐看苍苔色,欲上人衣来",亦不及原诗。此外,他有些山水诗夹杂的议论颇多,典故佛语过多,也削弱了诗歌的艺术感染力。

王安石的山水诗尤其是绝句讲求技巧、法度,匠心独运而兼具唐风宋调,具有新奇工巧又含蓄深婉的独特风格,意境浑然天成,创出了"荆公体",对苏轼、黄庭坚、陈与义、范成大、杨万里、陆游直到"永嘉四灵"、江湖诗派的绝句都给予影响,在宋代山水诗发展史上占有重要地位。

第四节 诗风雄丽的浪漫诗人王令、郭祥正

王令和郭祥正是比王安石小却长于苏轼的杰出诗人。两人的山水诗歌都带有浓郁的浪漫色彩,在宋代诗坛上闪射出奇光异彩。

一 王令:"磅礴奥衍",寄托遥深

王令(1032—1059),字逢原,元城(今河北大名)人,五岁丧父母,随其叔祖王乙居广陵(今江苏扬州)。十六岁迁居瓜洲。次年即自立门户,自谋衣食,此后在天长、高邮等地授徒为生。至和二年(1055)在高邮拜见王安石,获安石赏识,结为知己,遂以文学知名。嘉祐三年(1058)王安石将其妻之从妹吴氏嫁之。次年他便卒于常州,年仅二十八岁。

他是宋代才高命薄的诗人,只比唐代李贺多活一年。自称"志在贫贱",不愿屈就科举功名,故而短暂的一生都在贫病交迫中度过。但他却怀着远大的理想抱负,希望自己能力卷苍溟,为人间带来甘霖;借得清风,尽消天下的赤热。今存《广陵先生文集》,有散文70多篇,诗歌480多首。

他的诗歌成就比散文高。诗多抨击政治腐败,反映民生疾苦,抒写壮志抱负,也悲叹自己的贫困失意。他论诗提倡狂放豪迈,曾说:"文章喜以怪自娱,不肯裁缩要有余。多为峭句不姿媚,天骨老硬无皮肤。人传书染莫对当,破卵惊出鸾凤翔。间或老笔不肯屈,铁索缚急蛟龙僵。少年倚

气狂不羁,虎胁插翼赤日飞。欲将独立跨万世,笑诮李白为痴儿。"(《赠慎东美伯筠》)他推崇杜甫的诗"镌镵物象三千首""气吞风雅妙无伦"(《读老杜诗》)。他的诗深受杜甫、韩愈、孟郊的影响,语言求奇求硬,峭拔劲健。最显著的特色是构思奇特,立意深刻,想象怪异,好用僻字,有沉郁悲凉或雄放豪迈之气。他的山水诗数量不多,确也显示出上述风格特色。五古长篇山水诗《过扬子江》以奇崛的笔触和雄伟的气魄描写长江的惊涛骇浪与风平浪静的不同气象:"掀轰驾高浪,山皋相联粘。有如合万鼎,就沸烹群恔。天阳盛焚烁,鬼力争㷅烀。声势欲状说,有口嗟如箝。须臾稍收敛,晴风荡氛霭。涵澄动自息,拂拭痕无纤。宛然帝女镜,仰照青天奁。"并由此引发出荡涤奸邪澄清天下的崇高理想:"有如尧舜时,惠泽四海沾。登贤默与虑,流恶生无沾。洗除岩穴空,荡涤浑奸奸。恩波浩滂沛,浸润咸滋渐。"诗人常以浪漫的奇情异象来描绘壮美的大江景象,从中寄寓他对黑暗现实的抨击和大济苍生之志,例如:

  长江万顷明如镜,江面无风江水静。白日当空照江底,蛟穴龙居难隐映。乱山影落碧波寒,渔翁醉卧愁不醒。迟暮东南见海门,海门目断烟云暝。几度狂涛日月低,舟师鼓枻歌相庆。长江虽长缯网多,纤鳞何处逃生命。

——《长江万顷明如镜》

  浩渺烟波不可名,我来闲自濯尘缨。久思沧海收身去,安得长舟破浪行。天阔水云连暗淡,日闲鸥鹭自飞鸣。屈平死后渔人尽,后世凭谁论浊清。

——《江上》

有时自然山水完全成了诗人比兴寄托抒怀泄愤的载体,如《龙池二绝》:

  满目尘埃白日阴,皇天无命且深沉。终当力卷苍溟水,来作人间十日霖。
  尽道神龙此有灵,一池澄静暮痕深。如何蟠屈无飞志,却放鸣蛙有怒生。

同一个龙池,在前一首中显然是诗人广济黎元精神的寄托;而在后一首诗中，它却成了那些昏庸无能、使百姓怨怒的官吏的象征。正由于山水诗中融入了诗人愤世或济民的思想感情，使这些诗意蕴深厚，境界高远。这是一般诗人的山水诗不可企及的。

王令也有一些吟咏山水既有奇思异想又有生动精细刻画的艺术精品，例如《金山寺》：

> 万顷清江浸碧山，乾坤都向此中宽。楼台影落鱼龙骇，钟磬声来水石寒。日暮海门飞白鸟，潮回瓜步见黄滩。常时户外风波恶，只得高僧静处看。

首联写金山，以清江衬托其青碧山色，气象雄丽阔大。颔联写金山寺，把视觉、听觉的实感与想象的心灵中的虚受结合起来表现，有动有静，绘影绘声。颈联写日暮景色，远眺近观，仰望俯瞰，视角多变，显出空间层次感和鲜明的色彩感。尾联自然引发感慨，语含双关，注入哲理，寄托遥深。全篇清新脱俗，奇丽而自然，确是一首山水诗佳作。

《四库全书总目提要》评王令诗："令才思奇轶，所为诗磅礴奥衍，大卒以韩愈为宗，而出入于卢仝、李贺、孟郊之间，虽得年不永，未能锻炼以老其才，或不免纵横太过，而视局促剽窃者流，则固偭偭乎远矣！"是对这位有过人见识与才华的诗人确切的评价。

二　郭祥正：奇情壮采，追循李白

郭祥正（1035—1113），字功甫，自号醉吟居士、谢公山人、漳南浪士。当涂（今属安徽）人。约于皇祐五年（1053）举进士，为德化尉。熙宁五年（1072）权韶州防御判官。六年（1073），先后为太子中舍、桐城令。后签书保信军节度判官，未几，弃官归隐姑孰青山。元丰四年（1081）前后，通判汀州。五年（1082），摄守漳州。七年（1084），因事勒停。元祐三年（1088），起知端州。四年（1089），致仕，卒年七十九。今存《青山集》30卷，《全宋诗》辑录31卷。

他同王安石、苏轼都有交往。王安石颇赏识他的诗。他的《奠谒王荆公坟》有"平昔偏蒙爱小诗，如今吟就复谁知"之句。苏轼曾在他的醉吟庵画竹石于壁，又有赠句云："平生好诗仍好画，书墙涴壁常遭骂。不慎不骂喜有余，世间谁复如君者！"（《郭祥正家，醉画竹石壁上。郭作诗为谢,且遗二古铜剑》)他的三十卷诗中,绝大多数是山水诗。山水诗在全部诗中所占比重之大,恐怕在宋代诗人中无出其右。传说他的母亲梦李白而生下了他,少年时即有诗名。梅尧臣擅名一世,见到他便称赞:"真太白后身也。"(《宋百家诗存》卷九)他为人、为诗都自觉地学习李白。他酷爱自然,曾说"吾生磊落无滞留,一生好作大江游"(《楚江行》),"闻说名山心即飞,一山愿向山中老"(《送杨主簿》),"挽君且住君少留,人生难得名山游"(《卧龙山泉上茗酌呈太守陈元舆》)。每游山水必赋诗,才华横溢,诗思敏捷,落笔便不能自休,如他曾一口气写出《和杨公济钱塘西湖百题》共一百首五言绝句山水诗。他的五七言古体近体律绝山水诗多有佳篇秀句,令人应接不暇。五绝如《追和李白秋浦歌十七首》,七律如《追和李白登金陵凤凰台二首》都是颇见才情的优秀作品。他从屈骚、游仙诗、陶诗、二谢诗、李杜诗、苏舜钦诗以及同时代的苏轼诗中多方面地吸取了丰富的艺术营养,尤其推崇和致力于学习李白的浪漫诗歌。他的七言古诗特别是以七言为主的杂言体歌行写得最多,也最好,从情调、气味、意象到章法、句法都酷似李白诗,作品有《楚江行》《九华山行》《庐山三峡石桥行》《谷帘水行》《金山行》《潜山行》《山中吟》《山中乐》《武夷行寄刘侍郎》《忆五松山》等数十首。请看:

群山秀色堆寒空,九华一簇青芙蓉。谁云九子化为石,聚头论道扶天公。深岩自积太古雪,烛龙缩爪羞无功。湍流万丈射碧落,此源直与银河通。尘埃一点入不得,烟雾五色朝阳烘。有时昏昏雷电怒,崩崖裂壁挥长松。龙作雨,虎啸风。白日变明晦,九子亦惨容,褐冠释氏胡为笑傲于其中。我将学彼术,卷舌切愧求童蒙。天公信玉女,号令不尔从。嗟尔九子竟何补,非秦非华非衡嵩。

——《九华山行》

金山杳在沧溟中,雪崖冰柱浮仙宫。乾坤扶持自今古,日月仿佛躔西东。我泛灵槎出尘世,搜索异境窥神工。一朝登临重太息,四时想象何其雄。卷帘夜阁挂北斗,大鲸驾浪吹长空。舟摧岸断岂足数,往往霹雳槌蛟龙。寒蟾八月荡瑶海,秋光上下磨青铜。鸟飞不尽暮天碧,渔歌忽断芦花风。蓬莱久闻未成往,壮观绝致遥应同。潮生潮落夜还晓,物与数会谁能穷。百年形影浪自苦,便欲此地安微躬。白云南来入我望，又起归兴随征鸿。

——《金山行》

诗人运用丰富奇特的想象和幻想、大胆的拟人化以及极度的夸张等艺术手法，把大量的神话传说素材编织入诗中，写成了别具一格的游仙式的山水诗。全篇充满了神奇的意象，感情奔放，意境雄伟阔大。或整首纯用七言句，或在七言中插入三言、五言、十一言句，章法纵横跌宕，转折自如，音调高亢浏亮。人们读他的诗，既能获得一种崇高美的享受，又能激发起热爱祖国山河、热爱生活的强烈感情。

在郭祥正的山水诗中，我们经常可以见到闪射着诗人奇思妙想的瑰丽光芒的诗句，例如"晴云自舒仍自卷，白龙欲眠犹宛转。秋空漠漠秋气浅，碧天蘸水如刀箭"（《松门阻风望庐山有怀李白》）；"群山奔来一峰起，千丈芙蓉碧霄倚。嫦娥却月愁推轮，王母呼言结缯绮"（《舒州使宅天柱阁呈朱光禄》）；"平湖万顷浮青玉，嫦娥更揽寒光浴"（《中秋登白纻山呈同游苏寺丞》）；"请舒和气邀阳春，便酿重湖作浓酒"（《送刘继邺秀才之岳阳访木尉》）；"日射山光如琥珀，水涵天影似玻璃"（《阮希圣新轩即席兼呈同会君仪温老三首》之二）等。他在《补到难》诗中形容碧落洞的石笋与石钟乳千奇百怪之状，也如苏轼一样妙用博喻："如长人，如巨蛇，如翔龙，如镆铘，如倒植之莲，如已剖之瓜，如触邪之獬豸，如蚀月之虾蟆。或断而卧，或起而立，或欲斗而搏，或惊顾而呀……"

清人曹庭栋评郭祥正诗："其古体诗沉雄俊伟，如波涛万叠，一涌而至，莫可控御。不特句调仿佛太白，其气味竟自逼真。"（《宋诗略》）因为他的诗太像李白，缺少独创，故而算不上宋代的一流作家。但他和王令富于浪漫色彩的山水诗，是宋代山水诗艺术成熟期中绽放出的两株奇葩。

第五节　僧诗的山水新景观

宋初"九僧"这一流派的山水诗，发展到了北宋后期，出现了以道潜、惠洪、仲殊为杰出代表的一群诗僧。他们的山水诗创作，突破了"九僧"用小巧细碎笔法写清幽狭窄意境的晚唐体格调，作品的题材和体裁更多样化，思想感情与士大夫文人诗更贴近，艺术上也更趋于成熟。

一 诗风清奇的仲殊

仲殊（生卒年不详），字师利，安州（今湖北安陆）人。俗姓张，名挥。因妻投毒，食蜜而愈，遂弃家为僧，人号蜜殊。住苏州承天、杭州宝月等寺，与苏轼相交甚善。徽宗崇宁中卒。有《宝月集》，已佚。《全宋诗》仅辑录得其诗14首。

仲殊不仅工诗，还工于长短句，喜作艳词，故而慧聚寺僧孚禅师曾作《箴仲殊》诗一首，说："惜哉大手笔，胡为幽柔词。愿师持此才，奋起革浇漓。"但也高度赞扬仲殊的诗才："文章通造化，动与王公知。囊括十洲香，名翼四海驰。肆意放山水，洒脱无羁縻。……诗曲相间作，百纸顷刻为。藻思洪泉泻，翰墨清且奇。"（《中吴记闻》卷四）由此可知，仲殊擅长山水诗，襟怀洒脱，诗思泉涌，笔通造化，风格清奇。

在仲殊留存下来的十四首诗中，山水诗就有八首。七古《题翠麓亭》、五古《破山光明庵》、五律《中峰》和《题洞虚观》、七律《题玉泉》都写得不错。例如他写玉泉"净照更无云影杂，素光疑有露华凝"（《题玉泉》），写临安府景色"霁色澄千里，潮声带两州"（断句），都是佳句。较出色的是三首七绝，请看其中的二首：

> 凝华浮藻五云间，下压凌虚万象闲。湖水际天天欲尽，落霞照出洞庭山。
>
> ——《望湖亭》

> 北固楼前一笛风，断云飞出建康宫。江南二月多芳草，春在蒙蒙细雨中。
>
> ——《润州》

从此二诗看，仲殊颇善写山水大景。前首借湖天与落霞衬出浩渺太湖中的洞庭山；后者以新奇的句式，表现了诗人对江南春天独到的发现。二诗又都善于融情入景：前首流露出闲逸高蹈之趣，后者蕴含抚今追昔之思。诗境雄丽阔大，语言清健，颇有奇句，以"清奇"形容此种诗风是恰当的。

二 擅长"小中见大"的道潜

道潜（1043—1106），号参寥，赐号妙总大师，本名昙潜，苏轼为其更名道潜。俗姓何，杭州於潜（今浙江临安）浮溪村人。幼即出家为僧，能文章，尤喜为诗。苏轼为杭州通判时引为方外诗友。元丰中苏轼谪居黄州，他不远数千里相访，留居期年。元祐中苏轼知杭州，他卜居西湖智果精舍，与苏轼唱和往还。绍圣初，苏轼贬岭南，他亦坐作诗刺时得罪下狱，被勒令还俗，编管兖州。徽宗即位，诏复祝发。崇宁末归老江湖。有《参寥子诗集》12卷存世，《全宋诗》辑录其诗12卷。

他是北宋著名的诗僧。苏轼在《参寥子真赞》中说他"身寒而道富，辩于文而讷于口。外形尪柔而中健武。与人无竞，而好刺讥朋友之过。枯形灰心，而喜为感时玩物不能忘情之语"；又说他"诗句清绝，可与林逋相上下，而通了道义，见之令人萧然"（《与文与可书》）。陈师道更誉之为"释门之表，士林之秀，而诗苑之英也"（《送参寥序》）。

关于他的诗歌美学追求，我们可以从他的一些诗句中管窥一二。他说"扬州从事多文华，新诗组织如朝霞"（《酬邵彦瞻朝奉见寄》）；"从来江总文才妙，请付毫端刻画中"（《同苏文饶主簿西湖夜泛》）；"词锋刻万象，搜索泣山鬼"（《送景文》）；"俊逸固宜凌鲍谢，优游真已逼渊明"（《览黄子理诗卷》）；"吾言淡薄非橄榄，纵可咀嚼聊能久"（《次韵陈敏善秀才见过》）；"绝景小诗难壮观，当看醉笔吐长虹"（《晓发苕溪将次径山呈通判廖明略学士》）；"公诗拟南山，雄拔千丈峭，形容逼天真，解后摘其要"（《次韵阳翟尉黄天选见寄》）。归纳起来，他十分注重刻画山水景物形象，力求凸显其主要的特征以逼肖天真，力求在小诗中展现出壮丽景观，并耐人咀嚼回味；他对陶渊明、鲍照、谢灵运、江总、韩愈的诗歌都很赞赏，要求山水诗应兼具多种风格，清丽如朝霞，雄拔似千丈峭壁，俊逸凌鲍谢，优游近陶潜。

他的山水诗古近体都有佳作。五古组诗《庐山杂兴十三首》描绘庐山各处名胜风光，或雄丽或幽奇，笔墨灵动，变幻多姿，表现出这座名山的万千气象。七古《何氏寒碧堂》《玉荆山人崔君草堂》《邵仲恭许相过金山未至》《过新开湖寄李端叔大夫》，五律《再游鹤林寺》，七律《夏日龙井书事》《广陵城外野步呈莘老》等，也都是佳作。他的七绝山水诗写得最多，其中有几首为历代传诵的名篇。先看《秋江》：

赤叶枫林落酒旗，白沙洲渚夕阳微。数声柔橹苍茫外，何处江村人夜归？

前两句表现赤叶枫林、白沙洲渚和渐敛夕晖之间的色彩与明暗映衬，后两句以天外传来的数声柔橹与其凭空想象的江村人归情景，显示夜色朦胧中秋江的悠远、寂静氛围。全篇不露痕迹地展示了在时间流动和空间转换过程中自然景物的变化。这正是道潜写景的独到之处。惠洪《冷斋夜话》卷四说道潜作诗"追法渊明，其语逼真"，即引此诗后二句为例。清吴乔《围炉诗话》卷五亦赞此二句"佳绝"。再看《江上秋夜》：

  雨暗苍江晚未晴，井梧翻叶动秋声。楼头夜半风吹断，月在浮云浅处明。

全诗句句写景，一句一转，表现出苍江从傍晚到夜半，由阴雨、风起、风停到转晴的变化过程，最后营造了清冷寒寂的意境。诗人善于准确地捕捉每个特定时刻的景物特征并予以深细的刻画，使浑成的总体感觉和敏锐的细节描写相得益彰，而语言又精练自然，并无着力刻画的痕迹。这也是道潜表现山水自然美的高超之处。再看一首《临平道中》：

  风蒲猎猎弄轻柔，欲立蜻蜓不自由。五月临平山下路，藕花无数满汀洲。

前两首诗表现的是自然景物在时间推移和空间转换中的变化，这一首诗却是表现在同一个时空中景物的动态。道潜俨然是一位高明的画家，把大小、远近、动静不同的景物巧妙组合起来，把用工笔精微地画出的蜻蜓同以意笔挥洒出的大片荷花莲叶结合起来，构成一个有主体有背景、富于空间感和动态感的画境，其中透露出生机自得的禅趣。据惠洪《冷斋夜话》记载，此诗深得苏轼的赞赏。《续骩骳说》说，当时有一位宗室曹夫人工于丹青，据此诗意作了一幅《临平藕花图》，人争影写。可见，道潜善于在山水诗中创构画境，从而使诗画两种艺术交融互补。

  道潜曾经说"绝景小诗难壮观"，其实他就敢于解决这道艺术难题，在七绝小诗中展现出壮观的景象。请看《平山堂观雨》：

  午枕藜床梦忽惊，柳边雷送雨如倾。蜀冈西望芜城路，银竹森森十里横。

前两句写狂雷凶猛、暴雨倾泻的情状；后两句写他站在蜀冈高处平山堂向西眺望，只见密雨倾注，宛若一片茂盛修长的银色竹林，横贯十里，辽阔的广陵平原被笼罩在茫茫雨海之中。这幅雨景境界广阔，气势宏大，想象新奇，意象独创，堪称小诗中的"壮观"。

道潜善于融画入诗，但他又深知诗与画各有不同的艺术特长。比如杜甫诗有"楚江巫峡半云雨，清簟疏帘看弈棋"两句，他评论："此句可画，但恐画不就尔！"（苏轼《书参寥论杜诗》）钱锺书先生在阐释道潜这一评论的精妙艺理时说："在参寥的两句诗里，大自然的动荡景象为宾，小屋子里的幽闲人事为主，不是'对弈棋'，而是'看弈棋'，'看'字是句中之眼，那个旁观的第三者更是主中之主。写入画里，很容易使动荡的大自然盖过了幽闲的小屋子，或使幽闲的小屋子超脱了动荡的大自然，即使宾主二者烘托得当，那个'看棋'人的旁观而又特出的地位也是'画不就'的。"[①] 正因为道潜深谙诗画两种艺术各自的奥妙，所以他的山水诗既能融画入诗，又善于在诗中描写绘画很难表现的诸如寥廓、流动、复杂或伴随着香味、声音的景色，还有那种笼罩的、气氛性的、不可捉摸的景色。上引《秋江》诗中"数声柔橹苍茫外"，"数声柔橹"固然画家已难画出，而把苍茫暮色分出内外，这种传达出柔橹之声邈远得犹如天外传来的内心感觉，画家对之只能束手搁笔。他的诗中不少写景佳句，诸如"池光引月来檐庑，竹影疏风到客衣"（《虚乐亭》），"蘋花洗雨白雪香，荷柄吹风青玉瘦"（《同吴兴尉钱济明南溪泛舟》），"一树轻明侵晓岸，数枝清瘦耿疏篱"（《梅花寄汝阴苏太守》），"沉水擢烟青缭绕，风篁传韵冷萧骚"（《夏日竹阁》），"白水茫茫天四空，黄昏小雨湿春风"（《华亭道中》）等，或写竹影疏风、檐庑月色，或以白雪之"香"、清玉之"瘦"喻状蘋花荷柄，或描绘晨光熹微中的一树"轻明"，或传达夏日风篁渗入人心的"萧骚寒意"，都是既有画意，又是画家难以画出的诗中妙境。

三　自我入画的惠洪

惠洪（1071—1128），俗姓喻，初冒惠洪名，或误作慧洪。号觉范，尝自称洪觉范，后改名德洪。有斋曰冷然斋，简称冷斋。筠州新昌（今江西宜丰）人。年十四，父母双亡，依三峰靓禅师为童子。元祐四年（1089），

[①] 钱锺书：《七缀集·谈拉奥孔》，上海古籍出版社1985年版，第34页。

试经于东京天王寺，得度为僧，后依真净禅师于庐山归宗寺，随真净迁洪州石门。二十九岁始，游方东吴、衡山、金陵等地，住金陵清凉寺。后被控持伪度牒，入狱一年，勒令返俗。大观年间游丞相张商英之门，再得度，赐名宝觉圆明禅师。政和元年（1111）张得罪，他亦受牵连，刺配朱崖军（今海南三亚）。三年（1113），得释。四年（1114），返筠州，馆于荷塘寺。后又被诬以张怀素党，系南昌狱百余日，遇赦，归湘上南台，圆寂于凤栖山同安寺（今江西修水）。有《石门文字禅》《冷斋夜话》等存世，《全宋诗》辑录其诗 20 卷。

惠洪博学多才，工诗文词，擅画，善医，又是北宋著名禅学家。他酷爱山水，认为山水最能激发诗兴。他说"平生山水性贪婪，聊与白云相伴宿"（《留题三峰壁间》）；"江山得意且题诗，从游况复皆真侣"（《自豫章至南山月下望庐山》）；"眉间爽气照秋色，山水顿觉生精神"（《赠王性之》）；"东坡唾笑成文章，山川胜处多奇作"（《游南岳福岩寺》）；"霜清昨夜兴飘忽，匡山落我清梦中"（《南丰曾垂绶天性好学余至临川欲见以还匡山作此寄之》）；"澜翻诵新诗，与山争秀色"（《会苏养直》）；"单衣喜和风，诗眼爱空翠"（《奉陪王少监朝请游南涧宿山寺步月二首》其二）；"有诗摹写江山美，无计遮拦岁月忙"（《次韵题必照轩》）等。他写了许多游览山水的诗，其中大部分借山水宣扬佛意禅理，但也有相当数量主要描写山水景物之美的作品。他的各体诗中，七古最佳，诚如陈衍所评："古体雄健振踔，不肯作犹人语，而字字稳当，不落生涩。"（《宋诗精华录》卷四）但他的七古佳作，题材多是送别、寄赠、题画或咏史，描绘山水景物的作品数量很少。而从这少数作品的一些写景诗句中，也可见出他笔补造化的气魄和才华。例如"武陵源深并溪入，无数桃花闹春色。水面红云欲崩坏，波间烂锦光相射。昔人误行偶见之，归来醉眼眩红碧。秦时鸡犬不闻声，但觉晓窗烟雾白"（《寄题紫府普照寺满上人桃花轩》）；"溢江万朵真蓝泼，寒空翔舞狂如活。白龙擘开苍翠飞，烂银鳞甲千寻发。春岩触石声震山，金石韺洞奏深壑。野风吹断蒙山云，松端仿佛遗楼阁"（《送德上人之归宗》）；"生计居然成脱略，投老南来看衡岳。禹溪久留困霖雨，低摧闷若剪翎鹤。朝来南寻度坡垄，针水秧齐鸟声乐。风光融融一都会，鬼祠雄深抱山脚。梯空延缘止巉绝，瘦策扶衰意超豁。拂云苍杉杂锦石，紫藤绿蔓相连络。石桥下视隔人世，但觉岚光翠如泼。亭泓无波自绀碧，涧草有香空错莫。……冰柱琼窗不知数，流苏一一垂帘箔。犀颅道人相笑迎，冰雪形容无住著。午梵清圆林叶动，天花细雨无时落……"（《游南岳福严寺》）。上引描绘山水的诗句想象雄丽，笔势飞动，造语奇警，绘声绘色，追光蹑影，真能状难写之景如在目前。此外，由于他本人是一位画家，他写了不少题咏山水画的七古诗。其中一些仅是以画为题，通篇将画景当作真景来描写，实际上表现的是他自己对大自然的真山真水的印象与感受，例如题咏宋迪的八幅山水画中的二首：

泼墨云浓归鸟灭，魂清忽作江天雪。一川秀发浩零乱，万树无声寒妥帖。孤舟卧听打窗扉，起看宵晴月正晖。忽惊尽卷青山去，更觉重携春色归。

——《江天暮雪》

碧苇萧萧风淅沥，村巷沙光泼残日。隔篱炊黍香浮浮，对门登网银戢戢。刺舟渐近桃花店，破鼻香来绝醇酽。举篮就侬博一醉，卧看江山红绿眩。

——《渔村落照》

这两首诗中无一语点明是题画，使人感到是在写真景。诗人在描写中又自由地驰骋想象和幻想，着意表现出山水景物的光色、声音、气味及其动态变化，使读者同时获得视觉、听觉、触觉、嗅觉、味觉、心觉的多方面的美感，因此完全可以把它们看作山水诗。以上作品，显示了惠洪七古山水诗确实"雄健振踔"，具有很高的艺术造诣。

惠洪的七绝山水诗数量比七古多，艺术表现也很出色。他说过"欲收有声画，绝景为摹刻"（《同超然无尘饭柏林寺分题得柏字》），"佳处每烦诗句写，胜游宜作画图看"（《次韵李方叔水宿》），赞赏苏轼"先生诗妙真如画"（《读和靖西湖诗戏书卷尾》），因此他的七绝山水诗特别追求画意。他往往勾绘出视象感极强的山水景物画面，径直点出这是一种画境，再把自己作为画中人表现出来。例如：

山中流水水中山，尽日青藜共往还。闲向僧窗看图画，不知身在画图间。

——《庐山杂兴六首》之二

倚栏天际数归帆，春在沧州数笔间。我与小楼俱是画，雨中犹复见庐山。

——《又登邓氏平远楼纵望见小庐山作》

剩水残山惨淡间，白鸥无事小舟闲。个中著我添图画，便似华亭落照湾。

——《舟行书所见》

在上面三首诗中，诗人都以画喻景，并把自我形象也写入了画境之中，却又写"见"到了自己在画中的活动。这显然有悖于情理。然而正是这种反常的笔法，创造出了饶有奇趣的画境。

惠洪十分赏识苏轼所说"诗以奇趣为宗，反常合道为趣"的论点，他在《冷斋夜话》中引述了苏轼的这一诗歌美学见解。他的山水诗创作也是着意追求奇趣的。他的多数七绝山水诗虽不用图画来比喻、形容真景，却仍然展现出一幅幅犹如水墨浅淡或色彩浓艳的山水画面。而这些画面，既"清新有致"（《四库全书总目提要》评惠洪诗），又饶有奇趣。试读下面二首绝句：

山县萧条早放衙，莲塘无主自开花。三叉路口炊烟起，白瓦青旗一两家。

——《次韵方夏日五首时渠在禹溪余乃居福严》

浅抹浓堆翠却烟，老松无数更苍然。石梯又入千峰去，时见楼台夕照边。

——《晚归福严寺》

寻常景色，在这位诗僧的精心构思布局后，却显得那么清奇动人。

惠洪作诗，兼受王安石、苏轼、黄庭坚的影响，其中受黄庭坚的影响更多。宋人记载说："洪尝诈学山谷赠洪诗云：'韵胜不减秦少游，气爽绝类徐师川。'师川见其体制绝似山谷，喜曰：'此真舅氏诗也。'遂放置《豫章集》中。"（陈善《扪虱新语》下集卷一）这说明他是下过功夫学习山谷诗的。他的山水诗特别是其中的七律，意境浑成的佳篇并不多，但想象、比喻、拟人、夸张等手法和句式、字眼新奇清拔的写景佳句却纷至沓来，层出不穷，例如七言句有"汝江软碧摇寒空，环江玉色罗五峰"（《赠王圣俦教授》）；"紫金蛇光谁掣断，堕空万点跳珠乱"（《骤雨》）；"一番过雨吞青空，万顷无波鸭头绿"（《送讷上人游西湖》）；"凭栏眼界得天多，雨脚明边飞鸟灭"（《重阳后同邹天锡登滕王阁》）；"忽惊无边春，登我眉睫上"（《览秀亭》）；"但爱东南山，色作旋螺转"（《雨后得无象新诗次韵》）；"淮水雨开萦练净，钟山云卷露龙蹲"（《睡起又得和篇》）；"眼寒数点雁横雨，耳热一窗风度松"（《张氏快轩》）；"高秋霜叶鱼鳃赤，落日远山螺髻青"（《秋晚同超然山行》）；"盘空路作惊蛇去，落日人如冻蚁行"（《送莹上人游衡岳》）；"落霞片段红绷水，危岫参差碧挂天"（《元祐五年秋尝宿独木为诗以自遣今复过此追旧感叹用韵示超然二首》其一）；"睡起忽残三更月，朝来拾得一帘秋"（《寄李大卿》）；"扶策经行此堂上，万峰翔集汉江滨"（《静隐堂》）等。五言句有"幽光弄绀碧，春色泼秀气"（《奉陪王少监朝请游南涧宿山寺步月二首》之一）；"夜色已可掬，林光搅眠秋"（《秋夕示超然》）；"岳色堕马首，岚光忽满襟"（《次韵衡山道中》）；"但爱东南山，色作螺旋转"（《雨后得无象新诗交韵》）等。

宋人对惠洪诗的评价颇不一致。黄庭坚、谢逸、许彦周和王庭珪等人均推许有加，韩驹、朱熹却认为他远不及道潜。方回既赞其"才高"，又指出其诗"虚骄之气可拘"（《瀛奎律髓》卷四七）。到了清代，惠洪诗被推为"宋僧之冠"（《宋诗钞·〈石门诗钞〉小序》），贺裳《载酒园诗话》也说："僧诗之妙，无如洪觉范者。"陈衍甚至说："何止为宋僧之冠，直宋人所希有也。"《全宋诗》辑录惠洪诗有二十卷之多，从数量上看，在宋代诗僧中无出其右；而从艺术上看，又兼具"雄健振踔"与"清新有致"风格，更以锤炼字句的奇警见长。但他自恃才高，一挥而就，因此有不少粗率浅露和浮泛虚骄之作，有时又过分追求奇险而欠自然妥帖。炼字又有多次重复使用他所喜爱的字眼，如"泼"字，就有"但见杯中春泼面"（《雨中闻端叔敦素饮作此寄之》），"淋漓墨泼暮烟浓"（《张氏快轩》），"月华泼空壁"（《履道书斋植竹甚茂用韵寄之十首》其六），"溢江万朵真蓝泼"（《送德上人之归宋》），等等。在艺术构思的精严和意境的自然浑成方面，似逊于道潜，而雄健振踔、奇峭警拔方面却是其特长。两人都是宋代最杰出的诗僧，各擅胜场，难分高下。

宋代诗僧的大批出现，表明了禅宗在宋代的普及和影响之巨大。宋人范晞文说："唐僧诗，除皎然、灵澈三两辈外，余者卒皆衰败不可救，盖气宇不宏而见闻不广也。"（《对床夜语》）而宋代诗僧的创作，从宋初"九僧"到北宋后期的仲殊、道潜、惠洪，诗的格局和境界已逐渐从狭小细碎变为雄健宏大。无论是唐代还是宋代,诗僧的作品难免有"酸馅气""浅俗气""偈颂气",但他们都致力于写山水诗,借清幽或雄秀的山林泉壑景色抒写内心感受,表现禅理禅趣,从而对山水诗的发展做出了贡献。比较起来,宋代诗僧的人数更多,诗歌的数量更大。由于他们与士大夫诗人文士的交往密切,经常交流切磋诗艺,因此,宋代僧诗的艺术风格也就更加丰富多彩,艺术成就也更高,成为贯穿两宋山水诗坛的一个重要流派。

第六节 苏轼:宋代山水诗的艺术大师

继王安石崛起于诗坛的苏轼,是大自然的杰出歌手,宋代山水诗的艺术大师。

一 苏轼的山水游踪与其自然诗观

苏轼(1037—1101),字子瞻,号东坡居士,眉州眉山(今属四川)人。嘉祐二年(1057)进士。六年(1061)举制科,授大理评事、签书凤翔府判官,后累迁至中书舍人、翰林侍读学士、礼部尚书等职。他的一生是在激烈的新旧党争中度过的。他主张政治改革,但不赞成贸然激进;反对王安石新法,却不固执保守。在宋代诗人中,他的精神世界最为丰富复杂。在政治思想上,他以儒家思想为主导,中晚年虽屡遭打击,但始终也未放弃救世济民的责任。而在人生修养、处事态度上,释道思想又占据了主流,特别是在处于逆境时,释道思想更成了他自我排遣的精神支柱。总之,他奉儒而不迂执,好道而不厌世,参禅而不佞佛。释道思想一方面帮助他观察问题比较通达,在一种超然物外的旷达态度背后,仍然坚持着对人生、对美好事物的追求;另一方面,齐生死、等是非的虚无主义又有逃避现实的消极作用。由于儒、释、道三家思想的影响,苏轼的性格也十分丰富复杂:他满怀激情,热爱祖国,热爱人民,热爱人生;他立身处世刚正不阿,光明磊落,胸怀坦荡;他饱经忧患,却能泰然处之,随缘自适,淡泊自持;他善谐谑,喜幽默,感情丰富,才华横溢。他洒脱的气度,深邃的智慧,千百年来一直为中国的无数文人所倾慕。

热爱大自然也是苏轼性格感情的一个突出特点。他曾自称:"子瞻性好山水。"(《再跋醉道士图》)他出生在山水雄秀的四川眉山,从小便受到大自然的陶冶。嘉祐四年(1059)冬,他同父亲苏洵和弟弟苏辙自故乡沿水路进京应试，一路上畅览大江两岸壮丽的山川景色，这使他诗思泉涌，创作了不少山水诗。嘉祐六年（1061），到治平二年（1065）苏轼在凤翔任职，又得以饱览关中的广袤原野、皑皑雪景，以及磻溪、斜谷、岐山附近的周公庙、秦穆公墓、终南山上的授经台等山川名胜古迹。熙宁四年（1071），由于苏轼支持旧党反对王安石变法，被迫出任杭州通判。于是，他得以经常游赏西湖旖旎的湖光山色和两浙的奇峰秀水。他对祖国锦绣河山的热爱之情更加深厚，对自然美的感受能力也更敏锐了。此后，苏轼又在杭、密、徐、湖、黄、颍、定等州郡任职。晚年，因为政敌的迫害，他又被远贬到风景瑰奇的岭南惠州和大海环拥的琼州。诗人的足迹踏遍了大半个中国。在游宦和贬谪的漫长岁月中，他览观了各地的名山大川。为此，他自豪地写道："人间绝胜略已遍，匡庐南岭并西湖。"（《赠昙秀》）"九死南荒吾不恨，兹游奇绝冠平生。"（《六月二十日夜渡海》）尽管人生坎坷，但他在山川自然之美中求得精神的慰藉和解脱。大自然成了苏轼的知己，他同大自然结下了不解之缘。在中国古典诗人中，与大自然关系如此密切的，只有谢灵运、陶渊明、王维、李白、陆游、杨万里等少数诗人可以同苏轼相比。

在同大自然的亲密交往中，苏轼经常思索自然美的奥秘，对自然诗[①]的创作问题不断研究与探索，发表了不少精辟的美学见解。他在《六一泉铭》中说："江山之胜……奇丽秀绝之气，长为能文者用。"在《眉州远景楼记》中说："若夫登临览观之乐，山川风物之美，轼将……援笔而赋之。"《石氏画苑记》云："吾行都邑田野，所见人、物，皆吾画笥也。"《前赤壁赋》又说："惟江上之清风，与山间之明月，耳得之而为声，目遇之而成色，取之无禁，用之不竭，是造物者之无尽藏也。"这都是苏轼向美丽大自然倾吐热爱之情的心声！在他看来，大自然是美的无穷无尽的源泉，是激发诗文绘画音乐书法的艺术灵感和用之不竭的创作题材。

在美的自然景物同自然诗作的关系问题上，苏轼认为，客观的山水自然美同诗人耳目相接，触动了诗人的思想感情，使诗人情不自禁地歌唱它、赞美它。这是自然诗创作所以产生的原因。正如他在《〈江行唱和集〉叙》中说："山川之秀美，风俗之朴陋，贤人君子之遗迹，与凡耳目之所接者，杂然有触于中，而发于咏叹……而非勉强所为之文也。"因此，

[①] 自然诗：以山水诗为主，包括一切描写自然景物的诗。

他认为诗人应对所描写的自然景物对象满怀真挚、亲切之情，甚至要把它们当作有生命、有感情的知心朋友来对待，这就是他在《书李伯时山庄图后》中所提出的"神与万物交"，在《书晁补之所藏与可画竹》中所说："与可画竹时，见竹不见人。岂独不见人，嗒然遗其身。其身与竹化，无穷出清新。"这一观点概括起来说，就是凝神忘我，心与物化。苏轼在诗中多次抒写他同山水大自然之间亲密的感情交流，如："二年饮泉水，鱼鸟亦相亲"（《留别雩泉》），"推挤不去已三年，鱼鸟依然笑我顽"（《与毛令方尉游西菩寺二首》之一），"霭霭青城云，娟娟峨眉月。随我西北来，照我光不灭。我在尘土中，白云呼我归。我游江湖上，明月湿我衣……"（《送运判朱朝奉入蜀》）。由于苏轼总是把自己强烈的主观感情和意愿注入山水景物，使得他笔下的许多景物都具有思想感情，懂得喜怒哀乐，成为人格化的诗的形象。

苏轼非常强调亲身阅历，广泛深入地体验和研究大自然，他在《自记吴兴诗》中说："仆为吴兴，有游飞英寺云：'微雨止还作，小窗幽更妍。盆山不见日，草木自苍然。'非至吴越，不见此景也。"在《书子美云安县诗》中说："'雨过山木合，终日子规啼。'此老杜云安县诗也。非亲到其处，不知此诗之工。"在《书司空图诗》中又云："司空图表圣自论其诗，以为自味于味外。'绿树连村暗，黄花人麦稀。'此句最善。又云：'棋声花院静，幡影石坛高。'吾尝游五老峰入白鹤院，松荫满庭，不见一人，惟闻棋声，然后知此句之工也。"这几则题跋，都指出必须实地游览考察，才有可能发现并捕捉住自然景物之妙，使作品具有妙肖自然的逼真之感；足不出户，闭门觅句，既写不出好的自然诗，也不能领略别人自然诗的妙处。他游览山川，总不满足于走马观花式的泛泛浏览，而是不畏艰险，竭力穷幽探胜，不到全面、深刻地把握住山水之美妙决不罢休。他在《怀西湖寄晁美叔同年》诗中，具体叙写自己长期深入地观察和研究西湖美的体会：

> 西湖天下景，游者无贤愚。浅深随所得，谁能识其全。嗟我本狂直，早为世所捐。独专山水乐，付与宁非天。三百六十寺，幽寻遂穷年。所至得其妙，心知口难传。至今清夜梦，耳目余芳鲜。

为了认识西湖美景之"全"和"妙"，苏轼幽寻穷年，遍游诸寺。他能够写出那么多超越前辈脍炙人口的西湖绝唱，正是他对西湖山水作了长期、深入、细致的观察和体验的丰硕成果。

山水自然景物，每时每刻都在运动。水是不停地流动着，山看似静止，但随着春夏秋冬、阴晴晦明的不同，也是变化万千。苏轼清晰地认识到大自然的运动变化，并从哲学上对此作了理论概括。他在《策略》（一）、《御试制科策》、《天庆观乳泉赋》和《东坡易传》等文中，反复地阐发天、地、水、人等"皆生于动""动而不息""变化往来""有逝而无竭"的运动观。在《净因院画记》中，他更具体地指出："人禽宫室器物皆有常形"，而"山石竹木、水波烟云"均"无常形"。因此，苏轼十分强调自然诗画特别是山水诗画要着重表现大自然的运动变化。用他的话说，就是要"酬酢万物之变"（《虔州崇庆禅院新经藏记》），他认为画山，要像王维、李思训"画山川峰麓自成变态……作浮云杳霭与孤鸿落照灭没于江天之外"（《又跋宋汉杰画山》）；画水，应如孙知微、蒲永升那样画出"活水"，"作输泻跳蹙之势，汹涌欲崩屋"，从而"尽水之变"（《画水记》）。在《跋蒲传正、燕公山水》中更概括地指出：

> 画以物为神，花竹禽鱼为妙，宫室器用为巧，山水为胜。而山水以清雄奇富、变态无穷为难。

这里谈的是画，同样适用于诗。苏轼明确地提倡在山水诗画中创作一种"清雄奇富、变态无穷"的意境美。

那么，怎样去观察和把握大自然的运动变化，创作这种清雄奇富、变态无穷的意境美呢？苏轼提出：第一，观察自然万物，要用"空静"的心态，以静观动。他在《赠袁陟》诗中说："是身如虚空，万物皆我储。"《次韵僧潜见赠》又云："道人胸中水镜清，万象起灭无逃形。"在《送参寥师》中又说："欲令诗语妙，无厌空且静。静故了群动，空故纳万境。"《朝辞赴定州状》再次强调："处晦而观明，处静而观动，则万物之情毕陈于前。"这就是说，诗人应当潜思静虑，集中精神，以清明开旷的心胸去观察和收摄世间万象及其运动变化。第二，要"观物之极而游于物之表"（《书黄道辅品茶要录后》），他在《超然台记》一文中对这个观点作了阐发："游于物之内，而不游于物之外。物非有大小也，自其内而观之，未有不高且大者也。彼挟其高大以临我，则我常眩乱反复，如隙中之观斗，又乌知胜负之所在！"这里他说明，要认识自然景物乃至世间万事万物，既要游于物之内，深入体察，才能洞悉幽微，得其"妙"；同时又要游于物之外，高瞻远瞩，才能避免囿于一隅，而得其"全"。这种入乎其内又出乎其外的方法，是全面、辩证、深刻地认识万事万物的唯一正确的方法。第三，"求物之妙，如系风捕影"。这是他在《答谢民师书》中提出的著名艺术观点。他还在《腊日游孤山访惠勤惠思二僧》诗中说："作诗火急追亡逋，清景一失后难摹"。由于大自然"无常形"、瞬息万变，因此他强调诗人要善于把握在观察大自然所产生的一刹那的印象和感受，快速地捕捉住跃动于眼前的稍纵即逝的景物形象。这是他山水自然诗创作的又一宝贵经验。后来南宋的杨万里着重学习和大大发挥了这一点，创作出了以"活法"写活景为鲜明特征的"诚斋体"山水诗。

德国诗人歌德说：自然诗人既是"自然的奴隶"又是"自然的主宰"；自然诗既要"妙肖自然"，又要"高于自然"[①]。苏轼的自然诗观早就接触到这个问题。他在《庐山二胜》诗的题记中说："仆初入庐山，山谷奇秀，平生所未见，殆应接不暇。遂发意不欲作诗。……往来山南北十余日，以为胜绝不可胜谈，择其尤者，莫如漱玉亭、三峡桥，故作二诗。"对于庐山这一奇秀冠绝天下的名山胜景，他不是所见尽录，而是选择其中最美、最典型也最适于表现自己情怀的景点来描写，在写作中又经过巧妙的艺术构思和提炼。由于遵循"全中求妙""以妙概全"的典型化艺术规律，苏轼笔下的《庐山二胜》诗，能够在前人的大量题咏特别是唐代李白天才的表现之后别开生面，独辟蹊径，创作出一种幽冷高洁的新颖意境，赢得许多诗评家的赞赏。苏轼在《送钱塘聪师闻复叙》中说："聪能如水镜，以一含万，则书与诗当益奇。"又在《书鄢陵王主簿所画折枝》诗中，以"谁言一点红，解寄无边春"之句，赞扬画家王主簿所画折枝梅花能以"一点红"表现出万紫千红的无边春色。这是苏轼对于自然诗乃至一切文艺创作以少胜多、以一含万的典型化规律的生动概括。

文学艺术创作的中心课题是创作形神兼备的艺术形象。对于自然诗来说，便是要创作出形神兼备的山水自然景物形象。苏轼非常重视并一再强调传神。他在《题过所画枯木竹石三首》其一中说："老可能为竹写真，小坡今与石传神。"又在《书鄢陵王主簿所画折枝二首》其一中说：

[①] 爱克曼辑录：《歌德谈话录》，朱光潜译，人民文学出版社1978年版，第129、136页。

论画以形似，见与儿童邻。赋诗必此诗，定非知诗人。诗画本一律，天工与清新。边鸾雀写生，赵昌花传神。何如此两幅，疏淡含精匀。

诗中明确表示反对诗人画家状物只求形似，赞美边鸾、赵昌和王主簿这三位画家所绘的花鸟形象达到了"写生""传神"的艺术境界。他所说的传自然物之"神"的内涵是什么呢？其一是自然之理。他多次指出，万物"千变万化，而有必然之理"（《滟滪堆赋》），"物固有是理"（《答虔倅俞括奉议书》），有"自然之理"（《上曾丞相书》）。他在论画的《书竹石后》中说："烟云风雨，必曲尽其态，合于天造，厌于人意；而形理两全，然后可言晓画。"又在《净因院画记》中写道：

　　余尝论画，以为人禽宫室器用皆有常形。至于山石竹木、水波烟云，虽无常形，而有常理。常形之失，人皆知之，常理之不当，虽晓画者有不知。故凡可以欺世而取名者，必托于无常形者也。虽然，常形之失，止于所失，而不能病其全；若常理之不当，则举废之矣。以其形之无常，是以其理不可不谨也。世之工人，或能曲尽其形，而至于其理，非高人逸才不能辨。

可见，苏轼所谓"传神"，首先便是要通过真实生动的形象描绘，表达出自然固有的"必然之理"。其二，是诗人灌注到所描写的自然景物对象的主观情意。苏轼对于"写意"非常强调。他说过："文以达吾心，画以适吾意而已。"（《书朱象先画后》）"巧者，以意绘画。"（《怪石供》）赞扬赵云子的画"笔略到而意已具"（《跋赵云子画》），批评屈鼎的山水画"有笔而无思致"（《书许道宁画》）。综合以上两点，苏轼所要求的传神的自然景物意象，就是生动的物形、深刻的物理和诗人真挚的情意的有机融合。

　　苏轼更进一步地把创造生动传神的自然景物形象同展现韵味深长的意境联系起来。意境是比形象更高一级的美学范畴，是自然诗形象创造的归宿，也是诗的灵魂。苏轼在《题渊明饮酒诗后》和《书诸集改字》两则题跋中两次提出"境与意会""最有妙处"，并且一再强调诗歌的"一篇神气"的重要性，这实际上已接触到意境问题。他赞颂王维的画"得之于象外"(《王维吴道子画》),赏识司空图关于诗歌要有"味外之味"的见解。在《书黄子思诗集后》)中,他表彰钟繇和王羲之的书法"萧散简远,妙在笔画之外",赞扬韦应物和柳宗元的诗歌"发纤秾于简古,寄至味于淡泊",并说:"信乎表圣(司空图)之言,美在咸酸之外,可以一唱而三叹也。"他虽然欣赏柳宗元的《渔翁》诗"有奇趣",却认为"其尾两句,虽不必亦可"(惠洪《冷斋夜话》卷五引),主张删去,正是为了使诗的意境完整浑融和含蓄有味。

苏轼生活阅历深广、视野开阔,感情豪迈奔放,他最爱欣赏和表现的,是那些属于阳刚美的雄奇壮丽的山水景色。但他并不认为只能表现这一类型的自然美。他在《答张文潜书》中反对王安石"欲以其学问同天下",即强制推行一种学术思想和单一的文章风格,就用自然物作比喻说:"地之美者,同于生物,不同于所生,惟荒瘠斥卤之地,弥望皆黄茅白苇,此则王氏之同也。"他的山水诗所以呈现出丰富多样的艺术风格,正是他提倡并努力表现多姿多彩的自然美的结果。

以上,我们扼要地评述了苏轼自然诗观的主要观点,总括来说,关键是"美""神""变""理""意"五个字。在苏轼看来,大自然是美的,诗人要善于传自然景物之神,尽自然万物之变,穷自然固有之理,寓主观之情意。一句话,其自然诗美学思想的核心,是传神写意。因此苏轼的自然诗观,也可以说是着重传神写意的自然诗观。苏轼的自然诗观,是对他个人和无数前辈、同辈诗人的山水自然诗歌创作和经验的总结,更是对这些艺术经验的精辟理论概括,对于我们研究苏轼乃至中国古代山水诗是很有价值的[①]。

二 东坡山水诗的思想特色

苏轼今存的诗歌总数,据清代王文诰《苏文忠公诗编注集成·笺诗图记》云:"凡得古今体诗四十五卷,计二千三百八十九首。"这是按照编年统计的。又卷四六收帖子口号诗 65 首;卷四七和卷四八收外编古今体诗 242 首。以上总计为 2696 首。其中山水诗约占五分之一,仅以两次服官杭州而言,共留诗 300 多首,描写西湖风光的竟有 160 余首。在中国山

[①] 要详细了解苏轼的自然诗观,请参看陶文鹏《论苏轼的自然诗观》一文,载《中国文学史研究集》,上海古籍出版社 1985 年版,第 72—103 页。

水诗史上,苏轼山水诗创作的数量,超过了前代和同时代的所有作家。

苏轼一生"身行万里半天下"(《龟山》),北至宋辽边境的密州,南至天涯海角的琼州,东至江浙苏杭和海市登州,西至巴蜀和关中,纵横中原大地,历览天下名山大川。他每到一地,都以饱满的热情歌咏山水,以其生花诗笔,挥洒出一轴轴瑰丽多彩的山水画卷。峨眉的雄秀,三峡的奇险,长江的壮阔,西湖的妩媚,钱塘的怒潮,海市的变幻,徐州百步洪的急湍,关中原野的草树连云,惠州罗浮的奇峰异洞,澄迈驿通潮阁的飘杳天外,琼州山谷的风雨雷电,南海的垂天雌霓和快意雄风……无数山川的美景伟观,连同各地的名胜古迹、市镇村寨、奇花异卉、民俗风情,无不纷呈于诗人的笔底,令读者应接不暇,耳目耸动,心醉神迷,赞叹不止。苏轼山水诗题材之丰富,描写地域之广阔,表现对象之多样,在中国诗史上是前无古人的。

苏轼山水诗具有丰富、深刻的思想内涵。山水诗所描写的主要是山水自然景物而非社会生活现象。一般地说,苏轼山水诗的批判现实精神,比不上他那些直接反映民生疾苦、揭露阶级矛盾、抨击黑暗政治的作品。然而,苏轼比一般山水诗人高明之处在于:他经常把当时政治的黑暗、人民的疾苦等社会现实问题引入山水诗中,使人们读了他的作品,既获得对于山水自然美的艺术享受,又能够认识诗人所处时代的社会生活面貌。

在苏轼早期创作的山水诗中,我们便看到对于长江边上贫苦人民的生活和思想感情的生动描写。例如五古长诗《入峡》,诗人先展现巫峡的壮险风光:"入峡初无路,连山忽似龛。萦纡收浩渺,蹙缩作渊潭。风过如呼吸,云生似吐含。坠崖鸣窣窣,垂蔓绿毵毵。冷翠多崖竹,孤生有石楠。飞泉飘乱雪,怪石走惊骖。"接着,便自然地引出对峡中居民生活的描写:"板屋漫无瓦,岩居窄似庵。伐薪常冒险,得米不盈甔。叹息生何陋,劬劳不自惭。叶舟轻远溯,大浪固尝谙。矍铄空相视,呕哑莫与谈。"诗人逼真地描写了他们栖身岩洞、冒险伐薪捕鱼、备尝艰辛却终年不得温饱的生活,既同情他们的贫穷痛苦,又赞美他们的勤劳勇敢。《巫山》一诗,一开始便把巫峡风光写得如此壮丽神奇:"瞿塘迤逦尽,巫峡峥嵘起。连峰稍可怪,石色变苍翠。天工运神巧,渐欲作奇伟。块轧势方深,结构意未遂。旁观不暇瞬,步步造幽邃。苍崖忽相逼,绝壁凛可悸。仰视八九顶,俊爽凌颢气。晃荡天宇高,奔腾江水沸。孤超兀不让,直拔勇气畏。攀缘见神宇,憩坐就石位。……遥观神女石,绰约诚有以。俯首见斜鬟,拖霞弄修岥。"就在这幅如有神女往来飘忽的山水画面上，诗人推出了一位老樵夫的形象。这位老人向诗人倾诉艰难的生计："穷探到峰背，采斫黄杨子。黄杨生石上，坚瘦纹如绮。贪心去不顾，涧谷千寻缒。山高虎狼绝，深入坦无忌。……浣衣挂树梢，磨斧就石鼻。徘徊云日晚，归意念城市。不到今十年，衰老筋力惫。当时伐残木，芽蘖已如臂。"诗人对采樵老人因为艰险的劳动筋疲力尽过早衰老的境遇深表同情。诗的末尾，他衷心祝愿老人能像"脱屦"那样摆脱贫困。

作于嘉祐五年（1060）春的《许州西湖》，描绘了"西湖小春色，滟滟春渠长""夭桃弄春色，生意寒尤快。惟有落残梅，标格若矜爽"的早春景色。诗人从西湖亭台的华丽，游人的逸乐，联想到"颍川七不登，野气长苍莽"——庄稼连年不收，田野满目荒凉，于是发出"但恐城市欢，不知田野怆"的深沉叹息。诗人还以"池台信宏丽，贵与民同赏"的诗句，呼唤统治者能与人民同乐，表现出他对人民疾苦的深切同情。嘉祐八年（1063）作于凤翔的《李氏园》，以移步换形的手法描绘园中西、南、东、北的景物，委曲细致，俨然一篇清丽迷人的园林山水游记。但诗人却从李氏园的宏丽规模，引出封建军阀残酷盘剥百姓、强夺民田建园享乐的罪行，并对此作了激烈的抨击。全篇写得令人触目惊心，充满着诗人满腔悲愤不平之气！正因为苏轼的山水诗反映社会问题，触及时事，表达了对民生疾苦的关怀，所以诗中有强烈的时代感和现实性。这是一个鲜明的思想特色。

苏轼的山水诗不仅表现了与人民的同忧感，而且也抒写了与百姓共欢乐的思想感情。请看写于杭州通判任内的《新城道中二首》之二：

> 东风知我欲山行，吹断檐间积雨声。岭上晴云披絮帽，树头初日挂铜钲。野桃含笑竹篱短，溪柳自摇沙水清。西崦人家应最乐，煮芹烧笋饷春耕。

东风、晴云、朝日、桃花、溪水、垂柳，春天郊原上的景物纷至沓来，诗人以清新活泼的笔调描绘了浙江山村田野之美，劳动者的劳动和生活之美。正是"煮芹烧笋饷春耕"的农民们的欢乐情绪感染了诗人，才使他写出了这首洋溢着欢快情调的好诗。这样的山水诗，没有逸人隐士诗中常有的孤高、幽寂情味，却突出了山水自然美同劳动人民的关系，突出了诗人与人民同忧共喜、苦乐相关的感情。这是苏轼为宋代山水诗开拓出的一种新的意境。

在一些山水诗中，苏轼还表现了他对人民的劳动生产的重视，对改善人民的劳动工具和生活条件的关注。如元丰元年（1078）重阳佳节作于徐州的《九日黄楼作》，在描写眼前徐州城的山水渔村风光和欢庆佳节的盛会之前，诗人先追述了去年今日徐州城遭水灾时的危急情景。诗中流露出他率领徐州人民抗洪救灾取得胜利的喜悦之情。作于惠州的《游博罗香积寺》写道："三年流落蛙鱼乡，朝来喜见麦吐芒。东风摇波舞净绿，初日泫露酣娇黄。汪汪春泥已没膝，炎炎秋谷初分秧。谁言万里出无友，见此二麦喜欲狂。"诗人见到田野上小麦吐芒，秋禾分秧，竟把它们当作朋友，忘记自己谪居僻壤的孤寂困苦之感，为之欣喜若狂！在欣赏"小溪雷转松阴凉"的美景时，诗人同时想到小溪可以筑塘设闸，利用水利作碓磨，改善农民劳动和生活的条件。全诗洋溢着浓郁的生活气息，跳跃着诗人热忱关怀农民的一颗赤子之心。这是中国古代山水诗中别开生面的作品。

更难能可贵的是：苏轼山水诗还描写了经过劳动人民改造的大自然，表现出新山新水的新面貌。

苏轼在杭、密、徐、湖、黄、颍、定等州郡任上，以及晚年贬谪惠州时，都曾率领军民兴修水利、抗洪救灾、祈雨治蝗。在他的山水诗中也记录了他同劳动人民一道治水改河、修桥筑堤改造大自然的劳动场景。作于惠州的《两桥诗》描写了惠州江水险恶、两岸人民渡江艰难，以及自己慷慨解囊捐助修桥的行为，最后又生动地展现了东新、西新二桥修成后人民群众欢欣鼓舞的场面。在《轼在颍州与赵德麟同治西湖，未成，改扬州。三月十六日湖成，德麟有诗见怀次其韵》和《再次韵德麟新开西湖》二诗中，诗人不仅追忆他领导人民治理杭州、颍州西湖的情景，而且把经过治理的西湖描绘得无比壮丽：

> 太山秋毫两无穷，巨细本出相形中。大千起灭一尘里，未觉杭颍谁雌雄。我在钱塘拓湖渌，大堤士女争昌丰。六桥横绝天汉上，北山始与南屏通。忽惊二十五万丈，老葑席卷苍云空。揭来颍尾弄秋色，一水萦带昭灵宫。坐思吴越不可到，借君说斧修膧胧。二十四桥亦何有？换此十顷玻璃风。雷塘水干禾黍满，宝钗耕出余鸾龙。明年诗客来吊古，伴我霜夜号秋虫……

……西湖虽小亦西子,萦流作态清且丰。千夫余力起三闸,焦陂下与长淮通。十年憔悴尘土窟,清澜一洗啼痕空。

杭州和颍州西湖的美,主要是自然美。经过劳动人民浇心血洒汗水加工改造,精心装扮,风光更加旖旎迷人。苏轼的诗艺术地再现了人改造过的自然美,在山水诗中歌颂了当时劳动人民改造大自然的伟大气魄和创造力。这是苏轼在他独特的生活实践的土壤上培植出的新的山水诗。在中国古代诗史上,苏轼是热情洋溢地表现劳动人民改造自然、美化大地河山的第一位诗人。

苏轼在一些山水诗中,抒写他的崎岖仕途和坎坷人生经历,表现他始终坚持高尚的政治气节,绝不随波逐流,也反映了当时官场倾轧的险恶和党派斗争的残酷。这是苏轼山水诗富于时代性和现实感的又一个方面。例如《六和寺冲师闸山溪为水轩》:"欲放清溪自在流,忍教冰雪落沙洲。出山定被江潮浼,能为山僧更少留。"寺僧闸山溪为水轩,使诗人欣幸清洁的山溪水免于被江潮污染。短短四句,含蓄而强烈地表现了诗人对污浊现实的厌恶之情。又如《与子由同游寒溪西山》:"散人出入无町畦,朝游湖北暮淮西。高安酒官虽未上,两脚垂欲穿尘泥。与君聚散若云雨,共惜此日相提携。千摇万兀到樊口,一箭放溜先凫鹥。层层草木暗西岑,浏浏霜雪鸣寒溪。……却忧别后不忍到,见子行迹空余凄。吾侪流落岂天意,自坐迂阔非人挤。行逢山水辄羞叹,此去未免勤盐齑。何当一遇李八百,相哀白发分刀圭。"这是苏轼因"乌台诗案"贬谪黄州时写的。兄弟俩同游西山,苦中寻乐却更痛苦。诗中的山水景物,都被涂染上凄清悲凉的感情色彩。诗人借景抒写真挚深厚的手足之情,倾诉了自己被打击陷害的遭遇,流露出满腔悲愤。再看诗人晚年渡海北归时写的《六月二十日夜渡海》:

参横斗转欲三更,苦雨终风也解晴。云散月明谁点缀,天容海色本澄清。空余鲁叟乘桴意,粗识轩辕奏乐声。九死南荒吾不恨,兹游奇绝冠平生。

诗中描绘出一幅风雨过后、云散月明的海天景色,但景中蕴含的思想感情是很丰富复杂的。"云散"句嘲讽和谴责政敌们机关算尽却心劳日拙;"天容"句暗喻自己经磨历劫仍然保持纯洁清白的本性。末二句,诗人把远贬海外的漫长灾难,看作自己平生难得的一次奇绝漫游,显示了坚强乐观的精神和坦荡旷达的情怀。

苏轼的山水诗更多的表现诗人以随缘自适、超然豁达的人生哲学去面对险恶政治处境和艰苦生活环境。在这些诗中往往鲜明地显露出他富有魅力的性格风神。例如贬谪黄州时期写的《东坡》:

> 雨洗东坡月色清,市人行尽野人行。莫嫌荦确坡头路,自爱铿然曳杖声。

诗仅四句,写出了雨后清新月色、清幽夜景,更写出了诗人在山路上踽踽独行的潇洒形象,凸显出诗人不避坎坷、视险如夷乃至以险为乐的倔强个性和铮铮硬骨。我们甚至清晰听到了他的铿然曳杖之声。

上文说过,苏轼十分强调诗人和画家表现山水自然美,不能只描状山水景物的外在形貌,还应进一步揭示山水自然的内涵之理,以及人与自然关系中的种种妙理。此外,苏轼还提出过"出新意于法度之中,寄妙理于豪放之外"(《书吴道子画后》)的诗歌美学主张。据宋代葛立方《韵语阳秋》卷三记载,苏轼很推崇陶潜诗富于理趣:"东坡拈出陶渊明说理之诗,前后有三,一曰:'采菊东篱下,悠然见南山。'二曰:'笑傲东轩下,聊复得此生。'三曰:'客养千金躯,临化消其宝。'皆以为知道之言。"在苏轼的山水诗中,往往寄寓着"知道之言"——睿智的发人深省的哲理。其一,是观察事物之妙理。著名的《题西林壁》云:

> 横看成岭侧成峰,远近高低各不同。不识庐山真面目,只缘身在此山中。

诗人在泛游了庐山,经过了横看、侧看、远看、近看、高看、低看之后,对庐山的全貌有了深刻的认识,因而领悟出一条观察事物的哲理:仅仅身在其中,未必能认识事物的全貌和本质;要全面、深刻地认识事物,既要入乎其内,又要出乎其外。其二,是关于自然、宇宙和人生的哲理。例如《登州海市》一诗描绘了他在登州所见的海市蜃楼奇妙幻景,并对此进行了哲理思索。他认为海市里深藏着的贝阙珠宫是不真实的,它们不过是云海"荡摇浮世"而生的幻象。而人间的一切美好成果,都是要经过人的主观努力才能获得的。"人间所得容力取"这句诗,概括出一条精辟的励人奋发进取的哲理。但诗的末尾,"新诗绮语亦安用,相与变灭随东风"二句,却又表现出由于海市的转瞬即逝而使他产生的幻灭悲哀之感。这表明苏轼山水诗中的哲理是相当复杂矛盾的,既有他从丰富的生活经验中总结出来的人生真谛,有时又有来自老庄和佛家的消极虚无思想。又如《百步洪二首并叙》中,诗人所思考的哲理,乃是岁月流逝而人生有限,沧桑变迁而宇宙无穷。这使诗人深深感到纷纷攘攘争名夺利的可笑。他笔锋一转,写出了"但应此心无所住,造物虽驶如吾何"两句诗,以通脱旷达的思想自我慰藉,仍然表现出豁达乐观的情怀。其三,是借助平凡的自然山水景物和日常生活情事,对封建社会的世态人生作出深刻的哲理概括。例如《慈湖夹阻风五首》其一、其五:

捍索桅竿立啸空,篙师酣寝浪花中。故应菅蒯知心腹,弱缆能争万里风。

卧看落月横千丈,起唤清风得半帆。且并水村欹侧过,人间何处不巉岩。

两首诗都是写诗人被贬谪南行途中的小景。诗人把船上的弱缆同风浪的抗争,与自己在人生道路上的搏斗联系起来;又把狭隘曲折、暗礁四伏的水路,同现实人生的险阻联系起来。这样,山水自然景象便成为蕴含人生哲理的象征性意象。"故应"二句表现出诗人敢于抗争、不畏险阻的人生哲学,"且并"二句揭示了封建社会里一切正直知识分子对人生道路崎岖险阻的深刻体会。这样的山水诗形而上的氛围,蕴含着丰富深刻的思想内涵和社会意义。其四,是关于自然美的哲理。苏轼在《正月二十一日病后述古邀往城外寻春》诗中写道:"曲栏幽榭终寒窘,一看郊原浩荡春。"诗人爱好的是与劳动人民的生活、劳作密切相关的郊原的浩荡春色,而不是寒窘的宫苑花园、曲栏幽榭。这是诗人崇尚自然美审美情趣的诗化和哲理化。他在脍炙人口的《饮湖上初晴后雨二首》其一中写道:

水光潋滟晴方好,山色空蒙雨亦奇。欲把西湖比西子,淡妆浓抹总相宜。

诗人发现西湖无论是在晴天还是在雨雾里都是美的，这使他联想到我国古代美人西施，无论淡妆还是浓抹，都一样风姿绰约。这个奇妙的比喻赋予了西湖活跃的生命和美丽的灵魂，同时也揭示出了一个美学原理：世间万物只要具有天然本色的美的资质，就能显示出无限生动丰富的形态美。

以上，我们评析了苏轼山水诗思想内涵的独到之处。但苏轼的多数山水诗所表现出的思想感情，同一般山水诗人诗中经常表现出的一样，是对乡土的眷恋和对祖国山川的热爱，只不过苏轼的这种眷恋热爱之情比一般诗人更坦诚、更强烈，也更深厚。苏轼对他的故乡眉山乃至整个巴蜀，怀着非常亲切纯挚的感情。在《初发嘉州》诗中，他描绘了"锦水细不见，蛮江清可怜。奔腾过佛脚，旷荡造平川"的嘉州雄秀景色和凌云大佛奇观，又以"故乡飘已远，往意浩无边"的诗句，抒写出他渴望奔向新天地和对故乡眷恋不舍的矛盾心理。以后，在宦游祖国南北各地时，他仍然经常魂牵梦萦故乡的山水："我家江水初发源，宦游直送江入海"，"江山如此不归山，江神见怪惊我顽"（《游金山寺》）；"已泛平湖思濯锦，更看横翠忆峨眉"（《法惠寺横翠阁》）；"万里家山一梦中，吴音渐已变儿童。每逢蜀叟谈终日，便觉峨眉翠扫空"（《秀州报本禅院乡僧文长老方丈》）；"瓦屋寒堆春后雪，峨眉翠扫雨余天"（《寄黎眉州》）；"吾家蜀江上，江水绿如蓝"（《东湖》）。他是多么钟爱美丽的蜀江和峨眉山啊！这种对故乡的深情，在李白、杜甫、王安石、陆游等诗人的山水诗中都有动人的表现。然而苏轼的可贵和独到之处在于，他还把这种对故乡的热爱眷恋，推及他宦游过的每一个地方，把它们看作自己的第二故乡，看作自己的精神家园，同样热情的讴歌赞美，例如，对风光旖旎的杭州和浙江山水十分倾倒，在诗中一再赞叹："两岁频为山水役"（《海会寺清心堂》），"天教看尽浙西山"（《与毛令方尉游西菩提寺二首》其一）；"踏遍江南南岸山，逢山未免更留连"（《惠山谒钱道人烹小龙团，登绝顶望太湖》）；"独专山水乐，付与宁非天？三百六十寺，幽寻遂穷年"（《怀西湖，寄晁美叔同年》）；"游遍钱塘湖上山，归来文字带芳鲜"（《送郑户曹》）。他在贬谪黄州期间，尽管刚从一场政治灾祸中脱身，他的处境仍然险恶，生活也困苦不堪，但他立即"扁舟草履，放浪山水间，与渔樵杂处"（《答李端叔书》）。他寓居定惠院时，爱上了那里的海棠花；躬耕于东坡，便自号"东坡居士"；还经常登览黄州的快哉亭，泛舟赤壁矶头，游览寒溪西山、歧亭、沙湖、蕲水清泉寺，一再赋诗热情赞美当地人民帮助他开荒种地挖塘筑堤的深情厚谊，甚至将自己算作黄州人民中的一员。晚年被流放到惠州和儋耳，他很快适应了"蛮烟瘴雨"的恶劣自然环境，并从美丽神奇的岭南和海岛风光中得到精神安慰，同当地的汉族和黎族人民友好相处，把惠州、儋耳也看作自己的故乡："日啖荔枝三百颗，不辞长作岭南人"（《食荔枝二首》其一）；"天其以我为箕子，海南万里真吾乡"（《吾谪海南，子由雷州，被命即行》）；"我本海南民，寄生西蜀州"（《别海南黎民表》）。正是这种"故乡情结"，使苏轼山水诗中所抒发的对生活、对自然、对祖国各地锦绣山川的热爱之情格外深挚动人；同时，也使他的山水诗往往把表现山水自然美同表现劳动者的纯朴人情美及乡土风俗美结合起来，这在惠州、儋耳写的山水诗中反映得尤其鲜明突出。

总之，苏轼山水诗反映现实生活广阔，思想感情丰富、深刻，在题材、主题和意境上都有新的开拓，既有强烈的时代感和现实性，又有永恒不朽的思想艺术魅力。

三　东坡山水诗的艺术成就和影响

为了刻画形神兼备、天工清新的山水景物形象，创造"清雄奇富、变态无穷"而饶有"新意""妙理"的意境，苏轼充分施展了他挥洒自如的艺术才华，调动了多种多样的艺术手段和技巧，取得了非凡的成就，使中国山水诗在盛唐的艺术高峰以后，又崛起了一座新的艺术高峰。

下面，我们具体地评析这位天才诗人怎样为自然山水景物传神写照的。

苏轼不喜欢对山水景物作面面俱到的形似刻画，而是发挥他敏锐的观察力，着力捕捉住山水景物对象最主要的特征，用简洁有力的笔墨，勾勒山水的鲜明形象，表现它们的独特面貌和精神。

试看苏轼对西北高原风光的描写。在《壬寅二月有诏令郡吏分往属县减决囚禁十三日》一诗中，他不仅准确有力地勾勒出"峥嵘绝壁""苍茫奔流"和风雪弥漫的高原寒冷、雄阔的气象，而且对凤翔府所属各县的特殊风景，也作了简洁传神的描写。无论是"近山麰麦早，临水竹篁修"的整屋，还是"绕湖栽翠密，终夜响飕飕"的南溪，或者"千重横翠石，百丈见游鲦"的仙游潭，都是略作点染便显出其独具的风采。《题宝鸡县斯飞阁》的"野阔牛羊同雁鹜，天长草树接云霄"，十四个字便表现高原上野阔天低、牛羊浮动的特点。他游庐山，仅在《庐山二胜》两首诗里集中表现庐山景色。其中，《开先漱玉亭》一首，以"乱沫散霜雪，古潭摇清空。余流滑无声,快泻双石矶"几句,刻画出瀑布飞溅、古潭波荡摇空,确实生动传神。《唐宋诗醇》卷三七评此诗"写瀑布奇势迭出,曲尽其妙"。《栖贤三峡桥》一首,用"潜鱼""飞狖""草木""烟霭""雨雹"等景物烘托、渲染栖贤谷水势的汹涌险恶。"清寒入山骨,草木尽坚瘦"一联,把谷水的清冽、幽冷形容妙绝,令人读之凄神寒骨。宋人胡仔评此诗:"精妍绝韵,真他人道不到也。"(《苕溪渔隐丛话》后集卷二九)清人纪昀更赞叹:"十字绝唱。"(《苏文忠公诗集》卷二三)再看晚年贬谪途中对南国景色的描绘:"白沙翠竹石底江……篙声荦确相春撞"(《江西一首》),"山如翠浪涌,水作玉虹流"(《郁孤台》),把他在赣江青山绿水间行舟的情景写得绘声绘色。《舟行至清远县见顾秀才》诗,只用"江云漠漠桂花湿,海雨翛翛荔子燃"两句,便展现出湿热多雨、桂花香浓、荔枝似火的岭南风景之美,使人读来恍若身临其境。

　　苏轼襟怀开阔,气度恢宏,所以他刻画山水景物形象常常高瞻远瞩,总揽全局,大处落墨,突出山水的总体形象,创造出雄伟壮阔的意境。试看《雪浪石》的开篇:"太行西来万马屯,势与岱岳争雄尊。飞狐上党天下脊,半掩落日先黄昏。削成山东二百郡,气压代北三家村。"一落笔便勾勒出太行山区的宏伟气象。又如《行琼儋间,肩舆坐睡,梦中得句云"千山动鳞甲,万谷酣笙钟",觉而遇清风急雨,戏作此数句》云:"四州环一岛,百洞蟠其中。我行西北隅,如度月半弓。登高望中原,但见秋水空。此去当安归,四顾真途穷。眇观大瀛海,坐咏谈天翁。茫茫太仓中,一米谁雌雄。"同样是入手便高瞻远瞩地展现整个海南岛的地理形势,勾画出四州百洞的全景,意境非常壮阔。苏轼山水诗运用这种大处落墨的表现手法的作品比较多,《入峡》《巫山》《游径山》《白水山佛迹岩》《同正辅表兄游白水山》等都是。这种写法同李白的山水诗很相似。李白写山水,最擅于运用这种写法。他写黄河:"黄河落天走东海,万里写入胸怀间"(《赠裴十四》);"西岳峥嵘何壮哉!黄河如丝天际来。黄河万里触山动,盘涡毂转秦地雷"(《西岳云台歌送丹丘子》)。他写天姥山:"天姥连天向天横,势拔五岳掩赤城。天台四万八千丈,对此欲倒东南倾。"(《梦游天姥吟留别》)可见,这种大处落墨表现山水的总形势总印象的写法,是苏轼根据自己的艺术个性,有意识地从李白诗中学习、吸取过来的。

　　苏轼的山水诗很少刻画静态的山水景象,他善于从运动变化中捕捉山水景物的特点,以动态传山水之神。《出颍口初见淮山是日到寿州》一诗,便为我们描绘出一幅活动的江行图：

> 我行日夜向江海，枫叶芦花秋兴长。长淮忽迷天远近，青山久与船低昂。寿州已见白石塔，短棹未转黄茅冈，波平风软望不到，故人久立烟苍茫。

船在波浪上起伏，两岸青山也随同船起伏晃荡。诗人着一"久"字，更写出船与山长久持续着的运动状态。"寿州""短棹"两句，对仗工整却一气而下，写出舟行的快速，但诗人急盼到达，反嫌其慢。这种充满动态的山水图画，即使丹青妙手也无法画出。舟行时从动态写，写泊岸也充满动态："长淮久无风，故意弄清快。今朝雪浪满，始觉平野隘。两山控吾前，吞吐久不嗫。孤舟系桑本，终夜舞澎湃。"（《十月二日将到涡口五里所遇风留宿》）

自然山水景物的动态是与其变化相互联系、互为因果的。苏轼按照其"随物赋形"（《自评文》）和"酬酢万物之变"（《虔州崇庆禅院新经藏记》）的艺术表现法则，在山水诗创作中紧紧抓住一个"变"字，变中赋形、变中传神，创作出许多"清雄奇富，变态无穷"的意境。《九日黄楼作》写道："黄楼新成壁未干，清河已落霜初杀。朝来白露如细雨，南山不见千寻刹。楼前便作海茫茫，楼下空闻橹鸦轧。薄寒中人老可畏，热酒浇肠气先压。烟消日出见渔村，远水鳞鳞山矗矗。"此诗写徐州城四周的山水风光，却借瞬息万变的云雾来衬托。白雾初如细雨，忽然变为茫茫海洋，最后烟消日出。在迷蒙雾气中，古刹、渔村、山水忽隐忽现。当雾海掩没了渔舟，却传来桨橹鸦轧之声。变幻的云雾使诗中图画富于动感，也增添了一种惝恍迷离、浩渺无际的美。查慎行称赞此诗："阴阳晦明摄向毫端作大开合。"纪昀也赞叹："笔笔作龙跳虎卧之势。"（《苏文忠公诗集》卷一七）显然，这首诗是从表现自然山水景物忽起忽灭、瞬息变幻这一独特角度来进行艺术构思的。《登州海市》《望海楼晚景五绝》等作品，也都是运用这种艺术构思写成的佳作。最出色的是那首《六月二十七日望湖楼醉书》：

> 黑云翻墨未遮山，白雨跳珠乱入船。卷地风来忽吹散，望湖楼下水如天。

从乌云突起，写到暴雨骤至；忽又风过雨霁，初晴的湖上水天一色。笔墨跳脱，景象瞬息变幻。苏轼说过："求物之妙，如系风捕影。"（《答谢民师书》）又说画水要"奋袂如风，须臾而成"（《画水记》），画竹要"急起从之，振笔直遂，以追其所见，如兔起鹘落，少纵即逝矣"（《文与可画筼筜谷偃竹记》）。他确实有一枝如兔起鹘落的快笔，有"系风捕影"的手段，才能迅疾地捕捉住大自然的风云变幻，表现出大自然生命的律动。这种快捷灵活的写实手法，被南宋杰出的山水诗人杨万里大大地发扬。

在大自然中，山川景物的色彩流动和光的变幻，较之其形状的运动变化更难于把握。古典诗歌中，对景物"随类敷彩"的作品不可胜数，但大都是静态设色，只有那些杰出的诗人才能细致微妙地描绘景物的色彩和光影的流动变幻。苏轼以其对自然景物动态的敏锐观察力，捕捉住它们闪烁不定的光、色，准确地逼真地表现出来。例如：

江边日出红雾散，绮窗画阁青氛氲。
　　　　　　　　　　　　——《犍为王氏书楼》
江寒晴不知，远见山上日。朦胧含高峰，晃荡射峭壁。横云忽吹散，翠树纷历历。行人挹孤光，飞鸟投远碧。
　　　　　　　　　　　　——《过宜宾见夷中乱山》
决去湖波尚有情，却随初日动檐楹。
　　　　　　　　　　　　——《溪光亭》
起观万瓦碧参差，目乱千岩散红绿。
　　　　　　　　　　　　——《二十七日自阳平至斜谷》

诗人写日光，忽而"朦胧含高峰"，忽而"晃荡射峭壁"；写山色，时而青岚氛氲，时而翠树历历；写溪光，竟伴随日光在亭的檐楹上晃动；写山中草木，因云雾聚散和风的起息而纷红骇绿，使人眼花缭乱。这几幅诗中图画，恰如法国印象派画家们笔下那些专门点染大自然光色变幻的杰作。

事物的运动和变化，如果动作激烈，速度极快，其腾挪起伏的空间幅度很大，就给人以"飞动"之感。日本人遍照金刚指出，中国古典诗歌有一种"词若飞腾而动"的"飞动体"[①]。苏轼的许多山水诗篇，便是这种

---

① ［日］遍照金刚：《文镜秘府论》，人民文学出版社 1980 年版，第 52 页。

"飞动体"的典型作品。请看《江上看山》：

  船上看山如走马，倏忽过去数百群。前山槎牙忽变态，后岭杂沓如惊奔。仰看微径斜缭绕，上有行人高飘缈。舟中举手欲与言，孤帆南去如飞鸟。

群山如骏马惊奔，孤帆似飞鸟疾去。再看《游径山》：

  众峰来自天目山，势如骏马奔平川。中途勒破千里足，金鞭玉镫相回旋。

径山是天目山的支脉。诗人便想象它是从天目山上飞奔而来的骏马，在平原上突然勒足，却又踏步回旋。形象何等飞动！

  为了成功地创作出飞动的山水景物形象，苏轼十分注意动词的运用。他常常在诗中以一连串动词，把他在浮想联翩中跃现出的动态意象串联起来，造成一种意象迅速转换、动态连续不止的强烈艺术效果。如《浴日亭》写南海日出："剑气峥嵘夜插天，瑞光明灭到黄湾。坐看旸谷浮金晕，遥想钱塘涌雪山。已觉沧凉苏病骨，更烦沉灈洗衰颜。忽惊鸟动行人起，飞上千峰紫翠间。"《唐宋诗醇》卷四〇评此诗："前六句犹是沧沧凉凉之势。忽惊鸟一转，陡然而上，笔势奇绝。"奇就奇在诗人连用"惊""动""起""飞"四个描摹动态的字，以诗人惊、宿鸟动、行人起烘托一轮红日突然跃出，"飞上千峰紫翠间"的瑰奇飞动景象。更精彩的是《有美堂暴雨》：

  游人脚底一声雷，满座顽云拨不开。天外黑风吹海立，浙东飞雨过江来。十分潋滟金樽凸，千杖敲铿羯鼓催。唤起谪仙泉洒面，倒倾鲛室泻琼瑰。

诗人连用"拨""开""吹""立""过""来""凸""敲铿""催""唤起""洒""倒倾""泻"等动词，把众多的山水景物意象串联起来，层层推进地描状江海汇合处的一场疾风骤雨，使诗如层峰起伏，波翻浪涌，景象愈出愈奇，气势飞腾不止。

想象是诗人塑造艺术形象的必要手段，没有想象便没有诗。苏轼感情热烈奔放，想象活泼丰富，幻想也新奇大胆。他对山水自然景物常常不局限于如实的表现，而是浮想联翩，对山水景物对象进行巧妙的改造，创作出"离形得似"或"变形显神"的瑰丽新奇意象。这是苏轼山水诗的又一个鲜明的艺术特色。例如诗人在《送杨杰》中写泰山日出：

> 天门山上宾出日，万里红波半天赤。归来平地看跳丸，一点黄金铸秋橘。

诗人把日出时的漫天朝霞想象为"万里红波"，把高天丽日飞腾之状和黄金浑圆之形想象为"跳丸"和"秋橘"。在《中秋见月怀子由》中，他以天公用银河水洗眼珠的奇妙想象来形容月亮："谁为天公洗眸子，应费明河千斛水！"在《八月十五日看潮五绝》其五中，他用"江神河伯两醯鸡"来描摹江海生潮。在《望海楼晚景五绝》其一、其二中，他又连用雪堆、银山、金蛇等意象来描状钱塘晚潮和海天闪电。他晚年在惠州和儋耳所写的山水诗，如《同正辅表兄游白水山》《行琼儋间，肩舆坐睡，梦中得句云"千山动鳞甲，万谷酣笙钟"，觉而遇清风急雨，戏作此数句》《儋耳》等，想象和幻想更奇特瑰丽，更富于浪漫色彩，如《白水山佛迹岩》：

> 何人守蓬莱，夜半失左股？浮山若鹏蹲，忽展垂天羽。根株互连络，崖峤争吞吐。神工自炉鞴，融液相缀补。至今余隙罅，流出千斛乳。方其欲合时，天匠麾月斧。帝觞分余沥，山骨醉后土。风峦尚开阖，洞谷犹呼舞。海风吹未凝，古佛来布武。当时汪罔氏，头足不盖拇。青莲虽不见，千古落花雨。双溪汇九折，万马腾一鼓。奔雷溅玉雪，潭洞开水府。潜鳞有饥蛟，掉尾取渴虎。我来方醉后，濯足聊戏侮。回风卷飞雹，掠面过强弩。山灵莫恶剧，微命安足赌？此山吾欲老，慎勿厌求取。溪流变春酒，与我相宾主。当连青竹竿，下灌黄精圃。

诗人把神话传说与幻想夸张等艺术手法结合起来运用。浮山成了海上蓬莱失掉的左股，像大鹏一样从海上飞来。山中的溪泉，被诗人想象为神仙补缀山时使用的溶液余沥，忽而又变成了春酒供诗人畅饮。诗人还描绘了开阖的峰峦、呼舞的洞谷、神奇的佛迹、千古的花雨，更有奔雷溅雪的双溪、掠面而来的回风飞雹,使我们感到奇境迭出、目不暇接。清人查慎行评此诗:"字字刻画,句句变化,云烟离合,不可端倪。"(《苏文忠公诗编注集成》卷三八注引)如此丰富瑰奇的想象和幻想境界,可与唐代大诗人李白的《庐山谣》《梦游天姥吟留别》《蜀道难》等浪漫杰作相媲美。

苏轼这种丰富奇特的想象表现在诗歌的修辞上,就是比喻。苏轼山水诗中充满了贴切、形象、新颖、奇巧的比喻。例如"微风万顷靴纹细,断霞半空鱼尾赤"(《游金山寺》),用"靴纹"和"鱼尾赤"两个比喻,活画出微风中大江泛起的细浪和舒卷江天的晚霞;"千山动鳞甲,万谷酣笙钟"(《行琼儋间,肩舆坐睡,梦中得句云"千山动鳞甲,万谷酣笙钟",觉而遇清风急雨,戏作此数句》),用巨蟒鳞甲的扇动形容狂风劲吹千山草木,又用笙钟酣奏的仙乐形容万谷齐鸣之声。以上两首诗的比喻,创造出壮美境界。"欲把西湖比西子,淡妆浓抹总相宜"(《饮湖上初晴后雨二首》其一),用古代美人西施来比喻西湖的天然秀美。宋人袁文《瓮牖闲评》卷五说:"比拟恰好,且其言妙丽新奇,使人赏玩不已。"近人陈衍《宋诗精华录》卷二亦云:"后二句遂成为西湖定评。"一个绝妙的比喻使全篇清丽隽永的境界全出。"暗潮生渚吊寒蚓,落月挂柳看悬蛛"(《舟中夜起》),用寒蚓蠕动之音来形容潮水暗涨之声,用悬垂的蜘蛛来摹状挂在柳条之下的落月。这匪夷所思的比喻使夜泊的气氛显得十分凄寂、奇幻。苏轼还能连续地使用一连串比喻即"博喻"多方面地集中地形容山水景物。例如他在《求焦千之惠山泉诗》中描摹泉水在山中流动的状态:"浅深随所值,方圆随所蓄。或为云汹涌,或作线断续。或鸣空洞中,杂佩间琴筑。或流苍石缝,宛转龙鸾蹙。"在《云龙山观烧得云字》中形容烧山的血红烈焰:"悲同秋照蟹,快若夏燎蚊。火牛入燕垒,燧象奔吴军。崩腾井陉口,万马皆朱幩。摇曳骊山阴,诸姨烂红裙。"都运用了博喻。用得最出色的是《百步洪二首》其一:

  长洪斗落生跳波,轻舟南下如投梭。水师绝叫凫雁起,乱石一线争磋磨。有如兔走鹰隼落,骏马下注千丈坡。断弦离柱箭脱手,飞电过隙珠翻荷。

诗人连珠炮似的,以舟如投梭、兔走鹰落、骏马下坡、断弦离柱、锐箭脱弦、电光飞掣、露珠翻荷七个比喻,把百步洪一泻千里的迅疾气势形容得淋漓尽致！查慎行《初白庵诗评》卷中说："联用比拟，局阵开拓，古未有此法，自先生创之。"纪昀评："只用一'有如'贯下，便脱去连比之调；一句两比，尤为创格。"（《纪批苏诗》卷一七）施补华《岘佣说诗》称赞苏诗的比喻："人所不能比喻者，东坡能比喻；人所不能形容者，东坡能形容。比喻之后，再用比喻；形容不尽，重加形容。"

苏轼山水诗还有一个鲜明的艺术特色，即诗人经常把自己强烈的主观感情和意愿注入山水景物，使景物具有人的思想、感情和性格。例如"偶寻流水上崔嵬，五老苍颜一笑开"（《书李公择白石山房》）；"青山有似少年子，一夕变尽沧浪髭"（《江上值雪，效欧阳体》）；"青山偃蹇如高人，常时不肯入官府。高人自与山有素，不待招邀满庭户"（《越州张中舍寿乐堂》）；"逐客何人著眼看，太行千里送征鞍"（《临城道中作》）；"青山有约来当户，流水无情自入池"（《万同年草堂》）；"岩头匹练兼天净，泉汇真珠溅客忙"（《和晁同年九日见寄》）；"蔼蔼青城云，娟娟峨眉月。随我西北来，照我光不灭。我在尘土中，白云呼我归。我游江湖上，明月湿我衣。岷峨天一方，云月在我侧。谓是山中人，相望了不隔。梦寻西南路，默数长短亭。似闻嘉陵江，跳波吹锦屏"（《送运判朱朝奉入蜀》）。这种人格化的山水景物形象同诗人的形象亲密无间，结为知己，使诗境情趣横生。写得最生动活泼、充满奇趣的是《泛颖》：

> 我性喜临水，得颖意甚奇。到官十日来，九日河之湄。吏民笑相语，使君老而痴。使君实不痴，流水有令姿。绕郡十余里，不驶亦不迟。上流直而清，下流曲而漪。画船俯明镜，笑问汝为谁。忽然生鳞甲，乱我须与眉。散为百东坡，顷刻复在兹。此岂水薄相，与我相娱嬉。

在诗人的妙笔下，这条颖水忽直忽曲，船停时水如明镜，船动时浪似锦文，是那么活泼多姿。它摄下了诗人的倒影。当船上的东坡向水中的东坡致问时，它也与东坡娱嬉，有意生出鳞甲，扰乱水中东坡的须眉，散为上百个东坡，顷刻又还原为一。这真是具有赤子之心、天真烂漫的水啊！这一类诗歌，显示出苏轼山水诗富于谐趣、奇趣的独特韵味。

苏轼刻画山水景物形象往往把形似和写实放到次要地位，而侧重于运用想象、比喻、夸张、拟人等艺术表现手法为山水景物传神，这是同他善于吸收借鉴当时盛行的文人写意山水画技法分不开的。他的诗不仅借鉴了文人山水画的传神与写意作风,而且有意吸取其水墨技法。他非常喜欢在诗中表现水墨写意山水画中常见的那些烟雨苍苍、云气蒙蒙、若隐若现、似有似无的景致。如"山色空蒙雨亦奇"(《饮湖上初晴后雨》);"昏昏水气浮山麓"(《题宝鸡县斯飞阁》);"长淮忽迷天远近,故人久立烟苍茫"(《出颍口初见淮山是日至寿州》);"无限楼台烟雨蒙"(《虔州八境图》其七);"湖上萧萧疏雨过,山头霭霭暮云横"(《九月中曾题二小诗于南溪竹上既而忘之昨日再》);"天欲雪,云满湖,楼台明灭山有无"(《腊日游孤山访惠勤惠思二僧》);"但闻烟外钟,不见烟中寺"(《梵天寺见僧守诠小诗清婉可爱次韵》);"波生濯足鸣空涧,雾绕征衣滴翠岚"(《过岭》)等。读着这些诗句,宛若一幅幅墨气淋漓的山水画浮现眼前。苏轼有不少诗,纯用黑白二色,无疑是为了加强水墨画的效果。例如前面引证过的《六月二十七日望湖楼醉书》其一,"黑云翻墨"与"白雨跳珠"映照,色彩更加明亮,可以同王维的"日落江湖白,潮来天地青"(《送邢桂州》)争胜。

　　苏轼继承并发扬了韩愈、欧阳修和梅尧臣"以文为诗"的倾向。在山水诗创作中,他又特别注意向庄子散文、郦道元的《水经注》、柳宗元和欧阳修的山水游记吸取艺术营养,并且引进了自己的山水赋和散文的艺术表现手法。因此,他能在诗中自由灵活、不受拘束地写景叙事、抒情说理,这就使他的山水诗既有诗的深远意味和悠扬的音韵之美,又得散文自由驰骋之妙。苏轼山水诗常借鉴散文谋篇布局的特长,很注意构思的新颖、章法的层次转折、首尾的呼应,使诗篇结构纵横交错、开阖变化、跌宕多姿,使之同他所要表现的雄奇变幻、气象万千的山水风景吻合。《入峡》《巫山》《腊日游孤山访惠勤惠思二僧》《游金山寺》《登州海市》《行琼儋间肩舆坐睡梦中得句云"千山动鳞甲,万谷酣笙钟",觉而遇清风急雨,戏作此数句》等篇,都能见出苏诗结构波澜起伏、变化莫测的特色。苏轼的山水记、亭台记常以议论为主,在议论中记事,中间以简练传神的笔墨对山水景物略加点染,如《石钟山记》《超然台记》《放鹤亭记》等。苏轼在山水诗中也运用了他这类山水记、亭台记的写法,《泗州僧伽塔》《游金山寺》等篇便是如此。总之,苏轼吸取散文手法写山水诗,是为了适应他多侧面、多层次地刻画山水形象和抒写复杂情思的需要。其艺术效果主要是好的。但一部分山水诗,由于说理过多,喧宾夺主,破坏了山水形象的完整,也使诗缺少含蓄之味。

苏轼山水诗具有丰富多样的艺术风格，又以清雄旷放为其主调。施补华说："东坡……沉雄不如杜，而奔放过之；秀逸不如李，而超旷似之。"（《岘佣说诗》）刘熙载说："退之诗豪多于旷，东坡诗旷多于豪。"（《艺概·诗概》）他们对苏诗主要风格的把握是准确的。苏轼山水诗丰富多样的风格是他善于多方面地学习借鉴前人的结果。古代诗评家对此作了具体中肯的分析。例如，刘辰翁评苏轼《十月十二日将至涡口五里所遇风留宿》："刻画山水，如谢公（灵运），而去其棘涩。"评《出颍口初见淮山是日至寿州》："太白佳处。"评《登云龙山》："能狂类李白。"（刘评点《苏东坡诗集》卷七）《唐宋诗醇》卷三二评《李氏园》："宛似柳州小记。"评《游径山》："躐杜陵之高踪。"评《泛西湖五绝》："五绝蝉联而下，体制从三百篇出……若陈思王赠白马王彪诗。"卷三四评《新城陈氏园》："淡而能腴，王（维）、韦（应物）后，绝无仅有。"评《送乔施州》："善谈风土，衮衮可喜，颇似宗元在柳州诸诗。"卷三七评《次韵王定国南迁回见寄》："盘空硬语，具体昌黎。"纪昀评《次韵子由岐下诗》："五绝分章，模山范水，如画家之有尺幅小景，其格倡自辋川（王维）。"评《新城陈氏园》："忽作王、孟清音，亦多相似。"评《访张山人得山中字》："章法从（杜）工部《寻张氏隐居二首》得来。"评《游桓山，会者十人，以"春水满四泽，夏云多奇峰"为韵，得泽字》："绰有陶、韦之意，而不袭其貌，此乃善学陶、韦者。"评《行琼儋间，肩舆坐睡，梦中得句云"千山动鳞甲，万谷酣笙钟"，觉而遇清风急雨，戏作此数句》："以杳冥诡异之词，抒雄阔奇伟之气，而不露圭角，不使粗豪，故为上乘。源于李白而运以己法，不袭其貌故能各有千秋。"（《纪评苏诗》卷四一）从上述评语可见，苏轼山水诗确实是在广收博采前人的基础上运以己法进行独创的。

总之，在中国古代山水诗上，苏轼是继谢灵运、王维、李白、杜甫之后的一位山水诗艺术大师。他的山水诗创作代表了宋代山水诗的最高成就，对南宋杰出的诗人杨万里、陆游，金代著名诗人元好问，明代公安派诗人袁宏道，清代大诗人王士禛、宋荦、查慎行、赵翼、袁枚、翁方纲等人的山水诗创作都给予了巨大而深远的影响。

第七节　黄庭坚山水诗的艺术独创性

一　黄庭坚的生平经历和山水情怀

黄庭坚（1045—1105），字鲁直，号山谷道人，晚号涪翁。洪州分宁

（今江西修水）人。治平四年（1067）进士。熙宁中任叶县尉、北京国子监教授，元丰中知吉州太和县，移监德州德平镇。元祐初召为校书郎、《神宗实录》检讨官，擢起居舍人。绍圣初，责贬涪州别驾、黔州安置，移戎州。徽宗即位，放还。不久又被诬以"幸灾谤国"罪，除名编管宜州，卒于贬所。

他以诗文受知于苏轼，与秦观、张耒、晁补之并称"苏门四学士"。他从小就博览群书，三教经典以及小说杂书无所不读，所以他的成就是多方面的。他兼擅诗、文、词、赋，精通书画鉴赏，书法成就极高，与苏轼、米芾、蔡襄并称为宋代四大书家。作为宋诗的代表人物之一，他与苏轼并称"苏黄"，其诗歌总的成就不如苏轼，却更鲜明地体现出宋诗的风格，因此在当时和后世影响很大，以至开宗立派，成为宋代声势最大的江西诗派的开创人。著作现存《豫章黄先生文集》30卷，另有南宋时任渊等三人整理加注的《山谷诗集注》内集30卷、外集14卷、别集20卷。今存诗共有1956首。

黄庭坚的故乡分宁山明水秀，景色绮丽。他童年时代就喜欢游览山水。修水双井附近的清水岩、明月湾、听月楼、钓亭、池亭、冠鳌台及博山台等山川名胜都印有他的足迹，后来他又游览过庐山。元丰三年（1080）秋天他离京师赴吉州太和县（今江西泰和）任职南行途中，游览了扬州、真州、金陵、池州、舒州等地风光。特别是路经舒州（今安徽潜山）时，他畅情遨游了附近的三祖山、山谷寺、石牛溪、撷秀阁、灵龟泉等山川名胜，并题诗于石牛溪旁的巨石上，从此自号为山谷道人。他在诗中也多次表达对自然山水的喜爱之情，例如"我观江南山，如目不受垢"，"在北思江山，如怀冰雪颜"（《赠别李端叔》）；"观山观水皆得妙"（《题胡逸老致虚庵》）；"江山为助笔纵横"（《忆邢惇夫》）等。然而，由于他性格沉着内敛，写诗侧重于发掘心灵深处对社会人生的独特感受与体验，特别注重道德修养和处世哲学的思考，以及对于诸如篇章布局、句法字法、声韵格律的诗歌形式体制的探索实验，因而他对表现山水自然美下的功夫相对来说比较少。他的山水诗只有50多首，在其全部诗作中所占比例很小，这是颇为令人遗憾的。

二 气象森严、骨力劲健的七古七律

他的山水诗数量虽少，艺术质量却很高，突出的特色是气象森严、骨力劲健,如断崖古松、山谷石林,又呈现丰富多样的风格,五七言古近体都有佳作,其中七古、七律、七绝都写得出色。例如七古《武昌松风阁》:

> 依山筑阁见平川,夜阑箕斗插屋椽,我来名之意适然。老松魁梧数百年,斧斤所赦今参天,风鸣娲皇五十弦,洗耳不须菩萨泉。嘉二三子甚好贤,力贫买酒醉此筵。夜雨鸣廊到晓悬,相看不归卧僧毡。泉枯石燥复潺湲,山川光辉为我妍。野僧早饥不能馈,晓见寒溪有炊烟。东坡道人已沉泉,张侯何时到眼前?钓台惊涛可昼眠,怡亭看篆蛟龙缠。安得此身脱拘挛?舟载诸友长周旋。

此诗是崇宁元年(1102)九月诗人被免太平知州后途经武昌(今湖北鄂城)游览松风阁之作,写夜宿阁上的见闻与感受。前半写景,大处落墨,摹状星光松风夜雨,绘影绘声;又妙语双关,把人物的高风与山水清音融合成一个气象峥嵘、清高脱俗的意境,流露出诗人历经磨难以禅学消释愁苦的心态。全篇构思、章法、意境都借鉴了韩愈的名作《山石》,但场景更集中,笔墨劲健利落、自然老练又腾挪转折;句句押韵,一韵到底,有累累若贯珠之妙。他的七律是最富于艺术创新精神的。在篇章布局、句法结构、用典对仗以及音韵声律方面都有新的尝试探索,出奇变化。特别是他大量写作拗体七律,追求生新峭硬,具有特殊韵味。不过,他用七律写山川纪行之作,绝大多数仅有一联写景,山水形象未能成为诗的主体,不能算作山水诗,其中就包括那首以"落木千山天远大,澄江一道月分明"一联写景清朗远大著称的《登快阁》。可以算作山水诗的仅有《题安福李令朝华亭》《出迎使客质明放船自瓦窑归》《题胡逸老致虚庵》等少数几首,写得潇洒俊逸,兼具情景之美。《题落星寺四首》其三是风格清奇拗峭的名作:

> 落星开士深结屋,龙阁老翁来赋诗。小雨藏山客坐久,长江接天帆到迟。宴寝清香与世隔,画图妙绝无人知。蜂房各自开户牖,处处煮茶藤一枝。

全篇写鄱阳湖北的落星寺幽静寂寥、远离尘嚣的景色,流露出诗人清虚绝俗之情。颔联写深山小雨与天际风帆,观察敏锐、细致,写出活景,景中有人也有情，上句"藏山"语出《庄子·大宗师》，下句用韦应物"漠漠帆来重，冥冥鸟去迟"（《赋得暮雨送李胄》）诗意。颈联上下句亦分别从韦应物"宴寝凝清香"（《郡斋雨中与诸文士燕集》）和韩愈"僧言古寺佛画好，以火来照所见稀"（《山石》）化出，同样巧妙地用以摹状眼前景象，如同己出，显示山谷"夺胎换骨""点铁成金"诗法之妙。尾联"蜂房"比喻奇特，"藤一枝"构象饶有雅趣，都体现出烹字炼句之妙。全诗没有一句完全合律，颈联失黏，第三句用三仄调，音节拗峭劲健，正与所写幽僻清奇的景色一致。清人许印芳评云："此诗真所谓似不食人间烟火人语。"（《瀛奎律髓汇评》卷二五）方东树《昭昧詹言》赞曰："腴妙，乃非枯寂"，"摹杜公《终明府水楼》，音节气味逼肖，而别出一段风趣。"（《瀛奎律髓汇评》卷一二、卷二○）这首七律山水诗，无论音情、意境、韵味，在宋代山水诗中都独具一格。

三　清丽俊逸的七绝山水诗

黄庭坚的山水诗以七绝数量多，富于色泽才情，饶有清丽俊逸之致。例如：

> 玉笥峰前几百家，山明松雪晚明沙。趁墟人集春蔬好，桑菌竹萌烟蕨芽。
> ——《上萧家峡》

> 山寒江冷丹枫落，争渡行人簇晚沙。菰叶蘋花飞白鸟，一张红锦夕阳斜。
> ——《和李才甫先辈快阁五首》之一

前一首以清新明净的文字，勾画出一幅山乡风景画。诗的风味略近于柳宗元《柳州峒氓》"青箬裹盐归峒客，绿荷包饭趁墟人"，情调之优美毫不逊色，而句法更凝练。后一首描绘登快阁所见太和县城江天黄昏景色，色彩丰富明艳，想象瑰丽，比喻贴切。再看诗人晚年写的二首山水七绝：

> 满川风雨独凭栏，绾结湘娥十二鬟。可惜不当湖水面，银山堆里看青山。
> ——《雨中登岳阳楼望君山二首》之二

四顾山光接水光，凭栏十里芰荷香。清风明月无人管，并作南楼一味凉。

——《鄂州南楼书事四首》之一

前一首是崇宁元年（1102）春诗人在戎州遇赦东归路经岳阳时作。诗中虽借鉴了唐人刘禹锡"遥望洞庭山水翠，白银盘里一青螺"（《望洞庭》）与雍陶"应是水仙梳洗处，一螺青黛镜中心"（《望君山》）的意象，但化静景为动景，诗人亦置身于画面之中，构思更深，寄怀更壮，笔力也更雄放。后一首是同年至鄂州（今湖北武昌）登南楼之作，描绘江南夏夜山光水光、荷香风月之景，创构了一个清凉境界，表达了摒弃尘虑的心境。写景气象阔大而空灵澄澈，抒情含蓄蕴藉，暗用佛经，蕴含禅趣。诗在单行中参以当句相对，韵脚清亮。全篇风神摇曳，声情俱美，极似唐人绝句。近人陈衍评："山谷七言绝句皆学杜，少学龙标（王昌龄）、供奉（李白）者有之，《岳阳楼》《鄂州南楼》近之矣。"（《宋诗精华录》卷二）

四 新奇独到的感受与想象

总体来看，黄庭坚的山水诗具有瘦硬奇崛、雄健高旷、清新俊逸等多种风格。在对山水自然美的表现方面，他的独到之处在于：一般人不容易观察、感受或想象到的，他却能够观察、感受、想象出来，例如"高帆驾天来，落叶聚秋蝇"（《泊大孤山作》）；"风行水上如云过，地近岭南无雁来"（《出迎使客质明放船自瓦窑归》）；"嫩芽已侵水面绿，平芜还破烧痕青"（《观化十五首》之四）。无论写大景还是小景，都显出准确、敏锐、细致、独到的观察。"河天月晕鱼分子，槲叶风微养鹿茸"（《夏日梦伯兄寄江南》）；"瘦藤挂到风烟上，乞与游人眼豁开"（《题大云仓达观台》）；"黄流不解涴明月，碧树为我生凉秋"（《汴岸置酒赠黄十七》）；对景物的感受和字句烹炼都很新奇独到。"晓月成霞张锦绮，青林多露缀珠缨"（《题安福李令朝华亭》）；"泉响风摇苍玉佩，月高云插水晶梳"（《观化十五首》之二）；"长虹垂地若篆字，晴岫插天如画屏"（《雨晴过石塘留宿赠大中供奉》）；"青山如马怒盘旋，错认林花作锦鞯"（《次韵裴尉过马鞍山》）；"江妃羞出凌波袜，长在高荷扇影凉"（《同景文丈咏莲塘》）；"江形篆平沙，分派回劲笔"（《发舒州向皖口道中作寄李德叟》）；"万竿苦竹旌旗卷，一部鸣蛙鼓吹秋"（《次韵黄斌老晚游池亭》），想象多么新奇，比喻多么精警！黄庭坚还善于别出心裁地运用平常的字眼描状景物，使景物意象呈现新奇动人的情态。如"云黄觉日瘦，木落知风饕"（《劳坑入前城》）；"阴风搜林山鬼啸，千丈寒藤绕崩石"（《上大蒙笼》）；"风黑马跪驴背岭，日黄人瘦鬼门关"（《元明题歌罗驿竹枝词》）；"山色挼蓝小雨中"，"长江淡淡吞天去"（《和李才甫先辈快阁五首》其二、其三）；"远水粘天吞钓舟"（《四月末天气陡然如秋遂御袷衣游北沙亭观江涨》）。

清人吴乔称"山谷专意出奇"（《围炉诗话》），方东树也说"山谷之妙，在乎迥不与人，时时出奇，故能独步千古"（《昭昧詹言》）。黄庭坚的山水诗数量虽少，却以其艺术独创性在山水诗史上占有重要地位，对同时代的诗人陈师道、释惠洪，江西诗派的其他诗人韩驹、徐俯、吕本中等人，对南北宋之交和南宋杰出诗人陈与义、陆游、杨万里、范成大、姜夔直至清代许多诗人的创作都有影响。

第八节　在苏轼影响下的山水诗人

苏轼作为继欧阳修以后的文坛领袖，同样十分重视人才的发现和培养，在他的周围出现了人数不少的作家群，其中有他的弟弟苏辙和被称为"苏门四学士"的黄庭坚、秦观、张耒、晁补之，有"苏门六君子"即黄、秦、张、晁加上陈师道和李廌，还有孔氏三兄弟（孔文仲、孔武仲、孔平仲）、贺铸、唐庚等。由于苏轼是一位"但开风气不为师"（龚自珍《己亥杂诗》）的有多方面成就的大家，他主要以一种解脱束缚、随心所欲而不逾矩的自由创作的精神去影响周围诗人和后来者，所以接受他的影响的诗人们也就往往能够发挥各自的个性和才能，各有不同的艺术特色和成就。我们在上一节里专门评介了与苏轼齐名并开创了江西诗派的黄庭坚的山水诗，这一节将根据其他诗人在山水诗创作中艺术成就的高下，作或详或略的介绍。

一　苏辙：雅适中见深醇

苏辙（1039—1112），字子由，号颍滨遗老，眉州眉山（今属四川）人，苏轼弟。嘉祐二年（1057）与轼同科中进士。官至尚书右丞、门下侍郎，故世称苏黄门。一生著述甚富，仅其诗文集《栾城集》就有96卷。

他与父、兄合称"三苏"，为唐宋古文八大家之一，成就相当高。他的性格比较沉稳内向,才气不及苏轼,其诗不像乃兄那样奇肆变化,仅以安排妥适、时于平稳中见深醇为特长。作品数量虽多,在宋诗中的地位并不高。

他的山水诗写得不少,在与苏轼一同游山览景中,有大量唱和之作。他又喜欢以近体律绝,一口气写出十首乃至二三十首的山水组诗。但他对山水自然美的观察力、感受力与想象力都比较贫弱,因此写景不够生动传神,很难在诗中找出一联令人耳目一新的警句。由于他深通佛学,善于从各种失误中体会人生真谛,故而他的山水诗中哲理议论较多,却缺乏精警的笔墨表达,诗味不足。他的七律、五绝、七绝、六绝山水诗写得较多,有一些稍好的作品,例如:

谁安双岭曲弯弯,眉势低临户牖间。斜拥千畦铺渌水,稍分八字放遥山。愁霏宿雨峰峦湿,笑卷晴云草木闲。忽忆故乡银色界,举头千里见苍颜。

——《绩溪二咏·翠眉亭》

菰蒲出没风波际,雁鸭飞鸣雾雨中。应为高人爱吴越,故于齐鲁作南风。

——《梁山泊见荷花忆吴兴五绝》之五

溪亭新雨余,秋色明滉漾。鸟渡夕阳中,鱼行白石上。

——《和文与可洋川园亭三十咏·溪光亭》

饮酒方桥夜月,钓鱼画舫秋风。冉冉荷香不断,悠悠水面无穷。

——《答文与可以六言诗相示因道济南事作十首》之四

以上四首,写景或白描或想象,表现生动,语言清淡,颇有景趣与情趣,于雅适中见深醇,在《栾城集》中,是不可多得的佳作。

二 秦观:风骨俊秀,刚柔兼具

秦观(1049—1100),字太虚,改字少游,号邗沟居士,学者称淮海先生。扬州高邮(今属江苏)人。元丰八年(1085)进士,授定海主簿。元祐间苏轼荐之于朝,任秘书省正字兼国史院编修。绍圣元年(1094)坐元祐党籍出为杭州通判,贬监处州酒税,又削秩徙郴州,继而编管横州,复编管雷州。后于放还途中病卒于藤州(今广西藤县)。有《淮海集》40

卷，《后集》6卷，《长短句》3卷。

　　他在"苏门四学士"中与苏轼过从最密，亦最为苏轼赏识。苏轼曾把他的诗推荐给王安石，王赞曰："清新妩丽，与鲍谢似之。"（《回苏子瞻简》）他是北宋词坛艺术成就最高的作者之一。据《宋史》本传记载，他性格豪隽，强志盛气，还喜读兵书。他又是个感情丰富、敏锐的人，最具诗人气质，其诗颇有个性，能以充沛的感情打动作者，这在重理义而轻情韵的宋代诗坛尤为可贵。他的山水诗有一部分写得雄豪壮丽，如五古《泊吴兴西观音院》《和子由游金山》《与子瞻会松江得浪字》，七古《宿金山》《马上口占二首》《送蔡子骧用蔡子骏韵》，七律《蓬莱阁》《中秋口号》等，都是具有阳刚之美的作品。请看五古《与子瞻会松江得浪字》：

　　　　松江浩无旁，垂虹跨其上。漫然衔洞庭，领略非一状。怳如陈平野，万马攒穹帐。离离云抹山，窅窅天粘浪。烟中渔唱起，鸟外征帆扬。愈知宇宙宽，斗觉东南壮。太史主文盟，诸豪尽诗将。超然外形检，语笑供颌颔。嫫娟弃不追，拨剌亦从放。独留三百缸，聊用沃轩旷。

诗的前半篇描绘松江太湖景色，笔墨淋漓，想象雄奇，境界阔大，同后半篇颂美苏轼以文坛盟主身份诗酒会友的豪情胜慨相得益彰。全篇景、情、声俱壮美，可用唐人司空图《二十四诗品·豪放》品中的"天风浪浪，海山苍苍"二语形容。他的七绝也有境界阔远之作，例如：

　　　　西津江口月初弦，水气昏昏上接天。清渚白沙茫不辨，只应灯火是渔船。

　　　　　　　　　　　　　　　　　　——《金山晚眺》

写金山晚眺大江景色，在水雾迷蒙中点染出对岸的渔船灯火。这种雄丽壮阔之景，还有"宿鸟水干迎晓闹，乱帆天际受风忙"（《次韵子瞻金山宝觉大师》），"人游晚岸朱楼远，鸟度晴空碧嶂横"（《蓬莱阁》），"照海旌幢秋色里，激天鼓吹月明中"（《中秋口号》），"崖空飞鼠声相应，江静群峰影倒涵"（《显之禅老许以草庵见处作诗以约之》）等。可见，南宋敖陶孙说秦观诗"如时女步春，终伤婉弱"（《诗人玉屑》卷二引），金代元好问说秦观诗是"女郎诗",俱是以偏概全,有失公允。

秦观确有一部分写景抒情的诗,其中多数是绝句小诗,写得委婉纤巧,精致细密,显然是受到他的婉约词风的影响,故而晁补之、张耒都曾说:"少游诗似小词。"(《王直方诗话》引)这方面的作品,除了被元好问讥刺为"女郎诗"的《春日二首》外,在山水诗中还有《白马寺晚泊》《雪上感怀》等。例如《游鉴湖》:"画舫珠帘出缭墙,天风吹到芰荷乡。水光入座杯盘莹,花气侵人笑语香。翡翠侧身窥绿酒,蜻蜓偷眼避红妆。葡萄力缓单衣怯,始信湖中五月凉。"取景精致,造语绮丽,情思委婉。"画舫珠帘"、花香翠鸟、绿酒红妆等意象,正是秦观的婉约词中常见的。另一首七律《次韵子由题平山堂》:"栋宇高开古寺间,尽收佳处入雕栏。山浮海上青螺远,天转江南碧树宽。雨槛幽花滋浅泪,风卮清酒涨微澜。游人若论登临美,须作淮东第一观。"颔联写景颇清丽远大,颈联的"幽花""浅泪""清酒""微澜"却又流于纤巧,缺少骨力。这种"女郎诗"的风格,恰与苏轼的"丈夫诗"相对。

但秦观有一些山水绝句,比较巧妙地把情思委婉、清丽妩媚的词风移用于深刻地表现江南山水的明媚秀美,意象和语言避免过于纤柔绮丽,却能以诗人的慧心与画家的眼睛感受与捕捉一些不大被人注意的景象,通过精心的构思表现出来。这些诗篇充满了诗情画意,描绘景物又能把小与大、近与远、细与粗、工笔与意笔结合起来。例如:

渺渺孤城白水环,舳舻人语夕霏间。林梢一抹青如画,应是淮流转处山。

——《泗州东城晚望》

霜落邗沟积水清,寒星无数傍船明。菰蒲深处疑无地,忽有人家笑语声。

——《秋日三首》其一

前一首以孤城、白水、舳舻、夕霏,衬托出远方林梢一抹如画的青山,组成一幅色彩和谐、层次清晰的平远山水图,含蓄地表现出诗人淡淡的思乡情绪。船上人的笑语,更给画面增添了生活情调气氛和音响效果。后一首写邗沟附近的水乡秋夜景色。前二句写霜落水清,水中倒映的寒星在船舷边闪烁,非常幽美。三四句借笑语声暗示菰蒲中藏有人家,又用"疑"

"忽"二字表现自己的心理活动，显得灵动而有诗趣。可见诗人对景物的观察细致入微。苏轼认为"秦得吾工"（马端临《文献通考》卷二三七，"张文潜《柯山集》"条下引），从秦观的这两首七绝山水诗来看，其工丽精致的风格，确实颇得苏轼讲技巧、法度的一面。

三　晁补之：凌丽奇卓，善写动态

晁补之（1053—1110），字无咎，号归来子，济州钜野（今山东巨野）人。元丰二年（1079）进士，授澶州司户参军。召试学官，除北京国子监教授。元祐中任秘书省正字、校书郎，出知齐州。绍圣初，坐元祐党贬为应天府通判，改亳州通判，复贬监处州、信州酒税。徽宗即位，召为吏部员外郎。建中靖国元年（1101）自吏部郎中出知河中府，徙湖州、密州。崇宁二年（1103）罢免，退居故里，筑归去来园，啸傲其中，因以为号。今存《鸡肋集》70卷，《全宋诗》辑录其诗22卷。

晁补之是"苏门四学士"之一，早年因苏轼的延誉而被时人看重。他善画山水，当时曾有"今代王摩诘"（陈师道《晁无咎画山水扇》）之称。他在《自画山水留春堂大屏题其上》诗中写道："胸中正可吞云梦，盏里何妨对圣贤。有意清秋入衡霍，为君无尽写江天。"可见其豪迈之气和对画艺的自负。他对于诗歌与绘画各自的艺术特点和相互的亲密关系有精到的认识，曾说："画写物外形，要物形不改。诗传画外意，贵有画中态"（《和苏翰林题李甲雁二首》之一）。因此他的诗中充满了画意。他喜爱自然山水，曾说："少时勇游山，说山喜动色"（《次韵四弟以道十二弟叔与法王唱和兼示无斁弟二首》其一）。"与君江南厌山水，香炉双剑俱梦中。"（《游栖岩寺呈提刑学士毅夫兄》）他还认为自然山水能给诗人带来新鲜活泼的诗兴："老来山水兴弥深"（《复和定国惠竹皮枕谑句》）；"诗须山水与逢迎"（《送曹子方福建转运判官二首》之二）；"莫嫌马上过春风，得句桃溪柳涧中"（《赴蒲道中》）；"自言春晚归洞庭，日落江南得佳句"（《赠陈元舆祠部》）。他写了不少山水诗，诗中抒发依恋山水的深情，挂冠隐居的心愿，被贬谪的牢骚不平，以及对人生对佛理的体悟等。他的五七言古近体诗都有生动描画山水的佳作，如五古《谒岱祠即事》《游信州南岩》，七古《径山》《淮壖》《同张子望颜伯仪上关纳凉》，以七言为主的杂言体《游栖岩寺呈提刑学士毅夫兄》，七律《鱼沟怀家》《庐山》《游华岳归道中望仙掌》《自蒲赴湖早行作》，五律《吴松道中二首》《千秋岭上》，七绝《新城塔山对雨二首》《同柳戒之夜过三学院》《晚发长芦》《舟中即事》《题谷熟驿舍二首》等。

晁补之性格豪放，颇有才气，他的山水诗想象新奇，善于描绘雄丽奇险并富于动态变化的景色，又显得骨力遒劲，饶有气势。这一艺术特色突出体现在他的古体长篇山水诗中。例如《谒岱祠即事》描写泰山的巍峨峥嵘和日出时的壮丽奇幻："泽南三百里，极望横天云。云端色凝黛，谛视初可分。峥嵘介丘像，颎洞元气屯。顷刻有变化，惨淡殊明昏。……五色冒日观，一握通帝阍。恢拓下摧嵯，青苍上氤氲。泉石竞沮洳，烟岚互纷纶。高举蹑风海，深蹯跆火轮。涛波卷堆阜，一一溟渤吞。"又如《游栖岩寺》写攀山登寺的艰险和耳闻目睹的雄奇景色："前旌已作鹤穿云，后队方如蚁缘木。千条倒涧淙大壑，百丈层冰冻垂瀑。无云而云苍翠横，无风而风虢虢声。崖穷东转路忽平，长杨老柏森成城，朱栏碧砌上窈冥。莲花三峰只对面，仙人玉女如相迎。"写得变幻莫测，令人惊心动魄。他的五七古长篇山水诗章法、句法乃至用韵灵活多变，波澜跌宕，显然受到李白特别是苏轼的影响。山水短章同样写得富于动态变化：

　　山外圆天一镜开，山头云起似浮埃。松吟竹舞水纹乱，坐见溪南风雨来。

　　　　　　　　　　　——《新城塔山对雨二首》之一

　　急鼓咚咚下泗州，却瞻金塔在中流。帆开朝日初生处，船转春山欲尽头。

　　　　　　　　　　　——《赴广陵道中三首》之一

诗仅四句，所写景物却富于疏密、高低、远近、静动的变化，生机勃勃，意趣盎然。尽管尚缺乏苏轼笔下那种"气腾势飞"的"飞动"之境，但对动态诗美的有意追求，恐怕多少也受到苏轼的影响。

唐代诗人张继有一首千古传诵的《枫桥夜泊》："月落乌啼霜满天，江枫渔火对愁眠。姑苏城外寒山寺，夜半钟声到客船。"集中刻画夜泊枫桥的见闻和感受。晁补之的五律名篇《吴松道中二首》之一写道："晓路雨萧萧，江乡叶正飘。天寒雁声急，岁晚客路遥。鸟避征帆却，鱼惊荡桨跳。孤舟宿何许？霜月系枫桥。"显然吸取了《枫桥夜泊》的诗意，却又学习苏轼《出颍口初见淮山是日到寿州》的写法，侧重表现白日孤舟急行所见所闻的动态景物，末联才写到夜泊枫桥，使我们宛如看到一幅幅连续活动的山水画面。诗中既有"画中态"，又充分发挥了诗歌表现时间流程的特长。即使是表现同一时空的景物，晁补之也极尽变化之能事，如《示张仲原秀才二首》之二："城头急雨昏长川，城边清流鸥鹭闲。城西云黑电脚落，斜日正在城东山。"一句一景，变化多姿，笔墨跳脱。

张耒评晁补之诗："凌丽奇卓，出于天才，非酝酿而成。"(《晁无咎墓志铭》) 颇中肯。

四 张耒：自然奇逸，雄拔疏秀

张耒（1054—1114），字文潜，号柯山，人称宛丘先生。楚州淮阴（今属江苏）人。熙宁六年（1073）进士，授临淮主簿，转寿安县尉。元祐元年（1086）授秘书省正字，居三馆八年，擢起居舍人。绍圣初，以直龙图阁知润州，坐元祐党籍谪徙宣州，复贬监黄州酒税。徽宗即位，起用，又因在颍州为苏轼举哀行服，被言官弹劾为"徇私背公"，贬房州别驾，黄州安置。崇宁五年（1106）放回，寓居陈州宛丘（今属河南淮阳）。有《柯山集》50卷，另有拾遗12卷，续拾遗1卷。《全宋诗》辑录其诗33卷。

他论诗重明理，重平畅，反对刻意求奇，认为文章是"寓理之具"，"理胜者文不期工而工"（《答李推官书》），又说文章应当"满心而发，肆口而成，不待思虑而工，不待雕琢而丽"（《贺方回乐府序》）。因此他仿效白居易和张籍，写了许多关心社会民生的作品。但他也酷爱自然山水，自称"平生爱山如好德，未尝一饭忘泉石"（《题大苏净居寺》）；"青山如君子，悦我非姿媚。相逢一开颜，便有论交意"（《出山》）。赞赏谢灵运"谢公山林赏，不为轩冕屈"（《书馆直舍》）。他一生奔波仕途，多次被贬为地方官，陆走水涉，冲寒冒暑，到过中原和江南很多山川名胜之地，因此他的山水诗数量很多。其中五七言古体山水诗稍少，写景清淡，但散缓平弱，着意学习陶渊明、韦应物和白居易，多数篇章未能得其神，故而佳篇佳句都难得一见。《感春》："春郊草木明，秀色如可揽。雨余尘埃少，信马不知远。黄乱高柳轻，绿铺新麦短。南山逼人来，涨洛清漫漫。人家寒食近，桃李暖将绽。年丰妇子乐，日出牛羊散。携酒莫辞贫，东风花欲烂。"写春郊田野山川秀色，清新俊逸，自然流丽，是较好的作品。七律和七绝山水诗更多，在描画山水中表现乡村田野景色、农民渔家生活，乃至黄柑、紫蟹、红稻、白鱼等乡土风物，表现出诗人对农家生活的向往，也使山水诗富于浓郁的生活气息,是诗人有意将山水诗与田园诗结合的艺术创新。这些七律、七绝山水诗多数能体现出其自然流丽的艺术风格。其中七律"体制敷腴,音节疏亮"(汪藻《柯山张文潜集书后》),圆转流畅,风格最似白居易,例如《秋日登海州乘槎亭》:"海上西风八月凉,乘槎亭外水茫茫。人家日暖樵鱼乐,山路秋晴松柏香。隔水飞来鸿阵阔,趁潮归去橹声忙。蓬莱方丈知何处,烟浪参差在夕阳。"大景与小景、近景与远景相互映衬,明丽如画,境界阔远,同白居易的《西湖晚归回望孤山寺赠诸客》诗之情调、风格、音韵都相似,结句更从白诗"楼殿参差倚斜阳"化出。另一部分七律山水诗,却明显地摹仿杜甫雄阔的气象和沉郁的格调,抒发他屡遭贬谪的悲愤之情,例如《遣兴次韵和晁应之四首》之一:"日落村墟烟霭青,草根促织晚先鸣。群山衮衮望中去,新月娟娟愁里生。暗峡风云秋惨淡,高城河汉夜分明。寄书故国还羞涩,白首萧条老病婴。"当然,这种摹仿与杜诗相距仍远。七绝山水诗笔墨灵动多变,饶有风致,佳作更多,如《舟行六绝》《淮上晓望》《湖上成绝句呈刘伯声四首》《将之天长题新亭壁》《楚桥秋暮阻雨》《登乘槎亭》《怀金陵三首》《淮阳道中》《淮阳晚望》等。试举一首为例:

小园寒尽雪成泥,堂角方池水接溪。梦觉隔窗残月尽,五更春鸟满山啼。

——《福昌官舍后绝句十首》其二

此诗作于早年任寿安尉其间。写寒尽春来之景,流露出诗人热烈迎接早春的情怀。写景生动细致,有层次,三、四句由实景转换为虚写,展现出美丽迷人的意境。全诗词浅意深,诱人想象。

从总的看,张耒描绘山水,多用白描实写,想象和幻想的笔墨较少,因此其诗中的山水景物意象尽管生动真切、清丽俊逸,但仍未能给予读者强烈深刻的感受。诗人似乎也意识到这一点,因此他称赞黄庭坚的诗"不践前人旧行迹,独惊斯世擅风流"(《读黄鲁直诗》),又欣赏唐代以奇幻诡异著称的李贺"独爱诗篇超物象,只应山水与精神"(《李贺宅》)。所以,当他尝试着将更强烈的主观精神灌注于自然山水景物,创构"超物象"的新奇意象时,他也写出了一些令人惊奇赞叹的佳作,例如:

天光不动晚云垂，芳草初长衬马蹄。新月已生飞鸟外，落霞更在夕阳西。花开有客时携酒，门冷无车出畏泥。修禊洛滨期一醉，天津春浪绿浮堤。

——《和周廉彦》

此诗描绘芳郊暮色之美，抒写携酒踏青之乐。三、四句脱胎自梅尧臣"夕阳鸟外落，新月树端生"(《中秋新霁壕山初满自城东偶泛舟回》)，但意象更瑰奇，笔意更流动。钱锺书先生说，这种写法是"把一件小事物作为大事物的坐标，一反通常以大者为主而小者为客的说法"(《宋诗选注》)，可谓奇警之句。又如《初见嵩山》：

年来鞍马困尘埃，赖有青山豁我怀。日暮北风吹雨去，数峰清瘦出云来。

前三句平平，结句奇峰陡起。诗人用"清瘦"二字形容嵩山，意象新奇，融情于山，并反映出诗人独特的精神气质与审美追求，全篇境界全出。后来南宋词人姜夔的"数峰清苦，商略黄昏雨"(《点绛唇》)之句，正从此句化出。由于张耒适当地吸取异量之美以弥补自己的不足，使他的山水诗以"自然奇逸"(吕本中《童蒙诗训》语)著称。

张耒的山水诗也有缺点。由于写得太多太随便，一些作品显得粗疏草率，题目、构思、诗意雷同的作品复出迭见，正如朱熹所说："张文潜诗只一笔写去，重意重字皆不问。"(《朱子语类》卷一四〇)但他以自然奇逸、雄拔疏秀的风格在宋代山水诗中卓然独立。他的七律圆转流畅之处已开了南宋陆游的先声；他的七绝对后来提倡"活法"的诗人吕本中、陈与义、杨万里也很有影响。

五 陈师道：质朴深挚，凝练精工

陈师道(1053—1102)，字履常，又字无己，号后山居士。徐州彭城(今江苏徐州)人。早年师从曾巩。元祐二年(1087)，苏轼等荐举他任徐州州学教授。绍圣元年(1094)，被看作"苏党"而罢归。元符三年(1100)，召为秘书省正字，不久病逝。他一生很不得意，家境贫寒，老母就食而道卒，妻儿寄养于外家。他的《春怀示邻里》中的名句"断墙着雨蜗成字，老屋无僧燕作家"，即是他日常生活的生动写照。不过他立身处世很有骨气，尊师重道，不依附权贵。因曾出于苏轼门下，故被后人列为"苏门六君子"之一。他是江西诗派的重要诗人，与黄庭坚并称"黄陈"，还被方回推为江西诗派"三宗"之一。他本来作诗并无专门师法对象，自从见了黄庭坚诗，便烧弃旧作，改学黄诗。后又进一步学杜甫，下了很大功夫。他学黄并没有简单摹仿黄诗的造拗句、用僻典、押奇韵，却继承了黄诗的章法转折和用字新奇又有所发展。由于他缺乏忧国忧民的思想感情，生活面又很狭窄，故学杜诗虽有句法逼真之处，却缺乏杜诗沉郁雄厚之气。他是宋代著名的苦吟诗人，作诗闭门觅句，呕心沥血，又反复修改，所以作品不多。今存《后山诗注》与后人辑录的逸诗共有690首。

他论诗重工力和诗法，讲究"无字无来处"（陈长方《步里客谈》卷下），强调"学诗之要，在乎立格、命意、用字而已"（张表臣《珊瑚钩诗话》卷二）。他在《后山诗话》中说："诗欲其好，则不能好矣。王介甫以工，苏子瞻以新，黄鲁直以奇，而子美之诗，奇常、工易、新陈，莫不好也。"虽从赞扬杜诗的角度对"奇常""工易""新陈"都予以肯定，但侧重肯定"常""易""陈"，对王、苏、黄追求"工""新""奇"的诗风表示不满。他还更明确地表示："宁拙毋巧，宁朴毋华，宁粗毋弱，宁僻毋俗。"在创作中也确实贯彻了这种美学追求，从而创作了以"朴拙"为主的独特风格。

陈师道对自然山水也颇感兴趣。他曾说："早须置我山岩里，不是麒麟阁上人。"（《赠写真祷道人》）"句里江山随指顾，舌端幽眇致张皇。"（《次韵夏日》）"江山满目开新卷，韦杜诸人得细评。"（《答颜生见寄》）"平湖远岭开精神，斗觉文字生清新。"（《题明发高轩过图》）"回銮俯仰如迎客，流水喧鸣拟索诗。"（《和张次道再游灵岩》）"故意斯人奈风雨，多情于我独山川。"（《过杭留别曹无逸朝奉》）"不共卢王争出手，却思陶谢与同时。"（《绝句》）但是他的山水诗写得并不多。纪昀在《后山集钞题记》中说他"大抵绝不如古，古不如律，律又七言不如五言"。他的山水诗也是五律写得多而好，七律与五古、七绝也有一些佳作。

陈师道的一些山水诗，特别是早期的作品，不乏构思新巧、想象雄奇、语言瑰丽之作。如被他自己删去而为后人辑入逸诗的早期作品《十七日观潮三首》之三：

漫漫平沙走白虹，瑶台失手玉杯空。晴天摇动清江底，晚日浮沉急浪中。

就很有李白绝句那种浪漫的想象和豪放气魄。但这种雄丽豪迈的作品，并不能代表他的山水诗的主要艺术特色。他的山水诗的主要特色是对山水景物观察细致、思路深刻，又善于剪裁锤炼，往往着墨不多，却使景物意象形神毕现。诗的语言质朴无华又凝练精工。这些诗表面给人以朴拙枯瘦之感，细味却是质而实绮，癯而实腴，意蕴深厚。例如：

林庐烟不起，城郭岁将穷。云日明松雪，溪山进晚风。人行图画里，鸟度醉吟中。不尽山阴兴，天留忆戴公。

——《雪后黄楼寄负山居士》

全诗不用一个摹状色彩和声音的字眼，却绘出一幅青白交映的黄昏松雪图，令人如见松雪之色，如闻溪山风声。此诗作于元祐年间诗人在徐州任上。我们再看后来作的两首五律：

水净偏明眼，城荒可当山。青林无限意，白鸟有余闲。身致江湖上，名成伯季间。目随归雁尽，坐待暮鸦还。

——《后湖晚坐》

城与清江曲，泉流乱石间。夕阳初隐地，暮霭已依山。度鸟欲何向，奔云亦自闲。登临兴不尽，稚子故须还。

——《登快哉亭》

两首诗写的都是诗人家乡徐州景色。前一首约作于诗人罢颍州教授后归家赋闲之时。同样用清淡墨色写景，青林、白鸟都仿佛怀有无限悠闲的情意，诗味醇厚。后一首是元符元年（1098）的作品。前六句写景，竟连上首的"青""白"色彩字眼也不用，纯是淡笔白描，却在动静映衬中妙画出曲江飞泉动态，又于"度鸟""奔云"中表现出近似老杜"水流心不竞，云在意俱迟"（《江亭》）的哲理。活景、浓情、深意、妙理，都蕴含在质朴平淡的文字中。方回评："'度鸟'、'奔云'之句，有无穷之味。全篇劲健清瘦，尾句尤幽邃，此其所以逼老杜也。"（《瀛奎律髓汇评》卷一）未免过誉，但也搔着了痒处。

在陈师道的诗中，有许多质朴深警、凝练精工的写景佳句，诸如"月到千家静，林昏一鸟归"（《秋怀示黄预》）；"鸟飞云水里，人语橹声中"（《泛淮》）；"林昏出幽磬，竹杪横疏烟"（《寄参寥》）；"林喧乌啄啄，风过水鳞鳞"（《湖上》）；"鸟语带余寒，竹风回妙香"（《次韵苏公竹间亭小饮》）；"平林霜着色，沙岸水留痕"（《野望》）；"溪明数积石，月过恋平沙"（《晚坐》）；"星火远相乱，江山气不分"（《寒夜》）；"水兼汴泗浮天阔，山入青齐焕眼明"（《登彭祖楼》）；"蹲滑踏青穿马耳，转危缘险出羊肠"（《城南》）等，都显出他对山水景物观察之深细和语言锤炼的工力，体现了被严羽称为"后山体"（《沧浪诗话》）的朴中见巧的风格。

陈师道的山水诗也有缺点。他有时过于追求质朴无华，从而产生了一些写山水而不见山水形象的枯槁之作，如《和颜生同游南山》《和范教授同游桓山》等，这就大大削弱了山水诗的审美魅力。但他"有意为拙"的艺术追求，发展了从苏、黄晚期诗中就出现的归真返璞的倾向，体现了北宋后期诗坛上带有整体性的审美风尚，而他学习、借鉴杜甫诗艺术而创作出的一批凝练精工、意蕴深厚的五律山水诗，在宋代山水诗中也独辟一境[①]。

六　孔武仲：雄丽豪迈，意气腾凌

孔武仲（1041—1097），字常父，临江新喻（今江西新余）人。嘉祐八年（1063）进士，屡官至礼部侍郎，以宝文阁待制知洪州，徙宣州。绍圣四年（1097）坐元祐党夺职，管勾洪州玉隆观、池州居住，卒。他与其兄文仲、弟平仲并以诗文名世，号为"三孔"，当时与苏轼、苏辙兄弟并称"二苏三孔"。黄庭坚曾有诗云："二苏上连璧，三孔立分鼎。"（《和答子瞻和子由常父怀馆中故事》）后人曾将三人诗文编为《清江三孔集》，武仲诗文共17卷，其中诗7卷。

在"三孔"中，文仲诗仅存7首，已难见其成就。平仲诗总的成就高于武仲，但武仲的山水诗更多也更有特色。武仲酷爱山水，曾说"登高作越吟，所喜独翠微"（《答毅父》）；"抱琴来写非无意，爱此山高涧水深"（《关山路三首》之三）；"千古登临增健笔"（《湖山亭》）；"远野输凉来

[①] 本节对陈师道诗的评述，参考莫砺锋《江西诗派研究》，齐鲁书社1986年版。

宴坐，长冈倾秀入诗毫"（《湘西》）；"剩收岳麓春前景，写入新诗胜画图"（《送十二兄还江西》）；"消破古今惟日月，补完风雅只江山"（《江上晚行寄介之》）等。可见自然山水是他的诗歌创作的重要源泉。他对表现山水自然美也发表了一些看法。在《次韵酬昌侠见贶之句》中说："读君诗句骨毛寒，直恐吟来得意难。划若震雷惊蛰户，烂如奎宿照云端。锋芒剚截昆山玉，意气腾凌大海澜。欲识词源最清处，露珠新滴水精盘。"《次韵和邓慎思谢刘明复画道林秋景二首》其一云："笔端直与造化会，莫作人间毫素看。"《子瞻画枯木》中亦曰："窥观尽得物外趣，移向纸上无毫差。"可见，他有意在山水诗中创造一种雄丽豪迈、意气腾凌的阳刚之美，并对自己以诗笔融会造化尽物外之趣的才能颇为自负。他的这些审美见解，都体现在山水诗的创作中。

他的山水诗主要描绘鄂州、黄州、岳州、宣州、池州、洪州等长江中下游地区的自然风光，洞庭君山、齐山、九华山、池州山、瓜步山、彭泽山、马鞍山、庐山等名山胜景，都被他反复咏唱。其中描写庐山的诗最多，约40首，把庐山上的五老峰、锦绣谷、玉渊亭龙潭、三峡桥、李公择山房、白鹤观、慧日寺、归宗寺、灵溪观以及庐山瀑布等风景点都收入诗囊，展现出一幅彩色斑斓的庐山风景长卷。在历代题咏庐山的诗人中，他的诗无论数量还是艺术质量都是很突出的。

他的山水诗五七言古近体都有佳作，写得多而好的是七绝和七律，七绝构思新颖，想象奇丽，意境壮美。例如：

> 半掩船篷天淡明，飞帆已背岳阳城。飘然一叶乘空度，卧听银潢泻月声。
>
> ——《五鼓乘风过洞庭湖日高已至庙下作诗三篇》之一

诗写月夜乘舟，却表现出凌虚御空的独特感受。结句不说卧看，却说卧"听"银河泻月之"声"，居然以耳代目，用听觉感受表现视觉感受。诗人妙用通感，发前人所未发，写出无声之声，使小诗意境新奇迷人。

他的七律擅长描绘雄阔远大之景，又善于把小景与大景、近景与远景结合起来，例如《将至巴陵》：

> 南行应不叹途穷，水驿连翩遇好风。远浪飞来千白鹭，轻帆相逐

两冥鸿。残云日挂苍茫外，平野天垂旷阔中。湘浦旧游思一访，肯因莼脍忆江东。

他很善于利用七律中两联的对仗句集中地精心地描绘山水景色，拓展时空境界，增加诗的张力与内涵。这方面的例子很多，如"双凫拍波天外来，一棹凌风镜中渡"（《江上》），"城开云水苍茫处，人在茅篁掩映中"（《黄州二首》之一），"山横别浦跳丸度，席对长澜阵马来"（《顺风发江夏》），"一江见底自秋色，千里无风正夕阳"（《鄂州》），"天外微茫二湖合，波心缥缈一峰青"（《湖山亭》），"风紧水光时蹙练，日斜山影半回屏"（《辂车馆》），"舟离庙步湾环水，帆指东山缥缈峰"（《过洞庭二首》之一）等，都是写景出色的对仗句。

七　孔平仲：夭矫流丽，清奇自然

孔平仲（生卒年不详），字毅父，一作义甫，临江新喻（今江西新余）人。孔武仲之弟。治平二年（1065）进士。曾任集贤校理。绍圣中，因系元祐党人，贬衡州、韶州、英州等地。徽宗时曾一度起用，后再次因坐元祐党籍落职，管勾兖州景灵宫。在《清江三孔集》中，他的诗有9卷。

平仲是"三孔"中诗歌最好的。从他的一些诗中可以看出他的诗歌美学思想。他批评江淹的诗"葳蕤少筋骨"（《读江淹集》），不满"文巧多雕锼"，表示要"守拙性""镇轻浮"（《乞巧》）。他赞赏李白："洒落风标真谪仙，精神犹恐笔难传。文章若出斯人手，壮浪雄豪亦自然。"（《李白祠堂》）更推崇杜甫："七月鸱鸮乃至此，语言闳大复瑰奇。直侔造物并包体，不作诸家细碎诗。吏部徒能叹光焰，翰林何敢望藩篱。读罢还看有余味，令人心服是吾师。"（《题老杜集》）在赠送友人的诗中，他还标举"文章豪逸难为敌，格志孤高自出凡"（《送郭圣原归庐陵》），"神驱笔下锋芒俊，天纵胸中气象豪"（《赠王吉甫》）。他在山水诗创作中，也努力追求李、杜诗歌中壮浪雄豪、闳大瑰奇而又清新自然的意境。尽管由于才识魄力不足，他的作品远未能达到李、杜那样高的境界，却也取得令人瞩目的成绩。

他的七古和杂言体山水诗，如《舟行却回》《观暴》《太平》《水头》《马当夹阻风》《入山马上口占》《熊伯通阻风未发拏舟就谒留饮数杯》等，都是描写狂风暴雨、惊涛骇浪以及舟人搏击风浪的情景，又运用比喻、夸张、拟人特别是怪诞的想象尽力形容渲染惊险恐怖的情状，颇有李白七古歌行壮浪雄豪的风格。请看：

  清晨移舟出沙嘴，宿氛卷尽天如洗。日高五丈行十里，白云之中黑云起。回舟急趋旧泊处，四山沉沉日色死。逆风飒飒初尚微，浪头已高白参差。又闻西北崩崖陷谷有异声，大风横击波如鳞。操舟之子虽习贯，掣舵才开又投岸。有如磁石引针去，时时飓扑愁中断。长篙劲橹不易胜，仅得入口如再生。回望后舟尚出没，使人泪落肝胆惊。

——《舟行却回》

  怒雷殷殷西南天，黑气一抹如长烟。鲸嘘鳌噫蛟吐涎，龙呼其侪相后先。散为飞云盖蜿蜒，以尾卷海洒百川。河伯乃在坎底眠，震惊掉动忧不全。白浪涌起高于船，风驰黑舞山回旋。崩冲摆落蔚高骞，声势烈烈孰使然。

——《观暴》

但这些诗又并非由始到终都如此怪诞惊怖、飞扬跋扈，往往篇末都风消雨霁，波平浪静，呈现出清朗优美的境界。《观暴》的结尾是："须臾寂静又改前，余氛倚汉犹青玄。小虾奋头如自贤，神龙归宫鱼出泉。"《太平》诗亦以"须臾已入大信口，回听怒浪声如雷。姑孰堂前溪水清，扁舟夜泊已三更。微微雨过有秋意，漠漠云开对月明"收束全篇。《唐宋诗醇》评李白的七言歌行："风雨争飞，鱼龙百变。又如大江无风，波浪自涌；白云从空，随风变灭。"以此数语形容孔平仲的上述七古山水诗，亦颇适合。显然，孔平仲喜欢以杳冥惝恍、纵横变化、适兴舒卷的笔墨描写大自然中狂风暴雨、惊涛险浪的景象，是要借以象征官场倾轧的险恶与人生道路的艰苦，抒其愤世蔑俗的胸怀，显其豪迈不屈的性格。诗人曾自称："吾生十五犹童孩，胸中胆气摩天开。"（《疾中偶成呈介之》）正是具此摩天胆气，并学习借鉴了李白、杜甫、韩愈、苏舜钦、苏东坡等人奇峭健拔的作风，孔平仲才写出雄豪壮浪之诗。

  孔平仲的近体律绝山水诗，或雄丽，或清幽，或写实，或借助比喻与拟人虚写，不拘一格，多有佳句，如"野水抱城幽，青天垂木末"（《静化堂》）；"泽国波涛壮，春天雾雨深"（《和刘江宁韵送张天觉同年三首》

之二);"秋喧溪上雨,暝宿岭头禽"(《寄题萧升之姨夫竹轩》);"红蘂开细雨,白鸟下残阳"(《寄题萧升照阁》);"缺月笼烟淡,群星带暑昏"(《倦夜》);"铁山重叠云垂地,玉马腾骧浪驾空"(《熊伯通阻风未发拿舟就谒留饮数杯》);"窗影偷来溢浦白,檐光飞入沔河红"(《和经父登黄鹤楼》);"磅礴西南万叠山,屈盘飞舞意相关"(《将至青州》)等,显出其诗流丽清整而又夭矫多姿的写景艺术。七律《霁夜》是他的名作:

寂历帘栊深夜明,睡回清梦戍墙铃。狂风送雨已何处,淡月笼云犹未醒。早有秋声随堕叶,独将凉意伴流萤。明朝准拟南轩望,洗出庐山万丈青。

此诗写秋夜雨霁的清静景色,表现爽朗情怀。全篇艺术构思巧妙。诗人运用时空交叉和延展手法,写雨霁,却回叙雨霁前风雨和推想明朝山色;又以视听动态反衬出清寂氛围。结句"洗出庐山万丈青"推出雨霁后万丈青苍的庐山,犹如点睛之笔,振起全篇。

《宋诗钞·平仲清江集钞序》中评孔平仲"诗尤夭矫流丽",言之不虚。这种"夭矫流丽"的风格,也是孔平仲对苏舜钦、苏轼诗风的继承与发扬。

八 贺铸:清刚豪放,工于发端

贺铸(1052—1125),字方回,卫州(今河南汲县)人。以唐贺知章为远祖,因号庆湖(镜湖)遗老。初任武职,后改文官,通判泗州,迁太平州。大观三年(1109)致仕,卜居苏、常,卒于常州僧舍。他性格豪爽,尚气使酒,外表如道士剑客。虽非苏轼门人,但和苏轼有交往,并曾多次作诗对苏氏深表怀念之情。他以词著名,其《青玉案》"一川烟草,满城风絮,梅子黄时雨"之句为人传诵,获"贺梅子"美称。他的诗名为词名所掩,故而南宋陆游特别指出他"诗文皆高,不独工长短句也"(《老学庵笔记》卷八)。他自己曾说向前辈学诗,得八句诗诀:"平淡不流于浅俗。奇古不邻于怪僻。题诗不窘于物象。叙事不病于声律。比兴深者通物理。用事工者如己出。格见于成篇,浑然不可镌。气出于言外,浩然不可屈。"并说自己"尽心于诗,守此勿失"(《王直方诗话》)。可见他在作诗方面很下功夫,多有心得。张耒曾为他的《东山词》集作序,有

"盛丽""妖冶""幽洁""悲壮"的品评。他的诗也是风格多样。今存《庆湖遗老诗集》前集,《全宋诗》辑录其诗11卷。

他的旅游诗数量不少。但其中大多数,特别是七律,山水景物只作为抒情的发兴或衬托,形象也不鲜明突出,不能算作山水诗。可以算作山水诗的,一部分作品写得深婉丽密,从字句、意境、情调都近于其婉约词风,如七律《上巳有怀金明池游赏》《冠氏县斋书事寄滏阳朋游》《登快哉亭有属》《戏答张商老》《送毕平仲西上》等。另一部分作品,或雄放清刚、洒脱轩豁,或清隽平淡、开朗明净,"不似填词家语"(陈衍《宋诗精华录》卷二)。例如《病后登快哉亭》:

> 经雨清蝉得意鸣,征尘断处见归程。病来把酒不知厌,梦后倚楼无限情。鸦带斜阳投古刹,草将野色入荒城。故园又负黄华约,但觉秋风发上生。

诗中景句与情句参差穿插,笔墨灵动,全篇于怀乡之中寄托落拓不遇的身世之感。《四库全书总目提要》称贺诗"工致修洁,时有逸气",此诗可见一斑。

贺铸的友人程俱说贺诗五律"为集中第一"。他的五律山水诗确有一些清隽自然的佳作,例如:

> 斜照侵疏箔,微凉逗小窗。青蒲故依渚,白鸟屡横江。遣兴诗三百,煎愁觞一双。前舟定未远,叠鼓听逢逢。
>
> ——《江行写望》

炼字精工,景物含情。他的五七律和七绝,有一些表现农家四时生活的田园诗,其中有些侧重描写山乡风景,是山水诗与田园诗的结合,如下面两首:

> 晚度孔明碛,林间访老农。行冲落叶径,坐听隔江钟。后舍灯犹织,前溪水自舂。无多游宦兴,卜隐幸相容。
>
> ——《题诸葛碛田家壁》

> 津头微径望城斜,水落孤村格嫩沙。黄草庵中疏雨湿,白头翁妪

坐看瓜。

——《野步》

后来南宋的杨万里、范成大、陆游大大发展了这种题材和写法，使田园诗和山水诗更紧密地融合起来。

纯粹写山水景色的七绝，贺铸也有不少构思精巧、意境优美的作品，例如：

柳条破眼已堪攀，鹭下城隅水一湾。后日重来寒食近，杏花林外见青山。

——《再游西城》

小孤山下晚波恬，妥堕青鬟玉镜奁。借与彭郎作眉样，西南初月正尖纤。

——《阻风小孤山晚晴作》

一首白描写实，另一首更侧重瑰丽的想象，都能表现出山水风景之美，可见诗人艺术手腕的灵活多变。

贺铸诗的清刚豪放风格，更鲜明地体现在他的五古、七古山水诗中。这些诗多写宏大高远之景，而且往往起笔奇崛峭拔，在这方面颇似以"工于发端"著称的南齐谢朓诗。例如"驱马越飞涧，扬旌下回冈。忽见层浮图，高风振琅珰"（《宿法惠寺》）；"大别山颠清沔尾，飞亭岹峣带云起"（《题汉阳招真亭》）；"君不见鄂渚山环少城半，高牙之冲仰飞观。萦回华月天一隅，缥缈青山江两岸"（《南楼歌送武昌慎太守还朝》）；"新凉泻轩槛，草木带秋声"（《邯郸郡楼晚望》）；"高风荡河汉，白露被寒菊"（《答杜仲观登丛台见寄》）；"飞亭冠城隅，空豁延四望"（《快哉亭》）；"霜晓无轻飙，长淮净如眼"（《游盱眙南山示杨介》）等，都是发兴高唱的写景句。

九　李廌：奇气兀嶂，雄丽奔放

李廌（1059—1109），字方叔，号太华逸民、济南先生。华州（今陕西华县）人。早年以文章受知于苏轼。元祐三年（1088），苏轼知贡举，得试卷以为廌作，置之首选，而是科廌竟下第，故轼有"平生漫说古战场，过眼终迷日五色"（《送李方叔下第》）之叹。后再举亦失利，遂绝意仕进，定居长社（今河南长葛），布衣终身。他是"苏门六君子"之一。有《济南集》（一名《月岩集》）20卷，已佚。清四库馆臣据《永乐大典》辑为8卷，其中诗4卷。

他对终身布衣的唐代诗人孟浩然十分推崇。但在诗歌创作上更多地接受了李白、苏轼以及郭祥正的影响。他赞赏李白"笔卷天河气拂云"（《钓台》），赞赏苏轼"高才映今古，妙学洞天人"（《上翰林眉山先生苏公》）。他写了七古长诗《题郭功甫（祥正）诗卷》，称道郭功甫"独使笔力惊风雷""才雄句险骇人胆""烂光满纸如琼瑰"。可见，他爱好并追求雄放奇丽的诗风。他宣称自己"独有山水癖"（《德麟约游西山某自鄞来会行李阻修成此诗》），"老子山林兴不浅"（《回心岭》），他的诗歌也以山水、行旅和酬赠、题画为主要题材内容。五七言古体山水诗数量虽少，但奇气兀峍，雄丽奔放，风格近似苏轼，如：

奔腾龙峤麓，深堑断如截。石栈架寒溪，盘陀卧精铁。从衡布方楚，片段发文裂。平如中唐甓，罅密不容泄。南岩尽奇险，万状森罗列。或如巨兽蹲，或类巴蛇啮。哀泉泻飞磴，流沫常喷雪。山骨静无尘，泓澄碧潭澈。鱼龙不敢宅，中有千古月。壮哉天地间，此险讵劳设。乃知山水心，自欲为胜绝。我陪胜士游，兹名因不灭。

——《石栈河在洪闸》

昔我初为入秦客，残雪埋关闭长陌。黄河二月冻初销，万里凌澌流剑戟。西风细卷浪花摧，日射寒光明瑟瑟。归时细雨正溟蒙，冷落关河已秋色。惊沙惨惨寒云黄，远树昏昏秋水白。济川壮志愈衰迟，日送烟波问河伯。

——《黄河》

写石栈河的奇险变幻和黄河的雄奇阔大，既有大笔勾勒，又有细致刻画，形象鲜明生动，显出他颇具东坡的豪逸风神与横溢才情。他的五七律山水诗写得较多，同样喜爱捕捉壮险、变幻、飞动的山水景象，因此诗的意象伟丽，风格清雄爽利，请看：

忽见微云别峤生，急缘危磴下峥嵘。势倾海岱千岩黑，力卷江湖万叶声。碧瓦依稀人暗喜,急流湍涨马初惊。老僧宴坐朱门底,应笑狂夫冒险行。

——《大雨中游岳寺》

他还有一些七绝,写得色彩鲜丽,境界远大:

晴山如黛水如蓝,波净天澄翠满潭。身在玉壶图画里,心随飞鸟过终南。

——《渼陂》

但他的近体山水诗意蕴往往不够含蓄深厚,又有景象或词意重复之处,如"山遮日脚斜阳早,云碍钟声出谷迟"(《游宝应寺》)一联,又出现在《少林寺诗》中,仅将"日"易为"石","迟"换为"深"。这些都反映出李廌诗才气有余而锤炼不足。

十 唐庚:岭南奇景的写生妙手

唐庚(1071—1121),字子西,人称鲁国先生,眉州丹棱(今属四川)人。绍圣元年(1094)进士。徽宗时为宗子博士,宰相张商英荐为提举京畿常平。商英罢相,坐贬,安置惠州。政和七年(1117),复官承议郎、迁京,提举上清太平宫。宣和三年(1121)归蜀,道卒。今存《眉山唐先生文集》30卷,《唐子西文录》1卷,《全宋诗》辑录其诗7卷。

他与苏轼是同乡,也曾贬谪惠州,故有"小东坡"之称。他作诗注重锻炼推敲,讲求诗律,句法生新,尤工属对。他在《自说》中说他"作诗甚苦,悲吟累日,然后成篇"。这种苦吟的作风与苏轼绝不相同。其诗成就,近体在古体之上。律诗尤工致精练,时有新颖的构思,虽锤炼刻苦,还能保持自然的神韵。他说过:"近水远山皆可人,跃踔来供搜句眼。"(《游天池院》)自然山水给予他不尽的诗的灵感。他在惠州生活了六七年,对岭南的山水景物和民情风俗作了丰富多彩的表现,诗中也抒发出天涯沦落的悲苦与愤懑。有些山水行旅诗还在写景咏物中寄寓对时政的讽刺,如《渡泷》:"鹤归辽海悲人世,猿入巴山叫月明。唯有沙虫今好在,往来休并水边行。"

他善于捕捉岭南山乡晴雨变幻的景色,尤其擅于用白描手法细致地表现景物光色变化的动态，例如《栖禅暮归书所见二首》：

> 雨在时时黑，春归处处青。山深失小寺，湖尽得孤亭。

> 春着湖烟腻，晴摇野水光。草青仍过雨，山紫更斜阳。

他的七律《春日郊外》，也显示出他对自然景物敏锐细致的观察与感受，以及锤炼工致的艺术表现力：

> 城中未省有春光，城外榆槐已半黄。山好更宜余积雪，水生看欲倒垂杨。莺边日暖如人语，草际风来作药香。疑此江头有佳句，为君寻取却茫茫。

前六句描写郊外初春景色，感受独到，句法多变，白描传神，意境优美；尾联进一步说景妙难言，增强了诗的含蕴，给读者留下了丰富的想象余地。

《宋诗钞·〈眉山集〉小序》中评唐庚诗："结束精悍，体正出奇，芒焰在简淡之中，神韵寄声律之外。"洵非过誉。唐庚的山水诗写景真切生动，新意迭出，语言精悍，虽有时过分追求简约而弄巧成拙，但他对岭南的山水奇景作了独到的表现，无愧于"小东坡"之称。

第九节　江西诗派的其他诗人

北宋后期，还有几位诗风受黄庭坚影响的江西诗派诗人，他们的山水诗创作也取得了一定的成就。

一　擅长白描、工于刻画的韩驹

韩驹（？—1135），字子苍。仙井监（今四川仁寿）人，学者称陵阳先生。政和年间赐进士出身，除秘书省正字。不久，因坐苏氏党被谪。宣和五年（1123），除秘书少监，六年（1124），迁中书舍人兼修国史。南渡初知江州，卒于抚州。有《陵阳集》4卷传世，《全宋诗》辑录其诗5卷。

他早年曾从学于苏辙，苏辙说他的诗似储光羲，因此知名。后与徐俯交游，遂受知于黄庭坚，并也学黄庭坚诗法。吕本中作《江西诗社宗派图》，就把他列入其中。他是江西诗派中才情较高的一位诗人，创作态度又严肃认真，据说写成的作品已寄人数年，还要追回来改正一两个字（刘克庄《江西诗派小序》）。他的诗主要写个人的生活感受，但在靖康之变以后写的诗中，常有爱国思想的流露。他的山水诗数量很少，似乎他并不注重表现山水自然美，在这方面成就不大。只有几首近体律绝写景有些特色，例如《夜泊宁陵》：

> 汴水日驰三百里，扁舟东下更开帆。旦辞杞国风微北，夜泊宁陵月正南。老树挟霜鸣窣窣，寒花垂露落毵毵。茫然不悟身何处，水色天光共蔚蓝。

汴水、夜月、老树、寒花，特别是尾联的水色天光、一片蔚蓝，构成了一个苍茫幽渺的意境。诗人擅长白描，工于刻画，文字瘦劲，极见锻炼功夫，通篇脉络勾连紧密，此诗确是学习黄庭坚而又戛戛独造的山水诗佳作。

二 状景真切、饶有野趣的徐俯

徐俯（1075—1141），字师川，号东湖居士，洪州分宁（今江西修水）人，黄庭坚之甥。以其父徐禧死于国事，授通直郎。南渡后曾任中书舍人、翰林学士、权参知政事等职。今存《两宋名贤小集·东湖居士集》1卷。

他早年深受黄庭坚器重，作诗也得黄庭坚的指点。吕本中把他列入江西诗派，他却对此表示不满，晚年更欲自立名世。他论诗主张"自立意，不可蹈袭前人"，又说作诗要"道尽眼前景致"（《童蒙诗训》引），并认为"对景能赋，必有是景，然后有是句，若无是景而作，即谓之脱空诗，不足贵也"（曾季狸《艇斋诗话》引）。他还告诉汪藻作诗"切不可闭门合目，作镌空妄实之想"（曾敏行《独醒杂志》卷四）。这是他从山水诗创作实践中总结出的艺术经验。他留下的作品太少，我们已难窥其全貌，但其中仍有写得较好的山水诗。例如：

> 云气浮高栋，波澜绕古城。雨余山更碧，叶下水逾清。燕语留秋

色，鸦声落晚晴。昔王歌舞池，帆急见山行。

——《滕王阁二首》之二

写眼前景致，文字清爽，毫不着力，却表现得生动、真切，特别是对于景物之间的关系，有富于诗意的发现。再看《章江晚望》：

水面无波千里镜，日斜倒影一溪红。渔舟不动飞鸟急，淡淡碧烟蘋末风。

对景写生，一句一景，似离实合。后两句以渔舟的不动反衬飞鸟之疾，又从淡淡碧烟飘荡显出蘋末初起微风，可见诗人观察的敏锐与表现的细致。写景最出色的七绝是《春游湖》：

双飞燕子几时回，夹岸桃花蘸水开。春雨断桥人不渡，小舟撑出柳阴来。

写景如画，意境新鲜，饶有野趣，风格清丽自然，音节也极和婉。南宋末张炎《南浦》词咏春水有"荒桥断浦，柳阴撑出扁舟小"之句，即从此诗后二句化出。此诗在当时和后世都很被人称道。北宋末赵鼎臣《和默庵喜雨述怀》诗云："解道春江断桥句，旧时闻说徐师川。"清谢启昆《读全宋诗仿元遗山论诗绝句》亦云："横塘春绿满东湖，不肯因人作步趋。"

三　构思新颖、萧散高妙的饶节

饶节（1065—1129），字德操，一字次守，抚州临川（今江西抚州）人，少有志节，饱于才学。元符间为丞相曾布馆客，因与曾布论新法不合，辞去。崇宁二年（1103）在邓州香岩寺祝发出家，法名如璧。又取闲禅师诗"闲携经卷倚松立，笑问客从何处来"之意，自号倚松老人。他与吕本中是至交，被列入《江西诗社宗派图》，与诗社中祖可、善权合称"三僧"。今存《倚松老人诗集》2卷。

他的诗主要抒写闲逸潇洒的山林之思，其中有不少富于禅味的作品。他的山水绝句对景物有独到的观照与体悟，擅长以新颖的构思表现出大自然内在的生机，例如《偶成》：

> 松下柴门闭绿苔，只有蝴蝶双飞来。蜜蜂两股大如茧，应是前山花已开。

诗人巧妙地从松下柴门、一院绿苔、双飞彩蝶，特别是蜜蜂拖着重重的花粉团如茧两股，交织成一个清净幽僻而又繁花似锦的世界，使人感受到大自然在春天的蓬勃生机与活力。诗的思致幽深，语言轻快平易，毫不雕琢。他的另一些绝句，写得萧散闲远、清新脱俗，请看：

> 杨柳池塘表里青，鱼儿偷眼畏蜻蜓。夜来雨过菖蒲静，倒浸中天四五星。
> ——《赵元达久不至池上作诗戏之再用韵》
> 禅堂茶退卷残经，竹杖芒鞋信脚行。山尽路回人迹绝，竹鸡时作两三声。
> ——《山居杂颂七首》之三

两首诗都是以前三句铺垫，结句点睛妙笔，使境界全出，显出诗人构思的精巧。吕本中说饶节为僧后诗"高妙殆不可及"（《东莱吕紫薇诗话》），陆游更称其诗"为近时僧中之冠"（《老学庵笔记》卷二），评价过高，但饶节的一些山水绝句确实具有萧散高妙的特色。

四 "清诗如艳雪"的谢薖

谢薖（1074—1116），字幼槃，号竹友，临川（今属江西）人。曾举进士不第，家居不仕。诗文与从兄谢逸齐名，时称"二谢"。其名亦列入吕本中《江西诗社宗派图》。著有《竹友集》10卷，其中诗7卷。

他的诗主要写乡村隐居生活的情趣，如七律名篇《喜晴》，写得宁静恬谧又生机盎然，是一首优美的田园诗。他的山水诗数量不多，却显示出一种轻隽清新的风格，例如五古《雨后秋山》：

> 宿云散曾阴，秀色还叠嶂。如将螺子绿，画作长蛾样。光浮竹木杪，影落檐楹上。何人妙盘礴，淡墨写屏障。五弦岂须抚，众响亦清

亮。我病不出游,素壁倚藤杖。举觞酹群峰,岁晚一相访。

写雨后秋山,交错运用白描和比喻手法,绘色、绘影、绘声,新美动人。他的七古《秋日登鸣玉亭》、五律《寒食出郊》、七律《过金山下作》与《独登有美堂》等,都是描绘山水景色生动的作品。此外,他还有一些写景佳句,如"疏烟媚晚霁,飞云带归鸿"(《同陈虚中、洪驹父登拟岘台观水涨》);"南浦江波迷眼绿,东湖烟柳半天青"(《怀钟陵旧游》)等,都表现出山水景物的色彩美和动态美。

他的诗友李彭曾称赞他"清诗如艳雪"(《寄抚州谢幼槃》),吕本中评他的诗"似玄晖(谢朓)"(《谢幼槃文集序》),都赞赏他的清丽诗风。

第四章 南宋初期:从流连光景到忧国伤时

自徽宗即位经钦宗至高宗三朝(1100—1162)的六十余年,是宋代山水诗发展的相对低潮时期。这个时期开头十一二年间,宋诗第一个艺术高峰期的代表诗人苏轼及苏门主要诗人秦观、陈师道、黄庭坚、晁补之等相继去世,其他著名的诗人如张耒、唐庚、惠洪、饶节等,也已年迈衰老,失去了创作的活力。在宋诗史上自然标示出一个时期的结束与另一个时期的开始。

这是北宋王朝腐朽其内、动乱其外的时期。统治集团内部的党争倾轧、此起彼伏的农民起义与金人的大举入侵,导致了北宋的覆亡与南宋的重建。虽然时兼两宋,但政治衰微与社会动荡一以贯之。

与政治的衰微相呼应,这时期的诗歌创作也明显地处于低潮。诗坛上已没有王、苏、黄、陈等大家,只有以江西诗派为主的众多中小诗人。他们主要受到黄庭坚的影响,多在艺术上用力雕琢,诗风大体相似,却缺少鲜明突出的个性。这个时期的山水诗创作,可以靖康元年(1126)金兵攻陷汴京为界,分为两个阶段。在前一个阶段,由于政治上的新旧党争,使许多诗人深受其害,被贬谪流放,在山程水驿中跋涉;文化上的专制政策,也使诗人们不得不谨小慎微,不敢以诗干预现实、针砭时弊。这样,大批诗人也就转向山水园林,流连光景,吟咏闲情逸致,在表现山水自然美方面努力探索。年岁较长的诗人汪藻,在山水诗创作中表现出融合苏黄、面向大自然、锐意创新的精神。与他同年的王庭珪更大力主张师法自然与自出机杼。反对凭空虚构,反对一味摹仿。他们的创作思想,同江西诗派的吕本中与曾几共同主张的"活法"说桴鼓相应,并且都在山水诗创作中体现出一种从挖掘内心、在书本中讨生活转变为走向大自然、重视生活阅历与客观实境的新的创作倾向中。这种强调向大自然吸取灵感和诗材的新精神新倾向，无疑是有利于山水诗创作的发展的。在后一个阶段，由于汴京沦陷，二帝被掳，北宋覆亡，士大夫包括诗人们纷纷往南逃亡，漂泊各地。翻天覆地的大动乱和民族的大灾难改变了诗人们的思想与生活，并在他们心中造成了强烈的震动。面对着国破家亡的危险局势，诗人们不仅用诗笔直接地反映战乱的现实，抒发抗战救国的激情，而且在流离漂泊、登山临水之际，每每忧心锦绣河山被异族践踏蹂躏，因而在山水的吟唱中也就自然地渗透忧国伤时的思想感情，使山水诗显出深沉悲怆的时代特色。陈与义正是在长达五年的流亡生活中创作出大批悲壮苍凉的山水诗歌，诗中充满强烈深沉的爱国激情，其精神和风格都逼近杜诗，使他成为这个时期山水诗的杰出大家，并直接影响后来山水诗的巨擘陆游、杨万里、范成大的创作。

第一节 提倡师法自然的诗人

在北宋末南宋初，诗坛上涌现出一批提倡师法自然的诗人。年岁较长的汪藻和王庭珪，是山水诗创作成就较高而又诗风相似的两位同年诗人。

一 诗风清腴雅健的汪藻

汪藻（1079—1154），字彦章，号龙溪，饶州德兴（今属江西）人。崇宁二年（1103）进士。北宋时官至起居舍人。南宋高宗时任中书舍人，擢给事中，拜翰林学士。知湖、徽、宣等州。以尝为蔡京、王黼门客，夺职，居永州。他学问渊博，文才出众，早年有声誉于太学，曾受江西诗派徐俯、洪炎等赏识。据宋人曾敏行《独醒杂志》卷四记载，他曾向徐俯请教"作诗法门"；后来还写信给韩驹，表示要向韩学诗（《能改斋漫录》卷一四）。有《浮溪集》32卷传世，《全宋诗》辑录其诗5卷。

徐俯和韩驹是江西诗派中最能继承黄庭坚创新自立精神的两位诗人。汪藻受他们的影响，就不太有拘束雕琢之苦。事实上他在南渡后的一些感时伤乱之作，例如著名的组诗《己酉乱后寄常州使君侄》等，就直接取法杜甫，写得凝重沉郁，比吕本中的《兵乱后杂诗》风格来得完整。但汪藻的诗绝大多数是写景咏物、抒发个人情怀以及酬赠次韵之作，主要受苏轼诗风的影响，写景抒情都能挥洒自如，语言劲爽明快，格调清新。他的七律数量最多，其中就有不少题咏自然山水的，但诗中往往只有一联或两联写景。他的艺术特长看来还在抒情。在各体诗中，通篇或大部分篇幅描写山水景色的作品并不是很多。不过，这些堪称山水诗的作品相当出色。例如他早年的成名之作《春日》：

> 一春略无十日晴，处处浮云将雨行。野田春水碧于镜，人影渡傍鸥不惊。桃花嫣然出篱笑，似开未开最有情。茅茨烟暝客衣湿，破梦午鸡啼一声。

诗中把春日出游的见闻感受次第展开，胜境迭出，构成一幅色彩鲜丽的山水画卷。而诗人新鲜的感受和欣悦的心情即流贯于画幅之中。通篇虽用拗句，意脉却如行云流水，轻松、自然、舒畅。从诗的意象、笔法、风格来看，明显受到苏轼的《新城道中二首》的影响。再看他的两首七绝：

> 燕子将雏语夏深，绿槐庭院不多阴。西窗一雨无人见，展尽芭蕉数尺心。
>
> 双鹭能忙翻白雪，平畴许远涨清波。钩帘百顷风烟上，卧看青云载雨过。

——《即事二首》

二诗都是写夏景，前首是庭院小景，后首是从窗中见出的平远大景。紫燕、绿槐、微雨、悄悄舒展的蕉心，还有白鹭、平畴、清波、风烟、青云，这些意象组合成静谧闲远而又生机勃勃的意境，衬托出诗人悠然自得的心情。从这两首诗也可以看出汪藻受苏轼的影响，也像苏轼那样敏捷地捕捉事物的形象特征，略加点染，传其神情，从而再现大自然的美。

汪藻七律中的景联，的确有不少写山水景象生动传神的，如"气吞浦溆重林尽，秋著江湖去鸟明"（《晚发吴城山》）；"人坐数州空翠下，月行万顷水云间"，"丹青霜叶秋明灭，水墨烟林暮有无"（《横山堂二首》）；"雨后书连修竹翠，夜深床绕候虫歌"（《简蔡天任》）；"青城浮霭连霜动，黄道微风带日湿"（《郊丘书事》）；"野田无雨出龟兆，湖水得风生縠纹"（断句）等。纪昀评汪藻诗"深醇雅健"（《武英殿丛书·浮溪集序》），汪藻自己也曾以"一读妙语清而腴"（《题周彦约壶斋》）评别人的诗。"深醇""雅健""清腴"，的确是他的山水诗的风格特点。钱锺书先生说："北宋末南宋初的诗坛差不多是黄庭坚的世界，苏轼的儿子苏过以外，像孙觌、叶梦得等不卷入江西派的风气里而倾向于苏轼的名家，寥寥可数，汪藻是其中最出色的。"（《宋诗选·汪藻小传》）这是中肯的评价。

二　诗风清刚雄丽的王庭珪

王庭珪（1079—1171），字民瞻，号卢溪真逸，吉州安福（今属江西）人。早年游太学即有诗名。政和八年（1118）进士，调茶陵县丞。宣和末年归乡里，筑草堂于安福卢溪之上，之后隐居于此，讲学论道，著书立说，在理学方面有较深的造诣。绍兴八年（1138），胡铨上书乞斩秦桧而得罪，贬岭南，他独以诗送，后以此被捕入狱，于绍兴十九年（1149）流放辰州（今湖南沅陵）。秦桧死，他得放归，年近八十。孝宗隆兴元年（1163），召对，改左承奉郎，除国子监主簿，以年老力辞，主管台州崇道观。乾道六年（1170），再召见。七年（1171），至阙，除直敷文阁，领祠如故。八年（1172）卒，年九十三。有《卢溪集》传世，《全宋诗》辑录其诗 26 卷。

王庭珪论诗有独到之处。首先，他认为作诗应该师法自然，说"拟就江山觅佳句"（《清晖亭》），"入眼云山有佳句"（《送裴主簿》），"急搜奇句发阳春"（《和曹温如都监惠诗》）。认为山水景物"气接混茫藏句法"（《建炎己酉十二月五日避乱鸬湖山》）。他的学生杨万里走师法自然的创作道路，大概就与他有关。其次，他主张作诗"要自胸中出机杼，不须剽掠傍人门"（《次韵向文刚》），强调独创。再次，他认为："鲁直之诗虽间出险峻句而法度森严，卒造平淡，学者罕能到。传法者必以心地法门有见，乃可参焉。"（《跋刘伯山诗》）又说"诗到垂成却澹然"（《次韵谢郑教授二首》），"诗从平淡人难到，语不雕镌句自清"（《和曾英发见寄二首》）。这些观点都颇得黄庭坚诗论和创作的精神。

他的性格刚直豪放，才华横溢，在山水诗创作中除学黄庭坚外，还广泛学习李白、韩愈、王维、苏轼等人，故而其诗风呈现出由才豪气壮、意新语奇到劲健畅达，最后清旷平淡的发展趋向。他说过"诗如阵马敢驰突"（《送向半之》）。他的七言古体诗确实写得纵横驰突、雄奇豪放，颇有李白作风，可惜没有山水题材的作品。五言古体的山水诗写得雄丽跳荡，亦颇能显出作者刚强豪放的性格，例如《舟次白沙》：

朝发螺浦湄，暮宿白沙口。初为夜行计，有物应掣肘。山云四面起，风涛半江吼。落帆危石矶，就枕不敢久。林深鸣鹤鹨，村远闻鸡狗。梦觉知月明，破篷见牛斗。起视天色清，解缆欲放溜。浪头辄天响，掀簸入我牖。蒲帆未及张，篙师复回首。渡头有古祠，壁画杂怪丑。舟人相与言，劝我酬神酒。出处本细事，阴晴亦常有。我固不问天，岂问土木偶？

此外，《题禾山萧秀才卧云庵》《江亭候施倅醇翁阻水涨作诗寄之》《次韵胡邦衡阳县瑞竹堂》等，都是五古山水诗佳作。他的五律山水诗数量比五古多，写得清丽流利，时有雄奇峭拔之句。《秋郊晓兴》《送谢梦叟昆仲之湘江》《秋夜周子康登辰州城楼》《溪上春日》《春日游鸽湖山》《清轩》《庐山道中寄送聂名世》《入辰州界道中用颐子韵》《江上》等，都是可诵之作。试看《沅江上晚晴用颐子韵》：

急雨捎溪面，兰桡转渡头。寒鸦栖古木，晚日射危楼。山带黔巫远，水还荆汉流。晴天思无限，细细数沙鸥。

这是他流放辰州途中的作品。描写沅江上从急雨到晚晴的景色变化，托兴微妙，表现出诗人乐观开朗的情怀。诗中的动词锤炼得新警有力。他的七绝也善于描绘雄壮瑰奇的山水景色，例如：

水急滩高欲倒倾，来如万鼓绕山鸣。奔流更借洞庭阔，飞浪朝宗壮此声。

——《夜坐听沅江水声》

他的七律山水诗更多也更出色，其特点是意象生动、丰富，色彩鲜明，对仗自然流动，意境清丽浑整。他在一首七律诗中自称："笔间能作有声画，似看辋川摩诘图。"（《正月二十立春观雪再次韵向文刚》）他的许多七律山水诗就是一幅幅美妙的有声画。除了名篇《移居东村作》和《二月二日出郊》分别描画出充满幽静情趣和洋溢着田家欢乐生活气息的两幅乡村写生画外，《过刘美中新居》《陪元勃舍人秀实临丞游彻见阁》《登滕王阁二首》《出城北由山径入彻源，忽逢荷花，弥望不知为何处，询其地名，曰长塘,又行数里,行大路,出连岭,作诗记之》《再过东冈》《送元上人游仰山归湘潭》等,都是诗情画意很浓的作品。请看下面二首:

冰底涓涓已作声,晓看春色上芜城。江南楼阁烟中出,槛外山川翠欲萌。梅点宿妆凝笑靥,柳摇新绿换枯茎。化权初入东风手,莫使阶前草乱生。

——《次韵欧阳叔向寺丞早春呈周子发知县》

缓鞚青丝马不嘶,春山草长静柴扉。迸林新笋班班出,隔水幽禽款款飞。雨过泉声鸣岭背,日长花气扑人衣。云藏远岫茶烟起,知有僧居在翠微。

——《春日山行》

诗人用清丽活泼的笔触描绘的这两幅春景,色彩鲜明,生气勃勃。每一笔,都流泻出诗人热爱春天、热爱自然、热爱生活的美好感情。诗人曾赞赏友人"诗词清丽笔如神"(《次韵谢同年刘子坚生日惠诗》),"行春号令清如水,落笔篇章妙入神"(《朱通判见访病不能出以诗谢之》)。从以上两首诗看,这些话毋宁说是诗人的自我赞赏。王庭珪的山水诗在清丽、清润、清腴这一方面,同汪藻诗相似,但风格和体裁都比汪藻丰富多样,总的成就也胜于汪藻。

第二节 主张"活法"的诗人

在南宋初期的山水诗创作中,江西诗派的吕本中和曾几是两位重要的诗人。

一 吕本中:由瘦硬艰涩到流美圆转

吕本中(1084—1145),字居仁,寿州(今安徽寿县)人。元祐年间的宰相吕公著曾孙,以恩荫授承务郎,绍圣初以元祐党人子弟而免官。南宋绍兴六年(1136)召赴行在,赐进士出身,任起居舍人,后迁中书舍人兼职侍讲,权直学士院。因上书陈恢复大计,触忤秦桧而罢官。他祖父吕希哲是北宋著名理学家,家风濡染,他也熟谙理学。晚年深居讲学,学者称东莱先生。又因曾任中书舍人,故人称吕紫薇。有《东莱先生诗集》和

《东莱外集》传世，共收诗1273首。

吕本中在宋代诗史上是个重要人物。首先是他年轻时作《江西诗社宗派图》，提出了"江西诗派"这个名称。江西诗派在宋代诗歌史上声势浩大、影响深远，与他的标举直接有关。他自己也被后人列入宗派图中。其次，他论诗主张"悟入"，提倡"活法"："所谓活法者，规矩备具而能出于规矩之外；变化不测，而亦不背于规矩也"（《夏均父集序》）；而"悟入之理，正在工夫勤惰间耳"（《与曾吉甫论诗第一帖》）。这一诗论的实质，就是既发挥了黄庭坚诗论中主张创新、主张自成一家的观点，又继承了苏轼的"出新意于法度之中"（《书吴道子画》）的思想，力图矫正当时江西派诗风日趋生硬艰涩的弊病。"活法"论在南宋产生很大的影响，成为南宋诗坛中最流行的话头之一。

吕本中的诗歌创作，早年受江西诗派领袖人物黄庭坚、陈师道影响很深，主要以瘦硬或朴拙的风格抒写与友人的唱酬和自我的闲情逸趣。靖康之难时，他被围在汴京城中，目睹了侵略者的残暴行为和人民遭受的巨大苦难。他把所见所闻所感记之于诗，创作出《兵乱后自嬉杂诗》29首作品，表达了忧国忧民的深沉感情。诗风悲怆苍凉，酷肖杜甫。这批诗歌，就内容的广泛和艺术的成就而言，在他的诗集中显得很突出，某些方面甚至超过陈与义，可以说是得时代风云之助，而有超水平的发挥。但南渡以后，诗人在长途流亡中却没有继续写出这种具有巨大思想感情的震撼力的作品。后来，随着南宋小朝廷苟安局面的形成，吕本中的诗歌在艺术上向着他所推崇的谢朓的"流转圆美"风格转化，却更多地恢复了早期的题材内容。诗人自己也感到"我诗老益退"（《送范子仪将漕湖北》），这是令人惋惜的。

吕本中的山水诗创作也反映着由瘦硬艰涩到清新流畅的风格变化。他十六岁时写的七律《晚步江上》云："浦口生春绿未酣，南山初见碧崭岩。风声入树翻归鸟，月影浮江倒客帆。破甑不堪充酒券，短蓑真欲换朝衫。往来泥雨城南路，可见轻鸥定不凡。"炼字琢句，刻意苦吟，诗风瘦硬，与黄、陈一脉相承。据曾季狸《艇斋诗话》，吕本中"作此诗尝呕血，自此得羸疾终其身"。又如《题淮上亭子》：

亭下长淮百尺深，亭前双树老侵寻。暮云秋雁且南北，断垄荒园无古今。露草欲随霜草尽，归樯时度去樯阴。秋风未满鲈鱼兴，更有江湖万里心。

诗人对着亭前秋色抒思乡之情。他以洗尽铅华的清瘦语言写凄清之景，境界苍凉阔大，却不乏细致的表现。全篇针线细密，章法严谨，声调微拗，旨趣幽深，近似黄诗风味。谢薖说吕本中："好诗初无奇，把玩久弥丽。有如庵摩勒，苦尽得甘味。"（《读吕居仁诗》）此诗即是一例。

应当指出，吕本中早期的写景诗中，也有一些清新活泼的作品。例如作于大观二年（1108）的《春日即事》，其中"雪消池馆初春后，人倚栏干欲暮时"一联，就显得自然流转。宋人张九成《横浦日新录》评云："此自可入画，人之情意，物之容态，二句尽之。"但从全篇看，点化前人的成句过多，仍暴露出江西诗派"夺胎换骨""点铁成金"的习气。后来又有《试院中作》，其"树移午影重帘静，门闭春风十日闲"一联，也是清新自然，被魏庆之誉为"宋朝警句"（《诗人玉屑》卷三）。这种"流转圆美"的风格在他的山水诗中渐渐增多，例如写于避乱广西时的《柳州开元寺夏雨》：

> 风雨潇潇似晚秋，鸦归门掩伴僧幽。云深不见千岩秀，水涨初闻万壑流。钟唤梦回空怅望，人传书至竟沉浮。面如田字非吾相，莫羡班超封列侯。

前半篇描写南国山城柳州千岩竞秀万壑争流的景色颇为真切。而诗人着意表现他在夏雨中清冷如秋的感受，又自然地引出颈联想念家乡和盼望音信的心情，方回评曰："居仁在江西派中最为流动而不滞者，故其诗多活。"纪昀亦评云："五六深至，不似江西派语。"（《瀛奎律髓汇评》卷一七）其实此诗尚未脱尽瘦硬之感，末联亦显出江西诗派爱好用典的习气。在吕诗中还有更加流转圆美之作：

> 柳外楼高绿半遮，伤心春色在天涯。低迷帘幕家家雨，淡荡园林处处花。檐影已飞新社燕，水痕初没去年沙。地偏长者无车辙，扫地从教草径斜。
>
> ——《春晚郊居》

通篇写景，一气流转，语言清丽，音节和婉，毫无生新瘦硬之感。颇似唐人七律风调，却又显出宋诗写景状物的工细。这是吕本中提倡"活法"的成功实践。

从总体来看，吕本中的山水诗对山水自然美的表现不够丰富多彩，艺术风格也不鲜明，远未能达到自成一家的境地，而且他写山水景色主要用七律一体，其他诗体的山水佳作极少。即使是七律，全篇皆佳者也不多见，反映出他才力窘迫，只能悟入一、二联而已。但他首先提倡"活法"，并在创作实践中逐步以"流美圆转"矫正生硬的缺点，这对于江西诗派风格的转变起了较大的促进作用。这种讲求"悟入"和"活法"的诗风，对南宋的山水诗创作具有重要的影响。如与吕本中同年的曾几就曾向吕学诗法，并对其清新流畅的诗风加以进一步的发展。其后，大诗人陆游又向曾几学，并自云幼时即熟读吕本中诗，"愿学焉，稍长，未能远游，而公捐馆舍。晚见曾文清公，文清谓某：'君之诗，渊源殆自吕紫薇，恨不一识面。'"（《吕居仁集序》）而南宋另一位大诗人杨万里在山水诗创作中追求"生擒活捉"的"活法"和直接从大自然"悟入"，使"万象毕来，献余诗材"（《荆溪集序》），显然与吕本中的"活法"与"悟入"一脉相承。可见吕本中对南宋山水诗创作影响是很大的。

二 曾几：从清淡自然到流动活泼

曾几（1084—1166），字吉甫，号茶山居士。河南（今河南洛阳）人，祖籍赣州（今江西赣县）。早年从学于其舅孔平仲，有文名。以兄弼死于公事，特恩补将仕郎。后铨试优等，赐上舍出身。北宋末，曾任秘书省校书郎、提举淮南东路茶盐公事等职。南渡后转徙各地任职。绍兴八年（1138），因反对秦桧议和，罢两浙西路提刑任。后客寓上饶茶山寺七年。绍兴二十五年（1155），秦桧死，重得起用，召赴行在，除秘书少监，擢尚书礼部郎，卒谥文清。有《茶山集》8卷传世。

曾几作诗以杜甫、黄庭坚为宗。他曾与徐俯、韩驹等江西诗派诗人交游学诗。他的《东轩小室即事》诗说："工部百世祖，涪翁一灯传。闲无用心处，参此如参禅。"他与吕本中同年，却向吕请教诗法。吕本中给他写过两封论述"活法"的信，对他产生过很深的影响。他作诗说："居仁说活法，大意欲人悟。"（《读吕居仁诗有怀其人作诗寄之》）他在政治上始终站在抗金派的立场上，曾经写了讽刺朝政、忧心国事、同情人民的作品，如《寓居吴兴》《雪中陆务观数来问讯，用其韵奉赠》《苏秀道中，自七月二十五日夜大雨三日，秋苗以苏，喜而有作》《癸未八月十四日至十六夜月色皆佳》等。但他诗歌的主要内容仍是抒发个人情怀。他的生活情趣相当丰富,自称爱山成痴,爱石、喜梅成癖,诗集中模山范水、吟风弄月、咏梅咏石咏茶的诗很多。他的山水诗有的在句法上生硬摹仿黄庭坚诗,例如七律《张子公招饭灵感院》中的"僧窗各自占山色,处处薰炉茶一瓯"一联,显然是仿效黄诗"蜂房各自开户牖,处处煮茶藤一枝"(《题落星寺》),但这种拙劣的摹仿毕竟很少。他在山水诗中主要学习了黄庭坚大力提倡的咏物重神似的艺术精神,对山水景物做出精练传神的刻画;同时也学习了黄诗刻意锤炼字句的瘦硬诗风以及黄诗的拗体七律。例如《游张公洞》:

>张公洞府未著脚,向人浪说游荆溪。欲看直上翠羽盖,不惜扶下青云梯。劲风翻动土囊口,暗水流出桃花溪。却将深处问儿辈,一夕飞梦穷攀跻。

全篇无一句完全符合平仄声律,音调拗峭。但四联诗都是两句道一事,意脉流动,节奏轻快,毫无滞涩之感。正如《诗人玉屑》所云:"唐人诗喜以两句道一事,茶山诗多用此体。"这种拗体七律的风格清劲灵活,既学习了黄庭坚的作风,又是对吕本中追求流转圆美特色的继承与发扬。再看另一首七律《过松江》:

>家在朱帘画舫中,今朝误入水精宫。江澄不起无风浪,天远长垂未霁虹。酒熟杯盘供雪鲙,诗成岛屿落霜枫。帆去帆来何曾歇,万顷烟波属钓翁。

诗人用清淡的文字,把松江的秋色描状得鲜明如画,令人神往。全篇句句合律,声调委婉,音节和谐,呈现出轻快流动的风格,却又情韵悠长。黄、陈瘦硬诗风的影响已扫除殆尽。他的五古山水诗同样写得流动活泼,例如《游灵川县水洞》:

>清溪东南驰,碍此碧玉峰。蛟龙夜相宅,奋迅生雷风。割开两贝阙,凿翠成珠宫。坐令空洞处,一水油然通。泉流百道来,投注万斛钟。不知深几许,湛若熔青铜。定应天下稀,岂但湘南雄。嘉与二三子,叶舟渺相从。周旋乳盖底,荡漾菱花中。为我告行客,无为苦匆

匆。小酌清泠渊，洗汝尘坌胸。

曾几还有一些七绝山水小诗，语言更平易，艺术风格更活泼轻快，写景更精练传神，例如：

> 梅子黄时日日晴，小溪泛尽却山行。绿阴不减来时路，添得黄鹂四五声。
>
> ——《三衢道中》

诗仅四句，竟写了泛舟小溪和步行山间；又在"不减"与"添得"的对比映照中，暗示出往返期间季节的推移和景色的变化，在构思和剪裁上颇见匠心。诗的文字清淡自然，却写出了江南地区山重水复、绿阴繁茂、黄鹂鸣啭的幽美景色，动中有静，景趣、情趣都跃然纸上。看似平淡无奇，细品却有深永情味，因此成为宋代山水绝句的名篇而脍炙人口。南宋赵庚夫评曾几诗："新如月出初三夜，淡比汤煎第一泉。"（《读曾文清公集》）形象地道出了曾几诗特别是此类山水小诗的艺术特色。

曾几的山水诗尽管也有一些失之词意浅近或粗率生硬的篇章，但总体来看，已形成了清劲灵活的鲜明风格，艺术成就高于吕本中。他大量创作表现自然山水景物美的诗歌，明显有别于黄庭坚和多数江西诗派诗人侧重于向内心深处发掘的创作倾向。这种由内心再次走向大自然的艺术表现趋向的转换，无疑对南宋山水诗的发展、兴盛起了积极的推动作用。事实上曾几对南宋诗人的影响并不比吕本中小。陆游曾得其亲自传授。翁方纲在《七言律诗钞》卷首中说曾诗"可上接香山，下开放翁"。杨万里在《题徐衡仲西窗诗编》中说"居仁衣钵新分似，吉甫波澜并取将"，实为夫子自道其诗兼受吕、曾二人的影响。杨万里的许多新鲜活泼、情趣盎然的山水绝句，显然学习借鉴了曾几的创作经验。据说南宋的另一位诗坛名家萧德藻"亦师茶山"（张端义《贵耳集》卷上）。曾几同吕本中都是山水诗从北宋向南宋发展变化过程中的关键性人物[1]。

---

[1] 本节对吕本中、曾几诗的评述，参考莫砺锋《江西诗派研究》（齐鲁书社1986年版）和张鸣选论《中国古典诗歌基础文库·宋诗卷》（浙江文艺出版社1994年版）。

第三节　诗风雄浑深厚的陈与义

南宋前期山水诗创作成就最高的诗人是陈与义。

一　学杜为主，博取前人

陈与义（1090—1138），字去非，号简斋居士。洛阳（今属河南）人。政和三年（1113）登太学上舍甲科，授文林郎，开德府教授。宣和年间，以《墨梅》诗受到宋徽宗赏识，由太学博士、著作佐郎、司勋员外郎很快擢升到符宝郎。后因宰相王黼得罪受到牵连，谪监陈留酒税。宋高宗绍兴元年（1131）以后，他历任兵部员外郎、起居郎、中书舍人、吏部和礼部侍郎、翰林学士，累官至参知政事。今存《简斋诗集》《简斋诗外集》等。

陈与义少时尝学诗于崔鶠。崔鶠有《婆娑集》三十卷，今已不传，但从他的一些佚诗看，其造诣是较高的。《宋史·崔鶠传》称他"清峭雄深，有法度"，刘克庄称他"幽丽高远"（《后村诗话》前集卷二），晁公武也称他"清婉敷腴，有唐人风"（《郡斋读书志》）。但当陈与义作为一个青年诗人登上诗坛时，正是黄庭坚、陈师道诗风风靡之际。他对这两位前辈诗人非常推崇，因此他的一部分诗的艺术风格在整体上受到黄、陈尤其是陈师道较大的影响。可贵的是，他谨记着崔鶠给他的两点启示，一是"忌俗"，二是"不可有意用事"（方勺《泊宅编》卷九，徐度《却扫编》卷中），努力地自辟蹊径，发展独特的艺术风格。他不仅学建安，学六朝，学陶、谢、韦、柳，而且有取于晚唐的苦吟和造语之工、琢句之奇。不过，他心目中的最高标准是杜甫，主张"取诸人语，而掇入少陵绳墨之中"（葛立方《韵语阳秋》卷二），刻苦学习杜诗的艺术技巧。由于以学杜为主而又广收博采前人的艺术营养，在他前期的诗歌包括山水诗中，已显示出不同于苏、黄、陈诸大家的新趋向，呈现出丰富多样的艺术风格。他的五言古体山水诗数量多，在艺术表现上也颇出色。其主要特点是擅长白描写景，每每从闲淡处取神，融情入景，体物寓兴，不仅有澹而奇之格和新而妙之趣，而且有"一种萧寥逋峭之致，譬之潦涧邃壑，远绝尘壒"（冯煦《增广笺注简斋诗集序》）。如宣和五年（1123）在汴京写的《夏日集葆真池上以绿阴生昼静赋得静字》：

清池不受暑，幽讨起予病。长安车辙边，有此荷万柄。是身惟可懒，共寄无尽兴。鱼游水底凉，鸟语林间静。谈余日亭午，树影一时正。清风不负客，意重百金赠。聊将两鬓蓬，起照千丈镜。微波喜摇人，小立待其定。梁王今何许？柳色几衰盛。人生行乐耳，诗律已其剩。邂逅一樽酒，它年五君咏。重期踏月来，夜半啸烟艇。

这首诗描写夏日池上景色，刻画细致，词意新峭，音节响亮，气韵悠扬，融化韦、柳和苏轼诗句而有创新，故不落痕迹。《历代诗发》卷二六评云："精细入微，含毫渺然之作。"陈衍《石遗室诗话》评曰："陈简斋五言古，在宋人几欲独步。……至《夏日集葆真池上》一首，尤为压卷之作。"据《容斋四笔》卷一四载，此诗一出，"京师无人不传写也"。他的七古，力量稍弱，但也有写景状物、精细深微之作，例如《初至陈留南镇夙兴赴县》：

五更风摇白竹扉，整冠上马不可迟。三家陂口鸡喔喔，早于昨日朝天时。行云弄月翳复吐，林间明灭光景奇。川原四望郁高下，荡摇苍茫森陆离。客心忽动群鸟起，马影渐薄村墟移。须臾东方云锦发，向来所见今难追。两眼聊随万象转，一官已判三年痴。只将乘除了吾事，推去木枕收此诗。写我新篇作画障，不须更觅丹青师。

此诗是他被贬谪初到陈留之作，流露出失意哀伤之情。诗中描写午夜到清晨的景色，从林间月光明灭、川原苍茫，到马影渐薄、朝霞似锦，写得澹中见奇，变化逼真，宛然如画。难怪诗人也自鸣得意"不须更觅丹青师"。这个时期写的七律山水诗较少，艺术表现上不够成熟，如《龙门》："不到龙门十载强，断崖依旧挂斜阳。金银佛寺浮佳气，花木禅房接上方。羸马暂来还径去，流莺多处最难忘。老僧不作留人意，看水看山白发长。"风格清新流丽，意味却浅，与后期苍凉深厚、沉郁顿挫有别。五律如《至陈留》："烟际亭亭塔，招人可得回？等闲为梦了，闻健出关来。日落河冰壮，天长鸿雁哀。平生远游意，随处一徘徊。"意境颇悲壮，学杜的痕迹已相当明显。

二 前后期山水诗的不同特色

在陈与义前期写的山水诗中，七绝的艺术成就仅逊于五古，具有鲜明风格，主要特色是活泼轻快，写景多用拟人化，灵动有趣。例如：

> 飞花两岸照船红，百里榆堤半日风。卧看满天云不动，不知云与我俱东。
>
> ——《襄邑道中》
>
> 雨意欲成还未成，归云却作伴人行。依然坏郭中牟县，千尺浮屠管送迎。
>
> ——《中牟道中二首》之一

前一首是政和八年（1118）闲居京师期间偶往襄邑（今河南睢县）之作，全用白描，不事雕琢，却写得光景明丽，流荡自然。后一首是宣和四年（1122）夏诗人服母丧满后入京任太学博士途中作，运用拟人手法，使景物与诗人亲密交往。两首诗写景都生动活泼，幽默风趣，显示出青年诗人潇洒俊逸的才情。后来杨万里写景诗歌特别是绝句的"奇趣"与"活法"显然受到陈与义这类山水绝句的影响。

陈与义早期的山水诗，主要还是抒写纯属个人的闲情逸致或仕途的喜愁之情。但有少数作品，在描绘山水景物中有深微的寄兴。例如政和七年（1117）春在汴京写的杂言体《江南春》："雨后江上绿，客愁随眼新。桃花十里影，摇荡一江春。朝风迎船波浪恶，暮风送船无处泊。江南虽好不如归，老荠绕墙人得肥。"借自然景色从明媚到险恶的变化，暗喻世路风波不测。当时蔡京、童贯、梁师成辈结党相倾，而王黼亦以巧伪乘间崛起，上行下效，靡然成风。诗人目睹朝廷弊习，发为诗歌，亦有洁身远引之意。又如《中牟道中二首》之二："杨柳招人不待媒，蜻蜓近马忽相猜。如何得与凉风约，不共尘沙一并来。"表面上写的全是行旅中的景色和感受，写得那么清新、活泼、有趣；细细品味，却曲折地影射当时中央王朝党派倾轧的黑暗混乱现实，以及诗人洁身自好、防嫌畏祸的心情。在描写自然山水景物中寄托怀抱，从而开拓出深广的社会现实内容，这在山水诗创作中十分难能可贵。

靖康之难，改变了陈与义的生活和思想感情。当时他在陈留，被迫避乱南奔，开始了五年多的流亡生活。他由河南、湖北、湖南到广西、广东、福建、浙江，行程万里，颠沛流离，于绍兴元年（1131）才到达当时的行在会稽。他在漂泊流亡之中，深切体会了杜甫诗中忧愤深广的思想感情,从而认识到学杜诗不仅要学艺术技巧,更要学其忧国爱民、悲壮苍凉的风格。正如他所说"草草檀公策,茫茫杜老诗"(《发商水道中》);"但恨平生意,轻了少陵诗"(《正月十二日自房州城遇虏至》)。在这五年时间里,他目睹山河破碎,写下不少抒发忠愤激越的爱国感情的诗篇。特别是其中的七律如《登岳阳楼二首》《巴丘书事》《再登岳阳楼感慨赋诗》等篇,写登临怀古,感慨淋漓,其中的"白头吊古霜风里,老木沧波无限悲""楼头客子杪秋后,日落君山元气中""晚木声酣洞庭野,晴天影抱岳阳楼""四年风露侵游子,十月江湖吐乱洲"等诗句,都写得雄浑悲壮,情景交融,具有震撼人心的艺术力量。但它们不是专为山水而赋。不过,描写山水形象鲜明完整的作品数量也很多,而且大多写得苍凉悲壮、忧愤深广。例如《题崇山》:"短蓬如凫鹥,载我万斛愁。试登山上亭,却望沙际舟。世故莽相急,长江去悠悠。西南浸山影,晦明分中流。荡摇宝鉴面,翠髻千螺浮。去程虽云阻,兹地固堪留。客路惜胜日,临风搔白头。众色忽已晚,川光抱岩幽。三老呼不置,我兴方未收。下山事复多,题诗记曾游。"靖康元年(1126)七月,金人再次南侵,诗人携家自汝州叶县至光化上崇山时创作了这首诗。当时诗人刚开始流亡,对形势的险恶尚估计不足,故而觉得"兹地固堪留",诗中仍怀着兴致,观赏水光山色。当他辗转逃难到了湖北房州以后,为那里的奇峰深涧所吸引,写下了一系列山水诗,诗中的感情已越来越迷惘、凄怆。《与信道游涧边》云:"斜阳照乱石,颠崖下双筇。试从绝壑底,仰视最奇峰。回碛发涧怒,高霭生树容。半岩菖蒲根,翠葆森伏龙。岂无避世士,于此傥相逢。客心忽悄怆,归路迷行踪。"在描绘奇险幽深的山水景物中,流露出对时局的忧虑。又如《舟抵华容县》:"篙舟入华容,白水绕城堞。夹津列茂树,倒影青相接。远色分村坞,微凉动芦叶。天地困腐儒,江湖托孤楫。"《金潭道中》:"晴路篮舆稳,举头闲望赊。前冈春泱漭,后岭雪槎牙。海内兵犹壮,村边岁自华。客行惊节序,回眼送桃花。"二诗分别以清远或雄深之景,抒黯然销魂之情。刘克庄评这时写的山水诗:"造次不忘忧爱,以简洁扫繁缛,以雄浑代尖巧。"风格已酷似老杜。到了广东路广州府后,他又写了七律《雨中再赋海山楼》:

百尺阑干横海立,一生襟抱与山开。岸边天影随潮入,楼上春容带雨来。慷慨赋诗还自恨,徘徊舒啸却生哀。灭胡猛士今安有?非复当年单父台。

诗人登楼而赋,抒发灭胡救国的激越情怀,情辞慷慨,与雄壮阔大的海天景色融为一体,自然形成了雄浑悲壮的风格。绍兴二年(1132)春,诗人从驾还临安渡钱塘江时又写了一首五律《渡江》:

江南非不好,楚客自生哀。摇楫天平渡,迎人树欲来。雨余吴岫立,日照海门开。虽异中原险,方隅亦壮哉!

诗中表现了海门的雄壮气势,希望南宋最高统治者能凭借大江之险,抗御敌人进而收复中原。如果说,上面这两首诗主要是抒写抗战卫国情怀,写景比较粗略,而在此前后写的《夏夜》《观雨》《愚溪》《游秦岩》《登海山楼》《题长乐亭》《和大江道中绝句》《题大龙湫》《小巧玲珑阁晚望》等诗,则是以表现岭海、闽浙自然山水美景为主。试看《观雨》:

山客龙钟不解耕,开轩危坐看阴晴。前江后岭通云气,万壑千林送雨声。海压竹枝低复举,风吹山角晦还明。不嫌屋漏无干处,正要群龙洗甲兵。

此诗写于建炎四年(1130)夏季寓居邵阳贞牟山居,借观雨抒写局势的暂时光明所带来的振奋心情。诗人渲染雨前的声势,描摹雨中风云开合、晦明变化的情状,真切如画,又精于物理。陈与义喜爱并擅长咏雨,集中咏雨诗多达三十余篇,但以此诗描绘雨景最为神完气足。尾联全化用杜甫的诗句,表示对抗金胜利的渴望。就全篇来说,颇有杜甫夔州以后七律的气魄。就写景来说,景是实景,又有象征意味。这种虚实结合富于象征意味的山水景色描写,在陈与义一部分山水诗中都可以见到,也是他开拓与深化山水诗思想内涵的一种探索与创新。请看七律《观江涨》:

涨江临眺足消忧,倚杖江边地欲浮。叠浪并翻孤日去,两津横卷半天流。鼍鼋杂怒争新穴,鸥鹭惊飞失故洲。可为一官妨快意,眼中唯觉欠扁舟。

诗中浪卷涛翻、孤日消失、天地飘浮、鼋鼍怒争、鸥鹭惊飞的景象，正暗喻当时天崩地塌的时代大动乱。这种把山水与写时事相结合的表现手法，也是陈与义对杜甫夔州以后诗歌思想与艺术的继承与发扬。

三　对景物敏锐的观察与精妙的表现

陈与义是宋代有名的画家，曾经以题咏水墨梅花的五首绝句得到宋徽宗的赏识。他题咏山水画的诗写得既多又好。他对王维的诗画艺术造诣非常推崇，在诗中多次以王维的画喻状自然山水，如《同继祖民瞻游赋诗亭二首》其二云："浩浩白云溪一色，冥冥青竹鸟三呼。只今那得王摩诘，画我凭栏觅句图。"作为一位画家，他对自然山水景物观察得细致入微，尤其善于捕捉景物的形象、情态和色彩、明暗的变化，因此他的山水诗的景物意象十分鲜明生动。五言如："云气昏城壁，钟声咽寺楼。"（《连雨书事》）"春风所经过，水色如泼油。"（《归路马上再赋》）"须臾万银竹，壮观惊户牖。"（《浴室观雨》）"夜阑林光发，白露濡青条。"（《夏夜》）"晴云秋更白，野水暮还明。"（《将次叶城道中》）"斜晖射残雪，崖谷遍晶荧。"（《游东岩》）"云起谷全暗，雨晴山复明。青春望中色，白涧晚来声。"（《雨》）七言如："树连翠筱围春昼，水泛青天入古城。"（《晚步顺阳门外》）"唯有君山故窈窕，一眉晴绿向人浮。"（《火后问舍至城南有感》）"白水春陂天澹澹，苍峰晴雪锦离离。"（《山中》）"西峰木脱乱鬟拥，东岭烟破修眉浮。"（《遥碧轩作呈使君少隐时欲赴召》）"背人山岭重重去，照鹧梅花树树残。"（《舟行遣兴》）"楼台近水涵明鉴，草树连空写素屏。"（《寺居》）这些诗句都写出了景物生动鲜明的形态、空间位置，以及明暗、色彩的对比，视觉感十分强烈，显示了陈与义作为诗人兼画家的敏锐的观察力，因而画意浓郁。张嵲称陈与义诗"体物寓兴，清邃超特，纡徐闳肆，高举横厉，上下陶、谢、韦、柳之间"（《陈公资政墓志铭》），刘辰翁评陈与义诗"望之苍然，而光景明丽，肌骨匀称"（《简斋诗笺序》），是切中肯綮的。

总之，陈与义充满伤时忧世的爱国激情、以雄浑悲壮为主调又具有多种风格的山水诗，在南北宋之交诗歌风格趋于单调之际异军突起，给整个诗坛吹进了一股清新雄劲之风，对宋代山水诗的发展做出了重大的贡献[①]。

[①] 本节参考白敦仁《陈与义集校笺》，上海古籍出版社1990年版。

第四节 一批风格各异的诗人

这个时期,还有孙觌、李弥逊、张九成、刘子翚等诗人,在山水诗创作上都能自出机杼,取得较高的成就。

一 孙觌:奇丽清婉,咀嚼有味

孙觌(1081—1169),字仲益,常州晋陵(今江苏常州)人。五岁时就才思敏捷为苏轼所赞赏(葛立方《韵语阳秋》)。大观三年(1109)进士,政和四年(1114)又中词科。他做侍御史时曾弹劾李纲"要挟皇帝",而他自己则专附和议。汴京沦陷后,曾随钦宗至金营,草表上金主。建炎初贬峡州,再贬象州。后又归隐太湖二十余年。他曾替秦桧党羽万俟卨作墓志铭,毁谤岳飞。孝宗时,他参与修国史,在撰写靖康见闻中,又大肆诬蔑李纲。其颠倒黑白,怙恶不悛,为当时人所鄙视。因他曾提举鸿庆宫,故自号鸿庆居士。有《鸿庆居士集》42卷传世。

孙觌丧失民族气节、人品卑劣,却工于诗文。周必大曾为其集作序,称其"文章隽句,晚而愈精"。纪昀说:"亦所谓孔雀虽有毒,不能掩文章也。"(《四库全书总目提要》)由于他曾被远贬南荒,并长期隐居太湖,因而集中山水诗作甚多。他十分推崇苏轼,诗风颇受苏轼影响,豪健清新,与江西诗派的瘦硬生涩有别。他论诗主张"不落江西派,肯学邯郸步。冥搜自天得,妙中有神助"(《虎丘沼老豫章诗僧也,与余相遇于枫桥,方丈诵所作徐献之侍郎生日诗,有"东湖孺子,南极老人"之句,余爱其工,赋小诗寄赠》),喜爱"奇丽清婉,咀嚼有味如啖蔗"的诗(见其五古"王公制练衣"诗题)。他的山水诗也确有奇丽清婉、咀嚼有味的特色。五古《湖㳅上冢系舟丁山田舍小憩》《妙光庵》,七古《崇仁县》《游东塔雨中夜归》《题洞庭山观音院德云堂》,五律《蒙亭二首》《宜春台呈太守陈次明》,七律《南山寺》《雉山寺青罗》都堪称佳作。他的山水绝句写得尤为出色,善于以轻灵的笔触状难写之景如在目前,并在小幅中展现出迷离空阔或萧散疏朗的境界。例如《横山堂二首》之一:

> 波间指点见青红,雪脊嶒棱倚半空。幻出生绡三万幅,游人浑在画图中。

诗人置身在太湖上的小舟之中，但见湖波间映照着横山堂和树林的倒影，那高峻的粉墙犹如倚在半空。这两句毫不着力就表现出明灭闪烁的光色、亦真亦幻的景致。第三句以妙悟的"幻出"二字开拓与升华诗境，又用奇丽的"生绡三万幅"比喻白波起伏、浩渺无际的太湖，结句把读者同游人一道引入画图之中。全诗一气呵成，十分自然。又如《吴门道中二首》：

> 数间茅屋水边村，杨柳依依绿映门。渡口唤船人独立，一蓑烟雨湿黄昏。
> 一点炊烟竹里村，人家深闭雨中门。数声好鸟不知处，千丈藤萝古木昏。

二诗皆写黄昏烟雨。同为静境，一在静谧中有乡村生活气息，一在幽寂里显出几分神秘氛围。诗中的意象都经过诗人精心选择和提炼，安排得疏密有致。诗人纯熟地运用以声写静的手法，又都在结句画龙点睛，宕出远神。此外，《过枫桥寺示迁老三首》《望道场山塔》《游金沙寺》等，都是画意浓郁、耐人咀嚼的山水绝句。

二 李弥逊：隐逸闲适中的忧国情怀

李弥逊（1089？—1153），字似之，号筠溪居士，苏州吴县（今属江苏）人，大观三年（1109）进士。徽宗时因上疏进谏而落职。南渡后曾任中书舍人、户部侍郎。因竭力反对秦桧的投降政策而被免职。晚年隐居于连江（今属福建）西山。有《筠溪集》24 卷传世。

李弥逊酷爱游览山水。他在一首咏石的诗题中说："余少时南游匡庐，升紫霄以瞰九江，东沿洙泗登泰山而徜徉大伾道邺，历赵及燕而还。今年责官罗城，当走蜀，问山于蜀人冯济川。每至佳处，耳倾心受，恨不能一日千里也。"他还说过："驱除方寸无穷事，领略平生未识山。"（《次韵学士兄富阳道中》）"偶脱尘中一梦阑，欲穷幽事遍寻山。"（《和钱申伯游东山圣泉》）"江山似与诗人助，水月应知静者如。"（《舟中对月》）因此，他集中的山水诗作较多。他在政治上主张抗金、反对和议，与主战派名相李纲是知交。他的七绝写景名篇《春日即事》云："小雨丝丝欲网春，落花狼藉近黄昏。车尘不到张罗地，宿鸟声中自掩门。"此诗作于他反对和议而落职之后，在描写春残日暮凄黯冷落景象中，流露出对投降派的怨愤和对趋炎附势者的慨叹，可谓兴寄深微。他的一些山水诗，更袒露他身处江湖心系国事的情怀，如七律《东岗晚步》：

> 饭饱东岗晚杖藜，石梁横渡绿秧畦。深行径险从牛后，小立台高出鸟栖。问舍谁人村远近，唤船别浦水东西。自怜头白江山里，回首中原正鼓鼙。

前三联以音调拗折而对仗工整的诗句，描绘连江西山的东岗傍晚景色，渲染出浓郁的村野田园情调，色调淡雅，风格生新瘦硬，诗情是愉悦的。尾联突作转折，以回首中原鼓鼙之声作结，把暮年忧国的心事宣泄而出。这类七律虽不如陈与义《登岳阳楼》等作苍凉沉郁，风格倾向却是一致的。

他的另外一些抒写隐居闲适情怀的七律，把写景、抒情、纪行紧密结合，辞意新颖，不落俗套。请看《云门道中晚步》：

> 层林叠巘暗东西，山转岗回路更迷。望与游云奔落日，步随流水赴前溪。樵归野烧孤烟尽，牛卧春犁小麦低。独绕辋川图画里，醉扶白叟杖青藜。

这是诗人寓居山阴（今浙江绍兴）期间的作品。诗中描画山林田野景色，远近有致，动静结合，气氛安谧，又紧扣晚步特点。尾联把眼前景色比作辋川图画，并把自我织进画中，从而化实为虚，使诗境添了空灵意味。刘学锴先生说，这种把自我作为画中人来欣赏的笔意，"显然和山水画的发展以及由此产生的对山水画鉴赏活动的发展很有关系。这说明，到宋代，不但诗与画的结合更加密切，而且将绘画鉴赏也融进了诗歌创作"[①]。见解颇为精到。

值得注意的是，李弥逊的一些五七言古体山水诗，如《行路难》《游龙潭》《山行遇雨》等篇，织进了一些诸如虬龙、女娲、鬼魅、神怪、哀猿、寒绿等奇特诡异的意象，又用大跨度跳跃节奏急促的笔法，渲染虚幻荒诞或清奇磊落的情调气氛，颇似李贺风格，例如《独宿昭亭山寺》：

[①] 缪钺等：《宋诗鉴赏辞典》，上海辞书出版社1987年版，第864页。

山寒六月飞霜雪，楼殿夜深钟鼓歇。琅玕无风万戟闲，屋角明河挂天阙。龙牙七尺玉壶冰，炯炯神清梦不成。可怜幽绝无人共，卧看云头璧月生。

此诗描写夏夜山寺独卧之际的景色，命意奇特，境象森严，语句幽峭，在当时的山水诗中，可谓别具一格。纪昀评李弥逊："其人其文，俱卓然足以自立者也。"（《四库全书总目提要》）并非过誉。钱锺书先生说李弥逊诗"命意造句都新鲜轻巧，在当时可算独来独往"（《宋诗选注》），也是很有见地的分析。

三　张九成：清新流丽的五言山水诗

张九成（1092—1159），字子韶，号横浦居士、无垢居士。其先开封（今属河南）人，徙居钱塘（今浙江杭州）。绍兴二年（1132），策进士，直言者置高等，九成遂擢首选，授镇东军签判，历官至刑部侍郎、礼部侍郎兼侍讲。他反对与金议和，触怒秦桧，被贬谪，居南安军（今江西大余）。绍兴十四年（1144），秦桧死后放还，后起知温州。去世后，于宝庆初年赠太师，封崇国公，谥文忠。他是著名理学家、"二程"再传弟子、杨时的学生。其学问文章、品德气节，皆为当时士人所尊仰。有《横浦集》20卷传世。

他与主张"活法"的吕本中友善，论诗文也主张活法，又提倡自然，反对雕琢，说："文不贵雕虫，诗尤恶钩摘。"（《庚午正月七夜自咏》）又云："每读乐天诗便自意明，但不费力处便佳。""不用意处真情自见，用意则夺真矣。"（《横浦心传录》）

张九成爱好自然山水，说："亦复爱山水，策杖无与适。"（《庚午正月七夜自咏》）"山林兴甚长，湖海情何极。"（《十九日杂兴》）"新诗宛见故人面，思入江山气象雄。"（《次施彦执韵》）他的山水诗数量较多，确实写得清新自然，流丽活泼，不见雕琢之迹。其中，五古与五律尤为出色。五古如《秋兴》《三月晦到大庾》《正月二十日出城》《二十六日复出城》《十二日出城见隔江茅舍可爱》《嘉祐寺》，五律如《过报恩》《题竹轩》《二月二十日即事》《即事》《双秀峰》等，堪称佳作。试读以下二诗：

今朝山色好，不似未晴时。路转沙汀出，桥回榉柳移。众山来衮衮，积水去披披。云叶多奇态，蘋花弄晚姿。人家机杼急，野寺钟鼓迟。欲去不得去，冥搜足此诗。

——《雨晴到江上》

寺古僧多老，云深水自流。鸟声惊客梦，山色到江楼。落日千林迥，清风一径幽。幽怀终未已，归去辄回头。

——《到白石寺次壁间郑如圭韵》

前一首是五言排律，后一首是五言律诗，都写得清丽自然，有如白云舒卷，清溪畅流，诗境有情趣、有画意，使人感到诗人写得毫不费力。

张九成作为一位理学家，又曾跟从径山名僧杲学道，他的一些山水诗有的寄寓人生哲理，如"美玉经三煅，贞松过凝寒""不上泰山顶，安知天地宽"（《癸亥初到岭下寄汪圣锡》）。也有的诗从山水景色的表现中渐入禅境，如："篮舆访萧寺，烟暝涨春空。远树楼头绿，残霞山外红。昏钟发林杪，人语殷桥东。回首都无迹，人生真梦中。"（《过报恩》）全诗前三联都写报恩寺周围美丽、幽静的景色，尾联曼声长叹，把读者引入色即是空、真即是梦的禅境。当然，他也有一些山水诗，中间插入的佛理议论过多，削弱了诗的艺术感染力。

四 刘子翚：忧患情怀与深隽理趣

刘子翚（1101—1147），字彦冲，号病翁，崇安（今属福建）人。其父刘韐于汴京沦陷后使金营，金人欲诱以官，即饮酒自缢。子翚服除后，曾通判兴化军（治今福建莆田），后因衰病，辞归武夷山区的屏山下潭溪边，讲学论道以终，学者称屏山先生。他是著名的理学家，宋代最大的理学家朱熹是他的学生。又工诗文，与韩驹、吕本中、曾几等交游唱和。有《屏山集》20卷传世。

他写了不少感时忧国的诗篇。如著名的《汴京纪事二十首》，是他在宋室南渡以后感慨靖康之难、回思北宋覆亡之作，历来被称誉为诗史。方回说这组诗"不减唐人"（《瀛奎律髓》卷三二）。清翁方纲《石洲诗话》卷四评："刘屏山《汴京纪事》诸作，精妙非常。此与邓栟榈（邓肃）《花石纲》诗，皆有关一代事迹，非仅嘲评花月之作也。宋人七绝，自以此种为精诣。"他善于在写景咏物中寄托忧国情怀。例如《樱桃》诗云：

"只应壮士忧时泪，洒向枝头点点红。"思路新颖，联想自然。又如《北风》："雁起平沙晚角哀，北风回首恨难裁。淮山已隔胡尘断，汴水犹穿故苑来。紫色蛙声真倔强，翠华龙衮暂徘徊。庙堂此日无遗策，可是忧时独草莱。"在描画大自然中注入象征意蕴，沉郁浑厚，十分感人。他的许多山水纪行诗都渗透着对国事民瘼的忧患之情，如《泊舟》《途中》《出郊》《客路》等。请看《宿云际偶题》：

谷雨都无十日间，落红栖草已斑斑。晓烟未放屋头树，春涨欲浮天际山。翠盖紫风沉远坂，渔舟惊浪落前湾。钟声认得林边寺，岁岁篮舆独往还。

通篇写景，是一首意境浑整的山水诗。但山水景色充满了凄凉渺茫、惊惶不安的意态，显然是诗人忧虑时局情怀的外射。

作为一位理学家兼诗人，刘子翚还善于在山水景物的描写中表现出他对自然和人生精微的体验与哲理的领悟。例如：

聊为溪上游，一步一回顾。悠悠出山水，浩浩无停注。惟有旧溪声，万古流不去。

——《南溪》

快雨不相期，平湖忽萧飒。坐久日明檐，繁声静中灭。

——《清湖骤雨》

这两首诗不是着意表现山水自然之美，故而用传神的简笔来勾勒南溪和清湖骤雨。诗人旨在表达一个理学家格物的体悟。在山溪的形与声、湖上骤雨由喧闹到寂静的对比中，蕴含着深邃的哲理。刘子翚这类山水哲理诗能够把哲理融化在情景中，不枯燥，不腐酸，有理趣而无理障，因此耐人寻味。方回称赞这类诗"幽远淡泊，有无穷之味"（《读朱文公书刘屏山诗跋》），是确切的。

但《屏山集》中更多的山水诗，还是致力于对山水自然美的表现与欣赏。诗人的独到之处在于，他善于发现山水景物中那些优美动人或富于诗意的一瞬间情景，并通过深细的构思和明快的笔调生动地呈现出来。这一特色，集中反映在他的山水绝句小诗中。例如：

江上潮来浪薄天，隔江寒树晚生烟。北风三日无人渡，寂寞沙头一簇船。

——《江上》

天迥孤帆隐约归，茫茫残照欲沉西。寒鸦散乱知多少，飞向江头一树栖。

——《天迥》

细加品味，这些山水画面给人的美感是凄寒、冷寂、暗淡的，而不是温暖、光明、热闹和生机勃勃的。这正是南宋王朝如日薄西山、气息奄奄的时代氛围和诗人凄苦茫然的主观思想感情，在这些画面上涂抹上的悲凉色彩。

《宋诗钞》评刘子翚诗："五言幽淡卓炼，及陶、谢之胜，而无康乐繁缛细涩之态。"还是比较中肯的。刘子翚作诗力求独创，一再说"自成机杼谁如君"（《次韵茂园独速歌》），"文章固自有机杼"（《吴传朋游丝帖歌》）。他在北宋末、南宋初山水诗坛上虽非大家，却可称得上一位能"自成机杼"的诗人。

五 其他山水诗人

此外，这个时期山水诗较有成就的诗人还有：程俱（1078—1144），著有《北山小集》传世。他的山水诗学陶、韦、柳，追求一种高雅闲淡的境界，如《豁然阁》："云霞堕西山，飞帆拂天镜。谁开一窗明，纳此千顷静。寒蟾发淡白，一雨破孤迥。时邀竹林交，或尽剡溪兴。扁舟还北城，隐隐闻钟磬。"确有"萧散古淡，有忘言自足之趣"（《宋诗钞》）。刘一止（1078—1161），有《苕溪集》传世。他"为人冲淡寡欲，每言生平通塞于自然，唯机械不生"（曹庭栋《宋百家诗存》卷一六）。他的山水诗不事刻琢，寓意高远。吕本中、陈与义读之曰："语不自人间来也。"（曹庭栋《宋百家诗存》卷一六）其《访石林》诗云："山行不用瘦藤扶，度石穿云意自徐。夜过西岩投宿处，满身风露竹扶疏。"在写景中写人，格调清新，颇得自然之趣。张元幹（1091—1161），著名词人，兼擅诗文，有《芦川归来集》。他的山水诗最有名的是《登垂虹亭二首》："一别三吴地，重来二十年。疮痍兵火后，花石稻粱先。山暗松江雨，波吞震泽天。扁舟莫浪发，咬嚼正垂涎。""熠熠流萤火，垂垂饮倒虹。行云吞皎月，飞电扫长空。壮观江边雨，醒人水上风。须臾风雨过，万事笑谈中。"诗人借山水景物抒写抗金救国的必胜信念；采用双关隐喻手法，想象雄奇，气势豪壮，富于浪漫色彩。

值得注意的是，当时的抗金爱国名将宗泽（1059—1128）和岳飞（1103—1142），也写了一些同军旅生活紧密结合的山水绝句。宗泽的《早发》云："伞幄垂垂马踏沙，水长山远路多花。眼中形势胸中策，缓步徐行静不哗。"岳飞的《池州翠微亭》云："经年尘土满征衣，特特寻芳上翠微。好山好水看不足，马蹄催趁月明归。"表现出保卫美好江山而英勇奋战的高尚情操，都是历代传诵的佳作。

第五章　南宋中期：山水诗的再度繁荣

自隆兴元年（1163）宋孝宗即位至宁宗开禧三年（1207）韩侂胄用兵失利被杀的四十余年，是宋金处于对峙状态的时期。许多士子诗人的爱国热情火焰仍炽烈燃烧，到处奔走呼号抗击金兵，收复失地，却遭到把持朝政的妥协投降势力的排斥和迫害。这些诗人在高唱慷慨激昂的爱国战歌的同时，又经常咏叹复土无望报国无门的悲愤。爱国主题成为此期诗歌创作的主旋律。这个时期，由于政治的相对稳定和经济的繁荣，也促进了文化的高度发达，从而出现了宋诗史上的第二个艺术高峰。

这个艺术高峰的重要标志是中兴四大诗人的崛起。四大诗人所指最初不尽相同，以尤袤所称，则指范成大、杨万里、萧德藻、陆游；以杨万里所称，则指尤、萧、范、陆。但尤、萧诗集不久即散佚未传，从后人搜辑的少量作品看，实难与陆、范、杨相颉颃。而生活于这一时期的理学家朱熹，在著书立说之余，亦致力于诗创作，与北宋理学家邵雍、程颢等人的诗作遥相呼应，成为理学诗派的集大成者。此外，这时期还有浪迹江湖而成为江湖诗派先辈的著名诗人姜夔。

这个时期的山水诗创作，也呈现出风格各异的繁荣局面。陆游于乾道六年（1170）年被起用为夔州通判，后又亲临南郑前线，他在八年的蜀州生活中创作了许多借雄伟山川景色抒发爱国激情的光辉诗篇。范成大曾出使金国、任四川制置使，杨万里曾任伴金使，他们也都写了许多渗透了感时忧国之情的山川行旅诗。这三位大诗人提高了山水诗的思想艺术境界，对南宋后期的山水诗创作影响很大。此外，他们还写了不少旨在表现自然山水之美或把山水与田园融合起来描绘的诗篇。

值得注意的是，陆、范、杨三人都是从学习江西诗派入手，逐渐摆脱了江西诗派的影响，面向广阔的社会生活，最后形成了独创的风格。他们都强调诗歌应当师法自然。陆游说："诗思出门何处无？"(《病中绝句》)"村村皆画本，处处有诗材。"(《舟中作》)"君诗妙处吾能识，正在山程水驿中。"(《题萧彦毓诗卷后》)杨万里也说："万象毕来，献余诗材。"(《荆溪集序》)"春花秋月冬冰雪，不听陈言只听天。"(《读张文潜诗》)"闭门觅句非诗法，只是征行自有诗。"(《下横山滩头望金华山》)朱熹也强调："觅句休教长闭户，出门聊得试扶筇。"(《又和秀野》其一)这些提倡师法自然向气象万千的大自然汲取灵感与素材的诗歌创作主张，不仅使他们写出了大量生动活泼、情景交融的山水佳作，而且使当时和后来的南宋诗坛摆脱了江西诗派末流从书本上讨生活的不良创作倾向，指引山水诗创作走向健康发展的道路。

第一节　陆游：山水诗唱出时代最强音

一　时代风云与江山之助

陆游（1125—1210），字务观，号放翁，越州山阴（今浙江绍兴）人。山阴的风景十分秀丽，那里"千岩竞秀，万壑争流，草木蒙笼其上，若云兴霞蔚"(《世说新语·言语》)，境内又有禹迹寺、兰亭、镜湖等众多名胜古迹，这使陆游从小就受到山水自然美的熏陶。他生当北宋灭亡之际，亲历了丧乱之痛，又从父亲及朋友那里接受了爱国主义的教育。因此，他从小立下壮志，要奔赴前线杀敌，决不让侵略者践踏祖国的锦绣河山。绍兴二十四年（1154）他应进士试，为秦桧所黜。宋孝宗即位，赐进士出身，历镇江、隆兴通判。他曾提出过许多抗敌复国的军事策略和政治措施，但由于张浚北伐失利，统治集团又走上了屈膝求和的老路。隆兴和议之后不久，他被诬以"交结台谏，鼓唱是非，历说张浚用兵"(《宋史》本传)，罢官回乡，闲居了四年多。

乾道六年（1170），陆游四十六岁，出任夔州通判。他沿着长江西上，经过今江苏、安徽、江西、湖北、湖南，穿过三峡到了四川。一路上饱览大江两岸雄丽的山川景色，凭吊屈原、李白、杜甫等诗人的遗迹，考察各地的风俗民情。壮丽河山开拓了他的眼界和心胸，提高了他的诗文创作水平。正如他自己所说："西行万里亦为何，欲就骚人乞弃遗。"(《巴东遇小雨》)"道路半年行不到，江山万里看无穷。"(《水亭有怀》)在这次壮游之中，写了许多描绘沿途山水景色抒发失意悲愤感情的诗篇，形成了自己的诗歌风格。

乾道八年（1172）二月，陆游应四川宣抚使王炎之邀，前往抗敌前线南郑任王炎的幕僚，协助管理军务。他从夔州赴南郑途中，游览了梁山，经广元、南充、鼓楼铺和诸葛亮北伐时候驻营的筹笔驿，最后到达南郑前线。从此，他的生活开辟了一个崭新的天地。他常身着戎装，驱马各处视察军情，到过附近的定军山、金牛驿、韩信坛、武侯祠、老君祠等名胜古迹，还到达大散关、仙人关、飞石铺、桔柏渡等古来兵家必争的雄关险隘。关中的山水风光和前线艰苦紧张的军旅生活，激发了他的创作热情，也丰富了他的诗歌内容。他写了不少描写关中和大散关一带的风光的诗，诗中洋溢着乐观昂扬的情调。

在南郑不到一年，王炎被调离川陕，幕府解散，陆游也被调任成都府安抚司参议官。乾道八年（1172）十一月，陆游骑着毛驴经过剑门返回四川，一路上吟唱壮志难酬的悲歌。他回四川后，先后在蜀州、嘉州、荣州代理地方官。在此期间，他借山水排遣精神苦闷，游览过西林院、修觉寺、化成院、凌云山、青城山、离堆、灌口庙等山水名胜。淳熙二年（1175），范成大任四川制置使，招陆游担任参议官，于是他又到了成都。他们原是诗友，又同有恢复中原、为国雪耻的大志，此次在成都聚会，主宾唱酬，甚为欢快。但陆游仍为恢复中原的抱负不能实现而忧痛。为了排遣苦闷，他出入酒肆歌楼，遍游锦城和附近各县的山水名胜，豪放不羁、不拘礼法，被同僚讥为颓放，于是索性自号为"放翁"。将近八年的蜀中和南郑生活，是陆游一生中创作力最旺盛、创作成就最高的时期。为了纪念这段难忘的生活，他把平生的诗文集分别命名为《剑南诗稿》和《渭南文集》。

淳熙五年（1178），陆游奉诏出川，东归江南，到临安（杭州）去见皇帝。他一生中几度出入临安，十分喜爱那里孤山西湖的旖旎风光，并在诗中再现了它们美丽的姿影。在其后的十多年中，他在福建、江西和浙江等地担任着不能施展自己理想抱负的地方官。孝宗传位于光宗时，他被任为朝议大夫、礼部郎中兼实录院检讨官。由于他一贯坚持抗金复土的主张，再度为执政者所黜。

从绍熙元年（1190）陆游六十六岁以后，直到嘉定二年十二月（1210年1月）去世的二十年间，诗人都是在故乡山阴度过的。他住在离山阴县城九里地的三山，面对着波光粼粼的镜湖。诗人生活穷困心境却闲适宁静。他时常留连山水，或泛若耶溪，或游云门寺，或漫步于乡村小巷。他自己也参与农事，如栽桑、植花、养蚕、种菜、酿酒、做酱等，还给农民们看病送药，有时与田父野叟们一起聚餐。农民生活和乡村风光成了他晚年诗歌的主要内容，有大量的田园闲适诗，也有不少山水诗篇。

陆游早年师从曾几，受到曾几的爱国思想影响，还经过曾几的传授，接受了吕本中的"活法"论。这就是他后来所说的"我得茶山一转语，文章切忌参死句"（《赠应秀才》）。特别是吕本中"活法"论中强调"悟入""涵养吾气""规矩备具而能出规矩之外"等主张对他的影响较深。但入蜀以后的壮游和南郑的军旅生活，使他一扫江西诗风的羁束，对于"活法"论也有了深刻独到的理解。这是他真正体会到"诗家三昧"乃在于"诗外"的真谛。他在《示子遹》诗中说："我初学诗日，但欲工藻绘。中年始少悟，渐若窥宏大。""汝果欲学诗，功夫在诗外。"在《九月一日夜读诗稿有感走笔作歌》中又说："我昔学诗未有得，残余未免从人乞。力孱气馁心自知，妄取虚名有惭色。四十从戎驻南郑，酣宴军中夜连日。打球筑场一千步，阅马列厩三万匹。华灯纵博声满楼，宝钗艳舞光照席。琵琶弦急冰雹乱，羯鼓手匀风雨疾。诗家三昧忽见前，屈贾在眼元历历。天机云锦用在我，剪裁妙处非刀尺。世间才杰固不乏，秋毫未合天地隔。放翁老死何足论，广陵散绝还堪惜。"显然，陆游已认识到诗家三昧来自丰富的生活，从而揭示了诗歌创作的真正源泉。这是他对"活法""悟入"说的"穷源"之悟。陆游精辟地提出了"诗在生活"这一重要命题，克服了江西诗派源流不分或重流轻源的弊病。他在《感兴》诗中写道："吾尝考在昔，颇见造物情。离堆太史公，青莲老先生，悲鸣伏枥骥，蹭蹬失水鲸。饱以五车读，劳以万里行。险艰外备尝，愤郁中不平。山川与风俗，杂错而交并。"以司马迁、李白为例，说明他们在创作中取得辉煌成就的主要原因，是他们身行万里、备尝艰辛，对大自然和社会生活有丰富深刻的体验。为此，陆游一再指出，只要走出书斋，接触美妙的大自然和广阔的社会生活，就能获得取之不尽、用之不竭的创作源泉。他说："大抵此业在道途则愈工……愿舟楫鞍马间加意勿辍，他日绝尘迈往之作必得之此时为多。"（《与杜思恭手札》，《广西通志》卷二二四）又在诗中说："我生学语即耽书，万卷纵横眼欲枯。莫道终身作鱼蠹，尔来书外有功夫。"（《解嘲》）"纸上得来终觉浅，绝知此事要躬行。"（《冬夜读书示子遹》）"村村皆画本，处处有诗材。"（《舟中作》）"法不孤生自古同，痴人乃欲镂虚空。君诗妙处吾能识，正在山程水驿中。"（《题萧彦毓诗后》）陆游时时刻刻注意从大自然和社会生活中汲取创作的灵感与素材。他有一次乘舟江行，"舟败几溺"，朋友担心他的安全，他回信却说："平生未行江也，葭苇之苍茫，凫雁之出没，风月之清绝，山水之夷旷，畴昔皆寓于诗而未尽其仿佛者，今幸遭之。必毋为我戚戚也。"（韩元吉《送陆务观序》引）在危险时刻，他所关注的仍是更深入地体会自然山水的奥秘。

在诗源于生活的基础上，陆游又提出重感情、重人品、重气节等一系列有关诗人的道德品质和精神状态的主张。他曾说："人之情，悲愤积于中而无言，始发为诗；不然，无诗矣。"（《澹斋居士诗序》）认为有了愤世嫉邪之气才能写出好诗来，又说："诗岂易言哉！才得之天，而气者我之所自养。有才矣，气不足以御之，淫于富贵，移于贫贱，得不偿失，荣不盖愧。诗由此出，而欲追古人之逸驾，讵可得哉！"（《方德亨诗集序》）进一步阐明了孟子"养吾浩然之气"的传统论点和德才兼备的重要性。这些诗论，是他从创作实践中总结出的经验之谈，至今仍有启迪意义。

陆游是一位非常勤奋的诗人，自言"六十年间万首诗"（《小饮梅花下作》），这在中外古今的诗史上都是少有的记录。现存《剑南诗稿》85卷，尚存9300多首。

二　悲壮情怀与雄阔气象

陆游生活在一个国家和民族蒙受苦难与耻辱的时代，也是一个爱国精神高涨的时代。爱国精神贯穿陆游的一生，反映在他平时生活中的各个方面，甚至梦中也念念不忘，从而成为他诗歌的重大主题和题材。爱国精神在他的诗歌中表现得如此全面、广阔、强烈、深刻，这是同时代其他诗人不可企及的。特别是他那些具有"拥马横戈""气吞残虏"英雄气概的作品，更是独开生面。陆游诗歌的爱国精神也表现在他的山水诗中。他用山水诗驱驾时代风雷，唱出了当时抗战救国的最强音。请看：

　　白盐赤甲天下雄，拔地突兀摩苍穹。凛然猛士抚长剑，空有豪健无雍容。不令气象少渟潴，常恨天地无全功。今朝忽悟始叹息，妙处元在烟雨中。太阴杀气横惨淡，元化变态含空濛。正如奇材遇事见，平日乃与常人同。安得朱楼高百尺，看此疾雨吹横风。

　　　　　　　　——《风雨中望峡口诸山奇甚戏作短歌》

在陆游的笔下，白盐、赤甲二山就像威武的猛士抚剑雄踞，蓄机待发。"今朝"两句以下，他又进一步描绘它们在风雨中恰如猛士挥戈上阵，于杀气惨淡之中迎战横风疾雨。联系诗人"铁马秋风大散关"（《书愤》）的从军经历和"思为君王扫河洛"（《弋阳道中遇大雪》）的杀敌壮志，不难看出，陆游以猛士形容白盐、赤甲，正是要借此抒发他渴望投入战斗扫荡强敌的豪情胜概。诗中"正如奇材"两句，揭示人的超绝才能和品质的发挥有赖于特定环境和机遇的哲理，既有普遍性，也有特指性。其所特指的含义，就是说只有在艰苦卓绝的卫国战争大熔炉中，才能使平凡的人显示出英雄本色。诗人以拟人化手法创造出雄拔威武的奇峰意象，洋溢豪情，励人奋发，又蕴含哲理，发人深思。这样的诗在山水诗史上是不多见的。我们再看五律《剑门关》：

> 剑门天设险，北向控函秦。客主固殊势，存亡终在人。栈云寒欲雨，关柳暗知春。羁客垂垂老，凭高一怆神。

这首诗是乾道八年（1172）十一月诗人赴任成都途中路过剑门关时写的。首联写剑门关北控函秦的天险形势，然而当时函秦却已被金人占领。诗人的悲愤不平流露在字里行间。颔联是诗人对当时战争形势的议论。面对敌人的强大攻势，诗人坚信国家的存亡最终取决于人的战斗精神。诗人坚信全民族团结必胜。十个字言简意赅，高唱入云。颈联结合时令，写岁暮剑门关景色，又同上二联紧密勾连，借栈云寒雨，暗喻客主殊势的险恶状况；又以柳暗知春，展望严冬过后春天将到，同"存亡终在人"呼应，与他的名句"柳暗花明又一村"（《游山西村》）异曲同工。尾联抒写自己年过半百而报国无门的悲怆。全篇把山水形势、时令景物的描写同国家、民族、个人命运紧密联系在一起，意境沉雄悲壮，笔墨精练含蓄。是一首渗透了丰富复杂的爱国感情的山水诗。

我们再看淳熙五年（1178）二月诗人奉召自成都东归江行途中写的几首山水诗。先看《南定楼遇急雨》：

> 行遍梁州到益州，今年又作度泸游。江山重复争供眼，风雨纵横乱入楼。人语朱离逢峒獠，棹歌欸乃下吴舟。天涯住稳归心懒，登览茫然却欲愁。

诗人以纵横驰突、跌宕飘忽的笔触,描绘登泸州南定楼所见重复江山、纵横风雨和烟波浩渺的归途,也表现他所听到的异地语音与欸乃棹歌。借助这些景物环境的衬托,把异乡风物之美和客游怀土之情的不调和、为国建功壮志和无路请缨境遇的矛盾表现出来,使我们看到了诗人在风雨楼头四顾茫茫、中心凄迷的形象。全篇句句转、笔笔奇,颔联写江山风雨瞬息万变的情状,尤有壮阔的气势。再看诗人东下到瞿塘峡时写的《醉中下瞿塘峡中流观石壁飞泉》:

吾舟十丈如青蛟,乘风翔舞从天下。江流触地白盐动,滟滪浮波真一马。主人满酌白玉杯,旗下画鼓如春雷。回头已失瀼西市,奇哉,一削千仞之苍崖!苍崖中裂银河飞,空里万斛倾珠玑。醉面正须迎乱点,京尘未许化征衣。

诗一开篇,诗人所乘的十丈巨舟就宛若一条青色蛟龙从天而降,乘风翔舞,破浪飞行。继而江流奔腾汹涌,使峡口的巨礁滟滪堆变成一匹时浮时沉的骏马。在主人捧杯劝饮的瞬间,涛声与鼓声响成一片,如同春雷隆隆,滚西市已一闪而过。迎面扑来的,是刀削斧劈般的千仞苍崖。忽见苍崖从中裂开,那石壁飞泉有如九天银河飞泻而下,半空中水沫如万斛明珠迸溅。诗中山水全从醉酒中的幻觉写出,想象瑰奇,妙喻连篇,笔挟风雷,气势飞动。正是诗人豪放不羁的性格与峡中山水景物的强烈共鸣,才产生了这首充满奇情壮采的山水醉歌。诗的尾联,诗人写他伸展双臂,任由清凉水珠冲洗醉面与风尘仆仆的征衣,读者清晰地看到了他那颗思绪纷乱的心,感受到他不愿意离开抗金前线又不得不离开的悲愤,以及他对恢复大业由追求到失望的哀痛。

这年五月初,诗人到达归州(秭归),又写了一首七绝《楚城》:

江上荒城猿鸟悲,隔江便是屈原祠。一千五百年前事,只有滩声似旧时。

诗仅四句,却简练地勾画出荒芜楚城、悲啼猿鸟、流怨江水、吐恨滩声。诗人抚今思昔、吊古伤今的无限情意,都蕴蓄于慨叹和停顿之中。那流经楚城与屈原祠之间、阅尽楚国兴亡和人世巨变的滩声,仍像一千五百年前那样"常如暴风雨至"(《入蜀记》)地轰鸣不息,使读者和诗人一起感觉到,这滩声既是为屈原倾吐怨愤,也在为与屈原有类似遭遇的南宋爱国志士宣泄悲恨!一首短小的山水绝句,展现出如此广阔悠久的时空境界,开拓出如此丰富的时代内容,倾吐着诗人如此深沉的内心情意,而又举重若轻、浑然无迹,我们自然联想到被誉为杜甫七绝的压卷之作的那首《江南逢李龟年》来,都是具有惊人艺术概括力的杰作。

淳熙五年(1178)秋天,陆游到达了夷陵(今湖北宜昌)。当舟发夷陵时,他又写下一首七律《初发夷陵》:

> 雷动江边鼓吹雄,百滩过尽失途穷。山平水远苍茫外,地辟天开指顾中。俊鹘横飞遥掠岸,大鱼腾出欲凌空。今朝喜处君知否,三丈黄旗舞便风。

前两联描绘夷陵江面山平水远的开阔景象,表现诗人闯过三峡险滩激流后豁然开朗的感受。颈联写雄鹰横飞、大鱼腾跃奇景,生气勃勃,情趣横生。尾联写他喜见船上黄旗迎风飘舞,形象地表达出他希望在战旗下驰骋疆场、为国杀敌的情怀。全篇壮景与豪情相生相激,笔飞墨舞,节奏急促,令人读来气壮神旺。

以上所举的数首山水诗,都写于诗人入蜀和出蜀期间,有五律、七古、七律、七绝,可见其时诗人的创作已达到成熟的境地,能够得心应手地运用各种诗体,在描写山画水中畅抒爱国情怀。诗中所抒发的爱国思想感情,尽管是渗透在山水境界中,并未直接倾吐,但仍然强烈、深厚、撼人心弦。其中,有建立奇功的宏伟抱负,有抗战必胜的坚定信念,有对重返前线的热切希望,也有吊古伤今的深沉叹息,以及壮志难酬、英雄迟暮的悲愤。在南宋的诗人中,谁也比不上陆游,能在山水诗中把爱国感情表现得具有如此丰富的色调,如此深沉郁勃,同时把作为杰出爱国志士的抒情主人公形象塑造得如此鲜明突出、高大壮美!

从艺术角度观察陆游的这一类抒发爱国情怀的山水诗,不难发现它们在创作方法上兼具长期以来就并存于古代文学中的类似于现实主义和浪漫主义的传统。一部分作品,如《风雨中望峡口诸山奇甚戏作短歌》《醉中下瞿塘峡中流观石》《初发夷陵》等,尽管豪放恣肆不如李白,却分明具有李白诗歌豪逸瑰奇的浪漫色彩。诗中表现的,多为崇山峻岭、怒涛狂潮、暴风骤雨、峭壁飞泉、俊鹘大鱼等雄阔、奇兀、险恶、飞动的山水景物，诗人又驰骋美丽的想象、神奇的幻想，运用拟人化、极度夸张、大幅度跳跃以及高度概括等艺术手法恣意渲染，使其更耸动耳目、惊心动魄，从而借以抒发如火如荼、如潮似浪的爱国激情。这一类诗，无论是古体还是律诗，运笔纵横飞动，有如山间云雨、大江波澜，变幻奇绝。而另一类诗，如《剑门关》《楚城》，沉郁顿挫不如杜甫，却具有杜诗沉实浑厚的特色。这类诗写山水景物多为夕阳衰草、暮色晚潮、孤灯寒雨、断雁啼鸦、荒城哀猿等，诗人又多用细致的或粗略的白描手法刻画点染，使这些意象气氛沉重压抑，借以抒写自我壮志难酬、岁月蹉跎的寂寞孤独、悲愤感怆，显示出写实的风格。

但陆游并非对李白和杜甫诗作简单的继承和摹仿。他在诗中注入鲜明时代和自我个性特色，并在一些诗中把李白的浪漫奔放和杜甫的沉郁浑厚熔于一炉。例如《南定楼遇急雨》《泊公安县》等诗，深沉郁结的感情却借雄放变幻的笔势表现出来，就兼具李、杜之风。而《六月十四日宿东林寺》《度浮桥至南台》等篇，豪俊奔放又流丽自然，可谓既似太白，又似东坡，更显出放翁的气象。我们再看七绝《秋夜将晓出篱门迎凉有感二首》之一：

三万里河东入海，五千仞岳上摩天。遗民泪尽胡尘里，南望王师又一年。

起首二句，诗人大笔如椽，饱蘸激情，勾勒出黄河与华山的形象，气势恢宏，境象高壮，把它们作为祖国大好河山的代表和中华民族的象征。显然，这种大胆想象、极大夸张和高度概括的艺术手法，正是李白经常运用的。后二句转入对遗民苦盼王师却年年失望的情状与痛苦心理的抒写，苍凉悲愤，勃郁不平，又是运用杜甫式的写实手法。全篇前后二层转折跌宕，又以内在的炽热感情贯注一气，意境雄浑伟丽、深沉悲壮，正是有机地融合李、杜风格的杰作。

三　笔墨工细，圆匀熨帖

钱锺书先生在《宋诗选注》中指出：陆游的作品"主要有两个方面：一方面是悲愤激昂，要为国家报仇雪耻，恢复丧失的疆土，解放沦陷的人民;一方面是闲适细腻,咀嚼出日常生活的深永的滋味,熨帖出当前景物的曲折的情状"。这第二方面的作品,在《剑南诗稿》中占的比例更多,而且绝大多数写于晚年闲居山阴期间,其中就有不少带有浓郁的乡村田园风味的山水诗。

陆游作于乾道三年(1167)归居镜湖三山期间的七律名篇《游山西村》,从全篇看应属田园诗。但其中"山重水复疑无路,柳暗花明又一村"一联,以"山重水复""柳暗花明"八字再现浙东丘陵、水网、平原交叉地区春天的特有景色,多么熨帖、生动!而诗人"在描写一路经行的客观景物中,突出'疑无路'、'又一村'的主观感觉,使叙述曲折,有阶段、多层次,包含着进入不断变换新境界的意思和有时遇塞而通、豁然开朗的喜悦"。因此,这一联"不独善状难写之景,色彩明丽,句法流走生动"[①],而且把景趣、情趣与理趣自然熔铸于一炉,成为脍炙人口的名句。钱锺书先生在《宋诗选注》中还用比较方法分析说:"这种景象前人也描摹过,例如王维《蓝田山石门精舍》:'遥看云木秀,初疑路不同;安知清流转,忽与前山通';柳宗元《袁家渴记》:'舟行若穷,忽又无际';卢纶《送吉中孚归楚州》:'暗入无路中,心知有花处';耿沣:'花落寻无径,鸡鸣觉有村';周晖《清波杂志》卷中载强彦文诗:'远山初见疑无路,曲折徐行渐有村';还有前面选的王安石《江上》。不过要到陆游这一联才把它写得'题无剩义'。"这是足以见出陆游写山水善于"熨帖出当前景物的曲折的情状"的典型例子。

陆游擅长七律。他的七律山水诗充满了这类状景细致生动、曲折又熨帖的佳句,例如:"瓦屋螺青披雾出,锦江鸭绿抱山来。"(《快晴》)"山从飞鸟行边出,天向平芜尽处低。"(《游修觉寺》)"鹊声不断朝阳出,旗角微舒宿雨干。"(《初发荆州》)"船窗帘卷萤火闹,沙渚露下蘋花开。"(《泊公安县》)"水落痕留红蓼节,雨来声满绿蒲丛。"(《沂溪》)"墟烟寂历归村路,山色苍寒酿雪天。"(《题斋壁》)"萦回水抱中和气,平远山如酝藉人。"(《登拟岘台》)"日斜野渡放船小,风急渔村摊网腥。"(《送客城西》)"风翻半蒲乱荷背,雨放一林新笋梢。"(《题斋壁》)"蜂脾蜜满花初过,燕嘴泥新雨未干。"(《倚栏》)"傍水无家无好竹,卷帘是处是青山。"(《故山》)"蚕如黑蚁桑生后,秧似青针水满时。"(《东关》)"云

---

① 吴熊和等:《唐宋诗词探胜》,浙江人民出版社1981年版,第337页。

归时带雨数点，木落又添山一峰。"（《晚眺》）"水满有时观下鹭，草深无处不鸣蛙。"（《幽居初夏》）"烟树参差墨浓淡，风鸦零乱字横斜。"（《舍北行饭书触目》）"归鸟已从烟际没，断虹犹在柳梢明。"（《晚至新塘》）"绿叶忽低知鸟立，青萍微动觉鱼行。"（《初夏闲步村落间》）这些描写山水自然景物的诗句，或白描，或彩绘，或比喻，或拟人，手法多样，无不感受细腻，表现生动雅致、曲折传神。值得注意的是，这些景句绝大多数是对仗句，既工整精致，又流利奇健；既能出人意表，又绝无生涩造作之感。真是随心所欲，触处生春，万象毕来，跃然纸上。刘克庄《后村诗话》称："古人好对偶被放翁用尽。"沈德潜《说诗晬语》云："放翁七律对仗工整，使事熨帖，当时无比埒。"赵翼《瓯北诗话》说："放翁以律诗见长，名章俊句，层见迭出，令人应接不暇。使事必切，属对必工，无意不搜而不落纤巧，无语不新而不事涂泽，实古来诗家所未见也。"这些评论都一致赞赏陆游善于运用对仗写景之妙。

陆游的山水诗不仅七律出色，七绝也多在意象营构和意境创造非常精彩的佳作，例如：

  烟雨千峰拥髻鬟，忽看青嶂白云间。卷藏破墨营丘笔，却展将军著色山。

——《雨中山行至松风亭忽澄霁》

写由雨到晴的山景，想象奇丽，设色鲜艳，又由实入虚，既以唐代著名画家李思训的金碧山水摹状，又用李成的水墨山水反衬，比喻新颖而熨帖。又如：

  舟中一雨扫飞蝇，半脱纶巾卧翠藤。清梦初回窗日晚，数声柔橹下巴陵。

——《小雨极凉舟中熟睡至夕》

写雨后新凉舟中酣睡情景，用斜日照窗、橹声轻柔衬托，对舟外山水不著一字，而出峡后大江空阔、水平风软的景象和诗人舒畅开朗的神情心态却从言外显出，可谓情景交融的妙笔。诗的意境恬静优美，饶有意趣，尤具唐人风韵。再看《过灵石三峰二首》其一：

奇峰迎马骇衰翁，蜀岭吴山一洗空。拔地青苍五千仞，劳渠蟠屈小诗中。

前三句壮语写景，扬山抑己，令人心惊神骇。末句却骤然收缩，用赏画的方式将奇峰"缩入"诗中，又以"劳渠蟠屈"的幽默语气揶揄，情趣横生。此诗不仅构思奇特，也显出诗人胸怀开阔、气度恢宏。

陆游善于通过炼字即锤炼诗眼来为自然山水景物写照传神。例如《初夏行平水道中》：

老去人间乐事稀，一年容易又春归。市桥压担莼丝滑，村店堆盘豆荚肥。傍水风林莺语语，满园烟草蝶飞飞。郊行已觉侵微暑，小立桐阴换夹衣。

又如《西村》：

乱山深处小桃源，往岁求浆忆叩门。高柳簇桥初转马，数家临水自成村。茂林风送幽禽语，坏壁苔侵醉墨痕。一首清诗记今昔，细云新月耿黄昏。

二诗中"压""滑""堆""肥""簇""转""送""侵"等字，都锤炼得生动精警、融情传神，却又自然、熨帖，不见着意刻琢之痕迹。又如前人所指出的，陆游"善用'痕'字：如'窗痕月过西'、'水面痕生验雨来'之类，皆精练所不能到也。"（翁方纲《石洲诗话》）又"善用'阴'字，……如'乞惜春阴护海棠'，'正怯却要日微阴'，'月过花阴故故迟'，'春在轻阴薄霭中'，无不入妙。"（韩泰华《无事为福斋随笔》）

陆游的诗歌包括山水诗"裁制既富，变境亦多"（姚鼐《今体诗钞·序目》），原因在于他能广泛师法前人，兼容并包各种风格，并经过熔铸后自成一家之风。他对《诗经》、屈原、陶渊明、王维、岑参、李白、白居易、梅尧臣、苏轼、王安石、黄庭坚以及同时代的吕本中、曾几、陈与义等诗人都十分推崇，并广泛地向他们学习，兼采他们的不同表现手法和艺术风格。他的五律、七律山水诗濡染中晚唐诗人赵嘏、许浑、贾岛、姚合的风格也很深。总体来看，他抒发爱国激情的山水诗气势奔放、骨力遒劲、境界壮阔、风格雄浑,受屈原、李白、岑参、杜甫的影响最为明显。而他晚年那些以自然平淡为基本风格的山水诗,则更多地吸收了陶渊明的淳朴、王维的静穆、白居易的清畅、梅尧臣的古淡、苏轼的风趣以及曾几、吕本中的圆美流转,从而营构出既优美纯净,又富有生活气息;既清新自然,又热烈活泼的深永秀逸的意境,使人在品味和涵泳中充分地感受到诗人丰富的人生情趣与审美兴趣。陆游借以写景抒情的语言,达到了温润圆熟、清腴隽永而又简朴自然的境地。陆游不愧是宋代山水诗上继苏轼以后的又一位大家。

陆游的诗歌包括山水诗也有明显的缺点。由于他写得太多太快,不免造成粗率与自相蹈袭。清人朱彝尊说他"句法稠叠,读之终卷,令人生憎"(《书剑南集后》)。钱锺书先生说他"似先组织对仗,然后拆补全篇,遂失检点","多文为富,而意境实鲜变化。古来大家,心思句法,复出重见,无如渠之多者"(《谈艺录》)。

第二节 范成大:山水诗与田园诗的融合

一 生平行踪与山水田园之缘

范成大(1126—1193),字致能,号石湖居士,平江府(今江苏苏州)人。他出生在汴京沦陷那一年。四岁时,金兵渡江,苏州一带也遭到焚掠。十四五岁时,父母先后逝世,家境艰困,他便负起抚养四个幼小弟妹的责任。国忧家难,集于一身,对他的思想性格和诗歌创作有直接的影响。绍兴二十四年(1154)他才参加科举,考中进士,出任徽州(今安徽歙县)司户参军。从京城临安经过建康到达徽州,行旅开拓了他的眼界,丰富了他的生活。他在任职期间有很多机会接触到下层人民。这一时期,他写了不少有关山川行旅、风土名胜的作品。绍兴三十一年(1161)冬,他回临安做京官,由圣政所检讨官历枢密院编修、著作佐郎、礼部员外郎、起居舍人等职。乾道六年(1170)奉命赴使金国,坚贞不屈,不辱使命,全节而归,名震海内,升为中书舍人。以后他又历任广西经略安抚使知静江府(今广西桂林)、四川制置使知成都府、沿海制置使知明州府(今浙江宁波)、建康知府兼行宫留守等职,实际上走遍了南宋疆域的四极之地。这一时期,他的诗歌作品产量最多,而以山川行旅诗为主。淳熙九年(1182)秋,他自请放归乡里,在苏州灵岩山南的石湖别墅过了十年的田园生活，直到病逝。有《石湖居士诗集》33卷存世。

范成大晚年归居石湖时写了著名的《四时田园杂兴》60首和《腊月村田乐府》10首等诗，创造性地把中唐及北宋以来表现农民真实生活的新乐府诗的精神移植到传统的田园诗中，将歌咏田园与表现民生结合起来，全面而深刻地描写了农家生活的景物、岁时、风俗、劳作、欢乐、苦难、窘迫、奋斗等各种内容，从而获得田园诗人的称号。但他写得最多的山川行旅诗却被田园诗人的称誉所掩盖，以致历代诗评家未能给予足够的重视。实际上，他是南宋的一位山水诗大家。他的山川行旅诗数量很多，题材广泛，思想内容充实，在艺术上也颇有成就。

二 忧国忧民的山川纪行诗

范成大的山川行旅诗中渗透了忧国忧民的思想感情。他在青年时期创作的一些描写山水景物的绝句中，就善于运用比兴寄托、借古鉴今、暗讽冷刺等艺术手法，讽刺南宋君臣苟且偷安，抒发伤时忧国的悲愤。例如《秋日二绝》其一云："碧芦青柳不宜霜，染作沧洲一带黄。莫把江山夸北客，冷云寒水更荒凉。"描写江南秋景到处是冷云寒雨、衰柳残芦，比北方更显得荒凉萧索。言内意是说这样的景色不宜再向"北客"夸耀；言外意则是讽刺南宋君臣在这残山剩水中苟且偷安，忘记国耻。讽刺幽深冷峭。又如初游杭州时写的《浙江小矶春日》："客里无人共一杯，故园桃李为谁开？春潮不管天涯恨，更卷西兴暮雨来。"写他在江边眺望，钱塘春潮挟着西兴的暮雨向小矶飞洒而来。西兴，在浙江萧山区西北十余里，临浙江，春秋时越国范蠡筑城固守之地，当时名"固陵"。越王勾践将入吴为臣囚，国人饯送于此，感慨流涕，使诸臣各论事，忍辱以复仇之志乃决。向为军事要地，公私商旅必经之道。因此，诗中所抒之"天涯恨"，不仅是一般的乡思客愁，而更深地寄寓了诗人对时局的感讽。其弦外之音是：勾践西兴一别犹能发奋图强、雪耻复国；南宋小朝廷竟醉生梦死，无此作为。诗写山水，却含蕴深广。再如下面一首：

碧瓦楼前绣幕遮，赤栏桥外绿溪斜。无风杨柳漫天絮，不雨棠梨满地花。

——《碧瓦》

通篇写暮春之景，色彩绚烂，画面优美，乍看只是一首山水小诗。但诗人以"碧瓦"为题，连续展现碧瓦楼、绣幕、赤栏桥等意象，显然所写是富贵之家的苑囿。"遮"字意味深长，让读者想象绣幕后王侯贵族们纵情声色、寻欢作乐的景象。后两句展现坠绿残红、飞絮飘零之景，暗喻南宋小朝廷风雨飘摇、岌岌可危的局势。诗人哀伤愤惋之情即已流贯于字里行间。

绍兴二十三年（1153），范成大到金陵参加漕试，写下一组题咏金陵名胜的诗篇，更强烈地表现他的忧国忧民的情怀。其中《赏心亭再题》云：

天险东南重，兵雄百二尊。拂云千雉绕，截水万崖奔。赤日吴波动，苍烟楚树昏。向无形胜地，何以控乾坤。

此诗概括地描绘金陵城地扼南北宋金的险要地势，对赵构集团不在这里建都抗金复土表示不满。中两联的山水景物意象内涵深厚，诗境雄丽悲壮。

范成大在使金时所作的 72 首绝句，真实地记录了在沦陷区的所见所闻、所感所思，诗中哀痛中原惨遭蹂躏，同情沦陷区人民疾苦，谴责侵略，谴责投降。其中有一些借写山川景物抒情的，如：

太行东麓照邢州，万叠烟螺紫翠浮。谁解登临管风物，枯荷老柳替人愁。

——《邢台驿》

颓垣破屋古城边，客传萧寒爨不烟。明府牙绯危受杖，栾城风物一凄然。

——《栾城》

太行群峰如万叠烟螺、紫翠浮天，何等壮丽！但山下州城却是枯荷老柳、颓垣破屋。诗人强烈深沉的悲愤之情漫溢在这一幅幅荒凉萧瑟的风景画面之中。清人潘德舆《养一斋诗话》评这些绝句："沉痛不可多读，此则七绝至高之境，超大苏而配老杜者矣。"称誉不为过分。在同时代的作品中，只有陆游的《楚城》《秋夜将晓出篱门迎凉有感》和杨万里的《初入淮河

《四绝句》等作品可与之相比。总体来看，范成大以山川行旅为题材的爱国诗虽不如陆游那样内容广泛、感情激昂、气象雄浑，却同样有着撼人心弦的思想艺术力量。

范成大曾经根据他在赴桂、入蜀和自蜀沿江东归的途中见闻，写了《骖鸾录》《桂海虞衡志》《吴船录》三部笔记，采用日记体，真实地记录了所经历之地的风土人情、古迹名胜等，兼有历史、地理、风俗的文献价值和文学价值。他的山川行旅诗也与此相似，具有高度的纪实性。诗人每到一地，都把该处的山川名胜收摄入诗，其中许多诗都以山水及其景点的名称作题目，对其有着具体切实而又生动传神的描绘；他又往往把山水景物的描写，同对当地的民俗风情的表现相结合，这些山川行旅诗宛若一篇篇诗体的游记，令人读之宛如身临其地，能感受到诗人对民生疾苦的深切关怀，呼吸到浓郁的乡土生活气息。例如，他自桂入蜀途中，就写了一百多首诗，自题为《西征小集》，还请陆游写了序。这些诗按照其行踪，先后描写了甘棠驿、灵泉、严关、兴安乳洞、铧嘴、大通界首驿、罗江、珠塘、清湘驿、深溪铺、愚溪、潇湘、湘潭、长沙、赤沙湖、赣江亭、浯溪道、衡山、钓池口、澧浦、公安、渚宫、荆州、虎牙滩、峡州、桃花铺、覆盆铺、一百八盘、钻天三里、蛇倒退、大丫隘、麻线堆、胡孙愁、判命坡、千石岭、白狗峡、秭归县、昭君台、人鲊瓮等山水景色；从巫峡入蜀后，又先后写了《燕子坡》《鬼门关》《滟滪堆》《公安县》《万州》《峡石铺》《蟠龙岭》《金石岭》等诗。而诗人在离成都归京途中，又一一描绘了离堆、索桥、青城山、上清宫、新津道、眉州慈老岩、玻璃江、万景楼、凌云九顶等名胜古迹。这些诗大多以清新活泼或奇崛峭刻的语言，白描写实，在此基础上再加以诗意的想象和渲染，状景极其生动、详尽、准确、逼真。例如《白狗峡》一诗，题下自注：“陆路亦自峡上，过两岸有玉虚洞。”把所写景点名胜地理位置交代清楚。诗云：“江纹圆复破，树色昏还明。连滩竹节稠，汹怒奔夷陵。石矶铁色顽，相望如奸朋。踞岸意不佳，当流势尤狞。山回水若尽，但见青岭屏。惨惨疑鬼寰，幽幽无人声。颠沛安危机，艰难古今情。俯窥得目眩，却立恐神惊。白云冒岩扉，下维玉虚庭。神仙坐阅世，应笑行人行。”写得景真情真，绘声绘色。又如在《蛇倒退》诗中，既淋漓尽致地刻画了蛇倒退壁立险峻的景象，又表现了当地山民栖居茅舍、刀耕火种、常以掘野草根充饥的贫困生活。《大丫隘》一诗，既描写当地"峡行五程无聚落"的荒凉，又以"麦苗疏瘦豆苗稀，椒叶尖新柘叶薄。家家妇女布缠头,背负小儿领垂瘿。山深生理却不乏,人有银钗一双插"等诗句,生动地呈示当地人民的生活与习俗。《将至叙州》既勾画"乱山满平野,涨水豪大川。仄径无辙迹,疏林有炊烟"的如画景色,又再现"山农旦烧畲,蛮贾暑荷毡。穷乡足荒怪,打鼓催我船"的奇风异俗。《恭州夜泊》云:"荜山硗确强田畴,村落熙然粟豆秋。翠竹江村非锦里,青溪夜月已渝州。小楼高下依盘石,弱缆西东战急流。入峡初程风物异,布裙跣妇总垂瘿。"把江村风光和民俗风情交织成一幅新奇动人的图画。长期担任边州刺史、一贯关怀民生疾苦的范成大养成了注意考察各地民生民情风俗的习惯,并把它们与山水风景的表现结合起来。这一特点,是苏轼的一部分山川行旅诗的继承和发展,取得了更显著的成就。

三 清新妩丽与奔逸俊伟兼胜

范成大作为山水诗的大家和田园诗的集大成者,在创作中往往把山水诗和田园诗合为一体。请看他的两首山水诗:

> 困倚船窗看斗斜,起来风露满天涯。亭亭宿鹭明菰叶,闪闪凉萤入稻花。月下片云应夜雨,山根炬火忽人家。江湖处处无穷景,半世红尘老岁华。
>
> ——《七月二日上沙夜泛》
>
> 晓雾朝暾绀碧烘,横塘西岸越城东。行人半出稻花上,宿鹭孤明菱叶中。信脚自能知旧路,惊心时复认邻翁。当时手种斜桥柳,无数鸣蜩翠扫空。
>
> ——《初归石湖》

这两首诗分别描写诗人泛舟江上看月夜景色和初归石湖观横塘晨景。进入画面的除了山水、宿鹭、凉萤、鸣蜩外,还有稻花、菱菰、村家,使山野风光弥漫着田园气息。而在晚年所作的60首《四时田园杂兴》中,也有少数描写苏州郊外山水景色的,例如:

> 中秋全景属潜夫,棹入空明看太湖。身外水天银一色,城中有此月明无?

——《秋日田园杂兴十二绝》之一

斜日低山片月高,睡余行药绕江郊。霜风扫尽千林叶,闲依筇枝数鹳巢。

——《冬日田园杂兴十二绝》之一

秀丽富饶的江南,许多地方本来就是山水与田园交织一起的。诗人爱山水,也爱田园,因此他喜欢把山水、田园合为一体地加以描写,以便更全面地表现他的故乡之美和隐居生活之乐。这是他对中国古代山水诗和田园诗发展的一个重大贡献。

上面说过,范成大表现山水自然景色之美,绝大多数采取写实的手法,逼真地、生动地呈现出山水景物本来的形态状貌,在有些诗中,达到了很高的艺术造诣。例如他的七律山水诗《早发竹下》:"结束晨装破小寒,跨鞍聊得散疲顽。行冲薄薄轻轻雾,看放重重叠叠山。碧穗吹烟当树直,绿纹溪水趁桥弯。清禽百啭似迎客,正在有情无思间。"此诗是他任徽州司户参军期间所作,写他早发黄竹岭沿途的见闻和感受。诗人运用写实手法,既准确地描摹出沿途景物的外貌特征,又融入自己的主观感受和体验,使诗的画面有隐有显、有静有动、有声有色,还显示出色彩、线条、空间层次,是一首清新活泼、情与景会的佳作。但范成大在创作上也接受了李白、李贺等浪漫虚拟诗风的影响,多在五七言古体山水诗中飞腾起幻想的翅膀,运用神话传说中的奇诡意象,调动夸张、拟人等手法,创作出有如神仙世界般虚无缥缈的山水意境。《丰都观》《中岩》《双溪》《婆罗坪》《淳熙四年六月二十七日登大峨之巅》《过松江》《后巫山高一首》《三月十五日华容湖尾看月出》等篇,都是不同程度地具有奇情壮采的浪漫作品。试看七绝《最高峰望雪山》:

大面峰头六月寒,神灯收罢晓云班。浮空忽涌三银阙,云是西天雪岭山。

写他在青城山最高峰上所见所感之六月酷寒、黑夜神灯、斑斓晓云,以及宛若浮空银阙的雪山三峰。意象奇丽,境界高远,令人神往。

范成大在山水诗中有时也喜欢对山水景物敷染浓艳色彩。例如《重九赏心亭登高》:"忆随书剑此徘徊,投老双旌重把杯。绿鬓风前无几在,黄花雨后不多开。丰年江陇青黄遍，落日淮山紫翠来。饮罢此身犹是客，乡心却付晚潮回。"此诗中两联连用"绿""黄""青黄""紫翠"作对仗，纪昀讥评云："凡六用颜色字，又重其一，殊非诗格。"（《瀛奎律髓汇评》卷一六）对色彩的过分沉迷，竟使诗人忽略了"诗格"。但范成大确有不少设色鲜丽却毫不滞重黏腻的佳作。例如："南浦春来绿一川，石桥朱塔两依然。年年送客横塘路，细雨垂杨系画船。"（《横塘》）"西风初入小溪帆，旋织波纹绉浅蓝。行人闹荷无水面，红莲沉醉白莲酣。"（《立秋后二日泛舟越来溪三绝》之一）前一首写清水绿波、石桥朱塔、翠柳画船，后一首写清溪白帆、浅蓝波纹、红荷白莲，织成两幅色彩明丽悦目的图画，给人很美的视觉享受。还有色彩敷染得更浓艳的《回黄坦》：

渥丹枫凋零，浓黛柏幽独。畦稻晚已黄，陂草秋重绿。平远一横看，浩荡供醉目。落帆金碧溪，嘶马锦绣谷。世界真庄严，造物极不俗。向非来远游，那有此奇瞩。

黄坦是当时歙县境内的一处胜境，当在闻名天下的黄山风景区内。在歙县生活的诗人，发现了这一片新美的天地。诗中枫叶深红、松柏浓黛、稻禾灿黄、芳草重绿，还有"金碧溪""锦绣谷"。这纷繁斑斓的色彩世界，既似唐代画家李思训、李昭道父子绘制的金碧重彩山水画，又如南朝诗人颜延之和唐代诗人李贺笔下的某种境界。在宋人的山水画中，金碧重彩的画风已不占主要地位，宋代文人尤爱淡墨写意的山水。而在追求平淡美的宋代诗坛上，这种以"藻丽华赡"见长的诗作也是罕见的。而这正是范成大山水诗的佼佼不群之处。他的五言古体山川行旅诗尤具这种特色。

范成大的诗具有丰富多样的风格。前人从不同的角度称其诗"隽伟""奇伟""温润""宏丽""工致""悲壮""精细""赡丽清逸""清新藻丽"等。杨万里《石湖先生文集序》称其兼有"清新妩丽"与"奔逸隽伟"，较为中肯。他的山水诗能根据所写的景物情境的不同而呈现出多彩的风格。大体来说，他的五言古体山水诗写景精致，辞藻华赡；七言古体山水诗颇多奔逸隽伟之作；七言律体山水诗精工稳健，时有饱满俊逸篇章；七言绝句山水诗则流丽自然，尤其擅长用组诗的形式多角度、多侧面地绘景抒情。他的诗之所以风格多样，既是其充实丰富的思想内容所决定,也是与他兼采众长,广泛师承六朝、唐代、北宋诗坛前辈并注意向同时代的陈与义、杨万里、陆游等诗人学习分不开的。

范成大的山水诗也有明显的弱点。一部分作品缺少余味远韵,有时还显得粗疏浅露。由于受到江西诗派的影响,有些律诗好用拗格、僻典;古体多用奇字,又喜用佛家禅语等。造成这些毛病的根本原因,是他兼采有余而创新不足,从总体上缺乏新鲜独特的风格,故而艺术成就逊于陆游和杨万里。

第三节　杨万里:性灵自然的建构者

一　"万象毕来,献予诗材"

杨万里(1127—1206),字廷秀,号诚斋野客,吉州吉水(今江西吉安)人。绍兴二十四年(1154)进士。初授赣州司户,继任零陵(今属湖南)丞,得见谪居于零陵的爱国名臣张浚。张又是理学家,他勉励杨万里效法先贤的"清直之操",并勉之以"正心诚意"之学。杨万里终身奉之为师,并自号"诚斋"。宋孝宗即位,锐意恢复,张浚得以起用,入相后,即荐诚斋,除临安府教授。诚斋才入京(杭州),旋即丁父忧,在家守服。服满,知隆兴府奉新县,初次实践了他的不扰民的政治志愿,和人民关系很好,获得治绩。乾道六年(1170),上《千虑策》,大为枢密虞允文和宰相陈俊卿所重,荐为国子博士。此后迁太常博士、升太常丞,兼礼部右侍郎,转将作少监。淳熙元年(1174),被命出知漳州,旋改知常州,后提举广东常平茶盐、升广东提点刑狱。淳熙十一年(1184)冬,召还,先后为吏部员外郎、吏部郎中、秘书少监。后因力争张浚当配享庙祀、弹劾洪迈独断专行是"指鹿为马",惹恼了孝宗,乃出知筠州。光宗即位后任秘书监,并以焕章阁学士的身份做过伴金使。后因拒绝为权臣韩侂胄作《南园记》而致仕,家居十五年,忧愤成疾,留下"吾头颅如许,报国无路,唯有孤愤"(《宋史》本传)的绝命书而卒。他一生曾先后自编诗集《江湖集》《南海集》《朝天集》《朝天续集》《江东集》《退休集》。今存诗4200多首,在宋代诗人中,数量仅次于陆游。

杨万里在《荆溪集序》中叙述他的诗歌创作道路:最初从师法江西诗派入手,继而学陈师道的五律、王安石的七绝和晚唐绝句,最后发展到跳出前人窠臼，外师造化，内师心源。他在诗中反复强调自然造化在他的生活和诗创作中的重要作用："烟霞平日真成癖"（《和周元吉在司梦归之韵》）；"诗人性癖爱看山"（《寄题喻叔奇国博郎中园亭二十六咏·爱山堂》）；"闭门觅句非诗法，只是征行自有诗"（《下横山滩头望金华山》）；"哦诗只道更无题，物物秋来总是诗"（《戏笔》）；"一生爱山吟不就"（《赠写真水监处士王温叔》）；"谁遣诗家酷爱山，爱山说得口澜翻"（《安东庙头》）；"天机云锦织诗句"（《云龙歌调陆务观》）；"宜江风月冉溪云，总与诚斋是故人。老向烟波诗句里，一朝双看两州春"（《跋常宁县丞齐松子固衡永道中纪行诗卷》）。他又在诗集序文中说："步后园，登古城，采撷杞菊，攀翻花竹，万象毕来，献予诗材：盖麾之不去，前者未雠，而后者已迫，涣然未觉作诗之难也。"（《荆溪集序》）"余随牒倦游，登九疑，探禹穴，航南海，望罗浮，渡鳄溪，盖太史公、韩退之、柳子厚、苏东坡之车辙马迹，余皆略至其地。观余诗，江湖岭海之山川风物多在焉。"（《朝天续集序》）他从长期的摸索和实践中悟出了"诗在自然"这样一个重要道理，于是直接师法自然，较好地摆正了创作的"源"和"流"的关系，这也就自然地导致注重创新、强调自得，即内师心源。他说："传派传宗我替羞，作家各自一风流。黄陈篱下休安脚，陶谢行前更出头。"（《跋徐恭仲省干近诗》）又说："个个诗家各筑坛，一家横割一江山"（《和段季承左藏惠四绝句》）；"春花秋月冬冰雪，不听陈言只听天"（《读张文潜诗》）；"问侬佳句如何法，无法无盂也没衣"（《酬阇皂山碧崖道士》）；"学诗须透脱，信手自孤高"（《和李天麟》）；"不是胸中别，何缘句子新"（《蜀士甘彦和》）等。杨万里这种建立在外师造化、内师心源基础上创新求变、自成一家的诗歌理论，彻底摒弃了江西诗派末流一味摹仿前人资书以为诗的创作观点，使他从千变万化、生机满眼的大自然中获得无穷无尽的灵感与素材，创作出数以百计独具一格被称为"诚斋体"的山水景物诗。"诚斋体"是中国诗歌史上以个人名义命名的最后一种诗体，而杨万里则被公认为宋代山水诗坛上继苏轼之后又一位具有大胆的创新开拓精神的大家，一位开创出影响深远的崭新诗风的杰出诗人。

二 山水灵境的建构①

杨万里生活在半壁江山尽陷敌手的屈辱时代,作为一位爱国的士大夫和诗人,他用诗笔抒写亡国之痛与恢复之志,他的爱国诗歌的题材和思想内容是相当广泛和丰富的。甚至,他凭着火热的爱国肝肠和过人的胆识,敢于在《宿牧牛亭秦太师坟庵》诗中公开抨击卖国贼秦桧,在《题曹仲本出示谯国公迎请太后图》诗里把矛头指向高宗皇帝。他收录在《朝天续集》中的赴淮迎金使的纪行诗,最集中、突出地表露爱国情怀,著名的《初入淮河四绝句》悲慨感怆、寄托深遥。清人潘定桂在《读杨诚斋诗集九首》中称赞:"试读淮河诸健句,何曾一饭忘金堤。"可谓切中肯綮。杨万里还有更多"句中池有草,字外目俱蒿"(《和李天麟二首》其一)和"谁言咽月餐云客,中有忧时致主心"(《题刘高士看云图》)的山水风景诗,诸如《过扬子江二首》《登楚州城》《题盱眙军东南第一山》《江天暮景有叹》等,托兴于山水自然景物,感时伤事,写得境界阔大,情调悲凉。如同陆游一样,爱国主义精神在杨万里的诗歌创作中是一以贯之的。但也应当看到,在诚斋诗集中却缺少陆游、辛弃疾那种"大声鞺鞳,小声铿鍧"(刘克庄《辛稼轩集序》)、雄健超迈、气撼五岳的英雄之作。他作为一个文职官员和学者诗人,不可能如陆、辛那样用战士的雄放豪情、如椽诗笔表现上马击贼的壮怀。他的爱国诗歌在艺术表现的角度上也未能反映出其创新开拓的特色和成就。因此我们不再详评。

杨万里诗歌最有特色的是山水自然景物诗,这是他师法自然诗论的直接产物。姜夔曾称赞他:"年年花月无闲日,处处山川怕见君。"(《送朝天续集》)这些诗歌的独创性在于:它们建构了一个前所少见、具有生命性灵和知觉情感的诗化的自然世界,其中山水诗的境界可称为山水灵境,亦即清人潘定桂在《读杨诚斋诗集》中说的"精灵独辟一山川"。

在杨万里的心中、笔下,自然界的山水风云、花卉草木,并不是无生命、无意识的客观存在物,它们的举止动静、运行变化,都具有人一般的灵性知觉、意欲情思。请看:"湖暖开冰已借春,山晴留雪要娱人"(《同岳大用抚干雪后游西湖,早饭显明寺,步至四圣观,访林和靖故居,观鹤

---

① 参考肖驰《中国诗歌美学》第七章《自然境界中自我的泛化与发展》,北京大学出版社1986年版;王兆鹏《建构灵性的自然》,《文学遗产》1992年第6期。

听琴，得四绝句，时去除夕二日》）；"风亦恐吾愁寺远，殷勤隔雨送钟声"（《彦通叔祖约游云山寺》）；"万松不掩一枫丹，烟怕山狂约住山"（《晚望二首》）；"青山自负无尘色，尽日殷勤照碧溪"（《玉山道中》）；等等。应当指出，表现山水自然景物的灵性与生命，赋予它们知觉和情思，当然不是杨万里的首创。但在一般诗人那里，这只是作为一种艺术手段、一种拟人化的修辞手法，而杨万里则将其作为一种目的来表现，并以此建构独特的艺术审美世界即山水灵境。他不再像一般的诗人那样，主要运用拟物主义的方式，使自然物成为人心境的泛我象征并把人变成自然，而是采取拟人主义，把自然变成人。

既然自然具有人的灵性、生命与情思，诗人就时常同他对话，产生心理、情感的交流，甚至互相逗趣、揶揄，善意地作弄，亲热地迎送："泉岭诸峰太劣生，与侬争走学侬行"（《过南溪南望抚州泉岭》）；"溪水将桥不复回，小舟犹倚短篙开。交情得似山溪渡，不管风波去又来"（《三江小渡》）；"雨来细细复疏疏，纵不能多不肯无。似妒诗人山入眼，千峰故隔一帘珠"（《小雨》）；"东来两眼不曾寒，四顾千峰掠晓鬟。天欲恼人消几许，只教和雾看灵山"（《雾中见灵山依约不真》）；"一眼苔花十里明，忽疑九月雪中行。我行莫笑无驺从，自有西山管送迎"（《归自豫章复过西山》）。看，诗人与山水自然景物成了心心相印亲密无间的朋友、知音、情人。

既然自然物在诗人的心中、笔下都已人化，它们之间的关系也被诗人赋予了世态人情："夕阳不管西山暗，只照东山八九棱"（《晚望》）；"天女似怜山骨瘦，为缝雾縠作春衫"（《岭云》）；"蜘蛛政苦空庭阔，风为将丝度别檐"（《晚兴》）；"小姑小年嫁彭郎，大姑不嫁空自媚"，"慈湖也曾说媒妁，执柯教与五老约"（《大孤山》）。诗人还进而"把人生的戏剧性放进大自然，以热闹喧哗的场面取代优美静观的诗画"[①]。例如诗人笔下的春禽春草春花："春禽处处讲新声，细草欣欣贺嫩晴。曲折遍穿花底路，莫令一步作虚行。"（《春暖郡圃散策》）诗人逆水行舟，竟要"风伯劝尔一杯酒，何须恶剧惊诗叟，端能为我霁威否？岸柳掉头获摇手"（《檄风伯》），诗人舟中望山，辄见"前山欺我船兀兀，结约江妃行小谲，乘我船摇忽远逃，见我船定还孤出"（《夜宿东渚放歌》）。这是人与山水自然联袂演出的一幕幕情趣横生的活剧。

[①] 肖驰：《中国诗歌美学》，北京大学出版社 1986 年版，第 160 页。

杨万里之所以能感受到自然万物的灵性情感，并赋予自然物以生命知觉是本源于他兼受禅宗思想与理学的影响而形成的"心学论"。他在《庸言十二》一文中说："人者，天地之心也。""观吾心，见天地；观天地，见吾心。"认为人反观"吾心"，可以窥见、体认天地自然之心；而观察、体认天地自然之心，也可以会通、知晓人心。人之心与天地万物之心是相通的，人只要有爱人、爱物之心，又善于体悟、观察，就可以实现人之心与物之心的沟通、交流。因此，他常常化身自然之中，进行幽观、沉思，以"意领神会"自然天地之心。他在《跋丰城府刘滋十咏》中曾说："丰城府君爱山成癖，不知身之化为山欤，山之化为身欤？"正是他的夫子自道。这"身之化为山""山之化为身"即是他自己的感受、体验与追求。杨万里还认为，人与万物的外在行为、表象都是"发于心"，本源于内心，所谓"见乎表者作乎里，形于事者发于心，是心作焉"（《庸言十》）。故而他在注重意领神会的同时，也强调："著尽功夫是化工，不关春雨更春风。"（《春兴》）他沉潜于大自然，眼观耳听加上神领意会，故能由内及外、由外及内、推己及物地感知、把握、想象大自然的律动变化与灵性生命，由我之心推想自然天地之心。他自谓"静与猿鹤同梦，动与云月同意"（《与余丞相》），正表明了他对自然天地、江山云月之心之意的深透理解与感悟。也正因为如此，他在诗歌创作中才能赋予自然万物、江山风云以生命灵性、情感知觉，建构出一个灵性的自然，一个以人为中心的山水灵境。

由于建构了这样一个山水灵境，杨万里打破了传统山水诗的艺术思维方式与审美规范，给人们呈献出别具一格的诚斋体山水诗。杨万里曾说过："山思江情不负伊，雨姿晴态总成奇。"（《下横山头望金华山》）他就是从感受、发现江山的"思""情"以及风云雾雨的奇"姿"异"态"，开创出充满奇趣、令人耳目一新的山水诗风。

三　诚斋体"活法"的艺术特征

从艺术表现的角度看，诚斋体的主要特色和成就在于以"活法"为诗。诚斋的同乡好友周必大说"诚斋万事悟活法"（《次韵杨廷秀待制寄题朱氏涣然书院》），又说他"五十年之间，岁锻月炼，朝思夕维，然后大彻大悟，笔端有口，句中有眼"（《跋杨廷秀石人峰长篇》）。诚斋的门人张镃不仅以"活法"称诚斋诗，说他是"笔端有口古来稀，妙悟奚须用力追。……后山格律非穷苦，白傅风流造坦夷"；"造化精神无尽期，跳腾踔厉即时追。目前言句知多少，罕有先生活法诗"（《诚斋以〈南海〉〈朝天〉两集诗见惠因书卷末》《携杨秘监诗一编登舟因成二绝》其二），并曾自言其诗"得活法于诚斋"（《南湖集》卷首方回《读张功父南湖集并序》）。项安世说："我虽未识诚斋面，道得诚斋句里心。醉语梦书辞总巧，生擒活捉力都任。雄吞诗界前无古，新创文机独有今。"（《题刘都干所藏杨秘监诗卷》）葛天民说："参禅学诗无两法，死蛇解弄活泼泼。气正心空眼自高，吹毛不动会生杀。生机语熟却不排，近代独有杨诚斋。……知公别具顶门窍，参得彻兮吟得到。赵州禅在口皮边，渊明诗写胸中妙。"（《寄杨诚斋》）刘克庄说："诚斋出，真得所谓活法，所谓流转圆美如弹丸者，恨紫薇公（吕本中）不及见耳。"（《江西诗派小序》）元代刘祁说："李屏山教后学为文，欲自成一家，每曰'当别转一语，勿随人脚跟'。……晚甚爱杨万里诗，曰'活泼剌底，人难及也'。"（《归潜志》卷八）

今人周汝昌认为，诚斋的"活法"不是"耍笔头""掉花枪"，打一趟"花拳绣腿"，卖弄一路"小聪明"，使观者眼花缭乱，觉得"倒好耍子"，而是包含着丰富深刻的内容。以形式而论，它包括新、奇、活、快、风趣、幽默、层次曲折、变化无穷，乃至浪漫主义的表现手法，比吕本中的"活法"范围要探本穷源得多[①]。对诚斋"活法"作了全面、中肯的论析。钱锺书认为，诚斋的"活法"一方面注意到了规律与自由的统一，这是吕本中"活法"的要义之所在；更重要的，是他"要跟事物——主要是自然界——重新建立嫡亲母子的骨肉关系，要恢复耳目观感的天真状态。古代作家言情写景的好句或者古人处在人生各种境地的有名轶事，都可以变成后世诗人看事物的有色眼镜，或者竟离间了他们和现实的亲密关系，支配了他们观察的角度，限止了他们感受的范围，使他们的作品'刻板'、'落套'、'公式化'。……杨万里也悟到这个道理，不让活泼的事物做死书的牺牲品，把多看了古书而在眼睛上长的那层膜刮掉，用敏捷灵巧的手法，描写了形形式式从没描写过以及很难描写的景象"（《宋诗选注》）。钱先生论诚斋"活法"可谓简明扼要，生动精辟。

具体来说，诚斋体山水诗在艺术方面有以下几个鲜明特征。

[①] 参见周汝昌选注《杨万里选集·引言》，上海古籍出版社1979年版。

其一，细腻小巧，平凡入俗。诚斋山水诗具体描绘的自然景物多系细小之物。诗人对自然的领悟与把握具体入微，喜爱并擅长以小见大、以少总多。今人王守国将杜诗全部与周汝昌选注《杨万里选集》所选340余首诚斋诗作比较说："杜诗写水，写江者凡五百三十八次，写海者凡一百三十二次，写溪者仅七十次，分别是江、海的八分之一强、二分之一强。诚斋诗体的自然意象中江、海寥寥无几，溪却时常写到。诗人写到的溪有南溪、兰溪、绩溪、续溪、顺溪、秀溪、杨溪、苕溪、窄溪、剡溪、房溪、侧溪、贵溪、双溪、庐溪等，达十五个之多。即令写到大江大河也绝少'黄河之水天上来，奔流到海不复回'、'唯见长江天际流'式的雄浑阔大，而是大景小取、小题大做，只取局部的、眼前的部分来写。"他还比较说，杜诗的泛称自然意象是特称意象的五倍，而诚斋诗的泛称意象仅是特称意象的二分之一，可见，杨万里擅长表现细小景物，并善于对具体事物做细致描写，写实倾向更为突出[①]。与此同时，杨万里也同陆游、范成大一样，把山水诗从唐代那种充满牧歌般静穆情调的诗画予以世俗化。如果说，陆游和范成大着意在山水诗中注入田园的日常生活气息，范成大在山川纪行诗中更多地注意捕捉地方的、民族的特殊风俗，那么，杨万里则是将热闹喧哗的市井生活的活力注入山水诗，并且更爱留心生活中那些细小物事，把诸如檐滴、树荫、浮尘、松柴、乌伞、青笠、氅母、鸡孙、地炉、窗纸上的斑点等摄入诗中。例如："只嫌六七茅竹舍，也有二三鸡犬声。"（《至节宿翁源县与叶景伯小酌》）"半柳斜阳半柳阴，一蝉飞去一蝉吟。"（《秋暑》）"春风已入寒蒲节，残雪犹依古柳根。"（《同岳大用甫抚干雪后游西湖》）"似有如无风细甚，柳丝无赖恰先知。"（《积雨小斋暮立卷书亭前》）"竹影已摇将午日，草根犹有夜来霜。"（《城头晚步》）"浮槎却被春流误，长挂江边小树梢。"（《出真阳峡十首》其八）"春暖溪暄出小鱼，沉浮上下巧相娱。一跳一浪钱来大，开作瑶环忽丈余。"（《壬戌人日南溪暮景》）"雨足山云半欲开，新秧犹待小暄催。一双百舌花梢语，四顾无人忽下来。"（《积雨小霁》）"药里关心正腹烦，强排孤闷到东园。行穿一一三三径，来往红红白白间。绕树仰看浑弗见，隔溪回望不胜繁。村村桃李家家有，脚力酸时坐看山。"（《雨霁看东园桃李行溪上进退格》）"山童问游何许村，莫问何许但出门。脚跟倦时且小歇，山色佳处须细看。

[①] 参见王守国《诚斋诗研究》，中州古籍出版社1992年版。

道逢田父遮依住，说与前头看山去。寄下君家老瓦盆，他日重游却来取。"（《中途小歇》）这些诗充满了一般人容易忽略也极难捕捉的细小景观，洋溢着热闹的喜剧情调和世俗化色彩，正是诚斋对传统山水诗风的重大突破。

其二，是系风捕影、敏捷写生。"笔端有口"的杨诚斋特别擅长发现、捕捉自然山水的生机、动态，写转瞬即逝、变化迅疾的景象，形成了每为后人所称道的系风捕影的写生艺术。友人胡季亨"取观天地群物生意之义"作"观生亭"，诚斋为之题诗道："漏泄春风有阿亨，一双诗眼太乖生。草根未响渠先觉，不待黄鹂第一声。"（《题胡季亨观生亭》）正可视为他追求敏捷写生的夫子自道。诚斋体山水诗具有特别疾速的动态美、变化美。请看："上得船来恰对山，一山顷刻变多般。初堆翠被百千折，忽拔青瑶三两竿。"（《闻门外登溪船》）"坐看西日落湖滨，不是山衔不是云。寸寸低来忽全没，分明入水只无痕。"（《湖天暮景》）"好风稳送五湖船，万顷银涛半霎间。已入江西犹未觉，忽然对面是西山。"（《已至湖尾望见西山》）"水嫌岸窄要冲开，细荡沙痕似剪裁。荡来荡去元不觉，忽然一片岸沙摧。"（《岸沙》）这些诗捕捉到山水景物稍纵即逝、转瞬即改的运动变化状态，并且在诗中多用"忽然""忽""才""正""霎间"等表示快捷的副词，突出运动感、迅速感。不少作品，还描写了连续转换、变化无穷的景象，请看：

> 天公要饱诗人眼，生愁秋山太枯淡。旋裁蜀锦展吴霞，低低抹在秋山半。须臾红锦作翠纱，机头织出暮归鸦。暮鸦翠纱忽不见，只见澄江静如练。

——《夜宿东海渚放歌三首》之三

晚霞如天公裁出的红锦抹在秋山，须臾又变成翠纱，归鸦宛与翠纱一起从机头织出，忽然暮鸦翠纱全都消失，只见一条澄江，静如银练。全诗描写晚霞瞬间的变化过程，令人目不暇接。精微的观察力，敏锐的感受力，迅捷的选择力，灵巧的表现力，使得诚斋的诗笔快如并州的利剪，能将刹那间呈现眼底的景物和浮上心头的诗意及时、准确、生动活泼地再现于笔端，写出了许多"在一刹那上揽取"的"好诗"（徐增《而庵诗话》）。钱锺书先生在《谈艺录》中说："放翁善写景，而诚斋擅写生。放翁如画图之工笔，诚斋则如摄影之快镜。兔起鹘落，鸢飞鱼跃，稍纵即逝而及其未逝,转瞬即改而当其未改。眼明手捷,踪矢蹑风,此诚斋之所独也。"对诚斋快速写生的艺术作了精彩的论析。

在杨万里之前,许多诗人都曾努力追求在山水诗中表现这种转瞬即逝、变化无穷的景象,而又往往感到力不从心。比如王安石《和平甫舟中望九华山》:"变态生倏忽,虽神讵能占?"感叹倏忽变化的动态奇景无从窥测,难以捕捉。又如唐庚和陈与义,面对生机勃勃的自然景色也感叹:"疑此江头有佳句,为君寻取却茫茫"(唐庚《春日郊外》);"忽有好诗生眼底,安排句法已难寻"(陈与义《春日》)。他们对迅速捕捉自然景物的变化有力不从心之感。只有天生健笔一枝的大诗人苏轼,以"求物之妙,如系风捕影"(《答谢民师书》)和"作诗火急追亡逋,清景一失后难摹"(《腊日游孤山访惠勤惠思二僧》)为艺术表现目标,在这方面显得身手不凡,写出了许多表现稍纵即逝的奇景的诗歌。诚斋在这方面正是对苏轼的继承和发扬。他表现瞬息变幻奇景固然不及苏轼雄放而有力度,却比苏轼更灵巧活泼、措置裕如。诚斋体山水诗确是在敏捷写生上独擅胜场。所以清人潘定桂称赞其诗:"每于人巧俱穷处,直把天工掇拾来。"(《读杨诚斋诗集》)

杨诚斋注重描绘自然景物尤其是细小景物瞬间的变化和主观感悟,使他的山水诗多用篇幅短小而圆转灵活的七言绝句,作为他施展系风捕影、兔起鹘落艺术最简便也最得心应手的载体,从而形成"万首七言千绝句,九州四海一诚斋"(王迈《山中读诚斋诗》)的壮观。

其三,想象新奇,富于浪漫色彩。为了建构灵性的自然,诚斋除了大量运用拟人手法外,还尽情展开美丽新奇的想象与幻想的翅膀,并同大胆的艺术夸张相结合,创造出闪耀"浪漫主义"缤纷色彩的山水境界。例如《明发栖隐寺》写清晨天色:"皎如江练横天流,中流点缀金沙洲。元来海底早浴日,云师闭关不教出。羲和挥斧斫云关,取将一道天光还……"《雨后泊舟小箬回望灵山》写灵山之雄丽:"一朵碧莲三万丈,数来花片八千层。"《题漱玉亭示开先长老师序》写庐山漱玉亭飞瀑声色气势:"雷声惊裂龙伯眼,雪点溅湿姮娥衣。"《发赵屯得风宿杨林池是日行二百里》写乘狂风巨浪行舟如飞:"动地风来觉地浮,拍天浪起带天流……两岸万山如走马,一帆千里送归舟。"《平望夜景》写雪夜泊舟望中所见:"楼船夜宿琉璃国,谁言别有水晶宫。"《同王见可刘子年循南溪渡西桥登天柱冈望东山》写登上天柱冈头的感受:"飞上山头人似鹤,回看溪畔路如蛇。"

《寄题安福刘道协涌翠楼》写楼头纵览重峦叠嶂："读书台南山绕屋,恰是万簪削青玉。读书台北山更多,又似碧海跃万波。台边高人子刘子,架楼南北山围里。醉中领客上上头,忽惊平地翠浪浮。一浪抛云入天半,众浪翻空湿银汉。碎轰打到阑干前,天跳地踔乾坤颠。宾主拍手呼钓船,定眼看来还不然,只是南北几点山。"《十月四日同子文克信子潜子直材翁子立诸弟访三十二叔祖于小蓬莱酌酒摘金橘小集戏成长句》把他同友人在小蓬莱酌酒摘金橘写得恍若进入神仙境界:"……蓬莱一点出尘外,南溪裏在千花里。芙蓉照波上下红,琅玕绕屋东西翠。槿篱竹户重复重,鸡鸣犬吠青霞中。蓬莱老仙出迎客,朱颜绿发仍方瞳。餐菊为粮露为醑,染雾作巾云作履。忻然领客到仙家,行尽蓬莱日未斜。……手挠风枝拣霜颗,争献满盘来饤坐。隔水蓬莱看绝奇,蓬莱看水海如池……"平常的自然山水景色,由于诗人调动想象、幻想、夸张等艺术手法并织入神话传说,顿时展现出瑰丽神奇的境界。

即使在七绝的短小篇幅中,杨万里也能创造充满神奇色彩的意境。例如:

> 五日银丝织一笼,金乌捉取送笼中。知谁放在扶桑树,只怪满溪烟浪红。
>
> ——《舟过城门村清晓雨止日出五首》其一

绵绵细雨宛如银丝,织成了铺天盖地的大笼子,把太阳捉住关进了大笼子。一天晴晓雨停了,人们突然惊奇满溪烟浪都是一片红色,这才悟到可能是谁将关着太阳的笼子悄悄地挂到了扶桑树上。全诗把瑰奇的想象和神话传说巧妙地熔于一炉,创造出迷人的浪漫意境。这一类诗歌足以表明,诚斋描绘自然山水景物既擅长写实,也善于写意;既能按实摹象,也喜凭虚构象。

其四,层次曲折,深婉多致。杨万里的山水诗既注重敏捷写生,用笔飞动灵活,又重视曲折跌宕,命意婉转曲达。他的七言绝句山水诗,正如陈衍《石遗室诗话》所评:"大抵浅意深一层说,直意曲一层说,正意反一层、侧一层说。"例如《夏夜追凉》:"夜热依然午热同,开门小立月明中。竹深树密虫鸣处,时有微凉不是风。"写夏夜苦热,在月下竹林边小立,静谧中渐觉热退凉来。全篇四句,句句貌似平直,实含曲折,句中有味。又如《峡山寺竹枝词》其五："天齐浪自说浯溪，峡与天齐真个齐。未必峡山高尔许，看来只恐是天低。"描写峡山之高，忽信忽疑，忽反忽正，一句一转，表达得曲曲折折。又如《二月一日晓渡太和江三首》其一："绿杨接叶杏交花，嫩水新生尚露沙。过了春江偶回首，隔江一片好人家。"全篇写他渡过太和江之后偶然回首所见景色，却采用倒装章法。首句写平视近处所见，次句写俯视下方所见，结句写平视远处所见，共分三层，而前二句又各有二层。四句诗竟显得层次曲折，富于变化。

其五，幽默风趣，蕴含哲理。诚斋热爱自然，热爱生活，性格旷达乐观，常以诙谐解嘲的态度对待现实人生中的艰难曲折。他在表现山水自然景物时，往往特意寻找一些有趣的素材，生发其中幽默的精神，以轻松活泼的笔墨信手点染，使诗中充满了谐趣。请看：

> 霁天欲晓未明间，满目奇峰总可观。却有一峰忽然长，方知不动是真山。
>
> ——《晓行望云山》
>
> 乌白平生老染工，错将铁皂作猩红。小枫一夜偷天酒，却倩孤松掩醉容。
>
> ——《秋山》
>
> 细草摇头忽报侬，披襟拦得一西风。荷花入暮犹愁热，低面深藏碧伞中。
>
> ——《暮热游荷池上五首》其三

诗人机心独运，巧妙构思，又以游戏的笔墨写景状物，写得聪明活泼，逸趣横生，给人以智慧的享受。

杨万里有些山水诗在幽默风趣中却蕴含着辛辣的讽刺和深沉的痛苦。例如：

> 初疑夜雨忽朝晴，乃是山泉终夜鸣。流到前溪无半语，在山做得许多声。
>
> ——《夜宿鹭寺二首》其二
>
> 水与高崖有底冤，相逢不得镇相喧。若教渔父头无笠，只着蓑衣

便是猿。

——《题钟家村石崖》

前一首借山泉在山作响、入溪无声这一自然现象,讽刺那些空发高论、志大才疏、拙于实践、无所作为的士大夫的恶习。后一首以戴笠披蓑的渔父的形象比喻石崖的形状,新奇而风趣。陈衍评道:"末七字使人失笑。"(《宋诗精华录》卷三)但细细品味,诗人笔下辛勤劳作的渔父竟然生活得如此原始和贫困,几与猿猴无异,在看似轻松的风趣中,蕴藏着诗人深深的同情和痛苦。读者的失笑很快就变为一种苦笑。

在杨万里这些幽默风趣的山水诗中,往往蕴藏着发人深省的人生哲理。例如上面所举的《晓行望云山》,从望云观山中揭示只要善于观察分析,就能认识事物的真相而不被假象所迷惑。再如:

泉眼无声惜细流,树阴照水爱晴柔。小荷才露尖尖角,早有蜻蜓立上头。

——《小池》

莫言下岭便无难,赚得行人错喜欢。正入万山圈子里,一山放出一山拦。

——《过松源晨炊漆公店》

第一首描写小池清澈、池树荫浓的夏日小景。诗人敏锐地捕捉住小荷刚露尖角便有蜻蜓飞来落在上面这一极富情趣的瞬间景象,却使读者从中领悟到生命的可爱、新生事物的弥足珍贵。第二首描绘山行中人们常会遇到的一种现象:以为下岭以后便可以步入坦途,却不知道前面还有重重山岭,从而使人领悟到:人生之路困难重重,在越过坎坷之后,决不能松懈斗志,而应准备迎接和战胜新的艰难险阻。

其六,生动活泼、通俗晓畅的语言。同以上特点相适应,杨万里在诗歌中运用了平易通俗甚至是口语化、俚俗化的语言,有民歌般的生活气息和鲜活的生命力,使他的诗成为明快晓畅却并不直白浅露的白话诗。正如陈衍所赞赏的:"作白话诗当学诚斋,看其种种不直致法子。"(《宋诗精华录》卷三)杨诚斋这种精致的白话诗不仅体现了宋诗的白话化趋向,而且对"五四"以后中国白话新诗有深刻的影响。

杨万里的诗歌，就思想内容的深刻、气魄的雄大、风格的多样以及善于集前人之大成这些方面，都比不上陆游。但他的山水诗具有鲜明的个性与独创性，自成一体，其在诗歌艺术发展史上的意义却超过了陆游。

杨万里的山水诗也有缺陷：他一有所感便即兴作诗，不假思索，很少提炼，把瞬间印象和盘托出，这样，尽管感受真切，却也造成内容琐屑、构思随便、粗率滑易、浅俗平庸等毛病。

第四节　朱熹：山水理趣诗的杰出创造者

一　生平事迹与雅志泉石

朱熹（1130—1200），字元晦，一字仲晦，号晦庵，别称紫阳。祖籍徽州婺源（今属江西），生于南剑州尤溪（今属福建），徙居建阳（今属福建）考亭。高宗绍兴十八年（1148）进士，历仕高宗、孝宗、光宗、宁宗四朝，做过泉州、台州、漳州等地方官。他主张抗金，反对议和，却与韩侂胄派相对抗。后游武夷山，爱其山水奇宕，筑精舍于山中，在那里讲学授徒。宁宗即位，召为焕章阁待制兼侍讲，但在朝仅四十多天，便因冒犯权贵而被罢免。他被戴上"伪学逆党"的帽子，剥夺一切职名与祠禄。他去世时，当局还不许士人参加他的葬礼。死后十年，才获得平反，恢复名誉，谥"朱文公"。理宗时追封信国公，后改徽国公。淳祐二年（1242）配祀于孔子庙庭。

朱熹是集宋代理学大成的思想家，他以毕生精力构造庞大的哲学体系，同时也优游于文学之中。他对文学艺术有很高的欣赏趣味，论诗评文都有精辟见解。他的著作《诗集传》《楚辞集注》《楚辞辩证》《韩文考异》以及《朱子语类》中有关内容，代表了他在文学理论批评方面的丰硕成果。他认为道学义理是人生第一义的当行职责，作诗是第二义的感情辅助。他在《次秀野韵五首》其三中说："未觉诗情与道妨。"但又认为诗不可多作，以免陷溺堕落。他要求诗歌首先要义理纯正，所谓"诗以道性情之正"（《建宁府建阳县学藏书记》），通过"宣畅湮郁，优柔平中"而达到"义精理得"（《南岳游山后记》）。他还说过好诗要"真味发溢"（《朱子语类》卷一四〇），即表达出充溢于胸中的治学之真味。他青年时代好佛、好道，一生中受佛道思想的影响很深。面对浩渺宇宙，身历仕途凶险，他的积极入世的经济夙愿很快被释老思想冲淡，于是淡泊守志，寄怀高远，喜爱山水林泉，向往隐逸。时人曾说："晦公雅志，未尝不在泉石间。"① 据说他平时每到一处，"闻有佳山水，虽迂途数十里，必往游焉……登览竟日，未尝厌倦"（罗大经《鹤林玉露》丙编卷三），他在《南岳游山后记》中说，他同张栻于大雪中登南岳，因有感于山川形胜，游览数日，唱酬至百余篇。他在《出山道中口占》诗中云："川原红绿一时新，暮雨朝晴更可人。书册埋头无了日，不如抛却去寻春。"坦率地表达了他对大自然的喜爱之情。据他的学生说，他"每见一水一石，一草一木，稍清阴处，竟日目不瞬"（《朱子语类》卷一〇七）。因此，他格外赞赏山水田园诗人陶、韦、王、孟的诗，推许陶潜的"超然自得，不费安排"、王维的"萧散自在"（《朱子语类》）、韦应物的"无一字做作，真是自在"（《清邃阁论诗》）；又赞美其父朱松的诗"不事雕饰，而天然秀发，格力闲暇，超然有出尘之姿"（《皇考吏部朱公行状》）；赞张公予诗"精丽宏伟，至其得意往往也造于闲澹"（《跋张公予竹溪诗》）；赞南上人诗"清丽有余，格力闲暇"（《跋南上人诗》）；赞向芗林诗"无意于工拙"，而有"清夷闲旷之姿，魁奇跌宕之气"（《向芗林文集后序》）。可见朱熹是以冲淡平和、高远清旷、浑然天成、余味溢发作为诗歌的审美理想和艺术批评准则的。

二　对山水景色的传神表现

朱熹现存诗歌1200多首，其中有不少山水诗，大都作于庐山和武夷山讲学时期。庐山和武夷山都是著名的风景胜地，山水绝佳。朱熹描绘庐山和武夷山风光的诗，有《庐山杂咏十四篇》《山北纪行十二章》《行视武夷精舍作》《武夷精舍杂咏》等。其中《武夷棹歌十首》是描写武夷山中极清幽秀丽的九曲溪景色的。第一首总写武夷山风景奇绝，以下"九曲"分写幔亭、玉女峰、架壑船、碧湾苍屏、碧滩、鼓楼岩等景观。诗人成功地捕捉住每"一曲"的景物特征，用清新自然、活泼轻快的笔调描绘出来，如：

　　一曲溪边上钓船，幔亭峰影蘸晴川。虹桥一断无消息，万壑千岩锁翠烟。

---

① 李吕：《跋晦翁游大隐屏诗》，见奕贵明辑《四库辑本别集拾遗》，第237页。

二曲亭亭玉女峰，插花临水为谁容？道人不复荒台梦，兴入前山翠几重。

　　四曲东西两石岩，岩花垂露碧㲯毶。金鸡叫罢无人见，月满空山水满潭。

首先，诗人描绘山水景物，不仅挥动彩笔写生，而且融入自己在赏景中的情思，又充分调动想象、幻想、夸张等艺术手段，使笔下的山水景物意象形神兼具，闪射出瑰丽迷人的浪漫色彩。这是诗人学习借鉴了唐代诗人描山画水、注重想象和情韵的艺术经验的成果。其次，为了淋漓尽致地展现出庐山和武夷山的千姿百态，诗人或用古体长篇，或用绝句组诗的形式，一个景观一个景观地分别刻画，使他的诗歌犹如一扇扇山水屏风，每一扇都有相对的独立性，又前后承续，相互映衬。再次，诗人采取了诗歌与散文互相结合的形式，在五古长篇《山北纪行十二章》和《行视武夷精舍》二诗中，诗人在诗的段落之间插入简洁的散文文字，对景物的游踪作出清晰的说明。例如，在《山北纪行十二章》的第四章"竦身长林端，策足层崖表。仰瞻空界阔，俯叹尘寰小。天地西嶔崟，佛手东窈窕。杖屦往复来，凭轩瞰归鸟"之后，有一段散文文字："尽锦绣谷，登山稍高，无复林木。坡陀而上，至天池院，在小峰绝顶，乃有石池，泉水不竭。东过佛手岩，石室嵌空，中有井泉，僧缘崖结架以居。下临锦绣谷，又有石榻，名远公讲经台。"这种诗歌与散文相互穿插、配合的形式，使诗人的山水诗既有纪行的实感，又有诗情画意。

三　丰富多姿的意象和意境

朱熹很喜欢以"雨"为题，写了《客舍听雨》《秋夜听雨怀子厚》《夜雨》《兼山阁雨中》《梵天观雨》《冬至阴雨》《中元雨中呈子晋》《对雨》等描写雨景和听雨感受的诗，其中有一部分是刻画雨中山水景物的。这些作品大多展现出萧疏淡雅的景物画面，流露出高旷闲远的情思，往往还弥漫着一种凄迷幽清的气氛，例如《对雨》：

　　虚堂一游瞩，骤雨满空至。的皪散方塘，冥蒙结云气。势逐风威乱，望穷山景翳。烟霭集林端，苍茫欲无际。凉气袭轻裾，炎氛起秋思。对此景凄凄，还增冲淡意。

诗中苍茫溟蒙的烟雨山林景色,同诗人冲淡自适的秋思融为一体,确有陶渊明、韦应物诗的风致,集中地体现了朱熹所追求的审美境界。

但是,朱熹写得更多的是那种生机勃勃、欣欣向荣的山水景象,表现出他作为一个理学家诗人对变动不居的大自然活泼生机的观照品味,对天理的流行化育的领悟。诗人笔下,经常是春光烂漫,诸如"万紫千红总是春"(《春日》);"满园红紫已争新,百啭幽禽亦唤人"(《次秀野韵五首》其二);"江皋晴日丽芳华,翠竹疏疏映白沙"(《又和秀野》其二);"水深波浪阔,浮绿春涣涣"(《行视武夷精舍》)。朱熹在《题祝生画》诗中说:"眼明骨轻须不变,笔下江山转葱茜。"诗人很喜爱"葱茜"的山川景色。因此他在诗中敷设的青苍、翠绿之色最多,例如上引《武夷棹歌十首》,其中都有青碧或苍翠等字眼。再如"平地俄惊紫翠堆"(《假山焚香作烟雨掬水为瀑布》),"南山经雨更苍然"(《题郑德辉悠然堂》),"十里行穿绿树齐"(《留秀野刘丈二首》),"远山重叠翠成堆"(《春谷》),"山翠空蒙昼尽开"(《奉陪彦集充父同游瑞岩》)等。青山绿水、碧草翠岚,都给人以清新、宁静、森秀的美感。如果说,唐代的韦应物是一位特爱绿色善用"绿"字的诗人;那么,赞赏韦诗的朱熹,对青绿色彩的表现比韦诗更多也更鲜明突出,他是宋代一位听绿唱碧的歌手。

作为一位山水诗的大家,朱熹笔下的山水景象是丰富的、多姿多彩的。诗人在《题祝生画》诗中还说过:"峙山融川取世界,咳云唾雨呼雷风。"而诗人自己也确实咳云唾雨,呼唤风雷,创造出雄丽壮阔的山水境界。《庐山杂咏十四篇》中就有这样的描写:"连山西南来,中断还崛起。干霄几千仞,据地三百里。飞峰上灵秀,众壑溪清美。逮兹势力穷,犹能出奇伟。"(《温汤》)"飞泉天上来,一落散不收。披崖日璀璨,喷壑风飕飕。"(《康王谷水帘》)"浩浩长江水,东逝无停波。及此一回薄,湖平烟浪多。孤屿屹中川,层台起周阿。晨望爱明灭,夕游惊荡磨。极目青冥茫,回瞻碧嵯峨。"(《落星寺》)"奇哉康山阳,双剑屹对起。上有横飞云,下有瀑布水。崩腾复璀璨,佳丽更雄伟。势从三梁外,影落明湖里。"(《开先漱玉亭》)以上景象,多么雄丽、壮伟、飞动!它们同李白、欧阳修、苏轼笔下的庐山诗风格有相似之处,显示出诗人开阔的胸襟和遒劲的笔触。我们再看一首《醉下祝融峰》:

我来万里驾长风,绝壑层云许荡胸。浊酒三杯豪气发,朗吟飞下祝融峰。

虽是七绝小诗,却表现了雄壮的景象与豪迈的气势,使我们隐约地看到了杜甫《望岳》"荡胸生曾云,决眦入归鸟。会当凌绝顶,一览众山小"和苏轼《送杨杰》"太华峰头作重九,天风吹滟黄花酒。浩歌驰下腰带鞓,醉舞崩崖一挥手"等诗句的影响。朱熹山水诗中所具有的这种雄壮气象和豪迈气魄,在宋代理学家诗人的作品中是难得见到的。

四 即物即理,即景即心

朱熹论学有云:"一草一木,一禽一兽,皆有理。""万物皆有此理,理皆同出一源。""格物只是就事物上求个当然之理。"(《朱子语类》卷一五、一八、一二〇)因此,他善于观物悟理、借景明道,并创作了不少山水理趣诗。这些山水理趣诗有两类:一类是诗人"先有某种哲理认识,然后再用相应的自然景象去暗喻形容,或作象征性的表达"[①]。这种模式,在宋代理学家诗中比较多见,但朱熹运用得最为纯熟,由于他平日对自然景象注意观照体验,积累丰厚,感受独到,因此他所选取借以喻理的自然景象非常生动妥帖。请看著名的《观书有感二首》:

半亩方塘一鉴开,天光云影共徘徊。问渠那得清如许,为有源头活水来。

昨夜江边春水生,蒙冲巨舰一毛轻。向来枉费推移力,此日中流自在行。

诗中写方塘春水的自然景象,却是借以比喻读书治学的心得。朱熹的三传弟子王柏解释道:"前首言日新之功,后首言力到之效。"(金履祥编《濂洛风雅》卷五注引)这两首诗从题目看不是山水诗,但诗中的山水自然意象,描绘得相当真切、生动,景与理丝丝入扣,而所寓之理又十分精辟,使人豁然开朗,获得有益的启迪。再如《春日》:

[①] 张鸣:《即物即理,即景即心——略论两宋理学家诗歌对物与理的观照把握》,《文学史》第三辑,北京大学出版社1996年版,第55页。

胜日寻芳泗水滨，无边光景一时新。等闲识得东风面，万紫千红总是春。

"泗水"在山东中部，此时已沦陷于金人之手，身居南宋的朱熹是不可能到泗水之滨去"寻芳"的。故而诗中乃是以"泗水"暗喻孔门学说，"寻芳"暗喻治学穷理、探求圣人之道。故此诗实质上是一首讲治学心得的作品，而非写景之作。然而，诗题为"春日"，通篇展现包含着诗人惊喜之情的生气勃勃的春天景色，哲理完全隐藏在景色之中，使人们错把此诗当作纯粹写景抒情之作。从艺术表现的含蓄看，此诗又胜于《观书有感二首》。

朱熹另一类山水理趣诗，只是表现他观照自然所触发的直觉体验，抒写他对自然的观照印象和涵泳于景物之中的乐趣。诗人似乎只是写景抒情，并非有意识地要表达哲理，然而细加咀嚼寻味，诗中的景象同样深蕴着精妙的哲理。请看《偶题三首》：

门外青山翠紫堆，幅巾终日面崔嵬。只看云断成飞雨，不道云从底处来。
擘开苍峡吼奔雷，万斛飞泉涌出来。断梗枯槎无泊处，一川寒碧自萦回。
步随流水觅溪源，行到源头却惘然。始悟真源行不到，倚筇随处弄潺湲。

诗中表现他儒巾闲雅、倚筇信步在青山碧水之中，看见紫翠成堆、云断雨来、苍峡奔雷、飞泉汹涌、寒碧萦回等变动不居的景色，写得情景交融，意境自呈，颇有佳致。细加寻味，诗中景象，含蕴着作者有关探求真理源泉的深邃哲理。

如果说上面这一组诗，从诗题"偶题"以及诗中"不道""始悟"的字面，还隐约透出诗人借物喻理的意向，下面的一首山水诗，其寓托哲理的手法就更含蓄高妙：

昨夜扁舟雨一蓑，满江风浪夜如何？今朝试卷孤篷看，依旧青山绿树多。

——《水口行舟二首》其一

这首诗描绘"昨夜"行舟水口所遇风浪肆虐以及"今朝"雨后天晴山青树绿，景物意象鲜明生动，诗人情趣盎然。但诗中又揭示了大自然永远生机勃勃，人世间美好事物终究要战胜丑恶势力的真理。这样的山水诗，达到了情、景、理水乳交融的高妙境界。

正因为朱熹善于以仁智之心去观照山水景物，善于在大自然中感悟人生哲理，所以他有不少纯粹写景抒情的山水诗，人们往往都能从中挖掘出理趣来。例如前面引证过的《武夷棹歌十首》中的另两首：

　　五曲山高云气深，长时烟雨暗平林。林间有客无人识，欸乃声中万古心。
　　六曲苍屏绕碧湾，茅茨终日掩柴关。客来倚棹岩花落，猿鸟不惊春意闲。

这无疑是意象优美、意境深幽的山水诗佳作。但晚宋理学家、朱熹门下潜庵辅广的再传弟子陈普，竟能以理学家的眼光发现了诗中蕴含的哲理，他说这组诗所写，"纯是一条进道次序"。他释"五曲"一首云："此曲入深，身及其地，独见自得，识得万古圣贤心事。"释"六曲"一首云："此曲到此，能静能安，天地万物，皆见其为一体。智巧私欲，不逃虚照。生意流行，随处充满，天地可位，万物可育。目前皆和顺之景，而非末学者之能见矣。"（《朱文公武夷棹歌注》，《丛书集成初编》据《佚存丛书本》）如此读诗，颇有穿凿之嫌，但也证明了朱熹的山水诗中确实内蕴着他深透观照自然而领悟到的精微深婉的哲理意味。类似这种哲理似无若有的山水诗，还有《夜雨二首》其二、《入瑞岩道间得四绝句呈彦集充父二兄》其四、《云关》、《井泉》、《桃溪》等。把山水诗写得有情趣和景趣并不难，难得的是在景趣和情趣的交融中显出理趣来。朱熹在这一方面堪称高手。作为一个理学家，他的山水诗绝少道学气、头巾气、酸馅气。陈衍赞扬其诗"寓物说理而不腐"，"道学中之最活泼者"（《宋诗精华录》），是不错的。

朱熹深受佛禅的思想熏陶，常向山水自然寻求六根清净，明心见性。他虽结庐人境，心绪却能逸出红尘，又胸襟轩爽，照人若雪。他善于向僧禅之诗汲取艺术营养，因此在他的山水诗中，又常常展现出一个个空明澄澈的美妙境界。请看：

疏此竹下渠，潄彼涧中石。暮馆绕寒声，秋空动澄碧。

——《石濑》

月色三秋白，湖光四面平。与君凌倒景，上下极空明。

——《月榭》

清溪流过碧山头，空水澄鲜一色秋。隔断红尘三十里，白云黄叶共悠悠。

——《入瑞岩道间得四绝句呈彦集充父二兄》其三

诗人的心灵融化在月下空水澄鲜的境界中，人与自然纯然是一片澄净空明，就连诗句也带有月色般皎洁、透明的特质。这使我们自然联想到唐人常建的山水名篇《题破山寺后禅院》中的"山光悦鸟性，潭影空人心"的境界来。这是一尘不染、纯净怡悦、宁静而充满生机的诗境与禅境的合一。而这几首诗，也宛如一块块纯美透明的水晶，是山水诗中难得的妙品。朱熹的山水诗有五古、五七言律绝等多种体裁，而他却选用五绝、七绝这两种小巧玲珑、含蓄蕴藉的诗体来表现这种空明的山水禅境，显然受了唐代诗佛王维《辋川集》等诗歌的影响。事实上朱熹的各体山水诗中，也以七绝和五绝写得尤为清新活泼、情味俱足。

《宋诗钞》评朱熹诗："中和条贯，浑涵万有，无事模镌，自然声振，非浅学之所能窥。"相当中肯。朱熹是宋代理学诗派中最卓越的诗人，是这一诗派的集大成者，其山水诗的艺术成就，差可与南宋中兴大诗人杨、陆、范媲美。他在山水诗史上的重要地位是不应当低估的。

第五节　姜夔和其他山水诗人

一　"短章蕴藉，大篇有开合"的姜夔

在南宋中期的诗坛上，姜夔是一位诗词兼擅、艺术上独树一帜的重要作家，他在山水诗创作上也卓有成就，并有承先启后的历史地位。

姜夔（1155—1221），字尧章，饶州鄱阳（今江西波阳）人。自幼随父宦居汉阳。父死，依姐姐居住，少年时代大致在汉阳度过。成年后，为了寻求出路，曾出游扬州，旅食江淮一带。三十多岁时在长沙认识了诗人萧德藻，萧氏很赞赏他的才华，并把侄女嫁给他，后来便随萧寓居吴兴（今浙江湖州），卜室于弁山白石洞下，因自号白石道人。他一生不仕，飘

零湖海。与杨万里、范成大、尤袤、辛弃疾、张镃等人交往。晚年居杭州，生活贫寒，死后靠友人张罗葬于钱塘门外西马塍。他的朋友苏泂作《到马塍哭尧章》诗说："除却乐书谁殉葬，一琴一砚一《兰亭》。"概括了他生前的清雅和身后的凄凉。他是个文化修养很高的艺术家，擅长书法，精通音律，在音乐方面有很高成就，又是著名词人，创作了以清空、骚雅为特色的词派，在词史上有重要地位。他兼善诗，诗名在当时仅次于尤、杨、范、陆、萧。杨万里《进退格寄张功父姜尧章》诗说："尤萧范陆四诗翁，此后谁当第一功？新拜南湖（张镃）为上将，更差白石作先锋。"对他的诗歌非常赏识。他作有《白石道人诗说》一卷，谈作诗的理论和技巧，主张"吟咏情性"，追求"自然高妙"，有不少精辟见解。

姜夔的诗词在一定程度上触及南宋偏安一隅、江山残破、人民蒙难的题材，但主要是吟咏山水、感喟身世、追怀旧游、眷恋情遇之作。他为人清高狷介，"襟期洒落如晋宋间人"（陈郁《藏一话腴》），其诗格高境清，很能反映他的品性。

姜夔的山水诗可分为两大类，一类是古体，以《昔游诗》为代表。宋宁宗嘉泰元年（1201），姜夔居杭州，秋日无聊，追怀旧游，将过去二十年间经历中"可喜可愕"的若干生活片断，写成五言古体诗十五首，名曰《昔游诗》。这组诗所选择的景物和场面，多为凶险奇瑰者，所抒之情，多是当年顾盼自雄之情怀，因而组诗的主体风格也显得奔放雄丽，富于浪漫色彩。请看：

洞庭八百里，玉盘盛水银。长虹忽照影，大哉五色轮。我舟渡其中，晃晃惊我神。朝发黄陵祠，暮至赤沙曲。借问此何处，沧湾三十六。青芦望不尽，明月耿如烛。湾湾无人家，只就芦边宿。

九山如马首，一一奔洞庭。小舟过其下，幸哉波浪平。大风忽怒起，我舟如叶轻。或升千丈坡，或落千丈坑。回望九马山，政与大浪争。如飞鹅车炮，乱打睢阳城。又如白狮子，山下跳鬐鬣。须臾入别浦，万死得一生。始知茵席湿，尽覆杯中羹。

萧萧湘阴县，寂寂黄陵祠。乔木阴楼殿，画壁半倾欹。芦洲雨中淡，渔网烟外归。重华不可见，但见江鸥飞。假令无恨事，过此亦依依。

濠梁四无山，陂陀亘长野。吾披紫茸毡，纵饮面无赭。自矜意气豪,敢骑雪中马。行行逆风去,初亦略沾洒。疾风吹大片,忽若乱飘瓦。侧身当其冲,丝鞚袖中把。重围万箭急,驰突更叱咤。酒力不支吾,数里进一舍。燎茅烘湿衣,客有见留者。徘徊望神州,沉叹英雄寡。

以上四首,分别描写洞庭湖月下的澄澈壮丽,湖中忽遇大风浪,黄昏时泊舟湘阴县,以及在濠梁雪里驰马的情景,诗人运用了白描、彩绘、比喻、夸张、用典等多种艺术手法,状景绘声绘色、忽动忽静,非常工细逼真。就整组诗看,诗人经过了精心的谋篇布局,在前后几首描写惊心动魄、气氛紧急的情景中间,又有意夹入一首景色淡雅、节奏和缓的诗句,造成鲜明对比,既调节了情绪,也使组诗张弛有度,富于变化①。《昔游诗》是南宋诗坛上罕见的规模宏大的组诗,艺术成就很高。在当时和后世影响颇大。姜夔的友人潘柽在《书昔游诗后》赞扬道:"君诗如图画,历历记所尝。"南宋诗人韩淲也在同题咏作中说:"君诗乃如许,景物不宜供。尽归一毫端,状出三飞龙。"清人方东树《昭昧詹言》也高度评价这组诗"以警奇为贵"。《昔游诗》雄放奇峭的风格,可以看出同时受到杜甫、韩愈、黄庭坚、萧德藻古体诗的影响。

姜夔的另一类山水诗是律绝体,其中七绝在艺术上最有独创性。诗人有意识地把晚唐诗中与词体接近的情致丰赡、清新圆活一路引入诗中,以疗救江西诗派末流的枯涩之弊。这些山水七绝诗歌艺术构思新鲜巧妙,诗人善于以融情入景的笔墨,构造一种秀淡而清峭的意境。例如组诗《除夜自石湖归苕溪》:

细草穿沙雪半销,吴官烟冷水迢迢。梅花竹里无人见,一夜吹香过石桥。

——其一

黄帽传呼睡不成,投篙细细激流冰。分明旧泊江南岸,舟尾春风飐客灯。

——其三

笠泽茫茫雁影微,玉峰重叠护云衣。长桥寂寞春寒夜,只有诗人

---

① 参见张宏生《江湖诗派研究·论姜夔诗》,中华书局1995年版。

一舸归。

——其七

三首诗都是写雪夜行船的情景，意境幽冷、孤寂、清空、高妙。前人谈读这组诗的感受云："有裁云缝雾之妙思，敲金戛玉之奇声。"（杨万里语，姜夔诗原注引）"清绝如唉冰雪也"（李慈铭《越缦堂读书记》）。诗人在这些山水绝句中，经常写雾中花、水中月、空中楼阁，诗境朦胧，可望而不可即；笔墨细腻，善于锤炼字面，使字句精巧雅致而不落雕琢痕迹，诗外有悠远的韵味。组诗《湖上寓居杂咏》也是很能体现其艺术特色的佳作。如其一、其二、其九：

荷叶披披一浦凉，青芦奕奕夜吟商。平生最识江湖味，听得秋声忆故乡。

——其一

湖上风恬月淡时，卧看云影入玻璃。轻舟忽向窗边过，摇动青芦一两枝。

——其二

苑墙曲曲柳冥冥，人静山空见一灯。荷叶如云香不断，小船摇曳入西陵。

——其九

这些诗的语言在自然中显出新巧，气格清奇，韵致深美，却有晚唐绝句的风味，但又有诗人独到的清峭瘦劲。

姜夔在其《白石道人诗说》中说："大凡诗自有气象、体面、血脉、韵度。""作大篇尤当布置，首尾匀停，腰腹肥满。""小诗精深，短章蕴藉，大篇有开合，乃妙。"他的优秀的山水长篇和小诗正体现了他的诗艺追求。项安世评姜夔诗："古体黄陈家格律，短章温李氏才情。"（《谢姜夔秀才示诗卷》）是很中肯的。清代诗人王士禛论诗主神韵，作诗工绝句，故极赏白石，曾说"余于南渡后诗，自陆放翁外，最喜姜夔尧章"（《香祖笔记》）。

二 追步朱熹的张栻等诗人

张栻（1133—1180），字敬夫，一字钦夫，号南轩，祖籍绵竹（今属四川），寓居长沙（今属湖南）。他是抗金名将张浚之子，以父荫补承务郎，曾任左司员外郎，秘阁修撰、江陵知府、荆湖北路安抚使、吏部侍郎等职。"为人表里洞然，勇于从义"（《宋史》本传），正直敢言。为南宋著名理学家，与朱熹、吕祖谦为讲学之友，时称"东南三贤"。卒谥宣。有《南轩集》。

张栻同朱熹一样对大自然抱有浓厚的兴趣："平生山水癖，妙处只自知。"（《清明后七日与客同为山东之游翌朝赋此》）他也像朱熹那样推崇陶渊明，认为"陶靖节人品甚高……读其诗可见胸次洒落，八窗玲珑，岂野马游尘所能栖集"（《采菊亭诗引》）。他作诗不如朱熹多，总的成就不及朱熹，风格与朱熹相似，也善于创造冲淡深幽的意境，表现心胸的澄清和高远。其五古山水诗颇多佳作，如《胡文定公碧泉书堂》《题榕溪阁》。请看《三月七日城南书院偶成》：

> 积雨欣始霁，清和在兹时。林叶既敷荣，禽声亦融怡。鸣泉永不穷，湖风起沦漪。西山卷余云，逾觉秀色滋。层层丛绿间，爱彼松柏姿。青青初不改，似与幽人期。坐久还起来，堤边足逶迤。游鱼傍我行，野鹤向我飞。敢忘昔贤志，亦复咏而归。寄言山中友，和我和平诗。

此诗体现了作者对生机盎然的自然景象感受敏锐、善于白描传神的特色。朱熹跋云："久闻敬夫城南景物之胜，常恨未得往游其间。今读此诗，便觉风篁水月，去人不远。"（《宋诗纪事》卷五七引）

张栻的山水七绝也有佳作，如《晚晴》：

> 昨日阴云满太空，眼前不见祝融峰。晚来风卷都无迹，突兀还为紫翠重。

写阴云被风卷走，祝融峰又现出紫翠层层重叠的山色。意境既美，又蕴含了美的事物是无法遮掩的哲理。他还有一首《立春偶成》，更为人传诵：

> 律回岁晚冰霜少，春到人间草木知。便觉眼前生意满，东风吹水绿参差。

在初春季节，诗人便已经觉察出"生意满"和"绿参差"的盛春景象，从而启迪人们：要善于发现新生事物，乐观地展望前景。从上面两首诗可见，张栻同朱熹一样，也善于将抽象的哲理熔铸于生动的自然景象之中，他的这些优秀的山水理趣诗，确有生动活泼、寄意深微、韵味隽永的特色。

张栻在五言绝句方面下功夫最深，其山水五绝的成就不在朱熹之下，试读其《城南杂咏》组诗中的二首：

> 城头望西山，秋意已如许。云影度江来，霏霏半空雨。
> ——《题城南》
> 团团凌风桂，宛在水之东。月色穿林影，却下碧波中。
> ——《东渚》

一写西山云雨，一写东渚月影，笔墨简洁，状景如画。宋人罗大经评这组诗："闲淡简远，德人之言也。"（《鹤林玉露》甲编卷三）明人杨慎说："有王维辋川遗意。"（《升庵诗话》卷四）都很精当。

南宋中期的理学家诗人，还有真德秀、魏了翁、周必大等人，但他们的山水诗创作成就远不及朱熹和张栻。总体来看，南宋理学家诗人的山水诗承续着北宋理学家诗人邵雍、周敦颐、程颢、张载的遗绪，而又有新的创造与发展。宋代理学家的山水理趣诗同诗僧的山水禅趣诗有相通之处，它们都从自然山水景物中悟得哲理。但是，二者又有区别。理学家诗人们对自然的关注主要集中在变动不居、生机勃勃、欣欣向荣的景象上，诗中更多活泼而充满生意的景象；而诗僧们主要是从深山古寺、寒林幽泉等清寂的自然景象中领悟禅理，这使两类诗的意境呈现出清丽活泼与幽寂冷淡之别。理学家诗人们绝大多数是入世的，因此诗中多是关于天理的流行化育、涵养性情、修养道德以及治学求道的哲理；诗僧们是出世的，故而他们的诗中所蕴含的，多是有关空静、虚无、随缘任运、摒弃尘俗等禅理。理学家诗人们笔下的理趣诗多以循常合道为趣，艺术表现上以集中明晰、浅显易晓见长；诗僧们的山水禅趣诗往往以反常合道为趣，更讲究艺术构思的新奇巧妙，在艺术表现上则以空灵朦胧、富于禅机、意味深隐擅胜。

当然，理趣诗与禅趣诗也可相互吸收、渗透。

三 王质与楼钥的山水诗

这个时期的山水诗创作中较有成就的诗人，还有王质（1127—1189），字景文，自号雪山，郓州（今山东郓城）人，南渡后徙居兴国（今属江西）。绍兴三十年（1160）进士，宋孝宗时曾做过枢密院编修官。他最仰慕的诗人是苏轼，自云一百年前，有苏子瞻；一百年后，有王景文。他的诗风隽快爽健，颇近于苏轼；其峭拔之处，亦自成一家。拗体七律《东流道中》描写山野景色，方回《瀛奎律髓》卷一四云："此诗乃吴体而遒美。"五律《山行即事》云："浮云在空碧，来往议阴晴。荷雨洒衣湿，蘋风吹袖清。鹊声喧日出，鸥性狎波平。山色不言语，唤醒三日醒。"诗中的景物意象都充满动态，染上诗人的主观感情色彩，呼之欲出，活灵活现。这种主体和客体充分交融的愉快画面，同苏轼的《新城道中》一诗十分相似。

比王质更用力于山水诗创作的，是楼钥。楼钥（1137—1213），字大防，号攻媿主人，明州鄞县（今属浙江）人，隆兴元年（1163）进士，累官至参知政事。他学识渊博，为人正直，敢于进谏，在南宋中期名声很高。他酷爱山水，曾说："自笑泉石成膏肓，爱赏不减蚁慕膻。""伊余历聘佳山水，爱奇窃慕太史迁。"（《次韵翁处度同游北山》）他爱写水，尤爱描写山中的飞瀑奇观。前期以古体诗为主。七古长篇《石门洞》和《大龙湫》即是精心结撰的力作。前者写石门瀑布："峰回失喜大飞瀑，声震万壑惊春雷。掀髯目及九霄外，玉虹千丈飞空来……天风为我噀空翠，春水泻入骚人怀。"写得赡丽豪逸；后者写雁荡大龙湫瀑布，善于变换角度来表现其壮丽多姿，笔力雄劲，颇多健句，但多从虚处落墨，形象的描绘较少。后期以近体诗尤其是绝句为主。如《小溪道中二绝》其一："簇簇苍山隐夕晖，遥看野雁著行归。久之不动方知是，一搭碎云寒不飞。"写他在小溪道中野外观云，妙用错觉，末句才点明是寒云。全诗颇曲折有趣，在构思、字句上明显受到杨万里的影响。

第六章　南宋后期:唐风和宋调的对立与调和

南宋后期的宁宗朝（1195—1224），一开始还承续着南宋与金的对峙局面，但北伐的呼声渐落。开禧三年（1207）韩侂胄伐金惨败，南宋朝廷的复国希望破灭了。嘉定十七年（1224），权相史弥远在宁宗病危之际，废黜原定的皇储，拥立理宗即位，独揽朝政。以真德秀、魏了翁等理学家为代表的儒臣和一些在野文人，因反对史弥远擅权废立而遭受镇压，同时引发了"江湖诗祸"。在理宗当政的四十年间，北方的蒙古族逐渐强大起来，在端平元年（1234）灭金以后，进而对南宋展开了全面的进攻，终在恭帝德祐二年（1275）攻入临安，尽俘恭帝及太后并宗室、官吏而去。祥兴二年（1275），蒙古军又击败了坚持抵抗的文天祥、张世杰、陆秀夫，南宋朝廷至此覆亡。在这一段历史时期，大诗人陆游、杨万里、范成大以及朱熹、周必大、楼钥、姜夔等人相继辞世，标志着宋诗第二个艺术高峰的结束。代之而起的是"永嘉四灵"和江湖诗派等一大批中小诗人，构成了宋诗史上恢复晚唐诗风冲击江西诗派的一股新潮流。由于国势日衰，统治者醉生梦死，奢侈享乐，却又钳制爱国抗敌言行，使苟安之习更盛，奋励之志渐淡，社会政治如一潭死水，毫无生气。在这种世风的影响下，南宋后期士人们的生活状态显得平凡琐屑，其心态趋于消极而不振作，纤弱而不雄强，由外向变为内省。为了逃避黑暗、严酷的政治现实，他们纷纷奔向大自然中，寻求精神的安慰，或隐居山林，或浪游江湖，成为这个时期人数众多的山水诗人。但是，由于他们普遍缺乏陆游、范成大、杨万里那种宏大的心胸和气魄，因此在他们中间不可能崛起有鲜明独特的思想与艺术个性、成就高与影响大的诗家。

最早活跃在这个时期诗坛的是"永嘉四灵"。这四位诗人不满江西诗派末流资书以为诗、大量用典和议论以及追求深奥晦涩的诗风。他们想用晚唐体来校正江西诗派弊端，于是推尊姚合、贾岛，忌用事而贵白描，重景联而轻意联，讲究锤炼字句。他们创作了不少山水诗，多为五律和绝句，篇幅短小，写景细碎小巧，意境也过于清寒单调，正如《四库全书总目·徐照〈芳兰轩集〉提要》所评："虽镂心铱肾，刻意雕琢，而取径太狭，终不免破碎尖酸之病。"

稍后出现的江湖诗派，多是在嘉定年间受"永嘉四灵"的影响而风格渐趋一致的一群诗人。他们中的大多数人既不满于江西诗派，认为它"资书以为诗失之腐"，也不满于"永嘉四灵""捐书以为诗失之野"（刘克庄《韩隐君诗序》），他们想把"永嘉四灵"与江西诗派，亦即"唐风"与"宋调"调和起来。他们的师法对象、诗作题材和风格都比"永嘉四灵"广泛、多样。由于他们在漫游江湖的生活中，与下层社会和市民文化接触密切，受到下层市民的审美趣味影响，他们的诗歌包括山水诗更世俗化、通俗化。其中的杰出人物戴复古的山水诗风颇为豪健宏放，刘克庄的山水诗以清淡流动为主导风格，分别代表了江湖诗派的两种风格倾向。此外，还有叶绍翁、高翥等富于才情而擅长创作山水绝句的诗人。在这个时期的山水诗中，有一些作品或隐或显地表达出伤时忧国的思想感情。特别是在蒙元铁蹄踏碎西湖歌舞之际，更涌现出以文天祥、汪元量、谢翱、林景熙、真山民、郑思肖、萧立之等一批爱国诗人。他们的山水诗渗透了哀伤亡国的血泪，情调悲凉沉重。他们描绘山水延续了江湖诗派与江西诗派的手法技巧，但其中某些人显示出奇峭、怪诞的风格。这些遗民诗人，直接将江湖诗派、江西诗派的诗风带入元代。

第一节　擅写山林幽境的"永嘉四灵"

在南宋后期的诗坛上，"永嘉四灵"是较早成名的一个以创作山水诗为主的诗歌流派。

一　"永嘉四灵"的生活、思想与诗学观

"永嘉四灵"是徐照、徐玑、翁卷、赵师秀四人的合称。徐照（？—1211），字道晖，又字灵晖，号山民；徐玑（1162—1214），字文渊，又字致中，号灵渊；翁卷（生卒年均不详），字续古，又字灵舒；赵师秀（？—1219），字紫芝，号灵秀，又号天乐。他们都是永嘉（今浙江温州）人，

字号中都有"灵"字,旨趣相投,创作主张一致,诗风相近,自成一派,故世称"永嘉四灵"。四人中,徐照与翁卷终身未入仕途,徐玑与赵师秀虽做过官,但职位都很低。徐照有《芳兰轩集》,存诗259首;徐玑有《二薇亭集》,存诗166首;翁卷有《苇碧轩集》,存诗138首;赵师秀有《清苑斋集》,存诗140首。

"永嘉四灵"生活在宋末衰世,面对着赵宋王朝统治者苟安一隅、沉迷享乐并严厉钳制抗敌复国言行的社会现实,怀抱着请缨无路、报国无门的悲愤,对政治越来越淡漠,终于采取"有口不须谈世事,无机唯合卧山林"(翁卷《行药作》)的人生态度,逃避现实,幽居于田园山林,安贫守贱,自表高洁。他们作诗、论诗,既反对理学家"以道学为诗"、重道轻文、以为"诗固可以不学而能之"(朱熹)的诗论,更反对江西诗派"资书以为诗""无一字无来处"的创作习气,对江西诗派的"连篇累牍,汗漫无禁"(叶适《徐文渊墓志铭》)深表不满。他们学晚唐,尤其推崇贾岛、姚合"苦吟"的创作态度和清瘦刻削、玲珑小巧的诗风。如徐照云:"吟有好怀忘瘦苦。"(《山中寄翁卷》)"君爱苦吟吾喜听。"(《宿翁卷书斋》)"诗成唐体要人磨。"(《酬赠徐玑》)徐玑亦云:"磨砻双鬓改,收拾一编成。"(《书翁卷诗集后》)"诗得唐人句。"(《次韵刘明远》)"枯健犹如贾岛诗。"(《梅》)翁卷也说:"传来五字好,吟了半年余。"(《寄葛天民》)赵师秀则曰:"莓苔石上秋吟苦。"(《寄茅山温尊师》)又道:"一篇幸止四十字,更增一字,吾未如之何矣!"(刘克庄《野谷集序》引)。他还亲选贾、姚诗228首,合为一集,名曰《二妙集》,作为学习的榜样。

二 敛情约性、因狭出奇的诗风

在上述创作思想的指引下,"永嘉四灵"以诗为陶写性情的工具。但他们识见短浅,又脱离政治现实,生活面太窄,作品大都是流连光景、吟咏山居和田园生活,抒写羁旅情思以及应酬唱和,其中有大量的山水诗。这些山水诗缺乏鲜明突出的个性和艺术独创性,却共同显示出晚宋衰飒消沉的时代风气和他们作为一个诗歌流派共同的艺术特色。具体说来,有以下几个方面。

其一,"永嘉四灵"山水诗中的意象,多是深山、幽林、古刹、钟声、青苔、夕照、寒潭、野水等。方回说他们作诗"所用诗料不过花、竹、鹤、僧、琴、药、茶、酒,于此数物一步不可离"(《瀛奎律髓》)。这些意象组合成了清冷幽寂的意境氛围，显示出他们对一种清瘦野逸风格的追求。例如徐照的诗："古殿清灯冷，虚堂叶扫风。"（《宿寺》）"空祠临野水，何处觅行云。"（《题桃花夫人庙》）"邻竹种成高碍月，井泉汲少近生苔。"（《宿翁卷书斋》）"夕阳明望外，寒雁落愁边。"（《塔山作》）"水响常如雨，林寒忽聚云。"（《宝冠寺》）徐玑的诗："问得梅花信，寒林动晚声。"（《江亭临眺》）"殿静灯光小，经残磬韵空。"（《宿寺》）"无数山蝉噪夕阳，高峰影里坐阴凉。"（《夏日闲坐》）翁卷的诗："石老苔为貌，松寒薜作衣。"（《书隐者所居》）"寒潭盛塔影，古木带厨烟。"（《能仁寺》）"岚蒸空寺坏，雪压小庵清。"（《石门庵》）"挂笻粘落叶，拂石动寒云。"（《宝冠寺》）"屋上云飞冷，篱根薜积深。"（《南涧寻韩仲止不遇》）赵师秀的诗："楼钟晴听响，池水夜观深。"（《冷泉夜坐》）"背日苔砖紫，多年粉壁红。"（《延禧观》）"寺废余钟在，房高过客登。"（《石门僧》）"寺在寒城里，州居野水中。"（《送辉上人再住空相》）"微雨过时松路黑，野萤飞出照青苔。"（《玉清夜归》）这些清冷幽寂的意象和意境的大量复现，正是"永嘉四灵"闲适、淡泊、清苦、孤寂心境的反映，也折射出当时的时代面貌。

其二，"永嘉四灵"逃避现实，喜好山水，自然与山林寺僧来往密切。他们经常夜宿禅院，"惟与寺僧居渐熟"（赵师秀《润陂山上作》），同诗僧居简、永颐、葛天民等交游唱和，思想感情、审美意趣互相影响并日渐契合。因此，在"永嘉四灵"敛情约性、淡泊枯寂的山水诗中充满了浓重的禅意僧气。他们自己也表白说："诗因缘解堪呈佛，棋与禅通可悟人。"（徐照《赠从善上人》）"掩关人迹外，得句佛香中。"（徐照《宿寺》）"悟得玄虚理，能令句律精。"（徐玑《读徐道晖集》）佛意禅理既是激发他们山水诗创作灵感的一个主要因素，也是他们努力在山水诗中追求的一种情境、意趣。请看：

  客至启幽户，笋鞋行曲廊。潮侵坐禅石，雨润读经香。古砚传人远，新篁过塔长。城中如火热，此地独清凉。
——徐照《赠江心寺钦上人》

  欲问庵中事，无论后与先。还因一宿觉，不用再参禅。门远青山曲，檐依古木边。谁当秋夜静，来看孤月圆。
——徐玑《宿觉庵》

寥寥钟磬音，永日在空林。多见僧家事，深便静者心。虚庭云片泊，侧径石根侵。此去城闻远，君应懒出寻。

————翁卷《太平山读书奉寄城间诸友》

万年山木有千年，石路阴深到缭垣。几片云闲谁是主，一条流水不知源。土栽芍药尤胜木，僧说猕猴极畏猿。夜半空堂诸境寂，微闻钟梵亦成喧。

————赵师秀《万年寺》

晚唐诗特别是贾岛、姚合等人的山水诗，由于与晚唐诗僧的诗相互影响，使诗与禅渗透融合而形成带有佛境禅趣的清冷枯寂风格。"永嘉四灵"学习贾、姚诗，显然受到晚唐禅化诗风的熏染。但这些禅化的山水诗，仅是在意象、意境和情调上有禅味，对自然妙理的领悟与发掘显然是肤浅的。在这一点上，比诗僧与理学家的诗逊色。

其三，"永嘉四灵"的才思学力都比较浅薄，他们的山水诗中极少深厚阔大的气象，但他们都有一颗敏感的诗心，又注意观察和感受自然山水景物，加之在创作中苦思苦吟：力图在白描中创新，所以他们确实写出了许多生动精警的景句。像赵师秀的"池静微泉响，天寒落日红"（《壕上》），"瀑近春风湿，松多晓日青"（《桐柏观》），"岩竹倒添秋水碧，渚莲平接夕阳红"（《陈待制湖楼》）；翁卷的"轻烟分近郭，积雪盖遥山"（《冬日登富览亭》），"乱山秋雨后，一路野蝉鸣"（《送包释可抚机》），"一片太湖色，远涵秋气空"（《送赵嗣勋》）；徐玑的"月斜寒动影，水碧静传香"（《时鱼》），"水风凉远树，河影动疏星"（《夏夜怀赵灵秀》），"晴景淡红烟景白，近山浓绿远山青"（《渌波亭寄泊晨起有感》）；徐照的"笛冷君山月，帆轻夏浦晴"（《送翁诚之》），"远水维舟晚，青山绕舍寒"（《送朱严伯》），"高寺远山齐，残磬吹风断"（《题衢州石壁寺》），"寸窥横嶂绿，圆透夕阳红"（《题淡岩》），"山高临古郡，天小入江波"（《游潇东和徐文渊》）等句，对于视觉、听觉、触觉、味觉、嗅觉以及内心感觉的捕捉和表现都很准确、细致、生动、传神，也很讲究诗的景物画面上远近、大小、高低、动静及色调的对比映衬。徐照赞赏友人"能吟能画俱精到"，"物景可吟兼可画"（《赠邓都监》），看来"永嘉四灵"在山水诗中是很注意"诗中有画"的。

其四，"永嘉四灵"在五言律诗上用功最深，他们的山水诗也多为五律。这些山水五律诗多用白描，很少用典，对中间两联刻意锤炼，追求字句的自然工巧，却不大注意整篇的立意。因此，这些作品缺少贯通的气韵，琐碎小巧，风格、情调、意境都显得千篇一律。例如徐照的名篇《石门瀑布》：

> 一派从天落，曾经李白看。千年流不尽，六月地长寒。洒木喷微沫，冲崖激怒湍。人言深碧处，常有老龙蟠。

中两联描绘瀑布，颇见诗人炼字琢句的功力。"千年"一联，句法流动，以常语出之，炼之使人不觉，是暗炼。而下一联，炼"洒""喷"，以"微沫"连接；炼"冲""激"，用"怒湍"呼应，则是明炼，显得字字精警，对仗工致。但首尾两联却极平弱，诗意浅薄。难怪清人贺裳说"千年"一联"无愧作者"，尾联"却丑"（《载酒园诗话》）。又如赵师秀的《薛氏瓜庐》：

> 不作封侯念，悠然远世纷。惟应种瓜事，犹被读书分。野水多于地，春山半是云。吾生嫌已老，学圃未如君。

颈联上句写湖沼，景象非常精确，下句写远处的云山也很传神。方回指出此联化用了白居易的仄韵古诗"人家半在船，野水多于地"（《瀛奎律髓》卷三五），魏庆之《诗人玉屑》卷一九说是化用姚合《送宋慎言》的"驿路多连水，州城半在云"。赵师秀化用得颇为工致，不着痕迹，有青出于蓝之妙，历来受到诗评家的赞赏。但尾联却显得直露、浮浅。由于没有比兴寄托，又缺乏激情，"永嘉四灵"的五言律山水诗大多有幽韵而无深致，语虽秀而格局小，诗意浅。"永嘉四灵"古体气格较弱，只有徐照的五古长篇山水行旅诗《渡钱塘江》有"怒潮出海门，巨浪贴天白"，"缚缆庙山脚，炊烟岸连碧"，"青瑶沐金蟾，四向山绝迹"等气象雄丽的诗句，是偶见的佳作。七律当推赵师秀最擅胜场，他的《陈待制湖楼》《万年寺》《多景楼晚望》等山水七律都写得不错。

其五，"永嘉四灵"的山水七绝诗少而精，虽不刻意经营，但新颖灵巧，清通流畅，圆美自然，富于情趣。例如：

小船停桨逐潮还，四五人家住一湾。贪看晓光侵月色，不知云气失前山。

——徐照《舟上》

云麓烟峦知几层，一湾溪转一湾清。行人只在清湾里，尽日松声杂水声。

——徐玑《建剑道中》

水满田畴稻叶齐，日光穿树晓烟低。黄莺也爱新凉好，飞过青山影里啼。

——徐玑《新凉》

一天秋色冷晴湾，无数峰峦远近间。闲上山来看野水，忽于水底见青山。

——翁卷《野望》

数日秋风欺病夫，尽吹黄叶下庭芜。林疏放得遥山出，又被云遮一半无。

——赵师秀《数日》

写的是平常景色，却能翻出新境，笔墨生动灵巧，饶有灵气和野趣，既似晚唐绝句，又颇得杨万里"诚斋体"的神韵。这些山水七绝，在宋人绝句中均可称上乘之作。叶适赞"永嘉四灵"诗"敛情约性，因狭出奇"（《题刘潜夫南岳诗稿》），这些出色的山水七绝，的确体现了"因狭出奇"的特色。

三 "永嘉四灵"对江湖诗派的影响

"永嘉四灵"的创作宗旨和其创作实绩，为南宋后期许多自感才力薄弱而又欲所建树的诗人们开辟了一条行之有效的途径，因此他们的诗曾经风行一时，取得了与江西诗派"相抵轧"（刘埙《隐居通议》卷一〇）的地位。受"永嘉四灵"熏陶，不只永嘉多诗人，出现了一大批追随者，诗风蔚然大振[①]，而且影响所及，下开江湖诗派。严羽说："江湖诗人多效其体，一时自谓之唐宗。"（《沧浪诗话·诗辨》）刘克庄说："旧止四人为

[①] 据松台王绰《薛瓜庐墓志铭》载，继"永嘉四灵"之后，永嘉之地的诗人有刘咏道等十五人。其中如薛师石（有《瓜庐集》）、薛嵎有（《云泉集》）诸人，其诗皆足有可观者。

律体，今通天下话头行。"（《后村大全集》卷一六《题蔡烓主簿诗卷》）对江湖诗派的出现起了导夫先路的作用。

第二节　风格多样的江湖诗派

一　江湖诗派的生活和心态

宋理宗宝庆初年，有一批诗人功名不就，政治地位不高，处乱世而浪游江湖间，气味相投，作诗唱和。当时，钱塘诗人兼书商陈起与他们往来友善，将他们的诗作收辑成集，刊行于世，名曰《江湖集》《江湖前集》《江湖后集》《江湖续集》《中兴江湖集》。后来，人们便称诗集中的诗人群为江湖诗派。

这一诗派成员的身份极为庞杂，其中虽多布衣，但为官者并不少。究竟包括多少诗人，实在很难确定。今人张宏生《江湖诗派研究》（中华书局1995年版）中拟定了作为一位江湖派诗人的五条标准：1. 社会地位较低；2. 主要活动时间在嘉定二年（1209）以后；3. 作品为所有或大部分江湖诗集所收录；4. 与陈起有唱酬；5. 历史上具有比较一致的看法。他根据这五条标准并会同其他途径所得，共确定了138位江湖诗派成员。其中包括了著名诗人姜夔和"永嘉四灵"。其实姜夔生年上属于孝宗时人，卒于嘉定二、三年间，与陆游、杨万里、范成大、萧德藻这几位"中兴大家"齐名，诗风自成一派，似应算作江湖诗派的"前辈"。而"永嘉四灵"的创作活动也比其他多数江湖派诗人早，四人也自成一派，把他们看作江湖诗派的先锋和前驱更为恰当。

江湖诗派虽然主要的创作倾向是继"永嘉四灵"之后，反对江西诗派的作风，崇尚晚唐；但是，在这人数众多的流派里，思想作风、创作主张、艺术风格与成就均不尽相同，情况比较复杂。有反对江西诗派的，也有受江西诗派影响较深的；有学"永嘉四灵"诗的，也有以杨万里、陆游乃至杜甫为师的；有崇尚贾岛、姚合的，也有向中、晚唐其他诗人学习的；有对现实淡漠的，也有比较关注现实的；有清高之士，也有干谒之徒，等等。因此，很难将那么多具有五花八门的思想与艺术倾向的人勉强地归为一派，不如径直称为江湖诗派更为符合实际。

江湖诗派中的大多数人，早年多具自觉的政治意识，怀抱伤时悯国的激情。曾极、刘过、刘克庄、戴复古、敖陶孙、高翥等人都写过不少议论朝政、关注时事的诗篇。嘉定末，宁宗病逝，权相史弥远当国。陈起曾有两句诗："秋雨梧桐皇子府，春风杨柳相公桥。"有人告发是讥刺史弥远废杀皇太子而立理宗；又有人指出这两句诗是点化刘子翚《汴京纪事二十首》之句"夜月池台王傅宅，春风杨柳太师桥"，并说是出于敖陶孙之手，结果两人皆坐罪，劈《江湖集》版，朝廷还诏禁士大夫作诗。刘克庄曾因咏落梅诗和在《黄巢战场》诗中有"未必朱三能跋扈，只缘郑五欠经纶"句，被言官揭发，险遭不测。直到绍定六年（1233）史弥远死，这一诗禁才得以解除。这就是宋代文学史上继苏轼"乌台诗案"以后著名的"江湖诗祸"。这一场诗祸，使江湖诗派在精神上遭受沉重打击，许多人为了避祸全身，终日遁迹江湖，显出颓唐消极的精神面貌，却向山水林泉中寻求精神寄托。江湖诗派在行谒江湖、漂泊浪游的生涯中，特别是在诗祸之后，创作了大量的山水诗、行旅诗，在诗中描绘各地的山川自然景物，并借以抒发对自然变化和人情冷暖的特别敏感，对旅途艰难、羁旅愁苦的细微感受。其中也有一些作品借山水景物作为象征寄托，曲折地、深沉地表达了伤时忧国的情思。在这个诗人群里，无论就诗歌创作的全貌或仅从山水诗创作的角度看，成就较大的诗人应是戴复古、刘克庄、高翥、方岳、叶绍翁等人。

二 视野开阔、笔墨豪健的戴复古

　　戴复古（1167—1252?），字式之，号石屏，天台黄岩（今属浙江）人。他一生布衣，不曾做官，漂泊江湖，踪迹甚广。吴子良《石屏诗后集序》说他"所游历登览，东吴、浙西、襄汉、北淮、南越，凡乔岳巨浸、灵洞珍苑、空迥绝特之观，荒怪古僻之踪，可以拓诗之景，助诗之奇者，周遭何啻数千万里"。这篇序文中还说他交游广泛，遍及各阶层，"凡以诗为师友者，何啻数十百人"。赵汝谈《石屏诗后集序》也说他一生以诗行谒江湖，不遑宁居，"老逾穷，奔走衣食四方犹未得归休于家"。最后，戴复古才隐居于故乡的委羽山，卒时年八十余。这样的生活经历，在江湖诗派中是最典型、最富有代表性的。也正由于有如此丰富的浪游生活阅历，他的山水诗取材广泛，视野开阔，诗中的气象格局比"永嘉四灵"要广大深厚得多。

　　戴复古有不少忧国忧民、感慨国事、指斥朝政的作品，其认识的深度和思想锋芒，在江湖诗派中是比较突出的。难能可贵的是，诗人在对自然山水景象的描写中，把他对国家局势、民族危亡的深沉忧虑和对恢复中原的炽热希望形象地表现了出来。例如：

> 群山势如奔，欲渡长江去。孤峰拔地起，毅然能遏住。屹立大江干，仍能障狂澜。人不知此山，有功天地间。
> ——《小孤山阻风因成小诗，适舟中有浦城人，写寄真西山》

小孤山巍然屹立在今江西彭泽县北大江中。当时，这一带亦是江防要地。诗人热烈讴歌这力障狂澜的拔地孤峰，显然有象征寄托，意欲激起爱国志士的豪情壮志。这样的山水诗，有气势，有力度，也有思想深度。

戴复古游踪所至，数过宋金边界。他的一些以淮河为题材的登览之作更充满了沉郁悲壮的忧国伤时之情。如下面二诗：

> 有客游濠梁，频酌淮河水。东南水多咸，不如此水美。春风吹绿波，郁郁中原气。莫向北岸汲，中有英雄泪。
> ——《频酌淮河水》

> 横冈下瞰大江流，浮远堂前万里愁。最苦无山遮望眼，淮南极目尽神州。
> ——《江阴浮远堂》

前者属意淮水，寄心中原，竟说水中有英雄之泪；后者以无山遮眼，使人望北国而生憾恨。强烈深沉的爱国之情、失土之痛借助江山景物表现出来，非常真切感人。类似的作品，还有《淮上春日》《淮村兵后》《盱眙北望》等。

在戴复古的山川行吟中，更多的是对羁旅江湖、飘零身世的悲叹，如："江湖倦游客，天地苦吟身。"（《代书寄韩履善右司赵庶可寺簿》）"崚嶒忍饥面，蹭蹬苦吟身。"（《风雨无憀中览镜有感》）"人皆居燠馆，我独堕寒坑。""一心为死计，无意问生涯。"（《岁暮书怀寄林玉溪》）"客行今老矣，秋思日凄然。"（《舟中》）"镜颜加老丑，诗骨带穷愁。"（《吴门访旧》）"一生奔走成何事，尘满征衫雪满簪。"（《滕审言相遇话旧》）诗人对自己一生漂泊、穷愁潦倒的悲叹，也经常与伤时忧国之情结合、交融在一起。因此，我们在他的作品中，常能看到这样的句子："听言天下事，愁到酒樽前。"（《秋怀》）"尚怀忧世志，忍说在家贫。"（《归后遣书问讯李敷文》）"闭户生涯薄，忧时念虑长。"（《代书寄韩履善右司赵庶可寺簿》）"寄兴青山远，忧时白发长。"（《洪子中大卿同登远碧楼归来有诗》）"身在草茅忧社稷，恨无毫发补乾坤。"（《思归》）"连岁经行淮上路，忧时赢得鬓毛苍。"（《蕲州上官节推同到浮光》）当然，戴复古也有不少欣赏山川美景、抒发闲情逸致之作。但前两类作品，使他的山水诗具有丰厚的内涵与深远的韵味。其中某些作品，近似杜甫山水诗那样沉郁的风格。这就比江湖诗派其他诗人山水诗的思想格调高出一筹。

戴复古与"永嘉四灵"中的翁、赵二人皆有交谊，且推崇其诗，如其《哭赵紫芝》称赞赵是"东晋时人物，晚唐家数诗"。他的不少山水诗中也有师法姚贾和"永嘉四灵"的"晚唐体"，注意推敲、锤炼字句，刻画景物，细腻工切。例如，"澄江浮野色，虚阁贮秋光。"（《移舟登滕王阁》）"故址生秋草，寒窗带夕阳。"（《琅玡山中废寺》）"雨寒花蕊瘦，春重柳丝低。"（《题张金判园林》）"绿泛新荷出，青铺细草生。"（《故人陈秘书家有感》）"月色连沙白，滩声入梦寒。"（《光泽溪上》）诗人运用经过精心锤炼的动词和形容词细致地表现景物的情态，生动、准确、工巧。这与姚贾和"永嘉四灵"的许多作品颇为相似。但戴复古在《论诗十绝》中又主张："曾向吟边问古人，诗家气象贵雄浑。""意匠如神变化生，笔端有力任纵横。"他的才力气魄，也胜于"永嘉四灵"。故而他表现山川自然之美，有另一副笔墨，这就是善于以豪健潇洒的笔触，描写大景、壮景，往往简洁地勾勒一二笔，就能传出景物对象的风神气象。例如"山立阅万变，溪深纳众流。"（《江村何宏甫载酒过清江》）"乔木风声壮，大江天影圆。"（《舟行往吊故人》）"两派龙湫水，千峰雁荡云。"（《雁山总题此山本朝方显》）"野旷连沧海，山长带白云。"（《秋日早行》）"江清天影动，楼近角声雄。"（《江上夜坐怀严仪卿李友山》）"月行银汉上，人在玉壶中。"（《饮萧和伯家醉登快阁》）"春水渡旁渡，夕阳山外山。"（《世事》）"铿然一滩水，和以万松风。夹径森奇石，危亭纳太空。"（《化成岩》）"宇宙无边万山立，云烟不动八窗明。"（《登快阁黄明府强使和山谷先生留题之韵》）这些都是气象宏大之句。由于生活在国势日衰的时代和平凡琐屑的生活状态中，江湖派诗人一般胸襟不大，眼界不宽，作品中的空间都比较狭小，更缺乏飞腾的想象力与幻想力，不能如同苏轼、陆游那样，以豪迈的气魄、雄伟的时空意识和纵横捭阖的诗笔，在作品中吞吐山河、容纳浩茫的宇宙。而戴叔伦阅历广，胸襟阔，眼界也比较高，加之他非常仰慕和推崇杜甫、陆游、杨万里，曾说："发挥天地读《周易》，管领江山歌杜诗。"（《黄州行楼呈谢国正》）"东山才与诚斋敌，手腕中有万斛力。"（《访曾鲁叔有少嫌先从金仙假榻长老作笋供》）"茶山衣钵放翁诗，南渡百年无此奇。入妙文章本平淡，等闲言语变瑰奇。"（《读放翁先生〈剑南诗草〉》）他曾"登三山陆放翁之门，而诗益进"（楼钥《石屏诗后集序》）。因此，在他的山水诗中，我们看到了一些想象瑰奇、笔墨灵动、意境雄丽的作品，如《黄州栖霞楼即景呈谢深道国正》：

> 朝来栏槛倚晴空，暮来烟雨迷飞鸿。白衣苍狗易改变，淡妆浓抹难形容。芦洲渺渺去无极，数点断山横远碧。樊山诸峰立一壁，非烟非雾笼秋色。须臾黑云如泼墨，欲雨不雨不可得。须臾云开见落日，忽展一机云锦出。一态未了一态生，愈变愈奇人莫测。使君把酒索我诗，索诗不得呼画师。要知作诗如作画，人力岂能穷造化。

此诗从描写黄州栖霞楼的朝暮美景落笔，继之写云彩变灭，写远眺所见之芦洲、断山、奇峰，写秋色碧空，忽而黑云欲雨，又云开日出，迎来满天云锦。最后以作诗绘画均难穷造化之妙的慨叹收结。诗中奇景迭出，笔致也灵活多变，气象境界、笔墨韵调，颇似苏轼的《游金山寺》《登州海市》等诗。而另一首长篇七古《灵壁石歌为方岩王侍郎作》，想象更奇丽，感情更跳荡，气势更雄劲：

> 灵壁一峰天下奇，体势雄伟身巍巍，巨灵怒拗天柱掷。平地苍龙骧首尾，两片黑云腰夹之。声如青铜色碧玉，秀润四时岚翠湿。乾坤所宝落世间，鬼神上诉天公泣。……自从突兀在眼前，溪山日夜生颜色。……我来欲作《灵壁歌》，击石一唱三摩挲。秋风萧萧淮水波，中分南北横干戈。胡尘埋没汉山河，泗滨灵壁今如何。安得此石来岩阿，郁然盘礴中原气，对此令人感慨多。

此诗虽仅写一奇石，诗人却把它置于"溪山"环境中表现，又驰骋惊人的想象和幻想来描绘。开篇数句即创构出小中见大、实中见虚的山水境界。后半幅又由此奇石联想到被胡尘埋没的北方山河，并希望灵壁奇石能有"郁然盘礴"中原之豪气。想象的飞跃，幻想的雄奇，感情的激烈跳荡，使此诗闪射出李白式的浪漫绚丽色彩。这样的诗，在一般江湖派诗人的作品中，是难得见到的。

赵以夫序《石屏诗集》："戴石屏诗采本朝前辈理致而守唐人格律，其用工深矣。"戴叔伦的一些山水诗确实深蕴理趣。有的哲理以议论出之，穿插在写景句子之间，诸如"静中得见天机妙，闲里回观世路难"（《庐山十首取其四》之二）之类，好处是"多与理契，机括妙用"（《宋诗钞·戴复古小传》），但哲理、议论往往割裂山水自然美景的描绘，使全篇意境不够浑整。但也有一些哲理意蕴借写景巧妙出之，似有若无，耐人寻味。如："心宽忘地窄，亭小得山多。"（《题春山李基道小园》）"临水知鱼乐，观山爱马迟。"（《麻城道中》）"楼高纳万象，木落见群山。"（《题董侍郎山园》）"杏花时节偏饶雨，杨柳门墙易得春。"（《春日二首黄子迈大卿》）"开窗修竹无由俗，绕屋青山总是秋。"（《无为山中郑老家》）都耐人寻味，发人深省。

戴复古的山水诗兼备众体，不主一家，追求风格的多样性。长篇七古不多，但风格豪迈雄丽，除前引写黄州栖霞楼与灵壁石二首外，还有《鄂州南楼》云："鄂州州前山顶头，上有缥缈百尺楼。大开窗户纳宇宙，高插栏干侵斗牛。我疑脚踏苍龙背，下瞰八方无内外。江渚鳞差十万家，淮楚荆湖一都会。西风吹尽庾公尘，秋影涵空动碧云。欲识古今兴废事，细看文简李公文。"七律山水诗学陆游，也有学黄庭坚的，多雄丽潇洒之作，如《题何季涌江亭》："胜概何妨近市廛，红尘疏处著三椽。数重青嶂横天末，一道澄江在眼前。海浪浴红朝出日，树林堆碧晚生烟。请君分付堤边石，莫使渔翁来系船。"五律是戴复古刻意经营的。此体山水诗数量最多，风格也多样，有师法杜甫、陈师道的，也有师法姚贾和"永嘉四灵"的，或清瘦，或圆润，或轻快，或沉郁，不拘一格，而多能通篇浑成，不同于"永嘉四灵"片面追求中二联的警炼而导致首尾馁弱。例如：

楼台逼霄汉，窗户纳云霓。回顾千岩路，如登万仞梯。泉从山顶出，云压树头低。高绝无人境，非僧不可栖。

——《上封》

山束江流急，云兼雾气深。轻鸥闲态度，孤雁苦声音。客路行无极，风光古又今。梅花出篱落，幽事颇关心。

——《江上》

意境情调，一高绝，一清苦，都通篇浑成有味，并不显得浅薄琐碎。他的一些山水七绝有意学杨万里，以通俗朴素的语言去表现大自然中一些被人忽略的情景、细节，构思新巧，想象生动，颇有意趣韵味，故更为人传诵。如《江村晚眺二首》：

　　数点归鸦过别村，隔滩渔笛远相闻。菰蒲断岸潮痕湿，日落空江生白云。
　　江头落日照平沙，潮退渔舠阁岸斜。白鸟一双临水立，见人惊起入芦花。

三　江湖诗派的领袖刘克庄

刘克庄（1187—1269），字潜夫，号后村，莆田（今属福建）人。以祖荫补将仕郎，后特赐同进士出身。曾知建阳县。因所作《落梅》诗获罪，闲废十年。后除秘书少监兼中书舍人，累官至工部尚书兼侍读。晚年趋奉权相贾似道，颇为时论所讥，以焕章阁学士致仕。有《后村先生大全集》196 卷，其中诗 48 卷。他是江湖诗派的领袖人物，是这派人中少有的官居高位者，创作最丰，名声最大。他活了八十多岁，作诗数千首。

刘克庄用诗歌积极干预政治现实。诗中对南宋偏安政局的讽刺，对统治阶级投降政策的抨击，对国土沦丧的感怆，对乱世中百姓身受征敛之苦的申诉，不仅悲愤激越，思考也很深刻。他还在诗中提醒人们对蒙古应加强戒备，并及时反映战争状况以及与此相关的诸问题。他的《筑城行》《开壕行》《运粮行》《苦寒行》《国殇行》《军中乐》《寄衣曲》《大梁老人行》等诗，从内容到形式，都是白居易的新乐府精神在宋代最好的继承者之一。

刘克庄早年与"永嘉四灵"交往，作诗也学他们，后来感到其不出贾岛、姚合樊篱，便弃而专攻古风，曾仿效李贺，转而学陆游、杨万里。他的山水诗数量不多，看来表现山水自然景物之美并非他所长。五古山水诗有《伏波岩》《龙隐洞》《荔枝岩》《栖霞洞》《戴秀岩》《五月二十七日游诸洞》等。看来，他很喜欢用五古体式描写岩洞。但这些诗中叙事议论过多，冲淡了山水形象，算不得佳作。《谒南岳》诗中有"石廪先呈身，岣嵝俄见脊。须臾天柱开，最后祝融出"和"驾言款灵琐，楼堞晃丹赤。

柏深不见人，画妙如新笔。珠栊千娉婷，弹棋抚瑶瑟"等句，写山峰和岳寺景色却颇生动。七律山水诗主要学陆游，对偶工整，但显得呆板，同样是把写景与议论交织穿插，山水形象并不鲜明饱满，又多用典故，失于拼凑，显得才力不足。较好的作品有《崇化麻沙道中》："经行爱此人烟好，面俯清溪背负山。半艇何妨呼渡去，小桥不碍负薪还。远闻清磬来林杪，忽有朱栏出竹间。深处安知无隐者，卜邻容我设柴关。"好处也只是意境较浑成，语言较自然质朴。但议论成分仍重。五律山水诗较多，颇见其学"永嘉四灵"又高于"永嘉四灵"的功力。如：

> 小寺无蹊径，行时认藓痕。犬寒鸣似豹，僧老瘦于猿。涧水来旋磨，山童出闭门。城中梅未见，已有数株繁。
>
> ——《小寺》
>
> 店媪明灯送，前村认未真。山头云似雪，陌上树如人。渐觉高星少，才分远烧新。宁须看堠子，来往暗知津。
>
> ——《早行》

前一首写深山小寺，意境清幽寒瘦，得"永嘉四灵"五律写景之工巧，却无其首尾平弱之病。后一首生动准确地刻画出朦胧晨曦中的云、树、晨星、烧痕等景物的状貌特征，从而极真切地表现出早行山村的所见所感，又写出风土人情。两首诗的语言都平易自然，锤炼不落痕迹。类似的佳作，还有《暝色》《夜过瑞香庵作》《蒜岭》。他还有一些山水七绝写得颇出色。如：

> 绝顶遥知有隐君，餐芝种术鹿为群。多应午灶茶烟起，山下看来是白云。
>
> ——《西山》
>
> 春深绝不见妍华，极目黄茅际白沙。几树半天红似染，居人云是木棉花。
>
> ——《潮惠道中》

前一首构思巧妙，用笔曲折，以茶烟如云的意象烘托出西山的高远缥缈，更烘托出一位超尘出俗的隐士形象。后一首写岭南风光，捕捉住特有的景物,用黄茅、白沙衬托出几树高大、火红的木棉花,画面色彩绚烂夺目。

刘克庄的诗在艺术上最明显的缺点是贪多求快、率尔成章,造成粗滥浅易。但上引的一些山水诗表明,当他认真锤炼时,是可以写出佳作的。而这些山水诗佳作,也显示出他调和江西诗派与晚唐、唐诗与宋诗的尝试与探索,给当时的山水诗苑带来了一些生动、新鲜的气息。

四 融合江西诗派与晚唐体的方岳

方岳(1199—1262),字巨山,号秋崖,祁门(今属安徽)人。理宗绍定五年(1232)进士。曾知南康军,以触犯权贵贾似道而调官。后知袁州,因得罪权贵丁大全而被劾罢官。他是当时官场中著名的倔强人物,性格刚正,故数遭罢黜,最后归隐,坎壈终生。他也写了一些期待恢复失地和关心民生疾苦的诗,但比起刘克庄、戴复古来,数量既少,也缺乏广度与深度。

方岳涉足仕途,却素怀淡泊之志,宦途的挫折使他得以实现归隐的夙愿。他常与平民百姓接触交往,从而在诗中表现出浓重的平民色彩与意识。他写了许多山水诗和田园诗,在其诗集《秋崖集》中占有相当数量。由于对田园风光与农家生活特别关心、热爱并有实际的体验,他的山水诗经常同田园诗融合为一,在歌咏山水林泉中插入乡村田园的景物意象,使山水诗充满了浓郁的生活气息与亲切的人情味。请看《山居二首》:"我爱山居好,林梢一片晴。野烟禽哢语,春水柳闲情。藓石随行枕,藤花醒酒羹。吾诗不堪煮,亦足了吾生。""我爱山居好,红稠处处花。云粘居士屐,藤覆野人家。入馔春烧笋,分灯夜作茶。无人共襟抱,烟雨话桑麻。"

方岳诗一方面学晚唐体,其《暑中杂兴八首》其六云:"平生多可曹修士,说我唐诗最逼真。"《雪中》云:"最是晓寒吟未稳,雪深无面见梅花。"《次韵刘簿祷雨西峰二首》其一云:"句律清圆蚌剖胎,断无尘土到灵台。"可见,他强调苦吟,追求琢句工稳,句律清圆,都与"永嘉四灵"主张相同。他尝作《唐律十首》,集中体现了他取法晚唐体的创作倾向。但另一方面,他也推崇江西诗派的诗风。曾说:"深山云卧,松风自寒,飘又欲仙,芰荷衣而芙蓉裳也,也极其挚乎黄山谷。"(《跋陈平仲》)又云:"'吟安一个字,捻断数茎髭',诗可以苦而攻;'学诗如学仙,时至骨自换',不可以苦而悟也。"(《跋奚朝瑞诗》)批评晚唐诗人卢延让的一味苦吟，而称道江西诗派陈师道的妙悟，认为只有悟，才能达到高境。而他对南渡后诗人，颇喜陆游、杨万里和范成大，尤其称道杨万里。这些诗歌见解，都反映在他的山水诗创作中。他的五律山水诗，工于刻镂，清隽绝尘，却不平弱狭窄，而有奇峭瘦硬的风调。例如《泊歙浦》：

> 此路难为别，丹枫似去年。人行秋色里，雁落客愁边。霜月欹寒渚，江声惊夜船。孤城吹角处，独立渺风烟。

全篇写客愁，全从景物落笔，景中含情，章法严谨。颔联上句平淡而有深致，下句造语却新颖奇警。通篇精工而浑成，正是很好地融合了"永嘉四灵"与江西诗派作风的佳作。方岳的五律山水诗佳作不少，诗中都能以精工而自然的笔触刻画山水景物，例如："与雁分洲渚，连云做梦清。"(《舟次严陵》)"野烟连竹暗，江雨洒灯寒。"(《重阳》)"竹舆穿雨过，沙鸟带云飞。野渡疑无树，春山尽有薇。"(《道中连雨》)方岳的七律山水诗亦有特色：兼学白居易、江西诗派与陆游，写景多用白描，精心刻琢，思致入妙；又喜用典故组织精巧的对偶，特别善于在对仗中用复辞与重言，或衬以虚字，增加曲折，造成句律流丽、意脉贯通、意境深峭的独特风格。例如：

> 春溪甘滑漱山瓢，归卧藤阴藓径遥。云气酿成巫峡雨，松声寒似浙江潮。书生与世例迂阔，山意向人殊寂寥。却喜庾郎贫到骨，韭畦时一摘烟苗。
>
> ——《山居》
>
> 人间久矣倦迎逢，归路牛羊带夕舂。千点梅沉山店月，一溪烟咽寺楼钟。穷犹羞涩巉岩面，老自平夷磊磈胸。曾笑古人多晚谬，草庵虽小幸相容。
>
> ——《山中》

写景都能绘声绘色，形真神传，刻画细腻而不纤巧，境界清幽却不狭窄。如："山家凫鹜散平田，沙路云深屐屡穿。半醉半醒寒食酒，欲晴欲雨杏花天。"(《次韵徐宰集珠溪》其一)"崭新山色佛头绿，依旧桃花人面红。"(《次韵徐宰集珠溪》其二)"花曾识面若含笑，鸟不知名时自呼。

流水短桥宜画取，暖风迟日有诗无。"(《约君用》)"才登楼见一溪月，不出门行十里山。"(《山行》)"马蹄残雪六七里，山嘴有梅三四花。黄叶拥篱埋药草，青灯煨芋话桑麻。"(《梦寻梅》)"六月亦寒空翠合，一溪不尽夕阳流。"(《熙春台用戴式之韵》)"黄鸟有时穿户过，青山无数折溪回。"(《宿芙蓉驿》)或白描，或比喻，或拟人，或精心锤炼诗眼，或用复辞重言，都在工巧灵动的对偶中展现出极富美感的山水图画。

方岳的山水七绝也写得清新活泼、灵巧有味，如：

梅花面目冷于冰，亦笑山翁草作亭。一夜雪寒重整过，碧琉璃瓦水晶钉。

——《雪后草亭》

是非不到野溪边，只就梧桐听雨眠。睡熟不知溪水长，鹭鸶飞上钓鱼船。

——《暑中杂兴》

方岳的一些山水诗，尤其是七绝，还善于在山水景物的形象中暗寓他对大自然和社会人生中某些现象的独特感悟，使诗中饶有耐人寻味的理趣。如下面几首：

画中亦爱雨中山，连雨山行却厌看。一夜东风吹作雪，问谁画我访袁安？

——《道中即事十三首》其九

山云底事夜来雨，藏却奇峰不与看。政说雨中看更好，划然卷起出晴峦。

——《入闽》

昨日东船使风下，突过乘舆快于马。今日西船使风上，适从何来急于浪。东船下时西船怨，西船上时东船羡。篙师劳苦自相觉，明日那知风不转。推篷一笑奚尔为，怨迟羡速无休时。沙头漠漠杏花雨，依旧年时檐燕语。

——《东西船》

张宏生先生《江湖诗派研究·论方岳诗》中分析这三首诗的哲理说："第

一首诗不仅说明美是有距离感的,而且同一件事,当事人和局外人的感受往往并不一样。第二首借大自然的变化,点出世上'不如意事十八九'的道理。"最后一首"揭示的却是事物都依据一定的条件而发生变化这一客观规律",论析颇精深。方岳山水诗的理趣,显然是对苏轼、杨万里、朱熹哲理诗传统的继承。从这一个侧面,也可见他在江湖诗派中是具有比较深刻的思想的。

方岳的山水诗也有不足之处。他在有些诗中故意用古奥的或俚俗的词语和古文句法,追求新奇,却同所描写的优美的山水意象不协调,诸如:"侯谁在矣山如昨,今我来思鬓已华。"(《过北固山下旧居》)"只怎么休身是客,知何以故鬓成丝。"(《春日杂兴》)"翁之乐者山林也,客亦知夫水月乎。"(《水月园送王侍郎》)"天不与生犀插脑,人今能几宝围腰。"(《次韵山居》)使人感到弄巧成拙。还有一些山水诗说理过多,掩盖了山水形象,也失去了诗的特质。《宋十五家诗选》方岳小传中评价其诗云:"秋崖诗工于琢镂,清隽新秀,高逸绝尘,挹其风致,殆如云中白鹤,非尘网所能罗也。"只看到他学晚唐体的一面,又对此过于溢美。方回称赞他是"不江西,不晚唐,自为一家"(《瀛奎律髓》卷二七)还是比较中肯的。

五 山水七言妙手高翥、叶绍翁

在江湖诗派中,以写七言山水诗为主而成就卓著的诗人,还有高翥和叶绍翁。

高翥(1170—1241),字九万,号菊磵,余姚(今属浙江)人,少颖拔不羁,厌举子业。孝宗时游士,终生布衣,浪迹江湖,晚年寓居西湖孤山。今存《菊磵小集》(高士奇改名为《信天巢遗稿》)。

高翥是江湖诗派中一位才情较高的诗人。他的山水诗以写江南山水尤其是西湖孤山风光最多,也写了不少荒山古庙废寺景色。其中,只有《多景楼》《赏心亭》和《夜过马当山》三首,在登览山水中流露出伤时忧国之情,其他诗篇,都旨在表现山水自然景色之美。他的山水诗很少插入抒情议论之笔,多数作品通篇写景,情融景中。他对诗的构思很讲究,章法严谨而流丽,意境新鲜而浑成。他写景观察细致,表现也生动。诗中有意描绘春夏秋冬、阴晴雨雪之景,而尤以咏唱春光与秋色之诗为多。春光绚丽,秋色斑斓,故其诗也充溢着绚丽斑斓的色彩,宛若一幅幅悦目的水彩画。请看：

> 乘兴行新路，凝情独老翁。马蹄春草上，人影夕阳中。飞絮沿湖白，残花染浪红。晚归云气合，双桨破空蒙。
>
> ——《春日湖上》
>
> 晓上篮舆出宝坊，野塘山路尽春光。试穿松影登平陆，已觉钟声在上方。草色溪流高下碧，菜花杨柳浅深黄。杖藜切莫匆匆去，有伴行春不要忙。
>
> ——《晓出黄山寺》

前一首写西湖暮春，后一首写山寺早春，色彩点染得那么和谐、鲜丽！其意境、情调、章法、语言，颇似白居易、林逋、陆游、范成大的山水律诗风格。再看写秋色的：

> 旋买扁舟载一翁，片帆吹下夕阳东。西风欲织江头锦，催染秋林叶叶红。
>
> ——《秋日三首》其一
>
> 江头枫叶舞低回，吹得浓云顷刻开。万里碧天红日晚，数声新雁送寒来。
>
> ——《秋晚即事》

二诗都写江畔秋色，碧天红日、秋林霜叶，交织成两幅斑斓的锦缎。

高翥的山水七绝，构思新巧，笔触轻灵，情调爽朗，风格清隽，在题材和风格上颇似杨万里诗，可见诚斋体对他的影响之深。例如：

> 征帆一似白鸥轻，起揭船篷看晓晴。梅子著花霜压岸，自披风帽过临平。
>
> ——《过临平》
>
> 家住清江江上村，江云山影自平分。几回早起开门看，不见青山见白云。
>
> ——《江居晓咏》

前一首写特定时空中的所见所闻所感，眼明手快，新鲜活泼。后一首还有意运用重复字眼，使句意流动，有回环往复的音节美，有民歌的情调。难怪清人黄宗羲要推重这位才情与文采兼胜的诗人为"千年以来"余姚人的"诗祖"（《南雷文案·景州诗集序》）了。

叶绍翁（约1194—?），字嗣宗，一字靖逸，祖籍浦城（今属福建），徙居处州龙泉（今属浙江）。他曾著有《四朝闻见录》。"四朝"即高宗、孝宗、光宗、宁宗，宁宗朝仅记宁宗受禅与庆元党禁二事，因此他可能活到宁宗时。尝以寒士应举，后入仕。与著名学者真德秀友善。《四朝闻见录》记他曾与真德秀私校殿试卷。今存《靖逸小集》。所写大多为七绝，又以山水题材为主。张鸣先生说："他善于抓住一些容易被忽略而其实包含有丰富情感内容的景象和事情，充分发掘其抒情审美意义，并以独具匠心的诗法结构造成曲折跌宕之势，最终烘托出最使他受到触动的景象和事情的诗意。所以一些很平常的情景一到了他的绝句中，往往会变得新警有味。"[①] 张鸣指出的这一艺术特色，最突出地表现在《游园不值》《夜书所见》这两首描写生活小景的诗中。在他的山水诗里也有体现。例如：

　　隐隐烟村闻犬吠，欲寻寻不见人家。只于桥断溪回处，流出碧桃三数花。

　　　　　　　　　　　　　　　　　　——《烟村》

　　脱衣命仆洗尘埃，篱落人家未见梅。出得城门能几步，船头便有白鸥来。

　　　　　　　　　　　　　　　　　　——《出北关二里》

二诗都经过巧妙构思，曲折写来，欲扬先抑，结句才凸显出饶有诗意的景象，使境界全出。

他的山水七绝与高翥的喜爱敷彩设色相反，语言清淡，却淡远有味。典型的作品有《嘉兴界》：

[①] 张鸣选注：《中国古典诗歌基础文库·宋诗卷·叶绍翁小传》，浙江文艺出版社1993年版，第416页。

平野无山见尽天，九分芦苇一分烟。悠悠绿水分枝港，撑出南邻放鸭船。

全诗只着"绿"色，如一幅淡彩风景画。艺术构思似受徐俯的《春游湖》的启发。

六 江湖诗派其他诗人的山水七绝

在江湖诗派中，还有许多人都擅长以七绝写山水景色，多用白描速写手法，抒写瞬间的见闻感受。如江湖诗集编刻者陈起（？—1256或1257）的《夜过西湖》："鹊巢犹挂三更月，渔板惊回一片鸥。吟得诗成无笔写，蘸他春水画船头。"写夜过西湖偶然引发的诗兴，末句是妙手偶得的天生好言语。又如叶茵（约1200—？）的《山行》："青山不识我姓字，我亦不识青山名。飞来白鸟似相识，对我对山三两声。"写独行山间的偶然触机，天真风趣。严粲（生卒年不详）的《秋入》："秋入白蘋风浪生，痴云未放楚天晴。青山湖外知何处？中有斜阳一段明。"写浓云忽起、斜阳未灭的情景，极为生动活泼，酷肖诚斋的写生画。俞桂（生卒年不详）的《过湖》："舟移别岸水纹开，日暖风香正落梅。山色蒙蒙横画轴，白鸥飞处带诗来。"写过湖情景，诗中有画，画里套诗，结句有天机自得之趣。这些小巧灵动、清新活泼的山水小诗的大量出现，可见杨万里和"永嘉四灵"诗风对宋末山水诗创作的熏染之深。

第三节 山水诗奏出悲壮的旋律

南宋灭亡之际，一部分爱国志士奋起反抗，像文天祥、谢翱等率兵抗元，决不屈服；一部分爱国士大夫也不向元人称臣，隐居山林。他们创作了不少将高度的纪实性与抒情性结合起来的诗篇，既忠实地记录亡国之际的历史，有很高的史实价值，又以抒情融贯史实，洋溢着一片炽烈的爱国感情。他们在山水诗中也把写景同纪实与抒情结合起来，唱出国家、民族和人民的苦难，也表现他们对国破家亡的哀思、坚贞不屈的民族气节，展现出山水诗史上一个悲壮的景观。

一 文天祥：弘扬民族正气的山水悲歌

文天祥（1236—1283），字履善，一字宋瑞，号文山，吉州庐陵（今江西吉安）人。理宗宝祐四年（1256）进士第一。官至右丞相兼枢密使。在南宋危亡时曾出使元军，被扣不降，逃脱南归。后率兵转战江西、福建、广东一带，兵败被俘，囚于大都近四年，宁死不屈，最后慷慨就义。

　　文天祥是南宋末年著名的爱国诗人。他的诗歌明显分为前后两期，以德祐元年（1275）为界。前期大多为应酬题咏之作，艺术上也显得平庸。但这个时期也有一些较好的山水诗。五律《题楚观楼》《幕客载酒舟中即席序别》《快阁遇雨观澜》《题郁孤台》《翠玉楼》《合江楼》《皂盖楼》，七古《和谢爱山〈晚吟〉》等篇，或写对山川名胜的流连赏爱，或借景抒发游子思乡之情，无论写景抒情，都较为真切，境界阔大。其中五律的一些对句，已初步显示出学习杜诗锤炼字句的艺术技巧，如"半壁楚云立，一川湘雨深。乾坤横笛影，江海倚楼心。""橹声人语小，岸影客心长。""江海秋风老，湖山晚日晖。""黄叶声在地，青山影入城。江湖行客梦，风雨故乡情。"还有几首七绝山水诗，或蕴含哲理，或抒写壮怀，颇有不同于江湖诗派的个性。如：

　　　　秋风吹日上禅关，路入松花第一弯。只愿四时烟雾少，满城楼阁见青山。

　　　　　　　　　　　　　　　　　　　　　　　　——《禅关》

　　　　半空夭矫起层台，传道刘安车马来。山上自晴山下雨，倚阑平立看风雷。

　　　　　　　　　　　　　　　　　　　　　　　　——《云端》

这两首诗在登山赏景中表现出作者欲驱迷雾、观风雷的壮志抱负。贺裳《载酒园诗话》续篇称赞后一首"如此气魄，真有履险如夷之概"。他知瑞州时写的七律《题碧落堂》，更明确地表达他的宏大志向就是力挽颓风、兼济天下、重振宋室：

　　　　大厦新成燕雀欢，与君聊此共清闲。地居一郡楼台上，人在半空烟雨间。修复尽还今宇宙，感伤犹记旧江山。近来又报秋风紧，颇觉忧时鬓欲斑。

作为登临之作，此诗写景的笔墨较少，也不细致，作者意在摅写怀抱。但诗的意境、情调、气象，与杜甫的《登高》、陈与义的《登岳阳楼》、陆游的《秋晚登城北门》等登览抒怀之作一脉相通。

文天祥后期的诗，主要收在《指南录》《指南后录》《吟啸集》中。这些作品叙写他九死一生的抗战经历，也记录了他被押解北上的痛苦跋涉，深沉地抒发眷恋故国和决心为民族献身的崇高感情。其中的山水诗，都是把山川景物与个人的身世之悲、国家危亡之痛交融起来抒写，每一首都是震撼人心的作品。如五律《南海》《出广州第一宿》《英德道中》《晚渡》《竹间》《建康》，七律《登楼》《赣州》《万安县》《苍然亭》等。请看七律《越王台》：

> 登临我向乱离来，落落千年一越台。春事暗随流水去，潮声空逐暮天回。烟横古道人行少，月堕荒村鬼哭哀。莫作楚囚愁绝看，旧家歌舞此衔杯。

潮声寂寞，烟横古道，月堕荒村，鬼魂哀哭。诗中的山水景物渗透着惨淡悲凉的感情色彩，流露出诗人对山河破碎、人民遭难、英雄遗恨的悲叹。《金陵驿》更把这种苍凉凄楚的亡国之痛，沉郁顿挫地摅写出来：

> 草合离宫转夕晖，孤云飘泊复何依？山河风景原无异，城郭人民半已非。满地芦花和我老，旧家燕子傍谁飞？从今别却江南路，化作啼鹃带血归。

这类山水纪行诗的风格直逼杜甫夔州以后的诗，但由于处境不同，文天祥的这些作品更多一层绝望的悲愤，也更给人以血泪淋漓之感。这些山水诗，不能以寻常诗篇计工拙。它们具有高度的纪实性和抒情性，具有"史诗"般深厚的思想内涵。

二 汪元量：七绝联章史诗《湖州歌》

汪元量（1241—1317），字大有，号水云，钱塘（今浙江杭州）人。他是供奉内廷的琴师。元灭宋后，跟随被掳的三宫去北方，沿途创作了著名的七绝联章史诗《湖州歌》，其中不少是从山水景色描写发兴而抒亡国之痛的。如：

>   一掬吴山在眼中，楼台累累间青红。锦帆后夜烟江上，手抱琵琶忆故宫。
>
>   北望燕云不尽头，大江东去水悠悠。夕阳一片寒鸦外，目断东南四百州。

前一首写被掳北行时，回首故都，对美丽的山水楼台深情眷恋，又由眼前而联想到日后凄惨渺茫的路程。后一首先以大江东去、江水悠悠隐喻国势倾危不可挽回，再用夕阳、寒鸦的凄凉景象衬托去国之哀。这组七绝联章诗以相互衔接的流动画面，表现了北上途中所见所闻所感，大多寄情于景，写得凄凉沉痛，感人至深，被誉为"宋亡之诗史"（李珏《书汪水云诗后》）。

汪元量还有许多山水诗，从江南、西南写到北国，取材广阔，大多是七律和七绝。一部分纯写对山水景色的赏爱之情，如《汉州》："马踏巉岩缓着鞭，汉州城外看青天。云横叠嶂吞残日，风卷崇风起晓烟。地拔翠峰森似笋，溪明锦石小如钱。官邮睡足出门去，信口语言诗未圆。"状景颇真切。他曾在诗中大量运用叠字描绘景物情态，如《太华峰》："华山山木乱纷纷，铁锁垂垂袅袅猿。石齿齿前光烁烁，壁岩岩后势奔奔。奇奇怪怪云根耸，郁郁葱葱雾气昏。上上上头仍上上，最高高处有乾坤。"句句有叠字，从二叠、三叠到五叠，大大发展了江湖诗派爱用叠字的作风，有如文字游戏，不足为法。更多的作品，以登临眺远、怀古伤今的方式将情融于景中，抒写心中的悲愤，如《望海楼独立》《吴山晓望》《苏台怀古》《虎丘》《金陵》《凤凰台》《石头城》等。《易水》云：

>   芦苇萧森古渡头，征鞍卸却上孤舟。烟笼古木猿啼夜，月印平沙雁叫秋。砧杵远闻添客泪，鼓鼙才动起人愁。当年击筑悲歌处，一片寒光凝不流。

在渲染山水景物萧森荒寒的氛围中感怀历史兴废，寄寓亡国之痛和人世的沧桑之感，颇能触动人们的心弦。

三　真山民："永嘉四灵"诗风的继承者

真山民（生卒年均不详），不传名字，只自呼"山民"。后有李生乔说他不愧为南宋著名理学家真德秀之孙,因知其姓真。或说名桂芳,括苍(今浙江丽水)人,或说为宋末进士,但都无确证,大抵是后人揣测之说。他是宋遗民,《兵后寓舍春》有"世换山如醉"之句,显然是亡国所作。

他的诗,《宋诗钞·山民诗钞》所收的都是近体诗,律诗又多于绝句。《宋诗钞》说他"皆探赏优胜之作,未尝有江湖应酬语也",评价中肯。确实,他的律诗和绝句是"探赏优胜"的山水诗。作为一个在乱世中隐姓埋名、僻居山林的诗人,他竭力摆脱亡国的痛苦与孤独,终日与山水大自然对话,以求得精神的慰藉。"好山多在眼,尘事少关心"(《山间次秀芳宿韵》),即是他的心灵自白。他对山水自然美也确有新鲜的发现和独到的感受,写出许多别人没有表现过的景物情态、场景和细节,如:"烟碧柳出色,烧青草返魂。"(《新春》)"鸟声山路静,花影寺门深。"(《兴福寺》)"风蝉声不定,水鸟影同飞。"(《夏晚江行》)"水清明白鹭,花落失青苔。"(《溪行》)"霜轻留草绿,雾暗失山青。"(《临江晓行》)"树色烟明灭,蝉声风抑扬。"(《夏日》)"涧暗只闻泉滴沥,山青剩见鹭分明。"(《山行》)"路从初日红边过,人在野花香里行。"(《春晓山行》)这些诗句对视觉、听觉、嗅觉的表现,都很生动、细致。他的写景语言有的显出精心锤炼之迹,如:"橹声摇客梦,帆影挂离愁。"(《兰溪舟中》)"云融山脊岚生翠,水嚼沙洲树出根。"(《朱溪涧》)有的却似信口吟成,天然美妙,如:"一二里山径,两三声晓莺。乱峰相出没,初日乍阴晴。"(《晓行山间》)"八九峰如画,两三人倚栏。棋声敲竹外,帘影落花间。"(《宋道士同游白云关》)"蟋蟀数声雨,芭蕉一寺秋。乡关来枕畔,时事上眉头。"(《道逢过军投宿山寺》)可见,他很善于布置律诗中两联的关系,或一景一情,或一散一整,或一疏一密,使诗意有变化,不呆滞;尤善于运用数量词烘染情态,创造意境。总之,他的山水诗不仅数量多,而且写得精心,意境清隽圆融。《四库全书简明目录》说他"其诗源出晚唐",并推许为宋代遗民诗人中的"第一流"人物,洵非虚誉。

但真山民的诗并非都超尘出俗、不涉世事。他在七律名篇《杜鹃花得红字》中创造的那只"归心千古终难白,啼血万山都是红"的杜鹃的形象,正是他的自我写照。在他的山水诗中,也曲折隐晦地表达出故国之思和亡国之痛。如:

两袖春风一丈池,等闲踏破柳桥西。云开远嶂碧千叠,雨过落花红半溪。青旆有情邀我醉，黄莺无恨为谁啼？东城正在桃林外，多少游人逐马蹄。

——《西湖图》

天色微茫入暝钟，严陵湍上系孤篷。水禽与我共明月，芦叶同谁吟晚风？隔浦人家渔火外，满江愁思笛声中。云开休望飞鸿影，身即天涯一断鸿。

——《泊舟严滩》

两首诗都通篇写山水景物。但前一首借黄莺的无恨而啼，暗点风景不殊河山易主之恨；尾联更从游人乐以忘忧，寄寓深沉的悲哀。后一首以"水禽与我共明月"暗示自己的高洁志向，尾联自喻为"天涯一断鸿"寄托亡国后的痛苦与孤独。二诗分别运用以乐景写哀和以哀景写哀的表现手法，鲜明、生动、完整的山水景物形象与浓厚的抒情性达到了高度的统一。类似的篇章，还有《泊白沙渡》《光霁阁晚望》《晓行山间》《临江晓行》《春晓山行》等。

四 谢翱：桀骜、幽奇的山水诗风

谢翱（1249—1295），字皋羽，号晞发子，长溪（今福建霞浦）人，后徙浦城（今属福建）。元兵南下时，曾尽捐家财募集乡兵数百人参加文天祥部队，任咨议参军。宋亡不仕。他的诗多是悼亡友、哀故国之作，苦思锤炼字句，主要学习李贺、孟郊风格而加以变化，以曲折隐晦的梦幻、象征、怪诞手法表达自己难言的隐痛。诗多古体，近体也受古体影响。在晚宋诗坛上，他以桀骜、幽奇风格，独树一帜。

谢翱的山水诗很少，在这极少的山水诗中，其意也不在生动细致地刻画山水景物，而是借山水景物作象征，或烘托出一种抒情氛围。如：

频年感烟草，荒冢几人耕。吴楚逢寒食，山村见独行。天阴月不死，江晚汐除生。到海征帆影，悠悠识此情。

——《寒食姑苏道中》

心游太古后，转觉此生浮。天外知何物，山中着得愁。岸花低草色，潮水逆江流。消长盈虚里，令人白尽头。

——《野望》

写景笔墨简略，却有峭拔苍凉之致。从对山水自然美的表现角度看，不及真山民。但他在南宋亡后凭吊杭州故宫废址时写的《过杭州故宫二首》，却是遗民诗中借山水和废殿抒发故国之思的名篇。

禾黍何人为守阍，落花台殿黯销魂。朝元阁下归来燕，不见前头鹦鹉言。

紫云楼阁宴流霞，今日凄凉佛子家。残照下山花雾散，万年枝上挂袈裟。

诗中选用富有象征性的景物意象，既表现了南宋灭亡后临安残败惨淡景象，又叹惋南宋君臣的苟且偷安导致亡国，寄寓自己的沉痛怨恨。此诗写得沉郁深挚，具见其近体律绝也受孟郊、李贺诗苦思锤炼的影响。

五　林景熙：幽惋中显奇崛

林景熙（1242—1310），字德阳，一作德旸，号霁山，温州平阳（今属浙江）人。咸淳七年（1271）进士，为泉州教授，后任从政郎。宋亡，隐居于乡，教授生徒，从事著述。他曾托名采药，与谢翱等共葬宋帝的骸骨于兰亭，故而名重一时。他是著名的宋遗民诗人，有《白石樵唱集》。他的诗多以怀旧思宋为内容，山水诗数量不少，也表达出深沉的故国之思、亡国之痛。其中有几首纯以象征性意象来表现的，如《天柱峰》："谁卓孤峰紫翠巅，流泉一脉到宫前。却怜千尺擎天柱，不拄东南半壁天。"诗中所咏天柱峰在浙江乐清县雁荡山，一柱凌霄，高峻挺拔，堪称奇观。诗人却叹恨它撑不住东南半壁天，造成天塌地陷，从而形象、含蓄地抒写出亡国之恨。更多的山水诗不用喻象而用兴象，诗人把亡国之恨倾注到山水景物之中，借景抒情，意余象外。这一类作品有《栝城》《重过虎林》《郑氏西庄》《宿七里滩》《京口月夕书怀》等。试看《溪亭》：

清秋有余思，日暮尚溪亭。高树月初白，微风酒半醒。独行穿落叶，闲坐数流萤。何处渔歌起？孤灯隔远汀。

全诗以溪亭为中心，逐一描绘周围的清秋月夜景色，又以诗人的行为动作细节表现其漂泊无依的孤寂心态。情调凄婉，韵味深长。方逢辰《序白石樵唱》说："德旸自雁荡游会稽，禹窆荒寒，云愁木怆，凭高西望，钱塘潮汐之吞吐，吴山烟霏之舒卷，纷感互发，凡以写吾郁陶者何限。故其诗凄惋，而悠以博，微以章，宛然六义之遗音，非湖海啸吟风月而已。"指出林景熙山水诗的孤臣心事和凄惋风格，是很中肯的。

《宋诗钞》说林景熙："大概凄怆故旧之作，与谢翱相表里。翱诗奇崛，熙诗幽惋。"其实林景熙诗在幽惋中也有奇崛雄放的一面，这也是他与真山民诗的不同之处。真山民诗只是幽惋，集中只有近体律绝；林景熙兼擅五七言古体。他在《书陆放翁诗卷后》和《读文山集》这两首七言歌行中，以雄劲笔触颂扬陆游和文天祥"龟堂一老旗鼓雄，劲气往往摩其垒"，"书生倚剑歌激烈，万壑松声助幽咽"。他的山水诗也有奇崛之作，如五古《大涤洞天》运用博喻描写奇石的千姿万态："或绚若霞敷，或蹙若波诡；或坚若旌幢，或悬若钟鼓；或虎而爪踞，或凤而翅舞。"七古《谒严子陵祠》有"乱峰欲雪江气严，老蜃吹云日色死"；《送葛居士住栖碧庵》也有"声摇孤枕海涛壮，影伴瘦筇山月白"，"琴心剑气两寂寞，醉墨淋漓风雨落"等奇句。章祖程《注白石樵唱》称林景熙为"真诗家之雄杰"，是颇有眼光的。

六　郑思肖：李白式的狂放飘逸

郑思肖（1241—1318），字忆翁，连江（今属福建）人。曾以太学生应博学鸿词科。南宋亡后隐居苏州。他坐卧必向南，自号"所南"，时时不忘故国，是南宋末年一位颇有气骨的画家和诗人。他的《陷虏歌》《写愤》《伯牙绝弦图》《墨兰》等诗，强烈地表现了故国之思与亡国之痛。由于他对现实的失望、悲愤，他向往神仙世界，在《三教记序》中说自己"近中年，闯于仙"。他写了《访隐者》《赠老王道士》《仙兴》等诗，都有飘飘欲仙之意。因此，他最推重"谪仙人"李白，在《观雪》诗中说："李白有狂才，飞笔写无极。"他写了许多带有李白式狂放飘逸的浪漫风格的诗歌，如《秋歌》《春歌》《琴女行》《遇秋涧》《雪中醉题》《狂歌》《醉乡十二首》等。他的山水诗也带着这种浪漫色彩。诗中想象丰富，幻想大胆，又常用夸张手法，创造出神奇的山水境界。如五古《虎丘》："何年海涌来，霹雳破地脉。裂透千仞深，嵌空削苍壁。山润石乳甘，秋冷铁花碧。阊阖云空愁，银虎去无迹。蛟龙镇奇险，拱护梵王宅。"写虎丘，实景与幻象相结合，既真切，又神奇。再看以下两首：

飞来绝顶上，流盼入无垠。国土东南阔，山川今古新。高楼临白日，平地载青春。直欲蓬莱去，因风问大钧。

——《越州飞翼楼》

一襟清气足，此夜岂人寰？醉影松杉下，吟身风露间。秋悬当殿月，云宿近城山。明发骑鲸去，飘然不可攀。

——《宿半塘寺》

前一首写他在高楼上俯视山川，思入无垠，竟欲乘风飞往蓬莱仙境；后一首写他在明月下、风露间醉吟，恍若成仙，竟想象自己明朝将骑鲸飘然远去。七绝《湖上漫赋二首》其二亦云："一望湖光镜面平，暮鸦过尽断霞轻。狂来飞上高峰顶，趺坐松柯叫月生。"同样表达出他渴望飞上高峰、脱离尘世以摆脱亡国痛苦的狂放情怀。

然而，诗人虽"心飞空阔外"，毕竟"身堕乱离间"（《即事八首》其三），飘然成仙不过是一种幻想。因此，他的一些山水诗仍然不能不借耳闻目睹的萧条凄凉景色抒发自我哀怨。其中《绝句十首》其八是写实的：

西风满路奈愁何，昏鼓声中厌北歌。菱藕市空灯火断，一城秋怨明月多。

这是他在南宋亡后隐居苏州时的即景抒怀之作。而《秋雨》一首，则是夸张、写意、浪漫的：

云满长空雨满山，凄凄风色变新寒。夜来白帝将秋去，万树淋漓哭不干。

这"万树淋漓哭不干"的意象，在历来写雨景的诗中是新奇独创的，诗人借此写出了万千南宋遗民的大悲大哭。

郑思肖的山水诗毕竟数量太少，他也不善于生动细致地刻画山水景物，山水诗艺术成就比不上他的纪事、抒怀、咏物、题画之作，也比不上真山民、林景熙、萧立之。

七 萧立之：爽利明快的山水绝句

萧立之（生卒年均不详），一名立等，字斯立，号冰崖，宁都（今属江西）人。淳祐十年（1250）进士，知南城县，移辰州通判。在南宋危亡之际，他曾有请兵抗元的经历。宋亡归隐故乡。他原有集 26 卷，经过兵乱后，大部分散失，今存《萧冰崖诗集拾遗》仅 3 卷。

钱锺书《宋诗选注·萧立之小传》中说："这位有坚强民族气节的诗人没有同时的谢翱、真山民等那些遗民来得著名，可是在艺术上超过了他们的造诣。……不像谢翱那样意不胜词，或者真山民那样弹江湖派的旧调。"对他评价很高。萧立之兼擅五七言古近体诗，其中五古、七古、七律有一些写山水题材的，但诗中抒情、议论多而描写少，山水形象完整的作品寥寥无几。七律《赴官舟中》："蛰龙初动雨峥嵘，黄浊连宵与树平。路入峡头天一握，梦回篷背月三更。江村无复鱼盐市，客饭初尝菌蕨羹。小泊桥南沽斗酒，一街灯火灌婴城。"主要描写舟中旅次的生活情景，对山水的刻画比较简略。他的七言古诗爽快峭利，如《赋陈新伯秋潭》诗中有"我家岩前十丈冰，敲冰夜作玻璃声。爱君有此秋一潭，璧月下照琉璃城"数句，见出他有学李贺处，明快过之，但通篇山水形象也不完整。他的五律名篇《茶陵道中》云："山深迷落日，一径窅无涯。老屋茅生菌，饥年竹有花。西来无道路，南去亦尘沙。独立苍茫外，吾生何处家！"以山水行旅为题材，平易中见深厚，但此诗主旨是写亡国遗民穷困潦倒、走投无路的悲苦心态，前两联写景只是为抒情作铺垫，严格来说亦非山水诗。

他的七绝写山水较多，也最为出色，能够创造出新鲜的令人豁亮的山水景物意象，语言锤炼得精湛传神。例如《武阳渡》：

> 落日平江晚最奇，白龙鳞换紫玻璃。老兵绝叫客争渡，催得船来失却诗。

前一联描写白龙鳞状的江波因为夕照变成了紫红色的玻璃。喻象新奇贴切，言人所未言。又如《病起行散》：

> 分得红腰半日晴，苍苔蜡屐竹间亭。平畴白水斜阳外，都在黄梅雨里青。

把在梅雨中新晴的黄昏郊野景色写得青翠可爱。四句诗用了"红""苍"

"白""黄""青"五种颜色，却调配得错落有致，毫不堆砌。再看以下两首：

> 黄帽牵船客自摇，水花压岸送归潮。晚风忽断疏篷雨，秋在烟波第四桥。
> 自把孤樽擘蟹斟，荻花洲渚月平林。一江秋色无人管，柔橹风前语夜深。

——《第四桥》

前一首写傍晚风起雨停，诗人从舟上疏篷里赏览第四桥的烟波。结句造语新警。淡笔点染，诱人遐想。后一首写他持蟹斟酒，在月下陶醉于一江秋色之中。结句用拟人化手法写橹声如语，又不露痕迹地嵌入了"风""夜深"等字眼，点染出微风轻拂的深夜幽景，传神地表达了诗人陶醉的韵味。两首诗都真切地表现出吴江的风物人情，饶有浓郁的生活气息。这样的山水七绝，平易之中见锻炼，清爽明快，虽无"永嘉四灵"绝句之灵巧，却避免了纤弱，是宋人绝句中的精品。明人罗伦《萧冰崖诗集拾遗叙》称萧立之诗为"南渡以后之高品"，是符合实际的。

上述宋末这些爱国诗人的山水诗，渗透了伤时忧国之情，风格沉郁苍凉，从而改变了南宋后期山水诗过分追求机灵、纤弱、秀婉的风气，在思想内容和艺术表现两方面，都给宋代山水诗注入了新元素，而且直接影响了元代初期诗人继续借山水抒发爱国情怀。

结　　语

对宋代各个历史阶段不同风格流派的山水诗作了评述，我们已有可能从总体上概括宋代山水诗的思想和艺术特点。

其一，是山水诗表现题材的进一步扩大。随着宋代社会政治生活、经济生活、文化生活的不断发展，人们对各地山水自然美有了更多、更深的发现；宋代文官频繁调动职务，激烈的党争造成大批官员被流放，再加上隐逸之风盛行，上百名江湖派诗人到处浪游，这就使宋代山水诗的描写对象越来越丰富，诗人的视野越来越拓展。江浙一带的佳山胜水成了宋代诗人们反复吟咏的对象。在林逋、苏轼、杨万里、范成大、陆游等人的山水诗中，杭州西湖、孤山、钱塘潮、山阴道等旖旎风光，得到了多角度、多侧面、多姿多彩的艺术描绘。陆游、范成大的生花妙笔，更展现出巴蜀雄秀的山水画长卷。苏轼、杨万里对岭南和海南岛的山水，有精彩的表现。许多过去未被人们发现的自然山水胜景，都被宋代的诗人一一收入诗的画幅之中。诚然，宋代没有像唐代的高适、岑参、王昌龄、李颀、李益那样从军出塞的诗人，因此宋代缺少意气豪迈、具有雄浑奇丽意境的边塞山水诗，这是宋代山水诗的一个很大的缺陷。但总体来说，宋代山水诗对自然山水的艺术表现，无论在广度和深度上都超过了唐代。这与宋代社会生活面的拓展以及宋人感情内敛长于对外界景物作冷静的、客观的、细致的观察与刻画有关。

其二，宋代山水诗比起唐代山水诗来，同现实生活的联系更密切，也更富于地区乡土风情和生活气息。宋代诗人笔下的自然景象，已少有唐代诗人如常建、李白、王维等人诗中那些榛莽丛生、虎豹出没、令人不识蹊径、莫辨晨昏的蛮荒山林，或者那些渺无人迹、只有山鸟啼鸣和野花自开自落的深林幽涧，而更多的是随处可见的溪桥野渡、渔村小市、竹篱茅舍，以及游人络绎的湖山名胜，或是诗人日常起居散步的官廨园林等。宋代山水诗人同宋代的山水画家一样，在描绘山水云物、林壑野趣时，并没有忘记表现人的活动，或行旅，或游乐，或山居，或访友，或渔、樵、耕、读，既表达了人和自然的亲密关系，也反映出不同阶级、不同阶层人们各自的社会处境和生活动态，从而多侧面地折射出时代的情绪。也就是说，宋代山水诗已从超尘出世的原始山林回到了亲切有味的世俗人间。大体说来，唐代诗人除一部分人是在边塞军旅生活中讴歌西北大漠的壮丽风光外，多数人是在寻幽探奇和隐逸孤独中吟唱大自然的；宋代诗人则更多的是在调职和贬谪旅途、郊游、访友，以及渔、樵、耕、读等日常生活中发现和捕捉大自然的诗情画意。苏轼山水诗创作的三个高峰，恰恰在他通判杭州、贬谪黄州、远徙惠州儋耳这三个时期。黄庭坚自述"痴儿了却公家事，快阁东西倚晚晴"（《登快阁》），他的山水诗不仅描绘案牍劳形之后登阁所见的清朗高爽景色，而且更多的是唱叹贬谪途中跋涉过的险山恶水。陈与义正是在漂泊流亡五年时间里，目睹山河破碎，写下了不少充满激越爱国感情的山水诗。而新鲜活泼的"诚斋体"山水诗，有许多是杨万里在吏散庭空时"步后园，登古城，采撷杞菊，攀翻花竹"（《荆溪集序》）中的吟咏，或是他"偶拄乌藤出苔径"，"群从同行还起兴"（《十月四日，同子文、克信、子潜、子直、材翁、子立诸弟访三十二叔祖于小蓬莱，酌酒、摘金橘，小集成长句》）的创获。"诗在山林而人在城市"，杨万里《西归诗集序》中的这句自白，可以说是对宋代诗人创作山水诗的生活环境和审美心态的真实概括。它与郭熙、郭思父子在《林泉高致》中所说山水画家们"不下堂筵，坐穷泉壑"同一旨趣。我们试品味以下山水诗句："苍茫沙嘴鹭鸶眠，片水无痕浸碧天。"（林逋《秋江写望》）"夜雨连明春水生，娇云浓暖弄阴晴。"（苏舜钦《初晴游沧浪亭》）"一水护田将绿绕，两山排闼送青来。"（王安石《书湖阴先生壁》）"犹有小船来卖饼，喜闻墟落在山前。"（苏轼《慈湖夹阻风》）"春雨断桥人不渡，小舟撑出柳阴来。"（徐俯《春游湖》）"闲上山来看野水，忽于水底见青山。"（翁卷《野望》）"黄莺也爱新凉好，飞过青山影里啼。"（徐玑《新凉》）这些诗中的山水景物意象和意境，都那么清妙秀远。它们是自然的、本色的，也是人间的、世俗的，给人以平易感、新鲜感，充满了亲切、温馨的人情味和生活气息，这同唐代诗人笔下大量不带人间烟火而多具静谧神秘意味的山水诗迥然有别。

其三，同上述山水诗与日常生活联系更密切这一点相呼应，就是宋代山水诗与田园诗的进一步合流。在王安石、王庭珪、陆游、范成大、杨万里、方岳、翁卷等一大批诗人的创作中，呈现出山水诗的田园化和田园诗的山水化的景观。特别是范成大，他写了不少以乡村风景和劳动生活为题材的田园诗，其中一部分作品，侧重以画家的眼光观察乡村山水，又多用鲜丽丰富的色彩点染风景之美。这些作品既是田园诗，又是山水诗。其他许多诗人在描绘山水时，也多喜欢把乡土田园的景物交织在诗中，使山水诗增加田园风味和乡村生活情调。唐代王维、孟浩然、李白、杜甫、韦应物等诗人已经有一些融合山水田园的作品，而宋代这一类作品更多，既是宋代诗人们生活经历和环境的反映，也是他们有意识的艺术开拓。

其四，宋代山水诗充满着激昂悲壮的爱国激情。由于宋代贯穿着严重的外患，面对外族入侵、国家危亡的局势，诗人们纷纷用诗歌抒发图存救亡、抗侮兴邦的思想感情。诗人们或把对祖国振兴强大的热烈期望寄托在自然山水之中，创作出讴歌祖国壮丽河山的诗篇。更多的山水诗作与痛悼国破家亡、伤时感乱紧密联系起来，使山水景物意象染上沉郁悲凉的感情色彩，甚至渗透着热血苦泪。那么多洋溢着爱国主义激情和民族英雄气概的山水诗的出现，是中国山水诗史上的空前壮观。

其五，宋代山水诗在创作方法、意境、风格、语言和表现技巧等方面，都有着与唐代山水诗不同的特色：唐代诗人感情爽朗，胸襟开阔，心灵外向，具有雄伟的时空意识和大胆丰富的幻想；善于创构宏大的意象，表现壮阔的意境，在作品中显示出雄奇壮丽的风格。而宋代诗人相对来说，感情冷静，心灵内省，时空意识较窄，缺乏超尘拔俗的幻想力。因此，宋代的山水诗中，除了苏舜钦、梅尧臣、欧阳修、曾巩、王安石、王令、郭祥正、苏轼、陆游、杨万里、范成大、朱熹等杰出诗人的作品具有豪迈气魄和雄伟意境外，绝大多数诗人的作品同唐人比较都显得视野和想象狭小一些。钱仲联先生说："古代山水诗的艺术风格，总的可以划分为雄奇和清远两大派。"[①] 我们可以说，唐代的山水诗兼有雄奇和清远两大派，而以雄奇一派为主导；宋代山水诗却主要是清远一派，虽有苏轼、陆游等人的雄奇之作，却未能构成一大流派。

然而，宋代诗人也有胜于唐人之处。宋代诗人生活在一个文化大繁荣

[①] 钱仲联：《古代山水诗和它的艺术论》，《梦苕庵论集》，中华书局1993年版，第493页。

的社会中，他们的学问更广博，知识结构更多元化，层次也更高。他们具有多方面的文学艺术修养，更善于融合不同艺术之长，调动多种艺术手段去开拓创新。因为感情内敛、心灵内向，他们更冷静理智，更擅长对社会、政治、宇宙、自然、人生作深刻思考与探索。他们虽然在诗的灵气和幻想力方面不及唐人，却比唐人更长于对事物作冷静、深入、细致的观察。这样，就使宋诗在唐诗之后，有许多独到之处。《宋诗钞序》谓："宋人之诗，变化于唐，而出其所得，皮毛落尽，精神独存。"叶燮《原诗》用图画作譬说："盛唐之诗，浓淡远近层次，方一一分明，能事大备。宋诗则能事益精，诸法变化，非浓淡远近层次所得而该，刻画变化，无所不极。"翁方纲《石洲诗话》也指出："诗至宋人而益加细密，盖刻抉入里，实非唐人所能囿也。"这些见解都是中肯的。缪钺在《论宋诗》中概括唐诗、宋诗的不同特色是："唐诗以韵胜，故浑雅，而贵酝藉空灵；宋诗以意胜，故精能，而贵深折透辟。唐诗之美在情辞，故丰腴；宋诗之美在气骨，故瘦劲。……譬诸游山水，唐诗则如高峰远望，意气浩然；宋诗则如曲涧寻幽，情境冷峭。唐诗之弊为肤廓平滑，宋诗之弊为生涩枯淡。"[①] 以上对于唐诗和宋诗不同艺术特征的论述，自然包括了山水诗在内。如果从山水诗艺术表现的角度作更深细的观察与比较，不难看出宋代山水诗人更擅长观察与刻画，对山水自然景物不仅写得细，而且写得巧。宋代诗人喜欢并擅长大景小取，表现细小景物，又擅长运用白描写生之笔，迅速地捕捉住景物在一瞬间的声色、情态、动静，把握其特征，刻画入微。比起唐代诗人来，宋代诗人更善于表现稍纵即逝、转瞬即改的自然意象。而为了使自然景物意象更灵活，他们又经常地运用拟人手法，把大自然当作人来表现，使之具有人的性灵与表情。许多诗中的自然物之间、人和自然物之间的关系，都被赋予了世态人情。将自然山水拟人化的诗句，在宋诗中大量出现。他们还努力通过巧妙的构思、新奇的意象以及生新的字句，创造出与唐人山水诗迥然不同的全新境界。

宋代诗人由于深受禅宗"万物皆有佛理"和理学"格物致知""格物穷理"的观物态度和思维方式的影响，还喜爱在山水诗中寄寓精邃深刻的哲理。苏轼、朱熹、杨万里的许多山水诗都能巧妙地把情、景、理融合在

[①] 缪钺：《诗词散论》，上海古籍出版社1982年版，第36页。

一起，使诗中充满理趣，耐人寻味。但也有相当数量的山水诗，议论和说理笔墨过多，使诗中的山水景物意象不够生动、鲜明、完整，也就无法展现出浑融、含蓄的意境。这是宋代山水诗的一个很显著的缺点。

其六，两宋是山水画的辉煌时代。这时山水画已取代人物画成为绘画艺术的主流品种。山水诗受到山水画的很大影响，二者产生了同步同构对应。山水诗在艺术表现方面出现的许多新变，都与此息息相关。首先，山水画家已不满足于描绘耳目所接的一时一地的山水景物，而敢于移动视点、延续时间，把"三远"的视野凝集在一幅全景画里，使画境成为若干时空关系的总和，如荆浩的《匡庐图》、关仝的《山溪待渡》和《大岭晴云》、范宽的《溪山行旅》与《雪景寒林》、巨然的《巨壑松风》、董源的《潇湘图》等。山水诗受这种全景山水画影响，出现了大量长达数十韵乃至百韵以上的长篇，如苏舜钦《蓝田悟真寺作》（50句），欧阳修《忆山示圣俞》（52句）、《自岐江山行至陆驿》（48句）、《庐山高赠同年刘凝之归南康》（37句），王安石《和平甫舟中望九华山》（160句），苏轼《入峡》（60句）、《巫山》（78句），晁补之《谒岱祠即事》（127句），尤袤《游张公洞》（100句）等。与全景山水画所绘山水兼具"可行可望，可居可游"（郭熙《林泉高致》）之妙相对应，宋代许多长篇山水诗还细致地、酣畅淋漓地抒写了诗人们在名山胜景中的行、望、游、居之乐。而南宋山水画家马远、夏圭创作了许多只描绘山之一角或水之一涯的精巧细致的山水小幅，被称为"马一角"和"夏半边"。他们又擅长运用组画形式表现处于不同时空却又相互联系的山水景象。与此相应，在南宋的山水诗中，就有杨万里的《桑茶坑道中八首》《过松源晨炊漆公店六首》，姜夔的《除夜自石湖归苕溪十首》《湖上寓居杂咏十四首》，朱熹的《武夷棹歌十首》等七绝组诗。宋代很多诗人都善于以画家的眼光选取描写角度，并借鉴画家"经营位置"的艺术匠心，描绘出空间层次清晰、富于立体感的山水图画，如苏轼《腊日游孤山访惠勤惠思二僧》，清人汪师韩评析此诗景物布置之妙曰："结句'清景'二字，一篇之大旨。云雪楼台，远望之景；水清林深，近接之景。未至其居，见盘纡之山路；既造其屋，有坐睡之蒲团。至于仆夫整驾，回望云山，寒日将晡，宛焉入画。"（《苏诗选评笺释》）宋代诗人又普遍地、熟练地运用类似画家以画框取景的"借窗观景"手法，例如曾公亮《宿甘露僧舍》，王安石《书湖阴先生壁二首》其二、《思王逢原三首》其二，曾巩《西楼》，苏轼《南堂五首》其五，汪藻《即事二首》其二等，都妙用窗户作画框，勾画出咫尺万里、活跃飞动的山水图画。杨万里的《舟过石潭》"好山万皱无人见，都被斜阳拈出来"，更是诗人从山水画的皴法中获得灵思妙想的佳句。陆游的《过灵石三峰二首》其一"拔地青苍五千仞，劳渠蟠屈小诗中"，则是把山水画家化大为小、缩龙成寸的表现方法巧妙用于诗的构思和想象的典型一例。钱锺书在《宋诗选注》中精辟地指出：从文同开始，诗人们在描摹天然风景时，才具体地把当前风物比拟为某种画法或某某大画家的名作，例如他的"独坐水轩人不到，满林如挂晛禽图"（《晚雪湖上寄景孺》），"峰峦李成似，涧谷范宽能"（《长举》），"君如要识营丘画，请看东头第五重"（《长举驿楼》），为中国写景文学添了一种手法。钱先生慧眼独具，发现了这一点。这里想补充说明：宋代诗人用绘画技法或画家名作比拟天然风景，并不仅仅是简单地比喻，他们有时还能从喻体形象——绘画名作中进一步发挥奇特的想象，赋予喻体以本体形象不可能具有的性质或动作，从而展现出亦真亦幻、虚实结合的绝妙画境。如陆游《雨中山行至松风亭忽澄霁》："烟雨千峰拥髻鬟，忽看青嶂白云间。卷藏破墨营丘笔，却展将军著色山。"在《湖上晚望》诗中，陆游有"峰顶夕阳烟际水，分明六幅巨然山"之句，用巨然的山水画明喻湖上暮景之美；而在此诗里，诗人想象出"卷藏""却展"两个动作，把明喻巧妙地转化为曲喻，从而更生动地摹状出山中晴雨变幻的瑰奇景色。

细心研读宋代山水诗中许多以绘画比拟天然山水风景的作品，不难发现它们具有一个共同的艺术特点，这就是诗人们都喜爱在作品中追求幽默诙谐、反常合道、富于智慧、耐人寻味的意趣。例如，苏轼的《自兴国往筠宿石田驿南廿五里野人谷》、秦观的《泗州东城晚望》、刘澜的《桐江晓泊》、俞桂的《过湖》等。由此看来，宋代山水诗除了兼具谐趣、奇趣、理趣外，还可添上一个"画趣"。如果进一步品味，我们还可以发现，宋代诗人们在引入并消化绘画艺术的思维方式与表现技法的同时，还普遍表现出一种追求水墨韵味的美学倾向，而对水墨韵味的偏好与追求，又是同创造虚融淡泊、荒远清冷艺术意境的自觉意识紧密相关、表里相合的。宋代诗人和画家都喜欢选择诸如荒林古寺、寒江暮雪、晚钟落照、秋月夜雨等自然意象，用水墨或素淡的色彩，来创造荒寒清冷、静寂旷远的意境，借以表现他们深受禅宗思想影响而形成的超尘出俗、忘却物我的人生哲学，表现他们虚融清净、淡泊无为的生活情趣以及幽深玄远的禅思，并形成以此为特定指向的文人诗画艺术规范。这对元、明、清三代的山水诗画创作产生了巨大深远的影响，并成为中国封建社会后期士大夫文人普遍推崇的审美理想①。

---

① 关于宋代山水诗与山水画的同构对应，详参陶文鹏《宋代山水诗的绘画意趣》，《中国社会科学》1994 年第 2 期。

第四编

山水诗的承续与发展

绪　言

　　中国古代山水诗史，内蕴着中国人对于自然美的审美意识的发展过程，应该是不断提高的。但是，文学史的发展也同历史的发展一样，并不仅仅是一个一目了然的逻辑直线，而是有许多因素渗透其中，形成了无比丰富的复杂性。我们只能尊重历史的本来面目，而不能随意地去装扮它。

　　辽、金、元三代，都是由北方游牧民族开创、建立的王朝，时间上互相衔接。辽与五代、北宋相始终，金与南宋并存，元灭金、南宋，统一中华版图，成为第一个少数民族贵族为统治者的一统王朝。本来山水诗的发展到盛唐已臻艺术峰巅，体现了相当成熟的审美意识。从中唐开始到宋产生了新变，人们对山水的描写已不仅是在摹画自然而是融进情思，创造"透彻玲珑，不可凑泊"（严羽《沧浪诗话》）的完整审美境界，而开始以诗人之"意"来驱遣山水，加进了很多主体因素，使山水诗具有了更多的理性成分。辽、金、元的情形又不同了。在整个山水诗史的发展过程中，它真是一个"承续与发展"的环节。一方面，异质文化，不同的审美对象造成了一些特殊的风貌；另一方面，唐诗与宋诗不同的时代风格，使辽、金、元的山水诗有了多元继承的可能性与必然性。

　　辽代诗作很少，流传下来不足百首（还包括一些僧、道之诗，其实乃是偈语）。作者主要是契丹人，且多为皇室成员。从山水诗史的角度而言，辽实无可述。因其现存篇什中，没有纯粹的山水吟咏。寺公大师的长诗《醉义歌》，虽有局部的山光水色描写，但都"一闪而过"，未成片断，遑论以山水名篇。史实就是如此。我们只能实事求是，付之阙如。如欲究其原委，大概可以认为是当时契丹人的审美意识还缺乏以山水自然美作为独立的审美对象的自觉。

　　金代则不同。金诗的起点颇高，因有"借才异代"之说。金初诗坛活跃的诗人基本上都是由宋入金的文士，如宇文虚中、吴激、高士谈、蔡松年等人。他们都有很深的文化修养，往往都借吟咏山水来寄托自己的幽怀。而诗艺的成熟、内蕴的深沉，使其山水诗作有着不同于唐、宋山水诗的某种韵味。这种山水景色描摹后面的东西难以明言，难以阐析，却为后来金代中、后期诗人写作山水诗时所承继。元好问作为金代第一大诗人，所作诗篇浩瀚汪茫，气象万千，其山水之作多传世佳篇，如《涌金亭示同游诸君》《游黄华山》等，都是炉火纯青的七古山水诗。山水诗于金代，以元好问而至峰巅。意境之雄浑，艺术之精熟，是金代山水诗之第一人。

元代的情况更为复杂些。元代诗人很多，存留篇什亦多，山水诗也蔚为大观。元代诗人以汉人为主，当然也有如萨都剌、马祖常等少数民族诗人。但因元朝乃是"一统天下"，以"正统"王朝自居，所以南北文化之差异反映在诗中并不明显。元代前、中期之诗，由于深受理学思想的影响，"雅正"的审美观念居主导地位，因而其山水诗也多平和之音。（顺便说一句，元代诗人与散曲作家重合于一人的情况很少，这基本是两类士人。所以元散曲中的那种野逸之气、避世之想在诗中少有表现。）从元代山水诗中倒可以看出其受到唐、宋山水诗传统不同影响的痕迹。其实，从金、元山水诗中已见此种倾向，就是不以向外客观描摹山水世界为归趋，不把注意力放在创造完整浑融的意境之中，而是亦情、亦景、亦理，主客观掺杂并且引入一些其他因素。元人的山水诗很多是不够精纯的（尤其是古体），融入了许多诗人的主观的东西。元代山水诗到杨维桢一大变。铁崖以乐府为山水，又加入了一游仙境界，但又并非游仙诗，而还属于山水诗的范畴，其风貌已与传统的山水诗颇不相同。

这里所述的有关诗人，当然并非全依一般诗史的价值判断，而以山水诗为本位进行衡量。从审美的角度来看，便是以自然美的观照作为诗史的线索。

第一章　金代初期：思乡之情与异域之感

对于金诗的分期，并非文学史界关注的问题，但又是有必要依照金诗自身的发展流变将其分为若干发展阶段的，这样更为有助于将金诗的特色呈现出来。文学史界关于金诗分期的最新观点是"四期"说，即把金诗发展分为："借才异代"时期、大定明昌时期、南渡时期、金末时期。这种分期以张晶"辽金诗史"为代表，本书同意这种分期。然而，为了论述的方便，我们还是将金代山水诗分为三个发展阶段进行描述。第一个阶段，就是金代初期诗坛的山水诗创作。从时间上看，是从太祖到海陵朝。这个时期的主要诗人，如宇文虚中、吴激、高士谈、蔡松年、张斛等，大多是由宋入金的士大夫作家。清人庄仲方把这个时期称为"借才异代"，这个命题非常合适地概括了金初文学乃至文化的特征。

以这些作家为主体的金初诗人群，在心态上有相应的特征。南人到了北方，最突出的就是思乡之情与异域之感。以此种心态观照山水风物，也就带上颇为别致的色彩。北方的自然景物与江南有明显差异，塞北的风雪、荒漠、冰川、寒林，都与江南的锦山秀水、小桥乌船形成了观感上的极大反差。这些由宋入金的诗人，并非都是情愿留在北朝的，而是出于出使等原因羁留于金的。北方殊异于南方的自然风物更触动了他们的思乡之情与羁旅之感，于是便发之吟咏。当然，这些诗人的经历并不一样，心态也就呈现出多样化的情形，如张斛本是北人，辽时入宋，金初"理索北归"，他的诗作中就多是身在南方、怀想北国山水的篇什。而如蔡松年，在金朝仕至丞相，官高爵显，诗中没有那么多的羁旅愁怀，却在其山水吟咏中寄托了一份超尘出世的遐思幻想。总之，金初的山水诗创作在某种共性之中，又各自有其个性所在。以是分别论之。

第一节　抒写故国之思的宇文虚中

宇文虚中是这个时期最为重要的诗人，他的山水诗相当明澈地映现了诗人的内心世界。

一　生平经历与内心矛盾

宇文虚中（1079—1146），字叔通，别号龙溪居士，成都广陵人。北宋大观三年（1109），虚中登进士第，此后历官州县。政和五年（1115）入为起居舍人、国史编修官。后因向皇帝切谏勿与女真人结盟而遭贬。南宋建炎二年（1128），宋高宗诏求能使绝域、迎还二帝者，朝臣中无人敢于奉使。宇文虚中挺身而出，上表自荐，复资政殿学士，为祈请使出使金国。因其才艺出众，在宋时已名重一时，故被金人羁留不遣，并委以官职，仕为翰林学士承旨。人称"宇文大学"。宇文虚中在女真社会由奴隶社会向封建社会的转变中起了重要作用，而在客观上却触犯了一些保守的女真贵族。于是，一些女真贵族捏造罪名，诬其谋反，并指其家中所藏图书为"反具"。后与高士谈一起被女真统治者杀害。

虚中羁留北朝，身居高位，但其心情却是颇为矛盾痛苦的。他之所以接受金人官职，留于北国，很重要的原因是由于他要设法完成朝廷的使命。《宋史》卷三七一载："二年，诏求使绝域者，虚中应诏，复资政殿大学士，为祈请使，杨可辅副之。寻又以刘诲为通问使，王贶为副。明年春，金人并遣归，虚中曰：'奉命北来祈请二帝，二帝未还，虚中不可归。'于是独留。虚中有才艺，金人加以官爵，即受之，与韩昉辈俱掌词命。"可见他是心系南朝，不忘自己使命的。他隐忍负重，想要有所作为。他在诗中时以出使而不辱使命的苏武自比，又在篇什中时时抒写故国之思，如他所写的这样一些诗句："穷愁诗满箧，孤愤气填胸。脱身枳棘下，顾我雪窖中。"（《郑下赵光道，与余有十五年家世之旧，因各题数句》）"老畏年光短，愁随秋色来。一持旌节出，五见菊花开。强忍玄猿泪，聊浮绿蚁杯。不堪南向望，故国又丛台。"（《又和九日》）如此等等，充满了对故国的思念以及节操自持的意识。

二　南北风光的对照表现

现存的宇文诗作有50余首，见于元好问编《中州集》及郭元釪编

《全金诗》等文献之中,其诗皆入金后所作,其中以山水风物为主要描写对象的山水诗约有 20 首。

宇文虚中的山水诗,极少有专力写景的,多数是为山水景物所触引,兴发自己内心忧思宦情。从山水诗中,完全可以感受到诗人的心灵搏动。在宇文诗中找纯粹的山水诗是很难的,诗人总是在山水描写中投射进或直抒出自己的情感与志节。如《过居庸关》一诗:"奔峭从天坼,悬流赴壑清。路回穿石细,崖裂与藤争。花已从南发,人今又北行。节旄都落尽,奔走愧平生!"宇文诗中的自然景色,有很强的主体投射性。诗人以生动的笔致描写出过居庸关时所见之景。关隘奇险,宛如从天坼裂;山中飞瀑奔赴幽壑,清冽可爱,山中小路宛如羊肠,从乱石中穿过;崖壁峥嵘怒耸,与葛藤相互纠缠。诗人把居庸关的山水景致写得历历在目。再看《晚宿耀武关》一诗:"山与烟云暝,溪兼冰雪流。寒枝啼枯鹊,炀室聚呻嘤。此日征行困,何时丧乱休?尚矜争席好,无复旧鸣驺。"这首诗写诗人晚宿耀武关的感怀。前半首主要写所见景物,后半首抒怀寄慨。在山水描写中写出了北方冬季景物的特征。傍晚,烟云缭绕,暮霭沉沉,给山野罩上了神秘的面纱,溪流中漂着冰雪,为山野带来了一派寒意。作为一个"南人",诗人对于北方的冬季山川景物是感到新奇的,他带着审美的敏感来看景物,在诗中突出了北方的寒肃。在这种寒肃的环境中,诗人更感到了征行之困,丧乱之忧。

与对北方山水清寒意境的体验相对的,是诗人对江南春日佳丽风光的忆念。《春日》一诗吟道:"北洹春事休嗟晚,三月尚寒花信风。遥忆东吴此时节,满江鸭绿弄残红。"这里将南北春日加以对比,寥寥四句就将塞北春天之晚、三月尚寒与江南春日的风光旖旎、满江鸭绿这两幅图景并呈在读者面前。但要看到,在这首七绝中,北方山水是实写,是即目所见;而江南风物是回忆中的图景。这种回忆式的图景,拉开了时间与空间的距离,经过了诗人的审美信息处理,加强了情感力度。这种一虚一实描写山水的篇什,是在宇文虚中等人的特殊心态下的产物。这点在下一节谈吴激山水诗时将着重探讨其审美价值。

《和高子文秋兴二首》也是在自然景物的描写中寄寓了寥落之感与节旄之志。诗云:"沙碧平犹涨,霜红粉已多。驹年惊过隙,凫影倦随波。散步双扶老,栖身一养和。羞看使者节,甘荷牧人蓑。""摇落山城暮,栖迟客馆幽。葵衰前日雨,菊老异乡秋。自信浮沉数,仍怀顾望愁。蜀江归棹在，浩荡逐春鸥。"这两首五律，都写得深沉而动人。高子文即高士谈，是虚中的好友，也是由宋入金的汉士。诗人在这两首给知己的和诗中掬出了心底的波澜。前者感慨驹年过隙，老境倏至，自己却未及有所作为，大志难酬；第二首则充满羁旅之愁与怀乡之情。在诗人眼中的北国风光，满是衰飒摇落的景象。诗人想象着、回忆着故乡的山水，充满眷恋与向往，恨不能马上飞回巴山蜀水那母亲的怀抱。蜀江、归棹、春鸥，构成了一幅多么温暖明丽的画面，浸透着诗人对于故乡的顾望之情，与前面的摇落衰飒形成了鲜明的对比，从而又突出了心中的客愁。

从这些篇什中，我们可以看出，诗人在其山水之作中投射了深沉而浓厚的主体情怀，使山水意象带有明显的情感亮色。诗人又往往通过对照描写，凸显了南北山水风物的不同特色。这在山水诗史上是很值得注意的现象。

三　精熟而新颖，细腻而有气象

值得一提的还有宇文虚中的四序回文组诗，这组回文诗分春夏秋冬四部分，每部分包含3首，计12首，其中多有描写山水景物的佳什，这里略举几首，如"翠涟冰绽日，香径晚多花。细笋抽蒲密，长条舞柳斜。"（《春之二》）"翠密围窗竹，青圆贴水荷。睡多嫌昼永，醒少得风和。"（《夏之一》）"草径迷深绿，莲池浴腻红。早蝉鸣树曲，鲜鲤跃潭东。"（《夏之二》）"短苇低残雨，虚舟带晚潮。断鸿归暗浦，疏叶坠寒梢。"（《秋之二》）"戚戚蛩吟苦，茫茫水驿孤。日衔山色暮，霜带菊丛枯。"（《秋之三》）这些五言回文绝句，写得非常精致，所描写的景物，仍是江南山水，也就是说还是回忆性的。诗人以细腻的笔触，描绘出江南四季分明的景色，如同一幅幅工笔扇面，其中融注了他对故国的深挚情感。从回文诗的角度看，这些小诗更显得构思精巧，文字考究，有音节回环之美。

宇文虚中的山水诗，映现着诗人的独特心态。作为一个宋儒，一个"南人"，羁留北朝，心里本来就是抑郁苦闷的。到了冰封雪飘的漠北，自然环境和人文环境都与南国有相当大的反差，使他对塞北的自然景物有了强烈的印象。他的这些篇什，在意象创造、风格等方面都显得精熟而不落俗套，细腻而不失气象。可以视为宋诗的艺术积淀与金源环境变异以及诗人主体情志互相掺融的产物。

第二节　眷恋故国的吴激、高士谈

在金源前期诗坛上，吴激、高士谈也都是有成就、有个性的诗人。他们都是由宋入金、羁留北朝的士大夫，身在漠北而念念不忘故国和南方故园。对于故国与故园的殷殷之思，在他们的诗歌创作中时时流溢而出，其山水诗作也深沉地寄托了这种情愫。吴、高的山水诗，在其景物意象中有着深切的情感内涵。

一　吴激：以审美回忆描绘江南山水

吴激（1090—1142），字彦高，号东山，建州（今福建建瓯）人，系宋宰臣吴栻之子，著名书画家米芾之婿："工诗能文，字画俊逸得芾笔意。"（《金史·文艺传上》）他在宋奉命使金。金人慕其文名，留不返遣，命为翰林待制。皇统二年（1142），出知深州，到官三日而卒。

吴激现存诗20余首，诗中多有一种深沉感人的故国之思、故园之恋。诗人羁留在金朝，心中却时时系念着南国，系念着故园山水。这种情感在东山诗中不似宇文诗那样忧愤地表露出来，却是更为深沉、更为泛化地潜藏在意象之中。东山诗的意象是很美的，却又带着浓重的悲凉感，如这样的篇什："锦里春风遍海棠，别时无计奈红芳。山中桃李浑疑晚，犹有残花断客肠。"（《山中见桃花李花》）"杏山松桧紫坡陁，湖面无风亦自波。绿鬓朱颜嗟老矣，落花啼鸟奈春何！诗人未必皆憔悴，世事从来有折磨。列座流觞能几日，知谁对酒爱新鹅。"（《过南湖偶成》）都通过优美而凄婉的意象，流露出诗人的伤感心境。

东山诗中山水之什颇多，而且写得十分优美。诗人那种浓郁的故国之思、故园之恋，就萦绕在这些山水描画之中。吴激是宋金时期的著名画家，又是有才气的诗人，他善于把画的意境融进诗中，这在其山水诗中尤为明显。元好问在《中州集·甲集》"吴激小传"中选了他多联山水诗中的佳句，都显示了这种特色。如《出散关诗》云："春风蜀栈青山尽，晓日秦川绿树平。"《愈甫索水墨，以诗寄之》云："烟拂云梢留淡白，云蒸山腹出深青。"《三衢夜泊》云："山侵平野高低树，水接晴空上下星。"《游南溪潭》云："竹院鸣钟疑物外，画桥流水似江南。"《飞瀑岩》云："数树残花喜春在，一声啼鸟觉山深。"都是山水诗中的上品，又都有着

"诗中有画"的特色。诗人勾勒山水，用文字造就一种画的境界，色彩感、层次感都颇为鲜明。这些诗句可以说是继承了王维山水诗的艺术传统而加以发展的。

吴激的山水诗，多以回忆的方式来写江南风物的。诗人不是写目前的山水景物，而是满怀深情地描绘着江南的锦山秀水，以此寄托对故园的思恋之情。审美回忆在吴激的山水诗中起了不可忽视的作用。写进东山诗中的江南山水，自然是经过了诗人审美加工的产物。最典型的如《岁暮江南四忆》："瘦梅如玉人，一笑江南春。照水影如许，怕寒妆未匀。花中有仙骨，物外见天真。驿使无消息，忆君清泪频。""天南家万里，江上橘千头。梦绕阊门迥，霜飞震泽秋。秋深宜映屋，香远解随舟。怀袖何时献，庭闱底处愁。""吴松潮水平，月上小舟横。旋斫四腮鲙，未输千里羹。捣齑香不厌，照箸雪无声。几见秋风起，空悲白发生。""平生把螯手，遮日负垂竿。浩渺渚田熟，青荧渔火寒。忆看霜菊艳，不放酒杯干。此老垂涎处，糟脐个个团。"诗人羁留金朝，滞身塞北，他对江南故园深深眷恋。他对故国的怀念，都寄寓在对江南山水风物的美好回忆之中。《岁暮江南四忆》集中地表达了他的这种心态。第一首忆念江南的"瘦梅"，在诗人的心目中，她宛如一位高洁脱俗的"玉人"。在江南风物中，诗人对梅花情有独钟，又由此想到"折梅逢驿使，寄与陇头人。江南无所有，聊赠一枝春"的名诗，梅花成了江南的象征。在对梅花的忆念之中，充满了对故国的深情。第二首写自己对江南之秋的魂牵梦绕。江干上金橘千头，明丽如火。阊门、震泽，都在诗人的回忆中那样令人动情。第三首回忆秋江皓月、一苇小舟的美好景致。第四首回忆秋日垂钓、把酒赏菊的情景。江南的秋日风光，对诗人来说是如此亲切，它召唤着诗人之梦。在遥远的塞北，南国的山山水水是那么遥远，又那么亲近。在时间和空间的过滤下，进入诗境的江南山水风物是充满了美的诱惑力的。诗人思念江南故园，江南的山水风情那一幅幅图景在其忆念中是如此鲜明，如此动情，饱含着诗人的审美体验。

审美回忆在吴激诗中起着非常重要的作用。忆念中的山水风物，饱浸了诗人的情感，同时有着相当的"心理距离"，因而，这些东西出现在诗中就有着更为浓厚的审美意味。除上举《岁暮江南四忆》外，《秋兴》也是以回忆的方式来表达对江南故园的眷怀，诗云："后园杂树入云高，万里长风夜怒号。忆向钱塘江上寺，松窗竹阁瞰秋涛。"北方秋夜，长风怒号，诗人身在塞外，却无时不在系念着故园。此刻，他回忆起江南之秋，登临钱塘江上的寺楼，松窗竹阁间观赏秋涛，十分壮伟。通过回忆，诗人打破了空间的域限，将南北之秋并置在一起，而回忆中的钱塘观潮就格外富有韵味。

还有一首是题画之作，但诗人以此描绘江南山水，这也是回忆性的。此诗题为《题宗云家初序潇湘图》，诗云："江南春水碧于酒，客子往来船是家。忽见画图疑是梦，而今鞍马老风沙。"诗中把江南山水写得何等美丽，充满诗情画意。这分明是眼前的画作引起的联想与回忆。也正是因为面对画卷，诗人又从回忆中回到现实，自己仍转徙于塞北的风沙之中。回忆和现实构成了一种对比，而回忆中的江南水乡，无疑是饱含诗人的审美体验的。

在金代诗人中，吴激可说是山水诗的高手。尤以善写江南山水见长。而这些江南山水"画卷"，并非诗人即目所得，而是通过回忆呈现出来的。回忆中所选择之物，是以往生活中印象最深的，成为诗人心中的审美意象，而这又是与他的故国之思紧紧联系在一起的。正由于身滞北地，颇感羁留之忧烦。在触目于北方山水时，诗人所引起的，却是对故园山水的美好回忆。诗人饱蘸了深情来创造这种山水意象，成为吴激山水诗的一个突出特征。

二 高士谈：创造雄浑苍凉的意境

高士谈（？—1146），字子文，一字季默，其父为宋韩武昭王高琼曾孙，宣仁太后的北宋宣和末年，高士谈任忻州户曹。入金仕为翰林学士。他与宇文虚中是志同道合的好友。皇统六年（1146）宇文虚中被告以谋反罪，有司鞠治无状，而"诸贵迭被叔通（虚中字）嘲笑，积不平，必欲杀之，乃锻炼所图书为反具。叔通叹曰：'死自吾份，至于图籍，南来士大夫家家有之，高士谈图书尤多于我家，岂亦反邪？'有司承风旨，并置士谈极刑"（《金史·宇文虚中传》）。这样，高士谈被牵连进宇文虚中案而被冤杀。在金初诗坛，高士谈是一位重要作家，他曾有《蒙城集》行于世（今佚），现存诗 30 首。

高士谈由宋入金，同宇文、吴激一样是被羁留于北方的，其心境十分相近，有很深的矛盾与苦闷。在他的诗作中时时流露出故国之思。去国怀乡的幽愁暗恨贯穿于诗什之中。如这样的一些诗句，深切地道出了诗人的情怀:"不眠披短褐,曳杖出门行。月近中秋白,风从半夜清。乱离惊昨梦,漂泊念平生。泪眼依南斗,难忘故国情。"(《不眠》)"鼓角边城暮,关河古塞秋。渊明方止酒,王粲亦登楼。摇荡伤残岁,栖迟忆故丘。乾坤尚倾仄,吾敢叹淹留。"(《秋兴》)故国之思与漂泊之感交织在一起,构成了高士谈诗歌创作的情感基调。

高士谈并不专力来写山水诗,甚至也很少以山水为描写对象的篇什,而往往是把山水描写与情志抒发十分自然地融为一体。他的诗作笔力苍劲,境界阔大,而又不乏俊逸与灵动。与吴激相比较,可谓别具一路风格。不妨先从两首七律中看其山水诗的特色所在,一是《晚登辽海亭》:"登临酒面洒清风,竟日凭栏兴未穷。残雪楼台山向背,夕阳城郭水西东。客情到处身如寄,别恨他时梦可通。自叹不如华表鹤,故乡常在白云中。"另一首是《风雨宿江上》:"风雨萧萧作暮寒,半晴烟霭有无间。残红一抹沉天日,湿翠千重隔岸山。短发不羞黄叶乱,寸心长羡白鸥闲。涛声午夜喧孤枕,梦入潇湘落木湾。"这两首律诗在艺术上都是很精湛的。诗人下笔颇有豪健之风,却又与"此身如寄"羁旅之怀融而为一,因而给人以豪放俊爽而又不失深沉的感受。诗人描写山水景物,大处落墨,以简洁的笔触、富有表现力的语言,把山光水色的特征呈现出来。像"残雪楼台""残红一抹"等联,都有很强的艺术感染力。

高士谈的五言山水诗,更多地秉承了杜甫五律的苍劲深沉,而且遣词用字精当准确,如这样一首五律:"肃肃霜秋晚,荒荒塞日斜。老松经岁叶,寒菊过时花。天阔愁孤鸟,江流悯断槎。有巢相唤急,独立羡归鸦。"(《秋晚抒怀》)这首诗写秋天塞北的景物,意境苍茫,笔力遒劲雄浑,把塞北深秋的特征写得颇为典型。在"孤鸟""断槎"的意象中投射了诗人的孤独之感、羁旅之怀。

高士谈的山水诗很少,但却很有特点。从体裁上看,基本是五七言律诗,意境雄浑苍凉,语言遒健有力,颇有杜甫诗的神韵。

第三节 表现隐逸之志的蔡松年

金初诗坛上还有蔡松年等诗人,他们不像宇文虚中、吴激、高士谈那样羁留于北朝,也就很难有相同的情感体验,质言之,也可以说就是不会有那种深切的故国之思。但是,同样是由宋入金的士人,自然会有种种的情感波澜。这在他们的山水之作中多有映现。本节主要评述蔡松年山水诗的特色。

一　身居高位，志在山林

蔡松年（1107—1159），字伯坚，自号"萧闲老人"。他本系杭人，长于汴梁。其父蔡靖，北宋末年守燕山，后降于金朝。蔡松年随父从军，在父亲幕府中掌管文字。入金以后，蔡松年被任为真定府判官，自此遂为真定（今河北正定）人。松年在金仕途畅达，官至丞相，封卫国公，不仅在金初文坛，而且也是在整个金代"文艺中，爵位之最重者"（《金史·文艺传赞》）。

蔡松年虽然出身于宋，却没有正式仕宋的经历，入金后又青云直上，因而，他的诗作里既没有宇文虚中的愤激之气、节旄之志，也没有吴激那种魂牵梦绕的故国之情、故园之恋。然而，他对自己的境遇并无多少志满意得，而是向往一种超尘出世、优游林泉的闲适生活。对于官场宦游，他流露出倦怠之意。一边做着高官，一边力求超越现实生活，神往于陶渊明的挂冠隐居、范蠡的轻烟五湖。他在诗中一再表达这种心愿："予也一丘壑，野性真难名。……惊鹿便草丰，白鸥愿江清。不堪行作吏，万累方营营。"（《漫成》）"适意在归欤，肉食非我谋。"（《庚申闰月从师还自颍上对新月独酌》）"归田不早计，岁月易云徂。但要追莲社，何须赐镜湖。"（《闲居漫兴》）隐逸林泉、结庐三径的志趣，在萧闲诗中俯拾即是。他还曾述及自己的性情志趣："仆自幼刻意林壑，不耐俗事。懒慢之癖，殆与性成。每加责励，而不能自克。志复疏怯。嗜酒好睡，遇乘高履危，动辄有畏。道逢达官稠人，则便欲退缩。其与人交，无贤不肖，往往率情任实，不留机心，自惟至熟，使之久与世接。所谓不有外难，当有内病。故谋为早退闲居之乐，度大以来，遭时多故。一行作吏，从事于簿书鞍马间，违己交病，不堪其忧，求田问舍，遑遑于四方，殊未见会心处。"（《雨中花序》）这种想法，一直萦绕在他的心中。

对于萧闲诗中的这种意向，不能以为诗人果真能够实践，果真能够挂冠而去，这样来理解蔡松年，当然未免过于天真；但也很难说他这些意思全出于矫情的表白，那也未必客观。蔡松年虽然在金代士大夫中官职最显，但未必真是出于女真统治者的重用，而毋宁说是出于政治权谋的需要。时金主完颜亮图谋伐宋，经松年家世仕宋，故亟擢显位以耸南人视听。以便对南人起一个"典型教育"的作用。对此,蔡松年并不以之为荣耀,而是不时泛起一种隐隐的愧疚之感。他在丞相的位置上并无可述的政绩,女真统治者也未必真的信任于他。对于宦海风涛,他确实有些厌倦了,但又不可能真的辞官不做。于是,便把山林隐逸、优游云水,作为自己的一种精神寄托,一种理想境界。因而,蔡松年的山水之作,便成为寄寓其理想的最佳载体。

二 山水意象与归隐情怀的交融

蔡松年的山水诗,最突出的一点是他把山光水影的描写与松菊三径的归隐之想融在一起,在山水刻画中投射了自己的人生态度,使山水意象有了特定的思想内涵。从这个角度来说,七言古诗《晚夏驿骑再之凉陉观猎,山间往来十有五日,因书成诗》一首是颇为典型的,诗云:"兜罗葱郁浮空青,晓日马头双眼明。名山不作世俗态,千里倾盖来相迎。老松阅世几千尺,玉骨冷风战天碧。应笑年年空往来,尘土劳生种陈迹。山回晚宿一川花,剪金裁碧明烟沙。寒乡绝艳自开落,欲慰寂寞无流霞。明日行营猎山麓,古树寒泉更深绿。强临水玉照鬓毛,只恐山灵怪吾俗。陂潮不尽水如天,清波白鸥自在眠。平时朝市手遮日,思把一竿呼钓船。驿骑回时山更好,过雨秋容静如扫。山英知我宦游心,为出清光慰枯槁。可怜岁月易侵夺,惭愧山光知我心。一行作吏岂得已,归意久在西山岑。他年俗累粗能毕,云水一区供老佚。举杯西北酹山川,为道此言吾不食。"这首诗是诗人与山川自然的一次"对话"。诗人把凉陉山写得富有人的性灵,同时把这名山写得气象万千,十分壮美。从早到晚的时间推移是诗的结构线索。山间的景致移步换形,从各个角度展示了奇美的风光。清晨,名山在迎接着诗人。老松阅世,天碧风冷,使人如置身于山峡之间。傍晚,一川山花,剪金裁碧,色彩缤纷,却是自开自落,无人搅扰。山间陂塘,水光如天,白鸥清波,更呼唤着诗人"归去来"。"山英"懂得诗人宦游的厌倦,捧出清光慰藉"枯槁"的身心。诗人久有归意,待俗累粗毕,便要栖隐云水,与"山灵"为伴了。这首诗把山光水态的描绘与诗人心态的抒写,十分自然地融为一体,山水意象全然是人的"对象化"了。不难看出,此诗结构和意趣上深受韩愈《山石》与苏轼的《游金山寺》的影响,而对山水的刻画更为丰富多姿,同时也更多地体现了与诗人心态的对应性。

三 "有我之境"的精心创造

蔡松年的山水诗,大多将山水意象与诗人心态融合在一起来写的。在这里,创作主体的心灵世界成为山水之魂,这正如王国维所说的"有我之境"。王国维说:"有有我之境,有无我之境。'泪眼问花花不语,乱红飞过秋千去。''可堪孤馆闭春寒,杜鹃声里斜阳暮。'有我之境也。'采菊东篱下,悠然见南山。''寒波澹澹起,白鸟悠悠下。'无我之境也。有我之境,以我观物,故物我皆著我之色彩;无我之境,以物观物,故不知何者为我,何者为物。"(《人间词话》)蔡松年的山水诗所创造的意境,几乎无一例外地都属"有我之境"。诗人的主体意志、心灵世界在诗中明显出现,而且投射在山水意象之中,使之都着诗人之色彩。这些篇什把对大自然之美的刻画和诗人的归隐理想融而为一。诗人笔下的塞北风物,十分清丽明秀,山水清晖跃然纸上,却又决非单纯的写景,而是在景物风光的描写中凸显了诗人的人生态度与理想境界,诗中有个大大的"我"字在。他的一些近体山水诗也是这样一些篇什,例如:"出山风物便清和,森木如云秀霭多。白水临流照疏鬓,青门折柳记柔柯。重游化国惊岁月,有象丰年占麦禾。亦有黄公酒垆在,微官自要阻山河。"(《初至遵化》)"来时绿水稻如针,归日青梢没鹤深。莫忘共山买田约,藕花相间柳阴阴。"(《西京道中》)"晚风高树一襟清,人与缥瓷相照明。谢女微吟有深致,海山星月总关情。"(《高丽馆中》其二)从这些近体山水诗中可以看出,蔡松年是以人为中心来写山水的。在他的山水诗中,创作主体总是"在场"。而其情感意向的抒写,又都是投射在山水清晖的描绘之中。人与山水交相辉映,庶几可视为蔡松年山水诗的一个特点。

第二章　金代中期：北国山川与金诗风采

本章主要论述从金世宗到宣宗贞祐南渡这段时期的山水诗创作成就。以年号论，主要是世宗大定，章宗明昌、承安年间。在金代历史上，这是最为安定、稳步发展的时期，被史家视为金朝的黄金时代。世宗与南宋休战，南北划界讲和，致力于内部发展，使人民休养生息。因而，金源社会生产力得以复苏与迅速发展。章宗承乃祖之风，偃武修文，使社会文化臻于鼎盛。世宗、章宗对于文学艺术的发展都相当重视，整个社会形成了一种尚文之风。这当然是有利于文学繁荣的。

由于这样一种文化氛围，金代诗歌在大定、明昌年间得到了长足发展，出现了许多有成就的诗人。诗坛上创作颇为繁荣，而且形成了金诗的整体特色。如果说，此前的"借才异代"时期，其诗更多地带有宋诗移植的痕迹，那么，这个时期逐步形成了"国朝文派"，即是指金代文学不同于宋文学的整体特色。

以山水诗而言，由于社会环境的相对稳定，尚文风气的盛行，以山水自然为审美对象的山水诗创作也颇有发展，诗人们对自然美的独立审美价值，有了进一步的认识，山水审美意识更为成熟。本期的一些重要诗人如蔡珪、刘迎、王庭筠、赵沨、周昂、党怀英等，都创作了许多颇具审美价值的山水诗。当然，在这个时期的山水诗中，已经没有了宇文虚中式的节旄之志的寄寓，也没有了吴激式的故园之忆的缱绻，而更多的是以对塞北山水的描绘，展示了"国朝文派"的风采。

第一节　以山水歌行扬名的蔡珪、任询

在论述山水诗在金源中期的具体创作情况之前，我们不妨先介绍一下

有关"国朝文派"的内涵,以便对金诗的发展有一个大略的认识。

一 "国朝文派"概念及其内涵

金代大诗人、诗论家元好问在《中州集》里提出了"国朝文派"的概念:

> 国初文士如宇文大学(虚中)、蔡丞相(松年)、吴深州(激)等,不可不谓之豪杰之士,然皆宋儒,难以国朝文派论之,故断自正甫(蔡珪)为正传之宗,党竹溪(怀英)次之,礼部闲闲公(赵秉文)又次之,自萧户部真卿倡此论,天下迄无异议云。

这里指出"国朝文派"的概念最初是由金代中叶诗人萧贡提出来的。萧贡所说的"国朝文派"指的是大定、明昌时期活跃于诗坛的一批诗人。他们的创作开始显露出金代的独特性质。元好问在金亡之后为保存一代诗歌文献,为金诗存史而编《中州集》,重申"国朝文派"的概念,有了更加丰富、深刻的内涵。他是以一个文学史家的角度来提出问题的。在一代诗歌终结之后,元好问以一种历史性的反思来重提这个概念,无疑是有更为自觉的理论意识与宏通的文学史眼光的。相比之下,萧贡最初提出这个问题时还是较为笼统的、自发的,并未产生更为深远的影响;元好问重新揭示出"国朝文派"的概念,正是对金诗整体特征的概括。

那么,"国朝文派"这个概念的内涵又是什么呢?从遗山的论述来看,首先,是不是地道的"国朝"人。金初诗坛主将宇文虚中、蔡松年、吴激等都是宋儒,由宋而入金,所以不能称为"国朝文派"。清人顾奎光的说法可佐说明:"宇文虚中叔通、吴激彦高、蔡松年伯坚、高士谈子文辈,楚材晋用,本皆宋人,犹是南渡派别。"(《金诗选例言》)可见这是一个很明确的尺度。然而,这绝非"国朝文派"的全部含义。出身与地缘,仅是一个外在的标准,这个标准是易于掌握的。"国朝文派"尚有更重要、更根本的标准,这就是金代诗歌所具有的那种属于自己的风骨、神韵、面目。元好问所说"断自正甫(蔡珪)为正传之宗",并非仅指出身与地缘,而且包含着诗的内在气质。宋人杨万里在评论江西诗派时说:"江西宗派诗者,诗江西也,人非皆江西也。人非皆江西,而诗曰江西者何?系之也。系之者何?以味不以形也。"这对我们理解"国朝文派"是很有借鉴意义的。"国朝文派"除了人须地道的"国朝"出身外，诗也须有"国朝"味。

元好问的论述中，按萧贡的看法，指出蔡珪是"国朝文派"的开山人物。本节即以此为线索，论述蔡珪等人的山水诗创作。

二 蔡珪：表现北国山川的朴野雄奇

蔡珪（？—1174），字正甫，蔡松年的长子。天德三年（1151）中进士第，授澄州军事判官，官至礼部郎中，卒于出任潍州道中。蔡珪在金代中叶是一位有成就的学者、有特色的诗人。据载其学术著作有《续欧阳文忠公集录金石遗文》60卷、《古器类编》30卷、《补南北史志书》60卷、《水经补亡》40篇、《晋阳志》12卷等，著述颇丰。他的诗，《中州集》存录46首。这些诗有很鲜明的风格特征，确乎与金初"借才异代"的宋儒诗风迥异。总的来说，是以豪健拗峭之风显示了"国朝文派"与"借才异代"诗人们的差别。

他的山水诗，风格最为鲜明的是七言歌行《医巫闾》，诗云：

> 幽州北镇高且雄，倚天万仞蟠天东。祖龙力驱不肯去，至今鞭血余殷红。崩崖暗谷森云树，萧寺门横入山路。谁道营丘笔有神，只得峰峦两三处。我方万里来天涯，坡陀缘绕昏风沙。直教眼界增明秀，好在岚光日夕佳。封龙山边生处乐，此山之间亦不恶。他年南北两生涯，不妨世有扬州鹤。

医巫闾山系阴山山脉分支松岭山的高峰，是辽西的名山。诗人以雄放的笔力描绘了这座北方名山的壮美景色，更重要的是借山之雄奇抒写了诗人主体世界的高远不凡。诗的意象雄奇而新颖，如"祖龙力驱不肯去，至今鞭血余殷红"，想象十分奇崛，写出了医巫闾山雄跨塞外的气势。明代著名诗论家胡应麟在评价金诗中的七言歌行体时说："七言歌行，时有佳什，蔡正甫《医巫闾》、任君谟《观潮》……皆具节奏，合者不甚出宋、元下。"（《诗薮·杂编》卷六）对此诗评价颇高，以之为金诗七言歌行中的佳作。作为山水诗，《医巫闾》确乎是别具一格的。它充分地展示了北方山川的雄姿与气势，同时也表现出诗人不同寻常的艺术功力与独特风格。诗中除了宏阔笔力的勾勒之外，还以匪夷所思的奇特想象来表现山之神奇。诗人以虚实相兼的手法把医巫闾这座北方名山写得雄峻无比。从艺术表现上看，此诗可以说开创了与金初"借才异代"时期的创作颇为不同的风格特征。金初诗歌以近体为主，没有七言歌行篇什的出现。而七言歌行较为适宜于表现诗人那种豪放不羁的情感，蔡珪正是借这种诗歌体式，开创了"国朝文派"的独特风貌的。

蔡珪还有一些七律山水佳作，如："城上春阴暗晚空，城头山色有无中。似闻啼鸟来幽树，已有游丝曳好风。流水小桥归未得，落霞孤鹜兴无穷。林花不解东君意，邀勒游人未破红。"（《春阴》）"岭外高槐驿路长，岭头萧寺俯朝阳。定知绝顶有佳处，聊与瘦藤寻上方。千里好风随野色，一轩空翠聚山光。道人底是怜行役，不惜禅床坐午凉。"（《登陶唐山寺》）"荷钿小小半溪香，槐幄阴阴一亩凉。飞絮乱将春色晚，行云闲属暮山长。求田已喜成三径，适意真堪寄一觞。君是山阴换鹅手，可无杰句傲风光？"（《简王温父昆仲》）这些诗艺术技巧纯熟，意境清新，把北方山水的特征描绘出来。清人陶玉禾在评价蔡珪诗境时说："正甫辨博，推为金源一代文章正传之宗，诗亦清劲有骨，萧闲父子皆学山谷。"（《金诗选》卷一）对于蔡珪的山水诗来说，"清劲有骨"的评价也是合适的。

最能体现蔡珪山水诗特色的，当然仍推《医巫闾》这类雄奇拗峭之作。它们带着北方大地所赋予的朴野雄豪之气。如果不是从一般诗歌艺术的角度而是从诗歌史的角度来看蔡珪的文学成就："煎胶续弦复一韩，高古劲欲摩欧苏。不肯蹈袭抵自作，建瓴一派雄燕都。"（《郝文忠公集》卷九《书蔡正甫集后》）赞赏其能摆脱因袭，戛戛独造，开北国雄健一派。他的山水诗，恰在这方面有重要的价值。对于金初的山水诗创作来说，体现了明显的转变，显示着金代诗歌创作的独特风貌。

三 任询：描画浙江潮的万千气象

任询在此期诗坛上也是较有诗名的。任询（1133—1204），字君谟，号南麓，易州军市人。正隆三年（1158）年登进士第，历任大名总幕，益都司判官，北京盐使等职，后被贬为泰州节厅。"时无借力者，故连蹇不进。"（《中州集》卷二）六十四岁致仕还乡，优游乡里，年七十而卒。

任询有多方面的艺术造诣，书法为当时第一，其画也名重一时，尤工山水。作为诗人，据说他当时创作了数千首诗，可惜身后都散佚殆尽了。他的诗、书、画、文都知名于世，"评者谓画高于书，书高于诗，诗高于文"(《金史·文艺传》)。赵秉文称许他的艺术才华说"画诗双绝兼书工"(《闲闲老人滏水文集》卷四)。正因为任询集诗人、画家于一身,所以他的诗作很自然地显示出诗画相融、"诗中有画"的特色,这在他的山水诗中尤为突出的如描写山光水态的小诗:"孤撑山作碧罗髻,散漫水成苍玉鳞。野寺荒凉人不到,水光山影正横陈。"(《巨然山寺》)"万壑溪流合,千峰木叶黄。郎山五千丈,独立见苍苍。"(《忆郎山》)"西湖环武林,澄澄大圆镜。仰看湖上寺,即是镜中影。湖光与天色,一碧千万顷。堤径截烟来,楼台自昏暝。"(《西湖》)任询的这些山水诗,都是以某个特定的山水景物为审美对象,倾力描绘,而不是明显地将诗人的情感与意志投射进去。因而,他的这些篇什,都是再现性的,宛如一幅幅山水画。诗人正是以画家的眼光来观照景物、创造意境的,所以陶玉禾评价其为"景色既佳,风韵复胜元人,著色画也"(《金诗选》卷一)。陶氏之语对我们欣赏任询的山水诗作是颇有启示意义的。这些诗作有鲜明的色彩感,且又十分灵动,确实是独具风韵的。

任询的《浙江亭观潮》,也是一篇山水佳作,但它是以七言歌行所作的"长卷",别有一番气象,诗云:

海门东向沧溟阔,潮来怒卷千寻雪。浙江亭下击飞霆,蛟蜃争驰奋髻鬣。钜鹿之战百万集,呼声响震坤轴立。昆阳夜出雨悬河,剑戟奔冲溃寻邑。吴侬稚时学弄潮,形色沮懦心胆豪。青旗出没波涛里,一掷性命轻鸿毛。须臾风送潮头息,乱山稠叠伤心碧。西兴浦口又斜晖,相望会稽云半赤。诗家谁有坡仙笔,称与江山作勍敌。援毫三叫句不成,但觉云涛满胸臆。

诗人调动各种比喻、想象把浙江潮写得气象万千,多姿多彩,淋漓尽致。诗中又刻画了一个弄潮的"吴侬"的形象,成为画面的焦点。"须臾风送潮头息"以下数句,陡然一转,写傍晚风静潮息的绮丽平静,与前面怒潮澎湃的描写形成鲜明的反衬。诗人借浙江大潮来抒写自己的峥嵘胸臆,充满了激情。此诗是金代七言歌行中的名篇,胡应麟在评价金代七言歌行时曾举此为例,予以高度评价。

任询的山水诗很能代表本期山水诗创作的一般性特征。诗人以较为纯粹的审美眼光来观照自然,而所抒之情,主要是观赏山水美的豪情胜概。

这是与当时比较安定的社会环境和诗人比较平静闲适的心境紧密相连的。

第二节　继承陶、谢、王、孟诗风的王庭筠、党怀英

一　清新空灵的黄华山水诗

王庭筠（1151—1202），字子端，自号黄华山主，金盖州熊岳（今辽宁盖州市熊岳城）人。出身于渤海望族，文学世家。祖父王政，仕至保静军节度使。父王遵，正隆五年（1160）进士，曾任翰林直学士，人称"辽东夫子"。王庭筠少时即聪颖过人，"七岁学诗，十一岁赋全题"（《金史·文艺传》）。大定十六年（1176）直进士及第，授恩州军判，后调馆陶主簿。庭筠此时已负盛名，但被授任这种风尘小吏，心中颇感抑郁，因而馆陶秩满后，遂隐居于黄华山（在今河南林县境内），前后长达十年之久。明昌三年（1192），召为书思局都监，后迁翰林修撰。明昌六年（1195），坐赵秉文上书案下狱。承安二年（1197）贬郑州防御判官。泰和二年（1202）复为翰林修撰，本年十月卒。

在金代，王庭筠是一位具有多方面成就的学者、艺术家，在诗、文、书、画领域均负盛名。元代画论家汤垕曾高度评价王庭筠在画史上的地位："今人收画，多贵古而贱今。且如山水、花鸟，宋之数人，超越往昔，但取其神妙，勿论世代可也。史如本朝赵子昂、金国王子端，宋南渡十百年间无此作。"（《画鉴》）认为他的绘画成就超越了南宋诸名家。元好问称许他："郑虔三绝旧知名，付与时人分重轻。辽海东南天一柱，胸中谁比玉峥嵘？"（《王子端内翰山水同屏山赋二诗》）赵秉文在当时就称他"郑虔三绝画诗书"（《寄学士子端》）。可见，王庭筠在金代文化史上是一位有多方面成就的艺术大师。

在诗歌创作上，王庭筠有相当高的地位与成就。元好问推崇他在诗坛的地位，说："子端诗文有师法，高出时辈之右。"（《中州集》卷三）而近人金毓黻先生更以王庭筠为金源文学之峰巅，他说："金源一代文学之彦，以黄华山主王子端先生为巨擘，诗文书画并称卓绝。同时作家如党承旨怀英，赵滏水秉文，赵黄山沨，李屏山纯甫，冯内翰璧，皆不之及也。"（《黄华山主王庭筠传》）金先生的评价也许失之偏高，但颇能说明王庭筠的文学成就是深受论者推重的。

黄华诗，《中州集》录存28首，金毓黻先生辑录在《黄华集》中的

有44首。这其中颇有一些题咏山水的佳作。尤其是诗人隐居黄华山期间所作的一些山水篇什具有很高的审美价值。诗人脱略了风尘小吏的奔波苦恼,栖居在景色绝佳的黄华山中,进入诗人笔下的山水意象十分和谐优美。如这样一些诗作:"一派湍流漱石崖,九峰高倚翠屏开。笔头滴下烟岚句,知是栖霞观里来。""道人邂逅一开颜,为借筇杖策我孱。幽鸟留人还小住,晚风吹破水中山。"(《黄华亭六首》选二)"绿李黄梅绕屋疏,秋眠不着鸟相呼。雨声偏向竹间好,山色渐从烟际无。""门前剥啄定佳客,檐外屠颜皆好山。"(《野堂二首》)这些诗作多作于隐居黄华山之际。在尘世社会所感到的抑郁与孤独,被大自然的抚慰所替代了。诗人与自然亲切地晤谈,用审美的态度观照着自己所栖身于其间的山水。烟岚、幽鸟、寒草、湍流……似乎都有着跃动的生命。诗人于隐居期间"悉力经史,无所不窥,旁及释老"(金毓黻《黄华山主王庭筠传》)。禅家那种"青青翠竹,尽是法身;郁郁黄花,莫非般若"的泛神精神,与道家哲学中"天地与我并生,而万物与我为一"的思想,对诗人有着很深刻的影响。这些山水诗写得自然亲切,意象鲜明,流溢出诗人对大自然的一派柔情。他所创作的描写黄华山风光的诗作,充分表现了诗人对大自然的亲近与爱恋。

在艺术传统上,王庭筠山水诗更多的是继承了王、孟山水诗一脉,把山水自然美作为一个独立的世界加以表现,或者说是充分展示山水作为自足的审美对象的价值。诗人笔下的山水图景,所创造的基本上都是宁馨、静谧的境界,偏于优美,与蔡珪《医巫闾》那种充盈着磅礴气势的阳刚之美,形成了很鲜明的映照,在金代山水诗中代表着另外一种范型。

二 雄奇飞动的竹溪山水诗

党怀英(1134—1211),字世杰,号竹溪,原籍冯翊(今陕西大荔),后其父官于泰安,遂为泰安人。少时颖悟,日授千言。大定十年(1170)擢进士甲科,历任莒州军事判官、汝阴县令、国史馆编修官、泰宁军节度使、翰林学士承旨等职。大安三年(1211),年七十八,卒于家中,谥号文献。

党怀英少年时与杰出的大词人辛弃疾同学于刘汲门下。后来,辛到南宋,成了著名的爱国词人;党在北方,成为文坛盟主。党怀英诗、文、书法均为世人所推重。他的诗文集《竹溪集》,今已亡佚。《中州集》存其诗65首。竹溪诗风格闲远冲淡，更多地继承了陶、谢的艺术传统。但他在诗歌创作上又有着属于自己的独特个性，即是在陶、谢式的闲远冲淡中蕴含着飞动的意趣。

党怀英从青年时起便钟情于自然，他在科场中并非一帆风顺，曾有困顿落第的经历。然而他"不以世务婴怀，放浪山水间，诗酒自娱。箪瓢屡空，晏如也"（元好问《中州集》卷三《党怀英小传》）。在山水间得到心灵的慰藉与美的陶冶。《竹溪集》中有不少山水佳什，其脍炙人口之作又多为五七言古体。他的诗清新自然而又体物工细，如《穆陵道中》其二："重山复峻岭，溪路宛盘盘。流水滑无声，暗泻溪石间。岸草凄以碧，鲜葩耀红丹。高云映朝日，流景青林端。我行属朱夏，欲愒不得闲。山中有佳人，风生松桂寒。"从体物精细、刻画生动而言，这首诗深得大谢之髓，把山间道中所见景物描绘得十分鲜明生动，而且清丽自然，毫不呆板。但这种景物刻画之中，又抒发了诗人那种萧散幽独的襟抱与孤高的品格。"山中有佳人，风生松桂寒"正使我们联想到杜甫笔下那位"天寒翠袖薄，日暮倚修竹"（《佳人》，见《杜诗详注》卷七）的佳人。清人陶玉禾评此诗云："前半只写道中景物，著结语便邈然意远。"（《金诗选》卷一）这两句确是本诗旨归所在。这种诗中有"我"、"邈然意远"可说是竹溪山水诗的一个特点。再如《夜发蔡口》一诗："落霞堕秋水，浮光照舡明。孤程发晚泊，倦楫摇天星。蔼蔼野烟合，翛翛水风生。远浦浩渺莽，微波澹彭觥。畸鸟有时起，幽虫亦宵征。怀役叹独迈，感物伤旅情。夜久月窥席，慷慨心未平。"也许这算不得一首很纯粹的山水诗，而这又恰恰是典型的竹溪山水诗，即在景物描写中跃动着诗人的灵魂。"有我之境"在竹溪山水诗中是相当普遍的。诗人对于傍晚至夜中的水景写得十分出色。傍晚的落霞染红了水面，船儿就在这落霞的光环中出发了。入夜，似乎倦怠了的船楫缓缓地摇着，把水面上映着的满天星斗搅成了碎片。远处，夜雾蔼蔼；江上，水风翛翛。在弥漫的夜雾中，诗人乘着孤舟远行。听着夜里的畸鸟幽虫，诗人更感到了羁旅行役的孤凄之情。

党怀英诗中又有多首七古山水（或以七言为主的杂言）写得动荡开阖，极有气势。如《和济倅刘公伤秋》一首：

川流为潴钜野阔，水色天容两开豁。山随水远势奔腾，骏马西来衔辔脱。山前云木散不收，坐看木末来归舟。秋容澄明纳万象，画本寂寞横双眸。谪仙曾来钓烟碛，想见夕阳寒影只。骑鲸去作汗漫游，只有荒台压澄碧。台边昨夜西风来，倦游羁宦心悠哉。岂无琼舰百柂载春色，是中可以忘形骸。官居得秋况不恶，高吟何遽悲摇落。君不见中郎诗翰忆湖山，秋色正满连云阁。

这种七古山水诗在《竹溪集》中尚有多篇，如《金山》《新泰县环翠亭》等皆是，然这首《伤秋》则相当典型，诗人把山水境界写得雄奇飞动，使之充满动态的美感。尤其是以"骏马西来衔辔脱"的意象来形容山水的动势，令人击节叹赏。再如《黄弥守画吴江新霁图》，虽是题画之作，实则是通过传画境而写山水之壮美。诗中写道：

江云卷宿雨，江风散晨烟。山光烟雨润欲滴，影堕江水空明间。修蛾新妆翠连娟，下拂尘镜窥明䴦。渔舟来何许，触破青茫然。中流水肥鱼逆上，受网应有松鲈鲜。借问张季鹰，西风何时还？渔郎理网唤不应，但见水碧江涵天。如何尘埃中，眼界有许宽。道人胸次陂万顷，为写此境清而妍。苍崖无尘树影寒，直欲坐我苔矶边。我家竹溪阴，小艇横青涟。异时赤脚踏两舷，不应尚作披图看。

这首题画之什，其实正是意境奇美的山水诗。诗人以非常优美灵动的笔致，将吴江的烟光水色写得千姿百态、气象万千，真可谓山水诗中的一枝奇葩。

在金代山水诗的发展史中，党怀英是重要的一家，他的山水诗有多种体裁、多种类型的美感。诗人往往在山水刻画之后抒写自己心中的宦游之情，而又以极具开放性的景物意象作结，如《伤秋》诗的结句"秋色正满连云阁"，使读者进入一种浩茫无尽、余味无穷的审美境界之中。

第三节　发扬李、杜山水诗精神的周昂、赵秉文

一　周昂：借山水诗抒写浩茫忧怀

周昂（？—1211），字德卿，真定（今河北正定）人。二十四岁中进士，历任南和（今属河南）簿、良乡（今北京房山）令、监察御史等职。后因好友路铎被贬，周昂"送以诗，语涉谤讪，坐停铨"（《金史·文艺传

下》)。谪东海上十数年,"久之,起为隆州都军,以边功复召为三司官"(《金史·文艺传》下)。他不愿出佐三司,自请从宗室完颜承裕军。大安三年(1211),承裕军被蒙古军击溃,周昂与其侄周嗣明同殉国难。

周昂是当时诗坛上著名的诗人和诗论家。他的创作数量颇丰,散佚的不计,《中州集》录存其诗即有一百首之多,《全金诗》又辑补了两首。

在对诗歌创作的理论认识上,周昂有独到的、系统的见解。金代著名诗论家王若虚是周昂的外甥,自幼从他学诗。王若虚的诗学观念,其根本处是得之于周昂的。如王若虚述周昂论诗语云:"文章以意为主,字语为之役。主强而役弱,则无使不从。世人往往骄其所役,至跋扈难制,甚者反役其主。"(《滹南诗话》卷上)这正是周昂诗论的基点。

在创作上,周昂最为心仪杜甫,他的诗作也颇得杜诗真谛。周昂之学杜,是学杜甫之真精神,而不同于江西诗派的学杜门径。对于黄庭坚、陈师道的以学杜为标榜,他是大不以为然的。他曾教诲王若虚:"鲁直雄豪奇险,善为新样,固有过人者;然于少陵初无关涉,前辈以为得法者,皆未能深见耳。"(《滹南诗话》卷上)他一向不喜山谷诗风,认为它尽管"固有过者",其实并非真的继承了杜诗的精神。

在周昂留下的一百多首诗作中,我们不难感受到社会变乱的先潮与时代脉搏的节律。作为一个诗人,他真正继承了老杜那种"穷年忧黎元,叹息肠内热"的真精神,时刻关注着民族前途与苍生命运。如这样一些诗句:"苍茫尘土眼,恍惚岁时心。"(《晓望》)"远目伤心千里余,凛然真觉近狼须。云边处处是青冢,马上人人皆白须。""忧患年来坐读书,田园抛却任荒芜。"(《即事》)都充满了深沉的忧患意识,诗人自己的失落感是与时代的危机感紧密联系在一起的。另如《翠屏口》组诗,则相当深沉地表现了诗人的爱国情怀。诗中有云:"玉帐初鸣鼓,金鞍半偃弓。伤心看寒水,对面隔华风。山去何时断,云来本自通。不须惊异域,曾在版图中。""旌节瞻前帐,风尘识旧坡。眼平青草短,情乱碧山多,晚起方投笔,前驱效执戈。马蹄须爱惜,留渡北流河。"读这些诗作,不难使我们感受到诗人的忧国之情、报国之心。

他的山水诗创作,自觉不自觉地渗透着一种浩茫的忧怀,这种忧怀的内涵,主要是对国家前途、时世纷乱的焦虑之情。且看《水南晚眺》一首五律:"小径通沙稳,清溪带树深。岸危低白屋,云近没青岑。洒落高秋气,飞腾壮士心。赋诗增感激,流水是知音。"这首诗算不上纯粹的山水诗。事实上,周昂集中纯然的山水诗是微乎其微的。此诗前两联以十分简省的笔墨,勾勒了一幅幽静的溪山图。一条清溪蜿蜒流过,溪边的沙地伸出一条小径。树丛宛如一条带子保护着清溪。岸边的几座白屋与河岸相比显得很低,愁云迫近,似乎湮没了青黛色的山峦。这幅"溪山图",带有明显的秋天的特征,本来是静谧的山水,在诗人眺望之中,却腾起"壮士心"。这种情怀显然并非仅仅关乎一己的,而是一种报国之心。联系周昂"捐躯赴国难"的行为,就不难理解诗人的壮怀了。

诗人有《山家》组诗七首,虽也不是纯粹的山水诗,但其中描写山水的诗句却是很有特色的。通过这组诗,我们可以领悟到,进入诗人审美视域的自然,都不可能是脱离主体纯粹的客观美,而必然是带着主体印迹的。此处略述几首:"简易军中事,川原入望多。草平铺碧锦,山远出青螺。远愧桃花水,重临杏子河。去年关塞意,萧飒起悲歌。"(其四)"赤涧蟠双阙,青山壮一门。放歌游远目,箕踞得高原。地险劳天设,边戈厌日屯。庙谋新控扼,万里可雄吞。"(其五)"翡翠长松秀,氍毹细草斑。屡经新渡水,不数旧看山。太华愁登陟,终南费引攀。岂知图画景,长在马蹄间。"(其七)《山家》组诗,显系诗人从军时所作,是写在征途中的。这时,他是以军人的目光来观赏自然山川的。就山水本身的形态来说,也许与王维、孟浩然所处的山水环境并无多少不同;但王维《辋川绝句》中所描写的山水意象与周昂《山家》组诗所描写的山水意象的美感形态是颇为不同的。体现在周昂山水诗中的不是王维式的幽静、空灵与超然,而是一个戎马关山的"壮士"心目中面对大好山河引起的亲切感与崇高感。看到"赤涧蟠双阙,青山壮一门"的山川壮景,诗人放歌远目,有"万里雄吞"的壮怀;"翡翠长松秀,氍毹细草斑"的优美景色所触发的,却是"岂知图画景,长在马蹄间"的深沉感叹,这进一步说明了自然的人化的结果。

七律《登绵山上方》是一首颇能体现作者情怀的山水佳什,诗云:"环合青峰插剑长,小平如掌寄禅房。危栏半出云霄上,秘景尽收天地藏。野阔群山惊破碎,云低沧海认微茫。九华籍甚因人显,迥秀可怜天一方!"此系登临绵山绝顶、俯瞰群峰之作。诗中不仅描绘了绵山之雄伟高耸,也不仅摄写视野中的阔大景象,更重要的是,诗人临山之绝顶,俯瞰群山,忽然预感到山河即将破碎的国家命运。这自然使我们联想到杜甫登上慈恩寺塔的所见所感:"高标跨苍穹,烈风无时休。自非旷士怀,登兹翻百忧。……秦山忽破碎，泾渭不可求。俯视但一气，焉能辨皇州？回首叫虞舜，苍梧正云愁。"(《同诸公登慈恩寺塔》)周昂的这首《登绵山上方》，与杜甫的慈恩塔诗在意境上、心态上都颇相似。而且，两位诗人所处的时代环境也颇相类。杜甫满怀对国家、民族的隐忧，预感到变乱将起，在俯瞰万象中寄托了这种忧怀；周昂处于金朝由盛转衰之时，山河被蒙古军不断吞并，诗人亦忧心正烈。颈联两句，气象雄阔苍凉而寓意深刻。方志有云："绵山在昌平州东十五里。元混一，《方舆胜览》载有绵山寺，金真定周昂题诗其上，有云：'野阔群山惊破碎，云低沧海认微茫。'亦警句也。"(《全金诗》附《茆城小志》)可见此诗颇为人们所看重。

周昂的山水诗尽管数量不多，也不那么纯粹，但其山水意象中触处而发的是忧国之怀，浩茫广远，使其有了深沉的思想内容，风格更近于老杜的沉郁顿挫。而且，周昂的山水描写有着深广的时代背景，与当时金源的社会危机息息相关，同时又融入了诗人爱国忧民的殷切的情愫，这都使其山水篇什有了不同以往的深度。

二 赵秉文：雄奇瑰丽的游华山诗

这里要谈的另一位诗人赵秉文，是金代中期的文坛盟主。他在南渡前已名声甚大，南渡后主盟文坛多年，有深远影响。从他的山水诗来看，还是放在南渡前这段时间论述较为适宜。

赵秉文（1159—1232），字周臣，磁州（今河北磁县）人。"幼颖悟，读书若夙习。"(《金史·赵秉文传》)大定二十五年（1185）登进士第。明昌六年（1195）入为应奉翰林文字，同知制诰。贞祐四年（1216）拜翰林侍讲学士。兴定元年（1217）拜礼部尚书，兼侍读学士，同修国史，知集贤院事。晚年退职归田，因家有闲闲堂而自号闲闲老人。

赵秉文是金源一代著名学者、文学家，他以其宏富的著述为金源文化做出了重要贡献。据史料记载，他曾著有《易丛说》10卷、《中庸说》1卷、《扬子发微》1卷、《太玄笺赞》1卷、《文中子类说》1卷、《南华略释》1卷、《列子补注》1卷，删集《论语》《孟子解》各10卷、《资暇录》15卷，其学术研究涉及中国古代经籍的多方面重要内容。不过，这些著述皆已湮没散佚了。他的诗文集《闲闲老人滏水文集》凡30卷，尚存于世，是我们研究金代文化史、文学史的弥足珍贵的资料。

赵秉文的诗歌创作数量甚丰，现存于《滏水文集》的诗作就有六百余首。关于闲闲诗的艺术成就与特色，元好问曾概括性地评价："七言长诗，笔势纵放，不拘一律。律诗壮丽，小诗精绝，多以近体为之。至五言大诗，则沉郁顿挫学阮嗣宗，真淳简淡学陶渊明。以他文较之，或不近也。"（《中州集》卷三）这个评价还是颇为中肯的。

赵秉文论诗提倡风格的多样化，主张不拘一格。他教后学为诗文时："文章不可执一体，有时奇古，有时平淡，何拘？"（刘祁《归潜志》卷八）对于诗歌创作，赵秉文强调摹仿。在"师心"与"师古"之间，他更强调"师古"。他的五言古诗，确实融合了阮嗣宗的沉郁顿挫与陶渊明的真淳简淡，在含蓄淡远中透出一种英拔不凡之气。而其七古，则写得气势奔放，雄丽高朗。赵秉文的山水之什，尤以七言古体（或以七言为主，兼以杂言）最具特色。如《游华山寄元裕之》便是其中的代表性作品，诗云：

> 我从秦川来，遍历终南游。暮行华阴道，清快明双眸。东风一夜横作恶，尘埃咫尺迷岩幽。山神戏人亦薄相，一杯未尽阴霾收。但见两崖巨壁插剑戟，流泉夹道鸣琳璆。希夷石室绿萝合，金仙鹤驾空悠悠。石门忽断一峰出，婆娑石上为迟留。上方可望不可到，崖倾路绝令人愁。十盘九折羊角上，青柯平上得少休。三峰壁立五千仞，其下无址傍无俦。巨灵仙掌在霄汉，银河飞下青云头。或云奇胜在高顶，脚力未易供冥搜。苍龙岭瘦苔藓滑，嵌空石磴谁雕锼？每怜风自四山而下不见底，惟闻松声万壑寒飕飕。扪参历井到绝顶，下视尘世区中囚。酒酣苍茫瞰无际，块视五岳芥九州。南望汉中山，碧玉簪乱抽。况复秦宫与汉阙，飘然聚散风中沤。上有明星玉女之洞天，二十八宿环且周。又有千岁之玉莲，花开十丈藕如舟。五鬣不朽之长松，流膏入地盘蛟虬。采根食实可羽化，方瞳绿发三千秋。时闻笙箫明月夜，芝軿羽盖来瀛洲。乾坤不老青山色，日月万古无停辀。君且为我挽回六龙辔，我亦为君倒却黄河流。终期汗漫游八表，乘风更觅元丹丘。

如果把描写华山的诗翰搜罗起来，相参来读，一定会叹此诗为"观止"。这首歌行体长诗，充分发挥了诗人的才情，把华山的雄奇壮美写得淋漓尽致，不仅当得起元好问所论的"七言长诗，笔势纵放，不拘一律"，而且有过之而无不及。诗人笔下的华山，写得何等雄奇瑰丽！不仅写出了华山壮美奇特的风光，而且描绘出一个匪夷所思的梦幻般境界。很显然，这是继承了李白的《蜀道难》《梦游天姥吟留别》《庐山谣寄卢侍御虚舟》的写法，充满了丰富奇特的想象。陶玉禾评此诗道："规模青莲尚未可到，而放起得警拔，即在唐人中亦是高调。结处兜裹有法有力。"（《金诗选》卷一）这首诗确实是金源七古中的佼佼者，可以说是"高视阔步"，俯瞰众作。

赵秉文的一些山水小诗则写得清丽悠远，意境灵动，如《郎山马耳峰》："房驷落人间，人石露双碧。月明闻夜嘶，惊落山头石。"这首短小的五古写马耳峰，写得有声有色。诗人充分发挥想象：月明之夜，似乎听到天马嘶鸣，充满了一种神秘之感。这种写法在山水诗中也是别具一格的。另如《效王右丞独步幽篁里》："独坐幽林下，谈玄复观易。西山隐半峰，返照林间石。石上多古苔，山花间红碧。花落人不知，山空水流出。"这类山水之作，更多地有着一种清远冲和的诗风，颇具含蓄蕴藉之致。这也符合他自己的"贵含蓄工夫"（《归潜志》卷八）的审美趣尚，更多地接近王维山水小诗的艺术风格。

赵秉文的山水诗风格较为多样，或如李白那样豪放瑰奇，或如陶、谢那样清淡自然，或如王、孟那样空灵悠远。这因为他本人便广师博采，"得诸家之长"。因而，对各家风格进行模拟，而颇能得其神韵。但较为遗憾的是，闲闲诗缺少一以贯之的自家的风格，这也表现在他的山水诗中。

第三章 金代后期:从优游林泉到忧念苍生

本章重点论述从金王朝"贞祐南渡"到金亡这段历史时期的山水诗创作。

"贞祐南渡"在金王朝来说,实出于不得已。章宗谢世后,卫绍王即位,金王朝开始走向衰败。蒙古的进攻在大安年间愈加猛烈。卫绍王被胡沙虎弑杀之后,金宣宗即位,改元贞祐,此时蒙古军不断进攻,金的山东、河北各州郡相继失守,已经腐朽萎弱了的女真军队无法抵御强悍的蒙古骑兵。宣宗深感恢复无望,于是决意南迁。贞祐元年(1213)金廷迁至南京汴京府(今开封)。南渡以后,朝政越加腐败,金朝国势每况愈下,蒙古军步步紧逼,使金王朝处于风雨飘摇之中。朝中权臣术虎高琪擅政,气焰熏天,堵塞言路,打击异己。在这样一种政风之下,诗人们的心态受到很大刺激。他们多是在明昌、承安时期已在政坛、文坛扬声露名了的,现在受到压抑,时常假诗以为不平之鸣。如李纯甫、雷渊等人的诗中就时见怨愤之气。也有一些诗人干脆寄情山水,长啸风烟,如完颜璹等人。本时期的山水诗创作,是与这种时代特征有较为密切的联系的。

南渡以后的诗坛,成就最为突出的,当推元好问。他不仅在金代是首屈一指的诗人,而且在整个中国诗史和文学批评史上也是一位"大家"。他的山水诗,也有很高的艺术成就,折射出金源后期的丧乱迹象,或直接呈现出山河破碎的图景,同时也反映出国破家亡之际诗人那种痛苦茫然的心态。与元好问同时还有一些遗民诗人,也在他们的山水诗中寄托了失却故国的幽愁暗恨。这个时期的山水诗,有着深沉的时代精神底蕴。

第一节　深受佛道影响的杨云翼、完颜璹

本节论述两位深受佛道影响的诗人杨云翼、完颜璹的山水诗创作。

一　杨云翼：与佛寺融合的山水境界

杨云翼（1170—1228），字之美，平定乐平（今山西昔阳）人。天资颖悟，博通经传，八岁知属对，日诵数千言。明昌五年（1194）经义进士第一，官至吏部尚书、翰林学士。正大五年（1228）卒，谥号文献。杨云翼在南渡后政坛、文坛上有很高威望。南渡后二十年，与礼部尚书闲闲公赵秉文代掌文柄，时号"杨赵"。《中州集》录存其诗21首。

杨云翼受到佛家、道家的影响很深，他的诗多有明显表现出由佛道思想浸染过的人生观，诸如"人生如梦""物我齐一"等佛道观念，经常出现在其诗作之中。目睹金王朝的危难时局与后期的昏昧政坛，诗人的心情是无可奈何的，只好借佛道的一些观念来安顿自己的心灵。如他所写："方寸闲田了万缘，大空物物自翛然。鹤凫长短无余性，鹏鷃高低各一天。身内江湖从瀽落，眼前瓦砾尽虚圆。叩门欲问姑山事，聋瞽由来愧叔连。"（《张广文逍遥堂》）"因缘多自成三宿，物我终同付八还。"（《光林寺》）这些就是以"心生万法""万物皆空"等佛学观念和"物我齐一"的相对主义道家思想来观照人生的。而他描写山水，也常常是与题咏寺院结合在一起的。如《上白塔寺》云："睡饱枝筇彻上方，门前山好更斜阳。苔连碧色龟趺古，松落轻花鹤梦香。身世穷通皆幻影，山林朝市自闲忙。帘幡不动天风静，莫听铃中替戾冈。"《大秦寺》云："寺废基空在，人归地自闲。绿苔昏碧瓦，白塔映青山。暗谷行云度，苍烟独鸟还。唤回尘土梦，聊此弄澄湾。"这类诗作有《双成寺中登楼》《光林寺》等。诗人往往是置身于寺院，浸染于一种浓郁的宗教气氛之中，以佛家特有的空明感与道家的同一观看山水自然。呈现在诗人面前、进入诗人的审美视野的，是一种静谧的、空寂的山水灵境。这时，未经人们改造的山水与人类文化的产物——寺院、佛塔等，融为一个完整的境界。这种境界既有青山碧水的优美，又有宗教意味的反思。它在自然中生发出某种哲思，又将读者引入一个渊深而灵动的妙境之中。在山水诗中呈现为独特的景观。

即便是那些没有明显佛道痕迹的山水题咏，杨云翼也写得优美清和，

空灵澄澈，使人恍若置身其境，似与造化相融。如《太一湫》诗云："四崖环抱镜光平，数亩澄泓石底清。寒入井头千丈雪，净涵岩际一天星。傍人争出鱼依势，衔叶飞来鸟护灵。日日东风送潮出，只应绝顶透沧溟。"再如这样两首七绝："水连深竹竹连沙，村落萧萧已暮鸦。行尽画图三十里，青山影里见人家。"（《蔡村道中》）"云意生阴晚不收，西风疏雨一江秋。画图忽上阑干角，隐隐平湾转钓舟。"（《双成寺中登楼》）由这些山水之什可以看出，杨云翼的山水诗更多地继承了王、孟一派的传统，空灵淡远，意境如画。诗人并不拘于写实，而是创造出写意的、更具有审美价值的艺术境界。

二　完颜璹：兼擅小景与大景的诗人

完颜璹是南渡后的重要诗人，在山水诗创作方面也颇有独到之处。

完颜璹（1172—1232），本名寿孙，世宗赐名为璹，字仲实，一字子瑜。他是金世宗之孙，越王永功之子，是女真皇室成员，封为密国公，号为樗轩居士。

完颜璹虽然出身皇族，位列公侯，而一生行迹却俨然如一寒儒。他嗜爱文学艺术，长于诗词书法。奉朝请四十年，却"日以讲诵、吟咏为乐"（《归潜志》卷一）。平生所作诗文甚多，晚年自刊其诗300首，乐府100首，号《如庵小稿》。《中州集》录存其诗41首，《全金元词》存其词9首。

完颜璹以"孔颜乐处"为理想境界，他不以"一室萧然"为苦，而在"琴书满案"中获得乐趣。同时他又深受佛、道思想的影响，尤其是佛家那种空无虚幻的世界观，在其诗中屡屡有所表现。佛道的出世态度与前述儒家那种自甘清苦、追求道义的人生态度，统一在完颜璹这里，便是对富贵的鄙弃，对生活的超脱。"贫知囊底一钱无，老觉人间万事虚。富贵倘来终么，勋名便了又何如。"（《漫赋》）"富贵山林争几许，万缘唯要总无心。"（《题纸衣道人图》）"有书贮实腹，无事梗虚臆。谢绝声利徒，尚友古遗直。"（《自适》）这些诗句足以表明佛、道的随缘自适与万物齐一的处世哲学同儒家自甘清苦、追求道义的理想人格是如何统一在完颜璹身上的。愈到晚年，完颜璹便更以庄禅为自己的思想坐标，被恬淡闲适的人生况味所环绕。《老境》一诗颇能道出此种心境："老境唯禅况，幽居似宝坊。酒杯盛砚水，经卷贮诗囊。懒甚书弥少，闲多梦自长。不知何处雨，径作夜来凉。"这正是诗人晚年的心境写照。

这种思想性格，表现在诗歌创作上，就流溢出随缘忘机、淡泊自如的意绪。这在他的山水诗中也得到很明显的表现。他的山水诗往往并非广远阔大的景象，而是以一个个小巧的镜头，写出自然的可亲、可爱与自由感。试读这样一些七绝："轻轻姿质淡娟娟，点缀圆池亦可怜。数点忽飞荷叶雨，暮香分得小江天。"（《池莲》）"飞飞鸥鸟自徜徉，也解新秋受用凉。日暮碧溪微雨过，满风都是藕花香。"（《溪景》）这类山水小诗都是一些小景，如同画家笔下的扇面。诗人把这些小景写得清新灵动，传达出大自然的一派生机。另如七绝《梁台》："汴水悠悠蔡水来，秋风古道野花开。行人惊起田间雉，飞上梁王鼓吹台。"则是将自然山水与人文景观融成一个有机的完整意境，在对自然山水和人文景观的审美观照中，升腾起怀古的遐思，使人读此有了深远的历史感。这些小诗也表现了诗人与自然之间的亲和关系。对于自己的境遇，诗人以一种随缘忘机的态度处之；对于山水，诗人则以闲淡自适的心境与之相接。

完颜璹另外一些山水之作，则是境界较为阔大的，给人一种苍凉广远的审美感受。如《北郊晚步》云："陂水荷凋晚，茅檐燕去凉。远林明落景，平麓淡秋光。群牧归村巷，孤禽立野航。自谙闲散乐，园圃意犹长。"再如《秋晚出郭闲游》一诗："尘中俗事海漫漫，暂出城阃借眼宽。沙麓去边群牧小，野云平处一雕盘。残荷露水秋光晚，衰柳摇风古渡寒。此幅大年横景画，鲁冈图上似曾看。"这类山水诗作，与前述小诗相比，意境开阔，层次感强，风格萧散野逸，更多了一些北方山水的苍凉感。在用笔上，可说是类于绘画中淡墨写意的手法。

第二节　尚奇独创的雷渊、李经

本节论述金源后期著名诗人雷渊、李经的山水诗创作。

南渡以后，事实上诗坛已经形成了以赵秉文和李纯甫为代表的两个诗歌流派。金源后期诗坛，改变了"明昌、承安间，作者尚尖新"、多艳靡、拘声律的风气，诗歌主流转向质朴刚健。从社会因素来看，蒙古铁骑骎骎南下，朝政日益腐败，士大夫的境遇远不如章宗朝。现实的困境，使诗人们置身于焦虑之中，洗褪了怡和浮艳之风，而使诗作带有了更多的矫厉之气。从诗坛自身的情形来看，当时的诗界领袖李纯甫、赵秉文的逆挽之功亦不可没。金末刘祁指出："南渡后，文风一变，文多学奇古，诗多学风雅，由赵闲闲（秉文）、李屏山（纯甫）倡之。"（《归潜志》卷八）可见，赵、李二人在诗风转变中与力大焉！然而，同样是反对艳靡和拘律，赵、李二人之间有着明显的诗学分歧。在对诗的性质、创作方法、艺术风格等方面，各有自己的认识与见解，争执不下，在诗坛上树起了两面旗帜。各自周围又都有一批志同道合的诗人，形成了不同的诗歌流派。赵秉文一派以赵秉文、王若虚为代表，李纯甫一派则以李纯甫、雷渊为代表。赵秉文一派主张平淡纪实，李纯甫一派力倡主观抒情，奇峭造语；赵秉文主张得诸家之长，转益多师；李纯甫则强调摆脱蹊径，自成一家，"勿随人脚跟"。在李纯甫一派中，尚奇成为共同的审美倾向。雷渊、李经，都是这派诗人中的主将。因为李纯甫基本上没有山水诗留存下来，故举雷、李二人的山水诗创作以见这一派诗的特征所在。

一 雷渊："诗杂坡、谷，喜新奇"

雷渊（1184—1231），字希颜，一字季默，应州浑源（今山西应县）人。其父雷思，是金朝名进士，仕至同知北京转运使。雷渊登至宁元年（1213）词赋进士甲科，曾任泾州录事，应奉翰林文字、监察御史等职，卒于兴定末年，年仅四十八岁。

雷渊刚直豪爽，个性强烈，元好问记述道："为人躯干雄伟，髯张口哆，颜渥丹，眼如望羊。遇不平，则疾恶之气，见于颜间，或嚼齿大骂不休。虽痛自推折，猝亦不能改也。生平慕田畴、陈元龙之为人，而人亦以古人期之。"（《中州集》卷六）可见性格之亢直。

雷渊在文学创作上深受李纯甫影响，很早就"从李屏山游，遂知名"（《金史·雷渊传》）。他在创作倾向上都以"尚奇"为特征。南渡以后，诗文风格愈加奇特。刘祁评之云："公博学有雄气，为文章专法韩昌黎，尤长于叙事。诗杂坡、谷，喜新奇。"（《归潜志》卷一）他的诗作，《中州集》录存30首，其中山水诗如《九日登少室绝顶，同裕之分韵，得萝字》："闲居爱重九，佳人重相过。登高酬节物，少室郁嵯峨。迤逦谢尘土，夷犹出烟萝。欹如据鳌头，万壑俯蜂窝。浩浩跨积风，泳泳渺长河。日车昃红轮，天宇凝苍波。指点数齐州，始觉氛埃多。我无倚天剑，有泪空滂沱！惊鳞盼澳渚，倦翼占危柯。悔不与家来，结茅老岩阿。归途眷老阮，广武意如何？"这首诗是登上少室山绝顶、鸟瞰山川的登临之作，写得极为壮阔雄奇。在鸟瞰中，万壑如同蜂窝，积风浩浩，长河滔滔，红日在群山中涌出，苍波与天宇相接，为诗人荡涤胸怀，使他似乎融身于万物。在如此奇美的境界中，诗人感慨于世事的纷扰，真希望能跳出尘氛，结茅岩阿；而更深层的意绪乃是诗人对于国家前途，民族命运的殷忧。"我无倚天剑"两句，乃是忧愤于自己无力回天，难以挽回金朝覆亡之势。诗人又联想到当年的阮籍，登临广武战场遗址，慨叹世无英雄。这其中潜藏着浩茫深重的悲慨之情。前一首是写山，而《济南珍珠泉》则是写水："大地万宝藏，玄冥不敢私。抉开青玉罅，浑浑流珠玑。轻明疑夜光，洁白真摩尼。风吹忽脱串，日射俄生辉。有时如少鞼，鬐沸却累累。风色媚一川，老蚌初未知，君看一日间，巧历所不赀。游人随意满，不畀乾没儿。吾谓历下城，繁华富瑰奇。贪夫死专利，帝意怜其痴。故露连城珍，可玩不可几。若曰天壤间，所遇皆汝资。何必秘箧笥，自贻伊瑕疵。诗成一大笑，臆说量天机。"这首写济南珍珠泉的诗，不仅意象奇崛不凡，而且颇具深意，多有发挥。这也是雷渊写山水的特点，就是不拘于物象，而是生发议论，开掘深刻。

雷渊也有山水小诗，如七绝《济南泛舟，水底见山，有感而作》："南山已在风尘外，更恐飞埃涴碧巅。一棹晚凉波底看，浴沂面目本天然。"通过"水底见山"，诗人感慨于此中一派天然纯净，不受污染，与尘俗世界是迥然有别的。在描写山水中生发一种些理趣，近于苏轼的那些理趣小诗。

二　李经：清奇冷峭，自成一家

李经（生卒年不祥），字天英，锦州（今辽宁锦州）人。少有异才，入太学读书。李纯甫见其诗大加称赏，说他是"真今世太白也"，盛称诸公间，由是名大震（《归潜志》卷一）。他两次科考不第，拂衣北归。"南渡后，其乡帅有表至朝廷，士大夫识之，曰：'此天英笔也。'朝议以武功就命其州，后不知所终。"（《归潜志》卷一）

李经无科第功名，留下来的诗文也很少，但他在南渡诗人群中却颇享盛誉。关于他的诗歌创作，刘祁称他"为诗刻苦，喜出奇语，不蹈袭前人，妙处人莫能及"（《归潜志》卷一）。元好问也评价道："作诗极刻苦，好欲绝去翰墨蹊径者，李、赵诸人颇称道之。"（《中州集》卷四）由这些记载可见，李经的创作态度十分认真，主张出奇而绝俗，尤其是要杜绝模拟前人、泥古不化的痕迹,而要戛戛独造,自创一格。

　　李经诗作散佚甚多,留传至今的完整篇什,只有《中州集》所存《杂诗五首》与小传中的一首。《杂诗五首》中可称为山水诗的有其一、其四、其五,不妨录此:"长河老秋冻,马怯冰未牢。河山冷鞭底,日暮风更号。"(其一)"岩椒郁云,日夕生阴。雨雪缟夜,秋黄老林。人烟墨突,樵径云深。"(其四)"造物开岩地,岩帐掩剑壁。苔花张古锦,霜苦老秋碧。日夕云窦阴,风鼓泉涌石。马蹄忌硗确,樵道生枳棘。盘盘出井底,回首怅如失。长老不耐事,底事挂尘迹。披云出山椒,白鸟表林隙。"(其五)这几首山水之作生新独创,不履前人陈迹,给人以清奇冷峭的审美感受。李经的这些诗作,染着塞外的风霜,有着北方诗人的独特风貌。诗人以深切真实的艺术感受,刻画了塞北大地秋冬之际的特殊景象。其中"河山冷鞭底"一句,意象甚奇,五字之内,涵盖甚广,将广漠河山的寒冷尽收"鞭底",有"咫尺应须论万里"之势。第四首四言,第五首五言,都是古诗,写景细腻真切。使人如置身深秋时节的北方山野之中。而诗人黜落还乡后那种怅惘寒苦的心情,即流溢在山水物象之中。

　　李经将《杂诗五首》从家乡寄给了在京城的文坛盟主赵秉文,赵读后写了一封回信,这就是著名的《答李天英书》。赵秉文对《杂诗五首》如是评价:"所寄杂诗,疾读数过,击节屡叹。足下天才英逸,不假绳削,岂复老夫所可拟议,然似受之于天而不受之于人。"这里明是褒扬,实则颇有微词,批评李经虽有自家面目,而未能规摹古人。赵秉文又认为李经之诗是"不过长吉、卢仝合而为一,未能以故为新,以俗为雅。非所望于吾友也"(《答李天英书》)。责备之意,溢于言表。说李经之诗有李贺、卢仝的影子,这是很有眼光的。李经为诗,确乎在中晚唐李贺、卢仝一派以奇险著称的诗人创作中汲取了很多艺术营养,以天英本人的禀赋而言,也近于这派诗人。但赵秉文对他的批评,其立论标准在于摹仿古人,这就未免过于拘执了,其诗学观念是趋于保守的。李经恰恰是"摆脱翰墨间畦径",自铸奇语,独为一家。他的几首山水诗也体现出独创的特点,而不以摹仿哪位古人为能事!

第三节　元好问:金代山水诗的巍峨主峰

　　本节专论金代大诗人元好问的山水诗成就。

第三章 金代后期：从优游林泉到忧念苍生

一 生平简历与创作成就

元好问（1190—1257），字裕之，太原秀容（今山西忻县）人，自号遗山山人。遗山祖系出于北魏拓跋氏，是鲜卑族的后裔。其父元德明，也有诗名于当世。好问生七月，出继叔父元格。七岁能诗，太原王汤臣称其为"神童"。兴定五年（1221），遗山入京赴考，登进士第。正大元年（1224），又中宏词科。曾任国史院编修官，时间不长，便出为镇平、内乡、南阳等县县令。后又入京任职，在朝中任左司都事。金亡后回到故乡忻州，建野史亭，编纂金诗总集《中州集》和金末史料书籍《壬辰杂编》。蒙古宪宗七年（1257）秋，元好问卒于真定，归葬于秀容县系舟山下。

元好问是金代最杰出的诗人、诗论家。他的《论诗绝句三十首》，在中国文学批评史上有广泛影响、重要地位。他一生创作宏富，现存诗1400余首，词近380首。不仅数量最多，而且成就也最高。他一生亲历金末元初的战乱，目睹了蒙古军队攻城略地、烧杀抢掠的暴行，本人也饱经流离忧患。这些都在他的创作中得到了深刻反映。他的"丧乱诗"，成为金、元之际社会变乱的"诗史"。

二 雄肆豪放、跌宕多姿的古体山水诗

遗山诗集中，有很多山水篇什。在其他诗中，也往往是山水意象与人文意象交融在一起。这里以评价其山水诗为主，也涉及一些其他诗作中山水描写的特点。

遗山的山水诗的诸体悉备，各有特色，而且映现出诗人的心路历程，在艺术上有很高的造诣。

遗山的七古山水诗写得气势雄浑，意境奇伟。如《南溪》《云岩》《天涯山》《游黄华山》等，都有这种特色。遗山七古素来为论者所推重。如清人沈德潜所说："元裕之七言古诗，气王神行，平芜一望时，常得峰峦高插、涛澜动地之概，又东坡后一能手也。"（《说诗晬语》卷下）用很形象的语言道出了遗山七古的特点，评价甚高，将其与东坡的七古相提并论。清人翁方纲称："遗山七言歌行，真有牢笼百代之意。"（《石洲诗话》卷五）在遗山的七古山水诗中，也充分体现出诗人那种"挟幽并之气，高视一世"（郝经《遗山先生墓铭》）的特点。我们先看《游黄华山》一首：

> 黄华水帘天下绝，我初闻之雪溪翁。丹霞翠壁高欢宫，银河下濯青芙蓉。昨朝一游亦偶尔，更觉摹写难为功。是时气节已三月，山木赤立无春容。湍声汹汹转绝壑，雪气凛凛随阴风。悬流千丈忽当眼，芥蒂一洗平生胸。雷公怒击散飞雹，日脚倒射垂长虹。骊珠百斛供一泻，海藏翻倒愁龙公。轻明圆转不相碍，变见融结谁为雄？归来心魄为动荡，晓梦月落春山空。手中仙人九节杖，每恨胜景不得穷。携壶重来岩下宿，道人已约山樱红。

入元之后，遗山写了许多山水诗，他把对故国的思念，都融入了对祖国大好山河的咏赞之中。此诗大约作于嘉熙元年（1237）。黄华山即隆虑山，又名林虑山，在今河南林县西北二十五里处。刘祁称之为"太行之秀""皆绝壑濒洞，树木翁郁，水声潺潺，使人耳目翛然"（《游林虑西山记》，见《归潜志》卷一三）。黄华山尤以瀑布闻名于世。遗山此诗侧重描绘黄华飞瀑的壮丽景色，想象奇特，气势磅礴。在艺术风格上明显受到韩愈的《谒衡岳庙遂宿岳寺题门楼》等诗的影响。

遗山杂言体风格类于七古，而更见参差顿挫之美。在其杂言体山水诗中，《涌金亭示同游诸君》是很有代表性的一首，诗中写道：

> 太行元气老不死，上与左界分山河。有如巨鳌昂头西入海，突兀已过余坡陀。我从汾晋来，山之面目腹背皆经过。济源盘古非不佳，烟景独觉苏门多。涌金亭下百泉水，海眼万古留山阿。鬐沸泺水源，渊沦晋溪波。云雷涵鬼物，窟宅深蛟鼍。水妃簸弄明月玑，地藏发泄天不诃。平湖油油碧于酒，云锦十里翻风荷。我来适与风雨会，世界三日漫兜罗。山行不得山，北望空长哦。今朝一扫众峰出，千鬟万髻高峨峨。空青断石壁，微茫散烟萝。山阳十月未摇落，翠蕤云旓相荡摩。云烟故为出浓淡，鱼鸟似欲留婆娑。石间仙人迹，石烂迹不磨。仙人去不返，六龙忽蹉跎。江山如此不一醉，拊掌笑煞孙公和。长安城头乌尾讹，并州少年夜枕戈。举杯为问谢安石，苍生今亦如卿何？元子乐矣君其歌！

这首诗亦作于入元之后。涌金亭在河南省辉县西北处，其地有苏门山，又名百门山，山下流泉无数，因名百门泉。涌金亭即在百泉附近。《彰德府志》载:"涌金亭在百泉亭上,亭在泉侧,泉从地涌出,日照如金。"因以得名。涌金亭有苏轼手书"苏门山涌金亭"六个大字。这首诗以游记的笔法将涌金亭的山水风光迤逦写来,元气淋漓,气象万千。诗在思想内涵和艺术结构上都深受苏轼影响,尤有《游金山寺》的痕迹,而奔放瑰奇有过之无不及。诗中句式以七言为主,杂以五言、九言,更显得变化多端,奇崛不平。它又打破了有唐以来那种运律入古、骈句丛生的模式,以单行散句为之,却绝不枯槁,更为奔放流美。陶玉禾评此诗:"横豪奇放中时出劲特之句,不致一泻无余地。"(《金诗选》卷三)指出该诗虽然雄肆豪放,却并非一泻无余,而是回环曲折,跌宕生姿。诗人在尽情渲染山河奇景之后,在结尾处又表达了自己大济苍生的意愿,使诗的立意升华,超出了《游金山寺》的高度。

三 笔力苍劲、蕴含深厚的律体山水诗

遗山五律、七律中有许多山水之作,五律如《太室同希颜赋》《少室南原》《同冀丈明秀山行》等;七律如《春日半山亭游眺》《十日登丰山》《石门》《望嵩少两首》《怀州子城晚望少室》《赤石谷》《玉溪》《华不注山》《游济源》《神山古刹》《横山寺》等篇什。他的五律山水笔力苍劲,诗律严整,深得杜诗之神髓。兹举两首为例,一为《太室同希颜赋》:

> 壮矣嵩维岳,盘盘上穷冥。中天瞻巨镇,元气有遗形。雨入秦川黑,云开楚岫青。鳌掀一柱在,万古压坤灵。

此诗写太室山的雄奇高峻,意象峥嵘,笔墨苍劲,把太室山的气势渲染得神完气足,也充分表现了诗人的高远胸次。

另一首《同冀丈明秀山行》:

> 暮景披横幅,山间二老同。云如愁戍苦,雪亦笑诗穷。古木冻欲折,断崖行复通。从今胡谷梦,时到水声中。

此诗亦作于入元以后,诗人的整体心境是很潦落的。在描写山间冬季暮景时,流露出迟暮的心态。从艺术上来说,诗写得浑成自然而顿挫多姿。如"古木"一联,便内蕴曲折盘郁之致。

遗山七律在律诗发展史上是有很高地位的，受到论者的高度赞赏。如清人赵翼就这样评价其七律成就："七言律则更沉挚悲凉，自成声调。唐以来律诗之可歌可泣者，少陵十数联外，绝无嗣响，遗山则往往有之。如《车驾迨入归德》之'白骨又多兵死鬼，青山原有地行仙'，'蛟龙岂是池中物，虮虱空悲地上臣'；《出京》之'只知灞上真儿戏，谁识神州竟陆沉'；《送徐威卿》之'荡荡青天非向日，萧萧春色是他乡'；《镇州》之'只知终老归唐土，忽漫相看是楚囚；日月尽随天北转，古今谁见海西流'；《还冠氏》之'千里关河高骨马，四更风雪短檠灯'；《座主闲闲公讳日》之'赠官不暇如平日，草诏空传似奉天'。此等感时触事，声泪俱下，千载后犹使读者低徊不能置。"（《瓯北诗话》卷八）是很能揭示遗山七律特点的。他的七律山水诗，尽管不如"丧乱诗"那样具有极为深重的历史容量，但在山水刻画中处处流溢了对时局的忧怀，有较深的思想蕴含。举名作《怀州子城晚望少室》为例：

> 河外青山展卧屏，并州孤客倚高城。十年旧隐抛何处，一片伤心画不成。谷口暮云知郑重，林梢残照故分明。洛阳见说兵犹满，半夜悲歌意未平。

此诗在写少室景物中融进了浓重的伤时忧世之情，很明显是写于金亡前后之时。在山水景色的描绘中，诗人自觉不自觉地投射了对国家、对时局的"一片伤心"。颔联两句在遗山诗中几度重出，正是诗人忧国忧民、心情极度伤感的表现。

元好问的山水诗，无疑是金代山水诗思想与艺术的峰巅。它们不仅数量众多，而且艺术精熟，又有着深刻的时代烙印。诗人通过山水意象的描绘，映现了金亡前后的时代景象，也展露了他眷恋故国、忧念苍生的怀抱，这在山水诗史上是继承了杜甫、陆游等人的优良传统的。

第四章　元代前期:多种流派与风格争奇斗妍

　　以蒙古贵族为统治核心的元王朝,在政治、经济文化上都有着不同于其他时代的特征。元代文学,在中国文学史上有其独到的成就与地位。杂剧和散曲创作的巨大成就标志着近古时期文学变革时代的到来。属于雅文学范畴的传统诗文,其原来的主导地位逐渐弱化;同时诗文领域自身也出现了新变。

　　就元代诗歌而言,在中国诗史上是不可缺少的重要一环。关于元诗的研究,是相当薄弱的。不用说与唐诗、宋词、明清小说的研究盛况相比,显得颇为沉寂,就是与同样不景气的金诗研究相比,也还是更逊一筹。但实际上,元诗的创作是很有研究价值的。不仅篇什浩繁(仅清人顾嗣立所编《元诗选》就收录元诗三万余首),而且,也有着不同于其他时代诗史的成就。元代的山水诗创作,也同样呈现出丰富的色彩与壮观的局面。

　　关于元诗发展的分期,一般以元仁宗延祐年间为界,划为前后两期,而我们从文学发展的自身规律及客观变化出发,分为前、中、后三期。前期主要指从蒙古国建立到世祖忽必烈去世这段时间(元朝前期作家的文学活动多有在成吉思汗时代者);中期以仁宗期为核心;后期则从泰定帝到元亡。这只是个大略的划分。然而,从诗歌发展史的角度来看,这几个时期的诗坛是有着不同风貌的。我们叙述元代山水诗的发展。也以这几个时期为断限,这样,便于更加清晰地认识其发展变化的脉络。

　　元代前期诗坛,是一个众派汇流的阶段。这个时期诗人成分较为复杂,因而形成了诗坛上异彩纷呈的局面。元前期诗人大致有这样三部分:一部分是参与元朝创建的士人,如耶律楚材、刘秉忠、郝经等,他们在心理上是认同元王朝的;另一部分是由金入元的诗人,如元好问、李俊民等;再一部分是由宋入元的诗人,如戴表元、黄庚、方回等。由于来源不一，因而心态各异，诗风也就不同。元代前期的山水创作也是多姿多彩的。

第一节　开创者的雄丽境界

在蒙古王朝及忽必烈建立元朝的过程中，有几位诗人是元朝开创期的元臣，如耶律楚材、刘秉忠、郝经等人。在元朝的开拓创立中，他们以其杰出的政治能力与对元朝统治者的忠悃，受到元朝统治者的倚重。他们的诗作，多有一种建功立业的雄心和匡济苍生的襟抱。他们的人生价值取向，都是以儒家传统的"修齐治平"为旨归。他们笔下的山水吟卷，不是遁世者的精神逃薮，而是开创者的雄丽世界。

一　耶律楚材：雄奇与清丽的山水歌吟

耶律楚材（1190—1244），字晋卿，号湛然居士，契丹族，是辽东丹王耶律倍的八世孙。乃父耶律履仕金为尚书右丞。楚材"三岁而孤……及长，博极群书，旁通天文、地理、律历、术数及释老、医卜之说"（《元史》卷一四六）。金章宗时曾任开同知，宣宗时任左右司员外郎。元太祖十八年（1218），成吉思汗召耶律楚材到漠北，次年随成吉思汗西征，受到成吉思汗的信任。窝阔台即位后，任楚材为中书令。耶律楚材在蒙古国及元朝前期的政治生活中发挥了非常重要的作用。对于蒙古国家政治制度的建立，有卓越的贡献。在政治、经济、文化等方面，都提出了一系列有利于中原封建经济的恢复和发展的政策与措施。

耶律楚材既是一位儒者，也是一位居士，因而，他的诗歌创作中流露出的思想倾向，最为突出的是儒释交融。用他自己的话来说，就是"以儒治国，以佛治心"（《寄万松老人书》，见《湛然居士文集》卷一三）。而更为根本的还是以儒家那种积极进取、"兼济天下"的人生态度来参与蒙古王朝的开创事业。在元初，蒙元贵族东征西战，以征服天下为宏业。耶律楚材把自己的宏大抱负依托于元朝统治者身上。他出身契丹族，因而没有"夷夏之防"的正统观念，而以蒙元为一统中国、安定天下的政治力量。他要辅佐君主，完成一统四海的大业，然后"大济苍生"，这无疑是儒家"修齐治平"的人生理想。耶律楚材在诗中时时抒发的政治抱负，可以归为一句话，便是"致主泽民"。如说"致主泽民元素志，陈书自荐我无由"(《感事四首》),"曩时凿破藩垣重,泽民济世学英雄。风云未会我何往,天地大否途难通"(《用前韵感事二首》其二),"泽民致主本予志,素愿未酬予恐惶"(《用前韵感事二首》其一),这种思想倾向是贯穿于诗人一生的,也是其诗歌创作的主调。

耶律楚材不仅是元初一位卓越的政治家,而且是一位出色的诗人。正如清人顾嗣立在评价其诗时说:"雄篇秀句,散落人间,为一代词臣倡始,非偶然也。"(《元诗选·乙集》)他的诗文集为《湛然居士文集》,收其诗作720余首。诗人在戎马倥偬之中,仍然不废翰墨,很多篇什都写于扈从成吉思汗西征的途中。他的山水诗创作,多是在这个时期。军旅生活的壮怀,异域风光的奇丽,使这位诗人大开眼界。当他在戎马生活的闲暇中把审美的目光投向这边塞风光和异域景色时,感到前所未有的惊喜。对于扈从大汗西征,诗人是引以为豪的。这种心态一再泛溢在他的诗中,如他曾写道:"一圣扬天兵,万国皆来臣。……河表背盟约,羽檄飞边尘。圣驾亲徂征,将安亿兆人。湛然陪扈从,书剑犹随身。翠华次平水,草木咸生春。冰岩上新句,文质能彬彬。"(《和平阳王仲祥韵》)这里所袒露的情感不是虚假的,而是他在扈从西征过程中的典型心态。

以这种心态观照自然山水,耶律楚材写在西征途中的山水诗,呈现着雄奇瑰丽的亮色。那些与中土风貌迥异的山川,激发着诗人的灵感。虽在征战的马背之上,诗人仍然写下了许多描绘西域山河壮景的篇什。尤以写在途经阴山时的作品最有代表性。先看七律《阴山》:

> 八月阴山雪满沙,清光凝目眩生花。插天绝壁喷晴月,擎海层峦吸翠霞。松桧丛中疏畎亩,藤萝深处有人家。横空千里雄西域,江左名山不足夸。

律诗是形式约束最大的诗体,尤以七律为难。形式的整饬往往造成一种装饰感。能将律诗写到炉火纯青、不见绳削之痕的诗人(如杜甫)并不多见。律诗在对仗上的严格要求使它更多地具备了形式美感,对仗的工稳考究往往造成了诗人的刻意追求与读者的突出感受。而耶律楚材这首描写阴山风光的七律,则脱略了惯常的语式,使阴山的特有雄姿跃然纸上。在这里,七律那种形式感消融到自然意象之中,诗人以凝练的笔触将阴山雄姿凸显出来。

如果说《阴山》一诗囿于格律难以酣畅淋漓表达诗人对阴山所禀赋的自然美的感受，那么，《过阴山和人韵》《再用前韵》这两首七言长歌使诗人一吐为快。《过阴山和人韵》云：

> 阴山千里横东西，秋声浩浩鸣秋溪。猿猱鸿鹄不能过，天兵百万驰霜蹄。万顷松风落松子，郁郁苍苍映流水。天丁何事夸神威，天台罗浮移到此。云霞掩翳山重重，峰峦突兀何雄雄。古来天险阻西域，人烟不与中原通。细路萦纡斜复直，山角摩天不盈尺。溪风萧萧溪水寒，花落空山人影寂。四十八桥横雁行，胜游奇观真非常。临高俯视千万仞，令人凛凛生恐惶。百里镜湖山顶上，旦暮云烟浮气象。山南山北多幽绝，几派飞泉练千丈。大河西注波无穷，千溪万壑皆会同。君成绮语壮奇诞，造物缩手神无功。山高四更才吐月，八月山峰半埋雪。遥思山外屯边兵，西风冷彻征衣铁。

不唯在元代，可以说在整个山水诗史上，这首诗也是一篇令人击节称叹的佳作。很明显，这首诗很有李白《蜀道难》《梦游天姥吟留别》等歌行名篇的遗韵，也用神奇的想象来渲染阴山的宏壮气势，但更多的是以彩笔直接描写阴山的雄奇风姿，淋漓尽致地刻画了阴山的特征。诗不仅写了阴山的磅礴雄伟，也写了阴山的深远古奥；不仅写了阴山之形，而且写了阴山之神；不仅写了阴山的大观，而且写了阴山的细曲。似乎可以这样说，这是描写阴山风光的"第一诗"！

在这两首阴山的七言长歌中，不仅有山光水色的描写，而且有相当突出的社会内容。诗人在渲染阴山的崇高雄峻之美的同时，又表现了西征军的高昂斗志，也表达了他的内心世界。《再用前韵》在描绘了阴山的峥嵘雄峻之后又吟道：

> 西望月窟九泽重，嗟呼自古无英雄。出关未盈十万里，荒陬不得车书通。天兵饮马西河上，欲使西戎献驯象。旌旗蔽空尘涨天，壮士如虹气千丈。秦皇汉武称兵穷，拍手一笑儿戏同。堑山陵海匪难事，剪斯群丑何无功。骚人羞对阴山月，壮岁星星发如雪。穹庐展转清不眠，霜匣闲杀锟铻铁。

在这些诗句中,诗人展现了蒙古军的雄壮军威,使自然景色的雄奇与军威的雄壮相映成趣。人与自然成为和谐的整体。在此诗的内在结构中,诗人的内心世界是最深层次。举首遥望阴山峰巅的一轮冷月,诗人想到自己已值壮岁,鬓发已经花白,却未能施展雄大的抱负,不过是作为一个谋士扈从于大汗身边,心中不免峥嵘不平,在穹庐辗转难眠。这些抒情化的文字,并不与山水景物的描写相游离,而是浑然一体的。

耶律楚材的山水诗以雄奇为主要的审美风貌,上举的这几首诗作都突出地体现了这种特点。但他的山水诗还有另一种与此迥然有异的风貌,如他的《过济源登裴公亭用闲闲老人韵四绝》:

> 山接晴霄水浸空,山光潋滟水溶溶。风回一镜揉蓝浅,雨过千峰泼黛浓。
>
> 侍中庵底春山色,裴老亭边秋水声。修竹茂林真隐地,但期天下早休兵。

再如《过金山和人韵》:

> 金山前畔水西流,一片晴山万里秋。萝月团团上东嶂,翠屏高挂水晶球。
>
> 金山万壑斗声清,山色空蒙弄晚晴。我爱长天汉家月,照人依旧一轮明。

这些山水小诗,写出了西域山水的另一面:静谧、优美,如同一幅幅色彩明丽的水彩画。这些诗中的描写,其实也体现了诗人思想中的又一侧面,渴望早日休兵,恢复和平生活。耶律楚材的思想是儒、释掺融的复杂构成。他一方面以儒家"兼济天下"的思想入世,辅佐帝王建功立业;另一方面,他又信仰佛教,以"色不异空,空不异色"的大乘思想来使自己得到一种安顿与解脱。耶律楚材是著名禅宗大师万松行秀的弟子,曾"受显诀于万松"(《元诗选·乙集》)这些恬淡宁静、神韵悠然的山水诗句,不无佛光禅影在其中。

二 刘秉忠:饶有韵外之致的山水小幅

刘秉忠是元朝的开国之臣,也是一位颇有成就的诗人,他的诗文集中不乏优秀的山水篇什。

刘秉忠（1216—1274），初名侃，字仲晦，顺德邢台（今属河北）人。在世祖忽必烈朝，秉忠受到世祖重视，官至光禄大夫太保，参领中书省事，在元朝前期的封建化过程中，有着突出的贡献。史载："世祖继位，问以天下之大经、养民之良法，秉忠采祖宗旧典，参以古制之宜于今者，条列以闻。于是下诏建元纪岁，立中书省、宣抚司。朝廷旧臣、山林遗逸之士，咸见录用，文物粲然一新。"（《元史·刘秉忠传》）秉忠早年曾为邢台节度府令史，后投笔归隐，后又入佛门，为天宁虚照禅师招致为僧，因而多有虚无空幻的佛教思想倾向，其性格颇为恬淡怡和。他虽"位极人臣，而斋居疏食，终日澹然，不异平昔，自号藏春散人"（《元史·刘秉忠传》）。而他的诗歌风格也以萧散闲淡为特征。清人顾嗣立评价："至于裁云镂月之章，白雪阳春之曲，在公乃为余事，史称其诗萧散闲淡，类其为人，盖以佐命元臣，寄情吟咏，其风致殊可想也。"（《元诗选·乙集》）其诗文集为《藏春集》。

《藏春集》中纯粹的山水诗并不多，却写得富有韵味。如这样几首山水绝句：

小溪流水碧如油，终日忘机羡白鸥。两岸桃花春色里，可能容个钓鱼舟？

——《小溪》

楼头凝眺倚晴晖，山势长看水附堤。燕子双双衔不遍，凤凰城嚅落花泥。

——《晴望》

芦花晚望钓舟行，渔笛时闻三两声。一阵西风吹雨散，夕阳还在水边明。

——《溪上》

这些山水小诗，颇能体现所谓"萧散闲淡"的风格特征。诗的境界清美明丽，且流溢出大自然所赋予的生命力。诗人"凝眺"山水美景，在春色中油然而生"忘机"之想。摆脱了政务的烦恼，使自己的心浸染于自然之美中。

刘秉忠还有一些诗作，并非纯粹的山水景物描写，而是将山水风光与

社会内容结合在一起,如《江边晚望》:

> 沙白江青落照红,沧波老树动秋风。天光与水浑相似,山面如人了不同。千古周郎余事业,一时曹孟谩英雄。东南几许繁华地,长在元戎指画中。

再如《岭北道中》:

> 雨霁轻烟锁翠岚,五更残月照征骖。王戈定指何方去,天意仍教我辈参。霸气堂堂在西北,长庚朗朗照东南。江山如旧年年换,谁把功名入笑谈?

这类诗作与前面所举的山水小诗相比,在景物刻画上更为雄浑壮阔,具有一种崇高的美感。而且,在山水景物中融进了诗人对历史的反思以及自己的胸襟、意志。

刘秉忠从年轻时便信仰佛教,曾皈依空门,法名子聪,早年又曾弃吏职而隐居武安山中。因此,他一方面辅佐君主,创制一代王朝规模;一方面又时发"出世"之想。这种情形是与耶律楚材非常相似的。联系他的思想历程,可知在他来说是很自然的。

三 郝经:奇崛壮浪的山水歌行

郝经(1223—1275),字伯常,泽州凌川(今山西晋城)人。他出身于世代业儒之家。祖父郝天挺是大文学家元好问的老师,而他自己又师从于元好问。郝经的思想特点是积极有为,坚定进取,"为人尚气节,为学务有用"(《元史·郝经传》)。他由忽必烈招至王府,深得忽必烈信任。忽必烈即位大统之后,"以经为翰林侍读学士,佩金虎符,充国信使,赍书入宋通好"。当时南宋正是奸臣贾似道当权,他深恐郝经的到来会败露自己在宋元交往中的一些丑事,于是把郝经拘在真州。郝经被拘十六年,忠贞不渝,到至元十一年(1274),伯颜南伐,方将郝经迎回。回朝后,元人非常敬重郝经的气节,比之于汉苏武。

郝经是元代前期的著名文学家,诗文俱佳,有《陵川集》传世。史称"其文丰蔚豪宕,善议论,诗多奇崛"(《元史·郝经传》)。在元代前期,郝经是诗坛上的重要角色。在元诗从前期过渡到大德、延祐年间的鼎盛时期，郝经起了重要作用。《四库全书总目提要》说他"其文雄深雅健，无宋末肤廓之句，其诗亦神思深秀，天骨秀拔，与其师元好问可以雁行；不但以忠义著者也"。这是较为允当的评价。对其文的评价，其实也适于其诗，后来元诗那种光英朗练、明秀流畅的特点，在郝经这里已经形成，不过他的诗更为幽愤深沉而已。郝经在诗歌创作上得元好问之真传，奇崛宏肆，笔力健劲。被拘真州期间的篇什，如《听角行》《后听角行》等，尤为沉郁感荡，动人肺腑。

《陵川集》中多有山水篇什，而且多是雄浑奇肆的歌行之作。在这些诗篇中，诗人不仅以健雄的笔触描绘了祖国山水的壮丽风光，而且就中表现了诗人那种高朗坚毅的胸怀。写山的名作如《华不注行》：

> 昆仑山巅半峰碧，海风吹落犹带湿。意气不欲随群山，独倚青空迥然立。平地拔起惊屠颜，剑气劲插青云间。济南名泉七十二，会为一水来浸山。我来方作鲸川游，玉台公子邀同舟。君山浮岚洞庭晚，小孤滴翠清江秋。酒酣兴极烟霏昏，鱼龙惨淡回山根。少陵不来谪仙死，举杯更欲招其魂。魂兮不来天亦老，元气崔嵬山自好。超超绝顶凌长风，注目东溟望蓬岛。

此诗写华不注山的雄伟，意象十分奇崛，突兀不凡，而且在山的意象中，投入了诗人的人格精神。"意气不欲随群山，独倚青空迥然立"，贯注了诗人独立不倚的品格。读此诗，使人感到一种堂堂正气。诗的开篇用入声韵，给人以奇突不平之感。

再如这样两首山水歌行。其一是写湖水的：

> 枯风怒遏长川回，两湖五月生黄埃。水晶宫碎洲渚出，昆明老火飞狂灰。鱼龙错落半生死，乾坤枯槁无云雷。海鲸怒抉海眼破，涛头一箭湖水来。新声汩汩入黑壤，寒虹矫矫收苍霾。鸥鸟静尽波不起，澄清无瑕玉镜开。浮光四动青云第，倒影半浸黄金台。何当乘兴呼太白，棹歌长入琉璃堆。满船明月露花冷，翠绡银管飞琼杯。
>
> ——《湖水来》

再有《江声行》：

> 雁啼月落扬子城，东风送潮江有声。乾坤汹汹欲浮动，窗户凛凛阴寒生。昆阳百万力一蹶，齐呼合噪接短兵。铁骑突出触不同，金山无根小孤倾。起来看雨天星稀，疑有万壑霜松鸣。又如暴雷郁未发，喑鸣水底号鲲鲸。只应灵均与子胥，沉恨郁怒犹难平。更有万古战死骨，衔冤饮泣秋涛惊。虚庭徙倚夜向晨，重门击柝无人行。三年江边不见江，听此感激尤伤情。须臾上江帆欲举，舟子喧阗闹挝鼓。江声渐小听鸡声，惨淡芙蓉落疏雨。

这两首山水之作，很能代表郝经的风格。对一种自然景物进行穷形尽相的描写，以多种意象进行比喻。风格壮浪豪肆，意象丰富而奇特，并且在自然风光的刻画之中，渗透了深刻的社会内容，同时也表现了诗人那种深沉而刚毅的性格。在山水意象中充分展示主体的情志与历史的内涵，这可以说是郝经山水诗的一个明显的特征。如《江声行》中联想到屈原、伍子胥的"沉恨郁怒"和"万古战死骨"的"衔冤饮泣"，这就不止于山水壮景的刻画了，而给人以深厚的历史感。

郝经山水诗多用歌行体，调动各种超越现实的意象，颇有太白歌行之风，但又看得出李贺对他有相当的影响。往上追溯，郝经的这些山水歌行，似乎多受楚骚的沾溉。

第二节　理学家的山水吟咏

在中国思想史上，元代并不是一个可以忽略的时代。元承宋后，理学盛行，程朱之学逐渐成为元代统治者所尊崇的官方意识形态。理学之兴盛，对元代的文化有着深刻的影响。

元代理学家，尤以元代初期的许衡、刘因、吴澄最为著名。他们对理学的传播及理学正统地位的确立，是起了决定性的作用的。他们又都能作诗，而且在诗坛上颇有地位。在他们的理学思想与诗歌创作之间有着或明或暗的瓜葛。他们的山水吟咏，也不无理学思想的印迹。

一　许衡：得陶诗冲淡深隽神味

许衡（1209—1281），元代著名理学家。字仲平，时人称为鲁斋先生。

元怀庆路河内（今河南沁阳）人。许衡从小便聪颖过人，好学不倦。稍长便决意求学，专心研究儒学经典。中统元年（1260）忽必烈即位于开平，召许衡北上。次年，授国子祭酒。时国子学未立，只是空名，不久便辞职还乡。至元二年（1265），忽必烈下诏再召，许衡奉命入中书省议事。三年，上《时务五事》疏，提出行汉法、重农桑、兴学校等主张。六年，召与徐世隆共立朝仪，与刘秉忠议定官制。七年，授中书左丞，劾阿合马专权，忽必烈不听，遂辞职。八年，改授集贤大学士兼国子祭酒，创立国子学，以《小学》《四书》及其所著《大学直解》《中庸直解》等教材，亲自讲授，以儒学六艺教授蒙古弟子。许衡作为元代的著名的理学家和教育家对元代文化做出了很大贡献。他的主要业绩是奠定元朝国子学基础与阐扬程朱学说，使之普及，终于定于一尊。《宋元学案》中为其专立《鲁斋学案》。

许衡也是一位诗人，其诗收入《鲁斋集》中。许诗多为一般的人生感慨，用以抒写自己的怀抱。诗人很少把注意力放在对外间事物的关注上，而主要是写自己的内心体验，诗风较为质朴深沉。《元诗选》的编者顾嗣立评价其诗云："先生开国大儒，不借以文章名世。然其古诗亦自成一家，近体时有秀句。"（《元诗选·初集》）《鲁斋集》中有若干首山水之作，如《游黄华》《别西山二首》《晚步西溪》等篇什。这些诗作都在山水名区的景色描写中表现了诗人热爱自然、息心林泉的精神追求。我们先看《游黄华》一诗：

> 我生爱林泉，俗事常鞅掌。十年苦烦剧，一念愈倾仰。峰峦看画图，云烟入想像。久成心上癖，欲忍不可强。荷有敬斋公，恒以善相长。携我游黄华，一洗尘虑爽。行行叹奇绝，举目皆胜赏。镜台耸百崄，瀑布落千丈。石苔积重痕，溪风动幽响。使我躁竞息，使我心志广。恍如梦中身，翱翔千古上。回首声利场，谁能脱尘网。我老得仁心，动作皆可像。还家拟邻居，求田冀接壤。便许朴钝质，于此静中养。

黄华山，也称林虑山，即《别西山》诗中的"西山"。此山风景优美，远离市嚣，是个隐居的好去处。金代大文学家王庭筠曾隐居多年，因号"黄华山主"。许衡写此诗时"寓居吴门，与（姚）枢及窦默相讲习。凡经传、子史、礼乐、名物、星历、兵刑、食货、水利之类，无所不讲，而慨然以道为己任"（《元史·许衡传》）。这首诗以质朴冲淡的语言描绘了黄华山幽深而宁静的景致，袒露了自己对远离尘嚣的自然之美的向往之情。诗人在俗事鞅掌的烦恼之中，寻找着精神的绿洲与心灵的栖息之地，在黄华山的幽静林泉中，诗人重返了自然的故里。另外两首《别西山》所表达的思想情致与此非常一致。这几首五言之作，颇似陶渊明的五古，冲淡夷和，景物如画，而又闪烁着理性的光彩。

再看他的两首七律山水诗：

> 拉友西溪往步联，西溪佳景丽秋天。日回林影苍烟外，风转滩声白鸟前。迅走双轮机磨巧，连安独木小桥偏。老年活计寻幽隐，须拟冈头置一廛。
>
> ——《晚步西溪》
>
> 闻道黄华山水好，我来一览气增豪。镜台对耸千峰起，瀑水惊喷万仞高。晓色云烟生洞府，霁天霢霂散林皋。凭谁早遂终焉计，日月登临不惮劳。
>
> ——《游黄华宫》

这些七律之作，格律工稳而自然流畅，把西溪及黄华山的特色勾勒出来。许衡是著名的理学家，他的理学思想在中国思想史上是有重要地位的，但他的山水诗却不像某些理学家那样"理过其辞，淡乎寡味"，而是充满审美情韵的。也许不仅是在许衡诗中，元代其他理学家也多有这种特征。

二　吴澄：气象壮阔，道通天地

吴澄（1249—1333），字幼清，晚年改字伯清，号草庐，抚州崇仁（今江西临川县西南）人，是元代著名理学家、教育家。吴澄的学术地位与许衡相颉颃，故有"南吴北许"之称。他受程巨夫的荐举入京，曾任国子司业、国史院编修、集贤直学士等职。他"官止于师儒，职止于文学"，然都"旋进旋退"，时间很短。其大半的岁月是偏居乡曲，孜孜于理学。人合其所有文字为《草庐吴文正公全集》。《宋元学案》中为其专立《草庐学案》。

在学术思想上，他遵循"和会朱陆"之旨而加以光大。一方面，他在经学上以接续朱熹为己任，完成《五经纂言》，尤其是其中的三礼，是完成朱氏的未竟之业。另一方面，在心性学说上，他又更多地继承了陆九渊的思想，主张以直觉的方法先返之吾心。其说"多不同于朱子"。在元代理学"和会朱陆"的倾向中，吴澄是一位代表性人物。

吴澄也以诗著称，有诗四卷，名《草庐集》。顾嗣立评其诗云："先生雅好邵子书，故其诗多近之。"（《元诗选·乙集》）这是说吴诗多少有邵康节诗的风味。邵雍是北宋时期的著名理学家，同时也以能诗著称，有诗集《伊川击壤集》。康节诗明白晓畅，但多有义理演绎，较少余韵，故而被人讥为"语录讲义之押韵者"。吴澄《草庐集》中有些诗与康节诗有某种相似之处，然而从整体来看，并不是在诗中大谈义理，而是没有那么多"方巾气"。《草庐集》中山水诗不多，却清新可喜，很有艺术感染力。如七律《泗河》：

> 泗堤四望尽平原，丛苇荒茅十室烟。淮北更无生草地，江南已是落花天。阴风汹汹浮孤艇，春雨蒙蒙冥一川。中有渔翁犹世业，长蓑短笠浅滩前。

这首诗写泗河及其两岸风物，境界开阔，诗笔老到，并无道学先生的酸气，使人感到这种景物描写后面，有着更深一层的意味，在意象之中，透露出诗人远离尘嚣、热爱自然的思想倾向。再看《湖口阻风登江矶山观诗》一首歌行体山水之作：

> 狂风吹人浑欲倒，瑟瑟塞声动秋草。扪萝径上矶头山，万顷江湖波浩渺。怒鳞云鬣奔腾来，眩目快心千样好。向曾观海难为观，回首匡庐青未了。玄云作帽深蒙头，五老藏昂元不老。何时日夜水镜净，潆荡澄虚纳苍昊。著我峰尖伴老人，坐看海东红日杲。

应该说，这是山水诗中的上乘之作。诗人登上矶头，俯观万顷湖波，胸次极为壮阔。诗中文气充沛，气象壮大，充满一种昂扬的生命力。从字面看，似全在描写景物，细味却使人感其意兴不仅在于山水之间，却是有着与造物"道通为一"的深刻感受。

吴澄在元朝虽有短暂的出仕经历，但他一生中大半时间居于乡野，

"研经籍之微，玩天人之妙"。吴澄的理学实际上渗透了很浓的庄学思想，正是在这一点上，他更深刻地受到邵雍的影响。优游林泉、隐逸出尘的人生价值观在其诗文中是多有表现的。如这样一些诗句："客里秋光好，归心不厌迟。墙低孤塔见，院静一帘垂。隔纸闻风怒，临阶看日移。宛然似三径，未负菊花期。"（《豫章贡院即事奉和云林题晚春闲居旧韵》）"谓余将有适，暂此辍弦歌。城市嚣尘远，山林遗响多。树膏苏隔稻，凉意到庭柯。为问躬耕者，忧饥思若何？"（《送唐教导往见乡先达》）等篇什，都透露出诗人遗世独立的人生价值取向。因此，草庐还在山水诗和题写山水画卷的诗中，歌吟大自然的清美纯净，反衬官场与市井的尘污，就中也显示了诗人的独立人格价值。如这样一些篇什：

  长江远壑几飙回，雪屋银山巨浪摧。最喜此中澄一镜，微风不动月常来。

——《寄题无波亭》

  远树疏林映晚霞，江心雁影度平沙。谁人写我村居乐，付与岩前处士家。

——《题山水图》

这些山水之作或山水画卷的题吟，都为自然山水的意象赋予了十分高洁的品格，与官场及市井的尘嚣污秽形成了对比，而且诗人的自我意识在诗中得到了深刻的体现。

三　刘因："老笔纵横"的山水歌行

刘因（1249—1293），字梦吉，号静修，保定容城（今河北徐水）人，元代著名理学家、文学家。他出身于世代业儒之家，其父刘述便"刻意问学，邃性理之说"（《元史·刘因传》）。刘因天资过人，幼时读书即过目成诵，六岁能诗，七岁能属文。弱冠便师从国子司业砚弥坚。而砚弥坚所传授者为章句训诂之学，刘因颇为不满，慨叹道："圣人精义，殆不止此。"待得到宋代理学大师周敦颐、程颢、程颐、张载、邵雍、朱熹、吕祖谦等人著作，"一见能发其微，曰：我固谓当如是也"。可见其对宋代理学大师的服膺推崇。

刘因在元代思想界地位颇高，为元代三大理学家之一。清初黄百家指出:"有元之学者,鲁斋(许衡)、静修、草庐(吴澄)耳。草庐后至,鲁斋、静修,盖元之所借以立国者也。"(《宋元学案·静修学案》)刘因一生未尝仕元,元廷曾两次征召,刘因"固辞不就",被元世祖称为"不召之臣"。那么,他又何以称为"元之所借以立国者"呢?盖指其在元代思想界所起到的作用而言。他从南方大儒赵复受朱学,又加以变化,倡主静,不动心,将朱学与陆学加以参融。同是理学家,他的政治态度与许衡颇异。许氏积极支持元朝统治者,仕元并建议实行"汉法";刘因却基本上采取不合作的态度。据说中统元年,许衡应召赴朝,"道过静修,静修谓之曰:'公一聘而起,无乃太速乎?'文正(许衡)曰:'不如此,则道不行。'及静修不就集贤之命,人或问之,乃曰:'不如此,则道不尊。'"(《元诗选·甲集》)

刘因又是元代前期的重要诗人与诗论家。他论诗,于《诗经》以下尊曹、刘、陶、谢;于唐宋尊李、杜、韩和欧、苏、黄。提倡诗要有风骨,要高古,要富有沉郁悲壮和清刚劲健之气。他本人的诗歌创作,亦"多豪迈不羁之气"(《元诗选·甲集》)。现存于《静修先生文集》中。

刘因集中,山水吟咏之作比重不小,且多佳作。他的山水诗多是古体之作,其所创造的山水境界气势昂然,奇崛苍劲,给人以壁立千仞之感,如《龙潭》《登荆轲山》《西山》《游天城》等作。清人王灏评其诗为"气骨超迈,意境深远"(《静修先生文集跋》),在这类诗中表现得颇为突出,如:

  盘礴脱交荫,平坛得高岑。高岑不可攀,哀湍激幽音。穷源岂不得,爽气来骎骎。灵润发山骨,沮洳下崖阴。为问石上苔,妙理谁曾寻?乾坤有干溢,此水无古今。下有灵物栖,倒影毛发森。东州旱连岁,呼龙动云林。顾此百丈潭,岂无三日霖。为霖此虽能,鞭策由天心。日暮碧云合,空山深复深。

——《龙潭》

  径远涧随曲,崖深山渐少。居然翠一城,四壁立如扫。天设限仙凡,云生失昏晓。平生万事懒,登临即轻矫。山灵知信息,风烟久倾倒。顾瞻困能仰,泛应习称好。端居得萧寂,远眈碍孤峭。乃知方寸间,别有万物表。未须凌绝顶,胸次青未了。

——《游天城》

这些篇什，笔力苍劲，意象高迈奇崛，既表现了大自然的造化之奇，又吐露出诗人的高远胸次。《静修集》中的五古山水，多是此类。

《静修集》中又有七古山水诗，除有上述五古的特点之外，这些篇什又都气势磅礴，奇丽雄峭，兼得韩昌黎"其力大，其思雄"（叶燮评韩诗语）的特质。如写西山之雄峻："西山龙蟠几千里，力尽西风吹不起。夜来赤脚踏苍鳞，一著神鞭上箕尾。"（《西山》）把西山的形势写得十分奇崛不凡。杂言《游郎山》则是又一番面目，诗云：

> 昨日山东州，马耳索御凌风嘶。今日军市中，不觉已落山之西。山之面背一无异，不待风烟变化神已迷。危关度雪岭，乱石通荒蹊。林间小草不识风日自太古，我行终日仰羡木杪幽禽啼。但见雨色来，云物飒以凄。忽然长啸得石顶，痛快如御骏马蹄。万里来长风，五色开晴霓。长剑倚天立，皎洁莹鹏鹕。平地拔起不倾倒，物外想有神物提。诗家旧品嵩少同，画图省见巫山低。谁令九华名，独与八桂齐？千态万状天不知，敢以两目穷端倪。骞腾谁避若飞隼，侧睨何屈如怒猊。千年落穷边，烟草寒萋萋。若非鄣亭书生此乡国，物色谁省曾分题。乾坤至宝会有待，岂有江山如此不著幽人栖！颇闻山中人，云间时闻犬与鸡。只疑名山别有灵境在，不许尘世穷攀跻。不是先生南游有成约，径欲共把白云犁。九疑窥衡汀，禹穴探会稽。玉井烂赏金芙蕖，日观倒卷青玻璃。风烟回首莫潇洒，南游准拟相招携。

这首杂言长歌，颇能代表刘因歌行体山水诗的风格。胡应麟称其歌行体诗"老笔纵横"（《诗薮》），确能得其仿佛。虽是长篇诗作，却毫不呆板，而是元气淋漓，豪逸奔放。诗人把郎山之景刻画得气象万千，又就中寄托了诗人的人格。在这大自然的雄奇"杰作"之中，诗人似乎感到了宇宙的回声，人与自然道通为一。这是理学中人的高致。

元代这几位理学家的诗歌创作，有着较为特殊的意义。与宋代理学家比较，他们没有重道轻文的意识，而都兼擅诗歌创作。宋代理学家程颐把诗看作"闲言语"，邵雍也把不少诗写成了"语录讲义之押韵者"，朱熹的诗在理学家中是最高明的，但他的一些山水诗，其哲理也是明显可见的。而元代这几位理学家都极少在诗中故弄玄理，也不"以议论为诗"。他们的山水理趣诗尽管总的艺术成就不及朱熹，甚至不一定比得上邵雍、刘子翚等人，但他们吸取了宋代理学家诗人的教训，使哲理在山水的意象与境界中自然地流溢出来，而避免了诗的"头巾气"与道学气。这一点是值得肯定的。

第三节　由宋入元的几位诗人

元代前期有若干由宋入元的诗人，他们的创作与诗论，都在当时的诗坛发生着重要的影响。成为元诗的主要源头之一。由宋入元的诗人主要有方回、戴表元、赵孟頫、黄庚等，于山水诗较有可述者为戴、赵二人。

一　诗律雅秀的戴表元

戴表元（1244—1310），字帅初，一字曾伯，庆元奉化（今属浙江）人。聪明早慧，"五岁知读书，六岁知为诗，七岁知习古文"（《元史·戴表元传》）。宋度宗咸淳七年（1271）中进士，任建康府教授。入元后隐居家乡，徜徉于浙东山水，并游历杭州、宣州、湖州、严州一带，交结文坛名士，谈诗论艺。元大德三年（1304）被推荐为信州教授，时已六十一岁，再调婺州，终以疾辞。至大三年（1310）卒于家中。

戴表元是元代前期的重要诗人与诗论家，有诗文集《剡源集》。他不愿为元廷服务，遂以栖隐山水为乐。《元诗选》称他"性好山水，每策杖游眺，远不十里，近才数百步，不求甚劳，意倦辄止。忘怀委分。或自然称'质野翁'、'充安老人'云"。这种野老情怀使其诗集中多有山水吟咏之作。

戴表元对山水诗的创作有独到的审美观念。他主张山水诗的创作，应是诗人游历的自然产物，而绝不应是向壁虚构。戴氏提出"游益广，诗益肆"的观点，在《刘仲宽诗序》中，他指出：

> 余少时喜学诗，每见山林江湖中有能者，则以问之，其法人人不同。有一老生云："子欲学诗乎？则先学游。游成，诗自当异。"于时方在父兄旁，游何可得！但时时取出陆放翁《入蜀记》、范至能《吴船录》之类，张诸坐间，想象上下，计其往来，何止日行数千万里之为快。已而得应科目出，交接天下士大夫，谙其乡土风俗，已而得宦学江淮间，航浮洪流，车走巍坂，风驰雨奔，往往经见古今战争兴废

处所，虽未能尽平生之大观，要自潇潇然无复前时意态矣。身又展转更涉世故，一时同学诗人，眼前略无在者，后生辈因复推余能诗。余故不知其何如也。然有来从余问诗，余因不敢劝之以游。及徐而考其诗，大抵其人之未游者，不如已游者之畅；游之狭者，不如游之广者之肆也。呜呼，信有是哉！……如此则游益广，诗益肆，而非余衰穷拙陋者之所可知已。

戴氏这里并非专论山水诗的创作，但无疑，其中的主要命题"游益广，诗益肆"，对于山水创作有更为深刻的意义。"游"即漫游、游历。诗人能够多游山水风物，饱览大自然的雄姿，登临怀古，倾听历史的呼唤，以博胸次，以广见闻，对于诗歌创作尤其是山水诗的创作是大有得益的。这与江西诗派的"无一字无来处"，在书本中撷取诗料和做法是判为二途的。这一点，宋代一些突破了江西诗派家数的诗人已从创作实践中有所悟入。如陆游所说："法不孤生自古同，痴人乃欲镂虚空。君诗妙处吾能识，正在山程水驿中。"（《题庐陵萧彦秀才诗卷后》）"文字尘埃我自知，向来诸老误相期。挥毫当得江山助，不到潇湘岂有诗？"（《予使江西时以诗投政府丐湖汀一麾会召还不果偶读旧稿有感》）杨万里也在诗中说："山思江情不负伊，雨姿晴态总成奇。闭门觅句非诗法，只是征行自有诗。"（《下横山滩望金华山》）其实，这些都是对江西诗派"闭门觅句"所下的针砭。强调诗人在与大自然的"亲切交谈"中获得诗思。戴表元则进一步把这种诗学思想提炼成"游益广，诗益肆"的命题，更具有理论上的概括性。

戴表元还非常重视诗歌创作中的亲历体验，认为只有诗人的亲历才能真正表现对象的独特个性所在，这在山水诗的创作中是有更重要意义的。他在《赵子昂诗文集序》中谈道：

就吾二人之今所历者，请以杭喻。浙东西之山水，莫美于杭，虽儿童妇女未尝至杭者，知其美也。使之言杭，亦不敢不以为美也，而不如吾二人之能言，何者？吾二人身历而知之，而彼未尝至故也，他日试以其说问居杭之人，则言之不能以皆一，彼所取于杭者异也。今人之于诗，之于文，未尝身历而知之，而欲言者皆是也。幸尝历而知之，而言之同者亦未之有也。

戴氏在这里用了很浅显、很生动的比喻，说明了深刻的美学问题。杭州山水之美，人所共知，即便是未尝亲至，也都称其为美，但这只是一般性的判断，是一种间接知识，用佛教因明学的术语来说就是"比量"。再问居住在杭州的人，其所言杭州之美便不一样了，因为他们在亲身的深切体验中对杭州所取不一。这说明什么呢？对于诗歌创作而言，创作主体对其描写的事物，如果没有亲身的经历、体验，只是通过传闻等间接知识，得出的只能是一般性的判断，那么，在诗歌创作之中所表现的便为"皆是"而雷同。反之，从亲身的体验中所得到的则是没有相同的，体现的作品中便形成艺术个性。这对山水创作的独创性来说，是有深刻意义的。

戴表元的山水诗，如《苕溪》一诗：

> 六月苕溪路，人言似若耶。渔罾挂棕树，酒舫出荷花。碧水千塍共，青山一道斜。人间无限事，不厌是桑麻。

此诗颇类孟浩然《过故人庄》的风味，于用韵都差近之。诗人把六月苕溪写得宁静优美，如同一幅色调分明的水彩画。然而诗的最后两句所透露的，乃是一种对世事纷扰的厌倦感，而欲在"桑麻"中寄托自己的情怀，很有一点"弦外之音"。这类诗在其近体中还有一些，如《社日城南山作》《同诸子行上畈山》《四明山中逢晴》《送旨上人西湖并寄邓善之》等五七律诗，都在山水吟赏中别有怀抱。七律《四明山中逢晴》云：

> 一冈一涧一萦隈，新岁新晴始此回。莎坂南风寅蛤出，茅檐西是乙禽来。人迷白路羊群石，水卷青天雪里雷。犹是深山有寒食，梨花无树绕岩开。

此诗写四明山中的晴日，在对山中景物的吟赏刻画中，表达了他对山野的深爱。在山中，诗人才感到真有"寒食"的气氛。无数梨花之间，有着诗人的宁静自适。顾嗣立称戴表元之诗为："剡源诗律雅秀，力变宋季余习。"（《元诗选·甲集》）这个特点在其山水之作中也是体现得很鲜明的。

二　融画入诗、境界清远的赵孟頫

赵孟頫（1254—1322），字子昂，号松雪道人，湖州人，是宋朝宗室。

先祖即秦王赵德芳。宋亡之后，家居湖州。侍御史程巨夫奉诏搜访遗逸，以孟頫入见，受到元世祖忽必烈的赏爱，授兵部郎中、集贤直学士。延祐中，累拜翰林学士承旨。至治初年卒，年六十九，追封魏国公，谥文敏。

赵孟頫是元代著名的书法家、画家，在诗文创作上也是元代的大家。作为诗人，他的地位也是显赫的，深受时人推重。他之所以受到论者重视，主要是因其"始倡元音"，昭示了元诗的成熟。他一反时风，直接上承南北朝诗人的清丽而高古，又融之以唐诗的圆浑流畅，形成了独特的风格，开启了延祐诗风。戴表元评其诗云："古诗沉潜鲍谢，自余诸作，犹傲睨高适、李翱云。"（《剡源集》）袁桷也谓："松雪诗法高踵魏晋，为律诗则专守唐法，故虽造次酬答，必守典则。"（《清容居士集》）这种特点，也表现在他的山水诗创作之中，而且更为典型。他的山水篇什，境界清远，意韵悠长，而且融入了绘画的意境。读其《桐庐道中》诗：

历历山水郡，行行襟抱清。两崖束沧江，扁舟此宵征。卧闻滩声壮，起见渚烟横。西风林木净，落日沙水明。高旻众星出，东岭素月生。舟子棹歌发，含词感人情。人情苦不远，东山有遗声。岂不怀燕居，简书趣期程。优游恐不免，驱驰竟何成。我生悠悠者，何日遂归耕。

诗中写桐庐道的所见所感，景物历历，风格颇似大小谢及孟浩然的山水诗，在清远的景物描写中表达了诗人的情愫。

赵孟頫还有一些山水小诗，超轶绝尘，淡远空明，近于王维的辋川绝句：

峭石立四壁，寒泉飞两龙。人间苦炎热，仙境已秋风。
　　　　　　　　　　　　　　　——《龙口岩》
修岩如长郎，下有流泉注。山中古仙人，步月自来去。
　　　　　　　　　　　　　　　——《长廊岩》
攀萝缘石磴，步上金沙岭。露下色荧荧，月生光炯炯。
　　　　　　　　　　　　　　　——《金沙岭》
飞泉如玉帘，直下数千尺。新月横帘钩，遥遥挂空碧。
　　　　　　　　　　　　　　　——《玉帘泉》

赵孟頫是画家又是诗人，因而他的这些山水小诗也就有着如同王维那种"诗中有画"的特色。以画境入诗境，清新淡远，创造了一个远离尘氛的山水境界。徐复观先生在评价赵孟頫的绘画艺术时说："赵松雪之所以有上述的成就，在他的心灵上，是得力于一个'清'字；由心灵之清，而把握自然世界的清，这便形成他作品之清。清便远，所以他的作品，可以用'清远'两字加以概括。在清中主客恢复了均衡。"（《中国艺术精神》）此语很准确地概括了赵孟頫的艺术精神，他的山水诗，正可以作如是观。

第五章　元代中期:升平气象与避世倾向

元代社会进入中期,在政治、经济、文化上都得到了较大的发展,尤以仁宗朝延祐年间为元代社会的巅峰。延祐二年(1315)元朝首次进行科举考试,重新开启了士大夫进入仕途的大门。以此为契机,大大促进了元代文化的繁荣。以往人们对元代文化的成就颇为忽略,也许是出于对少数民族统治政权的某种偏见。其实,元代社会在科技、文化方面的成就是颇为突出的。以文学艺术而言,杂剧、散曲的创作实绩,足以使元代在中国文学史占有非常独特的重要地位。而诗歌,也同样是元代文学宝库中不可忽略的瑰宝。延祐时期是元诗的鼎盛时期。在这个阶段,诗坛上最为活跃的元诗"四大家"(虞集、杨载、范梈、揭傒斯),还有柳贯、黄溍、欧阳玄等诗人。他们的创作,在某种程度上,代表了元诗区别于其他时代诗歌创作的特有本色。从诗作所反映的内容与思想倾向来看,升平气象的描写是此期诗作的主流,"雅正"成为当日诗坛最为突出的美学倾向。山水诗的写作也染上了这种色彩。在另一方面,元代文学中经常流露出来的士大夫的避世心态,在这时期的山水诗也同样有很集中的表现。因此,元代中期的山水诗,在山水景物的描写中是有很复杂的内蕴的。

第一节　元诗"四大家"的山水吟讴

元诗"四大家"指元代中期的四位著名诗人,他们是虞集、杨载、范梈、揭傒斯。四人的创作,在很大程度上,结束了元代前期诗坛沿袭宋、金余习的情形,开创了元诗的新局面,代表了元代中期诗风的走向。

一　诗风清和淡远的虞集

虞集（1272—1348），字伯生、道园，祖籍蜀郡，是宋丞相虞允文的五世孙。虞集也是元代著名的理学家。大德初年，到京城大都任国子助教博士，累迁秘书少监。翰林直学士兼国子祭酒。至正八年卒，年七十八。

道园诗文皆负盛名，"一时宗庙朝廷之典册，公卿士大夫碑板咸出其手。粹然成一家之言"（《元诗选·丁集》）。诗文集有《道园学古录》50卷。

虞集在文学创作上有很大成就，在当日文坛上声名甚著。其诗以平和淡雅为其风格特征。他的诗还以句律精严著称。诗人自谓其诗如"汉廷老吏"，并说这是"天下之通论也"（《元诗选·道园学古录》）。就是说，这既是诗人的自我评价，也是符合当时的客观舆论。那么，"汉廷老吏"所比喻的意思是什么呢？胡应麟为之阐释道："'汉法令师'（同一比喻的不同说法）刻而深也。"又对虞集作了这样的评价："七言律，虞伯生为冠。"胡氏又转引了杨文贞语云："虞自拟汉廷老吏，盖深于律者。"（均见《诗薮》）清人陶玉禾的说法实际上是对"汉廷老吏"之说的最为明白准确的阐释："道园法度谨严，词章典贵，敛才就范，不屑纵横，汉廷老吏，故非自负。"（《元诗选》）可见，所谓"汉廷老吏"的说法，主要是指虞诗深于诗律，谨严而浑融。

道园集中的山水之作多为五七言近体，这些篇什以谨严的诗律与淡雅的语言传写了淡远清和的山水意境。试读以下诗什：

> 冰泮溪流碧，云生岛屿红。轻阴残梦里，远树乱愁中。鸥外兼晴絮，莺边共晚风。地偏山气近，霡霂湿房栊。
>
> 露冷天光逼，溪澄夜影圆。水花含窈窕，山吹纵清绵。为觅洪崖侣，重寻赤壁船。翻愁孤鹤外，回互万山连。
>
> ——《次韵叶宾月山居十首》选二

> 何处清江拥玉华，手题名榜寄仙家。光凝石殿千年雪，影动云河八月槎。藏药宝函腾玉气，说诗瑶席散天葩。奎章阁吏无能赋，得似新官蔡少霞。
>
> ——《玉华山》

这些五七言律诗，都以精严的韵律、典丽的语言，把山水景物写得气象纷呈。另外一些短章，则体现了道园山水诗的另一种风貌。如《李老谷》云：

> 十转山崦交，九度沙碛溜。始辞平漠旷，稍接山木秀。老病畏行役，慰藉得良觏。秋岭晚更妍，寒花昼如绣。故园夫如何？朝阳眩霜袖。

这首五古，用白描手法写景物，意象清丽，从中又抒写了思乡之情，其风格是平和淡远的。

再看几首五言绝句：

> 金沙滩上日，潭底见云行。只有琴高鲤，时时或作群。
> ——《金潭云日》
> 春水如天上，秋潭见月中。如何列御寇，犹欲待泠风。
> ——《漏舟》
> 三周华不注，水影浸青天。不上银河去，空明击棹还。
> ——《无倪舟》

这些山水小诗，写得玲珑晶莹，意境十分优美，使人如置身于其中。这些诗表现出道园诗在艺术上的圆熟。在诗风上，这类诗作承续王、孟一脉，以清和淡远见长。清人王士禛倡"神韵"说，于唐代最推王、孟，而在元代诗人中首推虞集，可见其间在艺术风格、审美取向上的一致性。

二 擅长以律诗写山水的杨载

杨载（1271—1323），字仲弘，建宁浦城（今属福建）人，后徙家于杭州。四十岁以后以布衣召为国史院编修官，延祐二年（1315）登进士第，授饶州路同知浮梁州事，迁宁国路总管府推官，卒于至治三年（1323）。杨载是元代中期的著名诗人、诗论家，也是有名的古文家。杨载诗文成就受到赵孟頫的称赏推重。"初，吴兴赵孟頫在翰林，得载所为文，极推重之。由是载之文名，隐然动京师，凡所撰述，人多传诵之。其文章一以气为主。博而敏，直而不肆，自成一家言。"（《元史·杨载传》）可见其文名倾动当时。

　　杨载的诗话著作《诗法家数》是一部有相当的理论价值的诗论著作。该书侧重论述诗歌的创作，就中贯彻了风雅传统。杨载的诗歌创作，被虞集称为"百战健儿"。诗语健劲，富有变化腾挪之势，雄浑横放，长于议论。范梈为其诗作序云："仲弘天禀旷达，气象宏朗。开口论议，直视千古，每大众广集，占纸命辞，傲睨横放，尽意所止。众方拘拘，已独坦坦。众方纡徐，独驰骏马之长坂而无留行，要一代之杰作也。"（《元诗选·仲弘集》）可见杨载为诗的那种脱略束缚、横放杰出的艺术气质。

　　杨载以律诗见长，其山水之作也基本上都是用律诗形式来写的，如《望海》：

　　　　海门东望浩漫漫，风飓无时纵恶湍。黑雾涨天阴气盛，沧波衔日晓光寒。岂无方士求灵药，亦有幽人把钓竿。摇荡星槎如可驭，别离尘土亦何难。

再如《东海四景为大尹本斋王侯赋四首》：

　　　　夏月湖中爽气多，南风叠叠卷长波。渔人舟楫冲蘋藻，游女衣裳揽荇荷。脍切银丝尝美味，腔传金缕换新歌。使君用意仍深远，即此光华岂灭磨？

　　　　　　　　　　　　　　　　　　　　　　　——其二

　　　　暂停麾盖拥轻舟，此日湖山属暮秋。采采黄花登几案，离离红树散汀洲。倾壶浮蚁杯频竭，下箸鲜鳞网乍收。莫向钱唐夸往事，白苏未许擅风流。

　　　　　　　　　　　　　　　　　　　　　　　——其三

　　这些诗篇体现了杨载山水诗的基本特点，他善于用较有色彩的词语来表现山水景物，意境富有层次感与动态感，较为严整的律诗形式与山水境界的刻画浑融地结合在一起。

　　杨载还善于借题画诗来传写山水意境，通过对画家笔下画面的生发与联想，进行艺术的再创造，如《云山图为茅山刘宗师作》：

长江千万里，奔浪薄高云。龙现谁能睹，猿啼不可闻。迂回因地势，昭晰应天文。剑气秋如洗，珠光夜欲焚。连峰俄笋迸，断岸复瓜分。句曲临东极，岩头有隐君。

再如《题赵千里山水扇面歌》：

公子丹青艺绝伦，喜画江山上纨扇。只今好事购千金，四幅相连成一卷。春流漠漠如江湖，飞烟著树相有无。岚光注射翻长虚，白玉盘浸青珊瑚。追随流俗转萧疏，对此便欲山林居。旗亭花发酒须沽，舟行为致双提壶。抱琴之子来相须，醉归不省何人扶。旁有飞泉出岩隙，掣电飞霜相荡激。蛟龙不爱鲲桓食，但见垂纶古盘石。人生万事无根柢，出处行藏须早计。

这类诗作在《仲弘集》中还有很多。都以较为自由的古体形式对画中的山水意境加以发挥，进行再创造，使题画诗中的山水展现了更为鲜活的风貌。诗人在其山水刻画中又抒写了自己的思想情感，对自然的热爱与对庸俗人生的厌倦渗透在其山水吟咏之中。

三 风格多样的范梈

范梈（1272—1330），字亨父，一字德机，临江清江（今属江西）人。家贫早孤，却天资颖悟，又刻苦为学，尤精诗文，用力精深。36岁始游京师，受人推荐，为左卫教授，迁翰林院编修官、福建闽海道知事等，人称文白先生。晚年辞归，徙家新喻（今江西新余）百丈峰下。范梈为人清正，史称："梈持身廉正，居官不可干以私，疏食饮水，泊如也。吴澄以道学自任，少许可，尝曰：'若亨父，可谓特立独行之士矣。'为文志其墓，以东汉诸君子拟之。"（《元史·范梈传》）颇受时人称誉。

范梈是元代中期著名的诗人、诗论家、古文家，有《德机集》行世。范梈论诗有《木天禁语》《诗学禁脔》等著。范氏论诗，倡诗法、诗格之说，这是对唐代诗学的一种回复与追慕。

德机诗风格较为多样。虞集尝喻之为"唐临晋帖"，对此，揭傒斯提出不同看法，他说："余独谓范德机诗以唐临晋帖终未逼真，今故改评之曰：范德机诗如秋空行云，晴雷卷雨，纵横变化，出入无朕；又如空山道者辟谷学仙，瘦骨崚嶒，神气自若；又如豪鹰掠马，独鹤叫群，四顾无人，一碧万里，差可仿佛耳。"(《范先生诗序》)指出了范诗风格的富于变化。

德机诗各体兼具，且多有佳作。其中的山水篇什散见于各体之中，五古如《秋江钓月》：

> 秋江明似镜，月色静更好。之子罢琴来，萝径初尚早。众峰更灭没，横笛隔幽鸟。我船尔棹歌，丝纶荡浮藻。潜鱼却寒饵，宿雁起夜缟。离离不可招，白露下烟草。高风桐庐士，俊业渭川老。同是钓鱼人，那应不同道？把酒酹清辉，如何答穹昊。

这首五言古诗，把月夜秋江之景写得十分生动，如梦如画，使人恍如在此境之中。笔触细致却又十分省净，将秋江之景的特征表现得非常传神。此诗颇有古风，这也是范梈五古的特点所在。再看《小孤行》：

> 小孤有石如虎蹲，西望屹作长江门。洪涛万古就绳墨，虽有劲势不敢奔。大哉禹功悉经理，何必有志今能存。大者为纲小者纪，不徒百谷知王尊。灵祠正在石壁下，我来适值秋风昏。明朝东行吊碣石，更与寻河问九源。

此诗写长江中的小孤山，奔放豪宕而颇有顿挫之势。范梈集中的歌行，很难见到单纯的山水吟咏，而往往都是间以述怀写志，这种述怀写志却与写景融为一体，很难剥离，故而不觉其生硬牵合。其他如《赠李山人》《奉酬段御史登岳阳楼之作》等诗，都在描写山水中间以述怀言志。

范梈的若干山水短章，写得颇为洗练而有情致，如《春日西郊》：

> 东风千里福州城，绿水青山老相迎。惟有垂杨偏待客，数株残雨带流莺。

再如《发湖口》：

> 已过匡庐却向西，片帆犹逐暮云迷。路长正是思亲节，取次惊猿

莫浪啼。

《湖面》：

> 湖面春深暖气匀，青芜未陨已知春。沙湾散驻张鱼客，苇室时惊射雁人。

这些山水小诗意境清新，词语洗练，而且在景物刻画中暗寓了诗人的情愫，是山水诗中的佳构。《诗家一指》称许范梈的"洗练"为"如矿出金"（《元诗纪事》卷一三），很能说明其山水诗的内在特质。

四 "神骨秀削，寄托自深"的揭傒斯

揭傒斯（1274—1344），字曼硕，龙兴富州（今江西丰城）人。幼时家贫，然读书十分刻苦。延祐初年荐授翰林国史院编修官，官至翰林侍讲学士。揭傒斯是元代著名诗人，诗集为《秋宜集》。揭氏有诗论《诗家正法眼藏》，集中体现了他的诗学观点。在其中，他侧重发挥了以"雅正"为核心的诗歌审美标准。宋人严羽论诗曾以"优游不迫"和"沉着痛快"为两种主要风格，揭氏则以"优游不迫"为诗的标准。

虞集曾以"三日新妇"评曼硕之诗，也就是说他的诗以艳丽见长。《尧山堂外纪》等书记载说揭傒斯听了此评之后十分不满，曾星夜造虞府质问之，"一言不合，挥袂遽去"。从揭氏的作品来看，喻之为"三日新妇"，的确是不妥当的。他的诗虽然时有艳丽之作，但往往艳而新，不给人以涂抹堆砌之感。《四库全书总目提要》说其诗"清丽婉转，别饶风韵"，"神骨秀削，寄托自深，要非嫣红姹紫徒矜姿媚者所可比也"，倒是较能道出其艺术个性的。

曼硕诗中的山水篇什较多，这些诗篇表现了诗人对大自然的热爱。较有名的如《夏五月武昌舟中触目》：

> 两髻背立鸣双橹，短蓑开合沧江雨。青山如龙入云去，白发何人并沙语。船头放歌船尾和，篷上雨鸣篷下坐。推篷不省是何乡，但见双双白鸥过。

这首诗把江岸上的青山写得呼之欲出，清新生动。诗人不是一般性地模山范水，而是赋山水以灵性。诗的意象新奇而飞动。在山水诗中，可以说是别开生面的佳作。

再如《云锦溪棹歌》组诗，选录两首：

> 才过浮石是兰溪，溪上青山高复低。山中泉是溪中水，寻源直到华山西。
>
> 溪上层层云锦山，垂杨尽处是龙滩。不是孤舟来逆上，何人知道世途难。

这类绝句也是颇具神韵的，而且景物刻画的后面，还蕴含着对自然之理的领悟和对人生的慨叹，耐人寻味。

曼硕诗以五言古诗见长，他的五古中便有一些山水题咏。诗人用五古形式所做的山水篇什，有着一种幽淡深邃的风调，读之进入一种超逸朦胧的境界。如《自盱之临川晓发》：

> 扁舟催早发，隔浦遥相语。雨色暗连山，江波乱飞雾。初辞梁安峡，稍见石门树。杳杳一声钟，如朝复如暮。

这里在行旅中写出山水游历的审美感受，又在山水之中流露出行旅的淡淡哀愁，发而为一种"飞雾"似的幽淡境界。诗境之中又更有一种深潜却又难以言喻的感触，这类诗在《秋宜集》中是很多的。

虞、杨、范、揭被称为元诗"四大家"，足见其在元诗发展中的重要地位。其山水诗创作，也颇有一些佳什，其山水描写，也都与他们的其他诗作一样，有着冲和雅正的特点，体现了元诗发展中期的主导倾向。

第二节　同郡齐名的黄溍与柳贯

元代中期的诗坛，除"四大家"外，还有一些颇有声望的诗人。他们共同创造了元中期的文学繁荣景象。在山水诗领域中，尤以黄溍、柳贯最有成就。

一 黄溍:"二谢"山水诗的回归

黄溍(1277—1357),字晋卿,婺州义乌(今属浙江)人。"生而俊异,学为文,顷刻数百言。"(《元诗选》)壮岁隐居不仕,从隐者方凤学,作歌诗可唱和。延祐二年(1315),县吏强迫其参加考试,中了进士,授宁海县丞,后升为侍讲学士,应奉翰林文字。至正七年(1347)起翰林直学士,知制诰同修国史。至正十年(1350)辞官还乡,年八十一而卒。

黄溍是当日诗坛的著名诗人、诗论家。他的诗文集有《日损斋稿》。黄溍于山水诗尤多佳作。黄溍乐于隐居和游历,在山水徜徉中获致心灵的清新与安恬的感受。杨维桢为黄溍所作的《墓志铭》中说他"遇佳山水,竟日忘去,多冲淡简远之情"。这的确道出了其山水篇什的主要风格特征。

黄溍的山水题咏往往是与纪行结合在一起的,诗人的足迹遍及江浙山水,触得辄诗,将山水之美与纪行之感融在一处。他的山水诗什多为五古之作,清丽细致,曲尽物态,而又颇有淡远之风,得大小谢之神气。略举一些篇目,如《晓行湖上》《西岘峰》《晚泊钓台下》《龙湾夜泊》《敬亭山》《宿云黄山作》《重登云黄山》《登钱山望菰城慨然而赋》《金华北山纪游八首》《龙山九日》《石台分韵得字》《游西山同项可立宿灵隐西庵》等数十篇。下面摘录几首,以见其山水诗之风貌。

> 晓行重湖上,旭日青林半。雾露寒未除,凫鹥静初散。夤缘际余景,闪倏多遗玩。会心乍有得,抚己还成叹。夙予丹霞约,久兹芳洲畔。独往愿易违,离居岁方换。沙暄芷芽动,春远川华乱。存期乃寂寞,取适岂烂漫。小隐倘见招,渔樵共昏旦。
> ——《晓行湖上》

> 昔窥谢公作,今陟敬亭寺。征素忻始游,赏胜资深诣。俯俯缘水木,宛宛交蹊术。绿缛涧草丰,幽飕松飙驶。微钟响杳障,高阁浮花气。聿熏旃檀妙,岂爱岑蔚媚。凭生实内惕,即事多冥契。息阴眷枌槚,搴芳怀芝桂。海岳期屡迁,石林路深闷。经营乖道要,迫窄余物累。稽首调御尊,尚饮无生惠。
> ——《敬亭山》

> 薄游厌人境,振策穷幽躅。理公所开凿,遗迹在岩麓。秋杪霜叶丹,石面寒泉渌。仰窥条上猿,攀萝去相逐。物情一何适,人事有羁

束。却过猊峰回,遥望松林曲。前山夜来雨,湿云涨崖谷。缥缈辨朱甍,禅房带修竹。故人丹丘彦,抱被能同宿。名篇聊一咏,异书欣共读。蹉跎未闻道,黾勉尚干禄。夙有丘壑期,吾居几时卜。

——《游西山同项可立宿灵隐西庵》

以上全文抄录的这几首五古山水诗,已能充分地说明了黄溍山水诗的特点:无论是写山光,还是写水色,都有着古淡而清新的作风。在很大程度上,可以说黄溍的山水诗是对"大小谢"山水诗的回归,体物的细腻,感觉的清新,使之带有大小谢山水诗什的韵味。

山水诗在魏晋南北朝时期的崛起,标志着当日诗人们的审美趣味更多地转向了自然。正如宗白华先生所说的"晋人向外发现了自然,向内发现了自己的深情"(《美学散步》)。对于山水自然之美的关注是这一时期诗坛上的突出之点。陶渊明、谢灵运、谢朓是山水诗发展的关键性人物。陶诗更多的是将自己的审美感受融入山水意象,在其山水诗中有着较为虚灵化的色彩;而大小谢(尤其是谢灵运)则以更为细腻的刻画山水景物即"体物"为其特征的。当然,大谢山水诗也很明显地抒写自己的感慨和理念,但他的写景与抒情、议论是分开的。谢灵运山水之作在结构上有一个基本的模式,这就是先叙述游览过程:游览缘起,接以景色描写,最后是感慨或议论。黄溍的山水诗,在体物这方面是颇为相近于大小谢山水诗的。黄溍的山水诗,不同于盛唐王、孟山水诗"羚羊挂角,无迹可求"的审美境界,亦不以追求这种完整空灵的境界为目标,而在对山水风物特征的刻画中,随机表达自己的人生感怀,或者就是以一种特有的理性化意念去观照山容水态,因而其诗中往往将一些抒情、达意的成分与山水意象掺杂在一起。然而,黄溍的山水诗毕竟是经过了盛唐山水诗传统滋育的,尽管不以完整的审美境界取胜,但其山水描写,仍然有着悠然淡远的韵味。在元代中期的诗人中,黄溍是山水诗创作数量较大、成就较高的一位。

二 柳贯:以奇拗之笔写江河壮景

柳贯(1270—1342),字道传,婺州浦江(今属浙江)人。少从金履祥学习性理之学,后从方凤、谢翱等学习诗文。"自幼之老,好学不倦。凡六经、百氏、兵刑、律历、数术、方技、异教外书,靡所不通。"(《元史》本传）大德四年（1300）出任江山县教谕，晚年官至翰林待制兼国史院编修，终年七十三岁。

柳贯是理学中人，与虞集、黄溍、揭傒斯号称"儒林四杰"，又与同郡黄溍齐名，有"黄、柳"之称。其诗文集为《待制集》。

柳诗各体都有佳作，而尤以五古、七律更见特色。与黄溍相比，柳诗则是另一种风格。其诗更多梗概恢宏之气，古硬奇险，深受江西诗派的影响。现存有五百多首，略知散佚的有九百余首。柳诗中亦多有山水篇什。五古中的《过大野泽》《晚渡扬子江未至甘露寺城下潮退阁舟风雨竟夕》《龙门》《旦发渔浦夕宿大浪滩上》《晚泊贵溪游象山昭真观》《渡河宿麻子港口》等山水题咏就有数十首之多。例如：

> 鼓枻凌涛江，江光晚来薄。相望铁瓮城，正值沙水落。滩长洲渚出，月黑风雨作。欹眠听春浪，梦枕生新愕。起吟不成魇，但怯体中恶。金焦两浮萍，天堑何限著。意令制溟渤，帖帖就疏瀹。奈何潮汐舟，咫尺恨前却。方冬百泉缩，潦净海为壑。乘流俟满魄，明夕异今昨。快呼北府酒，暖客慰离索。庶因行路难，幸识还山乐。
> ——《晚渡扬子江未至甘露寺城下潮退阁舟风雨竟夕》

这首诗写风雨中的扬子江，排奡不平，极见气势。全诗以入声为韵，更在语调上增添了奇拗峥嵘之感。诗中所写的意境，阔大雄奇，怒耸突兀，给人以崇高的美感。这是很能体现柳诗的独特之处的。再看《龙门》一诗：

> 一溪瓜蔓流，渡者云可乱。屡涉途已穷，前临波始漫。严严龙门峡，石破两崖半。沙浪深尺余，湾回触垠岸。他山或澍雨，湍涨辄廉悍。顷刻漂车轮，羁络不能绊。其源想非远，众水自兹滥。济浅抑何艰，虑盈疑及患。峰阴转亭午，出险马蹄散。草路且勿驱，烟开望前馆。

翻阅柳贯的诗集，发现他的山水诗多是以波翻浪卷的江河壮景为描写对象的。这恐怕不是偶然现象，大概是由于诗人的气质、审美习惯而形成的。他喜欢这种波澜壮阔、气象万千的景致，在其中可以寄寓诗人的胸臆。他多用上、入声为韵，使诗造成一种突兀不平之势。有时用一些较为奇僻的字词，把诗的意象写得矫然不群。读其山水篇什，有些近于韩退之的"横空盘硬语"，这在元代中期的诗人中，是较为特出的，有着鲜明的个性色彩。

元代中期的山水诗创作，与这一时期的其他诗作有着颇为一致的倾向，那就是体现了"雅正"的文学观念。在山水描写中透露出的诗人心境，是相对平和的，所创造的山水意境，也是较为淡雅的。但也有的诗人在山水名区的刻画中抒写了避世的心态，这种心态在元代士人中是较为普遍的，于山水诗中就更为容易得以展露。

第六章 元代后期:突破"雅正",追求新奇

从诗歌的发展来看,元代后期诗坛与中期相比,是有明显的转折的。所谓"后期",主要是指泰定帝以后的元朝历史。而从文学上来说,时间断限也许并不一定那么明确,但是文学思潮与文坛风会的变异则是有迹可寻的。

在延祐之后,元代诗坛开始改变了以"雅正"的审美观念为"一统天下"的格局,产生了更加多样化的风格,在诗的风貌上也与中期迥然有异。山水诗的创作自然也带着这种新变的痕迹。尤其是像杨维桢、萨都刺等杰出的诗人,都通过山水篇什表现了新的创作态势。

第一节 萨都刺等少数民族诗人

一 萨都刺:流丽清婉,寄托深沉

萨都刺(1272—?),字天锡,号直斋,回族人(也有人认为他是维吾尔族人),其祖先是答失蛮氏,祖父以勋留镇云代,遂为雁门人。萨都刺虽是色目人,在元代地位高于汉人,但到他这一代时,家境已经中落,至于"家无田,囊无储"(《溪行中秋玩月》)。后来到吴、楚等地经商谋生。泰定四年(1327)中进士,授镇江录事司达鲁花赤(掌印正官,有实权,是只有蒙古人或色目人才能做的官职),后任河北廉访经历等职。晚居武林(今杭州),流连于山水之间。

萨都刺创作勤奋,在诗歌方面建树尤为卓异。其《雁门集》收诗近800首。他的诗作在元代诗人中别具一格,不再囿于"雅正"的诗学观念,而一任感情的流泻。虞集评其诗:"进士萨天锡者最长于情,流丽清婉,作者皆爱之。"(《清江集序》)指出其诗以情见长的特点。作为元代

的大诗人,萨都剌的诗歌成就是多方面的,非一隅所限。礼部尚书干文传序其诗:"其豪放若天风海涛,鱼龙出没;险劲如泰华云开,苍翠孤耸;其刚劲清丽,则如淮阴出师,百战不折;而洛神凌波,春花霁月之媲娟也。"可见,萨都剌的诗是多方熔冶、众彩纷呈的。

萨都剌一生喜爱游历,遍览名山大川。《雁门集》中多有山水篇什,刻画了山川景物,同时也表现了诗人在其中兴发的某种感怀。其中有不少是以近体律绝的形式来写山水清晖,意境幽远,而又能在短小的篇制中蕴深沉顿挫之致。如这样一些山水小诗:

> 千里长江浦月明,星河半入石头城。棹歌未断西风起,两岸菰蒲杂雨声。
>
> ——《江浦夜泊》
>
> 船头夜静天如水,渡口潮平月在江。灯影摇波风不定,老龙吹浪湿篷窗。
>
> ——《夜发龙潭》其二
>
> 春水满湖芦苇青,鲤鱼吹浪水风腥。舟行未见初更月,一点渔灯落远汀。
>
> ——《夜过白马湖》

这些山水小诗,意境并不狭窄。对山水景物的描写,有声色、光影、动静、气味,极真切,并给人以颇为深沉的感觉,语言富有一种力度感。

另有一些作品,虽也刻画山水形胜,但于其中寄托了较深的感慨。如七律《游钟山遇雨》:

> 虎踞龙蟠翠作堆,竹与高下路萦回。潮声万壑松风过,云气满楼山雨来。梁武庙前芳草合,荆公墓下野花开。百年感慨成何事?且尽生前酒一杯。

金陵的钟山,不仅是自然美的所在,而且有极为丰厚的历史文化意蕴。作为一个审美对象,钟山的自然属性与其历史文化意蕴是融合在一起的。钟山作为金陵的象征,是历史上许多王朝兴衰的见证者。但他没有直接抒写,而是将其化作了苍茫雄阔的意象。诗的颔联"潮声万壑松风过,云气满楼山雨来",极有气势,雄浑而不流于粗粝,而颈联的"梁武庙前芳草合,荆公墓下野花开",则寓含了深沉的吊古伤今的情思。

萨都剌还有一些篇什用歌行体的形式来写山川形胜,形成了一种奇崛雄放的意境特征。如《过居庸关》:

> 居庸关,山苍苍,关南暑多关北凉。天门晓开虎豹卧,石鼓昼击云雷张。关门铸铁半空倚,古来几多壮士死。草根白骨弃不收,冷雨阴风哭山鬼。道傍老翁八十余,短衣白发扶犁锄。路人立马问前事,犹能历历言丘墟。夜来刈豆得戈铁,雨蚀风吹半棱折。色消唯带土花腥,犹是将军战时血。前年又复铁作门,貔貅万灶如云屯。生者有功挂六印,死者谁复招孤魂?居庸关,何峥嵘。上天胡不呼六丁,驱之海外消甲兵。男耕女织天下平,千古万古无战争。

这首诗把居庸关的险要形势与对历代战争的反思密切联系在一起,对居庸关的描写,多有想象夸张之辞,却把其山形的险峻写得十分突出。诗人借居庸关在战争中的重要地位写出了历史的兴亡之感,表达了自己企盼和平生活的愿望。这类诗作是与其山水小诗有着不同风格的。"流丽清婉"是萨都剌诗的一个重要特点,但不是唯一的特点,《过居庸关》这样的诗作则表现出其雄奇深刻的一面。

二 马祖常、余阙等人的山水诗

除萨都剌外,元代后期还有一些较有名的少数民族诗人,如马祖常、泰不华、乃贤、余阙、丁鹤年等。他们的创作,也在一定程度上体现了元代诗风由中期到后期的变迁。其诗集中山水诗也许数量并不是很多,但也还是有着相当特色的。马祖常(1279—1338),字伯庸,世为雍古部,延祐二年(1315)廷试第二,累迁至礼部尚书,诗文集为《石田集》。其山水诗如《淮安路泖山》:"淮浦蒲花秋渺渺,淮岸杨花春袅袅。白鱼初下渔船来,十里风烟隔飞鸟。吾生欲向淮南居,更闻泖山好田庐。濯足沧浪箕踞坐,不问朝家求聘车。"这种诗什,可以说更多地逸出了盛唐诗的笼罩,而吸收了李贺、温庭筠等诗人的风格,又加以自己的熔冶创造,别具一格。余阙(1303—1358),字廷心,人称"青阳先生"。元统二年(1334)进士,至正年间出任淮东都元帅,与红巾军战,兵败自刎,被视为元朝的忠烈之臣，诗文集为《青阳集》。余阙工于近体，元末戴良序其诗云："注意之深，用工之至，尤在于五七言近体。"其中五律《竹屿》："秋水镜台隍，孤洲入渺茫。地如方丈好，山接会稽长。紫蔓林中合，红莲叶底香。何人酒船里？似是贺知章。"宁静阔远，意味悠长，颇似盛唐王、孟一派的某些篇什。

元代后期少数民族诗人群体在元诗发展中起了重要作用："要而论之，有元之兴，西北子弟，尽为横经，涵养既深，异才并出，云石海涯，马伯庸绮丽清新之派振于前，而天锡继之，清而不佻，丽而不缛，真能于袁、赵、虞、杨之外，别开生面者也，各逞才华，标奇竞秀。亦可谓极一时之盛者欤。"(《元诗选》) 这段话概括地揭示了元代后期少数民族诗人在元诗史上的地位。在山水诗史上，萨都剌等少数民族诗人也体现了某种转折作用。

第二节　以乐府写山水的杨维桢

元代后期诗坛，最有影响、成就最大的，无疑是杨维桢。他所开创的诗风"铁崖体"，代表着元诗从中期到后期的转捩。

一　生平经历与"铁崖体"特征

杨维桢（1296—1370），字廉夫，号铁崖、东维子，又号铁笛道人，山阴（今浙江绍兴）人，登泰定四年（1327）进士第，与萨都剌同年。初任天台县尹，改钱清盐场司令，迁江西等处儒学提举。元末遇兵乱，隐居于富春山、钱塘、松江等地。元亡以后，明洪武二年（1369），明太祖召他修礼乐书志。他辞谢说："岂有八十岁老妇，就木不远，而再理嫁者邪！"并作《老客妇谣》一首以进，以明自己不仕两朝之意。太祖成其志，仍给安车还山，卒年七十五。杨维桢所作诗篇，集为《铁崖古乐府》《铁崖复古诗》《铁崖集》《铁龙诗集》《铁笛诗》《草云阁集》《东维子集》等，其中尤以《铁崖古乐府》影响最巨。

清人顾嗣立曾站在诗史的高度评价杨维桢的地位，他说："元诗之兴，始自遗山。中统、至元而后，时际承平，尽洗宋金余习，则松雪（赵孟頫）为之倡。延祐、天历间，文章鼎盛，希踪大家，则虞、杨、范、揭为之最。至元改元，人材辈出，标新领异，则廉夫为之雄，而元诗之变极矣。"(《元诗选·辛集》) 由此可见，杨维桢的"铁崖体"是领诗坛一代风骚的新诗风。

"铁崖体"究竟是什么样的一种诗风？这需要具体的说明。前人曾有这样的议论，可以帮助我们了解"铁崖体"的风貌。"杨聘君廉夫，才高情旷，词隽而丽，调凄而婉，特优于古乐府。"(《元诗选》) 明人胡应麟也认为："杨廉夫胜国末领袖一时，其才纵横豪丽，堪比作者，而耽嗜瑰奇，虽复含笃吐贺，要非全盛典型，至他乐府小诗，香奁近体，俊逸清爽，如有神助。"都在相当的程度上说明了"铁崖体"的某些特征。我认为"铁崖体"可以做出这样的概括说明："铁崖体"在体裁形式上以"古乐府"为主，力求打破古典主义的规范，走出元代中期模拟盛唐、圆熟平滑、缺少个性的模式，而追求构思的奇特、意象的奇崛，造语藻绘而狠重，在诗的整体审美效应上具有"陌生化"的特征与力度美。而这些，都是出自诗人的情性，从而使作品富有相当的个性色彩。

二 神奇迷离的乐府山水诗

铁崖诗集中，山水篇什比例很小，较为纯粹的山水诗，大概不过二三十首，但却颇具特色。他用乐府体写山水，即使从题目和体式上不像乐府，但观其诗的语气、神韵，都颇具乐府之风。他的山水诗往往与游仙、梦境掺和在一起，带有一种神奇迷离的风貌。如《香山篇》："放舟脂塘曲，盘游湖上雷。雷鸣湖雨作，还泊香山隈。美人斗香草，上有九畹栽。美人在何所，搴芳招归来。露下荆棘草，鹿上姑苏台。"在铁崖集里要说山水诗，这是较为"纯"的了，但其实这种诗基本上都非"写境"，而是"造境"。诗人并未描摹山容水态，却是通过想象，创造了一种幻境，给人以似仙似俗、半真半幻的感觉。其他像《虎篇》《尧市山》《弁峰七十二》《骊山曲》等，都与之相类，倒是像《送客洞庭西》，还更多地接近一些山水的自然形态，诗云：

> 送客洞庭西，雷堆青两两。陈殿出空明，吴城连苍莽。春随湖色深，风将潮声涨。杨柳读书堂，芙蓉采菱桨。怀人故未休，望望欲成往。

此诗写洞庭湖的景象，笔墨省净，意境脱俗，在近于平淡的语气中，仍蕴奇气。而像《弁峰七十二》之类的诗作，则有更多的奇幻色彩。诗云：

> 弁峰七十二，菡萏开青冥。穷探最绝顶，龙舌呀岩屙。高源下绝壁，海眼涵明星。毒龙戏珠玉，残唾吹余腥。胡僧洗神钵，密咒收风霆。洞庭水如蓝，溟滓连沧溟。下观人间世，九点烟中青。

此诗以游仙式的笔法写弁峰所见，所写景物都有一种亦真亦幻的感觉。诗人的描绘，使我们如同到了一个"高处不胜寒"的仙境，其实这不过是登临绝顶、鸟瞰万象的视界。诗思的奇妙，都是一般山水诗中很少见到的。

更能体现其山水诗的乐府特色的，是《望洞庭》《苕山水歌》《石桥篇》《庐山瀑布谣》等一类作品。试举一二在此。如《望洞庭》：

> 琼田三万六千顷，七十二朵青莲开。道人铁精持在手，啸引紫凤朝蓬莱。龙子卧抱明月胎，须臾化作桃花腮。嗟尔云槎子，何处忽飞来？蓬莱之浅今几尺？黄河之清今几回？云槎子云是江上来。但知东方生，卖药五湖上。不知张使者，北犯七斗魁。云槎子，吾与尔何哉？任公钓竿在东海，潮压桐江江上台。

《苕山水歌》诗云：

> 苕山如画云，苕水如篆文。使君画船山水里，荡漾朝晖与夕曛。中流棹歌惊水鸭，捷如竞渡千人军。渡头刘阮郎，清唱烟中闻。为设胡麻饭，招手越罗裙。既到车山口，还过蘸水渍。东盛圳前折杨柳，西庄漾下䄷香芹。东村击鼓送将醉，西村吹笛迎余䤄。三日新妇拜使君，野花山叶斑斓裙。使君本是龙门客，官衫脱锦披黄斤。愿住吴侬山水国，不入中朝鸾鹄群。酒酣更呼酒，挽衣劝使君。游丝蜻蜓日款款，野花蛱蝶春纷纷。君不见城南风起寒食近，老农火耕陈帝坟！

铁崖集中的这样一些乐府山水诗，其风格、意境的确不同于元代中期的那些山水篇什，体现了元代后期山水诗的某些特点。如果说《望洞庭》一诗的意境有更多的超现实特色，诗人勾勒了高蹈超俗的景致，以游仙笔法来写现实中的山水，而后者则以更为异彩纷呈的诗笔，创造了更为风俗意韵的场景。这些诗作，都充分体现了乐府诗的韵味，尤其是近于中、晚唐时期李贺、温庭筠的乐府诗风。

三 "铁崖体"山水诗的创新

杨维桢的山水诗,以乐府诗的笔法、韵味,使山水景物的描写更为虚灵化。诗人很少用体物写貌的方式来描摹山水的客观外形,而常常是以比拟或形容的方式来摄写山水之神。这就体现了山水诗在金、元时期的新变。诗人以参差错落的形式,运以乐府的情味,造成一种独特的风貌。诗人不再以描绘完整的山水画面为鹄的,而是在山水题材中融进了更多的东西,使山水诗的内在审美信息量大为增加。同时,诗中有很多迷离惝恍的情景,无疑是来自诗人的想象,它们又与山水形貌的刻画糅为一体,重新构成了新的山水之境。

结　　语

　　以上这一编，主要论述了金元时期山水诗的创作状况与发展脉络。这里的论述当然是很不完整的，但从中大致可以窥见金元时期山水诗的一斑。

　　从整个山水诗史来看，金元时期并不重要，却有着承上启下的意义。山水诗发展到金、元，积累的艺术经验已是多种多样，艺术风格也屡以变迁，因此金元山水诗在其艺术继承上是体现了多元化的态势的。金元时期山水诗的传世名篇远不及魏晋南北朝与唐、宋那么多，与唐代相比，更是相形见绌，但金元山水诗仍展示了独特的风貌。其中不无清新的成分，不无北方文化的某种影响。有些诗作所反映的山水状貌，本来就不同于传统的山水诗，而有些北方诗人在山水诗中所勃郁的雄浑刚健之气，又为山水诗史灌注了生机。这又是金元山水诗的文学史价值所在。金元山水诗的这些艺术特征，也没有随时间的流逝而完全消泯，而是积淀在明代及以后的山水吟咏之中。总之，金元时期的山水诗创作，有着其他时代所缺少的特殊价值与文学史意义。

第五编

山水诗的复古与新变

绪　言

　　包括山水诗在内的明代诗歌，一方面，它是明以前中国古典诗歌发展历程的自然延伸；另一方面，这种延续又在明代特定历史条件的影响下掀起新的波澜，发生新的转变。于是，整个明代诗坛大致呈现如下几种主要潮流。一是延续中唐以下特别是宋元以来古典审美理想逐步解体的趋向，古典诗歌沿着理性化和感性化的轨道进一步分化发展，其中尤以理性化倾向占主导地位。当上述趋向发展到极端后，诗歌创作的理性化和感性化倾向弊端充分暴露，越来越多的诗论家和诗人清楚地认识到问题的严重性。在南宋严羽等人的时代还只是一种零星呼吁的复古主张，此时终于成为广大诗论家和诗人的共同呼声，于是掀起了一场声势浩大的复古运动，其宗旨即在批评中唐以下特别是宋元以来诗歌创作中的理性化和感性化倾向，超宋元而上，以汉魏盛唐为师，恢复古典审美理想和古典诗歌的审美特征，力求使主体与客体、情与理、意与象和谐统一，使诗的意境浑朴圆融，这就构成了包括山水诗在内的明代诗歌创作的第二种潮流，即复古主义潮流。然而，历史是不可能重复的，与汉魏盛唐时代相比，明代的社会生活以及人们的思想感情、思维方式和语言习惯等都已发生很大变化，要重现汉魏盛唐诗歌的风貌和盛况已失去现实基础，实际上已根本不可能。因此，尽管复古派作家做出了巨大努力，复古思潮曾席卷整个文坛，但它最终不得不归于失败。但从另一个角度看，明代复古派的努力并不是毫无意义的。首先，世界上任何一种事物趋向衰落时，人们首先想到的往往是力图挽救重振它，而不是立即葬送它。因此，明代复古运动实际上是中国古典诗歌发展过程中的一个必然环节。而人们付出了巨大努力仍不能使它重现辉煌这一事实，则无疑能使人们充分认清它已衰落的本质。其次，明代复古运动实际上并非单纯的复古，而是包含了某些新因素，不自觉地反映了某些新的历史要求，从而成为其后文学思潮新发展的先导。于是，当明代复古运动总体上归于失败后，诗论家和诗人纷纷清醒过来，他们不再抱有恢复古典审美理想和古典诗歌审美特征的幻想，而是力图突破、超越它，另寻出路，揭示主体精神与客观世界、情与理、意与象的矛盾对立，张扬独立的主体精神，倡导个人情欲的满足，从而揭橥了一种具有近代色彩的新的审美理想和诗歌的审美特征。这就是明代诗歌创作的第三种潮流，我们姑且称之为浪漫主义潮流。在这三种主要潮流中，第一种潮流与第三种潮流实际上有相通之处。相对于力图恢复古典审美理想和古典诗歌审美特征的复古潮流而言，它们都属于古典审美理想和古典诗歌审美特征的蜕变或曰新变。因此，复古与新变两种潮流的对峙和交替发展，构成包括山水诗在内的明代诗坛（乃至整个明代文学）的基本格局；复古与新变，乃是回荡在纷繁复杂的明代山水诗以及明代诗歌（乃至整个明代文学）现象中的主旋律。

根据明代山水诗以至整个明代诗歌本身的发展变化，同时考虑作为明代文学发展外部环境的明代社会政治、经济、思想文化等方面的状况，我们拟将明代山水诗的发展划分为三个时期。第一个时期从明初到正统十四年（1449）的"土木堡之变"，前后约80年，是为明前期。这一时期内古典诗歌发展的总体倾向，是延续宋元以来的发展趋势，沿着理性化和感性化的方向继续分化演进，其中尤以理性化倾向占主导。在山水诗创作方面，一部分诗人把山水当作愉悦性情的对象，或逃避现实的避难所，对山水的态度流于一种浅层次的功利主义，主体与山水之间缺乏深刻的沟通和融合。另一部分诗人则乐于通过山水寄寓某种哲理。在这里，描绘山水之美是次要的，只是手段；表达某种理性观念才是主要目的，山水并没有作为独立的审美对象。从景泰年间到万历二十年（1592）左右为明中期，约140年。这一时期内明朝政治的特点是时好时坏，波动起伏，思想文化统治开始松动，理学阵营中先是滋生了与程朱理学大同小异的崇仁学派、白沙学派等，接着又出现了阳明心学。古典诗歌领域内占主导地位的是复古主义思潮，先后出现了"前七子"和"后七子"。复古派诗人在山水诗创作上力图以盛唐为师，达到主体与山水之间的一种深刻契合。他们既反对把山水当作寄寓某种理性观念的工具，也反对把山水仅当作某种主体感性需求的对象，总而言之，他们不主张主体的理性或感性明显流露，而是追求以一种静穆超然的目光，去观照自然界本身的美，在有意无意之中渗进主体的情志，从而构成含蓄蕴藉的意境。他们的部分山水诗庶几达到了这种境界，但更多的作品则是似是而非，因为这种契合的客观现实基础——主体与客观世界的统一的状况已不复存在。从万历二十年左右到明末的四五十年为明后期。这一时期内，明王朝政治上急遽衰败，思想文化方面失控，异端思想流行于士大夫之间。古典诗歌发展的基本态势是浪漫倾向占主导。浪漫派诗人的山水诗以抒写主体性灵为标志，往往以一种强劲活泼的主体精神挟裹山水景物。为了使主体性灵得到充分凸显，作者甚至不惜对山水景物作变形或丑化的处理，以显示主体的睿智和洒脱不羁。这样一种审美观念在此前的山水诗中几乎没有出现过，它标志着对古典审美理想的反叛和对具有近代色彩的新的审美理想的追求。

第一章　明前期的山水诗

有元一代，蒙古统治者实行民族歧视政策。蒙古人、色目人在政治上享有特权，往往由刀笔吏出身，即可飞黄腾达。汉族人特别是南方汉族人则受到压制，即使出仕，也只能担任一些佐贰卑职。于是北方人士多走从政一途，南方知识分子则多选择了隐居不仕、治学为文的生活道路。本来从宋室南渡开始，中国文化的中心已经南移。元灭南宋以前，还可以说有大都和临安两个中心。元灭南宋以后，文化重心迅速向南倾斜。及至元末，北方几乎成了文化沙漠。在南方，文化教育事业又相对集中于现在的江苏、浙江、江西、安徽、福建、广东等地，形成了若干文人集团，其中尤以前三者最为重要。由于生活环境和地域文化传统各异，这几个文人集团的文学创作各有特点。明初的许多文人由元末而来，也都或直接或间接地受到几个文人集团文学创作特色的制约。

元末明初，相当于现江苏地区的文人以苏州为活动中心，可称为吴中派。高启、杨基、张羽、徐贲并称明初"吴中四杰"，是该派的代表。他们的文学创作活动在元末已十分繁盛。当时张士诚割据吴中，保境自守，而且优待文人。吴中的大地主、大盐商们也建筑园亭池馆，招延名流，附庸风雅。当元代末年其他各个地区遍地战火、满目狼烟之时，吴中俨然成为新的"稷下""邺下"，成为全国文学活动的中心。他们流连诗酒，赏景品花，很少把目光和笔触投向当时正燃烧战火的山河大地，但战场硝烟的气息也时时飘进他们的诗作中，使他们的作品流露出一种燕巢幕上的心态。在对山水景物的观赏方面，他们明显怀有一种"吴中情结"，即特别钟爱吴中的一山一水，认为它们是世界上最美好的景致，置身其中有一种特别的舒适感和优越感。出现在他们笔下的大多是一丘一壑、茂林修竹、小桥流水、荷风菰蒲等，他们总是以亲切优雅的目光细细品味这些景象。

他们几乎不关心东南一隅以外的神州大地的存在，崇山峻岭、苍原旷野、大河奔流的景象很少进入他们的视野。因此，他们的山水诗往往笔触细腻，语言清丽，但境界不免狭窄，格调不免萎弱。入明以后，吴中文人遭到残酷迫害，或被迁徙，或遭杀戮，精英丧失殆尽。剩下的一些成员也在高压统治下战战兢兢，苦吟哀唱于水边林下，借山水寄寓其凄苦怨郁的心情。战乱（主要是朱元璋集团消灭张士诚集团的战争）给吴中带来的严重破坏，在吴中诗人这一时期的山水诗中倒是得到了较充分的反映。

元末浙东地区的文人以金华为活动中心，主要人物有宋濂、刘基、王祎、胡翰、苏伯衡等。元代末年，浙东文人由于不像吴中文人那样具备政治靠山和优裕的经济条件，创作活动相对零散。自元顺帝至正十八年（1358）朱元璋集团攻下婺州（金华）后，浙东文人纷纷投入朱明阵营。他们为朱氏集团削平群雄，驱除蒙古出谋划策，为明朝政治、经济、军事、文化制度的制定做出了重要贡献。洪武初年，浙东文人云集朝廷，其声势达到高潮。从生活氛围到思想情趣，浙东文人都与吴中文人迥然不同。他们基本上都是得程朱理学之嫡传的"北山学派"的门徒，信奉"文以明道"的文学观，创作上则长于文而短于诗。在为数不多的山水诗作中，他们往往怀着"知者乐水，仁者乐山"的传统心态，通过对山水的观赏，表达自己处乱而不惊、穷困而无闷的信念。或沿着"格物致知"的思路，通过仰观俯察山水动植，体验到自然界的某种规律或某种人生哲理。该派文人中只有刘基的情况比较特殊。他的思想受到南宋"永康学派"和"永嘉学派"学说的影响，欲以事功立名，较少受程朱理学的束缚。他论诗论文强调"美刺风戒"，"以达穷而在下者之情"[①]，作于元末的《覆瓿集》忧时念乱，悲愤淋漓，入明以后所作《犁眉公集》怀谗忧讥，感叹咨嗟，均有较强的感染力。他往往观山水而不忘时事，他的山水诗往往都笼罩着浓重压抑的时代气息，贯穿着一种悲壮苍凉的格调。

元末明初，还有以张以宁为代表的闽中文人群，以刘崧为代表的江西文人群和以孙蕡为代表的粤中文人群，声势相对较小。他们在诗歌创作上都力图追摹"唐音"，比较注重音韵的流畅和谐，但立意往往比较浮泛，唯有个别山水诗值得注意。

[①] 《四库全书》本《诚意伯文集》卷七《照玄上人诗集序》《王原章诗集序》《项伯高诗集序》等。

元末明初江西文人群的地位仅次于吴中派和浙东派，其代表人物是刘崧。他们着意继承陶渊明、黄庭坚、杨万里、虞集等人开创的江西诗派传统，追求一种平淡简净的风格。如前所述，吴中文人在洪武初年受残酷迫害，浙东文人也在紧接着发生的朝廷内部的权力斗争中受到摧残，宋濂、刘基、苏伯衡等均不得善终。建文四年（1402）燕王朱棣篡位，浙东派的殿军方孝孺因不肯为他草写登基诏书而被杀，亲故门人皆受株连，浙东派主宰文坛的时代遂告结束。代之而起的即是江西文人，他们在此后的政坛和文坛上占有重要地位，故当时有"翰林多吉水，朝士半江西"（钱谦益《列朝诗集小传》）之语。滥觞于洪武中，正式形成于永乐初，流行文坛近一个世纪的"台阁体"，即以江西文人为创作队伍的主体，其代表人物为杨士奇。因深受程朱理学的影响，又受乡邦文学传统的制约，特别是受当时朝廷对知识分子和整个思想文化实行高压政策的束缚，"台阁体"作家的创作都以宣扬封建伦理道德、歌功颂德、粉饰太平为主要任务。他们的少量山水诗都旨在展示台阁文人的闲情逸致，借以点缀风调雨顺的太平气象。

正统以后，一些理学家步入诗坛。他们进一步发展了浙东派和台阁体诗歌创作的理性化倾向，形成了一个理学家诗派，其代表人物是薛瑄、吴与弼、陈献章、庄昶等。他们描写山水的作品倒不少，但其目的不在表现山水之美，而是借陈述某种理性观念，因此并不注重意象的统一、物象的选择，乃至遣词造句也随意草率，常把一些理学话头掺进诗中，使其变得不伦不类。中唐以下特别是宋元以来，古典诗歌的分化至此发展到极端，理性化倾向的弊病充分暴露，席卷明中期文坛的复古主义思潮已经呼之欲出了。

第一节　登临亦可悦，但恨时非平：
　　　　元末明初的山水诗

一　高启及其他吴中诗人的山水诗

高启（1336—1374），字季迪，长洲（今江苏苏州）人，自号青丘子。年少即有才名，与徐贲、杨基、张羽、宋克、释道衍等结诗社，号"北郭十友"。又喜读兵法，与剑客侠士交往。元末张士诚割据吴中期间，他的许多友人都投奔张氏幕下，他则始终与张氏集团保持一种若即若离的关系。朱元璋集团消灭张士诚集团（1367）后，高启的许多朋友和亲人（包括他唯一的哥哥以及岳父全家）被迁徙到濠州（今安徽凤阳）等地，甚至被处死（如友人饶介），高启则因为年纪尚轻，又未明确接受张士诚集团的官职，所以免遭迫害。

洪武二年（1369）初，明朝征召高启至南京参加《元史》的编撰。初接召命高启很兴奋，以为实现青少年时代的政治理想的机会来到了。他在《召修〈元史〉将赴京师别内》诗中写道："我志愿裨国，有遂幸在斯。"但入朝以后，目睹明王朝对知识分子特别是吴中文人残酷迫害的现实，他马上便心灰意冷了。《元史》编撰不到一年即基本完成，高启被留在翰林院，担任诸位王子的教师。由于当时提出辞官的人多遭迫害，所以高启不敢提出这样的要求。洪武三年（1370）的一天，高启见到了朱元璋，谈得很投机。朱一时高兴，即任命高启为户部侍郎。高启陈述自己年轻缺乏经验，不能担此重任，并乘机请求辞官归乡，朱一时拉不下脸面，只得同意。高启回苏州后，又过起了诗人塾师的生活。洪武四年（1371）以后，苏州知府魏观在张士诚王宫旧址复建府衙，被人诬告图谋不轨，高启因为魏观撰写了《上梁文》而牵连得罪，被腰斩于南京，年仅三十九岁。

高启的被害不仅是他个人的不幸，而且是明代文学的重大损失。《四库全书总目提要》说："高启天才高逸，实据明代一代诗人之上。"《明诗纪事》也说："高启天才绝特，允为明三百年诗人称首，不仅冠绝一时也。"他的诗作真实地反映了元末明初动荡的社会现实，真诚袒露了自己的个性、感情和追求。在艺术方面，他努力向汉魏盛唐名家名作学习，追求古雅，同时又避免了刻板地摹拟古人，具有自己的面貌，摆脱了宋元以来诗歌创作中的平庸浅露、琐屑纤巧的弊端。由于在他身后的明代诗歌基本都卷入了复古与新变之争，主张复古的走到盲目拟古的地步，主张新变的又过分蔑弃古典诗歌的审美规范，创作成就都有限。回过头来看，高启的诗歌创作成就便显得相当突出了。

山水诗在高启现存约1900首诗中占了很大比例。他短暂的一生除不到两年的时间在朝廷任职外，其他时间都在城镇和乡村度过。他在作于元末的《娄江吟稿自序》中说，当时"天下崩离，征伐四出，可谓有事之时"，有力者可以乘时建功立业，而自己则"实无其才"，"故窃伏于娄江之滨，以自安其陋。时登高丘，望江水之东驰百里而注之海，波涛之汹砀，烟云之所杳霭，与夫草木之盛衰，鱼鸟之翔泳，凡可感心而动目者，一发于诗，盖所以遣忧愤于两忘，置得失于一笑者，初不计其工不工也"。在《缶鸣集自序》中他又说："时虽多事，而以无用得安于闲，故日与幽人逸士唱和于山巅水涯，以遂其所好。"这些都是他当时生活和创作状况的实录。无论是在兵荒马乱的元末，还是在政治恐怖的明初，大自然山水都是他逃离政治纷争的避难所，是寻求心灵慰藉和自由的精神家园，因此他对山水表现出一种特别的向往和依恋。

高启的山水诗内容上留给人们印象最深的，首先是一层拂之不去的乱离之色。尽管诗人为回避混乱的社会现实而将目光投向山水，但对社会的关注仍时刻萦绕在他的心头，而且战火硝烟也必然在自然景色上留下痕迹，时时映入诗人的眼帘。因此，高启的不少山水诗都有社会现实的投影，它们在一定程度上把描绘山水与反映社会现实结合起来了。而作者的思想感情，可用他的《吴越纪游诗·早过萧山历白鹤柯亭诸邮》中的诗句来概括："登临亦可悦，但恨时非平。"如作于元末的《登城西门》："登城望神州，风尘暗淮楚。江山带睥睨，烽火接楼橹。并吞何时休，百骨易寸土。向来禾黍地，雨露长榛莽。不见征战场，那知边人苦。马惊西风笳，鸟散落日鼓。鸣鸣城下水，流恨自今古。"此诗与杜甫《春望》"国破山河在，城春草木深"同一旨趣，写山河草木的变或不变，目的在于写出社会的动乱。值得注意的是，在朱元璋集团平定吴中后，以至明王朝建立后，作者笔下的吴中山水仍蕴含浓厚的沧桑之感。这既与包括诗人在内的吴中民众对朱元璋集团——明王朝怀有抵触情绪有关，更是因为朱元璋集团在消灭张士诚集团时给吴中地区带来了严重破坏。如《过城西废坞》：

> 乱前游最熟，乱后问都迷。园散栽花户，林荒采菊蹊。废泉流圃浅，斜日下城低。唯有烟中鸟，迎人似旧啼。

由于有所顾忌，诗人没有正面描写战争给人民生活造成的深重灾难，而是就闲处落笔，只描绘了自然景物"园散""林荒""废泉""斜日"等景象，当时吴中地区满目疮痍的情景已不难想见。诗人流露出的那种低迷凄伤的心态，在当时吴中人士中是有代表性的。

高启山水诗内容上的第二个特点，是他对吴中风物的无比眷恋。高启称自己本有志于"北溯大河，西涉嵩华，以赋其险径绝特之状"，但由于战乱等原因，他一生只做过两次不远的旅行，而且都在吴越地区的范围内，这自然限制了他的视野，使他的山水诗描绘的对象多为吴越的平畴远山、小桥流水等，缺少"险径绝特之状"，景象比较单一。但由于他对家乡的这些景物倾注深情，观察熟稔，因此描绘起来就非常细致传神，使他的山水诗具有一种浓郁的江南情调。如下面两首诗：

>雨过春陂柳浪香，布帆归缓怕斜阳。渔人为指江城近，一塔船头看渐长。

>——《入郭过南湖望报恩浮图》

>樵青刺篙胜摇桨，船头分流水声响。青山渺渺波漾漾，白鸥飞过时一两。载书百卷酒十壶，日斜出游女儿湖。邻舟买得巨口鲈，醉拍铜斗歌呜呜，此乐除却江南无。

>——《刘松年画》

单纯用"豪迈"或"清丽"之类的概念，很难对高启山水诗以至他的全部诗作的艺术风格给予完整的概括。早有评论者不无见地的指出，高启注重并善于学习古代诗人，如李志光称他"上窥建安，下逮开元"，"拟鲍谢则似之，法李杜则似之"（《凫藻集》附《本传》）；缪天自称其诗"自古乐府、《文选》、《玉台》、《金缕》诸集，下至李杜王孟高岑钱郎刘白韦柳韩张以及苏黄范陆虞揭，靡所不合"（金檀注本《青丘诗集》卷首）。从消极方面看，高启偏重摹仿，在一定程度上忽视了独立创造，个人风格不够鲜明突出，但高启诗歌的艺术特色也因此显得不拘一格。他大致是根据诗歌体裁、题材的特点，分别取法古代诗人，如七言歌行多学李白，五律有钱、郎风调，五绝、七绝则多近韦、柳。面对雄奇壮阔的山水景色，他往往选用五古或七言歌行等体裁，充分发挥想象，进行铺张扬厉的描绘，极尽奔放腾挪之致。如他描写著名的钱塘江潮水的壮丽景象："潮声若万骑，怒夺海门入。初来听犹远，忽过顾无及。震摇高山动，喷洒明月湿。霜风助翻江，蛟龙若难蛰。"（《宿汤氏江楼夜起观潮》）一个"怒"字，一个"夺"字，非常形象地描绘出海潮涌入江口的汹涌奔腾之势。"初来"一联从观赏者主观感觉的角度，写出了潮头的来去迅疾，使读者有身临其境之感。《登海昌城楼望海》则突出描写大海的浩瀚无垠，气象开阔。《赠金华隐者》是写给一位隐居金华山中的隐士的。诗人没有到过金华山，但熟知有关皇初平（黄大仙）在当地叱石成羊的传说，以之为线索充分驰骋想象，构成一种神奇幽邃的境界，使读者很容易联想起李白《梦游天姥吟留别》等诗。高启这类作品中最负盛名的还是《登金陵雨花台望大江》：

> 大江来从万山中，山势尽与江流东。钟山如龙独西上，欲破巨浪乘长风。江山相雄不相让，形胜争夸天下壮。秦皇空此瘗黄金，佳气葱葱至今王。我怀郁塞何由开，酒酣走上城南台。坐觉苍茫万古意，远自荒烟落日之中来。石头城下涛声怒，武骑千群谁敢渡。黄旗入洛竟何祥，铁锁横江未为固。前三国，后六朝，草生宫阙何萧萧。英雄乘时务割据，几度战血流寒潮。我今幸逢圣人起南国，祸乱初平事休息。从今四海永为家，不用长江限南北。

此诗首先描绘了浩浩长江流经南京紫金山时龙盘虎踞的壮阔景象，气势雄浑；接着转入对发生在南京城的兴亡往事的回忆，感慨深长；最后归结为对天下一统、复归太平的赞美，情调高昂。由山水而及人事，由古而及今，转接自然。把对山水景物的描写与感慨历史兴亡结合起来，使该诗超越了一般山水诗纯以山水之美娱人的境界，显得意蕴特别丰富深沉。

面对小巧宁静的自然景物，高启的感觉又特别细腻，笔致也特别婉丽。如《步至东皋》中有"鸟啄枯杨碎，虫悬落叶轻"的句子。《江上晚眺怀王著作》有"鸥立断冰流渐远，鸦随残照去还明"的句子。更有代表性的是《水上盥手》："盥手爱春水，水香手应绿。氾氾细浪起，杳杳惊鱼伏。怊怅坐沙边，流花去难掬。"从这里我们可以看到，诗人的那颗心灵是何等玲珑剔透。如果说前一种雄奇豪迈的诗风主要是靠学习李白等古代诗人而获得，因而那些作品总隐现出古人之作的影子，那么后一种风格则在更大程度上是诗人天性的流露，因而更能体现他的艺术个性。

杨基（1326—1378），字孟载，号眉庵，原籍嘉州（今四川乐山），生长于吴中。初以教私塾为生，元末曾入张士诚幕府任"记室"，朱元璋攻占苏州后被流放至濠州，又徙河南。洪武二年（1369）起用为荥阳（今属河南）县令，又谪居濠州，放还闲居南京。洪武五年（1372）任江西行省幕官，旋因上司得罪牵连去职。洪武六年（1373）奉使湖南、广西，返京任兵部员外郎。洪武七年（1374）出任山西按察副使，升按察使。后被谗免职，罚作劳役，死于南京工地。

杨基幼年即颖敏绝人，九岁背诵"六经"，著书十万余言，题曰《论鉴》。后以诗才受到元末著名诗人杨维桢（号铁崖）的赏识，被称为"小铁"。他的诗作也深受杨维桢诗风的影响，以华丽新巧见长，不像高启那样力求古雅。以往的诗论家对元末诗风及杨维桢的诗作抱有偏见，认为它们不合"大雅"，因此对杨基诗也贬抑过甚。实际上他的诗清新流丽，不事模拟古人，较有独创性，与高启相比可谓各有特色。

杨基游历颇广，所以他的山水诗中的面目也颇为丰富多彩。中州旷原、大梁山川、楚中风物等都在他的笔下得到艺术的再现。如《岳阳楼》一诗：

　　春色醉巴陵，阑干落洞庭。水吞三楚白，山接九疑青。空阔鱼龙气，婵娟帝子灵。何人夜吹笛，风急雨冥冥。

该诗起句如天外飞至，自然平易而大气磅礴。"水吞"一联在境界的雄浑和气韵的深沉方面不及杜甫的名联"吴楚东南坼，乾坤日夜浮"，但色彩鲜明，体现了身兼画家的诗人对颜色的敏锐捕捉和再现的能力。"山接"句又自然逗出后四句，转入神话世界的遐想。全诗有实有虚，准确传达出了作为楚中名胜的岳阳楼与洞庭湖雄浑壮阔又神奇幽渺的特色。当然，杨基描绘最多的还是吴中风光。如果说写外地的山水景物作者往往只是一个具有独到眼光的观赏者的话，那么他在写吴中景物时则全部身心都已融入其中，使整个作品都洋溢着诗人对家乡的钟爱之情。如这首《天平山中》：

　　细雨茸茸湿楝花，南风树树熟枇杷。徐行不记山深浅，一路莺啼送到家。

首两句描写江南春雨中山道上的景色，既有细致入微的特写镜头，也有一晃而过的扫描。后两句则从主观感受着笔，写出诗人陶醉于优美的江南春光中的优游自得的心情，通过主体的心灵折射出环境的迷人，全诗情调格外轻松。

杨基才思敏捷，性情外溢，他的有些山水诗颇有诙谐幽默之致，有时稍涉油滑。如《对江望山》其一："朝山翳其麓，暮山翳其巅。变态孰使之，白云与苍烟。我久不见山，见山喜如颠。以我窥青山，料应山亦然。喜极复自笑，我何愚且偏。青山本无情，于人何所怜。因兹勿复道，且听薰风眠。"其二中也有"我生敬青山，如对父与叔"这样的句子。虽然它们可能都由苏轼的《泛颍》等诗和辛弃疾的词句"我见青山多妩媚,料青山,见我应如是"化出,但语气更趋佻达。又如《观鱼》:"池阴树影凉,白小纷成队。吹絮圆沤续,触荷清露碎。俄沉静却浮,忽遇惊还退。幸免钓丝忧,江鲈且充脍。"前六句刻画池中小鱼的神态细腻传神,末两句则笔锋一转,变为调侃。诗人似乎无意营造或维持一种宁静淡雅的意境,不再把山水景物神秘化,而是把它们日常化,表现人与自然之间一种亲切的关系,情趣上与晚明浪漫派诗人的山水诗有相通之处。

二 刘基与浙东文人的山水诗

刘基(1311—1375),字伯温,青田(其住地今属浙江文成)人。十四岁入郡庠学《春秋》,同时继承了祖父刘庭槐的天文学、地理学和医学。十六岁中举人,又从郑元善学习理学。至顺二年(1331)中进士,任江西高安县丞。以后累起累踬,因刚直不阿,得罪上司,多次罢官,最后弃官归隐青田山中。至正二十年(1360),朱元璋攻占浙东,刘基与宋濂等应朱元璋征召至南京,从此成为朱元璋的重要谋臣,辅佐他先后击败陈友谅、张士诚等部,成为明朝开国元勋之一。明洪武元年(1368)拜御史中丞兼太史令,洪武三年(1370)授弘文馆学士,封诚意伯。洪武四年(1371),因与左丞相胡惟庸交恶,被胡所谮,受朱元璋猜忌,罢官归里,后又被召至南京闲住。洪武八年(1375)卒,或谓被胡惟庸毒死。

刘基深受儒家思想的影响,具有强烈的用世之心,不甘心遁迹山水。面对元末动乱的社会现实,他同情民生疾苦,痛恨官场的黑暗腐败,悲愤无端。归于朱元璋麾下后,他感奋驱驰,慷慨激昂。总之,他一直是一个入世的文人,始终在为实现自己的政治理想而抗争奋进。与他的人生态度相一致,他的文学理论主张也特别强调文学的社会功能,尤其重视诗可以"刺"、可以"怨"的作用,反对嘲风弄月、流连光景之作。如他在《照玄上人诗集序》中说:"夫诗何为而哉?情发于中而形于言,'国风'、'二雅'列于六经,美刺风戒,莫不有裨于世教,是故先王以之验风俗,察治忽,以达穷而在下者之情,词章云乎哉。""今天下不闻有禁言之律,而目见耳闻之习未变,故为诗者莫不以哦风月弄花鸟为能事……而诗之道无有能知者矣。"在《王原章诗集序》中他又说:"诗何为而作耶?《虞书》曰:诗言志。卜子夏曰:诗者志之所之也。上以风化下,下以风刺上,主文而谲谏,言之者无罪,闻之者足以戒,诗果何为而作耶。周天子五年一巡狩，命太师陈诗以观国风。使为诗者俱为清虚浮靡以吟莺花咏月露而无关于世事，王者当何所取以观之哉。"

在这种人生理想和文学观念的支配下，刘基几乎是无暇从容地观赏山水，领略自然美的魅力。他在《题王右军兰亭帖》中说："王右军抱济世之才而不用，观其与桓温戒谢万之语，可以知其人矣。放浪山水，抑岂其本心哉。临文感痛，良有以也，而独以能书称于后世，悲夫！"他本人的心迹旨趣，由此可见一斑。因此，虽然刘基诗作甚富，真正可算作山水诗的篇什却很少。即使在以山水景物为题材的作品里，诗人也往往眼在山水而心不在山水，而是关注它们的某种实用功能或道德象征意义。如《铅山龙泉》在描写泉水如"寒舍六月冰，润浃九里长。鲸鳃狎鳢起，虎口呿牙张。发窦既窈窕，流渠遂汪洋。洞彻莹玉鉴，锵鸣合宫商"之后，诗人马上联想到"养德君子类，膏物农夫望"。又如《七月四日自深谷之灵峰作》先写："山盘涧萦纡，谷深岩错重。竹露滴皎皎，林霞散溶溶。度石苔藓滑，披萝烟霭浓。"紧接着诗人的目光便被田畴中的庄稼所吸引："颇喜禾黍成，可以慰老农。"如果我们把目光从刘基的诗歌推展到他的散文，就会发现他观赏山水的这种心态和眼光是一以贯之的，如他在《活水源记》中说："余既爱兹水之清，又爱其出之不穷，而能使群动咸来依，有君子之德焉。上人又曰：属岁旱时，水所出能溉田数十亩，则其泽又能及物，宜乎白野公之深爱也。"

由于忧时念乱，牢骚满腹，刘基有时对山水还持有一种反常的心态，即对山水景物也感到厌烦，向它们倾泻自己心中的郁愤，这在古代山水诗中是比较少见的。如他的《二月二十三日自黄冈还杭途中作》："日照江边春树林，繁花乱叶感人心。花间蛱蝶漫多事，叶底杜鹃非好音。举目山川成皓首，侧身天地一沾襟。解忧唯有尊中酒，疾病年来已厌斟。""繁花乱叶感人心"句由杜甫"感时花溅泪，恨别鸟惊心"的诗句脱胎而来，但心境有所不同。"花间"一联则更显独特。

当然，诗人也偶有心情平静的时候，这时他感受山水之美的心灵就显得特别敏锐。约在至正十三年（1353），他因反对上司招抚方国珍而遭到诬陷，被"羁管"绍兴，长达三年，在他的一生中，这是难得的"无所事事"的一段时光。他似乎对元王朝已感到绝望，于是"放浪山水，以诗文自娱"（《诚意伯文集》卷首《行状》），写下了不少山水游记和山水诗。尽管这些诗，如《春兴七首》等，往往也是前四句写自然景色，后四句写离乱之感或忧世之叹，但他毕竟比较细致地打量起山水景物了。他最出色的山水诗，还是他在风尘仆仆的旅途中，偶尔心情闲暇，意与景会，不经意写出的一些绘景小诗。如这首《题沙溪驿》：

涧水弯弯绕郡城，老蝉嘶作车轮声。西风吹客上马去，夕照满川红叶明。

该诗把记行程与写景结合起来，画面富于动感，而又色彩明丽，有点有染，层次清晰。诗人那种作为匆匆过客对途中美景恋恋不舍的心情，也含蓄地透露出来，情景交融，耐人寻味。

刘基也喜作词，有《写情集》四卷。大约受传统的"诗庄词媚"观念的影响，与他的诗相比，他的词作中"感四时景物，托风月情怀"的篇章要多一些。暂时忘却了时事，放松了神经，他的部分作品颇有飘逸轻松之致。如这两首《浣溪沙》：

细草垂杨村巷幽，白沙素石引溪流，青苔矶上有扁舟。　门外好山开幪画，屋头新月学帘钩，窗风一榻似清秋。

语燕鸣鸠白昼长，黄蜂紫蝶草花香，沧江依旧绕斜阳。　泛水浮萍随处满，舞风轻絮时时狂，清和院宇麦秋凉。

由这些作品可以看出，刘基特别喜爱那些色调明快、清新自然的景物，这与他耿直疏爽的个性有关。这些景物被写进词作中，进一步被赋予了作者的个性色彩，达到了山水景物特征与作者个性的统一。读这样的作品，我们不仅感受到山水景物之美，也感受到了作者的性情。

宋濂（1310—1381），字景濂，号潜溪，金华（今属浙江）人。自幼好学，曾从元末著名文人吴莱、柳贯、黄溍等人学习，又随闻人梦吉学理学。因慕浦江郑氏义门九世同居，乃迁往浦江，担任郑氏私塾教师。至正九年（1349）被荐为翰林院编修，以亲老辞不就，隐居龙门山著书。朱元璋攻占金华，任宋濂为郡学五经师。后与刘基等一道被征至南京，担任朱元璋诸子的老师。明朝建立后，累官至翰林学士承旨知制诰，曾担任《元史》总裁官。当时朝廷重要文告多由他执笔，被朱元璋称为"开国文臣之首"。洪武十年（1377）因年老辞官还家，后因长孙宋慎被卷入胡惟庸谋反案，次子宋璲和宋慎被处死，举家流放茂州，宋濂中途卒于夔州。

宋濂生性恬淡，性格温和。擅长散文创作，论文以"原道、征圣、宗经"为宗旨，论诗亦主"发乎情，止乎礼义"。生平作诗不多，《文宪集》三十二卷，诗只占两卷，而且这些诗作大多是奉酬应制之作，咏孝子节妇之类的篇章占了相当比例。元末在郑氏义门任教及隐居龙门山约二十年时间，是宋濂一生中生活比较自由闲适的时光。据王祎《宋濂小传》，他"性疏旷，不喜事检饬。宾客不至，则累日不整冠，或携友生徜徉梅花树间，轰笑竟日，或独卧长林下，看晴雪坠松顶，云出没岩扉间，悠然以自适"。在这种生活氛围里，宋濂应该做了一些山水诗，可惜没有保存下来。他现存的山水诗，可以《川上夜坐约王子充同作》为代表：

> 四山动暝色，红日下蒙翳。川光生夜明，一白欲无地。星斗可俯拾，恍疑青天坠。旷景与心涵，直接溟涬际。若非隔林锻，不知有人世。

此诗描写夜深人静时夜空如洗、万象澄澈的景象，抒写了作者身心通泰、直与浩气同流的感受。作者并不满足于对山水景物美丽外表的刻画，而是侧重于营造主、客观世界融为一体的境界，从而表达一种人生旨趣。从思想渊源来说，这里显然蕴含了理学家的人生理想。从艺术风尚来说，作者遣词蕴藉，情思婉曲，走的是上摹六朝中唐，力避浅近的路子。

宋濂晚年告老还乡后，曾题浦江玄麓山八景，颇有影响。其小序云："予不作诗者十年（按：即在南京任职的十年），近寻兰至玄麓山，左泉右石，争献奇秀，疑山灵欲钩致新句，故使人情思煜煜然也。"这些诗仍保持了宋濂山水诗的原有风格，不限于描绘客观景物，而总是在其中寄寓了某种人格意义或生活理想。如《钓雪矶》："钓雪立苍矶，入夜鱼不食。不食非水寒，自是钩太直。"写的是毫无机心的垂钓者形象，实即作者的自我写照。《翠霞屏》："古石不改色，绛绿自成围。谁裁一片霞，为我制秋衣。"则写作者欲轩轩霞举、远离尘世的心愿。读到这样的山水诗，就好像在花团锦簇的世界突然发现一件清气逼人的古玩，别有一番风味。

王祎（1323—1374），字子充，义乌（今属浙江）人。祖、父均为书院教师。王祎曾师从黄溍，元末求官不遂。朱元璋攻占金华后，他被招致幕下。明朝建立后官至翰林院编修，曾与宋濂同任《元史》总裁。后奉使云南招降元朝的梁王，遇害。有《王忠文集》。王祎与宋濂的思想观念和生活经历多有相同之处，但两人的个性不同。宋濂为人温厚，王祎则颇有豪迈不羁之气。所以两人的诗的风格同中有异。仅就山水诗而言，宋濂的作品多用比兴手法，意致蕴藉，王祎的作品则形象鲜明，诗意显豁。如《桐庐舟中》："潇洒溪山梦此邦，轻风细雨过桐江。川回几讶船无路，林缺时看屋有窗。野果青包垂个个，水禽白羽去双双。到家正是重阳节，新酿村醅正满缸。"此诗描绘返家途中所见景象，洋溢着一种欢快喜悦之情。颔、颈两联刻画富春江两岸树木葱茏萦回掩映之致，逼真如画。末句虚写，更添趣味。

洪武初王祎曾奉使吐蕃，行至兰州，有诏暂住，后乃奉命改使云南。在西北滞留时期，他曾遍游关中名胜古迹，写下不少纪游诗。宋代以后，中国的经济、文化、政治中心向东南转移，曾经在唐以前山水诗人笔下占有重要地位的西北山川风光，渐渐从诗人们的视野中消失。我们看宋明的山水诗，映现在我们眼前的几乎是清一色的东南妩媚、江南烟雨，差不多把我们的审美感觉软化了。读到王祎的西北纪游诗，我们不禁有登高望远之感。如下两首：

驴背萧萧帽影偏，斜风落日灞桥边。玉堂仙客无人识，漫说当年孟浩然。

——《九月八日灞桥戏题》

洮云陇草都行尽，路到兰州是极边。谁信西行从此始，一重天外一重天。

——《兰州》

王祎的诗随兴而发，在大多数情况下能做到自然朗畅，但有时也稍涉率意或失于雕琢。如《京城春夜漫兴》："金水桥头辇路分，深沉庭院柳如云。春来天上浑无迹，月到花间似有痕。"末句未免近于纤巧。《题万里江山图》："昔年曾作子长游，万里江山一客舟。揽得瑰奇满胸臆，怪来开卷思悠悠。"末句又不免近于油滑。

三　其他地区文人的山水诗

张以宁（1301—1370），字志道，号翠屏山人，古田（今属福建）人。

元泰定四年（1327）中进士，至正中官至翰林学士承旨、国子祭酒。明初例徙南京，任侍讲学士，奉命出使安南（越南），凡三往，即卒于该地。

大约是因为方音太重的缘故，闽、粤诗人学诗必须从正音开始，所以两地的诗歌历来有注重摹拟唐诗音调的传统。然所重者在此，便往往不免徒得其外表，而不得其内在气骨。张以宁诗也是这样，时见唐调，时有佳句，但全篇往往不相称。又不免受元末绮缛诗风的浸染，部分作品过于秾丽纤仄。他的有些写景之作不乏清新自得之趣，如《近无锡道中》："橘花香曙露，杨叶淡寒烟。"《长芦渡江往金陵》："水兼天去无边白，山过江来不断青。"视角和联想都颇为新颖。当然，张以宁山水诗中最值得注意的还是描写闽中和安南风物的作品，如下两首：

　　大佛岭尽小石来，黑崖削铁悬崔嵬。泉翻松根六月雪，雨老石路千年苔。我行忽落青天外，白云四望茫如海。黛痕三点见蓬莱，明星玉女遥相待。九华天姥省见之，人间有山无此奇。平生酷恨李太白，不到闽山独欠诗。

　　　　　　　　　　　　——《登大佛岭雨中云在其下》

　　龙水南边去，行穿万竹林。羊肠山险尽，蜗角地蟠深。铜柱千年恨，星槎万里心。朝来晴好景，绿树响春禽。

　　　　　　　　　　　　——《安南即景》

这两首诗颇能反映张诗精粗兼陈的特点。前一首开头四句虚实结合，炼字造句颇见功力。"我行"两句变换视点，想象新奇。但"九华"以下四句则流于率易平庸。后一首前四句写安南遍地竹林、地形复杂，比较生动。但"铜柱"一联插入主观抒怀，"朝来"一联所写景物又与前四句所写景物迥不相侔，致使"即景"的主题表达不够完足，全诗的景象也不统一，难给人以深刻印象。

孙蕡（1338—1393），字仲衍，号西庵，南海（今属广东）人。洪武三年（1370）举人，曾任工部织染局使、虹县主簿、翰林院典籍等职；曾被罚作苦役，又被谪戍辽东，后因牵连入蓝玉谋反案被杀。

孙蕡与王佐、赵介、李德、黄哲并称元末明初"广中五先生"，相传他"于书无所不读，为诗文不属稿"。洪武九年（1376），他曾奉使四川，返途中作有《下瞿塘》一诗，描绘长江三峡中的瞿塘峡滩险流急的情形。

古典诗歌中写三峡的作品不少，但大多作一种粗线条的勾勒，点到即止。这些作品耐人寻味，富于情景交融的韵致，但终使读者有一种雾里看花之感。孙蕡这首诗则以自己亲身经历为基础，对滩险流急的情景作了非常细致、充分的刻画，如其中一段："人鲊瓮头翻白波，怒流触石为漩涡。长年敲板助船客，破浪一掷如飞梭。滩声橹声历乱聒，紧摇手滑橹易脱。沿回划转如旋风，半侧船头水花没。船头半没船尾高，水花作雨飞鬓毛。争牵百丈上崖谷，两旁捷走如猿猱。"这里描写波涛奔流起伏、木船颠簸抛闪、水手紧张操作的情景，真使人似亲临其境，惊心动魄。

第二节 阁臣、名将和理学家的山水诗

明代永乐到成化（1403—1487）这八十多年中，诗坛上主要有杨士奇、杨荣、杨溥为代表的"台阁体"，于谦、郭登为代表的名将诗，以及理学家陈献章、庄昶为代表的"陈庄体"理学诗。这三派诗人都有不少吟咏山水之作。下面，我们对杨士奇、于谦、庄昶的山水诗分别予以论述。

一 杨士奇：雍容中尚有天趣之真

杨士奇（1365—1444），初名寓，以字行，号东里，泰和（今属江西）人。建文初被荐入翰林院，充编纂官。后又历仕永乐、洪熙、宣德、正统等四朝，官至礼部侍郎，兼华盖殿大学士。著有《东里集》，存诗560余首。他与杨荣、杨溥同为当时著名宰臣，世称"三杨"，而他入内阁达42年，时间最长，故为首。"三杨"充当代言近臣期间，是明王朝政治上相对稳定时期，但在表面的繁华与平静中已潜伏着严重的社会危机。位尊权重的"三杨"，在"盛世"的幻影中自安自得。他们宣扬"以其和平易直之心发而为治世之音"（杨士奇《玉雪斋诗集序》）的文学主张，强调在诗文中抒写"爱亲忠君之念，咎己自悼之怀"（杨荣《省愆集序》），以歌颂太平、润饰鸿业为旨归。他们的文章宏丽典雅、平正纡徐，具有雍容醇厚气象；其诗"大都词气安闲，首尾停稳，不尚辞藻，不矜丽句，太平宰相之风度，可以想见"（钱谦益《列朝诗集小传·乙集》）。"三杨"的诗文被称为"台阁体"，独尊文坛数十年。

杨士奇的诗歌，主要题材便是朝贺、宸游、巡狩、征伐、官场迎送，还有咏物、题画等。这些诗歌呈现出一派升平祥瑞的气象和在"盛世"幻

影下自安自得的阁臣心态，缺乏真情实感的表露和酣畅纵横的气势，但在艺术上属对工巧，音节和谐，技巧圆熟，流畅自然。总体来说，平正富雅有余而精劲不足，偏于阴柔之气而较少有阳刚之美。

但杨士奇等人并非一味地在"盛世"的幻影中自安自得，他们的内心也有不平，有时试图摆脱台阁政治与封建礼法的拘束，憧憬着由仕而隐，由台阁走向江湖和山林。杨士奇在《畦乐集序》中推崇陶渊明"冲和雅澹"的田园诗，又在《玉雪斋诗集序》中神往唐代诗人王维、孟浩然、高适、岑参和韦应物"天趣自然"的诗风，因此，他也写有《次韵黄少保过田家有感》，以沉郁心情反映民生疾苦。而他在山水诗创作中，更是努力将性灵的真趣与自然流利的风格融为一体，写出不少佳作[①]。

杨士奇的古近体山水诗，都有一些感情真挚、描写真切、风格自然的篇章。五古《汉江夜泛》："泛舟入玄夜，奄忽越江干。员景颓西林，列宿灿以繁。凝霜飞水裔，回飙荡微澜。孤鸿从北来，哀鸣出云间。时迁物屡变，游子殊未还。短褐不掩胫，岁暮多苦寒。悠悠念行迈，慊慊怀所欢。岂不固时命，苦辛诚独难。感彼式微诗，喟然兴长叹。"写游子在岁暮的苦寒与艰辛，应是他早年游于湖、湘间授徒自给时的作品。前半幅写汉江夜泛中所见所闻的凄清、萧瑟景色，笔墨开合动荡，颇有气势，显然有别于辞气安闲、雍容醇厚的台阁体风格。又如七律《九日过宿迁县》：

挂席迢遥晚未休，行程迤逦望邳州。数家农舍通篱落，几处渔舟聚洑流。回首乡园天渺渺，惊心时序水悠悠。紫萸黄菊非无意，沙鸟汀云漫自愁。

诗写羁思乡愁，感情强烈，景色真切，笔墨灵活，境界浑融，已显现天趣之真。

在杨士奇的山水诗中，五律和五言、六言、七言绝句更为出色。他在这些诗中，善于捕捉各地山水风物的特征，并以清淡的笔墨，展现出一幅幅带有浓郁生活气息的画面。请看五律《高邮》：

[①] 参见陈书录《明代诗文的演变》第三章第一节，江苏教育出版社1996年版，第114—132页。

> 四顾无山色，苍茫极远天。水云涵郡郭，粳稻被湖田。草舍津头市，菱歌柳外船。羁愁念前路，非为别离牵。

此诗抒写淡淡的羁愁，并无深情远韵。但诗人捕捉了几个很有地方特色的意象，并巧妙地把它们组合起来，所以虽着墨轻淡，简笔勾勒，却生动地表现出苏北平原水乡宁静优美、富饶繁华的风光，使人恍然如见水渠交错、稻浪起伏，如闻桨声欸乃、菱歌荡漾，耳目为之一新。

至于杨士奇的山水绝句，除了善于捕捉具有典型特征的意象外，更表现出艺术构思新巧、色彩点染鲜丽、语言生动流畅的特色，例如：

> 湘阴县南江水斜，春来两岸无人家。深林日午鸟啼歇，开遍满山红白花。
>
> ——《三十六湾》

全篇写江湾春日恬静幽美景色，有声有色，自然流利，生动活泼，诱人神往。

在某些山水绝句中，杨士奇还巧妙地借景衬人，勾勒惟妙惟肖的人物形象。请读他的七绝名篇《发淮安》：

> 岸蓼疏红水荇青，茨菰花白小如萍。双鬟短袖惭人见，背立船头自采菱。

前二句选取蓼草花的淡红、荇菜根的碧青以及茨菰花的嫩白，点染出江北水乡多彩的风貌。后二句描绘船上采菱女子的背影，令人想象她羞涩的天真神态。

王世贞《艺苑卮言》卷五评杨士奇诗："如流水平桥，粗成小致。"这样的诗，确实是蕴含着天趣之真和诗情画意之美的。

二 于谦：诗思多从鞍马得

在以雍容典雅、平淡安闲为特征的"台阁体"风行诗坛之际，名将武臣于谦和郭登却在其戎马倥偬之余，写出了许多关心国事民瘼、风格朴实雄健的诗篇，其中包括不少"诗思多从鞍马得"（于谦《过五攒山》）的山水诗，给当时的诗坛吹来一股清雄之风。

于谦（1398—1457），字廷益，号节庵，钱塘（今浙江杭州）人。永乐十九年（1421）进士。历任兵部右侍郎，山西、河南巡抚等职。正统十四年（1449）七月，北方瓦剌族也先进犯大同，宦官王振挟英宗亲征，于谦极谏而不听。后英宗兵败被俘，瓦剌军遂长驱进犯北京。于谦由兵部侍郎升任兵部尚书，拥立景帝，守卫北京。景泰八年（1457），徐有贞、石亨等发动夺门之变，英宗复辟，于谦被诬，下锦衣卫，致死。成化间，得复官赐祭，赠太傅，谥肃愍。万历间改谥忠肃。于谦的忠肝义胆、高风亮节，天下推重。于谦曾任山西、河南巡抚达十八年之久，足迹遍及晋、豫的山川大地。他的山水行旅诗如同他的《石灰吟》等咏物诗一样，常借景物作比兴，抒情言志，倾吐他不辞辛劳、为国事跃马奔波的情怀，表现出他的远大抱负、坚贞情操、乐观精神及忠烈性格。请看下面两首七律：

　　悬瓮山前境趣幽，邑人云是小瀛洲。群峰环耸青螺髻，合涧中分碧玉流。出洞神龙和雾起，凌波仙女弄珠游。愿将一掬灵祠水，散作甘霖遍九州。

　　　　　　　　　　　　——《忆晋祠风景且以致望雨之意》

　　星稀月落晓风清，犹听鸡声报五更。山势平吞沙漠境，河流曲绕晋阳城。天涯何处寻归路，野景无边动客情。车骑纵横皆故道，不须候吏远逢迎。

　　　　　　　　　　　　——《太原道中晓行》

前一首写景多用想象虚拟之笔，语言清丽；后一首却是白描实写，文字朴质。二诗都是景切情真之作，尾联也都"卒章显志"。这种"卒章显志"的写法，于谦用得较多，难免有构思雷同、稍欠含蓄的缺点，但却提高了山水行旅诗的思想境界。于谦论诗，主张"清明纯粹之气，自肺腑中流出"（《赵尚书诗集序》）。读他的山水诗，我们总能感觉到诗人在写景抒情中灌注一股"清明纯粹之气"。这是诗人高尚的人格美和情操的自然流露。

于谦多次路过或登攀太行山，诗题标明"太行"的作品，就有《夏日行太行山中》《暑月将自太行巡汴》《秋日经太行》《太行途中杂咏》

《太行山中晓行》《登太行思亲》《上太行》等，此外还有不少题上虽未标明而在诗中写了太行山的。巍峨险峻的太行山，是于谦"相看两不厌"的亲密战友，也是诗人抒怀咏志的灵感源泉。他在一些诗中，对太行山的气势、风光、景物进行了真切生动、形神兼具的描绘。例如：

> 信马行行过太行，一川野色共苍茫。云蒸雨气千峰暗，树带溪声五月凉。世事无端成蝶梦，畏途随处转羊肠。解鞍盘礴星轺驿，却上高楼望故乡。
>
> ——《夏日行太行山中》
>
> 茫茫远树隔烟霏，猎猎西风振客衣。山雨未晴岚气湿，溪流欲尽水声微。回车庙古丹青老，碗子城荒草木稀。珍重狄公千载意，马头重见白云飞。
>
> ——《秋日经太行》

诗人描绘太行夏日和秋天景色，笔墨含情，意象生动，境界开阔，洋溢着沉郁苍凉之气。而在另一些诗中，诗人用虚笔摄其太行山之"神"，更侧重表现自己面对太行的风发意气与深沉感受。例如：

> 远道疲鞍马，舟行得暂闲。推篷看风景，只见太行山。
>
> ——《舟中》
>
> 西风落日草斑斑，云薄秋空鸟独还。两鬓霜华千里客，马蹄又上太行山。
>
> ——《上太行》

前一首写他在远道鞍马驰骤的疲乏之时，于舟中暂得小憩，推篷观景，巍巍太行跃入眼底。后一首以西风落日、衰草斑斑、云薄秋空、飞鸟独还，反衬他鬓发苍苍跃马登山的情景：太行山只在诗的末尾画龙点睛般地点出，诗即戛然而止。但太行山的雄伟气魄，却已跃现纸上。读者从中可以想象它给予诗人多么强大的心灵慰藉与精神激励。后人常将岳飞与于谦并提，二位都是赤忱爱国的名将。于谦的《上太行》，与岳飞的《池州翠微亭》，二诗意境相通。而《上太行》更多一些苍凉沉郁之气与抑扬顿挫之致。《四库全书总目提要》评于谦诗"风格遒上，兴象深远"，鲜明地体现在他的咏唱太行的作品中。

三 庄昶：情、景、理相映成趣

庄昶（1436—1498），字孔旸，江浦（今属江苏）人。成化二年（1466）进士，授翰林检讨。成化三年（1467）元宵，宪宗皇帝命史馆文臣赋诗庆贺放灯，庄昶以为过于奢侈，抗疏谏止，遭廷杖二十后，谪桂阳判官，经言官论救，改南京行人司副。后因居父母丧，卜居定山二十余年，人称定山先生。巡抚王恕欲以银修葺其敝舍，昶却之曰："受官办以理私庐，可乎？"可见其人品气节。弘治间，因荐起用入京，不久迁南京吏部郎中，以老疾罢归。天启初，追谥文节。有《定山集》十卷，补遗一卷。

庄昶与陈献章（1428—1500）是好友，二人都是理学家。写诗作文，"多本太极之旨，以阐明性理为宗"（《四库全书总目·〈定山集〉提要》）。因此，他们强调"宗程崇邵"："只看程明道（颢）、邵康节（雍）诗，真天生温厚和乐，一种好性情也。"（陈献章《批答张廷实诗笺》）尤其强调以邵雍的《伊川击壤集》为宗法对象："定山倘许吾扳驾，突过尧夫《击壤》前。"（陈献章《听秀夫诵定山先生之作》）二人的大量诗作，宣讲理学，枯燥乏味；俚词鄙语，充塞满篇。所以杨慎《升庵诗话》指斥陈献章之诗："徒见其七言近体，效简斋（陈与义）、康节（邵雍）之渣滓，至于'筋斗样子'、'打乖个里'，如禅家呵佛骂祖之语，殆是《传灯录》偈子，非诗也。"而庄昶在因袭《伊川击壤集》的道路上走得更远。他在诗中不厌其烦地使用"乾坤""太极""心性""道理"等字眼，多有"太极吾焉妙，圈来亦偶夸"（《题画》）之类的诗句，内容无非演绎宋代理学开山周敦颐的先天模式《太极图》，语言粗率，淡乎寡味。在他的山水诗《游茅山》中，竟然有"山教太极圈中阔，天放先生帽子高"的句子，因此被人讥为"太极圈儿大，先生帽子高"。他的另一首山水诗《与谢汝申饮北山周纪山堂石洞老师在焉》，有"溪边鸟讶天机语，担上梅挑太极行"一联，有人竟以为高于杜甫的"穿花蛱蝶深深见，点水蜻蜓款款飞"（《曲江二首》）。对此，李梦阳在《缶音序》中讥讽道："今人有作性气诗，辄自贤于'穿花蛱蝶、点水蜻蜓'等句，此何异于痴人前说梦也？"陈、庄的这些"性气诗"，被人们称为"陈庄体"（杜荫堂辑录《明人诗品》）。

但庄昶和陈献章的诗,并非都是玄理的押韵讲义。他们论诗还有主张性情风韵的另一面。陈献章说过,他写诗"率吾情盎然出之"(《认真子诗集序》)。庄昶也倡言"光风霁月、鱼跃鸢飞,道之妙形矣"(《送潘应昌提学山东序》),认为宇宙人生的哲理妙道,常包含在生动活泼的自然景物中,诗歌应当予以描绘,见解是可取的。特别是庄昶在遭受贬斥之后,离京外任,后来又在定山长期隐居,对山川大自然有亲密的感情与深切的感受,发为吟咏,晚年的创作态度也越来越严肃认真,所以《定山集》中,也有一部分写得较出色的山水诗篇。他的一些古体山水诗,或狂放或沉雄,颇得唐人李白、杜甫的气韵,如:

> 我闻沃洲山,渺绝如仙洲。仙洲不可到,梦想空自道。清风为我御,白云为我舟。欲凭万古心,穷此天地幽。何时沃洲仙,与我相绸缪。振衣鳌峰冈,濯足津溪流。把画庖牺图,开卷大禹畴。六经不得志,万古重删修。悠悠天壤间,邈矣吾何求。
>
> ——《沃洲山为新昌石秉殿赋》
>
> 定山不与灵山白,万古江淮一峰碧。青天作盖拥层巅,北斗当空挂岩石。我今借此一榻云,欲与希夷华山敌。豪来得句不肯眠,醉笔一挥千丈壁。
>
> ——《定山歌用杜韵》

一写失意的悲愤,一写赋诗之雄豪,都借缥缈或高峻的青山激发出来。两诗描绘山景,想象飞驰,大笔挥洒,有不可羁束的气势。把这两首诗放到唐人诗集中,也很难分辨出来的。

庄昶擅长七律。他的七律吟咏山水之作固然有大量粗俗的"性气诗",但也有一些抒写出真情清景的佳作。例如:

> 偶上蓬莱第一重,道人今夜宿芙蓉。尘埋下界三千丈,月在西岩七十峰。江海几年留老眼,乾坤今日寄微踪。酒醒无限题诗意,起立层岩看万松。
>
> ——《游琅玡寺》其二
>
> 老子江南自在行,无端诗思绕湖生。舟从小港摇初出,天与青山看半晴。醒里风花元脱洒,眼中鱼鸟自分明。化工多少悠然趣,纵有

王维画不成。

——《出港》

无论是描山还是画水，都真切生动，挥洒自如，中两联对仗工稳自然，语言也刚健有力。类似的七律山水佳作，还有《清溪》《游灵岩山》《过徐》《济宁舟中》《舟中》等。

在《定山集》中，还有一些景色、情韵、哲理相映成趣的山水佳作，如：

山中水碓活水中，老夫起坐观无穷。源头活水不用借，活水自春无日夜。

——《溪云水碓短歌行》

渔蓑烂舞钓船中，谁遣先生此梦同？偶到南湖看月色，元来天地亦高风。

——《斗山杂诗》

百年未了青藜杖，又向灵岩坐晚晴。我与白云同自在，月交秋夜极分明。青天旷野真能大，白鸟沧江本自清。俯仰峥嵘男子事，肯将容易负平生。

——《游灵岩山》

情趣、景趣与理趣交融，却无头巾气、腐酸气、粗俗气。

总体来说，庄昶的山水诗不乏佳联警句，如"溪声梦醒偏随枕，山色楼高不碍墙"（《罗汉寺》）；"北海风回帆腹饱，长河霜冷岸痕高"（《舟中》）。杨慎在《升庵诗话》中也曾称赏。《四库全书总目提要》说："其他如'山随病起青逾峻，菊到秋深瘦亦香'，'土屋背墙烘野日，午溪随步领和风'，'酒盏漫倾刚月上，钓丝才飏恰风和'等句，亦颇有诗意。然此类如沙中金屑，深苦无多，且有句无篇，亦罕逢全美。"对庄昶诗的评价，是十分中肯的。

第二章　明中期山水诗

第一节　成、弘期间山水诗的多元化

一　李东阳声色并重的山水诗

成化以后，平庸呆板的台阁体已引起广大诗人的普遍不满，以李东阳为首的茶陵派首先起来反对。李东阳论诗注重"唐音"，他不仅重视诗歌的色彩，而且重视诗歌的声调。

李东阳（1447—1516），字宾之，号西涯，祖籍是湖广茶陵（今属湖南）。他曾祖李文祥因成籍居京师，实际上他们家就在北京定居下来。他自己也是生在北京，长在北京，所以他自称是"楚人而燕产"。他自幼聪慧，学习也勤奋，四岁时就能够写径尺大字，当时顺天府以"神童"推荐给皇帝。明景帝十分高兴，将他抱在膝上，并且赐给他上林珍果和内府锼宝。六岁、八岁时，景帝又接见过他两次，并叫他试讲《尚书》中某些文句。李东阳步入仕途比较顺利。天顺七年（1464），他才十八岁就进士及第。次年，殿试后选为翰林院庶吉士，从此就开始了他那将近五十年的馆阁生涯。他除了三次较为短时间的外出外，都生活在北京，生活在朝廷官僚圈子里。这样的生活环境，对他的创作无疑产生着极其重要的影响。著有《怀麓堂集》。

李东阳论诗声色并重，他认为诗歌的较高境界应该是"诗必有具眼，亦必有具耳。眼主格，耳主声。闻琴断知为第几弦，此具耳也。月下隔窗辨五色线，此具眼也"。他要求以此为准绳来辨别唐音、宋调："试看所未见诗，即能识其时代格调，十不失一，乃为有得。"他推崇盛唐诗特别是杜甫诗,就要求人们先知唐调:"长篇中须有节奏,有操有纵,有正有变,若平铺稳布,虽多无益。唐诗类有委曲可喜之处,惟杜子美顿挫起伏,变化不测,可骇可愕,盖其音响与格律正相称,回视诸作,皆在下风。然学者不先得唐调,未可遽学杜也。"(以上引文皆见《怀麓堂诗话》)正因为李东阳有这样的理论主张,所以他的山水诗的创作不仅注重色泽耀眼,而且注重音调和谐。

由于李东阳长期生活在北京,京城内外的自然山水也就成为他欣赏创作的对象。他曾颇有激情地描绘过《京都十景》,其中有一首这样写道:

蓟门城外访遗踪,树色烟光远更重。飞雨过时青未了,落花残处绿还浓。路迷南郭将三里,望断西林有数峰。坐久不知迟日霁,隔溪僧寺午时钟。

——《京都十景·蓟门烟树》

以"踪""重""浓""峰""钟"为韵脚,读来朗朗上口,宛转自然;诗人注重"青""绿"色彩的描绘,也能激发读者诗意化的想象。李东阳不仅能满怀激情地描绘京城山水,而且能自觉地从京城山水中得到一种愉悦和省悟,使其精神进一步升华,例如他的《西山十首》中的第五首:

长为寻幽爱远行,更于幽处觉心清。祇园树老知僧腊,石壁诗存见客名。望入楼台皆髣画,梦惊风雨是秋声。人间亦有无生乐,化外虚传舍卫城。

从人间的自然山水中就能领悟到乐趣,它成为对抗佛教虚无缥缈的宣传的最好办法。这就是诗人所说的"幽处觉心清"。从李东阳的京城山水诗中,不难领悟出一位官高事闲、雍容华贵的士大夫丰采。

李东阳曾三次短暂的离京外出,可以说是眼界大开,使其山水诗创作更为丰富多彩。成化八年(1473),李东阳"乞归展墓",回原籍祭拜祖茔,得到了皇帝的批准。这是他第一次离开北京外出。他二月出发,八月回京,在茶陵呆了十八天。来回路上,他饱览了祖国大好山河,游历了许多名胜古迹,促使他山水诗创作的诗兴大发,正如他自己所云:"方吾舟之南也,出东鲁,观旧都,上武昌,溯洞庭,经长沙,而后至。其间连山大江，境象开豁，廓然若小宇宙而游混茫者，信天下之大观也。既而下吉安，历南昌，涉浙江，经吴会之墟，则溪壑深窈，峰峦奇秀，千变百折，间见层出，不知其极。柳子厚所谓旷与奥者，庶几其两得之。其间流峙之殊形，飞跃开落之异情，耳目所接，兴况所寄，左触右激，发乎言而成声，虽欲止之，亦有不可得而止矣。"（《南行稿序》）这次外出使李东阳山水诗创作的风格更为多样化、丰富化。他能写出气势磅礴的《长江行》：

奇形异态不可以物象，但见变化无终穷。或如重胎抱混沌，或如浩气开穹窿。或如织女抱素练，或如天马驰风鬃；空山怒哮饱后虎，巨壑下饮渴死虹。或如轩辕铸九鼎，大冶鼓动洪炉风；或如夸父逐三足，曳林狂走无西东。或如甲兵宵驰聚啸满山谷，或如神鬼昼露万象出入虚无中。吁嗟乎，长江胡为若兹雄，人不识无乃造化之奇功。

给人以一种雄奇奔放的阳刚之美的感受。他还能写出具有"旷与奥"这种美的类型的《江中怪石》：

突兀山城抱此州，江间怪石拥戈矛。随波草树愁生镈，骇浪蛟龙却避流。岂有岩峣能砥柱，只多冲折向行舟。凭谁一试君山手，月落江平万里秋。

这些山水诗能给人们如此多样的审美感受，这是李东阳在京城无法想象和创作的，这充分说明"江山之助"的重要性。

成化十六年（1481），李东阳又外出一次。这次外出是以翰林院侍讲的身份，兼任应天府（南京）乡试考试官。这次去南京时，由于"登舟兼程以经"，又"恐妨职事"，所以没有心情欣赏山水进行创作。等到考试完毕，他才"延访燕会，或登名山，历胜地，辄有诗"。他还舟北上时，"遇石头，沿大江，绝长淮，观吕梁百步之壮，溯天津潞河之深，远归眺太行，数千里萦抱不绝，于是尽得两京之形胜，神爽飞越，心胸开荡，烟云风雨之聚散，禽鱼草木之下上开落，衣冠人物、风土俗尚之殊异，前朝旧迹之兴废不常者，不能不形诸言"（《北上录自序》）。这次外出，也许由于年岁渐长，因而所写的山水诗作寄寓的感慨较为深沉一些，如在南京时写的《登清凉寺后台》：

虎踞关高鹫岭尊，四山环绕万家村。城中一览无余地，象外空传不二门。人世百年同俯仰，江流中古此乾坤。南都胜概今如许，归与长安父老论。

又如他离开南京时写的《望龙潭驿》：

谷口斜通驿，山根半入江。磴云朝拂翠，岩雨夜闻淙。水静帆来稳，天空鸟去双。向来羁泊地，幽思绕离釭。

这些诗都能引发读者一些理性化的思索，决不仅仅停留在表面化欣赏山水上。

弘治十七年（1504），李东阳又得到一次外出的机会。这是他第三次离京外出。原来，弘治十二年（1499）孔庙受灾被毁，皇帝命令重建，到此年完工。于是弘治皇帝命令李东阳去孔庙祭祀。他四月出发，五月回京，"自发轫至返棹，为日四十有七"。这次外出，由于有政治任务在身，一路上注意访察民情，"访之道路，询之官吏"，因而没有过多时间游山玩水，山水诗创作也随之减少。即使有一些描写山东山水的诗篇，其忧国忧民的情绪仍然贯穿其中。如其《望岳》一首长诗，一方面描写了"半空翻碧浪，平陆走苍龙。紫爱沾岚湿，青怜泼黛浓"的泰山景观，一方面又发出"岁旱当忧国，民劳恐病农"的感喟。从这些山水诗不难看出，李东阳是一位具有"民本"思想的、较为正直的封建官吏，即使描山画水，他也总是忘不了国事民瘼。

二 沈周寻幽求趣的山水诗

如果说，李东阳是高官，那么，沈周则是一个布衣。由于思想感情和生活环境的不同，他的山水诗创作有着与李东阳不同的风格。沈周的山水诗主要是寻幽求趣，如果说，寻幽是一种生活体验，那么，求趣则是一种审美方式。

沈周（1427—1509），字启南，长洲（今江苏苏州）人。他隐居终生，诗画皆擅名一代。钱谦益《列朝诗集小传》曾生动地描绘过他的生活："先生风神散朗，骨格清古，碧眼飘须，俨如神仙。所居有水竹亭馆之胜，图书彝鼎，充牣错列，户屦填咽，宾客墙进，抚玩品题，谈笑移日，兴至，对客挥洒，烟云盈纸，画成自题其上，顷刻数百言，风流文翰，照映一时。百年来，东南之盛，盖莫有过之者。"沈周喜欢到苏州附近山水去游玩，所以他的山水诗在其诗中占有一定数量。著有《石田集》。

沈周到附近山水去游玩，有时是与友朋一起前往，当然是在寻找幽静雅致的自然风光，以求得精神上的自由和满足，例如《舟中望虞山与吴匏庵同赋》：

> 虞山我邻境，欲往路非遥。比来无好抱，风日虚春朝。兹藉嘉友兴，理舟访岩峤。渐喜苍翠近，谿恨岚霏消。上有古松杉，落落旌幢标。其下见行人，往来杂僧樵。我坐意亦驰，岂伺双屐超。何异谢康乐，巫湖睡且邀。

本来诗人是"比来无好抱"的，但经过"理舟访岩峤"的游山活动后，使其心情大为改观。这里幽静雅致的自然风光使他精神振奋，"我坐意亦驰，岂伺双屐超"，同当年谢灵运游巫湖的精神境界一样。又如《留连山中薄暮返棹》：

> 迟迟二三客，默默对层岑。转柁清川口，忽然西日沉。常时急归路，兹焉迁我心。行行望不辍，去远思滋深。所思何以写，丹青亦难任。不如就明月，弹我丘中琴。

对着"层岑"诗人是默默地流连，以至薄暮才返棹回家，因而思绪纷纷，越转越深。他想以画幅来表现这纷纷的思绪，但无法表现，只好以弹琴来抒发这抽象的思绪，达到精神的升华和寄托。

诗人沈周有时为了更好地寻觅幽静雅致的自然风光，喜欢一个人独自前往。一个人在孤独的状态下，往往思维更为集中、敏感，能更好地发现大自然中的诗意，例如下面两首诗：

> 观生吾自得，饱饭荷农功。盘石箕双足，清流影一翁。松乔藤辅德，枫老叶还童。好在寻诗地，无人杖屦同。
>
> ——《溪上独坐》

春日熙熙百鸟鸣，东溪试步觉芒轻。闲来闲往曾无为，时笑时歌自在情。止水触风微起縠，过云生雨略挼晴。邻翁偶揖还相泛，道是先生底独行？

——《溪上》

这两首诗都是抒发诗人独自到溪上的感情。前一首形象地勾勒出诗人独立时的情态："盘石箕双足，清流影一翁。"由于是独坐，因而有独到的体悟："好在寻诗地，无人杖屦同。"只有孤独才能更好发掘诗意。后一首的结尾处，邻翁发出了为什么先生要独行的疑问，其实诗的前六句就是回答，只有独来独往，才能有闲逸无为的自由心境，才有"时笑时歌"的自由行动，才能发现"止水触风微起縠，过云生雨略挼晴"的微妙动人的风光。

其实，诗人沈周自己的住处和其友人的住处往往就在山清水秀处，沈周对这些住处的描绘，就是对幽静雅致的自然风光及其精神境界的发掘和表现。如下面二首诗：

堂在瀼西黄草茨，吴乡莫把蜀乡疑。地从杜甫名全借，图为卢鸿我不辞。衣桁夕阳迷翡翠，竹坪春水下鸬鹚。百壶自醉苏司业，未解求人为酒资。

——《瀼西草堂》

幽亭临水称冥栖，蓼渚沙坪只尺迷。山雨乍来茅溜细，溪云欲堕竹梢低。檐头故垒雌雄燕，篱脚秋虫子母鸡。此段风光小韦杜，可能无我一青藜。

——《溪亭小景》

前一首是对自己住处的描绘，类比杜甫的成都草堂，其"衣桁夕阳迷翡翠，竹坪春水下鸬鹚"的诗化景观使诗人其乐融融。后一首是对友人住处的赞美，前六句都是对这里优秀风光的生动描绘，最后自然发出"此段风光小韦杜，可能无我一青藜"的感叹，实际上是说明这类似韦杜风光的溪亭美景，正是扶青藜拐杖的诗人沈周我的发现和描绘。由此可见，这些庭院风光也充溢着幽静雅致的精神。

沈周的山水诗，不仅是寻幽，而且在求趣。这趣，既是生活的诗意化，又是美感的对象化，使人陶醉，使人精神升华。如《经尚湖望虞山》这首诗：

> 日午放船湖上头，虞山随船走不休。高云仰见出翠壁，飞影下接沧波流。青林人家隐山麓，鸡鸣犬吠闻中洲。䴔䴖群栖竹叶暗，蜻蜓特立荷花秋。莲歌渔唱尚互答，落景在树犹堪游。小舟争渡各先去，独逆风波浑不忧。

由于"日午放船湖上头"，因而产生了"虞山随船走不休"的浓烈情趣，下面一系列的场面，就是这情趣的表现。正因为自己沉浸在这浓烈情趣之中，所以在"小舟争渡各先去"的情况下，自己船只"独逆风波浑不忧"，精神上获得极大的享受。又如《雨中看山》：

> 看雨春山中，晴日未可及。峦华与岑秀，濯濯翠流汁。水墨间甓画，屏风四围立。杂花逗余红，雅与松共湿。低云满窗户，似爱幽者入。我初作静观，并喜得静习。纷纷冶游子，此景不足给。有诗在此境，佳句待人拾。诗肠倘干燥，亦许借润浥。持之报杨子，正可事展笠。

这首诗表现出诗人更为强烈的主体性——一种要在"晴日未可及"的雨中看山而生发情趣的审美欲望。而这种雨中看山的情趣，绝不能给予"冶游子"，它只能给真正欣赏者以无穷的精神享受："有诗在此境，佳句待人拾。诗肠倘干燥，亦许借润浥。"从中不难看出诗人神悟后的得意神情。

沈周也是画家，他在泼墨图画山水以后，往往在题画诗上就点化出山水画所要表现的特有情趣，使诗、画的题旨都鲜明地突出出来。比如《雪景山水》：

> 眼中飞雪作奇观，江山一夜皆玉换。前冈坡陀带复岭，小约凌兢连断岸。水边疏柳似华发，忽有微风与飘散。绀宫几簇林影分，白鸥一个江光乱。老渔蓑笠舣自苦，冰拂冻须茎欲断。江空天远迥幽踪，只有一竿聊作伴。此时此景此谁领，亦笑此渔从我玩。图成一啸寒战腕，万里江山在吾案。

不难看出，这幅雪景山水所要突出的就是老渔翁。"此时此景此谁领，亦笑此渔从我玩"，这渔翁正是生发出无尽情趣的关键所在，所以诗人以万里江山为背景，生动地描绘了渔翁形象："江空天远迥幽踪，只有一竿聊作伴。"使人激发起丰富的想象。

三 吴宽多姿多彩的家乡山水诗

吴宽一生为官，虽无大用，但一直是京官，因而视野并不宽广。他的山水诗创作的最大特点就是对家乡山水的挚爱。

吴宽（1435—1504），字原博，号匏庵，长洲（今江苏苏州）人。"为诸生，蔚有声望，遍读左氏、班、马、唐宋大家之文，欲尽弃制举业，从事古学。部使者迫促，乃就锁院试。"（钱谦益《列朝诗集小传》）成化八年（1472），会试、廷试皆第一，授修撰。孝宗即位（1488），以旧学迁左庶子，预修《宪宗实录》，后进少詹事兼侍读学士。弘治八年（1495），擢吏部右侍郎，后改掌詹事府，入东阁，专典诰敕。弘治十六年（1503），进礼部尚书。卒于官。看来，他主要生活地一是家乡，一是北京，但他对北京山水兴趣不浓，集中诗作不多，而对家乡山水却有一种魂牵梦绕的热爱，诗作较多。著有《匏庵家藏集》。

吴宽描写家乡附近的山水，主要表现在《山行十五首》《与李贞伯游东洞庭六首》等组诗里。他挚爱这些山水，或是因为它的雄丽，如《山行十五首》之《望穹窿山》：

> 我昔闻吴谚，阳山高抵穹窿半。壮哉拔地五千仞，始信吴中有奇观。铜坑邓尉作屏扆，天平灵岩当几案。其间法华与雅宜，水边横亘如长岸。何人著山经，宜作吴山冠。但嫌地势高，山家每忧旱。舟行半日青已了，却被浓云忽遮断，水田路转二三里，依旧诸峰青历乱。人云山顶百亩平，合结茅庐傍霄汉。龙门胜迹未遑添，坐向船头先饱看。

此山的特点就是高峻，"壮哉拔地五千仞"，而且，在其巅，"合结茅庐"，可以"傍霄汉"。这样高峻的山脉自然生发他一系列的想象。有的山水则因其"深秀"引起诗人的垂青，如《经玉遮山》：

见山不识山，借问山中人。玉遮亦深秀，翠色耸嶙岣。肩舆绕其趾，面面松杉新。峰峦稍回伏，穹窿复呈身。细草被长岸，盛夏无埃尘。乘间即行乐，愿作兹山宾。

由于其山"深秀"，造成了"细草被长岸，盛夏无埃尘"的良好环境，所以诗人要连连发出"愿作兹山宾"的感叹，这的确是一个令人神往的地方。当然，还有的山水，因其有独特的风光而引起诗人的高度注意，比如《观眠松》：

　　盘盘蒸山麓，侧径频折旋。山人引我去，云有长松眠。石磴被蔓草，摄衣步相连。果然见奇树，如神龙蜿蜒。鳞甲生满身，仍怪鬐鬣全。恍若出巨壑，疑将赴深渊。未学扰龙术，却立不敢前。天风谷口起，绕视惟茫然。枝干既屈曲，不中栋与椽。兹山非栎杜，亦复全天年。旁有短石垣，制作良且坚。四垛屹不动，密累皆古砖。断裂苍藓间，有碑昔人镌。铭文已磨灭，篆书冠其颠。荒山少居民，始知陆公阡。摩挲发长叹，助我松声圆。草棘莫剪除，应乏云仍贤。旭日照松下，因之吊重泉。

这里不但有古老的长松，而且还有古老的碑文，一切都显得那么古野神奇。作者将古松比拟为蜿蜒的神龙，尤为传神。由此可见，吴宽描绘家乡附近的多姿多彩的山水，笔下充满了深情。

　　为了更好地表现多姿多彩的山水，吴宽采用了多种多样的诗体和艺术手法，有五古、七古、五律、七律、七绝，往往根据不同的描写对象，恰当地运用。例如，表现游湖的轻快、飘逸，作者选取用七绝，如《游太湖翠峰寺》：

　　步转危峰路豁然，梅花丛里见青天。春泥不污登山屐，又过长松啜冷泉。

其表现的情感十分明朗。为了表现山寺的深幽、沉稳，作者选用了五古，如《入玄墓寺》：

高登邓尉山，遥入玄墓寺。老僧具衣履，出门迓予至。落落长松间，一径独深邃。鞺鞳钟磬声，鸟雀少惊异。仰面睇山腰，殿宇危若坠。长廊扫清风，修竹自为彗。结夏四五人，趺坐更无事。树密山果悬，草深井泉秘。盘旋登小楼，洞庭正相值。洋洋太湖波，兀兀林屋翠。始知众山中，此寺真画笥。闻昔万峰老，卓锡据兹地。道行既孤绝，遗言有高致。化去动吴人，金帛争布施。岁久骨当朽，遗容未全敝。禅堂昼寂寥，云水乏供馈。惟余佳山水，不改太古意。磨厓纪胜游，吾当一题字。

其表现感情十分凝重，尤其是对万峰禅师故事的讲述，更增强了这种氛围。由此可见，吴宽对多姿多彩的家乡山水的描绘中还表现出不同的感情形态。

吴宽是位饱学之士，他的不少山水诗还有一个特点，就是寄寓较为深沉的感慨，一种吊古伤今的情怀油然而生。如下面两首诗：

千载吴宫瞰溆川，重寻蹊径意茫然。青山亦有兴衰日，白发空怀少壮年。巨石凿残怜匠斧，平湖浮动爱渔船。主僧手种松杉遍，拟待成林更坐禅。

——《纪游灵岩》

溪上扁舟隔月来，农家风景稻齐栽。石湖正接鲇鱼口，芳草又生麋鹿台。越国深谋当日得，吴宫遗曲后人哀。每当怀古伤幽抱，日落灵岩首更回。

——《西溪舟行二首》之一

两首都是感慨吴宫兴亡。前一首诗前还有一篇序，更为突出古今变化的主题："灵岩为故吴宫，自唐以来诗人题咏甚多，而吴人岁必往游，故范文穆公诗有'不到灵岩即虎丘'之句。予少时犹见山下有石碑，曰第一宫，后寺既坏而山复遭石工之厄，游者益少。弘治丁巳三月，予将北上，与文宗儒辈匆匆一行，时主僧方戒凿山，种松满山，予喜兹山之复兴也，赋诗纪之。"一切变化都会引发人们思考，思考后就会有一种深沉的历史感慨，这是情感的深化。后一首更突出了一种"伤幽抱"的情怀，说明了诗人内心的激烈冲突，其中包含着对家乡的特殊感情。

吴宽虽然一生皆未辞官，但他内心深处并非没有冲突，他自号"匏庵"就可见其情绪，正如钱谦益《列朝诗集小传》指出的："匏庵者，先生之自号，亦以老居台阁，不得大用，盖用以自寓云。"因此，他内心深处实有幽居之思，比如他的《王叔明山水图》就流露出这种感情：

> 黄鹤高楼已捶碎，空有江南黄鹤山。山深有客持樵斧，终日置身林木间。临风高歌白石烂，隔水感看秋云还。老夫亦有幽居兴，对此径欲移柴关。

这种感情，有时在现实中也转化为"我本不饮人，爱山如爱酒"（《与启南游虞山三首》之二）的高歌，这充分说明吴宽实是一个身在魏阙、心系山水尤其是家乡山水的诗人。

第二节　复古大旗下的山水诗人

一　才思雄鸷的李梦阳

"古诗必汉魏，近体必盛唐"，首先高举起复古主义大旗的是李梦阳。他才思雄鸷，其山水诗不像乐府诗那么崇尚模拟，很有特色。

李梦阳（1473—1530），字献吉，号空同子。庆阳（今属甘肃）人。他出身寒微，曾祖父曾入赘于王氏，到其父才恢复李姓，后随其父徙居到河南扶沟。弘治六年（1493）举陕西乡试第一，次年成进士。因为连丧父母，在家守制，直到弘治十一年（1498），才出任户部主事，后迁郎中。弘治十八年（1505）四月，因弹劾势如翼虎的张鹤龄而被逮系锦衣狱，不久放出，罚薪俸三个月。出狱后，一次在路上遇到张鹤龄，李梦阳竟扬起马鞭打落了张的两颗牙齿，由此可见其疾恶如仇的强项态度。正德元年（1506），因为替尚书韩文属草弹劾刘瑾，被贬谪为山西布政司经历，不久朝廷又根据他的一些琐事，将他逮捕入狱，幸亏康海说情，得以释放。刘瑾败亡后，李梦阳起故官，不久升为江西提学副使。后因为替朱宸濠阳春书院作记而被削籍。著有《空同集》。

他的强项性格，他对汉魏、盛唐诗的提倡，加上才思雄鸷，使他的山水诗创作具有气魄雄伟的风格特点。请看下面两首诗：

>俯首无齐鲁，东瞻海似杯。斗然一峰上，不信万山开。日抱扶桑跃，天横碣石来。君看秦始后，仍有汉皇台。
>
>——《泰山》
>
>醉踏匡山晚未迟，翠岩丹壑凛秋姿。峰高瀑布天齐落，峡静星河夜倒垂。远害欲寻麋鹿伴，暂羁终与世人辞。摩崖遍剔苍苔读，独坐云松有所思。
>
>——《瀑壑晚坐》

前一首入选于沈德潜编纂的《明诗别裁集》，并评曰："四十字有包络乾坤之概，可以作泰山诗矣。"此诗不仅写出了泰山的高峻，而且写出了它的悠远历史，把它的气魄烘染出来。后一首诗在"峰高瀑布天齐落，峡静星河夜倒垂"富于气势的大背景中，塑造出一个"摩崖遍剔苍苔读，独坐云松有所思"的诗人形象，也是一幅雄伟的画卷。

李梦阳山水诗的雄伟气魄，反映了他崇尚崇高美的审美情趣，这是诗人有意识的选择和创造。比如《白沙驿》：

>沙古幽幽白，江新泯泯清。水衔村作国，山绕驿为城。万里将南徼，孤槎且暮征。壮心与落日，的的向波明。

诗开首选择的一系列景象就为很有气魄的万里南征作了很好的铺垫烘托，最后的"壮心与落日"使这种气魄更进一步得到象征性的拓展和升华。又如《平坡寺》：

>西山万佛宇，烂若舒锦绣。平坡凭风迥，突出众山右。宫阁因岩坳，面势巧相就。百里见琉璃，截巘戴云构。朋游探绝迹，杪秋历群岫。得此目力展，恍疑出氛围。仰看北斗逼，俯恐东海溜。雄压香山丽，阔掩望湖秀。落木响岩牖，寒岚染衣袖。延缅古今拜，伫立悲慨凑。盛叶虑反始，危基有倾仆。千载谁复临，逆想蓬蒿茂。

在"西山万佛宇，烂若舒锦绣"当中，诗人突出平坡寺的什么特点，即可见出其审美旨趣。果然，他注意平坡寺的是"雄压香山丽，阔掩望湖秀"，将其雄、阔二方面的特点形象地、突出地勾勒出来。由此可见，李梦阳山水诗之所以具有气魄雄伟的特点并非偶然。

从以上山水诗中，我们不难看出，其中贯穿着诗人深深的感慨，有的涉及个人身世，有的涉及历史沧桑，但是，这些感慨却是自然山水触发出来的，而且对它们的抒写又紧密联系着山水意象，因此诗的情与景，主体与客体是和谐融合的。再如下列两首诗：

> 山壑寒气早，日夕风色紧。火流桂将歇，霜至蕙草陨。蟋蟀集洞馆，示委被疆畛。感物忧自攒，排遣情讵忍。年徂身与衰，时弃世所哂。踌躇夜不寐，起坐万念轸。崖倾月西流，嶂曙松犹隐。嗷嗷露猿啼，行行采芳菌。
>
> ——《庐山秋夕》
>
> 古台高并郁岧峣，断塔棱层锁寂寥。积雪洞门常惨惨，热天松柏转萧萧。云雷画壁丹青壮，神鬼虚堂世代遥。惆怅宋宫偏泯灭，二灵哀怨不堪招。
>
> ——《台寺夏日》

前一首诗感慨个人身世，完全是"感物"后的自然流露，因而和秋夕庐山的景观有机融为一体。后一首是感慨历史沧桑，其诗尾"惆怅宋宫偏泯灭，二灵哀怨不堪招"的深沉感叹与其开篇"古台高并郁岧峣，断塔棱层锁寂寥"的凄凉景象可以说是相互映衬，构成一幅令人深思的图画。

李梦阳山水诗还有一个显眼的特点，那就是从中可看出他对道教有浓厚的兴趣。李梦阳不是一个拘拘小儒，他提倡复古，实有超越程朱理学的意旨。他在山水诗中表现对道教的兴趣又进一步证明了这一点。其中一些作品表现他对道教的洞府仙山有眷念之情，如《吕公洞》：

> 崖根豁一门，怪石相撑拄。谽谺自吞呷，白昼亦风雨。阴处泛清泉，积苔荫钟乳。往闻茅山胜，夙慕华阳主。路遐限孤往，倏历十寒暑。经亘骋心目，小憩偕道侣。兹洞虽人境，固足托茅宇。惕然忽内咎，我何恋簪组。

具有道教氛围的吕公洞很自然地催发起诗人"惕然忽内咎，我何恋簪组"的归隐之想，显然是诗人对道教早已倾心。另一些山水诗表现他对道教人物的赞许，如《登天池寺歌》：

> 庐山绝顶天池寺，铁瓦为堂白石柱。传言周颠劳圣祖，天眼尊者同颠住。崄绝下瞰无底壑，屈曲穿缘惟一路。顷属秋晴强攀陟，俯之四海生云雾。岷峨累垂西向我，杳杳长江但东注。君不见寺东崖石镌竹林，穹碑御制山之岑。周颠胡不留至今，周颠胡不留至今，虎啼日暮愁人心。

周颠仙是明初道教中一位传奇性人物，诗人希望他留至今，不难看出他的倾心。由此可见，李梦阳山水诗中的道教情思是其重要组成部分。道教文字与绘画中都富于瑰奇怪诞的想象，李梦阳山水诗的雄伟气魄和瑰奇想象，恐怕与他心中的道教情结是很有关系的。

二　兴象俊逸的何景明

李梦阳首举复古大旗，何景明热烈响应，使他们共同成为前七子复古运动的首领。但是，在如何复古问题上，他们实有一些分歧，产生了著名的"李何之争"。何景明的性格、文学思想与李梦阳不同，因而山水诗创作的风格也有所差异。

何景明（1483—1521），字仲默，号白坡，又号大复山人。信阳（今属河南）人。他幼年十分聪慧。弘治十一年（1498）举于乡，年方16岁。弘治十五年（1502）考中进士，弘治十七年（1504）授中书舍人。他与李梦阳等相互交游，倡言复古，就是从这时开始。正德改元（1506），刘瑾窃权，次年，景明谢病归，郊居著述。刘瑾被诛后，因为李东阳的推荐，值内阁制敕房。正德九年（1514），他曾上奏《应诏陈言治安疏》，针对各种弊端，提出"义子不当畜，边军不当留，番僧不当宠，宦官不当任"，颇有政治识见。后来提升为吏部员外郎，为人伉直，不结交权贵。不久又提升为陕西提学副使，敢于摧折豪强。正德十六年（1521）病卒，年仅三十九岁。著有《大复集》。

何景明才华很高，他的诗意境清新，兴象俊逸，其山水诗创作也是如此，比如下面三首不同类型的诗：

> 胜地不可多，良游岂在屡。兹山秀灵域，旷望契心许。岩峣碧岩

际，缥缈青莲宇。鸣泉泻丹壁，白沙亘回渚。眺心伫冥寂，况有尘外侣。吾当与尔曹，翩翩接高举。

——《游西山二首》之二

徙倚平溪馆，天高秋气清。水萤光不定，山籁响难平。夜火云间戍，寒枫江上城。终宵无梦寐，高枕听滩声。

——《平溪》

菡萏风前花不稀，菖蒲雨后叶初肥。黄鹂白鹭知人意，来往鸥鹚洲上飞。

——《溪上水新至漫兴四首》之三

第一首是五古，突出表现西山是个"秀灵域"，不管是对"碧岩际""青莲宇"的描绘，还是对"鸣泉""白沙"的勾画，都与其"冥寂"的心态融为一体，给人以清新俊逸的审美感受。第二首是五律，突出表现的是"天高秋气清"的景象，这景象与"高枕听滩声"的雅兴相互融洽，给人的审美感受自然也是清新俊逸的。第三首是七绝，写得更为欢快，它表现了溪上水新至的情景，可以说俊逸的兴象跃然纸上。这些诗的兴象意境自然和李梦阳气魄雄伟的山水诗迥然有别，难怪有人发出"俊逸终怜何大复"的感叹，他的诗风引起不少人的喜爱和倾心。

在何景明清新俊逸的山水诗中，寄寓着极为丰富的思想感情，其主要表现有如下三个方面。

第一，山水既永恒又动荡，而人生却十分脆弱，人们常常被别离、离乡、生死等困扰而有种种的感情波动，这种波动感情在与永恒山水的对照中，显得格外鲜明，在动荡的山水映照下更加拓展和深化。这就是山水为什么能触动这位敏感诗人心灵的深层原因。比如《岳阳》：

楚水滇池万里游，使车重喜过巴丘。千家树色浮山郭，七月涛声入郡楼。寺里亭台多旧主，城中冠盖半同游。明朝又下章华路，江月湖烟绾别愁。

诗人刚开始还是喜悦的，到了岳阳城，风景依旧，"千家树色浮山郭，七月涛声入郡楼"，但一想到"明朝又下章华路"，其动荡的江月湖烟就撩拨着离情别绪。其感情显然是山水的催化和孕育。又如《峡中》：

> 自昔偏安地，于今息战侵。江穿巫峡隘，山凿鬼门深。浊浪鱼龙黑，寒天日月阴。夜猿啼不尽，凄断故乡心。

面对巫峡中的山水景观，耳听"夜猿啼不尽"的声音，不由使他想念起家乡——袒露出一颗"凄断"的"故乡心"。再如《西郊秋兴十首》之七：

> 寂寞高台畔，空令故国存。古人不可见，遗迹更堪论。云度孤城夕，天连积水昏。兴亡向来事，无处问乾坤。

这显然是感叹世事沧桑、人生迫促。这种感情有时催发他对佛教的向往之情：

> 梵宇频经处，林深入磬声。悬崖攀葛上，曲涧绕松行。花鸟还春日，楼台即化城。亦知身是妄，从此学无生。
>
> ——《近寺》

第二，山水相对尘世又是幽静、无争的净土，因此诗人也常常流露向往归隐之情。例如《清溪草堂》其一的山水就使他流连、艳羡：

> 草堂临溪上，幽期孰与论。白沙连曲岸，秋水到闲门。槛外常垂钓，舟中数举樽。风情有如此，不异浣花村。

正是这种"风情"，才使他发出"幽居独羡君"（《清溪草堂》其三）的叹喟。又如《登钓台四首》之一：

> 岁暮荒台上，孤高望不穷。乱山浮落日，远水抱寒空。野鹭时亲客，江鸿晚避风。终期谢城市，来此伴渔翁。

这里山水表面看起来有些荒凉，但就在荒凉的地方，比起喧嚣的"城市"也有它的幽情，所以诗人十分向往。再如诗人面对"出岭上云霓，入溪下烟岚。高高不可及，杳杳讵能深。朱崖秀夏木，石壁映寒潭。千林览葱茜，百丈窥澄涵。崩奔谷响赴，隐曜川光含"（《姜子岭至三岔》）的美景，马上就产生"潜渊羡垂伦，越巘思停骖"的感情，完全被山水吸引住了。这样的感情可以说贯穿了诗人短暂的一生。

第三，山水是历史的见证，它阅尽人间沧桑，尤其山水中的许多名胜，更增加了人间沧桑的文化内涵，这一切也触发诗人吊古伤今的历史情怀。比如《磻溪》：

> 丈人昔未遇，垂钓此溪中。不感风云会，谁知八十翁。晚枫渔浦暗，春草猎原空。独令千载下，怀古意无穷。

磻溪，是姜太公未遇时的垂钓处，诗人面对"晚枫渔浦暗，春草猎原空"的景色，不由使他升腾起"怀古意无穷"的遐想。变化引起诗人的沉思。又如《过华清宫》：

> 偶驻华清殿，千秋忆翠华。青山无帝宅，荒草半人家。雪下谒泉树，春回绣岭花。长安望不远，谁见五陵霞。

华清殿，昔日是翠华簇拥的地方，如今却极为凄凉，当然会引起诗人对历史沧桑的深沉思索。再如《华客吊楚宫》：

> 别馆离宫纷绮罗，细腰争待楚王过。章华日晚春游尽，云梦天寒夜猎多。废殿有基人不到，荒台无主鸟空歌。西江烟月长如旧，只有繁华逐逝波。

在"烟月长如旧"与"繁华逐逝波"的强烈对比中，作者的历史情思得以深化和升华。

三 气逸调高的谢榛

在明代复古主义的文学思潮中，率先提出"后七子"的诗歌理论纲领的谢榛，以其对诗歌"情"与"景"辩证关系的完整、系统、深刻的思考，以其句响字稳、法度谨严的五律出色地描绘北方边塞山水风光，在中国古代山水诗的理论探讨和创作实践中做出了独到的贡献。

谢榛（1495—1575），字茂秦，号四溟山人，又号脱屣山人，临清（今属山东）人。眇一目。少喜游侠，后折节读书，刻意为诗，遂闻名于时。

嘉靖年间挟诗卷游京师，与李攀龙、王世贞结诗社，为明五子、后七子之首。后李攀龙名声大振，与谢榛论诗不合，乃遗书绝交，世贞等皆袒护攀龙，于是将谢榛削名于后七子之列。但谢榛游道日广，秦晋诸王，争相延聘，大河南北皆称谢榛先生，终身不仕。今存《四溟山人全集》有24卷，前20卷为诗，共2300多首，后四卷为诗话《诗家直说》，又称《四溟诗话》。

谢榛论诗宗盛唐诸家，主张熟读之得其神气、声调、精华，而"不必塑谪仙而画少陵也"。又主张诗人应以"顿悟"方式超越前人的创作经验而进入"胸次含弘，神思超越"的境界。他还提出了"诗有四格：曰兴，曰趣，曰意，曰理"的"四格"说，对于诗歌创作中的"情"与"景"、"天机"与"触物"、"悟"与"学"、"雅"与"俗"四个方面的关系，都做了辩证的思考。在"情"与"景"关系上，他认为："凡作诗要情景俱工，虽名家亦不易得。""景乃诗之媒，情乃诗之胚，合而为诗，以数言而统万言，元气浑成，其浩无涯矣。"景是媒，即诗人借以抒情的媒介；情是胚，即诗的胚胎、生命。二者合则"内外如一"，情景交融；分则主次分明。总之，情胚景媒乃是诗之体（本体）与用（作用）的关系，互为依存，相因相生。他将中国古典诗论中的"情景交融说"，进一步完整、系统和深化，并从中突出了性灵，从而在一定程度上突破了复古理论的樊篱，这对于必须处理好情与景关系的山水诗创作的发展，是有指导意义的。

谢榛生于北方，长于北方，长期游历秦、晋、燕、赵广阔的大地，对于北方山水与塞外风光既熟悉又喜爱，并常常收摄于诗中。他的山水诗数量多，各种体裁都有佳作。他有一些七言歌行体山水诗，洋洋大篇，笔力雄健，状景真切，气势驰骋，神采飞动，颇具盛唐浑沦高华气象，如《登盘山绝顶谒黄龙祖师祠》：

> 蓟北来游第一山，山连七十二禅关。人行巨壑泉声里，马度层崖云气间。石径萧萧松吹冷，万折千回临绝顶。钟响时传下界遥，鸟飞不到诸天迥。无劳汉使泛槎心，挥手银河能几寻。历历边城纷蚁垤，明明沧海一牛涔。老僧笑指烟霞外，此意沉冥谁与会。风生平地本无因，云点太清犹是碍。怀古跼蹐空石堂，黄龙西去杳茫茫。珠林不见菩提影，宝塔长含舍利光。壁尘拂去独留赋，下岭回看迷晓雾。放浪

人间那复来，月明梦绕盘山路。

诗人按时间与行踪顺序，次第叙写，层层展开，写景兼及视、听和感觉，写得细致生新，景象鲜明。诗中蕴含着诗人怀古情思与禅悟体验，可谓兴、趣、意、理四格皆备，写得顿挫盘旋、委婉深沉。诗的语言雄放明快，诗句骈散结合，四句一换韵，平韵与仄韵交错，确有盛唐歌行浑沦高华的气象。

他的七绝山水诗也有名篇，如《五岳吟五首》中咏西岳华山的一首：

漠漠秦云望欲迷，好乘鸿鹄过关西。盘空铁索三千丈，玉女峰头日月低。

前二句写华山的总体风貌，突出其远大广阔；后二句专写玉女峰，突出其险峻高耸。四句诗就展现出西岳华山的雄伟风姿与磅礴气势。他的更多七绝山水诗，往往将边塞山水与游牧民族的生活风情习俗结合起来表现，例如《漠北词六首》其一、其三：

大漠萧萧黑水流，胡儿七月换羊裘。骆驼背上吹芦管，日暮长风动地秋。

——其一

石头敲火炙黄羊，胡女低歌劝酪浆。醉杀群胡不知夜，鹞儿岭下月如霜。

——其三

前首写大漠日暮，黑水长风，胡儿在骆驼背上悠悠吹响芦管，绘声绘色，气象阔大，情调悲凉。后首写石火炙羊，胡女劝饮，群胡大醉，远景是鹞儿岭和如霜的月光。北地风光和胡人风情融为一体，使画面带着鲜明浓烈的地方风味和民族特色，令人耳目一新。

谢榛尤擅五律。他的五律诗有816首，其中有不少山水诗。他在这些五律山水诗中即景寄情，情融景中，或抒写浪迹江湖的孤独寂寞，或关注边防忧心国事。诗中对北方边塞的山水风光感受独到，对自我情思的抒发深沉强烈。如《漳河有感》：

> 行经百度水，只是一漳河。不畏奔腾急，其如转折多。出山通远脉，兼雨作洪波。偏入曹刘赋，东流邺下过。

诗写渡漳河的情景，引发对邺下文人才情的怀念。语言雄劲朴质，全篇一气呵成，中二联把漳河奔腾转折的特征和雨后洪波汹涌的气势表现得异常鲜明、简练。又如《渡黄河》：

> 路出大梁城，关河开晓晴。日翻龙窟动，风扫雁沙平。倚剑嗟身事，张帆快旅情。茫茫不知处，空外棹歌声。

如果说《漳河有感》写漳河纯用白描，那么此首写黄河，则更多地调动了想象。而此首语言的烹炼，更胜于前一首。沈德潜《明诗别裁集》云："翻字扫字，得少陵诗眼法。"确实，诗的颔联分别从杜甫《早发》"涛翻黑蛟跃"与《戏题寄上汉中王》"净扫雁池头"二句脱胎而出，却化用得巧妙。确实，谢榛的五律山水诗有不少篇章，谋篇布局、起承转合、烹炼字句、神气声调都学习、摹仿老杜，写得苍凉慷慨、境界阔大，刻画山水景物形象又新颖生动、精警异常。《榆河晓发》即是典型一例：

> 朝晖开众山，遥见居庸关。云出三边外，风生万马间。征尘何日静，古戍几人闲。忽忆弃繻者，空惭旅鬓斑。

杜甫有《晚行口号》诗云："三川不可到，归路晚山稠。落雁浮寒水，饥马集戍楼，市朝今日异，表乱几时休。远愧梁江总，还家尚黑头。"谢榛此诗所抒忧患国事、感叹余生的情思与诗的章法结构，神气声调很接近杜诗。但谢诗在摹仿中有自我的创造性。首联"开"与"见"字上下呼应，展现朝晖破雾，众山显露，居庸关雄姿望中可见，空兀而有气势。颔联十个字写出视听、远近、虚实之景，景象辽远空阔，有声色和动感，有象征边地战争风云变幻的意蕴，又流露出诗人对边患的隐忧，包孕深厚，境界不凡，气势雄浑。沈德潜称赞："'风生万马间'，纸上有声，若衍成二语，气味便薄。"（《明诗别裁集》卷八）

谢榛这些直逼唐人风神的山水诗，尤其是这些句烹字炼气、逸调高接近老杜的五律山水诗，在后七子中应推独步。

四　雄浑劲健的李攀龙

再度高举复古大旗、掀起后七子复古主义运动的首领是李攀龙。由于李攀龙对魏晋、盛唐诗雄浑劲健一面特别倾心，因而其山水诗创作也有类似的风格特点。

李攀龙（1514—1570），字于鳞，号沧溟。历城（今山东济南）人。九岁而孤，因家境贫寒，无力延师，但他自奋好学。稍长后嗜好诗歌，不久更讨厌时师的训诂学，日读古书，里人共目为"狂生"。嘉靖二十三年（1544）考中进士。初授刑部主事，后历员外、郎中。在京期间，先后与谢榛、王世贞、宗臣、徐中行、梁有誉、吴国伦结诗社，"诸人多少年，才高气锐，互相标榜，视当世无人，七才子之名播天下"（《明史·李攀龙传》）。嘉靖三十年（1553），出守顺德，饶有政绩。三年后提升为陕西提学副使。不久以病归里，自构一楼于华山、鲍山之间，曰白雪楼，读书、吟哦于其间。为人孤傲，不合者就警戒门人终不见之。隆庆改元（1567），荐起浙江副使，两年后迁学政，后又提拔为河南按察使。因母亡故，持丧还家，哀伤过度，不久亦卒。著有《沧溟集》。

李攀龙山水诗创作之所以具有雄浑劲健的风格特点，显然与其描写的对象有关。他喜欢选择一些高大险峻的名山加以描绘，比如泰山、崆峒山、太行山、太华山等。其中的《崆峒二首》：

> 风尘问道欲如何，二月崆峒览胜过。返照自悬疏陇树，浮云忽断出泾河。长城雪色当峰尽，大漠春阴入塞多。已负清尊寻窈窕，还将孤剑倚嵯峨。

> 谁道崆峒不壮游，香炉春雪照凉州。浮云半插孤峰色，落日长窥大壑愁。万乘东还灵气歇，诸天西尽浊泾流。萧关只在藤萝外，客子风尘自白头。

此诗描写的是甘肃平凉西的一座崆峒山。《史记·五帝纪》曾云："（黄帝）西至于空桐，登鸡头。"即此山。泾水发源于此山。不难看出，崆峒山本身就具有构成雄浑劲健意境的多种因素，很自然地也催发了诗人这方面的想象力，诸如"长城雪色当峰尽，大漠春阴入塞多"，"浮云半插孤峰色，落日长窥大壑愁"等诗句就联翩而至，再加上"还将孤剑倚嵯峨""客子风尘自白头"的人物形象的勾勒，就更增加了诗歌雄浑劲健的特点。

李攀龙山水诗创作具有雄浑劲健的风格特点，既与其描写的对象有关，更是作者主体的审美情趣所决定的。李攀龙显然倾心崇高美。他的《杪秋登太华绝顶》四首诗之所以放在"杪秋"描写，自然是因为秋天更能显示出太华山的雄伟气势。例如他的第一首：

华顶岩峣四望开，正逢萧瑟气悲哉。黄河忽堕三峰下，秋色遥从万里来。北极风尘还郡国，中原日月自楼台。君王傥问仙人掌，愿上芙蓉露一杯。

正因为诗人登高时处在"正逢萧瑟气悲哉"的时刻，所以"秋色遥从万里来"这样雄浑劲健的诗句才有了落脚点。从中不难看出气节与雄浑气势的密切关系。又如第二首：

缥缈真探白帝宫，三峰此日为谁雄。苍龙半挂秦川雨，石马长嘶汉苑风。地敞中原秋色尽，天开万里夕阳空。平生突兀看人意，容尔深知造化功。

第一首描述"黄河忽堕三峰下"，因此第二首一开篇就突出"三峰"，并以反问的口气将其雄伟的气势烘染出来。中间四句更从各个角度，展现其拔地摩天、高峻壮阔的气象。最后惊叹"容尔深知造化功"，表现了作者对造就这雄伟山峰的"造化功"的由衷赞美，也表现了作者对崇高美这种精神境界的由衷赞美。

还应该看到，李攀龙山水诗创作之所以具有雄伟劲健的风格特点，与其选词造象也有紧密的联系。李攀龙显然喜欢选择能表现高、远、大、急、飞等状态的字眼，创构雄伟的意象。我们可从《登黄榆马陵诸山是太行绝顶处》这组诗中说明。这组诗有四首五律、四首七律。五律的第一首这样形容景观："河势中原坼，山形上党来。白云横塞断，寒峡倚天开。"七律的第一首这样形容景观："地坼黄河趋碣石，天回紫气抱长安。悲风大壑飞流折，白日千崖落木寒。"显然景象阔大，很有气势。五律第二首这样形容景观："秋阴生大卤，木叶下滹沱。巨壑藏风雨，飞梁挂薜萝。"

七律的第二首这样形容景观："群峰不断浮云色，绝巘长留落日悬。地险关门衔急峡，山奇削壁挂飞泉。"显然也能给人以雄劲、飞动、奇险的审美感受。但从中也不难发现一个弱点，就是意象与用词屡有重复之处。上面的《杪秋登太华山绝顶》已连用二次"万里"，到了这一组诗，仍然离不开"万里"，这种雄浑劲健是以重复雷同为代价的，难怪钱谦益在《列朝诗集小传》里讥讽李攀龙，认为其"七言分体"，"举其字，则三十余字尽之矣；举其句，则数十句尽之矣"，品评虽然过于苛刻，但不无根据。

李攀龙曾以病归里一段时间，归里后，他选择华山、鲍山之间自构一楼，曰白雪楼，从这里也可见他对具有崇高美景观的倾心。因此，他在归里期间吟哦的一些家乡的山水同样具有雄浑劲健的特点，比如下面二首诗：

  伏枕空林积雨开，旋因起色一登台。大清河抱孤城转，长白山邀返照回。无那嵇生成懒慢，可知陶令赋归来。何人定解浮云意，片影漂摇落酒杯。

——《白雪楼》

  使君千骑入从东，此日登临作赋雄。树杪平湖元在地，檐前叠巘半浮空。烟霞色借双幡动，牛斗光摇一剑通。自入鹿门常谢客，谁能浊酒过庞公。

——《使君重过山楼分赋得空字》

两首皆是登山楼的作品，前一首是雨后登临，可以说是天高云淡、境界开阔，他想象出"大清河抱孤城转，长白山邀返照回"的那种高远雄浑气势。后一首是陪伴朋友登楼，观察更为细致，表现更富于空间层次感，景物的高低、远近、虚实处理得十分巧妙，但所表现的境界同样雄阔。从李攀龙描绘故乡山水的诗，我们可以进一步体会到他喜爱表现具有雄浑劲健气势景物的审美情趣。

五　风格多样的王世贞

掀起后七子复古主义运动的另一位首领就是王世贞。由于他活的时间较长，前后文学思想又有所变化，再加上他创作特别繁富，因而其山水诗创作形成了风格多样的特点。

王世贞（1526—1590），字元美，号凤洲、弇州山人。太仓（今属江苏）人。少有才华，嘉靖二十六年（1547）中进士，初授刑部主事，历员外郎、郎中。为官期间能够不避权贵。弹劾权臣的杨继盛下狱，世贞时时进送汤药，并且代杨的妻子草疏。杨死后，世贞又张罗棺材收殓了他。严嵩对王世贞这些行为十分嫉恨，吏部曾两次提名他为提学都未得到批准，后来出为山东副使。在任期间，恰逢他父亲因泺河失事被逮进监狱，他于是解官与其弟世懋天天到严嵩门前请求宽恕，但未能成功。父死后，兄弟二人号泣持丧归。隆庆元年（1567），兄弟伏阙讼父冤，得以恢复他父亲原来的官职。王世贞也累官至南京刑部尚书。后因疾病辞官归里，卒年六十五岁。著作甚丰，有《弇州山人四部稿》《弇州山人四部稿续稿》《弇山堂别集》等。

王世贞的山水诗有多种风格。有的雄浑苍劲、气势磅礴，《陪段侍御登灵台绝顶》这首诗就体现这种风格：

> 径折全疑尽，峰回陡自开。苍然万山色，忽拥岱宗来。碧涧传僧梵，青天落酒杯。雄风别有赋，不羡楚兰台。

此首诗选入沈德潜《明诗别裁集》，并评论道："'苍然'二语，可匹空同《泰山诗》。"其实，一、三联也都有气势和开阔的境界，像首联的"徒自开"，三联中的"碧涧"远远传出"僧梵"，"青天"高高落下"酒杯"都是如此。因而，全诗给人以苍劲雄浑的审美感受。又如他的《登太白楼》也有同样特色：

> 昔闻李供奉，长啸独登楼。此地一垂顾，高名百代留。白云海色曙，明月天门秋。欲觅重来者，潺湲济水流。

这首诗同样被沈德潜看重，选入《明诗别裁集》，并评论道："天空海阔，有此眼界笔力，才许作《登太白楼诗》。"给予了极高评价。从中不难看出，作者具有这样高瞻远瞩的眼界和雄放劲健的笔力，他的《登岱六首》也是这样风格。作为五岳之尊的泰山本身就能激发人们各种雄奇的想象。其中第五首，笔力尤为矫健：

> 尚忆秦松帝跸留，至今风雨未全收。天门倒泻银河水，日观翻悬碧海流。欲转千盘迷积气，谁从九点辨齐州。人间处处裹城辙，矫首苍茫迥自愁。

诗人笔挟风雨、银河、碧海，又矫首苍茫，气势豪迈，一泻而下。

王世贞有的山水诗却以秀美飘逸、清新澹荡见长，如《游南高峰》：

> 从游指点南高胜，蹑屐攀萝兴不赊。画里余杭人卖酒，镜中湖曲棹穿花。千岩半出分秋雨，一径微明逗晚霞。最是夜归幽绝处，疏林灯火傍渔家。

处处是"幽绝"的景致，尤其最后的特写镜头"疏林灯火傍渔家"，将幽绝景致推向了极致。这样的诗自然会给人以秀美飘逸、清新澹荡的审美感受。

王世贞有的山水诗既不是秀美飘逸，也不是雄浑劲健，而是典雅庄重，这又是一种风格。例如七律《盘山二首》就体现这样的特点，其中一首写道：

> 千盘历尽更茫然，回首中原暝色边。峡转琳宫藏皓月，峰排紫剑插遥天。云根桧坏龙鳞起，磴道泉归玉乳悬。深夜不须惊鼓吹，看予箕坐啸风前。

将"峡转""峰排"的奇异景色与"箕坐啸风前"的潇洒人物融为一体，铸造诗境，有诗味，也显得典雅庄重。实际上，他的另一首歌行《与高大夫游盘山歌》也有这样典雅庄重的特色：

> 高侯挟我游盘山，下盘已见凌大荒。一峰长悬辽海色，千涧暗发松花香。寒流触磴挂玉乳，老桧破石垂青裳。虎豹盘挐斗屈强，虬龙甲鬣森开张。芒鞋恍蹑元气度，竹榻欲借春云装。行穿香霭径将绝，忽有钟声来上方。排空独创舍利塔，凿壁更筑支公房。我疲足力欲就枕，高侯贾勇不可当。俯看群山一培塿，榆关铁岭横苍茫。建牙吹角浩无际，飞鸟转徜遥相望。天门绝顶仅咫尺，安得送侯北斗傍。坐挥

如意夺敌胆，万马不敢骄秋霜。野天饱弄兹山色，何似日作尚书郎。

一路上"饱弄兹山色"的情景，都以典雅庄重的笔触来描绘，雄健而不过分夸张，收放自如，它们给人们的审美感受显然是另一种类型。

王世贞风格多样的山水诗，实际上表现了诗人各种不同的心态。有的山水诗适应了诗人闲情逸致的心态，如《冬日憩舟嘉树林小饮》就是这样：

仲冬好风日，故山嘉树林。信履触幽赏，改席就清阴。青葱冒霜草，啁哳先候禽。人生贵所适，毋为悬别心。

诗人在嘉树林中信步缓游，触处是"幽赏"的景致，使"人生贵所适"得到了彻底的满足。有的山水诗则表现了诗人的好奇心理，如《由张公后洞出前洞一首》：

冥搜出天巧，退尚穷真域。猿饮迫相辅，鸟伸骇所获。金膏时自闪，琼乳静还滴。窥天一线杳，察坠千鳞坼。云烹丹灶温，芝耕石田瘠。信足如已穷，俯身忽中辟。浴日万象开，琉璃成五色。芙蕖冠瑶柱，玫块填萝席。缔构疑化城，阴森恐蛟宅。张公何为者，自言得灵液。千载垂空名，其人郁为猎。摄衣云霞颠，矫首三叹息。

这个"缔构疑化城，阴森恐蛟宅"的神奇所在，是诗人"冥搜"的结果，显然满足了他的好奇心理，难怪他要"摄衣云霞颠，矫首三叹息"，对山水自然美丽的奥秘发出无尽的感慨。王世贞有的山水诗则是为了抒写一种心旷神怡的审美感受，如《登金山》其二：

青螺潋滟水晶盘，斗削风烟面面看。地涌楼台千蜃结，天回波浪六鳌蟠。山形自挟秋云壮，海日遥将曙日寒。恍忽龙宫吟啸起，何人玉笛倚阑干。

金山在江南名胜地镇江，当时是江中的岛屿，岛上佛殿金碧辉煌，诗人在秋高气爽时刻登临，面对恍若仙境的美好的景致，使他自然写出意象瑰丽的诗句,将一种心旷神怡的感受注入字里行间。

第三节 不为复古主义格调所囿的山水诗人

一 文征明:疏淡清雅的山水吟唱

就在前七子复古运动大盛之际,江南有一批文人,如唐寅、祝允明、文征明,并不为其牢笼。其中文征明的山水诗创作最为丰富,并具有疏淡清雅的风格和特点。

文征明(1470—1559),初名壁,以字行,更字征仲,别号衡山,长洲(今江苏苏州)人。他幼年并不聪慧,但稍长后,越来越显示出颖异挺发的才能。他学文于吴宽,学书于李应祯,学画于沈周,这些方面后来都能取得优异成就。虽然乡试屡屡失败,但名声却越来越大。宁王朱宸濠慕其名,贻书币聘请他,他辞病未去。正德末,以岁贡生诣吏部试,奏授翰林院待诏。世宗立,预修《武宗实录》,侍经筵。当时专尚科目,他意不自得,连连乞归。三年后终获致仕。其人老寿,主持吴中风雅数十年。四方乞诗文书画者,接踵于道。外国使者过吴门,望里肃拜,以不获见为最大遗憾。著有《甫田集》。

文征明的山水诗风格同其整个诗风一样,疏淡清雅,其写景常常表现出"雅饬之中,时饶逸韵"的特点,比如下面二首:

落日淹游艇,循山小经迂。避喧欣得寺,择胜旋开厨。偃树斜侵磴,横冈远带湖。过春才十日,碧荫已扶疏。

——《游治平寺》

杨柳阴阴十亩塘,昔人曾此咏沧浪。春风依旧吹芳杜,陈迹无多半夕阳。积雨经时荒渚断,跳鱼一聚晚波凉。渺然诗思江湖近,更欲相携上野航。

——《沧浪池上》

王世贞《艺苑卮言》曾评其诗曰:"小窗疏阁,位置都雅。"的确如此,他灵活自如地运用疏淡的笔调,描写出一幅幅清雅的景致,即使有淡淡的哀愁,也无伤大雅。他是一个低吟浅唱的优秀山水歌手。

文征明山水诗之所以能形成疏淡清雅的风格,一个原因是,他主观上喜欢寻觅幽景。比如《钱氏池上芙蓉》：

> 九月江南花事休，芙蓉宛转在中洲。美人笑隔盈盈水，落日还生渺渺愁。露洗玉盘金殿冷，风吹罗带锦城秋。相看未用伤迟暮，别有池塘一种幽。

诗人在结尾已点明了这里的景致是"别有池塘一种幽"，也就是某种类型幽景的集中体现。由此可见这是诗人自觉地寻找。又如《泊舟泗上看月》写得就更为轻盈欢快，其幽景让人有飘飘欲仙的感觉：

> 停舟清泗兴无涯，夜起蓬窗看月华。灏气一函开玉府，镜光千道走金蛇。碧空颠倒山流翠，白石巉岩浪蹙花。酒醒分明天上坐，更从何处觅星槎。

写月夜景色，光华璀璨，色彩鲜丽，幽美迷人。这样的诗境，自然对其诗疏淡清雅的风格起着重要作用。

文征明山水诗之所以能形成疏淡清雅的风格，另一个原因是，他喜欢表现闲情，所谓闲情，就是一种悠然自得、沉浸于幽雅景观中的心境和诗情。比如《同履仁濯足剑池》：

> 舍舟即嶔崎，探策入窈窕。穷崖擘苍铁，直下千寻表。绝磴悬飞梁，仰首心欲悼。阴壑多长风，六月更幽悄。秋声落井干，翠雨滴深筱。与君富闲怀，竟日恣幽讨。却将双足尘，濯向千年沼。

诗人在这里清楚表明了"与君富闲怀"和"竟日恣幽讨"的有机联系，闲情幽景交融契合，自然生发出疏淡清雅的美学效应。又如《登缥缈峰》：

> 薜草遥遵鹿兔踪，飞岚拂袖映疏松。平湖万顷玻璃色，落日千寻缥缈峰。烟树吴都晴上掌，秋风云梦晚填胸。无烦咋指仿韩愈，尽有闲情在短筇。

"尽有闲情在短筇"，以一个挂短筇在水光山色中徜徉的自我形象，将诗人幽雅闲适的情怀和盘托出。苏州的石湖，景色清丽，幽静迷人。文征明对石湖有着特殊的偏爱，他写石湖的诗，有三四十首之多，都写得清丽温婉、疏淡闲静，惹人喜爱。如《暮春游石湖》的第三首：

> 茶磨楞伽次第经，淡烟消处五湖明。一樽斜阳湖亭上，闲看西山弄晚晴。

前三句都是淡笔描写斜阳、湖亭等景物，结句点出"闲看"，将"西山弄晚晴"的诗情生发出来。诗人这样的心境与诗情，自然对其山水诗疏淡清雅风格有重要的影响。

文征明喜欢寻觅幽景，喜欢表现闲情，他所创造的山水诗意境多有如下三种类型。

一是雪中游。雪天会增加情怀的闲雅，景色的幽洁，因而文征明喜欢雪中游山水自然在情理之中。如《雪夜宿楞伽寺》第二首：

> 天寒万木僵，月出四山静。积雪缟清夜，幽崖自辉映。上方衣裘单，俯视寒芒正。长风扫纤云，平湖竟天净。倒影落僧窗，横飞湿眼镜。微澜玉塔摇，秀色千岩竞。俄然万象沉，坐觉群嚣屏。一鸟不复飞，光华久逾盛。吟怀共朗彻，禅心寄枯劲。只觉尘界卑，忘身在高夐。半空击瑶簪，泠然发孤咏。万里吾目中，悠悠一渔艇。

"只觉尘界卑"的闲情，在月光雪色中"幽崖自辉映"的景致，在全诗中一层层地铺陈和展现。尤其是"万里吾目中，悠悠一渔艇"的特写更令人难忘。雪中景自有朗彻、清泠、幽静的魅力。

二是夜中游。夜里，月色朦胧，万籁俱寂，是最好展观闲情的场所，更是寻觅幽景的时刻，因而文征明对夜中游更为钟情，这方面山水诗作特别多。这里举出其中两首：

> 黄叶萧萧没断踪，风将牢落入穷冬。三更酒醒人何处，千里月明山自重。远水浮村微见火，碧烟藏寺但闻钟。知君逸思难分付，都属寻诗七尺筇。

——《次韵九逵山中步月》

> 月出横塘水漫流，风生别浦暮移舟。回思吊影长安夜，何似开樽茂苑秋。云树微茫青嶂隐，星河颠倒碧空浮。清光万顷无人占，领取年年照白头。
>
> ——《中秋石湖玩月》

前者是"山中步月"，后者是"石湖玩月"，二者都激起诗人翩翩想象，表达他那闲情逸致。文征明描绘月夜中游山水的诗篇，往往充满清寂幽远的气氛。

三是雨中游。雨中烟水迷蒙，适宜表现诗人的"闲情"，以及轻微的失落感、漂泊感。如《雨宿上方》：

> 泉石千年秘，松萝十里阴。过湖疑世隔，听雨觉山深。云卧分僧榻，玄言证道心。平生慕真境，此夜宿烟林。

在烟雨中，诗人觉得过了湖就仿佛隔离了尘世，倾听着淅沥雨声，感到山更幽深。这位慕"真境"的诗人，终于在"雨宿上方"中得到了最好的体验和领悟，这也正是雨中游山水诗的情趣。

王世贞《明诗评》中说文征明诗"如素衣女子，洁白掩映，情致亲人，第亡（只是没有）丈夫气格"。这一评价是中肯的。文征明的山水诗确实缺乏豪放昂扬的情调，但他对吴中山水风景特别是雪景、夜景、雨景的表现，笔墨清丽疏淡，写得空灵旷逸，饶有韵味，其艺术技巧是值得认真借鉴的。

二 王守仁：感慨多端的山水吟唱

王守仁初从李、何唱和，既而弃去，走自成一格的诗歌创作道路。王守仁的山水诗感慨多端，充分展现了他那丰富的感情世界以及哲人所具有的智慧风采。

王守仁（1472—1529），字伯安，自号阳明子、阳明山人，世称阳明先生。余姚（今属浙江）人。成化十八年（1482），祖父携其如京师，随父寓京。弘治元年（1488），迎娶诸氏于江西洪都。五年（1492），举浙江乡试。十二年（1499），考中进士，初授刑部主事。十五年（1502），告病归越城，筑室阳明洞。十七年（1504）秋，主考山东乡试。正德元年

(1506),宦官刘瑾矫旨将南京给事中御史戴铣等二十余人逮捕入狱,他不畏艰险,抗疏引救,被廷杖四十,贬谪到贵州龙场驿做驿丞。三年(1508)赴龙场,过了三年苦难生活之后,于正德五年(1510)出任江西庐陵县知县,冬升南京刑部主事。次年调任吏部主事,历员外郎、郎中,升南京太仆寺少卿。十一年(1516),他升任都察院左佥都御史,先后平定了漳州、大帽山、横水、桶冈等处的民变。十三年(1518),升都察院右副都御史。次年平定了朱宸濠的叛乱。因功升任南京兵部尚书,但并未获重用,却准其回家探亲。嘉靖六年(1527),他兼任都察院左都御史,出征广西。后病死在北归的舟中。著有《阳明全书》。

王守仁虽然是哲人,但却富有诗人气质。他生平爱山水,可以说每到一处都要登山临水,因而其诗中山水诗的比例较大。他善于运用不同笔墨描绘不同类型的山水,他描摹家乡山水,笔调就较为轻快清新,比如《游牛峰寺四首》之四:

一卧禅房隔岁心,五峰烟月听猿吟。蜚湍映树悬苍玉,蠹粉吹香落细金。翠壁年多霜藓合,石床春尽雨花深。胜游过眼俱陈迹,珍重新题满竹林。

又如《游牛峰寺四绝句》之二:

怪石有千窟,老松多半枝。清风洒岩洞,是我再来时。

不难看出,诗人心情极其愉快,被牛峰山上各种景致所吸引、所感染。他描摹家乡山水之所以运用这种笔调,固然是江南越中的山水就是如此秀美,但也有他主动寻找诗情画意的因素,例如他的《寻春》:

十里湖光放小舟,谩寻春事及西畴。江鸥意到忽飞去,野老情深只自留。日暮草香含雨气,九峰暗色散溪流。吾侪是处皆行乐,何必兰亭说旧游。

到处有"行乐"之地,到处有诗情,全凭诗人用一颗敏感的诗心去发现和捕捉。

如果说王守仁描摹家乡山水是运用轻快清新的笔调，那么，他刻画泰山等地景色就是一种浪漫夸张的笔墨：

> 晓登泰山道，行行入烟霏。阳光散岩壑，秋容淡相辉。云梯挂青壁，仰见蛛丝微。长风吹海色，飘飘送天衣。峰顶动笙乐，青童两相依。振衣将往从，凌云忽高飞。挥手若相待，丹霞闪余晖。凡身无健羽，怅望未能归。
>
> ——《登泰山五首》之一

诗人不但传神地描写了泰山的高峻，而且还富有想象力地勾画了峰顶的神话故事。难怪沈德潜《明诗别裁集》将此诗选入，并评曰："太白。"这首诗的确有与李白泰山、庐山诗那样神奇瑰丽的想象。再看他的第三首：

> 尘网苦羁縻，富贵真露草。不如骑白鹿，东游入蓬岛。朝登泰山望，洪涛隔缥缈。阳辉出海云，来作天门晓。遥见碧霞君，翩翩起员峤。玉女紫鸾笙，双吹入晴昊。举首望不及，下拜风浩浩。掷我《玉虚篇》，读之殊未了。傍有长眉翁，一一能指道。从此炼金砂，人间迹如扫。

不但和第一首同具有神奇的气象，而且杂糅进许多道教神话，使诗风更加瑰丽奇谲、扑朔迷离，给人以无限的遐想。

王守仁是位有历史使命感的封建官吏，他对山水名胜的各种变迁，总要发出悠悠的怀古情思，寄寓他内心中对历史的无限感慨，如下面两首诗：

> 乍寒乍暖早春天，随意寻芳到水边。树里茅亭藏小景，竹间石溜引清泉。汀花照日犹含雨，岸柳垂阴渐满川。欲把桥名寻野老，凄凉空说建文年。
>
> ——《太子桥》

> 绝顶楼荒旧有名，高皇曾此驻龙旌。险存道德虚天堑，守在蛮夷岂石城。山色古今余王气，江流天地变秋声。登临授简谁能赋，千古

新亭一怆情。

——《登阅江楼》

前一首怀念建文帝，从诗中可看出作者对建文帝充满着同情。后一首感叹明太祖曾在此"驻龙旌"的地方已变成一座荒楼，自然引起诗人发出"千古新亭一怆情"的感慨。诗人借咏山水，抒写出对历史兴亡的各种思索。

王守仁一生颇为坎坷，因抗疏而被捕入狱、流放龙场，后来平定了朱宸濠叛乱，反被宦官挑拨、猜忌，因此他遇到自然山水，常发出生不逢时、希图归隐的各种感慨。写于由贬所龙场驿起任南京太仆寺少卿后的《龙潭夜坐》是其中著名的一首：

> 何处花香入夜清，石林茅屋隔溪声。幽人月出每孤往，栖鸟山空时一鸣。草露不辞芒屦湿，松风偏与葛衣轻。临流欲写《猗兰》意，江北江南无限情。

孔子当年鼓琴曲《猗兰操》，感慨生不逢时，今天，诗人静坐龙潭，由山水触兴。又要写《猗兰》意，同样是感慨生不逢时。正因为生不逢时，所以他常常有归隐山林的情绪和欲望："也知世上风波满，还恋山中木石居。"（《舟山除夕》）"常苦人间不尽愁，每拚须是入山林。"（《宿净寺》）"世途浊溢不可居，吾将此地营兰若。"（《游九华道中》）"人间炎暑无逃遁，归向山中卧岁寒。"（《题岁寒赠汪尚和》）"能向尘途蒲轩冕，不妨蓑笠老江滨。"（《送诸山归省》）"相知若问年来意，已傍西湖买钓矶。"（《送刘伯光》）这大量诗句都是无可奈何的嗟叹。王守仁毕竟是个要实现"吾道"的封建官吏，归隐无法实现其抱负，于是他只好是"山人久有归农兴，犹向千峰夜度兵"（《闻曰仁买田雪上携同志待予归》之一），为明王朝的巩固卖力去了。

王守仁是杰出的大哲学家，所以他的感慨，不仅涉及历史兴亡、个人身世，而且还有哲理的探求。如《重游无相寺次韵四首》之一：

> 游兴殊未尽，尘寰不可留。山青只依旧，白尽世间头。

结尾两句，颇有理趣，它说明自然永恒、人生易老的哲理非常精练形象。他的《山中懒醒四首》其四更有辩证的机智贯穿其中：

> 人间白日醒犹睡，老子山中睡却醒。醒睡两非还两是，溟溟漠漠水泠泠。

王守仁青年时期有"五溺"，溺于任侠、骑射、辞章、神仙、佛氏。他的心学理论与禅宗主张从人对自然的感觉、体悟来把握人生的思维方式，有相通之处。因此在他的一些山水诗中，也借山水景色的描绘体悟佛理禅意。上引《龙潭夜坐》一诗，既抒发了诗人生不逢时的感慨，也表现了他在默坐澄心中体悟自然之理的心路历程。七绝《泛海》更是一首饶有佛家禅意的山水诗：

> 险夷原不滞胸中，何异浮云过太空。夜静海涛三万里，月明飞锡下天风。

前二句写狂风巨浪中，诗人乘一叶扁舟在大海上漂泊，将眼前的险恶境况视若浮云之过太空，险与夷都不滞留于胸中，一种"心无外物"的禅意令人咀嚼回味。后二句更展现他在明静的月夜里，如同一位游方高僧，执锡杖，乘天风，飞越三万里海涛。"夜静""月明"，正是诗人充满禅理的心中所幻化出的光风霁月的世界。在王守仁这些出色的山水诗中，实景与虚景，心学与禅理，诗人洒脱的心胸、豪迈的情怀以及沉毅的个性，都融于一体，创构出情思意蕴极其丰富的诗境。

三 杨慎：拓展山水诗境

钱谦益《列朝诗集小传》说杨慎"沉酣六朝，揽采晚唐，创为渊博靡丽之词，其意欲压倒李、何"。由此可见杨慎不愿为前七子复古主义所囿的心态。由于他的特殊身世，因而形成了他的山水诗的最大特点就是大大拓展了山水诗境，把笔触延伸到长江上游和边疆云南。

杨慎（1488—1559），字用修，号升庵，新都（今属四川）人。他自幼聪慧，十一岁能诗，十二岁拟《古战场文》《过秦论》，父辈们看了都大加称赞。后随父入京，赋《黄叶诗》，诗坛老将李东阳见了十分欣赏。

正德三年（1511），试进士第一，授翰林院修撰。当时武宗微行，刚出居庸关，他就抗疏切谏。世宗接位后，他充任经筵讲官。嘉靖三年（1524）由于议"大礼"问题，违背了世宗的意旨，受到廷杖，谪戍云南永昌卫。自此以后，或归蜀，或居云南会城，或留戍所，前后共三十多年，为发展少数民族地区的文化做出了一定的贡献。他著述颇丰，达一百余种，其诗文创作主要收集在后人辑刻的《升庵集》里。

正因为杨慎三十多年都生活在云南、四川，因而对西南边疆的山水有深切的感受，自然能写出别人无法体验的山水诗境。他大大开拓山水诗境的表现有如下六个方面。

一是他能生动地描写出长江上游和边疆云南山水的新奇境界，比如《兰津桥》：

> 织铁悬梯飞步惊，独立缥缈青霄平。腾蛇游雾瘴氛恶，孔雀饮江烟濑清。兰津南接哀牢固，蒲塞西连诸葛营。中原回首逾万里，怀古思归何限情。

这是诗人初次入滇时所作。兰津桥就是澜沧江桥。据《滇程记》记载："澜沧江桥，江流介两山之址，两崖壁峙，因为桥基。桥缆铁梯木，悬跨千尺，束马以渡。"杨慎初次见到这奇险景色，怎能不收摄诗中！他既写了"腾蛇游雾"似的瘴氛，又写了"孔雀饮江"的镜头，使烟雾渺渺江水为之清新，令人神往。又如《昆阳望海》：

> 昆明波涛南纪雄，金碧滉漾银河通。平吞万里象马国，直下千尺蛟龙宫。天外烟峦分点缀，云中海树入空蒙。乘槎破浪非吾事，已斩渔竿狎钓翁。

云南滇池自然是一个神奇的地方，犹如内地的一片海水一样。诗人以"平吞万里象马国"等四句诗展现滇池及其周围的神奇景色，犹如一幅金碧山水画。这样的山水诗境显然能开拓人们的眼界。

二是他能沉重地描写出长江上游和边疆云南山水诗的艰险情状。比如《崤关行》：

晨行崤关道，此道一何难。曾陵高不极，修坂回郁盘。季冬十二月，时节正严寒。马啼践霜雪，车辙带冈峦。凌澌正坚冱，河水无汍澜。通逵结冻溜，改径陟巘岏。四望少烟火，鸟路俯鸿磐。悲风号古木，响入玄云端。居人尽塞向，行者为槃跚。野狼啸昏侣，饥雁短晚翰。迢迢村郭远，行行未解鞍。凛凛岁方晏，去去程犹宽。劳歌以咏志，释此越乡叹。

诗人于严冬走过"崤关"，在这冰封雪锁的山水间，悲风怒号，野狼哀啸，诗人已无心欣赏景致，只留下酷寒险恶印象。他如"长歌行路难"的《出嘉陵江》，低吟"层冰深雪不可通"的《赤魀河行》都在这方面有出色的描绘。

三是他努力发掘长江上游和边疆云南山水的美，使读者获得丰富多样的美感享受，如《夜泊》：

夜泊中岩下，扁舟对万峰。一星高岸火，几杵上方钟。水落滩声急，云低雨意浓。何人吹铁笛，潭下恼鱼龙。

整首诗给人以心旷神怡的感觉，尤其有意思的是尾联，不知道什么人吹铁笛，使潭下的鱼龙都恼恨起来，这又从反面写出此地恬静清旷之美，不许有任何人事扰乱这意境。又如《自江川之澄江赠王钝庵廷表并柬董西泉云汉三首》，都是对边疆山水美的发现：

通海江川湖水清，与君连日镜中行。孤山一点冲烟小，何羡霞摽挂赤城。
澄江色似碧醍醐，万顷烟波际绿芜。只少楼台相掩映，天然图画胜西湖。
海螯江蟹四时供，水蓼山花月月江。自是人生不行乐，莼鲈何必羡江东。

这三首诗，以内地"赤城""西湖""江东"来作为陪衬，分别描绘边疆湖水之澄清、江色之碧绿、风物之丰饶，在诗人看来，"天然图画"之美，胜于人工参与的西湖。

四是他能以同情的笔墨描写生活在这些山水里的人民的困苦生活。比如《白崖》：

> 仆夫双牵缆，登岭如上滩。下坂亦何险，骏马如流丸。上下两艰阻，行路常苦艰。霖雨贯四时，阴箐不曾干。弱泥岂易蹑，弱枝岂易攀。暮投三家市，暂假一夕安。篁篱既穿漏，荆扉旦无完。东家采樵女，适遭猛虎餐。哭声起邻屋，行者为悲酸。

诗中描写长江上游峡深滩险之景，更表现生活在这种山水环境中的人民，不仅房屋破漏，行路艰难，而且以采樵为生，常被猛虎侵害，生命得不到保障。这些都激起了诗人的"悲酸"的感情。这一部分山水诗，是对宋代苏轼的《入峡》《巫山》《出峡》等诗歌的继承和发扬。

五是他能饶有兴味地描述生活在这些山水里的少数民族的民俗风情。如《嘉陵江》：

> 嘉陵江水向西流，乱石惊滩夜未休。岩畔苍藤悬日月，崖边瑶草记春秋。板居未变先秦俗，刳木犹疑太古舟。三十六程知近远，试凭高处望刀州。

诗人惊喜地发现，这里的人民仍保留着古朴的风俗。又如《龙关歌》：

> 双洱烟波似五津，渔灯点点水粼粼。月中对影遥传酒，树里闻歌不见人。

在诗人的笔下，少数民族青年男女在月光下、渔火边传酒对歌的情景多么优美迷人！其诗如《滇海曲十二首》《海口曲四首》都对少数民族的风俗人情作了富于诗情画意的表现。

六是为了更鲜明地表现长江上游和边疆云南的地方色彩，杨慎还认真学习吸收当地民间歌谣的思想艺术营养。他的一些山水诗就采取了民间歌谣的形式，如《竹枝词》：

> 神女峰前江水深，襄王此地几沉吟。萼花温玉朝朝态，翠壁丹枫

夜夜心。

这首诗以缥缈空灵之笔表现神女峰幽美的景色和神女的故事，吸收了四川民间竹枝词的形式与和谐的音韵，却又适应所写内容，选用典丽的辞藻与工稳的对仗。杨慎继唐代白居易、刘禹锡之后，对《竹枝词》作了成功的学习与创新。

杨慎因不得已的贬谪和流放长期生活在云南和四川，其心情当然不会平静，他在山水诗中常常抒发思亲怀乡、牢骚怨愤的情绪，如《宿金沙江》：

> 往年曾向嘉陵宿，驿楼东畔阑干曲。江声彻夜搅离愁，月色中天照幽独。岂意飘零瘴海头，嘉陵回首转悠悠。江声月色那堪说，肠断金沙万里楼。

此诗被沈德潜选入《明诗别裁集》。并评论道："才人远窜，千古恨事。读数诗，令人百端交集。"的确，诗人将昔日嘉陵江驿楼离别情景与现在飘零于瘴海头金沙江的痛苦对比映衬，江声月色之凄凉贯穿全篇，景物意象鲜明突出，感情真切深沉，二者水乳交融，使诗的意境曲折跌宕，凄婉动人，显示了诗人超诣的艺术才华和功力。

第三章　明后期山水诗

第一节　性灵派先驱诗人的山水诗创作

一　徐渭：神奇险怪的山水诗境

在公安派猛烈攻击前后七子复古主义之前，就有一些诗人对前后七子复古主义表示强烈的不满，徐渭就是一位。他的《叶子肃诗序》可以说是反对复古主义的宣言。因此，他的创作富于个性色彩。他的山水诗，就充满着神奇险怪的诗境，这与其怪诞的性格和好奇的审美情趣显然有着密切的联系。

徐渭（1521—1593），字文长（初字文清），别号田水月、天池道人、青藤道士等。山阴（今浙江绍兴）人。他自幼聪慧，读书广泛，但在二十岁成秀才后，屡应乡试皆不中。后应浙江总督胡宗宪的邀请，居其幕下为书记。胡宗宪因事下狱，徐渭忧愤成狂，自杀未遂。接着因杀继妻而下狱，全赖状元郎张元忭的奔走而获免罪。以后绝意功名，放情山水，典卖诗文书画为生，抑郁而终。徐渭自己认为："吾书第一，诗二，文三，画四。"他的全部文学创作收集在中华书局编纂的《徐渭集》中。

徐渭的山水诗，显然以神奇险怪的诗境最为引人注目，如《淆澹滩》：

> 黑鳌穴地出，噀沫从天下。春雪跌深潭，惊雷迸铁镈。回思身所经，险怪几日夜。老石万片焦，飞湍千里射。药叉窥绿渊，人命轻一诧。或似鼓太冶，青铜沸将泻。女娲撒余砾，顽查搅不化。念彼既怃然，值兹殊可讶。短桨起沉舟，凸字掀深窊。因之误丝发，长与世人

谢。浪怒一何愚,终古不得罢。有时搏阴飙,寒色惨朱夏。借言吕梁叟,何时咨闲暇。余虽愧达人,笑对成一吓。

前四句即以奇特怪诞的幻想,形容渲染涪澹滩的环境,字句精悍警动。接着回忆起他"险怪几日夜"的经历,描写了"飞湍千里射"的险急,浪花"或似鼓太冶"的沸腾,"短桨""掠深窊"的惊险,令人读来心惊胆寒。这种神奇险怪的诗境,徐渭创作了很多,如《自浦城进延平》《泛舟九四》《丙辰八月十七日,与萧甫侍师季长沙公,阅龛山战地,遂登冈背观潮》《十八日再观潮于党山》等都具有这样的风格特色。

徐渭写出如此多的神奇险怪的山水诗,并不是因为他经历了特别多的险山恶水,而是他的观察点和兴奋点往往集中在神奇险怪上。有时很平常的山水,他也能洞悉出他的"奇""险"来。如《发严州,舍舟登陆,纵步十五里,憩山麓丛榛,远眺江中怪石》:

乘舟坐无聊,遵途岸转杳。急流赴海驰,怪石横江倒。仰睇崟崎侧,惟见苍翠矫。覆莽映赭壁,枝弱不胜鸟。悬崖窄可步,聚缆密如筊。舟子勿前征,前路烟生草。

可以说将这里山水中的神奇险怪处全部发掘、凸显出来。又如《宿长春祠,夜半朱君扣榻,呼起视月,山缺处露钱塘仅一勺,而夜气瀚之》:

长春明月夜阑干,起视当眉尺五间。千里林光俱浸水,一杯江气亦浮山。似闻隔岫吹长笛,欲唤真官语大还。忽忆广寒清冷甚,有人孤佩响珊珊。

从诗中不难看出,他的观察点就在神奇险怪上,因而他能会心地捕捉到它。"千里林光俱侵水,一杯江气亦浮山"与诗的题目融为一体,构成了一个神奇险怪的有趣诗境。

当然,徐渭所以能创造出如此多的神奇险怪的山水诗,与其大胆丰富的想象力有着密切的关联。如下面两首诗:

天目高高八百寻,夜来一榻抱千岑。长萝片月何妨挂,削石寒潭几处深。芋子故烧残叶火,莲花卑视大江心。明朝欲借横空锡,飞度西山再一临。

——《登东天目宿宝珠上人房却赠上人》

中秋咫尺已蹉跎,更值中秋此地过。天上桂轮长苦满,人间酒盏莫嫌多。虹桥一散能追不,海镜孤飞奈堕何。最是虎丘此时节,清歌不住水微波。

——《泊阊门值闰月中秋》

前一首"夜来一榻抱千岑""长萝片月何妨挂",后一首"虹桥一散能追不,海镜孤飞奈堕何"的想象,真是奇特、新颖,这对徐渭创造神奇险怪诗境显然起着重大作用。

徐渭的神奇险怪的山水诗还有一个特点,就是它喜欢杂糅进一些神话传说、历史传说、民间传说,使山水诗境更为神奇诡谲、迷离扑朔。如《天目狮子岩》:

我昔闻真人,言修不死身。选地满天下,与鬼争青城。一岫插天目,宛尔怒狰狞。老释据其口,黄冠复来争。黄冠匪他人,云是真人孙。聃昙本上圣,高道超沉冥。说教虽异轨,俱以退让名。区区百尺铁,青江抹秋荣。龙女买色线,一夕绣可成。胡为两龙象,角吻同苍蝇。赋此觉嗤蛊,鉴之慎勿听。

这首诗,徐渭自注云:"岩是高峰禅处,相传尝为张真人所据,师争而有之。张道陵与魔争青城,事见其传。"这说明诗写了两件相争事。徐渭对释、道两家相争并不满意,认为"说教虽异轨,但以退让名"的两家为什么要"角吻同苍蝇"?诗人将这种神话的传说写进诗中,就增加了天目狮子岩的神奇性。类似这样诗很多,像《雨花台》《灵谷寺》《洞岩入鳖口,有石枰石桥及石池诸景》等都有这样的特点。

徐渭山水诗还有一个饶有兴味的现象,就是常常在游赏山水中夹进一些清苦生活的描写,表现其性格和情趣。如《燕子矶观音阁》:

青山如美人,楼观即奁妆。若无一片镜,妙丽苦不昌。兹石一何幸,值此江中央。上乘巨构支,下集帆与樯。朱碧得水鲜,凫雁拂波光。烟雾不见海,神去万里长。我与三友俱,兼以僮仆双。日西买市饭,半道谢驴缰。五口将十足,蹶然馁且僵。百钱成一游,安得甘旨尝。归来乏灯烛,微雨沾我裳。沽酒不成醉,颓然倒方床。犹梦立阁中,遥观大鱼翔。

诗人首先描写了犹如美人照镜的江山美景,令人如醉如痴。但观赏美景的诗人生活却很清贫,不但"百钱成一游,安得甘旨尝",而且"归来乏灯烛","沽酒不成醉"。尽管如此贫窘,还在梦中想象观音阁中的美丽。将自己的清贫生活夹于江山美景之中,对照描写,鲜明凸显了徐渭狂放不羁的性格和热爱山水的性情。

二 汤显祖:不拘一格的山水诗境

钱谦益《列朝诗集小传》说:"自王、李之兴,百有余岁,义仍当雾雾充塞之时,穿穴其间,力为解驳。归太仆之后,一人而已。"可见汤显祖也是反对前后七子复古主义的先驱之一。汤显祖的山水诗不拘一格,根据他的心情和构思,常采用不同的形式,有的是古奥的五古,有的是轻快的七绝,呈现出多彩多姿的风貌。

汤显祖(1550—1616),字义仍,号海若、若士、清远道人。临川(今属江西)人。他年少即有文名,十三岁已能为古文词,并遍读诸史百家。因他曾拒绝首辅张居正的延揽,从二十岁起他连续四次进京参加会试,皆落选。直到万历十一年(1583),即张居正去世的第二年,才以低名次考中进士。但他仍不愿受内阁大臣申时行、张四维的笼络,因而失去考选庶吉士的机会。次年,他被任命为南京太常寺博士,后升任南京礼部主事。在此期间,他上奏《论辅臣科臣疏》,抨击朝政,认为万历朝"前十年之政,张居正刚而有欲,以群私人嚣然坏之。后十年之政,时行柔而有欲,又以群私人靡然坏之",因而被贬谪为广东徐闻县典史,后改任为浙江遂昌知县。在任上颇有政绩,但又因不依附权贵而被议免官。从此他就回归乡里,未再出仕。他的全部创作都收在上海古籍出版社出版的《汤显祖集》里。

汤显祖的山水诗创作大致可分为四个阶段,第一阶段是作者未入仕之前,主要是描写家乡山水。这时,有的写得清新秀美,例如七律《许湾春泛至北津》:

芳皋驰荡晓春时，暮雨晴添五色芝。玉马层峦高似掌，金鸡一水秀如眉。轻花蝶影飘前路，嫩柳苔阴绿半池。好去长林嬉落照，莫言尘路可栖迟。

笔力轻松，语象清柔，意境优美，给人一种悦目畅心的审美享受。

由于汤显祖家乡是道教传播隆盛的地方，又由于汤显祖本人在祖父影响下年轻时对道教特别感兴趣，因而，其家乡山水往往以道教传说吸引着他，比如五古《登西门城楼望云华诸仙》：

窈窕泛金瑟，逶迤临白门。余慕青裙子，风尚宿弥敦。残峰标落日，照耀红泉奔。同人罢机对，且复咏兰樽。东王扬妙气，西府结金魂。寻师发伊洛，烟驾远相存。玄符方自此，密约采飞根。弟子各乘云，浮丘不可原。葱茏西北山，桂枝宁得援？恒栖薜荔人，披簪朝上元。而余乏双虬，短翼未飞翻。豫章出丹釜，羊角留清言。莲华紫玄洞，反景成朝暾。悢悢北帝文，检制复何论。生没黄埃中，黑业无朝昏。故是旧城门，但多新冢垣。怅然远心虑，罢醴归南轩。且挹朱源水，往复注龙辕。

笺校《汤显祖诗文集》的徐朔方先生认为："题目末一字疑为山字之误。"在我们看来，题目可能不误，因为汤显祖在诗中的确运用不少道教典故，描写了道教的传说，说明他有浓厚的道教情结。这首五古不避繁缛，竭力营造道教的神仙境界。

汤显祖的第二阶段的山水诗创作是在他为官南京时期。这时期他对道教的兴趣更浓。汤显祖在《寄傅太常》信中曾说："神乐观道书，多半弟手点摘。"由此可见他的志趣。所以，他在南京感兴趣的山水，往往是与道教相关的山水，比如《夜月太玄楼》《太玄楼留客》的太玄楼就在神乐观中。这二首七古以典雅著称。《夜月太玄楼》着重描写了夜景：

芙蕖花发出城游，江光云色映芳洲。下榻紫回金碧影，开灯还动紫华楼。楼前袅袅垂云幄，楼上嘈嘈奏天乐。何如邀佩戏层城，直似吹笙停半岳。轻风拂袖解人酲，急雨能添别院清。高兴明星一回首，琪树苍茫河汉声。

红荷紫楼，金碧月影，江光云色，加之笙声飘荡，结尾处又缀一笔琪树苍茫，河汉有声，真是令人神往的神仙世界。而《太玄楼留客》则全面勾勒出太玄楼的"仙家洞馆能清绝"的动人之处：

> 有亭不高良已清，开虚作牖傍层城。能通月色和烟色，可听风声杂雨声。紫阁流云应可掬，玄楼夜色回明烛。

同样写得声色俱美，可见其眷恋道观的程度，而南京其他许多可供游玩的山水，汤显祖却兴趣不大。

汤显祖山水诗创作的第三阶段是在贬官徐闻时期。他在贬谪的途中，刚开始心情很沮丧，遇到一些美景，往往流露出凄凉的感情，如《谪尉过钱塘，得姜守宴方太守诗，凄然成韵》即是一例。但随着时间的推移，他的心情也渐渐平稳下来，尤其是到了岭南境内，看到许多他从未见过的新山水，精神为之振奋，写了许多优美的山水诗。这里有似昌黎古奥的五古，如《宿浴日亭因出小浪望海》：

> 为郎傍星纪，江湖常久居。倏忽过南海，扁舟挂扶胥。隐隐岸门青，杳杳天池虚。培塎澹凌历，气脉流纡徐。潮回小洲渚，龙鳞勒沟渠。于中藏小舟，其外悬日车。云影苍梧来，咸池相卷舒。孟冬犹星河，淡月沾人裾。阴汤荡挥霍，精色隐跔蹰。濯足章丘余，沐发扶桑初。清辉临洢盘，若木鲜芙蕖。西顾连崦嵫，东眺极扶余。小浪亦莞尔，大波始愁予。吞舶自吞吐，楼橹成烟墟。飞金出荧火，明珠落鲸鱼。吾生非贾胡，万里握灵稰。俺霭罗浮外，传闻仙所庐。玉树如冬青，瑶枝若枅榈。阳乌不日浴，昼夜更扶奥。丹穴亦不炎，好风常相嘘。白水月之津，一饮饥渴除。徐闻汝仙尉，去此将焉如。

不难看出，汤显祖的心情已趋于平静，从"俺霭罗浮外，传闻仙所庐"的诗句看来，他对贬谪徐闻已安之若素。因此才有兴致精心雕琢字句，写出这首在古奥中见雄丽的长篇山水诗。这时期，他写得更多的是笔调活泼的五七绝：

落日从中挂，烟霏生暮寒。山含蒙濛驿，波泻月华滩。

——《子嵩滩》

五色纷何异，苍茫白石间。不见骑羊子，手持香穗还。

——《五羊驿》

秋光远送芙蓉驿，乱石还过打顿滩。独棹青灯红树里，露华高枕曲江寒。

——《韶阳夜泊》

盘陀石上暗飞霜，吹入香炉作道场。破衲睡来天镜晓，清辉五色在扶桑。

——《盘陀看日出》

贬谪徐闻，看来是坏事，但对诗家却是好事，可以说是大大拓展了汤显祖山水诗的诗境。诗歌形式也多样活泼了。

汤显祖山水诗创作的第四阶段是在他担任浙江遂昌知县时期。由于公务闲散，汤显祖游玩了遂昌以至浙江地区的许多山水，创作了大量的山水诗。这些山水诗，有些继续采用灵动活泼的七绝形式而表现艺术更为成熟，例如《石门泉》：

春虚寒雨石门泉，远似虹蜺近若烟。独洗苍苔注云壑，悬飞白鹤绕青田。

诗人变换不同的视角和感觉，连用奇想妙喻，把石门瀑布写得有声有色有气势，并表现出自己内心的孤傲寂寞之感。又如《黄塘庙》：

山空流火乱萤飘，池上风清酒气消。四顾沉林雨初歇，平昌令尹听吹箫。

面对着池上清风、林中飘萤，诗人悠闲自得的神情跃然纸上。除此之外，汤显祖这时期还写了不少清丽工整的七律，如《丽阳十忆》，一气就写了丽阳十处景观。其第一首《翠潭》、第三首《桃源》、第四首《竹屿》、第六首《钓矶》、第八首《响潊》、第十首《崎岩》都给人以优美的审美享受，显示出诗人在山水诗艺术方面的成熟。

第二节　公安派的山水诗创作

一　袁宗道的清新自然

公安派反对前后七子复古主义的开创者是袁宗道,正如钱谦益《列朝诗集小传》所说:"伯修在词垣,当王、李词章盛行之日,独与同馆黄昭素(辉),厌薄俗学,力排假借盗窃之失。于唐好香山,于宋好眉山,名其斋曰白苏,所以自别于时流也。其才或不逮二仲,而公安一派自伯修发之。"同时,袁宗道也开创了公安派清新自然的文学风格,其山水诗创作也是如此。

袁宗道(1560—1600),字伯修,号石浦,公安(今属湖北)人。他早有文名,弱冠即有文集。后因病滋生了神仙思想,遍阅养生家言。万历十四年(1586),会试第一,官翰林院编修。在京期间,渐受佛教影响,他"遍阅大慧、中峰诸录,得参求之诀。久之,稍有所豁,于是研精性命,不复谈长生事矣"(《公安县志·袁宗道传》)。但他同时又"复读孔孟书,乃知至宝乃在家内,何必向外寻求",并试图"以禅诠儒,使知两家合一之旨"。可见,儒、释、道三家思想对袁宗道均有影响。万历二十一年(1593),他解官归里。在归途中,与其弟袁宏道一起去麻城请教过李贽。万历二十五年(1597)八月复入北京,官右庶子,并为皇长子经筵讲官。万历二十八年(1600)病逝于北京。著有《白苏斋集》。

袁宗道的山水诗表现出清新自然的艺术风格,给人以较为平易亲切的审美感受,比如《雪后出长安门见西山甚近》:

> 雪后天街绝点尘,西山一秣白于银。云边磴道层层出,马首峰峦叠叠真。瑶岛分明连绛阙,玉龙夭矫贴青旻。却怜往岁曾游处,十里桃花覆角巾。

这首诗描写西山的雪景可谓历历分明,首先从静态表现"西山一秣白于银"的情状,然后驰骋想象,以动感表现西山雪景:"瑶岛分明连绛阙,玉龙夭矫贴青旻",上句说其广,下句说其高,分别用"瑶岛"与"玉龙"喻状,最后以"十里桃花"的春景与此时的雪景比较,全篇对仗工整、句意流畅,显得清切自然。又如《发遂平》:

> 遂亭城外少风尘，夏云千层山万层。一片云山不可辨，相错还成绮縠纹。

这首诗犹如一幅线条分明的中国写意山水画，千层夏云与万层山脉，相错交织，形成"绮縠纹"的美丽丝织品，同样运笔清新自然。

　　袁宗道山水诗之所以具有清新自然的风格，显然与其发抒的情感真率亲切有着密切的关系，如《信阳道中即事六首》就体现着这样的特点。其第三首写道：

> 山下无人踪，山上无鸟语。惟余一片云，见我来游此。

其感情没有一点扭捏作态，就是真率地说明这空荡荡的山间只有我一人来游此，天上的白云可以作证。这样的诗，真如行云流水，有清新自然之致。又如第四首：

> 云中忽吠鸣，岂是刘安宅。近看爨烟青，人家枕山脊。

这首诗发抒的感情有点小小的波澜，当诗人刚闻到"吠鸣"声，感到特别诧异，走近一看才恍然大悟，原来有人家住在山腰间。这样的感受自然是真率亲切。再如第六首：

> 桥上山崚崚，桥边石齿齿。差畅游人怀，奈伤驭者趾。

这首诗发抒的感情有点诙谐的成分。"山崚崚""石齿齿"的景观的确给人以心旷神怡的感受，但伤害了"驭者"的脚趾却不能不说是个遗憾，这种感情的发抒，也特别自然。由此可见，其发抒的感情真率亲切对形成他的诗风有着直接的影响。

　　袁宗道山水诗之所以形成清新自然的风格，还因为激发诗人的兴奋点和趣味点都比较单纯明了，如《青石桥》第二首：

> 凫青点水心，云白杜山口。借问山中人，还知此乐否？

一只青青的小凫点缀在水面的当中,片片的白云飘浮在山脉的开口,这样的美景很自然激发人们的兴趣,因而"还知此乐否"的诘问完全在意料之中。又如《三日行山中,山尽有感》:

> 眼底青山爱颇真,何妨日日对嶙峋。今朝卷幔无山色,惆怅还如别故人。

诗人那么真挚地热爱"眼底青山",三日的山间行给予他美好的享受。一旦眼底无了"山色",心情不免惆怅,好像是与"故人"相别一样。引发诗人兴奋的青山也只是略作点染,并不细描,将对青山的眷爱之情直抒而出,这样的诗风当然清新自然。

袁宗道山水诗之所以清新自然,与他运用朴素的诗歌语言也有关系。现举较长的五古《过黄河》为例:

> 飞盖霁色新,爽气来青嶂。行行见洪河,洪河流汤汤。津吏向我言,夜雨添新涨。一叶凌浩渺,沸波溅其上。鼓棹度中流,东西迷所向。雷车争砰鍧,雪屋互排荡。儿女色如土,老夫神犹王。自矢管公诚,岂忧蔡姬荡。篙师若有神,布帆遂无恙。三老顾何能,呵护赖神贶。腐儒一寸心,幸哉天吴谅。剌剌抚儿女,无庸太惆怅。宦海多风涛,绝胜洪河浪。

全篇基本上是白描,语言干净利落、朴素自然,没有古奥晦涩的词句,也无拖泥带水之感。这也是构成其清新自然诗风的重要因素。

袁宗道还有些题山水画的诗作,也可当作山水诗读。如《顾仲方画山水歌》第二首:

> 吾观仲方画,不从诸家入,亦复不从十指出。直是一片豪性侠气结为块垒,以酒浇之不能止。忽尔迸散落缣素,偶然浓淡分山水。吾不知溪山之貌仲方,仲方之貌溪山。无情有情含裹那可辨,复有袁生失足混其间。数日苦热,对公所作寒江流,百骸泼泼化潺湲。心魂清冷绝尘滓,恰逢投砾始惊还。却笑凡手抛掷胸中活山水,漫从死骨求筋髓。纵然逼真君家顾长康,抵掌虎头徒为尔。噫吁嘻!俗眼赏鉴皆

如此，不重真骨重形似。

这首诗在描山画水中表现出对艺术创作的哲理之思，可以分五个层次。首先，说明艺术创作要独创，也就是"不从诸家入"；其次，说明艺术创作必须是"豪性侠气"的真情迸发，也就是"亦复不从十指出"；再次，说明创作山水画要达到你中有我、我中有你那种"天人合一"的审美境界；从次，说明只有这种画才有强烈的艺术感染力；最后，从反面批评"漫从死骨求筋髓"那种模拟之作的没有出息。这些思想，都体现着公安派的敢于创新的文化精神。

总之，袁宗道山水诗在艺术独创性方面不及宏道和中道。他的清新自然风格主要来自对白居易、苏轼这一类型诗歌的学习与继承。其书斋曰"白苏"，可见他对白、苏二位前辈的尊崇。

二　袁宏道的趣谐横溢

袁宏道是公安派反对前后七子复古主义的主将。他不仅攻击的火力猛烈，而且有一个系统的以独抒性灵为核心的文学思想体系，他是一位既有胆又有识的文学革新主义者。袁宏道在《叙小修诗集》中评论其弟袁中道创作之所以成功，就在于："大都独抒性灵，不拘格套，非从自己胸臆流出，不肯下笔，有时情与境会，顷刻千言，如水东注，令人夺魄。其间有佳处亦有疵处，佳处自不必言，即疵处亦多本色独造语，然余则极喜其疵处。"这种只要是从自己胸臆流出的性灵之言的创作，即使是"疵处"也可爱的思想，的确大胆、新颖，在当时文坛引起强烈震动。也正是这种创作思想的指导，袁宏道的山水诗创作多情趣，富诙谐。

袁宏道（1568—1610），字中郎，号石公。公安（今属湖北）人。自幼就读书广泛，"知程墨之外大有书帙，科名之外大有学问"，十五六岁时所作的诗文，就"有声里中"，已显露出杰出的文学才华。曾师事于李贽，深得李的赞赏，认为其"胆力识力，皆迥绝于世"，乃"真英灵男子"。万历二十年（1592）考中进士。回乡后，与兄、弟朝夕聚首，以论学为乐。万历二十二年（1594），选为吴县令。在任上，"清额外之征凡巨万，吴民大悦"，饶有政绩。但他对县官生涯颇为厌倦，感慨"人间恶趣，令一身尝尽矣"。两年后解官而去，遍游江南名胜，西湖的孤山、西陵桥、飞来峰等地，皆留下诗人的足迹。游览后客居扬州。万历二十六年（1598），再次入京，授顺天教授，后补礼部仪制主事。此时与一些在京文人结社城西，名曰蒲桃社，经常切磋诗艺。万历二十八年（1600）八月，返回乡里选择了城南一片低洼地，筑堤种柳，题名柳浪湖。于是他就卜居于此。这期间，他除作过庐山、桃源之游外，基本上在这里过着较为悠闲的参禅吟诗的生活。万历三十四年（1606）又入京补仪曹主事。曹务清闲，曾编写过《公安县志》。不久又辞官归里。万历三十六年（1608）再次入京，先为吏部主事，后移考功员外郎。万历三十七年（1609），提拔为稽勋郎中，赴秦中主持典试。借此机会，漫游了华、嵩二山，奔赴笔端的西北山川风貌又与江南山水大不相同。万历三十八年（1610），事毕后请假归里。九月，病逝。他著述甚丰，有《敝箧集》《锦帆集》《解脱集》《广陵集》《瓶花斋集》《潇碧堂集》《破砚斋集》《华嵩游草》等，后均收入《袁中郎全集》里。

袁宏道山水诗的最大特点就是富有情趣，这是他提倡性灵诗、反对前后七子复古主义的最显著的标志。袁宏道富有情趣的山水诗的表现首先是他善于捕捉富有生机的景物，如《湖上》：

> 流莺舌倦语初歇，画峦微点梨花雪。茶叶白抽四五旗，竹孙斑裹两三节。芳草如绵陷归辙，花气熏人醒不得。落江雨过更愁人，六桥十里猩猩血。

整首诗写得艳丽、缠绵、喧闹，非常有生气，与其表现的江南旖旎风光和繁盛景象相适应，尤其以"猩猩血"的喻象写落红，表现的情趣可谓不同凡响。又如《盘山顶》：

> 摩天抽碧篆，俯不见鸟背。西日照塔轮，影落重边外。峨髻瘦仙人，玉冠苍水佩。貌古骨奇清，见者肃而拜。浮空日矙云，足底呈光怪。或聚或披丝，或舞或澎湃。千里听风铃，飞花落膻塞。一萍一青山，一点一人界。

盘山是北方山脉，袁宏道写得清丽一些，但同样富有生机。袁宏道在《游盘山记》曾说："盘顶如初抽笋，锐而规。"其诗首句"摩天抽碧篆"就将此特点生动而传神地表现出来。整首诗都是从动态角度来展现盘山风貌。从整体看，盘山变成了一个"貌古骨奇清"的瘦仙人，而山中白云，更是变化多端，总体来说是"浮空日㘣云，足底呈光怪"，具体来说是"或聚或披丝，或舞或澎湃"，可谓一派生气。由此可见，袁宏道富有情趣的山水诗并非虚无缥缈，而是建立在对客体山水中的生机、灵气、动态发掘与捕捉的基础上。

袁宏道富有情趣的山水诗善于袒露生动活泼的个人情感，并使情趣得以层层深化和拓展，如《柳浪馆》第二首：

> 一春博得几开颜，欲买湖居先买闲。鹤有累心犹被斥，梅无高韵也遭删。凿窗每欲当流水，咏物长如画远山。客雾屯烟青筺里，不知僧在那溪湾。

任何"有累心""无高韵"的东西都要荡涤干净，诗人生动活泼的情趣从中油然而生。又如《登啸台》：

> 青峰如面洗溪纹，石上鸾音久不闻。欲向先生供一匕，嵩山烟雨华山云。

这首诗末尾有一注："时予从华嵩来。"因而头二句写青峰和石上鸾音，已将热爱山水的活泼情感生动表现出来。"欲向先生供一匕，嵩山烟雨华山云"，结尾二句更使全诗情趣盎然。再如《湖上赠钱塘汤令四首》，表现生动活泼的个人感情更加具体化，因为钱塘汤令是一位山水环境的努力保护者——"著意怜花紧护持，不曾残杀一枝枝"，所以花神要感谢这位"廉明宰"，盼咐袁郎好好作诗，来颂扬这位坐在"白石滩头"的"使君"。热爱山水的"汤令"在袁宏道奔放的诗情中跃然纸上。

袁宏道富有情趣的山水诗又善于裸露他那自由潇洒的心境，使情趣得以升华。如果说，生动活泼的个人情感属于感性形态，是一种自然抒发；那么，自由潇洒的心境则属于理性形态，是诗人自觉的追求。如其《登华岳》第一首：

> 山苏亭上挂头巾，便作参云礼石人。流水有方能出世，名山如药可轻身。眼中华岳千寻壁，衣上咸阳一寸尘。逢着棋枰且休去，等闲

看换野花春。

诗人一到"山荪亭上",马上就挂上头巾,急于去做一个"参云礼石人"。"流水有方能出世,名山如药可轻身"使诗人获得一个自由潇洒的心境。最后选取"逢着棋枰且休去,等闲看换野花春"一个镜头,使自由心境形象化、具体化。又如《山居》:

> 山居只索任天真,无作无营自在身。青叶髻呼雏弟子,白莲湖老惰耕人。偶逢上座学观骨,免与东方难腐唇。一笑蒙城门下土,几归沧海几飞尘。

由于生活在大自然的怀抱中,因此"天真"的性情得以发泄,自由潇洒的心境也得以体现。所谓"雏弟子""惰耕人"就是这自由潇洒心境的外化,所谓"偶逢""免与""一笑",也是自由潇洒心境的具体表现。由此可见,诗人无论是游山,无论是山居,正因为他理性地追求自由潇洒的心态,因而产生了富有情趣的诗境。

袁宏道富有情趣的山水诗,还善于突出他个人的性格风貌,这使其情趣诗更富于个性化的色彩。如《千尺㠉至百尺峡》:

> 千仞云中缀一丝,势危那免堕枯枝。算来白石清泉死,差胜儿啼女唤时。

《华山记》曾记载着袁宏道游幢峡的危险情景:"壁不尽罅,时为悬道巨峦,折折相逼,若故为亘以尝者。横亘者缀腹倚绝厓行,足垂磴外,如面壁,如临渊,如属垣,撮心于粒,焉知鬼之不及夕也。长亘者搦其脊,匍匐进,危磴削立千余仞,广不盈背,左右顾皆绝壑,唯见深黑,吾形垒垒然如负瓮,自视甚赘。然微风至,摇摇欲落,第恐身之不如石矣。"但就在这危境中,袁宏道却豪迈地表示:"算来白石清泉死,差胜儿啼女唤时。"将其挚爱山水、不畏艰险的性格特征表现得何等鲜明。又如《苍龙岭》:

> 瑟瑟秋涛谷底鸣,扶摇风里一毛轻。半生始得惊人事,撒手苍龙

岭上行。

"苍龙岭上行"也是惊险之事,袁宏道《华山后记》有记载:"至苍龙岭,千仞一脊,仄仄如蜕龙之骨,四匝峰峦映带,秀不可状,游者至此,如以片板浮颠浪中,不复谋目矣。然其奇可直一死也。"表现出与上一首诗同样的性格风貌。通过以上三点论述,不难看出,袁宏道富有情趣的山水诗固然得之于他的客体山水的发掘和捕捉,但主要来源于主体方面,就是善于和勇于袒露自己的情感、心态和性格。如果说,以前许多山水诗人爱写无我之境,袁宏道的山水诗则爱写有我之境。诗人的自我形象在诗境中非常鲜明突出。

袁宏道之所以能写出如此多富有情趣的山水诗,不仅在于他热爱山水,更重要的是他能与山水的精神会通,恰如他在《叙陈正甫会心集》中所说:"世人所难得者唯趣。趣如山上之色,水中之味,花中之光,女中之态,虽善说者不能下一语,唯会心者知之。"袁宏道就是这样的"会心者"。他游红螺崦,很快就发现此崦变化的情趣所在:

> 从葫芦棚而上,磴始危,天始夹。从云会门而进,山始巧始纤,水始怒,卷石皆跃。至铁锁湾,险始酷。从湾至观音洞,仄而旋,奇始尽。山皆纯锷,划其中为二壁,行百余步,则日东西变;数十步,则岭背面变;数步则石态貌变矣。壁郭立而阴,故不树;瘦而态,故不肤,亦不顽。蛟龙之所洗涤,霜雪之所磨镂,不工而刻,其趣乃极。
> ——《游红螺崦记》

于是,他才能写出《初入红螺崦》的情趣山水诗:

> 凿天出古空,意匠穷刻露。赎取长吉魂,幻作鬼工赋。霜岩透斑锷,石骨竦清怒。历劫至于今,雕镂不曾住。无石不巧心,转眄殊态度。一种老健中,自发嫣媚趣。

这是诗人和石山精神交感会通的结果。

袁宏道的山水诗除了富情趣外,还多诙谐,这是一种智慧的表现,也是一种高姿态的轻松态度。如他的《香山》:

真人天眼更绝伦，翠色香山此语真。八十老僧牢记取，一时三遍语游人。

不断地喋喋不休地向游人宣传"翠色香山此语真"，其八十老僧的诙谐形象也就呼之欲出。如果说，八十老僧是现实中的形象，那么《严滩》塑造的则是历史中的诙谐形象，诗人在描写"溪深六七寻，山高四五里。纵有百尺钩，岂能到潭底"的严滩之后，在结尾写道："或言严本庄，蒙庄之后者。或言汉梅福，君之妻父也。"这完全是一种滑稽之谈，也使全诗充满着诙谐气氛。有时诗人为了使智慧的诙谐充分体现，运用一种大胆的想象，如《湖上别，同方子公赋》的第四首：

雷峰变为糟，西湖化为酒。藉花作美人，一歌了一口。三万六千回，一回三百斗。

这种想象和夸张显然运用诙谐笔法，却使全诗充满情趣。"诙谐"与"情趣"这二种美学品质在袁宏道的诗中其实是息息相通的。二者均源于"独抒性灵"。

当然，袁宏道的独抒性灵的山水诗也有不足之处。他自己就承认"余诗多刻露之病"。这是大实话。他的诗在艺术上锤炼不足，往往浅露率易，缺乏含蓄蕴藉之致，有时更失之油滑粗俗。

三　袁中道的善审美、多寄寓

袁中道是公安派的终结者。由于他去世较晚，能看到某些人效法公安派所产生的"为俚俗，为纤巧，为莽荡"的弊病，因此他反对那种"冲口而出，不复检点"的俚易之作，想以既重性灵又重格调的方法来纠正当时的偏向。尽管袁中道是公安派文学思想的修正者，但强调抒写性灵这一点并没有改变。正因为如此，他的山水诗也善审美，多寄寓。

袁中道（1570—1626），字小修，晚年号凫隐居士、柴紫居士等，公安（今属湖北）人。他同二位兄长一样，少年时就显露出文学的才能，十多岁写出的《黄山赋》《雪赋》，竟长达五千多言。和他二兄不同的是，他长期未能考中进士，壮年时候到处漫游，"泛舟西陵，走马塞上，穷览燕、赵、齐、鲁、吴、越之地，足迹几半天下"。直到万历四十四年

(1616）才考中进士，时年已四十七。先授徽州教授，历任国子监博士、南京礼部仪制司主事，后官至南京吏部郎中。不久，他请求退休，侨寓南京，钻研佛典，建石头庵。天启六年（1626）八月三十日去世。著有《珂雪斋集》。

由于他到处漫游，所以集中多山水诗。这些山水诗，善于审美，正如他自己在《珂雪斋前集自序》里所说，其诗多"模写山容水态之语"。例如《山中晓行》：

秀壁牵人往，途崎步转轻。初曦千叶影，浩露一山声。颇厌桃花俗，偏怜石骨清。风柯与谷鸟，相对话无生。

此诗突出了清丽的一面，首先映入眼帘的是"秀壁"，这秀壁使他的山行为之轻松愉快；接着展现的是山中既有"初曦千叶影"的色，又有"浩露一山声"的声，使清丽的山景更富有实感。置身在这样的境界中，诗人抑不住发抒主观情思，"颇厌桃花俗，偏怜石骨清"，表明诗人偏爱清丽而厌弃尘俗的审美情趣。最后，诗人推出一个特写镜头，更为完整烘染出清丽的意境，并使这意境带着禅意。如果说，《山中晓行》描写清丽，表现一个"行"的过程，那么《雪中望诸山》描写清丽，就集中在"望"的一刹那之间：

青莲花间白莲开，万簇千攒入眼来。别有销魂清艳处，水边雪里看红梅。

正当"青莲花"间杂"白莲花"盛开好似"万簇千攒"扑入眼帘的时候，他却发现一个更为销魂的"清艳"之处，这表明诗人很善于发现和捕捉自然美，他赋予"水边雪里看红梅"这一景观以浓浓的诗情和画意。

袁中道在到处游历中，积累了对山水审美的丰富经验，因此他善于精细地分辨出不同的美的类型，并用不同的笔墨将它们表现出来。与《山中晓行》《雪中望诸山》表现清丽不同，他描写岱宗、黄山就显示出雄伟的气魄。例如他的《登岱宗十首》的第一首：

岳势同云气，天然秀冶稀。冰狞添瀑韵，树蜕益山威。地轴孤峰尽，羲轮午夜辉。层棱骨理别，不必较芳菲。

写出了"瀑韵""山威"，也就显示出其雄伟气势。又第三首：

不远蓬玄路，攀跻莫厌劳。剪峰成蕊叶，插汉尽波涛。大海环三界，中原仅一毛。由来天下小，况复此山高。

将岱宗高耸入云的气派完全渲染出来，当然给人以"崇高"的审美感受。又如写水，袁中道写趵突泉就突出了它奇异的美：

按牒寻流枝几穿，鹊华原畔见灵渊。只疑伏地烹砂火，能作腾空沸雪泉。龙女捧珠同日月，天孙飞乳润山川。无端出没呈奇变，画手犹难吴道玄。

——《趵突泉，兼呈大中丞李梦白、直指毕东郊二先生四首》之一

用龙女捧珠、天孙飞乳形容趵突泉，显然突出它的"奇变"。而他写百泉水就突出它的清澈：

偏爱青岩下，潆洄湛碧波。峰峦添秀媚，花鸟倍灵和。藻鬣涵冰镜，石玑隔雾罗。近泉三百亩，到处玉山禾。

——《游百泉》其三

诗人着意表现百泉的澄碧、秀媚、灵和。善于描绘泉水的袁中道，还写了一首脍炙人口的《夜泉》：

山白鸟忽鸣，石冷霜欲结。流泉得月光，化为一溪雪。

这首小诗突出了夜泉幽静、洁白的特色，创造了一个新颖独到的审美境界。从以上比较不难看出，袁中道是一位审美意识十分强烈、审美感受极其敏锐细腻的山水诗人。

袁中道的山水诗多有象征寄托。有的山水诗寄寓着诗人对历史的无限感慨，如《邺城道中》第一首：

> 天网罗奇士，云台集胜游。才人千羽盖，鼓吏一岑牟。水咽铜驼月，风喧石马秋。南皮无俗韵，漳浦有清流。

这首诗是诗人袁中道万历三十八年（1610）入京应试落选后南归途中所作。邺城，为三国魏都城。在"水咽铜驼月，风喧石马秋"的景观中，诗人想起名流集会的情景，想起"鼓吏一岑牟"的祢衡，夸称祢衡是"南皮无俗韵，漳浦有清流"，流露出对他的深深同情、惋惜与怀念之情。又如《初至甘露夜坐》：

> 夜深绝顶也顺攀，水月相遭第一关。带雪寒流争赴海，横江薄雾不遮山。空门风物何辞澹，病后心情且是闲。颠史已归香国去，海天墨戏在人间。

甘露寺在镇江的北固山，北固山曾被梁武帝称为"天下第一江山"。诗人深夜游此，眺望带雪寒流、横江薄雾，不禁联想到北宋著名书画家米芾。斯人已逝，而他的"墨戏"，仿佛还在海天间展现。全篇借景寄慨，感慨无穷。

由于袁中道长期不第，因此他常在游山玩水中寄寓自己凄凉的身世之感。如《阻风登晴川阁，予两度游此，皆以不第归》：

> 苦向白头浪里行，青山也识旧书生。相逢谁胜黄江夏，不死差强祢正平。天外云山金口驿，雨中杨柳武昌城。汉滨父老今安在，只合依他隐姓名。

两度不第后游晴川阁，自然生发隐居自然山水的愿望。又如《赤壁二首》，第一首描写"浩浩长江接远空，帆飞犹自饱东风"的赤壁景致后，在第二首生发感慨：

> 半生寥落暗悲伤，百病相侵守一床。事业于今那敢问，只祈年寿胜周郎。

一种感叹半生寥落的凄苦之情奔进纸上。再如《风雨舟中示李谪星、崔晦之，时方下第》将这种情结渲染得更为强烈，其第二首写道：

> 云黑暮飞征，霜天惨不明。功名三见逐，事业百无成。永夜彷徨坐，前村恸哭声。尘沙多苦趣，第一是书生。

由于"红叶遮乡路"、困顿在秋风秋雨舟中，因此更加凄苦彷徨，竟认为尝尽人生苦趣的第一是书生，寄寓在山水行旅诗中的人生感慨，多么沉重！

总起来看，袁中道的山水诗虽不像袁宗道那样以清新自然为特色，也不如袁宏道那样趣谐横溢、个性鲜明，但似更显出才气，有韵味，而无浅俗浮滑之病，五绝小诗尤为出色，所以甚得后人的称赏。清人朱炎在《论诗》中云："欲向公安问诗派，小修差比白眉良。"（《笠亭诗集》）

第三节 追求幽深孤峭的竟陵派

一 识趣幽微的山水文学创作论

明代后期，与公安派同时稍后，在江汉平原上崛起了一个文学流派——竟陵派。这个流派的代表人物钟惺和谭元春都是沔阳州景陵县（今湖北天门）人。景陵在汉时称竟陵，此名自汉沿用至五代后晋时始被改为景陵，因而明末的人们仍称钟惺、谭元春为竟陵人，称他们所创诗文体为"竟陵体"，后来文学史家遂称他们为竟陵派。

钟惺、谭元春都很推崇袁中郎，他们继承了公安派独抒性灵、反对复古主义的文学主张，大力提倡开拓创新精神。同时，他们又针对公安派在反复古上流于俚俗肤浅、浮泛粗率的弊病，提出了一系列富于独创性的文学见解。在诗歌创作方面，他们首先强调"真诗"："真诗者，精神所为也。"（钟惺《诗归序》）"真可以开诗家气运。"（《唐诗归》卷二）"情辞到极真处，虽不深亦妙。"（《唐诗归》卷三三）"诗取性情真。"（钟惺《寄吴康虞》）"一情独往，万象俱开。"（谭元春《汪子戊巳诗序》）在此基础上，他们又强调："作诗者之意、兴、虑，无不代求其高。高者，取异于途径耳。"（钟惺《诗归序》）所谓"取异于途径"，就是主张走自己的道路。钟惺说："察其幽情单绪，孤行静寄于喧杂之，而乃以其虚怀定力，独往冥游于寥廓之外。"（《诗归序》）谭元春说："人有孤怀，有孤诣，其名必孤行于古今之间。"(《诗归序》)这就是要求诗人对于大自然和社会生活有不同流俗的独特感受和新鲜见解。为了纠正公安派末流的俚俗、浅率、平庸、雷同之病，他们还提出一种"深幽孤峭"（钱谦益《列朝诗集小传》评钟惺）的艺术风格。这种"深幽孤峭"的艺术风格，曾经遭到钱谦益和当时一些著名的正统文士、学者的攻击，讥为"如木客之清吟，如幽独君之冥语，如梦而入鼠穴，如幻而之鬼国"（钱谦益《列朝诗集小传》）。实际上，这种艺术风格的提出，正体现着竟陵派与晚明黑暗社会现实的对立情绪，也体现着他们表现自我、追寻精神纯净无瑕、迥出流俗的创新意识，集中反映了当时在政治上深受压抑而"有志不获骋"的中下层知识分子的思想苦闷和悲愤心情。

竟陵派针对公安派一味强调"趣"的偏颇，还提出了"厚"。钟惺说："冥心放怀，期在深厚。"（钟惺《诗归序》）谭元春说："用意深厚，有美有规。"（《唐诗归》卷一七）要求诗歌思想充实，内容丰富。钟惺说："诗至于厚而无余事矣。"（《与高孩之观察》）可见这是他们追求的诗歌最高境界。钟惺还辩证地论述了"厚"与"灵"的关系。他说："从古未有无灵心而能为诗者。厚出于灵，而灵者不即能厚。弟尝谓古人诗有两派难入手处：有如元气大化，声臭已绝，此以平而厚者也……有如高岩峻壑，岸壁无阶，此以险而厚者也……非不灵也，厚之极，灵不足以言之也。然必保此灵心，方可读书养气，以求其厚。"钟惺、谭元春还在一些序文中反复强调诗人应有"经世救世之才"，有丰富的生活积累和深厚的学识，还要有"困顿不偶"的"抑郁不平之气"与"感慨忧时之情"，才能写出内蕴深厚的好诗。可见，过去的一些文学史家说竟陵派的诗歌理论和创作"对现实淡漠""脱离现实生活内容"是偏颇不实的。此外，钟惺、谭元春还在其合著《诗归》的大量评语中，提出了许多诗歌美学标准，对诗歌艺术作了颇为精深细致的研究，取得了卓越的成就。钱锺书先生说："以作诗论，竟陵不如公安"；"然以说诗论，则钟、谭识趣幽微，非若中郎之叫嚣浅卤。"（《谈艺录》）评价是公允正确的。

钟惺、谭元春二人仕途失意，不满现实，内心苦闷，都酷爱旅游，到大自然的怀抱中寻求精神寄托。钟惺"所至名山川必游，游必足目渊渺，极升降萦缭之美。使巴蜀，历三峡；入东鲁，观日出；较闽土，陟武夷。东南之久客如家，吴越之一游忘返"（谭友夏《退谷先生墓志铭》）。谭元春曾夫子自道："予之好游山水也，其天资固然。"对郦道元的"读万卷书，行尽天下山水"的生涯非常神往（《刻水经注批点序》）。他一生除游览名山大川外，还游览了许多名不见经传的小山小水。钟惺、谭元春二人在漫游中不仅创作了数量丰富的山水诗文，还发表了自成体系的山水欣赏论和山水文学的创作观。他们认为，对山水美的欣赏能力的培养和提高，既依赖于读万卷书，更离不开行万里路。对山水的感性体验多了，就会产生一种"山山若遇"的感觉。谭元春还主张游览山水要选择典型，反对走马观花。他说："不至岳而山，不至洞庭而水"，就像"不读五经而先之以子史，无笃论，无正眼矣。""湖岳详而后他山水之美可以无溢，他山水之幽可以不劳而闻也。"又说："天下山水多矣，老子之身不足以了其半。而辄于耳目步履中得一石一湫，徘徊难去。入西山恍然，入雷山恍然，入洪山恍然，入九峰山恍然。何恍然之多耶？然则予胸中或本有一恍然以来，而山山若遇也。"（《题秋寻草》）这种"山山若遇"的亲切感与熟悉感，是山水审美不可缺少的，但山水审美又不能停留于此，还须进而领略山水之真趣。钟惺说："游山水人，要自具一副游山水心眼，方能领略山水真趣。不然，虽日与山水为缘，漠如也。"（《明诗归》卷六）又云："诗人凡于登眺，必胸中眼中深有领会，而后所题咏方有一段真至情景动人感慨。若胸无所得，眼无所触，而徒以字句凑补成诗，则不如不作。"（《明诗归》卷三）谭元春亦十分强调"领要"二字。他说："杜诗中频用'领要'二字。""必具此意，乃可以作山水间记。不然，到一处写数句，竟是路程本子矣。"（《唐诗归》卷二〇）他们在品评山水中，都很注意发现与领略此山此水之真趣。如谭元春云，"九峰之胜，其一在松，其一在茶，其一在笋"（《题退寻诗三十二章记》）；"西湖之美在里湖"，"苕霅之美在二漾"（《题湖霜草》）；"德山之游在竹，竹与木同为一山，山水与竹木同涵一碧"，"梁山之游在霜红，霜红之妙，乱苍翠而映黄紫，足目升降，失厥端倪"（《武陵三游诗引》）。钟惺、谭元春还指出，要领略山水真趣，不能巨细无遗，兼观并览，要有所舍方能有所得。因为"纵观费目，分观费心。参差观心目俱费。费必将有所遭"（谭元春《游玄岳记》）。而要领略山水的特色，五官和四肢应移步换形，不断地调整观察角度，不应只顾观览一隅。谭元春说："心在水声者，常失足。视在水声者，常失听。心视听俱在水声者常失山。"（谭元春《游玄岳记》）"善游岳者先望，善望岳者，逐步所移而望之。雨望于渌口，月望于山门"；"善辞岳者，亦逐步回首而望之"。他还有一个妙论，认为"凡山之妙，不在游而在住"，因为"游则客，住则主人。主人则安焉"（《题退寻诗三十二章记》）。他游山，少则住五六天，多则两三月，从不作走马观花之游。唯其如此，才能发现和感受到别人不曾见不曾感的山水绝妙之处。钟惺、谭元春为了发现新奇的山水境界，甚至在游览上也不肯雷同。彭士望说："昔谭友夏游泰山，钟伯敬即去南岳，不肯雷同，归各出其所见以相益。"（《树庐文钞》卷二）他们游览名山胜水，也每每避熟就生，如谭元春游武当山时，有感于"天下人咸来此山，如省所亲。足足相蹑，目目相因"，因此他要"更其足目，以幻吾心"，在选择上峰顶的道路时，不走一般游客所走的由磴道经三天门而达峰顶的走法，而走樵人野径。同行僧以谭未睹"三天门"为恨，他却说这样走"非避奇险，避其杂也。他日谈山中事，独不知三天门何在，亦奇矣"（《游玄岳记》）。再如白门玩水，他就嫌燕子矶太远、玄武湖、莫愁湖在城外只有静而没有闹，秦淮河又是随时都可去的地方，所以他别出心裁，于闹中取静，选中了乌龙潭。因为潭在城内，"举异即造，士女非实有事于其地者不至，故三患免焉"（《初游乌龙潭记》）。游览时间，一般人选春天，他却选秋天，说："秋天草木疏而不积，山川淡而不媚，结束凉而不燥。比之春，如舍佳人而侣高僧于绽衣洗钵也；比之夏，如辞贵游而侣韵士于清泉白石也；比之冬，又如耻孤寒而露英雄于夜雨疏灯也。天于此时新其位置，洗其烦秽，待游人之至。"（《秋寻草自序》）这都是为了别开蹊径，见人所未见，感人所未感。

钟惺、谭元春还认为，奇杰之士的遗风余韵和文人墨客歌咏山水的诗文，可以给山水之美添色增辉。钟惺说："山水者，有待而名胜者也。曰事，曰诗，曰文，之三者，山水之眼也。"他进而提出欣赏与创作山水文学的原则："要以吾与古人之精神俱化为山水之精神，使山水文字，不作两事，好之者，不作两人。"（《蜀中名胜记序》）钟氏所提出的这一人和山水融合无间精神俱化的主张，揭示了欣赏山水和创作山水诗文的最高境界，这也就是他在《岱游告成示康虞、茂之》诗中所说："灏气自然归一朴，虚怀随处见群灵。"

钟惺、谭元春极为重视实践经验在欣赏古人山水文学作品时的价值。如钟惺评王融《渌水曲》"风泉动华烛"句云："五字有一种幽灵之气，使人心神竦肃。尝深夜与友夏寻荆门蒙、惠二泉，想此语之妙。"（《古诗归》卷一三）谭元春评陈子昂《度峡口山》"丛石何纷纠，赤山复翕赩。远望多众容，逼之无异色"四句云："尝言远山作青色、碧色、水墨色，

驱车其上,直是一土堆石块耳。思其色所由诚不得,诵子昂诗知其同想。"(《唐诗归》卷二)

在关于山水文学创作的见解中,钟惺、谭元春也贯彻了"尚真"的基本观点。他们认为山水诗文要做到境真、情真、理真。所谓"境真",就是作品中所描写的景象,应"恰与其地风景酷似",能"使未至其地者,览诗而知其风土有差异,羡慕愿游,方不愧君子历览观风之意。若泛举山水通套以炫游草,则不如勿作"(《明诗归》卷六)。所谓"理真",即是要求作家对所写山水中蕴含的哲理要有准确把握。钟惺认为"洞壑诗不难于幽奇,而难于浑沦,须有一片理气行于其间"(《唐诗归》卷二七)。又云:"山水何尝无理?"并指出只有与自然冥契的人才能悟出山水的哲理。他在评杜甫《又观打鱼》诗时,赞赏杜甫胸中有"一段深心至理"(《唐诗归》卷二〇)。评卢纶《同吉中孚梦桃源》:"境、趣、理俱在内而皆指不出,妙至如此。"(《唐诗归》卷二六)强调山水诗中要表现出自然的与人生的哲理,既是对中国山水诗思想艺术传统的发扬,又是使山水诗摆脱当时浅率浮泛之弊的一剂良药。

钟惺、谭元春还深入一步地指出,理想的山水文学作品,必须做到"真"与"幻"的统一。钟惺在《唐诗归》中评杜甫的一些山水诗时,赞赏杜诗写景既能"奇险在目""佳境如画","以精切胜",又能"幻妙尽情""以灵幻胜"。所谓"幻",其内涵颇丰富,当是指诗人借助想象、幻想、移情、拟人、夸张、变形乃至炼字等艺术手法,对真实景物作诗意化的、传神的、离形得似的表现。钟惺、谭元春标出这一个"幻"字,正是为了纠公安派末流信笔涂抹、不重神韵的病症。他们还针对公安派末流的俚俗肤浅之病,为山水诗文的意境提出一个"幽"字。这个"幽"字,有时和"奇"字、"深"字、"冷"字相连带而言,指"幽奇""幽深""幽冷"之境。而要创造幽境,就必须细致观察,小处落笔。钟惺评韦应物《游开元精舍》诗之"绿阴生昼静,孤花表春余"句曰:"最深,最细,细极则幽。"评杜甫《秋风》诗"幽细有骨"(均见《唐诗归》)。针对复古派山水诗好为大言豪语、偏重音响声调气势的毛病,他说:"豪则泛,细则真。"(《唐诗归》卷四)但他们也并非一味地提倡幽细的诗境,对大而幽的诗境也很欣赏。他们比较杜甫《晨雨》诗中的"檐鹊晨光起""小雨晨光内"和《瀼西寒望》中的"水色含群动,朝光切太虚"两联,认为前者是"晓景之细而幽且幻者",后者是"晓景之大而幽且幻者"(《唐诗归》卷二一)。钟惺在评论刘禹锡《华山歌》等诗时说:"大山水,景事气象,俱少不得。然专写景事则纤,专写气象亦泛。"又说:"山水诗,语有极壮幻惊人,而不免为后人开一蹊径者,如'日月照其上,风雷走于内'等语是也。意以为不如'百音以繁会'、'遥光泛物色',虽无声迹可寻,而实境所触,偶然得之,移动不去,久而更新耳。"(《唐诗归》卷二八)他们对大景与小景,壮景与幽景,实景与虚景,景事与气象的看法,可谓陈义全面,识趣幽微。

要创造完整、浑融的山水诗意境,必须正确、辩证地处理好诗中景与情的关系。钟惺、谭元春在这方面也发表了许多精辟的见解。钟惺在《明诗归》中说:"诗妙无他,在得情得景耳。""景逼情生,情为景乱。""只写景了不及情,绝不言感,而读一过,字字是情,字字是感,始知诗之写景,正诗之言情言感也。""写景悠然处,正是写情悠然处。作诗而分情景两项者,浅人也。"他们在《古诗归》中评谢朓《游东田》"鱼戏新荷动,鸟散余花落":"说得花鸟相关有情。"评乐府民歌《西洲曲》"卷帘天自高,海水摇空绿":"情中境语。"评谢惠连《捣衣》:"此诗之拙,在景与情分为两截,不能作景中情语。"这些真知灼见,显然对后来王夫之《姜斋诗话》和王国维《人间词话》中关于诗词情与景的理论概括有很大的启示作用。

以上的简略介绍,已可见出竟陵派的代表人物钟惺、谭元春关于山水的欣赏和山水文学创作的理论相当全面、系统、丰富、深细。他们继苏轼以后,在这方面深入探讨、总结,取得了丰硕理论成果。他们是中国山水文学史上卓越的理论家。

二 钟惺:白描山水的幽峭、壮险、淡逸

钟惺(1574—1624),字伯敬,号退谷,又称止公居士,一曰晚知居士,临终受戒,自起法名断残。其父钟一贯,为秀才,曾任江苏武进县训导,人称训导公。生母冯氏,生钟惺兄弟五人,惺居长,立给伯父钟一理为嗣。他聪颖多资,体弱多病,自幼即刻苦攻读。万历十九年(1591),十八岁,补诸生,娶妻黄氏。困于诸生十二年,直到万历三十一年(1603)才乡试中试。次年十月,比他小十二岁的谭元春登门过访,二人由此缔交。随后,钟惺经历了嗣父母与生母之丧,尤其是唯一的爱子肆夏在十六

岁夭亡，更给了他沉重打击。他"狂走白门"，以排解忧闷。在南京，他结识了不少新朋友。次年秋，返回家乡，准备再次北上应试。万历三十八年（1610），三十七岁的钟惺中庚戌韩敬榜进士，授行人司，任职八年，其间出使四川、山东，典试贵州。在四十一二岁这两年与谭元春一起选评《诗归》。四十七岁在南京任礼部郎中时，在秦淮水阁闭门读书，著《史怀》十七卷。天启元年（1621）冬，升迁福建提学佥事，仅考校福州、延平、兴化三府后就丁父艰去职，随之即遭参劾。家居三年，研究佛经，直至病逝。

钟惺性格内向，素好静修，不苟言笑，中燠外冷，一生勤奋好学，潜心著述，不与世俗人来往，却喜奖掖后学，推挽才隽。他身处黑暗腐败的末世，面对国事衰颓、世态炎凉，他内心郁积着怀才不遇的愤懑，在无可奈何中仍坚持着狷洁清介的节操，超然物外，故其思想和人生态度深受佛家禅宗哲学的深刻影响。著有诗文集《隐秀轩集》等。

钟惺的山水诗数量既多，在艺术上也有鲜明的特色。他的一些吟咏自然景物的诗，运用象征寄托的手法借景抒怀，托物言志，例如《省鹤》诗借鹤的形象表达自己的"孤远"情怀与落落"秉尚"；《灵谷看梅》赞颂寒梅的幽香和素魄，曲折地抒写自己傲世脱俗的襟怀；《桃花涧古藤歌》歌咏古藤不附旁物自生为树，隐喻自己不依附权贵、不改初志、受命不迁的傲骨；而《红叶》诗中那在薄暮寒霜中火焰般的幽艳红叶，也正是诗人孤标傲世品格的象征。钟惺的山水诗中，也有类似咏物诗那样借助冷峻孤峭的象征性意象来抒写孤傲拔俗情怀的作品，例如下面两首写山的诗：

  一柱何其幻，分形应众岩。身经千正侧，峰只此巉岩。但自离金谷，皆能睹石函。居中人笏立，忽断鬼斤劙。山以浮而渡，樯如动欲搀。蜿蜒龙作缆，瞻顾屡回帆。

              ——《樯山》

  是峰瘦而特，名曰小孤宜。石笋何曾蒂，盆莲只一枝。禽鱼殊所视，形影共为疑。水与之周始，烟无可蔽亏。登焉堪四面，过者不多时。流峙相持处，舟航未敢迟。

              ——《小孤山》

比起咏物诗来，钟惺山水诗的象征意味更自然、含蓄，寄托在似有似无之间，从而也更耐人寻味。钟惺在《唐诗归》中评云："读王（维）、储（光羲）偶然作，见清士高人胸中似有一段垒块不平处，特寄托高远，意思深厚，人不能觉。"他自己的山水诗，也是努力追求这种"寄托高远，意思深厚，人不能觉"的思想艺术境界的。

钟惺在《简远堂近诗序》中说："诗，清物也。其体好逸，劳则否；其地喜净，秽则否；其境取幽，杂则否；其味宜澹，浓则否；其游止贵旷，拘则否。"这是以他自己的生活情趣来描状他的诗歌创作中所追求的理想境界。正因为他厌恶现实环境中的"秽"和"杂"，不甘受其拘束，所以他在山水诗中，有意创造出他所神往的逸静、幽旷的境界。请读《舟晚》：

> 舟栖频易处，水宿偶依岑。岸暝江逾远，天寒谷自深。隔墟烟似晓，近峡气先阴。初月难离雾，疏灯稍著林。渔樵昏后语，山水静中音。莫数归鸦翼，徒惊倦客心。

诗中的境界是朦胧迷离、凄寒幽旷的，流露出诗人对这种境界的神往、沉迷之情，但篇末又透露出诗人旅途中的倦怠、寂寞与悲凉之感。钟惺笔下的山水自然景象，往往在幽旷冷寂中蕴含着丰富复杂的情感，既反映出他的审美趣味，又带着时局和身世在他心中的阴影。《摄山归过灵谷》诗中的"涧回流水邃，野净夕阳宽"，《泛吴兴碧浪湖夹山草荡漾》诗中的"烟宽鸥失侣，天静雁留音"，所表现的也都是这种清冷、寂寥、幽旷的意境。

前面说过，钟惺认为山水中有哲理。他在诗中也喜欢追求一种有如"禅家妙悟"（《唐诗归》卷一一）的理趣、禅意。例如，在《飞云岩》诗中，诗人描绘了"石飞云或住，动定理难诘，草树过泉声，寻之莫可观"的奇异景色，并蕴含着对大自然动与定之理的深思。又如以下两诗：

> 洞岩但如此，今来较不同。泉石稍差次，遽觉心目通。峰气值残霁，往往变苍红。曲屈失故径，层深翻得穷。向者攀援处，乃在俯视中。安知所蹈历，其下非嵌空。何心见前源，径尽忽以逢。水木发秋籁，而非谷中风。悯默观因应，帆焉如发蒙。

——《经观音岩》

> 静者夜居高，睹闻自孤远。奇光被形神，所照皆如浣。草树与溪山，共此烟霜晚。立身仙掌上，接笋峰初偃。天月如逝波，悠然何时返？春浅夜复深，万象戎戎短。筼声起一隅，千山万山满。虚衷忆忘一，遭物偶兴感。
>
> ——《月宿天游观》

这两首诗都写幽寂之景，读之，不难感受到有一片理气流贯于字里行间。诗人的哲理思索都用疑问句出之，却不写出答案。这种由寂悟而生与自然冥合的哲理意境，尽管与诗人所标榜的"境、趣、理俱在内而皆指不出"仍有一些距离，但已值得再三咀嚼，反复寻味。

钟惺是一位具有敏锐、细腻的形象感受力和丰富的艺术欣赏经验的诗人，他对山水自然美的诗意的表现确有独到之处。他在许多山水诗中，用一支锋利的硬笔，着力刻画那些奇险壮美的山水景物的突出特征，使山水景物意象非常鲜明、显豁。如《西陵峡》：

> 过此即大江，峡亦终于此。前途岂不夷，未达一间耳。辟入大都城，而门不容轨。虎方错其牙，黄牛喘未已。舟进却湍中，如狼虿其尾。当其险夷交，跳伏正相踦。回首黄陵没，此身才出匦。不知何心魂，禁此七百里。梦者入铁围，醒犹忘在几。赖兹历奇奥，得悟垂堂理。

尖新奇警的比喻，跌宕跳脱的笔势，生硬奥涩的语言，十分契合诗人所要表现的西陵峡的壮险形势，使这首诗具有崇高美，有一种孤峰峻壑之气。又如《瞿塘》诗，诗人以岸与江的龃龉、江势的往还、峰峦的茹吐、两崖相争而终古相距，以及水石磨戛、无触而怒，立石如墙、中劈一缕等生动细节，把瞿塘峡的险恶渲染得有声有色，令人惊心动魄。

钟惺在《明诗归》中评一位诗人的《渔舟》时说："不用一山水、烟月、芦鸟等字，而渔家之情摹写逼真，洵白描高手。""白描"作为一种表现手法，在这里被钟惺明确地提了出来，很值得注意。钟惺本人也称得上白描高手。他不仅擅长运用刀劈斧削般的奇峭之笔写山水壮景，也善于以清新、自然、平易、流畅的语言，把各种不同的山水景色白描得非常生动逼真。例如他的七言律诗《江行俳体十二首》，是他将舟发鄂渚迄于金陵沿途所见所闻的自然风景和风俗人情融为一体的组诗。这卷山水、风俗画运用白描手法写景叙事，语言清畅，"体诨而响切，事杂而词整，气诙而法严"（《江行俳体十二首》序），堪称杰作。再看下面两首：

> 人语翠微闻启门，离离残露湿初暾。行经绝涧数花落，坐见半山孤鸟翻。月去寒潭林影换，云依闲砌草头温。与君莫厌频移榻，晨爽秋阴非一村。
>
> ——《碧云寺早起》
>
> 渔艇官舟晓泊同，蜀江愁雾不愁风。烟生野聚汀寒外，云满山城水气中。曲岸川回翻似尽，遥天峰没却如空。依稀往日丹枫路，稍见霜前远近红。
>
> ——《忠州雾泊》

二诗分别描绘金陵碧云寺和巴蜀忠州的山水风光，既有细致微妙的体察，又有总体的大笔勾勒；既有景物，又有气象，而诗人纯用白描，真是"恰与其地风景酷似"（《明诗归》卷六）的佳构。

当然，钟惺尤为擅长并最能显示其"幽深孤峭"风格的，是描写那种极幽极细的景色和境界。请读《秋晓》：

> 清秋但觉晓尤清，起趁空明绕砌行。在竹露沾星下影，出林鸦带夜来声。烟随历乱孤光去，人语稀微众动生。高枕倒衣皆此际，纷然喧静各为情。

诗中描写秋晓景色，竹叶的露珠上反射出残星的光影，惊飞出林的乌鸦带着嘶哑的嘎嘎声。诗人观察和描写的幽细，达到了惊人的程度。

钟惺亦擅绘画。恽南田《瓯香馆集》卷一二评其画："绝似宋、元人一派，笔致清逸，有云西天游之风。真能脱落町畦，超于象外。"因此，他的一些山水诗将画意画技融入诗中，创造出亦真亦画的独特境界，如：

> 山雨兼既暮，千峰化一云。谁知中历历，界画皆有纹。惜哉米高后，云山日纷纭。冥濛残沈外，远近未遑分。下马追所见，落笔欲云

云。稍近岩峦出，已复似朝曛。

——《武夷道中暮雨，几于无山而高低浓淡层层不乱，恨元章一派开后人藏拙之路，小憩山署，聊写其意》

更妙的是，他还有意识地把自己所喜爱的笔简意远、饶有神韵的文人画意和画技运用到山水诗的意境创造之中。他在《秋日舟中题胡彭举秋江卷》诗的序文中说，他于舟中阅读友人胡彭举的《秋江》图卷，特别赞赏其画中"于空青遥碧之间，隐见灭没，初不见水。觉纸上笔墨所不到处，无非水者，使人常作水想"。当"舟过三山"，见到"天末积水，残屿如烟""空蒙远净"的山水景色时，他便把画家这种计白当黑，以无为有的画技和空灵淡远的画意融入诗中，诗云：

澹远写秋江，秋意无起止。何曾见寸波，竟纸皆秋水。烟中过寒山，江净翻如纸。空色有无间，身在秋江里。

此诗写秋江，落笔空灵，一片神行，有含蓄不尽的余韵，正是文人画的逸品。而诗人竟把真山真水和画中山水融为一体，既是题画诗，又是写实境的山水诗，真是绝妙的创造。

三 谭元春：彩笔绘幽细之景

谭元春（1586—1637），字友夏，号鹄湾，别号蓑翁。自幼攻书，十六岁始学作诗，十九岁时与钟惺合著《诗归》，系统地提出了别具手眼的诗文理论，形成了以他们二人为代表的竟陵派。二十多岁时刊行《简远》《虎井》等诗集。他在三十岁以前颇热心于功名前途，但因屡试失利，逐渐心灰意懒，对八股考试抱着无所谓的态度，或故意交白卷，或在场卷中讥刺时政，直到四十二岁才中举，为第一名，人称谭解元。五十二岁赴京应试，病死逆旅。有《谭友夏合集》，存诗近900首、文150余篇。

谭元春的山水诗数量亦多，同钟惺一样，喜爱描写月景、雪景、雨景，诗境凄清幽冷，往往带着一种迷惘、朦胧、神秘的气氛，借以表现人生失意、洁身自好的幽情孤诣。如《月夜坐法相寺门》《过张文寺园看月》《月中舟趁刘子不觉遂至黄州》《青溪春雪引》《青溪寺雪中作》《京口雨过》《湘雨叹》《将到青溪同周汝瑾雨宿山家》等篇章，都不同程度地具有此种审美情趣。他的才力不及钟惺，诗中也缺少钟惺笔下那些壮美的境界，总的艺术成就逊于钟惺，但他在追求"深幽孤峭"风格方面比钟惺更热衷，也走得更远。试读以下两首：

> 明月涵南湖，湖中凫雁呼。霜气结乱声，能使明月孤。明月平湖水，水明光未已。奇寒欲作冰，冰成寒不止。
> ——《南湖十一月二十四夜月》
> 静人真可偕，高趣晚无逆。人家残涨后，初干沙纹迹。软步过秋草，寂寂林下宅。宅边如有径，谅为兹山辟。微茫犬吠巅，向下人声积。高处天地灵，长江动空碧。一灯磬杳然，岭为溪所隔。不必诣其所，惆怅亦有获。
> ——《夜次阳逻同夏平寻山》

诗境幽寂冷僻，令人凄神寒骨。特别是隔溪所见所闻的岭上佛灯及钟磬声，隐约渺茫，更把读者带入神秘的氛围之中。

钟惺在诗文中喜欢创造一种无人之境，谭元春却更多追求有人之境，而且往往把山水景物描绘和高人隐士的形象刻画结合起来。例如《清凉寺访谢少连》：

> 久雨丧春光，微曦勤跻攀。日偕二三子，寻幽千万端。朝因看山往，暮因穿竹还。稍窥竹外竹，忽睹山上山。中有枯寂人，著书岁月阑。叩户久不应，开门知春寒。榻设钟磬里，苔侵窗棂间。流莺语初滑，台峻飞未安。送迎心意懒，分手门旋关。

《逢终南老僧歌》《与李长蘅舟寓诗二首》《趁月早行》《吴圣初许以园林见借读书同茂之先往观之因题壁》《冬月可爱将赴伯敬招与孟和茂之彦先诸子赏焉》《夜泛》等篇章，都是把高人隐士和诗人自我形象置于幽静山水景色之中一起表现的作品。

钟惺的山水诗注重白描，善于用疏笔，着淡色，对山水景物略加勾勒，便呈现出生动、鲜明、富于立体感的形象来。相比之下，谭元春却更多用工细之笔，尤注重对山水景物的色彩与光影的表现，例如：

来兹已浃旬，一塔伴幽独。舍利放窗纱，倒影涵林木。我侣异常情，导以幽人躅。历历穿僧房，头与檐牙触。园穷窥伏石，筒质踞空谷。红旭乱峻壁，朱霞栖崖足。弱蘋覆小溪，碧波细细曲。

——《胡昌昱来永庆登塔，始言寺后有大赤石，寻之，则如台如坡，色红如染，旁土皆赤，下有清流环带，悔前此答康虞诗有"深林少一溪"之句，非昌昱失此石与水矣，作诗志愧》

夜夜潭光不尽然，即今流止已非前。云霞落水红生浪，草树依冈绿到天。遥散渔灯先照阁，未残荷叶尚留船。风凉月好俱朋侣，莫道良俦只坐边。

——《七月十二夜宋献孺招泛乌龙潭》

前首写塔影涵林、红旭朱霞、小溪碧波。后首写乌龙潭映着云霞的红浪，山冈上绿到青天的草树，闪烁明灭的渔灯潭光，色彩更浓丽，与其写乌龙潭的三篇游记同一机杼。谭元春同钟惺一样，五七言古近体兼擅，各体都有山水佳作。但钟惺仅有六言绝句山水诗《雨后滁州道中》一首，谭元春却有十来首，如《山还》其一、其二云：

青嶂秋江影倒，黄州夜渡声齐。潦余人住峰顶，送罢僧投涧西。
——《山还》其一

僮仆皆宜客里，形神尽在山中。孤庵坐处秋色，野艇移时晚风。
——《山还》其二

其七言绝句《舟闻》云：

杨柳不遮明月愁，尽将江色与轻舟。远钟渡水如将湿，来到耳边天已秋。

明月、江色、钟声相融合，构成了一幅秋夜泛舟图，寄托着诗人的闲情逸致。钟惺评此诗："大有巧思，却浑融不露，直逼盛唐。"（《明诗归》）钟惺主张诗歌要通体皆灵："选诗如相人，如取其眼耳之灵而手足各体皆为枯槁弃物，可乎？"（《钟伯敬先生遗稿·答袁未央》）谭元春不同意钟惺这一见解，主张朴与灵的统一，认为"朴者无味，灵者有痕。……必一句之灵,能回一篇之运;一篇之朴,能养一句之神,乃为善作"。又说:"予进而求诸灵异者十年,退而求诸朴者七八年,于所谓灵与朴者,终隔而不合。"(《题简远堂诗》)谭元春的山水散文,大多达到了灵与朴统一的境界,而他的诗达到这一境界的较少,《舟闻》一诗是灵与朴统一的佳作。

竟陵派的代表人物钟惺、谭元春以具有鲜明个性特色的诗笔,描绘出一幅幅奇山异水的动人图画。他们的山水诗风格幽深孤峭,在中国古代山水诗歌的发展史上独树一帜,占有重要地位。当然,他们对于山水诗艺术的探索并不都是成功的。钟惺曾说:"我辈文字到极无烟火处便是机锋。"(《答同年尹孔昭》)他们追求幽深孤峭,有时过分到了幽冷、枯寂的地步,反映出对现实的淡漠、消极情绪。因为要力矫公安末流的浅率、俚俗之失,他们在一些作品中不惜使用怪字、押险韵,造成佶屈聱牙,如谭元春的诗句"老僧仰天水,憩我山阿眼"(《泛召水至夹山漾回舟》),"鱼出声中立,花开影外穿"(《太和庵前坐泉》),确实给人似通非通的生涩怪诞之感。清人钱谦益在攻击钟惺诗时所说"以僻涩为幽峭"(《列朝诗集小传》),可以说击中要害。钱锺书先生《谈艺录》批评钟惺诗有"欲为简远,每成促窘"的毛病,也是中肯的①。

第四节 明末:"满目山川极望哀"

明清之际,是一个历史大动荡、社会大变动的时期。甲申(1644)三月,农民军攻克北京,明崇祯帝自杀。接着是清兵入关,李自成战败,建立不久的大顺政权迅速瓦解。清兵南下时,江南各地义师纷纷兴起,许多爱国志士奋勇参加抗清斗争。先后以身殉国的黄道周、陈子龙、夏完淳、瞿式耜、张煌言等爱国诗人,创作了大量忧心国家人民安危、表现崇高民族气节的慷慨悲歌,以自然山水为描写对象的山水诗数量不多。这些山水诗也大都浸透了诗人痛心祖国河山被外敌践踏、蹂躏的深沉愤激,也有极少数从审美角度咏唱雄山秀水的作品。其中,成就最大的是陈子龙和夏完淳。

---

① 本节参阅喻学才《钟潭的山水文学理论》[载竟陵派文学研究会编《竟陵派与晚明文学革新思潮》(武汉大学出版社1987年版)和张国光等编《竟陵派文学研究论集》,中国社会科学出版社1990年版)]。

一　陈子龙：沉雄瑰丽的山水诗

陈子龙（1608—1647），字卧子，一字懋中，又字人中，号轶符，晚号大樽，松江府华亭县（今上海松江）人。崇祯十年（1637）进士，初仕绍兴推官，官至兵科给事中。甲申六月，事福王于南都，连上谏疏，为权奸所嫉，乞终养去。清兵攻占南京后，他在家乡起兵抗清，失败后又联络太湖义军举事，事败被俘。于明永历元年（清顺治四年，1647）五月十三日在被械送途中赴水殉国。清乾隆间诏褒明末殉节诸臣，谥忠裕。

陈子龙才学富健，尤长于诗。崇祯初，他参加以张溥、张采为首的复社，又与夏允彝、徐孚远等结为几社，与复社相呼应。他认为诗贵沉壮，又须神明。早期诗歌曾受前后七子影响，倾向复古，多摹拟古人之作。崇祯年间的作品多关心边事时政、民生疾苦。亡国以后，更多忧愤国事、抒写抗清复明壮志之作。吴伟业《梅村诗话》称他的诗"高华雄深，睥睨一世"，后来又有人誉其为"明诗殿军"。嘉庆间王昶刻《陈忠裕公全集》行世。集中收诗近1800首，其中山水诗约300首。

陈子龙擅长七言歌行和七律，其中不乏登临山川的题材，然而诗中写山川景色的笔墨较少，多是怀古咏史、寄寓沧桑之感、兴亡之恨。七言歌行出入盛唐诸家，兼李白、杜甫、高适、岑参、李颀之风轨，亦受到中唐李贺的影响。朱笠亭说："七言古诗杜诗出以沉郁，故善为顿挫；李诗出以飘逸，故善为纵横。卧子兼而有之，其章法意境似杜，其色泽才气似李。"（《明诗钞》）这个评价准确。请读陈子龙的七古山水诗《清明登越州门楼》：

> 高楼四望春风晓，落花已满江南道。黛色横天照白云，碧川绕郭连芳草。芳草湖分屏障中，千岩倒映金芙蓉。尽日红妆明镜里，几处青山忆谢公。

从诗中所抒写的闲情逸致和纯审美态度来看，此诗当是陈子龙于崇祯十三年至十四年（1640—1641）任绍兴推官时作。此时，他的七古诗歌尚未形成沉雄悲壮风格，摹拟唐人仍显痕迹。诗中"黛色横天""金芙蓉""红妆明镜""青山忆谢公"等意象，分明是从杜甫的《古柏行》、李白的《登庐山五老峰》《庐山谣》《秋登宣城谢朓北楼》等诗中化出。

再看《仲冬十二日，湖上方暖，夜二鼓，呼小艇，循两堤，并南山，环湖而归，抵岸则鸡三唱矣，同游者为彭燕又、张幼青诸君》：

> 吴天冬夜无风烟，寒湖千顷月可怜。群峰黯霭眉黛老，一泓睡醒明镜前。山馆沉沉遥暗碧，呼艇乘流竟安适。衮窕空蒙恣所如，清光白露凭虚客。四坐无言酒不辞，灯移岸转穿云石。已惊凫雁起寒洲，岂有鱼龙动深宅。此时沺潋月正明，长庚舒芒云汉横。高林灯火南屏寺，戍楼鼓角钱塘城。夜久天深静莫测，星辰历落随人行。花港柳堤皆寂寞，水远山长动魂魄。鄂君湖上影融融，帝女湘中飞绰绰。二客酣歌如有神，烛龙已驾排银阁。城乌咿喔栖寒枝，人生哀乐各有期。何年不见越溪女，携手西陵明月时。

此诗描写与复社同仁张峥、彭宾冬夜游杭州西湖的情景，抒发人生哀乐之感，当作于更早的天启五年（1625）。诗中表现月下西湖景色，清旷空蒙，静中有动，秀丽如画。诗人又运用瑰丽奇幻的想象和比喻等手法，把群峰比为美人深黛色的眉毛，把月光照耀的西湖比作一面明镜，又想象镜中荡漾着峰影，犹如美人睡醒，在镜前搔首弄姿。诗中还由西湖联想到湘水女神在飞舞，人面龙身的烛龙已驾临排银阁上，白昼即将来临。全篇富于浪漫的奇姿壮采，有飞动之势，英爽之气；章法严整，句法骈散结合，韵脚平仄交错，是意象美与音乐美结合的佳作。

我们再看晚期作的七古《九日虎丘大风雨》：

> 吴阊门西风雨秋，泽鹚沙雁鸣河洲。黑云夜卷亭皋木，片片飞过鸳鸯楼。野夫吞声揽衣袂，惊雷掣电无时休。忆昔良辰日潇洒，青翰之舟赭白马。季伦宾客多英豪，谢家儿郎本妖冶。迎将西曲茉莉女，共醉东邻杨柳下。酒酣据地歌未央，繁英锦石金风凉。红树萧萧鸟归急，青天漠漠神飞扬。揭来朝市无遗迹，万事苍茫动魂魄。昔日金闺彦，半作泉台客。而我独何为，伤心对朝夕。曜灵流光不相照，霜飞鬼哭乌头白。君不见龙山置酒桓宣武，参佐风流映千古。又不见宋公秉钺真奇才，横槊赋诗戏马台。江左英雄安在哉，彭城南郡生蒿莱。呜呜觱篥坎坎鼓，胡雏啸风浑脱舞。黄昏骑马醉射生，有客相看泪如雨。

此诗作于隆武二年（1646），当时陈子龙策划的松江起义与太湖起义相继失败，苏、松、杭、嘉一带全部沦陷，战友沈犹龙、夏允彝等人或战死或自杀。诗人内心中充满了悲愤。诗中所写的虎丘急风大雨、黑云夜卷、惊雷掣电，正是当时险恶形势的象征，又是诗人悲怆心境的折射。但山水景色的描绘只是全诗发兴，诗中主要篇幅是忆昔慨今、怀古咏史，用昔日的富贵繁华反衬今日的衰败荒凉，以古代的英雄豪杰激发"江左英雄安在哉"的迸血长叹。诗人在艰难困苦中坚持斗争的精神洋溢纸上。诗写得沉雄悲壮、淋漓酣畅。陈子龙晚年所写以登临山川名胜为题材的七古诗，多数是这种借景抒怀寄慨的作品。

如果说陈子龙的七古仍有取藻于六朝、"四杰"，出入于李、杜、昌谷的痕迹，并且有铺叙华缛、时杂粗豪的毛病，那么他的七律就显得成熟、深厚，有独创性。朱笠亭《明诗钞》评云："卧子七言律，秀绝寰区。乃其天姿清妙，故落墨高华，非翡翠兰苕可比。"王士禛更赞扬其七言律"沉雄瑰丽，近代作者未见其比"（《香祖笔记》）。陈子龙早期写了一些属于审美型的七律山水诗，如《同祁世培侍御泛镜湖》云："越溪千折绕山流，黛色横分晓荡舟。五月阴晴天漠漠，一川风露草悠悠。鸣榔空翠烟中市，卷幔轻红水上楼。十二云鬟飞不定，独留明镜照人愁。"此诗想象瑰丽，词采优美，对仗工整，境界开阔，确有"天姿清妙""落墨高华"的特色，但意蕴尚未深厚，尚未显示出作者独特的艺术个性。我们再看作于崇祯十四年（1641）绍兴推官任上的《钱塘东望有感》：

　　清溪东下大江回，立马层崖极望哀。晓日四明霞气重，春潮三浙浪云开。禹陵风雨思王会，越国山川出霸才。依旧谢公携伎处，红泉碧树待人来。

当时明室内忧外患，正处于风雨飘摇之际。诗人立马东望，想起禹会诸侯、越灭强吴的故事，对照当下国势，不禁哀从中来。但眼底旭日早霞、春湖云浪、红泉碧树迎人的美景，又激发起对祖国山川的热爱、欣悦感情。这首山水诗仍然是属于审美型的，但已在颈联插入了怀古咏史的内容，增加了诗的思想感情的深度。钱锺书先生《谈艺录》评此联"比类人地，为撑拄开阖"，是很精当的。

陈子龙晚期创作了不少七律体的感怀组诗，多是直抒孤愤，沉雄悲壮。其中也有极少数篇章主要描绘山川景色，寓忧国伤时之情于景中，典型的例子是《秋日杂感（客吴中作十首）》之一：

> 满目山川极望哀，周原禾黍重徘徊。丹枫锦树三秋雨，白雁黄云万里来。夜雨荆榛连茂苑，夕阳麋鹿下胥台。振衣独上要离墓，痛哭新亭一举杯。

此诗约作于南明唐王隆武二年（1646），时南京弘光政权覆亡，作者抗清兵败，避居吴中，面对惨遭蹂躏的山川，诗人怀念故国，无限悲怆。诗中表达了他不甘屈服、谋求恢复的坚定信念以及力单势孤的哀痛。诗中写景，虚实结合，有兴象又有喻象。一联色彩艳丽，一联凄凉暗淡，形成了鲜明对照。这种雄丽顿挫、酣畅淋漓、蕴含丰厚的风格显示出诗人思想艺术已趋成熟。这些组诗明显地学习借鉴了杜甫晚年所写的七律组诗《咏怀古迹》《秋兴八首》等作品，摆脱了摹拟，而得其神韵。

陈子龙的五言律诗总的成就不如七律和七古，但在五言律诗中，审美型的山水诗所占比例最大，使我们能够充分地领略到他诗意地再现山水自然美的艺术功力，并且充分地感受到他热爱祖国壮丽河山的情怀。请看：

> 幽径人间近，微行适晚情。红泉明夜壑，碧树隐春城。铁凤荒祠古，金凫暮草平。又当游女散，玉佩迥无声。
> ——《暮春月夜游虎丘寺》其一

《明诗综》引朱云子语，说陈子龙"五律清婉"，此诗即是清婉之作。再看：

> 孤舟投暝色，倚槛薄寒生。古木昏云气，微香入暮情。繁星摇极浦，斜汉转严城。纵饮不能寐，秋风北雁声。
> ——《夜泊鹿城》
>
> 平楚微茫尽，繁云黯淡愁。川光浮树杪，山雨逼帘钩。白鸟孤烟暮，丹枫万井秋。神州空极目，萧瑟赋《登楼》。
> ——《登辰维阁》

二诗所写景象不同，但情调是萧瑟、悲凉的。又如：

秋水下龙门，黄河九曲浑。西来浮日月，南徙划乾坤。群燕盘涡掠，千帆折溜奔。茫然思禹迹，何处是昆仑？

扬舲浊浪起，挂席晚风多。气压清淮水，沙横沧浪波。秋阴沉大野，落日荡长河。繁吹生遥夜，中流发棹歌。

——《秋归涉黄河》其一、其二

写黄河秋日景色，气象境界开阔壮丽。这些五律山水诗语言精练，格律严整，意脉自然灵动，尤其是描状景物意态的动词，诸如"昏""入""摇""转""浮""逼""划""压""横""沉""荡"，提炼得极生动、传神、有力度，显示出诗人才大思健、驾驭诗歌语言的高超艺术造诣。陈子龙在勤劳国事、戎马倥偬之际奔走四方，用五律形式创作了不少描绘各地山川景色、民俗风情以及历史遗迹的诗，如《浦口观潮》《舟发金陵宿仪真》《宿迁》《雨后发下邳》《将至峄县》《兖州》《汶上》《东平》等诗，都能在四十个字中准确地捕捉住当地的突出特征，使人读之恍若身临其境，例如：

烟火传深谷，何年聚邑成。悬崖开小市，垒石置疑城。草木云中见，溪山雨后明。仙都青霭断，回首欲忘情。

——《缙云》

策马溪流驶，篮舆小径通。乱泉穿石底，飞瀑挂云中。纂纂枣垂雨，离离苗向风。问途荷筱子，掉臂入墙东。

——《过酥溪水深不可涉从间道至上流十里渡》

寥寥几笔，已状难写之景如在目前。没有敏锐的观察力和准确的艺术表现力，是不可能创作出这么多各具风情的山水写生画的。

陈子龙的七绝山水诗，构思精巧，意象清丽，想象瑰奇，风流旖旎，含蓄蕴藉，如：

独起凭栏对晓风，满溪春水小桥东。始知昨夜红楼梦，身在桃花万树中。

——《春日早起二首》其一

愁心渺渺冻云开，柔橹轻桡独夜回。凫雁满湖寒不起，碧天明月有人来。

——《仲冬之望泛月西湖得三绝句》其一

陈子龙曾在诗中说："神姿出尘自潇洒，笔底空蒙见雄阔。"（《题杨龙友仿襄阳云山卷歌》）"颇厌人间枯槁句，裁云剪月画三秋。"（《遇桐城方密之于湖上归复相访赠之》）又在自撰年谱中云："予时为文，颇尚玮丽丽横决。"他以300首具有浓厚时代气息、闪耀着爱国思想和民族气节的光辉、以雄丽悲壮为主调而又多彩多姿的山水诗实践了他的创作主张，结束了明三百年之诗局，而与开一代风气之高启先后辉映。他是明代最后一个大诗人，也是明代山水诗一大家。

二 夏完淳：由拟古到创新的山水诗

夏完淳（1631—1647），原名复，字存古，别号小隐、灵首，松江华亭（今上海松江）人。其父夏允彝、其师陈子龙皆抗清志士。完淳自幼聪慧，有"神童"之誉。五、六岁即能诗文。十五岁就随同父亲与老师起兵抗清。其父兵败殉国后，又与师陈子龙起兵太湖，尽以家产饷军，鲁王授中书舍人。子龙战败，夏完淳去太湖吴易军为参谋。吴易败，他仍为抗清而奔走。清顺治四年（1647）六、七月间在松江（一说浙江嘉善）被捕，并押解到南京。完淳痛斥审讯官汉奸洪承畴，愿杀身报国，不肯投降。终被害，年仅十七岁。有《南冠草》等传世。今有白坚《夏完淳集笺校》。

夏完淳的诗，今存304首，其中山水诗约有70首。他的诗歌创作，可以崇祯十七年（1644）为界，划分前后。前期所作，大多是摹拟汉、魏六朝古诗，不仅拟其诗体、诗风，而且拟其情事，直为代古人吟咏，有些写得酷肖而乱真。这些"假古董"式的作品没有多少思想艺术价值，但完淳却借以培养锻炼了诗歌创作的基本功。早期也有一些描写亲情、友谊、抒怀、纪游之作，写实景、记实事、抒真情，初步显示出这位早慧诗人和少年英杰的超卓胸襟、抱负与才情。福建《长乐县志》记载他九岁时所作的诗两首。其一为四言古诗《首石山永丰寺》，前二章云：

嵯峨首石，岩势峥嵘。洲岛回合，圻岸奔惊。清池碧涧，飞溜纵横。灵神发响，思皇以征。

> 赫赫炎炎，旱魃为殃。上帝不平，司失厥常。圭璧既卒，皮币既亡。饥馑将臻，元元用伤。

此诗由写景物联系天气干旱，埋怨苍天，并为百姓饥馑而担忧，可见诗人幼年便关心民生疾苦。写景的三联，语言生动精练，化用谢灵运的山水诗句颇为自然。其二为五言古诗《题五贤祠》，诗云：

> 安昌千嶂合，绵亘复嵯峨。高峰隐云际，日照涧生波。驾言往东隅，祠宇倚山阿。清池映绿草，峭阁响鸣珂。肃肃瞻遗像，徘徊起啸歌。巍兹五君子，讲学潜幽坡。依师被逸逐，亮节不改初。苾芬永怀报，济济士民和。山川自今古，大道长不磨。

此诗描写五贤祠环境景色，表现诗人在儿童时代就对先贤深深仰慕崇敬。形式上虽有摹拟痕迹，但写景状物与叙事抒情真实自然，不事雕饰。崇祯十五年（1642），完淳十三岁时，他的政治见解和文学才能愈益显露。写于这年冬天他随父亲自福建长乐任所回原籍松江途中的《自浦城入越》，是一首长达四十五韵九十句的五古长篇山水行旅诗，诗中描写旅途上所见所闻的山水景物，从云雾弥漫、鬼啼虎啸写到阳光璀璨、群山如锦，从荒凉古寺又写到村野桑麦，继而写山中急雨、流泉飞瀑，再写在寒岭上所见的云海奇观，最后写攀登仙霞岭的艰险。诗中状景，有白描，有彩绘，有比喻，有夸张，忽静忽动，绘声绘色，观察准确，描绘细致，想象丰富，语言精练，都令人惊叹。全诗押仄声险韵，一韵到底，因难见巧，也颇见功力。

夏完淳的后期诗歌创作，主要内容是表现抗清复国心志，抒写兴亡之恨、山河之泪，歌颂英烈，哀悼师友等，充溢着慷慨悲壮的爱国精神和民族气节。其中写于1647年七月被捕至九月就义的《南冠草》，表现了诗人义无反顾地为国献身的大无畏气魄，更是血泪交融、情文兼至的杰作。千百年后，还使人读之震悼，闻之饮泣。这时期的诗歌，已经摆脱了拟古的写法，纯属自家本色，真情至性，洋溢于字里行间。其中的山水登临之作，有极少数是属于审美型的，如：

> 连天芳草青，极浦独扬舲。归雁舟前落，愁人梦里听。花光明晓

雾，波影乱春星。欲访灵威穴，孤帆入洞庭。

——《宝带桥二首》其二

鹫岭岩峣谷水阴，昆山迢递快登临。始知灵运寻山意，犹是昙摩泛海心。古寺松声清磬远，寒潭雁影碧云深。青丝天棘风流在，如见当年祇树林。

——《题昆山水月殿》

诗中或抒旅中愁绪，或写登临快感，但主要表现山水景色之美，语言精练，风格清丽或清幽。诗人这时已纯熟自如地借景抒情，融情入景，创造出浑整的意境。更多的山水诗，则在写景中或隐或显地表现了诗人的沧桑之感、兴亡之恨、复国之志。请看：

不系扁舟久，登临泪满缨。暮云山外断，春水月中平。蔓草云间戍，轻烟海上城。佳期空冉冉，迟暮若为情。

——《晚眺有忆》

暮雨洒空林，黄鹂自好音。未申归国意，徒有报君心。战伐青山在，风尘白发侵。曲江如有意，仿佛翠微岑。

——《重过曹溪》

两诗皆为乙酉国难后作。前一首字面上似写漂泊中悬念远人，盼望佳音，却寄寓着对福州的南明抗清政权的向往、期望之情。诗境气象寥廓而又寓意深隐。后一首于颔联直抒空怀忠君爱国之心，欲奔赴福州投效隆武帝而尚未实现，风格清新明朗。两诗意蕴有曲直之别，但都属对工切，语言凝练又自然流丽。

完淳后期那些浸透了国破家亡之恨的山水诗作，还有七古、七绝等，多运用比兴象征手法，意境深婉，耐人咀嚼寻味。先看七古《过横云山》：

东郊桃李飞如雪，春风荡漾江花发。翠阁红楼水一方，黄鹂紫燕春三月。犹想烟花昔日游，谁知罗绮今年歇。披衣露下月欲斜，肠断枝头杜鹃血。

横云山在松江华亭西北，为松江九峰之一。诗作于清顺治三年（1646）

三月。全篇写横云山上的烂漫春色，并借宴游兴替寄寓兴亡之恨，词采华美夺目，富于想象，闪耀出瑰奇的浪漫色彩，正是他的七古诗歌的鲜明特色。篇末所写的那只肠断枝头的啼血杜鹃，正是为抗清复国大业呕心沥血的诗人自我形象的化身，沉痛而感人。七绝佳作如《绝句四首》其二：

> 扁舟明月两峰间，千顷芦花人未还。缥缈苍茫不可接，白云空翠洞庭山。

此诗通篇描写月夜太湖的空蒙缥缈景色，寄托着诗人对黄道周的怀念。黄道周是完淳之父夏允彝和陈子龙的老师，是完淳向往崇敬的抗清前辈。诗情渗透在景色画面之中，含而不露，可谓兴象玲珑之作。

夏完淳被捕押解南京途中和在南京狱中作的诗，也有借山水景物抒发以身殉国的壮烈情怀的，如下面两诗：

> 万里河山拱旧京，楚囚西去泪如倾。斜风衰柳丹阳郭，细雨孤帆白下城。残梦忽惊三殿报，新愁翻觉一身轻。从军未遂平生志，遗恨千秋愧请缨。
>
> ——《由丹阳入京》
>
> 城上钟山色，松杉落翠微。朝光群鸟散，暝色二龙飞。璧月沉银海，金风剪玉衣。孤臣瞻拜近，泉路奉恩辉。
>
> ——《御用监被鞠拜瞻孝陵恭纪》

前首实写途经丹阳所见之斜风衰柳、细雨孤帆之景，后首写狱中所见钟山与明孝陵景色，多用象征笔法。情景交融，造成深远的意境，诗人为国献身的耿耿丹心、铮铮铁骨跃然纸上。这是少年英烈用生命谱写的壮美史诗。与宋末文天祥的《过零丁洋》《金陵驿》等诗前后映照，都是喷薄着爱国激情的山水诗绝唱。

限于年龄和经历，夏完淳的诗歌包括山水诗，在思想感情的力度和深度、艺术功力都逊于陈子龙，但其诗的悲壮激昂之气，清新开朗之风，瑰奇浪漫之色，亦足以睥睨一代，辉耀千秋，屹立于古今爱国诗人之林，在山水诗史上亦占一席地位。

三 张煌言：气兼刚柔的山水诗

张煌言（1620—1664），字玄箸，号苍水，鄞州（今属浙江）人。崇祯十五年（1642）举人。明亡后，于弘光元年（1645）与钱肃乐、董志宁等在宁波起兵抗清，他到台州迎鲁王朱以海监国于绍兴，官至权兵部尚书，据守浙东沿海。后与郑成功并肩作战，并与荆襄李自成义军余部十三家军联系共同抗清。他曾率军到芜湖，攻下四府、三州、二十四县。终因郑成功病故，桂王、鲁王相继死亡，恢复无望，乃于清康熙三年（1664）解散义师，隐居南田悬岙岛（今浙江象山南），伺机再起。不久，被叛徒出卖，慷慨就义于杭州。

张煌言与陈子龙、夏完淳一样，不仅是忠勇的英雄，也是杰出的诗人。他在坚持抗清斗争十九年中，创作了大量反映抗清复明战斗生活、抒发忧国爱民之情的诗歌，堪称诗史。但他的诗散佚甚多，今存由作者亲手编集的《奇零草》和《采薇吟》共400多首，其中山水诗有50多首。

在张煌言的山水诗中，有一些是他统率义军在长江大海中英勇进军时的歌唱，例如：

> 敕水鞭潮势自雄，此身原不畏蛟龙。明朝鹢首还东指，禁得谁抟万里风。
>
> ——《舟行阻风口号二首》其二

> 长江如练绕南垂，古树平沙天堑奇。六代山川愁锁钥，十年父老见旌旗。阵寒虎落黄云净，帆映虹梁赤日移。夹岸壶浆相笑语，将毋傒后怨王师。
>
> ——《师次圌山》

> 横江楼橹自雄飞，霜伏云麾尽国威。夹岸火轮排叠阵，中流铁锁斗重围。战余落日鲛人窟，春到长风燕子矶。指点兴亡倍感慨，当年此地是王畿。
>
> ——《师次燕子矶》

清顺治十六年（1659）六月，张煌言与郑成功合师北伐，他于六月二十八日率水师一支直逼南京燕子矶，声势浩大，大江南北，纷纷响应。以上三首诗，当为进军途中所赋。诗或直抒胸臆，或借景寄慨，格调豪迈，意境雄壮，表现出诗人大无畏的英雄气概。从山水诗的角度看，也是题材新颖的杰作。

张煌言也写了一些审美型的山水诗，或抒写在抗清斗争间隙中游览山水的勃勃兴致，或表现他晚年隐居海岛上的复杂心境。各体都有佳作，显示出诗人才气横溢，对自然山水美有独到的观察和表现。先看七律《春江花月夜值微雨限韵》：

> 春光何处不迷离，江月江花带雨时。玉晕浮波千万里，檀痕浸水两三枝。人行濠濮清辉湿，天入沧浪翠霭奇。若使扁舟乘夜去，暗香疏影更相宜。

八句诗，展现了一个微雨中春江花月夜的奇丽迷离境界，令人神往。再看七绝《溪行二首》其二：

> 小立寒林意独醒，清泉石窦自泠泠。拨云更望前溪去，树底飞来一片青。

诗作于顺治四年（1647）舟山岛上。诗人沿着岛上的山泉漫步。寒林、清泉、石窦中的泠泠水声，已使诗人耳目身心怡悦。而从树底奔腾而来的前溪，使诗人仿佛感到一片青葱飞掠而来。一条平常的山溪，被诗人写得如此有声有色、飞动活泼，从而透露出诗人对祖国锦绣河山的深挚感情。再看五绝《山居即景四首》其四：

> 朝光来窥床，树影缀罗帐。推枕一摩挲，天然淡墨幛。

此诗描写悬岙岛山居的晨景。晨曦射进窗户，被诗人视为"来窥床"，树影落在罗帐上，诗人觉得它们宛若人工缝缀，而在推枕、摩挲之后，诗人惊喜地发现这缀着树影的罗帐，犹似一幅天然而奇妙的淡墨画幛。诗虽短小，却富有景趣与情趣。

第六编

古典山水诗的集大成

绪　　言

　　中国山水诗于唐、宋高峰之后，经元、明低谷，于清代又得以复兴，出现新的创作高峰，并成为中国山水诗集大成时期。

　　清代山水诗主要成就之一，是山水题材范围的空前广阔，山水意象的空前丰富，在中国山水诗史上开拓出许多前所未有的新意境。清代山水诗全面地展开了神州东西南北中的千山万水，多侧面地表现了华夏民族赖以生存与发展的自然空间壮美与优美的神韵，洋溢着乡里之情与国土之爱。无论是前人一再吟咏的中原名山胜水，还是前人足迹罕至的边陲奇景，都被清代诗人"笼天地于形内，挫万物于笔端"（陆机《文赋》）。如唐宋诗中常见的长江、黄河、五岳、西湖、洞庭等山水风光仍获清诗人的青睐，被反复吟唱，但又表现出新的体验、新的构思、新的情境；而历代诗中罕见乃至阙如的边陲塞外奇异景观亦大量出现，其范围北至白山黑水，南至天涯海角，西北至天山戈壁，西南至洱海灵山，甚至西藏高原、台岛风情，皆被纳入诗人们的视野，打开了人们的眼界。

　　清代山水诗题材范围的扩展自有其多方面的原因。首先，这与清帝国前期政治、军事、经济的强盛、发达分不开。如康熙年间，清王朝就已完成了平定"三藩之乱"，平息新疆噶尔丹叛乱、收复台湾、进兵西藏等一系列拓疆开边的武功，统一的清帝国版图十分辽阔，这无疑为诗人行万里路提供了天高地远的客观条件。其次，清朝初期战乱结束，进入康乾盛世，经济繁荣，交通发达，社会比较安定，亦为诗人四方游览创造了方便、安全的条件，尽可探奇览胜，寻找诗料。再次，从诗人方面来说，亦颇多出游观览祖国名山大川的机会。身在朝廷者得意时可扈驾出巡，奉命出使；失意时可能贬谪蛮荒，流放边陲；身为布衣者，则远方游学，或壮游天下；无论是主动还是被动、乐意还是无奈，客观上都可得江山之助；

而清代盛行文字狱，创作山水诗相对自由。这都促使诗人将所历所见的山水名胜形诸笔墨，化为艺术作品。

清代山水诗主要成就之二，是诗学观念多元化，诗歌流派纷呈迭出，使诗歌风格面貌空前丰富多彩。诗歌流派实质上是处理与唐宋诗的因革关系观点不同而形成的。以清代四大流派而言，王士禛的神韵派与沈德潜的格调派学唐诗，但前者学王、孟之冲淡，后者学杜甫之雄壮，山水诗风格自不同；翁方纲的肌理派学宋又重学问，山水诗亦受影响；袁枚的性灵派虽兼学唐宋，但重在独创，自然呈现新的风貌。此外，地域性的流派如浙派、桐城派、秀水派、虞山派、河朔派等，亦如春兰秋菊，各有一时之秀，使清代山水诗如百花园万紫千红。清代流派多有诗学理论为指导，有明确的美学追求，山水诗创作亦有反映。这一点与清代诗学理论亦是古典诗学的集大成时期相一致。

清代山水诗主要成就之三，是诗人数量巨大，名家大家众多。据徐世昌的清诗选本《晚晴簃诗汇》，收清代与近代诗人六千余家，其中清代诗人四千余家，比《全唐诗》两千余诗人还多出一倍，而这仅是难以数计的清诗人之一部分。在山水诗创作上取得卓著成就，并形成特色的山水诗人名家大家数目亦超过前代，如钱谦益及其黄山诗，吴梅村及其太湖诗，顾炎武及其华山诗，屈大均及其罗浮诗，王士禛及其山林诗，查慎行及其黔贵诗，厉鹗及其西湖诗，袁枚及其桂林诗，洪亮吉及其天山诗，黎简及其西江诗，宋湘及其滇中诗，等等，难以尽举。

要之，清代山水诗在题材、风格、数量等方面都进入了空前丰富多样的集大成的时期，不仅前无古人，亦可称后无来者，是中华民族一笔宝贵的文化遗产。

第一章　易代贰臣山水诗的社会政治性

甲申之变，明亡清兴。但明末诗人依然存在，只是名为清初诗人而已。清初山水诗实乃明末山水诗的延续，若探讨清初诗人山水诗的整体成就，自然不能舍弃诗人写于明末的作品。这是论述清初诗人创作的一个原则。由明入清的诗人一般按政治身份划为两类：即坚守民族气节、誓与新朝相抗的明遗民诗人，与丧失民族气节、主动或被迫入仕清朝的诗人。后一类以"江左三大家"钱谦益、吴梅村、龚鼎孳为代表。三人并称之目得于顾有孝、赵法选编三人之诗为《江左三大家诗钞》，盖三人皆江南人，身份亦相类也。但三人的思想、阅历与诗歌成就及影响并不相同，朱庭珍称"国初江左三大家，钱、吴、龚并称于世"，"然江左以牧斋为冠，梅村次之，芝麓非二家匹"（《筱园诗话》）。钱、吴作为吴中"二老"，在明末清初诗坛占有领袖地位，胡元薇所谓"牧斋明末已主东南坛坫，梅村亦风格振拔，如张曲江、陈子昂之在唐初"（《梦痕馆诗话》）。其山水诗成就亦然。

第一节　开清代山水诗风的钱谦益

一　钱谦益的政治思想与诗学观

钱谦益（1582—1664），字受之，号牧斋、蒙叟、东涧老人等，学者称虞山先生，江苏常熟人。明万历三十八年（1610）中进士，授翰林院编修，大半生在明朝度过。因名隶东林党而卷入党争，仕途上几起几落。明亡曾任南明福王弘光朝礼部尚书。清顺治二年（1645）豫亲王多铎南侵破金陵，钱谦益屈节迎降而北上，被命为礼部侍郎管秘书院事，充明史馆副总裁；但不到半年即托病乞归。觍颜事清使钱氏一失足而成千古恨，并为人訾议，亦属咎由自取。不过应该正视的是，钱氏晚年对降清之举确有忏悔之意，尝自责道："少窃虚誉，长尘华贯，荣进败名，艰危苟免。无一事可及生人，无一事可书册府。濒死不死，偷生得生……此天地间之不祥人。"（《与族弟君鸿论求免庆寿诗文书》）而且其思念故国之情与日俱增，"集中行文仍奉明朔，有弘光纪元而无顺治年号，内明外清，显触时忌"（姜殿扬《牧斋有学集跋》）。更重要的是，当"桂王立于粤中，瞿式耜为大学士，郑成功、张名振、张煌言舟师纵横海上，谦益皆与之通。成功尝执贽为弟子"（邓之诚《清诗纪事初编》卷三）。钱氏晚年积极参与其弟子郑、瞿等的抗清复明活动，是其悔过的具体行为，其忏悔思想亦是真实无饰的。以此为前提，才能正确认识与评价钱氏的诗学思想与诗歌创作。

钱谦益是一位诗论家，于诗标举"诗有本"说。所谓"本"是指诗以感情为主，并辅以学问。其《周元亮赖古堂合刻序》云：

> 古之为诗者有本焉：《国风》之好色，《小雅》之怨悱，《离骚》之疾痛叫呼，结轖于君臣、夫妇、朋友之间，而发作于身世偪侧、时命连蹇之会；梦而噩，病而吟，春歌而溺笑，皆是物也。故曰有本。

"有本"显然是指诗人在真切的生活感受的基础上所产生的各种悲欢感情，钱氏对感情的具体要求一是真诚，故曰："不诚无物，人之听之若春风之过马耳，其欲动天地、感鬼神，难矣！"（《佟怀东诗选序》）二是悲愤，如其所赞纪伯紫诗"涕洒文山，悲歌《正气》，非《西台》痛哭之遗恨乎？……杜陵之一饭不忘，渭南之家祭必告，殆无以加于此矣"（《题纪伯紫诗》）。这显然是指伤时忧国的民族感情。钱氏推崇悲愤之情为诗之本，乃其晚年的诗学思想，是其投身抗清民族感情复苏的反映。钱氏"诗有本"说还兼顾学问修养。他尝云："夫诗文之道萌拆于灵心，蛰启于世运，而苴长于学问，三者相随，如灯之有炷有油有火而焰发焉。"（《题杜苍略自评诗文》）"灵心"主要指感情，"世运"指社会生活，而"学问"的内涵大体有二：一是指深谙儒家之经史，以提高思想修养，并便于运用典实；二是指继承前人诗歌遗产以汲取其精华，为此他十分赞同杜甫"读书破万卷，下笔如有神"（《奉赠韦左丞丈二十二韵》）与"别裁伪体亲风雅，转益多师是汝师"（《戏为六绝句》）的观点，认为"得之者妙无二门"(《冯巳苍诗序》)。他又认为"学问者,性情之浮尹也""性情者,学问之精神也"(《尊拙斋诗集序》)。可见学问实为表现性情服务,毕竟"美者,美诗人之情也"(《王侍御遗诗赞》)。钱氏的"诗有本"说乃是针对明代前后七子摹拟盛唐与竟陵派幽深孤峭之弊而发,亦是对明代空疏不学之风的补救。他本人诗歌广采博取,兼学唐宋,瞿式耜所谓"以杜、韩为宗,而出入于香山、樊川、松陵,以追东坡、放翁、遗山诸家,才气横放,无所不有"(《牧斋先生初学集目录后序》),因此成为明末清初一大家,"才大学博,主持东南坛坫,为明清两代诗派之一关键"(徐世昌《晚晴簃诗汇》卷一九)。其诗作抒发真性情,表现独自的审美感受,为开创清代新诗风做出贡献。其中山水诗亦成绩卓著。

钱谦益创作于明代的诗收于《牧斋初学集》,入清之作收于《牧斋有学集》《投笔集》等。其山水诗见于前二集。钱氏诗以抒情为主,山水诗所占比例并不大,但却富有特色。而写于明末的山水诗与写于清初的山水诗,因为"灵心"与"世运"的不同,诗人的审美心境与诗歌的意象意境的迥异,而明显划分为两个阶段。

二 明末审美型山水诗

《初学集》的山水诗是钱谦益山水诗的主体,与《有学集》相比,不仅数量多,而且是比较纯粹的山水诗,属审美观照型。即诗人是把自然山水作为审美对象来观照、表现的,意在反映大自然的美,人对自然的感情,自然与人的和谐关系,创构出审美的境界。这样的山水诗要求诗人创作时能摆脱功利观,有审美的胸襟与态度。古来隐逸诗人之所以尤多山水诗作,与此密切相关。《初学集》山水诗写于明末,尚未发生天崩地坼的鼎革之变,这是其属于纯粹山水诗的大前提。但钱氏山水诗数量并不多,又有其个人遭际的原因。钱氏与东林党共命运,故随东林党势力的消长而沉浮,虽处明代而仕途多舛,起起落落,心绪郁闷之时多而心胸舒畅之日少。钱氏平日多写抒情诗以宣泄心中不平,只有当政治形势改善或遇到人生大喜之事时,才钟情自然,吟咏山水。

钱谦益万历三十八年(1610)中进士,当年即丁父忧归里,未及施展抱负。后因东林党魁孙丕扬、叶向高先后告退而受影响,竟乡居十年不得补官。泰昌元年(1620)光宗即位,终于召钱氏还朝。于北上进京途中,钱氏心中郁闷为之一扫,悠然自得,经镇江渡江写下五律《渡江二首》。

其二云：

> 山城如画里，一棹亦悠哉。铃塔晴相语，鱼龙静不隤。澄江千嶂见，秋水片帆开。约略金山寺，曾听粥鼓来。

邓汉仪评"虞山诗始而轻婉秀丽，晚年则进于典重深老"（《诗观初集》），此诗即属于早期"轻婉秀丽"之作。诗人采取渡江时回顾的角度写所观赏之景，每联基本上以江岸远景空间意象与江中近景空间意象相对照映衬；又以奇联写视觉意象，偶联写听觉意象，构成宁静深远的山水意境。诗人此时全身心地沉浸在对镇江秋日山水的审美欣赏状态中，感受着自然的生命力，心境平和悠然，蕴藉着仕途新生的喜悦。《渡江二首》可看出宋代大诗人苏东坡山水诗的影响。苏氏《游金山寺》末云："我谢江神岂得已，有田不归如江水。"流露出隐逸思想。钱氏此时正思进取，故同题另诗乃反其意云："何事眉山老，归期只问天？"苏东坡《大风留金山寺》有"塔上一铃独自语，明日颠风当断渡"之句，写的是孤寂情景；钱氏"铃塔晴相语"则显得温馨。这表明钱氏虽汲取宋诗精华而又有所创造，与明诗之拟古大不相同。当然，其中亦可见钱氏诗之"学问"。

钱谦益入京后，补编修原官，曾"陪祀定陵"，"慕谒长陵"，游览西山、碧云寺、香山寺等风景名胜，心情开朗，兴致浓郁，写下几首描写北京地区风光的诗，如《西山道中二首》《碧云寺》《香山寺》等，写出北国山川的疏朗雄丽。如《西山道中二首》其二前两联云："望里青山开复遮，数峰缺处有人家。沟渠流出垣墙水，篱落飘来禁苑花。"前联视野开阔，大景中有小景；后联虚实结合，小景中寓大景；西山风光亦折射出帝都气象。《香山寺》其一云：

> 千峰匼匝更分明，涧复冈回一径清。天远夕阳连海色，山空晚院聚钟声。云从石磴中间出，月向香台下界生。万叠烟峦栏槛外，不知何处与身平。

此诗采用视角转换的方法，使香山寺具有立体感。首联俯视，将香山寺置于"千峰匼匝""涧复冈回"之壮阔而幽深的环境中；颔联仰视，以"天远夕阳"、"山空"钟声作陪衬；颈联近观，云出石磴，月下香台，显出香山寺的静穆神秘；尾联远望，则暗示人与自然的融合。诗写寺而全诗不着一"寺"字，纯然以寺外之山水烘托之，意境因而壮阔深远，而寺亦隐约可见。诗除首句点化罗虬《比红儿》"匼匝千山与万水"之句外，基本上采用白描手法，此亦钱氏诗的一种风貌。

钱谦益运交华盖。他入京当年八月典试浙江，因党争宿怨遭人攻讦，次年冬以疾告归。至天启四年（1624）再赴召，次年又被魏氏阉党陷害，削籍遣归。天启七年（1627）熹宗死，八月思宗即位，铲除阉党，政治形势大变，钱谦益终于看到东山再起的希望，很是扬眉吐气。崇祯元年（1628）正月乃有游览苏州西山赏梅的雅兴，并留下《正月十四日与邵僧弥看梅西山繇横塘抵光福》《夜步虎山桥》《元夕阻雨泊舟光福》《十六日冒雨游玄墓》《十七日早晴过熨斗柄，登茶山，历西碛、弹山，抵铜坑，还憩众香庵》《西山看梅归舟即事示僧弥四首》等古近体纪游山水诗十余首，以清丽之笔写尽江南早春清新秀美的风情。如五律《夜步虎山桥》专写西山月夜之景，极尽清幽之致：

信步寻溪桥，村犬吠林杪。月色淡自佳，山行误亦好。暮峰敛余黛，早梅散轻缟。定知今宵梦，空蒙入幽讨。

诗人于月色迷蒙的春夜，信步走过虎山桥，听山上林梢传来几声犬吠，更觉月夜之清净，望青山已模糊，一树树梅花却似白色丝绸悬浮在半空，显得奇妙迷人，诗人一路陶醉，连迷路亦觉得有趣，甚至愿在今宵梦中继续徜徉于虎山桥之月夜。可见诗人此时已忘却尘世间的争斗与荣辱，纯粹是以审美的态度来欣赏虎山桥畔之月景，仿佛身心亦融于月夜中。诗风仍"轻婉秀丽"，叙事柔婉，描写秀丽，文辞淡雅，颔联、尾联似宋诗之议论，但极富情韵，从而构成江南早春月夜空灵优美的意境。诗人多年烦躁的心灵在此变得平静，得到休憩。

钱谦益此行意在探梅，光福"香雪海"梅花不啻人间仙境。钱氏于多首诗中写到梅花。五古《十七日早晴过熨斗柄，登茶山，历西碛、弹山，抵铜坑，还憩众香庵》写早晴时的梅花。诗人于梅一往情深，故先将梅花喻为"绰约处姑射"之美人，她所生长的"好宫宅"是"吴山环西南，其山秀而嶂，郁盘起玄墓，迤逦属西碛"，秀峰环立；其间又有"回环具区水，粘天浸寒碧"，环境清幽洁净；她更得到天地灵气之滋养："空蒙滋霜根，浩渺荡月魂。湖山畜气韵，烟雾发芳泽。"有这样的好山好水才孕育出"迥出凡梅格"之"西山梅"。正因为西山梅如此非凡，才引发诗人探奇寻花的兴趣：

> 我来早春时，发兴蜡双屐。探奇忘晴雨，寻花越阡陌。茫茫梅花海，上有花雾积。不知何处香，但见四山白。篮舆度花杪，登顿旋已易。恍忽如梦境，愕眙眩游迹。纵览乘朝暾，留连坐日夕。残阳挂烟树，横斜似初月。清游难省记，胜情易追惜。还恐梅花神，茫茫笑逋客。

如果说此诗前半首以静态写西山梅，那么后半首则以"寻花越阡陌"的动态角度描述；上半首重在实写，偏于客观描写，下半首重在虚写，偏于抒发主观情思：如写"发兴""探奇忘晴雨"之兴奋，"恍忽如梦境"之迷醉，要之乃写探梅之"胜情"，对自然美的生命之追求。但此诗并非咏物，实是借西山梅写西山之春景，写出苏州独具的地灵梅奇的江南神韵，写出自然本源的清净空明的本质，以及在诗心上的感应。

钱谦益《初学集》山水诗拔萃之作，或者说钱氏一生山水之作的巅峰，是黄山组诗二十四首。钱氏官场失意而情场得意。崇祯十三年（1640）十一月，千古奇女子柳如是访钱氏于半野堂，十二月二日迁入钱氏为之修筑的"我闻室"居住。二人相与守岁。次年正月，二人乃出游拂水山庄、苏州等地，于嘉兴暂时分别，等待六月正式结婚之大喜。辞别之后，钱氏先赴杭州，三月乃有黄山之游。钱氏以花甲之年即将迎娶惊才绝艳的二十余岁的柳氏，真乃"平生得意事"（范锴《华笑庼杂笔》）。以这种狂喜之激情游黄山，又见如此雄奇险怪的黄山奇景，不仅诗兴大发，极欲宣泄心中激情，诗风亦不再是浅吟低唱式的轻婉柔丽，而是引吭高歌式的雄浑豪放矣。黄山诗显示诗人山水诗风格的明显变化，地处安徽歙县、黟县、太平、旌德之间的黄山乃中华壮丽河山的精华，因而有"五岳归来不看山，黄山归来不看岳"之说。明以前诗人登黄山而吟咏者不多，"黄山游屐，晚明为盛，记游之诗，以牧斋为最工"（钱仲联《梦苕庵诗话》）。这组黄山诗，无论在题材的开拓、艺术的精湛，还是规模的宏大上，都是很值得重视的。

黄山组诗前十八首，基本是记述游程，边走边看：三月七日发潜口，逾石磴岭；后又浴汤池，宿桃花庵，观天都峰瀑布；初九日登老人峰，憩文殊庵；初十日又到一线天，下百步云梯，经莲华峰，憩天海，登信始峰，回望石笋矼，登炼丹台；十一日由天都峰趾经莲华峰抵汤口；十二日由桃花庵出发，出汤口经芳村回到潨口。当然，在纪行的同时尽情地描绘了黄山的奇妙风光。后六首乃选取汤池、天都峰、莲华峰、石笋矼、炼丹台、慈光寺等诸风景名胜作专篇吟咏。从整组诗构思看，是线与点的结合、长镜头与特写的结合，堪称黄山大写真。

黄山纪游诗如《三月七日发潨口，经杨干寺，逾石磴岭，出芳村抵祥符寺》堪称力作：

> 黟山崚嶒比华尊，连冈属岭为重门。我从潨口旋登顿，裴徊荇石过芳村。山隨谷袤水见底，滩声半出烟岚里。千丛竹筱衣石壁，一径落花被流水。茅屋人家类古初，横枕溪流架树居。白足女郎齐碓蕨，平头儿子半叉鱼。路出徛中山始放，黄山轩豁见容状。一簇莲花拥闾阎，千仞天都展屏障。旋观溪谷相回萦，浮溪如却容溪迎。溪流环山山绕谷，周遭匼匝如列城。兹山延袤蕴灵异，千里坤舆尽扶侍。倒泻万壑流秽恶，离立千山护空翠。天心地肺杳难推，明日悬崖扶策时。一重一掩吾肺腑，到此方知杜老诗。

此诗移步换景，展现出三月七日发潨口进入黄山地界所见到的风景线，既有一簇莲华、千仞天都等名山以及回萦山谷浮溪、容溪的山水壮阔景观，亦有千丛翠竹、一径落花的草木秀丽意象，还有山中茅屋及勤劳的山民人物，以粗线条勾勒出黄山的总体风貌。初见黄山诗人就深切地感悟到老杜"一重一掩吾肺腑，山鸟山花吾友于"（《岳麓山道林二寺行》）之意，重峦叠嶂与花鸟之物似乎成为诗人生命的一部分，生机盎然。又如《宿桃源庵作短歌题壁示药谷主人佘抡仲》则以散点透视的角度，从宏观上为黄山画素描："天都诸峰屏障开，白龙潭水绿浪回。浴罢汤池暝投宿，流泉午夜如崩雷。""刻疏云气排窗棂，穿穴烟岚置堂奥。山中辛夷花放荣，世上桃李俱落英。"借奇峰、绿潭、流泉、云气、山花等诸意象，构成黄山"奇绝"之景，同时又云"却笑仙源迷子骥，还缘药谷访容成"，借用神话传说中南阳刘子骥欲游桃花源未果（陶潜《桃花源记》）、容成子游黄山浮丘公仙坛（《歙县图经》）之典，渲染黄山之美，并为黄山涂抹上一层神秘色彩，诗人似亦有飘飘欲仙之意，其精神之快慰不言而喻。

诗人最精彩的山水诗还是集中笔墨描写某一奇特景观之作。在游览途中，初七日夜雨，初八日雨仍不止，"天公尽放狂风雨"（《初八日雨不止题壁》），"天欲老夫看瀑布"（《桃源庵小消楼坐雨看天都峰瀑布作》）。急雨为天都峰瀑布增添了壮美的气势，令诗人惊心动魄，乃写下七古《天都峰瀑布》：

> 天都诸峰遥相从，连绵峥嵘无罅缝。山腰白云出衣带，云生叠叠山重重。峰内有峰类皴染，须臾蓊合仍混同。层云聚族雨决溜，溪山天水齐溟濛。是时水势犹未雄，江河欲决翻垄壅。良久雨足水积厚，瀑布倒泻天都峰。初疑渴龙甫喷薄，抉石投奇声硿礐。复疑水激龙拗怒，摔尾下拔百丈洪。更疑群龙互转斗，移山排谷轰圆穹。人言水借风力横，那知水急翻生风。激雷狂电何处起，发作亦在风水中。波浪喧豗草木亚，搜搅轩簸心忡忡。潭中老龙又惊寤，绿浪喷涌轩窗东。山根飒拉地轴震，旋恐黄海浮虚空。亭午雨止云戎戎，千条白练回冲融。凭阑心坎舒撞舂，坐听涛濑看奔冲。愕眙莫讶诗思穷，老夫三日犹耳聋。

此诗写瀑布打破单纯写瀑布空间形态的格局，而是时空交错，瀑布与急雨相连，瀑借雨势，雨添瀑威，"主角"与"配角"默契合作，呈现出天都峰瀑布的独特景观。诗开头写"配角"雨，铺陈其由"山腰白云"而"云生叠叠"，至"层云聚族雨决溜"的生成过程，就有了时间形态。到"雨足水积厚"，把势蓄足，才让"主角"登台，上演了一场惊天动地的活剧。诗以龙喻瀑布本不新鲜，但将龙的意象又具体化为"初疑渴龙甫喷薄"，"复疑水激龙拗怒"，"更疑群龙互转斗"，就生动鲜活而平生新意，分别写出瀑布的声势、水势、气势，以及随着急雨降落，瀑布伟力逐渐增强的动态过程，空间意象有了时间感。诗人欣赏瀑布又有其独到的审美感受："人言水借风力横，那知水急翻生风。激雷狂电何处起，发作亦在风水中。"这就突出天都峰瀑布的个性与强大的生命力。诗写作者观瀑布的心理感受及其前后变化，则使读者有身历其境之感。全诗大笔淋漓，浓彩重墨，意象丰富，层次繁复，较之李白"飞流直下三千尺"、徐凝"千古长如白练飞"写庐山瀑布之单一意象，更显得气象万千，诗风独特。既有李白的豪放、杜甫的雄壮，亦有韩愈的怪奇、苏轼的博喻，并化用了李白、杜甫、韩愈、皮日休诗句，尽汲唐宋诗之精华，构成奇怪险绝、变幻莫测的境界，而诗人昂奋激动的心情亦得以宣泄。

黄山景观的主体是奇峰，如老人峰、光明顶、玉蕊峰、桃花峰等，不胜枚举。其中以莲花峰最为高峻，达海拔 1867 米，钱谦益对莲花峰自然不能不形诸笔墨。五古《莲花峰》云：

> 莲花峰岸峇，高与天都并。峰趾仄下垂，屈盘隐梯磴。峰如莲正开，趾如荷有柄。缘茎拊其瓣，百折峰始竟。侧身窦石腹，刺促藕丝经。罅漏忽穿穴，藕孔隙光映。上有半间广，凸如莲子迸。又有莲花心，数尺凹圆径。群峰簇相拱，田田荷叶盛。我来倚孤藤，敢与罡风竞。支颐云梯畔，足跂目转瞪。自从出汤口，诸峰互延亘。天都尊无如，莲峰变难凭。初疑玉井头，如船藕相擎。簇簇青莲房，万叶拥却迎。及憩文殊院，西面看最靓。妙花耸青壁，石瓣承其胫。趺坐敷庄严，明妆比端正。西北瓣未圆，菡萏一峰称。南下桃花峰，飞梁似连剩。玉蕊近可攀，连理遥相命。数武俄改易，一瞬已幽复。侧出横秋波，平铺落明镜。顾盼良已烦，画图岂能评？惟有青莲眼，尝见胜莲胜。

此诗与《天都峰瀑布》相比：不是静观的角度，而是动攀的角度；不是大笔作粗线条勾勒，而是工笔作细致刻画。《天都峰瀑布》以龙喻瀑布是局部，而此诗以莲花喻峰，则是通篇的。以莲花峰自身而言，从山脚至山顶，巧譬妙喻，络绎不绝，荷柄、荷茎、花瓣、藕丝经、藕孔、莲子、莲花心，宛然是一株完整的荷花，与峰名正相符。比喻自下而上写，则暗示诗人是登峰时所见。诗人又把莲花峰置于黄山群峰的环境中进行审美观照，对其他奇峰仍以荷叶、荷花相喻，并与"太华峰头玉井莲，开华十丈藕如船"（韩愈《古意》），即亦似莲的华山玉井头作譬，可见诗人之迁想妙得。诗末"青莲眼"固然典出《首楞严经》，但理解为李青莲（李白）之眼，看到"黄山四千仞，三十二莲峰"（《送温处士归黄山白鹅峰旧居》），则更切合诗意。盖诗人四望群峰皆似莲花，感到无穷的审美享受，仿佛置身于极乐世界。此诗不以气势胜，但写得雄丽宏博。另外，《石笋矼》写"灵山忽涌溃，化成千尺峰。乃是双石笋"的造化奇功，《初九日发朱砂庵，经观音岩登老人峰》写"如涛如浪复如海，至竟但可名为云"之云海奇观，皆展示了黄山的绝妙胜景。

综观钱谦益黄山组诗，既反映了黄山整体风貌，又突出了其重点景观；既写出黄山之壮美，又写出其秀美；且诗体不一，风格多样。诗人广采博取唐宋大家之所长，并独成一格，从而热情地赞美了祖国大好河山，抒发了心中激情，堪称中国古典山水诗中少有的杰构。宋琬《送宋无言归黄山歌》赞云："我读纪游未终卷，移家便欲将鸡犬。"宋荦亦称："此山名作，向推虞山。"（《清史列传》卷七〇）后来袁枚写有黄山组诗，亦受到钱氏影响。皆可见钱氏黄山组诗非同寻常的魅力。

三 入清政治寄托型山水诗

钱谦益在写完审美观照型山水诗的代表作黄山组诗后，"世运"不久即发生巨变。入清以后，山水在钱氏眼中已不再是审美观赏的对象，而常常是故国的象征。因此收入《有学集》的山水诗就具有了政治意味，属寓意寄托型。钱氏晚年悲思故国，志在抗清，"伤心扪泪，奋其笔舌"（凌凤翔《有学集序》），山水诗亦触景生情，实践了其"诗有本"说所主张的抒写悲愤之情的思想，风格沉郁悲凉，迹近于杜诗。

钱谦益于顺治七年庚寅（1650）五月，"访伏波将军于婺州，以初一时度罗刹江，自睦之婺，憩于杭，往返将匝月，漫兴口占，得七言长句三十余首"（《有学集》卷三《庚寅夏五集》）。钱氏金华之行，意在游说马进宝驻军反正，同海上抗清力量配合，共同完成复明大业。此行所见乃浙江秀丽山水，钱氏虽有咏诵，但无单纯观赏之作，山水大多是其悲愤之情的载体。如七律《早发七里滩》写七里滩上早行所见所感。七里滩乃富春江风景名胜，北岸富春山钓台为东汉严光归隐处。七里滩风光秀丽，纪昀所谓"山水甚佳"，赋诗云"浓似春云淡似烟，参差绿到大江边"，"两岸蒙蒙空翠合，玻璃镜里一帆行"（《富春至严陵山水甚佳》）。但钱氏此行并非游山玩水，而是肩负重要使命，因此七里滩风物引发的是诗人忧国伤时之泪：

瞳瞳初旭丽江干，淰淰浮烟幕濑滩。此地无风才七里，吾庐有日正三竿。钓坛不为沉灰改，丁水犹余折戟寒。欲哭西台还未忍，唉空朱嚼响云端。

诗实写七里滩之景不过是江岸旭日东升、江面雾气笼罩而已。钓坛、丁水之意象并非作为山水景物出现，而是引发诗人情思的媒介，其自注云："谢翱《西台恸哭记》即钓台也。其招魂之辞曰：'化为朱鸟兮，有嘴焉食'。"南宋末诗人谢翱因文天祥殉国，曾于钓台设文天祥灵位哭祭招魂，并写下《西台恸哭记》，抒发亡国之哀。诗人经钓台自然产生谢翱之悲思，但他对复明仍抱有希望，故云欲哭而"未忍"，"即未忍视明室今已亡之意"（陈寅恪《柳如是别传》），又称钓台不合沉沦，丁水中还有可以重新举起之寒戟。末句之景自然更是虚拟，乃象征抗清之志不屈不挠。

钱谦益从金华返回杭州小憩期间，更写下二十余首七律，皆与西湖有关，但并不是吟唱三潭印月、柳浪闻莺、苏堤春晓等美景，此时客观自然山水与诗人主观处于矛盾状态，故诗人借西湖山水宣泄心中的悲愤。如《留题湖舫》云：

> 湖上堤边舣棹时，菱花镜里去迟迟。分将小艇迎桃叶，遍采新歌谱竹枝。杨柳风流烟草在，杜鹃春恨夕阳知。凭栏莫漫多回首，水色山光自古悲。

此诗采用今昔对比的结构。前两联追忆前明崇祯年间柳如是游西湖时的情景，那时西湖是繁华富丽之地、温柔旖旎之乡。但这只是铺垫，以反衬今日西湖"水色山光"之悲。尽管杨柳依旧婀娜、烟草仍然碧绿，而望帝之魂化成的杜鹃正啼着失国之"恨"，寄寓着诗人"国破山河在"的哀思，"水色山光自古悲"自是诗人移情的结果。诗关键意象"杜鹃"，乃对李商隐"望帝春心托杜鹃"（《无题》）、秦少游"杜鹃声里斜阳暮"（《踏莎行》）境界的再创造，赋予更深的新意。

《西湖杂感二十首》是诗人忧国伤时感情的集中抒发，小序称"想湖山之佳丽，数都会之繁华；旧梦依然，新吾安在！况复彼都人士，痛绝黍禾，今此下民，甘忘桑梓"，"嗟地是而人非，忍凭今而吊古？凄绝短章，酒阑灯灺，隔江唱越女之歌；风急雨淋，度峡下巴人之泪"，真乃悲慨万千！《西湖杂感二十首》或抒怀，或咏古，亦不乏以吟咏西湖山水寄托易代之感的佳作，试看其二、其三、其二十：

潋滟西湖水一方，吴根越角两茫茫。孤山鹤去花如雪，葛岭鹃啼月似霜。油壁轻车来北里，梨园小部奏西厢。而今纵会空王法，知是前尘也断肠。

——其二

　　杨柳桃花应劫灰，残鸥剩鸭触舷回。鹰毛占断听莺树，马矢平填放鹤台。北岸奔腾潮又到，南枝零落鬼空哀。争怜柳市高楼上，银烛金盘博局开。

——其三

　　罨画西湖面目非，峰峦侧堕水争飞。云庄历乱荷花尽，月地倾颓桂子稀。莺断曲裳思旧树，鹤髡丹顶悔初衣。今愁古恨谁消得，只合腾腾放棹归。

——其二十

三诗所选择的意象皆寓"板荡凄凉"（《西湖杂感二十首》其一）之深意，仿佛蒙上劫后余灰。"唐时草""宋代云""钟声"，"孤山鹤""残鸥剩鸭"等，无论是虚拟的，还是耳闻目睹的，无不蕴含着故国之思与亡国之恨。而"鹰毛占断""马矢平填""北岸潮到"，又明显象征着清军的入侵，是"南枝零落""荷花尽""桂子稀"劫后灾难的祸根。"西湖面目非"怎能不令诗人泣血椎心、"今愁古恨"呢？值得注意的是"莺断曲裳思旧树，鹤髡丹顶悔初衣"两句乃诗人为当年失足而发出的忏悔，我们没有理由认为是伪饰。《西湖杂感二十首》"悲中夏之沦，与犬羊俶扰，未尝不有余哀也"（章太炎《訄言·别录甲》），总体风格是悲哀的，缺乏振痿起瘫的力量。钱氏之人格与杜甫特别是明遗民尚不可等量齐观，毕竟有其卑弱的劣根性，尽管晚年已有所克服。

四　钱谦益诗的影响

　　钱谦益作为明末清初诗坛的领袖人物，有扫除明末拟古余习、开创清代诗写真性情新风的功劳，明遗民归庄称："近世钱宗伯始为之除榛莽，塞径窦，然后诗家趋于正道，还之大雅。"（《王异公诗序》）后人朱庭珍亦评云："钱牧斋厌前后七子优孟衣冠之习，诋为伪体，奉韩、苏为标准。当时风格，为之一变。"（《筱园诗话》）皆符合实际。钱氏于清诗的功绩还在于开创了虞山诗派，影响或者培植了清初学宋诗的黄宗羲、学唐诗的神韵派王士禛,以至"南施北宋"等清初名家,就连乾隆格调、性灵、肌理三派亦与钱氏有关联。郑方坤称"本朝诗人辈出,要不能出其范围"(《东涧诗钞小传》),仅以山水诗而言,钱氏山水诗的审美观照型与政治寄托型两种模式,阳刚壮美与阴柔秀丽两大类风格,可以说基本上包括了山水诗的要素,有清一代山水诗亦"无能出其范围"。

第二节 "诗与人为一"的吴梅村

一 吴梅村的生平与思想

关于钱谦益、吴梅村,虽然朱庭珍有"以牧斋为冠,梅村次之"(《筱园诗话》)的定评,但程穆衡则称:"明末诗人,钱、吴并称,然钱有迥不及吴处。吴之独绝者,征词传事,篇无虚咏,诗史之目,殆曰庶几。"(《辇輓厄谈》)可见吴梅村的诗坛地位可与钱谦益相颉颃,故赵翼又有"钱、吴二老,为海内所推,入国朝称两大家"(《瓯北诗话》)之说。

吴梅村(1609—1672),名伟业,字骏公,号梅村,亦自署鹿樵生、灌隐主人等,但人多称其号梅村,江苏太仓人。明崇祯四年(1631)进士,曾任翰林院编修纂实录官、左庶子等官职;南明弘光朝任少詹事;入清后一度屈节事清,任国子监祭酒。吴氏作为明故臣而事新朝,虽然是由于陈之遴等人的荐举,又迫于双亲的压力,并非出自本意,与钱谦益当年主动降清有所不同;但仍为一失足而懊悔,赵翼所谓"自恨濡忍不死,蹈天踏地之意,没身不忘"(《瓯北诗话》),于诗词中一再自忏自悔,较钱谦益更为真挚坦率。于病重时曾自叙事略云:"吾一生遭际,万事忧危,无一刻不历艰难,无一境不尝辛苦,实为天下大苦人。吾死后,敛以僧装,葬吾于邓尉、灵岩相近,墓前立一圆石,题曰'诗人吴梅村之墓',勿作祠堂,勿乞铭于人。"(顾湄《吴梅村先生行状》)他的"大苦"即在于本心欲忠于前明[①],但由于人格的弱点而事与愿违,造成永远无法赎还的"罪孽",而终身伤悼生命价值的毁灭。吴氏晚年好佛,与僧侣交游,遗命死后"敛以僧装",亦表明其内心空虚无依而以逃禅作为精神寄托之所。吴

---

① 据顾湄《吴梅村先生行状》:"甲申之变,先生里居,攀髯无从,号恸欲自缢,为家人所觉,朱太淑人抱持泣曰:'儿死其如老人何!'乃已。"梅村因性至孝,殉国未成,乃有以后之"罪孽"。

氏的遭际与心态都深刻影响着其诗歌创作。

吴梅村诗论名篇《与宋尚木论诗书》云："夫诗者虽本乎性情，因乎事物，政教流俗之迁改，山川云物之变幻，交乎吾之前，而吾自出其胸怀与之吞吐，其出没变化，固不可一端而求也。"可知其于诗标举"性情"之本质，重视反映社会政治与描绘山川云物，以及主张表现的个性化，取材、风格的多样化。基于此，则反对竟陵派诗"取材甚狭"、内容单调，嘲讽公安派诗为"游夫之口号，画客之题词"，以"斗捷为工，取快目前"的肤浅之风，还批评前后七子学李、杜之诗，仅"剽举一二近似"，即得其皮毛而未探其精髓。文章虽不长，而立论颇周全。吴梅村的诗学观点在其诗歌创作中有比较全面的体现。其中的山水诗即既写"山川云物之变幻"，又"本乎性情"，且出于自己"胸怀"，变化多端，意蕴深沉。

吴梅村今存《梅村集》《梅村家藏稿》等别集，其诗歌成就主要在于以七古歌行体即其独特的"梅村体"，反映"身阅鼎革"所见所感之"关于时事之大者"（《瓯北诗话》），向有"诗史"之目，如《圆圆曲》《琵琶行》《永和宫词》《松山哀》等，皆可方驾元、白。但山水诗在吴氏诗集中亦占很大的比重。重要原因是"先生性爱山水，游常经月忘反"（《吴梅村先生行状》），在山水风物中可以领略大自然的美质，而于亡国"失足"之后，更可借山水景色，或寄托故国之思，或排遣"贰臣"之恨，求得精神暂时的解脱。其山水诗的内涵亦大致如此，相比于直接表现政治时事的"诗史"类诗作，吴氏山水诗影响自无法相抗，但亦颇具特色，富有感染力。

吴梅村的山水诗按内容、题材可分为三种类型：一是诗人并未亲身游历的名山胜水，完全凭借想象来构思描绘，表现诗人对祖国大好河山的向往，多写于明末；二是描写凄清残破之景，寄寓亡国之恨与乱离之悲，多写于入清后的早期；三是描写吴中一带的美丽山水，在审美观照中求得忏悔精神的解脱，其中不乏与佛教有关的山水，由于内容、感情的不同，诗的风格亦多样化。

二 虚构型山水诗境

吴梅村一生足迹除了明清两朝皆曾北上京师，往返于北京与江南之间，以及崇祯九年（1636）秋奉命典试湖广之外，基本上隐居于家乡，游历于吴越之区，远谈不上行万里路。这对于"性喜山水"的吴氏来说，自然很不满足；因此吴氏山水诗的一种类型是以送别诗的形式写山水风景，属虚构型山水诗，并不写朋友的离别之情。明末吴氏在京任职时，友人黄子羽"以征辟为新都令"，吴氏赋诗送行，竟"精骛八极，心游万仞"（陆机《文赋》），遥想自己向往已久却无缘游览的巴蜀风光，以补偿对四川奇山异水的渴望。其《送黄子羽之任四川》中的《巫峡》一首云：

> 高深积气浮，水石怒相求。胜绝频宜顾，奇情不宜留。苍凉难久立，浩荡复谁收？诗思江天好，春云满益州。

因为诗人并未亲临巫峡实境，所以此诗基本上采取避实就虚、粗线条勾勒的手法。全篇仅首联具体描写巫峡之景：峡高谷深，云雾弥漫，水流湍急，砰崖转石，远景与近景兼顾，形貌同声响结合，渲染出巫峡之"胜绝""奇情"。接下两联皆虚写巫峡之景：后景胜绝令人留恋，但前景奇情更引人行进；而水气苍凉，江流浩荡，催船飞驶，又暗写动感。尾联归结到登程的友人，又遐想他到了目的地，一定会为巫峡之好江天而激发诗思，"春云生纸上"（孟郊《上包祭酒》），写出巫峡华章，此联实际还是赞美巫峡之美。此诗重在写出巫峡的神韵，意境空灵；尽管诗人未睹巫峡真貌，但赞叹之情发自内心，故亦真实动人。

又如浙江天台山吴梅村亦未曾攀登过，但五律《送继起和尚入天台》所写仿佛不是"送"而是陪和尚入天台山，亲眼看到天台山的景观。诗云：

> 振锡西泠渡，潮声定后闻。屐侵盘磴雪，衣湿渡江云。树向双崖合，泉经一杖分。石林精舍好，猿鸟慰离群。

此诗当写于明崇祯十五年（1642）作者游杭州时。中间两联全是设身处地地想象继起和尚持锡杖上天台山的情景，虚构出天台山水的意境：山下江水云雾浓重，衣衫为之濡湿；山路积雪深厚，芒鞋为之埋没；崖壁古树弯向对面，山上流泉在锡杖下分泻。天台山境界冷寂幽深，又有良好的精舍、活泼的猿鸟，真是和尚居住修行的胜地。诗人所构想的天台胜地，实际是自己心目中理想的修身养性之处的象征，只是借送继起和尚入天台之机而表现罢了。此诗风格属于"清而逸者，如冰柱雪车"（尤侗《西堂杂俎》）一类，语言则工炼形象，刻画细致，与《巫峡》之虚写相异。吴梅村类似以送行诗形式写山水的作品还有《送友人还楚》《岁暮送穆大苑先往桐庐》等，皆可见诗人之神思飞越，文采风流。

三 激楚型山水诗境

应该指出的是，吴梅村山水诗的主体还是写亲历目睹的山水实境，所谓得江山之助。入清后的山水诗多属纪游型山水诗。其早期山水诗，偏于将山水与家国身世相联系，借以抒发于天崩地坼之际的悲凉心绪，以及企求逃离现实，以遗民身份终老的愿望。

这里先看五古《避乱六首》其一：

> 我生江湖边，行役四方早。所历皆关河，故园迹偏少。归去已乱离，始忧天地小。从人访幽栖，居然逢浩渺。百顷矶青湖，烟清入飞鸟。沙石晴可数，凫鹥乱青草。主人柴门开，鸡声绿杨晓。花路若梦中，渔歌出杳杳。白云护仙源，劫灰应不扰。定计浮扁舟，于焉得终老。

顺治二年（1645）清兵南下，四月下泗州、扬州，五月破南京，六月侵苏、杭等地。吴梅村年前出仕南明弘光朝。是年正月因母病乞假归省，四月上辞职书，五月闻南京失守，乃携家人往矶清湖友人处避乱。矶清湖在江苏昆山境。吴氏于矶清湖居住两个月，写下《避乱六首》，为"骤得江头信，龙关已不守"而悲哀，因南明弘光朝君臣昏庸"坐失江山半"而愤慨，为自己"遭时涉忧患"而自怜。但上引一诗乃写于初到矶清湖时，描述的是当时的情景与感受。孤立地看，表现的是矶清湖自然山水之美与风土人情之乐，但若置于组诗整体中考察，则意味甚深。吴氏在《矶清湖》诗与小序中赞美矶清湖"淳泓演迤，居人狎而安焉"，"湖水清且涟，其地皆膏腴。堤栽百株柳，池种千石鱼"，"葭芦掩映，榆柳萧疏，月出柴门，渔歌四起，杳然不知有人世事矣"。故又在此诗中视之为乱离世界中的"幽栖"之地，如同与世隔绝的"仙源"，可以躲避"劫灰"之侵扰。诗人看到听到的是：湖上烟波浩渺，高鸟飞翔；岸边沙石历历，禽鸟漫步；岸上柳绿花红，鸡鸣阵阵，渔歌杳杳。这里简直是茫茫沙漠中的一片绿洲。诗人着墨于湖的内外空间，精心选取富于江南水乡风情的意象，以清丽之笔立体地描绘出矶清湖安乐图,亦自然而然地引出诗人"于焉得终老"的情怀。可惜诗人所写的"仙源"很快成为历史,在接下的五首诗中就描叙矶清湖不久风云突变,不仅避难的人日益增多,而且南明败兵亦来骚扰,所谓"此方容迹便,止为过来稀。一自人争避,溪山客易知"(《避乱六首》其四),"晓起哗兵至,戈船泊市桥","使气挝市翁,怒色殊无聊"(《避乱六首》其五)。诗人又被迫转徙流离,回归故里。一旦把《避乱六首》其一所勾勒的"仙源",与其终被"劫灰"侵扰的结局相连,则矶清湖山水民风之美质只是表层意义,成为一种铺垫;诗人为"仙源"遭劫而悲哀才是诗的深层意蕴。

如果说《避乱六首》其一中的诗人家国身世之感表现得隐晦间接,需前后诗映照才能领会,所选择的意象亦多明丽秀美,感情显得平静,迹近于王夫之所谓的"以乐景写哀",属于诗歌表现的"变格";那么吴氏更多的山水诗还是采用以哀景写哀的正格表现手法。如《晓发》写"晓发桐庐县,苍山插雾中。江村荒店月,野戍冻旗风",即以凄凉荒寒之景以表现"愁杀白头翁"之意;《苦雨》写"乱烟孤望里,雨色到诸峰。野涨余寒树,江昏知冥钟",亦以昏暗凄迷之景,抒写诗人"愁苦"之情。更典型的是《野望二首》。寓意更深:

> 京江流自急,客思竟何依?白骨新开垒,青山几合围。危楼帆雨过,孤塔阵云归。日暮悲笳起,寒鸦漠漠飞。

> 衰病重闻乱,忧危往事空。残村秋水外,新鬼月明中。树出千帆雾,江横一笛风。谁将数年泪,高处哭途穷?

京江指长江流经镇江市北的一段江流,此诗乃写镇江一带寒秋之景,此诗当为顺治十年(1653)农历九月吴氏被迫北上赴召途经镇江时所作。吴氏行前曾因闻征诏心情忧郁而大病一场,此行不仅是扶病入都,而且心情痛苦:应召则丧失名节;拒召则恐祸又不测,且"老亲惧祸,流涕催装"(《与子暻疏》),最后诗人选择了前者,从此丧失了人格的价值,"竟一钱不值,何须说"(《贺新郎·病中有感》),故国之思与失节之痛就表现于北上途中所写诗词中。《满江红·蒜山怀古》云"人事改,寒云白,旧垒废,神鸦集。尽沙沉浪洗,断戈残戟",即感叹沧桑之变,悲慨万端。《野望》意境与之相合。唐人王绩早有名篇题曰《野望》，所写的是"东皋薄暮望，徙倚欲何依。树树皆秋色，山山唯落晖"的山野秋景，抒发的是"相顾无相识，长歌怀采薇"的隐逸思想、孤独情怀，诗风朴素平淡。而吴氏的《野望》意境迥然。若再与钱谦益于明泰昌元年（1620）北上京师途经镇江所作《渡江二首》相比，心境与意境亦大相径庭。钱氏是赋闲十年终于东山再起，心境愉悦轻松，故所见是"山城如画里"，所感是"一棹亦悠哉"，诗风轻婉，人与山水和谐，属于王国维所谓"无我之境"。吴氏二诗所写山水景物危苦悲凉，人与自然相矛盾，属"有我之境"。全诗的基调是"悲"："谁将数年泪，高处哭途穷"，固然是借阮籍之典直言"寄思"之悲；"白骨""危楼""孤塔""日暮""阵云""悲笳""寒鸦""残村""新鬼"等构成的意象群，阴冷凄惨，组合成故国沦亡、江山破碎的景象，亦是诗人痛苦心态的外现，故国之思自流言外，此二诗体现了吴氏"遭逢丧乱，阅历兴亡，激楚苍凉，风骨弥为遒上"（《四库全书总目提要》）的特点，与《避乱六首》其一的清丽芊眠形成鲜明对照。这类激楚苍凉之山水诗还有《高邮道中四首》《清江闸》《江楼别幼弟孚令》等多首。林庚白评语"梅村以亡国大夫而委蛇于两朝，其境遇甚苦，情感甚真，心迹甚哀，此所以直摩浣花之垒"（《丽白楼诗话》），亦适用于此类山水诗。

四　闲适型山水诗境

吴梅村山水诗的重头戏是描写吴中自然风物，表现对家乡山水的热爱，或寻觅佳山胜水作为精神徜徉之所，以慰藉、休憩痛苦、疲惫的心灵，前者多属早期之作，后者多为晚年所写，这类诗亦是吴氏"欲捐弃笔墨，屏迹乎深山无人之境，原本造化，穷极物理"（《与宋尚木论诗书》）隐居山林思想的反映。

吴梅村早期的吴中山水诗有《穿山》《游西湾》《五月寻山夜寒话雨》等。这些诗注重刻画，语言凝练，以审美的态度描写吴中"山川云物之变幻"。如五律《穿山》：

势削悬崖断，根移怒雨来。洞深山转伏，石尽海方开。废寺三盘磴，孤云五尺台。苍然飞动意，未肯卧蒿莱。

穿山位于诗人家乡太仓"东北五十里，巨石屹立，高一十七丈，周三百五十步，中有石洞"，"穿山下洞离十余丈，通南北往来，昔有举帆经过其下者"（《百城烟水》）。诗写穿山采用内外映衬、局部与总貌结合的方法。首联开篇，起势突兀，以夸张之笔描绘穿山之总体外观，颇为劲健。颔联写山洞起伏转折，可与大海相通，突出穿山之洞的奇妙深幽。颈联转写山上废寺云台，显示穿山之古老。尾联又写穿山整体之气势神韵，其"未肯卧蒿莱"而欲"飞动"之意，正寄寓作者早年之壮志。此诗镌刻有力，借山言志，当为明末之作。但此类山水诗存留很少。

吴梅村晚年隐居所作山水诗存留较多，涉及嘉兴、松江等地山水，但笔墨集中的还是苏州太湖山水，诗人多次游览苏州与太湖，咏诵最多的是太湖洞庭西山与洞庭东山的篇什。

顺治十六年（1659）春，吴梅村游览洞庭西山，写下《石公山》《归云洞》《缥缈峰》《登缥缈峰》等古近体山水诗多首。五古《归云洞》云：

> 归云何孱颜，雕斫自太古。千松互盘结，托根无一土。呀然丹崖开，苍茫百灵斧。万载长敧危，撑挂良亦苦。古佛自为相，一身杂仰俯。依稀莓苔中，叶叶青莲吐。若以度真诠，足号藏书府。仙翁刺船来，坐擘麒麟脯。铁笛起中流，进酒虬龙舞。晚向洞中眠，叱石开百武。床几与棋局，一一陈廊庑。翩然自兹去，黄鹄潇湘浦。恐使吾徒窥，还将白云补。

归云洞在石公山下。诗人游西山归云洞之奇观，惊叹造化之功，探究物理之妙，于是充分发挥审美想象力，借用比喻、拟人手法，采撷神话传说，把归云洞非常之景观铺叙、美化得活灵活现，令人叹为观止。诗开头四句写归云洞所在之石公山，富有时空感，从空间上看，山势险峻，苍松葱茏；从时间上看，石公山之洞乃太古时开凿而成，古老而神秘。然后铺彩摛文，叙写于洞中探奇寻秘之所见所想，层次甚明。先写洞中众多钟乳石，于苍茫之中仿佛千百灵怪持斧而立，千万年来撑挂着洞顶，危险而辛苦，石头即此有了灵性；继写洞壁仿佛有古佛现身示相，莓苔中图案又似古佛座下的朵朵青莲，于是山洞宛若西方极乐世界；再写山洞之宽敞，足可作为收藏典籍的书库。诗人从不同角度描写出山洞的立体空间，此写所见。诗后半部分转写所想，叙写归云洞的神话传说，使归云洞更神奇莫测。诗中之"仙翁"乃是道教人物，他神通广大，在洞内陈设种种器物，这实际仍是比喻洞中之石头，似床几、棋局。而诗篇末尾实为点题，作者自注云："归云洞故有奇石当洞口，如云之将入，今为俗子凿去，以广其洞，顿失旧观。"可见"白云补"之喻亦作者想象的"旧观"。作者写归云洞为表现洞之奇妙，并不呆板地刻画写生，而是大胆构想，酿米为酒，把洞内之景予以变形、升华，极尽超脱空灵之致，"境之奇突，相之妙丽，咄咄逼人。一结还题，想落天际"（孙铉评语）。在此洞中，诗人仿佛进入佛界仙境，尘世之烦恼自然一时消除。七律《登缥缈峰》亦是写西山之景，又别具面目与情思：

  绝顶江湖放眼明，飘然如欲御风行。最高尚有鱼龙气，半岭全无鸟雀声。芳草青芜迷远近，夕阳金碧变阴晴。夫差霸业销沉尽，枫叶芦花钓艇横。

缥缈峰海拔336米，为太湖诸峰之首。诗写作者"缥缈峰头望太湖"（范成大）的所见所感，"写得缥缈意象出"（张如哉评语）。当诗人居高临下，放眼四顾，在审美观照中又滋生历史的感喟。诗以景寓情，情缘景变，但表现得隐约蕴藉，心境冲淡平和。诗人刚登上绝顶，见太湖在夕阳映照下，浮光耀金，心情舒畅，只觉飘飘然如列子御风而行，或曰"轻心出天地，羽翮生仿佛"（《缥缈峰》），大有辞别尘世之感；不久激情消失，才感到缥缈峰分外清幽，半山"迹共人鸟灭"（《缥缈峰》）；慢慢又发现远近芳草青芜变幻，迷蒙不清，夕阳辉煌亦会"惨澹玄云结"（《缥缈峰》），诗人乃陷入沉思：自然山水会变化，历史亦同样兴衰更迭，那枫叶芦花中横斜的钓艇就在默默地诉说着太湖流域吴王夫差霸业的消亡。"夫差霸业消沉尽"又是借古喻今，暗示着故国之沉沦，至此诗人心头涌起的是思念故国的惆怅。太湖优美的山水可以令诗人暂时忘却尘世之忧，但并不能真正长久地解脱其精神的遗恨。

康熙六年（1667），吴梅村又观赏了洞庭东山的风光，留下《莫厘峰》《登东山雨花台》《鸡山》等诗，描绘于东山主峰莫厘峰所见的"乱峰经数转，远水忽千盘"（《莫厘峰》）之山转水复的壮阔景观，以及于东山雨花台所观察的"日翻深谷影，烟抹远无痕"（《登东山雨花台》）之细微自然变化；并表现"独立久方定，孤怀骤觉宽"（《莫厘峰》）的精神上的舒畅，以及"变灭参晴晦，悠然道已存"（《登东山雨花台》）的哲理上的领悟，但仍不忘表白"亦知归径晚，老续此游难"（《莫厘峰》）的象征性的人生遗憾。但总的看，东山诗不及西山诗出色。

值得论及的是吴梅村晚年山水诗常将山水与寺庙僧人相连，或渲染佛界气氛，或领悟禅意禅趣。从渊源上考察，自可追溯到唐代王维的某些具有禅意的山水诗；从作者自身来看，则是其信仰佛学以及与僧人密切交往的结果。这类诗常捕捉空山、清泉、白云、松竹等意象，"所表现的当是一个圆满自在、和谐空灵的'真如'境界。这类诗的特点是不以文字、议论、才学为诗，适契南宗'但睹性情，不立文字'之旨。既写山水景物，又不局限于山水景物，而自己所感受的禅意，所领悟之禅意，与清秀灵异的山水景物融合在一起"（赖永海《佛道诗禅》）。如五古《清凉山赞佛诗四首》。描写五台山山水就颇有佛界禅境之致："西北有高山，云是文殊台。台上明月池，千叶金莲开。"（其一）"八极何茫茫，日往清凉山，此山蓄灵异，浩气供屈盘。能蓄太古雪，一洗天地颜。日驭有不到，缥缈风云寒。世尊昔示现，说法同阿难。"（其三）这些摘录的诗句明显是赞美五台山佛教圣地的神秘境界，充满诗人向往之意。吴氏更多的山水禅诗是构思描写山水的空寂清幽之境，寄寓自己看破红尘的情思，如《三峰秋晓》《偕顾伊人晚从维摩逾岭宿破山寺》《夜发破山寺别鹤如山人》《维摩枫林绝胜则公独闭关结足出新诗见示》等。现以《三峰秋晓》为例：

> 晓色近诸天，霜空万象悬。鸡鸣松顶日，僧语石房烟。清磬秀群木，幽花香一泉。欲参黄檗义，便向此中传。

三峰即太湖三山岛，上有三峰寺，"唐咸通十三年，僧真铨开山"（《百城烟水》）。全诗于"晓"字上做文章，中间两联听觉意象与视觉意象相叠加，使三峰秋晓时的境界极其清静雅洁，令人无欲无念，体悟到三峰寺的禅境，故云"欲参黄檗义，便向此中传"。黄檗义，谓唐代断际禅师希运黄檗宗"即心是佛，无心是道"等禅义。诗中点缀"诸天""僧语""清磬"等佛教意象，则更增添了诗境的佛界意味。又如《维摩枫林绝胜则公独闭关结足出新诗见示》"道心黄叶淡，胜事白云忘"之景亦充满禅意，写出使人忘却尘世之感。而《游石公归，是夜骤雨，明晨微霁，同诸君天王寺看牡丹》写天王寺之景："访寺苔径微，远近人语误。道半逢一泉，曲折随所赴。触石松顶飞，其白或如鹭。寻源人杳冥，壑绝桥屡渡。中有二比丘，种桃白云护。"分明是诗人心中清净幽深的禅境，故赞曰"此处疑仙源，快意兼缟素"；而篇末云"吾徒筋力衰，万事俱迟暮。太息因归来，钟声发清悟"，则明言诗人于寺庙的清幽钟声中悟到禅意。于这种禅意中诗人疲惫的灵魂似乎找到休憩之所。

总而言之，在"江左三大家"中，吴梅村的山水诗，缺乏像钱谦益黄山组诗那样的规模宏大、气势磅礴之作，亦没有龚鼎孳《晓发万安口号》一类沉雄又富哲理的篇什。他的山水诗总体风格偏于阴柔，以平和静穆为主，但又不执一端，风格多样，或清秀，或明丽，或写意，或刻画，或写实，或虚构，皆表现出非凡的想象力。其近体诗学杜甫之沉郁，五古诗有韩愈的镌刻，七古则出元、白，但梅村体多用于纪事，很少来写山水。梅村的山水诗虽非"诗史"，似乎只是吟咏山水，流连风景，其实都或明或暗、或深或浅地寄寓着自己的情志，入清之作更折射出鼎革之变的社会现实，蕴含着作者故国之思、事清之恨，与其梅村体的诗史之作有着内在的联系。龚自珍评吴梅村"诗与人为一，人外无诗，诗外无人，其面目也完"（《书汤秋海诗集后》），实乃中肯之论。在"江左三大家"中"诗与人为一"非吴氏莫属，而其山水诗亦不例外。

第二章　清初遗民山水诗的民族意识

　　清初诗坛有一个庞大的诗人群体，那就是遗民诗人。卓尔堪所编《遗民诗》即选录五百余人诗作，还远非全部。可以说，遗民诗人是清初诗人的主体，遗民诗歌是清初诗歌主流。遗民诗人虽不像陈子龙、夏完淳那样的抗清义士以身殉国，但其爱国感情、民族气节与义士并无二致。他们与觍颜降清的或屈节事清的"江左三大家"钱谦益、吴梅村、龚鼎孳自不可同日而语，其对故国的怀念、对新朝的仇视都更真诚。他们或投身抗清复明斗争，或隐居穷乡僻壤，虽与钱谦益、吴梅村晚年的经历思想有相通之处，但他们因一生忠贞，无愧故国，故胸怀磊落，内心坦然，没有自忏自悔的思想包袱。遗民诗的题材以抒发故国之思、抗清之志，反映战乱之灾、民生之苦为主，表现手段以抒怀、叙事为多，但写景的山水诗亦占有较大比重。只是与明末山水诗以及后来的山水诗相比，较少纯粹审美之作，而多具有一定功利性，常与政治时局、社会生活相关联，或寄寓浓郁的民族情感。这比钱谦益晚年投身抗清的作品以及吴梅村辞官隐居后的篇什表现得更突出、更大胆，亦更可贵。

　　遗民诗人声名卓著者有顾炎武、吴嘉纪、屈大均、王夫之、黄宗羲、钱澄之、杜濬、归庄、傅山、阎尔梅等。遗民的爱国思想与鼎革阅历，使他们的不少作品包括山水诗都寄寓民族情感，与政治相联系。在这些遗民诗人中很难找出专写审美型的山水诗的人。由于前后七子推崇盛唐的影响犹存，遗民诗人仍大多学盛唐诗，特别是学杜诗。但其出发点并非为复古，而是基于抒发爱国感情的需要，选择了杜诗沉郁悲凉的艺术风格。当然，除了学杜之外，盛唐其他大家名家亦成为一些遗民诗人的学习对象，但很少有人摒弃杜诗。在普遍学杜的前提下，遗民山水诗在创作题材、方法与艺术风格方面还是呈现多样性的。如清初大儒王夫之（1619—1692）

晚年隐居湖南石船山，颇多潇湘山水之作，他心仪《离骚》而善用"美人香草"式的比兴寄托，讲究藻彩，境界幽深，寓意比较隐晦。另一大儒黄宗羲（1610—1695）论诗主张"以月露、风云、花鸟为其性情"（《景州诗集序》），山水诗自然以景抒写"性情"，诗风悲慨。杜濬（1611—1687）隐居江宁，游踪多在镇江金山、焦山，颇多金、焦二山之作，寄寓亡国之哀，五律尤佳，"苍朴沉郁，嗣响少陵"（张维屏《听松庐诗话》），亦有少量学李白的篇章。阎尔梅（1603—1679）游历甚广，所写多名山大川，境界壮阔，气势雄放，亦得杜诗之神。相比而言，顾炎武、吴嘉纪、屈大均的山水诗更具代表性。三人诗皆为入清之作，与"吴中二老"相比，是彻底的清诗。他们的山水诗有同有异，大致反映了清初明遗民山水诗的主要类型、风格与价值。

第一节　写境诗人顾炎武

遗民诗人名声最著者是顾炎武、吴嘉纪，因此有"前有宁人后野人"（洪亮吉《道中无事，偶作论诗截句二十首》）、"前数宁人后野人"（郭曾炘《杂题国朝诸名家诗集后》）以及"国朝诗推宁人、野人二家"（陆鏊《问花楼诗话》卷三引周亮工语）等评说。而顾、吴二家相比，顾炎武的成就与影响要大于吴嘉纪，所以潘德舆说："明遗民诗，吾深畏一人焉，曰顾亭林。"（《养一斋诗话》）山水诗二人各有千秋。

一　顾炎武的生平与诗学观

顾炎武（1613—1682），初名绛，字忠清，明亡改名炎武，字宁人，学者称亭林先生，又自号蒋山佣。江苏昆山人。他不仅是杰出诗人，亦是著名学者、思想家，为清初三大儒之一。顾炎武自幼接受"夏夷大防"的正统教育，又牢记因南都陷落而绝食殉国的嗣母王氏"无为异国臣子，无负世世国恩"（《先妣王硕人行状》）的遗命，具有浓厚的民族意识。明亡后宁死不赴清廷博学鸿词之诏，且投身复明事业。初，清兵下江南，顾氏曾参加昆山义军，事败。又曾欲投奔福州唐王，未果。顺治十四年（1657）一为避家难，二为实地考察，联络各地遗民志士抗清，开始北游，"绝江逾淮，东蹑劳山、不其，上岱岳，瞻孔林，停车淄右。入京师，自渔阳、辽西出山海关，还至昌平，谒天寿十三陵，出居庸，至土木，凡五阅岁而南归于吴",然后又南下"浮钱塘,登会稽"。康熙元年(1662)后,"又出西北,渡沂绝济,入京师,游盘山,历白檀至古北口。折而南,谒恒岳,逾井陉,抵太原。往来曲折二三万里"(《亭林佚文辑补·书杨彝、万寿祺等〈为顾宁人征天下书籍启〉后》)。康熙十七年(1678)顾炎武乃定居陕西华阴。顾氏一生壮游南北,考察江山,凭吊古迹,不能不成就他的山水诗篇,卓尔堪所谓"常游四方,得江山之助,其气益豪"(《明遗民诗》)。这一创作优势是足迹不出州郡的吴嘉纪所不具备的。

顾亭林诗集存诗四百余首,写于明代的诗已删去,皆甲申以后之作。因此顾诗是纯粹的清诗,顾诗之思想内容与顾氏诗学观点密切相连。顾氏十分推崇"诗言志"的古训,认为"此诗之本也",又说"诗主性情,不贵奇巧",以抒发情志为诗的根本,这样则可发挥"有益于天下,有益于将来"的社会功能(均见《日知录》)。这一诗学观是顾氏"士当求实学"(《三朝纪事阙文序》)、经世致用的儒家思想的反映。顾氏于诗又主张"自出己意",反对"终身不脱'依傍'二字"(《与人书》),反对摹仿古人,认为"即使适肖古人,已非极诣,况遗其神理而得其皮毛者乎",应该做到"未尝不似而未尝似也"(《日知录》)。其诗作正是抒写爱国之志,表达民族感情,又自出心裁之作。即使山水诗亦"言必有物,风云月露不得涉其毫沈"(包世臣《读顾亭林遗书》),也就是说并不单纯模山范水,描写风云月露,而是寄寓诗人对祖国河山的深情,对国土沦丧的悲愤,以及抗清复明之志向。当然情志的表达有的诗含蓄,有的诗显露;有的以写景为主,有的抒情成分较多;总体看格调高昂向上,不似吴嘉纪时见严冷哀伤。

二 怀古型山水诗

顾炎武走南闯北的阅历、熟知经史的学问,以及强烈的民族意识,决定了其山水诗的主要类型或日渐突出的特点,是山水景物与怀古情思相融合,即从山水意象生发出历史意象,在两种意象的叠印中显示诗人的爱国感情;或者说,诗人为抒发爱国感情,而借助与山川风物相关的历史典故映衬,山水风物只是一种中介,描写山川风云本非其主旨。

顺治二年即弘光元年(1645)四月,顾炎武应弘光朝之召至南都金陵任兵部司务。此时朱明王朝已亡,清兵正大举南下,金陵弘光小王朝亦形势危急,面临沦陷。金陵既是南明弘光朝之都,更是朱明开国时之帝州,当它可能江山易主时，顾炎武对它的感情就更加强烈。此时写下的《金陵杂诗五首》其一就是一首写景兼怀古的山水诗，寄寓了诗人对金陵的热爱之情：

> 江月悬孤影，还窥李白楼。诗人长不作，千载尚风流。坞壁三山古，池台六代幽。长安佳丽日，梦绕帝王州。

诗写登览李白楼之后的所见所感。李白楼原名孙楚楼，在南京城西、莫愁湖东。唐代李白曾于此楼玩月歌吹、饮酒作乐，写下《玩月金陵城西孙楚酒楼，达曙歌吹，日晚乘醉，着紫绮袭、乌纱巾，与酒客数人棹歌秦淮，往石头坊崔四侍御》诗，有"昨玩西城月，青天垂玉钩。朝沽金陵酒，歌吹孙楚楼"之句。顾诗除了首联描写李白楼侧江月孤悬的清丽之景外，其余山水意象皆着眼于其历史的追思，以显示帝王州金陵的古老的历史意蕴，表现出诗人对古都金陵的热爱之情。如果再联系南都危在旦夕的形势，那么诗人对金陵前途的担忧亦不难体味。此诗写于南明覆亡之前，风格近于清丽，与后来的诗作风格有所不同。

南都陷落之后，顾炎武的兴亡之感更刻骨铭心，山水诗的风格亦随之变化。北游之前，顾炎武陆续写下《八尺》《秀州》《太平》《蟂矶》《石射䃂山》等描写江南风物兼怀古的山水诗作。其中佳作《太平》云：

> 天门采石尚嶙峋，一代兴亡此地亲。云拥白龙来戍垒，日随青盖落江津。常王戈甲先登阵，花将须眉骂贼身。犹是南京股肱郡，凭高怀往独伤神。

诗人于顺治十一年（1654）定居南京，有机会游览附近的山水名胜，而有太平之行。太平府治在今安徽当涂。诗首联即点明借天门山、采石矶写"一代兴亡"之感的意旨。颔联亦虚亦实，写景兼怀古，回忆当涂曾有明太祖光临的荣耀历史。颈联又追思明开国时的当涂之战。尾联感叹南明据此战略要地却未能阻挡清兵南下，令诗人凭高怀远而伤心。全诗借写当涂山水怀古，以大明之兴反衬南明之亡，可见"亭林身负沉痛，不忘恢复"（杨钟羲《雪桥诗话续集》），一股悲凉之意，充溢墨楮之间。风格沉郁，迹近老杜。

顺治十四年（1657）顾炎武北游之后，视野更加宽广，"而其诗境直黄河、太华之高阔也"（潘德舆《养一斋诗话》）。其所见多雄关险隘、高山大川，因此写出《山海关》《居庸关二首》《井陉》《霍山》《潼关》《华山》等诗，同样山水与怀古相结合。先看七律《居庸关二首》其一：

居庸突兀倚青天，一涧泉流鸟道悬。终古戍兵烦下口，本朝陵寝托雄边。车穿褊峡鸣禽里，烽点重冈落雁前。燕代经过多感慨，不关游子思风烟。

居庸关在北京昌平西北，为捍卫京师的大门。顾炎武于顺治十六年（1659）春出居庸关，考察地理形势。此诗明显采用奇联写景、偶联怀古的结构。诗人"凭吊沧桑"，前半沉雄，后半激楚，隐含"《黍离》《麦秀》之悲"（汪端《明三十家诗选·初集》卷七），亦蕴藉复明之志。汪端称"五言排律，惟亭林擅胜"（汪端《明三十家诗选·初集》卷七），《华山》一诗即是例证。此诗写于康熙二年（1663）秋游陕西华阴西岳华山之后。诗前半描写华山雄壮之景：

四序乘金气，三峰压大河。巨灵雄赑屃，白帝俨巍峨。地劣窥天井，云深拜斗阿。夕岚开翠巘，初月上青柯。欲摘星辰堕，还虞虎豹诃。

诗人先惊叹芙蓉、明星、玉女"三峰"之雄浑气势，足以镇住渭河激浪；接着散点透视巨灵足、太华山、天井、北斗坪诸峰巍峨险峻的形势，然后写傍晚与入夜时华山之景：夕岚消失，群山露出青翠的风姿，一弯钩月挂上青柯坪顶，伸手可摘星辰，山林还传来虎豹啸叫声，境界阴森神秘。诗后半首乃追怀历史典故，寄托诗人志向：

正冠朝殿阙，持杖叱羲和。势扼双崤壮，功从驷伐多。未归桃塞马，终负鲁阳戈。山鬼知秦帝，蛮王属赵佗。出关收楚魏，深水下江沱。老尚思三辅，愁仍续《九歌》。唯应王景略，岁晚一来过。

朱庭珍评顾诗"用典使事，最精确切当，以读书多，故能擅长"（《筱园诗话》），上引诗句即是明证。如先用《山海经》夸父逐日以及《礼记·

乐记》"夹振之而驷伐，盛威于中国也"之典，赞美华山的历史，暗示可利用东崤、西崤的险峻环境，以成就抗清复明之大业。接着又反用《水经注》武王伐纣、天下既定、王及岳渎、放马华阳、散牛桃林，以及《淮南子》鲁阳授戈、日为之反三舍的典故，比喻复明之业远未成功。虽然如此，诗人并不灰心丧气，而是坚信"秦帝"（喻清帝）"今年祖龙死"（《史记·始皇本纪》），这不过是南越王赵佗之类妄自称王而已（《史记·南越尉佗列传》），鄙薄之意不言而喻。因此诗人图谋以华阴为根据地，"一旦有警，入山守险，不过十里之遥。若志在四方，则一出关，亦有建瓴之便"（《与三侄书》），至老不忘恢复旧京。沈德潜评顾炎武"风霜之气，松柏之质，两者兼有，就诗品论，亦不肯作第二流人"（《明诗别裁集》），诚非虚誉。

三　政治型山水诗

顾炎武山水诗第二种类型，是山水自然与社会现实直接相连，不再借助怀古中间环节。这类诗或以客观山水自身反映鼎革之变，或由景物而转向政治时局，主旨亦不在观赏山水，而在反映时局、表达爱国之志。如《海上四首》其一为浙江失守而作，《石射堋山》为清和硕郑亲王派定远大将侵湖广而作，《出雁门关屈、赵二生相送至此有赋》写雁门关之景，而含青海额鲁特入侵事等。再看古诗《重至京口》：

> 云阳至京口，水似巴川萦。逶迤见北山，乃是润州城。城北江南旧军垒，当年戍卒曾屯此。西上青天是帝京，天边泪作长江水。江水绕城回，山云傍驿开。遥看白羽扇，知是顾生来。

此诗为作者于顺治七年（1650）重到镇江、登北固楼时所作。诗描写镇江城北的大运河如巴江一样萦回曲折，长江水亦绕城回流；而北固山则逶迤起伏，山云飘浮；润州城耸立山上，下临大江，颇具气势。诗人由眼前景而联系城北昔日兵备副使杨文骢曾扼江驻守金山之营垒，与南下清兵相持，却终于被清兵于雾天偷渡攻溃的时事，心境为之悲凉；又欲"西上青天"投奔广西梧州永历帝而不可得，感情更加凄楚，乃即景取喻，"泪作长江水"，且"绕城回"。但诗人并不消沉悲观，他仍看到希望，相信时局终会改变，最后两句用虞世南《北堂书钞·晋中兴书》典：顾荣与甘卓等攻陈敏，顾荣等并登岸上，以白羽扇麾之，敏众皆溃散。此处"顾生"即顾荣，当指坚守桂林的瞿式耜，诗人仿佛看到他正卷土重来，复明信心为之倍增。诗人由眼前镇江山水而视通万里之外作空间景象的转移，爱国丹心跃然纸上。此诗五七言相间，五言句写感情之扬，七言句写感情之抑，形成感情跌宕、沉郁顿挫的效果，正得杜诗之精髓。而七律《白下》则为悲叹时局而作：

> 白下西风落叶侵，重来此地一登临。清笳皓月秋依垒，野烧寒星夜出林。万古河山应有主，频年戈甲苦相寻。从教一掬新亭泪，江水平添十丈深。

此诗为顺治十七年（1660）秋抵南京时所作。当时距南都陷落已十五年之久，但诗人新亭之泪未干，亡国之痛依然。前半首写登临所见南京秋景：西风萧瑟，吹卷落叶；营垒上空，秋月清冷，胡笳凄厉；山林飘出野火，映着点点寒星。南京之夜景幽冷萧森，与当年"长安佳丽日"时有天壤之别，这显然是诗人主观化的景象。而金陵今日令人洒泪的景象与"频年戈甲"、河山无主的时局相连：乙酉年清兵陷南都，以及张名振、郑成功率军进攻南京而失败，于是万古河山仍为异族统治，古都南京不能光复。此情此景自然激发起诗人的悲慨与力量，尾联巧用《世说新语·言语》关于南京新亭洒泪之典，既有"风景不殊，举目有山河之异"的悲怀，更有"当共戮力王室，克复神州"之壮志；而夸张"一掬新亭泪"使"江水平添十丈深"，则极写悲痛之深沉与志向之坚强，感人至深。诗以景收束，耐人寻味。

四 非政治型山水诗

顾炎武山水诗第三种类型则是以描写山水为主旨，既无怀古，亦未慨今，相对来说是比较纯粹的山水诗，但仍不无情志的寄托，与吟风弄月之作并非同类，这类诗佳作有《江上二首》《劳山歌》《济南》《龙门》《应州》《夏日》《关中杂诗》等古近体诗。早期之作《江上二首》其一云：

> 清霜覆芦花，秋向江岸白。青山矗江天，飞鸟去无迹。行行独愁思，今为远行客。晨樵水上峰，夜钓矶边石。酌水复烹鱼，可以供日

夕。且此恣盘桓，安能守阡陌？

此诗为诗人于顺治十一年（1654）秋游南京燕子矶留宿僧院时所作。全诗以描写江岸秋景为主。头两句以清霜与芦花相覆，极写江岸白茫茫的色调，透出深秋的凄迷清冷；三、四句转写青山独立，飞鸟绝迹，又显示江岸的空旷静寂：皆勾勒出寒秋山水的意境。在这样的时空背景下，诗人作为远行客暂居燕子矶僧院中，晨樵夜钓，酌水烹鱼，或如其另诗所谓"寄食清江院，从秋又涉冬"，"野宿从晨钓，山居傍夕烽"（《久留燕子矶院中有感而作》），生活似亦十分悠闲。但诗人为何"独愁思"呢？表面是"远行"的乡思，实际他并不甘愿"守阡陌"，心中所思是欲有所作为，要投入广阔的现实天地中去，后来的北游考察正是不甘守阡陌的具体行动。血管里流出的都是血。顾炎武时时心系复明大业，于此诗亦不难体味。

七古体《劳山歌》在顾炎武山水诗中别具一格，与顾氏质实的主体风格不同，想象丰富，颇具浪漫色彩。此诗写于顺治十四年（1657）北游登劳山之后。劳山在山东南即墨县六十里，滨海，分大劳山、小劳山，二山相连，其峰数十。全诗从不同侧面描摹出劳山的壮美。一写劳山的崔嵬气势："劳山拔地九千丈，崔嵬势压齐之东。下视大海出日月，上接元气包鸿蒙。"二写劳山众峰的风采："幽岩秘洞难具状，烟雾合沓来千峰。华楼独收众山景，一一环立生姿容。"三写劳山的荒凉苍莽："上有巨峰最崫屼，数载榛莽无人踪。重崖复岭行未极，涧壑窈窕来相通。天高日入不闻语，悄然众籁如秋冬。"四写劳山的古老神奇："奇花名药绝凡境，世人不识疑天工。云是老子曾过此，后有济北黄石公。至今虽作神人宅，凭高结构留仙宫。"五想象劳山与泰山相连："其东直走千余里，山形不绝连虚空。自此一山奠海右，截然世界称域中。"此外又写劳山的山民："捕鱼山之劳，伐木山之中。犹见山樵与村童，春日会鼓声逢逢。"最后总赞劳山之功："此山之高过岱宗，或者其让云雨功。宣气生物万里同，磅礴万古无终穷。"劳山不仅景观壮丽，更是布云施雨、养育万物的吉祥山、母亲山。因此结尾乃表白心愿："何时结屋依长松，啸歌山椒一老翁！"但诗中亦写到"古言齐国之富临淄次即墨，何以满目皆蒿莱"，虽仅两句，却为劳山涂上一抹悲凉色调，其言外之旨仍与时局相连。但总体来看，此诗是以审美的眼光观照与表现劳山的雄伟磅礴、古老神奇以及吉祥可亲，洋溢着诗人热爱祖国大好河山的强烈的激情。全诗一韵到底，笔墨淋漓，气势充沛，神思飞越，倒与李白的七古山水诗风格相近。虽然此类风格之作不多，但亦可显示顾炎武诗风并不单一。

综上所述，可知顾炎武很少纯粹审美的山水诗，大多具有社会功利性，有一股"金石气"，即以抒发抗清复明的情志为旨归。这是由明亡的政治时局、诗人的抗清阅历以及浓厚的民族意识所决定的。他的山水诗与其他言志纪实的诗一样，集中表现了斗争型遗民诗的心态，与吴嘉纪那种隐逸型的遗民诗有所不同。顾氏山水诗无论是写江南之景还是北国河山，都是亲历亲见，很少虚构，因此风格易于质实。其诗境用王国维《人间词话》的话来说，属于"写境"而非"造境"，即注重于情景的真实性，境界的现实性，而不追求情景的幻想与境界的超妙。这是由顾炎武求实的气质个性所规定的，与屈大均山水诗的"造境"适成对照。顾氏是大学者，腹笥甚富，因此长于用典，特别是怀古型山水诗更是典实络绎，且使事精当，具典雅深沉之致，无堆砌卖弄之弊。顾氏山水诗长于律体，从杜出，与明前后七子学杜之皮毛不可相提并论，颇得杜诗沉郁雄浑之神。当然在山水诗风格多样化上无法与杜诗相比，在体裁上绝句少佳诗亦是顾氏的弱点。

如果从中国山水诗自身发展角度来评价顾炎武以及其他一些遗民诗人的山水诗，审美价值的削弱，功利性的增强，使中国古典审美山水诗出现了断层，这未尝不是一种"过失"。只是这一过失不是顾炎武等遗民诗人有意造成的，而要归咎于那个鼎革的时代。

第二节 写境兼造境诗人吴嘉纪

吴嘉纪虽与顾炎武齐名，所谓"天壤两遗民"（洪亮吉《道中无事，偶作论诗截句二十首》），皆清初遗民诗人之佼佼者；但二人除了都具有怀念故国的民族感情与不仕新朝的坚贞气节之外，在许多方面是不同的。如顾氏于明亡后即投身抗清复明大业，吴氏则隐居僻壤，以吟诗自娱；顾氏为复明而壮游南北，行程数万里，阅历丰富，吴氏则于家乡教书糊口，或为谋生来往于东陶与扬州之间，从未远游；顾氏是思想家、学者，著有《日知录》等三十余种著作，吴氏则是单纯的诗人，并无学术建树。主客观条件的差异，使二人诗歌创作在题材、诗旨、风格、语言等方面各具特点,就山水诗而言亦不例外。

一 吴嘉纪的寒士生平

吴嘉纪(1618—1684),字宾贤,号野人,江苏泰州东陶(又称安丰)人。生于明万历四十六年(1618),自幼聪颖好学,曾习举子业,走学而优则仕的人生之路,亦尝获取州试第一。但二十七岁时明亡,忠君爱国的民族意识使他放弃了继续求仕的念头,所谓"江山非旧各酸辛,浮云富贵让他人"(《喜刘业师移家至陶上》),隐居于故乡。东陶滨海,以产盐著称,水患频繁,吴氏一介布衣,又无家产,生活十分贫困。题其居所名陋轩,"陋轩者,草屋一楹,环堵不蔽,与冷风凉月为邻,荒草寒烟为伍"(陈鼎《留溪外传》),景况凄凉,又患肺病,骨立形销。但他苦吟不辍,胜似贾岛。吴氏为人耿介,性情严冷,"不与得意人往还"(汪楫《陋轩诗序》),所交多乡野之士。但于扬州为周亮工、王士禛等名流所赏识,周氏为之刻印《陋轩诗》,周与王同时为其诗集作序予以张扬,野人之诗名,"不胫而驰于大江南北"(吴周祚《陋轩诗序》)。吴氏诗存一千四百余首,内容以反映扬州郡之三大害"盐笑""军输""河患"给百姓带来的灾难及抒写自己的贫困生活为主,另外亦有少量吊古伤今、表现民族感情之作。山水诗则有近百首,数量不算少。吴氏认为诗以抒写性情为本,反对追求华丽辞藻,故云:"哀乐不能已,寄情诗之歌。时俗昧其本,纷纷竞词华。"(《赠别李艾山》)而且强调感情要真诚无饰,认为"诗不出诚意,则不足传也"(孙枝蔚《吴宾贤陋轩集序》引)。他从实践中得出"风人本是穷愁人,乃知坎壈非不幸"(《江健六过访,阅其近诗有赠》)的结论,则是对诗穷而后工的传统观点的认同。当他选删好友王鸿宝诗后云:"闲删子所欢,更去人所恋,寥寥几歌咏,字字存颜面。"(《对雪选鸿宝诗》)又表明他对诗之具有个性的重视。他赞鸿宝"三十律无一意雷同,无一篇浮泛"(《王鸿宝哭崔季公三十律诗卷跋书》),也可见他对诗之创新、有特色之审美追求。这些片言只语的诗学观点在其山水诗中亦有所体现。

郑燮《板桥自叙》称:"陋轩诗最善说穷苦,惜其中山水不多,接交不广,华贵一无所有。所谓一家言,未可为天下才也。""山水不多"是指吴氏游历不广,所写山水风物限于故乡东陶以及扬州一带,最远不过是南京、镇江。这与顾炎武的山水诗描写大江南北之众多名山大河、雄关险隘以及名胜古迹,当然不可同日而语。

二 忧思型山水诗

吴嘉纪有少量山水诗与顾炎武一样具有政治功利性,以反映鼎革之变,寄托"故国久沦亡"(《杂述》)的故国之思为旨归。但吴氏并未参加抗清斗争,亦无复明壮志,只是"改剑为斧斤,聊作采薪叟"(《杂诗》)而已,诗亦意在宣泄心中的忧思,情调凄凉哀怨,"如九秋鹤唳,三峡猿啼"(康发祥《伯山诗话》),缺乏顾诗的浩然之气与悲壮之力。

吴嘉纪的故国之思、亡国之恨,在山水诗中一般表现得较为含蓄,多以描写山川景物的沧桑之感出之。如《登观音阁》:

> 荒丘萧瑟绝人踪,坐看江南远近峰。隋苑杪秋还落叶,平山亭午正鸣钟。草间杂沓谁家墓,楼上梳妆旧日容。多少繁华今已矣,西风吹老木芙蓉。

观音阁在扬州观音山上,相传是隋炀帝宫人吴绛仙梳妆台故址。扬州自古繁华,明代亦是经济发达之区。但清兵南下屠城十日,生灵涂炭,百业凋零,不啻桑田沧海之变。作为遗民诗人,吴嘉纪登阁四顾,心境为之悲凉,所见乃人烟罕见、荒丘萧瑟之景。隋苑本是"广陵城里昔繁华"(曾燦《维扬怀古》)的象征,今日亦是秋叶飘零,一片荒坟。这都暗寓扬州繁华乃是昨日梦,恰似秋风中的"木芙蓉"不再明花照眼矣。诗中意象皆寄托着作者亡国之哀,格调低沉压抑。又如《九月二十二日,扬州城西泛月,同诸子各赋一题,得荒寺》:"衰草遍隋宫,禅房秋寂寞。日斜僧不归,落叶惊黄雀。"亦是描绘隋宫、禅房荒凉寂寞之景:不仅衰草丛生,秋叶纷飞,而且僧去寺空,人迹绝灭,宛若劫难之景。实际上亦正是屠城十日之后,扬州元气大伤的反映,诗人亡国之痛寄寓其间。

吴嘉纪也有几首山水诗抒写亡国之恨比较明显,不全是以景暗寓。如五古《过钟山下》在追忆"兹山大江南,形势何雄特!万树隐蟠虬,四序葱葱碧"之昔日雄伟葱茏景色后,又感叹眼前:"但见下牛羊,不逢旧松柏。乾坤遭毁铄,祸害及木石。暮角受降城,寒潮瓜步驿。渡江吾迟迟,回首泪沾臆。"这明显是写清兵南下攻破南京大肆烧杀殃及钟山木石的景象,而"受降城"的暮角声,更勾起诗人对南明覆灭的痛苦回忆,以至不能不"回首泪沾臆"了。此诗写钟山万木葱葱之景,显然旨在反衬其沦亡后的荒芜萧条。最典型的借山水写亡国恨的作品还推《泊船观音门十首》。据《江南通志》:"观音门在江宁县北,明洪武中所见十六外郭门之一也。当直渎水入、江之口,为历代屯戍之处。"十首五律大半为抒情、纪事诗,诗意是明确表现"亡国恨无尽"之旨,并反映"人烟战后微""黄屋光辉瓦,纷纷碎入泥"的亡国之耻。以这种感情所写的三首山水诗自然不会是模山范水,吟风弄月,而是借景表现"亡国恨无尽"。如:

> 矶上谁长啸,苍然老匹夫。江山六朝在,天水一亭孤。秃树翔归鹭,层涛卷乱凫。渔舟安稳甚,吹笛入菰蒲。
>
> ——其二

诗人独立于燕子矶上仰天长啸,显然是在发泄胸中的"亡国恨"。六朝古都金陵已是"国破山河在"(杜甫《春望》),燕子矶上高耸的观音阁亦显得格外孤独无依,大有江山无主之恨。而"秃树""乱凫"等意象,亦明显蕴含乱世意味。尾联"吹笛入菰蒲"的渔舟则寄托着诗人远离乱世、归依自然的向往。又如其三写钟山"松杉焚已尽,鹳鹤暮空回。特特高原立,频频倦眼开。东风吹不歇,草色出寒灰"之景,又重申《过钟山下》之旨意,但表现得更具体真切。这类诗"抒写其忠孝节义之怀"(方硕甫《重刻吴野人先生陋轩诗序》),表现了遗民的"乾坤清气"(郭曾炘《杂题国朝诸名家诗集后》),与顾炎武同类诗旨的山水诗精神相通;只是悲凉之气弥漫字里行间,显示出对易代的无奈与颓丧。

吴嘉纪"家贫,虽丰年常乏食"(汪懋麟《陋轩诗序》),不得不为谋生糊口而四处奔波,其所谓"鄙人飘泊正苦饿"(《送汪二楫游摄山》)。在行旅中自然常看到山水景物,但有时要联想到自身的困境以及旅行的功利目的,因此就难以采取纯审美的态度观赏山水,诗则借山水抒写个人的忧愁。这样的诗自然多"严冷危苦之词"(汪懋麟《吴处士墓志》)。这种山水与个人愁苦相结合的作品有《僻壤》《野泊》《渡江》《泊东陶》《宿三江口》等十余首。如《野泊》写自己"衰年在道途",所见景物是"野渡人归尽,沙田雁自呼。船停枫叶落,月没客身孤",此时野渡无人,唯雁相伴,秋风萧瑟,卷起片片枫叶洒向船边,月亮没入黑云,四野一派凄迷。这是一个多么清寒孤寂的时空环境!但诗人却感叹道:"倘能免忧辱,飘泊敢长吁?"野泊之孤凄与穷困之忧辱相比,诗人宁可选择前者,其境遇之窘迫简直无以复加了,而《登燕子矶二首》其一,先以俯视角度勾勒山水之景:"空翠压苍波,高亭试一过。江流向北小,山色直南多。"山色空翠,水波苍碧,顿生严冷之意。然后诗人又把自己置于此山水意境间:"风雪孤舟远,饥寒两鬓皤。浮家愿不遂,老眼看渔蓑。"空间的转换,诗即由山水描摹进入"饥寒"衰老之悲的抒写,情调悲凉,诚属"怨咽之音"(《四库全书总目提要》),又满怀酸辛而"老辣严畏,有姜桂之气"(林昌彝《海天琴思录》)。此外,《渡江》写"风凄青塞雁,浪骇白头人"之景,而抒发"漂泊谁知我,饥寒易此身"之感;《南湖》写"野风吹树树可怜,远村近村无人烟""乱鸟连翩下夕照,细泉浙沥归秋田"之景,抒发"平生哀乐殊多事"之叹,皆感情真率,"幽冷凄清,如蝉嘶雁唳"(程士械《石桴诗钞序》)。此类诗之山水景物显然是诗人抒发悲哀的媒介。

三 审美型实景山水诗

吴嘉纪山水诗的主体是比较单纯的山水诗,这是与以功利型为主的顾炎武山水诗的最大差异。顾炎武民族意识比吴强烈,至老未放弃抗清复明之志,缺乏单纯观赏山水的闲情;而吴嘉纪虽不无民族感情,但过的是隐居生活,贫困的处境又使他对政治并不那么关切。当他得到朋友接济,生活尚能温饱,或与朋友相聚,游览山水时,即有闲情、有兴趣对山水进行审美观照,甚至向往异地奇山胜水。这就决定了他写下较多的审美型山水诗。这类山水诗又分为两种:一种是写自己亲历的实景;一种是诗人想象的远方虚景,多以送行诗形式表现(这在清初"江左三大家"之一的吴梅村山水诗中亦出现过,但不及吴嘉纪数量多)。此类诗旨在探寻山水之美,没有明显的功利性,但亦蕴藉诗人一定的感情。

吴嘉纪故乡东陶"地滨海,弥望沙黄苇白,无复山川灵秀之气"(陈璨《重订陋轩诗后序》)。但"美不美,家乡水",诗人对东陶的一山一水、一草一木,都充满热爱之情,并以诗吟咏之。如代表作《东陶杂咏十首》,分咏故乡的范公堤、勉仁堂、竹园、东寺磬、崇宁观钟、白龙潭、古石梁、常家井、园田、影山诸处山水田园,均以白描之笔写出乡土朴素之美。如其中《古石梁》写家乡北石桥之景:

场北夕阳多,石梁宜登陟。行人恋景光,去水无休息。闲泳鱼逐群，倒生草垂色。樵牧暮还家，相逢半相识。

诗人选择的是黄昏时古石梁的景物，有"日之夕矣，牛羊下来"（《诗经·君子于役》）的温馨气氛。诗人的视点由桥上而桥下，复归桥上，紧扣题意。无论是桥下的流水、鱼群、草色，还是桥上的"行人""樵牧"，都安闲、宁静，人与自然和谐亲近，这里仿佛是乱世中的一块净土，浸润着诗人的深情。又如其中《影山》则写出故乡山水之奇美：

泱漭东海边，一丘何𡾰𡾰。地僻名不章，湖清影自照。栖云林树低，惊月鹳雏叫。只应垂钓翁，系艇来登眺。

据《东台县志》：影山"在县治南四十里安丰场新丰团。自泽中起，高二丈余，草木蓊翳，隐隐如高峰特耸，翠黛横云，照水荡漾，古曰影山"。可见影山实际只是泽中一个两丈来高的土丘，但在诗人笔下，却被美化得颇具诗情画意。诗以浩瀚的东海作为背景，夸饰影山形象高耸陡直，虽地处僻壤名声不扬，但面对湖水的明镜照影自怜，亦颇有自得之乐。山上树丛虽低矮，却有白云栖息；山中虽寂寞，亦有小鹳鸣叫。这里远隔纷争的尘世，只有避世的"垂钓翁"来悠闲登眺。诗人向往之意尽在不言中。《东陶杂咏十首》基本上都是这类作品，纯用白描手法写故乡山水风光，语言朴素清新，风格不属严冷危苦一格，而是恬淡清真。黄心书"推野人为王、孟一流"（周亮工《与汪舟次书》），当指此类诗作。

吴嘉纪自顺治十三年（1656）岁暮赴扬州始，到康熙二十一年（1682）返乡居住，与扬州结下不解之缘，特别是顺治十八年（1661）以后，长期住在扬州，偶尔才返乡看望。因此吴氏有充裕时间遍游扬州山水名胜。随着时间的流逝，其亡国之恨逐渐淡薄，经济上时有朋友帮助，亦不再经常为饥寒忧虑，又颇多与诗友游览酬唱的机会，不乏心境佳时，从而写下审美型的扬州山水诗，如《登康山二首》《城北泛舟》《夜从客庵》《再登康山》等都是描写扬州山水的佳作。《登康山二首》其二云：

经岁羁人寰，登临忽生趣。夕阳澹澹敛，倒上城头树。同人命素瓮，言笑罕尘务。草根来蛱蝶，沙渚宿鸥鹭。龙钟不还乡，羞见东西路。

《扬州鼓吹词序》云："康山在徐宁门内，相传为开河时积土所成。明康状元海以救李梦阳罢官，隐居于此，佯狂玩世，终日对客弹琵琶痛饮而已。因以此得名。"吴嘉纪登康山观览，对其掌故并无兴趣，而只觉此刻摆脱人寰种种羁绊，分外轻松，兴趣浓郁：西天淡淡斜晖正逐渐收敛，仿佛有一支彩笔蘸着斜阳倒抹着城头树，别有一番奇趣。与陪同者孙枝蔚于山上畅饮谈笑，而忘却尘务琐事，一心沉浸在审美观照中。诗人目光由远而近，山上彩蝶翩翩，停在草根旁，河中沙渚，栖息着只只鸥鹭，气氛宁静闲淡。触景生情，诗人忽生倦鸟归林、游鱼返渊的一缕乡思，而差望通往故乡的东西大路。与同写扬州景物的《登观音阁》相比，此诗已无沧桑之感，更无亡国之恨，诗的风格亦迥然相异。又如《城北泛舟》：

　　高塍流细泉，湖草碧芊芊。燕子归僧舍，杨花落酒船。良辰连雨后，往事古台边。《水调》无人唱，隋宫起暮烟。

此诗当是写泛舟扬州城北瘦西湖所见春末夏初的风景。"细泉"是流动的绿，"湖草"是静止的绿，都表现出大自然旺盛的生命力。燕子归，杨花落，花鸟的动态描摹实际反衬着初夏的宁静。雨后良辰虽勾起诗人一股怀古心绪，但亦只是隋炀帝开汴河时自造的《水调》永远消逝，古老的隋宫飘浮起暮霭而已，并无伤今之意。诗人在这静穆的意境中得到美的享受与心灵的休憩。扬州山水诗的风格都偏于阴柔。

南京是六朝古都，又是前明开国之京师、南明之都城，吴嘉纪所写南京山水诗多寄寓"滔滔江水流"般的"亡国恨"，是十分自然的。但有两首写渡江至南京途中所见山水的诗篇，却是比较单纯的山水诗，主要描写长江与摄山的壮阔之景，具有崇高的美感，属于阳刚之作。如《渡扬子三首》其一云：

　　雾敛大江流，淼淼吴楚路。北风吹寒潮，吾挂片帆去。远岫隔树苍，狂湍拥桡怒。抱膝游空蒙，舒襟忘惊惧。鸣雁何连翩，飞下金陵渡。

诗人此行虽出于谋生目的，所谓"岁晏无衣食，奔走悲中肠"（《渡扬子三首》其二），但在渡江时已暂时忘却功利目的，而为长江的壮美而激动。

此诗与扬州山水诗之古淡不同,乃属"风骨颇遒,运思亦复镂刻"(《四库全书总目提要》)一类,近于杜诗。诗境界恢宏:云消雾散,大江奔流,吴头楚尾,水波淼淼,北风强劲,掀起寒潮。但诗人兴致甚浓,并不退缩,仍"挂片帆去"。在大江之中,望远山苍茫,听惊涛拍船,诗人却泰然自若,抱膝观赏,心胸舒畅,仿佛遨游于太空,真是"神情忽飞扬"(《渡扬子三首》其二),豪气勃发。同题其三则云:"落日压峰头,斜光射江底。洪波乱清晖,荡激数千里。"亦笔力苍劲,壮美的山水激起诗人强烈的审美快感。五古《渡江》则写春日江景:"近江心忽旷,独坐泛小航。雪水蜀山来,吴楚天洋洋。晚晴亦烟雾,春气增混茫。"境界亦甚壮美。渡江使诗人体会到一种新鲜的审美感受,眼界的开阔使心胸为之舒展,洋洋江天,浩渺烟波,一时消解了心中块垒。吴嘉纪还曾至镇江,写了《过金山寺》《望江山》等山水诗,与《渡扬子三首》等风貌相类。

四 审美型虚景山水诗

卓尔堪称吴嘉纪"生平不事游览"(《明遗民诗》),当然言过其实,但说他游览之地不广则是事实。其"不事游览"并不是不热爱山水,而是客观条件所限。吴氏是十分向往异地山水的,以至每当友人远行之际,吴氏即借抒写送行诗的机会,想象友人所赴地域的山水名胜之风貌,作为对自己没有机会游览的一种补偿。这种送行诗实际成为山水诗的"变种",在吴嘉纪诗集中至少有三十首,这显然丰富了其山水诗的内容。

吴嘉纪江南足迹只到过南京、镇江。但当其友人们远行至黄山、新安、屯溪、杭州、庐山乃至泉州时,吴氏亦与之神游,仿佛正亲历异乡山水一样,因此写下《黄山歌送程飞涛》《送汪左严归新安》《岁暮送汪舟次游匡庐》《送吴冠五还屯溪》《送汪濬之西泠》《送郑小白之泉州》等。如《送郑小白之泉州》:

> 出门逢暮春,花落大江滨。一水连三浙,千山入八闽。听猿榕树暗,下马荔枝新。羁思何能遣,沽醑有主人。

诗基本上是写景。首联写实景,接下两联皆想象友人郑小白进浙入闽所见之景,并不乏泉州地方风味。诗空间甚广,但比较空泛。写得更生动具体的是《黄山歌送程飞涛》，其前半首云：

> 蹑芒屩，抱鸣琴，登岭望天都，天际何岖嵌。岖嵌复氤氲，昔住轩辕君。丹成骑龙上天去，三十六峰唯白云。云生云涨失丘樊，天海浩浩波涛翻。扶桑日低却倒照，精光万顷摇心魂。岩峦绝非人世境，硗确都无泥土存。嫩松叶细干下垂，盘曲石上拿瘦根。空洞气冥漠，暗瀑声潺湲。林深鹤鸣风瑟瑟，老龙卧处寒潭昏。

如果不再读下去，简直看不出诗中所写之奇景全系诗人想象的结晶。诗先想象登高远望天都峰"高九百仞，健骨崚嶒，卓立天表"（靳修《歙县志》）的雄姿，并辅以黄帝骑龙上天的传说，增添其神奇色彩。接着又想象黄山三十二峰的浩浩云海，以及阳光下精光万顷动人心魄的壮观。然后再想象黄山奇松、暗瀑、寒潭，亦生动形象，如同亲眼所见。既有大笔作宏观勾勒，亦有工笔作微观刻画，黄山之奇妙尽入眼底。但诗人后半首中"伊予慕名胜，无羽难高骞"两句，却道出自己并未游览黄山。此诗与钱谦益的黄山组诗相比，自然不及亲历其境之作更真切，但凭借想象能描绘出如此境界亦令人惊叹。

吴嘉纪一生未曾北游，北国比江南要陌生得多，但他亦不乏虚拟北方山水景物之作。如《送汪左严北上》是为汪氏北上京师而作，诗人设身处地想象汪氏此行所见，所感：

> 燕山十二月，寒气正凝冱。雪打披裘人，风号无叶树。之子携琴书，临歧别亲故。先春到蓟门，今夜宿何处。村冷鸡早鸣，桥危马暗渡。疏星照童仆，残梦经道路。淮甸隔云望，金台仰面遇。三策献庙廊，知音笑相觑。

这分明是一首行旅山水诗，前半想象北国冬季严寒之景，后半想象友人行旅之苦。诗人选择燕山、寒气、飞雪、冷风、秃树等意象，渲染出酷寒之境，衬托汪氏此行的艰辛。内容决定了诗的风格严冷危苦。另有一首《和集之、简文登泰山绝顶观日出》以和诗形式虚构泰山观日出的情景，则是纯粹的山水诗：

径尽惟有空，低头闻烈风。峰高天欲到，海动日将红。星影落筇下，朝光开夜中。身如古初士，步步入鸿蒙。

此诗实际上并未描写"日出"时天地辉煌的情景，而是写太阳将出未出时的感受，这或许是诗人并无观日出的体验而藏拙的方法。诗人仿佛真的立于泰山之顶，望眼前天际空阔，听山林烈风阵阵，峰高摩天，大海躁动，星光坠落竹杖之下，朝曦即破夜色之幕，一个伟大的生命即将诞生。此时诗人感受自己如同古初之民，身心正融入鸿蒙世界之中，羽化而登仙。诗人对泰山日出境界的向往，可看作对现实处境之不满的曲折反映。诗人未曾登泰山，但把登南京钟山的体验融入其中，所以仍能表现得十分真切。可以想象，吴嘉纪如果有机会游览各地名山大川，该会留下更出色的诗篇！

综上所述，可对吴嘉纪山水诗作如下概括。

从诗意来看，因为吴嘉纪属于隐居型遗民诗人，特别是后期民族意识已不那么强烈，因此政治功利性已不是其山水诗的主旨，这是与斗争型遗民诗人顾炎武的根本差异。其山水诗的主体乃是审美型。这似可视作清初山水诗由功利型向审美型转变的一个中介。从中国山水诗的发展来看，是回归"正轨"的表现。

从诗艺来看，吴嘉纪山水诗最大的特点是"不须典实"，"胸无渣滓，故语语真朴，而越见空灵"（沈德潜《国朝诗集别裁》），多用白描，这同顾炎武诗之善于用典迥然不同。上引诸诗山川景物都以简朴生动的笔墨勾勒，虽无顾诗深刻典雅，但畅晓空灵。吴氏尤其善用动词与形容词，生动传神，五七律颇多警句，如："疾帆冲白鹭，怒浪拥苍鼋"（《登燕子矶》其二），"滩峻悬潮落，山多宿雾昏"（《送汪濬之西泠》），"淮流涨入郭，塔影倒沉湖"（《送汪三韩之秦邮》），"苇低摇水色，日落入蛙声"（《晴》），"远塔立残村雾影，枯榛生满夕阳痕"（《登东亭南城夕眺同以宾趾振松弟分韵》），"半空落日如沉水，几片寒云欲入门"（《过懒云斋看梅主人因留茗酌同鸿宝丽祖赋》），"如月小舟随举远，待人残雪隔江明"（《渡江访雨臣》），不胜枚举，皆耐人品味。

吴嘉纪的主体风格是"严冷危苦"，或曰"孤冷"（王士禛《分甘余话》）、"孤峭严冷"（夏苍《退庵随笔》），但这主要表现于反映民生疾苦或表现其"所遇之穷"的诗中。其山水诗则只是具有功利性的作品以严冷风格表现，从整体上看，其山水诗风格并非都如郊、岛一类，还有的恬淡似陶渊明，清幽似王、孟，遒劲似杜甫，风格因题材、诗旨而变化，呈现多样性。按王国维的"写境"与"造境"来概括吴嘉纪山水诗境，其写亲历之山水基本是"写境"，此与顾炎武山水诗相同；但其送行诗所虚构的山水，亦可视为"造境"，只是此"造境"的本质是以诗人曾亲历的山水为范本，借以想象未曾观赏过的山水之景，与屈大均对亲历之景以改造、升华，乃至赋予仙游之气有根本的不同，这种"造境"可名之为"准造境"。

第三节 造境诗人屈大均

清初遗民诗人中，有坚定的复明志向，积极投入抗清斗争，并有大量包含民族感情的作品者，除顾炎武之外，当推屈大均最为突出，恰如谭献所云："至若屈、顾处士，鼎湖之攀既哀，鲁阳之戈复激，慷慨任气，磊落使才，凭臆而言，前无古昔。乃有怨而近怒，哀而至伤者，则时为之也。"（《复堂日记》）金天羽因此亦"于三百年诗人服膺亭林、翁山"（《与郑苏堪先生论诗书》）。二人皆属斗争型遗民，其思想、阅历与诗歌题旨取向颇多相通之处，具"《春秋》《骚》《雅》之遗意也"（《与郑苏堪先生论诗书》）。这在二人山水诗中亦有鲜明体现。但二人创作题材、创作方法、艺术表现与审美情趣，却有很大差异，实际上代表了遗民山水诗的两种艺术形态。如果说顾炎武偏于王国维所谓的"写境"，那么屈大均则偏于"造境"（参见《人间词话》）。以审美价值而言，自然以后者为高。

一 屈大均的抗清生涯与诗学观

屈大均（1630—1696），字介子，一字翁山、泠君等，为僧时曾改名今种，字一灵。广东番禺人。明末诸生。自幼受父亲屈宜遇的严格传统教育。甲申之变时大均十五岁。顺治三年（1646）清兵陷广州，屈宜遇乃告诫大均："昔之时，不仕无义；今之时，龙荒之首，神夏之亡，有甚于春秋之世者，仕则无义，洁其身，所以存大伦也。汝其勉之！"（《澹足公阡表》）此诫大均终身铭记。顺治七年（1650）屈宜遇去世，次年大均乃遁迹为僧，时年二十一岁。一度隐居罗浮山，志存恢复，其改名今种，即含"忠君忧国，一点热血，使百千万劫忠臣义士种性不断"（钱谦益《罗浮种上人诗集序》）之意。大约顺治十四年（1657）大均开始北游，一生足迹半天下，"自荆、楚、吴、越、燕、齐、秦、晋之乡，遗墟废垒，靡不揽涕过之"（朱彝尊《九歌草堂诗集序》），游历之广较顾炎武有过之而无不及，而其拨乱反正之心则与顾氏同，意在考察形势，联络义士，以图完成复明大业。其间曾参与顺治十六年（1659）郑成功入长江攻打南京之举。康熙元年（1662）大均返乡，蓄发归儒。四年（1665）再度北上，远至西北华阴，与顾炎武等抗清志士缔交。六年（1667）归里。十二年（1673）吴三桂起兵反清，大均曾投奔至桂林任职，因发现其有称帝野心，后托病归里。十八年（1679）一度为避难又北上金陵，一年后又返乡，从此不复出游。三十五年（1696）赍志以殁，终年六十七岁。

作为"岭南三大家"之首，屈大均著有《道援堂诗集》《翁山诗外》《翁山文外》等诗文集，皆为入清后所作，具有强烈的反清思想，因此雍、乾以来一直被查禁。大均基于忠君爱国观念，极其崇仰屈原，以屈原后裔自许，并视屈原其人其诗为人生楷模，尝自称："予为三闾之子姓，学其人，又学其文。以大均为名者，思光大其能兼风雅之辞与争光日月之志也。"（《自字泠君说》）又云："不才多祖《离骚》词。"（《西蜀费锡璜数柱书来，自称私淑弟子，诗以答之》）后来龚自珍亦把大均与屈原相提并论："灵均出高阳，万古两苗裔。郁郁文词宗，芳馨闻上帝。"（《也读番禺集书其尾》）在诗的爱国感情与浪漫奇思等方面，大均与屈原确有血脉贯通之处。另外，如果说，顾炎武诗主要是学杜甫的话，那么屈大均尽管亦"得少陵、右丞、襄阳、嘉州四家之妙"（朱庭珍《筱园诗话》），但偏于学李白。他说李白"乐府篇篇是《楚辞》，湘累之后汝为师"（《采石题太白祠》），即明言以李白"为师"，还曾"自谓五律可比太白"（陈田《明诗纪事》卷一一引《广东诗粹》）。论者对大均"神似太白"（谭献《复堂日记》），"力祖唐音，而于太白为近"（宋长白《柳亭诗话》），"祖灵均而宗太白"（潘耒《广东新语序》）等评语皆颇中肯綮。大均之近太白，一表现在性格气质上，大均"性任侠，有奇才"（何日愈《退庵诗话》），"别具仙骨"（金天翮《答樊山老人论诗书》），超凡脱俗，与太白相似；二表现在创作上都善于"造境"，"感物造端，比兴托讽，大都妙于用虚"（《广东新语序》），神思超迈，想象奇特，充满仙游气息，浪漫色彩浓郁。这与顾炎武诗的基本写实形成鲜明对照。

屈大均论诗特别注重"善于比兴"，视之为"风人之能事"。他对

"比兴"的含义予以新的发挥，并不囿于修辞意义的解说，云："今之人大抵赋多而比兴少，求之于有而不求之于无，求之于实而不求之于虚，求之于近而不求之于远，求之于是而不求之于非，故其言愈工而愈细。"（上引均见《咏物诗引》）大均批评今之人"赋多"的诸弊端，旨在倡导诗歌创作的超迈、蕴藉、虚灵、出神入化，借比兴使"其情愈出，其旨愈深，而能感人于神明之际"（《书绿树篇后》），可见比兴之重要。大均诗之赋少而比兴多，正缘于此。大均好《易》，于诗亦崇尚《易》之神化精神："《易》以变化为道，诗道亦然。故曰知变化之道者其知神之所为。诗以神行，使人得其意于言外，若远若近，若无若有，若云之于天，月之于水，心得而会之，口不可得而言者，斯诗之神者也"，并认为"太白为五七言之圣"，"鼓之舞之以尽其神，由神入化，为其盛德之至者也"（《粤游杂咏序》）。又赞"雄奇惊变"之诗，"风驰电激，倏忽千万里"，"使天地万物皆听命于吾笔端，神化其情，鬼变其状，神出乎无声，鬼入乎无臭，以与造物者同游于不测，其才化，而学亦与之俱化"（《六莹堂诗集序》）。上引反映了屈大均十分强调诗人神与物游的主观创造精神，构思变化而不拘常规，想象大胆而不可预测，对客观物象则予以变形升华，从而营造出空灵惝恍的意境，具有极高的审美价值。大均的许多山水佳作是其审美理想的结晶。

二　山水诗的民族意识

屈大均诗集中山水诗约占一半篇幅，诸体皆备。这客观上决定于大均游历广泛，可描写的山水题材相当丰富；主观上则与大均喜爱山水自然，且才华横溢相关。正如王士禛《池北偶谈》所评："屈翁山少为诸生，有声，旋弃去为浮屠。久之，出游吴越，又数年，忽加冠巾，游秦、陇……自固原携妻至代州、上谷，再游京师，下吴会，自金陵归粤，妻随病死。其诗尤工于山林边塞，一代才也。"

屈大均借山水诗抒发兴亡之感，寄托恢复之志，这与顾炎武等遗民诗人并无二致。大均有一个观点："山水之清音，非山水之清音也，有所以为山水之清音也者。灌木之悲吟，非灌木之悲吟也，有所以为灌木之悲吟也者。"（《晋荟诗集引》）其意谓山水之"清音"与自然之"悲吟"，有其自然之外的原因，体现在山水诗中的感情与社会政治及诗人主观心境紧密联系。大均北游时朱明王朝已灭亡多年，但其故国之思、复明之志未变,其四处奔走为的是挽救抗清的危亡形势,完成复明大业,所谓"今天降蟊贼,王事艰且危"(《答新会谭非庸二首》),"断袂别亲友,成败俱不还。诛秦报天下,一死如泰山"(《出永平作》)。因此"当其所目击者宫阙陵寝、边塞营垒废兴之迹",即亲眼看到与故国覆亡相关联的景物时,激起强烈的民族意识,而发出"悲吟","故其词多悲伤慷慨"(卓尔堪《明遗民诗》)。

南京山水风物是明遗民诗人笔下常见的题材,多寄寓民族感情。因为南京曾是朱明王朝开国首都,有明太祖的陵寝,南明弘光朝亦建都于南京,南京无疑是故国的象征,此处的一山一水、一草一木,都会引发遗民诗人的兴亡之恨。屈大均一生多次到南京,在他眼中此地山水草木与宫阙陵寝,时时向他昭示着"神州俱陆沉"(《罗浮放歌》)之悲,于是寄情于景,写下《摄山秋夕作》《秣陵感怀》《钟山》《春望》《春日雨花台眺望有感二首》《秣陵春望有作》《灵谷寺》《次燕子矶作》等篇什。诗中客观自然景物,皆涂上了苍凉凄楚的主观感情色彩,构成主客观相冲突的"有我之境",蕴含着深沉的亡国之恨。这类诗多显示出大均"善于比兴",感人神明、情浓旨深的特点。如七绝《春望》:

烟雨催春春欲归,荒城最少是芳菲。生憎浦口多鸿雁,食尽芦花未北飞。

诗题采用杜甫旧题,已暗寓"国破山河在"之意蕴。诗写南京浦口暮春之景,烟雨迷蒙,春花凋零,一派荒凉,毫无春意。此恰如"灌木之悲吟",而"有所以为灌木之悲吟也者",即南京旧都已为清兵侵占,浦口众多的"鸿雁"显然具有比兴之义,它们从北方飞来,"食尽芦花"而不再飞走,则是清兵饮马长江、长期驻扎南京的写照。"生憎"二字将诗人亡国之恨表露无遗。又如《春日雨花台眺望有感二首》其一:

烟雨霏霏碧草齐,断肠春在孝陵西。松楸折尽寒山露,无处堪容杜宇啼。

雨花台"断肠春"之景明显被诗人主观化,浸润着诗人悲愤之情。诗人心中郁积的神州陆沉之痛因望见朱明王朝之象征的太祖"孝陵"而引发;又因寒山光秃而生"杜宇"无处悲啼之恨。"孝陵"比兴故国,"杜宇"又是诗人的化身,短短二十八字之景表现的是江山易主、无处立身的亡国之悲。上引两首以及其他写南京春景之作,借阴冷凄迷的"烟雨"营造意境气氛,沉闷而压抑,这无疑是诗人"兴亡无限恨"(《春水》)之心境的外现,属于"造境"。而写南京秋景之作亦不见秋高气爽之美,专写萧瑟悲凉之气。如七律《旧京感怀二首》其一下半首云:"燕雀湖空芳草长,胭脂井满落花肥。城边亦有阴山在,怪得风沙暗翠微。"前联寂寥凋零之景,暗示旧京的沉沦;后联之"阴山"本指"在江宁县西南"(原注)之小山,但具有双重比兴义:一是借比塞外之阴山;二是以阴山喻来自塞外的清军。"风沙暗翠微"亦寓有今日金陵百姓遭劫、暗无天日的深层意义。要之,大均的南京山水诗多具比兴之义,格调悲慨沉郁,在精神、风格上与杜诗相通。

与南京山水诗的沉郁悲凉相比,屈大均的北方塞上诗则显得雄宕豪迈,以抒发抗清复明的壮怀为主旋律。北方的幽燕之气与边塞的壮美之景,更适合大均的"任侠"之性,可以充分发挥其"奇才"妙思。这类诗体现了大均诗重"变化之道""雄奇惊变""风驰电激"的审美理想,因此大多选择变化飞动的意象,显示出生命的活力,郁勃着阳刚之气,壮人心魄。佳作有《过大梁作》《出塞作》《出永平作》《登轩辕台作》《登潼关怀远楼》《云州秋望》《边词》《河套》《塞上曲》《八达岭》《度居庸有感》《马陵》《望太行》等,数量远比南京山水诗为多。大均自称"戎马平生志,如何怨苦辛"(《边词》),渴望横戈跃马,上阵杀敌,颇有一股侠气。此"志"自然是抗清复明之志。五古《过大梁作》云:

  浮云无归心,黄河无安流。神鱼腾紫雾,苍鹰击高秋。类此雄豪士,滔滔事远游。远游欲何之,驱马登商丘。朝与侯嬴饮,暮为朱亥留。悲风起梁园,白草鸣飕飕。挥鞭控鸣镝,龙骑如星流。超山逐群兽,穿云落两鹙。归来宴吹台,酣舞双吴钩。惊沙翳白日,垂涕向神州。徒怀匹夫谅,未报百王仇。红颜渐欲变,岁月空悠悠。

诗人显然以远游的"雄豪士"自许,故开篇四句既是写大梁的秋景,又是即景取譬,以飘荡的浮云、激荡的黄河、飞腾的神鱼以及冲天的苍鹰来比兴自己北征之行,一连串的动态意象皆具劲健之力,生机盎然。大梁自古又是豪侠辈出的地方，诗人与今日的侯、朱一类人物朝夕相聚，挥鞭飞骑，猎兽射鹜，宣泄执戈杀敌之情，更显"雄豪"。只是大业未成，"未报百王仇"，诗末流露出壮志未酬、虚度年华的怅惘。但总的看，全诗之景仍寄托了诗人的雄豪气与"血气勇"（《出塞作》）。朱庭珍《筱园诗话》评大均诗得岑嘉州之妙，当指此类诗。又如五律《度居庸关有感三首》，每首前三联皆描写居庸关之险峻，如"崖石争盘束，羊肠不可攀"（其一），"地许孤城扼，天教一骑通"（其二），"峡山迷一线，陉水阻重河"（其三），笔力雄健，显示出居庸关"一夫当关，万夫莫开"的战略优势，但尾联则云"中华无锁钥，辜负万重山"（其一），"悲风吹不尽，战血染沙红"（其二），"由来天险地，容易倒前戈"（其三），地利终不能代替人和，其中包含诗人对前明灭亡历史教训的反思，感情由壮而悲。这一前壮后悲的感情结构是大均边塞诗（特别是五律）的基本抒情模式，《塞上曲二首》其二更是典型的力作：

  太行天下脊，万里翠微寒。日月相摩荡，龙蛇此郁盘。云横三晋暗，水落九河干。亘古飞狐险，凭谁封一丸？

前三联采用俯视天下的角度，写太行山的全景，有包容天地之概。诗又极尽比兴之妙。太行矗立则似神州脊梁，有红日皎月交相起落；横卧则似龙蛇郁盘，万里翠微阴寒：真乃高峻磅礴之极！而太行云水又关联着三晋的阴晴、九河的枯干，可见其地势的重要。但如此雄壮险要的太行山却引发了诗人的感慨悲凉：亘古飞狐口之天险，竟未能阻挡清兵入侵，如今亦无良材完成复明大业，尾联乃画龙点睛之笔。诗写太行山，以奇特的想象夸饰之、美化之，属于"造境"，但前三联之壮观旨在反衬尾联无人"封一丸"的悲凉，寄托诗人复明的理想。朱庭珍评"近代诗家，工五律者，莫如屈翁山、施愚山二家"（《筱园诗话》），可见屈大均五律的成就不凡。大均"自谓五律可比太白，而气体亦多似杜"之说亦不是自吹自擂。《塞上曲》及前引五律之作，其雄伟奇思确实与太白相近，而沉郁顿挫又颇似杜甫。

  屈大均出家隐居罗浮山时，写下大量山水诗。其中绝大部分以描写故乡山水的奇美、表现对故土的热爱为旨归，即使有故国之思亦极含蓄间接，但亦有少量诗明显寄寓亡国之痛。如七古《罗浮放歌》全诗十四句，前十句极力营造罗浮山的神奇境界：

> 罗浮山上梅花村，花开大者如玉盘。我昔化为一蝴蝶，五彩绡衣花作餐。忽遇仙人萼绿华，相携共访葛洪家。凤凰楼倚扶桑树，琥珀杯流东海霞。我心皎皎如秋月，光映寒潭无可说。

但后四句笔锋一转，出人意料地以亡国之悲结束全诗：

> 临风时弄一弦琴，猿鸣啾啾悲枫林。巢由不为苍生起，坐使神州俱陆沉。

诗以猿鸟悲鸣作过渡，而发出深沉的悲叹：因为没有巢父、许由这样的贤人起来挽救苍生，致使包括罗浮在内的中国大好河山都沉沦于异族之手。前面把罗浮写得越美，结尾的悲慨越深，自然抗清复明之志越坚。大均后来走出罗浮山北上，正是"为苍生起"挽救神州的具体行动，其感情结构之跌宕与前引五律相仿。而顾炎武、吴嘉纪等遗民山水诗较少这样的感情表现方式。因为他们缺乏大均的仙气与浪漫，诗境比较质实，不善以感情之扬来反衬感情之抑。

三　山水诗的浪漫精神

屈大均具有非凡的想象力，又酷爱自然山水，"别具仙骨"，自不会只把山水作为抒发民族感情的载体，而轻视对客观自然本身美质的发现与表现。因此他还有大量审美形态的山水诗更"神似太白"，亦上通屈赋。

罗浮山水诗是屈大均审美型山水诗的"重头戏"。前引《罗浮放歌》大半篇实为审美描绘，罗浮山宛如仙境，神奇浪漫。此外更有《游罗浮作》《东湖走笔寄詹明府》《望罗浮》《罗峰道中作》《将上惠阳舟中望罗浮即事奉呈王太守》《四百三十二峰草堂歌有赠》《罗浮探梅歌为臧喟亭作》等，则是比较纯粹的山水诗。它们大多穿插仙人、羲和、麻姑、玉女、天鸡等仙道神灵意象创造出"仙境"。其仙游之气正与楚辞、太白诗一脉相承。大概只有在这幻想的世界中，诗人才能摆脱现实的痛苦，心灵才能得到暂时的抚慰，如五古《游罗浮作》写罗浮山之境云：

> 鏊嵸两灵岳，佐命于祝融。蓬莱浮海来，与之合鸿蒙。曜真秘阴室，朱明开阳官。夜半海日飞，摇荡石楼红。石楼夹天起，云气流如水。日出见仙人，玲珑水帘里。迎我四百峰，蝴蝶大不已……潜龙宁勿用，雷雨将乘时。麻姑有酒田，聊自耕紫烟。捣药命红翠，流杯持寒泉。欢娱可因物，变化宁在天。

罗浮山在广东东江北岸，道教称为"第七洞天"，又名朱明曜真洞天，山多石室幽岩、洞天瀑布以及寺观等景观。传说"罗山之脉来自大庾，浮山乃蓬莱之一岛，来自海中，与罗山合，故曰罗浮"（《岭南志》），不仅形象巍峨，而且充满仙道神秘气氛。此诗正是融进道教传说，虚构出"日出见仙人"以及仙女的镜头，并以夸张手法描绘"夜半海日飞，摇荡石楼红""石楼夹天起，云气流如水"等气势飞动的云、日、石楼等意象，表现出自然旺盛的生命力。诗化美为媚，色彩绚丽，又实践了大均"诗以丽为贵"（《无题百咏序》）的观点。诗人隐居于这样的"仙境"中，自然惬意舒畅，若非神州陆沉，若非大均爱国情切，他可能终老于此。但大均毕竟自视为屈原后裔，他隐居罗浮只是待时而动，养精蓄锐而已，诗末"潜龙宁勿用，雷雨将乘时"两句即泄露了天机，当然甚含蓄。诗表面上反用《易·乾》"潜龙勿用"之语，实暗寓"飞龙在天"之意。七古《王太守作子日亭成，诗以美之》前半首写罗浮山观日出的壮美，大胆地以东岳泰山亦"不如"作衬托，以表达对罗浮的特殊感情：

> 泰山鸡鸣始见日，罗浮夜半踆乌出。南溟自是阳明谷，十日所浴光洋溢。三足欲栖上下枝，天鸡惊起黑如漆。珊瑚之树即扶桑，曜灵家在鲛人室。牂牁大洋咫尺间，蓬莱一股何曾失？未暾峰峰见东君，六螭先指浮山云。金光直射散飞电，火轮千里烧氤氲。玄黄鸡子连珠似，五色鸿蒙分不分？罗山势与浮峰并，见日有台当绝顶。泰山日观高不如，俯视朱天最空迥。

诗描写罗浮旭日意象可谓神思飞越，涂抹上浓郁的神话浪漫色彩，踆乌、扶桑、曜灵、东君、六螭、火轮、玄黄鸡子以及阳明谷、天鸡等神话意象，极尽"神化其情，鬼变其状"之能事，把罗浮旭日之奇美渲染到了极致，令人感受到旭日无比的光与热，喷发出的巨大的生命力，亦暗寓"天行健，君子以自强不息"之意蕴，而诗人站在罗山之顶亲观旭日破开五色鸿蒙，开辟出壮丽的新天地，视野的空迥胜于泰山著名的日观峰，诗人内心的激情与审美喜悦不言而喻。上引二首皆七古体。近体咏罗浮亦不乏佳作，此举五律《罗浮杂咏四首》其一：

> 松风无大小，吹得石楼飞。一片水帘影，纷纷落翠微。月为玉女镜，花是麻姑衣。寄语大蝴蝶，相迎羽客归。

此诗选择罗浮山富有特色的景观，具有道教圣地的仙气，诗前半注重写动态意象，后半采用比兴方法，颇能体现屈大均山水诗的主要艺术特征。其想象力、仙游气息，自有太白遗风。大均虽为释子，但山水诗罕有禅意却多"仙气"，可见其天性近仙道，而逃禅并非真心皈依佛门，只是避世的一种手段而已。

康熙四年（1665）屈大均再次北游，曾远至陕西华阴，与顾炎武会晤共商抗清大计。复明虽未成功，但亦有意外收获，那就是游览了西岳华山，并写了一组华山山水诗，如《华岳》《太华作》《华顶放歌同王伯佐》《历千尺峡、百尺峡诸崄至岳顶》《华阴二莲歌》《雪晴岳顶眺望》《古丈人洞草堂放歌》等，其中有的是借景言志，大半是写华山自然景观的崇高壮美。西岳华山亦为道教圣地之一，有"第四小洞天"之称，在陕西华阴城南，因"远而望之若花状"（《水经注》）得名。华山自古以雄奇著称，大均的华山诗多气势磅礴，意象壮硕，意境恢宏。《华岳》为五言百韵排律，全方位地记叙华山的历史、神话，多角度地描绘华山雄险之景，神化鬼变，功力非凡，足"令恃才傲物之李天生（因笃）叹服"（屈向邦《粤东诗话》），因篇长不录。这里且举七律《雪晴岳顶眺望》，展现登高眺望华山雪晴之景，颇新人耳目：

> 三峰雪照黄河白，万壑云含碧落空。醉向明星求露液，狂临仙掌舞天风。雷霆声起车箱里，日月光吞玉井中。阊阖仰观真咫尺，高皇精爽昔相通。

诗人站在华山东峰仙人掌之巅，不畏天风吹拂，大有李白"登高壮观天地间"(《庐山谣寄卢侍御虚舟》)之豪情胜概。下望三峰(华县别名)大地积雪皑皑,映得黄河一片洁白,又见万壑之中云雾弥漫,衬得天空深远青碧,整体观照三峰、万壑之景,构成壮阔宏大的立体空间;而想象伸手可向明星求仙露。抬头可见天门,亦为华山增添了仙道气息,诗写车箱谷水声如雷霆,想象莲花峰玉井吞吐日月,亦极壮观。诗人登高眺望,最后产生与长陵汉高祖灵魂"相通"的感受,又增加了诗的历史感与民族意识。此外如《上千尺峡、百尺峡至温神洞宿》则以游历行进的角度描写对华山的感受:"攀援铁绠数千尺,身似飞猿时一掷",极写华山自古一条路的险峻;"月中明灭白云流,风外砰磅瀑泉激",又写夜空云月之变化与风中飞泉之声情,都有流动劲健之气,是诗人心中浩然之气的对象化。陈融评说"翁山之诗,以气骨胜"(《颙园诗话》),由此可见。

屈大均特别钟情于与道教有关的名山,除罗浮、华山之外,还有一些写"第八小洞天"庐山的诗篇,亦颇具神奇色彩,庐山一大特点是多瀑布,山借瀑增飞动之势,瀑凭山显跌宕之姿。五律《五老峰背观三叠泉二首》其一就具有代表性:

面面峰峦绝,横天铁崖青。飞泉若烟雾,白昼走雷霆。激石成三叠,穿云出九屏。无人知此胜,来往水精灵。

大均在同题另诗中说:"我爱匡庐瀑,无如三叠泉。"可见三叠泉在庐山瀑布中的魅力非同一般。诗以五老峰的横天青崖为背景,既突出三叠泉飞泻时的"烟雾"之状,又传写其奔腾时的"雷霆"之声,声情并茂,惊心动魄。其奥秘即在于瀑布"激石成三叠"而产生了这特殊的美。水与石三次撞击,则一再飞扬,终于腾空"若烟雾",而水石撞击成雷亦穿云传出九屏之外了。诗尾仍不忘虚构出鲜活的"水精灵",为诗境增添几许生气与仙气。此外,《庐山道中》"一天飞瀑随风至,湿尽春衣人不知",写远方瀑布飞来的水珠之微;《送客上庐山》"庐山之奇在瀑布,飞流千道穿云树",想象庐山整体瀑布气势之壮,都形象传神。当然,相比而言,大均的庐山山水诗题材较单一,数量亦不多。

由上述可知,大均写山重在写其雄伟高峻的丰姿,突出其磅礴的气势;写瀑布重在写其飞腾形态,变化之妙:皆尽阳刚壮美之致。此外,大均还有一些写江河之作,诗亦"如万壑奔涛,一泻千里,放而不息,流而不竭"(王煐《岭南三大家诗选序》),同样表现出奔放的气势,而重在写江流的力量与速度,自属阳刚壮美的美学风格。如七古《上峡》中写西江:

> 水如奔箭穿霞壁,舟与浪花相拒敌。千岩万壑势将崩,一石中流犹荡激。风挟惊涛似飓来,斜吹一半断虹开。

如果说瀑布是垂直的江流,那么西江则如同平置的瀑布,诗写出其摧岩裂壑的气势与"劲悍"的伟力,以及"奔箭"般的神速。西江那种与岩壁巨石搏杀而一往无前的性情,正是诗人任侠个性的具象。又如七律《上十八滩二首》描写赣江情状云:"滩口云峰万朵迎,崩波直下虎头城。声含乱石雷霆怒,光出阴崖日月生。"(其一)"双帆倾仄入洪波,劲敌其如巨石多。水底风雷争喷出,烟中林岫暗飞过。"(其二)赣江水的声势与力量描写得"神化其情,鬼变其状",诗人注重于水与石的冲突来显示江水之伟力,充满昂扬奋发的精神,妙在以形传神,具有激人进取的艺术力量。七绝《泷中》之一亦是佳作:

> 舟随瀑水天边落,白浪如山倒翠微。巨石有时亦却立,白鹭欲下复惊飞。

"泷在乐昌县(今属广东)北,凡有六"(小序),"泷"即湍急的河流。此时诗人已不是站在岸上旁观,而是身处急流之中,写来更加真切。泷中水乃诸峰瀑布汇成,所以有从天落下之感,亦自然蓄积着巨大的力量,其如山白浪足以摧倒青翠的山崖,可谓夸而不诬;而河岸巨石会倒退,令白鹭落而复飞,又极写水流奔腾之速,舟行如飞,非身历其境者不能道出。全诗既有全景,亦有局部细节,从不同角度写出泷水之险、力、速,表现出大自然的雄奇壮美。

四 山水诗的隐逸思想

屈大均表现阳刚壮美的山水诗,无疑是其人本质力量的对象化,是其人格精神的外现。其诗风与精神颇似李白。但大均山水诗风格亦不乏"清苍雅淡",得"右丞、襄阳之妙"(朱庭珍《筱园诗话》)的阴柔之美的作品。

屈大均虽立志抗清复明，并为之四方奔走，其民族感情令人钦佩。但明遗民抗清复明之举，从历史发展规律的角度看，实际是一种幻想。抗清实践的屡屡失败亦使大均逐渐意识到复明希望的渺茫，后来终于隐居故乡不再活动则是对复明的彻底绝望，所谓"历尽人间险，我今解息机"（《彬江口》）。事实上，大均北游之前就隐居罗浮，因为大均热爱山林、向往仙道。其归依自然的思想在北游时依然藏在心中，只是爱国情切而不得不投身政治。当大均北游面对名山胜水，有时亦会闪现遁世隐居的念头，并流露于一些山水诗中。这与其坚决抗清复明的主导思想并不矛盾，人的思想本来就不是单一的。这类情思的作品主要是吴越山水诗，如《望天平》《春湖曲》《范蠡宅作》《钓台》《耶溪夜游》等，多为近体诗，因其风格不太适于用古体。

当屈大均来到苏州，所面对的是秀丽的江南景色，既无罗浮的神奇、庐山的气势，亦无塞上的雄浑与华山的险峻。这里有山而不高，有水而不急，所以不易激发诗人浪漫之思与雄豪之气，相反往往倒产生一种闲淡恬静的心境，一种欲拥抱自然、与山林相伴的情思。如《望天平》云：

> 天平青不断，雪尽数峰分。表里皆奇石，朝昏在白云。楼台横水出，钟磬隔花闻。采药吾将往，相随麋鹿群。

天平山位于苏州城南三十里，为著名风景地。此处以怪石、清泉、红枫而享"天平三绝"之誉，还有白云寺等景观。此诗采取远望的角度，所见自是全景、大景。时当初春，天平诸峰积雪溶尽，露出青翠，已无寒寂萧瑟之态。山本不高峻，自无雄浑之感。颔联写天平二绝：天平奇石处处林立，玲珑剔透，白云泉潺潺而流，沐浴着红日朗月，都显得清秀柔美，楼台静静地依傍着池水，钟磬悠悠地从白云寺中传出，境界祥和清幽。这样的情境逗引出诗人心中隐藏的念头：做个深山"采药"人，与自由自在的麋鹿为伍。此诗倒有点儿"禅意"，隐迹山林本来就与之相通。诗中意象多呈静态，风格确实"清苍雅淡"，与心境正相吻合。而《范蠡宅作》的结构则与之相反，开篇即揭示诗旨，"羡尔浮西子，扁舟湖海间"，为全诗奠定了功成身退、遁迹江湖的思想主旨，然后铺写太湖山水美不胜收，令诗人流连忘返：

芙蓉三万树，种满洞庭山。石上留香屐，烟中有翠鬟。狂吟水仙曲，惊起一双鹇。

洞庭山不仅种满了芙蓉树，更有西施留下的足迹，烟波中还隐现着西施的翠鬟，为太湖山水增添了迷人的神韵，境界优美清幽。只有当隐者狂吟"水仙曲"之时，才惊飞一双鹇鸟消失在太湖深处，颇具"鸟鸣山更幽"（王籍《入若耶溪》）之妙。"水仙"指游乐江湖而忘返者，袁郊《甘泽谣·陶岘》记云，"（陶岘）富有家业，择家有不欺而了事者，悉付之，身则泛艚江湖，遍游烟水，往往数岁不归"，"吴越之士，号为水仙"。"水仙曲"当指游乐江湖之曲，或指伯牙所作《水仙操》之曲亦可，要之皆与游乐江湖、远避尘世有关。诗中之景显然是作者心灵化了的"造境"，反映了诗人对"扁舟湖海间"的向往。

屈大均又游览了浙江富春江，凭吊严子陵钓台遗迹。他夜坐子陵祠下，感受着"光寒明月冷，影入绛河冥。双瀑为长带，千峰是翠屏"的幽寂，构想出"临风一舒啸，冉冉下仙星"（《子陵祠下夜坐》）的神仙境界，诗人已全身心沉浸在这境界中，其对东汉隐士严光的钦慕之意自蕴于山水之间。而《钓台》归隐之意则较为明显：

富春山万叠，雪映钓台青。予若桐江月，长随汉客星。寒猿吟石壁，白鹭落沙汀。渔父频招手，回舟入杳冥。

钓台为严子陵隐居处。他当年拒绝与光武帝刘秀合作，为中国古代隐士的楷模，备受后代赞美。此诗揭示题旨在颔联，又与《范蠡宅作》之首联与《望天平》之尾联不同，可见诗人构思之多变。"予若桐江月"，乃即景取喻，桐江即富春江别名。"长随汉客星"即追随严子陵之意。此处用典，《后汉书·严光传》："（光武帝）复引光入，论道旧故……因共偃卧，光以足加帝腹上，明日太史奏，客星犯御座甚急。帝笑曰：'朕故人严子陵共卧耳。'"客星或"汉客星"即指严光，杜甫《赠翰林张四学士》即有"天上张公子，宫中汉客星"之句。诗其余各联写钓台冬景，清丽、清寒而不艳丽、苦寒，此处即是寒猿、白鹭的归宿，亦是隐士寄身的佳境，那频频招手、"回舟入杳冥"的"渔父"正是隐者的化身。若不是复明大业未成，大均或许要随之而去矣。诗以景收束，余味不尽。

表现隐逸思想的山水诗当然不限于吴越之作，风格亦有以阳刚之气作反衬者。如《乐昌水涨》写广东乐昌涨水之景："春水三泷发，惊流两壁飞。蹴天过叠峰，洒雪乱晴晖。"境界并不闲淡，而是动荡不宁，现实社会政治亦正与此相仿，故曰"几时捐世事，来此坐渔矶"，表露了对归隐的渴望。《天岳》写衡山"白云吞七泽，红叶满三湘"之景，亦颇恢宏壮阔，但尾联却抒发了"蛟龙多蛰此，吾亦隐文章"的遁世情怀。当然这类风格的隐逸山水诗比较少。

总之，屈大均内心始终蛰伏着归隐的情结，随着抗清斗争的衰落而逐渐增长，最后终于隐居故里。这种思想在顾炎武诗中则很少体现。其原因在于气质、个性的差异，与民族意识及忠贞观念的强弱无涉。

综观屈大均山水诗创作，与其他著名诗人顾炎武、吴嘉纪相比较，其题材更丰富，审美价值更高。他不像顾炎武山水诗题旨比较单一，基本上以山水作为表现民族意识的载体，审美型山水诗相当薄弱；而是寄意寄托型、审美乃至隐逸型山水诗都有相当数量与质量的作品，给人以更丰富的思想启迪与审美享受。他更不像吴嘉纪山水诗范围狭窄，仅限于扬州、南京一带，对未亲临的山水胜地只能凭借想象来摹写，不够真切；而是把东南西北名山大川驱于笔端，而且皆写真情真景，令人眼界开阔，感受真切。在创作方法上，大均与顾、吴之偏于"写境"更是迥异，他属于"造境"诗人，他的"造境"与吴嘉纪之想象未亲历山水的"准造境"是两回事，主要是对实景进行改造、升华，予以仙道化，增添幻想浪漫的色彩。在清初遗民诗人大多学杜的风气中，大均虽亦学杜，但更重于学李白及屈原，且达到甚高的境界，可谓"超然独行，当世罕偶"（毛奇龄《岭南屈翁山诗集序》），"非时流可及"（《钱牧斋先生尺牍·与毛子晋》）。屈大均诗在当时具有相当影响，其未出岭南时，朱彝尊已持其诗稿"遍传吴下矣"，后来吴中还出现过"翁山派"（《屡得朋友书札感赋十首》之四自注）。而岭南诗人黎简的浪漫怪奇诗风隐然与大均相近，亦不能说和大均的山水诗无关联。

第三章　顺康山水诗审美性的强化

　　清初诗人，无论是作为贰臣的钱谦益、吴梅村一流，还是作为明遗民诗人的顾炎武、吴嘉纪、屈大均一辈，都与前明故国有着政治、身世或感情上的种种牵连。他们的诗歌创作都不同程度地蕴含着民族意识，山水诗亦常常具有社会政治功利性。但随着社会的发展，政权的巩固，清朝逐渐步入盛世，后起的顺康诗人代表"国朝六大家"施闰章、宋琬、朱彝尊、王士禛、查慎行、赵执信，除了朱彝尊为过渡性人物（早期抗清，后期仕清）外，基本上与前明没有多少政治或感情上的牵连，对于新朝亦无深仇大恨。他们生长于清朝，又出仕于清朝，政治立场自然站在清朝方面，民族意识十分淡薄。即使像朱彝尊这样曾投身抗清活动的人，后期亦放弃政治理想而心甘情愿地成为清朝权力机构的一员，自始至终都无钱谦益、吴梅村那样的忏悔之意。康熙盛世所显示出的强大生命力，使忠于故国的观念已不具有什么价值了。因此，顺康六大家的诗歌创作特别是本与政治相距较远的山水诗创作（朱彝尊抗清时期的山水诗除外），已基本不包含民族意识，即使有所寄托，亦只是个人仕途浮沉的感慨而已。这就决定了六大家的山水诗审美意识强于遗民诗人，审美型的山水诗成为创作主流。如果说遗民诗人在创作倾向上是学唐，那么顺康诗人则不仅学唐，而且经历了由学唐逐渐学宋的转化。从整体上看，施、宋、朱、王基本上承明前后七子遗绪，诗学盛唐；查、赵则基本学宋。从个体来看，朱彝尊是基本上学唐而晚年兼学宋，查慎行是早期曾学唐而主导是学宋。清初诗人之由学唐而渐学宋，体现了物极必反的事物发展规律。

　　"国朝六大家"的山水诗创作都有较高的成就。安徽宣城诗人施闰章（1618—1683）与山东莱州诗人宋琬（1614—1673）齐名，有"南施北宋"之目。"宋以雄健磊落胜，施以温柔敦厚胜"（沈德潜《清诗别裁集》），宋擅七言诗，施擅五言诗。施山水佳作如五律《燕子矶》《淳湖寻邢景之》《天衣寺同景玉桐君》等，皆境界静穆，"气味渊雅"（康发祥《伯山诗话》）；王士禛《池北偶谈》曾举出施闰章五言诗八十二联为《摘句图》，其中如"微雨洗山月，白云生客衣""雨色江城暮，滩声野寺秋""孤城春水岸，归鸟夕阳村""云气凉依水，鹤声清满林"等，皆渊雅平淡，有王、孟之风，具阴柔之美。但施诗亦不乏雄浑豪宕之作，代表作有七律《登岱》、五律《钱塘观潮》等，后诗写钱塘之景："海色雨中开，涛飞江上台。声驱千骑疾，气卷万山来。"充溢阳刚之气，笔力遒壮。而诗尾联"鸱夷有遗恨，终古使人哀"，乃是抒写忠而见疑、被裁归里的愤懑，与民族兴亡无涉。宋琬山水佳作大多属于施诗《钱塘观潮》一格，雄健壮美，如《华岳四首》《登西岳庙万寿阁》等写西岳华山雄姿，壮人胸怀，如："遥遥青黛削芙蓉，此日登临落雁峰。霄汉何人骑白鹿，天门有路跨苍龙。流沙弱水真杯勺，太白终南尽附庸。却忆巨灵开辟日，神功屑龠费陶熔。"（《华岳四首》之一）想象丰富，意境恢宏。其晚年入蜀，描写蜀地奇峰险滩之作如《峡中山水歌》等亦别开新境，气势豪宕，多以审美的眼光捕捉奇山异水之美质。而像《渡黄河》"人间更有风涛险，翻说黄河是畏途"的慨叹，则是对官场相互倾轧的黑暗现实真切体验，借自然风涛而衬之。六大家中的山东博山赵执信（1662—1744）的山水诗多与行旅相关。他一生游历甚广，山水诗以七绝为胜，景物清真，思路明晰，颇能体现其"诗中有人"的诗学观点。如《冷泉关》："霜凝疏树下残叶，马踏寒云穿乱山。十月行人觉衣薄，晓风吹送冷泉关。"诗境苍凉，景象清冷，却暗衬"行人"即诗人由山西太原主持乡试后得以返乡的喜悦心情。除六家之外，苏州诗人吴兆骞（1631—1684）流放东北所写的边塞山水诗亦独具特色。诗写东北山川景物，雄奇壮阔，又苍凉萧瑟，并寄寓了悲凉抑塞之情。吴氏之作开清代文士边塞诗之先声，值得注意，但顺康年间，最具代表性的山水诗人还推朱彝尊、王士禛、查慎行。

第一节　浙派初祖朱彝尊

一　朱彝尊的生平与诗学观

朱彝尊（1629—1709），字锡鬯，号竹垞，曾号小长芦钓鱼师、金风亭长等，今浙江嘉兴人。生于明崇祯二年（1629）。其曾祖朱国祚曾任户部尚书兼武英殿大学士，但"至彝尊，家已中落，变乱以后尤贫"（《清史稿》本传）。甲申之变时朱彝尊仅十六岁，他虽未曾仕明，但因先祖为明朝宰辅，对前朝有天然的感情。顺治年间曾参与浙东山阴以魏耕等人为骨干的反清团体的活动，图谋恢复，并远赴广东与抗清志士屈大均相识，后还与顾炎武交往，一度亦是抗清人物。但自康熙元年（1662）南明永历小朝廷覆灭、魏耕等人被害，朱彝尊为全身远祸而流亡到浙江永嘉，则已脱离抗清事业，为了生计走上游幕之途。他先后转徙于山西、山东、北京、江苏、福建各地，虽寄人篱下，备尝艰辛，但行万里路，"观览风尚，往往情为所移"（《荇溪诗集序》），写了不少山水诗、边塞诗。此阶段是其诗歌创作的高潮时期。康熙三年（1664）曾与出关的顾炎武、屈大均联络，但后来民族意识逐渐淡漠。至十八年（1679），其人生道路更发生一转折。此年他彻底改变了政治立场，应荐参加了博学鸿词试，并被授翰林院检讨，充《明史》纂修馆，后又充日讲官，知起居注，典试江南，值南书房。二十三年（1684）一度被劾罢官，二十九年（1690）又复职，两年后再罢官，乃返归故里。仕清时期为创作低潮期，山水诗乏善可陈。归田后朱彝尊曾重游闽粤，来往吴越，徜徉于山水之间，山水诗创作又出现小高潮，风格则由仕清前的"骚诵""关塞之音"变而为"渔师田父之语"（《荇溪诗集序》）。朱彝尊既是身负异才的诗人，又是学问渊博的学者，一生著述丰富，有《经义考》《明诗综》《日下旧闻》，以及诗文集《曝书亭集》等。

作为诗学家，朱彝尊受儒家正统思想影响较深。其诗学观点的核心思想是"醇雅"。基于此，他崇奉唐诗而贬低宋诗，称"学诗者以唐人为径，此遵道而得周行者也"（《王学士西征草序》），而批评"今之言诗者，每厌弃唐音，转入宋人之流派，高者师法苏、黄，下者乃效杨廷秀之体，叫嚣以为奇，俚鄙以为正"（《叶李二使君合刻诗序》）。其褒贬的标准在于认为唐诗"中正而和平"（《刘介于诗集序》）即雅正，而宋诗叫嚣、俚鄙，有悖于雅正之道。为使诗醇雅，朱彝尊又主张性情与学问并重。性情是诗的本质，朱氏所谓："诗之所由作，其情之不容已者乎！"（《钱舍人诗序》）但针对"今之诗家空疏浅薄"（《楝亭诗集序》）之弊，又强调性情须辅以学问，所谓"诗篇虽小技，其源本经史。必也万卷储，始足供驱使"（《斋中读书十二首》其十一）；他认为"诗必取材博为尚"，而经史学问正可"资以为诗材"（《鹊华山人诗集序》），增加诗醇雅之致。应该指出的是，朱彝尊之重学问与翁方纲的以考据为诗不同，后者有以学问代替性情之弊；而以学问为"诗材"亦非否定生活是创作的本源，这里主要是从诗的表现手段着眼的，朱氏之大量创作亦充分证明了这一点。

朱彝尊的创作实践与其诗学主张大体是一致的，他兼取汉魏六朝，而主要是学盛唐，邓汉仪称其"诗气格本于少陵，而兼以太白之风韵，故独为秀出"（《诗观二集》），另外亦"规模王、孟"（《四库全书总目提要》）。其为诗"句酌字斟，务归典雅，不屑随俗波靡，落宋人浅易蹊径"（查慎行《曝书亭诗集序》），"语不雅驯者勿道"（查慎行《腾笑集序》），对醇雅之致竭力追求。朱彝尊在理论上贬低宋诗，但洪亮吉《北江诗话》称他"晚宗北宋"，亦非空穴来风。屈大均亦有"逃唐归宋计亦得"（《送朱上舍》）之说，此外宋荦曾具体地指出其"高老生硬之议，正得涪翁三昧"（《跋朱竹垞和论画绝句》），徐澂卓指出其"明目张胆学苏子瞻"（《观斋脞录》），亦有一定根据。要之，朱氏晚年兼学宋是不可否认的。

二 抗清时期山水诗的民族意识

朱彝尊自称"予年十七，避兵夏墓，始学为诗"（《荇溪诗集序》），"年二十，即以诗、古文辞见知于江左耆儒遗老"（《亡妻冯孺人行述》）。其《曝书亭诗集》的诗歌创作即自顺治二年（1645）诗人十七岁时开始。他早年抗清时，胸怀壮志，敌视新朝，渴望恢复，民族意识强烈。因此不仅在抒情诗中"亡国之音，形于言表"（刘师培《书曝亭集后》），山水诗亦时掺杂政治思想，与社会现实相沟通。他与明遗民诗人一样最推重忠君爱国的诗圣杜甫，认为杜诗"无一字不关乎纲常伦纪之目，而写时状景之妙，自有不期工而工者。然则善学诗者，舍子美其谁师也"（《与高念祖论诗书》），这是他山水诗师杜的根本。

顺治二年（1645）清兵攻破南京，南明弘光朝覆灭。此时朱彝尊虽远在故乡嘉兴，但心中充满神州陆沉的孤独无依感。写于此年的《南湖即事》就是借景抒发内心不尽的悲凉"惆怅"：

> 南湖秋树绿，放棹出回塘。箫鼓闻流水，蒹葭泛夕阳。心随胡雁灭，目断楚云长。惆怅佳人去，凭谁咏凤凰？

南湖秋色依旧，风情未减，树绿水碧，芦青日红，又有箫鼓盈耳。但此时的江南美景实际是一种反衬，属于王夫之所谓的"以乐景写哀""一倍增其哀"（《姜斋诗话》）的表现方法，旨在抒发作为故国象征的弘光朝的沦亡而产生的悲哀。"心随胡雁灭"之景即形象地写出诗人的精神破灭感，"佳人去"则比喻弘光之亡，一种"皮之不存，毛将焉附"的亡国之哀、孤独之感油然而生。诗之颈联从杜甫《薄游》"遥空秋雁灭，半岭暮云长"化出，尾联则从孟浩然诗"彩笔题鹦鹉，佳人咏凤凰"化出，不仅显示出醇雅的风致，而且赋予了深刻的寓意。顺治三年（1646）清兵进而攻陷浙江，诗人家乡惨遭劫难。年前朱彝尊入赘归安冯镇鼐家，后又"避兵夏墓"。当诗人劫后重返郡城嘉兴，所见之景就自然与战乱相关，《晓入郡城》云：

  轻舟乘间入，系缆坏篱根。古道横边马，孤城闭水门。星含兵气动，月傍晓烟昏。辛苦乡关路，重来断客魂。

此诗写景旨在表现断魂之感。清晨诗人乘隙入城，平视所见是人家的"坏篱根"，是古道上驰骤的清军兵马，是孤城水门紧闭，一派战乱之景；仰望则星含兵气，晓月惨淡，亦昭示家乡大难临头之相。诗人一路辛苦重返乡关，所见如此景象，怎能不"断魂"呢？断魂实即亡国之哀也。

  朱彝尊早期的一些"纯写景"诗，似无明显的民族兴亡之哀，只写一种凄凉的心境，如"蛙声浮岸草，鸟影度江天"，本是夏景，但诗人的感觉却是"坐疑秋气近，萧瑟感流年"（《雨后即事二首》其一），蕴含着"悲哉秋之为气也，萧瑟兮草木摇落而变衰"（宋玉《九辩》）之意，这实际上仍是亡国之哀的曲折反映。而诗人笔下更多的是秋景，因为秋景萧瑟更宜负载悲凄的心境，如顺治九年（1652）所作《立秋后一夕同睦修季、俞亮、朱一是、缪永谋集屠爔斋》写"凉风吹细雨，萧瑟度庭阴"的秋景，表现的是"天边月落魄，江上独愁心。谁念新亭泪，飘零直至今"之情。"新亭泪"用《世说新语》之典，喻亡国的悲愤。朱氏早期的怀古型山水诗以古喻今，抒发复明之志，与顾炎武同类诗意旨相通。这类诗有《谒大禹陵二十韵》《越王台怀古》《岳忠武王庙》《崧台晚眺》等。顺治十四年（1657）于广东所写的《崧台晚眺》虽非典型的怀古型山水诗，但借古喻今之意甚明。诗云：

> 杰阁临江试独过,侧身天地一悲歌。苍梧风起愁云暮,高峡晴开落照多。绿草炎洲巢翠羽,金鞭沙市走明驼。平蛮更忆当年事,诸将谁同马伏波?

崧台在广东高要县外,台高二百余仞。诗人登台眺望,置身天地之间,俯仰古今,悲歌抒怀,"气韵不薄"(杨际昌《国朝诗话》)。尾联怀想东汉伏波将军马援征伐南方少数民族叛乱之往事,渴望今日抗清之将的出现。而感情的抒发是以苍凉壮阔之景象为基础的。此诗之景亦实亦虚。"苍梧风起"用《南海经》苍梧山左右出风之典,以苍梧山指代崧台所处山峰,"炎洲"借用《海内十洲记》南海中洲名,泛指岭南之地,类似词语皆显示诗人学问根底,又显得雅驯。诗境虽苍凉,但具典雅之致。

然而,随着岁月的流逝,抗清事业的衰落,朱彝尊的民族意识亦日趋淡化,何况人的思想感情是多方面的,因此其抗清时期的山水诗亦不尽是上述类型的,还有像《雄州歌四首》《七星岩水月宫》等描写粤地山水情之作,其中并无政治功利性,当然此类单纯的山水景物诗不是这个时期创作的主流。

三 游幕时期山水诗的唐音风韵

朱彝尊山水诗创作的丰收时期是康熙元年(1662)至十七年(1678)的游幕阶段。此间山水佳作以描写浙江与山西风光之作数量为多、质量为高。

康熙元年(1662),朱彝尊流亡永嘉避祸,沿途经兰溪、缙云、青田等地,均有山水之作,到永嘉后流连山水,更留下山水清音,这些越地山水诗风格不一,但皆学唐音。途中吟咏之力作《金华道上梦游天台歌》,驰骋才华,想象浪漫,正是邓汉仪所谓的"太白之风韵"古体诗,令人想起太白的《梦游天姥吟留别》。诗云:

> 吾闻天台山高一万八千丈,石梁远挂藤萝上。飞流直下天际来,散作哀湍众山响。烛龙衔日海风飘,犹是天鸡夜半潮。积雨自悬华顶月,明霞长建赤城标。我向金华问客程,兰溪溪水百尺清。金光瑶草不可拾,梦中忽遇皇初平。手携绿玉杖,引我天台行。天台山深断行路,乱石如羊纷可数。忽作哀猿四面啼,青林绿筱那相顾。我欲吹箫

驾孔鸾，璚台十二碧云端。入林未愁苔径滑，到面但觉松风寒。松门之西转清旷，桂树苍苍石坛上。云鬟玉洞展双扉，二女明妆俨相向。粲然启玉齿，对客前致词。昨朝东风来，吹我芳树枝。山桃花红亦已落，问君采药来何迟？曲房置酒张高宴，芝草胡麻迭相劝。不记仙源路易迷，樽前只道长相见。觉来霜月满城楼，恍忽天台自昔游。仍怜独客东南去，不似双溪西北流。

天台山位于浙江天台县北，为道教名山之一，其赤城山洞为道教第六洞天。此诗想象天台山的奇石异水，并驱遣古代典籍中有关的神话传说，出奇无穷，渲染其仙道气氛，显示出诗人学问之渊博。诗前八句从"闻"的角度想象天台奇观：山峻摩天，石梁高悬，瀑布飞泻，烛龙衔日，积雪映月，赤城如霞，真是意象壮美，词彩赡丽，气势奔放，确"似青莲"（《国朝诗话》）。接下二十八句主要写"梦中"天台山，如同李白写"梦游天姥"一样。如果说开头八句是旁观，此时则已入天台深处，既为梦境，则尽可奇思异想，于是诗人先与《神仙传》中的仙人皇初平邂逅，由仙人导游入天台深处探奇，历《神仙传》中"可变为羊"的奇石，闻四面猿啼，赏青林绿竹，境界清幽之至，不禁生出像《列仙传》中萧史一样的吹箫驾鸾飞上瀍台之妙想。不久又巧遇刘义庆《幽明录》中刘晨、阮肇入天台采药曾相逢的二仙女，她们明妆玉齿，设宴款待诗人，情意殷殷，令诗人迷醉，忘却尘世。最后四句又转回现实，梦中仙境更衬托出现实的严酷、此行避祸的孤寂。诗中"飞瀑"句化用李白《望庐山瀑布》"飞流直下三千尺"句，"但觉"句化用李白《赠嵩山焦炼师》"松风鸣夜弦"句，"仍怜"二句化用李白《寄崔侍御》"独怜一雁飞南海，却羡双溪解北流"句，固然可见此诗之学李白，而全诗的仙游气息，奇妙想象，更得李白诗之神韵。诗中之景空灵超脱，实因诗人此时并未亲游天台山，而虚构的才华亦堪称不凡。朱氏山水诗中似李白之作并不多，此诗益显可贵。

朱彝尊途经缙云时写有《缙云杂诗十首》，描写缙云山水风物，"规模王、孟"，别有一番自然冲淡的风味。试看其中二首：

朝闻谷口猿，暝宿崖上月。夜久天风吹，西岩桂花发。

——《西岩》

> 连山积翠深，白石空林广。落景不逢人，长歌自来往。
>
> ——《忘归台》

诗中描绘的是王维"空山不见人"式的山林境界，是诗人与自然合一的意境。这里有花木为邻，日月为伴，诗人或暝宿，或长歌，都体验到世外桃源般的静穆、平和的气息，诗人徜徉其间，似乎有一种安全感、归宿感。而来到永嘉后写作的《永嘉杂诗二十首》中的一些佳作，曾得到神韵诗人王士禛赞赏、"尤爱"（《渔洋诗话》），亦是其风格近王、孟，具有天然神韵之故。看其中三首：

> 已见官梅落，还闻谷鸟啼。愁人芳草色，绿遍射堂西。
>
> ——《西射堂》
>
> 苍苍山上松，飒飒松根雨。松子落空山，朝来不知处。
>
> ——《松台山》
>
> 鸟惊山月落，树静溪风缓。法鼓响空林，已有山僧饭。
>
> ——《瞿溪》

诗人避祸永嘉，有了安身立命之所，浙西又山水清佳，自然心境平和，诗中意象静谧，即使动态亦甚轻缓，声响同样轻悠，诗人心灵似乎得到解脱。上举多为五绝，最易见神韵。五律体永嘉山水诗亦不乏佳作，如《返照》：

> 返照开寒峡，江城入翠微。明霞飞不落，独鸟去还归。是处闻吹角，高楼尚曝衣。山家多畏虎，应各掩柴扉。

诗写永嘉傍晚时分的秋景，基本采用仰视的角度，境界显得开阔，但并无劲健之气；心境平和，似又有所寄托。诗熔杜甫与王、孟风格于一炉，自成一格。此诗题目取自杜甫诗题，首联两句分别从杜甫《返照》"返照开巫峡"、《重题郑氏东亭》"华亭入翠微"两句化出，言词雅驯，又启人联想。颔联被林昌彝评为"浑成出于天籁"（《海天琴思录》），意境深远悠然，又有王、孟之风神。

《四库全书总目提要》评朱彝尊"中岁以还，则学问愈博，风骨愈壮",这主要体现在诗人"北去云朔"(阮元《两浙䡎轩录》引《国初集》语)之作中,故尚镕说"竹垞诗以游晋所作为最"(《三家诗话》),诗风遒壮,"气格本于少陵"。但这阶段的山水诗,除了少数作品(如《来青轩》)尚未忘亡国之痛外,整体上看民族意识已不如抗清时期那么浓郁,诗旨基本上是写景兼怀古,或写景寓乡思,或写景见行旅之艰辛。

写景兼怀古诗有《土木堡》《宣府镇》《雁门关》《晚次崞县》等,其意蕴与早期写景怀古诗相比,已不重在抒发民族兴亡的悲愤,而是偏于总结前朝灭亡的历史教训,虽然不能说与民族感情无涉,但至少已不那么沉痛,而且多了理性认识。如《雁门关》:

南登雁门道,骋望勾注巅。山冈郁参错,石栈纷钩连。度岭风渐微,入关寒未捐。层冰如玉龙,万丈来蜿蜒。飞光一相射,我马忽不前。抗迹怀古人,千载诚多贤。郅都守长城,烽火静居延。刘琨发广漠,吟啸《扶风》篇。伟哉广与牧,勇略天下传。时来英雄奋,事去陵谷迁。数子不可期,劳歌为谁宣?嗷嗷中泽鸿,聆我慷慨言。

雁门关位于山西代县雁门山绝顶,"两山夹峙,形势险峻","自古为戍守重地"(《代州志》)。诗的前半首写自己由大同出发而南登雁门,先写骋望,见山冈参差交错,石栈钩连,山势可谓险峻;后写登岭入关,则见冰雪封山,宛若玉龙,且寒光射目,又突出山巅苦寒难行。诗后半首乃怀古,追思历代与雁门有关的战将贤人,如:汉景帝时的"雁门太守郅都","匈奴素闻郅都节,居边,为引兵去,竟郅都死不近雁门"(《史记·酷吏列传》);东晋爱国名将刘琨曾长期坚守并州,与入侵的异族作战;西汉飞将军李广,"尝为陇西、北地、雁门、代郡、云中太守,力战为名",令匈奴"避之数岁,不敢入"(《史记·李将军列传》);李牧,战国时赵之北边良将,"常居代(原雁门)备匈奴","破杀匈奴十余万骑"(《史记·李牧传》)。这些勇略非凡的"英雄"乘时而起,抗击异族侵略,保家卫国。但是他们已是历史烟云,现实并无这样的英雄,这正是前朝灭亡的原因,所以令诗人感慨不已。又如《宣镇府》尾句云:"边事百年虚想象,谁夸天险塞飞狐?"则斥责前明武宗及其后继者,昏庸无能,导致后来李自成义军经宣镇府入北京。这些诗都总结了前明的历史教训,诗人仿佛与前明的兴亡已不相干了。《雁门关》艺术表现上明显地以经史为诗材,博采《史记》《诗经》《晋书》《春秋公羊传》等材料，确实"学问愈博"。诗虽五古体，但颇多对偶之句，"关塞之音"显得"风骨愈壮"。

朱彝尊长年舟车南北，远离故土亲人，思乡怀亲之情自然郁积于心，特别是异地山水风物与家乡江南风光形成鲜明反差时，更易激发故土之思。如康熙三年（1664）冬至日登上山西大同白登台所写的《云中至日》即是代表作：

> 去岁山川缙云岭，今年雨雪白登台。可怜日至长为客，何意天涯数举杯。城晚角声通雁塞，关寒马色上龙堆。故园望断江村里，愁说梅花细细开。

诗前半首感叹自己羁旅生涯时间之长、空间之广，暗寓艰辛之意；颈联转写眼前雁门关萧瑟苦寒之景，城头日落，号角凄厉，塞外雪寒，沙漠荒寂。此景此情乃引发了诗人对故乡"江村""梅花细细开"之景的思念，加"愁说"二字使情思更显曲婉深长。尾句从杜甫《江畔独步寻花七绝句》"嫩蕊商量细细开"句化出，又具新意。又如《滹沱河》写滹沱河冰滑流急、孤城荒烟，而抒发"转忆江南多乐事，花浓齐放五湖船"的乡情，与《云中至日》同一机杼。而《黄河夜月》又借写景怀念妻子，属"五律得力（杜）工部"（朱庭珍《筱园诗话》）之作。诗云：

> 落月黄河曲，先秋白露寒。牵牛何皎皎，桂树此团团。直北程难计，天南泪不干。居人掩闺夕，知已梦长安。

诗写黄河月夜之景，牵牛星皎洁，朗月中桂影团团。此景当令诗人想到织女，想到寂寞嫦娥，更想到"天南泪不干"的家人，想到"居人掩闺夕"而梦到京师之外的诗人。此诗明显采用杜甫《月夜》从对面写来的方法，使亲人之间感情双向沟通。

朱彝尊"身在异乡为异客"而思乡之情，更集中表现在康熙十三年（1674）"旅食潞河（今北京通州），言归未遂，爰忆土风，成绝句百首"之《鸳鸯湖棹歌一百首》，他自称"聊比《竹枝》《浪淘沙》之调"（上引均见组诗小序）。一百首绝句堪称大型组诗，内容写故乡南湖"山水风俗物产之盛"（缪永谋序），借以弥补"言归未遂"之憾。诗风朴素自然，有民歌风味，林昌彝誉为"旨趣幽深，神韵独绝，七绝中之高品也"（《射鹰楼诗话》）。这里欣赏几首写景之作：

  沙头宿鹭傍船栖，柳外惊乌隔岸啼。为爱秋来好明月，湖东不住住湖西。

——其二

  西埏里接韭溪流，一篑瓶山古木秋。惯是争枝乌未宿，夜深啼上月波楼。

——其五

  携李亭荒蔓草存，金陀坊冷寺钟昏。湖天夜上高楼望，月出东南白苎村。

——其六

  百尺红楼四面窗，石梁一道锁晴江。自从湖有鸳鸯目，水鸟飞来定自双。

——其七

  鹰窠绝顶海风晴，乌兔秋残夜并生。铁锁石塘三百里，惊涛啮尽寄奴城。

——其七十二

仅上列五首诗，就写了南湖的山水、禽鸟、日月、草木、寺庙、亭台、石桥、古塘等意象，既有晴江，亦有月波；既有平湖，亦有惊涛，真是五光十色，无不蕴藉着诗人对家乡的眷念之情。诗语言明丽，又颇雅驯。杨际昌《国朝诗话》称"朱竹垞最工绝句《竹枝》体，国朝无出其右"，此组棹歌正是《竹枝》体，杨氏评价或许过高，但可资参考。

四 归隐时期山水诗的宋诗格调

  朱彝尊诗"其精华多在未仕以前"（《筱园诗话》），其仕清时期诗歌多应酬之作，山水诗创作处于低潮，可一提的不过是《燕京郊西杂咏同诸君分赋》一类，写京郊风景，风格平易，缺乏特色，毋庸赘述。康熙三十一年（1692）归田之后，朱彝尊山水诗创作数量颇丰。此时诗人心境闲适恬淡，既无兴亡之感，亦少思乡之情，而是以一种悠闲审美的态度观赏山水风光，有时还从山水中体悟人生的哲理。

朱彝尊归田后曾重游闽粤，又游吴越。游福建写下《仙掌峰瀑布》《天游观万峰亭》《樟滩》等古体力作，绘形绘色地勾勒福建奇山异水，生气灌注，炫人眼目。如《樟滩》云：

> 建溪饶惊药，樟滩最巉险。颠波势欲下，乱石故磨飐。洼坳碾作涡，刻露圭就琰。我哀忧患多，过此岂容敛？篙师凝睛立，尺水巧回闪。铿然矢投壶，狎恰不误点。轻舟恣一掷，纵若鸟脱罨。以兹推物理，遇境适夷险。人或发祸机，忍者思尽掩。扬澜沸平地，凿空架崖厂。由来人背啎，未必鬼神贬。济盈轨易濡，忠信幸无忝。习坎入坎凶，既出夫何玷。浮海桴可乘，舟楫况刳剡。

樟滩为闽北建溪之一段险滩。诗前六句写樟滩波势巉险。接下八句写"我"与篙师过滩时的镇定神态，突出诗人饱尝"忧患"已进入无所畏忌的超然心境。后十四句乃抒发越险滩时感悟到的"物理"，表达对人生的一种达观认识，全然"以议论为诗"（《沧浪诗话》），属"明目张胆学苏子瞻"之作，正是宋诗的特点。游闽时的近体山水诗亦值得重视，如《水口》：

> 岸阔滩平漾白沙，船人出险鼓停挝。为贪放溜风头望，不觉蜻蜓上桨牙。

诗写船过险滩所见岸阔滩平之景，亦表现闲适的心境。后半首分明有杨万里的俚俗诙谐意味，使人想起《小池》"小荷才露尖尖角，早有蜻蜓立上头"的诗境。

朱彝尊归田后更多的是写浙江山水的诗作，以近体诗为主，风格比较柔和，不似闽地古体山水诗那样劲健。这与所描写的山水对象的形态特点有关。如五古《桐庐雨泊》：

> 桐江生薄寒，急雨晚淋漉。炊烟起山家，化作云覆屋。居人寂无喧，一气沉岭腹。白鹭忽飞翻，让我沙际宿。

诗写雨中晚泊富春江所见之景。富春江山水绝佳，代有吟咏。但此诗并未写江水自身，而是写江畔山上人家，渲染一种祥和安宁的气氛，连白鹭翻飞，亦视为对诗人的友好表示。诗并无深言大义的寄托，只是写出人与自然的和谐关系，表现老年人与世无争的心态。类似格调的山水诗颇多，还有《江行三首》《东湖曲八首》《南山杂咏十七首》《松霭山房六咏》等。再举《松霭山房六咏》中的《清籁居》为例：

　　一夜雨鸣树，不知云几重。推窗看晓色，对面北高峰。

此诗写诗人于杭州松霭山房之清籁居，夜听雨声敲打树叶，晨看窗外北高峰山色，显得漫不经心，悠闲之至。诗用白描手法，毫不雕琢，亦不追求醇雅，有天籁之美。

　　值得一提的还有晚年写的《太湖罛船竹枝词十首》，堪与《鸳鸯湖棹歌一百首》媲美。这组诗描绘苏州太湖风光，自然明丽，确有竹枝词特色。且看其中二首：

　　具区万顷汇三州，点点青螺水上浮。到得石尤风四面，罛船打鼓发中流。

　　几日湖心舶趠风，朝霞初敛雨蒙蒙。小姑腕露金跳脱，帆脚能收白浪中。

前诗写太湖万顷，七十二峰如青螺出水，甚是壮阔；而在打头逆风吹起之时，网船打鼓进发的场景亦颇壮观。后诗写和风细雨中，腕露手镯的渔家姑娘驾舟太湖，于白浪中操帆自如，景美人更美，或者说太湖为太湖人添风采，太湖人为太湖增风韵。这种"渔师田父之语"反映了晚年的朱彝尊归依自然的人生态度。诗中"青螺"之喻乃化用刘禹锡《望洞庭》"遥望洞庭山水翠，白银盘里一青螺"之意；而"舶趠风"诗人自注引苏轼《舶趠风》诗引："吴中梅雨既过，飒然清风弥旬，岁岁如此。湖人谓之舶趠风……"亦见晚年时，苏轼对他的影响。另外，朱彝尊晚年"旅途与其中表查初白酬唱，多近宋人"（钱仲联《梦苕庵诗话》），其中亦有山水诗。

综上所述，可知朱彝尊的山水诗创作从内容到风格是不断变化的。内容上逐渐远离政治功利性：早年抗清时期以山水寄寓民族感情；游幕时期民族意识淡薄，借写山水抒发个人情思；仕清时期以吟咏山水宴游应酬；归田时期以讴歌山水反映闲适心境。风格上基本学盛唐，但早期冲淡学王、孟，中岁风骨遒壮学杜甫，偶学李白之浪漫，晚年复归宗王、孟，而兼学宋，于"国朝六大家"中开学宋之风气，直接影响到查慎行的主体学宋的转化，其被视为浙派开山祖师亦在于此。

朱彝尊山水诗的主要艺术特点是追求醇雅，这除了以经史为"诗材"之外，更表现为时常化用唐人诗句而赋予新意，使文辞雅驯。朱彝尊于清初诗坛占有很高的地位，与一代正宗王士禛齐名，有"南朱北王"之目，"屹然为南北二大宗师"（郑方坤《国朝名家诗钞小传》）。二人"盛行时，海内操觚者，莫不乞灵于两家"（杭世骏《词科掌录》），可见其影响之大。但赵执信《谈龙录》批评"朱贪多，王爱好"，"贪多"的含义颇模糊，《清史稿》释为"诗篇极富"，"或谓得一佳语，便可敷衍成篇"，而钱仲联先生《梦苕庵诗话》引近人姚大荣驳语，亦不无道理。要之，对朱氏"贪多"之评见仁见智，难以定论。但应该承认的是，朱氏诗为求雅驯，而化用前人诗语确实嫌多，白描之作甚少。后来的查慎行则正与之相反，而成就更大。

第二节　尊唐神韵诗人王士禛

与朱彝尊齐名的王士禛，在清代康熙诗坛占有"一代正宗"的地位，早期顺治年间即被文坛泰斗钱谦益委以"与君代兴"（《王贻上诗集序》）之重托，后果"主持风雅数十年"（《清史稿》卷二六六），这却非朱彝尊可比拟。在清代乃至整个中国古代山水诗史上，像王士禛那样既有丰富的山水诗创作，又有系统的山水诗理论指导的诗人并不多见，王士禛堪称中国山水诗的大家。

一　王士禛的生平与行旅

王士禛（1634—1711），字子真，一字贻上，号阮亭，别号渔洋山人，山东新城（今桓台）人。出身仕宦之家，曾祖父王之垣，明嘉靖进士，官至户部左侍郎，工诗文；祖父王象晋，明万历进士，官至浙江右布政史，亦善文；父亲王与敕，清顺治元年（1644）拔贡，封国子监祭酒；兄仕禄、仕禧、仕祜，亦皆能诗文。家学渊源与家庭文化环境，使王士禛六七岁时即爱诗、学诗；特别是长兄仕禄教授他唐王、孟、韦、柳诗，对他偏爱冲淡清远之作深有影响。顺治十二年（1655）入京会试中试，但未殿试而归；十四年（1657）游山东济南，曾与诸名士宴饮大明湖水面亭上，即席赋《秋柳诗四首》，诸名士唱和，皆不能及，王士禛诗名鹊起；十五年（1658）赴都殿试，中进士，次年授扬州推官，十七年（1660）赴任，在扬州数年常与文人学士酬唱集会，曾提携布衣吴嘉纪，又渡江游览镇江、常州、无锡、苏州各地山水名胜，颇多诗作，更赴常熟以诗贽钱谦益，大得赞赏。康熙三年（1664）被任命内迁礼部，次年入京赴任，此后屡有升迁，至三十八年（1699）官至刑部尚书。四十三年（1704）因申告冤抑案罢官返里，但四十九年（1710）诏命复职，只因染疡症未能成行，次年病卒，享年七十八岁。

王士禛步入仕途后仍笔耕不辍，特别是在京期间曾有三次出使远游的机会，大开眼界，为其山水诗创作提供了丰富的诗料。第一次是康熙十一年（1672）六月奉命典四川乡试，往返途中作诗三百五十余首，编为《蜀道集》；第二次是二十三年（1684）奉命赴广州祭告南海，此行作诗三百余首，编为《南海集》；第三次是三十五年（1696）奉命祭告西岳华山，写西行诗百篇，编为《雍益集》。这些诗以及在扬州期间的作品，构成王士禛山水诗的主体。其著作有《带经堂集》，包括诗、文、诗话等。

二 山水诗的理论——神韵说

从本质上讲，王士禛是一位山水诗人，这在清代诗人中具有一定的独特性。其诗论神韵说，归根结底是对山水诗的审美追求。王士禛所处时代基本是康熙盛世，自南明永历朝覆灭，郑成功病故之后，抗清复明的民族意识已渐消歇。王士禛本无朱彝尊的抗清阅历，一生仕途又颇顺利，所以亡国之痛、故国之思在他心中远比明遗民乃至朱彝尊前期淡薄。他早年虽亦曾关注民生疾苦，但更"少志爱山水"（《梁曰缉为言辋川雪中之游》），一生除了政务之外，主要精力是沉浸于对山川风物的审美观照，并探讨诗歌反映山水之美的艺术规律。神韵说是盛世的产物，亦是王士禛自身个性的体现。王士禛"独以神韵为宗"（《清史稿》卷二六六），还旨在针砭清初诗坛之弊。"明前后七子于诗，言必称盛唐、汉魏，其弊流于肤廓；公安派以宋人矫七子之失，其弊又流于浅率"（《中国历代文论选》第三册），而神韵说则"矫明代模拟之风"（施愚山），又"发大音希声"矫宋诗"清利流为空疏，新灵寝以佶屈"的"淫哇恶习"（俞兆晟《渔洋诗话序》引王士禛语）。

　　王士禛的神韵说有其美学渊源。古人明言"神韵"最早见于画论而后延及诗论。南朝谢赫论画云："神韵气力，不逮前贤；精微谨细，右过往哲。"（《古画品录》）开后世以"神韵"论文艺之先声。而对王士禛神韵说直接产生影响的是"南宗文人画派"的画论与创作，他们"以最省略的笔墨获取最深远的艺术效果，以减削迹象来增加意境"（钱锺书《中国诗与中国画》），这与神韵说的审美要求正相通，如宋荆浩论画重"远人无目，远水无波，远山无皴"的深远意境，郭忠恕"画天外数峰，略有笔墨，意在笔墨之外"的简略含蓄的表现艺术，王士禛皆体悟到"得诗之三昧，司空表圣所谓'不著一字，尽得风流'者也"（《香祖笔记》）。王士禛诗常具南宗派画境之美，正得益于此。中国诗论对神韵说具有直接启迪意义的是司空图与严羽的理论，王明言："严沧浪论诗云：'盛唐诸人，唯在兴趣，羚羊挂角，无迹可求，透彻玲珑，不可凑泊，如空中之音，相中之色，水中之月，镜中之象，言有尽而意无穷。'司空表圣论诗亦云：'味在酸咸之外'……于二家之言，别有心会。"（《唐贤三昧集序》）王士禛把他的诗学要旨明确概括为"神韵"始于二十八岁任扬州推官时，为课其子曾选唐五七言近体诗名为《神韵集》（已佚）；晚年选《唐贤三昧集》，又作《池北偶谈》引孔文谷论神韵语"诗以达性，然须清远为尚"，"总其妙在神韵矣"，可见其一生主神韵说未变。其神韵说的要旨之一是强调诗歌创作笔墨须简约，意境须含蓄深远，借以表达性情，他释"不著一字，尽得风流"（《二十四诗品·含蓄》）八字的真谛，即云"此性情之说也"（《师友诗传录》），又说"唐诗主情，故多蕴藉"（《带经堂诗话》卷二九），皆可为证。要旨之二是倡导冲淡、清远的艺术风格，翁方纲称王诗"专以冲和淡远为主"（《七言诗三昧举隅》），王于《二十四诗品》最推崇"冲淡""清奇""自然"三品（《鬲津草堂集序》），就是认为"冲淡"、"清奇"（即清远）等风格最具神韵，故诗人最欣赏王维、孟浩然的淡远，梅圣俞的"深远闲淡"（《渔洋诗话》），以及明人"古淡一派"（《池北偶谈》）。要旨之三是主张"根柢源于学问，兴会发于性情"（《渔洋文》），主张创作须有灵感，须有学问根柢，诗借典故增加诗的"古雅"。

钱谦益曾概括其论诗语云:"其谈艺有四言,曰典,曰远,曰谐,曰则。"(《王贻上诗集序》)王氏之言见于其《丙申诗旧序》:"典"指重学问根柢,使诗典雅;"远"指意境淡远;"谐"指"谐音律",诗具和谐动听的音节美;"则"即"丽以则",诗语言绮丽,陆机《文赋》所谓"诗缘情而绮靡",但又不失温柔敦厚之正则。此四言可与上述相互发明,还应注意到王士禛神韵说颇喜"禅悦山水之趣"(《居易录》),即诗表现出人面对自然山水之境,静心观照,物我同一,如同进入禅定,而产生愉悦自适的情趣。他又以禅论诗云:"严沧浪以禅喻诗,余深契其说,而五言尤为近之。如王、裴辋川绝句,字字入禅。他如'雨中山果落,竹下草虫鸣','明月松间照,清泉石上流'……妙谛微言,与世尊拈花,迦叶微笑,等无差别。通其解者,可语上乘。"(《咏雪亭诗序》)这里以禅悟说明人对山水妙谛的一种直觉的审美感觉。王士禛山水诗多有禅境、禅悦,正基于这一思想。

神韵说山水诗歌理论是王士禛山水诗创作的美学依据,具有颇高的审美价值,王士禛山水诗创作取得突出成就,离不开神韵说的指导。应该指出的是,明末清初以来的山水诗理论到王士禛才构成一种完整的理论体系。这一理论使山水诗创作彻底摆脱了政治功利性,显示出自身独立的审美价值,并表现创作主体于山水中个人的审美感悟。当然,作为一个诗人,其理论只是追求山水清音之神韵,满足于自然审美的享受,而无视诗之"言志"功能,显然放弃了诗人的社会责任感,这正适应了盛世粉饰太平的需要,亦是毋庸讳言的。

三 正声:阴柔优美的神韵山水诗

王士禛《带经堂诗集》存诗三千余首,康熙三十九年(1700)选编的《渔洋精华录》收诗一千余首。以《渔洋精华录》来说,其中山水诗及与山水有关的诗在半数以上。王士禛的确是"以清新俊逸之才,模山范水,批风抹月"(《四库全书总目提要》),"长于山林景物之作"(《国朝山左诗钞》引张笃庆《偶然草序》语)的诗人。如果说王士禛早年尚不乏《夏雨》《蚕租行》《春不雨》等"惟歌生民病"之作;那么中期以后则"《变风》《变雅》之音渐以不作"(陈维崧《渔洋诗集序》),一心吟咏山川风月矣。这固然与其"遍历秦、晋、洛、蜀、楚、粤、吴、越之乡"(《国朝名家诗钞小传》)的丰富阅历得江山之助有关,亦是其重山水自然甚于民生社会的结果。王士禛以主要精力钟情于自然，其山水诗创作取得突出成就是十分自然的。

王士禛"生平标神韵为正宗"（朱庭珍《筱园诗话》），其山水诗自以神韵山水诗为主体，为正宗，这些诗与神韵说的审美要求是相符合的。神韵诗以体裁而言，基本是五绝与七绝，陈衍所谓"七绝神韵同五绝"（《评渔洋精华录》附《评议》），洪亮吉称王"五七言绝句又胜于五七律"（《北江诗话》），显然是因为绝句短小精悍，更能体现神韵诗"以神韵制胜，气味深远，含蓄不露"（朱庭珍《筱园诗话》）的审美特征。而少量五古、五律、七律亦颇具神韵。七古体则与神韵绝缘，别具风貌。

王士禛祖上为明朝官员，当清兵攻破桓台时其家遭劫难，他还与明遗民屈大均、吴嘉纪、陈恭尹等人有交往。从这些情况看，他不会没有兴亡之感。但他毕竟不是志在复明的抗清志士与不仕新朝的遗民，而是新朝政权的一员，因此他早年曾有的兴亡之感远不如遗民志士那样深刻、强烈、鲜明。这在山水诗中表现得更突出。其兴亡之感是那么含蓄不露、隐约朦胧，以至诗之题旨引起论者的争论。如《秋柳诗四首》写景咏物，但对其意蕴就有吊明、寄怀美人、伤秋等多种观点，盖其吊明之意委实惝恍迷离。《秋柳诗四首》是不是山水诗，姑不详说。我们另看其《秦淮杂诗十四首》中的几首山水诗。这组诗是顺治十八年（1661）春，王士禛因事去苏州返回扬州，途经南京小住时所写，即景抒怀、写景、吊古、怀人，故曰"杂诗"。南京乃故国的象征，明遗民写金陵山水诗多寄寓亡国之恨、故国之思，虽寓情于景，但意旨甚明。如顾炎武《白下》"从教一掬新亭泪，江水平添十丈深"，吴嘉纪《泊船观音门十首》"亡国恨无尽，滔滔江水流"，屈大均《春日雨花台眺望有感二首》"烟雨霏霏碧草齐，断肠春在孝陵西"。而王士禛写于秦淮河畔的几首山水诗虽不无吊明之意，但却显示出"不著一字，尽得风流"的特点，别具神韵。试看三首七绝：

年来肠断秣陵舟，梦绕秦淮水上楼。十日雨丝风片里，浓春烟景似残秋。

——其一

三月秦淮新涨迟，千株杨柳尽垂丝。可怜一样西川种，不似灵和殿里时。

——其四

潮落秦淮春复秋，莫愁好作石城游。年来愁与春潮满，不信湖名尚莫愁。

——其五

烟花三月，本是令人愉悦的时节，但在诗人眼中却是"浓春烟景似残秋"，感受到令人"肠断"的"萧瑟"（其十四）。这种类似于悲秋的春"愁"，并非时间的错位，而是一种"有客搴裳俯逝波"（《登金山》）而不能的遗恨，是对昔日美好事物消亡的哀怨：如汉代灵和殿之柳的不复存在，前朝"秦淮水上楼"繁华之景的烟消云散，"莫愁"湖春潮的愁绪填满，凡此种种皆为"俯逝波"的表层含义，其深层意蕴其实是兴亡之感，是对十五年前南明之亡的一种悼念，但这种"味外之旨"委实缥缈，难以坐实。人评王士禛"登览之余，别深寄托"（《渔洋诗话》引张公选语），当包括这类诗。上引诗风格清远，语言典雅，"灵和殿"用《南史·张绪传》典，有"风流可爱"之意，"雨丝风片"用汤显祖《牡丹亭》语，清丽隽永，皆增添了诗的神韵。

　　王士禛的民族意识在其神韵山水诗中显然已被"稀释"，即使如此，其寓故国之思的山水诗为数亦不多。王士禛的神韵山水诗所寄寓的情思，常继承中国古代"文人的叹逝的传统"，表现为"对审美理想中美好事物消逝和宇宙变幻不居所形成的人间惆怅的敏感"[①]。这类情韵的山水诗数量颇多，以描写秋景为主。如顺治十七年（1660）于金陵观长江秋景写的两首绝句即是典型的作品：

萧条秋雨夕，苍茫楚江晦。时见一舟行，蒙蒙水云外。

——《即目》

吴头楚尾路如何，烟雨秋深暗白波。晚趁寒潮渡江去，满林黄叶雁声多。

——《江上》

这两首绝句具有浓郁的"萧瑟秋为气"（《秋暮与家兄礼吉、叔子小饮有怀》）的氛围，寒秋阴湿凄冷之景更易触动诗人敏感的心弦，产生一种岁

[①] 吴调公：《论王渔洋的自然美艺术观》，《学术月刊》1987年第1期。

月不居的惆怅；然后又反过来把这种感伤的情思融入山水之中，所谓"目既往还，心亦吐纳"（刘勰《文心雕龙·物色》），在物我交融合一中，体悟与表现自然"春秋代序，阴阳惨舒"（刘勰《文心雕龙·物色》）的迁逝规律以及悲凉的感受。《即目》写秋雨长江的时空意象，构成迷蒙阴晦的境界，但缀以云水外之"一舟行"，静中有动，暗中有亮，又使意境深远空灵，把人的情思引向时空之外，有一种精神解脱的审美享受。《江上》同样写长江秋雨凄迷之景，又隐约表现一种悲秋忧生的意识，这与当时诗人正患病心绪不佳相关。眼前的寒秋，已无春之明媚、夏之绚烂，美好的时光流逝殆尽，自然之景的衰败自然引起诗人对自身生命"季节"迁逝的感伤。那昏迷的烟雨、幽咽的寒潮、飘零的黄叶、惊心的雁叫，其实都是诗人叹逝之悲的对象化。两诗清奇萧澹，虚实相生，颇具艺术张力，而神韵自见。

王士禛的神韵山水诗，常赋予山水空间意象以时间的内涵，或者说在即目的山水空间中寻觅其蕴含的历史痕迹，使自然山水增添人文意味，具有更丰富的美感。因此写景兼怀古是其山水诗的常见的类型，仍属于文人叹逝的范畴。其怀古内容不一，最具审美感受的是对古代文人的追思。如七绝《高邮雨泊》：

寒雨秦邮夜泊船，南湖新涨水连天。风流不见秦淮海，寂寞人间五百年。

此诗写于顺治十七年（1660）三月赴扬州推官任雨泊江苏高邮南湖时。杨际昌《国朝诗话》评王士禛七绝"终以眼前情景天然、有兴会有情寄者，为最上乘"，《高邮雨泊》即为例证之一。诗人眼前天然情景是寒雨潇潇，南湖水涨，四野沉寂，由空间的寥廓寂寞而联想出时间五百年之寂寞，而时空的寂寞乃是北宋高邮大词人秦观（号淮海居士）一代名士风流的消歇所致。因此诗人面对高邮雨景之叹逝就不仅是岁月不居之感，而且具有对名士风流难以永存的感伤。其中自寓有诗人对自身身后命运的哀怜。又如《海岳庵拜苏、米二公像》云"江月长如此，高人去不还"，则以自然江月的永驻，反衬高人文采的短暂。再如《真州绝句五首》其五："残月晓风仙掌路，何人为吊柳屯田？"亦同出一辙。王士禛这类诗的景象多写得凄清，虽然他仕途颇顺，但时有忧生之思，故而景象感情色彩亦较浓。

王士禛的气质多愁善感，近乎感伤诗人。其山水诗写得清奇、凄迷不仅借以抒写叹逝之意，而且常借以表现怀亲思友之情。他常为人生的不能圆满，如兄弟天各一方，朋友经常离散而惆怅、伤感。但诗人很少直抒胸臆，多借景抒怀，一些山水诗正承担了这一任务。而情怀的忧伤，又决定了景物的清幽凄迷。如在兄弟关系中，王士禛与长兄王士禄（西樵）感情最深，因此尤多怀兄之作。如《雪后怀家兄西樵》《夜雨题寒山寺寄西樵、礼吉二首》《登瓜洲大观楼见月怀西樵》《酬怀家兄西樵》《夜泊江口闻笛声寄家兄西樵四首》等。且看《夜雨题寒山寺寄西樵、礼吉二首》：

日暮东塘正落潮，孤篷泊处雨潇潇。疏钟夜火寒山寺，记过吴枫第几桥？

枫叶萧萧水驿空，离居千里怅难同。十年旧约江南梦，独听寒山半夜钟。

王士禛《分甘余话》记云："顺治辛丑，春雨中泊枫桥，寄先兄西樵二绝"，即指此二诗。诗将苏州枫桥之实景与唐诗《枫桥夜泊》的意境相融合而构成新的意境，分外古雅。听觉意象突出古老的"夜半钟声"，视觉意象突出即目的潇潇夜雨、萧萧枫叶，以映衬自己"孤篷"独听而与兄"离居千里"的孤寂感受，以及不能与兄同践"十年旧约"共游江南的忧郁。诗境凄清而怀兄之情见于言外。又如《奉酬西樵先生阁夜闻鹤之作》，以"楚江烟鹤鸣，风雪萧萧夜"的凄寒之景，映衬诗人"十载别离心，相对寒灯下"的思兄之情，耐人品味。怀友之作亦大体相类。如《寄陈伯玑金陵》：

东风作意吹杨柳，绿到芜城第几桥？欲折一枝寄相忆，隔江残笛雨潇潇。

此诗写于扬州任职时。陈伯玑乃江西一贫士，曾小住扬州，得到王士禛的照顾，二人结下深厚的友谊。写此诗时陈伯玑正客居南京。当春风吹柳、扬州桥头漾起一片新绿之时，乃自然而然地涌起类似《荆州记》陆凯

"自江南寄梅花一枝"给远在长安的好友范晔的念头,以折柳相寄表示思念之情。但二人相隔大江,又逢春雨潇潇,诗人眼前只能遥想友人正孤独地吹奏着哀怨的笛声而已。诗末化用皇甫松《忆江南》"夜船吹笛雨潇潇"之境,增添了诗境之典雅气氛。而诗人怀友之情恰如笛声,余音袅袅,韵味无穷。

上述王士禛神韵山水诗为构成凄清意境、蕴藉感伤之情调,在意象选择上多采用黄昏、秋雨,即使春雨亦多"潇潇",显得昏暗迷蒙。但王士禛这种冷色调的山水诗只是一种形态,还有暖色调的神韵山水诗。当诗人面对秀丽的山水风物,沉浸在审美观照的愉悦心境之时,就似丹青妙手,勾勒出大自然明朗的优美画境,展示出自然的魅力,主客观处于和谐之美的关系中。康熙元年(1662)所作《真州绝句》之一,堪称代表作:

> 江干多是钓人居,柳陌菱塘一带疏。好是日斜风定后,半江红树卖鲈鱼。

《渔洋诗话》记云:"又在真州作绝句云:'好是日斜风定后,半江红树卖鲈鱼。'……江淮间多写为图画。"可见此诗具有画境。诗前两句先以疏淡的水墨笔触勾勒长江岸边渔村的秋日环境,作为背景,后两句则以明丽的色彩描绘火红的江枫映红半江水的美景,以及红树下叫卖鲈鱼的闹意,诗先淡后浓,先抑后扬,构成一幅立体的"江干渔村图",蕴含着大自然秋日成熟的生命力,以及诗人对自然与生命的热爱。惠栋注此诗引宗梅岑诗,有"我爱新城诗句好,半江红树卖鲈鱼"之句,所谓"好"或如赵执信所谓"王爱好"(《谈艺录》),即指诗句之明丽秀美。又如康熙二十四年(1685)四月祭南海归途经江西彭泽县小孤山,"江干看晚霞,最是妙境。余尝阻风小孤二日,看晚霞极尽妍态,顿忘留滞之苦,虽舟人告米尽,不恤也"(《渔洋诗话》),并写下七绝《江上看晚霞三首》,其一云:

> 彭泽县前风倒吹,三朝休怨峭帆迟。余霞散绮澄江练,满眼青山小谢诗。

前半首以"休怨"构成悬念,逗人兴味,后半首即点出"休怨"之由,原是贪恋小孤山晚霞如锦、澄江似练、青山清丽。第三句化用谢朓名句

"余霞散成绮,澄江静如练"(《晚登三山还望京邑》)的优美意境,典雅贴切。尾句化实为虚,空灵超脱,南朝著名诗人谢朓诗"句多清丽,韵亦悠扬"(黄子云《野鸿诗的》),以"小谢诗"喻青山之诗情画意,出人意想,更有神韵悠然之妙,真是诗"贵词简意长,不可明白说尽"(《带经堂诗话》)的审美特点的生动体现,而全诗色彩明丽,红、白、青相映,颇具丹青之境。

王士禛山水诗具有清丽悠远的画境之美的作品为数甚多,如:"虎山桥畔尽层松,掩映寒流古寺红"(《虎山擅胜阁眺光福以雨阻不得住》),"鹅儿湖北烟初暝,背指明霞几缕红"(《即事》),"凿翠流丹杳霭间,银涛雪浪急潺湲"(《大风渡江三首》),"层层远树浮青荠,叶叶轻帆起白鸥"(《瓜洲渡二首》),"明月云中出,流光水上浮"(《秦淮泛月宿青溪有寄二首》),"萧萧沙鸟白,漠漠渚花红"(《瓶中荷花开偶成二首》),"黛色横天际,苍苍秦望山"(《青旸道中二首》)等皆景象明朗,形象鲜明,色彩明丽,可入图画,又具艺术张力,有供人想象的余地。

王士禛神韵山水诗的主体,应是风格冲淡之作,论者称王士禛"足继王、孟诸公"(田同之《西圃诗话》),亦主要指风格简淡隽永之作。王士禛诗虽表现种种感伤之音,叹逝吊古,思亲怀友,但属于敏感心弦的阵动。他官运亨通,备受皇帝恩宠,心中并无大波大澜,平和闲静,才是心境的常态,偶尔风乍起,才吹皱一池春水。在大自然的怀抱中,就更显得闲适自得,诗境亦自然冲淡清幽。此类诗常描写山林佛寺之景,寄寓诗人所谓"禅心""禅悦",体现几分"禅意",因为山林佛寺的境界、气氛,与诗人闲适冲淡的情怀正相吻合。如《宿弘济寺晓登观音岩眺望》《招隐寺》《自招隐登夹山入竹林寺》《竹林寺》《林皋和尚塔院观林公泉》《虎丘》《自光福里入太湖口往圣恩寺》《还元阁听雨怀太湖》《登观音阁眺望》《瓦官寺》《龙潭登舟栖霞僧相送》等,数量相当可观。这些诗不仅以禅语入诗,常出现如"招提""禅心""禅悦""摩诘""优昙""金粟""诸天"之类字眼,造成一种佛教的气氛,更重要的是描绘出一种淡远、空寂的禅境,寄寓超脱尘世之意。当然,王士禛并不佞佛,对李后主之"佞佛"亡国还予以批判(《南唐后主祠二首》)。他只是借禅境寄托对闲适生活与平和心境的向往。

顺治十七年(1660)王士禛于南京写下《宿弘济寺晓登观音岩眺望》:

> 击楫凌沧州，投宿招提境。入门优昙香，闻钟夜方永。高枕听涛声，层轩抱江影。晓来微雨过，红叶满高岭。凭栏见万里，云物殊清迥。长山去蜿蜒，上流压江郢。海门控金焦，苍烟翳朝景。信美睇山川，霸图递烟冷。何如学无生，抗迹云峰顶？

弘济寺位于观音山半腰。诗写自己夜宿弘济寺及晨登观音山之所见所感，就渲染出寺庙的禅境以及对禅理的感悟。"招提"指"十方主持"（道诚《释氏要览》），"招提境"则指弘济寺。"优昙"，即优昙钵花，《渔洋精华录》惠栋注引王氏《苏诗》注："佛言优昙钵五百年而开花，其花极香，但有花而无实。"诗开头四句就渲染出禅境气氛，幽静温馨。五、六句写宿寺的视听感受："高枕听涛声"，写禅境的静；"层轩抱江影"，写禅境的幽。接下去八句转写"晓登观音岩眺望"的情景，山内清新宁静，山外空阔清迥，亦是一种禅境。以此为基础，诗末四句乃生隐迹清幽的山川，摆脱世俗功名羁绊，进入无生无死之超脱境界的禅心。又如与此诗写于同年的《自招隐登夹山入竹林寺》：

> 篮舆俯高岭，石磴转幽谷。诸峰乱空翠，澄江叠轻縠。回望戴公宅，秋气益苍肃。绀壁隐奇杉，危亭蔽荒竹。孤僧远独归，山鸟暮相逐。树杪见古寺，松栝散林麓。绝壁尚千寻，纤径非一曲。初蜡阮公屐，逝将访金粟。晚坐竹林深，山山静寒绿。

招隐寺在镇江放鹤门外，为戴颙舍宅而成。诗人先游招隐寺，然后登江苏丹徒城南的夹山，寻访山上的竹林寺。诗即写这一行程所见所感。诗中亦颇多禅语："绀壁"即佛寺，《白帖》有"佛寺为绀园"之句；"金粟"即金粟如来，传为维摩居士的前身，见《维摩经》。诗人先写沿途所见的石磴、幽谷、诸峰、澄江，皆秋气苍肃；继写远望竹林寺隐现于奇杉荒竹之间，环境幽雅古淡，亦为禅境。当诗人终于抱着"逝将访金粟"的执着信念，在黄昏时分坐竹林深处小憩时，更真切地感受到"山山静寒绿"的静穆禅境，诗人此时已消除"尘累"（《竹林寺》），身心仿佛与竹林青山融化在一起，进入类似"入禅"的感悟境界，体会到其所谓的"禅悦山水之趣"。《国雅》评此诗"读之如身到其境，诗中右丞、记中柳州"，正道出其冲淡清幽的风格乃承王维、柳宗元山水诗文一脉。而《竹林寺》写

"迢迢夹山道，幽幽竹林寺""森梢万竿竹，烟景满空翠"之景，亦寄寓"回首礼白云，何时谢尘累"的"平生江海情"，具"清远萧淡"（陈琰《蚕尾续集序》）之致。

上述山水诗写山林佛寺之景，自然易见禅境、禅意。有些题材并非与佛教有直接关系，但亦隐见禅悦之趣。如写于康熙十四年（1675）的《雪中登黄山》：

空斋蹋壁卧，忽梦溪山好。朝骑秃尾驴，来寻雪中道。石壁引孤松，长空没飞鸟。不见远山横，寒烟起林杪。

诗后半首写黄山山林之景，空寂清迥，远离尘世，而诗人登高远眺时，心境虚静，恰似入禅。诗人在乃祖康宇公别业南园，亦会产生"道心"。所谓"道心"即佛家悟道之心，《坛经》云："自若无道心，暗行不见道。"写于顺治十六年（1659）的《南园池上》云：

清言不觉暑，纤月生西林。苔径少尘色，夜猿清道心。渔樵晚多侣，风壑静同音。会学涓高术，阴潭鸣玉琴。

"涓高"为《列仙传》中的涓子与琴高。涓子好饵术，隐宕山；琴高善鼓琴。后入涿水为仙。诗写南园之景清静洁净，宛若世外桃源，而令人产生涓、高一样脱离尘俗的出世之心。《阻雨望醴泉寺用徐昌谷韵》在描绘"渺渺青山路，苍苍修竹林。法云悬瀑影，幽鸟乱泉音"之后，就表白"自叹尘中驾，空劳出世心"之意。"尘中驾"有悖"出世心"，只能借清幽之景暂时摆脱尘驾之苦。王士禛曾说："予兄弟少无宦情，同抱箕颍之志，居常相语，以十年毕婚宦，则耦耕醴泉山中，践青山黄发之约。"（《渔洋山人文略·癸卯诗卷自序》）这就是其所谓"出世心"。他所写的禅境山水诗亦皆意在抒发"出世心"。但他事实上并未脱离朱门而身游江海，顶多是"形入紫闼而意在青云"（《南史·齐宗室传》）的古代文人一种文化心理而已，是对官场生涯乏味感觉的一种调剂。其坚定性与真实性都要打折扣的。赵执信讥王"诗中无人"（《谈龙录》），袁枚讽王诗"性情不真"（《随园诗话》），虽说过激，但并非全无道理。

四　别调：阳刚壮美的山水诗

王士禛的神韵山水诗属于阴柔的美学范畴，是"尚荃洋比部所谓的'盆景诗'"，袁枚贬之为"蹊径殊小""短于气魄"（《随园诗话》）。神韵山水诗意境不壮阔，亦缺乏气势、力度，这是神韵说的审美要求所决定的，不足为怪。但是整体考察王士禛的山水诗，亦不全是冲淡清远一路，其七古体与一些五律、七律、五古体山水诗兼取杜甫、苏轼诗之雄壮、豪放，这主要表现在早年以及"入蜀后诗，多苍健沉郁"（张维屏《国朝诗人征略》），"直同香象渡河，岂独羚羊挂角"（林昌彝《海天琴思续录》），可划入阳刚的美学范畴，与神韵山水诗之"正声"相比，此乃王士禛山水诗之"别调"。

王士禛早期七古体山水诗即显出"雄情大力"（伍涵芬《说诗乐趣》）的审美特征。如顺治十三年（1656）四月，王士禛赴莱州府探视长兄王西樵，曾游蠡勺亭观海，写有七古《蠡勺亭观海》，堪称"苍茫浑灏，藏万千气象"（《说诗乐趣》）：

　　登高丘而望远海，坐见万里之波涛。长天寥廓云景异，春阴偃蹇鱼龙高。怒潮乘风立千丈，沐日浴月纷腾逃。群灵潜结万鬐气，一痕未没三山椒。须臾势尽潮亦止，波淡天青静如绮。菱苔沉绿纷塘坳，螺蚌摇光散沙汭。参差岛屿罗殊域，纷如星宿秋天里。击我剑，听君歌，有酒不饮当奈何。日主祠前水萧瑟，仙人台上云峨嵯。羡门高誓不可见，秦皇汉武空经过。只今指顾伤怀抱，黄腄𦨆瓶尽荒草。人生快意无几时，明镜朱颜岂长好。吾将避世女姑山，不然垂钓蜉蝣岛。

诗写大海之汹涌，意象动感甚强，郁勃着豪放之力；写大海之平静，意象寥廓恢宏，涵泳着雄浑之势：全然没有神韵诗之"清微隽妙"（《诗观三集》）。此诗清雄之风及开篇以文为诗，颇近苏轼诗，而"怒潮乘风立千丈"亦使人想起苏轼名句"天外黑风吹海立，浙东飞雨过江来"（《有美堂暴雨》）。顺治十七年（1660）写的七律《登金山二首》中的"三楚风涛杯底合，九江云物坐中收"，"绝顶高秋盘鹳鹤，大江白日踏鼍鼋"，亦被评为"分外沉雄"（《九曜斋笔记》）。同期所写的名篇七古《海门歌》，描绘于镇江焦山所见长江，更拓人心胸。诗大笔如椽，力可扛鼎：

奔涛万里始一曲，古之天堑维东方。北界中原壮南纪，鱼龙日月相回翔。中流一鸟号浮玉，登高眺远何茫茫。长空飞鸟去不尽，江海一气同青苍。山外两峰远奇绝，双阙屹立天中央。左江右海辨云气，如为八裔分纪疆。

诗注重挑选波涛、鱼龙、日月、长空、江海、双阙、两峰等硕大意象，构成雄浑的大江境界，寄托了青年诗人刚步入仕途的豪情壮志。

尚镕《三家诗话》称"渔洋诗以游蜀所作为最"，盖欣赏其雄情大力之作也。王士禛康熙十一年（1672）"奉命使入蜀，往还万里，所经山川塞阸，多秦、汉以来古迹，登临凭吊，遥集兴怀，而先生之诗一变"（程哲《渔洋续诗集序》），此变即指《蜀道集》，变其游扬州至姑苏等地江南山水诗萧简淡远之神韵而重视"魄力"、豪宕感激，故有"不愧少陵夔州作"（《国朝诗话》）之誉。此类诗多五律、七律、五古体，如《益门镇》，《煎茶坪》《凤岭》《柴关岭》《马鞍岭》《七盘岭》《五丁峡》《龙门阁》等，为数可观。试看《龙门阁》：

众山如连鳌，突兀上龙背。鳞鬣中怒张，风雨昼晦昧。出爪作之而，神奇始何代。乱水趋嘉陵，波涛势交汇。万壑争一门，雷霆走其内。直跨背上行，四顾气什倍。夕阳下岷峨，天彭光破碎。咫尺剑门关，益州此绝塞。子阳昔跃马，妖梦成倿儗。区区王与孟，泥首终一概。李特亦雄儿，僭窃竟何在？

龙门阁在四川广元市，龙门山有石穴，高数十丈，其状如门，俗称龙门阁，又名龙洞背。王士禛《蜀道驿程记》云："上龙洞背，两山夹峙，一山如狞龙奋脊，横跨两山之间。下有洞，似重城门，可通九轨。水流其中，下视烟雾蓊郁，不测寻丈。自是盘折而上，骑龙背行，四望诸山如剑铓戟牙。"可与此诗参读。诗写龙门阁奇观，笔力雄健，奇譬妙喻又化静为动，"突兀上龙背""鳞鬣中怒张"，皆写出龙门阁的气势。"波涛势交汇""万壑争一门，雷霆走其内"，写山洞流水的湍急声威，惊心动魄，明显化用杜甫《长江诗》"众水会涪陵，瞿唐争一门"句意。诗人直跨龙背，四顾岷峨、天彭山、剑门诸峰陪衬，更显龙门阁气势雄壮，亦觉豪情百倍。最后怀古，睥睨历史上公孙述、王建、孟知祥、李特等人因据蜀地之险称帝而终覆亡的可悲结局，亦颇具豪气。此诗学杜、学苏，又"非杜非苏"（谭献《复堂日记》），自成一格。另外一首五古《马鞍岭》写陕西马鞍岭"自画眉而南至马道百里间，俗谓二十四马鞍岭，险峭特绝，一岭上下登顿，辄数里马道"（王士禛《行栈中二十四马鞍岭记》）。此诗描写一路欣赏山峦起伏，形态各异："或厂如连轩，或植如鱼屏，或如岐阳鼓，或如宛朐鼎；如鸟或跂翼，如鱼或骨鲠，殊状纷角逐，诡类争一逞。"劲硬之笔，以文为诗，比喻新颖，颇类苏、黄，可见诗人中年学宋之一斑。

《蜀道集》中七律体山水诗亦多雄健之作，代表作有《晚登夔府东城楼望八阵图》《登白帝城》等，且看《登白帝城》：

> 赤甲白盐相向生，丹青绝壁斗峥嵘。千江一线虎须口，万里孤帆鱼复城。跃马雄图余垒迹，卧龙遗庙枕潮声。飞楼直上闻哀角，落日涛头气不平。

白帝城位于四川奉节东白帝山上，下临长江，三国时为蜀汉军防重地。诗人站在白帝山上，远眺赤甲、白盐二山相峙，丹青相映，气势峥嵘，如天然屏障；又俯视千江汇入虎须滩口，水流湍急，一叶万里孤帆正飞驰过鱼复城，地势险要。而诗中山水一静一动，跌宕顿挫。白帝城一带壮观的山川勾起诗人怀古之情，想到公孙述尝"跃马而称帝"（左思《蜀都赋》），而今只"余垒迹"，而白帝山上的诸葛亮庙仍枕秋潮而卧，其对历史人物的褒贬尽在景象中。当诗人直上飞楼闻哀角声起，又见夕阳西下、"江流气不平"（杜甫《入宅》），苍凉之感见于言外，不无"神韵"意味。神韵诗人写雄豪之作，有时仍体现神韵诗的某些审美特征，亦是十分自然的。《晚登夔府东城楼望八阵图》"城上风云犹护蜀，江间波浪失吞吴"，"搔首桓公凭吊处，猿声落日满夔巫"，《白帝城谒昭烈武侯庙》"赤甲上头云气苍，枫林萧瑟落微霜"，"江流薄暮闻笳鼓，回首中原泣数行"，景象苍凉遒壮，心境悲慨不平，充满对蜀汉与诸葛亮的凭吊之情。此二首皆七律，杨际昌《国朝诗话》曾列举《蜀道集》中五律有"魄力"的佳句甚夥，起句如："浮云收渭北，初日照终南"（《遇仙桥即事》），"险绝古陈仓，停车落日黄"（《宝鸡县》），"十月云阳县，千崖石气青"（《云阳县》），"扁舟天上落，回首望滩高"（《抵彝陵州》）等。联句如："远天吴岳影，斜日渭川流"（《宝鸡道中》），"千峰围邸阁，一线望中原"（《凤县》），"蛮江吹积雨，急峡束盘涡"（《苍溪县》），"秋风吹剑外，客鬓老巴西"（《阆中感兴》）等；结句如："风云今寂寞，江汉自波澜"（《汉台》），"大荒飞鸟外，眼底尽姚州"（《天柱山绝顶望见岷山作》），"岷江流不尽，西望一沾襟"（《隆中》）等。引诗格调苍凉雄浑，确实"皆不愧少陵夔州作也"。

王士禛阳刚之美的山水诗当然并非其山水诗的主体，只是一格。另外，王士禛还有少量竹枝词民歌体山水诗，如早期的《邓尉竹枝词六首》《汉嘉竹枝五首》《西陵竹枝四首》，晚年的《广州竹枝六首》等，采用白描手法，摒却典实，直捷明丽，诗中有画，与清远冲淡、空灵典雅的神韵山水诗亦非一格，兹不详述。

张宗柟称："渔洋山人诗笔纵横，上溯八代、四唐之源，旁涵宋、金、元、明之变，体兼众美，妙极天成。汪太史尧峰少所许可，首推为本朝大家，良非虚语。"（《带经堂诗话纂例》）"首推为本朝大家"是指清初诗坛，总体评价还是中肯的。关于学诗过程，王士禛曾自白云："少年初仕筮时，惟务博综该洽，以求兼长，文章江左，烟月扬州，人海花物，比肩接迹。入吾室者，俱操唐音，韵胜于才，推为祭酒。""中岁越三唐而事两宋，良由物情厌故，笔意喜生，耳目为之顿新，心思于焉避熟。"晚年"以大音希声，药淫哇锢习，《唐贤三昧》之选，所谓乃选平淡时也，然而境亦兹老矣"（俞兆晟《渔洋诗话序》引）。可见其由唐起步中经宋而复归于唐的创作历程。王闿运称王为"专学唐音者"（《湘绮楼论唐诗》），亦大致不错；又贬其"终无一似，以其气骨不克也"（《湘绮楼论唐诗》），这自然指柔淡的神韵诗，"无一似"并非坏事，反过来说明其有自己的价值。王士禛神韵说影响深远，山水诗创作成绩卓著，并因此形成神韵派，其中成员如吴雯、洪昇等皆一时之选。王士禛对清代山水诗的发展作出了重大贡献。

第三节 宗宋白描诗人查慎行

明末清初诗坛泰斗钱谦益诗兼学唐宋，开清代诗坛学宋之先声，遗民诗人如黄宗羲亦甚重宋诗，皆为对明前后七子一味倡导"诗必盛唐"风气的反拨。稍后顺康诗坛代表人物"国朝六大家"之"南施北宋"

"南朱北王"虽以学唐音为主，但亦不同程度地兼学宋调。真正扭转宗唐诗风，以学宋为主并取得突出成就的诗人则是查慎行。查慎行宗宋的审美取向在其山水诗中表现得十分充分，在清初山水诗普遍学唐李、杜、王、孟的潮流中，展现出一道新的风景，显示出独特的审美特征与审美价值。

一 查慎行的生平与诗学观

查慎行（1650—1727），初名嗣琏，字夏重，40岁时更今名，字悔余，别字晦庵，号他山，又号查田，晚筑初白庵以居，学者称初白先生。浙江海宁人。其祖大纬，为明代兵部武库司主事；父崧继，明亡更名遗，明诸生，子四人皆"不令为科举干游之学，而读书为诗、古文"（陈敬璋《查他山先生年谱》（下简称《年谱》，引黄宗羲志墓语）；母钟氏，"熟精《文选》，工诗、古文词"（《年谱》引《选佛诗传》）。查慎行天资颖悟，5岁即由母亲授唐诗数百篇，懂得诗律；19岁读书杭州吴山，从慈溪叶伯寅先生学；23岁母亡，29岁父卒，生活贫困。康熙十八年（1679），30岁至荆州投靠乡人贵州巡抚杨雍建，从军入黔，平定吴三桂残部。三年后返乡，不久又外出长期远游，或求学，或任幕僚。查慎行入仕前，"游览牂牁、夜郎，以及齐、鲁、燕、赵、梁、宋，过洞庭，涉彭蠡，登匡庐峰，访武夷九曲之胜，所得一托于吟咏，故篇什最富"（《清史列传》卷七一），可见远游对其山水诗创作影响极大。查慎行仕途颇坎坷，康熙三十二年（1693）44岁时才举顺天乡试，以后会试又屡次受挫，直至四十一年（1702）53岁才因大学士陈廷敬、李光地、张玉书等奏荐，为皇帝召见赏识，乃入值南书房，次年中进士，后授编修，曾扈驾口外者三，"凡幽岨之区，瓯脱之境，为从古诗人所未历，慎行悉以五七言发之"（《清史列传》卷七一）。但查慎行并不热衷于仕途进取，加之"性不谐俗，当时有文憨公"之号（邓之诚《清诗纪事初编》），遭宦者进谗，终于在康熙五十二年（1713）64岁时引疾告归。家居期间又曾远游福建、广东、江西等地。雍正四年（1726）十一月，三弟查嗣庭坐讪谤罪削职逮问，查慎行亦受牵连入狱。次年五月赦归，八月抑郁而卒。

查慎行宗宋诗与其诗学渊源大有关系。他对诗学苏、陆的钱谦益相当崇拜，发出"生不逢时怜我晚"（《拂水山庄》）之叹，康熙二十一年（1682）从余姚黄宗羲学，而黄乃浙派宗宋之始祖，查慎行又与表兄朱彝尊关系密切,并称朱"当代龙门望不轻"(《寄祝竹垞先生八十寿二首》),而朱晚年亦学宋。此外,查慎行还拜访过安徽诗人钱澄之,聆听钱氏讲论,"以是诗日富而益奇"(沈廷芳《翰林院编修查先生行状》,下简称《行状》),钱氏亦学宋。诗坛前辈的影响是不可轻估的。查慎行尤其心仪苏东坡,故积三十年之功完成了《补注东坡编年诗》50卷,又取苏诗"僧卧一庵初白头"(《过龟山》)之意自号初白庵主人。

查慎行的诗学观偏重宋诗,但并不排斥唐诗,还是主张博采众长的。其《吴门喜晤梁药亭》即明确说:"三唐两宋须互参。"其《初白庵诗评》对于唐代杜甫、李白、韩愈、白居易以及宋代苏轼、王安石、黄庭坚等均有好评。其创作主要学苏、陆,但亦有得于韩、白。关于诗歌创作的审美特性的要求,查为仁《莲坡诗话》引查慎行一段名言可见大概:

> 诗之厚在意不在辞,诗之雄在气不在貌,诗之灵在空不在巧,诗之淡在超不在易。

意厚、气雄指诗的内蕴,空灵、超脱指诗的表现。意厚气雄在于主观修养,具有学问根柢,故云"所关学不学,岂系材不材"(《题陈季方诗册》);而空灵、超脱在于重视白描,摒却堆砌典故,故云"诗成亦用白描法,免得人讥獭祭鱼"(《东木与楚望叠鱼字凡七章,连翩传示,再拈二首,以答来意》其二);又在于反对雕琢、绮丽之风,故云"平生怕拾刘杨唾,甘让西昆号作家"(《自题癸未以后诗稿四首》其四),而崇尚"浅语中含感慨深"(《枕上偶拈》)。此外,查慎行还注重诗之"犁然见比兴",认为"此中有余味"(《题陈季方诗册》);标举"熟境欲求生"(《涿州过渡》)的创新意识。上述观点大多为后来的性灵派所汲取。对于山水诗境的创作查慎行亦提出一个重要观点:"目存思欲绝,境变奇乃最。"(《大雨同胡胐明、阎百诗登湖楼》)这是要求诗人以虚静的心境、审美的态度,对山水进行审美观照,发现并表现山水景物的动态变化、大自然的生命律动,构成奇美而具有生气的意境。查慎行的许多山水诗正体现了这一追求。

二 查慎行山水诗的风格

查慎行生于清顺治七年(1650),与"南施北宋""南朱北王"等清初诗坛大家、名家相比,更无愧为纯粹的清代诗人。查慎行一生创作甚丰,其

《敬业堂诗集》存诗五千余首，始于康熙十八年（1679）30岁时，此前"诗、古文稿悉毁去，不欲以少作传世"（《年谱》），若30岁前之作亦留存，恐怕不下万首。诗集正编又细分五十二小集，续编五小集，存诗居清初诗人之首。昭梿称："国初诗人，以王、施、宋、朱为诸名家。查初白慎行继以苏、陆之调，著名当时。"（《啸亭续录》）明确指出查氏学宋的具体对象，而沈廷芳评查诗"汇韩、白、苏、陆之长，以发抒性灵，海内人咸宗之"（《行状》），又指出其兼学唐代韩、白之长，自然更为全面。

查慎行自称"爱山爱水成吾癖"（《绿波亭》），后人亦说他"生平癖好，尤在诗及山水、朋友，其于进取荣利之途泊如也"（李元度《查初白先生事略》）。查氏的山水之癖决定了他的笔下大半是山水诗，所谓"江山神助，诗益富而且奇"（郑方坤《敬业堂诗钞小传》）。查氏入仕前诗作颇出色，而"入仕以后，则佳制寥寥"（汪佑南《山泾草堂诗话》）。此为生活阅历、创作环境改变所致。其诗集中第一分集为《慎旃集》三卷，为查氏入仕前山水诗创作的精华所在，它古今兼备，风格多样，颇多代表作。探讨查氏的山水诗风格应以此集为主而兼顾其他。

《慎旃集》收查慎行于康熙十八年（1679）至二十年（1681）三年的诗作。其间查氏随杨建雍从军楚黔，作万里之行，涉足至西南穷荒。此次"早年行役，足迹半天下，阅历山川之胜，多见于诗"（阮元《两浙輶轩录》引刘复燕语）。当时诗人年纪30岁左右，"年少气锐，从军黔楚，有江山戎马之助，故出手即沉雄踔厉，有幽并之气"（赵翼《瓯北诗话》）。查氏最擅近体诗，与王士禛同享"工律绝"（由云龙《定厂诗话》）之评。但查诗与王近体神韵诗风格迥异。查氏《题王璞庵南北游诗卷》云"东将入海手掣鲸，嘲弄花月非人情"，可谓夫子自道。王士禛称："今观慎行近体，实出剑南。"（《敬业堂诗集序》）正道出查氏近体诗的主体风格。

查慎行从家乡取道南京赴楚地荆州，然后从杨建雍进军黔地，由南京至贵阳沿途写下许多近体山水诗，佳作有《京口和韬荒兄》《铜陵太白楼同韬荒兄作二首》《雨后渡拦江矶》《渡荆江》《春晴登朗州城楼》《武陵送春》《漾头司》《自沅洲抵麻阳二首》《黎峨道中二首》等，风格以雄放劲健为主，但又有所变化。有的雄健而苍凉，骨重神寒。如七律《京口和韬荒兄》：

江树江云睥睨斜，戍楼吹角又吹笳。舳舻转粟三千里，灯火沿流一万家。北府山川余霸气，南徐风土杂惊沙。伤心蔓草斜阳岸，独对遥天数落鸦。

诗人在此诗前写有《金陵杂诗三十首》，小序自称"年三十始至旧京，路近一千，还同异域，感生涯之已晚，叹故事之无征"，并产生"故国山河"之感，另有《登金陵报恩寺塔二十四韵》赋"不尽兴亡恨，浮图试一登"之句。这种感情是诗人作为明臣后裔与汉族知识分子初至旧京的一种本能的反映，但其"兴亡恨"与抗清复明的遗民之感情是不相同的，它基本属于对朝代迭替的一种感慨，对古代"霸气"的一种追思，民族意识不能说没有，但是相当淡薄，亦为时短暂。上引诗写镇江山川风物，首尾两联情调苍凉，乃是对东晋北府兵霸气的缅怀，亦有个人仕途多舛而不能不投笔从戎的伤感。但诗人感情又是复杂的，中间两联写得境界寥廓，气势雄健，这又是"从军"壮举激发起诗人内心的慷慨之气。查氏山水诗中此类"伤心"之作并不多。

查慎行近体山水诗更多的是豪放、灵动之作。诗人特别善于在时间流逝中表现空间山水意象的动态变化，所谓"境变奇乃最"，所谓"眼前变幻真奇绝"（《八月十七日伊苏河源雪中闻雷，食顷开霁》），以显示大自然的生命力。如《雨后渡拦江矶》：

　　片雨南来压短篷，回看天北吐长虹。风才过处云头黑，雾忽消时日脚红。远岸浮沉沙柳外，危矶出没浪花中。扁舟一叶无根蒂，笑掷吾生付舵工。

此诗在天气晴雨变化的背景下，写诗人于一叶扁舟中所见大自然的奇境：前两联写仰望"雨后"天空之景，但借助雨来风过的动态变化过程，以衬托天空"吐长虹""日脚红"的雨后美妙景观，抑扬变幻，灵动有致；颈联乃平视江岸之景，又化静为动，沙柳外"远岸"之"浮沉"，"浪花"中"危矶"之"出没"，气势沉雄而又灵动，形象描绘出江浪汹涌、水路险恶之状，显示出诗人"肖物能工"（《瓯北诗话》）的艺术动力。以此为基础，尾联"笑掷吾生付舵工"的慷慨之情就更加有力。又如七绝《铜陵太白楼同韬荒兄作二首》其一：

> 不尽长江万古流，吴天辽廓倚孤舟。疾风卷雨过山去，虹气晴开百尺楼。

诗通过"疾风卷雨过山去"的天气变化，开拓出太白楼在虹气映照下更加壮美的雄姿，以及傲视风雨、岿然如山的沉雄之气。这类诗都有放翁近体诗的神韵，郁勃着阳刚壮美的力量。

查慎行写于贵州蛮荒之地的近体山水诗，不仅开拓了山水诗的题材范围，而且另创劲峭清冷的风格。七绝体如《黎峨道中二首》其一：

> 马滑前冈冷未消，一鞭丝雨上衣潮。瘴茅黄过三郎铺，寒水清涵葛镜桥。

黎峨道在贵州中部。据作者自注："冷音另，黔中冬月雾雨之候，道滑成冰，俗呼为冷。"此诗从行军角度写黎峨道中因特殊气候所形成的景观：行走在山路上，空中是如丝的雾雨，润潮戎衣；脚下是雾结成的寒冰，使战马蹄滑；沿路枯草散发着瘴气，桥下寒水蕴含着凄清。穷荒之地阴湿清泠的山水情态，寄寓着诗人行旅的艰辛。七律如《九日同赤松上人登黔灵山最高巅四首》其四亦是冷峭之作的代表：

> 渡泸沟畔辟新阡，瘦棘荒苔半石田。渐有疏烟生郭外，那无一雁到天边。蛮方对景怜佳节，客路登高感去年。落帽台孤风雨暗，短衰长路又三千。

此诗写于康熙二十年（1681）九月九日重阳节。按重阳登高的风俗，诗人与赤松上人登上贵阳黔灵山眺望，所见是"蛮方"荒凉冷寂之景，暗寓思乡之情。棘瘦苔荒，人烟稀少，连大雁亦不见踪影，更逢风雨昏暗，为"佳节"涂抹上悲凉的色彩。同题其一有"草木连天人骨白，关山满眼夕阳红"一联，将景物之荒凉与战乱相连，当有助于理解此诗写得如此冷峭凄凉的深层原因。

《慎旃集》及其他分集中的古体山水诗亦颇多佳作，有的更重对山水的审美意境的描绘。查慎行古体诗"得力于苏（东坡），意无弗申，辞无弗达"，虽"或以少蕴议之"（沈德潜《清诗别裁集》），时显冗长，但其中佳作兴会淋漓,"豪健爽劲,气足神完","虽长而不觉其冗"(《瓯北诗话》)。五古如《早发齐天坡》《渡洞庭湖四十韵》《连下铜鼓、鱼梁、龙门诸滩》,七古如《过鄱阳湖口望大孤山次黄伐檀旧韵》《海螺峰歌》以及《遗归集》中的《中秋夜洞庭湖对月歌》等,皆为力作。

五古《早发齐天坡》为入黔后所作,描写仲夏黔地山行时所见晨景,风格雄浑壮美,气足神完:

> 山偪岚气侵,仲夏晓犹冷。离披马鬃湿,十里雾未醒。流云莽回荡,陆海开万顷。东日生其间,金丸上修绠。殷鲜一轮血,倒射却无影。苍茫树浮藻,参错峰脱颖。攀跻足力穷,目赏得奇景。方知夜来宿,乃在最高顶。

诗重点写山巅观赏日出的奇境,以时间顺序层层递进,展示空间景象的神奇变幻:先写日出前的湿冷天气,大雾弥漫,流云密布;继写日出时陆海开裂、旭日鲜红之美;后写日出后云开雾散、树露峰出的开阔气象。字里行间充溢着大自然旺盛的生命元气。而此诗之"工于比喻,善于形容,意婉而能曲达,笔超而能行"(朱庭珍《筱园诗话》),明显承继苏东坡古体诗之遗风,如写红日喻以"金丸上修绠""殷鲜一轮血",写树与峰喻以"苍茫树浮藻,参错峰脱颖",以小物喻大物,显示出身在"最高顶"而壮观天地间的审美主体的豪迈胸襟,增添了诗的雄浑气象。又如五古《连下铜鼓、鱼梁、龙门诸滩》写入黔所见急流险滩,亦"工于比喻,善于形容",与上诗相比,更突出表现为"豪健爽劲"的风格,如:

> 轻舟纸作底,百折穿石罅。雨雹飞两旁,雷霆奋其下。篙师心手习,快若王良驾。又如彀强弩,东向海门射。胥涛浩荡来,敛怒却退舍。

巧譬新喻,络绎不绝。前四句着重写滩势之险,波涛澎湃,浪飞如雨,声响若雷;后六句着重写舟过滩之速,如春秋时善御者王良驾骏马,如强弩射利箭,其神速气势足令钱塘怒涛退避三舍,写得遒劲有力,寄托了年轻诗人搏浪飞舟的进取精神。

查慎行的七古体山水诗豪放、空灵,并具有浪漫奇特的情趣。其审美价值丝毫不让五古山水诗。《慎旃集》可以《海螺峰歌》为例。此诗写于诗人途经辰州(今湖南沅陵)时,描绘出"海螺一峰天下奇"的山水之胜。全诗二十八句,从不同角度形容海螺峰之奇。如先以"楚南地穷山聚族,逞怪争奇走相逐"的动态群峰作铺垫,然后推出诗的主体意象:"海螺一峰天下奇,形摹仿佛神依稀。雷锤鬼斧劈不得,造物伎俩初奚施?"以超脱浪漫之笔为海螺峰之峻拔崚嶒写意传神。然后再作工笔刻画:"中丰上锐下微窄,凹处痕青凸边白。古苔绣错十六盘,蛮髻椎高二千尺。"具体描绘出海螺峰类似海螺的奇特形态,绘形绘色,堪称"工于肖物"之笔。另外又神思飞越,想象此峰的来历:"似闻老螺生海底,鲲化鹏飞忽移此",为海螺峰涂上一笔浓浓的神奇浪漫色彩。《邅归集》可以《中秋夜洞庭湖对月歌》为例。此诗雄浑恢宏,更具神奇浪漫之美。全诗二十句:

　　长风霾云莽千里,云气蓬蓬天冒水。风收云散波乍平,倒转青天作湖底。初看落日沉波红,素月欲升天敛容。舟人回首尽东望,吞吐故在冯夷宫。须臾忽自波心上,镜面横开十余丈。月光浸水水浸天,一派空明互回荡。此时骊龙潜最深,目眩不得衔珠吟。巨鱼无知作腾踔,鳞甲一动千黄金。人间此境知难必,快意翻从偶然得。遥闻渔父唱歌来,始觉中秋是今夕。

康熙二十年(1681)查慎行从贵阳动身返乡,次年中秋节船过洞庭湖,天赐良机,使他有幸欣赏到这幅中秋月夜美景。此诗写月出,与《早发齐天坡》写日出构成日月姊妹篇。诗的结构与《早发齐天坡》相仿,亦展示明月升空的动态过程。先写月升之前天气由千里云霾变为风收云散,为中秋月出场扫除障碍,继写落日沉波,为诗之主角让出空中"舞台"。蓄势之后乃推出洞庭湖月"自波心上",以及明月升入夜空所构成的水月空明的美妙境界。全诗以明月为主体意象,以水、风、云为辅助意象,并借鱼、龙、舟人陪衬,从而多侧面地、立体地描绘出洞庭湖中秋对月的天下奇观。诗中采用的"冯夷宫""骊龙"等神话传说,固然增添了神秘色彩,而"倒转青天作湖底""镜面横开十余丈""月光浸水水浸天"等夸饰、比喻的运用,亦极尽空灵、奇特之致。"人间此境知难必,快意翻从偶然得"，诗人心境亦完全沉浸在空明澄澈的审美观照之中。

由上述可知查慎行古近体山水诗大概风貌，即以雄浑、豪放、劲爽为主，亦有冷峭、浪漫、神奇的风格，多属阳刚壮美范畴，很少阴柔一格。

三　查慎行山水诗的白描艺术表现

赵翼说，"初白好议论"（《瓯北诗话》），这是查慎行山水诗的一大艺术特点。张维屏称查氏"于人情物理，阅历甚深，发而为诗，多为警悟"（《听松庐诗话》），这种"警悟"亦包括对自然山水所蕴含的哲理之感悟，它往往借助议论文字予以揭示。查氏山水诗之议论不同于谢灵运山水诗中的"玄言"，因为议论是与写景紧密联系的，不是互相隔膜的。当然，查氏之"好议论"深受宋诗的影响。

查慎行山水诗的议论一般是置于全诗写景之后，对山水诗景物予以哲理的升华，达到较高的思想境界，予人启迪。如《连下铜鼓、鱼梁、龙门诸滩》在写罢轻舟安然出险滩后乃云："因斯悟至理，出险在闲暇。向来覆舟人，正坐浪惊怕。"诗人所悟的"至理"是人生面对坎坷所应该具备的从容不迫的态度，有此态度则可化险为夷；若一遇风险即惊慌失措则必定翻船落水。又如《石钟山》在描写鄱阳湖、石钟山的奇特景观后，乃发表议论："惜哉坡公记，石刻泐已久。茫茫宇宙间，谁是真不朽？"提出自然山水与人文景观谁能长存的问题，亦发人深思。《荞麦湾大雨》在具体描写雨景之后，又感叹："人生行路难如此，偏在溪山最好时。"使人联想到类似"无限风光在险峰"、美好的东西须付出艰辛的代价才能获得的人生哲理。亦有一些诗警悟性议论置于诗中，如《月夜自湖口泛舟还滠城同恒斋太守赋》，在描写月夜泛舟，"稳帆忽西向，月又随我舟"的富于人情味的月亮之后，忽插入几句议论："而月岂有心，适与吾目谋。澄观得静趣，会景无停休。不辞川路长，获此清夜游。"接着再转向"清夜游"的具体描绘，议论亦起到承上启下的作用。而议论本身揭示出唯内心虚静，才能充分体验到山川风月之趣，唯客观与主观于"无心"中相谋，才能真正领会清夜之游的美妙，亦是警悟之言。类似的于描写山水景物之后发表警悟之议，是查氏山水诗中的普遍现象。

由于查慎行面对山水风云处于"澄观"的审美心境中，所以诗人心无杂念，全神贯注，最易发现与捕捉山水风云的或显或隐、或巨或细的变化，把握山水生命的脉动。这与宋人杨万里诗有相近之处，袁枚的性灵诗亦具此特点。如查氏山水诗颇多"忽"这个表现瞬间变化的时间副词，如："晴云忽断东南角，又露东蒙一两尖"（《新泰城南望蒙山》），"闲鸥意到忽飞去，断雁声多时一群"（《渡荆江》），"忽来人语蛙声外，乱飐灯光水气中"（《齐门夜泊》），"云头排窗来，山影忽在外"（《大雨同胡胐明、阎百诗登湖楼》），"风才过处云头黑，雾忽消时日脚红"（《雨后渡拦江矶》），等等，"忽"字皆明显反映出景物的瞬间变化。有些诗虽未用"忽"字，但仍澄观到景物细微的变化，如"萤尾孤光合复开，湾头风急却飞回"（《舟晓次德尹韵二首》其一），细微萤光之"合复开"，风急时之"却飞回"，都未逃脱诗人澄观的慧眼；又如"塞驴蹩躄牛蹄重，雨脚斜飞密无缝"（《荞麦湾大雨》），雨帘"密无缝"之细致已达极致；而"泷中乱峰高插天，泷中急水折复旋"（《泷中吟》），写泷中急水奔流，在水石相撞的刹那，产生出"折复旋"的奇妙现象，亦观察入微。

  查慎行山水诗最突出的艺术特点是白描手法的运用。袁枚评道："查他山先生诗，以白描擅长，将诗比画，其宋之李伯时乎？"（《随园诗话》）又誉其"一味白描神活现"（《仿元遗山论诗》），皆为的评。查氏学问渊博，袁枚所谓"他山太史腹便便"（《仿元遗山论诗》），但在诗中却并不卖弄学问、堆砌典故，而是以浅显的语言、空灵的笔触，生动形象地描绘自然景观的形态与气韵，读者阅读很少语言障碍。这一艺术特点在前引诗中已有充分显示。白描在绝句小诗中更见魅力，这里再看几首典型的白描小诗。五绝如《舟夜书所见》：

  月黑见渔灯，孤光一点萤。微微风簇浪，散作满河星。

诗写于康熙二十七年（1688）二月出都途中夜泊大运河所见的夜景，以"渔灯"为中心意象；因为"月黑"，虽"孤光一点萤"仍分外显眼，此写静态，未免有些凄清意味；而当微风乍起，乌云消散，波浪涌动，又展示出一幅迷人的动态奇观，仿佛是"孤光"倒影骤然碎作千百颗星星，在满河中闪耀，真是"眼前变幻真奇绝"（《八月十七日伊苏河源雪中闻雷，食顷开霁》），极尽"一味白描神活现"之致，充满审美情趣。全诗语言浅显，比喻贴切，无一处用典，显得空灵超脱，意境深邃。七绝小诗白描亦多佳作，有的超脱淡远，如《初夏坐烟水亭望庐山二首》其一：

一奁明镜插芙蓉，积雨初晴翠霭浓。万叠好山看未足，又添云势作奇峰。

诗写于康熙三十一年（1692）秋游庐山时，诗人坐于九江的烟水亭内，远望雨后初晴的庐山，矗立于明镜般的甘棠湖畔，青翠之色染绿了浓雾，别具情趣；而庐山群峰尚未欣赏够，天上的云层又幻作"奇峰"形态，与"万叠好山"相媲美。白描之笔活画出雨后庐山变幻多姿的神韵。其实庐山的典故很多，但诗人一无所取，他只是表现自己审美中的庐山形象本身。有的七绝"俊逸劲峭"（昭梿《啸亭续录》），如《雨中下黯淡滩》：

　　未到先愁出险难，忽惊片叶落奔湍。星流电转目未瞬，一道白光飞过滩。

诗为康熙三十七年（1698）诗人偕朱彝尊游闽途中所作，黯淡滩在福建南平东建溪中。诗先写下渡滩时的惊惧心态，借"片叶落奔湍"被席卷而去的画面表现，仿佛人与片叶一起葬入激流。后写滩水流速之快，连用星流、电转、白光三个比喻形容之，再加一"飞"字，更活灵活现，又显示劲峭之力。此外如七绝《发清江浦二首》其一"竹苍蒲帆浑不用，橹声如雁下长淮"，《月下渡扬子江次西溟韵》"风露一天人拥被，橹枝摇梦过春江"，《舟晓次德尹韵二首》其一"菰蒲深处一枝橹，摇入渔人梦里来"，都是写橹，或化虚为实，或化实为虚，形象空灵，皆见白描之功。

　　查慎行可以说是纯粹的白描诗人，山水诗几乎不用典故，亦很少明遗民如顾炎武以及清初大家朱彝尊、王士禛的怀古型山水诗，这都是查氏偏爱白描所致。但赵翼"嫌其白描太多，稍觉寒俭"，"惟数卷较少，故稍觉单薄"（《瓯北诗话》），亦不无道理。后来性灵派袁枚、赵翼等虽亦推重白描，但诗中却并不排斥用一些熟典，以增添诗的容量，显然是对查诗白描极端化的补救。

　　查慎行山水诗的艺术特点当然不限于上述诸端，如善于比喻，是其推崇"比兴"的具体实践。其用喻一是注重新颖，二是好用博喻，这都来自苏诗用喻的特点；又如喜欢在时间流逝中展示空间景物的变化，不好作静态的描绘,"化美为媚"(莱辛《拉奥孔》)。前述中均已涉及,不另评述。

　　综上所述,可以说查慎行山水诗继王士禛之后,进一步排除了明遗民山水诗寄寓反清复明思想的政治功利性,而且亦不像王士禛那样借山水诗表现对个人生命意识、逝波意识的感悟,流露出哀怨的情调。查慎行更注重对山水自身审美价值的发现与表现,对大自然生命律动的把握,以反映审美主体的审美愉悦,以及对自然与人生相通的哲理的揭示。而从清诗发展角度看,查慎行"专取径于香山、东坡、放翁,祧唐祖宋",而"为诗派一大转关"(徐世昌《晚晴簃诗汇》)。这都说明查慎行山水诗在清初诗坛继众名家、大家之后,又另辟蹊径,开拓出一片新天地。赵翼《瓯北诗话》列举历代十大诗人评说,清代于学唐音者取吴梅村,于宗宋者则取查慎行;《四库全书总目提要》称"得宋人之长而不染其弊,数十年来,固当为慎行屈一指也";郑方坤称查氏"继长水(朱彝尊)、新城(王士禛)后而称诗伯,一时坛坫于斯为盛"(《国朝名家诗钞小传》),皆可见查氏于清初诗坛的重要地位。而查氏对浙派主将厉鹗以及性灵派主将袁枚等都产生深刻影响,亦是值得重视的。

第四章 乾嘉山水诗审美性的成熟

  乾嘉诗坛较之顺康诗坛又呈现了新格局。此时诗学观念活跃，流派纷呈，名家辈出，山水诗创作达到清代的高峰。康乾浙派代表人物厉鹗上承朱彝尊、查慎行宗宋之风，别创清幽之格，更注重表现山水之意境。乾嘉诗学的主潮是性灵说，其影响自非同时的格调说与肌理说可比，它是清代进步的美学思潮的组成部分。性灵派主将袁枚以及性灵派重要人物如赵翼、张问陶及江苏常熟孙原湘（1760—1829）等的山水诗成绩均十分突出，其共性是注重高扬主体精神，将审美客体性灵化、主观化，传达出自然山水的生命活力，但又各有特点，并不相互雷同，构成了清诗独特的风貌。与袁、赵同为乾隆三大家的江西铅山蒋士铨（1725—1785）山水诗题材较丰富，古体风格苍莽遒劲，近体即景抒情，亦自成一家。格调派苏州诗人沈德潜（1673—1769）山水诗创作成就不高，风格平稳朴实，亦有少量清新可诵之作。肌理派北京大兴翁方纲（1733—1818）诗喜好堆砌典故，部分近体山水诗亦能采用白描，写出画境。江南地区不少诗人受性灵说影响，又独具个性突出的有常州"二俊"洪亮吉、黄景仁，前者山水诗重在表现无我之境，后者山水诗则重在表现有我之境，均成绩不凡。江苏兴化郑燮（1693—1765）山水诗多为近体，数量不多，但锐意创新，不拘格调。安徽桐城派姚鼐（1732—1815）长于七律，偏爱阳刚之美，山水诗苍凉豪宕。岭南诗人黎简、宋湘论诗亦与性灵说相通，前者山水诗峭奇，后者山水诗雄大，皆自成一格，其中又透出盛世转衰的哀音。此外与孙原湘同称"三君"的北京大兴舒位（1765—1816）、浙江嘉兴王昙（1760—1817），前者写西南山水风情之作，后者好写奇山异水，皆风格怪奇，新人耳目。至于安徽歙县程恩泽（1785—1837）于诗重学问，以文为诗，奇险拗折，山水诗成就并不大，但影响到近代宋诗运动。本章难以尽述，只能详论具有代表性之名家大家的山水诗作。

第一节　浙派代表厉鹗

一　厉鹗的思想与诗学观

厉鹗（1692—1752），字太鸿，一字雄飞，号樊榭，又号南湖花隐、西溪渔者。浙江杭州人，祖籍浙江慈溪。厉鹗十九岁丧父，"少孤家贫"，几被其兄"寄之僧寮"。但自幼好学，"于书无所不窥"，为其诗歌创作奠定了广博学问的基础。康熙五十九年（1720）二十九岁中举人，但次年及雍正三年（1725）两次春闱下第，第二次下第后数十年时常寄食扬州，主持邗江诗社；乾隆元年（1736）四十五岁又被举荐应博学鸿词试，仍报罢；十三年（1748）五十七岁还曾赴都应部铨，但行至天津而返，从此不再问津仕途，直至十七年（1752）谢世（参见朱文藻《厉樊榭先生年谱》、全祖望《厉樊榭先生墓碣铭》等）。

厉鹗出身寒门，一生布衣。他本无治国平天下的壮志，亦不企慕荣华富贵，所谓"平生淡泊怀，荣利非所嗜"（《广陵寓楼雪中感怀》），所谓"吾本无宦情"（汪沆《樊榭山房集序》引）。厉鹗之所以多次应试，主要是希望摆脱寄人篱下的贫困生活，以薄禄养亲。但却屡次受挫，心积块垒，"宦情"日益淡漠。厉鹗又个性孤僻耿介，自称"予生平不谐于俗"（汪沆《樊榭山房集序》引），全祖望亦称"其人孤瘦枯寒，于世事绝不谐，又卞急不能随人曲折，率意而行"，故"毕生以觅句为自得"（《厉樊榭先生墓碣铭》），或如厉氏所说，"聊以文字禅，解此尘土恨"（《无尽意斋寒夜用觉范送元老住清修韵》）。厉鹗的创作显然具有"发愤以抒情"（屈原《惜诵》）的意义。而其"觅句"则远离社会世俗，以表现山水禅悦之趣为旨归，在自然境界中求得性情的寄托与苦闷的消解。

厉鹗"学问淹洽，尤熟精两宋典实，人无敢难者"（沈德潜《国朝诗别裁集》）。一是因为他自幼博览群书，二是得益于长期寄身在扬州盐商马秋玉兄弟小玲珑山馆，因山馆"多藏旧书善本，间以古器名画，因得端居探讨"（王昶《蒲褐山房诗话》）。其所撰《宋诗纪事》《辽史拾遗》等极为详洽，是其广博学问的结晶。

厉鹗的性情遭际以及学问根底，直接影响了其诗学观点与诗歌创作。其诗学观大致如下。

首先，厉鹗于诗持通变发展观。其《懒园诗钞序》云："夫诗之道不可以有所穷也。诸君（按：指西泠十子）言为唐诗，工矣，拙者为之，得貌遗神，而唐诗穷。于是能者参之苏、黄、范、陆，时出新意，末流遂澜倒无复绳检，而不为唐诗者又穷。物穷则变，变则通。"对于模唐宗宋者之不知变与不知通均提出批评。而尤其不满的还是沈德潜格调派之不知变，所谓"祖北地、济南之余论，以锢其神明，或袭一二巨公之遗貌，而未开生面"（《查莲坡蔗塘未定稿序》）；反之，则赞赏"绝去切傺，冥心独造"（《盘西纪游集序》）的创造性，倡导"辞必未经入道，而适得情景之真"（杨钟羲《雪桥诗话三集》引）的新颖、真实感。厉鹗的诗歌创作"蹊径幽微，取径新则有独得之奇"（汪韩门《樊榭山房集跋》），正是求新求变的反映。

其次，厉鹗于诗重学问根柢。其《绿杉野屋集序》不仅赞同杜甫"读书破万卷，下笔如有神"之论，而且发挥说："有读书而不能诗，未有能诗而不读书"，"书，诗材也"，"诗材富，而意以为匠，神以为斤，则大篇短章均擅其胜"。这与朱彝尊关于学问"资以为诗材"（《鹊华山人诗集序》）的观点同出一辙。但朱氏之学问重在"经史"，厉鹗"好用说部丛书中琐屑生僻典故，尤好使宋以后事"以及"冷峭字面""别名、小名、替代字、方音、土谚之类"，"意谓另开蹊径，色泽新颖别致"（朱庭珍《筱园诗话》）。不过实际上，厉鹗诗亦不乏白描之作。

再次，厉鹗于诗的意境风格标举"清"。其《双清阁诗集序》称扬州诗人闵廉风"砥志厉行，安于家巷……顾有取乎杜老之志，得毋'清'之一字，为《风》《骚》旨格所莫外者乎"？并阐释道："昔吉甫作《颂》，其自评则曰'穆如清风'。晋人论诗，辄标举此语，以为微眇。唐僧齐己则曰'乾坤有清气，散入诗人脾'，盖自庙廊风谕以及山泽之臞，所吟谣，未有不至于清而可以言诗者，亦未有不本乎性情而可以言清者。"他评价诗人亦好以"清"为标准，如评符圣几"其为诗，澄汰众虑，清思眇冥，松寒水洁，不可近睨"，"语境冷峭"（《秋声馆吟稿序》），评汪积山诗"清恬雅粹，吐自胸臆，而群籍之精华，经纬其中"（《汪积山先生遗集序》），又引用符幼鲁评沈淑园诗语："清丽之词，和平之响，为能绝去粗浮怒张之词"（《沈淑园诗集序》）。

综上所述，可知其所谓"清"是指诗思的清深恬淡，诗境的清幽冷峭，语言的清雅、清丽。但厉鹗不满"渔洋、长水"之"过于傅采"

(《宛雅序》），颇耐人寻味。朱彝尊姑且不论，王士禛神韵诗本有冲淡清奇的审美特性，厉鹗还嫌其"傅采"，又表明他的"清"与王士禛的清并不一致。厉鹗的"清"实际近乎寒瘦枯淡，这与其自身"孤瘦枯寒"的气质相合。另外，其"清"又与一种"孤澹"的情思相连，如其评符圣几所云："赋性幽澹，迥出流俗，见干进改错辈，视如腥腐。"（《秋声馆吟稿序》）厉鹗诗作被时人评为"吐属娴雅，有修洁自美之致"（《四库全书总目提要》），"所作幽新隽妙，莹然而清，窅然而邃"（王昶《蒲褐山房诗话》），皆道出"清"的特色，但未指出厉鹗之"清"与寒相融这一特殊性。当然，厉鹗之作亦并非一"清"字可以涵盖的，此乃其主导风格意境。

二　山景诗的清幽静寂之境

厉鹗一生酷爱诗歌创作，有"诗魔"之称（《清朝野史大观》）。其《樊榭山房集》前集收 23 岁至 48 岁诗约七百首，此仅存所作"十之二三"（《樊榭山房集自序》）；续集收 48 岁至 60 岁诗约七百首。其中大半为近体诗，盖厉鹗"工于短章，拙于长篇，工于五言，拙于七言，七古尤劣"（朱庭珍《筱园诗话》）。诗的内容题材几乎没有关注社会民生之作，抒情、怀古之作亦不多，绝大部分是游历山水之章，是比王士禛更纯粹的山水诗人。正如他所自述："仆性喜为游历诗，搜奇抉险，往往有得意之句。"（《盘西纪游集序》）亦如王兰修所记："厉樊榭镂刻林壑，渲染烟霞，深于山水之趣。"（《国朝诗品》）可惜厉鹗一生游历不广，与其前后的王士禛、朱彝尊、袁枚、赵翼等行踪半天下的诗人都无法相比。厉鹗早年自称"近余道鸳湖，过虎丘，临惠泉，往返于荆溪、锡山之间"（《疏寮集序》），除北上京师稍开眼界之外，其一生活动基本限于江南以及扬州地区。其山水诗自然以杭嘉湖一带山水题材为主，并决定了其诗主体风格为"清"。

厉鹗山水诗既迥异于清初明遗民诗人之作的重视政治功利性，亦不同于神韵诗人之作的重在抒写叹逝之感以及浙派前驱查慎行之作的好表现人生哲理，而主要是借山水寄寓孤峭冲淡之性情，消解与世不合的抑郁之气。江南山水正适合其创作旨趣。而为突出山水清幽、清寒之气，厉鹗写景于时辰上偏爱晨景与夜景，于季节上偏爱秋景与冬景，于气候上偏爱雨景与雪景。即使写晴景、春夏景亦蕴含着清气。

厉鹗写山景之作特别是写杭州诸山之作颇多，吴城所谓"可当《山经》一卷读也"(《云蠓斋诗话》),全祖望所谓厉氏"最长于游山之作,冥搜物象,流连光景,清妙轶群"(《厉樊榭先生墓碣铭》)。厉鹗写山大多数诗不采用鸟瞰的角度,因此不描绘山自身巍峨的外观形象与磅礴雄浑的气势,而是采用深入山中的视角,写山内的一处处局部情景,构成清幽静寂的境界,以寄寓孤澹情怀。

陈仅称"樊榭集中以五古为第一"(《竹林答问》),就先看其五古体游山之作《晓登韬光绝顶》:

> 入山已三日,登顿遂真赏。霜磴滑难践,阳崖曦乍晃。穿漏深竹光,冷翠引孤往。冥搜灭众闻,百泉同一响。蔽谷境尽幽,跻颠瞩始爽。小阁俯江湖,目极但莽苍。坐深香出院,青霭落池上。永怀白侍郎,愿言脱尘鞅。

韬光峰在杭州灵隐山之西,上有韬光庵。诗人于康熙五十五年(1716)秋曾于至韬光峰三日之后,在一个清晨向绝顶攀登。身在山中,诗人移步换形,所见乃"霜磴""阳崖""竹光""冷翠"等局部小景,从而写出蔽谷境界之幽深,衬托出心境之清寂,与烦扰杂嘈的尘世形成鲜明对照。即使登上山顶,"小阁俯江湖",仅以"目极但莽苍"一笔略过,并不似杜甫那样抒写"一览众山小"的壮怀,只是感到一种摆脱世俗束缚的爽快。诗尾两句不仅是此诗点睛之笔,亦道出厉鹗这位"当代风骚手,平生山水心"(张世进挽厉鹗诗)的深层底蕴,是我们理解厉氏山水诗思想内涵的一把钥匙,即他的"性雅好游,所至搜剔名胜,揽萝攀藤,徘徊吟赏,必兴尽而后已"(《云蠓斋诗话》)的举动,正是为求得"脱尘鞅"的审美愉悦,或如厉氏所自言,"遇佳山水,稍涤襟怀"(《厉樊榭先生年谱》引)。此诗为诗人早年之作,其中"冷翠"系用苏轼《入峡》诗"冷翠多崖竹"中语,作为"崖竹"的替代字,可见厉诗"好用替代字"(袁枚《随园诗话》)之一斑。但全诗基本上属于白描,此亦为厉鹗山水诗的一种表现情态,不过厉诗之白描仍颇雅致,与查慎行特别是袁枚白描之通俗化有很大区别。厉鹗写清晨游山之作为数不少,还有《迎峰庵晓起冒雾出山》《晓起彻上人导行黄鹤峰下观龙藏泉遂寻龙洞至仙姑洞》《晓霁出江口望五州山》《晓过福清竹院》等,与前引诗皆同一风致。

厉鹗笔下更偏爱江南夜色中的山林景致。入夜的山林万籁俱寂,月色或明或暗，使人更真切地感受到大自然的清窅、洁净，烦躁的心灵会因之平静舒畅，得到休憩。如《秋夜宿葛岭涵青舍二首》《宿龙门山巢云上人房》《焦山看月分得声字》《七夕宿涧西微上人房》《宿永兴寺德公山楼》等，皆描写夜宿或夜游所见所感的山林之美，表现厉氏所偏嗜的幽邃乃至寒瘦的冷色调的自然风韵。袁枚称厉鹗诗"近体清妙"（《随园诗话补遗》），五律颇佳，先看其五律《宿龙门山巢云上人房》描写深山夜景：

　　山楼出树杪，夜宿万山中。虎啸不惊定，钟声疑在空。背窗栖鸟影，灭烛听松风。明日寻阶水，应添十二筒。

龙门山"在钱唐之西，俗名小和山"（作者自注）。诗人于康熙五十三年（1714）夜宿龙门山云巢上人禅房，置身在清窅的深山密林这特殊时空环境中，主要凭借听觉就已感受到大自然清寥幽深的魅力。因为是夜宿，而选择"虎啸""钟声""松风"等听觉意象，以动显静，自然真实可信，其所谓"适得情景之真"。当几种声响掠过之后，万山之夜更显静谧，诗人亦万虑俱消，心静如水。又如五古《夜泊桐庐》描写夜泊浙江桐庐县桐君山下，望"月黑山参差"、秋江"生寒漪"、"夜静鹊绕枝"，听"村深犬吠客"，又"卧听戍角声，悲杂松风吹"，清窅的境界含有几分悲凉，这与"作客山水乡"有关，但"尘土何由缁"之问，化用洪希文"不与尘土缁"诗意，又分明为"山水乡"之洁净无垢而感到精神的慰藉。

厉鹗当然亦游览观赏白天的山林，但却常与雨相连，或与秋气相系，旨在使白天晴景亦别具一番清气。前者如七律《雨后坐孤山》：

　　林峦幽处好亭台，上下天光雨洗开。小艇净分山影去，生衣凉约树声来。能耽清景须知足，若逐浮名愧不才。谁见石阑频徙倚，斜阳满地照青苔。

此诗作于雍正元年（1723）夏，显示出"幽新隽妙，刻琢研炼"（王昶《蒲褐山房诗话》）的特点。孤山林峦原本幽秀，而一经"雨洗"，更加清气氤氲，洁净秀美。颔联拟人兼用通感手法，使小艇分载去洁净的山影，叫夏衣约来林峦清凉的树声，典雅而隽永。诗人沉浸在孤山雨后的"清景"观照中，丝毫没有暑热的浮躁，心境亦甚清凉，对于追逐"浮名"极其淡漠，充满孤澹之意。后者如五律《晚秋怀摄山旧游》。厉鹗于乾隆八年（1743）秋曾有南京摄山之游，多有吟咏。此游印象殊深，以至三年之后仍追忆当年"摄山旧游"：

秋气澹如此，孤云迥未还。病余留幻质，心远属名山。古殿松声冷，中峰月影闲。旧题岩上字，应是有苔斑。

诗人怀想"名山"，心之所系在"澹然谐素心"（《湖上秋阴同陈楞山、符幼鲁、施竹田、张东扶作》）之秋气，以及孤云之远，古殿松声之冷，中峰月影之闲。清淡的境界，使诗人当时病后之心境分外冲淡闲适，难怪他至今还牵挂那里的一切。诗中"孤云"用陶潜《咏贫士》"孤云独无依"中语，"幻质"即幻身，用《唐诗纪事》僧澹交《写真》"水花凝幻质"中语，可见其以书为诗材的特点。

三　水景诗的清柔平缓之境

厉鹗自称"平生湖山邻"（《湖上拟游龙井不果寄汪大舆》），其写水景之作尤多。由于阅历的限制，特别是审美情趣偏于柔美，因此厉鹗很少写长江大河的壮观，亦罕见表现飞瀑激流的力量，而主要写水波之平缓荡漾，因此杭嘉湖一带的湖池成为水景的主体，即使写溪流亦无动感，如湖泊一样宁静。如《秋日同王菊存、汪青渠、杨开绪渡湖至壑庵由幽居洞上，看摩崖家人卦登慧日精舍访亦谙上人，际晚，下山寻明昌化伯墓不得，泛舟而还得诗四首》《西溪泛舟遇雪》《碧浪湖》《菱湖》《月夜舟出北关同寿门作》《晚至湖上同程友声红桥夜泛》《南湖晚望》《溪行》等，皆为写江湖之景的佳作。

虽然厉鹗诗诸体中"七古气弱，非其所长"（《随园诗话补遗》），这与厉氏气质有关，但其七古亦并非都劣。如《春湖夜泛歌》尽管气亦不强，但称得上可读之章：

晴湖不如游雨湖，雨湖不如游月湖。（二语出明张合《宙载》，乃当时杭谚。）同时看月兼听雨，二事难得鱼熊俱。沙外登舟棹徐拨，天融山暖云初活。水月楼边水月昏，（李诩《戒庵漫笔》云："杭湖船精妙者，曰水月楼。")烟水矶头烟水阔。(叶公祠乃张太宰烟水矶,见钱心卓《笔记》,今曲院风荷亭子,皆其地也。)尊前绿暗万垂杨,月痕似酒浮鹅黄。一片蛙声遥鼓吹,四围山影争低昂。此时坐上各无语,流云走月相吞吐。欲润冥冥堤上花,故洒疏疏篷背雨。合成芳夜销金锅,繁华千古随逝波。谁把长桥短桥月,谱入吴娘《暮雨歌》。雨止依然月不见,空里湖光白如霰。归向龙宫枕手眠,粥鱼初唤流莺啭。

此诗抒写乾隆二十五年(1760)春日夜游西湖的审美感受。此次游湖诗人"同时看月兼听雨",享受到鱼与熊掌兼具的难得奇景。西湖清柔秀婉,宛若西子;一旦映照着一痕鹅黄的月牙,月又在流云中吞吐进出,湖光忽明忽暗,湖中山影时高时低,惝恍幽迷;突然夜空又洒下一阵疏疏春雨,西湖更添迷蒙清幽之致,当雨停后湖光洁白如霰,一片空明。西湖的变幻奇景,使诗人联想到有"销金锅"之称的南宋都城杭州西湖的盛衰,于"繁华千古随逝波"的历史感喟中,实际是对人生虚幻的感悟。此诗有三处自注,皆是小典故,未注之典亦多处,是厉鹗比较典型的以书为诗材的例证。类似写夜泛碧湖、晚泊江溪之作还有《中元夜同舒云亭明府竹田瓯亭诸君泛湖》《东湖月出回船中流有作寄舒明府》《月夜泊吴江》《晚泊张秋镇》等,不一而足。

夜月中的湖水迷蒙深幽,清晨中的江湖亦清新宜人,清静无波。如《初晴晓行湖上》《晓至湖上》《江行晓望》《晓行里湖作》等,或写晓行江上,或写湖上晓望,皆表现出对江湖早晨之"清景"的欣赏。五古《晓至湖上》云:

出郭晓色微,临水人意静。水上寒雾生,弥漫与天永。折苇动有声,遥山淡无影。稍见初日开,三两列舴艋。安能学野凫,泛泛逐清景?

此诗写于早年康熙五十年(1711),湖是杭州城外的一个无名小湖。诗人写晓湖之景重在"静""寒""淡""清"。"静"是诗人心态平静,而这种静又是诗人面对由清寒的晨雾、清淡的山影、平缓的湖水所构成的"清景"而自然产生的。如此远离尘俗的湖上清晨,又引发了诗人像野凫一样归依大自然的清窈之思。湖是静止的,江是流动的,诗人五古《江行晓望》，写晨行江流所见清景："推篷贪清景，凉露半天散。远洲信逶迤，尽处如玦断。连山耸苍翠，缘流竞秀粲。水际烟轻明，忽抹山之半。徐引青枫端，漫靡不知岸。阿那几幅帆，日华相凌乱。"虽曰"江行"，但江流平缓，没有强烈的动感；写景亦不是移动式，而是散点式，忽空际，忽水边，忽岸上，忽江中，船仿佛处于停泊状态，诗人心境自是平静闲适的。江上空气因凉露而清新，山因苍翠而幽深，水因烟雾而迷离，帆因晨曦而清丽，江行晓望的"清景"使诗人沉醉于"层波媚独玩"的审美观照中。此诗体现了厉鹗诗"婉约秀洁"（吴振棫《国朝杭郡诗辑》）的一面。

四　山林佛寺诗的禅境禅意

厉鹗与世俗不苟合的孤峭个性，使他具有逃禅的思想倾向是十分自然的。这表现为他乐于与僧侣为友，频繁交往，乐于为佛寺撰写有关佛事的文章，如《五百罗汉记》《云林寺重建轮藏殿记》《增修云林寺志序》《古铜佛降生像记》等，并显示出较深的佛学造诣。还表现为他喜欢游览佛寺，投宿禅房，并写下大量与佛寺有关的诗作。佛寺一般皆处于山水之间，成为山水胜境的一个组成部分，二者相辅相成。因此写佛寺的诗实际是一种特殊的山水诗。这类山水诗在清初以来吴梅村、王士禛诗集中均占一定比例，在厉鹗诗集中所占比例则更大一些。

佛寺多远离闹市，建于深山密林中，其洁净、清幽、静寂的境界，正适以厉鹗诗的主体风格来表现。诗人在游宿佛寺时的禅悦之趣与其鄙薄功名利禄的思想亦自相通。描写具有禅意的山水佛寺之作，是厉鹗一生未曾断绝过的题材。如早期写有《佛屋闲题》《灵隐寺月夜》《七夕宿涧西微上人房》《人日游南湖慧云寺二首》，晚期写有《坐安稳寺泉上》《下塔院》《秋日》《大风渡江望焦山》《夜宿云溪庵》，等等，难以尽举。

康熙五十四年（1715）厉鹗写的《人日游南湖慧云寺二首》，就是具有禅意的佛寺山水诗，诗为七绝体，厉鹗与王士禛均"工此体"，有"绵邈超逸"之致（由云龙《定厂诗话》），其一云：

　　南湖春水绿温暾，老柳生稊竹有孙。头白僧闲能引路，斜阳挂处指三门。

慧云寺位于杭州城外的南湖（白洋池）畔，诗中的春水、竹柳构成佛寺绿幽幽的环境，令人尘念顿消。而白头闲僧指示佛寺三门（空门、无相门、无作门）的画面，极其悠闲恬淡，又不无引人皈依佛门的禅意，以至诗人在同题其二发出"至竟繁华旧梦幻"的觉悟之言，欣赏那"最无人处叫春禽"的空寂之境。又如雍正四年（1726）秋厉鹗夜游杭州灵隐寺而写的五律《灵隐寺月夜》，亦是一幅禅境，且十分冷寂：

> 夜寒香界白，涧曲寺门通。月在众峰顶，泉流乱叶中。一灯群动息，孤磬四天空。归路畏逢虎，况闻岩下风。

月夜灵隐寺别具"香界"即佛界的特殊氛围。佛寺的外部环境灵隐、天竺、飞来诸峰都笼罩在清凉如水的月色中；弯曲的涧水穿过满地落叶流向寺门，悄然无声；寺外是幽冷神秘的世界，寺内长明灯荧荧，忽然几声孤磬消失在佛教所谓的四禅天，寺内亦是沉寂冷清。诗人抓住几个典型意象勾勒出月夜佛寺的禅境意味。诗人夜游灵隐寺且付诸吟诵，显然是"聊以文字禅，释此尘土恨"之意。

厉鹗经常夜宿佛寺，对佛寺山林清寂的夜景感受真切。而若遇到雨夜，就比月夜具有更奇特的禅悦之趣。如雍正九年（1731）所写的五古《雨宿永兴寺》就是雨夜宿佛寺感受的生动表现：

> 山栖一灯寒，萧寥送清响。暗生平地云，湿堕幽蹊橡。遂成三宿桑，题壁记畴曩。安居遇多雨，佛说发精想。横窗双绿萼，交影入苍茫。趺对妙香裹，梦寐杂咏赏。隔屋喧春禽，明将进溪榜。

永兴寺在杭州附近西溪市杪安乐山下。寺前植绿萼梅两株，环境幽雅清净。雨夜中的永兴寺又添清寒之气。寒灯、清响、暗云、幽蹊、湿橡，以及绿萼苍茫的"交影"，使永兴寺的意境冥暗萧寥。但诗人身处这样的禅境中享受到的却是"趺对妙香裹，梦寐杂咏赏"的禅悦之趣，是对尘世的超脱之感。诗中"妙香"用《维摩诘经》"又诸毛孔，皆出妙香"典，"三宿桑"反用《后汉书·襄楷传》"浮屠不三宿桑下，不欲久生恩爱，精之至也"典，皆增添了禅味。

厉鹗诗中具有禅味的佳句颇多，耐人寻绎，可见厉氏心之所向，如"漠漠空林散佛香，断云吹雨一天凉"（《早秋同近人授衣于湘集天宁寺具公方丈同用东坡病中游祖塔院韵》），"金碧疑神力，虚空见佛心"（《大风渡江望金山》），"林气暖时蒙似雨，湖光空处淡如僧"（《宝石山》），"春来颇爱参禅味，晓起呼童斫笋泥"（《夜宿云溪庵》），"莲须有净界，佛事先羯磨"（《同秋玉佩兮西颢江皋自京放船至焦山》），等等。厉鹗一生虽未祝发为僧，但其心态时与僧侣相通，特别是身处"香界"之中，亦会"虚空见佛心"，而其佛寺山水诗的风格意境亦与诗僧之作相近，和前述一般山水诗的清幽、清寒风格实为同一类型。

五　七言古诗的阳刚壮美之境

作为诗坛名家，厉鹗山水诗自然不会只是清幽秀润的风格或寒寂孤淡的意境。其早年七古体中就不乏朱庭珍认为缺乏的"雄浑阔大之局阵篇幅"（《筱园诗话》）的阳刚壮美之作。尽管为数不多，但毕竟构成厉鹗山水诗风貌的一个侧面。这点与诗的题材、七古体的特性，以及诗人的年龄均有关。

厉鹗描写北方山水之作，风格与写江南山水之作就有差异。如康熙五十九年（1720）厉鹗北上京师应试，途中写有《渡河》《过沂水》《泰安道中望岳作歌》等诗，就比较雄健，特别是七古《泰安道中望岳作歌》颇具豪气。诗人望泰山注重整体形象，显得大气，如"东游齐鲁首瞻岱，百里远见岚光浓。半天明灭千芙蓉，群山如水皆朝宗。盘车五汶豁双目，元气回薄开春容"，空间格局阔大，境界恢宏，亦表明年轻诗人当时赴京的壮心，以及"平生五岳愿未从，真形突兀蟠心胸"时的激动。诗人同年写浙江金华的《望金华山出云俄而大雨》，为杂言歌行，与其主体风格亦迥异。此诗先描叙金华山头风云变幻，由"出云俄而大雨"的动态变化情景："忽如饙馏炊乍浓，又讶奔马来何峰。其间垒涌墨翻汁，俄顷变化随飞龙。不辨山巅没山腹，山与云旋湿淋漓。"比喻意象动感强烈，显示出云雨变化的层次，又具劲健之气势。诗后描绘大雨中金华山显现的奇观："冰壶洞中水帘倒卷珠琲垂，散作秋霖落云族。云中仿佛悬霓旌，神仙得者皇初平。石羊叱作雨工起，奋鬐抵角跪且鸣，喷洒林塾天瓢倾，山邪云邪两奇绝。"洞中水帘、云中霓旌、山上岩石、天空雨瓢，充满仙道神奇色彩，又生气盎然，以至诗人萌发"但愿打钟扫地老此山，结屋青崖坐看云生灭"的出尘之想。

厉鹗早年七古体写水同样有雄放之作，如写于雍正元年（1723）的《秋夜听潮歌寄吴尺凫》就是突出例证。此诗构思新颖，基本上从听觉角度渲染八月半钱塘潮的声威气势，并写出潮来潮去的不同声态。如潮来时，"汹涌涛声欲崩屋"，用《东坡志林》"汹汹欲崩屋"语，赋无形的"涛声"以可见的伟力；又想象潮如"风来雨""神灵走"；再比作乾坤之"呼吸"，黄帝张咸池之乐于洞庭之野（《庄子》典），洞庭鱼龙哭泣之声等。而潮退去时，则似"一萤独语星萧萧"，比喻极其别致。诗人听潮之心态亦经历了由"心茫然"至"壮心一和《小海唱》"的变化，联想到伍子胥死后化为涛神的传说，生出悲壮之感。诗人心壮时觉"胸中云梦吞八九"，"曾不芥蒂"（《史记·司马相如列传》），激起"要挽天河斟北斗"的豪情。诗的雄健笔力与潮汐的声势、诗人的壮心极为协调。

可惜厉鹗阳刚壮美的山水诗委实太少，其审美情趣毕竟重于阴柔优美，特别是后期阳刚之作已不复出现，这与诗人心境逐渐平淡是密切相关的。否则，厉鹗山水诗会有更丰富的色彩。

厉鹗山水诗宗宋，亦兼学唐王、孟、韦、柳一派，以及贾岛诗风，学宋并非如查慎行取苏、陆等大家，而重在学南宋陈与义及"永嘉四灵"等小家，风味清幽[①]。锺骏声称"吾浙诗派，至樊榭而极盛，亦至樊榭而一变"（《养自然斋诗话》），因为"一变"而成为"浙派领袖"，"于渔洋、竹垞外，自树一帜"（陈衍《钱批樊榭山房诗卷一·题识》）。在康雍乾诗坛厉鹗无疑具有重要地位，做出开创新诗风的贡献，在当时及以后均产生一定影响，洪亮吉说"近来浙派入人深，樊榭家家欲铸金"（《道中无事，偶作论诗截句二十首》），近人陈衍亦称厉诗"在前清风行颇久，至近日而稍衰"（《钱批樊榭山房诗卷一·题识》），可见一斑。但厉诗题材、风格均嫌单调，"气局本小，又意取尖新"（洪亮吉《北江诗话》），有时"喜用冷僻典故，而出笔不广"（陈衍《石遗室诗话》），所以终难成为与王渔洋、朱竹垞并称的大家。至于浙派末流专"以饾饤捃拾为樊榭浙派，失樊榭之真矣"（沈德潜《国朝诗别裁集》）。稍后的袁枚性灵派则反对浙派"好用僻典及零碎故事""好用替代字"（《随园诗话》）而矫正之，乃承续查慎行纯用白描之诗风，又有所发展。

---

① 参见朱则杰《清诗史》，江苏古籍出版社1992年版，第232页。

第二节　性灵派主将袁枚

一　袁枚的生平与性灵说

袁枚（1716—1798），字子才，号简斋，一号存斋，因居南京小仓山随园，世称随园先生，晚年自号仓山居士、随园老人、仓山叟。浙江杭州人，祖籍浙江慈溪。乾隆三年（1738）中举人，次年中进士，选庶吉士入翰林院。乾隆七年（1742）外放任江南县令，曾任职于溧水、江浦、沭阳、江宁等地，颇有政绩。因深恶县令如大官之奴，而擢升无望，加之欲专心诗文创作，乃于乾隆十三年（1748）辞官，隐居于所购随园。此后近五十个春秋，除乾隆十七年（1752）曾一度改官陕西不到一年外，终身绝意仕途，以吟诗作文、游览河山为主要生活内容。

袁枚一生热爱山水。其隐居处小仓山就是山林胜地，姚鼐更称其"足迹造东南，山水佳处皆遍"（《袁随园君墓志铭并序》）。其实，袁枚"足迹"遍及半个神州。如乾隆元年（1736）袁枚21岁时即远赴广西桂林探望叔父，此行途经浙江、江西、湖南等地，到广西不久即被广西巡抚金𫓧荐举入京参加博学鸿词试，又游览了湖北、河南、河北等地名胜古迹，写下《夜渡彭蠡风浪大作》《巴陵道中》《同金十沛恩游栖霞寺望桂林诸山》《过洞庭》《汉江遇风》《牛口谷》《易水怀古》等诗作。又如乾隆十七年（1752）赴陕西任职，由南京出发经安徽、山东、陕西诸省，留下了《葛岭遇雪》《黄河》《登峰山》《北邙山》《潼关》《登华山》等北地风物之作。辞官隐居后则时常出游，往返于南京与扬州、苏州、杭州之间。他更有几次远游。乾隆四十七年（1782）袁枚67岁时出游浙江，欣赏天台山国清寺至高明寺一带山色，惊叹雁荡山、大龙湫的奇观。次年游安徽黄山，感慨黄山奇松的厄运。再次年二月远游岭南，沿途观赏了江西庐山、小姑山等名山，遍览了罗浮山、新会、广州风光；九月又由广东赴广西桂林，登独秀峰，游漓江水；离桂林返家途中，则游览了湖南衡山。乾隆五十一年（1786）71岁远足福建武夷山。五十七年（1792）77岁重游天台山。六十年（1795）80岁高龄仍游兴未减，徜徉于东南一带名山胜水之间。袁枚一生行万里路，为其山水诗创作提供了丰富的素材。

袁枚的个性洒脱通达，尝"自赏"为"古之达人"（《秋夜杂诗》）。他反对尊性黜情的宋理学，亦鄙薄束缚人思想才智的汉学考据；又自称

"不嗜音，不举觞，不览佛书，不求仙方"，"六经虽读不全信，勘断姬孔追微茫"（《子才子歌示庄念农》），"我亦自立者，爱独不爱同"（《题叶花南庶子空山独立小影》）：皆显露出背离传统的思想锋芒，为追求个性独立自由的近代启蒙思想的萌芽。这种思想观念与个性特征，决定了袁枚于诗标举性灵说，其中一些思想自影响到山水诗创作。性灵说的要旨是从诗歌创作的主观条件出发，强调创作主体必须具有真情、个性、诗才三方面要素。在这三块理论基石上又生发出创造构思需要灵感、艺术表现应具独创性并自然天成，作品内容以抒发真情实感、表现个性为主，感情、个性所寄寓的诗歌意象要灵活、新鲜、生动、有趣，语言要通晓自然，作品以感发人心，使人产生美感为主要艺术功能等具体观点。鉴于此则反对沈德潜的"诗教"观及拟古格调说，又反对翁方纲的以学问代替性灵、堆砌典故的诗风，亦不满浙派的好用替代字、冷僻典故等①。如果说袁枚写社会人生、抒发主观性灵的诗真性情的因素更明显，那么写山水景物的诗寄寓独特个性及意象灵活生动、生气勃然、生趣盎然等审美特性尤为突出。

二　描写名山的性灵诗

袁枚的《小仓山房诗集》存其自21岁至82岁所写古今体诗四千四百余首，山水诗不到十分之一，数量与山水诗人王士禛、厉鹗乃至查慎行等自无法相比。但因性灵独具，在清代山水诗发展史上自树一帜，而占据重要地位。正如王士禛的山水诗大部分是神韵山水诗一样，袁枚的山水诗亦基本上可称性灵山水诗，与其性灵说美学思想相合。袁枚的性灵山水诗不仅完全摆脱了清初遗民山水诗那种对政治功利的依附性，亦突破了清初六大家山水诗一般的借景抒情，把山水作为感情载体的模式，与浙派厉鹗山水诗以清幽之境排遣精神苦闷的慰藉式亦不相同。袁枚的性灵山水诗的开创性在于高扬主体意识，在处理人与自然山水关系时，万物为我所役，人始终占据主导的或主动的位置。

袁枚性灵山水诗的高扬主体意识，主要表现在把自然山水性灵化，拟人化，人与自然主客体相隔离、相对立的界限被打破，自然山水自身被赋予人的个性情感，构成人的世界的一个组成部分，人与山水可以"对话"、心灵相通；同时以山水的精神来体现诗人的性灵。自然山水已不再仅仅是

---

① 详参王英志《袁枚与随园诗话》第五章，上海古籍出版社1990年版。

供人观照、寄托的审美对象,它自身就是活的宇宙生命。这类山水诗多为古体,构思新颖,想象大胆,语言雄俊,生气盎然;所写对象基本上是名山胜水。

袁枚曾望桂林奇山,登西岳华山,攀南京最高峰,游雁荡诸峰,于是神思飞越,驰骋笔墨,不仅生动传神地描绘出不同名山各自的审美特征,刻画出自己独有的审美感受;更注重将原本沉寂的山峰赋予生命灵性,化静为动,化死为活,显示出生命活力,以与诗人的性灵相沟通。如诗人于乾隆元年(1736)赴桂林省叔父时所写的《同金十一沛恩游栖霞寺望桂林诸山》就是一首代表作:

> 奇山不入中原界,走入穷边才逞怪。桂林天小青山大,山山都立青天外。我来六月游栖霞,天风拂面吹霜花。一轮白日忽不见,高空都被芙蓉遮。山腰有洞五里许,秉火直入冲乌鸦。怪石成形千百种,见人欲动争谽谺。万古不知风雨色,一群仙鼠倚为家。出穴登高望众山,茫茫云海坠眼前。疑是盘古死后不肯化,头目手足骨节相钩连。又疑女娲氏一日七十有二变,青红隐现随云烟。蚩尤喷妖雾,尸罗袒右肩。猛士植竿发,鬼母戏青莲。我知混沌以前乾坤毁,水沙激荡风轮颠。山川人物熔在一炉内,精灵腾踔有万千,彼此游戏相爱怜。忽然刚风一吹化为石,清气既散浊气坚。至今欲活不得、欲去不能,只得奇形诡状蹲人间。不然造化纵有千手眼,亦难一一施雕镌。而况唐突真宰岂无罪,何以耿耿群飞欲刺天?金台公子酌我酒,听我狂言呼否否。更指奇峰印证之,出入白云乱招手。几阵南风吹落日,骑马同归醉兀兀。我本天涯万里人,愁心忽挂西斜月。

吴应和评袁枚诗"有轶群之才,腾空之笔,落想不凡,新奇眩目"(《浙西六家诗钞》),此诗堪称范例之一。诗开篇"走""逞怪"二词即令桂林"奇山"生气郁勃,化为有生命活力的自然之物。而对洞中"怪石"及诸山"奇形诡状"的描绘刻画,亦皆具灵性,特别是对后者更以奇幻的构思驱遣古代神话传说以及佛道典籍有关奇人异事,比喻之,铺陈之,涂抹上神奇的色彩,灌注以飞动的气势,使众山显示出旺盛的生命力,这正是年轻诗人狂放的气质个性的表露;而对昔日万千腾踔的"精灵",此时被"吹化为石"的奇想与慨叹,则反映了诗人追慕自由的性灵。而中年隐居后，于乾隆十九年（1754）游览南京栖霞山凤翔峰所写的《登最高峰》，亦同样抒写山与人的性灵。开篇"群峰齐俯首，争把一峰让。一峰果昂然，独立青天上"四句，即把群峰与凤翔峰人格化，以群峰之俯首谦让，衬托出最高峰壮美的丰姿以及独立无羁、昂然向上的个性精神，这又与"我来登此如登天，无物与我堪比肩，白云蓬蓬生足下，红日皎皎当胸前""背山摇鞭风洒洒，手掷金轮放四海"的诗人自我形象、独立精神相映照，衬托出后者的性灵。袁枚晚年于乾隆四十七年（1782）游雁荡山，见"十里崎岖半里平，一峰才送一峰迎"（《山行杂咏》），感受到雁荡群峰亲切友好之情意，而望卓笔峰更得灵感："孤峰卓立久离尘，四面风云自有神。绝地通天一枝笔，请看依傍是何人！"（《卓笔峰》其一）诗人抓住卓笔峰"绝地通天""孤峰卓立"的独特神韵，予以个性化，写得峭拔有力，而此又分明寓有长期隐居即"久离尘"的诗人性灵，人与峰在无所"依傍"这个共性特征上已合二为一。诗人自己大半生不受世俗束缚、独来独往的精神正是卓笔峰这一形象所包含的意蕴。与《卓笔峰》异曲同工的是袁枚乾隆四十九年（1784）重游桂林写的《独秀峰》，其末尾云："青山尚且直如弦，人生孤立何伤焉！"《后汉书·五行志》引童谣云："直如弦，死道边；曲如钩，反封侯。"诗以"直如弦"写"青山"，明显是以人的正直品格使之性灵化、人格化，亦衬托诗人甘愿"人生孤立"、不与世俗妥协的个性。

袁枚咏山诗的主体意识颇强，亦表现为很少对山景进行纯客观的描写，而是偏重表露内心的主观感受，突出人与自然的呼应、交流关系，这在清初以来的山水诗中并不多见，亦是袁枚求新思想的反映。如乾隆十七年（1752）写于赴陕西途中的《登华山》就颇为典型。西岳华山自古以险峻著称，诗人亦正是抓住此特点做多角度的渲染。诗云：

> 太华峙西方，倚天如插刀。闪烁铁花冷，惨淡阴风号。云雷莽回护，仙掌时动摇。流泉鸣青天，乱走三千条。我来蹑芒屩，逸气不敢骄。绝壁纳双踵，白云埋半腰。忽然身入井，忽然影坠巢。天路望已绝，云栈断复交。惊魂飘落叶，定志委铁镣。闭目谢人世，伸手探斗杓。屡见前峰俯，愈知后历高。白日死崖上，黄河生树梢。自笑亡命贼，不如升木猱。仍复自崖还，不敢向顶招。归来如再生，两眼青寥寥。

诗人远望华山整体形象，高峻嵯峨，"倚天如插刀"之喻十分精警；近登华山路，则觉局部形象亦处处险峻阴冷。而诗的重点是揭示登山时的主观体验，"我来蹑芒屩，逸气不敢骄"，"忽然身入井，忽然影坠巢"，"惊魂飘落叶，定志委铁镣"，惊险的心理活动，显示出诗人安危与华山相连的关系，突出了华山具体可感的险峻之境，亦拉近了读者与诗中华山的距离，与诗人同时得到奇境的审美享受。徐世昌赞袁枚诗"能状难显之境，写难喻之情"（《晚晴簃诗话》），于此诗可见一斑。又如乾隆二十七年（1762）写的《飞来峰》，表现身入岩洞所见所感"疑是夸娥移，左股疗未化；又疑巨灵擘，仙掌分太华"，亦突出惊疑心理，反衬岩洞景象的神奇，并与读者感受相沟通。

总之，袁枚写各地名山都具有个性特征，袁枚所谓"青山若弟兄，比肩相党附。恰又耻雷同，各自有家数"（《看山有得作诗示霞裳》），同时又都被拟人化，并与诗人的性灵相映衬。

三 描写胜水的性灵诗

与写名山之作相比，袁枚吟咏胜水之作在数量与质量上都稍逊一筹。但并非没有佳作，如乾隆四十七年（1782）游雁荡时写的《观大龙湫作歌》就才气横溢，堪与《同金十一沛恩游栖霞寺望桂林诸山》相媲美。大龙湫是雁荡山著名的瀑布，水云烟雾，气象万千，激发了诗人非凡的想象力。诗云：

> 龙湫山高势绝天，一条瀑走兜罗绵。五丈以上尚是水，十丈以下全为烟。况复百丈至千丈，水云烟雾难分焉。初疑天孙工织素，雷梭抛掷银河边。继疑玉龙耕田倦，九天咳唾唇流涎。谁知乃是风水相摇荡，波回澜卷冰绡联。分明合并忽迸散，业已坠下还迁延。有时软舞工作态，如让如慢如盘旋。有时日光出照耀，非青非红五色宣。夜明帘献九公主，诸天花散维摩肩。玉尘万斛橘叟赌，明珠九曲桑女穿。到此都难作比拟，让他独占宇宙奇观偏。更怪人立百步外，忽然满面喷寒泉。及至逼近龙湫侧，转复发燥神悠然。真是山灵有意作游戏，教我亦复无处穷真诠。天台之瀑何狂颠，雁山之瀑何蝉嫣，石门之瀑何喧阗，龙湫之瀑何静妍！化工事事无复笔，一瀑布耳形万千。要知地位孤高依傍少，水亦变化如飞仙。

诗人笔下的大龙湫主观色彩极浓烈。自"初疑天孙工织素"至"教我亦复无处穷真诠"为全诗的重点内容，充满了新奇的联想、比喻，描写瀑布的声响、色彩、形态，主要不是客观描摹刻画，而是借助仙佛传说人物来渲染其新奇的空灵的美，独特地抒发诗人别致的审美发现与审美感受。其中如"合并忽迸散""坠下还迁延"等客观描写，则观察细致敏锐，笔性灵活。而全诗尾句"要知地位孤高依傍少，水亦变化如飞仙"的警策之句，则点出大龙湫之所以能如此变幻如仙，乃在于其从"孤高依傍少"的地位倾泻而下所致。这就在整体上把大龙湫人格化、性灵化，亦是诗人"孤高"个性的对象化。早在乾隆十六年（1751）袁枚于随园所写的观雨景之作《南楼观雨歌》，其描写风、云、雷、电、雨、水，亦都不作客观写生，而是借助神话传说、奇譬妙喻，赋之以鲜活之力、劲健之气，极尽变化之致，是一支宇宙生命的颂歌，亦是诗人狂放个性与旺盛生命力的迸发。

上引山水诗多属阳刚壮美一格，袁枚山水诗亦颇多阴柔优美之作。其写水往往与月联系起来，描绘水月相映、清静幽深之景，别有一番诗情画意，但仍不失抒写性灵的情致。诗人不仅赋予水月以灵性、生命，且观察细致，捕捉意象细微的动态之美，显示出于"一刹那上揽取"（徐增《而庵诗话》）的灵活笔性。这里首先要提及的是《水西亭夜坐》。水西亭为随园内一处水边凉亭，夜坐于此观看水与月最为赏心悦目。诗云：

> 明月爱流水，一轮池上明。水亦爱明月，金波彻底清。爱水兼爱月，有客坐于亭。其时万籁静，秋花呈微馨。荷珠不甚惜，风来一齐倾。露零萤光湿，犀响蛩语停。感此玄化理，形骸付空冥。坐久并忘我，何处尘虑萦？钟声偶然来，起念知三更。当我起念时，天亦微云生。

此诗写于归隐后的乾隆十六年（1751），通过明月、流水、秋花、荷花、萤光、蛩语等视觉与听觉意象，构成一个空冥清幽的意境。置身此境中，诗人与自然相融，彻底摆脱"尘虑"，充分享受到闲适自得之趣，面对水月的美景有其独特的审美感受。"明月爱流水"，"水亦爱明月"，显然被赋予了性灵，亦造成自然万物和谐的氛围，而诗人"爱水兼爱月"则显示热爱自然清净之境的情性。诗人的描写亦颇具匠心：在水月之间，"秋花呈微馨"被置于"其时万籁静"的情境中,花香就有了音乐感;"荷珠"因"风来一齐倾",刹那间的变化,显示活脱的动态美;而"露零萤光湿"的通感手法,亦富于情趣。在如此静谧又美妙的夜境中,诗人产生"形骸付空冥"、人与自然同化的隐逸之想亦就极其自然了。诗风幽雅清婉,与意境、心境正相吻合。又如乾隆八年(1743)的《淮上中秋对月》、乾隆十四年(1749)的《江中看月作》亦皆写水、月之景。前诗首联"长淮波冷碧云残,皎皎当空白玉盘",淮河水中波与空中月相映成趣,画出中秋夜别致的月景;颈联"银河有影秋心老,仙露无声雁背寒",遥想银河中的孤独生命(织女)"秋心老",细觉南归大雁背沾仙露而生寒,笔触空灵,感情苍凉,皆突出了创作主体"八年不在故乡看"明月的羁旅之思,而水月成为触发乡愁的"媒人"。后诗写长江夜月之明亮,但通篇无一语点破"明"字,而是纯以水中具体意象暗示,如中间两联:

> 万里鱼龙争照影,一船鸡犬欲腾空。帆如云气吹将灭,灯近银河色不红。

前联意象活泼,生气益然;后联想象独到,感受细微:皆发人所未发,又充满生趣。诗句都写江月的明亮,使"如此宵征信奇绝"的诗意生动可见,具体可感。意象新颖奇警,反映了性灵诗人创造之功。

四 描写僻地小景的性灵诗

袁枚性灵山水诗的主体意识强,不仅表现为写名山胜水,多用古体或律体,而且表现为写无名山水僻地小景,多用绝句小诗。后一类不以想象奇特、生气勃勃取胜,而是善于用白描手法、通俗语言,表现自然意象的活泼空灵,风趣可人。这类诗在袁枚性灵山水诗中占有大半。

其一是写旅途中所见异乡无名山水、僻地小景。如乾隆四十九年(1784)袁枚游历广东、广西,从端江到桂林的奇山异水触发了诗人的灵感,于是借助小诗传达了富有地域特征的风景与内心独特的审美感受,又颇具诙谐的情趣。且举《六言九章》中的两章以见其特色:

> 山下怒涛垒涌,山中怪石横排。橹向狼牙曳出,舟从虎口吞来。
> 镇日烟村断绝,一时难问迷津。赖有鹭鸶几点,溪边自送行人。

前章写山溪水势险恶而借助橹舟之状,"狼牙""虎口"之喻甚为通俗贴切,"曳出""吞来"用字传神活脱,可立纸上。生动的形象蕴含诗人紧张惊讶的心理,主观色彩甚浓。后章写偏僻荒凉之景,以及旅途生活的寂寞无聊,但借"鹭鸶几点""溪边自送行人"的拟人化小景反衬之,就显出活气,流出情趣。南国山水有特色,北方风光亦独具风貌。如乾隆十七年(1752)春改官陕西途中就写下多首描绘北方春色的作品。其中《沙沟》一诗云:

> 沙沟日影渐朦胧,隐隐黄河出树中。刚卷车帘还放下,太阳力薄不胜风。

诗写山东滕县南沙沟傍晚景象。"太阳"被诗人置于"主角"地位,沙沟、黄河是它的广袤舞台。但可惜"日影渐朦胧"又"力薄",并无精彩的演出,这就反衬出北地春季的荒冷之境。"太阳力薄"的拟人化,亦不乏诙谐之趣。

其二则是写随园景物的小诗,更能体现"随园诗处处虚灵活泼"(《浙西六家诗钞》)的妙处,以及"风趣以写性灵"(《随园诗话》引杨万里语)的特点。如乾隆二十三年(1758)写的小诗《推窗》:

> 连宵风雨恶,蓬户不轻开。山似相思久,推窗扑面来。

诗人化静为动,化无情山为有情人,山的形象虚灵活泼,极具性灵,特别是"推窗扑面来"写山的主动活动性,反衬出诗人对雨霁风止后的清新山色的渴念之情。昔日王安石有"两山排闼送青来"(《书湖阴先生壁》)之句,但比之"山似相思久,推窗扑面来",笔触嫌硬,且不及此山有情有味。又如乾隆四十一年(1776)写的《所见》:

> 牧童骑黄牛,歌声振林樾。意欲捕鸣蝉,忽然闭口立。

这是一首速写式风物小诗。诗人突出了天真牧童"欲捕鸣蝉"而"忽然闭口立"这一顷刻,化动为静,以诗笔雕成了一尊塑像。诗人选择的是"最富有孕育性的顷刻,使得前前后后都可以从这一顷刻中得到最清楚的理解"（莱辛《拉奥孔》）。黄牛、林樾、鸣蝉的自然景物与牧童形象，共同构成了夏日乡野的意趣，牧童的天真亦体现了诗人所谓的"赤子之心"（《随园诗话》）。上引小诗都写得轻松闲适，如《七月二十日夜》这类小诗则另有一番风味、另一种节奏：

> 寒风萧萧打窗急，半夜书翻床脚湿。直疑天压银河奔，又恐地动海潮入。披衫开门欲唤人，一峰瘦影灯前立。

诗写作者归隐后的乾隆十五年（1750）七月二十日夜所见奇景。半夜风雨突袭，来势汹汹，诗人以高度夸饰的神思之笔给予了立体式描绘，"天压银河奔"，"地动海潮入"，真切地反映了诗人面对风雨淫威时的惊惧心理。而当诗人急匆匆"披衫开门欲唤人"以求援助的瞬间，蓦然见"一峰瘦影灯前立"！此峰是如此具有灵性，仿佛与诗人心灵相通，不召而至，欲陪伴诗人，抚慰诗人，为诗人排忧解难。"一峰瘦影灯前立"之意象精警，又具情致。

袁枚笔下的自然之物具有灵性，富于情致，表现出诗人对自然的亲情，与自然的和谐，实际上是诗人性灵的对象化。在绝句小诗中景物富于性灵的佳句颇多，如："几条金线忽摇曳，杨柳比人先觉风"（《春日杂诗》），"山上春云如我懒，日高犹宿翠微巅"（《春日杂诗》），"轻风刚值吟残春，替我吹翻一页书"（《步山下偶作》），"梧桐知秋来，叶叶自相语"（《夜立阶下》），"花似有情不作别，半随风去半升堂"（《春日杂吟》），"青苔问红叶，何物是夕阳"（《苔》）等，不一而足。这些诗句中的杨柳、春云、轻风、花、青苔、红叶等意象，都不是一般的拟人修辞手法的运用，而是诗人与自然密切关系的显现，是诗人主体意识高扬的反映，是诗人重视性灵的审美情趣的流露，是诗人"山水以咏趣也"（《瞻园小集诗序》）的山水诗美学思想的实践。

通过以上的论述，可作如下概括：袁枚山水诗的主要特点是主体性强，山水景物高度性灵化即个性化、拟人化，而景物的性灵化本质上是诗人性灵情趣的对象化。因此，袁枚的大部分山水诗可称为性灵山水诗。这是袁枚为推动清代山水诗的发展所作出的重要贡献。此外，袁枚性灵山水诗在题材内容与艺术表现上亦有所开拓：描写对象既有名山胜水，亦有山水小景；体裁既有古体律体，境界壮阔，波澜开合，奇正变幻，亦有绝句小诗，意象空灵，活泼有趣；语言既化用典故传说，典雅华美，亦多白描，通俗晓畅。诗之活灵风趣得宋人杨万里诗之真髓，白描手法承查慎行之精神，但又有所发展丰富，如增添了精警之致，减少了议论。在袁枚的影响下，在乾嘉诗坛形成了队伍庞大的性灵派，如赵翼、张问陶、孙原湘、袁树及众弟子等，他们的山水诗大都具有性灵诗的共性特征，又各有独特性，为清代山水诗坛吹进了一股新鲜自然的清风，使格调派、肌理派之作黯然失色。

第三节　性灵派重镇赵翼与张问陶

以袁枚为主将的性灵派成员众多，而其中之重镇当推赵翼与张问陶，与袁枚鼎足而三。赵翼的地位与成就尤为突出，仅次于袁枚而为性灵派副将。张问陶为性灵派后期代表人物，堪称性灵派殿军。二人诗歌创作以表现真性情、讽喻社会为主体，但亦有相当数量的山水诗作。二人山水诗具有性灵山水诗的一些共性的审美特征，但又不乏独具的特点。他们二人以及袁枚的山水诗是开创出清代山水诗新面目的主要因素。本节分别对赵、张山水诗作一简论，并略作比较。

一　性灵派副将赵翼的生平及诗学观

赵翼（1727—1814），字云松，一字耘松，号瓯北，江苏常州人。自幼聪明好学，"三岁，日能识字数十。十二岁学为文，一日成七篇，人皆奇之"（易宗夔《新世说》）。乾隆十五年（1750）中举人，十九年（1754）补考内阁中书，入军机处凡六年，二十六年（1761）中进士，殿试第三，授翰林院编修。三十一年（1766）出知广西镇安府，适清廷用兵缅甸，赵翼又赴军中赞画军务，后调任广州知府。三十五年（1770）升为贵州贵西兵备道。三十七年（1772）因广州谳狱旧案降级，乃乞养归山。此后四十余年，基本上在家乡著书作诗，其所谓"去官攻文词"（《书怀》）。可见赵氏归隐之前生活阅历颇丰，大有益于诗歌创作。赵氏不仅是诗人、诗论家，而且是杰出的史学家，才识不凡，学问渊博，又"胸中有识"（张维屏《听松庐诗话》），对社会人生以及历史规律均有较深的认识，这于其诗歌创作亦很有影响。对翼之才气学识，钱大昕曾有高度评价："夫惟有绝人之才，有过人之趣，有兼人之学，乃能奄有古人之长，而不袭古人之貌；然后可以卓然自成一家。今于耘崧先生见之矣。"（《瓯北集序》）此言并非虚誉。

袁枚标举性灵说诗论，赵翼与之相应，倡言"性灵"。《书怀》论诗诗即明确揭橥此旨："力欲争上游，性灵乃其要。"但其含义与袁枚性灵说同中有异，不作应声虫，这正是性灵派中人可贵的独立精神。

关于诗人创作的主观条件，赵翼与袁枚一样，标举"诗本性情，当以性情为主"（《瓯北诗话》，下引此书不赘注），强调诗之本源本质是思想感情。但是其《瓯北诗话》更重在推崇诗人之"才气"，所谓"诗之工拙，全在才气、心思、功夫上见"，并以"才气"作为评价历代大诗人之标准。才气一指"出于性灵所固有"的"才气"，有先天因素，二指后天修养的气，特指诗人的"豪健之气"，一种真善、刚正的人格力量。"气"须养，故赵翼重视诗人的生活阅历。相比而言，袁枚更重"天分"，而忽视养气。

关于诗人的创作精神，赵翼特别强调独创性，这一点丝毫不让袁枚。首先，他抨击明前后七子与清格调派"优孟衣冠"，盲目拟古。其次，正面鼓吹"必创前古所未有，而后可以传世"的独创价值。作为史学家，赵翼又具有鲜明的历史发展观，以此看诗，则指出"诗文随世运，无日不趋新"（《论诗》）的发展生新的规律。其所谓"新"，一指"新意"，新鲜的思想内容，《论诗》云："满眼生机转化钧，天工人巧日争新。预支五百年新意，到了千年又觉陈。"因为诗须"词意兼工"，故又提倡"新词"，新的语言、形式。诗人注重新意新词，才能"自成一家"，独领风骚。欲"自成一家"是赵翼诗论的核心。此外，赵翼还重视"自然"：一是"遇题触景，即在吟咏"，或曰"风行水上自生波"（《无诗》），此指创作构思时的心境；二是艺术表现"平易近人""言简意深"，不见锻炼之功。这一观点与袁枚亦相通。

赵翼论诗内容不及袁枚丰富周全，但颇精粹，识见不乏高出袁枚之处，可弥补袁枚性灵说之不足。其诗歌创作与诗论精神是相符的。

二　赵翼以景寓理的山水诗

赵翼的《瓯北集》存诗约五千首，数量超过袁枚《小仓山房诗集》四千四百余首。其中有大量山水诗。这与赵翼一生热爱自然山川风月，认为"从来风月属诗家"（《静观》），视描写山川风月为诗人天职的观

念大有关系。对于诗人与自然的关系,赵翼在《园中即事》诗中有过生动的表述:

> 天地有至文,花鸟与山水。当其生机妙,巧画弗能拟。亦必有解人,乃不虚此美。譬如得佳句,孤吟空自喜。偶逢赏音读,清芬益满纸。化工日眼前,触处无非是。可怜蚩蚩氓,熟视不睹此。其有才智流,又为名利使。倘无我辈在,萧闲味其旨。大块亦寂寞,叹世无知己。

其要旨一是认为花鸟山水是大自然客观存在的美质;二是自然之美需要人去发现、认识,能发现、认识自然之美者是"解人"。解人已摆脱世俗名缰利锁的束缚,一心钟情自然花鸟山水,视之为平等关系的"知己",以一种萧闲审美的态度去认识、发现与表现自然山水的美质;三是赵翼以"解人"与"大块"之"知己"自命,赵翼山水诗作亦足以证明他无愧为自然山水的"解人"与"知己"。当然他有其自己的"解"法与"知"法。

赵翼"胸中有识"、善于思索的才性,以及视自然山水为人生"知己"的态度,使他在读天地之"至文"时,往往并不单纯作审美发现、审美观照,而是读出"至文"中所蕴含的人生至理,或者说把个人对人生哲理的体悟借山水的形态表现,从而使其笔下的山水富于诗人主观的理性色彩,这亦即赵翼"性灵"在山水诗中的体现,从而与袁枚性灵山水诗重于表现诗人个性气质的性灵有所不同;亦与张问陶之借山水抒写性情有异。这一审美思维方式又决定了赵翼许多山水诗喜发议论,有以文为诗的特征。如《湘江舟行》《漓江月行》《努滩》《舟发溆阳》《渔塘即事》《山行杂诗》《渡江》《山行看红叶》《看山》等皆属此类山水诗,其体裁古近体皆备。五古体如写于乾隆三十二年(1767)五月赴广西镇安府途中的《湘江舟行》,即借舟行所见之"顺风兼顺水,一日数千里",但"前有山弯弯,下有石齿齿""乘势不及收,一触或破毁"的情景,悟出人在官场上不可做"双挟风水驶"的"得意人",而应该适应人生挫折的磨炼,以免"或顺生悔吝"的道理,或者说是诗人对做官的理性认识借舟行湘江所见情景予以表现。湘江的山水行程即包含着人生哲理。又如五古《闲居读书作》其三写明月,并不重描写月之外观,而是赋明月以灵性,所谓"每夕见明月，我已与熟识。问月可识我，月谓不记忆"，然后借明月之口抒发了一通人生天地间乃沧海一粟，不必追逐个人名利的道理。此时月亮已不是审美客体，而是发表诗人哲思的代言人。当然上引诗句形象性不足。近体诗更佳，如五律《努滩》：

叠叠危矶矗，江心截急涡。千寻炼交锁，十万剑横磨。篙逆涛头刺，舟穿石罅过。滩名应记取，努力慎风波。

此诗作于乾隆三十六年（1771）诗人升任贵州分巡贵西兵备道，途经古州（今贵州榕江）努滩时，于激流险滩的生动描写中，蕴含着仕途险恶、人须谨慎的道理。诗首联开篇突出江心矶险峻的形象，又高又大，截住急流，造成旋涡；颔联采用比喻写危矶之坚固与峻峭：二联暗示出行船之艰险。颈联则转写行船之奋力与小心。尾联引出哲理：一是拼力搏进，二是小心风浪，这既是指航程，更是诗人对自己此后仕途行事的告诫。诗意象雄奇，笔力遒劲，颇具作者所推举的"豪健之气"，议论则通俗晓畅，又十分自然。又如七绝《山行看红叶》亦寓哲理，且具性灵特有的情趣：

十月清霜萎绿莎，翻看红锦绚山阿。天公也有才人习，晚景诗尤绮丽多。

诗写于嘉庆四年（1799），诗人已73岁，人虽暮年而才情不减。因此秋日见绿草凋萎于清霜，而山阿红叶却绚烂似锦之景，诗人作为天地的"知己""天公"的"解人"，他体悟到大自然"晚景"的生命活力，恰如自己晚年照样可以写出绮丽之作一样。诗中之自然"天公"与才人诗人已融为一体，其中哲理具有普遍性与深刻性。

三 赵翼西南奇境山水诗

以景寓理只是赵翼山水诗的一种类型。赵翼具有很强的审美能力，当他"偶遇佳山水，谓如画图里"（《放言九首》），沉醉于美妙如画的山水境界中，同样观照到自然山水万物自身具有的生意活力，体会到审美的愉悦，自然要写出比较纯粹的山水景物诗。这些审美观照型的山水诗，多采用白描手法，摹景状物，清新灵活，具有生气生趣，与袁枚的性灵山水诗属于"同调"。佳作有《再出古北口》《阳湖晚归》《微山湖堤晚步》《阳朔山观猴》《澜沧江》《高黎贡山歌》等,南北山川尽收笔端。

赵翼乾隆二十一年(1756)入选军机处行走,曾两次随乾隆出塞,目睹北国塞外风光,不能无诗。如乾隆二十三年(1758)第二次出塞至木兰,途经古北口所写《再出古北口》就是一首描写北方景物的佳作:

> 紫塞秋风紧,凌寒踏晓霜。潦余沙尽白,关外柳先黄。饮马长城窟,吁鹰古战场。平生登览兴,敢惜鬓毛苍。

古北口位于北京密云东北部,长城要口之一。出了古北口即是塞外风光。时当清秋,诗人所感所见皆秋意秋景:步出长城之外,但觉秋风凛冽,霜气逼人;又见潦水尽处白沙茫茫,秋柳萧瑟枝叶枯黄,几个典型意象写出塞外荒凉广袤的境界。但长城窟可饮战马,古战场可吁苍鹰,塞外空间又蕴含着雄放之气,令鬓发苍苍的诗人心胸壮阔,豪气平生,充分满足了平生登览之兴。诗风雄丽劲健,是赵翼论诗重气的体现。赵翼长期生活在江南与西南,因此写南方景色之作更多,更有特色。写家乡江南风色的《阳湖晚归》,约为诗人乾隆十二年(1747)出仕前的力作:

> 布帆轻漾晚风微,回首阳山正落晖。鹭点碧天飞白字,树披红叶赐绯衣。诗情澄水空无滓,心事闲云澹不飞。最喜渔歌声欸乃,扣舷一路送人归。

阳湖晚景温馨静穆又色彩绚丽,微风中轻扬的布帆,涂着斜晖的青山,碧天飞翔的白鹭,披着红霞的树木,构成优美迷人的意境,衬托出诗人清澄的诗情和闲淡的心境。诗人面对的宛若一幅图画,再配上"画外音"欸乃渔歌,更富诗的韵味。赵翼最具有地方特色的山水诗是于广西、云南任职时写的西南奇山异水,题材新颖,富于"新意"。如乾隆三十二年(1767)出任广西镇安府知府途经桂林阳朔时所作七古《阳朔山观众猴下饮》,描写漓江畔众猴饮水的情景,堪称奇观:

> 一猴下饮江之湄,众猴叫啸纷相随。轻身腾踔高低枝,或臂相引蝉联垂。就中小者如鼠鼷,矫捷更作无翼飞。绝壁屶不可容趾,攀掷

只藉草一丝。但看日夕来往处，终岁不见路痕微。舟行静中遇动极，拍手撼之观其急。倏然散尽了无迹，春江绿波山碧色。

此诗描绘了春江绿波碧山背景下的"猴戏图"，惟妙惟肖地勾勒出众猴于江边饮水时的活泼情态，充满生机与情趣，传达出诗人对阳朔山水的独特的审美发现，取材角度独到，比喻新鲜，笔触灵活，纯用白描，堪称性灵诗。稍后写的五律《平江道中》写广西春天风物亦颇别致清新，一、三两联云"放棹沧江稳，春堤草色新""山多牛似虱，沙鹭立如人"，前联平浅而自然，后联取譬颇见性灵。

赵翼山水诗最具奇思壮采者是描写他从军西南所见云贵风光之作，诚如蒋士铨所评："君诗则自出都后且益工。盖天才踔厉，其所固然，而又得江山戎马之助，以发抒其奇。当夫乘轺问俗，停鞭览古，百怪奔集，故雄丽奇恣，不可逼视，虽欲不传，不可得也。"（《瓯北诗钞》附）无论是写澜沧江、高黎贡山，还是写桂平道以及贵州山川，都独辟新境，豪气健举，新人眼目，予人独特的审美享受。短诗如《澜沧江》：

绝壁积铁黑，路作之字折。下有百丈洪，怒喷雪花热。

此诗写于乾隆三十三年（1768），时作者正在云南参加对缅甸作战。澜沧江发源青海唐古拉山，流经云南西部，至西双版纳南部出境流入缅甸。在云南境穿行于高山深谷间，水流湍急曲折。此诗正抓住澜沧江的主要特点予以表现。前两句写行进于夹江的铁黑色绝壁之字小路上，形势险峻，步履维艰，写出澜沧江畔的地理环境；后两句乃写绝壁上俯瞰：江水卷起百丈洪涛，势不可当，而浪花飞溅如雪，水雾蒸腾，似乎热气喷涌。诗用仄韵，更显诗笔劲健，属于袁枚所谓"硬语能佳"者，显示出赵诗风格瘦硬的一面。而写于同期的七古《高黎贡山歌》，更被袁枚誉为"奇境，待云崧来开生面"（《瓯北诗钞》附）。高黎贡山位于云南怒江以西之中缅边境。诗人想象它是"巨灵开荒划世界，奇山驱出中原外"，而于蛮荒之地"负天掀地逞雄怪"，开篇与袁枚《同金十一沛恩游栖霞寺望桂林诸山》之"奇山不入中原界，走入穷边才逞怪"颇类，但更具雄健的气势。诗写山势之高峻："我行起趁鸡初啼，行至日午山未半。回视飞鸟但见背，俯瞰众峰已在骭。"此处采用诗人登山的角度，借助回视、俯瞰等细节，写高黎贡山之"万仞屛颜插穹汉",显得真实、真切。诗写山中气候多变,"无端岚气蒸蕴隆,幻出白雾粥面浓","少焉罡风来一扫,了了仍露青芙蓉",比喻浅俗,但有情趣。诗写山上物象奇异:"危崖不裂藤络罅,老树皮皴虎磨痒。有时栖鹘戛长啸,是处啼猿发哀响。"罕见的视觉意象与听觉意象,渲染出高黎贡山古老神奇、荒凉可怖的气氛。全诗长达四十句,笔墨酣畅,雄丽奇恣,令人惊心骇目,又基本采用白描手法,语言平易,不见炼迹。诗最后一节有云:"何哉设险有此形,得非天以限边庭。岂知气运有开辟,形胜不得相关扃。至今渐成康庄坦,早有结屋层椒青。"意谓老天设高黎贡山这样的天险,似乎是作为边境的界限,但是社会要不断发展,边地要开辟,此地的险峻形势不能永远这样自我封闭,那逐渐变得宽阔平坦的山路,那早就有人在山顶种出的庄稼,就是高黎贡山可以被"开辟"的例证。诗人于审美之余又抒写了人定胜天的哲理。

四 赵翼怀古型山水诗

赵翼还写有怀古型山水诗,即怀古与写景相结合,对空间景物作时间的追思,于自然景物中开掘其社会历史内涵。这与赵翼史学家身份大有关系。清初遗民诗人顾炎武最擅此体,多寄寓民族意识。赵翼则主要借景物批判历史现象,揭示历史兴衰原因。此类诗有《西湖咏古六首》《赤壁》《螺矶灵泽夫人庙》《莪洲以陕中游草见示,和其六首》等。如《西湖咏古六首》其四:

> 桂子荷花色色幽,偏安定后足清游。直教宫亦移长乐,从此湖应号莫愁。三竺峰峦非艮岳,两堤灯火似樊楼。空余芳草孤山路,老将骑驴感白头。

此诗为乾隆三十二年(1767)诗人小住杭州时所作。诗人目睹眼前西湖之景,遥想南宋王朝偏安杭州时的景象。诗嘲讽南宋统治者苟且偷安、忘却中原,"直把杭州作汴州",西湖的清波成为映照其昏庸无耻嘴脸的镜子。诗蕴含着诗人对历史的批判精神。而乾隆四十年(1775)所作《采石太白楼和韵》则借安徽采石矶太白楼之景追怀古代大诗人李白,表示钦慕之情:

> 沉香亭下脱靴行,此地曾传泛月明。白浪一江销醉骨,青山万古

屹诗名。锦袍当日人争看,金粟何年世再生。百尺高楼俯空阔,为君长写气峥嵘。

一江白浪,万古青山,百尺高楼等壮阔意象,正与诗人所追怀的天才诗人李白的气质个性、文采风流相应。怀古型山水诗是历史学家兼诗人的赵翼对自然山川的又一种"解"法。因为是怀古所以用典颇多亦是十分自然的。上引二诗就运用了史书、佛经、古人诗词等典故,但多非僻典,这也是性灵派诗人用典的原则。此类怀古型山水诗在张问陶笔下却不多。

赵翼《六十自述》云:"生平游迹遍天涯,塞北交南万里赊。人羡见闻增宦辙,天如成就作诗家。"丰富的生活阅历特别是从军西南开拓了山水诗的题材领域,这是赵翼对清代山水诗的一个贡献。赵翼的山水诗与其他题材的诗作一样具有识见,体现理趣,常发议论,虽然是韩、苏诗风的延续,但并非有意摹仿,而是诗人兼史家的赵翼性灵个性的必然反映,并有其自己的特点。赵翼山水诗颇多奇境,具有劲健之气,在性灵派诗人中亦独树一帜;其诗多白描,有情趣,但不似袁枚白描诗之高度性灵化即拟人化、个性化,这或许是袁枚称赵诗与自己"和而不同"(《覆云松观察》)的表现之一。

五　性灵派殿军张问陶的生平及诗学观

张问陶(1764—1814),字仲冶,号船山,另有老船、蜀山老猿、药庵退守等别号,四川遂宁人。世代官宦的身世背景,使张问陶少年就立下"三十立功名,四十退山谷"(《壮志》)之志,故努力博取功名,终于成为乾隆五十五年(1790)进士,选庶吉士,三年后授翰林院检讨。嘉庆五年、六年(1800、1801)曾两充顺天乡试同考官,但觉壮志未酬,四十岁左右对佛学发生兴趣。嘉庆十年(1805)改任江南道御史,有直声,十四年(1809)又改任吏部郎中,次年任山东莱州府知府,因放仓谷赈济饥民事与上司抵牾,终于看破官场之腐败,于嘉庆十六年(1811)辞官,漫游吴越,后侨居苏州虎丘。张问陶官场失意而文场得意,凭借其自幼聪慧之才与丰富的人生阅历,而成为嘉庆诗坛一大家,性灵派之殿军。

张问陶颇多论诗诗,可知其诗学观与袁枚、赵翼性灵说是笙磬相应的,又不乏独到之见。张问陶论诗诗一再标举"性灵",可见其主性灵之旨。如"性灵偶向诗中写"(《正月十八日,朝鲜朴检书宗善从罗两峰山人处投诗于予,曰:曾闻世有文昌在,更道人将草圣传;珍重鸡林高纸价,新诗愿购若干篇。时两峰处适有予近诗一卷,朴与尹布衣仁泰遂携之归国。朴字菱泽,尹字由斋,戏用其韵作一绝句志之》),"传神难得性灵诗"(《梅花》),"浓抹山川写性灵"(《题子靖〈长河修禊图〉》),等等。尤其是"愧我性灵终是我"(《颇有谓予诗学随园者,笑而赋此》)之句,更显示其与袁枚"独抒性灵"(《随园诗话补遗》)说在本质上是一致的。张问陶重性灵亦以真性情为创作要旨。因此称"诗人原是有情人"(《题屠琴坞论诗图》其六)、"好诗不过近人情"(《论诗十二绝句》其十二)。因为主情,故与袁枚一样批评肌理派翁方纲"笺注争奇"、以考据为诗,称"何苦颠顶书数语,不加笺注不分明"(《论诗十二绝句》其八)。张问陶于强调真性情的同时,还标举"气",此与赵翼相近,但又进而将"气"具体化:一曰真气,二曰奇气。《成都夏日与田桥饮酒杂诗》云:"有情那可无真气?"真气是诗的精神力量。《华阴客夜读卷施阁诗文怀稚存》又标举"奇气",此为赵翼所未及:"死有替人应属我,诗多奇气为逢君。""奇气"是指诗人的非凡、狂放的气质,一种浪漫精神。这与张问陶的个性特征相关。张问陶于性灵特别强调"我性灵终是我",张扬个性、崇尚创作的独创性。对于诗歌作品的审美特征,张问陶则主张空灵、有真趣,《题屠琴坞论诗图》云:"一片神光动魂魄,空灵不是小聪明。"张问陶之重"空灵",内涵颇广,它不仅要求意象灵动,而且追求意境深、韵味长,是一种高境界,故又称"诗到空灵艺始成"(《孟津县寄陈理堂》)。此亦是赵翼论诗所未及的。为达空灵之境,在艺术表现上注重以白描之笔勾勒意象,不堆砌典故;于创作心境则要求自然纯真、摆脱功利,"天籁自鸣天趣足"(《论诗十二绝句》其十二)。

张问陶今存《船山诗草》,收诗三千余首,其诗作与诗学观点在美学思想上是大体同步的,基本上可视为性灵诗。故人评张氏"所为诗,专主性灵,独出新意"(孙桐生《国朝全蜀诗钞小传》),袁枚誉之"沉郁空灵,为清代蜀中诗人之冠"(《答张船山太史书》)。这表现在张诗注重表现自己独具的个性气质、思想感情,给人生面别开的新内容、新意境。

张问陶于诗主张"写出此身真阅历"(《论诗十二绝句》其三),其阅历的重要内容就是行旅,特别是入仕前。张氏长年出游,多次往返于北京、四川之间,堪称行万里路,看遍名山大川、奇景异观,因此写下大量山水景物诗。正如陆游《题庐陵萧彦敏秀才诗卷后》所云:"君诗妙处吾能识，尽在山程水驿中。"当然，与赵翼乃至袁枚相比，张氏的游程是最短的，这亦使其山水诗题材不及赵、袁丰富。

六 张问陶抒写性情的古体山水诗

作为性灵派殿军，张问陶自称其山水行旅诗乃重在"涂抹山川写性情"（《江安舟中遣怀》），或曰借山水景物表现性灵，很少单纯模山范水。此为性灵派山水诗的共性。张问陶15岁至20岁时曾困居江汉。当时其"性情"是渴望摆脱贫困，建功立业，所谓"三十立功名""隐轸匡时略"（《壮志》）。故其早年山水诗颇多寄寓壮志之作。如乾隆四十七年（1782）春，诗人曾从江汉南下潇湘贷粟，沿途写下《临江叹》《骤雨》《羁旅行》《即事》等以五古体为主的山水诗。这些诗主要是表现诗人欲"为天子大臣"（《壮志》）的壮怀，以及"饥来百事非"（《早春游沔阳舟发汉上口占》）的牢愁。如《临江叹》前半写江水云：

骇浪蹴日回，惊涛激云上。我舟一叶轻，势与水天抗。

骇浪惊涛之一"蹴"一"激"，皆呈现遒劲向上的动态，旨在衬托诗人一叶轻舟"势与水天抗"的昂扬奋进的生命力，以追求广阔的精神空间。《骤雨》云"奇云挟雨至，追以千里风。乾坤白浩浩，万马鸣空中"，渲染出大自然盎然的生机，以及宇宙空间的广阔无限，其中同样寄寓着年轻诗人的壮志豪情。但此诗接下又写道"我居实湫隘，譬彼筊与笼"，"自倾一壶酒，块垒难销熔"，又反映现实天地的逼仄狭小，生命受到压抑与束缚，令人不堪忍受。但诗人毕竟年轻气盛，故并不消沉颓唐，相反仍借山水自然之气激发自己进取奋发之志，又云"呜呼古来烈士多苦心，夜深一诵《猛虎行》"（《临江叹》），"梦中窥海日，意气始得雄"（《骤雨》），对未来仕途仍充满信心。

但当诗人阅历渐深，仕途碰壁之后，这种壮怀就不能不受挫折。乾隆五十四年（1789）张问陶于北京应会试落第西归，沿途经过定州、函谷、潼关、华州、西安、宝鸡、剑州、绵州、成都等地，写下山水诗七十余首，可谓"一处著一诗，诗如记里鼓"（《峡中作》）。但此时作者心中郁积着"文章无命合西归"（《端阳相州道中》）的不遇之愁，因此眼中的山水景物成为王国维所谓的"有我之境"（《人间词话》），即表现为凝重、迷蒙、阴冷、清寂的意境。如《英豪》云"山云陇树远苍苍,铃语鸡声趁早凉。熊耳数峰青似黛,马头初日白于霜";《灵宝》云"古戍隔河微见影,乱山迎客不知名","明日入关须痛饮,卧看残月堕鸡声";《盘豆驿》云"汉原多暮色,秦月有寒威。碧树围山馆,黄沙点客衣";《望栈道作》云"返照明汧渭,苍苍见益门。乱峰迎客舞,一水抱沙昏";等等。诗中所写的远树苍苍、月寒色暮、水昏沙黄,都显得黯淡沉寂,缺乏生命的亮度与活力。这种自然境界实乃诗人忧郁迷茫心绪的外射所致。在袁枚与赵翼山水诗中则很少出现这种意境,恐怕与袁、赵入世之意不及张强烈有关。但《雨后发黄牛堡》却写得颇具奇气,充满力度:

> 夜雨汇众壑,溪涧吞江淮。怒涛奔西南,绕足争喧豗。喷沫漱奇石,宛然滟滪堆。山腰俯危栈,白日腾风雷。仿佛瞿塘游,孤舟落大洄。年时饱艰险,蛟螭狼与豺。片帆峡底出,一骑云中来。所遇无坦途,那得心颜开。

一场大雨冲破了黄牛堡溪涧凝滞沉闷的自然状态,溪水终于得到发泄的机会,物极必反,它竟显得狂颠放肆。诗人如此描写势"吞江淮"的溪涧景观,其实正寄寓了诗人"狂客衣冠总性情"(《乙卯春夏与穀人前辈饮酒诗》)之狂放性灵,借以宣泄仕途艰难"那得心颜开"的郁闷。这是诗人"涂抹山川写性情"的又一种独特的表现方式,在狂放这一点上张问陶已超过袁枚,赵翼则谈不上狂放。

张问陶西归不久,又离家赴京准备次年再应会试。此次行旅,"关山辽阔客心长,万里之行从此始"(《己酉十一月七日遂宁西门桥下别家人》),所写山水景物诗偏重于抒写人生漂泊之感、思妻想家的不尽乡愁,所谓"倦客辞家月易圆,年来离合太纷然"(《绵州客夜》)。由于北征时已是冬季,旅况艰难,山水清寒,更增添了乡思。如《德阳途次》:"征衣怯晓风,初日可怜紫。寒雾沉亭江,微霜冻犀水。客行当年暮,恻恻恋乡里。"《雪后宿大木戍》:"瘦岭聚灵奇,人烟淡不怡。翁云千树恶,戴雪一峰危。庙古山君得,崴空木客移。拊床惊斗鼠,叹息此何时。"《雪中度凤岭》:"路绕千峰上,天低鸟道横。烟云何代辟,风雪下方晴。指顾通西极,苍茫叹北征。岁除乡信隔,吟眺总关情。"诗人北征应试时,其"恻恻恋乡里"之情分明已压倒"三十立功名"之志;或者说,诗人此行对

"功名"已看淡,对自己漂泊之归宿心中无底,因而倍觉故乡之可恋。以这种心情北上,就增添了"行路难"之感,山水景物亦因之被主观化,如树恶峰危、水冻山瘦,变得令人畏惧、反感,已无法产生审美愉悦。诗人明言其因在于:"去来游早倦,奇景亦庸矣。思家预拟归,陟险愧人子。年来阅世深,真幻识所以。至乐在团栾,浮名何足喜!"(《德阳途次》)"奇景"之变"庸"乃在于倦于出游、淡于"浮名"。但作为清贫的封建知识分子,张氏又不能不走"学而优则仕"的路。他此时的思想就长远来说,已为以后的隐居埋下根子;就目前来说,就使其笔下的山川缺乏生命的亮色。说张问陶山水诗亦具"沉郁"的特点主要在于此。陈廷焯《白雨斋词话》释"沉郁"风格云:"沉则不浮,郁则不薄。"张氏山水诗之沉郁,表现为蕴含着深厚浓郁的情思,多借山水形象本身来体现,并不慷慨发越,少浅露单薄之弊,上引诗章多属于"沉郁"之作,而体裁多为古体。

七 张问陶空灵有趣的近体山水诗

张问陶近体特别是绝句体山水诗,风格则偏于袁枚所评的"空灵",具有情趣,内容以描写对山川景物的审美发现、审美体验为主,属于性灵小诗。张问陶于乾隆五十五年(1790)终于考中进士,次年请假返乡,五十七年(1792)十一月乃偕妻女与长兄亥白发成都水路赴京。此时诗人已步入仕途,又有妻女、长兄相伴,因此怀才不遇的愁闷已一时消除,思乡之情亦显得淡薄。其心情从未如此开朗、愉快,沿途所见山川景物变得从未这样奇美壮观。笔下的山水于是呈现出亮色,行旅亦充满情趣。如七绝《扁舟》写乘舟之趣:

六年未领扁舟趣,一水油油到眼前。正好残冬初四五,峨眉山月细如弦。

低头见"一水"有情,抬头见"山月"有趣,川江月夜宁静温馨,一如诗人的心境,并透出阴柔之美。又如五律《古佛堰》写"石乱篙声碎,滩平竹影留。小山全贴地,尺水亦行舟",观察细致,遣词奇特,颇能抓住古佛堰山水特点,有袁枚性灵小诗之妙趣。诗人此行看不尽"碧山丹水好画图"(《腊八日过叙州二首》),而最具诗情画意的则是乐山奇观,《嘉定舟中二首》云:

> 凌云西岸古嘉州，江水潺湲抱郭流。绿影一堆漂不去，推船三面看乌尤。
>
> 平羌江水绿迢遥，梦冷峨眉雪未消。爱看汉嘉山万叠，一山奇处一停桡。

二诗乃诗人进行审美观照的产物，是比较纯粹的山水景物诗，这在张问陶诗集中并不是很多的。第一首尤佳，上半首写乌尤山依州临水的壮美环境，下半首写乌尤山中奇观，特别是第三句宛若一幅水墨画，妙喻活字，极具神韵，堪称以白描之笔写空灵之境的佳作。又如《瞿塘峡》：

> 峡雨蒙蒙竟日闲，扁舟真落画图间。便将万管玲珑笔，难写瞿塘两岸山。

此诗重在虚写，即诗人这审美主体融入如画山水这审美对象之间，仿佛成为自然山水的一部分，人与自然已不存在隔阂，是一种"天人合一"的境界，或者说是"无我之境"。这种境界只有在诗人心境与现实处于和谐状态时才能产生。当然，诗人写美景亦不尽空灵，亦有形象具体的描写。如《白水溪》：

> 大石不受溪，溪水出其背。散如万斛珠，破楔一时溃。琤琮响碎玉，褵褷聚飞鹭。朴籔千点雪，溟蒙十里雾。君不见年年五月风雷吼，急雨腾山白龙走。

诗写景状物，笔触灵活，妙喻如珠，又体现出诗人志得意满时的奇气奇情。

张问陶步入仕途任职后，生活相对安定，又忙于政务，不再似入仕前那样南北壮游，故山水诗大为减少。晚年辞官侨寓苏州，漫游吴越，又写了一些江南山水景物诗，开拓出其山水诗的新领域，正如其《江南》所云："重检纪游诗几帙，尚嫌此笔负江南。"他为还江南之情，于是写下《绿岸》《晚泊镇江京口驿》《春水》《虎丘冬日》《阳湖道中》等诗，多为近体小诗、风格仍空灵有致。如七律《春水》前面两联："绿痕微动水知春，烟月却从雨后新。出浴山情初嫁女，过江花韵六朝人。"山情、水意、烟月、花韵，皆具性灵，生气灌注，蕴含着诗人心中的春意。又如

《阳湖道中》：

> 风回五两月逢三，双桨平拖水蔚蓝。百分桃花千分柳，冶红妖翠画江南。

此七绝写江南阳春三月江水之蓝、桃花之红、春柳之绿，色彩绚丽，春光明媚。诗既表现了诗人辞官闲居后的恬淡轻松心境，又暗含诗人侨寓江南人与自然的关系和谐无间。江南春光如画，诗人则是"画中人"矣。与袁枚同类山水景物小诗相比，张问陶较少琐细意象，亦不大注意捕捉景物的瞬间动态；而比较看重意境的空灵、感情的沉郁。与赵翼山水诗相比，则不追求理趣，而以寄寓情思擅长，亦是显而易见的。

余云焕《味蔬诗话》云："张船山诗清峭拔俗，游戏之笔更为擅长。"擅长游戏之笔，是性灵派代表人物袁枚、赵翼的拿手好戏，这与二人性格诙谐有关。张问陶性狂简，加之所处衰世，悲慨之事充溢于胸，所以《船山诗草》中虽不乏"戏作"之题，但其诙谐已远不似袁、赵矣。另，张维屏《听松庐诗话》评张问陶诗云："古体中诗有叫嚣剽滑之病……至近体则极空灵，亦极沉郁，能刻入，亦能清超。大含名理，细阐物情，或论古激昂，或言情婉曲，或声大如钟镛，或味爽如菘韭，几欲于以前诸名家之外，又辟一境。"其中观点未必都准确，但肯定张问陶"又辟一境"的功绩还是中的之评。张问陶之后的性灵派末流已无人有此贡献矣。

作为性灵派的重镇，赵翼与张问陶的山水诗，不仅和袁枚山水诗具有相近的审美追求，而且显示出独具的审美意趣，如赵翼的以景寓理、注重气势，张问陶的借山川抒写狂放、意境空灵等，都别具一格。这是他们可与袁枚鼎足而立的自身价值，并反映了性灵派山水诗审美意趣的多元化，以及总体成就的卓著。因此，以袁枚为首的性灵派山水诗对于促进清代山水诗审美性的成熟，功绩甚伟。

第四节　常州"二俊"洪亮吉与黄景仁

乾嘉时期吴地文化以常州为盛，无论是诗、词、文创作，还是经史、地理等学术研究，皆十分繁荣，成绩斐然。以诗学而言，除性灵派副将赵翼建树卓著外，更有毗陵七子等诗人团体，雄视江南。故袁枚称"常州星象聚文昌"(《仿元遗山论诗》),黎简亦赞"常州天下称诗国"(《夜读平叔诗》)。而毗陵七子中可与赵翼相颉颃者,则是被邵齐焘誉为"二俊"(洪亮吉《伤知己赋》注)的洪亮吉与黄景仁。安徽学使朱筠誉洪、黄二人"才如龙泉、太阿,皆万人敌"(洪亮吉《伤知己赋》注),他们的诗作代表了毗陵七子的最高水平。

洪亮吉与黄景仁乃人生知己,他们齐名诗坛,更有许多共同点。麟庆《黄少尹集序》曾对洪、黄之"同"作过概括:"乾隆间,毗陵同时以诗名者,曰洪编修稚存、黄少尹仲则,两人者,居同里,少同学,长同游,又同好为诗。编修以言事中谪戍祁连,虽百日赐还,而未竟其用。少尹……盖未尝一日展其抱负,是所遭遇亦略同。"应补充的是:二人又皆出身贫穷,少孤失怙,个性狂傲,成年后好游名山大川,山水诗创作颇丰。但仔细辨析,二人实际上同中有异,个性气质、履历遭遇、诗歌内容风格皆有差别,这在二人的山水诗中即有明显的体现。现分别论述,并作比较。

一 洪亮吉的生平与诗学观

洪亮吉(1746—1809),初名莲,曾改名礼吉,后改亮吉,字稚存,一字君直,号北江,晚年号更生居士。5岁丧父,幼年为其母教养。乾隆五十五年(1790)才中进士,授编修,不久即持节黔中任贵州学政三年,又任咸安宫官学总裁等,比起一生坎壈的黄景仁自然备受恩荣。但嘉庆四年(1799)因抗言直谏而被发配新疆伊犁,虽次年即赦归,但终于退出仕途。不过谪戍之行反成就了他的西域山水诗,堪称"祸兮福所倚"。如果说黄景仁是纯诗人,那么洪亮吉则集诗人、骈文家、学者于一身,如王昶所说,"经史、注疏、说文、地理靡不参稽钩贯,盖非仅以词章名世者"(《湖海诗传》),其《洪北江全集》即收各类著作二十余种。洪亮吉之诗可划为学人之诗,而有别于黄景仁的诗人之诗。

洪亮吉于诗不仅有创作,亦有理论。其《北江诗话》以及诗文集中有关文字表明,他既不满王士禛、沈德潜的拟古,亦反对翁方纲的以考据为诗,与袁枚性灵说则有同有异。洪氏论诗纲领是:"诗文可传者有五:一曰性,二曰情,三曰气,四曰趣,五曰格。"(《北江诗话》,下引此书恕不注)把"性"置于诗歌创作的首位因素,就与唯情至上的袁枚区别开来。此"性"既指人的自然秉性,又指人的高尚品性。在首标"性"的前提下，才重视"语语自肺腑流出"的真情。但这却与以考据为诗而"少性情诗"（挽翁方纲语）的翁方纲划清界限。于"气"推重"真气"与"雄直气"（《道中无事，偶作论诗截句二十首》），包括创作主体的阳刚之气与作品的雄健气势，故反对"滑"。于"趣"标举"天趣"即自然之趣、"生趣"即鲜活之趣以及"别趣"即奇趣，故欣赏诗之"奇而入理"而反对"俗"。于"格"则批评"拘于格律之失"，而主张"独创"，此显然是针砭沈德潜的格调说。此外还倡导"多读书"而与性灵派诗人张问陶之主张"少读书"相对（崔旭《念堂诗话》）。洪亮吉的诗作包括山水诗与其诗论要旨是相符的。

二 洪亮吉早期山水诗的狂情

洪亮吉一生诗歌创作数量甚大，今存《附鲒轩诗》八卷、《卷施阁诗》二十卷、《更生斋诗》八卷、《更生续集》十卷，收13岁至64岁所作诗五千余首，这在清代诗人中是少见的。其中山水诗占半数以上，因为洪氏一生游历极广，同辈与前代诗人亦很少可与其匹敌。洪氏生长江南，曾远游陕西，北上京师，更持节贵州，发配新疆，赦归后又游览江西、福建等地，可以说东西南北处处留足迹，名山大川尽收笔端。洪氏在开拓清代山水诗题材范围方面，厥功甚伟。特别是描写新疆天山风光的诗作，在清代山水诗史中占有重要地位。虽然早于洪氏的纪昀流放乌鲁木齐时写有《乌鲁木齐杂诗》七绝组诗，其中不乏写西域山水之作，但体裁短小单一，为数亦甚少，远远不及洪氏《万里荷戈集》那样淋漓尽致地描写西域边塞风光。

综观洪亮吉山水诗的意蕴，可以35岁左右为限分为前后期。前后期山水诗意蕴的差异在于"有我"与"无我"，洪诗实以无我为主，这与终其一生以有我为主导的黄景仁山水诗截然相反。

《附鲒轩诗》收洪亮吉13岁至31岁前期所作诗，其中山水诗题材范围基本限于安徽采石矶、黄山、江苏摄山、太湖、焦山、金山，浙江新安江、西湖、天台山、雁荡山，代表作有《文殊台望天都峰》《发新安江》《大风登摄山顶望江》《夜泊金山寺》《天台赤城歌寄孙大》等，多为古体诗。此期山水诗之有我，表现为借山水寄寓性情，反映年轻诗人入世的雄心以及壮志未酬的慨叹，对山水景物的审美传达并非诗意的主旨。洪氏的气质个性自称为"狂"，其实质是对个人价值的高度肯定，是积极入世的进取精神，其所谓"读书只欲究世务，放笔安肯为词章？胸中之奇亦思吐，意欲上书丞相府"（《赵大襄王招饮醉后却寄》），"吾曹生世匪无益，一奇尚救世俗凡"（《与孙大约作摄山诗久不见寄戏简一首》）。前期山水诗中常见诗人狂放的性情。如30岁所作《大风登摄山顶望江》：

  山僧出户惊狂客，绝顶立同山木植。苍松冈南阁一层，飞鸟欲下人还登。白云蒙蒙一招手，天风忽吹离立久。雄心直挟海水飞，南望天门北京口。

诗人一落笔即以"狂客"自称。当诗人傲然挺立于南京摄山之顶，觉万物皆为我所役，手招白云，笑迎天风，旨在抒发"雄心直挟海水飞"的狂放之情，即"欲究世务"的进取精神，而尾句又暗寓渴望登入仕途之意。北京口即京口（镇江），曾为东吴京城，"天门"用王褒《九怀·通路》"天门兮坠户，孰由兮贤者"中语，指皇宫之门，京口天门实喻北京朝廷；"飞鸟欲下"由元好问"白鸟悠悠下"（《颖亭留别》）化出：皆可见学人之诗的一斑。洪氏之"狂"亦表现为仕途失意的愤激，如《天台赤城歌寄孙大》就是借写浙江天台赤城山而向好友孙星衍倾吐"我欲狂"的愤懑。诗开篇描写道："赤城黄海天下奇，我昔探奇入云海。天台山高一万丈，结雾蒙云住仙宰。"大笔如椽，意境壮阔，气势磅礴，颇有太白《梦游天姥吟留别》所云"天姥连天向天横，势拔五岳掩赤城。天台四万八千丈，对此欲倒东南倾"式的壮美豪雄。但此景乃"昔"日之感，只是用以反衬今日之落魄："奔车覆舟何不闲，数载岂复窥青山。丈夫事业百无就，筋力苦瘁登临间"，"奔猿立鹤噪岂休，笑我饥驱发蓬葆"，并抒发了"人生何为南北驰，忧患亦苦无穷时"的苦闷。全诗并未刻意描绘赤城山的自然景观，主要是"我欲狂"之激情的宣泄。因此除了开篇四句，形象性甚弱，有韩、苏议论为诗的倾向。类似借山水抒狂情之作只是洪亮吉前期山水诗的一种类型，在洪氏一生创作中并非主体。

三　洪亮吉后期山水诗的无我之境

  洪亮吉山水诗的成就主要体现在中年以后的创作中：一是题材广阔，颇多奇景奇观；二是诗人山水诗的观念发生重要变化，诗的意蕴更贴近山水的美质。

《卷施阁诗》中的《太华凌门集》《中条太行集》是洪亮吉36岁至44岁于陕西巡抚毕沅幕下任幕僚时之作，《黔中持节集》是45岁中进士后出任贵州学政三年间之作。诗人走出江南的青山秀水，游历西北与西南的奇山异水、名山大川，诗境自然更丰富多彩。在毕府期间，因为毕沅礼贤下士，对洪氏的人格才学十分尊重，在经济与治学方面亦多有帮助，洪氏视之为恩师，发出"感今得知己，生世不可悔"（《将赋南归呈毕侍郎六十韵》）之叹，心境一直舒畅。在贵州主持学政，更消除愤懑自不待言。这使洪亮吉有审美的心胸，去发现、体悟壮丽山河的自然美质，而排除了个人愁思愤激之情的干扰，从而对山水诗意蕴的认识产生了飞跃。诗人新的山水诗观念在他38岁所写的论诗诗《暇日校法学士式善、张大令景运近诗率赋一篇代柬》即已萌生，该诗提出一个新颖的观点："张君下笔有古人，我诗下笔苦有我。若论诗格超，有人有我皆不可。"所谓"有古人"即类似于沈德潜的拟古，"将我之心志口眼寄于古人四体百骸内"，自然不可取；而所谓"有我"即类似于袁枚的"著我"（《续诗品》），为何又不可呢？细辨其真谛，并非反对诗表现创作主体的个性气质与具有独创性，因为洪氏分明又强调"心志各凌铄，口眼各阖开"。其实此处之"有我"实际是指对个人恩怨得失的拘泥，无法摆脱小我的感情。洪氏追求的是超越个人恩怨荣辱的超逸格调，力求达到所谓"为天地立言，于我亦何有"的审美境界。这与袁枚性灵说又不同。他明确主张："为山水写照，而我何容心？"即山水诗要超越个人的功利之心，为天地自然之美写照传神，从而个人的精神气质亦融入山水之中，使物我同一，天人合一。事实证明，洪亮吉思想进入这一旷达超然的新境界之后，始终未变，人生得意时如此，受挫时亦然。这是黄景仁终身未认识更未达到的。

　　洪亮吉最擅古体诗，王昶称其"五言古仿康乐，次仿杜陵，七言古仿太白，然呕心镂肾，总不欲袭前人牙慧"（《蒲褐山房诗话》）。其好古体诗，与重诗之"气"密切相关。洪氏后期颇多古体山水诗（亦有少量近体佳作），最突出的特点是以其"奇思独造"（毕沅《吴会英才集》）表现"奇情奇景"（潘瑛等《国朝诗萃二集》），郁勃奇气，富于别趣奇趣。这固然得益于江山之助，亦是洪氏"性好奇山水"（《蒲褐山房诗话》）的个性使然。

　　张维屏评洪亮吉"未达以前名山胜游诗，多奇警"（《听松庐诗话》）。

"奇警"是指名山胜水呈现世人罕见的情态，予人陌生感、新鲜感，产生比较强烈的审美感受。奇山异水亦可使诗人摆脱"我"之羁绊，全身心地进入审美观照之中。洪氏在毕氏幕府时期因好奇山水，"如天都、华岳皆登其巅，必缒幽历险而后已"（《蒲褐山房诗话》），其山水之作就好从探险的角度入手。如写西岳华山的《由车箱谷经十八盘诸险》《从天井上千尺幢》《舟莎萝坪至青柯坪小憩》等即是例证。且看五古《由车箱谷经十八盘诸险》：

> 一松扶上天，一石绝入地。信哉云门堑（巨石上凿"云门天堑"四大字），奇险难久闭。坡陀半日上，直下复里计。飞腾挂枝猿，曲折旋磨蚁。非徒镌镂工，迥出神鬼意。坤灵信难戴，天意怳立异。排空刺日月，齾齾试锋利。仙人万间厦，破碎忽被弃。岩东不开辟，拓以巨灵臂。十折复八折，草路入云细。回瞻足几失，直视神乃悸。篮舆尚徐行，天路诚匪易。

此诗在"奇险"上大做文章，写造化之奇，诗人为"立异"之"天意"代言。作者采用动态角度，写出身在山谷之间忽上忽下，曲折行进时的感受，真切形象地传达出"天路"之险。在运用写作技巧上亦多样化：如"一松扶上天，一石绝入地"的夸饰，"飞腾挂枝猿，曲折旋磨蚁"之妙喻，"排空刺日月，齾齾试锋利"的拟人，"仙人万间厦，破碎忽被弃"的联想，"十折复八折，草路入云细"的描写，"非徒镌镂工，迥出神鬼意"的议论，"篮舆尚徐行，天路诚匪易"的感叹，极写出山的陡峭，路的曲折，人的惊讶，要之写出大自然造化之奇。正是在"奇险"的历程中享受到"缒幽历险"的奇特审美情趣。此诗体现了洪氏诗"有笔力，时工锻炼，往往能造奇句"（朱庭珍《筱园诗话》）的特点，颇得韩诗之三昧。而《坐玉女峰望东峰松桧》则采用坐望静观的角度，勾勒出"松桧一万株，山黑团古青。空蒙洗头盆，下落北斗星"的"恢奇"之景，笔力沉雄，又显五古学杜一斑。更见真气、奇气的还推《四更上落雁峰看日出》。诗不仅描写于落雁峰顶所见日出前的"东星西星景蒙蒙，南斗北斗云瀜瀜"的昏昏黯黯的景象，以及日出时"忽然前峰开，已发松顶蒙。沧溟徙近一千里，海色上衬扶桑红。楼台金银一万重，日上似戴仙人宫"的浪漫神奇的壮观，形成前后色调的强烈反差；而且发现了日出时类似"东边日出西边雨"的奇景：诗开头云日出前"河东闪电来，先见中条峰"已埋下伏笔，因此日出时见"白云穿空入太行，飞雨若席倾河梁"（是晓隔河雨甚）亦即不觉突兀。河指洛水，结尾"回崖俯视亦壮观，洛水随阑十三曲"，将日出绚丽之奇与洛水奔腾之壮结合在一起。诗人"倚绝壁"而"餐清光"，他与山水似乎已化为一体，完全沉浸在"为山水写照"的审美境界而失却了自我。

洪亮吉于贵州任学政时期，黔中山水又提供了许多新鲜诗料，诗具有西南边陲的山水特征。张维屏评洪氏"及登上第，持使节，所为诗转逊前"（《听松庐诗话》），不无道理，此间古体诗除《白水河》等少量佳作外，没有什么发展创造，倒是近体山水诗较引人注目。虽然洪氏近体诗造诣不及黄景仁，但亦写出黔中山水风情的奇景。如《人日登东山遇雪复携客至黔灵山久憩十首》与《观音洞》《路穿岩》《渡乌江》《初七日射堂试毕登剑河桥耸翠亭望西北诸山》《夜黑行三重堆泛南诸山中》等，皆新人耳目，别趣盎然。请看《渡乌江》：

江流中劈四山开，雨后江声怒若雷。万朵白云空际落，错疑潮自海门来。

前半写乌江的力量与声威，颇具雄直之气；后半借助联想，以远在万里之外的海门潮比喻乌江上空的万朵白云，既开拓出诗的深远空间，衬托出乌江的气势，又生别趣，有匪夷所思之妙。又如《路穿岩》写山洞：

万仞峰何峻，岩腰豁一扉。远从波影入，已有日光飞。

上引为五律的前半首，描写险峰上之岩洞如一扇门洞开，山下波影可映入，山上日光可透进，或者说借一岩洞折射出山上山下之光景，白描手法真切地表达了诗人独具的审美发现，美是到处有的，诗人恰恰具备了发现美的慧眼。此外，《初七日射堂试士毕登剑河桥耸翠亭望西北诸山》写山云"倾耳却闻空际响，入山云斗出山云"，凭空奇想山云之争斗声，"无理而妙"，诗有别趣；《人日登东山遇雪复携客至黔灵山久憩十首》写黔灵山乡野之景，"马头山鹊噪，牛角野禽蹲"，"树矫将穿牖，峰奇欲突门"，清新别致，饶有风趣，与袁枚性灵小诗颇相类。当然，从整体看，洪氏黔中持节山水诗确实不如入仕前之作奇气郁勃。

四　洪亮吉西域山水诗的奇境豪气

但是作为诗人的洪亮吉毕竟是"幸运"的，嘉庆四年（1799）谪戍新疆伊犁所写《万里荷戈集》，以描绘西域边塞风光之作，使其山水诗创作终于"更上一层楼"，达到顶峰。诚如张维屏所评："至万里荷戈，身历奇险，又复奇气喷溢，信乎山川能助人也。"（《听松庐诗话》）对《万里荷戈集》时人颇多赞词，此集后附录云："出塞始知天地大，题诗多创古今无"（赵翼），"更辟诗中界，还驰域外观"（杨峒谷）。尽管唐代高、岑边塞诗成就不凡，洪氏亦赞赏岑诗"奇而入理"，但岑诗与战事艰苦相连，且诗中有我，寄寓建功立业之志，风格悲壮，并非纯山水诗。洪氏谪戍边塞，乃是仕途的终结，亦不可能再有功名之想；而且起初几被杀头，最后捡了条性命算得上不幸中之大幸了，因此已看破"红尘"，加之个性原本狂逸，所以虽流放边塞，饱尝艰辛，仍胸怀豁达，吕玺所谓"似此游方壮，身危气不磨"，壮丽奇异的天山风光足以激发起洪氏创作冲动与审美喜悦，诗作风格较前反更雄直豪放。

《万里荷戈集》以及《百日赐还集》（部分）描绘西域风光内容颇丰富，诸如安西道中的"怪风"（《安西道中》），松树塘的奇松（《松树塘万松歌》），天山的漫天大雪（《下天山口大雪》），令人堕指的奇寒（《早发四十里井寒甚路人有堕指者》），突如其来的风雨（《伊犁纪事诗四十二首》），巍峨的雪峰（《天山歌》），炎热的火山（《行抵伊犁追忆道中闻见率赋六首》），远远超出唐人边塞诗的范围，更非纪昀《乌鲁木齐杂诗》可比。

洪亮吉西域诗与黔中诗相比较，古体力作大增，此体更适宜表现天山风光的阳刚壮美，更能显示"如风樯阵马，勇不可当"（《国朝诗萃二集》）的雄豪之气。其中扛鼎之作当推《天山歌》与《松树塘万松歌》。先看《天山歌》：

> 地脉至此断，天山已包天。日月何处栖，总挂青松巅。穷冬棱棱朔风裂，雪复包山没山骨。峰形积古谁得窥，上有鸿蒙万年雪。天山之石绿如玉，雪与石光皆染绿。半空石堕冰忽开，对面居然落飞瀑。青松冈头鼠陆梁，一一竟欲餐天光。沿林弱雉飞不起，经月饱啖松花

香。人行山口雪没踪,山腹久已藏春风。始知灵境迥然异,气候顿与三霄通。我谓长城不须筑,此险天教限沙漠。山南山北尔许长,瀚海黄河兹起伏。他时逐客倘得还,置家亦象祁连山。控弦纵逊骠骑霍,投笔或似扶风班。别家近已忘年载,日出沧溟倘家在。连峰偶一望东南,云气蒙蒙生腹背。九州我昔履险夷,五岳顶上都标题。南条北条等闲耳,太乙太室输此奇。君不见奇钟塞外天奚取,风力吹人猛飞举。一峰缺处补一云,人欲出山云不许。

"南条北条等闲耳,太乙太室输此奇"两句正道出天山迥异于长江南北岸山脉以及黄河北岸山脉之处在于"奇",从而充分满足了洪氏"好奇山水"之本性。诗从不同侧面扣住天山之"奇"铺彩摛文,令人大开眼界。前半二十句以浓彩重墨绘出天山种种奇观。先写天山总体形象高峻巍峨:地脉断,山包天,已显奇特;而日明如灯,悬挂山顶树梢,更见天山奇高奇伟。然后分写天山雪之奇古奇厚,写天山石之奇绿如玉,坠时冰川开裂形成飞瀑,写天山动物鼠餐天光,雉啖松香,写气候奇变,山口似冬,山腰如春,皆诗人见所未见,奇趣无穷。诗后二十句基本上是抒情议论,但不似黄景仁山水诗于写景之后,转向抒发"我"之愁绪悲思,而仍在客观自然之奇美上花费笔墨。诗人既作空间联想,以西域之天山瀚海与东部名山作比较,突出"奇钟塞外"之旨;又作时间联想,以历史人物骠骑将军霍去病与定远侯班超与自己相比,以衬托自己对天山的热爱之情。诗结尾之写景拟人化,又补充描述人与自然的亲密关系。诗人身处逆境,而如此达观,毫无悲戚怨尤之意,这是诗人狂放性格的又一种表现,是早年狂放性格的升华。《天山歌》既显示出作者"抉透灵光笔端使"之"奇才"(杨元锡语),亦看出诗人的史地学问根底,仍属学人之诗。《天山歌》总写天山种种奇观,《松树塘万松歌》专写天山麓之奇松,亦奇警雄放,独具匠心。诗云:

千峰万峰同一峰,峰尽削立无蒙茸。千松万松同一松,干悉直上无回容。一峰云青一峰白,青尚笼烟白凝雪。一松梢红一松墨,墨欲成霖赤迎日。无峰无松松必奇,无松无云云必飞。峰势南北松东西,松影向背云高低。有时一峰承一屋,屋下一松仍覆谷。天光云光四时绿,风声泉声一隅足。我疑黄河瀚海地脉通,何以戈壁千里非青葱。

不尔地脉贡润合作天山松，松干怪底一一直透星辰宫。好奇狂客忽至
此，大笑一呼忘九死。看峰前行马蹄驶，欲到青松尽头止。

诗题虽曰"万松歌"，但处处以天山万峰为映衬，不仅写出松树塘的地理
特征，更开拓了诗的意境。万峰之青白与万松之赤墨相映成趣，绚丽多
彩；万峰之削立与万松之直上相辅相成，伟岸挺拔。再渲染天光云光、风
声泉声，松树塘更充满生机与奇气。"好奇狂客"饱赏了天山奇观，完全
摆脱了谪戍的阴影，因此要"大笑一呼忘九死"，更要策马扬鞭尽赏松树
塘千松万松而后止。果然才情横溢，狂放无羁，"笔意超妙，原本青莲"
（潘清《揖翠楼诗话》）。

洪亮吉写西域近体诗不及古诗突出，但七绝组诗《伊犁纪事诗四十二
首》亦堪称力作，其山水诗亦颇具特色。试举二首管中窥豹：

伏流百尺水潺潺，地势斜冲北斗垣。高出长安一千里，故应雷雨
在平原。

毕竟谁驱涧底龙，高低行雨忽无踪。危崖飞起千年石，压倒南山
合抱松。

二诗写伊犁独特的高原地理气候。前诗写"伊犁地形高出西安八百里"
（自注），后诗写"伊犁大风时飞石拔木"（自注）。前诗神思飞越，境界
壮阔，后诗笔力千钧，气势沉雄：皆奇才写奇境。

洪亮吉赐归退出仕途后，又畅游武夷、庐山、天台等名山大川，亦多
有吟咏，但已无法再超越《万里荷戈集》矣。

洪亮吉自评其诗"如激湍峻岭，殊少回旋"（《北江诗话》），与其
豪宕狂放的个性相符，往往好奇重气，"直摅胸臆"（张维屏《国朝诗
人征略》），而缺乏曲折回荡、一唱三叹的隽永之味。而朱庭珍批评其
"染叫嚣粗率恶习"（《筱园诗话》），借以攻击性灵派张问陶，虽然出发
点别有用心，但亦在一定程度上道出洪氏某些诗缺乏美的弱点。另外，
洪风格比较单一，多为阳刚壮美一格，且古体诗虽强，而近体诗较
弱，这与黄景仁诗风格多样、古近体兼工比，艺术造诣稍逊一筹，亦
是毋庸讳言的。

五　黄景仁的生平与性情

康发祥指出：以诗才而论，"洪非黄敌也，惜黄年不永，未大成就"（《伯山诗话》），确是的评。黄景仁（1749—1783），字仲则，一字汉镛，小名高生，自号鹿菲子。4岁而孤，家徒壁立，而刻苦力学。17岁补博士弟子员，18岁与洪亮吉订交，后两应江宁乡试不第。23岁在安徽学使朱筠幕中校文，曾随朱氏游黄山、九华、庐州、泗州、徽州、杭州、扬州等地，27岁北上京师，数应顺天乡试仍不第。33岁又谒陕西巡抚毕沅，后还都，以乾隆四十一年（1776）乾隆帝东巡时召试二等，在武英殿书签，例得主簿，又捐资为县丞，在京候铨。35岁为躲债抱病出都赴陕，四月卒于山西运使沈业富署中。由至友洪亮吉赴运城持其丧归。

黄景仁身世贫困，仕途坎坷，且以狂著称，与洪亮吉相类，这亦是二人成为终身知己的主要原因。但洪氏45岁终于步入仕途，而黄景仁虽"慨然有用世之志"（包世臣《齐民四术》），却至死连县丞都未当上。他又长年患肺疾，性格更多愁善感，因此心境一直郁积抑塞磊落之气。黄氏"或以为狂生"（洪亮吉《候选县丞附监生黄君行状》），黄亦自称"半世能狂亦可哀"（《别稚存》）。但黄之狂与洪之狂貌似而神异。洪氏之狂已见前述，黄氏之狂虽亦有"放浪酣嬉"（翁方纲《悔存斋诗钞序》）、不拘小节的表现，但"非其本怀也"（翁方纲《悔存斋诗钞序》）。他性情高傲，性格内向敏感，常表现为"狂傲少谐"（左辅《黄县丞传》），与世俗不合，故自称"十有九人常白眼"（《杂感》）。黄氏之狂实际近于狷介，故有所不为。朱克敬评他"狷狭寡谐"（《儒林琐记》），倒是一针见血之言。黄氏于诗重情，《两当轩诗钞自叙》称多"幽苦语"，正是狷狭的表现；心中诗中笼罩着愁苦的阴影，终其一生亦未能摆脱。当然，这与社会由盛转衰的客观因素亦密不可分。

黄景仁一生游历虽然难与亮吉相比，但亦颇广泛，他自述"由武林而四明，观海；溯钱塘，登黄山；复经豫章，泛湘水，登衡岳，观日出，浮洞庭，由大川以归"（《两当轩诗钞自叙》），入朱筠幕府"从游三年，尽观江上诸山水"（《两当轩诗钞自叙》）。洪亮吉亦称其"踪迹所至，九州历其八，五岳登其一，望其三"（《候选县丞附监生黄君行状》）。因此，山水之作是黄氏《两当轩诗集》所收一千一百余首诗的重要组成部分（见李国章校点本《两当轩集》，上海古籍出版社1983年版），但绝对量上固不及洪亮吉多，在诗集中所占比例上亦小于洪氏。

黄景仁是诗人而非诗论家，幸有片言只语，亦可窥见其诗学观点一二，当有助于对他诗歌艺术特征的理解。如在《与洪稚存书》中称赞明诗人高启五古"味清而腴，字简以炼"，并劝洪氏"求其用意不用字、字意俱用处。且更欲足下多读前人诗，于庸庸无奇者，思其何以得传"，可知其对艺术表现崇尚清炼、清新、平易无奇、含蓄蕴藉等审美特性。佚文《诗评》一则又推重王安石诗"沉雄处，要不减唐人"，"伯生沉郁顿挫，不肯为一直笔"，亦可见对诗歌风格的偏爱之所在。其山水诗未必与上尽合，但亦有其关联之处。

六　黄景仁山水寄哀的有我之境

黄景仁山水诗意蕴最大的特点，或者说与洪亮吉山水诗最根本的区别，就是诗中"有我"。特别是古体绝少单纯"为山水写照"、不容"我心"之作。此"我"的具体含义就是人生的悲苦。黄氏狷狭之性以及多病之身、不遇之怨，使他即使面对壮美山川亦常常不能忘却社会现实与个人处境，无法超越心头的阴影。相反要触景伤怀或借景泄怨。

黄景仁执着于个人的不幸，以至不少山水诗直接用"愁""哀"之类词语点明，使诗具有鲜明的感情色彩。如七律《三江口阻风》：

> 槲叶阴中水雾腥，鹧鸪啼处一舟停。无端浪挟巴丘白，不尽天垂梧野青。窗外三江流浩浩，雨余七泽气冥冥。风波如此来何事，日暮愁心满洞庭。

此诗作于乾隆三十五年（1770）夏，时诗人由湖南按察使王太岳幕府返南京应乡试，途中阻风三江口。三江口在岳阳市北，风大难行。诗人此行与仕途前程有关，航程受阻，心情忧郁，所见所感之景，就益显阴郁晦暗。诗中的腥雾、白波、江流、冥气、风浪与诗人处于对立的地位，引起的不是诗人的审美愉悦，而是"愁心满洞庭"，这是诗人的身份、心境、个性所决定的。诗风格显得"沉郁清壮"（翁方纲《悔存诗钞序》）。再看同时期所作古体诗《晚泊九江寻琵琶亭故址》，前半首描写"夕宿浔阳渡"所见之景：

> 沙平岸阔不见人,瞥过千重万重树。浔阳渡口风萧萧,江州城外鱼龙骄。匡庐作云半江黑,倒吸白浪如山高。是时日落葭菼暗,溢浦瑟瑟生寒涛。一舟冲浪去杳杳,独雁带雨来迢迢。角声振木木叶脱,秋声渐高秋思发。

诗写寒秋晚景,境界清寒萧疏。于此境中,诗人联想到昔日白乐天"此间夜送客,琵琶声停江浸月,拟向江山作主人,却因商妇悲谪迁"的悲凉情景,古今映衬,千载同心,从而产生"我亦天涯有泪人,对此茫茫惨无怿"之悲。诗中之景乃是诗人"泪"与"愁"的媒介。类似的"清越苍凉,既于幽怨"(吴嵩梁《黄仲则小传》)的山水之作可说俯拾即是。例如《月中泛小孤山下》:"不知疏柳岸,长笛为谁哀?"《黄鹤楼用崔韵》:"欲把登临倚长笛,滔滔江汉不胜愁。"《鹦鹉洲》:"沙浮草萋碧,中有万古愁。"《舟中望金陵》:"楼台未尽埋金气,风景难消击楫愁。"《城南晚步》:"悲哉秋气凄,六合为萧条。"《新月》:"顿使碧天远,天含万古愁。"《都门秋思》:"云浮万里伤心色,风送千秋变徵声。"《偶成》:"破浪乘风万里游,早时落魄更离忧。"自然景物或被涂上"伤心色",或触发"万古愁",主观色彩甚浓,所谓"如咽露秋虫,舞风病鹤"(洪亮吉《北江诗话》)。吴嵩梁说黄诗出入昌谷(《黄仲则小传》),当包括此类山水诗。而与洪亮吉不容"我心"的山水诗迥然相异。

黄景仁山水诗亦有"学李白"(《黄仲则小传》)、"似太白"(朱庭珍《筱园诗话》)之评。此指其七古佳作,体现出"才力恣肆,笔锋锐不可当"之"大神通"(朱庭珍《筱园诗话》),审美意蕴亦较浓郁。这在早年山水诗中尤其明显。如《观潮行》《后观潮行》就是脍炙人口之作,被袁枚誉为"中有黄滔今李白,看潮七古冠钱唐"(《仿元遗山论诗》),确为大手笔之作。《观潮行》开篇云"客有不乐游广陵,卧看八月秋涛兴",此以扬州广陵曲江潮喻钱塘潮,因广陵潮汉时甚盛,唐以后已势杀不见。关键是诗人心情"不乐"而看"伟哉造物此巨观",借"海水直挟心飞腾"以排遣之,与前评触景生愁之作有所不同。诗中描绘秋潮"才见银山动地来,已将赤岸浮天外。砰岩礧岳万穴号,雌呿雄吟六节摇。岂其乾坤果呼吸,乃与晦朔为盈消",笔力沉雄,境界阔大,壮人心魄,诗人之"不乐"当有所消解。但全诗议论嫌多,不及《后观潮行》精彩,且有可能是想象之作。《后观潮行》则确系亲眼所见:

海风卷尽江头叶，沙岸千人万人立。怪底山川忽变容，又报天边海潮入。鸥飞艇乱行云停，江亦作势如相迎。鹅毛一白尚天际，倾耳已是风霆声。江流不合几回折，欲折涛头如折铁。一折平添百丈飞，浩浩长空舞晴雪。星驰电激望已遥，江塘十里随低高。此时万户同屏息，想见窗棂齐动摇。潮头障天天亦暮，苍茫却望潮来处。前阵才平罗刹矶，后来又没西兴树。独客吊影行自愁，大地与身同一浮。乘槎未许到星阙，采药何年傍祖洲。赋罢观潮长太息，我尚输潮归即得。回首重城鼓角哀，半空纯作鱼龙色。

诗写于杭州观钱塘潮之壮观。大半绘景，展示了海潮入江，由远而近、由小而大、由缓而急的动态过程。开篇写潮头即至时的特殊氛围：潮未至而先来，观潮人屏声静气，连山川亦忽变容，等待一个惊心动魄的时刻。把势蓄足之后，乃写潮头于天际出现，虽不过如"鹅毛一白"，但其伟力声威已足令"鸥飞艇乱行云停"，江水因之猛涨，风雷亦灌耳，极尽夸饰渲染之能事。当海潮涌到眼前时，诗的描写达到高潮：曲折的江流与汹涌的海潮相搏，但潮头如铁欲折不能，反激起海潮百丈飞，浩浩长空浪花如雪，充分显示出大自然壮美之力！然后笔锋一转，写海潮星驰电激，转瞬远去的神速，以及余威不尽的景象。诗人选择硕大的意象，构成恢宏的境界，诗亦"凌厉奇矫，不主故常"（《悔存诗钞序》），气韵沉雄。潘瑛称黄"七古神奇变化，独近青莲"（《国朝诗萃初集》），诚然言之不虚。洪亮吉七古亦有学李白之处，其气势奔放，而乏黄诗沉雄之致，语言亦不似黄"精心结撰"（左辅《黄县丞传》），工于锤炼。上引《后观潮行》的描写自是审美观照的产物，但诗后小半转入抒情议论，却不似洪亮吉《天山歌》那样继续歌吟大自然之美质，而是回到诗人自身的主观感慨，表现出人在海潮面前的孤独忧愁，功名不成、长生不得的悲凉。于是一首审美的山水诗，由于与人生功利挂钩，仍是"有我"之作。

黄景仁尝"自嫌诗少幽燕气，故作冰天跃马行"（《将之京师杂别》），为此有北上行。所谓"幽燕气"即慷慨悲凉之气。晚期所作歌行《井陉行》即颇具幽燕气。诗写河北井陉关天险高峻险绝：

东风吹车入土门，井天一线愁霾屯。俯驱鼠穴仰蚰窦，千岩万壑相吐吞。重关虎踞三十六，参井历历手可扪。我生不识秦关蜀栈之险绝，对此已欲堕泪销惊魂。东襟莽幽冀，西距雄并汾。中间一束作天险，古来战斗何纷纷。

诗境苍凉，笔力沉雄，极写出井陉关之险峻，突出其作为军事要塞的特征。由古征战地自然引发出思古之幽情："我所思兮韩王孙，悲莫悲兮成安君。一言不听左车计，举赵一掷歼其军。空余恨血泜水上，千秋呜咽流浑浑。"充满慷慨悲歌的幽燕之气。且思古之情终又转化为慨今之叹："世途夷险那可道，功名成败安足论。苍茫落日满山谷，终古谁怨谁为恩？"其中愁怨寓有诗人切身的人生悲哀。

七　黄景仁近体山水诗的审美之境

黄景仁近体山水诗艺术造诣高于洪亮吉，亦不乏纯粹的审美之作，风格则似春兰秋菊，丰富多样，实非洪氏可及。其中有的清新俊逸，如七绝《醉醒》：

梦里微闻蕃葡香，觉时一枕绿云凉。夜来忘却掩扉卧，落月二峰阴上床。

此为诗人留宿杭州南北高峰附近的山寺时所作，写夜月之景角度新颖别致，以室内所见折射出室外之景，而且调动嗅觉、触觉、视觉诸意象反映出山中夜景之优美清静。尾句拟人化，空灵有趣，含蓄隽永。有的典雅精工，如五律《不寐》：

不寐披衣坐，千林曙色封。山衔将落月，风约欲疏钟。虚白水明阁，高寒鹤唉松。回头看城堞，鸦散晓云重。

诗写山林拂晓时清净清幽之景，颇有其所谓"味清而腴，字简以炼"之妙。首联一"封"字，渲染出山林被晨光笼罩的朦胧之美。颔联一"衔"一"约"字，堪称诗眼，十分精练传神，写出晓月欲堕未堕嵌在崖巅时的景象，以及晨风约束着疏落的钟声，传播其袅袅余音的情状。颈联"虚白"用《庄子·人间世》"虚室生白"意，写晨光射进阁内，"水明阁"化用杜甫《月》"残夜水明楼"语，"高寒"用苏轼《水调歌头》"高处不胜寒"语，皆尽典雅之致，表现出晨时水阁的澄澈、高山的清寒，于白描为主的表现形态外，别添典雅一格。有的则浅白如话，有民歌风，如《新安滩》：

> 一滩复一滩，一滩高十丈。三百六十滩，新安在天上。

写新安三百六十滩，滩滩叠高，终于使新安故城如置天上了。全诗基本以数词之反复递进取胜，言浅意丰。又如有的婉约："远山如梦雾如痴，湖面风来酒面吹。"（《湖上杂感》）有的幽深："纤云微荡月沉海，列宿乱摇风满天。"（《秋夜》）有的奇警："潭空孤月印，峰黑一灯嵌。"（《秀江夜泊》）总之，黄氏近体山水诗风格之丰富多彩，反映了其诗才之高，非洪亮吉可企及。

洪亮吉、黄景仁与性灵派袁枚、赵翼、张问陶不仅是同代人，并且相互多有交往。如洪亮吉自称袁枚于他"有师友渊源之益"（《答随园前辈书》），和同乡赵翼与张问陶亦来往密切，多有唱和；黄景仁曾去随园谒见袁枚，并有《呈袁简斋太史四首》赞袁枚之诗才。他们终"未尝列北面"（姚椿《樗寮诗话》），但不能不受袁枚等影响。黄诗受袁枚影响较大，如诗主观性较强，喜好白描手法，诗风清新等，皆与性灵派诗相近，但少趣。而洪亮吉山水诗主趣近袁枚，重气近赵翼，诗以无我为主，审美意味浓郁，则与性灵派诗作相去较远。这亦是洪、黄山水诗之相异处。相比而言，洪亮吉在推动清代中叶山水诗的发展，促进山水诗审美性的成熟方面，贡献更大。

第五节　岭南二家黎简与宋湘

岭南诗人是清代诗坛的一支劲旅，对清诗的发展做出了重要贡献。如果说清初以岭南三大家屈大均、陈恭尹、梁佩兰为代表，功在开创清代岭南诗风，晚清以黄遵宪、梁启超等为代表，功在倡导"诗界革命"，那么清中叶则以黎简、宋湘二家为代表，功在承上启下，并于乾嘉诗坛独树一帜，成为清中叶诗坛多样化格局的重要方面。对于黎、宋在岭南诗坛的地位，论者多有共识，如苏文擢评曰："黎、宋二氏，同为中清岭南大家。"（《黎简先生年谱》）潘飞声则有新三家之说，而黎、宋居前两位："二百年来吾粤诗家能自成一家面目者，惟黎二樵（简）、宋芷湾（湘）、陈仲卿（昙）三人。二樵以峭奇胜，芷湾以雄大胜，仲卿以幽怨胜。"（《在山泉诗话》）

黎、宋齐名，同为广东人，但不似常州"二俊"洪亮吉、黄景仁是同乡知己，生死与共；他们二人一生并未谋面，只是神交，相互倾慕，如黎简写有《寄怀宋孝廉芷湾诗》，抒发相思之情，宋湘亦有《黎二樵》诗，表白"倾心病二樵"之意。二人履历、性格、志趣以及诗的题材、风格亦多有不同，故有些同代与后代诗论家对黎、宋各有偏爱，如邱炜萲《五百石洞天挥麈》论诗取宋而弃黎，而陈衍《石遗室诗话》于岭南诗人尤推许宋，王昶、翁方纲又称许冯敏昌、黎简而不及宋湘。但黎、宋惟其不同，才从不同方面反映出清中叶岭南诗坛的风貌。黎、宋之不同在山水诗中尤其明显，亦更具比较的可能性。

一　黎简的性情与诗学观

黎简（1747—1799），字简民，一字未裁，号二樵，又号石鼎、狂简等，广东顺德人。乾隆十二年（1747）生于广西南宁，其父晴山虽为米商而好诗，黎简自幼受父教，并长年随父亲往于粤东、粤西之间，遍览山水，诗艺亦渐进步。据有关年谱记载，乾隆三十六年（1771）黎简25岁时曾随陈观入云贵，次年又游湘楚。此后则足不逾岭，游历范围囿于两广。乾隆四十三年（1778）32岁中秀才。乾隆五十四年（1789）43岁选为拔贡，次年"将赴廷闱幕试，适于外艰。服阙后，得气虚病，而君益淡然于仕进矣"（黄丹书《明经二樵黎君行状》），直至嘉庆四年（1799）病故家乡，终未出仕。黎简隐居家乡时以卖画为生，然"求书画者趾相接，意稍不合，虽巨金必挥去，缘是有狂名，因亦自识曰'狂简'"（《顺德县志·黎简传》）。还有一事可见其狂简的个性：当时"袁随园方负天下重望"，"游时欲黎一见竟不可得"（《五百石洞天挥麈》）。因为黎简思想较正统，对袁枚有"看其诗品与人品，皆鄙不堪"（苏文擢《黎简先生年谱》引黎简致袁升父札语）之偏见，但亦可见为人之真。黎简之狂简类似与之神交的黄景仁之狷介。

黎简所处诗坛乃"神韵已告退，性灵方望尘"（陈琰《艺苑丛话》引居梅生《题二樵集》）之时，尽管黎简在伦理道德方面"最菲薄随园"（何翙高《岭南诗存》），但其诗学观点却与袁枚性灵说精神不谋而合，此乃乾嘉诗学主潮影响所致，势不能不同也。黎简于诗主要标举真与新。真，指真性情，故云"为歌为哭准于情，多读多吟贯以诚"（《亦甥罗秀才扶大（起潜）问学诗以此答之》），并不满神韵诗人王士禛的"务为时世妆"（《药房北行因之寄黄上舍仲则（景仁）》）的伪饰之情。这与袁枚崇尚真性情而批评王士禛"主修饰，不主性情"而见其"喜怒哀乐之不真"（《随园诗话》）同出一辙。新，指创新，故黎氏自称"简也于为诗刻意新响"（《答同学问仆诗》），包括新意、新词、新风格。但黎简并不反对学习古人，所谓"士生古人后，宁有不践迹"，但师古并非拟古，目的乃在于"终自树荣戟"（《与升父论诗》），还是要"我自用我法"（《答友书来所问》）。这与袁枚性灵说中有关观点并无二致，同宋湘观点亦相吻合。黎简的山水诗作正实践了他的诗学观点。人称黎诗"由山谷入杜，而取炼于大谢，取劲于昌黎，取幽于长吉，取艳于玉溪，取僻于阆仙，取瘦于东野，锤凿锻炼，自成一家"（刘禺生《世载堂杂忆》），广采博取而开拓成以奇峭深警为主体，又辅以幽秀、瑰丽、沉郁、隽妙的独特风格特征，从而在乾嘉诗坛上"拔戟自成一队"（洪亮吉《北江诗话》）。

二　黎简西江山水诗的峭奇之境

黎简今有《五百四峰堂诗钞》与《续集》，存诗近两千首，为诗人乾隆三十六年（1771）至嘉庆二年（1797）之作。黎氏生于清朝由盛转衰的历史时期，又接近社会底层的穷苦百姓，洞悉统治阶级的腐败，因此诗集中不乏衰世哀音。但黎氏"性好山水"（《清史列传·黎简传》），"尤工写景"（钱仲联《梦苕庵诗话》），因此山水诗是其创作的重点。黎氏早年虽有云贵、湘楚之行，可是诗集中并未留存雪泥鸿爪；因此今所见山水诗题材未出两广山水风光，与题材涉及半个神州的宋湘自无法相比。以诗体而论，黎氏古近体兼擅，艺术功力胜于以近体为长的宋湘。诗风格的差异更是显而易见。

黎简山水诗最具有特色的是描写广西与广东间西江水路上的高峡险滩情景之作，多为五古体，"融少陵、昌黎、昌谷、山谷于一炉"（钱仲联《梦苕庵诗话》），奇峭琢削，语言力避平熟，多未经人道语，与山水奇峭峻拔的特征相契合。如乾隆三十六年（1771）黎氏由广东沿西江至广西南宁，留下描写沿途风光的《入羚羊峡寄闱人》《白马首》《鼓涌滩》《秀才滩》《飞龙滩》等多首五古山水诗。这一组诗堪称"刻意轧新响"，可药性灵派某些诗的滑俗之病，虽亦有时难免晦涩之弊，但开拓出清代山水诗的新面目，亦显示出黎简独特的风格。且看其中之力作《飞龙滩》：

> 舟下青山根，乱石忽横截。发橹飞渡江，急若物下跌。耳闻人吆号，目送山倏忽。森狞滩心石，日色炙顽铁。失手过迟速，挂架不得脱。或昂首握吭，或翘尾若歠。或中砥若担，负重舟两折。或为马脱缰，或为蚌缠鹬。彼落时数厄，予上日屡歇。两舷声绝天，百指手濯血。北风吹枯山，忽觉冬景热。日落出丛石，始见茅屋列。结构依崩崖，山市静不聒。攘枻去岸远，庶与虎豹绝。惊魂命蛮酒，襟色照露月。

飞龙滩在广西横县、南宁之间的西江水路上。诗开篇突兀不平，以"乱石忽横截"句点题，劲瘦峭拔，亦抓住飞龙滩主要的地理特征及险要之所在。屈向邦称"二樵诗最工于发端"（《粤东诗话》），于此可见。全诗则以"乱石"或曰"滩心石"为中心意象展开描述。如先描绘其固有的"森狞"之状，比喻其光照下如炙铁的变形，皆予人惊恐之感。再以人与自然界（乱石）的搏斗为红线，从不同角度表现飞龙滩乱石之险。如写行舟失手遇险者的各种惨状，以及行舟下滩的疾速、上滩的艰难，比喻奇特，词句拗折，颇具峭奇之致。又如写自己上滩时船工"声绝天""手濯血"的情景以及"冬景热"的错觉，都渲染出滩心石的峥嵘、水势的湍急。全诗体现了黎诗戛戛独造的精神，以及"好作拗折老辣句"（林昌彝《海天琴思录》）的特点。其余几首五古风貌亦大致如此。如《鼓涌滩》句"上舟钝若石，下舟猛于弩。盘涡入地叫，声过十里许。北风吹木叶，神气栖破宇。孤猿鸣空山，漠漠日色苦"，《铁炉顶》句"上流穿石鼻，盘绞铁牛纼。抱舷趣短篙，入水揠横轸。舟住石饮錣，舟去石啮腌"，《龙门滩》句"西江几千里，有力使倒流。狞石张厥角，直欲砺我舟。竹缆如枯藤，袅袅山上头。失势倘一落，万钧亦浮沤"，无不奇警新颖，拗峭劲硬，意境词笔迥不犹人。相比之下，宋湘笔下粤地山水风光并无激流险滩之景，奇峭谲怪之致，而只写平静幽秀的湖光山色，语言明丽，情调闲适。

黎简七古山水诗神似昌谷，但"以杜、韩树骨"（《梦苕庵诗话》），并无李贺诗的"鬼气"，境界较五古体壮阔，奇峭中兼具苍莽之气。如

《端州县斋》句"四天泼翠城郭湿,城头窥人万山立。城门朝开塞奔峭,势欲与人争出入",就熔奇、壮、峭、劲于一炉,颇具创造性;《江雨》句"江上一角雨奔走,雨脚所到生层波。四方赤云上万丈,重不肯堕先嵯峨",天空一角降雨,江上四方升云,落势与升力相抗,白雨与赤云相映,层波与"嵯峨"(云)相形,意象奇诡,但骨力遒壮。黎氏律体山水诗镌刻奇警,而时显沉雄气韵,亦颇多佳作,五律如《浴日亭观雨》《新雷》,七律如《独夜》《江上见人发船,鸣锣甚夥,颇忆昔游下滩时,补作一诗》等。试举五律《浴日亭观雨》尝鼎一脔:

> 东南虚地势,风力揭重溟。远色敛低雨,万涛趋一亭。奋雷山趾动,沉鼓水宫灵。幽怪宜兼夜,咸潮看浴星。

浴日亭东临广东珠江,放目波涛浩渺,连接大海,本是观赏日出的佳处。但诗人却写于亭中观雨,别出心裁,视野开阔,且有新奇的发现。首联写雨前之风,一"揭"字奇警劲峭,可见风力之猛烈,颔联写雨景,"敛""趋"不俗,低迷的雨丝遮住一切,风掀的万涛奔赴脚下,深远壮观;颈联写雷声,令大小虎山山脚震动,引起传说中沉入狮子海铜鼓的回响,神奇而沉雄。尾联想象夜景,待风停雨霁,海潮浴星大有"星汉灿烂,若出其里"(曹操《步出夏门行》)之壮。全诗刻意求新,雄奇壮美,可见其律诗之一斑。

三 黎简水乡田园诗的画境

由于黎简26岁后即"足不逾岭",其山水诗题材除了"缒幽凿险,探奇索隐",写"迥非寻常屐齿所到"(《五百石洞天挥麈》)之奇山异水、激流险滩之外,就是描写故里水乡、田园风光,多为近体,风格亦因之有所改变,黎简颇懂相题用体之道。

探讨黎简水乡田园诗,必须联系其画家的身份与丹青的造诣。黎简不仅工诗文,且以"书画冠时"(符葆森《国朝正雅集·寄心庵诗话》),山水画为其艺术成就的代表之一,非常突出,故他在构思水乡田园风光诗时,常以画家的眼光进行审美观照与表现,因此同王维"诗中有画"一样,亦常有"诗中皆画境"(李慈铭《越缦堂读书记》)的特点。这主要表现在诗境注重画面层次,具有立体感,又讲究渲染色彩,形象鲜明绚丽。诗中有画境之作又以写田园风光者为多，意象动态感不强，迥异于写激流险滩之作。五律体如《小园》：

> 水影动深树，山光窥短墙。秋村黄叶满，一半入斜阳。幽竹如人静，寒花为我芳。小园宜小立，新月似新霜。

诗写小园傍晚秋景，南国之秋全无"悲哉秋之为气"的萧瑟感，小园乃是一幅色彩绚丽的彩墨丹青。诗境以园外之山水深树为背景，以园内秋树、幽竹、寒花为主体，东西两侧有新月、夕阳相映衬，构图美妙和谐；而幽竹之碧绿、秋叶之金黄、夕阳之血红、新月之银白、寒花之多彩，七彩斑斓，鲜明悦目。"小园小立"的诗人面对小园画境，则充满审美喜悦，诗风格清新明丽。又如七律《溪月》前两联："病躯差觉夜来安，溪月金盘碧玉澜。吸藻鱼穿松影戏，覆檐花闪水光看。"溪内与溪畔的风光相互映衬，画面富于立体感，色彩亦颇鲜明，意境清幽，但仍有"句搜字琢"（《顺德县志·黎简传》）的特点。七绝体更宜于造型构图，诗中有画之作亦更夥。且看《绝句》：

> 春潮春色绿满野，桃花李花明压檐。高楼远色冷于水，细雨斜风人下帘。

诗写田园春景，颇讲究景物层次、色调冷暖。如"高楼"之人与"压檐"之花为近景，花又衬托"人"为主体；"春潮春色"为背景之下半部，冷于水的"远色"为背景之上半部，构图清晰，层次丰富。色调则以桃花为暖色，"绿满野""冷于水"为冷色，明暗相配，亦见层次，又反映出"人"对乍暖还寒之春意的亦喜亦怨的心理。风格明丽隽永，耐人寻味。黎简集诗人、画家于一身，长于题画诗，其中不少亦属山水诗，颇具"画境诗情"（《寄李耻大兼呈云隐》）。如《画二绝句》其一：

> 碧山云热炙春空，日到木棉红处红。竟日落花深一尺，石桥人影踏长虹。

此外如："红衫碧草绿波底，上有浴鸥双白翎"（《画题》），"一双白鸟动大海，千里碧天明雪毛"（《题大乌峰图》），"丛苇风时暮照黄，汀波萧瑟逼人凉"（《题南浦绿波图》），等等，皆题画佳句，虽写画中山水，但与自然山水无异，而且益显"诗中有画"的特点。

黎简写水乡渔村之作更具有南国风情。顺德多水，黎诗正是写出顺德水乡渔村的奇景奇观。如《溪晚偶书所见三绝句》之一：

> 海月入村少，海风来树多。篱间是潮水，门外有渔歌。

据《顺德县志》："顺德去海尚远，不过港内支流环绕，抱诸村落而已。明以前所谓支流者，类皆辽阔，帆樯冲破而过，当时率谓之海。"因此诗中所谓"海"实为辽阔的江流，但有大海的气派。上引五绝诗人精心捕捉富于"海"之特点的意象，写出"海月""海风"的别致，渔村的奇特，语言精练简淡，意境平和，别具一格。而《记四月一日风雨二绝句》，写水乡台风袭来时的景象，则令人惊心动魄，恰似温顺的羔羊变作发怒的雄狮。其中一首云：

> 东塘飞水过西塘，西塘尽鱼飞上桑。村口船篷如乱鸟，隔江飞落打禾场。

诗连用三个"飞"字，写飓风威力：塘水飞，塘鱼飞，船篷飞，真是奇事，诗因此显得气势凌厉。洪亮吉形容黎诗如"怒猊饮涧，激电搜林"（《北江诗话》），此诗可称一例。黎简写家乡民俗风情之作亦值一提，《乙巳五日舟中》写乾隆五十年（1785）端阳节诗人乘船观看家乡龙舟竞渡的情景，就新人耳目。其中一首云：

> 水吼青鼍浪作烟，万人迷眩失龙船。飘风骤雨随龙尾，才及还离尺五天。

诗极尽比喻、夸饰之能事，把雨中竞渡的龙船的神速、气势渲染得紧张热烈，亦大有"激电搜林"之概。但诗中的山水已退居于节日风情的背景或道具的地位。

四　黎简山水诗境的忧思

上述诗基本上以审美的角度描写山川、田园、水乡之景，单纯表现大自然的各种情态，反映了黎简对自然山水与家乡风物的热爱之情。此外，黎简亦有一些借景抒怀之作，将自然界风景与社会现实、人生感受联系起来，其深层意蕴与直接讽喻社会之作是相通的；但以写景的形式抒写则显得含蓄蕴藉。黎氏倾慕的黄景仁亦颇多借景抒情的山水诗，但黄氏多抒个人仕途坎坷之愁怨，而黎氏多寓伤世之怀，与宋湘同类诗作相近。

七绝如《四更》：

> 柳梢缺月一痕明，雨后星前欲四更。天色苍苍风瑟瑟，谁家有泪冻无声？

诗人独具匠心写四更时分的景象，此乃拂晓前最黑暗的一段时间，雨后柳梢仅一痕残月，天色昏暗，夜风寒瑟，其用意全在于衬托尾句之惨景，抒发对衰世百姓疾苦的深切同情。此诗无一丝审美的愉悦，只有抑郁的悲怀，风格沉郁悲凉，催人泪下。又如七律《连日暖，可禅夹》写乾隆五十七年（1792）冬气候异常温暖，自然景象宜人，有春光、秋色之感："梅花吾为汝储袭，花暖香繁出手柔。烟薄鸦恬绪风善，江明雁叫白云秋。"诗前半写梅花香暖，无须着袭，似春景；烟净微，江明雁叫，似秋景。但诗人并未因此陶醉，他却联想到气候的反常会引起明年的"春寒"，为"早禾秧冷万人忧"而忧。一首风景诗最后归结到悯农之旨。再如《和前辈登五层楼写怀示诸公之作》，于写景之中寓有更深刻的忧患意识：

> 烟光九点五层楼，地尽天开大虎头。西景飞腾今日暮，东溪来去古时流。满江花月真香市，卅万城门此广州。重得景纯来望气，衣冠萧索海山秋。

五层楼指广州越秀山顶的镇海楼。此诗虽为和他人之作，但"为歌为哭准于情"，有真情实感。诗前半写登楼眺望之远景，视野广阔，境界苍莽，"今日暮""古时流"寓有迁逝之感。颈联写于近景珠江花市，芳香遍布，广州城内，一派繁华。但诗人透过广州表面的热闹，感受到的是衰世的危机，尾联写海山秋气悲凉，衣冠萧索，才人寥落，正是衰世的写照。诗意由此而深化。此诗可见黎简之作虽长于白描，但亦用典。如"烟光九点"用李贺《梦天》"遥望齐州九点烟"之意，反衬五层楼之高耸；"卅万"句化用《南齐书·王琨传》世云"广州刺史但以城门一过，便得三千万"之意，内含对贪官之讽刺，尾句反用《晋书·郭璞传》等"大海之间有衣冠之气"的典实，写对时世的忧虑。仅从这类山水诗中亦可见黎简虽然身在乡野，但并未脱离现实，即使在山水诗景物中亦流露出忧国忧民的情怀。黎简关心社稷民生的思想境界与身在仕途的宋湘是相同的。

五 宋湘的生平与诗学观

宋湘（1756—1826），字焕襄，号芷湾，广东梅县人。乾隆五十七年（1792）中举，以后会试接连落第，直至嘉庆四年（1799）才中进士，选庶吉士。嘉庆六年（1801）至九年（1804）主讲惠州丰湖书院，诗歌创作甚丰。十年（1805）返京授编修，十二、十三年（1807、1808）分别赴四川、贵州任乡考官。十八年（1813）以翰林出守云南曲靖府，留滇13年，勤政爱民，颇有政绩，诗歌创作亦进入高峰时期。道光五年（1825）升任湖北督粮道而去滇。次年卒于官，时71岁。履历表明，宋湘与黎简截然相反，他热衷于仕途进取，从政后一直远离故乡，不辞辛劳，颇具经济之志。他自然比黎简更关心社稷安危、黎民疾苦，特别是比黎简晚死七年，曾目睹包括嘉庆七年（1802）惠州农民起义在内的社会动乱，更清楚地感受到衰世的危机，因此其创作中颇多其所谓的"骚屑之音"（《滇蹄集》序），这在山水诗中亦有所反映。

宋湘较黎简有更全面系统的诗学观点，在论诗诗、诗序中对诗的本质、诗的源泉、诗的表现、诗的风格等重要问题均有精辟之见。大体上说，宋湘论诗与袁枚性灵说相近。如强调诗的本质在于抒写人独具的真情实感，故称："我诗我自作，自读还赏之。赏其写我心，非我毛与皮。"（《湖居后十首》之八）但因为身处嘉道衰世，又重视反映"骚屑之音"，即穷苦百姓的愁苦之情。这是性灵说所未及的。在诗情与客观自然的关系上，认为"物情相感亦相因"（《连日守风，吟诗度日，风又大作，又吟一首》），对于山水诗亦认识到自然美与艺术美的主从与辩证关系，曾以诗的语言描述道："泰山之云东海水，一口吸到腰腹里。翻身散作霞满天，元气淋漓五色纸。"(《答赠李绣子孝廉黼平兼柬乃兄和甫解元汝谦》) 意谓审美客体是第一位的，但须审美主体的审美创造，自然美才能化为艺术形象。这无疑是宋湘山水诗创作的心得。对诗歌的艺术表现，反对模拟与藻饰，主张"我生作诗不用法，纵横烂漫随所之"(《答李尧山詹簿寄画竹》)，任随性灵，不泥死法。对诗的风格崇尚多元化，喻为"丈夫自刚健，好女宜婀娜"(《题渔洋先生煮泉图》)，与袁枚所谓"春兰秋菊，各有一时之秀"(《随园诗话》)之喻异曲同工；但宋湘个人则更偏爱阳刚壮美一格，推重汉魏人"文章骨自雄"(《赋得"蓬莱文章建安骨"》)式的雄大骨劲的风格。在乾嘉诗坛流派之争的格局中，他站在格调派沈德潜与肌理派翁方纲的对立面而倾向性灵派袁枚一端是显而易见的，与黎简重真求新的思想在本质上亦是相通的。

六 宋湘惠州西湖诗的平和之境

宋湘考上进士以后，背井离乡，走南闯北，阅历丰富，较足不逾岭的黎简所得山水诗料自然要多，这是宋湘得江山之助的优势。宋湘诗"近体居八九"(陈衍《石遗室诗话》)，山水诗亦然，与黎简更擅长古体有所不同。宋湘诗的风格人评"以雄大胜"(潘飞声《在山泉诗话》)，或评"有沉雄者，有宕逸者"(张维屏《听松庐文钞》)。其实以山水诗而言，"雄大"主要见于后期，亦构不成宋湘山水诗的主体风格，故陈衍又有宋湘"学杜写景言情幽秀一路"(《石遗室诗话》)之说，当然"幽秀"亦是不断变化的。如果说其诗有一个基本特点或风格的话，那就是语言明快、爽快，亦颇平易，与黎简奇峭瘦劲迥然相异。

宋湘早期山水诗以描写惠州西湖风光之作为代表，收于其《红杏山房诗钞》中的《丰湖漫草》《续草》中，为主讲惠州丰湖书院期间所作。此时宋湘生活平静，心情愉悦，足不逾州，惠州山水亦宁静优美，不似黎简早年往返于两广之间，所见乃激流险滩，充满刺激性，因此宋湘惠州西湖诗平和淡雅，语言明快通俗，与诗人的生活状态与心境正相协调。主要作品有《湖居十首》《永福寺》《浴风阁秋夜二首》《西湖棹歌十首》《春郊一首》《黄塘村晚》等，多为近体诗。五律《湖居十首》写惠州水乡风情，与黎简写水乡渔村之作却不同，前者平和，后者奇特。试看其中六、七两首：

> 夜雨湖沙没，春风岸草遥。罾支三板艇，柳慢六堤桥。沽酒记前渡，看花还几朝。等闲分岁月，深竹卖饧箫。
>
> 洒洒两湖风，满山开刺桐。木棉吹作絮，蝴蝶展如篷。野笋穿篱白，江鱼出网红。倾城人上冢，都在水西东。

二诗写西湖春日风物。宋湘《丰湖漫草》序曰："湖故二：曰丰，曰鳄。东坡以后统名西湖。"前诗写雨后西湖，湖水丰盈，垂柳轻摇，渔舟晒网，竹丛传箫，体现一种闲适的情调。后诗写西湖特产，刺桐开花，木棉飘絮，蝴蝶硕大，野笋洁白，鲤鱼鲜红，充满生机与生趣，尽管时当清明"上冢"之日，却全无江南清冷之相。诗人心境之愉悦、冲淡尽在景中。七绝组诗《西湖棹歌十首》，以渔民船歌形式写西湖风光，自然更加朴素明快，此举一首管中窥豹：

> 簇新亭子近书楼，新种梅花一百头。四面青山三面水，两湖明月一湖秋。

诗写西湖秋景。先写湖畔局部小景：一座新亭，一片梅林；后写西湖全景，丰、鳄两湖各映一轮明月，共酿一湖秋色。全诗连用五个数词，颇具民歌风味，语言浅白，但尾句又见空灵隽永之美。诗人心情亦显得澄明舒畅。另外五古体亦有少量佳作，如《永福寺》前半首描写西湖畔丰山永福寺深幽之景：

> 十日湖上游，不知山里寺。稍闻烟外钟，始蹑归僧至。森森木蔽天，的的花散地。广殿何庄严，摩挲壁间字……

境界清寂，确是禅境。尽管诗人称"我自不参禅"，但其境仍可使人产生万念俱消的禅悟。此诗正属于陈衍所说的"幽秀一格"。

宋湘一生诗歌创作的发展呈马鞍形。自嘉庆十年（1805）入翰林任编修，至十八年（1813）出守云南之前为低谷时期。他自称"优游燕台者九年"，剔除大量应酬诗，所剩有价值之作"不过千百中之十一"（《燕台剩渖》序），编为《燕台剩渖》一集。山水诗成绩自亦平平。然其中少量写北方边塞的篇什，开创出雄大或沉雄的新风，在其诗歌风格发展历程中具有转折意义，还是应予重视的。典型的作品可推七律《登晾鹰台》：

> 元室君臣夜猎归，国门留此晾鹰台。塞沙立马荒荒没，落日盘雕故故来。飞放泊前空水阔，医无闾外阵云开。书生不解腰弓矢，怀古登临暮角哀。

晾鹰台在北京南海子内，为元代君臣携鹰休憩处。诗人登临旧台，遥想历史，并虚构出中间两联苍凉雄壮之景。前联写君臣于荒沙莽原上立马纵鹰游猎的情景，呈郁勃沉郁之气；后联由南海子水天空阔而延伸到塞外医无闾地区与沙俄之战事，从而引发尾联不能跃马弯弓之憾，大有慷慨悲歌之意。诗风与前期相比发生大变化。又如七绝《送客东游》，写于秋日黄昏京郊送别友人所见所感，"九月霜桥"、"卢沟帽影"、苍莽"西山"、"斜阳落叶"，萧瑟苍凉之景，含怅惘沉郁之情。可惜类似佳作并不多。

七 宋湘出守滇中山水诗的雄大之境

宋湘山水诗创作的高峰时期为出守云南十三年期间之作，包括去京赴任途中之吟咏。这一时期山水诗不仅题材广泛，开拓新境，而且才情横溢，艺术日趋成熟；不仅近体尤精，古体亦工妙。

宋湘南行历经河南、湖北、湖南、贵州诸省，饱赏名山胜水，颇多山水佳作，如《南行集》中的《襄阳舟中》《鹦鹉州》《舟泊岳阳郭外》《入洞庭》《黔阳江上》《贵州飞云洞题壁》等皆可圈可点。诗人离京外任，非其本愿，心情并不很舒畅，途中更目睹"年荒"惨状，以及饥民"连村夜劫粮"（《河南道中书事感怀五首》），为社会的日益衰微动乱而忧虑，审美的心境自然大受影响，笔下的诗作常含忧患之思，不单纯是模山范水，与黎简的同类山水诗相仿。如七律《入洞庭》：

> 客自长江入洞庭，长江回首已冥冥。湖中之水大何许，湖上君山终古青。深夜有神觞正则，孤身无酒酹湘灵。灯前欲读悲秋赋，又怕鱼龙跋浪听。

诗人船入洞庭，见湖水浩渺，君山青翠，自然亦引发了壮美之感，但更多的是思古之幽情：对屈原及湘水女神悲壮结局的追思，进而又涌起"悲秋"之怀，其实质则是对时局的深沉忧患。洞庭湖的意境雄大苍莽，情思沉郁悲凉。又如五律《秋思》：

> 白鸟低飞处，黄鸡独唱间。孤舟一江水，秋叶万重山。酒渴窥残瓮，人劳得老颜。三年三万里，天地几间关。

前半首写景，后半首抒情。写景寥廓空寂，秋意萧瑟。"黄鸡"句用白居易"黄鸡催晓丑时鸣"（《醉歌示妓人商玲珑》）之意，已寓人生迁逝之感。抒怀则直白诗人行旅艰辛之叹，"三年"句作者自注"谓前使蜀黔，今入滇也"，长期奔波，身心疲惫，饱尝天地间多少艰辛坎坷之苦！盛年壮怀此时有所消歇，对前途已不那么乐观矣。而《贵州飞云洞题壁》则流露出看破"红尘"之念。贵州黄平县东坡山有飞云洞，乃一奇观，诗人当年使黔正游此处，其奇异山水虽引起"旧游"的亲切感受，但诗人主要的感觉却是："天上紫霞原幻相，路边泉水亦清流。无心出岫凭谁语，僧自撞钟风满楼。"此景具有浓郁的主观色彩，蕴含着禅意：紫霞灿烂却是虚幻之物，路边泉水之清澈则是真实的；"云无心以出岫"（陶潜《归去来辞》），是那么逍遥自在，僧人敲响寺钟任凭它在飘逝。诗人于人生似乎产生一种出世的感悟，当然这只是短暂的哲思。诗风冲淡自然，含蓄蕴藉。

宋湘入滇后的《滇蹄集》，是"出守滇中积年所作删而仅存者"（自序）。其中山水诗皆描写云南山水风物，最具地域特色。艺术感染力亦甚强，是宋湘山水诗的精华部分。由于结束了旅途的劳顿，并逐渐适应了任地方官的生活，更能切实地为百姓做事情，实现自己的部分人生价值，宋湘南行时的郁闷于守滇前期基本消除，而西南边陲的美丽自然风光亦令他迷恋，故心情比较开朗，其雄大的诗风又得以发扬。宋湘曾云："诗不发扬因地小。"（《黔阳江上》）云南之地可谓大矣，足以让他驰骋才情，写出好诗了。出守滇中的山水诗大致可分三类：一是写景兼怀古之作；二是写云南山川乡野风光之作；三是写云南名花奇景之作。诗体以古体为胜。

先看写景兼怀古的作品，可以《永昌道中度澜沧江铁索桥谒武侯祠作》为典型：

> 澜沧江，戒金齿，天上明河落地底。万山盘束不得舒，阴风浊浪无终始。铁索桥，如虹长，截空架造天茫茫。古来飞鸟仅得过，至今

职贡通遐荒。七擒孟获在何处，行人能指烧兵路。万古云霄庙一区，莫漫驰驱过桥去。过桥去，重回头，洪涛亚木啼猿猴。中原尚有未了事，此间岂住武乡侯。武侯艰难古莫比，武侯事业斜阳里。谁识当年苦用心，呜呜尚有桥边水。吁嗟乎，开博南，通兰津。渡澜沧，为他人。开边之谣痛如此，莫把武侯比余子。

诗人于嘉庆二十二年（1817）春由大理赴永昌府（治所今云南保安），途经澜沧江上铁索桥（名霁虹桥），并拜谒桥头武侯祠而有此古体诗。诗前八句写澜沧江与铁索桥惊险的景观：澜沧江于永昌城旁滚滚而去，如同天上银河泻地，穿行于崇山峻岭之中，掀起阴风浊浪；江上的茫茫云空架起彩虹般的铁索桥，沟通险峻的峡谷，使边陲与内地相连。笔势劲健，风格雄宕，立体地展示出澜沧江特有的奇境。诗后半篇乃转写武侯祠，情景结合，主旨是追怀诸葛南征的伟业，歌咏其创业之艰难及为国尽忠的品格，写得豪宕大气，诗人以武侯为人生楷模的情怀自不言而喻。入滇后诗人的雄心壮志于此时又得以高扬，于此可见。

再看描写云南名花奇景之作。云南是名花的世界，茶花是云南花中瑰宝，自然为宋湘所迷恋。写茶花奇观之作当推题目甚长的古体诗：《云南会城外西南隅云安寺（俗呼定光寺）茶树一本，大可合抱，高五六丈许，千枝球放，万朵云酣，一楼一院，垂覆皆遍，不见天日。予引巨觥对之，心魄俱振，遂题诗于壁。见者或以为醉，或以为狂。殆退之所谓"予虽悔，舌不可扪"也》。诗题实乃短文，与诗相得益彰。再看全诗：

  天下茶花无甚奇，云南茶花亦迷离。入寺突兀见此本，九州万古空春姿。高火伞，低摩尼。红者玉，紫者泥。十万灶，一军麾。日亦不敢出，月亦不敢窥。朱霞青天，雷电齐飞。何年所植何物为。花叶不到处，精焰犹交驰。才大有如此，独立临两仪。世人纷纷说少态，蚍蜉撼树真群儿。吁嗟乎，种花须种一千载，看花须看一千枝。饮酒须饮一千碗，君不见挥刘伶，斥李白，云安寺里人题诗。

云安寺中的巨大茶树，堪称"九州万古"奇观，激发起诗人强烈的创作冲动，于是神思飞越，才情勃发，写下这首长短句相间，不拘一格，充满狂放之气的佳作。诗人以非凡的想象，奇特的比喻，别致的拟人，渲染出茶花的色彩、形态、气势，确实令人"心魄俱振"！而诗末写题诗人的醉态、狂态，欲"挥刘伶，斥李白"，不仅是诗人主体精神的高扬，亦是对茶花之美的反衬。此诗反映出宋湘诗与性灵诗精神的契合。后期所作《杜鹃花盛开堆满庭院作歌》，写云南名花杜鹃"如火"之奇观，亦甚酣畅，但寓有"不如归"的思乡情与壮志难酬的悲凉。

最后再看宋湘描写云南山川乡野风光的佳作，此类诗颇多七绝小诗，与早期西湖诗相比格局扩大，明丽中增添了雄大之气。如《腊丁峡》：

> 树云深可五千尺，涧水鸣疑一万重。此段画图西蜀有，巫山恨不十三峰。

腊丁峡位于大理与顺宁之间，奇美之景却处滇南僻地，那葱茏的碧树如绿云遮天，那奔腾的山泉似雷阵满峡，幽深而雄壮之境直可与巫峡十二峰比美，可惜它不在西蜀，不为天下所知。一"恨"字反衬出腊丁峡之美。诗明快又蕴藉。又如《出城即事》之二写雨后昆明城郊野景：

> 最爱芰荷翻小白，极愁童稚折新黄。浑流雨过涨三尺，湿树云团低一堤。

此诗风格近于袁枚性灵小诗，表现出"赤子之心"，富于情趣，又表现出大自然的生趣、生机，是黎简笔下所无的。

宋湘离开云南至去世的一年多时间，仍写有《楚艘吟》一卷，虽不乏山水诗，但已是强弩之末，无法与《滇蹄集》相提并论了。

黎简与宋湘二人在人生履历、人生态度、人生价值以及性格上多有不同，因此诗歌题材、意蕴、风格等亦大相径庭。但是他们都具正直的品性、忧国忧民的胸怀，亦有勇于创新、自成一家的精神，因此在诗歌创作上都取得不俗的成就。他们仿佛是太极图中的阴阳黑白，互不雷同，又不可分开，合起来则构成清中叶岭南诗坛山水诗的主要风貌。黎、宋二人上继清初"岭南三大家"，下启晚清黄遵宪"诗界革命"，在中国清诗史上无疑占有重要地位。

结　　语

　　清代山水诗可划分为三个发展阶段。由于社会政治状况以及诗人外境心态的变化，清代不同阶段的山水诗的意蕴与艺术亦发生嬗变。总的发展趋势是山水诗的政治功利性逐渐淡化，而审美性逐渐取得独立地位。清初遗民诗人乃至一度变节而又悔悟的贰臣诗人，其诗歌创作基于故国之思与复明之志，因此民族意识不能不渗入山水诗中，山水时时成为抒发抗清复明思想的媒介，故较少单纯表现山水审美价值的山水诗。这是时代精神的反映，是遗民心情必然流露的结果。随着清政权的日益巩固、复明理想的破灭，诗人的民族意识开始淡化，这以朱彝尊的山水诗为中介。顺康诗人的山水诗已逐步将社会政治功利性转为抒写个人的人生感慨，且对山水之美质亦甚为重视，山水不仅仅是寄托情志的载体。至乾隆诗坛，性灵派诗人占主导地位，许多诗人不再热心仕途，而转向亲近自然，与山水为友，更倾心于对自然山水的审美观照，表现自然的生命力，寻求人与自然关系的和谐，心灵的沟通。清代山水诗至此已发展到极致。嘉庆以后，清王朝走向衰微，近代诗人忧患意识加深，政治功利性又逐渐渗透山水诗中，当然其内涵与明末清初已不同。

　　清代山水诗的意境一是大多具有真实、真切的特点，乃诗人亲身体验山水之美的艺术结晶；二是具有新奇的特点，因为清诗人不仅涉足广泛，且有"凿险缒幽"的好奇精神与探险勇气，这在乾嘉诗人中可以说更具普遍性。真切、新奇的山水境界，是清代山水诗主要魅力之所在。

　　清代山水诗艺术表现方法汲取了历代诗的长处，自不待言。清代诗人颇多学者，与"明人无学"适成鲜明对照，因此学人之诗多于历代。在山水诗中白描功夫固然极为成熟，而在古体山水诗中表现学问根柢亦非前代可比，除了像翁方纲那种以考据为诗的不正之风外，适当的用典对丰富山水诗的意蕴大有益处。

　　清代山水诗诸体皆备，不让前朝，而且有两点超越历代：一是大型山水组诗的频繁出现，组诗多为近体，较之单篇诗自有优势，可从不同角度描绘山水审美对象，全面表现山水的审美特征；二是古体诗的普遍采用。五古或七古篇幅甚大，可以淋漓尽致地、细致入微地描写山水胜境，并且常作异地山水特点之比较，开拓了意境，写景之外还有抒发激情之余地。清代山水诗诗体的特点，显然有利于勾勒山水名胜的丰富意象、壮阔境界，给人更充分的审美享受。

　　清代山水诗的风格更是千姿百态，集历代山水诗风格之大成。无论是唐人王维之冲淡，李白之飘逸，杜甫之雄壮，韩愈之怪奇，白居易之平易，李贺之凄清，李商隐之绮丽，还是宋人苏轼之雄放，黄庭坚之劲硬，陆游之豪迈，杨万里之诙谐，皆得以继承并有新变。而清中叶诗人如性灵派更绝去依傍，自创新格，开拓新风，显示出清诗独具的面目，亦丰富了清诗的风格。

　　上面仅就清代山水诗意蕴与艺术之要点概括性地总结。当然，清代山水诗不同时期成就并不平衡，各流派的成就亦自有大小。如前期总体成就小于中叶，中叶格调派、肌理派成就亦不大。至于域外山水的发现与表现，更留待近体诗人去努力了。